모비딕

MOBY DICK
by Herman Melville | Illustrations by Rockwell Kent

이 도서의 국립중앙도서관 출판예정도서목록(CIP)은 서지정보유통지원시스템 홈페이지(http://seoji.nl.go.kr)와 국가자료공동목록시스템(http://www.nl.go.kr/kolisnet)에서 이용하실 수 있습니다.
(CIP제어번호: CIP2019028057)

Herman
Melville

—

Moby Dick
모비딕

허먼 멜빌 장편소설
록웰 켄트 그림
황유원 옮김

문학동네

일러두기

1. 번역 대본으로는 *Moby-Dick* (Herman Melville, edited by Hershel Parker, W. W. Norton & Company, Inc., 2018)을 사용했다.
2. 저자의 원주는 각주로 처리하고, 옮긴이주는 책 끝에 담았다.
3. 원서의 프랑스어 또는 기타 언어 부분은 이탤릭체로 처리했고, 원서에서 이탤릭체로 강조한 부분은 고딕체로 처리했다.
4. 성서의 인용은 공동번역 개정판에 따랐고, 일부 변형했다.

그의 천재성에 대한
존경의 징표로
이 책을
너새니얼 호손에게
바친다.

차례

어원

(폐병으로 고인이 된 어느 중등학교 보조 교사에게서 제공받음)

코트뿐만 아니라 마음과 육신과 정신까지도 너덜너덜해진 그 창백한 보조 교사, 그의 모습이 지금도 내 눈앞에 선하다. 그는 늘 손수건으로 오래된 사전과 문법책들의 먼지를 떨어내곤 했는데, 그 손수건은 우리가 아는 세상 모든 나라들의 화려한 국기가 우스꽝스럽게 장식된 희한한 것이었다. 오래된 문법책의 먼지를 떨어내는 일을 그는 즐겼다. 그 일은 왠지 그에게 죽을 수밖에 없는 자신의 운명을 가만히 떠올려보게 해주는 듯했다.

당신이 사람들을 교육하는 자리에 있으면서 그들에게 고래라는 물고기의 이름이 우리말로 무엇인지를 가르칠 때, 그 글자 하나만으로도 그 이름의 중요성을 대변한다고 할 수 있을 H를 빠뜨린다면 당신은 거짓을 전하게 되는 셈이다.

—해클루트

WHALE. (…) 스웨덴어와 덴마크어로는 hval. 이 동물의 이름은 둥글둥글한 모습 또는 몸을 구르는 모습에서 유래했다. 덴마크어로 hvalt는 '아치형' 또는 '둥근 천장 모양'을 의미한다.

—웹스터 사전

WHALE. (…) 보다 직접적으로는 네덜란드어와 독일어 Wallen에서 유래했다. 앵글로색슨어 Walw-ian은 '구르다' '뒹굴다'를 의미한다.

—리처드슨 사전

הר	히브리어
κητος	그리스어
CETUS	라틴어
WHŒL	앵글로색슨어
HVAL	덴마크어
WAL	네덜란드어
HWAL	스웨덴어
HVALUR	아이슬란드어
WHALE	영어
BALEINE	프랑스어
BALLENA	스페인어
PEKEE-NUEE-NUEE	피지어
PEHEE-NUEE-NUEE	에로망고어

발췌문

(어느 사서 보조의 조수에게서 제공받음)

(여러분도 보면 알겠지만, 고생스레 굴을 파고 사는 동물이나 굼벵이 같은 이 가련한 사서 보조의 조수 양반이 바티칸의 긴 서고와 지구상의 노점을 몽땅 뒤진 끝에, 성스럽고 속되고를 막론하고 온갖 책 속에 나타난 고래에 대한 언급을 마구잡이로 모아놓았다. 따라서 그것이 아무리 확실해 보일지라도 뒤죽박죽 나열된 고래에 대한 이 진술들을 그 어떤 경우에도 참된 진리로서의 경학鯨學으로 받아들여서는 안 된다. 아니 될 말씀이다. 여기 등장하는 시인들을 포함하여 주로 옛 작가들과 관련된 이 발췌문들은, 다만 우리 자신을 포함한 여러 나라의 국민이 여러 세대에 걸쳐 리바이어던에 대해 잡다하게 말하고 생각하고 상상하고 노래한 것들을 한번 대충 훑어보는 조감도를 제공한다는 차원에서만 가치가 있거나 즐거움을 준다고 할 수 있다.

그러니 나를 주석자로 맞은 가련한 사서 보조의 조수여, 잘 가시게. 그대는 가망 없는 병적인 족속 중 하나인지라 이 세상 어떤 포도주도 그대의 몸을 덥혀주지 못할 것이며, 그대에게는 연한 셰리주조차 너무 붉고 강렬하게만 느껴질 것이다. 하지만 때로 우리는 당신 같은 족속과 함께 앉길 즐기고, 우리도 똑같이 가련한 인간임을 느끼곤 한다. 그리고 점점 들뜨는 마음에 눈물이 벅차올라, 두 눈엔 눈물 가득하고 잔은 텅 빈 채 꼭 불쾌하지만은 않은 슬픔에 빠져 그대들에게 이렇듯 무뚝뚝하게 말하는 것이다—포기하시게, 사서 보조의 조수들이여! 세상을 즐겁게 해주기 위해 고통받으면 고통받을수록 그대들은 더욱더 배은망덕함만을 경험하게 될 테니! 내가 그대들을 위해 햄프턴코트나 튈르리궁을 비워줄 수만 있다면 좋으련만! 하지만 눈물을 삼키고 용기를 내어 맨 꼭대기 돛대[1] 위로 서둘러 올라가보시게. 먼저 떠난 그대들의 친구들이 그대들을 맞이하기 위해 일곱 층으로 된 천국을 청소하며 오랜 세월 제멋대로 굴었던 대천사 가브리엘, 미카엘, 라파엘을 모두 내쫓고 있을 테니. 이 세상에서 그대들은 산산이 부서진 마음이나 부딪칠 뿐이지만, 그곳에서 그대들은 부서지지 않는 잔을 부딪치게 될 테니!)

그리고 하느님께서는 거대한 고래를 지어내셨다.

—「창세기」

리바이어던이 번쩍 길을 내며 지나가니,
사람들은 심연의 머리칼이 허옇게 센 줄로 알 것이다.

—「욥기」

야훼께서는 큰 물고기를 시켜 요나를 삼키게 하셨다.

—「요나」

배들이 이리저리 오가고 하느님께서 손수 빚으신 리바이어던은 그 속에서 노닙니다.

—「시편」

그날, 야훼께서는 날 서고 모진 큰 칼을 빼들어 도망가는 뱀 리바이어던, 구불구불한 뱀 리바이어던을 쫓아가 그 바다 괴물을 찔러 죽이시리라.

—「이사야」

또한 그 밖에 무엇이건 이 괴물의 혼돈과도 같은 입속으로 들어오는 것은, 그것이 짐승이건 작은 배건 돌이건 간에 그 길로 그 구역질나는 거대한 목구멍 아래로 떨어져, 이윽고 그 뱃속의 끝 간 데 없는 심연 속으로 사라지고 만다.

—홀랜드 역, 플루타르코스, 『윤리론집』

인도양은 세계에서 가장 큰 물고기들을 길러내는데, 그중에서도 발레네라고 불리는 고래와 소용돌이는 그 길이가 무려 4에이커나 4아르팡에 이른다.

—홀랜드 역, 플리니우스[2]

출항한 지 막 이틀째에 접어든 날 동틀 무렵, 수많은 고래와 다른 바다 괴물들이 그 모습을 드러냈다. 그 고래 중 한 녀석은 특히나 가공할 만한 몸집을 지니고 있었다. (…) 녀석은 입을 크게 벌린 채 온 사방에 파도를 일으키고 자기 앞의 바다를 내리쳐 거품을 일으키면서 우리를 향해 다가왔다.

—투크 역, 루키아노스, 『진실한 이야기』

그가 이 나라를 찾은 것은 말고래를 잡기 위해서였다. 그 고래의 뼈는 치아의 재료로 쓰여 값어치가 컸고, 그것들 중 일부를 그는 왕에게 바치기도 했다. (…) 그의 고국에서는 최상품에 속하는 고래가 잡혔는데, 그중 어떤 것은 그 길이가 48야드, 혹은 50야드에 달했다. 그는 자신이 이틀 만에 예순 마리의 고래를 죽인 여섯 명 중 하나라고 말했다.

—오테르 혹은 옥테르가 직접 구술한 것을 890년에 앨프레드대왕이 기록

그리고 짐승이든 선박이든 이 괴물(고래)의 입속 끔찍한 심연으로 들어간 것이라면 무엇이든 곧장 삼켜져 사라지고 마는데, 오직 바다모샘치만이 아무

위협 없이 그 속에 숨어들어 거기서 잠이 든다고 한다.

—몽테뉴, 「레몽 스봉의 변호」[3]

다들 달아나자, 달아나자! 저것이 거룩한 예언자 모세께서 끈기 있는 욥의 생애를 말씀하시며 묘사하신 리바이어던이 아니라면 난 악마에게 붙잡혀 가도 좋다.

—라블레[4]

이 고래의 간은 짐마차 두 대 분량이었다.

—스토, 『연대기』

바닷물을 들끓는 솥처럼 부글거리게 하는 거대한 리바이어던.

—베이컨 경, 『시편 주해』

그 고래 또는 바다 괴물의 어마어마한 거체巨體에 대해 우리가 확실히 아는 것은 아무것도 없다. 그 고래는 자라면서 놀라울 정도로 기름진 몸이 되는데, 고래 한 마리에서만도 엄청난 양의 기름을 짜낼 수 있을 정도다.

—같은 저자, 『삶과 죽음의 역사』

내상을 치료하는 데는 경뇌유鯨腦油만한 것이 없습니다.

—『헨리왕』[5]

정말 고래 같군요.

—『햄릿』[6]

어떤 의사의 능력으로도 그를 살릴 수 없으니
그를 상처 입힌 자, 비열한 화살로 그의
가슴을 쏘아 그에게 영원한 고통을 심어준
바로 그자에게로 돌아가 복수하는 수밖에.
물살을 가르며 해안을 향해 질주해 가는 상처 입은 고래와도 같이.

—『요정 여왕』[7]

그 거대한 몸을 움직여 대양의 평화로운 정적을 깨뜨리고 들끓게 할 수 있는 고래들처럼 거대하다고.

—윌리엄 대버넌트 경, 『곤디버트』 서문

경뇌유가 무엇인지 사람들이 의아해하는 것도 당연한데, 박식한 호프만누스조차 서른 해에 걸쳐 쓴 저작에서 "*나는 그것이 무엇인지 모른다*"고 솔직하게 말했기 때문이다.

—토머스 브라운 경, 「경뇌유와 향유고래에 관하여」. 그의 『V. E.』[8]를 참조

쇠도리깨를 든 스펜서의 탈러스[9]처럼
녀석은 육중한 꼬리로 파멸의 위협을 가하네.
(…)
그들이 던진 창들이 녀석의 옆구리에 박혀 있고
등에 박힌 창들은 숲을 이루고 있구나.

—월러, 『서머제도의 전투』

정치공동체 또는 국가(라틴어로 '키비타스Civitas')라고 불리는 거대한 리바이어던은 인위적으로 만들어진 것으로, 단지 인조인간에 지나지 않는다.

—홉스, 『리바이어던』의 첫 문장

멍청한 인간영혼Mansoul 마을 사람들은 그것이 마치 고래 입속의 청어라도 되는 양 씹지도 않고 삼켜버렸다.

—『거룩한 전쟁』[10]

저 리바이어던,
바다를 헤엄쳐 다니는 신의 창조물 중
가장 거대한 바다짐승.

—『실낙원』[11]

살아 있는 피조물 중 가장 거대한 리바이어던,
깊은 바닷속에서 곶串처럼 늘어져 잠을 자거나
헤엄치는 그 모습은 마치 움직이는 육지와도 같으며
그 아가미 속으로 바다가 통째로 빨려들어갔다가
다시 코를 통해 통째로 뿜어져나온다.

—같은 책

바닷물 속을 헤엄칠 때, 몸속에 담긴 바다만큼 많은 기름 또한 함께 출렁이는 웅장한 고래들.

—풀러, 『세속 국가와 신성 국가』

어느 곶 뒤쪽에 바짝 붙어 누운 채
사냥감을 기다리는 거대한 리바이어던은
크게 벌린 아가리 속으로 길 잘못 든

새끼 물고기들을 무자비하게 삼켜버리네.

—드라이든, 『경이驚異의 해』

그들은 고래가 선미船尾 쪽에 떠올랐을 때 고래의 목을 친 뒤 최대한 해안 가까운 곳까지 보트로 끌고 간다. 하지만 고래는 수심이 12피트나 13피트 되는 곳에서 좌초하고 만다.

—「토머스 에지의 스피츠베르겐으로의 열 번의 항해」, 『퍼처스』[12] 중에서

그들은 항해 도중 수많은 고래들이 대양에서 노니는 걸 목격했다. 고래들은 자연이 어깨에 달아준 호흡기관과 공기구멍으로 장난스레 물을 뿜어 물보라를 일으키고 있었다.

—T. 허버트 경, 『아시아와 아프리카 항해』, 해리스 콜[13]

여기서 그들은 수많은 고래 무리를 만났는데, 혹시나 배들이 고래 등 위에 좌초될까 염려되어 매우 세심한 주의를 기울이며 나아가는 수밖에 없었다.

—스하우텐, 『여섯번째 주항周航』

우리는 엘베강에서 출항했다. 바람은 북동풍이었고, 배의 이름은 '고래 뱃속의 요나'. (…)

혹자는 고래가 입을 못 벌린다고들 하는데, 이는 전혀 근거 없는 이야기다. (…)

그들은 고래를 발견하기 위해 뻔질나게 돛대 위로 올라가곤 했다. 고래를 처음 발견한 사람에게는 그 대가로 두카토 금화 하나가 주어졌기 때문이다. (…)

셰틀랜드 근처에서 잡혔다는 고래 이야기를 들은 적이 있는데, 그 고래의

뱃속에는 청어가 한 통도 넘게 들어 있었다고 한다. (…)

우리 배의 작살잡이 중 하나가 내게 말하길, 그는 언젠가 스피츠베르겐에서 온몸이 하얀 고래를 잡은 적이 있다고 했다.

—『1671년, 그린란드 항해』, 해리스 콜

이 해안(파이프)에도 이런저런 고래들이 밀려오곤 했다. 1652년에는 길이가 80피트에 이르는 수염고래가 한 마리 들어왔는데, (내가 들은 바에 의하면) 그 고래로부터 엄청난 양의 기름 말고도 500파운드의 고래수염을 얻었다고 한다. 그 고래의 턱뼈는 피트퍼렌정원의 정문으로 사용되고 있다.

—시볼드, 『파이프와 킨로스』

누가 어떤 종류의 향유고래를 잡았다느니 하는 말은 도무지 들어보질 못했는데, 이는 녀석이 그만큼 사납고 재빠르다는 뜻이었으므로, 나는 과연 내가 이 녀석을 정복하고 죽일 수 있을지를 몸소 시험해보기로 했다.

—리처드 스태퍼드, 「버뮤다제도에서 보낸 편지」, 『철학회보』(1668)

바다의 고래들도
신의 말씀에 복종한다.

—『뉴잉글랜드 초급 독본』

우리는 또한 커다란 고래들이 넘쳐나는 것을 보았다. 남쪽 바다에는 말 그대로 저 북쪽 바다보다 백배나 많은 고래들이 있었다.

—카울리 선장, 『세계 일주 항해』(1729)

(…) 그리고 고래의 입김은 이따금 도저히 견딜 수 없는 악취를 풍겨 머리

를 띵하게 만들곤 한다.

—우요아, 『남아메리카』

선택된 쉰 명의 특별한 요정들에게
우리는 페티코트를 지키는 중요한 임무를 맡기노라.
우리가 종종 경험한 바로는, 일곱 겹의 울타리로도
수많은 버팀테와 고래 늑골 무장으로도 역부족이었나니.

—「머리 타래의 강탈」[14]

육지 동물을 심해에 사는 동물과 그 규모 면에서 비교해본다면 전자는 후자에 비해 하찮게 보일 것이다. 고래는 의심의 여지 없이 온 세상에서 가장 커다란 동물이다.

—골드스미스[15], 『자연사自然史』

작은 물고기들을 위한 우화를 쓰시려거든 그것들이 거대한 고래처럼 말하게 하세요.

—골드스미스가 존슨[16]에게

그날 오후에 우리는 바위처럼 보이는 것을 보았는데, 알고 보니 그것은 어떤 아시아인들이 죽인 다음 해안으로 끌고 가던 죽은 고래였다. 그들은 우리의 눈을 피하기 위해 고래 뒤에 자신들의 몸을 숨기려 애쓰는 것처럼 보였다.

—쿡, 『항해기』

그들은 그보다 더 큰 고래들은 좀처럼 공격하려 들지 않는다. 그들은 그 고래들 중 몇몇을 몹시 두려워하여 바다에 나갔을 때 감히 그 고래들의 이름조차 언급하길 꺼리며, 고래들이 너무 가까이 오지 못하도록 겁을 주기 위해 배에 똥이나 석회석, 향나무 목재 및 이와 유사한 성질의 것들을 싣는다.

—우노 본 트로일이 쓴 편지 중 뱅크스와 솔랜더의
1772년 아이슬란드 항해에 대한 부분

낸터킷 사람들이 발견한 향유고래는 활동적이고 사나운 동물이므로 어부들에게는 엄청난 솜씨와 배짱이 요구됩니다.

—토머스 제퍼슨이 1788년 프랑스 공사에게 보낸 고래에 대한 각서

그리고 의장님, 세상에 그런 게 대체 또 어디 있겠습니까?

—낸터킷 포경업에 대한 에드먼드 버크의 의회 연설

스페인—유럽의 해안에 좌초한 거대한 고래.

—에드먼드 버크(출처 불명)

국왕의 통상 세입의 열번째 항목은 왕실 물고기, 즉 고래와 철갑상어에 대한 권리로, 이는 국왕이 해적과 그들의 노략질로부터 지키고 보호해준다는 생각에 따른 것이다. 이 물고기들은 해안으로 밀려온 것이든 해안 근처에서 잡힌 것이든 모두 국왕의 재산이다.

—블랙스톤

선원들은 곧 죽음의 경기를 즐기러 몰려가리.
머리 위 향해 강철로 된 미늘창 굳건히 들고 있는
로드먼드는 한시도 방심하지 않네.

—팰코너, 『난파선』

지붕과 돔과 첨탑은 찬란히 빛났고
　저절로 발사된 폭죽은
궁창穹蒼 한가운데에
　찰나의 불꽃을 장식했네.
그리하여 불을 물에 비유하자면,
　하늘의 고래가 높이 뿜어낸
대양이 넘실넘실거리며
　걷잡을 길 없는 환희를 드러냈네.

—쿠퍼, 「여왕의 런던 행차에 부쳐」

심장에 일격을 가하면 10에서 15갤런에 달하는 피가 엄청난 속도로 뿜어져 나온다.

—(소형)고래 해체에 대한 존 헌터의 설명

고래의 대동맥은 그 안지름이 런던 브리지의 중앙 수도관보다 크며, 그 관 속을 요란하게 흘러가는 물도 힘과 속도 면에서는 고래 심장에서 솟구쳐 나오는 피에 못 미친다.

—페일리, 『신학』

고래는 뒷발이 없는 포유동물이다.

—퀴비에 남작

우리는 남위 40도에서 향유고래들을 봤지만, 바다가 그것들로 가득 뒤덮였던 5월 1일 전까지는 향유고래를 한 마리도 잡지 않았다.

—콜넷, 『향유고래 포경업의 확장을 위한 항해』[17]

내 발아래 자유로운 환경 속에서
온갖 색깔과 형태와 종류의 물고기들이 놀고 쫓고 싸우느라
헤엄치고 버둥거리고 또 물속 깊은 곳으로 잠수했다.
무서운 리바이어던부터 물결마다 가득한
수백만 마리의 플랑크톤에 이르기까지, 그것은 말로 형언할 수 없으며
선원들조차 보지 못한 광경.
부유하는 섬들처럼 거대한 무리를 지은 채
신비한 본능에 이끌려 저 황량하고
길조차 없는 세계로 나아간다.
비록 칼과 톱, 나선형 뿔이나 갈고리 같은 엄니로
얼굴이나 턱을 무장한 게걸스러운 적들과 고래들, 상어들
그리고 괴물들로부터 사방에서 습격을 당할지라도.

—몽고메리, 『대홍수 이전의 세계』

오! 찬양하라! 오! 노래하라,
지느러미 종족의 왕을 위하여.
드넓은 대서양에서도
이보다 힘센 고래는 찾아볼 수 없으며
북극해 주변에서 몸부림치는
그 어떤 물고기도 이보다 기름질 순 없나니.

—찰스 램, 「고래의 개선가」

1690년에 몇몇 사람들이 높은 언덕 위에 올라 고래들이 물을 뿜으며 서로 장난치는 모습을 보고 있었을 때, 그중 한 명이—바다를 가리키며—말했다. 바로 저기 우리 아이들의 손주들이 빵을 얻기 위해 가야 할 푸른 초원이 있

다고.

—오베드 메이시, 『낸터킷의 역사』

나는 수전과 함께 살 오두막집을 짓고 고래의 턱뼈를 세워 고딕 아치형 입구를 만들었다.

—호손, 『두 번 들려준 이야기』

그녀는 무려 사십 년 전 태평양에서 고래에게 죽임을 당한 자신의 첫사랑을 위한 기념비를 주문하러 왔다.

—같은 저서

"아닙니다, 선장님, 참고래예요." 톰이 대답했다. "녀석이 물을 뿜는 걸 봤어요. 기독교인이라면 누구나 보고 싶어할 만한 예쁜 쌍무지개를 만들어내더군요. 저 녀석 말이에요, 완전 기름통이에요!"

—쿠퍼, 『해군 항해사』

신문이 들어왔을 때, 우리는 〈베를린 가제트〉지에서 그곳 무대에 고래들이 등장했다는 기사를 보았다.

—에커만, 『괴테와의 대화』

"세상에! 체이스 씨, 무슨 일이죠?" 나는 대답했다. "고래가 배에 구멍을 냈어요."

—『태평양에서 거대한 향유고래의 공격을 받고 결국 파괴된 낸터킷의 포경선 에식스호 난파기』(1821, 뉴욕), 에식스호 일등항해사 오언 체이스

어느 날 밤, 선원은 돛대 밧줄에 앉아 있고
 바람은 아무렇게나 새된 소리로 불어오고 있었네.
희미한 달빛은 밝아졌다 흐려졌고
고래가 헤엄치며 지나간 자리엔
 인광이 번쩍였네.

—엘리자베스 오크스 스미스[18]

이 고래 한 마리를 잡기 위해 여러 배들에서 푼 밧줄의 길이는 모두 합쳐 10,440야드, 거의 6마일에 달했다. (…)

고래가 때로 그 무시무시한 꼬리를 공중에 휘두르면 날카로운 채찍질 같은 그 소리는 3, 4마일 떨어진 곳까지 울려퍼진다.

—스코스비[19]

이 새로운 공격이 주는 고통을 견뎌내느라 분노가 극에 달한 향유고래는 계속해서 몸부림을 친다. 녀석은 거대한 머리를 번쩍 들고는 활짝 벌린 아가리로 주변의 모든 것들을 닥치는 대로 물어댄다. 향유고래는 머리를 들이밀고서 배들을 향해 돌진한다. 배들은 녀석 앞에서 엄청나게 빠른 속도로 밀려나거나 때로는 완전히 파괴되고 만다.

(…) 이토록 흥미롭고 상업적 관점에서도 몹시 중요한 (향유고래 같은) 동물의 습성에 대한 연구가 철저히 무시당해왔다는 사실, 혹은 근래 들어 그들의 습성을 관찰할 가장 풍족하고도 편리한 기회를 누렸을 유능한 관찰자들을 포함한 다수의 호기심을 거의 자극하지 못했다는 사실은 참으로 놀라운 일이다.

—토머스 빌, 『향유고래의 역사』(1839)

카샬로(향유고래)는 몸 앞뒤로 가공할 만한 무기를 지녔기에 참고래(그린란드고래 또는 검은참고래)보다 더욱 뛰어난 무장을 갖추었다고 할 수 있을 뿐만 아니라 기질상 그 무기들을 더 빈번하고도 공격적으로 사용하는데, 그 방법이 참으로 교묘하고 대담하면서도 위협적인 까닭에 알려진 모든 고래 중 가장 공격하기 위험한 종으로 여겨지게 되었다.

—프레더릭 데벨 베넷, 『세계 일주 포경 항해기』(1840)

10월 13일. "저기 고래가 물을 뿜는다"라는 소리가 돛대 꼭대기에서 들려왔다.

"어느 방향인가?" 선장이 물었다.

"뱃머리에서 바람 불어가는 쪽으로 3포인트 떨어진 곳입니다, 선장님."

"키를 올리고 항로를 유지하라!"

"네, 선장님."

"어어이, 망꾼! 지금도 그 고래가 보이나?"

"그렇습니다, 선장님! 향유고래떼예요! 저기 고래가 물을 뿜는다! 저기 고래가 물위로 뛰어올랐다!"

"크게 외치게! 계속 소리쳐!"

"네네, 선장님! 저기 고래가 물을 뿜는다! 저기, 또 저기, 또 저어기, 고래가 물을 뿜는다, 뿜는다아아, 푸우우!"

"거리는?"

"2마일 반입니다."

"이런 망할! 정말 가깝군! 다들 집합시켜!"

—J. 로스 브라운, 『포경 항해 소묘』(1846)

우리가 이제부터 들려주려는 선상 참극이 일어났던 포경선 글로브호는 낸터킷섬 선적船籍이었다.

—생존자 레이와 허시, "글로브호의 선상 반란에 관한 이야기"(1828)

예전에 본인이 상처 입힌 고래에게 쫓기게 된 그는 한동안 창으로 그 공격을 막아냈다. 하지만 격노한 괴물은 마침내 배를 향해 돌진해 왔고, 그와 동료들은 그 습격을 피할 수 없다는 걸 알고는 물속으로 뛰어들어 겨우 목숨을 건졌다.

—타이어먼과 베넷, 『전도傳道 일지』

"낸터킷 자체가 전체 국익에서 매우 놀랍고도 독특한 부분을 차지하고 있습니다. 팔천 내지 구천 명에 이르는 인구가 이곳 바다에서 살아가면서 그 대담하고도 굴하지 않는 노력으로 매해 국가의 부에 막대한 기여를 하고 있습니다"라고 웹스터 씨는 말했다.

—낸터킷 방파제 건설 청원에 대한 미국 상원에서의 대니얼 웹스터 연설 기록(1828)

고래는 곧장 그를 덮쳤고, 아마도 그를 순식간에 죽여버렸을 것이다.

—헨리 T. 치버 목사, 『고래와 그 포획자들: 프레블 제독의 귀향 항해에서 모은 포경선원의 모험과 고래의 일대기』

"어디 한번 떠들어보시지, 내가 지옥으로 보내줄 테니." 새뮤얼이 대답했다.

—새뮤얼의 동생 윌리엄 콤스톡, 『새뮤얼 콤스톡(반란자)의 생애』. 포경선 글로브호에 대한 또다른 이야기

가능하면 인도로 가는 항로를 찾고자 북양北洋으로 떠났던 네덜란드인들과 영국인들의 항해는 비록 그 목적을 달성하지는 못했지만, 이로 인해 고래 서

식지가 세상에 알려지게 되었다.

—매컬록, 『상업 사전』

이러한 일들은 상호적이다. 되튄 공은 다시 앞으로 튈 수밖에 없는 법. 이제 고래 서식지가 세상에 알려지게 되었으므로, 포경선원들은 우회적으로 그 신비로운 북서 항로에 대한 새로운 실마리들 또한 얻게 된 것으로 보인다.

—미발표된 어떤 글에서

바다에서 포경선과 마주쳐 그 모습을 가까이서 보게 된다면 무척 놀랄 수밖에 없다. 돛을 줄인 배에서 돛대 꼭대기에 오른 망꾼들이 드넓은 사방을 열심히 살피는 모습은 보통의 항해를 떠난 배들과는 완전히 다른 분위기를 풍긴다.

—「해류와 포경업」, 『미국 탐험 여행기』[20]

런던이나 그 밖에 다른 곳의 근교를 걸어본 사람이라면 곡선 모양의 커다란 뼈가 땅 위에 수직으로 세워져 아치형 대문이나 정자 입구로 사용되는 것을 본 기억이 있을 것이다. 그리고 그들은 아마도 이것이 고래의 늑골이라는 이야기를 들어본 적이 있을 것이다.

—『북극해 포경 항해자의 이야기』[21]

포경 보트를 타고 고래떼를 추격하던 백인들은 모선으로 돌아와서야 자신들의 배가 선원들 틈에 끼어 있던 야만인들의 손아귀에 떨어졌다는 사실을 알게 되었다.

—포경선 호보맥호의 탈취와 탈환에 대한 신문 기사

(미국) 포경선에 오른 선원 중에서 출항했을 때 탔던 배를 그대로 타고 돌아오는 이들이 극히 적다는 것은 매우 잘 알려진 사실이다.

—『포경선 항해기』[22]

갑자기 물속에서 거대한 몸체가 나타나더니 공중을 향해 수직으로 솟구쳤다. 고래였다.

—『미리엄 코핀: 고래잡이 어부』[23]

물론 고래 몸에 작살을 박아넣을 순 있다. 하지만 잘 생각해보시라. 겨우 꼬리 끝에 밧줄 하나를 묶어놓았다고 해서 힘세고 길들여지지 않은 망아지를 어떻게 감당할 수 있겠는가.

—『늑재와 장관檣冠』[24] 중 포경업에 관한 장

한번은 아마도 수놈과 암놈이었을 괴물(고래) 두 마리가 해안(티에라델푸에고)에서 돌을 던지면 맞힐 수도 있을 만큼의 거리, 너도밤나무가 가지를 드리운 곳 바로 아래서 교대로 천천히 헤엄치는 모습을 보았다.

—다윈, 『어느 박물학자의 항해기』[25]

"후진!" 고개를 돌리자마자 뱃머리까지 다가온 커다란 향유고래가 입을 벌린 채 금방이라도 보트를 박살낼 듯 위협하는 모습을 본 항해사는 외쳤다. "죽을힘을 다해 후진하라!"

—『고래 사냥꾼 워턴』[26]

그러니 힘을 내시게, 나의 동료들이여, 절대 용기를 잃지 마시게,
용감한 작살잡이가 고래를 공격하는 동안은!

—낸터킷의 노래

오, 진귀한 고래여, 그대 사는 곳은
  폭풍과 돌풍 몰아치는 대양 한가운데.
힘이 곧 권리인 그곳에서 살아가는
  힘센 거인이시여, 가없는 바다의 왕이시여.

—고래의 노래

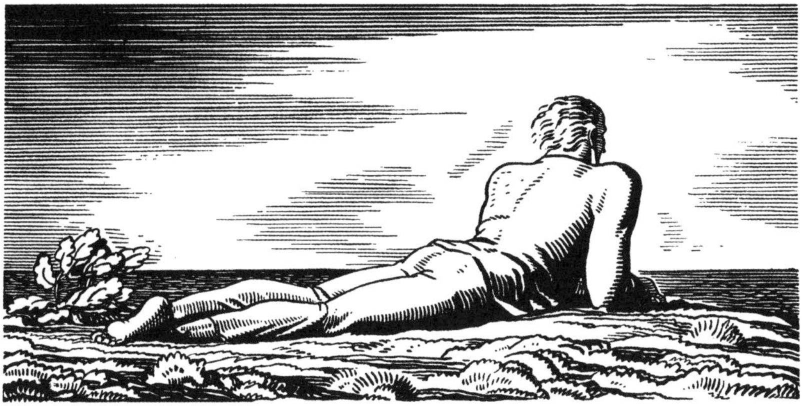

1장
어렴풋이 드러나는 것들[27]

나를 이슈미얼[28]로 불러달라. 몇 년 전—정확히 언제인지는 중요하지 않다—지갑에는 거의 돈 한 푼 없고 육지에는 딱히 흥미를 잡아끄는 것이 없었으므로, 나는 잠시 배를 타고 나가 세상의 바다를 둘러봐야겠다고 생각했다. 그것이 내가 울화증을 떨쳐버리고 날뛰는 피를 잠재우는 방법이다. 입매가 험악하게 굳어질 때, 내 영혼이 부슬부슬 비 내리는 축축한 11월 같아질 때, 나도 모르게 관을 파는 상점 앞에 멈춰 선다거나 마주치는 장례 행렬의 후미를 따라갈 때, 그리고 특히 극심한 우울증에 사로잡힌 나머지 일부러 거리로 나가 사람들의 모자를 차례로 쳐서 떨어뜨리고 싶은 마음을 억누르려면 엄청난 도덕심을 발휘해야 할 때, 그럴 때면 최대한 서둘러 바다로 떠나야 할 시간이 되었다는 생각이 드는 것이다. 내게는 이 방법이 권총과 총알을 대신한다. 카토[29]는 철학적 미사여구를 늘어놓으며 자신에게 칼을 들이댔지만, 나는 조용히 배에 오른다. 놀랄 일은 아니다. 바다를 알게 되면 신분을 막론하고 거의 모든 사람들이 언젠가는 바다에 대해 나와 비슷한 감정을 품게 될 테니까.

그리고 저기, 인도의 섬들이 산호초에 둘러싸여 있듯 부두에 둘러싸여 있으며, 사방에서 무역의 파도가 밀려오는 당신들의 섬 맨해튼시市가 있다. 오른쪽으로 가든 왼쪽으로 가든 길은 바다로 이어진다. 시내 가장 끝자락에는 배터리공원이 있는데, 그곳의 웅장한 방파제는 파도에 씻기며 몇 시간 전만 해도 육지에서 멀리 떨어져 있던 미풍에 몸을 식힌다. 보라, 그곳에서 바다를 바라보는 사람들을.

꿈결 같은 안식일 오후에 도시를 거닐어보라. 콜리어스곶에서 코엔티스 선창까지 걸어간 다음, 거기서 다시 화이트홀을 지나 북쪽을 향해 걸어보라. 뭐가 보이는가? 언젠가는 죽을 운명에 처한 수천 명의 사람들이 대양의 몽상에 빠진 채 말없는 보초병들처럼 시내 곳곳에 서 있다. 누구는 말뚝 지지대에 기대어 있고, 누구는 잔교 끝에 앉아 있으며, 또 누구는 중국에서 온 배의 뱃전 너머를 바라보고 있고, 누구는 마치 바다를 더 잘 보기 위해 안간힘을 쓰기라도 하듯 삭구索具 위에 높이 올라가 있다. 하지만 이들은 모두 육지인들이다. 주일을 온통 욋가지와 회반죽으로 지은 건물 속에 갇혀서 보내는, 계산대에 묶여 있거나 의자에 못박혀 있거나 책상에 단단히 고정된 사람들. 그렇다면 이는 어째서인가? 푸른 들판은 사라져버렸나? 그들은 여기서 무얼 하고 있나?

하지만 보라! 더 많은 사람들이 바다에 뛰어들기라도 할 것처럼 곧장 이곳을 향해 오고 있다. 이상하기도 하지! 육지 가장 끝자락에 서는 일 말고는 그 무엇도 그들을 만족시켜주지 못하다니. 저기 보이는 창고 아래 그늘지고 바람 없는 곳에서 빈둥거리는 것만으로는 부족한 것이다. 그렇다. 그들은 물속에 빠지지 않는 선에서 최대한 물 가까이로 가야만 한다. 그리고 저기 그들이 수마일이나 줄지어 서 있다. 모두 육지인들로 좁은 길과 골목, 거리와 대로, 동서남북 사방에서 몰려온다. 그러나 여기서 그들은 모두 하나가 된다. 그러니까 저 모든 배들의 나침반이 지닌 자력이 저들을 이곳으로 끌어모으기라도 한다는 말인가?

한 가지 더. 당신이 어느 시골, 호수가 있는 고원지대에 있다고 해보자. 마음에 드는 어떤 길을 택하든 당신은 십중팔구 계곡을 따라 내려가 개울의 웅덩이에 당도하게 될 것이다. 웅덩이에는 마력이 숨어 있다. 세상에서 가장 얼빠진 인간 하나를 깊은 몽상에 빠뜨린 다음, 그를 일으켜 세워 두 다리를 바삐 움직이게 해보라. 그 지방에 물이 있는 한, 그는 분명 당신을 물 있는 쪽으로 인도할 것이다. 당신이 미국의 거대한 사막에서 갈증을 느끼게 되었는데 마침 일행 중에 형이상학 교수들이 있다면, 이 실험에 한번 도전해보라. 그렇다, 다들 알다시피 명상과 물은 서로 영원히 맺어진 사이이다.

그런데 여기 한 화가가 있다. 그는 세이코 계곡의 모든 풍경을 통틀어 가장 몽환적이고 은밀하며 가장 적막하고도 매혹적이고 낭만적인 풍경을 당신에게 그려주고 싶어한다. 그는 가장 중요한 요소로 무엇을 도입할 것인가? 그가 저기 세운 나무들은 마치 그 속에 은둔자나 십자가상이 들어앉아 있기라도 한 양 몸통이 텅 비어 있다. 이곳엔 그의 목초지가 잠들어 있고, 저곳엔 그의 가축이 잠들어 있으며, 저기 저 오두막 너머로는 나른한 연기가 피어오른다. 멀리 깊은 산림지대 속으로 구불구불하게 뻗어나간 미로 같은 길은 여러 겹으로 포개진 산 위 돌출부로 이어지고, 산허리는 푸르게 젖어 있다. 비록 그림은 이처럼 무아지경에 빠져 있을지언정, 그리고 저 소나무가 저기 저 양치기의 머리 위로 나뭇잎을 떨구듯 탄식을 내뱉을지언정, 양치기의 눈이 눈앞의 마법 같은 개울을 응시하고 있지 않다면 이 모든 것은 헛될 따름이다. 6월에 대초원을 방문해보라. 수십 마일에 걸쳐 무릎까지 오는 참나리 사이를 헤치며 거닐 때, 뭔가 부족하다고 여겨지는 그 한 가지 매력은 무엇일까? 바로 물이다. 그곳엔 한 방울의 물도 없는 것이다! 나이아가라가 커다란 모래 폭포에 지나지 않다면 당신은 그것을 보기 위해 수천 마일을 여행하겠는가? 테네시주의 그 가난한 시인이 갑자기 두 움큼의 은화를 얻게 되었을 때, 몹시 필요했던 코트를 살지, 아니면 그 돈을 로커웨이 해변으로 가는 도보여행 자금으로 쓸지 골똘히 고민했던 것은 어째서인가? 왜 늠름하고 건강한 영혼을 지닌 늠름하고 건강한 청년들 대다수는 언젠가 바다로 가게 되길 그토록 열망하는가? 처음 배를 타고 항해하면서 당신과 당신이 탄 배가 이제 육지에서 벗어났다는 말을 난생처음 들었을 때, 그토록 신비한 떨림을 느꼈던 것은 왜인가? 왜 고대 페르시아인들은 바다를 신성하게 여겼던가? 그리스인들은 왜 바다의 신을 따로 두고 그를 제우스의 형제로 삼았을까? 이 모든 일에는 분명 의미가 있을 것이다. 또한 샘에 비친 자신의 고통스럽고도 고요한 상을 붙잡을 수 없어 그 속에 뛰어들어 익사하고 만 나르키소스의 이야기는 훨씬 더 큰 의미를 지닌다. 하지만 그와 똑같은 상을, 우리는 모든 강과 바다에서 본다. 그것은 붙잡을 수 없는 허깨비 같은 인생의 상이며, 모든 것의 열쇠다.

나는 눈가가 침침해지고 가슴이 답답해지기 시작할 때면 바다로 나가는 버릇이 있다고 말했는데, 그렇다고 해서 승객이 되어 바다로 간다는 뜻은 아니다. 승객이 되어 바다로 가기 위해서는 지갑이 필요한데, 지갑이란 그 안에 뭔가 든 게 없다면 넝마쪽에 불과하다. 게다가 승객들은 뱃멀미에 시달리며 걸핏하면 싸우려 들고 밤에 잠을 자지 않으니 대체로 별 즐거움을 누리지 못한다. 그렇다, 나는 절대 승객으로 바다에 나가지 않는다. 그리고 내가 경험 많은 선원이기는 해도 제독이나 선장, 주방장으로 바다에 나가는 것은 아니다. 그런 직책에 어울리는 영예와 우대는 그런 것들을 좋아하는 이들을 위해 포기하련다. 나로 말할 것 같으면, 그 모든 명예롭고 존경할 만한 노고와 시련과 고생거리는 그것이 뭐가 됐든 딱 질색이다. 굳이 함선, 바크선, 브리그선, 스쿠너선 따위에 신경쓰지 않더라도, 내 몸 하나를 돌보는 것만으로도 벅차다. 그리고 주방장으로 바다에 나가는 것에 대해 말하자면, 그 자리가 배에서 중요한 직책인 까닭에 상당한 명예가 주어지는 일이라는 건 인정하지만, 어째서인지 나는 단 한 번도 닭 굽는 일을 좋아해본 적이 없다. 물론 일단 굽고 제대로 버터를 바른 다음 소금과 후추를 적당히 친 닭고기구이에 대해, 경건하다고까지는 말 못하겠지만, 그토록 경의를 담아 말할 사람은 나 말고 없을 테지만 말이다. 거대한 제빵소 화덕 같은 피라미드에서 따오기나 하마의 미라가 발견되는 것은 고대 이집트인들이 따오기구이와 하마구이를 우상숭배에 가까울 정도로 열렬히 사랑했기 때문이다.

그렇다, 바다에 나갈 때 나는 돛대 바로 앞에 서거나 앞갑판 선실로 달려 내려가거나 맨 꼭대기 돛대 위로 올라가는 평선원으로 나간다. 물론 이런저런 명령을 받고서 5월 초원의 메뚜기처럼 이 돛대에서 저 돛대로 뛰어다녀야 한다는 건 사실이다. 그리고 처음에 이런 일은 무척이나 불쾌하게 느껴진다. 자존심이 상하는 일로, 만일 육지의 유서 깊은 가문인 밴 렌셀라, 랜돌프, 하르디카누트 출신이라면 더욱 그러할 것이다. 그리고 가장 힘든 건, 타르 단지에 손을 집어넣는 평선원의 일을 하기 직전에 시골 선생으로 군림하면서 반에서 가장 덩치 큰 학생을 앞에 세워놓고 두려움에 떨게 했던 사람의 경우다. 분명히 말해두거니와, 선생에서 선원으로 갈아타는 일은 장난이 아니라서, 씩 웃으면서 그 일을 견뎌내려면 세네카와 스토아학파[30]를 진하게 달여 마셔야 한다. 하지만 이마저도 시간이 흐르면 차츰 무뎌지고 만다.

어떤 늙은 잔소리꾼 선장이 내게 빗자루를 가져와 갑판을 쓸라고 명령한다고 한들, 그게 무슨 대수란 말인가? 내 말은, 『신약성경』이라는 저울에 달아보았을 때 그 모욕의 무게가 얼마나 되겠는가? 당신은 그때 내가 그 늙은 잔소리꾼의 명령에 즉시 그리고 정중히 따랐다고 해서 대천사 가브리엘이 나를 하찮게 여기리라 생각하는가? 이 세상에서 노예 아닌 자 그 누구란 말인가? 한번 말해보라. 글쎄, 그러니 늙은 선장들이 내게 무슨 명령을 내리든, 그들이 나를 얼마나 치고 때리든, 나는 모든 게 다 괜찮다는 것을 알고는 이에 만족한다. 다른 이들도 어떤 식이 됐든—즉 육체적 관점에서든 형이상학적 관점에서든—모두 동일한 대접을 받고 있으며, 따라서 전 인류는 서로를 번갈아가며 때리고 있는 셈이므로, 다들 서로의 어깨를 어루만져주며 만족하는 수밖에 별도리가 없다.

다시 한번 말하지만, 내가 선원으로 바다에 나가는 것은 반드시 고난에 대한 대가가 지불되기 때문이다. 반면에 승객이 동전 한 푼이라도 받았다는 이야기는 들어본 적이 없다. 그러기는커녕 승객은 오히려 돈을 내야만 한다. 그리고 돈을 내는 일과 돈을 버는 일 사이에는 엄청난 간극이 존재한다. 돈을 내는 일은 아마도 과수원의 두 도둑[31]이 우리에게 남긴 가장 귀찮은 종류의 형벌일 것이다. 하지만 돈을 버는 일—그것을 무엇에 비할 수 있을까? 돈이야말로 모든 세속적 악의 근원이므로 돈 있는 사람은 무슨 일이 있어도 천국에 가지 못한다는 우리의 진심어린 믿음을 생각했을 때, 인간이 품위 있는 활동으로 돈을 번다는 것은 진정 놀라운 일이다. 아! 우리는 얼마나 기꺼이 우리 자신을 지옥에 내맡기는지!

마지막으로 말하건대, 내가 늘 선원으로 바다에 나가는 이유는 건강에 좋은 운동과 앞갑판에서 마시는 맑은 공기 때문이다. 육지에서도 그렇거니와, (피타고라스의 금언[32]을 어기지 않았다면) 앞에서 불어오는 바람이 뒤에서 불어오는 바람보다는 훨씬 우세하기에, 뒷갑판의 제독이 들이쉬는 숨은 대개 앞갑판의 선원들이 이미 내쉰 숨이다.[33] 그는 자신이 가장 먼저 바람을 들이마신다고 생각하겠지만 실상은 그렇지 않다. 마찬가지로, 다른 여러 경우에도 실은 민중이 지도자들을 이끌고 있지만, 지도자들은 그러한 사실을 거의 알아차리지 못한다. 하지만 상선 선원으로 계속해서 바다 냄새를 맡아온 내가 이제 와서 포경 항해를 떠나고자 마음먹은 것은 대체 왜일까? 이 질문에 누구보다 잘 대답해줄 자는 운명의 여신들이 보낸 보이지 않는 경찰관, 즉 끊임없이 나를 관찰하고 미행하고 있으며 생각지도 못한 방식으로 내게 영향을 끼치고 있는 바로 그자일 것이다. 그리고 나의 이번 포경 항해는 신의 섭리에 따른 원대한 계획의 일부를 이루며, 아주 오래전부터 예정되어 있었음이 틀림없다. 이 항해는 더욱 큰 규모의 공연 사이에 낀 간단한 막간극이나 일인극 같은 것이다. 전체 공연 포스터에서 이번 일이 차지하는 비중은 다음과 같은 정도가 아닐까.

미합중국 대통령 선거전

이슈미얼이란 자의 포경 항해

피비린내나는 아프가니스탄 전투

운명의 여신들이라는 무대감독들이 다른 이들에게는 고상한 비극에서의 숭고한 역할, 우아한 희극에서의 쉽고 간단한 역할, 익살극에서의 명랑한 역할 등을 맡기면서 왜 하필 내게는 포경 항해에서의 이런 보잘것없는 역할을 맡겼는지는 알 수 없다. 비록 정확한 까닭을 알 수는 없어도 이제 모든 것을 돌이켜 생각해보니, 다양한 모습으로 변장하고서 교활하게 내 앞에 나타나 나로 하여금 그 역할을 맡게끔 꾀어냈을 뿐 아니라 그것이 나의 편견 없는 자유의지와 예리한 판단에 따른 선택이었다는 기만에 빠져들게 한 동기와 이유에 대해 조금은 알 것도 같다.

그 동기 중 가장 결정적이었던 것은 거대한 고래 자체가 주는 압도적인 느낌이었다. 그토록 경이롭고 신비한 괴물은 나의 호기심을 완전히 자극했다. 또한 고래가 섬만한 몸뚱이를 굴리는 거칠고도 먼 바다, 말로는 표현할 수 없으며 입에 담기조차 꺼려지는 고래의 위험성, 게다가 파타고니아에서 들려오는 무수한 목격담에서 느껴지는 불가사의함까지도 나를 나의 바람대로 이끄는 데 한몫했다. 아마 다른 사람들이라면 이런 것들에 유혹당하지 않았을 테지만, 내가 누구던가, 나는 저 먼 것들에 영원한 갈망을 지닌 사람이다. 나는 금지된 바다를 항해하고 야만적인 해안에 상륙하길 즐긴다. 나는 좋은 것을 못 본 척하지 않으면서 공포 또한 기민히 알아차리며—그렇게 하도록 허락해주기만 한다면—공포와 친하게 지낼 수도 있다. 자신이 머무르게 된 장소에 함께 머무르는 이들과 친하게 지내는 것은 어쨌거나 좋은 일 아니겠는가.

이런 연유로 나는 포경 항해를 기꺼이 받아들였다. 경이로운 세계로 가는 거대한 수문이 활짝 열렸고, 나를 이 결심으로 이끈 열광적인 상상 속에서 끝없는 행렬을 지은 고래들이 두 마리씩 짝을 지어 내 영혼 깊숙한 곳으로 흘러 들어왔다.[34] 그리고 그 모든 고래들 한가운데, 하늘에 우뚝 솟은 설산처럼 거대한 두건을 쓴 유령 하나가 떠다니고 있었다.

2장
여행 가방

나는 양탄자 천으로 만든 낡은 여행 가방에 셔츠 한두 장을 쑤셔넣고는, 가방을 겨드랑이에 낀 채 혼곶[35]과 태평양을 향해 출발했다. 정든 맨해튼시를 떠나 제시간에 뉴베드퍼드[36]에 도착했다. 12월의 어느 토요일 밤이었다. 나는 낸터킷[37]으로 가는 소형 정기선이 이미 떠났으며, 오는 월요일까지는 그곳에 갈 방법이 없다는 사실을 알고는 적잖이 실망했다.

고래잡이라는 고난과 형벌을 자청하는 대부분의 젊은이들은 바로 이 뉴베드퍼드를 기점으로 항해를 시작하지만, 나로서는 그럴 생각이 없었다는 사실을 말해두는 편이 좋겠다. 나는 낸터킷의 배가 아니면 타지 않으리라고 마음먹었는데, 이 유명하고 오래된 섬과 관련된 모든 것에서 느껴지는 기분좋고 활기찬 분위기가 나를 몹시 즐겁게 했기 때문이다. 게다가 최근 뉴베드퍼드가 점차 포경업을 독점해가고 있으며, 이 점에서 이제 불쌍하고 가련한 낸터킷은 그보다 훨씬 뒤처져버렸지만, 낸터킷이야말로 포경업의 위대한 발상지—카르타고 이전의 티레—이자 미국 최초의 고래 사체가 육지로 떠밀려온 곳이다. 저 원주민 고래잡이들, 아메리칸인디언들이 힘차게 카누에 올라 처음으로 리바이어던을 쫓던 곳이 낸터킷이 아니면 대체 어디겠는가? 그리고—전하는 이야기에 따르면—최초의 대담한 소형 범선이 위험을 무릅쓰고 제1사장斜檣에서 작살을 던질 적절한 때가 언제인지를 알아내기 위해 수입한 조약돌을 얼마간 싣고 나가 고래를 향해 던졌다는데, 그 범선이 출항했던 곳 또한 낸터킷이 아니면 어디란 말인가?

이제 뉴베드퍼드에서 하룻밤과 한나절, 그리고 또 하룻밤을 머물러야만 목적지로 삼은 항구로 떠날 수 있게 된 나로서는 그동안 어디서 먹고 잘 것인지가 큰 문제로 다가왔다. 매우 불안해 보이는, 아니 매우 어둡고 음침한 밤, 살을 에는 듯이 춥고 쓸쓸한 밤이었다. 그곳에 내가 아는 사람은 아무도 없었다. 불안에 떠는 쇠갈고리 같은 손가락으로 주머니를 뒤져봤지만 따라 나오는 것이라곤 고작 은화 몇 개가 전부. 그러니 어디를 가든 이슈미얼이여, 하고 나는 혼자 중얼거렸다—가방을 어깨에 두른 채 황량한 거리 한가운데 서서 북쪽 방향의 어두컴컴함과 남쪽 방향의 어둠을 비교해보면서—네가 지혜를 발휘해 정한 오늘밤 숙소가 어디든지 간에, 친애하는 이슈미얼이여, 꼭 가격을 물어보고, 너무 까다롭게 굴진 마시게.

망설이는 듯한 걸음으로 거리를 서성대다가 '열십자 작살'이라는 간판을 지나쳤다—하지만 그곳은 너무 비싸고 떠들썩해 보였다. 계속 나아가자 '황새치 여인숙'의 환하고 붉은 창문에서 강렬한 빛줄기가 쏟아져나와 집 앞에 잔뜩 쌓인 눈과 얼음을 녹여버리기라도 한 것처럼 보였다. 그쪽을 제외한 다른 모든 곳에는 단단한 아스팔트 보도 위에 얼어붙은 서리가 10인치씩이나 쌓여 있었기 때문이다—힘들고 무자비한 노역으로 인해 내 부츠 밑창은 완전히 최악의 상태였으므로, 울퉁불퉁하게 튀어나온 보도를 걷는 것은 좀 피곤한 일이었다. 너무 비싸고 떠들썩해 보이는군, 잠시 거리에 멈춰 선 채 넓게 퍼져나오는 빛을 바라보고 안에서 들려오는 술잔 부딪치는 소리를 들으며 나는 또 생각했다. 그래도 계속 가, 이슈미얼, 마침내 나는 말했다. 저 소리가 들리지 않니? 문

앞에서 비켜. 네 얼룩진 부츠가 길을 막고 있잖아. 그래서 나는 계속 걸었다. 이제는 본능에 몸을 맡긴 채 나를 바다 쪽으로 데려다줄 거리를 따라갔다. 그곳에는 분명 가장 쾌적하진 않더라도 가장 싼 여인숙이 있을 터였다.

그토록 황량한 거리라니! 양쪽에 늘어선 것은 집이 아닌 덩어리진 어둠이었으며, 간혹 보이는 촛불은 꼭 지하 납골당 안에서 흔들리고 있는 듯했다. 한 주의 마지막 날, 그것도 이런 밤 시간에 도시의 이 지역은 거의 버림받은 듯한 모습이었다. 하지만 이내 나는 낮고 폭이 넓은 건물에서 희뿌연 불빛이 흘러나오는 곳에 이르렀다. 날 초대하기라도 하듯 건물의 문은 열려 있었다. 그것은 공용 건물이라도 되는 양 수수한 모습을 하고 있었다. 그렇게 난 현관으로 들어갔는데, 들어가자마자 그만 거기 있던 석탄재 통에 발이 걸려 넘어지고 말았다. 하! 나는 생각했다. 하, 공중에 날리는 이 재가 거의 내 숨통을 틀어막고 있으니, 이 재들은 파괴된 도시 고모라[38]에서 날아온 것이려나? 그런데 아까 본 간판이 '열십자 작살'과 '황새치'였지?—그렇다면 이곳 간판은 분명 '함정'쯤 되겠군. 하지만 나는 몸을 일으켜 안쪽에서 울리는 커다란 목소리를 들으며 안에 있는 두번째 문을 밀어 열었다.

그곳은 마치 도벳[39]에 있는 거대한 '검은 사당' 같았다. 일렬로 늘어선 수많은 검은 얼굴들이 뒤돌아서서 나를 쳐다봤다. 그리고 그 너머에는 시커먼 '파멸의 천사'가 설교단에서 책을 두드려대고 있었다. 그곳은 흑인 교회였다. 게다가 목사가 인용한 성경 말씀은 칠흑 같은 어둠, 그리고 어둠 속에서 한탄하고 통곡하고 분노로 이를 가는 이들에 대한 것[40]이었다. 하, 이슈미얼이여, 그곳에서 뒷걸음질쳐 빠져나오며 나는 중얼거렸다. '함정'이라는 간판을 단 곳에서 끔찍한 대접을 받았군그래!

계속 걸어가다가 마침내 부두에서 그리 멀지 않은 곳에 이르러 바깥에 내건 희미한 등불을 보았고, 공중에서 뭔가가 쓸쓸히 삐걱이는 소리를 들었다. 위를 올려다보니 문 위에서 간판 하나가 흔들리고 있었는데, 거기엔 고래가 수직으

로 뿜어 올린 크고 뿌연 물보라 그림이 흰 페인트로 희미하게 그려져 있었다. 그리고 그 아래엔 '물기둥 여인숙—피터 코핀'이라고 쓰여 있었다.

코핀[41]?—물기둥?—이렇게 붙여놓으니 좀 불길한데, 하고 나는 생각했다. 하지만 들리는 말에 의하면 저건 낸터킷에서 흔한 이름이라고들 하니까, 나는 여기 이 피터도 낸터킷에서 건너온 사람이겠거니 했다. 불빛은 무척 흐렸고, 그 시간치고는 모든 게 지나칠 정도로 조용했다. 또한 다 쓰러져가는 이 목조 건물 자체가 어느 불타버린 동네의 잔해에서 건져온 것처럼 보였으며, 간판이 흔들리며 삐걱이는 소리는 가난에 찌든 듯한 울림을 전해줬으므로, 이곳이야말로 싼값에 머무르며 최고의 병아리콩 커피[42]를 마시기에 딱이란 생각이 들었다.

그곳은 좀 괴상했다—박공지붕을 얹은 이 낡은 집은 이를테면 한쪽이 반신불수라도 된 듯 슬프게 기울어져 있었다. 서 있는 곳도 모나고 황량한 모퉁이여서, 저 난폭한 유로클리돈[43]이 가련한 사도바울의 배를 뒤흔들 때보다 더욱 세차게 울부짖고 있었다. 그렇지만 실내에서 벽난로 선반 위에 발을 올려놓고 가만히 불을 쪼이며 잠자리에 들 준비를 하는 사람에게는 저 유로클리돈조차 더없이 기분좋은 미풍일 뿐이다. 어느 옛 작가가—그의 작품 중 세상에서 오직 나만이 소장하고 있는 사본에서—말하길, "유로클리돈이라 불리는 저 난폭한 바람에 대한 평가는, 실내에서 바깥쪽에 온통 성에가 낀 유리창을 통해 바라보느냐, 아니면 내리닫이창조차 없어 안팎으로 모두 성에가 낀 창, 오직 용감한 '죽음의 사자'만이 거기 유리를 끼울 수 있는 그런 창을 통해 바라보느냐에 따라 그 차이가 엄청나다." 참으로 옳다. 이 구절이 마음속에 떠올랐을 때 그런 생각이 들었다—오래된 고딕 활자여, 너는 참으로 사려 깊구나. 그렇다, 이 내 두 눈은 창문이요, 이 내 육신은 집이다. 벽에 난 틈새와 구멍을 막고 이곳저곳을 솜부스러기로 채워넣지 않았다니 이 얼마나 애석한 일인가. 하지만 이제 와서 손을 쓰기에는 너무 늦어버렸다. 우주는 완성되었다. 최후의 갓돌이 놓이고 부스러기들이 전부 치워진 것은 이미 수백만 년 전의 일이다. 갓돌을 베고 누워 이를 딱딱 부딪치고 몸을 떠느라 몸에 걸친 누더기마저 벗겨질 듯한 우리의 가련한 나사로[44]는 넝마쪽으로 양쪽 귀를 틀어막고 입을 옥수숫대로 채워도 난폭한 유로클리돈을 막아낼 순 없을 것이다. 유로클리돈이라니! 몸에 붉은 비단을 두른 부자 영감은 말하겠지(그는 나중에 더 붉은 비단을 두르게 된다)—흥, 그까짓 거! 서리 내린 이 밤은 얼마나 아름다운가. 오리온자리는 얼마나 환히 반짝이며, 북극광은 또 얼마나 멋진지! 동방의 영원한 온실 같은 여름 날씨에 대해 마음껏 지껄여들 보라지. 나는 내 석탄으로 나만의 여름을 만들어낼 특권을 누릴 테니.

하지만 나사로의 생각은 어떨까? 그가 웅장한 북극광 쪽으로 두 손을 가져간들 새파랗게 얼어붙은 손을 덥힐 수 있겠는가? 나사로는 여기보다 수마트라섬에 있었으면 하고 바라지 않을까? 그로서는 적도를 따라 길게 드러눕는 편이 훨씬 더 좋지 않겠는가? 물론 그러하다, 그대 신들이시여! 이 서리로부터 벗어날 수만 있다면 지옥의 불구덩이 속인들 왜 못 들어가겠는가?

그런데 만일 나사로가 부자 영감네 집 앞으로 떠밀려와 갓돌 위에 드러눕게 된다면, 이는 빙산이 몰루카제도[45]로 떠밀려와 거기 정박하는 것보다 훨씬 놀라운 일이 될 것이다. 하지만 부자 영감 또한 얼어붙은 한숨으로 지어진 얼음 궁전 속에서 살아야 하는 러시아 황제 신세이며, 금주회 회장직을 맡은 처지라 마실 수 있는 것이라곤 고작 고아들의 미지근한 눈물뿐이다.

하지만 징징거림은 여기서 그만 그치기로 하자. 우리는 고래잡이에 나설 것이고, 앞으로도 그럴 일은 얼마든지 생길 테니. 얼어붙은 신발에서 얼음을 떨어내고 이곳 '물기둥'이 어떤 곳인지 알아보도록 하자.

3장

물기둥 여인숙

박공지붕을 얹은 물기둥 여인숙으로 들어서면 낮고 널찍하고 어수선한 입구가 나오는데, 그 벽에는 구식 징두리널이 대어져 있어 그 모습이 꼭 항해 부적합 판정을 받은 어느 낡은 배의 뱃전을 떠올리게 했다. 한쪽 벽면에는 아주 큰 유화 한 점이 걸려 있었는데, 온통 그을려 온전한 데라곤 없고 밝기가 제각각인 교차하는 불빛들에 의지해 봐야 해서 계획적으로 누차 방문해 공들여 관찰하고, 이웃들을 만나 꼼꼼히 물어보지 않는 한 무엇을 그린 그림인지 대강이라도 알아차릴 수 없을 터였다. 당최 이해할 수 없는 어둠과 그림자 덩어리들 때문에, 처음에는 뉴잉글랜드 마녀 시대의 어떤 야심찬 젊은 화가가 마법에 걸린 듯한 혼돈을 그려보고자 한 것은 아닌지 생각하게 된다. 하지만 오랜 시간을 들여 골똘히 생각해보고, 또 그 생각을 자주 곱씹다보면, 그리고 특히 입구 뒤쪽으로 난 작은 창을 열어젖히고 보면, 마침내 그런 허황된 생각도 전혀 근거 없는 것만은 아니겠다는 결론에 이르게 된다.

그러나 보는 이를 가장 어리둥절하고 당황스럽게 하는 것은 그림 정중앙에 그려진 무언가였다. 길고 유연하며 불길한 검은 덩어리인데, 뭐라 형언할 수 없는 물거품 위를 떠다니는 푸르고 흐릿한 세 수직선 위에 떠 있었다. 신경질적인 사람의 마음을 어지럽히고도 남을 참으로 축축하고 우중충하고 질척거리는 그림이었다. 그럼에도 거기서는 막연하면서도 절반쯤 완성된, 뭐라 상상하기조차 어려운 모종의 숭고함이 느껴졌고, 이는 보는 이를 그 앞에서 완전히 얼어붙게 해 그 기이한 그림의 정체를 알아내고야 말겠다고 절로 맹세하게끔 만들었다. 이따금 명석한, 하지만 아아, 결국엔 기만적인 생각들이 머릿속을 재빨리 스치고 지나간다—돌풍이 불어오는 한밤중의 흑해를 그린 것이다—자연의 네 요소 간의 비정상적인 싸움이다—무성했던 히스가 다 시들어버린 황야다—히페르보레이[46] 사람들이 맞이한 겨울의 광경이다—얼어붙었던 '시간'이라는 개울이 녹는 모습이다. 하지만 이 모든 공상도 결국엔 그림 한가운데 자리한 불길한 그것에 굴복하고 만다. 그 정체만 알아내면 나머지 것들도 모두 분명해질 텐데. 그런데 잠깐, 그 모습이 거대한 물고기를 좀 닮지 않았는가? 그것도 저 거대한 리바이어던을?

요컨대 화가의 의도는 이런 것 같았다—이는 내가 이 주제와 관련해 여러 노인과 대화를 나누고 종합한 의견을 바탕으로 수립한 나만의 최종 가설이다. 이 그림은 혼곶으로 떠났다가 강력한 허리케인을 만난 포경선을 그린 것이다. 좌우로 흔들리는 배는 거의 침몰 직전이며, 보이는 것이라곤 오직 헐벗은 돛대 세 개뿐이다. 그리고 배를 훌쩍 뛰어넘으려던 성난 고래는, 무지막지하게도 지금 막 세 개의 돛대 꼭대기에 온몸을 찔리기 직전이다.

입구 반대쪽 벽면에는 온통 야만인들의 기괴한 곤봉들과 창들이 줄지어 매달려 있었다. 어떤 것은 상아를 자르는 톱처럼 번쩍이는 톱니가 빼곡히 박혀 있고, 또 어떤 것은 사람의 머리카락 묶음이 장식 술로 달려 있었다. 그중 하나는 원형 낫 모양인데, 자루가 긴 낫으로 풀밭을 베었을 때 생긴 자국처럼 둥글게 휜 거대한 손잡이가 달려 있었다. 그것을 보고 있자니 전율이 일며, 저토록 소름 끼치는 도구로 마구 난도질을 해대며 목숨을 거두러 다니던 끔찍한 식인종과 야만인이란 과연 어떤 이들이었을지 궁금해진다. 이것들 사이에는 낡고 녹이 슨 고래잡이 창들과 온통 부서지고 변형된 작살들도 섞여 있었다. 그중에는 사연 많은 무기들도 있었다. 지금은 심하게 굽었지만 한때는 길었던 이 창으로, 오십 년 전 네이선 스웨인은 해가 뜨고 질 동안에 고래 열다섯 마리를 잡았다. 그리고 저 작살은—지금은 코르크 마개뽑이처럼 보인다—자바해에서 던져져 고래가 달아나는 바람에 함께 사라졌었는데, 그 고래는 수년 후 블랑코 곶에서 죽임을 당하고 만다. 작살이 맨 처음 꽂혔던 곳은 꼬리께였으나, 그것은 사람의 몸안에 머무르며 계속해서 움직이는 바늘처럼 고래 뱃속을 40피트나 이동한 후, 마침내 등의 혹 속에 파묻힌 채로 발견됐다.

이 음울한 입구를 지나 저기 있는 낮은 아치 길—예전에는 분명 벽난로들로 둘러싸인 거대한 중앙 굴뚝이 있었을 길—을 가로질러가면 공용 휴게실에 도착한다. 그곳은 더욱 음울했다. 육중한 들보는 머리 위로 너무 낮게 내려와 있었고, 발아래 널빤지는 하도 낡고 울룩불룩 튀어나와 있어서, 특히나 바람이 몹시 휘몰아쳐 모퉁이에 닻을 내린 이 낡아빠진 방주方舟가 미친듯이 흔들리는 밤이면, 어느 낡은 배의 뒷갑판 위를 걷고 있다는 착각이 들 정도였다. 방 한쪽에 자리한 선반 모양의 길고 낮은 탁자 위에는 깨진 유리 진열장이 여럿 놓여 있었는데, 진열장 안은 이 넓은 세계의 후미진 곳들에서 모아 온 먼지 쌓인 골동품들로 가득했다. 건너편 구석에는 어두컴컴한 동굴이 툭 튀어나와 있었는데, 그것은 참고래의 머리를 조잡하게 흉내낸 카운터였다. 그렇기는 해도, 거기 세워진 거대한 아치 모양의 고래 턱뼈는 어찌나 널찍한지 그 아래로 대형 사륜마차 한 대가 지나갈 수도 있을 정도였다. 그 안에 있는 허름한 선반에는 오래된 디캔터[47], 술병, 휴대용 술병 등이 즐비하게 놓여 있었다. 그리고 눈 깜짝할 사이에 파멸을 가져다주는 그 턱뼈 안에서는 작고 말라빠진 노인네가 저주받은 또 한 명의 요나[48](그는 실제로 그렇게 불렸다)처럼 바삐 움직이며, 돈을 벌기 위해 선원들에게 광란과 죽음을 비싼 값에 팔고 있었다.

그가 독주를 따라주는 잔은 가증스러웠다. 겉으로 볼 때는 정확히 원통 모양이지만, 아래로 내려갈수록 점점 좁아지는데다 밑바닥도 속인 비열한 녹색 술잔이다. 잔에는 조잡한 선들이 자오선처럼 나란히 그어져 이 노상강도 같은 술잔의 몸을 둘러싸고 있다. 여기 표시된 데까지 따르면 가격은 1페니. 여기까지 따르면 1페니 더. 그리하여 잔이 가득찰 때까지 따르면 혼곶에 어울리는 양[49]이 되며, 그것을 목구멍으로 넘기려면 1실링을 내야 한다.

그곳에 들어서자 몇몇 젊은 선원이 탁자에 모여 앉아 희미한 불빛 아래 고래뼈 세공품 견본을 살펴보고 있는 모습이 눈에 들어왔다. 나는 주인을 찾아가 머물 방이 하나 필요하다고 했는데, 그는 방이 다 찼으며 침대 하나 남은 게 없다고 말했다. 그러더니 그는 "아니, 잠깐" 하고서 이마를 톡톡 두드리고는 말을 이어나갔다. "작살잡이랑 한 담요를 덮는 건 어떤가? 보아하니 고래를 잡으러 가는 모양인데, 그럼 이런 일에 익숙해지는 편이 좋을 거야."

나는 한 침대를 둘이 나눠 써서 좋았던 적이 없다고 말했다. 하지만 꼭 그래야만 한다면, 그건 그 작살잡이가 누구냐에 따라 다르며, 당신(주인)에게 그 침대 말고는 정말 내줄 잠자리가 없고 그 작살잡이가 너무 무례한 자만 아니라면, 이토록 추운 밤에 낯선 도시를 더 헤매고 다니느니 그냥 꾹 참고 점잖은 사람과 담요를 같이 덮는 편을 택하겠다고 말했다.

"내 그럴 줄 알았지. 좋아, 여기 앉게. 저녁은? 먹을 텐가? 저녁은 바로 준비될 거야."

나는 배터리공원의 벤치처럼 온통 칼자국이 새겨진 낡고 긴 나무 벤치에 앉았다. 벤치 한쪽 끝에서는 생각에 잠긴 뱃사람 하나가 몸을 숙인 채 벌린 다리 사이의 공간을 잭나이프로 열심히 파서 장식을 더하고 있었다. 돛을 전부 올린 배를 새기려나본데, 영 진전이 없어 보이는군, 하고 나는 생각했다.

마침내 나를 포함한 네댓 사람이 식사를 하러 옆방으로 불려갔다. 그곳은 아이슬란드처럼 추웠으며 불기라곤 전혀 없었는데, 주인은 그럴 형편이 못 된다고 말했다. 촛농을 수의처럼 두른 음울한 수지獸脂 초 두 개가 전부였다. 우리는 멍키 재킷[50]의 단추를 채우고서 반쯤 언 손으로 델 듯이 뜨거운 찻잔을 들어 입으로 가져가는 수밖에 없었다. 하지만 음식은 정말로 풍족했다. 고기와 감자뿐만 아니라 덤플링[51]까지 있었다. 세상에! 저녁식사 자리에서 덤플링을 다 먹다니! 두꺼운 녹색 코트를 껴입은 젊은 친구는 참으로 더없이 무시무시하게 덤플링을 먹어대기 시작했다.

"이보게," 주인이 말했다. "분명 오늘밤 꿈자리가 사나울 걸세."

"주인장," 내가 작은 소리로 물었다. "저자가 그 작살잡이는 아니겠죠?"

"오, 아니야." 그가 사악하게 웃으며 말했다. "작살잡이는 피부가 검은 친구라네. 그는 절대, 절대 덤플링 따위는 먹지 않아. 그가 먹는 건 스테이크뿐이지, 그것도 레어로."

"대단한 자로군요." 나는 말했다. "그 작살잡이는 어디 있죠? 여기 있나요?"

"곧 올 거야." 그가 대답했다.

나는 어쩔 수 없이 이 '검은 피부'의 작살잡이에 대해 의심이 들기 시작했다. 어쨌거나 우리가 같이 자야 한다면, 그에게 먼저 옷을 벗고 침대에 들어가 있도록 해야겠다고 결심했다.

저녁식사가 끝나자 다들 술청으로 돌아갔고, 나도 달리 할 일이 없었으므로 남은 저녁 시간은 그들을 구경하며 보내기로 했다.

얼마 안 있어 바깥에서 떠들썩한 소리가 들려왔다. 주인이 자리에서 벌떡 일어나며 소리쳤다. "그램퍼스호 선원들이로군. 오늘 아침 앞바다에 나타났다는 얘길 들었지. 삼 년의 항해 끝에 만선으로 말일세. 이야, 여러분, 이제 우린 피지[52]의 최근 소식을 듣게 될 거야."

현관에서 선원용 부츠 소리가 들려오더니, 문이 활짝 열리며 한 무리의 거친 선원들이 우르르 몰려들어왔다. 망볼 때 입는 털외투를 두르고 머리엔 낡고 해진 털목도리를 감은 채 꽁꽁 얼어 고드름이 맺힌 수염을 단 그들의 모습은 래브라도[53]에서 날아온 곰 같아 보였다. 이제 막 배에서 내린 그들이 처음으로 찾은 곳이 바로 이 집이었다. 그러니 그들이 곧장 고래의 입—카운터—으로 직행한 것도 놀랄 일은 아니다. 그곳 대장인 작고 말라빠진 요나 영감은 곧장 그들 모두에게 술잔을 가득 채워 한 잔씩 돌렸다. 그중 하나가 지독한 감기 때문에 머리가 지끈거린다고 호소하자, 요나 영감은 그에게 진에 당밀을 섞어 만든 송진 같은 물약을 주고는, 그 감기가 얼마나 오래된 것이든, 래브라도 해안에서 걸린 것이든, 얼음섬의 바람 맞는 쪽에서 걸린 것이든 간에 이것만 마시면 감기든 코감기든 씻은듯이 나을 거라며 호언장담을 했다.

그들은 금세 술기운이 올랐는데, 바다로부터 갓 상륙한 악명 높은 술고래들이라 할지라도 그것만은 어쩔 도리가 없었고, 그들은 무척 떠들썩하게 날뛰기 시작했다.

그런데 그들 중 한 사람이 무리로부터 다소 거리를 두는 듯한 모습이 내 눈에 띄었다. 그는 말짱한 얼굴로 동료 선원들의 흥을 깨고 싶어하진 않아 보였지만, 대체로 나머지 무리처럼 시끄럽게 떠드는 일은 삼가고 있었다. 이 남자는 즉시 내 관심을 끌었다. 그리고 바다의 신들께서 운명 지으신 대로 그는 머지않아 나의 동료 선원이 되었으므로(비록 이 이야기에서는 비밀스러운 동료로 등장할 뿐이지만) 여기서 그에 대해 간단히 말해보련다. 키는 6피트이고 어깨는 딱 벌어졌으며 가슴은 물막이 댐 같았다. 나는 그처럼 단단한 근육질의 남자를 본 적이 없다. 얼굴은 햇빛에 그을려 짙은 갈색이었는데, 그 때문에 흰 이는 더욱 눈부시게 빛났다. 반면 눈동자에 어린 깊은 그림자 속에는 그리 기쁘지 않은 추억들이 떠다녔다. 목소리로 단박에 남부 출신임을 알 수 있었고, 훌륭한 체격 조건으로 볼 때 버지니아주 앨러게니산맥에 사는 덩치 큰 산 사람들 중 한 명이 틀림없었다. 동료들의 야단법석 술잔치가 극에 달하자 이 남자는 슬그머니 그곳을 빠져나갔는데, 이후 바다에서 그를 동료로 만나기 전까지는 그를 볼 수 없었다. 하지만 이내 그의 동료들이 그를 찾기 시작했고, 어째서인지 그는 동료들 사이에서 매우 인기가 높은 모양으로, 그들은 "벌킹턴! 벌킹턴! 너 대체 어디로 간 거야?" 하고 소리치더니 그를 찾아 쏜살같이 여인숙을 뛰쳐나갔다.

이제 아홉시가 가까워졌고, 난장판이 모두 끝난 후의 그곳은 거의 불가사의할 정도로 고요했으므로, 나는 선원들이 들이닥치기 직전에 묘안을 떠올린 스스로에게 대견한 마음이 들기 시작했다.

한 침대에서 둘이 자는 걸 좋아하는 사람은 아무도 없다. 사실 형제라 해도 같이 자고 싶진 않은 법이다. 까닭은 모르겠으나, 사람들은 잘 때 온전히 혼자 있기를 원한다. 더군다나 낯선 도시의 낯선 여인숙에서 낯선 이와 한 이불을 덮고 자야 하는데, 게다가 그 낯선 이가 작살잡이라면, 그 거북함은 무한정 불어나게 된다. 그리고 내가 선원이라고 해서 특별히 남과 한 침대에서 자야 한다는 법도 없었다. 육지의 홀몸인 왕들이 그런 것과 마찬가지로, 바다로 나간 선원들 또한 한 침대에서 둘이 함께 자지는 않기 때문이다. 분명 선원들이 한 방에서 함께 자긴 하지만, 다들 각자의 해먹[54]이 있으며, 다들 각자의 담요를 덮고 남과 살을 맞대지 않고 잔다.

그 작살잡이에 대해 생각하면 생각할수록 그와 함께 잠을 자기가 더욱 꺼려졌다. 작살잡이의 속옷이라면 리넨이든 모직이든 깨끗할 리 없으며, 분명 특상품일 리도 없을 게 뻔했다. 나는 온몸에 경련이 일기 시작했다. 게다가 밤은 깊어가고, 점잖은 작살잡이라면 누구나 거처로 돌아와 잠자리에 들어야 할 때였다. 그가 한밤중에 침대로 기어들다가 나를 덮칠 수도 있을 것이다. 그가 어떤 더러운 구덩이 속을 뒹굴다 왔을지 내가 어찌 안단 말인가?

"주인장! 마음을 바꿨어요. 그 작살잡이랑은 못 자겠어요. 그냥 여기 이 벤치에서 잘래요."

"좋을 대로 하시게. 식탁보를 매트리스로 쓰라고 내줄 수 없어 유감이군. 이 판때기는 울퉁불퉁해서 불편할 텐데." 그가 벤치에 난 옹이와 칼자국을 쓰다듬으며 말했다. "잠깐 기다려보게나, 고래뼈 세공사 양반. 카운터에 대패가 있으니, 음 그래, 내 곧 아늑하게 만들어드리지." 그렇게 말하고 그는 대패를 들고 왔다. 먼저 낡은 명주 손수건을 꺼내 벤치의 먼지를 떨고는, 이빨을 다 드러낸 원숭이처럼 히죽거리며 힘차게 내 잠자리를 대패질하기 시작했다. 대팻밥이 이리저리 날리는가 싶더니, 결국 대팻날이 단단한 옹이에 걸리고 말았다. 나는 팔목을 삘 뻔한 주인에게 이제 제발 그만하라고 말했다. 잠자리는 이 정도면 충분히 부드럽고, 세상의 대패를 다 들고 와서 밀어봐야 송판을 솜털 이불로 바꿀 수 있을지는 의문이라고. 그러자 주인은 또 한번 씩 웃더니, 대팻밥을 쓸어모아 방 한가운데 놓인 큰 난로 속에 던져넣은 후 자기 일을 보러 갔다. 나는 그곳에 남아 생각에 잠겼다.

벤치의 길이를 재어보니 내 키에 비해 1피트 정도가 짧았다. 하지만 의자를 하나 갖다붙이면 될 일이었다. 그러나 이 벤치는 폭도 그쯤 좁았는데, 방에 있는 또다른 긴 벤치는 대패로 민 이 벤치보다 약 4인치 가량이 더 높았다. 그러니 둘을 붙여놓을 수도 없는 노릇이었다. 나는 대패로 민 벤치를 유일하게 텅 비어 있는 벽 쪽으로 길게 갖다붙인 후, 벽과 벤치 사이에 약간의 틈을 두어 거기 등을 붙일 수 있도록 해보았다. 하지만 이내 창틀 아래로 새어드는 지독한 찬바람이 온몸에 와닿았으므로, 이 계획도 전혀 소용없다는 걸 깨달았다. 게다가 내가 밤을 보내려 했던 그곳 바로 옆에서는, 곧 부서질 듯한 문 틈새로 새어드는 바람과 창틀 아래로 새어드는 바람이 만나 끊임없이 작은 회오리바람을 만들어내고 있었다.

망할 놈의 작살잡이 같으니, 하고 나는 생각했다. 그런데 잠깐, 내가 선수를 칠 방법은 없을까. 안에서 문을 잠그고 놈의 침대로 뛰어든 다음, 아무리 문을 세게 두들겨도 계속 누워만 있는다면? 그리 나쁜 생각 같지 않았다. 하지만 다시 생각해보고는 관두기로 했다. 내일 아침 내가 방을 벗어나기만 하면 때려눕힐 기세로 작살잡이가 현관에 버티고 있을지도 모를 일 아닌가!

그래도 다시 주위를 둘러본 후, 다른 누군가의 침대에 들어가지 않고 이 밤을 무사히 보낼 방법이 없음을 깨닫고, 나는 결국 내가 이 미지의 작살잡이에게 부당한 편견을 품고 있는지도 모른다는 생각이 들기 시작했다. 그래, 조금만 기다려보자. 머지않아 그가 올 것이다. 그럼 그때 잘 살펴봐야지. 어쩌면 우린 정말 유쾌한 잠자리 친구가 될 수 있을지도 모른다. 그건 아무도 모를 일이니.

그런데 다른 투숙객들은 하나씩, 둘씩, 셋씩 돌아와 잠자리로 향하는데, 그 작살잡이만은 돌아올 기미가 없었다.

"주인장!" 나는 말했다. "그 친구는 대체 뭐하는 사람인가요. 늘 이렇게 늦나요?" 벌써 자정이 가까워 오고 있었다.

주인은 다시 한번 조용히 킬킬거렸는데, 나로서는 알 수 없는 어떤 이유 때문에 몹시 즐거운 눈치였다. "아니," 그는 대답했다. "보통은 일찍 일어나는 새처럼 굴지—일찍 자고 일찍 일어나—그래, 일찍 일어나 벌레를 잡는 새란 바로 그를 두고 하는 말이야. 그런데 오늘밤엔 장사를 나갔다네. 대체 왜 이렇게 늦는지 모르지만, 글쎄, 어쩌면 자기 머리가 안 팔려서 그러나보지."

"머리가 안 팔린다고요? 대체 무슨 말도 안 되는 소리를 하는 거죠?" 나는 분노가 치밀어올랐다. "주인장께서는 그 작살잡이가 이 신성한 토요일, 아니 일요일 새벽에 이 도시를 돌아다니며 자기 머리를 팔고 있다, 그런 말씀이신가요?"

"바로 그렇다네." 주인은 말했다. "그리고 여기는 재고가 넘쳐나니 팔긴 힘들 거라고 해줬어."

"뭘 말이죠?" 나는 소리쳤다.

"당연히 머리지. 세상엔 머리가 너무 많으니까, 안 그래?"

"여보시오, 주인장." 나는 매우 침착한 목소리로 말했다. "헛소릴랑 관두시는 게 좋을 거요. 난 풋내기가 아니니까."

"그럴지도 모르지." 그가 성냥개비 하나를 꺼내더니 깎아서 이쑤시개로 만들며 말했다. "그런데 그 작살잡이가 자기 머리에 대해 나쁜 소리 하는 걸 듣기라도 한다면 자네 아주 혼쭐이 날 걸세."

"그럼 그 머리통을 박살내드리지." 주인의 뚱딴지같은 말에 또 한번 발끈한 내가 말했다.

"그 머리통은 벌써 박살났는데." 그가 말했다.

"박살이 났다니," 내가 말했다. "박살이 났다니요?"

"확실해, 그러니 못 팔고 있겠지."

"주인장." 나는 눈보라 속의 헤클라산[55]처럼 침착한 모습으로 그에게 다가서며 말했다. "이봐요, 이쑤시개는 그만 깎으시죠. 우리 서로 대화가 좀 필요한 것 같군요. 그것도 지금 당장. 난 이 여인숙에 와서 침대를 하나 달라고 했어요. 그러자 당신은 침대 반쪽밖에는 내줄 수 없다고 했고, 그 침대의 나머지 반쪽은 어느 작살잡이의 것이라 했죠. 그리고 당신은 내가 아직 안 만나본 그 작살잡이에 대해 정말이지 말도 안 되고 짜증나는 이야기만 늘어놓고 있어요. 듣고 있자니 당신이 침대를 같이 쓰라고 한 사람에 대해 불편한 마음이 드는데, 주인장, 침대를 같이 쓰는 사이란 극도로 친밀하고 허물없는 사이란 말입니다. 이제 그만 그 작살잡이가 누군지, 과연 그와 하룻밤을 보내도 아무 탈이 없을지 말해주셔야겠어요. 그리고 그보다 우선, 그가 자기 머리를 팔러 다닌다는 이야기부터 취소하시는 게 좋겠군요. 만일 그게 사실이라면 그 작살잡이는 완전히 미쳤다는 소린데, 나는 미친 사람과는 같이 잘 생각이 없으니까요. 그리고 당신, 주인장 당신 말이오, 뭔가 알고 있으면서도 그와 자도록 나를 꾀는 거라면 형사처벌을 받게 될 줄 아시오."

"흐음," 주인이 길게 숨을 내쉬며 말했다. "젊은 친구치고는 꽤나 긴 설교로군. 중간중간 말도 좀 거칠고. 하지만 진정해, 진정하라고. 내가 말한 이 작살잡이는 남양南洋에서 온 지 얼마 안 됐는데, 그곳에서 방부 처리를 한 뉴질랜드 원주민 머리를 잔뜩 사왔더군(왜 있잖나, 되게 특이한 장식품 말이야). 하나 빼고는 전부 다 팔아치웠고, 오늘밤엔 그 나머지 하나를 팔러 나간 거야. 내일은 일요일이라 다들 교회에 갈 텐데, 길에서 사람 머리를 판다는 건 안 될 말이니까. 지난주 일요일에도 그러려고 했는데, 머리 네 개를 무슨 양파 꿰듯 줄줄이 꿰고서 문밖으로 막 나가려던 걸 내가 붙잡았다네."

설명을 듣고 나자 설명 없이는 알 수 없었을 모든 의문이 풀렸고, 주인이 날 바보 취급하려던 것만도 아니었음을 알게 되었다. 그렇긴 해도 토요일 밤부터 성스러운 안식일이 되도록 거리에 남아 죽은 이교도들의 머리를 파는 식인종 같은 일에 종사하는 작살잡이를 어떻게 봐야 좋단 말인가?

"그렇다면 주인장, 그 작살잡이는 분명 위험한 사내로군요."

"돈은 꼬박꼬박 잘 내지." 그는 대답했다. "그런데 이봐, 너무 늦었으니 그만 주무시는 게 좋겠군. 괜찮은 침대야. 마누라 샐이랑 신혼 첫날밤에 썼던 침대지. 둘이서 나뒹굴어도 될 만큼 아주 널찍해. 그 정도로 어마어마하게 큰 침대라고. 글쎄, 손님용으로 내놓기 전에는 샐이 우리 아들 샘과 조니를 그 침대 발치에서 재우곤 했을 정도니까. 그런데 하루는 내가 잠결에 몸부림을 치다가 그랬는지 샘이 바닥에 떨어져서 하마터면 팔이 부러질 뻔했지 뭔가. 그 일 이후로 샐이 저 침대는 안 되겠다고 했어. 이리로 오시게, 당장 구경시켜드릴 테니." 그는 그렇게 말하며 초에 불을 붙여 내 쪽을 향해 들더니 길을 안내해주려고 했다. 하지만 나는 우물쭈물대며 그 자리에 그대로 서 있었다. 구석에 걸려 있던 시계를 본 주인이 외쳤다. "벌써 일요일이군—오늘밤에는 그 작살잡이를 보지 못할 걸세. 어디 다른 데 닻을 내린 모양이야—그러니 따라오시게. 어서 오라니까. 안 가실 텐가?"

나는 그 문제에 대해 잠시 생각해본 후, 그를 따라 계단을 올랐다. 그는 나를 대합조개처럼 차갑고 좁은 방으로 안내했는데, 과연 그곳에는 작살잡이 넷이 서도 나란히 누워 잘 수 있을 만큼 엄청나게 큰 침대가 놓여 있었다.

"자 그럼," 세면대와 탁자를 겸한 대단히 낡은 선원용 궤짝 위에 초를 내려놓으며 주인이 말했다. "편히 쉬시게, 좋은 밤 되시라고." 침대에서 눈을 떼고 돌아봤을 때에는 이미 그가 사라진 후였다.

나는 이불을 젖히고 침대 위로 몸을 숙였다. 비록 가장 격조 있는 침대는 아니었으나 꼼꼼히 뜯어봐도 제법 괜찮아 보였다. 그런 다음 나는 방안을 한번 휙 훑어보았다. 그곳에는 침대와 탁자 말고는 가구가 달리 안 보였으며, 조잡한 선반과 사방의 벽, 고래를 향해 작살을 던지는 남자를 그린 종이가 발린 벽난로 덮개가 있을 뿐이었다. 본래 이 방에 속해 있지 않은 것들로는 밧줄로 단단히 묶어 바닥 한쪽 구석에 내던져놓은 해먹과 커다란 선원용 자루가 있었다. 그 자루는 육지에서 사용하는 트렁크 대용으로, 속에는 작살잡이의 옷가지가 담겨 있을 게 뻔했다. 또한 벽난로 위에 매단 선반에는 뼈로 만든 기이한 낚싯바늘이 한 무더기 있었고, 침대 머리 쪽에는 기다란 작살이 하나 세워져 있었다.

그런데 궤짝 위에 놓인 이것은 뭐란 말인가? 나는 그것을 들고 촛불 가까이로 가져간 후, 만져보고 냄새를 맡아보기도 하면서 그것이 대체 무엇인지 납득할 수 있을 만한 결론에 다다르기 위해 갖은 애를 썼다. 비유하자면 딸랑이는 작은 장식들로 가장자리를 꾸민 현관용 매트 같았는데, 북아메리카 원주민들이 신던 모카신에 얼룩덜룩한 호저의 가시를 두른 듯한 꼴이었다. 매트 한복판에는 남아메리카 사람들이 입는 판초처럼 구멍이나 틈 같은 것이 나 있었다. 하지만 정신이 제대로 박힌 작살잡이라면 어찌 현관용 매트를 뒤집어쓴 채 기독교 도시의 거리를 활보하고 다닐 수 있단 말인가? 나는 시험 삼아 한번 입어봤는데, 대단히 두껍고 부숭부숭한 장바구니 같은 매트의 무게에 단번에 짓눌리고 말았다. 또한 매트는 그 의문의 작살잡이가 비 오는 날에 입고 다니기라도 했는지 조금 축축했다. 나는 매트를 입은 채 벽에 세워둔 작은 거울 앞으로 가보았는데, 내 평생 그런 꼴은 정말이지 처음이었다. 매트를 너무 급히 벗어버리려 한 탓에 목에 경련이 일었다.

나는 침대 한쪽에 걸터앉아 머리를 팔러 다닌다는 작살잡이와 그의 현관용 매트에 대해 생각하기 시작했다. 침대 한쪽에서 한동안 생각한 후, 자리에서 일어나 멍키 재킷을 벗고 방 한가운데 선 채 생각을 이어나갔다. 그런 다음 코트를 벗고 셔츠만 걸친 채 잠시 더 생각했다. 하지만 옷을 반쯤 벗고 있다보니 심한 한기가 느껴졌고, 시간이 너무 늦었으니 오늘밤에는 작살잡이가 돌아오지 않을 거라는 주인의 말이 떠올랐으므로, 나는 더이상 고심하길 관두고 바지와 부츠를 벗어던지고 촛불을 불어 끈 다음 침대 안으로 기어들어가 하늘의 보살핌에 나를 맡겼다.

매트리스 안을 옥수수 속대로 채운 것인지 깨진 도자기 그릇으로 채운 것인지는 알 수 없었으나, 나는 한참을 뒤척이고도 오래도록 잠을 이루지 못했다. 마침내 설핏 잠이 들어 거의 꿈나라의 앞바다까지 다다른 순간, 통로에서 무거운 발소리가 들려왔고 방문 틈 아래로 희미한 빛이 새어 들어왔다.

주님, 살려주세요. 나는 저자야말로 그 작살잡이, 악마같이 머리를 팔러 다닌다는 바로 그자가 틀림없다고 생각했다. 하지만 나는 꼼짝 않고 드러누워 그가 말을 걸기 전까지는 한마디도 하지 않겠노라 결심했다. 한 손에는 초를 들고 다른 손에는 바로 그 뉴질랜드 원주민의 머리를 든 낯선 자가 방으로 들어오더니, 침대 쪽은 쳐다보지도 않은 채 초를 내게서 한참 떨어진 방구석에 내려놓고는 내가 아까 방에 있다고 말한 커다란 자루의 끈을 풀기 시작했다. 나는 그의 얼굴이 못 견디게 보고 싶었지만, 그는 자루의 입을 벌리느라 한동안 내게서 고개를 돌리고 있었다. 하지만 그 일을 끝내자 그가 고개를 돌렸는데, 세상에! 그 모습이라니! 그 얼굴이라니! 어둡고 불그스름하고 누리끼리한 얼굴에는 크고 거무스름해 보이는 네모난 모양의 무언가가 여기저기 덕지덕지 붙어 있었다. 그래, 예상했던 대로구나, 같이 침대를 쓰기에는 최악인 친구야. 싸움을 벌이다가 크게 다쳐 병원에 다녀온 게로군. 하지만 바로 그 순간 그가 우연히 불빛을 향해 얼굴을 돌렸고, 나는 그의 뺨에 붙은 검고 네모난 것이 결코 반창고가 아니라는 걸 확실히 알게 되었다. 그것은 어떤 알 수 없는 얼룩이었다. 처음에는 그것을 무엇이라 봐야 할지 알 수 없었다. 하지만 이내 그 정체를 어렴풋이나마 짐작할 수 있었다. 식인종들에게 붙잡혔다가 문신을 당했다는 한 백인—포경선원이기도 했던—의 이야기가 떠올랐다. 나는 이 작살잡이도 먼 곳으로 항해를 떠나던 도중에 그와 유사한 뜻밖의 사건을 겪은 것이 틀림없다고 결론지었다. 그리고 그게 무슨 대수란 말인가! 겨우 겉껍데기에 불과할 뿐이다. 피부야 어찌됐든 사람은 정직할 수 있는 거니까. 그런데 그건 그렇다 치더라도 저 기이한 낯빛, 그러니까 네모난 문신과는 완전히 별개인 문신 주위의 낯빛은 어떻게 봐야 할 것인가. 분명 열대지방의 햇볕에 심하게 그을린 탓일 테지만, 뜨거운 햇볕에 그을렸다고 해서 흰 얼굴이 불그스름하고 누리끼리하게 변해버렸다는 얘기는 들어본 적이 없었다. 하지만 나는 남양에 한 번도 가본 적이 없다. 어쩌면 그곳의 태양은 피부를 저렇게 기이하게 바꿔놓는지도 모르지. 그런데 이 모든 생각이 머릿속을 번개처럼 스쳐지나가는 동안에도 작살잡이는 방안에 있는 나의 존재를 전혀 눈치채지 못했다. 대신 그는 자루를 묶어놓은 끈을 어렵사리 풀고는 그 속을 뒤적이더니, 이내 토마호크[56] 같은 것과 물개가죽 지갑을 끄집어냈다. 그는 우선 이것들을 방 한가운데 있는 낡은 궤짝 위에 올려놓고 나서 뉴질랜드 원주민의 머리—정말이지 섬뜩한 것이었다—를 자루 속에 쑤셔넣었다. 그러고서 그가 모자—비버의 털가죽으로 만든 새 모자—를 벗었을 때, 나는 또 한번 놀라서 하마터면 소리를 지를 뻔했다. 그의 머리에는 머리카락이 하나도—적어도 그렇게 부를 수 있을 만한 것은 하나도—없었다. 이마 쪽에 약간의 머리털을 꼬아놓은 것이

전부였다. 불그스름한 대머리는 꼭 흰 곰팡이가 핀 두개골처럼 보였다. 그 낯선 자가 나와 문 사이를 가로막고 있지만 않았어도 나는 저녁을 씹지도 않고 삼킬 때보다 더 빠른 속도로 그곳을 빠져나갔을 것이다.

상황이 그러했으므로 나는 창문으로 빠져나갈 방법을 궁리해봤지만, 그 방은 이층 복도 가장 안쪽에 위치해 있었다. 나는 겁쟁이가 아니었지만, 머리를 팔러 다니는 불그스름한 낯빛의 이 악한에 대해서는 도무지 갈피를 잡을 수가 없었다. 무지는 두려움의 아버지다. 이 낯선 자 때문에 완전히 당황하고 어찌할 바를 모르게 된 나로서는, 솔직히 말해 그가 한밤중에 내 방에 몰래 잠입한 악마만큼이나 무서웠다. 실은 그가 너무 무서워서, 그에게 그냥 말을 걸어 그의 이 이해할 수 없는 모습에 대한 만족스러운 대답을 요구할 정도의 용기조차 나지 않았다.

그러는 동안에도 그는 계속 옷을 벗어, 마침내 그의 가슴과 양팔이 드러났다. 세상에나, 옷에 가려 있던 그곳들 또한 얼굴과 마찬가지로 네모난 문신들로 얼룩져 있었고, 등에도 온통 그러한 검고 네모난 문신들이 가득했다. 그는 삼십년전쟁[57]에 나갔다가 반창고 속옷을 입고 방금 막 도망쳐 나온 사람 같았다. 심지어 두 다리도 암녹색 청개구리떼가 어린 야자나무 줄기를 타고 뛰어오르는 것처럼 얼룩져 있었다. 이제 그가 남양에서 포경선을 타고 이 기독교 국가에 상륙한 끔찍한 야만인이라는 사실이 분명해졌다. 생각만 해도 몸서리가 쳐졌다. 게다가 머리를 팔러 다닌다니—어쩌면 자기 동족들의 머리일지도 모른다. 내 머리에도 눈독을 들일지 몰라—맙소사! 저 토마호크 좀 봐!

그러나 떨고 있을 때가 아니었다. 이제 그 야만인이 시작한 일은 내 관심을 완전히 사로잡았으며, 그가 이교도임이 틀림없다는 확신이 들었기 때문이다. 그는 아까 의자에 걸어두었던 묵직한 그레고인지 래펄인지 드레드노트[58]인지로 가서 주머니를 뒤적거리더니, 마침내 요상하고 보기 흉한 작은 우상을 끄집어냈다. 그 우상은 곱사등이로 정확히 생후 삼일 된 콩고의 갓난아이 같은

색깔을 띠고 있었다. 방부 처리를 한 머리를 떠올리자, 처음에는 이 검은 인형도 그와 비슷한 보존 처리를 한 진짜 갓난아이인 줄 알았다. 하지만 인형은 전혀 유연하지 않았고 윤을 낸 흑단처럼 매우 번들거렸으므로, 나는 그것이 단지 나무로 만든 우상일 뿐이라고 결론 내렸다. 실제로 나무 우상이 맞았다. 이제 야만인은 텅 빈 벽난로로 다가가 종이가 발린 덮개를 치우더니, 이 작은 곱사등이 우상을 벽난로 안의 장작 받침쇠 사이에 볼링 핀처럼 세웠다. 벽난로 옆 굴뚝 기둥과 벽난로 안의 벽돌은 전부 그을음투성이였으므로, 이 벽난로야말로 그의 콩고 우상을 위한 소규모 사원 또는 예배당으로 삼기에 최적의 장소라는 생각이 들었다.

나는 이다음에 벌어질 일을 보기 위해 눈을 가늘게 뜬 채 불안한 마음으로 반쯤 가려진 우상을 쳐다봤다. 그는 우선 외투 주머니에서 대팻밥을 두 움큼 꺼내 조심스레 우상 앞에 놓더니, 선원용 건빵을 그 위에 조금 올린 다음 대팻밥에 촛불을 가져가 제의의 불을 지폈다. 이윽고 불속으로 급히 손을 집어넣었다 더 급하게 빼기를 여러 번 반복하더니(그러는 와중에 손을 심하게 덴 듯했다) 마침내 건빵을 꺼내는 데 성공했다. 그런 다음 건빵을 후후 불어 열을 식히고 재를 좀 떨어내고는 공손히 작은 흑인에게 바쳤다. 하지만 작은 악마는 그런 말라빠진 음식은 전혀 즐기지 않는 듯 입술을 조금도 움직이지 않았다. 이 모든 괴상하고 익살맞은 행위에는 그보다 더 괴상하고 거친 목소리가 함께했다. 신도가 노래하듯 기도를 올리거나 이교도의 찬송가를 부르면서 내는 듯한 목소리였는데, 그러는 동안 그의 얼굴은 정말이지 부자연스럽게 씰룩댔다. 마침내 불을 끈 그는 어떤 격식도 차리지 않은 채 우상을 확 집어들더니, 사냥꾼이 죽은 멧도요를 자루에 집어넣듯 외투 주머니에 아무렇게나 다시 쑤셔넣었다.

이 모든 일련의 기묘한 행위들은 내 불안감을 더욱 증폭시켰다. 그리고 이제 그는 할일을 모두 끝마치고 내가 있는 침대 속으로 뛰어들 강력한 조짐을 보였으므로, 나는 지금이야말로 내가 한참 동안 걸려 있던 주문을 깨뜨리기 가장 적당한 때이며, 촛불이 꺼지고 나면 이런 기회는 다신 오지 않을 거라 생각했다.

하지만 무슨 말을 하면 좋을지 생각하던 그 짧은 순간이 돌이킬 수 없는 결과를 불러오고 말았다. 그는 탁자에서 토마호크를 꺼내들고 잠시 대가리 부분을 살피더니, 자루를 입에 물고는 촛불로 불을 붙여 엄청나게 자욱한 담배 연기를 내뿜었다. 그러더니 곧장 불이 꺼져버렸고, 이 야만적인 식인종은 토마호크를 입에 문 채 내가 있는 침대 속으로 뛰어들어왔다. 이제 도저히 참을 수 없게 된 나는 크게 소리를 질렀고, 그도 깜짝 놀라 으르렁대며 내 쪽을 더듬기 시작했다.

나는 더듬거리는 말투로 무슨 말인가를 내뱉으며 그에게서 떨어져 벽 쪽으로 몸을 굴렸다. 그러고는 당신이 대체 누군지 뭐하는 작자인지 모르겠지만 제발 조용히 해달라고, 그리고 일어나서 다시 초를 켜게 해달라고 간청했다. 하지만 으르렁대는 반응으로 미루어보아 그는 내 말뜻을 오해한 게 틀림없었다.

"너 대체 누구야?" 마침내 그는 말했다. "너 말 안 하면, 나 죽인다." 그렇게 말하며 그는 어둠 속에서 나를 향해 불붙인 토마호크를 휘둘러댔다.

"주인장, 원 세상에, 피터 코핀!" 나는 소리쳤다. "주인장! 불침번! 코핀! 천사들이여! 나 좀 살려줘요!"

"말해! 누군지 얘기해, 아니면 나 죽인다!" 식인종은 또다시 으르렁거렸고, 토마호크를 무시무시하게 휘둘러대는 바람에 뜨거운 담뱃재가 내게로 날려 내 리넨 속옷에 불이 붙을까봐 걱정될 지경이었다. 하지만 다행히도 바로 그 순간 주인이 초를 켜든 채 방안으로 들어왔고, 나는 침대에서 뛰어내려 그에게 달려갔다.

"이제 걱정할 거 없어." 그가 다시 히죽거리며 말했다. "여기 이 퀴퀘그는 자네 머리털 한 올 안 건드릴 테니까."

"히죽거리지 좀 마요." 나는 소리쳤다. "그리고 왜 저 악마 같은 작살잡이가 식인종이라는 걸 말해주지 않은 거죠?"

"아는 줄 알았지—그가 도시를 돌아다니며 머리를 팔고 있다고 내 말하지 않았나?—그러니 다시 침대로 돌아가 주무시게. 이봐, 퀴퀘그. 너 나 안다, 나 너 안다. 이 사람 너랑 잔다. 너 알겠지?"

"나 잘 안다." 퀴퀘그가 침대에 앉아 파이프를 빼끔대며 투덜거렸다.

"너 들어와." 그가 토마호크로 나를 부르고 옷을 한쪽으로 치우면서 말을 이어나갔다. 그의 이런 태도는 정중할 뿐만 아니라 정말이지 친절하고 관대한 것이었다. 나는 선 채로 잠시 그를 바라보았다. 온몸에 문신을 하긴 했지만 전체적으로 깨끗하고 단정한 모습의 식인종이었다. 대체 무엇 때문에 그 난리를 피웠던가, 하는 생각이 들었다. 저 남자도 나와 똑같은 인간이다. 내가 그를 무서워하는 것만큼 그도 내가 무서울 것이다. 술 취한 기독교인이랑 자느니 정신 멀쩡한 식인종이랑 자는 게 낫지.

"주인장," 나는 말했다. "저 사람한테 저 토마호크인지 파이프인지, 아무튼 저걸 좀 치우라고 해줘요. 그러니까 담배 좀 꺼달라고요. 그러면 그와 함께 잘 테니. 하지만 침대에서 담배를 피우는 남자와는 함께 자고 싶지 않군요. 위험하다고요. 게다가 난 보험도 들지 않았고."

이 말을 전해들은 퀴퀘그는 즉시 그에 응했고, 다시 나에게 침대에 들길 정중히 청하며 최대한 침대 한쪽으로 몸을 굴렸는데, 마치 '네 다리털 하나 건드리지 않겠어'라고 말하는 것만 같았다.

"주무세요, 주인장." 나는 말했다. "이제 가보셔도 됩니다."

나는 침대로 들어가 잠이 들었는데, 내 평생 그렇게 푹 자본 건 처음이었다.

4장

이불

다음날 아침 동틀 무렵에 잠에서 깨어보니 퀴퀘그의 팔이 더없이 사랑스럽고도 다정하게 내 몸 위에 얹혀 있었다. 누가 봤으면 내가 그의 마누라인 줄 알았을 것이다. 이불은 특이하고 알록달록한 네모 모양과 세모 모양의 작은 헝겊을 이어 기운 것이었고, 그의 팔은 출구 없는 크레타의 미궁 같은 형상의 문신으로 온통 뒤덮여 있었는데, 같은 색으로 된 부분은 한 군데도 없었다. 아마도 그가 바다에서 셔츠 소매를 그때그때 되는대로 접어올려 팔이 햇볕 아래 있기도 하고 그늘 아래 있기도 한 탓이리라. 그의 팔은, 단언컨대, 꼭 헝겊을 이어 기운 누비이불처럼 보였다. 실제로 내가 처음 잠에서 깼을 때 그 팔의 일부가 이불 위에 놓여 있었는데, 둘의 색이 한데 어우러져 있어서 나는 무엇이 팔이고 무엇이 이불인지 구분할 수가 없었다. 퀴퀘그가 날 안고 있다는 생각이 들었던 것은 순전히 그 팔이 주는 무게감과 압박감 때문이었다.

기분이 묘했다. 그 기분을 한번 설명해보겠다. 어린 시절에도 이와 비슷한 상황에 처했던 기억이 분명히 나는데, 그것이 현실이었는지 꿈이었는지는 도무지 알 길이 없다. 상황은 이러했다. 나는 고약한 장난을 치고 있었다. 아마 며칠 전에 어린 굴뚝 청소부가 굴뚝 위로 올라가는 모습을 보고 그것을 따라 하려 했던 듯싶다. 그리고 웬일인지 늘 나를 매로 때리거나 저녁을 굶긴 채 침대로 보내버리던 새어머니는 내 두 다리를 붙잡고 나를 굴뚝 안에서 끌어내더니, 오후 두시밖에 안 된 시간에 침대로 보내버렸다. 그날은 북반구에서 일 년 중 해가 가장 길다는 6월 21일이었다. 나는 끔찍한 기분이 들었다. 하지만 달리 어쩔 도리가 없었으므로, 계단을 올라가 삼층에 있는 내 작은 방으로 들어가서 시간을 죽이기 위해 최대한 느린 속도로 옷을 벗은 다음, 쓰라린 한숨을 내쉬며 이불 속으로 기어들어갔다.

부활을 꿈꾸려면 열여섯 시간을 꼬박 보내야 한다는 생각에 침대에 우울하게 누워 있었다. 침대에서 열여섯 시간이라니! 생각만 해도 등허리가 아파왔다. 게다가 너무 밝았다. 창문에는 태양이 환히 비치고, 거리에서는 마차들이 달가닥거리는 소리가 크게 들려왔으며, 즐거운 목소리들이 집안 곳곳에 울려 퍼졌다. 점점 더 끔찍한 기분이 들었다. 결국 난 자리에서 일어나 옷을 걸치고 양말 바람으로 조용히 아래로 내려가 새어머니를 찾아내고는, 새어머니 발밑에 불쑥 무릎을 꿇은 채 애원했다. 제발 부탁이니 슬리퍼로 실컷 때려 내 잘못을 벌해주시라고, 어떤 벌이든 달게 받겠으나 그렇게 참을 수 없이 긴 시간 동안 침대에 누워 있으라는 처분만은 거두어달라고. 하지만 그분은 세상에서 가장 훌륭하고 양심적인 새어머니였기에 나는 내 방으로 돌아가야만 했다. 나는 몇 시간 동안이나 뜬눈으로 침대에 누워 있었는데, 그토록 끔찍한 기분은 그 후로도 느껴본 적이 없었다. 심지어 이후에 찾아왔던 가장 최악의 불행마저 그에 견줄 바가 못 됐다. 결국 나는 깜빡 잠이 들었다가 괴로운 악몽에 시달렸던 것 같다. 천천히 악몽에서 깨어나며—비몽사몽간에—눈을 뜨자, 햇빛이 들던 방은 이제 바깥에서 찾아온 어둠에 휩싸여 있었다. 순간 머리끝부터 발끝까지 소름이 끼쳐왔다. 눈앞에는 아무것도 없었고 아무런 소리도 들려오지 않았지만 그 어떤 초자연적인 존재의 손이 내 손을 붙잡고 있는 것만 같았다. 내 팔은 이불 위에 놓여 있었고, 내 손을 붙잡고 있는 손의 주인, 뭐라 부를 수도 상상할 수도 없는 이 고요한 형체인지 유령인지는 내 침대 머리맡에 바싹 앉아 있는 것만 같았다. 엄청난 두려움에 온몸이 얼어붙어 감히 손을 빼낼 엄두도 내지 못한 나는 도무지 끝날 듯하지 않은 긴 시간 동안 침대에 누워 있었다. 하지만 손을 아주 조금이라도 움직일 수 있다면 그 끔찍한 주문을 깨뜨릴 수 있으리란 생각도 들었다. 이러한 느낌이 마침내 어떻게 사라져버린 건지는 알 수 없다. 하지만 아침에 잠에서 깨어나 간밤의 일을 모두 떠올리자 몸서리가 쳐졌고, 그후로도 나는 그날의 수수께끼를 풀기 위해 며칠이고 몇 주고 몇 달이고 노력했지만 결국 더 혼란스러워질 뿐이었다. 아니, 사실 지금 이 순간까지도 나는 가끔 그 수수께끼를 풀기 위해 노력한다.

그런데 그때 그 끔찍한 두려움만 걷어내고 나면, 그 초자연적인 존재의 손을 내 손안에서 느꼈을 때의 기분과 지금 깨어나 내 몸을 두르고 있는 퀴퀘그의 이교도다운 팔을 보고 있을 때의 기분은, 둘 다 기묘하다는 점에서 매우 유사했다. 하지만 결국 간밤의 모든 사건 하나하나가 엄연한 사실로 기억 속에 되살아났고, 그러자 나는 내가 우스꽝스러운 곤경에 처해 있을 뿐이라는 걸 깨달았다. 나는 그의 팔을 치우려—신랑처럼 날 꽉 껴안고 있는 팔을 풀어내려—애써봤지만, 그는 잠이 들었음에도 여전히 나를 꽉 껴안고 있어 죽음이 아니면 우리 둘 사이를 갈라놓을 수 없는 듯했다. 이제 나는 그를 깨우려 해봤다. "퀴퀘그!" 하지만 들려오는 대답이라고는 코고는 소리뿐이었다. 그러고서 몸을 뒤척였더니 목에 말굴레가 씌워진 듯한 느낌이 들었다. 그리고 갑자기 어딘가 약간 긁힌 듯한 느낌이 들었다. 이불을 한쪽으로 치우자, 야만인 곁에서 야위고 뾰족한 얼굴의 아기처럼 잠들어 있는 토마호크가 나타났다. 정말 불쾌하군, 정말, 나는 생각했다. 백주대낮에 이 낯선 집에서 식인종이랑 토마호크랑 한 침대에 누워 있다니! "퀴퀘그! 제발, 퀴퀘그, 좀 일어나라고!" 결국 한참 동안 몸을 움직거리고, 부부처럼 남 동료를 끌어안고 있다니 온당치 못하다며 큰 소리로 계속 타이르고 나서야 그에게서 끙 하는 소리를 끌어낼 수 있었다. 그는 곧 팔을 거두고는 방금 물에서 빠져나온 뉴펀들랜드종 개처럼 온몸을 부르르 떨었다. 그리고 창 자루처럼 뻣뻣한 자세로 침대에 앉아 나를 쳐다보더니, 내가 왜 여기 있게 된 것인지 전혀 기억나지 않는다는 듯 두 눈을 비벼댔는데, 나에 대해 뭔가 알고 있다는 희미한 의식이 천천히 떠오르고 있는 듯도 했다. 그러는 동안 이제 심각한 불안감도 사라져버린 나는 가만히 누운 채 그를 쳐다보며 그토록 흥미로운 존재를 면밀히 관찰하는 데 정신을 쏟았다. 마침내 자신의 잠자리 친구가 누구인지 생각해보길 관둔 그는 사실을 있는 그대로 받아들이기로 한 듯했다. 그는 벌떡 일어나 바닥으로 내려가더니, 만일 나만 괜찮다면 자신이 먼저 옷을 입고 밖으로 나갈 테니 그다음에 혼자 여기서 옷을 입으라는 뜻을 몸짓과 소리를 통해 전했다. 퀴퀘그, 이런 상황에서 그건 대단히 교양 있는 제안인데, 나는 생각했다. 하지만 이 야만인들이 섬세한 감각을 타고났다는 것은 누가 뭐라고 하든 분명한 사실이다. 그들이 본질적으로 그토록 예의바르다는 사실은 경탄할 만한 일이다. 나는 특히 퀴퀘그에게 이러한 경의를 표한다. 잠시 호기심이 예의범절을 물리친 까닭에 침대에서 그를 쳐다보며 그가 몸치장하는 과정을 전부 지켜보는 큰 무례를 저질렀음에도, 그는 나를 넘치는 예의와 배려로 대해주었기 때문이다. 그래도 퀴퀘그 같은 남자를 매일 볼 수 있는 건 아니므로 그와 그의 행동들은 특별히 주목할 가치가 있었다.

그는 머리에 비버 털가죽 모자를 쓰는 것으로 치장을 시작했는데, 그 모자는 대단히 높았다. 그런 후 그는—여전히 바지는 입지 않은 채—부츠를 찾아냈다. 대체 왜 그랬는지는 모르겠지만, 그가 다음으로 한 행동은—손에 부츠를 들고 모자를 쓴 채—몸을 침대 아래로 밀어넣는 것이었다. 지독하게 헐떡이며 여러모로 안간힘을 쓰는 모습으로 보아, 나는 그가 부츠를 신기 위해 애쓰는 중이라고 추측했다. 비록 신발을 신을 때 남에게 그 모습을 보이지 말아야 한다는 예법은 한 번도 들어본 적이 없었지만. 그러나 보시다시피 퀴퀘그는—애벌레도 나비도 아닌—변이 단계에 있는 존재였다. 그의 문명화 정도는, 자신의 이국적 특이함을 정말이지 기묘한 방식으로 드러낼 수밖에 없는 수준에 머물러 있었다. 그의 교육은 아직 끝난 것이 아니었다. 아직 학교를 졸업하지 못한 것이다. 만일 그가 조금이라도 문명화되지 않았더라면 부츠를 신느라 그렇게 고생할 일도 분명 없었을 것이다. 그렇지만 만일 그가 야만인이 아니었다면 부츠를 신는답시고 침대 아래로 기어들어가는 일은 꿈도 꾸지 못했을 것이다. 마침내 그가 온통 찌그러지고 구겨진 모자를 눈까지 눌러쓴 채 밖으로 기어나왔다. 그러고는 부츠에 아직 별로 익숙하지 않은 듯 삐걱이는 소리를 내며 방안을 절뚝이고 돌아다니기 시작했는데, 눅눅하고 구겨진 소가죽 부츠—아마 주문 제작된 것도 아닐—를 아침의 모진 추위 속에 처음 신으려니 발이 너무 꽉 끼어 고통스러운 것 같았다.

이제 보니 창문에는 커튼이 없었고 거리도 무척 좁아서 건너편 집에서도 이쪽 방을 훤히 들여다볼 수 있을 것만 같았고, 퀴퀘그는 모자와 부츠 외에는 거의 아무것도 걸치지 않은 채 방안을 빠르게 활보하며 계속해서 꼴사나운 모습을 보였으므로, 나는 그에게 몸치장을 좀 서둘러달라고, 특히 바지는 될 수 있는 한 빨리 입어달라고 최대한 정중히 부탁했다. 그는 내 말에 따르더니, 이윽고 몸을 씻기 시작했다. 기독교인이라면 아침 그 시간에 누구라도 얼굴을 씻을 것이다. 하지만 놀랍게도 퀴퀘그는 자신의 가슴과 팔, 손을 씻는 것만으로 만족한 채 세정식洗淨式을 끝냈다. 그런 다음 조끼를 걸치고 탁자 겸용의 세면대 위에 놓인 딱딱한 비누 한 조각을 집더니, 물속에 담가 얼굴에 비누거품을 칠하기 시작했다. 나는 그가 면도날을 어디 보관하는지 보고 있었는데, 세상에 이것 좀 보시라, 그는 침대 구석에 놓인 작살을 들어 거기서 긴 나무 자루를 빼내더니, 작살의 날을 분리해 부츠에 조금 갈고는 벽에 세워진 작은 거울로 성큼성큼 걸어가 힘차게 면도를 하기 시작했다. 아니 차라리 자신의 뺨에 작살질을 하고 있었다고 해야 할까. 나는 생각했다. 퀴퀘그, 로저 상회 최고의 날붙이를 너무 막 다루시는군. 나는 나중에 그 작살의 날이 대단히 훌륭한 강철로 만들어졌으며 그 길고 곧은 날이 언제나 대단히 날카로운 상태로 유지되고 있다는 사실을 알고서야 이러한 행동을 덜 의아하게 여기게 되었다.

나머지 치장은 곧 끝이 났다. 그는 커다란 선원용 멍키 재킷을 두르고 작살을 사령관의 지휘봉처럼 휘두르며 당당하게 밖으로 걸어나갔다.

5장
아침식사

나도 얼른 나갈 준비를 마치고는 술청으로 내려가 주인에게 매우 유쾌하게 인사를 건넸다. 비록 그가 내 잠자리 친구와 관련해 적잖이 장난을 쳐대긴 했지만 그에게 악의를 품지는 않았다.

하지만 어쨌거나 크게 웃는다는 것은 무척 좋은 일이다. 그리고 그런 좋은 일은 꽤나 드물고, 그래서 더욱 유감스러운 일이 아닐 수 없다. 그러니 만일 어떤 사람이 남을 위해 자기 자신을 재미난 웃음거리로 삼는다면, 그가 수줍어하며 물러서지 않고 기꺼이 자신을 웃음거리로 삼아 웃음거리가 되도록 해주라. 그리고 자신을 웃음거리로 만들 소재를 잔뜩 가진 사람은 당신이 짐작하는 것보다 더 대단한 사람임을 명심하라.

이제 술청은 간밤에 들어온 투숙객들로 가득했는데, 다들 내가 아직 자세히 살펴보지 못한 이들이었다. 거의 대부분이 고래잡이들이었다. 일등항해사, 이등항해사, 삼등항해사, 배 목수, 배 통장이, 배 대장장이, 작살잡이, 배지기 등 수염이 수북하고 피부가 가무스름한 건장한 자들이었다. 머리는 다듬지 않아

텁수룩했으며, 다들 아침 가운으로 멍키 재킷을 입고 있었다.

그들 각자가 육지에 올라온 지 얼마나 됐는지는 매우 쉽게 알 수 있었다. 저 젊은 친구의 건강한 뺨은 햇빛에 잘 익은 배 같은 빛깔을 띤데다 사향냄새를 풍길 것만 같으니, 그는 인도양 항해에서 돌아온 지 채 사흘도 되지 않았을 것이다. 그 옆에 선 남자는 낯빛이 그보다 밝았는데, 약간 마호가니 빛을 띤다고도 할 수 있겠다. 세번째 남자의 낯빛은 여전히 열대지방에서 그을린 황갈색을 띠고 있지만 동시에 약간 빛이 바래 있었다. 육지로 돌아와 몇 주간 머물렀음이 틀림없었다. 하지만 그 누가 퀴퀘그 같은 뺨을 보여줄 수 있단 말인가? 다양한 색이 이랑을 이룬 그의 뺨은 마치 안데스산맥의 서쪽 비탈과도 같이 지역별로 각기 다른 기후를 모두 한꺼번에 연달아 보여준다.

"이봐, 식사들 하시게!" 그때 주인이 문을 활짝 열며 외쳤고, 우리는 아침을 먹으러 갔다.

세상 경험을 많이 한 사람은 그로 인해 행동이 꽤나 여유로우며 사람들 틈에서도 꽤나 침착하다고들 말한다. 하지만 모두가 그런 것은 아니다. 그중에서도 위대한 뉴잉글랜드 여행가 레디어드와 스코틀랜드 여행가 멍고 파크는 응접실에만 들어가면 자신감을 잃었다. 하지만 레디어드가 그랬던 것처럼 개썰매를 타고 시베리아를 횡단하는 일이나 가련한 멍고가 그랬던 것처럼 공복 상태로 흑인의 땅인 아프리카 오지를 오래도록 외롭게 걷는 일—이런 식의 여행은 고차원적이고 세련된 사교술을 배우기에 가장 좋은 방법은 아닐지도 모른다. 그럼에도 보통 그런 사교술은 어디서나 배울 수가 있다.

여기서 이런 생각을 한 것은 우리가 모두 식탁에 앉은 후 내가 고래잡이에 대한 멋진 이야기를 들을 준비를 하고 있었을 때 벌어진 상황 때문이다. 정말이지 놀랍게도 거의 모든 사람이 깊은 침묵을 지키고 있었던 것이다. 게다가 그들은 심지어 어색해하기까지 했다. 그렇다, 여기 모인 이들 대부분은 험한 바다에서 한 줌 부끄러움도 없이—자신들에게 완전히 낯선 존재인—거대한 고래에게 다가가 눈 하나 깜짝 안 하고 결투를 벌여 고래를 죽음으로 몰아넣는 노련한 뱃사람들이었다. 그럼에도—다들 직업도 같고 취향도 비슷한—그들은 사교적인 아침식사 자리에 앉아서 마치 그린산맥[59]의 우리에서 평생 벗어나본 적이 없는 소심한 양들처럼 서로를 멀뚱멀뚱 쳐다만 보고 있는 것이었다. 흥미로운 광경이었다. 이런 숫기 없는 곰들, 이런 소심한 전사 같은 고래잡이들이라니!

그런데 우연히 상석에 자리를 잡은 퀴퀘그—물론 퀴퀘그도 그들 사이에 앉았다—역시 고드름처럼 차가웠다. 확실히 그의 예의범절을 높이 평가할 수는 없었다. 그를 대단히 흠모하는 자라 할지라도 그가 아침식사 자리에 작살을 들고 와 예의고 뭐고 없이 마구 쓰는 행동을 진심으로 옹호하지는 못했을 것이다. 여러 사람의 머리를 찌를 위험에도 작살을 탁자 위로 가로질러 비프스테이크를 찍어다가 자기 쪽으로 가져갔으니 말이다. 하지만 그는 분명 그 일을 매우 태연히 해치웠는데, 다들 아시다시피 대부분의 사람들은 어떤 일이든 태연하게 해치우기만 하면 더없이 품위 있는 행동으로 평가한다.

퀴퀘그의 특이한 점에 대해 여기서 다 얘기하진 않을 것이다. 그가 커피와 따뜻한 롤빵은 제쳐두고 레어로 구운 비프스테이크에만 온 관심을 쏟더라 하는 얘기들 말이다. 아침식사가 끝나자 다른 이들과 마찬가지로 공용 휴게실로 가 토마호크 파이프에 불을 붙이더니, 내가 산책을 나갈 때까지 그곳에 앉아 가만히 소화를 시키며 자신과 한몸이 된 듯한 모자를 쓴 채 담배를 피우고 있었다고 말하는 것만으로도 족하리라.

6장
거리

퀴퀘그 같은 이국적인 사람이 문명화된 도시의 교양인들 사이를 돌아다니는 모습을 처음 봤을 때 내가 몹시 놀란 것은 사실이나, 아침햇살이 비치는 뉴베드퍼드의 거리로 처음 나와 산책을 하자 그러한 놀라움도 이내 사라져버렸다.

큰 항구라면 어디든, 부두 근처의 큰 거리로 나가면 괴상한 차림새를 한 정체불명의 이방인들을 심심찮게 구경할 수 있다. 심지어 브로드웨이나 체스트넛 스트리트에서도 지중해에서 온 선원들이 종종 겁에 질린 숙녀들을 거칠게 떠민다. 리젠트 스트리트에서는 동인도인 선원과 말레이 사람을 흔히 볼 수 있으며, 봄베이의 아폴로공원에서는 종종 기운찬 양키 선원들이 그곳 주민들을 겁에 질리게 하곤 한다. 하지만 워터 스트리트와 와핑도 뉴베드퍼드에는 상대가 안 된다. 워터와 와핑에서는 겨우 선원들이나 보일 뿐이지만, 뉴베드퍼드에서는 진짜 식인종들이 길모퉁이에 서서 수다를 떨고 있다. 틀림없는 야만인들로, 그들 중 대다수가 여전히 자신들의 뼈에 불경한 살점을 달고 다니는 이들이다. 이방인의 눈이 휘둥그레질 만한 광경이다.

하지만 피지 사람, 통가타푸 사람, 에로망고 사람, 판나기 사람, 브리기 사람[60] 말고도, 또한 거리 이곳저곳을 휘청대며 걸어다녀도 딱히 이목을 끌지 못하는 거친 고래잡이들 말고도, 당신은 훨씬 더 흥미롭고 분명 더 우스꽝스러운 광경들을 보게 될 것이다. 매주 버몬트와 뉴햄프셔로부터 수십 명의 애송이들이 이 도시를 찾는데, 다들 포경업이 가져다줄 돈과 명예에 목말라 있다. 대부분 젊고 체격 건장한 친구들로, 숲에서 나무를 베다가 이제는 도끼를 집어던지고 고래작살을 쥐려 하는 자들이다. 상당수는 자신들이 떠나온 그린산맥만큼이나 새파란 풋내기들이다. 어떤 면에서는 태어난 지 불과 몇 시간밖에 되지 않은 게 아닌가 싶을 정도다. 저기를 보라! 뽐내며 길모퉁이를 돌고 있는 저 친구를. 비버 털가죽 모자에다 연미복 차림을 하고 허리에 선원용 벨트를 매고 칼집에 넣은 칼을 차고 있다. 저기 저 친구는 또 방수모를 쓰고 봄버진 천으로 된 망토를 두르고 있다.

도시에서 자란 멋쟁이는 시골에서 자란 멋쟁이—그러니까 완전 시골뜨기 멋쟁이—와는 비교도 되지 않는다. 손이 탈까봐 삼복더위에 사슴가죽 장갑을 끼고서 2에이커 면적의 풀을 베는 그런 시골뜨기 멋쟁이와는 말이다. 이런 시골 멋쟁이가 한번 대단한 명성을 얻어보겠답시고 위대한 포경업에 합류할 경우, 그가 항구도시에 도착하자마자 우스꽝스러운 짓을 하는 걸 보게 될 것이다. 바다에 입고 나갈 옷을 구한다면서, 그는 방울 모양의 단추가 달린 조끼와 멜빵끈이 달린 범포 바지를 주문한다. 아, 가련한 촌뜨기여! 강풍이 한번 휘몰아치기만 해도 그런 끈 따윈 가차없이 끊어져버릴 테고, 그대로 끈이고 단추고 할 것 없이 모든 것이 폭풍의 목구멍 속으로 휩쓸려가버리고 말 것을.

하지만 이 유명한 도시에서 방문객이 보게 될 구경거리가 작살잡이, 식인종, 촌뜨기뿐이라고 생각해서는 안 된다. 천만의 말씀이다. 그들이 아니더라도 뉴베드퍼드는 별난 곳이다. 우리 고래잡이들이 아니었다면 이 넓은 땅은 아마도 오늘날 래브라도 해안처럼 황량한 상태였을 것이다. 지금도 이곳 시골의 몇몇 풍경은 너무 척박해서 보기에 섬뜩할 정도다. 도시 자체는 아마도 뉴잉글랜드를 통틀어 가장 부유한 곳일 것이다. 이곳은 분명 기름이 흐르는 땅이니 가나안과는 차이가 있다. 또한 이곳은 곡식과 포도주의 땅이기도 하다. 거리에 젖이 흐르는 것도 아니고 봄에 거리가 신선한 달걀로 뒤덮이는 것도 아니다. 그럼에도 귀족적인 집과 호화로운 공원과 정원이 이토록 넘쳐나는 곳은 미국을 통틀어 뉴베드퍼드뿐일 것이다. 이것들은 어디에서 왔을까? 한때 말라빠진 화산암 찌꺼기로 가득했던 이 땅에 무슨 수로 뿌리를 내렸을까?

저기 우뚝 솟은 대저택으로 가서 가문의 상징 격인 철제 작살들을 한번 보시라. 그러면 의문이 풀릴 것이다. 그렇다. 이 모든 화려한 집과 꽃으로 덮인 정원은 대서양, 태평양, 인도양에서 왔다. 전부 다 바다 밑바닥에서 작살로 꽂아 여기까지 끌고 온 것들이다. 헤어 알렉산더[61]인들 이런 뛰어난 재주를 부릴 수 있을까?

뉴베드퍼드에서는 아버지들이 딸에게 지참금으로 고래를 주고, 조카딸에게는 돌고래 몇 마리씩을 나눠준다고 한다. 휘황찬란한 결혼식을 보려거든 반드시 뉴베드퍼드로 가야 한다. 집집마다 기름 저장고가 있어 매일 밤 경뇌유로 만든 양초를 마음껏 태운다고 하니 말이다.

여름에도 도시는 감미로운 모습을 보인다. 잔뜩 늘어선 멋진 단풍나무들이 긴 대로를 초록빛과 황금빛으로 물들인다. 그리고 8월이면 아름답고 풍성한 마로니에가 촛대 모양의 가지를 공중에 높이 들어올려 행인에게 꼿꼿한 원뿔 모양으로 한데 뭉친 꽃들을 내민다. 예술이란 이처럼 전능하다. 예술은 천지창조 마지막 날에 옆으로 내팽개쳐진 척박하고 버려진 돌들 위에 꽃으로 뒤덮인 눈부신 테라스를 앉혀 놓았다.

그리고 뉴베드퍼드의 여자들은 그들이 가꾸는 붉은 장미처럼 활짝 피어난다. 하지만 장미는 오직 여름에만 피는 반면, 고운 카네이션 같은 그들의 뺨은 제7천국[62]에 내리쬐는 햇볕만큼이나 영원하다. 이곳만큼 여자들 얼굴에 화색이 도는 곳은 세상에 또 없겠지만, 한 군데 예외가 있으니, 바로 세일럼[63]이다.

그곳 아가씨들은 사향 같은 숨을 내쉬는데, 그들의 연인인 선원들은 해안에서 몇 마일이나 떨어진 곳에서도 그 냄새를 맡기에, 마치 자신들이 청교도들의 모래사장이 아닌 향기로운 몰루카제도로 다가가고 있다고 느낄 정도라고 한다.

7장

예배당

바로 이 뉴베드퍼드에 '고래잡이 예배당'이 있는데, 머지않아 인도양이나 태평양 항해를 앞두고 기분이 뒤숭숭해진 선원들 가운데 일요일에 그곳을 찾지 않는 이는 거의 없다. 물론 나도 마찬가지다.

첫 아침 산책을 하고 돌아온 나는 이 특별한 볼일 때문에 다시 힘차게 밖으로 나갔다. 맑고 화창하면서도 차갑던 하늘에는 이제 엷은 안개가 끼고 진눈깨비가 휘몰아쳤다. 나는 곰 가죽이라 불리는 옷감[64]으로 만든 털 재킷을 걸친 채 지독한 눈보라를 헤쳐나갔다. 예배당에 들어서자 예배를 보려고 모인 선원들과 그들의 부인들, 과부들이 드문드문 보였다. 이따금 날카로운 바람소리만이 들려올 뿐 숨죽인 침묵으로 가득한 곳이었다. 고요한 슬픔은 마치 섬과 같아 서로 고립되어 있다는 듯, 침묵을 지키는 신도들은 일부러 서로 거리를 두고 앉은 듯했다. 목사는 아직 오지 않았고, 조용한 섬과 같은 이 남녀들은 자리에 꼿꼿이 앉아 설교단 양쪽 벽에 박힌 검은 테의 대리석 명판들을 쳐다보고 있었다. 그것들 가운데 셋은 대강 아래와 같았는데, 정확히 인용했다고는 말 못하겠다.

존 탤벗
추모비
열여덟 나이에 파타고니아 앞바다
데설레이션섬 인근에서 물에 빠져 실종
1836년 11월 1일
그를 추모하며
누나가 이 명판을 세움

로버트 롱, 윌리스 엘러리, 네이선 콜먼,
월터 캐니, 세스 메이시, 새뮤얼 글레이그
추모비
엘리자호 승무원들로
태평양 연안 해역에서
고래에게 끌려가 실종
1839년 12월 31일
생존한 동료 선원들이
이 대리석 명판을 세움

고故 이지키얼 하디 선장
추모비
일본 연안에서 뱃머리에 서 있다가
향유고래에게 죽임을 당함
1833년 8월 3일
남편을 추모하며
그를 잃은 부인이 이 명판을 세움

얼어붙은 모자와 재킷에서 진눈깨비를 떨어내면서 문 가까이에 자리를 잡은 나는, 옆을 돌아보다가 근처에 퀴퀘그가 있는 것을 보고 깜짝 놀랐다. 그 엄숙한 광경에 영향을 받은 탓인지, 그는 도무지 못 믿겠다는 듯한 호기심에서 비롯된 경탄어린 표정으로 주변을 응시하고 있었다. 그곳에 있는 이들 중 내가 들어오는 것을 눈치챈 사람은 이 야만인뿐이었다. 거기서 글을 못 읽는 사람은 그뿐이라서 벽에 새겨진 형식적인 비문들을 읽고 있지 않았기 때문이다. 그 명판에 이름이 새겨진 선원들의 친척이 이중에 몇이나 되는지는 알 수 없었다. 하지만 포경업에는 기록되지 않은 사건이 너무 많고, 거기 있는 여자들 중 몇은 예복을 차려입지는 않았지만 끝없는 슬픔이 얼굴에 너무도 또렷이 드러나 있어, 나는 내 앞에 모인 치유할 길 없는 마음의 상처를 입은 이들이 저 쓸쓸한 명판을 보고 공감하는 마음이 일어 옛 상처가 다시 터진 게 분명하다고 느꼈다.

오오! 죽은 이를 푸른 잔디 아래 묻은 그대들, 꽃들 사이에 서서 "내 사랑하는 이가 묻힌 곳은 여기, 바로 여기다"라고 말할 수 있는 그대들은 이들이 가슴속에 품은 비애를 알지 못한다. 한 줌의 재도 묻지 않은 저 검은 테 대리석 속 여백은 얼마나 쓰라린가! 저 꿈쩍도 하지 않는 비문에는 얼마나 큰 절망이 담겨 있는가! 모든 신앙을 갉아먹고 무덤도 없이 비명횡사해 부활을 거부하는 듯한 저 구절들에는 얼마나 치명적인 공허와 자발적인 불신앙이 담겨 있는가. 저 명판들은 이곳이 아닌 엘레판타석굴[65]에 세워둬도 좋을 뻔했다.

살아 있는 사람들 말고 죽은 사람들까지 조사 대상에 넣는 인구조사가 있는가. 죽은 자들이 굿윈 사주砂洲[66]의 모래알들보다 더 많은 비밀을 알고 있음에도, 죽은 자는 말이 없다는 속담을 세계 어디서나 사용하는 건 왜인가. 우리가 어제 저세상으로 떠나버린 사람의 이름 앞에는 그토록 의미심장하고 불신앙적인 단어를 덧붙이면서, 지구상에서 가장 멀리 떨어진 인도제국으로 가는 배에 오르는 자에게는 그러한 단어를 덧붙이지 않는 것은 왜인가. 왜 생명보험

회사들은 불멸의 존재들에게 사망보험금을 지급하는가. 대략 육천 년 전에 죽은 고대의 아담은 어떤 영원히 꼼짝 못할 마비와 치명적이고 가망 없는 혼수상태에 빠졌기에 여태껏 누워만 있는가. 우리가 망자들이 이루 말할 수 없는 행복 속에 지낸다고 주장하면서도 여전히 그들 때문에 마음고생을 하는 건 왜인가. 왜 모든 산 자들은 모든 죽은 자들의 입을 막지 못해 안달인가. 지하 납골당에서 문 두드리는 소리가 들려온다는 소문에 온 도시가 겁에 질리는 것은 무슨 까닭인가. 이 모든 일에는 분명 의미가 있을 것이다.

그러나 신앙은 자칼처럼 무덤가에서 먹이를 구하며, 심지어 이런 죽은 의혹들에서도 가장 생기 넘치는 희망을 끌어모은다.

낸터킷으로 떠나기 전날 밤에 그 대리석 명판들을 보는 내 기분이 어떠했을지, 그 어둡고 음침한 날 희뿌연 빛 속에서 나보다 먼저 저세상으로 떠난 고래잡이들의 운명을 읽는 내 기분이 어떠했을지는 굳이 말할 필요도 없을 것이다. 그렇다, 이슈미얼이여, 그대도 저렇게 될 운명인지 모르지. 그러나 왠지 나는 다시 들뜬 기분이 되었다. 그것은 배에 오르라는 매혹적인 권유, 입신출세를 위한 좋은 기회 같았다. 그래, 배에 구멍이 뚫리면 나는 바로 그 자리에서 불멸의 존재로 명예진급을 하게 될 것이 아닌가. 그래, 고래잡이라는 직업은 죽음을 각오하는 일이다. 입도 뻥긋할 새 없는 혼란 속에서 한 인간을 영원의 세계로 던져넣고 마니. 그런데 그래서 어쨌다는 말인가? 나는 우리가 삶과 죽음의 문제를 크게 오해해온 것은 아닌가 하는 생각이 든다. 사람들이 여기 이 땅 위에서 내 그림자라 부르는 것이 실은 내 실체일지도 모른다. 나는 영적인 것들을 봄에 있어서, 우리 또한 수면을 뚫고 들어온 햇빛 덕분에 뿌연 물을 더없이 맑은 대기로 생각하는 굴조개와 다를 바 없지 않은가 하는 생각이 든다. 나는 내 육신이 더 나은 내 존재의 흔적에 불과하다는 생각이 든다. 누구든 내 몸을 원하는 자가 있거든 가져가시라. 그건 내가 아니다. 그러니 낸터킷을 위해 만세를 삼창하자. 그리고 구멍 뚫린 배든 산산조각난 몸뚱이든 올 테면 와

봐라. 내 영혼은 제우스조차 산산조각낼 수 없을 테니.

8장

설교단

내가 자리에 앉은 지 얼마 지나지 않아 늠름하고 덕망 있어 보이는 남자가 들어왔다. 돌풍에 문이 벌컥 젖혀지며 그가 들어오자마자 모든 신도가 곧장 경의를 표하는 눈빛으로 그를 쳐다봤으므로, 이 멋진 노인이 목사라고 생각하기에 무리가 없어 보였다. 그렇다, 그가 바로 그 유명한 매플 목사였다. 그는 선원들 사이에서 그런 이름으로 불리며 선원들의 인기를 독차지하고 있었다. 그도 젊은 시절에는 선원이자 작살잡이였지만 이제는 성직에 몸을 맡긴 지도 벌써 오랜 세월이 흘렀다. 그 무렵 매플 목사는 겨울에도 끄떡없는 건강한 노년을 맞이하고 있었는데, 마치 제2의 청춘을 꽃피우기라도 하듯 얼굴에 난 모든 주름 틈 사이로 새로이 맺힌 붉은 꽃송이가 온화한 미광을 비추고 있었다. 눈 덮인 2월의 땅 아래로도 봄의 신록이 고개를 내밀듯 말이다. 그의 이력을 들은 적이 있는 사람이라면 매플 목사를 처음 만나 대단한 관심을 보일 수밖에 없는데, 그에게는 예전에 바다에서 보냈던 모험 가득한 삶이 성직자 특유의 성격과 접목되어 형성된 독특한 분위기가 있었다. 그가 들어왔을 때 그의 손에는 우산도 들려 있지 않았고, 분명 마차를 타고 온 것도 아닌 듯했다. 방수모에서는 진눈깨비 녹은 물이 뚝뚝 떨어지고, 물을 잔뜩 머금어 무거워진 선원용 재킷은 그를 거의 바닥으로 잡아끌고 있는 듯 보였으니 말이다. 하지만 그는 모자와 코트와 덧신을 차례로 벗어 가까운 구석의 좁은 공간에 걸더니, 제대로 된 양복 차림으로 조용히 설교단을 향했다.

대부분의 구식 설교단이 그러하듯 그 설교단 또한 아주 높았다. 그리고 그러한 높이의 설교단에 보통의 계단을 놓는다면 계단이 바닥과 경사를 이루는 부분이 너무 길어져 가뜩이나 좁은 예배당을 더욱 좁게 만들 것이었기에, 건축가는 매플 목사의 조언에 따라 계단 없이 설교단을 완성한 모양이었다. 대신 설교단 옆에는 보트에서 배로 올라갈 때 사용하는 줄사다리가 수직으로 매달려 있었다. 어느 고래잡이 선장의 아내가 이 줄사다리를 위해 붉은 소모사로 짠 멋진 난간줄 한 쌍을 예배당에 기증한데다가 줄사다리 자체도 끝마무리가 잘되어 있고 마호가니색으로 물들인 것이어서, 예배당의 성격을 감안했을 때 이 모든 장치는 결코 촌스러워 보이지 않았다. 잠시 줄사다리 아래 멈춰 선 채 양손으로 난간줄의 장식용 매듭을 움켜잡은 매플 목사는 위를 한번 슥 올려다보더니 진짜 선원 같은 솜씨로, 그러나 여전히 경건함은 잃지 않은 채 마치 자기 배의 망대에라도 오르듯 손을 번갈아 움직이며 줄사다리를 탔다.

그네처럼 흔들리는 줄사다리가 보통 그러하듯 이 줄사다리의 수직을 이루는 줄 부분은 천으로 감쌌고 오직 가로대만이 나무로 되어 있어 매 단마다 매듭이 지어져 있었다. 처음 설교단을 보고는 저런 매듭이 배에서는 편리하겠지만 지금 상황에서는 불필요해 보인다는 생각이 떠나질 않았다. 매플 목사가 위로 올라간 후 천천히 뒤돌아서서 설교단 위로 몸을 구부리고는 줄사다리를 한 단 한 단씩 찬찬히 끌어올려 설교단 안으로 전부 들여놓는 모습을 보게 될 줄은 미처 예상하지 못했기 때문이다. 그는 자신이 서 있는 그곳을 난공불락의 작은 퀘벡, 자신만의 요새로 만들어버렸다.

나는 얼마간 그가 이러한 행동을 하는 까닭을 고민해봤지만 충분히 납득이

가지 않았다. 매플 목사는 정직하고 고결하기로 명성이 자자한 사람이니 그가 단지 무대에서 장난을 치는 것으로 일부러 악명을 떨치려 한다고 의심할 수는 없는 노릇이었다. 아니야, 여기에는 뭔가 진지한 이유가 숨겨져 있을 거야, 하고 나는 생각했다. 게다가 분명 보이지 않는 무언가를 상징하고 있었다. 그렇다면 그가 자신을 물리적으로 고립시키는 행위는 겉으로 보이는 모든 세속적 구속과 관계로부터 잠시 벗어나는 영적 물러섬을 의미하는 것일까? 그래, 하느님의 충실한 종에게 말씀의 고기와 포도주로 채워진 이 설교단은 자급자족이 가능한 성채, 성벽 안에 마르지 않는 샘이 있는 거대한 에렌브라이트슈타인[67]인 것이다.

하지만 목사가 과거 뱃일을 했던 것에 착안한 예배당의 이상한 볼거리는 줄사다리 말고도 또 있었다. 설교단 양쪽에 있는 대리석 명판들 사이의 뒷벽에는 커다란 그림이 걸려 있었는데, 거기에는 검은 바위에 부딪힌 파도가 하얗게 부서지는 연안에서 거센 폭풍우를 뚫고 가는 용감한 배 한 척이 그려져 있었다. 그러나 바람에 날리는 포말과 시커멓게 몰려오는 구름들 위로 작은 섬 같은 태양이 떠 있었고, 그곳으로부터 천사의 얼굴이 환한 빛을 발하고 있었다. 그리고 이 환한 얼굴은 배의 흔들리는 갑판 위로 뚜렷한 광채를 내뿜어, 넬슨 제독[68]이 빅토리호에서 쓰러져 죽었던 널빤지 자리에 사람들이 박아넣은 은판과 유사한 형태를 만들어내고 있었다. "아, 고귀한 배여." 천사는 이렇게 말하는 것만 같았다. "나아가라, 나아가, 그대 고귀한 배여. 키를 단단히 붙들라. 보라! 태양이 보이기 시작하고 구름이 몰려가기 시작하나니, 머지않아 더없이 청명한 하늘빛을 보게 되리라."

설교단 자체에서도 줄사다리와 그림에서 드러난 것과 같은 바다 취향의 흔적을 찾아볼 수 있었다. 판을 갖다붙인 설교단 전면은 배의 뭉툭한 뱃머리를 흉내낸 것이었고, 성경이 놓인 소용돌이 장식의 돌출부는 바이올린 끝부분처럼 돌돌 말린 배의 뾰족한 뱃머리 장식을 본떠 만든 것이었다.

이보다 더 의미로 가득한 것이 또 어디 있을까? 설교단이야말로 이 땅에서 가장 선두에 자리한 것이며, 나머지 모든 것은 그 뒤를 따르니 말이다. 설교단이 세상을 이끌어나간다. 하느님의 성마른 노여움이 제일 먼저 발견되는 곳이 바로 그곳이니, 뱃머리는 최초의 맹공을 견뎌내야만 한다. 순풍이나 역풍의 신에게 부디 순풍을 보내달라고 처음으로 기원하는 곳도 바로 그곳이다. 그렇다, 세상은 출항한 배와 같고, 그 항해는 아직 끝나지 않았다. 그리고 설교단이 바로 그 배의 뱃머리다.

9장

설교

매플 목사는 몸을 일으켜세우더니 겸손하지만 권위가 담긴 부드러운 목소리로 흩어져 있던 사람들에게 한자리로 모일 것을 명령했다. "거기, 우현 쪽 통로에 앉은 사람들! 좌현 쪽으로 이동. 좌현 쪽 통로에 앉은 사람들은 우현 쪽으로! 갑판 중앙으로! 갑판 중앙으로!"

벤치들 사이로 무거운 선원용 부츠 끄는 소리가 낮게 울리고 여자들이 신발 끄는 소리가 그보다 더 작게 들리는가 싶더니, 이내 다들 다시 조용해졌고 모두의 눈은 목사에게로 향했다.

잠시 잠자코 있던 그는 이윽고 설교단의 뱃머리에 무릎을 꿇고 햇빛에 그을린 커다란 두 손을 가슴 앞에 모으고는 감은 두 눈을 위로 향한 채 기도를 드렸는데, 그 모습이 어찌나 경건하던지 마치 바다 밑바닥에서 무릎 꿇고 기도를 드리는 듯했다.

기도가 끝나자, 안개 낀 바닷속으로 침몰중인 배에서 반복적으로 들려오는 종소리와도 같이 길게 늘어지는 엄숙한 어조로 찬송가를 부르기 시작했다. 하지만 마지막 절에 이르러서는 어조가 바뀌더니 환희와 기쁨의 목소리가 한가득 울려퍼졌다.

고래의 늑골과 공포가
  내 위로 아치형의 음울한 어둠 드리우고
하느님의 햇살 가득하던 물결도 모두 지나가버려
  나를 더욱더 깊은 파멸로 몰아넣네.

쩍 벌어진 지옥의 목구멍 속에서 나,
  끝없는 고통과 슬픔이 득실대는 것 보았네.
느껴보지 못한 자, 그 기분 짐작조차 못할지니—
  오오, 난 절망으로 추락하고 있었네.

시커먼 고통 속에서 나, 우리 주님을 불렀네.
  주님께서 내 편이 되어주시리라곤 전혀 기대하지 않았으나
주님께선 내 호소에 귀기울이시어—
  나는 마침내 고래 뱃속에서 벗어날 수 있었네.

날 구하러 곧장 주님께서 와주셨네
  환히 빛나는 돌고래를 타고 오신 듯.
내리치는 번개처럼 무시무시하고도 찬란한
  나의 구원자, 우리 주님의 얼굴.

내 노래는 영영 기억하리
　그 끔찍하고도 환희롭던 순간을.
나, 이 모든 영광을 주님께
　자비롭고도 전능하신 우리 주님께 바치리.

거의 모든 사람이 이 찬송가를 따라 불렀는데, 그 소리가 우르릉거리는 태풍을 뒤덮을 만했다. 잠시 정적이 흐른 후, 목사는 천천히 성경책을 넘겼고 마침내 적당한 페이지에 이르자 그 위에 손을 올리고는 말했다. "친애하는 동료 선원 여러분, 「요나」 1장 마지막 구절을 펼치세요. '야훼께서는 큰 물고기를 시켜 요나를 삼키게 하셨다.'

선원 여러분, 오직 네 장—네 가닥의 이야기—으로 이루어진 이 「요나」는 성경이라는 튼튼하고 굵은 밧줄을 이루는 가장 가느다란 가닥에 불과합니다. 그럼에도 요나의 깊은 바닷속 이야기가 전해주는 울림은 그 영혼의 수심이 얼마나 깊은지요! 이 예언자는 우리에게 얼마나 풍요로운 교훈을 전해주는지요! 물고기 뱃속에서 부른 찬송가라니 얼마나 고귀합니까! 얼마나 큰 물결 같으며 얼마나 거친 웅장함입니까! 우리는 우리에게로 밀려오는 대양을 느낍니다. 우리는 요나와 더불어 해초로 뒤엉킨 바다 맨 밑바닥까지 내려갑니다. 주위에는 온통 해초와 진흙투성이로군요! 하지만 「요나」가 가르쳐주는 교훈이란 무엇일까요? 선원 여러분, 그것은 두 가닥으로 이루어진 교훈입니다. 하나는 죄 많은 우리 모두에게 주는 교훈이고, 또 하나는 살아 계신 하느님의 키잡이인 저에게 주는 교훈입니다. 이 이야기가 죄 많은 인간들인 우리 모두에게 주는 교훈인 까닭은, 그것이 죄와 비정함, 갑작스레 일깨워진 두려움, 눈 깜짝할 사이에 내려진 벌, 회개, 기도, 그리고 최후에는 요나의 구원과 환희를 들려주기 때문입니다. 우리 가운데 모든 죄인들과 마찬가지로, 아미때의 아들인 요나가 지은 죄는 하느님의 명령을 제멋대로 거역한 것이었습니다—그 명령이 무엇이었으며, 어떻게 전해졌는지는 아무래도 좋습니다—그는 그 명령이 가혹하다고 생각했어요. 하지만 하느님께서 우리가 했으면 하고 바라시는 일 중에 쉬운 일이란 없습니다—그 점을 명심하세요—그래서 그분께서는 우리를 설득하려 애쓰시기보다는 우리에게 명령을 내리실 때가 더 많은 것입니다. 그리고 하느님께 복종하려면 우리는 우리 자신을 거역해야만 하는데, 바로 그렇기 때문에 하느님께 복종하는 일이 가혹한 것입니다.

하느님께 불복하는 것으로도 모자라, 요나는 그분에게서 도망치려 함으로써 그분을 모욕하기까지 합니다. 그는 인간들이 만든 배가 자신을 하느님 대신 이 땅의 우두머리들만이 지배하는 나라들로 데려다줄 거라 생각합니다. 그는 요빠의 부두를 살금살금 걸어다니며 다르싯으로 가는 배를 찾습니다. 아마도 바로 이 대목에 여태껏 주목받지 못한 의미가 숨어 있는지도 모릅니다. 다르싯이 오늘날의 카디스 외에 다른 도시일 리 없다는 것은 누구에게 물어도 분명한 사실입니다. 이것은 학자들의 의견입니다. 그런데 선원 여러분, 카디스가 있는 곳이 어딥니까? 카디스는 스페인에 있습니다. 대서양이 거의 미지의 바다였던 그 옛날, 아마도 카디스는 요나가 배를 타고 요빠에서 도망쳐 갈 수 있는 가장 먼 곳이었을 겁니다. 왜냐하면 선원 여러분, 요빠, 그러니까 오늘날의 야파는 지중해의 동쪽 끝인 시리아 해안에 있고, 다르싯 즉 카디스는 그로부터 서쪽으로 2천 마일 이상 떨어진 곳, 지브롤터해협 바로 바깥에 있으니까요. 그러니 선원 여러분, 요나가 하느님에게서 도망쳐 세상 끝까지 가려 했다는 걸 아시겠죠? 가엾은 인간! 오오! 비열하기 짝이 없고 온갖 조롱을 다 당해 마땅한 자여, 모자를 푹 눌러쓰고 떳떳하지 못한 눈빛으로 하느님으로부터 몰래 도망치는 자여, 바다를 건너려고 서두르는 야비한 도둑놈처럼 배들 사이를 어슬렁거리는 자여. 그의 표정에는 너무나도 큰 혼란과 자책감이 서려 있었기 때문에, 혹여나 그 시대에 경찰이라도 있었다면 요나는 단순히 뭔가 잘못을 저질렀을 거란 혐의만으로도 갑판에 오르기도 전에 체포되었을 것입니다. 그는 누가 봐도 도망자니까요! 짐도 없고 모자 가방이나 여행 가방도 하나 없어요. 작별인사를 하려고 부두로 따라나온 친구들도 없습니다. 몸을 숨기며 열심히 찾아다닌 끝에, 마침내 그는 마지막 화물을 싣고 있는 다르싯행 배를 발견합니다. 그리고 그가 선실에 있는 선장을 만나기 위해 배에 오르는 순간, 모든 선원이 짐을 끌어올리던 일손을 멈춘 채 이 낯선 자의 사악한 눈동자를 유심히 바라봅니다. 요나는 그것을 눈치채고 여유롭고도 자신 있는 표정을 지어보려 하지만 아무 소용이 없으며, 서툰 미소를 지어보려 해도 별 소용이 없습니다. 선원들은 강한 직감으로 그가 결백한 사람일 리 없다고 확신합니다. 그들은 시시덕거리는 듯하면서도 진지하기 그지없는 말투로 서로에게 속삭입니다. '잭, 저 인간 과부를 건드렸어', '조, 저자 보이나, 저자는 이중 결혼을 한 자야', '이봐 해리, 저 인간은 간통을 해서 옛 고모라 감옥에 갇혔다가 탈출했거나 소돔에서 도망친 살인자 중 한 놈일 거야' 등등. 또다른 이는 배를 매어놓은 부두 말뚝에 붙은 전단지를 보러 달려갑니다. 거기에는 존속살해범 체포시 금화 오백 개를 지급한다고 되어 있고 그 살해범의 인상착의가 적혀 있을 테죠. 그는 전단지를 보면서 요나의 얼굴을 번갈아 쳐다봅니다. 그러는 동안 그에게 동조한 동료 선원들이 요나를 붙잡을 태세를 갖춘 채 어느새 요나 주변에 몰려와 있습니다. 겁에 질린 요나는 몸을 부들부들 떨면서도 대담한 표정을 지어보려 애쓰지만 그만큼 더 겁쟁이로 보일 뿐입니다. 그가 자신에게 죄가 있다고 실토하진 않을 테지만, 그 자체만으로도 매우 의심스럽습니다. 그래도 요나는 나름 최선을 다합니다. 그리고 그가 전단지 속 그 남자가 아님을 알게 된 선원들은 그를 그냥 보내주고, 요나는 선실로 내려갑니다.

'거기 누구야?' 세관에 낼 서류를 서둘러 작성하느라 책상에 앉아 바삐 작업 중이던 선장은 외칩니다. '거기 누구냐고?' 오오! 그 악의 없는 물음이 요나를 얼마나 짓이겼는지! 그는 순간 다시 뒤돌아 도망칠 뻔했습니다. 하지만 다시 힘을 냅니다. '이 배를 타고 다르싯으로 가고 싶은데 출항이 언제입니까, 선장님?' 선장은 바삐 일하느라 요나가 자기 앞에 서 있는데도 그를 쳐다보지 않고 있었습니다. 하지만 그 공허한 목소리를 듣자마자 선장은 그쪽으로 휙 눈길을 던져 그를 자세히 훑어봅니다. 마침내 선장은 '이번 밀물 때 떠날 거요' 하고 천천히 대답하면서도 그를 골똘히 살피던 눈길은 거두지 않습니다. '더 빨리는 안 될까요, 선장님?' '정직한 승객이라면 그것도 충분히 빠른 거지.' 하! 요나여, 또 한번 당했구나. 하지만 그는 선장의 육감을 재빨리 딴 데로 돌립니다. '이 배에 타겠습니다.' 그는 말합니다. '뱃삯은 얼마죠? 지금 내겠습니다.' 선원 여러분, 「요나」에는 배가 출항하기 전에 '그는 뱃삯을 냈다'라는 문장이 마치 이 이야기에서 간과해서는 안 될 부분이라도 된다는 듯 특별히 적혀 있습니다. 그리고 문맥을 고려했을 때, 여기에는 중대한 의미가 담겨 있습니다.

그런데 선원 여러분, 요나가 탄 배의 선장은 그 누구의 범죄라도 간파해내는 통찰력을 지닌 사람이었지만, 그 범인이 빈털터리일 때만 그죄를 폭로하는 탐욕스러운 사람이기도 했습니다. 이 세상에서는, 선원 여러분, 여권이 없는 죄인이라도 돈만 내면 자유로이 여행할 수 있는 반면, 선한 자라도 가난뱅이라면 모든 국경에서 제지당하고 맙니다. 그래서 요나의 선장은 그를 공개적으로 재판하기 전에 요나의 돈주머니가 얼마나 무거운지 시험해볼 준비를 합니다. 그는 요나에게 보통 뱃삯의 세 배를 요구하고, 요나는 그에 동의합니다. 그러자 선장은 요나가 도망자임을 알게 되지만, 그래도 뒤에 황금을 뿌리고 다니는 그의 도주를 도와주기로 결심합니다. 하지만 요나가 정직하게 돈주머니를 꺼냈을 때도 신중한 선장은 마음이 편치 않습니다. 가짜 동전이 섞여 있지나 않을까 싶은 의심에, 그는 모든 동전을 쳐서 소리를 내봅니다. 어쨌든 위조범은 아니군, 그는 중얼거리더니 요나의 이름을 승객 명단에 올립니다. 그러자 요나가 '내 선실은 어딘가요, 선장님' 하고 말합니다. '여행하느라 지쳤어요. 잠을 좀 자야겠군요.' '정말 그래 보이시는군.' 선장이 말합니다. '저기가 당신 방이오.' 요나는 방으로 들어가 문을 잠그려 하지만 자물쇠에는 열쇠가 꽂혀 있지 않습니다. 그가 바보처럼 더듬거리는 소리를 듣고 선장은 작은 소리로 혼자 낄낄대더니, 죄인의 감방문은 절대 안에서 잠글 수 없다는 둥의 말을 중얼댑니다. 요나는 먼지투성이 옷을 입은 채 그대로 침상에 몸을 던지는데, 좁은 선실의 천장이 그의 이마에 닿을 듯 말 듯 합니다. 통풍구도 없어 요나는 숨이 턱 막힙니다. 그러자 배의 흘수선 아래 자리한 그 좁아터지고 푹 꺼진 구덩이 속에서, 요나는 자신이 앞으로 고래 뱃속의 감방 중에서도 가장 비좁은 감방에 갇혀 숨이 막히게 되리라는 불길한 예감에 사로잡힙니다.

요나의 방 한쪽 벽에 나사로 고정시킨 축에 매달린 등불이 이리저리 가볍게 흔들립니다. 마지막으로 실은 화물의 무게 때문에 배가 부두 쪽으로 기울어 있어, 등불은 불꽃과 더불어 가볍게 흔들리면서도 방과 비뚤게 경사진 상태를 유지하고 있습니다. 사실 등불 자체는 틀림없이 똑바른 수직임에도 불구하고, 그 때문에 등불이 매달려 있는 기만적이고 거짓된 평면들이 확연히 눈에 두드러져 보입니다. 등불은 요나를 불안과 두려움에 떨게 합니다. 침상에 누워 고통에 찬 눈빛으로 주위를 둘러보지만 지금껏 잘 도망쳐 다닌 이 도망자가 아무리 열심히 눈알을 굴려본들 숨을 곳은 보이지 않습니다. 하지만 저 램프가 만들어내는 모순은 그를 더욱더 오싹하게 만듭니다. 바닥, 천장, 그리고 벽까지, 이 모든 게 다 뒤틀려 있습니다. '아아! 내 안의 양심도 저 등불처럼 매달려 있구나!' 그는 신음합니다. '내 양심은 수직으로 선 채 타오르지만, 내 영혼의 방들은 죄다 뒤틀려 있어!'

술에 취해 홍청망청하는 밤을 보낸 후 여전히 몸을 가누지 못한 채 서둘러 침대로 향하면서도, 마치 로마시대 경주마가 맹렬히 돌진할수록 강철로 된 마구 끝부분에 더한 고통을 느끼듯 양심의 가책으로 괴로워하는 사람처럼, 그토록 비참한 곤경에 빠져 발작이 지나갈 때까지 하느님께 죽음을 간구하며 어지러운 고뇌로 몸을 뒤척이는 사람처럼, 마침내 요나는 소용돌이치는 비애 속에서 자신이 깊은 마비에 빠져들고 있음을 느낍니다. 양심이라는 상처의 출혈을 멎게 할 수 없어 과다출혈로 죽어가는 사람처럼 말이지요. 그렇게 침상에 누워 지독한 몸부림에 시달리던 요나는 괴물 같은 육중한 고통에 이끌려 축축한 잠속으로 빠져듭니다.

그리고 이제 밀물 때가 찾아왔습니다. 배는 밧줄을 풉니다. 선체가 한쪽으로 기운 다르싯행 배가 어떠한 갈채도 받지 못한 채 그 황량한 부두를 떠나 미끄러지듯 바다로 나아갑니다. 그 배는, 친애하는 여러분, 그러니까 기록에 남게 된 최초의 밀수선이었습니다! 밀수품은 바로 요나였지요. 하지만 바다가 저항합니다. 바다는 그런 사악한 짐을 지려 하지 않습니다. 지독한 폭풍우가 불어오고, 배는 부서질 것만 같습니다. 그러자 갑판장은 모든 선원에게 배를 가볍게 만들라고 지시하고, 상자와 가마니와 항아리 따위가 달그락거리며 배 밖으로 버려집니다. 바람은 비명을 지르고, 선원들은 고함을 치며, 요나 머리 바로 위에 있는 모든 널빤지는 선원들의 쿵쾅대는 발소리로 천둥치듯 우르릉 울립니다. 이 모든 극심한 소란 가운데서도 요나는 무시무시한 잠에 빠져 있습니다. 그는 시커먼 하늘과 격노한 바다를 보지 못하고 선체가 흔들리는 것을 느끼지 못합니다. 그리고 심지어 지금도 입을 벌린 채 자신을 쫓아 멀리서 물살을 가르며 돌진해 오는 거대한 고래의 소리를 거의 듣지 못하거나 주의를 기울이지 않습니다. 그렇습니다, 선원 여러분, 요나는 배 아래 옆구리 쪽—아까 말씀드린 선실의 침상—에 처박힌 채 곤히 잠들어 있었습니다. 그러나 겁에 질린 선장이 그에게로 와서 그의 있으나 마나 한 귀에다 대고 소리칩니다. '천하에 쓸모없는 인간, 오, 이런 잠꾸러기 같으니! 일어나!' 그 불길한 외침에 놀라 혼수상태에서 깨어난 요나는 휘청거리며 일어나 갑판으로 비틀비틀 걸어나가고, 배 측면 돛대의 밧줄을 붙잡은 채 바다를 바라봅니다. 그러나 바로 그 순간 흑표범 같은 커다란 파도가 뱃전을 뛰어넘어 그에게 달려듭니다. 파도는 잇달아 배 위로 뛰어들지만 재빨리 빠져나갈 구멍을 찾지 못해 선수와 선미 사이를 이리저리 왔다갔다하며 으르렁대고, 선원들은 거의 익사할 지경에 이르렀지만 아직은 간신히 그 위에 떠 있습니다. 그리고 머리 위까지 치솟은 시커멓고 가파른 파도의 계곡 사이로 새하얀 달이 그 겁에 질린 얼굴을 드러냈을 때, 아연실색한 요나는 우뚝 솟은 제1사장이 위로 높이 솟구치는가 싶더니 이윽고 다시 아래로 추락해 고통에 몸부림치는 심연에 온몸을 부딪치는 걸 봅니다.

공포에 공포가 꼬리를 물고 비명을 지르며 그의 영혼을 훑고 지나갑니다. 겁이 나 잔뜩 움츠러든 태도에서 이제 그가 하느님으로부터 도망치는 자라는 사실이 분명히 드러납니다. 선원들은 그를 유심히 쳐다봅니다. 요나에 대한 그들의 의혹은 더욱더 굳어집니다. 마침내 이 모든 걸 저 하늘의 뜻이라 여긴 선원들은 자신들에게 이 거대한 폭풍우가 닥친 것이 누구 때문인지 그 진실을 분명히 밝혀내고자 제비뽑기를 시작합니다. 제비를 뽑은 이가 요나라는 걸 알게 되자 그들은 다들 그에게 몰려들어 질문 공세를 시작합니다. '당신 직업은 뭐냐? 어디서 왔냐? 고향은 어디냐? 어느 민족이냐?' 하지만 선원 여러분, 가련한 요나가 이제부터 하는 짓을 좀 보십시오. 선원들은 그가 누구이며 어디서 왔는지를 맹렬히 물었을 뿐인데, 요나는 그들이 묻는 질문에 답할 뿐 아니라 묻지 않은 질문에도 답을 합니다. 신의 가혹한 손길을 느끼고서는 자기도 모르게 스스로 답을 하고 만 것이죠.

'나는 히브리 사람입니다.' 그가 외칩니다. 그러고는 다시 말을 잇습니다. '나는 바다와 육지의 창조주이신 하느님이 두렵습니다!' 오 요나여, 그분이 두렵다고? 그래, 그제야 하느님을 두려워하는 것도 무리는 아니겠지. 그는 그 자리에서 당장 모든 걸 고백합니다. 그 고백을 들은 선원들은 더욱더 두려워하지만, 그럼에도 그를 불쌍히 여깁니다. 그래서 자신이 마땅히 치러야 할 죗값의 무게를 너무나도 잘 알고 있기에 아직 하느님께 자비를 간청하지 않은 요나, 이 가련한 요나가 거대한 폭풍우가 그들에게 닥친 것은 자기 탓이라며 자신을 붙잡아 바닷속으로 던져버리라고 그들에게 크게 소리칠 때, 그들은 자비롭게도 그에게서 돌아서서 배를 구할 다른 방도를 찾습니다. 하지만 다 소용없는 일입니다. 성난 돌풍이 더 큰 소리로 울부짖자, 선원들은 한 손을 들어올려 하느님께 자비를 구하고 나머지 한 손으로는 마지못해 요나를 붙잡습니다.

이제 닻처럼 들려 바닷속으로 던져지는 요나를 보십시오. 그러자 순식간에 동쪽으로부터 기름처럼 매끄러운 고요가 번져오고, 바다는 잔잔해집니다. 마치 요나가 바닷속으로 들어가며 돌풍까지 다 가져가버리고 뒤에는 잔잔한 바다만을 남겨놓은 것처럼 말이죠. 그는 제어할 수 없는 격렬한 움직임으로 가득한 소용돌이의 중심으로 빨려들어가는 통에 자신을 기다리며 쩍 벌어져 있던 입속으로 세차게 떨어지는 순간에도 그 상황을 거의 알아채지 못합니다. 그리고 고래는 온 힘을 다해 수많은 상앗빛 이빨을 새하얀 빗장처럼 걸어 그를 감옥에 가둬버립니다. 그러자 요나는 이 물고기의 뱃속에서 꺼내주십사 하고 주님께 기도를 드립니다. 그런데 그의 기도를 잘 들여다보시면 중대한 교훈을 얻을 수 있습니다. 요나는 죄 많은 자이기에 곧장 자신을 구원해달라며 울고불고 난리치지 않습니다. 자신에게 내려진 가혹한 벌이 합당하다고 느꼈지요. 그는 구원의 여부는 전부 하느님께 맡긴 채 그 상태로 만족합니다. 아무리 아프고 고통스러울지라도 그는 여전히 하느님의 성전이 있는 쪽을 바라볼 것입니다. 그리고 이것이야말로, 선원 여러분, 진정하고도 헌신적인 회개입니다. 시끄럽게 용서를 구하는 것이 아니라 기꺼운 마음으로 벌을 받는 것 말이죠. 이러한 요나의 행동에 하느님께서 얼마나 기뻐하셨는지는 결국 요나가 바다와 고래로부터 구원받았다는 대목에서 잘 알 수 있습니다. 선원 여러분, 제가 여러분 앞에 요나를 불러들인 것은 여러분이 그의 죄를 따라하길 바라서가 아니라 그를 회개의 본보기로 삼길 바라서입니다. 죄를 짓지 마시되, 설령 죄를 짓더라도 반드시 요나처럼 회개하십시오."

그가 이렇게 말하는 동안에도 밖에서는 폭풍우가 세찬 비명을 지르며 휘몰아쳐 목사에게 새로운 힘을 더해주는 듯했고, 요나가 바다에서 폭풍우를 만난 이야기를 들려줄 때의 목사는 마치 그 자신이 폭풍우 속에 내던져진 것처럼 보였다. 두꺼운 가슴은 너른 파도처럼 들썩거렸고 휘두르는 양팔은 비와 바람이 전쟁을 벌이는 듯했다. 그리고 거무스름한 이마에서는 천둥이 울려퍼지고 눈에서는 번개가 튀어올랐기에, 그의 이야기를 가만히 듣고 있던 순진한 사람들은 그를 바라보며 순식간에 낯선 두려움에 사로잡혔다.

그러다 그가 다시 한번 조용히 성경을 넘기자 그의 표정은 잠잠해졌다. 그리고 마침내 미동도 없이 가만히 서서 두 눈을 감더니 잠시 하느님과 교감을 나누는 듯했다.

하지만 그는 다시 사람들을 향해 몸을 내밀고 고개를 낮게 숙이더니, 남자다우면서도 매우 겸손한 태도로 이렇게 말했다.

"선원 여러분, 하느님께서는 여러분에게 한 손만을 얹고 계시지만 제게는 두 손을 다 얹고 계십니다. 제 빛이 흐릿할지 모르겠으나, 저는 그 빛에 의지하여 요나가 모든 죄인에게 가르쳐주는 교훈을 여러분에게 읽어드렸습니다. 모든 죄인을 위한 교훈이기에 그것은 여러분을 위한 교훈이고, 그보다는 특히 저를 위한 교훈인데, 저는 여러분보다 더 큰 죄인이기 때문입니다. 이제 제가 이 돛대 꼭대기에서 내려가 여러분이 앉아 있는 승강구 뚜껑 위에 앉아, 여러분 중 누군가가 살아 계신 하느님의 키잡이로 나서서 요나가 제게 가르쳐주는 더욱 무시무시한 또다른 교훈을 제게 읽어주는 걸 지금 여러분처럼 들을 수 있다면 얼마나 기쁠까요. 요나는 키잡이로서의 예언자 또는 진실을 말하는 자로서 간택을 받고 하느님으로부터 사악한 니네베 사람들의 귀에 달갑지 않은 진실을 들려주라는 명을 받습니다. 그러나 자신이 불러일으킬 적의를 생각하자 모골이 송연해진 요나는 자신의 사명으로부터 도망쳤고, 요빠로 가는 배를 탐으로써 자신의 의무와 하느님을 저버리려 했습니다. 하지만 하느님께서는 어디에나 계세요. 요나는 결코 다르싯에 다다르지 못했습니다. 이미 이야기했다시피 하느님께서는 고래의 모습으로 요나에게 나타나 그를 생지옥의 심연으로 집어삼키신 후, 재빨리 헤엄쳐 그를 '바다 한가운데로' 데려가셨습니다. 그곳에서 요나는 회오리치는 심연의 천길만길 아래로 빨려들어갔고, '해초가 그의 머리를 휘감았으며', 모든 수중 세계의 비애가 그에게 달려들었습니다. 하지만 심지어 고래가 대양에서 가장 깊은 등뼈 위에 몸을 누였을 때도, 그리하여 어떠한 측심연도 도달할 수 없는 곳—'지옥의 뱃속'—에 이르렀을 때조차 하느님께서는 고래에게 삼켜진 예언자의 회개하는 외침을 들으셨습니다. 하느님께서는 고래에게 말씀하셨고, 고래는 몸서리치게 춥고 어두컴컴한 바다에서 빠져나와 따뜻하고 기분좋은 태양, 공기와 땅이 주는 모든 기쁨을 향해 뛰어올라 '요나를 육지 위로 토해냈습니다'. 주님의 말씀이 두번째로 들려오자, 멍들고 지친 요나—그의 두 귀는 조개껍질처럼 여전히 대양의 온갖 소리를 웅얼대고 있습니다—는 전능하신 주님의 명에 따랐습니다. 그 명이 무엇이었을까요, 선원 여러분? '거짓'의 면전에 대고 '진실'을 설파하라는 것! 바로 그것이었습니다!

이것이, 선원 여러분, 이것이 바로 그 또하나의 교훈입니다. 살아 계신 하느님의 키잡이가 그 교훈을 가벼이 여긴다면 그에게 화가 있을지니. 복음을 전하는 일보다 세속의 일에 더 마음을 빼앗기는 자에게 화가 있을지니! 하느님께서 돌풍이 일게 한 바다에 기름을 부으려는 자에게 화가 있을지니! 남의 간담을 서늘하게 하기보다는 남에게 아부하려는 자에게 화가 있을지니! 선행보다 명예에 더 신경을 쓰는 자에게 화가 있을지니! 이 세상에서 치욕을 보지 않으려는 자에게 화가 있을지니! 심지어 거짓됨이 구원일지라 해도, 진실하지 않으려 하는 자에게 화가 있을지니! 그렇습니다, 위대한 키잡이 사도바울께서도 말씀하셨듯이,[69] 남들에게 설교하면서 정작 본인은 조난자인 자에게 화가 있을지니!"

그는 고개를 숙이고는 잠시 망연히 서 있었다. 그러다 사람들을 향해 다시 고개를 들었을 때, 그의 눈에는 심원한 기쁨이 서려 있었다. 그는 천상의 열의를 다해 외쳤다. "하지만 오오! 선원 여러분! 모든 비애의 우현 쪽에는 확고한 기쁨이 있습니다. 그리고 그 비애의 바닥이 아무리 낮다 한들 그 기쁨의 꼭대기는 그보다 더 높습니다. 내용골이 갑판보다 아래 있으나 큰 돛대 장관이 보다 높이 있지 않습니까? 오만한 신들과 이 땅의 제독들에게 맞서 늘 자신의 굽히지 않는 자아를 내세우는 자에게 기쁨이 있을지니. 이 야비하고 기만적인 세상의 배가 발밑에서 가라앉을 때 튼튼한 두 팔로 자신을 지탱할 수 있는 자에게 기쁨이 있을지니. 진실의 문제에는 사정을 봐주지 않으며, 상원의원들과 판사들의 예복 속에 가려진 죄마저 모조리 끄집어내 죽이고 태우고 파괴하는 자에게 기쁨이 있을지니. 우리 주 하느님 외에는 그 어떤 법이나 주인도 인정하지 않으며, 오로지 천국에만 애국심을 바치는 자에게 기쁨이, 윗돛대와도 같은 최상의 기쁨이 있을지니. 바다의 모든 물결과 파도가 난폭한 폭도들처럼 밀려와도 흔들림 없는 '영원한 용골'[70]에서 떨어지지 않는 자에게 기쁨이 있을지니. 그리고 죽을 때가 가까워 마지막 숨을 몰아쉬며, '오, 아버지!—저에게 늘 회초리를 드시는 분이시여[71]—이대로 끝장이 나든 영생을 누리게 되든, 저는 이제 죽습니다. 저는 이 세상에 속하게 되기보다는, 혹은 제 자신에 속하게 되기보다는, 당신께 속하고자 훨씬 더 애써왔습니다. 하지만 이것은 아무것도 아닙니다. 당신께 제 영생을 맡기오니, 대체 사람이 무엇이관대 자신을 만든 신보다 오래 살 수 있단 말입니까?' 하고 말하는 자에게 영원한 기쁨과 감미로움이 있을지니."

목사는 더는 아무 말도 않더니 천천히 손을 흔들어 축복을 빌었다. 그리고 사람들이 모두 떠나 자신만 거기 홀로 남을 때까지 손으로 얼굴을 가린 채 무릎을 꿇고 있었다.

10장
절친한 친구

예배당에서 물기둥 여인숙으로 돌아와 보니 그곳에는 퀴퀘그뿐이었다. 그는 목사가 축복을 빌기 얼마 전에 예배당을 떠났던 것이다. 그는 난로 앞 벤치에 앉아 난롯가에 두 발을 올려놓고는, 손에 쥔 작은 검둥이 우상을 얼굴 가까이로 가져가 그것의 얼굴을 유심히 들여다보며 잭나이프로 천천히 우상의 코를 깎으면서 이교도풍의 콧노래를 흥얼대고 있었다.

하지만 내가 나타나자 그는 우상을 도로 집어넣었다. 그러고는 곧장 탁자로 가더니, 거기 있던 큰 책을 집어들어 무릎 위에 올려놓고선 매우 규칙적으로 쪽수를 헤아리기 시작했다. 오십 쪽마다—내가 보기에는—잠시 멈추고 멍하니 주위를 둘러보며 무척 놀랍다는 듯이 목을 울려 길게 휘파람을 불어대면서 말이다. 그러고는 다시 다음 오십 쪽을 헤아리기 시작했는데, 오십 이상은 못 세는지 매번 일부터 다시 시작하는 모양이었고, 오십이라는 수가 그렇게 많이 모여 있다는 걸 알고서야 책의 쪽수가 무척 많다는 사실에 놀라는 듯했다.

나는 앉아서 그를 대단히 흥미롭게 지켜봤다. 비록 그는 야만인이고 얼굴이 온통 끔찍하게 훼손되어 있었지만, 그래도—적어도 내 취향으로 보기에는—그의 표정에는 결코 불쾌하다고는 할 수 없을 뭔가가 있었다. 영혼을 숨길 순 없는 법이다. 나는 그의 기이한 문신들 너머로 소박하고 정직한 마음의 흔적을 언뜻 엿본 것 같았다. 그리고 그의 커다랗고 깊은 눈, 불같이 검고 대담한 눈에는 수천의 악마와도 맞설 수 있는 기백이 서려 있는 듯했다. 게다가 이 이교도의 몸가짐에서는 어쩐지 고결함이 느껴졌는데, 그의 무례함에도 불구하고 그 고결함은 전혀 손상되지 않았다. 그는 한 번도 굽실거려본 적 없고, 빚을 져본 적도 없는 사람 같았다. 머리를 밀었기 때문에 이마가 더 훤하고 환하게 드러나고 그래서 더욱 널찍하게 보이는지는 내가 감히 판단할 문제가 아니지만, 그의 머리가 골상학적으로 아주 훌륭한 것만은 분명했다. 터무니없이 들릴지 모르겠으나, 그의 머리는 흔히 볼 수 있는 워싱턴 장군 흉상의 머리를 떠올리게 했다. 눈썹 위에서 이마가 뒤로 물러나면서 일정하게 기울어진 긴 경사면을 만드는 것이며, 툭 튀어나온 두 눈썹이 마치 꼭대기가 숲으로 우거진 두 개의 긴 갑岬을 닮은 것마저 똑같았다. 퀴퀘그는 조지 워싱턴이 식인종으로 변한 모습이었다.

내가 여닫이창 밖으로 폭풍우를 내다보는 척하며 그를 이렇게 자세히 살펴보는 동안에도 그는 내가 거기 있는 걸 신경쓰지 않았고, 심지어 눈길 한 번 주지 않았다. 그는 오로지 그 놀라운 책의 쪽수를 헤아리는 일에만 완전히 열중한 듯 보였다. 간밤에 우리가 얼마나 사이좋게 밤을 함께 보냈는지를 생각하면, 특히 아침에 깨어났을 때 내 몸 위에 얹혀 있던 그의 다정한 팔을 생각하면, 그의 이러한 무관심은 매우 이상하게 느껴졌다. 하지만 야만인들이란 묘한 존재여서, 때로는 그들을 어떻게 받아들여야 할지 잘 알 수 없을 때가 있다. 처음에 그들은 위압감을 주지만, 소박한 성격에서 우러난 그들의 차분한 침착함은 소크라테스의 지혜를 닮았다. 더불어 나는 퀴퀘그가 여인숙의 다른 선원들과 전혀 또는 거의 어울리지 않는다는 사실을 알아차렸다. 그는 절대로 먼저 접근하는 법이 없었으며, 인맥을 넓히려는 욕망도 전혀 없어 보였다. 이 모든 것이 내게는 굉장히 기이하게만 느껴졌다. 하지만 다시금 생각해보니 그런 태도에는 숭고함 비슷한 것이 있었다. 여기 이 남자는 혼곶을 거쳐 고향에서 2만 마일이나 떠나온 사람이었다—그가 고향으로 돌아가려면 다시 혼곶을 거치는 수밖에 없다는 말이다—즉 이 남자는 목성에라도 와 있는 듯 이상한 사람들 사이에 던져져 있었다. 그럼에도 그는 불편함이라고는 전혀 모르는 사람처럼 최상의 평정심을 유지했고, 오로지 자기 자신만을 벗삼으며, 늘 스스로를 건사했다. 이는 분명 고결한 철학으로만 가능한 일이었다. 물론 퀴퀘그가 세상에 그런 게 있다는 걸 들어봤을 리 만무했지만. 그러나 우리 인간들이 진정한 철학자가 되려면 철학자처럼 산다거나 철학자처럼 되려고 노력한다거나 하는 생각을 품지 말아야 하는지도 모른다. 그래서 나는 어느 누가 자신을 철학자라 칭하는 소리를 들으면 그가 소화불량에 걸린 노파처럼 '위장이 망가진 게' 틀림없다고 결론 내린다.

나는 그새 쓸쓸해진 그 방에 앉아 있었다. 처음에는 맹렬히 타올라 방안 공기를 데우던 난롯불도 이제는 얌전하고 낮게 타오르며 겨우 눈에 보일 정도로만 빛을 발했다. 저녁의 어둠과 환영들이 여닫이창 주위로 모여들어 말없이 따로 앉은 우리 둘을 응시하고 있었다. 밖에서는 장엄하게 몸집을 불린 폭풍우가 굉음을 내고 있었다. 나는 묘한 기분이 들기 시작했다. 내 안의 뭔가가 녹아내리는 듯한 기분이었다. 내 산산조각난 마음과 미쳐 날뛰는 손은 더이상 늑대 같은 세상에 등을 돌리고 있지 않았다. 이 온화한 야만인이 내게 세상을 되찾아주었다. 저기 앉아 있는 그의 무심함이야말로 문명의 위선과 달콤한 기만이 도사리고 있지 않은 그의 천성을 말해주고 있었다. 그는 거칠었으며, 정말이지 그런 구경거리도 없었다. 하지만 기이하게도 나는 그런 그에게 마음이 끌리기 시작했다. 대부분의 사람들에게는 혐오감을 불러일으킬 만한 것들이 내게는 나를 끌어당기는 자석이 되었다. 이교도 친구를 한번 사귀어보자, 나는 생각했다. 기독교도들의 호의란 그저 허례일 뿐임이 밝혀졌으니까. 나는 벤치를 그에게 가까이 끌어당기고는 우호적인 손짓과 암시를 주며 그와 대화를 나누기 위해 최선을 다했다. 처음에는 이런 나의 접근에 그다지 관심을 기울이지 않더니, 이윽고 그가 간밤에 베풀어준 환대를 언급하자 우리가 오늘 또 잠자리 친구가 되는 것이냐고 물었다. 나는 그렇다고 말했다. 그러자 그는 만족해하는 듯했다. 조금은 칭찬으로 들은 모양이었다.

그런 다음 우리는 함께 책장을 넘겼다. 나는 그에게 그 책이 인쇄된 목적과 거기 실려 있는 몇몇 그림의 의미를 설명해주려 애를 썼다. 그리하여 나는 곧 그의 관심을 사로잡았고, 그때부터 우리는 이 유명한 도시에서 볼 수 있는 다양한 볼거리들에 대해 한껏 지껄여대기 시작했다. 이내 내가 함께 담배를 피우자고 제안하자, 그는 담배쌈지와 토마호크를 꺼내들더니 한 모금 피워보라며 조용히 권했다. 그런 다음 우리는 자리에 앉아 그의 그 사나운 파이프를 돌려가며 피웠고, 그 파이프는 우리 둘 사이를 규칙적으로 오고갔다.

설령 이 이교도의 가슴속에 나에 대한 무관심의 얼음이 조금이나마 남아 있었다 하더라도 이 유쾌하고도 정다운 흡연은 이내 그 얼음을 완전히 녹여버렸고 우리는 친한 친구가 되었다. 내가 그에게 그런 것과 마찬가지로, 그 또한 나를 지극히 자연스럽게 받아들이는 듯했다. 담배를 다 피우고 나자 그는 자기 이마를 내 이마에 갖다대더니 내 허리를 꽉 껴안은 채 이제 우리는 결혼한 거라고 말했다. 그의 고향에서는 이 말이, 이제 우리는 절친한 친구가 되었으며, 만일 그럴 일이 생긴다면 기꺼이 나를 위해 죽겠노라는 의미였다. 동향인이 그랬다면 이처럼 갑작스레 타오르는 우정의 불꽃은 너무 시기상조인 것으로 여겨졌을 테고, 도무지 믿음이 가지 않았을 것이다. 하지만 이 소박한 야만인에게 그런 낡아빠진 규칙 따위는 적용되지 않았다.

저녁을 먹고 또 한번 격의 없는 수다와 담배를 나눈 후, 우리는 함께 우리의 방으로 돌아갔다. 그는 방부 처리를 한 머리를 내게 선물로 주고 거대한 담배 쌈지를 꺼내 담배 아래를 뒤지더니, 삼십 달러쯤 되는 은화를 끄집어냈다. 그런 다음 그것들을 탁자 위에 펼쳐놓고 기계적으로 이등분을 하더니, 그중 한 쪽을 내게로 밀고는 가지라고 했다. 나는 뭐라 항의하려 했으나 그는 그것들을 내 바지 주머니에 쏟아넣어 내 입을 닫아버렸다. 나는 은화들을 주머니 속에 그냥 내버려두었다. 그는 그런 다음 우상을 꺼내들고 종이가 발린 벽난로 덮개를 치우고는 저녁기도를 드리기 시작했다. 그가 하는 몸짓과 분위기로 봐서, 그는 나도 그 의식에 동참하길 바라는 듯했다. 하지만 이윽고 무슨 일이 벌어질지 잘 알고 있던 터라, 나는 그가 만일 나를 그 의식에 청한다면 거기에 따라야 할지 말아야 할지를 잠시 숙고해봤다.

나는 절대 무류無謬인 장로교회의 품에서 태어나고 자란 기독교 신자였다. 그런 내가 어찌 이 미개한 우상숭배자와 함께 그의 나뭇조각을 숭배할 수 있겠는가? 하지만 숭배란 무엇인가? 나는 생각했다. 이슈미얼아, 너는 지금 하늘과 땅—이교도 등을 전부 포함한—의 주인이신 너그러운 하느님께서 한낱 시커먼 나뭇조각 하나를 질투하시리라 생각하는 것이냐? 말도 안 되는 소리! 하지만 숭배란 무엇인가?—하느님의 뜻대로 행하는 것—그것이 바로 숭배다. 그리고 하느님의 뜻이란 무엇인가—이웃이 내게 해주었으면 하고 바라는 것을 내가 이웃에게 해주는 것—그것이 바로 하느님의 뜻이다. 자, 퀴퀘그는 나의 이웃이다. 그리고 나는 퀴퀘그가 내게 무엇을 해주었으면 하고 바라는가? 그야 물론 그가 나와 함께 장로교회 방식으로 숭배를 드렸으면 하는 것이다. 그런고로 나는 그의 의식에 동참해야만 한다. 그러니 나는 우상숭배자가 되어야만 한다. 그리하여 나는 대팻밥에 불을 지폈고, 그 죄 없는 우상을 세우는 일을 도왔고, 퀴퀘그와 함께 우상에 구운 건빵을 바쳤으며, 우상 앞에 두세 번 절을 드리고, 우상의 코에 입을 맞추었다. 의식을 끝낸 우리는 우리의 양심과 세상 전부와 화평을 이룬 채 옷을 벗고 침대로 들어갔다. 하지만 약간의 잡담도 없이 바로 잠을 자지는 않았다.

왜 그런지는 모르겠지만, 친구들끼리 속내를 털어놓기에 침대만큼 좋은 곳도 없다. 남편과 아내는 침대에서 서로의 영혼을 밑바닥까지 보여주고, 오래된 부부는 종종 침대에 누워 지난 일들에 대해 수다를 떠느라 밤을 꼬박 지새운다고들 한다. 그리하여 나와 퀴퀘그—친밀하고 다정한 한 쌍—도 그렇게 침대에 누워 마음의 밀월을 즐겼다.

11장

잠옷

우리는 그렇게 침대에 누워 떠들다가 깜빡 졸다가 다시 떠들기를 되풀이했고, 퀴퀘그는 이따금 자신의 문신한 갈색 다리를 다정하게 내 몸 위로 올렸다가 거둬들이곤 했다. 우리는 그처럼 완전히 화기애애하고 자유롭고 편안했다. 그리고 마침내 담소를 나누다보니 약간의 졸음기마저 싹 다 달아나 아직 동이 트려면 멀었지만 다시 일어나고 싶었다.

그렇다, 우리는 이제 전혀 졸리지 않았다. 그러다보니 누워 있는 자세에도 싫증이 나기 시작해 점차 자리에서 몸을 일으켜 앉게 되었다. 옷으로 몸을 따뜻이 감싸고 침대 머리판에 등을 기댄 채 무릎을 바짝 끌어당기고 무릎뼈knee-pans가 탕파warming-pans라도 되는 양 코를 가져다댔다. 매우 기분좋고 아늑한 느낌이 들었는데, 밖이 무척이나 쌀쌀했으므로 더욱 그러했다. 사실 방안에 불기라고는 없었기에 이부자리 밖도 쌀쌀하긴 마찬가지였다. 내가 '더욱 그러했다'고 말한 것은, 몸의 온기를 제대로 향유하려면 몸 어딘가가 반드시 추워야만 하는 고로, 이 세상 모든 특성은 오로지 대조를 통해서만 드러나기 때문이다. 그 자체로 존재하는 것은 아무것도 없다. 만일 누군가가 자신은 모든 면에서 편안하다고, 그것도 아주 오랜 세월 동안 그래왔다며 우쭐댄다면 그는 더

이상 편안한 사람이라 할 수 없다. 하지만 지금 이불 속에 있는 퀴퀘그와 나처럼 코끝이나 정수리가 살짝 시리다면, 그럴 때야말로 전반적인 의식 속에 가장 기분좋으면서도 확실한 온기를 느끼게 되는 것이다. 이런 이유로 침실에는 절대 난로를 들여서는 안 된다. 난로란 부자들이 편안함을 방해하기 위해 사들이는 멍청한 사치품 중 하나다. 이런 종류의 감미로움을 만끽하려면 자신과 자신의 아늑함 그리고 차가운 바깥공기 사이에 담요 한 장 말고는 그 무엇도 있어서는 안 된다. 그러면 북극의 수정 같은 얼음 한가운데에서도 한 점 따스한 불꽃처럼 누워 있을 수 있다.

이렇게 함께 웅크린 자세로 한동안 앉아 있었더니 갑자기 눈을 떠야겠다는 생각이 들었다. 나는 이불 속에 있을 때면, 낮이든 밤이든, 자고 있든 깨어 있든, 침대가 주는 아늑함에 더욱 집중하고자 늘 눈을 감는 버릇이 있기 때문이다. 두 눈을 감지 않고는 그 누구도 자신의 정체성을 똑바로 느껴볼 수 없을 테니까. 진흙으로 빚어진 우리 육신에는 빛이 더 어울리지만, 실은 우리의 본질을 이루는 진정한 요소는 바로 어둠이라는 듯이 말이다. 그리하여 눈을 뜨고 스스로 만들어낸 나만의 유쾌한 어둠 속에서 빠져나와 불빛 없는 밤 열두시의 위압적이고 거친 바깥의 어둠 속에 놓이게 되자, 갑자기 불쾌한 혐오감이 들었다. 우리 둘 다 완전히 깨어 있었기 때문에, 나는 아무래도 불을 밝히는 게 좋겠다는 퀴퀘그의 제안에 전혀 반대하지 않았다. 게다가 퀴퀘그는 토마호크로 가만히 담배나 몇 모금 피웠으면 하고 몹시 바라고 있었다. 말이 나왔으니 말인데, 내가 간밤에 그가 침대에서 담배를 피우는 데 그토록 강한 반감을 느낀 것은 분명한 사실이다. 그럼에도 우리의 경직된 선입견은 일단 찾아온 사랑에 구부러지고 나면 얼마나 유연해지고 마는지. 이제는 퀴퀘그가 비록 침대에서라 하더라도 내 옆에서 담배를 피우는 것보다 더 좋은 게 없었는데, 그럴 때 그는 평화로운 가정 특유의 기쁨으로 충만해 보였기 때문이다. 나는 주인이 든 보험 약관에 더는 별 신경이 쓰이지 않았다. 진정한 친구와 함께 파이프와 담요를 공유한다는 깊고도 내밀한 안락함만이 생생히 느껴질 뿐이었다. 어깨에 털재킷을 걸친 채 서로 토마호크를 주고받다보니, 새로 켠 불빛이 연기에 어려 우리 위로 연기로 된 푸른 차양이 서서히 드리워져갔다.

파도처럼 굽이치는 이 푸른 차양이 야만인을 저 까마득히 먼 풍경들로 데리고 간 것인지는 모르겠으나, 아무튼 그는 이제야 자신이 태어난 고향 섬에 대해 말하기 시작했다. 그리고 그의 이야기가 몹시도 궁금했던 나는 그에게 부디 그 이야기를 계속 들려달라고 부탁했다. 그는 기꺼이 응했다. 비록 그 당시에는 그가 하는 말을 거의 알아들을 수 없었지만, 나중에 그의 유창하지 못한 표현에 보다 더 익숙해졌을 때 알게 된 사실들로 미루어 짐작한 덕에, 이제는 그가 들려줬던 이야기의 전부를 개략적으로나마 여기 선보일 수 있게 되었다.

12장
지금까지의 생애

퀴퀘그는 서남쪽으로 멀리 떨어진 곳에 위치한 섬 코코보코 출생이다. 그 섬은 지도에 나와 있지 않은데, 진짜인 곳들은 원래 다 그런 법이다.

갓 태어난 야만인은 풀로 엮은 배내옷을 입고 고향 숲속을 마구 뛰어다니고, 풀 뜯는 염소들은 그를 초록빛 어린나무로 착각해 뒤를 따라다니곤 했다. 심지어 그런 시절에도 퀴퀘그의 야심찬 영혼 속에는 간혹 지나는 포경선 한두 척을 보는 것으로는 만족할 수 없는, 기독교 세계를 더 많이 알고 싶다는 강한 욕망이 도사리고 있었다. 그의 아버지는 대추장, 그러니까 왕이었고 삼촌은 대사제였다. 외가 쪽에는 무적의 전사들과 결혼한 이모들이 있다며 자랑했다. 그의 핏줄 속에는 우월한 피—왕족의 피—가 흐르고 있었다. 비록 교육을 받지 못했던 어린 시절에 키워진 식인 성향으로 인해 안타깝게도 오염되고 말았는지 모르지만 말이다.

새그항[72]에서 온 배가 그의 아버지의 영토인 만灣을 방문했을 때, 퀴퀘그는 자신을 기독교 세계로 태워가줄 것을 요구했다. 하지만 선원의 정원을 다 채운 배는 그의 요청을 거절했고, 왕인 아버지의 영향력으로도 그들을 설득할 수 없었다. 하지만 퀴퀘그는 맹세를 다졌다. 그는 혼자 카누에 올라 먼 해협까지 노를 저어 갔다. 섬을 떠난 배는 그곳을 반드시 지나게 된다는 사실을 알고 있었다. 해협 한쪽에는 산호초가 있고, 다른 한쪽에는 저지대가 혀처럼 튀어나와 있었는데, 그 위를 뒤덮은 맹그로브 덤불숲은 바다까지 뻗어 있었다. 그는 카누를 물위 덤불숲 사이에 숨겼다. 뱃머리는 바다 쪽으로 고정시키고 노를 낮게 잡은 채 선미에 가만히 앉아 있었다. 그리고 배가 미끄러지듯 이동해 오자 번개처럼 돌진해 선측을 붙잡고는 뒷발질로 자신의 카누를 뒤집어 가라앉혔다. 그런 후 쇠사슬을 잡고 올라가 갑판 위에 큰대자로 몸을 던지고는 거기 박힌 고리를 꽉 쥐고서 난도질을 당해 온몸이 조각날지라도 놓지 않겠노라 맹세했다.

선장이 그를 배 밖으로 던져버리겠다고 위협하고 그의 드러난 손목 위에 단검을 들이댔지만 아무 소용도 없었다. 퀴퀘그는 왕의 아들이었다. 퀴퀘그는 그 자리에서 꼼짝도 하지 않았다. 그의 필사적인 불굴의 의지와 기독교 세계를 찾아가고픈 맹렬한 의지에 감명을 받은 선장은 마침내 마음을 누그러뜨렸고, 그에게 여기서 편하게 지내도 좋다고 말했다. 하지만 이 훌륭한 야만인 청년—바다의 웨일스 공[73]—은 선장의 선실은 구경도 해보지 못했다. 그는 선원들 틈에서 지낸 탓에 고래잡이가 되고 말았다. 하지만 외국 도시의 조선소에서 하는 고된 노동도 마다하지 않았던 표트르대제[74]처럼 퀴퀘그도 자신의 못 배운 동족을 계몽할 힘만 얻을 수 있다면 겉으로 드러난 불명예 따위는 기꺼이 무시해버릴 수 있었다. 마음 깊은 곳에서 그를 움직이는 힘은—그가 내게 말했다시피—기독교인들로부터 자신의 동족을 예전보다 더 행복하고 더 풍요롭게, 더 나은 존재로 만들어줄 기술을 배우려는 깊은 열망이었다. 하지만

아아! 그는 고래잡이 일을 하면서 곧 기독교도들도 비참하고 사악할 수 있음을, 자신의 아버지가 다스리는 이교도들보다 훨씬 더 그러할 수 있음을 깨닫게 되었다. 마침내 새그항에 도착해서 그곳에서 선원들이 무엇을 하는지를 보았을 때, 그런 후 낸터킷에 가서 그들이 급료를 그런 곳에서 쓴다는 것 또한 알았을 때, 가련한 퀴퀘그는 모든 것을 단념하고 말았다. 그는 생각했다. 어느 자오선에 있든 세상은 다 사악하다. 나는 그냥 이교도로 살다 죽으련다.

그리하여 그는 마음속으로는 예전 그대로 우상숭배자이면서도, 이들 기독교인들 틈에서 살면서 그들의 옷을 입고 그들의 영문 모를 말을 흉내내기 위해 노력했다. 고향을 떠나온 지 꽤 지났음에도 그의 행동이 기묘했던 것은 그 때문이었다.

나는 그에게 아버지를 마지막으로 뵈었을 때 몹시 늙고 허약했으니 이제는 돌아가셨을 거란 생각이 들지 않느냐, 그러니 다시 돌아가서 왕위를 이을 생각은 없느냐고 넌지시 물어봤다. 그는 아니라고, 아직은 아니라고 대답했다. 그러고는 기독교, 아니 그보다는 기독교인들이 자신을 순수하고 순결한 서른 명의 선대 이교도 왕들을 계승하기에 부적합한 사람으로 만든 것은 아닌지 걱정된다고 덧붙였다. 하지만 그는 머지않아—자신이 다시 정화되었다는 기분이 들자마자—돌아갈 거라고 말했다. 하지만 당분간은 사대양을 두루두루 항해하고 다니며 젊은 혈기를 만끽해볼 작정이라고 했다. 그는 작살잡이가 되었고, 이제는 그 갈고리 달린 쇳덩이가 왕의 홀笏을 대신하고 있었다.

나는 그의 장래 계획을 언급하면서 지금 당장의 목표가 무엇이냐고 물어봤다. 그는 원래 하던 일을 하면서 다시 바다로 나가는 것이라고 대답했다. 이에 나는 내 계획도 고래를 잡으러 가는 것이며, 모험을 즐기는 고래잡이들이 출항하기에 가장 전도유망한 항구는 바로 낸터킷이므로, 그곳에서 배를 탈 생각이라고 말했다. 그는 당장 나와 함께 그 섬으로 가서 나와 같은 배를 타고, 나와 같이 망을 보고, 같은 보트를 타고, 같은 음식을 먹기로, 한마디로 나와 운명을 함께하기로 결심했다. 내 두 손을 꼭 붙잡은 채, 두 세계가 나누어줄 소박한 음식들에 과감히 손을 담그겠다고 말이다. 나는 이 모든 것에 기쁜 마음으로 동의했다. 내가 퀴퀘그에게 지금 느끼는 애정과는 별개로, 그는 노련한 작살잡이였으며, 그렇기에 상선 선원들이 아는 바다라면 익히 알고 있지만 고래잡이의 신비에 대해서는 전적으로 무지한 나 같은 사람에게는 무척 유용한 인물이 될 게 틀림없었기 때문이다.

그가 파이프에서 뿜어낸 마지막 연기가 사라지면서 그의 이야기도 끝이 났다. 퀴퀘그는 나를 안고 자신의 이마를 내 이마에 갖다댔고, 등불을 후 불어 껐다. 우리는 각자 서로 이리저리 뒤척이다가 이내 잠이 들었다.

13장

외바퀴 손수레

다음날인 월요일 아침, 나는 방부 처리를 한 머리를 이발사에게 가발걸이로 처분하고 받은 돈, 그러니까 내 친구의 돈으로 나와 내 친구의 방값을 지불했다. 히죽거리는 주인뿐만 아니라 다른 투숙객들도 나와 퀴퀘그 사이에 갑자기 싹튼 우정에 매우 즐거워하는 듯 보였다. 요전번에 피터 코핀이 지껄인 터무니없는 이야기를 들었을 때는 그렇게나 그를 두려워하더니, 이제 와서는 이렇게 어울리고 있으니 말이다.

우리는 외바퀴 손수레를 빌려 그 안에 허름한 내 여행 가방과 퀴퀘그의 범포 자루와 해먹 등 우리 물건을 모두 실은 후, 곧장 부두에 정박중인 낸터킷행 소형 정기선 '모스'호로 향했다. 그곳으로 가는 동안 사람들이 우리를 빤히 쳐다봤는데, 딱히 퀴퀘그 때문이었다기보다는—그들은 거리에서 그런 식인종을 보는 데 익숙해져 있었다—우리가 그토록 친밀해 보이는 게 신기해서였다. 하지만 우리는 그런 그들을 신경쓰지 않은 채 교대로 손수레를 밀면서 나아갔고, 퀴퀘그는 이따금 멈춰 서서 작살 미늘의 칼집을 바로잡았다. 나는 그에게 왜 그런 성가신 물건을 육지에서 들고 다니는지, 혹시 작살이 구비되어 있지 않은 포경선도 있는지를 물었다. 그러자 그는 다음과 같은 요지의 답변을 들려주었다. 네가 한 말도 분명 일리가 있지만, 나는 이 작살에 특별한 애정을 품고 있다. 이 작살은 생사를 건 여러 싸움에서 이미 충분한 시험을 거쳤고, 여러 고래의 심장과도 깊이 정을 통한, 확실한 물건이기 때문이다. 한마디로 육지의 여러 일꾼이 농부들의 목초지로 수확하러 가거나 풀 베러 갈 때—결코 그럴 의무가 없음에도—자기 낫으로 무장하듯, 퀴퀘그 또한 개인적인 이유로 자신만의 작살을 선호한다는 것이었다.

그는 내게서 손수레를 건네받으며 자신이 난생처음 본 외바퀴 손수레에 얽힌 재미난 이야기를 들려주었다. 새그항에서 있었던 일인데, 그가 탔던 배의 선주들이 무거운 궤짝을 숙소까지 나를 때 쓰라며 외바퀴 손수레를 하나 빌려줬던 모양이다. 외바퀴 손수레가 뭔지 모르는 티를 내고 싶지 않았던 퀴퀘그는—실은 손수레를 어떻게 다루는지 전혀 알지 못했으면서도—손수레 위에 궤짝을 싣고 단단히 묶은 다음 손수레를 어깨에 짊어진 채로 부두를 당당히 걸어갔던 것이다. "이런, 퀴퀘그." 나는 말했다. "그 정도는 알고 있었어야지. 사람들이 안 웃던가?"

그러자 그는 또다른 이야기를 들려주었다. 그의 고향인 코코보코섬 사람들은 결혼식 피로연을 열 때 싱싱한 코코넛에서 짜낸 향긋한 즙을 펀치볼처럼 생긴 커다랗고 얼룩진 조롱박 속에 담는데, 이 펀치볼은 언제나 피로연장에 깔아둔 멍석 위에 놓여 가장 중요한 장식품 역할을 한다고 한다. 한번은 어느

으리으리한 상선이 코코보코섬에 잠시 들렀는데, 그 상선의 선장—선장치고는 어느 모로 보나 매우 위엄 있고 형식을 따지는 신사—이 이제 막 열 살이 된 어여쁘고 어린 공주인 퀴퀘그의 여동생 결혼식 피로연에 초대되었다. 자, 그리하여 결혼식 하객이 모두 신부의 대나무집에 모였을 때 선장이 걸어들어왔고, 귀빈 대접을 받은 선장은 펀치볼 맞은편, 대사제와 퀴퀘그의 아버지인 왕 사이에 앉게 되었다. 식사 전에 감사기도를 드린 후—그들도 우리처럼 식사 전에 감사기도를 드리는데, 퀴퀘그의 말에 따르면 감사기도를 드릴 때 접시를 내려다보는 우리와 달리, 그들은 반대로 잔치를 베풀어주신 위대한 신이 계신 위쪽을 오리처럼 올려다본다고 한다—어쨌거나 그렇게 식사 전에 감사기도를 드린 후, 대사제는 태곳적부터 내려오는 의식을 거행함으로써 연회를 시작했다. 그 의식이란 신성한 음료를 사람들에게 돌리기 전에 사제가 자신의 축성祝聖된 손가락을 담가 펀치볼을 축성하는 것이었다. 의식을 유심히 지켜보던 선장은, 가만히 보니 자신이 왕의 집에 초대되어 대사제 옆자리에 앉은데다가, 또한 자신이—배의 선장으로서—한낱 섬의 왕보다 명백히 우위에 있다고 생각해버린 나머지 뻔뻔하게 펀치볼에 손을 씻기 시작했다. 아무래도 그는 그 펀치볼을 커다란 핑거볼로 착각했던 듯하다. "자," 퀴퀘그가 말했다. "그럼 어떻게 생각해?—우리 섬사람들이 웃지 않았을까?"

마침내 뱃삯을 치르고 짐도 무사히 실은 우리는 정기선에 올라탔다. 배는 돛을 올리고 어커시넷강[75]을 미끄러져 내려갔다. 한쪽으로는 뉴베드퍼드의 거리들이 층층이 계단을 이루고, 얼음으로 뒤덮인 나무들은 맑고 차가운 공기 속에 온통 반짝거렸다. 부두에는 수많은 통들이 겹겹이 쌓여 커다란 언덕과 산을 이루고, 세계를 떠돌아다니던 포경선들은 마침내 그곳에 나란히 정박한 채 고요히 누워 있었다. 다른 쪽에서는 목수와 통장이가 내는 소리가 역청을 녹이는 불꽃과 용광로의 소음과 뒤섞여 새로운 항해의 시작을 예고하고 있었다. 세상에서 가장 위험하고 긴 항해를 한 번 끝냈다 해도 뒤에는 두번째 항해가 기다리고 있을 뿐이며, 두번째 항해를 끝냈다 해도 뒤에는 세번째 항해가, 그뒤에도 또다른 항해가 영원히 기다리고 있을 뿐이다. 그렇다, 세상에서의 우리의 노고란 그처럼 모두 끝이 없고 견뎌내기 힘든 것들이다.

보다 넓은 바다로 나오자 점점 상쾌한 바람이 불어왔고, 조그만 모스호는 어린 망아지가 코를 힝힝거리듯 뱃머리에서 재빠르게 물보라를 일으켰다. 그 야만적인 공기를 나는 얼마나 마음껏 들이쉬었던가!—도로로 뒤덮인 그 땅을 나는 얼마나 경멸했던가!—온통 노예의 뒤꿈치와 말굽에 움푹 팬 자국들뿐인 그 흔해빠진 도로를 말이다. 그 도로가 나를 어떤 흔적도 남기길 거부하는 바다의 넓은 아량에 감탄하는 사람으로 뒤바꿔버렸다.

퀴퀘그 또한 나와 함께 물보라 분수를 마시고 비틀대는 듯했다. 그는 어두운 콧구멍 두 쪽을 제각기 벌름거렸고, 줄로 갈아 뾰족해진 이빨을 드러냈다. 우리는 계속해서 날듯이 나아갔다. 앞바다에 이르자 모스호는 돌풍에 경배하며 술탄 앞에 나아간 노예처럼 뱃머리를 휙 숙이며 급강하했다. 배는 선측이 기운 채로 비스듬히 돌진했다. 모든 밧줄 가닥이 쇠줄처럼 윙윙 울렸다. 두 개의 높은 돛대는 토네이도를 맞은 육지의 사탕수숫대처럼 휘어졌다. 마구 요동치는 제1사장 옆에 서 있었던 탓에 정신이 하나도 없었던 우리는 한동안 승객들의 조소어린 눈초리를 알아채지 못했다. 그들은 풋내기 선원들처럼 모여 있었는데, 마치 백인이 회반죽을 바른 검둥이보다 더 고귀한 존재라도 된다는 양, 우리 둘이 그렇게 다정하게 붙어 있는 것을 이상히 여겼다. 그런데 그들 중에는 얼간이들과 촌뜨기들도 몇 있었는데, 딱 봐도 완전 새파란 풋내기들로 깊은 산골마을 출신들일 게 뻔했다. 그들 중 어린 놈 하나가 몰래 퀴퀘그 흉내를 내다가 그에게 들키고 말았다. 나는 저 촌뜨기도 이제 끝장이로구나, 하고 생각했다. 건장한 야만인은 작살을 집어던지고 그를 두 팔로 붙잡더니, 믿기 어려울 정도로 재빠르고 힘차게 그를 통째로 하늘 높이 던져버렸다. 그러더니 그가 공중에서 반쯤 돌았을 때 그의 엉덩이를 살짝 때렸고, 그 녀석은 심장이 터질 듯한 지경이 되어 두 발로 바닥에 착지했다. 그러는 동안 퀴퀘그는 그에게 등을 돌린 채 토마호크 파이프에 불을 붙이고는 한 모금 피우라며 나에게 건네줬다.

"선잔님! 선잔님!" 촌뜨기가 선장 쪽으로 달려가며 소리쳤다. "선잔님, 선잔님, 여기 악마가 있어요."

"이봐, 거기 당신." 늑재처럼 비쩍 마른 선장이 퀴퀘그를 향해 느릿느릿 걸어오며 외쳤다. "대체 어쩌려고 그런 거야? 저 친구를 죽일 뻔했잖나?"

"저 남자 말 뭐야?" 퀴퀘그가 내 쪽으로 가볍게 몸을 돌리며 말했다.

"그가 말하길," 나는 아직도 떨고 있는 풋내기를 가리키며 말했다. "하마터면 네가 저기 저 남자를 죽일 뻔했대."

"죽인다고." 퀴퀘그가 문신한 얼굴을 일그러뜨려 경멸에 찬 무시무시한 표정을 지으며 외쳤다. "아! 걔는 작은 새끼 물고기. 퀴퀘그 너무 작은 물고기 안 죽인다. 퀴퀘그 큰 고래 죽인다!"

"이봐 너." 선장이 으르렁거렸다. "이 식인종놈아, 내 배에서 한 번만 더 요상한 짓을 했다간 내가 너 죽인다. 그러니 조심하라고."

하지만 바로 그때 선장 자신이 조심해야 할 일이 벌어졌다. 큰 돛에 엄청난 압력이 가해져 아딧줄이 끊어지는 바람에 거대한 아래 활대가 뒷갑판을 온통 휩쓸면서 이리저리 날아다니게 된 것이다. 퀴퀘그에게 혼쭐난 그 불쌍한 녀석은 배 밖으로 휩쓸려버렸다. 다들 겁에 질려 어쩔 줄 몰라했고, 그 와중에 활대를 붙잡아 고정시킨다는 것은 미친 짓 같았다. 활대는 시계가 한 번 째깍하는 사이 오른쪽에서 왼쪽으로 날아갔다 되돌아왔고, 당장이라도 쩍 하고 쪼개져버릴 것만 같았다. 다들 속수무책이었고, 어떤 식으로든 손을 쓴다는 것은 도저히 불가능해 보였다. 갑판 위에 있던 사람들은 다들 뱃머리로 몰려가서는 멍하니 선 채로 활대를 지켜봤는데, 그 모습이 마치 격노한 고래의 아래턱이라도 보는 듯했다. 이처럼 경악스러운 상황에서 퀴퀘그는 재빨리 무릎을 꿇고 활대가 오가는 아래쪽으로 기어가 밧줄을 휙 낚아채더니 밧줄 한쪽 끝을 뱃전에 묶었다. 그런 다음 활대가 그의 머리 위를 지날 때 밧줄 다른 쪽 끝을 올가미 밧줄처럼 던져 활대에 걸고는 힘껏 잡아당겼다. 그러자 활대가 올가미에 걸려들었고 모두가 무사하게 되었다. 배는 바람을 거스르는 방향으로 나아갔고, 선원들이 선미 쪽 보트를 내리는 동안 웃통을 벗어던진 퀴퀘그는 뱃전에서 길고 힘찬 포물선을 그리며 바닷속으로 뛰어들었다. 그는 긴 팔을 앞으로 쭉쭉 뻗어 얼어붙을 듯 차가운 물거품 사이로 건장한 어깨를 번갈아 드러내며 삼 분 넘게 쉬지 않고 헤엄쳤다. 하지만 내 눈에는 당당하고 멋진 사나이만 보일 뿐, 구조되어야 할 사람은 보이지 않았다. 풋내기는 물속으로 가라앉고 만 것이다. 퀴퀘그는 물속에서 수직으로 솟아올라 잠시 주위를 살피더니 상황을 대충 파악했다는 듯 다시 물속으로 잠수해 들어갔다. 몇 분쯤 지나자 그가 다시 물위로 떠올랐는데, 한 팔로는 여전히 힘차게 바다를 휘젓고, 나머지 한 팔로는 기절한 듯한 누군가를 끌고 왔다. 보트가 곧 그 둘을 끌어올렸다. 가련한 촌뜨기는 다시 의식을 회복했다. 모두들 퀴퀘그가 정말 고결하고 멋진 사람임을 인정했고, 선장도 그에게 용서를 구했다. 그때부터 나는 퀴퀘그에게 따개비처럼 딱 달라붙었다. 그래, 불쌍한 퀴퀘그가 영영 마지막으로 바닷속에 잠수하던 바로 그 순간까지.

저렇게 무심할 수도 있는 걸까? 그는 자신이 '관대한 인류애를 위한 모임'으로부터 훈장을 받을 자격이 있다고는 조금도 생각하지 않는 듯했다. 그는 고작 소금물을 씻어낼 물—맹물—을 좀 달라고 했을 뿐이다. 몸을 씻은 후, 그는 마른 옷을 걸치고 파이프에 불을 붙인 채 뱃전에 몸을 기댔다. 그러고는 자기 주변 사람들을 가만히 쳐다봤다. 마치 '세상은 어느 자오선에 있든 서로의 공동 자본으로 세워진 거야. 우리 식인종도 너희 기독교인을 도와야만 해'라며 혼잣말을 중얼대는 듯한 모습이었다.

14장

낸터킷

그후로 항해 도중에 이렇다 할 일은 일어나지 않았다. 그리하여 순조로운 항해 끝에, 우리는 낸터킷에 무사히 도착했다.

낸터킷! 지도를 꺼내들고 한번 살펴보라. 그곳이 세상에서 얼마나 외진 곳에 있는지를 보라. 해안에서 멀리 떨어진 채, 그곳에 에디스톤 등대[76]보다 더 외롭게 서 있는 모습을. 그곳을 한번 보라. 그저 작은 언덕과 굽이진 모래사장만으로 이루어진 그곳을. 온통 해변뿐, 그 뒤로는 아무것도 없다. 그곳에는 압지 대신 사용한다면 스무 해는 족히 쓰고도 남을 만큼의 모래가 있다. 까불어대길 좋아하는 사람들은 이렇게 말할 것이다. 그곳에는 잡초도 저절로 자라지 않아 일부러 심어야 할 지경이라고, 그래서 그들은 캐나다엉겅퀴[77]조차 수입한다고. 그들은 기름통 구멍을 틀어막을 나무 마개를 하나 구하려면 바다 건너로 사람을 보내야 할 지경이라고, 그래서 낸터킷에서는 나뭇조각 하나도 로마의 진짜 십자가 조각처럼 다뤄진다고. 그곳 사람들은 여름철에 그늘 아래로 숨어들기 위해 집 앞에 독버섯을 심는다고. 풀잎 하나만 있어도 오아시스라고 하고, 종일 걸어서 풀잎 세 개를 보면 대초원을 봤다고 한다고. 라플란드 사람들이 눈신발을 신는 것처럼, 그들은 모래신발을 신는다고. 그곳 사람들은 완전히 바다에 갇히고 둘러싸이고 에워싸인 철저한 섬 생활을 하는 탓에, 때로 그들의 의자와 탁자에는 작은 조개들이 마치 바다거북 등에 붙어 있기라도 한 것처럼 따닥따닥 붙어 있을 지경이라고. 하지만 이처럼 엉뚱하기 짝이 없는 이야기들은 낸터킷이 일리노이가 아니라는 사실만을 알려줄 뿐이다.

이제 이 섬에 인디언들이 어떻게 정착하게 됐는지를 말해주는 놀라운 전설을 살펴보기로 하자. 전설은 이렇게 전한다. 옛날에 독수리 한 마리가 뉴잉글랜드의 해안 위로 휙 하고 내려와 인디언 갓난아기를 발톱으로 채어가버렸다. 부모들은 아기가 드넓은 바다 너머로 사라지는 것을 보며 큰 소리로 울부짖었다. 그들은 독수리가 날아간 방향을 따라가기로 결심했다. 카누에 오른 그들은 험난한 항해 끝에 이 섬을 발견했고, 거기서 텅 빈 상아색 상자 하나를 찾아냈는데, 그것은 바로 불쌍한 인디언 아기의 해골이었다.

그렇다면 해변에서 태어난 이곳 낸터킷 사람들이 먹고살기 위해 바다로 가야만 한다는 것은 너무나도 당연한 일이 아닌가! 처음에 그들은 모래사장에서 게와 대합을 잡았다. 좀더 대담해지자 바다로 걸어들어가 그물로 고등어를 잡았다. 좀더 경험이 쌓이자 보트를 타고 나가 대구를 잡았다. 그리고 마침내 바다 위에 한 무리의 거대한 배들을 띄우고 바다 세계를 탐험했다. 배들이 지구를 돌면서 그 위에 두른 띠가 끝이 없었다. 베링해협[78]을 구경했고, 대홍수에서 살아남은 세상에서 가장 힘센 생물, 가장 극악무도하고 가장 거대한 생물과 사시사철 모든 대양에서 영원한 전쟁을 선포했다! 히말라야산맥 같은 저 바다의 마스토돈[79], 무의식중에 더욱 엄청난 힘을 발휘하는 탓에 가장 대담무쌍하고 악의로 똘똘 뭉친 공격을 퍼부을 때보다 공황 상태에 빠졌을 때가 더 무섭다는 그 생물과 말이다!

그리하여 이 벌거벗은 낸터킷 사람들, 바다의 은둔자들은 바다의 개미탑으로부터 쏟아져나와 그들 모두가 알렉산드로스대왕이라도 된다는 듯 바다 세계를 침략하여 정복했고, 해적 같은 세 강대국이 폴란드를 나눠 가졌듯이 각자가 대서양과 태평양과 인도양을 나눠가졌다. 미국이 텍사스에 멕시코를 보태고 캐나다 위에 쿠바를 얹든 말든, 영국이 인도 전체로 우르르 몰려가 그들의 불타는 깃발을 태양에다 걸든 말든, 어차피 육지와 물로 된 이 지구 전체의 삼분의 이는 낸터킷 사람들의 것이다. 바다가 그들 것이기 때문이다. 황제가 제국을 소유하듯 그들은 바다를 소유한다. 다른 선원들은 오직 그곳을 지나갈 권리만을 가질 뿐이다. 상선들은 다리橋의 연장일 뿐이며, 군함들은 떠다니는 요새일 뿐이다. 심지어 노상강도들이 길을 따라가듯 바닷길을 따라가는 해적선과 사략선도 자신들과 마찬가지로 육지의 파편인 다른 배들을 약탈하기만 할 뿐, 끝없이 깊은 바다 자체로부터 삶을 길어올리려 하진 않는다. 오직 낸터킷 사람들만이 진정으로 바다에 살면서 그곳에서 마구 날뛴다. 성경식으로 말하자면, 오직 그들만이 배를 타고 바다로 가 그곳을 대농장처럼 열심히 일군다. 그곳이 그들의 집이며, 그곳이 그들의 일터다. 노아의 홍수가 수백만에 이르는 중국인을 모두 집어삼켜버린다 할지라도 그들의 일을 방해하지는 못할 것이다. 초원수리가 초원에 살듯 그들은 바다에 산다. 그들은 파도 사이에 숨어 있다가 영양 사냥꾼이 알프스를 넘듯 파도를 넘는다. 그들은 수년간 육지 따위는 모르고 지낸다. 그래서 마침내 육지에 올랐을 때는 육지에서 다른 세상의 냄새를 맡는다. 그들에게 육지란 달이 지구인에게 낯선 것보다 더 낯선 것이다. 땅 위에 발을 내려놓지 않는 갈매기가 해가 지면 날개를 접고 흔들리는 파도 사이에서 잠을 청하듯, 육지에서 멀리 떨어진 바다로 나온 낸터킷 사람들도 해질녘이 되면 돛을 접어올리고 베개 바로 아래로 바다코끼리와 고래가 떼를 지어 돌진해가는 곳에서 잠을 청한다.

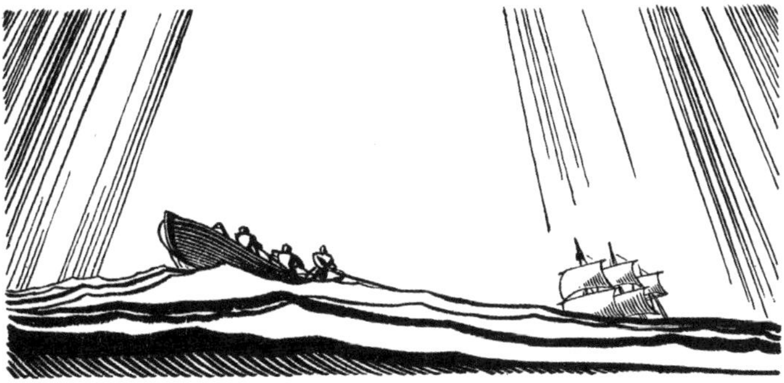

15장
차우더

조그만 모스호가 평온하게 닻을 내리고 퀴퀘그와 내가 육지에 올랐을 때는 밤도 이미 이슥했다. 그래서 그날은 저녁을 먹고 잠자리에 드는 것 외에는 아무 일도 할 수 없었다. 물기둥 여인숙의 주인은 우리에게 자신의 사촌인 호지아 허시가 경영한다는 트라이포츠[80] 여인숙을 추천해주면서, 그곳이 낸터킷을 통틀어 가장 훌륭한 숙소 중 하나이며, 게다가 호지아가 만든 차우더[81] 요리는 정말이지 훌륭하다고 장담했다. 한마디로 우리에게 트라이포츠에서 맛볼 식사보다 더 나은 식사는 없을 거라고 노골적으로 귀띔해준 것이다. 하지만 그는 길을 알려주면서, 우현 쪽으로 노란색 창고를 끼고 가다가 좌현 쪽에 하얀 교회가 보이면 다시 그쪽을 좌현으로 끼고 가다가 우현 3포인트[82] 지점의 모퉁이를 돈 다음, 거기서 처음 만나는 사람에게 여관이 어딘지 물어보라고 했다. 이처럼 이리 꼬이고 저리 꼬인 길안내에 우리는 처음엔 무척 혼란스러웠다. 특히 시작 지점부터 퀴퀘그가 노란색 창고를 좌현 쪽에 끼고 가야 한다고 주장한 반면, 나는 피터 코핀이 노란색 창고를 우현 쪽에 끼고 가야 한다고 말한 것으로 이해했기에 우리가 겪은 혼란은 가중되었다. 하지만 잠시 어둠 속에서 길을 찾아다니고, 이따금 대문을 두들겨 평온한 주민들의 잠을 깨워 길을 물은 덕분에, 마침내 우리는 그곳이 틀림없다고 생각되는 곳에 도착했다.

낡은 현관 앞에는 낡은 중간돛대가 세워져 있었는데, 그 돛대의 활대에는 검게 칠을 한 커다란 나무 솥 두 개가 당나귀 귀 모양의 손잡이에 매달려 흔들리고 있었다. 뿔처럼 튀어나온 활대 한쪽 끝이 톱에 잘려 있었는데, 그래서인지 이 낡은 중간돛대는 꼭 교수대처럼 보였다. 어쩌면 너무 민감하게 반응한 탓에 그런 인상을 받았을 수도 있지만, 나는 이 교수대를 바라보며 막연한 불안감을 느끼지 않을 수 없었다. 남아 있는 두 개의 뿔을 쳐다보고 있자니 목에 경련 비슷한 것이 일었다. 그래, 두 개로구나, 하나는 퀴퀘그를 위한 것, 또하나는 나를 위한 것. 불길하다는 생각이 들었다. 처음 포경항에 내려서 묵었던 여인숙의 주인 이름은 코핀, 고래잡이 예배당에서는 나를 빤히 쳐다보던 비석들, 그런데 또 교수대라니! 게다가 거대한 검은 솥 한 쌍이라니! 이 마지막 징조는 은연중 지옥에 대한 암시라도 던져주는 것인가?

이런 생각에 빠져 있던 나는 여인숙 현관에 서 있는 노란 머리에 노란 가운을 입은 주근깨 여자를 보고 다시 제정신으로 돌아왔다. 그녀는 마치 멍든 눈처럼 흐릿하고 붉은 등불 아래서 자주색 모직 셔츠를 입은 한 남자를 쌀쌀맞게 꾸짖어대고 있었다.

"당장 꺼져." 그녀가 그 남자에게 말했다. "안 그러면 내가 없애버릴 테니!"

"가자고, 퀴퀘그." 내가 말했다. "괜찮아. 허시 부인일 거야."

정말 그랬다. 호지아 허시 씨는 집에 없었지만, 허시 부인이 그가 하던 일을 모두 능숙하게 처리하고 있었다. 우리가 저녁과 잠자리를 원한다고 하자 허시 부인은 잠시 꾸짖는 일을 뒤로 미룬 채 우리를 작은 방으로 안내해 방금 식사를 끝낸 흔적이 남아 있는 식탁에 앉히고는 우리 쪽을 향해 뒤돌아보며 물었다. "조개요, 대구요?"

"대구 요리는 어떤 건가요, 부인?" 나는 매우 공손하게 물었다.

"조개요, 대구요?" 부인이 거듭 물었다.

"조개를 저녁으로 먹는다고요? 그러니까 차가운 조개를 주신다, 지금 그런 말씀이신 건가요, 허시 부인?" 나는 말했다. "그런데 부인, 겨울철에 먹기엔 좀 차갑고 진득거리지 않을까요?"

그러나 입구에서 기다리고 있을 자주색 셔츠의 남자를 다시 꾸짖을 생각에 마음이 급한 나머지 그저 '조개'라는 말만 들은 것 같은 허시 부인은 부엌으로 이어지는 열린 문으로 서둘러 향하더니 "조개 둘"이라고 외치고는 사라져버렸다.

"퀴퀘그," 나는 말했다. "겨우 조개탕 하나씩 먹고 저녁이 될까?"

하지만 부엌에서 풍겨오는 따뜻하고 맛있는 냄새는 우리의 우울한 예상이 착각이었음을 알려주었다. 김이 모락모락 나는 차우더가 나오자 몰려오는 기쁨과 더불어 수수께끼가 풀렸다. 오오, 다정한 친구들이여! 다들 귀를 쫑긋 세워 내 말을 들어보라. 그건 개암열매만큼이나 작고 즙이 많은 조개에다 건빵가루와 얇게 썰어 소금에 절인 돼지고기를 섞은 다음, 버터를 넣어 풍미를 더하고 후추와 소금으로 풍부하게 간을 한 요리였다. 추운 날씨에 항해를 한 탓에 우리는 식욕이 왕성해져 있었고, 특히나 지금 퀴퀘그 앞에 놓인 것은 그가 가장 좋아하는 해산물 요리인데다 그 차우더는 이루 말할 수 없이 훌륭했기 때문에, 우리는 마파람에 게 눈 감추듯 먹어치워버렸다. 잠시 등을 기댄 채 허시 부인이 조개냐 대구냐고 짧게 묻던 것을 곰곰이 생각해본 나는 간단한 실험을 해보기로 했다. 나는 부엌문 쪽으로 걸어가서 매우 강한 어조로 "대구"라고 말하고는 다시 자리로 돌아왔다. 얼마 안 있어 다시 맛있는 냄새가 풍겨왔는데, 이번에는 또다른 풍미가 느껴졌다. 곧 훌륭한 대구 차우더가 우리 앞에 놓였다.

우리는 다시 먹기 시작했고, 그릇 속에서 숟가락을 부지런히 놀리는 와중에 나는 이런 생각이 들었다. 그런데 이 음식이 머리에 어떤 영향을 미치기라도 한다는 말인가? '차우더 대가리'라며 얼간이들을 놀려대는 얼간이 같은 말은 대체 뭐지? "그런데 있잖아, 퀴퀘그. 네 그릇 안에 든 장어 살아 있는 거 아니야? 작살은 어디 둔 거야?"

이곳만큼 생선 비린내가 심한 곳도 없을 듯했는데, 과연 트라이포츠라고 불릴 만했다. 이곳의 솥에서는 늘 차우더가 끓고 있었기 때문이다. 아침에도 차우더, 점심에도 차우더, 저녁에도 차우더. 나중에는 생선 가시가 옷을 뚫고 나오지나 않았는지 살펴보게 될 지경이다. 집 앞 안마당에는 온통 조개껍데기가 깔려 있었다. 허시 부인은 대구의 등뼈를 갈아 만든 우아한 목걸이를 하고 있었고, 호지아 허시는 멋진 고급 상어 가죽으로 장정한 회계장부를 지니고 있었다. 우유에서까지 생선 비린내가 나는 것은 도무지 이해할 수 없는 노릇이었는데, 어느 날 아침 우연히 해변으로 산책을 나가 어부들의 배 사이를 거닐다가 호지아의 얼룩무늬 암소가 생선 찌꺼기를 먹는 모습을 보고서야 그 이유를 알 수 있었다. 분명히 말하건대, 해변을 따라 거니는 암소의 네 발굽마다 대구 대가리가 박혀 있어서 꼭 슬리퍼를 질질 끄는 듯 보였다.

저녁식사가 끝나자 허시 부인은 우리에게 등잔을 건네며 침대방에 이르는 가장 가까운 길을 알려주었다. 하지만 퀴퀘그가 앞장서서 계단을 오르려 하자 허시 부인이 손을 쭉 뻗더니 작살을 내놓으라고 했다. 이 집에서는 방에 작살을 가지고 들어갈 수 없다는 것이었다. "왜죠?" 내가 물었다. "진짜 고래잡이라면 누구나 작살을 안고 자는 법인데, 왜 안 된다는 겁니까?" "위험하니까요." 부인이 대답했다. "스티그스라는 청년이 사 년 반 동안이나 포경선을 타고서 돌아왔는데, 딱하게도 고작 고래기름 세 통만을 건져왔지 뭐예요. 그 사람이 일층 뒷방에서 옆구리에 작살이 박혀 죽은 채로 발견된 후로 작살은 금지예요. 그후로는 어떤 투숙객도 그런 위험한 무기를 들고 밤에 방으로 들어가지 못하게 하고 있답니다. 그러니 퀴퀘그 씨(그녀는 이미 그의 이름을 외워두고 있었다), 그 쇠붙이는 내가 내일 아침까지만 맡아드리도록 하죠. 그나저나 내일 아침 차우더는 조개로 할까요, 대구로 할까요?"

"둘 다요." 내가 대답했다. "그리고 좀 심심하니까 훈제 청어도 몇 마리 주세요."

16장

배

우리는 침대에 누워 다음날의 계획을 짰다. 그런데 놀랍고도 무척 심란하게도 퀴퀘그는 내게 이런 이야기를 들려주었다. 그가 요조—그의 작은 검둥이 신의 이름—에게 열심히 상의하자 요조가 두세 번 거듭 답하며 고집스레 확신하며 주장하기를, 항구에서 함께 포경선을 찾아다니며 서로 협의해서 배를 고르는 걸 관두라고 했단다. 대신 요조 자신이 우리를 잘 보살펴줄 테니 배 고르는 일은 전적으로 나에게 맡기라고 진지하게 명했다고 했다. 그리고 일이 그렇게 풀리게끔 요조 자신이 이미 배를 골라놓았으니, 만일 나 이슈미얼에게 그 일을 맡겨놓으면 마치 우연히 그렇게 된 양 틀림없이 그 배를 발견할 것이고, 나는 퀴퀘그와 상관없이 그 배에 즉각 올라야만 한다고 했다는 것이다.

깜박 잊고 말하지 않았는데, 퀴퀘그는 많은 일에서 요조의 판단력과 놀라운 예지력을 몹시 신뢰했다. 그리고 요조의 자비로운 계획이 매번 성공하는 것은 아니지만, 대체로 선한 의도를 품고 있는 듯한 이 일종의 선신善神에게 대단한 존경심을 품고 소중히 여겼다.

그런데 우리의 배를 고르는 문제에 대한 퀴퀘그의 계획, 더 정확히 말해서 요조의 계획이 나는 전혀 마음에 들지 않았다. 나는 우리와 우리의 재산을 안전히 지켜줄 최적의 포경선을 고르는 데 퀴퀘그의 안목에 적잖이 의지하려던 터였다. 하지만 아무리 항의해봤자 퀴퀘그는 꿈쩍도 하지 않았기에 나는 그의 의견에 순순히 따를 수밖에 없었다. 그리고 그런 하찮고 사소한 일은 서둘러 처치해버리자는 생각에, 단호하게 마음을 먹고 기운을 내서 이 일에 착수할 준비를 했다. 다음날 아침, 우리의 작은 침실에 퀴퀘그와 요조만을 남겨둔 채—그날은 퀴퀘그와 요조에게 일종의 사순절이나 라마단처럼 단식과 참회와 기도의 날인 듯했는데, 몇 번이고 전념해봤지만 나는 그가 드리는 기도문과 39개조[83]에 통달할 수 없었기에 그날이 어떤 날인지는 끝내 밝혀낼 수 없었다—그러니까 토마호크 파이프만 피우며 단식중인 퀴퀘그와 대팻밥으로 지핀 제의의 불을 따스하게 쬐고 있는 요조를 남겨둔 채 나는 배들이 있는 곳으로 힘차게 걸어나갔다. 한참을 어슬렁대고 여기저기 마구잡이로 물어본 끝에, 나는 삼 년 예정으로 출항을 준비중인 배가 세 척 있다는 것을 알게 되었다. 바로 '데블댐'호, '티트비트'호, 그리고 '피쿼드'호였다. '데블댐'이라는 이름이 어디서 유래했는지는 모르겠다. '티트비트'[84]야 뻔하고. '피쿼드'는 다들 똑똑히 기억하다시피 지금은 고대 메디아왕국처럼 절멸한 매사추세츠의 유명한 인디언 부족 이름이었다. 나는 데블댐호를 자세히 들여다보며 탐색전을 벌인 뒤, 얼른 티트비트호로 넘어갔다. 그리고 마침내 피쿼드호에 올라 잠시 주위를 둘러보고는 이 배가 바로 우리가 탈 배라고 결정 내렸다.

잘은 몰라도 다들 살면서 색다르고 재미난 배를 많이 봐왔을 것이다. 바닥이 네모난 돛배, 산처럼 거대한 일본 정크선, 버터 상자 모양의 갤리선 따위를 말이다. 하지만 단언컨대 피쿼드호처럼 진귀한 배는 그 누구도 본 적이 없을 것이다. 피쿼드호는 다소 작은 구식 배로, 사자 발톱 모양의 발이 달린 구식 가구 같은 느낌이 들었다. 사대양의 태풍과 고요 속에서 오랜 세월 단련되고 비바람에 얼룩진 낡은 선체의 빛깔은 이집트와 시베리아에서 모두 싸운 프랑스인 척탄병의 낯빛처럼 검게 그을려 있었다. 고색창연한 뱃머리는 수염을 기른 듯 보였다. 돛대들—원래 있던 돛대들은 일본 해안 어딘가에서 강풍에 부러져 바닷속으로 사라졌다—은 쾰른에 있는 삼성왕三聖王[85]의 등뼈처럼 꼿꼿이 서 있었다. 오래된 갑판은 베켓[86]이 피 흘린 자리라고 해서 순례자들이 숭배하는 캔터베리대성당의 판석만큼이나 닳고 울룩불룩해져 있었다. 하지만 이 모든 고색창연함에는 이 배가 반세기 이상 종사해온 일과 관련된 새롭고도 기괴한 특징들이 더해져 있었다. 수년간 이 배의 일등항해사였던 늙은 펠레그 선장은 그후로 또다른 배를 지휘하다가 지금은 은퇴하여 피쿼드호의 선주 중 하나가 되었는데, 이 펠레그 영감이 일등항해사 시절에 가뜩이나 기괴한 배에 재료와 도안이 모두 기이한 장식을 온통 박아넣었던 것이다. 그 때문에 이 배의 기괴함으로 말할 것 같으면, 토르킬하케[87]의 조각된 둥근 방패나 침대틀 정도를 제외하고는 감히 그에 필적할 만한 것이 없었다. 피쿼드호가 의장艤裝한 모습은 마치 목에 윤이 나는 상아 목걸이를 주렁주렁 걸친 야만적인 에티오피아 황제 같았다. 그 배는 일종의 트로피였다. 적들을 사냥해 얻은 뼈로 멋을 부린 식인종 같은 배였다. 널빤지를 대지 않아 뻥 뚫린 둥그런 뱃전은 향유고래의 길고 날카로운 이빨로 꾸며 마치 하나로 이어진 턱처럼 보였는데, 거기 박힌 그 이빨들은 배의 낡은 힘줄과 근육과도 같은 삼줄을 고정시키는 밧줄걸이 역할을 했다. 그 힘줄들은 육지의 나무로 된 받침목 대신 바다의 상아로 된 도르래를 날렵하게 지나갔다. 피쿼드호는 거룩한 조타기 자리에 회전식 타륜을 쓰는 걸 경멸했기에 키 손잡이를 달아놓았는데, 그 키 손잡이는 오랜 원수인 고래의 길고 좁은 아래턱을 통째로 정교하게 깎아 만든 것이었다. 폭풍우 속에서 그 키 손잡이를 잡고 배를 모는 키잡이는 사나운 말의 턱을 꽉 움켜잡고 제어하는 타타르족 같은 기분을 느꼈다. 그 배는 고귀하면서도 왠지 이루 말할 수 없을 만큼 우울했다! 모든 고귀한 것들은 그런 분위기를 풍기는 법이다.

그리하여 나는 항해 지원자로 나서기 위해 지휘권을 쥔 듯한 사람을 찾아

뒷갑판 쪽을 둘러봤는데, 처음에는 아무도 보이지 않았다. 그런데 큰 돛대 조금 뒤에 쳐놓은 기묘한 모양의 천막, 아니 차라리 인디언의 천막식 오두막 같은 것이 내 눈에 확 띄었다. 항구에 머무는 동안 쓰려고 임시로 쳐놓은 듯 보였다. 10피트 정도 높이의 원뿔형 천막은 길고 커다랗고 낭창낭창한 널빤지를 둘러 만든 것이었는데, 그 널빤지는 바로 참고래의 턱 가운데 부분과 가장 높은 부분에서 떼어낸 검은 뼈였다. 널빤지의 넓은 쪽을 갑판 쪽에 대고 널빤지 전체를 끈으로 빙 둘러 묶은 다음, 그것들이 서로 기댄 채로 모아져 그 끝이 뾰족한 다발 모양이 되도록 만들어놓은 모습이었다. 정점의 그 늘어진 머리털 같은 섬유는 포토와타미족[88]의 늙은 추장 머리 위에 달린 상투처럼 앞뒤로 흔들리고 있었다. 천막의 세모꼴 입구는 뱃머리를 향했기 때문에 천막 안에서도 그 앞을 훤히 내다볼 수 있었다.

마침내 나는 통솔자로 보이는 사람을 발견했는데, 그의 모습은 이 기묘한 집 뒤에 반쯤 가려져 있었다. 그는 뱃일을 쉬는 정오가 되자 통솔이라는 무거운 짐을 벗어던지고는 잠시 휴식을 즐기고 있었다. 그는 온통 꿈틀거리는 듯한 특이한 무늬가 새겨진 구식 참나무 의자에 앉아 있었는데, 의자의 앉는 부분은 인디언 원형 천막과 마찬가지로 유연한 재료를 튼튼하게 엮은 것이었다.

내 눈에 비친 노인의 외모에 딱히 특별한 점은 없었던 것 같다. 그는 대부분의 늙은 선원들이 그러하듯 햇볕에 그을린 피부에 건장한 체격이었고, 퀘이커교도[89]풍으로 재단한 푸른색 선원용 외투로 몸을 꽁꽁 감싸고 있었다. 다만 그의 눈가에는 거의 현미경으로 봐야 보일 정도의 미세한 잔주름이 얼기설기 얽혀 있었는데, 분명 그동안 계속되는 항해 속에서 거센 돌풍을 수없이 마주하며 언제나 바람 불어오는 쪽을 보느라 생겨난 것일 터였다. 그러면 눈가의 모든 근육이 오므라들기 때문이다. 이런 눈주름은 누군가를 노려볼 때 몹시 효과적이다.

"피쿼드호의 선장님 되십니까?" 나는 천막 입구로 다가가며 물었다.

"피쿼드호의 선장이라고 한다면, 그대[90]의 용건은 무엇인가?" 그가 되물었다.

"배를 좀 탔으면 싶어서요."

"배를 탔으면 싶으시다고? 보아하니 그대는 낸터킷 사람이 아니로군. 구멍 뚫린 배를 타본 적 있는가?"

"아니요, 선장님, 타본 적 없습니다."

"고래잡이에 대해서는 전혀 모르시겠군. 내 말이 맞으려나?"

"네, 전혀 모릅니다. 하지만 장담하건대 금방 배울 수 있습니다. 상선을 타고 항해해본 경험이 여러 번 있으니 제 생각에는—"

"상선 같은 소리 하고 있네. 그딴 알아먹을 수 없는 소리는 집어치우라고. 그 다리 보이시나? 그대가 다시 한번 상선 어쩌고 하는 소릴 지껄이면 내가 그대의 엉덩이에서 그 다리를 뽑아주겠네. 상선이라니, 원! 보아하니 상선에 타본 걸 꽤나 자랑스럽게 여기시나보군. 그런데 세상에! 그대는 어찌하여 고래잡이를 하고 싶어진 건가, 응? 좀 수상쩍어 보이는데, 그렇지 않나? 설마 해적이었던 건 아니겠지? 지난번 탔던 배의 선장을 털고 온 건 아니겠지? 바다로 나가 간부 선원들을 살해할 생각은 아니겠지?"

나는 그런 일은 다 나와는 무관한 얘기라며 항변했다. 고립된 낸터킷 출신 퀘이커교도인 이 나이든 선원의 반쯤 우스갯소리 같은 빈정거림 속에는 섬사람 특유의 옹졸한 편견이 가득했는데, 그는 케이프코드나 비니어드섬[91] 출신이 아닌 외지인은 모조리 다 의심하는 듯했다.

"그런데 왜 고래잡이를 하려는 거지? 자네를 배에 태울지 말지 생각해보기 전에 그것부터 알아야겠군."

"글쎄요, 저는 고래잡이가 어떤 건지 알고 싶습니다. 저는 세상을 구경해보고 싶어요."

"그래, 고래잡이가 어떤 건지 알고 싶으시단 말이지? 에이해브 선장은 본 적이 있나?"

"에이해브 선장이 누구죠, 선생님?"

"그래그래, 내 그럴 줄 알았지. 에이해브는 이 배의 선장이야."

"그럼 제가 착각했군요. 지금까지 이 배의 선장님과 이야기하고 있다고 생각했는데요."

"그대는 지금 펠레그 선장과 이야기하는 중이야. 지금 자네와 이야기하고 있는 사람은 펠레그 선장이라고, 젊은이. 나와 빌대드[92] 선장은 피쿼드호가 항해를 떠날 준비가 되었는지, 선원을 포함해 필요한 것들은 모두 갖추었는지를 확인하는 사람들이지. 우리는 이 배의 공동 선주이자 관리인이야. 그나저나 이야기가 잠시 딴 데로 샜는데, 만일 그대의 말마따나 그대가 고래잡이가 뭔지 알고 싶으시다면 그걸 미리 알게 해드릴 방법이 있지. 나중에 거기 발이 묶여서 발을 뺄 수도 없는 지경에 이르기 전에 말이야. 에이해브 선장을 보시게, 젊은이, 그러면 그에게 다리가 하나뿐이라는 걸 알게 될 테니."

"무슨 말씀이시죠, 선장님? 다른 한쪽은 고래한테 잃은 건가요?"

"고래한테 잃었지! 젊은이, 이리 가까이 와보시게. 지금까지 보트를 산산조각낸 놈들 중에서도 가장 괴물 같은 향유고래가 그 다리를 집어삼키고 씹고 으스러뜨렸다네! 아, 아아!"

나는 그의 격한 반응에 조금 놀랐고, 마지막 절규에 담긴 진심어린 비통함에 조금 감동하기도 했지만, 최대한 침착한 목소리로 말했다. "선장님 말씀은 분명 틀림없는 사실이겠으나, 바로 그 고래가 그렇게 유달리 흉포했다는 걸 어떻게 알 수 있죠? 물론 그런 사건이 일어났다는 단순한 사실로 미루어 그렇다고 추리할 수는 있겠지만요."

"이보시게, 젊은이, 그대는 폐가 약한 모양이로군, 목소리에 영 힘이 없으니 말이야. 전에 바다에 나가본 적 있는 게 확실한가? 정말 확실해?"

"선장님," 내가 말했다. "제가 아까 말씀드렸는데요, 네 번이나 상선을 탔다고—"

"그딴 소리 당장 집어치워! 내가 아까 상선 이야기를 하면서 한 말을 명심하게—나를 화나게 하지 말라고—참아주지 않을 테니. 그래도 이건 서로 분명히 해둬야겠군. 난 그대에게 고래잡이가 어떤 것인지 암시를 하나 주었는데, 그래도 마음이 내키시는가?"

"그렇습니다, 선장님."

"좋아. 그렇다면 그대는 살아 있는 고래의 목구멍에 있는 힘껏 작살을 박아 넣은 다음, 그놈을 따라 바다로 뛰어내릴 수 있겠나? 대답해보시게, 당장!"

"그렇습니다, 선장님. 반드시 그래야만 한다면 말이지요. 그러니까 쫓겨나지 않으려면 말이죠. 물론 그럴 일이 있을 것 같진 않지만요."

"그래, 좋아. 그런데 그대가 고래잡이를 하고 싶은 건 고래잡이가 어떤 건지 경험해보기 위해서만이 아니라 세상을 구경해보기 위해서라고도 했지? 그렇게 말하시지 않았나? 그래, 그렇게 말했어. 그렇다면 좋아. 거기서 앞으로 걸어 나가 바람이 불어오는 뱃머리 너머를 한번 바라본 다음 다시 내게로 와서 자네가 거기서 뭘 봤는지를 말해주시게."

이 별난 요청을 정확히 어떻게 받아들여야 할지, 농담으로 받아들여야 할지 진지하게 받아들여야 할지 알 수 없어 당황한 나는 잠시 그 자리에 가만히 서 있었다. 하지만 펠레그 선장은 얼굴을 찡그려 까마귀 발 같은 눈주름을 잔뜩 모은 채 나를 노려보며 그 임무를 강요했다.

앞으로 나아가 바람이 불어오는 뱃머리 너머를 힐끗 쳐다보니, 거기에는 밀물에 닻까지 함께 흔들리는 배가 비스듬한 자세로 광막한 바다를 향하고 있는 모습이 보였다. 전망이 탁 트여 있긴 했지만 극도로 단조롭고 으스스했다. 변화라고는 눈곱만큼도 찾아볼 수 없이 단순했다.

"자, 그럼 보고해보실까?" 내가 돌아가자 펠레그가 말했다. "무엇을 보았나?"

"별거 없던데요," 내가 대답했다. "바다 말고는 아무것도요. 그래도 넓게 펼쳐진 수평선이 있고, 아마 곧 스콜이 다가올 것도 같고."

"그래, 그럼 세상을 구경하는 일에 대해서는 어찌 생각하시나? 혼곶을 돌면서까지 저걸 더 보고 싶단 말인가, 응? 지금 서 있는 곳에서는 세상이 잘 안 보이셔?"

나는 살짝 당황했지만 무슨 일이 있어도 고래잡이에 나서야만 했고, 꼭 그럴 참이었다. 그리고 피쿼드호는 다른 어떤 배에도 뒤지지 않는 좋은 배—내 생각에는 최고의 배—였다. 나는 이 모든 생각을 펠레그에게 그대로 전했다. 그는 내 태도가 그렇게나 단호한 것을 보고는 기꺼이 나를 배에 태워주겠다는 뜻을 밝혔다.

"그럼 그대는 당장 서류에 서명하시는 게 좋겠군." 그가 이어서 말했다. "날 따라오시게." 그는 그렇게 말하며 갑판 아래 선실로 앞장섰다.

선미판에는 내가 그때까지 본 사람 중 가장 이상하고 놀라운 인물이 앉아 있었다. 바로 빌대드 선장이었는데, 그는 펠레그 선장과 더불어 이 배에서 가장 큰 지분을 가진 선주 중 하나였다. 이런 항구에서 종종 볼 수 있는 경우로, 나머지 지분은 나이든 연금 생활자들, 남편 잃은 여자들, 아버지 없는 아이들, 법률상 보호를 받는 피후견인들 여럿이서 나눠가지고 있었다. 이들 각자는 늑재의 위 끝 하나, 널빤지 1피트, 배에 박힌 못 한두 개 정도 가치의 지분을 보유하고 있었다. 보통 사람들이 많은 이익을 가져다주는 공인된 국채에 돈을 투자하듯, 낸터킷 사람들은 포경선에 돈을 투자한다.

빌대드도 펠레그처럼, 그리고 다른 많은 낸터킷 사람들이 그렇듯 퀘이커교도였다. 원래 이 섬에 정착했던 이들이 그쪽 종파 사람들이었기 때문에 이 섬 주민들은 오늘날까지도 대체로 퀘이커교도만의 특징을 두드러지게 유지하고 있다. 다만 그 특징이, 낯설고 이질적인 요인들로 인해 다양하고 예외적으로 변형되었을 뿐이다. 그런 까닭에 이들 퀘이커교도 중 일부는 모든 선원들과 고래 사냥꾼들을 통틀어 가장 피비린내가 진동하는 자들이기도 하다. 이들은 싸우는 퀘이커교도들이고, 복수심에 맹렬히 불타는[93] 퀘이커교도들이다.

그래서 이곳 남자들 중에는 성경에서 따온 이름을 가진 경우—이 섬에서는 대단히 흔한 관습이다—가 많고, 이들은 어린 시절부터 그대thee니 당신thou이니 하는 퀘이커교도의 말투에 자연히 녹아든다. 그럼에도 이들은 이후에 대담하고 위험하고 끝없는 모험과도 같은 삶을 살고, 이러한 삶은 나이들어서도 여전한 예전의 특성과 기묘하게 뒤섞여 스칸디나비아의 해적왕이나 서사시에 나오는 이교도 로마인 못지않은 대담하고 힘찬 기질을 수도 없이 탄생시킨다. 그리고 이런 기질이 매우 우수한 능력을 타고난 사람, 그러니까 망망대해로 나아가 이곳 북반구에서는 절대로 볼 수 없는 별자리 아래서 길고 긴 수많은 밤 동안 야간 당직을 서느라 친숙해진 고요와 고독 덕분에 인습에서 벗어나 독립적으로 사고할 수 있게 된 사람, 또한 자연이 자발적이고도 은밀히 내어준 순결한 젖가슴에서 방금 막 흘러나온 감미롭고도 야만적인 감동을 모두 받아 마신데다 우연히도 대담하고 힘차고 고상한 언어를 배우게 되는 혜택까지 누린 사람—이런 사람은 온 나라를 통틀어 한 사람 정도에 불과하다—안에서 그의 지구를 닮은 두뇌, 그리고 육중한 심장과 하나로 합쳐질 때, 그 사람은 숭고한 비극에 어울리는 위대한 주연배우로 거듭나게 되는 것이다. 설령 태생적으로나 다른 환경적 요인들로 인해 이 인물이 그 천성의 근저에 어느 정도는 의도적으로 보이는 압도적인 음울함을 지니게 되었다 할지라도, 이는 연극적인 관점에서 봤을 때 그의 가치를 전혀 손상시키지 않을 것이다. 비극적으로 위대한 인물들은 모두 모종의 음울함을 통해 탄생하기 때문이다. 오오, 야심찬 젊은이들이여, 이 점을 명심할지어다. 인간의 모든 위대함이란 한낱 질병에 지나지 않음을. 하지만 지금 우리가 상대해야 할 사람은 그런 인물과는 전혀 딴판인 사람이다. 물론 이 사람도 확실히 특이하긴 하지만, 그저 퀘이커교도로서의 또다른 면모가 개인적 환경의 영향으로 인해 변형되어 나타난 결과일 뿐이다.

펠레그 선장과 마찬가지로 빌대드 선장도 부유한 퇴역 고래잡이였다. 하지만 펠레그 선장—그는 진지한 것들에는 전혀 관심이 없었고, 그런 진지한 것들을 무척이나 하찮게 여겼다—과는 달리, 빌대드 선장은 원래 낸터킷에서 가장 엄격한 퀘이커파의 교리를 학습했을 뿐만 아니라, 그후로 바다 생활을 하면서 혼곶 주변에서 매력적인 알몸의 섬 여인들을 수없이 보았음에도 타고난 퀘이커교도답게 조금도 마음이 흔들리지 않았고 조끼의 매무새 또한 조금도 흐트러짐이 없었다. 그런데 그의 이런 변치 않는 성격에도 불구하고, 빌대드 선장에게는 평범한 일관성이 조금 결여되어 있었다. 양심의 가책을 이유로 육지에서 온 침략자들에게 무기를 들고 맞서길 거부했으면서도, 정작 본인은 대서양과 태평양을 끝도 없이 침략했다. 또한 인간의 피를 흘리게 하는 일은 하지 않겠노라 맹세했으면서도, 정작 본인은 일자형 코트를 입고 리바이어던의 피를 몇 통씩이나 끝도 없이 흘려보냈다. 이제 지나온 생을 관조하는 인생의 황혼기에 이른 이 경건한 빌대드가 옛일을 떠올리며 그것들을 어떻게 화해시키는지는 나도 모른다. 하지만 그는 그런 문제로 크게 걱정하는 것 같지 않았는데, 아마도 오래전에 인간의 종교와 이 현실세계는 완전히 별개라는 현명하고 합리적인 결론에 도달했을 가능성이 커 보였다. 이 세계는 배당금을 지불한다. 칙칙하기 짝이 없는 짧은 옷을 입은 선실 사환에서 시작해 품이 넓지만 허리 부분이 꽉 끼는 조끼를 입은 작살잡이가 되고, 다시 거기에서 포경 보트 지휘자와 일등항해사, 또 선장을 거쳐 마침내 선주가 된다. 앞에서 잠깐 밝혔듯이, 빌대드는 예순이라는 상당한 나이에 현역 생활에서 완전히 물러나 모험으로 난무했던 경력에 종지부를 찍고는 받아 마땅한 보답인 수입으로 조용히 여생을 보내고 있었다.

좀 미안한 얘기지만, 빌대드는 구제불능의 심술쟁이 영감이라는 평판이 자자했으며, 바다로 나가던 시절에는 모질고 엄한 감독관이었다고 한다. 나는 낸터킷에서 몹시 희한한 이야기를 들었는데, 그가 낡은 포경선 카테거트호를 이

끌고 고향으로 돌아왔을 때 그의 선원 대부분이 완전히 지치고 탈진해 배에서 곧장 병원으로 실려갔다고 한다. 경건한 사람인데다 퀘이커교도이기까지 한 사람치고는 분명 좀 냉정한 사람이라고 말해도 과장은 아닐 것이다. 그는 자신의 부하들에게 욕을 퍼붓진 않았지만 아무튼 그들에게 지나치게 잔인할 정도로 지독한 노역을 시켰다고 한다. 일등항해사 시절의 빌대드가 칙칙한 갈색 눈으로 한번 째려보면 부하들은 완전히 겁을 집어먹고는 망치든 밧줄 스파이크[94]든 뭐든 쥐고 뭐라도 미친듯이 해댈 수밖에 없었다고 한다. 그가 나타나면 게으름과 나태는 자취를 감췄다. 빌대드라는 사람의 외모 자체가 그의 실용적인 성격을 완벽히 구현하고 있었다. 길쭉하고 말라빠진 몸뚱이에는 군살이 전혀 붙어 있지 않았고, 턱에는 필요 이상의 수염도 없이 꼭 그가 쓴 챙 넓은 모자의 해진 보풀 같은 것들만 부드럽고 실속 있게 돋아나 있을 뿐이었다.

내가 펠레그 선장을 따라서 선실로 내려갔을 때 선미판에 앉아 있던 인물은 바로 그런 사람이었다. 갑판 사이의 공간은 좁았다. 그곳에서 빌대드 영감은 꼿꼿한 자세로 앉아 있었다. 그는 언제나 그렇게 앉았으며 절대 어딘가에 기대지 않았는데, 코트의 뒷자락이 구겨지는 걸 방지하기 위해서였다. 챙 넓은 모자가 옆에 놓여 있었고, 완고하게 두 다리를 꼬고, 칙칙한 갈색 코트는 턱까지 단추가 채워져 있었다. 그는 코에 안경을 걸친 채 벽돌처럼 두꺼운 책을 읽는 데 푹 빠져 있는 듯했다.

"빌대드," 펠레그 선장이 외쳤다. "또 그 짓인가, 빌대드, 응? 내가 기억하기로 자네는 그 성경을 지난 삼십 년 동안이나 연구해왔어. 어디까지 읽었나, 빌대드?"

빌대드는 오랜 동료 선원의 이런 신성모독적인 말에도 익숙해진 지 이미 오래인 듯 그 불손한 말은 무시하고 조용히 고개를 들어 나를 보더니, 이게 누구냐는 듯한 표정으로 다시 펠레그 쪽을 바라봤다.

"우리 사람이 되고 싶다는군, 빌대드." 펠레그가 말했다. "배에 타고 싶대."

“정녕 그러신가?” 빌대드가 내 쪽을 돌아보며 건성으로 물었다.

“정녕 그러합니다.” 너무나도 퀘이커교도다운 그 모습에 나도 모르게 그렇게 대답해버렸다.

“이 친구 어떤 것 같나, 빌대드?” 펠레그가 물었다.

“괜찮은 것 같군.” 빌대드가 나를 쳐다보며 이렇게 말하고는 다 들리는 목소리로 성경을 한 자 한 자씩 중얼거리며 읽기 시작했다.

그의 친구이자 오랜 동료 선원인 펠레그가 그처럼 큰 소리로 몰아붙여서 그런지, 그는 내가 본 퀘이커교도들 중 가장 별난 사람 같았다. 하지만 나는 아무 말 않고 단지 주변만을 유심히 둘러봤다. 이제 펠레그는 서랍을 열어 계약서를 꺼내더니 펜과 잉크를 앞에 가져다놓고 작은 탁자에 앉았다. 마침내 어떤 조건으로 항해에 나설지 해결을 봐야 할 때가 왔다는 생각이 들기 시작했다. 포경업에서는 임금을 지불하지 않는다는 것쯤은 이미 알고 있었다. 대신 선장을 포함한 모든 선원은 전체 수익에서 일정한 몫, 즉 배당이라고 불리는 것을 받는데, 이 배당은 각자가 배에서 맡은 업무의 중요도에 비례했다. 또한 나는 내가 고래잡이에서는 풋내기에 지나지 않으니까 내 몫의 배당이 그리 크지 않으리라는 것도 알고 있었다. 하지만 내가 바다에 익숙하고 배를 몰 줄 알며 밧줄을 꼬아 이을 수 있다는 점을 감안했을 때, 나는 지금까지 들은 이야기로 미루어보아 적어도 275번 배당—그러니까 항해 전체 순이익금이 얼마가 되든지 간에 그 275분의 1에 해당하는 몫—은 받을 수 있으리라 확신했다. 비록 275번 배당이 긴 배당이라고 불리긴 하지만, 그래도 못 받는 것보다는 나았다. 그리고 만일 항해에 운이 따른다면 항해에 필요한 옷값 정도는 대충 다 치를 수 있을 터였고, 삼 년 동안 쇠고깃값과 숙박비가 한 푼도 들지 않으리라는 것 또한 두말할 나위가 없었다.

큰 재산을 모으기에는 형편없는 방법이라고 생각될지도 모르겠다. 실제로 정말 형편없는 방법이다. 하지만 나는 원래 큰 재산을 모으길 바라는 사람이 아니며, 만일 이 세상이 내게 식사와 잠자리만 제공해준다면 '천둥 구름'이라는 암울한 간판을 내건 곳에서 묵더라도 매우 만족할 것이다. 나는 대체로 275번 배당이 적당하겠지만, 내 어깨가 떡 벌어진 것을 감안하면 200번 배당을 제의 받더라도 놀라지 않을 것 같았다.

그럼에도 내가 후한 몫을 받게 될 가능성을 약간 의심하게 된 데는 다음의 이유가 있었다. 나는 육지에서 펠레그 선장과 그의 오랜 친구인 기묘한 빌대드에 대한 소문을 들었는데, 그들이 피쿼드호의 대주주이기 때문에 뿔뿔이 흩어져 있는 다른 소주주들이 배의 관리와 관련된 모든 일을 이 둘에게 거의 일임해버렸다는 것이다. 그리고 이 인색한 빌대드 영감이 선원을 고용하는 일에 얼마나 강력한 발언권을 지녔을지는 알 수 없는 노릇이었는데, 피쿼드호의 선실이 마치 자신의 개인 난롯가라도 된다는 양 기기서 성경을 읽고 있는 빌대드의 모습을 이제 본 것이다. 그런데 펠레그가 잭나이프로 펜 끝을 깎아 손보려고 헛되이 애쓰는 동안 빌대드 영감은 자신이 이 법적 절차에서 중요한 이해 당사자이면서도 우리에게는 신경도 쓰지 않은 채 계속 성경 구절만 중얼대 나를 몹시 놀라게 했다. "'재물을 땅에 쌓아두지 마라. 땅에서는 좀먹거나—'"[95]

"흠, 빌대드 선장." 펠레그가 그의 말을 끊고 말했다. "어떤가, 이 젊은이에게 배당을 얼마나 줄까?"

"그건 그대가 잘 알겠지." 그는 음산하게 대답했다. "777[96]번이면 너무 지나치진 않겠지? '땅에서는 좀먹거나 녹이 슬어 못 쓰게 되니, 그러므로 쌓아두기를—'"

쌓아둬, 나는 생각했다. 쌓아둘 게 뭐가 있다고! 777번이라니! 이것 봐, 빌대드 영감. 나 또한 재물이 좀먹거나 녹이 슬어 못 쓰게 되는 이 땅에 너무 많은 배당을 쌓아두지 못하게 하려고 작정을 하셨군. 그건 정말이지 엄청나게 긴 배당이었다. 비록 그 숫자의 거대함이 처음에는 풋내기 선원을 속일 수 있을지 모르지만, 777이라는 숫자는 몹시 크기 때문에 그 뒤에 번을 붙이면, 1파딩의

777분의 1이 도블론[97] 777개보다 훨씬 더 적은 돈이 된다는 것은 조금만 생각해봐도 알 수 있을 터였다. 나는 그때 이미 그렇게 생각하고 있었다.

"이런 빌대드, 눈은 장식으로 달고 다니는 건가." 펠레그가 소리쳤다. "그대는 이 젊은이를 속이려 해서는 안 되네! 그것보다는 분명 더 줘야 해."

"777번." 빌대드가 눈을 그대로 내리깐 채 그 말을 반복하고는 계속해서 성경 구절을 중얼거렸다. "'너희의 재물이 있는 곳에 너희의 마음도 있다.'"

"나는 그의 몫으로 300번을 줄 생각인데." 펠레그가 말했다. "내 말 듣고 있나, 빌대드! 300번이라고 말했네."

빌대드가 성경을 내려놓더니 그를 향해 엄숙하게 고개를 돌리며 말했다. "펠레그 선장, 그대는 너그러운 마음을 지니셨군. 그러나 이 배의 다른 주주들—남편 잃은 아내들과 고아들 등등의 여러 사람들—에 대한 의무도 생각하셔야지. 우리가 이 젊은이의 노동에 대해 너무 많은 보상을 지급하는 것은 그 남편 잃은 아내들과 고아들이 지닌 빵을 빼앗는 꼴이 될 수도 있다네. 777번 배당으로 하시게, 펠레그 선장."

"이봐 빌대드!" 자리에서 벌떡 일어난 펠레그가 선실을 소란스럽게 걸어다니며 으르렁거렸다. "이런 망할 빌대드. 내가 지금까지 이런 일에서 그대의 조언을 따랐다면 지금쯤 내 양심은 혼곶을 항해한 배들 중 가장 커다란 놈도 침몰시킬 만큼 무거워져서 질질 끌고 다녀야 했을 거야."

"펠레그 선장," 빌대드가 침착하게 말했다. "그대의 양심이 한 길 물속에 있는지 열 길 물속에 있는지는 알 길이 없네만, 그대가 아직도 고집을 부려 회개하지 않은 까닭에 그대 양심에 물이 새지나 않을지, 그래서 결국에는 그대를 지옥의 불구덩이 속으로 침몰하게 하지나 않을지 심히 걱정이 되는군그래."

"지옥의 불구덩이라니! 지옥의 불구덩이라니! 그대가 날 모욕하는군. 날 모욕하다니 더이상 참을 수 없어. 어떤 인간에게라도 지옥에 떨어질 거라고 말하는 건 지독히 무례한 짓이야. 이런 망할! 빌대드, 한 번만 더 그만 소리를 지

곁여서 내 영혼을 날뛰게 하면 나는—나는—그래, 나는 살아 있는 염소 한 마리를 털도 안 벗기고 뿔도 안 뽑은 채로 통째로 삼켜버릴 거야. 선실에서 나가, 이 위선적이고 칙칙한 나무총 같은 놈, 당장 꺼져버리라고!"

펠레그가 이처럼 고함을 지르며 빌대드에게 덤벼들었지만, 빌대드는 기가 막히게 몸을 피하더니 민첩한 동작으로 미끄러지듯 그에게서 빠져나갔다.

이 배의 대주주이자 책임자 둘이서 서로를 향해 이토록 격렬한 분노를 터뜨리는 것에 깜짝 놀란 나는, 이렇게 소유주가 의심스럽고 통솔자도 불확실한 배에 타겠다는 계획은 포기하는 게 좋을지도 모르겠다고 생각하면서 빌대드가 빠져나갈 길을 터주기 위해 문 옆으로 비켜섰다. 그는 분명 노발대발 화를 내는 펠레그 앞에서 당장 사라지고 싶어할 거라 생각했기 때문이다. 하지만 놀랍게도 그는 조용히 다시 선미편에 앉았고, 거기서 빠져나갈 생각은 아예 없는 듯했다. 그는 고집 센 펠레그와 그런 그의 방식에 꽤나 익숙해 보였다. 펠레그도 그처럼 분풀이를 하고 나자 이제는 속이 후련하다는 듯 어린 양처럼 자리에 앉았는데, 흥분이 채 가시지 않은 듯 약간 몸을 떨었다. "후유!" 그가 마침내 휘파람소리를 냈다. "스콜이 바람 부는 쪽으로 다 가버린 것 같군. 빌대드, 그대는 창을 가는 솜씨가 훌륭했었지. 그러니 저 펜 좀 깎아주지 않겠나. 여기 내 잭나이프는 숫돌에 갈 때가 됐어. 고맙네, 고마워, 빌대드. 자, 그럼 젊은이, 그대 이름이 이슈미얼이라고 했던가? 좋아, 이슈미얼, 여기 300번 배당으로 서명하시게."

"펠레그 선장님," 내가 말했다. "제 친구 한 녀석도 배를 타고 싶어하는데, 내일 데려와도 괜찮을까요?"

"물론이지." 펠레그가 말했다. "데려와보시게, 우리가 한번 볼 테니."

"그 친구는 배당을 얼마나 원하지?" 다시 한동안 얼굴을 파묻고 있던 책에서 고개를 쳐들며 빌대드가 신음하듯 말했다.

"오! 그대는 이제 그만 신경 끄시게, 빌대드." 펠레그가 이렇게 말하며 내 쪽으로 고개를 돌리더니 물었다. "고래잡이 경험은 좀 있는 친구인가?"

"셀 수 없을 정도로 많은 고래를 죽인 친구입니다, 펠레그 선장님."

"그래, 그럼 데려와보시게."

나는 서류에 서명한 다음 그곳에서 나왔다. 이제 아침에 하기로 했던 일도 잘 해결됐으며, 피쿼드호야말로 퀴퀘그와 나를 혼곶으로 데려다주기 위해 요조가 준비해둔 바로 그 배라는 확신도 들었다.

하지만 얼마 지나지 않아 아직 함께 항해할 선장을 보지 못했다는 생각이 들었다. 물론 대부분의 경우에는 포경선이 출항에 필요한 준비를 완전히 마치고 선원들이 모두 배에 탄 다음에야 선장이 나타나 지휘를 책임지긴 한다. 때로 이런 항해란 무척이나 길어지는 법이고, 육지에 도착해 집에서 쉬는 기간도 엄청나게 짧기 때문에, 만일 선장에게 가족이 있다거나 그와 비슷하게 열중할 일이라도 있는 경우에는 항구에 정박중인 배에 딱히 신경을 쓰지 않고 항해 준비가 다 끝날 때까지 그 배를 선주들에게 맡겨둔다. 하지만 그의 부하가 되어 다시는 상황을 되돌릴 수 없게 되기 전에 그를 미리 봐두는 것도 현명한 처사라는 생각이 들었다. 나는 되돌아가서 펠레그 선장에게 어디로 가면 에이해브 선장을 만날 수 있는지 물었다.

"그런데 그대는 왜 에이해브 선장을 만나려는 거지? 아무 걱정할 것 없어. 그대는 이 배의 선원이 된 게 확실하니."

"네, 그래도 한번 만나봤으면 합니다."

"하지만 지금은 그럴 수 없을 걸세. 정확히 무슨 일 때문인지는 모르겠지만 집안에만 틀어박혀 있거든. 뭐랄까, 아픈 것 같은데, 아파 보이는 건 또 아니고. 아니, 사실 그는 아프지 않아. 하지만 괜찮은 것도 아니고. 어쨌거나 젊은이, 그는 나도 잘 안 만나주니 그대를 만나줄 리는 더더욱 없을 거야. 에이해브 선장이 별난 사람이긴 해도—그렇게 생각하는 자들이 있지—좋은 사람이라네. 오, 그대는 그를 무척 좋아하게 될 거야. 걱정 말게, 걱정일랑 접어두시라고. 에이해브 선장은 위엄이 있고, 신앙심은 없어도 신 같은 사람이지. 말은 별로 없지만, 일단 한번 말을 시작하면 귀를 기울일 수밖에 없을 걸세. 미리 경고하는데, 조심하시게. 에이해브는 보통 사람이 아니야. 그는 대학도 나왔고 식인종들과도 어울렸어. 파도보다 더 깊은 경이로움에도 익숙해져 있지. 고래보다 더 힘세고 괴이한 적들에게 불같은 창을 꽂은 적도 있어. 그의 창이란 정말! 그래, 우리 섬을 통틀어 가장 예리하고 확실한 창이야. 오오! 그는 빌대드 선장하고는 달라. 그래, 그는 펠레그 선장하고도 다르지. 맙소사, 그는 에이해브[98]란 말이지. 그리고 그대도 알다시피 옛날에 에이해브는 왕관을 쓴 왕이 아니었겠나!"

"게다가 몹시 나쁜 왕이었죠. 그 사악한 왕이 살해됐을 때 개들이 그의 피를 핥지 않았던가요?"

"이리 와보시게. 어서, 어서." 펠레그가 나를 움찔하게 만들 정도로 의미심장한 눈빛을 띠며 말했다. "이봐, 젊은 친구. 피쿼드호에서는 그런 말을 하는 게 아니야. 아니, 어디 가서도 하지 말게. 그 이름은 에이해브 선장 자신이 지은 게 아니야. 그의 정신 나간 홀어머니가 어리석고 무식하게도 대충 생각난 대로 지은 이름이지. 그 홀어머니는 그가 겨우 첫돌이 되었을 때 돌아가셨다네. 그런데 게이헤드에 사는 티스티그라는 인디언 할망구가 그 이름이 에이해브의 운명을 예언하는 것 같다고 말했지. 그리고 어쩌면 그 할망구 같은 다른 바보 녀석들도 그대에게 똑같은 말을 지껄여댈 거야. 내 미리 경고하건대, 그건 다 거짓말이라네. 난 에이해브 선장을 잘 알아. 수년 전에 동료 선원으로 함께 항해한 적이 있거든. 난 그가 어떤 사람인지 알아. 좋은 사람이지. 빌대드처럼 경건하고 좋은 사람이 아니라, 입이 좀 거친 좋은 사람이지. 나처럼 말이야. 차이점이라면 그가 훨씬 더 좋은 사람이라는 거야. 그래그래, 그가 한 번도 크게 즐거워하는 모습을 보인 적이 없다는 건 나도 알아. 그리고 귀항하는 동안에 잠시 정신이 나가 있었던 것도 알지. 하지만 그건 누구나 알 수 있듯이 잘려나가 피가 뚝뚝 떨어지는 다리의 날카롭고 찌릿한 통증 때문이었어. 그가 지난 번 항해에서 그 저주받은 고래에게 다리 하나를 잃은 후로 좀 침울해하는 것도 알아. 때로는 극도로 침울해하고 몹시 사나워지기도 하지만 시간이 지나면 다 해결될 걸세. 그리고 마지막으로 내 한번 더 말하건대, 젊은이, 잘 웃지만 형편없는 선장보다는 침울하지만 훌륭한 선장과 함께 배를 타는 편이 더 낫다네. 그러니 그대는 이제 가보시게. 그리고 에이해브 선장이 우연히 사악한 이름을 가지게 됐다고 해서 그를 오해하진 말라고. 게다가 젊은 친구, 그에게는 부인이 있어. 결혼한 지 아직 세 번 항해할 만큼도 안 됐어. 사랑스럽고 순종적인 여자라네. 한번 생각해보라고. 그 늙은이가 그 사랑스러운 여자한테서 아이를 얻었다니까. 그런데도 그대는 에이해브가 절대적이고 어쩔 도리 없는 악의를 품고 있다고 생각할 수 있겠나? 아니지, 아니야, 젊은 친구. 고통에 찌들어 망가졌을지는 몰라도, 에이해브는 나름 인간적인 사람이라네!"

나는 그곳을 걸어나오며 깊은 생각에 잠겼다. 에이해브 선장에 대해 우연히 알게 된 것들로 인해 내 마음은 그에 대한 어떤 알 수 없는 쓰라린 아픔으로 가득 차올랐다. 그리고 어째선지 그때 나는 그에게 연민과 슬픔을 느꼈는데, 그가 다리 하나를 가혹하게 잃었다는 것 말고는 왜 그런 감정이 들었는지 딱히 다른 이유를 찾을 수 없었다. 동시에 그에게 묘한 경외감도 들었다. 하지만 그처럼 설명할 수조차 없는 종류의 경외감은 엄밀히 말해 경외감이 아니었다. 그 감정이 무엇이었는지는 지금도 모르겠다. 그래도 분명 그 감정을 느꼈는데, 그 때문에 그가 싫어지지는 않았다. 비록 당시에는 그에 대해 아는 바가 너무나도 불완전해서 그가 비밀에 둘러싸인 인물 같았고, 그래서 조바심이 들긴 했지만 말이다. 하지만 내 생각은 마침내 다른 곳으로 방향을 틀었고, 그리하여 음울한 에이해브는 잠시 내 관심 밖으로 사라졌다.

17장

라마단

퀴퀘그의 라마단, 그러니까 단식과 참회는 하루종일 계속될 예정이었기에 나는 해질녘까지 그를 방해하지 않기로 했다. 나는 모든 사람의 종교적 의무를, 그것이 아무리 우스꽝스러운 것이라 할지라도 최대한 존중하는 마음을 품고 있기 때문이다. 그러니까 나는 그것이 설령 독버섯을 숭배하는 개미들의 집회라 할지라도 우습게 여기지 않으며, 막대한 땅이 이미 죽은 지주의 명의로 거래된다는 이유만으로 다른 행성에서는 볼 수 없을 정도의 아첨꾼인 지구상의 누군가가 그 지주의 흉상에 머리를 조아린다고 해도 우습게 여기지 않는다는 말이다.

우리 선량한 장로파 기독교도들은 이런 일에 너그러움을 보여야만 하며, 이교도든 아니든 그들이 이런 문제와 관련해 좀 어처구니없는 견해를 품는다고 해서 우리가 그들보다 월등히 우월하다고 여겨서도 안 된다. 퀴퀘그가 요조와 라마단에 대해 품고 있는 생각이 정말이지 터무니없다는 것은 분명하다. 그런데 그게 어떻단 말인가? 내 생각에 퀴퀘그는 자신이 하는 일이 무엇인지 아는 것 같고, 거기에 만족스러워하는 것 같다. 그러니 그를 내버려두자. 그와 언쟁을 벌여봤자 아무 소용도 없을 것이다. 그러니 그냥 내버려두잔 말이다. 하늘이시여, 저희—장로파든 이교도든—에게 자비를 베푸소서. 아무래도 저희 머리는 하나같이 심히 고장이 나 있는지라 수리를 간절히 바라옵고 원하고 있나니.

저녁이 가까워지자 나는 퀴퀘그의 예배의식도 분명 다 끝났을 거란 확신이 들어 그의 방으로 가 문을 두드렸다. 하지만 대답이 없었다. 나는 문을 열려고 해봤지만 안에서 단단히 잠겨 있었다. "퀴퀘그." 열쇠 구멍으로 조용히 그를 불러보았지만 정적만이 가득 흐를 뿐이었다. "이봐, 퀴퀘그! 왜 대답이 없나? 나야 나. 이슈미얼." 하지만 방금 전과 다름없이 정적만이 흘렀다. 나는 슬슬 불안해지기 시작했다. 너무 오래도록 혼자 내버려둔 동안 뇌졸중으로 쓰러지기라도 한 것은 아닌가 하는 생각이 들었다. 열쇠 구멍을 들여다봤지만 문이 방의 한쪽 구석에 쏠려 있는 탓에 그곳으로는 뒤틀리고 불길한 전망밖에 안 보였다. 침대 발판 일부와 벽의 줄무늬 말고는 아무것도 볼 수 없었다. 그런데 벽에는 놀랍게도 퀴퀘그의 나무로 된 작살 자루가 세워져 있었다. 그것은 여주인이 간밤에 우리가 방으로 올라오기 전에 그에게서 빼앗은 작살이었다. 이상한 일이군, 나는 생각했다. 하지만 어쨌거나 작살이 저기 세워져 있으니, 그리고 그가 작살 없이 밖으로 나가는 일은 거의 없으니 그는 분명 방안에 있을 터였다. 나는 그렇다고 확신했다.

"퀴퀘그! 퀴퀘그!" 아무 소리도 들려오지 않았다. 무슨 일이 일어난 게 틀림없었다. 뇌졸중! 나는 문을 부숴서 열어보려 했지만 문은 완강하게 저항했다. 나는 계단을 뛰어내려가다가 처음 마주친 사람—객실 담당 하녀—에게 재빨리 나의 의구심을 전했다. "어머나! 세상에!" 하녀는 소리쳤다. "저도 뭔가 문제가 있는 게 틀림없다고 생각했어요. 아침식사를 끝내고 이부자리를 정리하러 갔더니 문이 닫혀 있었거든요. 쥐죽은듯 조용했어요. 그후로도 계속 그렇게 조용했고요. 하지만 저는 두 분께서 나가시면서 짐을 안전하게 보관하려고 문을 잠그신 줄로만 알았죠. 어쩜! 어떡해, 부인!—마님! 살인났어요! 허시 부인! 뇌졸중이래요!" 하녀는 이렇게 외치며 부엌으로 달려갔고, 나도 뒤따라 갔다.

곧 허시 부인이 나타났다. 한 손에는 겨자 그릇을, 다른 손에는 식초병을 들고 있었는데, 양념통을 정리하면서 흑인 소년을 야단치다 막 이리로 온 모양이었다.

"헛간!" 나는 소리쳤다. "헛간이 어디죠? 제발 부탁이니 달려가서 문을 때려 부술 것 좀 갖다주세요. 도끼! 도끼요! 뇌졸중으로 쓰러진 게 분명해요!" 내가 그렇게 말하며 정신없이 빈손으로 계단을 뛰어올라가려는데, 허시 부인이 겨자 그릇과 식초병, 그리고 양념쟁반 같은 얼굴을 들이밀었다.

"대체 무슨 일이죠, 젊은이?"

"도끼를 가져와요! 하느님 맙소사, 내가 문을 부숴서 열어볼 테니 그동안 누가 의사 좀 불러줘요!"

"이봐요." 여주인이 한 손을 자유롭게 쓰기 위해 재빨리 식초병을 내려놓으며 말했다. "이봐요, 지금 내 집 문을 함부로 부수겠다는 얘기예요?" 그러면서 그녀는 내 팔을 움켜잡았다. "대체 무슨 일이야? 대체 왜 그러시냐고, 선원 양반?"

나는 차분하고도 최대한 신속하게 여주인에게 자초지종을 설명했다. 여주인은 자기도 모르게 집어든 식초병으로 한쪽 콧잔등을 두드리면서 잠시 곰곰이 생각해보더니 이렇게 외쳤다. "그래! 그걸 거기 둔 뒤로는 한 번도 보지 않았지." 여주인은 층계참 아래의 작은 벽장으로 달려가 그 안을 힐끗 보더니, 다시 돌아와 퀴퀘그의 작살이 사라졌다고 말했다. "자살한 거야." 그녀가 외쳤다. "또 그 불행한 스티그스 사건이 벌어진 거야. 또 이불 한 장 날렸네. 하느님, 그의 가련한 어머니를 불쌍히 여기소서! 이제 우리집은 망했어. 그 불쌍한 젊은이한테 여동생은 있는가? 걔는 어디 살지? 얘, 베티, 칠장이 스날스한테 가서 간판 하나만 써달라고 하렴. '자살 금지, 휴게실 금연'이라고 말이야. 이왕이면 일석이조가 나을 테니. 자살이라고? 주님, 그의 영혼에 자비를 베풀어주소서! 그런데 저 소리는 뭐야? 거기 젊은이, 당장 관두지 못해!"

여주인은 나를 따라 달려 올라오더니, 다시 한번 문을 억지로 열려는 나를 붙잡았다.

"그러면 안 돼. 우리집을 부수겠다니 어림도 없지. 가서 자물쇠 수리공을 불러와요, 여기서 1마일쯤 떨어진 데 하나 있으니. 그런데 잠깐!" 여주인이 옆주머니에 손을 집어넣으며 말했다. "아마도 이 열쇠가 맞을 것 같은데. 한번 봅시다." 그러면서 여주인은 열쇠를 자물쇠에 꽂고 돌렸다. 하지만 아아! 퀴퀘그가 안에서 따로 빗장을 걸어놓은 탓에 문은 꼼짝도 하지 않았다.

"부수는 수밖에 없겠어요." 그렇게 말하며 힘을 더 싣기 위해 문에서 조금 떨어진 곳으로 달려가는데, 여주인이 나를 붙들고는 절대 집을 망가뜨려서는 안 된다며 또다시 말렸다. 하지만 나는 여주인을 뿌리치고는 그대로 돌진해서 문을 향해 온몸을 날렸다.

엄청난 소리와 함께 문이 열리면서 손잡이가 벽까지 날아가 부딪히는 바람에 횟가루가 천장까지 튀었다. 그런데 원 세상에나! 그곳에는 퀴퀘그가 차분하고 냉정한 자세로 앉아 있었다. 방 한복판에 궁둥이를 붙이고 머리에는 요조를 올려놓은 채 말이다. 그는 이쪽도 저쪽도 바라보지 않은 채 살아 있는 기색이라고는 눈곱만큼도 찾아볼 수 없는 조각상처럼 앉아 있었다.

"퀴퀘그," 나는 그에게 다가가며 말했다. "퀴퀘그, 대체 무슨 일이야?"

"설마 하루종일 저렇게 앉아 있었던 건 아니겠죠?" 여주인이 말했다.

하지만 우리가 아무리 떠들어도 그는 한마디 대꾸도 하지 않았다. 나는 그를 밀어뜨려서라도 그의 자세를 바꿔주고 싶을 지경이었는데, 몹시도 고통스럽고 부자연스럽게 경직된 자세라 눈뜨고 봐줄 수 없을 지경이었기 때문이다. 게다가 그는 분명 끼니도 모두 거른 채 여덟 시간이나 열 시간을 저렇게 내리 앉아 있었을 터였기에 더욱 그랬다.

"허시 부인," 내가 말했다. "아무튼 살아 있군요. 그러니 괜찮으시면 이제 자리를 좀 피해주세요. 대체 어찌된 영문인지 제가 알아볼 테니."

여주인을 내보내고 문을 닫은 후에 퀴퀘그를 설득해 자리에 앉히려 해봤지만 허사였다. 그는 그냥 거기 앉아 있었다. 나는 할 수 있는 모든 걸 다 해봤지만—정중하게 물어보고 달콤한 말로 속삭여도 봤지만—그는 조금도 움직이지 않았고, 단 한마디도 하지 않았으며, 심지어 날 쳐다보지도 않았고, 내가 거기 있다는 사실조차 전혀 의식하지 못했다.

이것도 라마단 의식의 일부일까, 하는 생각이 들었다. 그가 태어난 섬에서는 사람들이 저렇게 바닥에 궁둥이를 붙인 채 금식을 할까. 분명 그럴 것이다. 그래, 저것은 그가 따르는 신조의 일부일 거야. 만일 그렇다면 그를 그냥 내버려두자. 분명 곧 일어날 거야. 다행히도 계속 저런다는 건 불가능할 테고, 라마단 의식도 매년 한 번밖에는 오지 않으니. 그리고 그건 그렇게 규칙적으로 돌아오는 것도 아닐 거야.

나는 저녁을 먹으러 아래로 내려갔다. 방금 막 '플럼푸딩'[99]이라고 부르는 항해(즉 스쿠너선이나 브리그선을 타고 적도 이북의 대서양에서만 단기적으로 하는 포경 항해)에서 돌아온 몇몇 선원들에게 긴 시간 동안 긴 이야기를 들으며 앉아 있다가 거의 열한시가 가까워오자 분명 이 시간쯤이면 퀴퀘그가 라마단을 끝냈을 거라고 확신하며 잠자리로 올라갔다. 하지만 웬걸, 그는 내가 방을 떠났을 때의 자세 그대로였고, 털끝 하나 움직이지 않았다. 나는 슬슬 짜증이 나기 시작했다. 차가운 방바닥에 궁둥이를 붙이고 앉아 머리 위에 나무

토막을 올린 채 한나절 전체와 밤의 절반을 보내는 일은 너무나도 무의미하고 미친 짓으로 보였다.

"하느님 맙소사, 퀴퀘그, 일어나서 좀 움직여봐. 일어나서 저녁 좀 먹으라고. 이러다 굶어죽고 말 거야. 이건 완전 자살행위라니까, 퀴퀘그." 하지만 그는 한 마디도 대답하지 않았다.

그래서 나는 그냥 포기하고 침대에 누워 잠을 자기로 했다. 머지않아 그도 분명 침대에 누우리라는 생각이 들었다. 하지만 아주 추운 밤이 될 것 같아서 잠자리에 들기 전에 내 두꺼운 곰 가죽 재킷을 벗어 그에게 걸쳐주었다. 그는 평상시에 입는 얇은 재킷밖에는 걸치고 있지 않았다. 한동안 애를 써봤지만 좀처럼 잠이 오지 않았다. 나는 촛불을 불어 껐다. 저기 저 차가운 어둠 속—4피트도 떨어져 있지 않은 곳—에서 쓸쓸히 혼자 불편한 자세로 앉아 있는 퀴퀘그를 생각하자니 정말이지 비참한 기분이 들었나. 생각해보라. 이 음울하고 설명할 길 없는 라마단 기간에 완전히 깬 채로 바닥에 궁둥이를 붙이고 있는 이교도와 밤새 한방에서 잠을 자야 한다니!

하지만 나는 마침내 가까스로 잠이 들었고 동이 틀 때까지 세상모르고 잤다. 그러고서 깨어나 침대 옆을 내려다보니 퀴퀘그가 몸을 쪼그린 채 마치 바닥에 나사처럼 박힌 듯한 자세로 누워 있었다. 하지만 아침의 첫 햇살이 창문으로 들어오자마자 그는 몸을 일으켰다. 관절이 뻣뻣하고 삐걱거리긴 했지만 표정은 밝았다. 그는 내가 누워 있는 쪽으로 절뚝이며 걸어오더니 다시 한번 자기 이마를 내 이마에 갖다대고는 라마단이 끝났다고 말했다.

앞에서도 넌지시 밝혔다시피, 나는 누군가가 남이 자신과 같은 종교를 믿지 않는다는 이유로 사람을 죽이거나 모욕하지 않는 한, 그가 무슨 종교를 믿든 전혀 문제삼지 않는다. 하지만 누군가의 종교가 정말 광신적인 수준에 이르러 그 자신에게 명백한 고통을 안겨준다면, 그리하여 결국 우리의 이 지구를 숙박하기에 불편한 여인숙으로 만들어버린다면, 그때는 그를 불러다가 함께 그 문제를 논의해봐야 한다고 생각한다.

나는 퀴퀘그와도 그렇게 했다. "퀴퀘그," 나는 말했다. "이제 그만 침대에 들어와 누워서 내 말 좀 들어봐." 그러고서 나는 원시종교의 발생과 발달에서부터 오늘날의 다양한 종교들에 이르기까지의 이야기를 떠들어대며 사순절과 라마단, 그리고 춥고 쓸쓸한 방에서 그렇게 오랫동안 바닥에 궁둥이를 붙이고 앉아 있는 게 얼마나 말도 안 되는 짓인지를 퀴퀘그에게 설명하려고 애썼다. 그것은 건강에도 좋지 않고 영혼에도 무용하다, 한마디로 명백한 건강법과 상식에도 위배된다면서 말이다. 나는 또한 그에게 다른 일에서는 그렇게 분별 있고 명민한 야만인이면서, 이 터무니없는 라마단과 관련해서는 지독할 정도로 어리석게 구는 모습을 보니 마음이 아프다고, 정말이지 너무 마음이 아프다고 말했다. 그뿐만 아니라 단식을 하면 몸이 쇠약해지고 정신도 따라서 쇠약해진다고, 그러니 단식중에 품은 생각은 반쯤은 굶주린 생각일 수밖에 없다고 주장했다. 소화불량에 걸린 광신자들이 대개 내세에 대해 그토록 우울한 생각을 품는 것은 바로 그 때문이라고. 한마디로 말해서, 퀴퀘그, 하고 나는 다소 본론에서 벗어나 말했다. 지옥이란 사과 덤플링을 먹고 체한 사람이 처음으로 떠올린 개념이며, 그후로 라마단 때문에 대물림되는 소화불량을 통해 불멸의 개념이 되었다고.

그런 다음 나는 퀴퀘그에게 소화불량으로 고생한 적이 있느냐고 물었다. 그가 이해할 수 있도록 소화불량이 무엇을 뜻하는지 아주 분명히 알려주었는데, 그는 그런 적이 없다고, 잊을 수 없는 한 번의 경우를 제외하고는 없다고 대답했다. 왕인 아버지가 베푼 큰 잔치가 끝난 후 겪은 일로, 큰 전투에서 적을 쉰 명 정도 죽였던 것이 오후 두시경이었기 때문에 그날 저녁에 모두 요리해서 먹었다는 것이다.

"이제 그만, 퀴퀘그." 나는 몸서리를 치며 말했다. "그걸로 충분해." 더이상 듣지 않아도 그게 무슨 말인지 알 수 있었다. 그 섬에 가봤다는 선원을 만난 적이 있는데, 거기서는 큰 전투에서 승리하고 나면 승자의 마당이나 정원에서 살해된 자들을 모두 통구이하는 것이 관습이라고 했다. 그런 다음엔 하나씩 커다란 나무 쟁반에 담아 빵나무 열매와 코코넛을 고명으로 얹어 필래프처럼 만들고 입에는 파슬리를 좀 넣은 후, 크리스마스 때 먹는 칠면조처럼 승자의 인사말과 함께 친구들에게 선물로 보낸다는 것이다.

어쨌거나 종교에 대한 내 발언은 퀴퀘그에게 별로 깊은 인상을 주지 못한 듯했다. 첫째로 그는 자신의 관점에서 생각하지 않는 한, 왠지 그 중요한 주제에 대해 그리 귀를 기울이려 하지 않는 것 같았고, 둘째로 최대한 간단하게 내 생각을 전했음에도 그 말을 삼분의 일도 이해하지 못했으며, 마지막으로 자신이 진정한 종교에 대해 나보다 훨씬 더 많이 알고 있다고 생각하는 것이 분명했기 때문이다. 그는 나처럼 분별 있는 젊은이가 복음주의 이단 신앙에 그토록 대책 없이 빠져 있다는 사실이 대단히 유감이라는 듯 거들먹거리는 표정을 지으며 내게 걱정과 연민의 눈초리를 보냈다.

마침내 우리는 자리에서 일어나 옷을 입었다. 퀴퀘그는 여주인이 그의 라마단 덕에 톡톡히 재미를 볼 수 없게끔 온갖 종류의 차우더를 시켜서 엄청나게 푸짐한 아침식사를 했다. 그리고 피쿼드호에 오르기 위해 힘차게 길을 나선 우리는 넙치 가시로 이를 쑤시며 어슬렁어슬렁 걸어다녔다.

18장

그의 표시

작살을 든 퀴퀘그와 함께 부둣가 끝에 있는 배 쪽으로 걸어가고 있을 때, 펠레그 선장이 갑판에 있는 천막에서 크고 걸걸한 목소리로 우리를 불렀다. 그는 내 친구가 식인종일 줄은 몰랐다면서 더욱이 사전에 서류를 제출하지 않은 식인종은 그 누구도 배에 태울 수 없다고 선언했다.

"그게 무슨 말이죠, 펠레그 선장님?" 나는 동료를 부두에 세워둔 채 뱃전을 뛰어넘으며 말했다.

"내 말은 그가 반드시 서류를 보여줘야만 한다는 말일세." 그가 대답했다.

"그래." 빌대드 선장도 펠레그 뒤에서 천막 밖으로 머리를 내밀며 건성으로 말했다. "그는 자신이 개종했다는 걸 증명해야만 해. 어둠의 자식아," 그가 퀴퀘그 쪽으로 고개를 돌리며 말을 이었다. "그대는 지금 어느 기독교 종파에 속해 있지?"

"저," 내가 말했다. "그는 제일회중교회의 교인입니다." 여기서 잠시 말해두자면, 낸터킷에서 배를 타는 문신한 야만인들 대부분은 결국 기독교로 개종하게 된다.

"제일회중교회라니." 빌대드가 외쳤다. "뭐야! 듀터로노미 콜먼 집사의 예배당에서 예배를 보는 교회 말인가?" 그는 이렇게 말하면서 안경을 꺼내들고 노란색 반다나 손수건으로 문질러 닦더니, 그 안경을 매우 조심스럽게 쓰고서 천막 밖으로 나와 뱃전 너머로 몸을 빳빳이 내민 채 퀴퀘그를 자세히 쳐다봤다.

"교인이 된 지 얼마나 됐다지?" 그는 이렇게 말하고는 나를 쳐다보며 말했다. "내 생각엔 그리 오래된 것 같지 않은데, 젊은이."

"그래." 펠레그가 말했다. "그리고 정식 세례를 안 받았어. 받았다면 얼굴에서 악마의 푸른빛이 조금은 씻겨나가 있을 테니까."

"말해보게, 당장." 빌대드가 소리쳤다. "이 블레셋 사람이 듀터로노미 집사의 예배당에서 정기적으로 예배를 드린다는 말인가? 나는 주일마다 그 앞을 지나는데 난 한 번도 그를 본 적이 없네."

"저는 듀터로노미 집사나 그의 예배당에 대해서는 전혀 아는 바가 없습니다." 내가 말했다. "제가 아는 것이라고는 여기 이 퀴퀘그가 태어날 때부터 제일회중교회의 교인이라는 사실뿐입니다. 퀴퀘그 자신이 바로 집사예요."

"젊은이," 빌대드가 근엄한 목소리로 말했다. "그대는 지금 나랑 장난을 치고 있는 거로군. 설명해보시게, 그대 히타이트 젊은이여. 그대는 대체 어느 교회를 말하는 거지? 대답하게."

이토록 심한 추궁을 당하자 나는 이렇게 대답했다. "선장님, 저는 선장님과 저, 그리고 저기 계신 펠레그 선장님과 여기 있는 퀴퀘그, 그리고 우리 모두, 모든 어머니들의 아들과 우리의 영혼이 속한 그 유서 깊은 가톨릭교회를 말씀드리고 있는 겁니다. 예배로 가득한 이 세상에서 가장 위대하고 영원한 제일회중교회 말입니다. 우리 모두가 거기에 속해 있죠. 우리 중 일부가 그에 대해 다소 별난 생각을 품고 있긴 합니다만, 그래도 그 숭고한 믿음에는 변함이 없어요. 그런 점에서 우리는 모두 손을 꼭 붙잡고 있는 셈이죠."

"밧줄을 꼬아 잇는다는 말이로군, 그대 말은 밧줄을 꼬듯 손을 붙잡는다는 말이야." 펠레그가 가까이 다가오며 소리쳤다. "젊은이, 그대는 평선원보다는 선교사로 배에 타는 게 낫겠어. 이처럼 훌륭한 설교는 들어본 적이 없네. 듀터로노미 집사, 아니 매플 목사도 이보다 더 훌륭할 수는 없을 거야. 그도 꽤나 훌륭하다고 평가받는 사람인데 말이지. 어서 배에 오르시게, 어서 타라고. 서류 얘기는 없었던 걸로 하지. 그러니까 말이야, 저기 저 쿼호그[100]—그대가 그를 어떻게 불렀었지?—에게 말하게. 쿼호그에게도 배에 타라고 전해주게. 원 세상에, 엄청난 작살을 들고 계시는군! 꽤나 좋은 물건 같아. 다루는 것도 제대로고. 이봐, 쿼호그인지 뭔지 하는 자네, 포경 보트 뱃머리에 서본 적이 있나? 고래에게 작살을 박아본 적은 있어?"

퀴퀘그는 한마디도 대답하지 않은 채 특유의 거친 몸동작으로 뱃전을 향해 뛰어오르더니, 그곳에서 다시 배 옆에 매달려 있던 포경 보트 한 척의 뱃머리로 뛰어내렸다. 그런 다음 왼쪽 무릎에 잔뜩 힘을 싣고 작살을 겨누고는 이렇게 소리쳤다.

"선장, 당신 저기 물위 작은 타르 방울 보여? 저거 보여? 자, 저거 고래 한쪽 눈알이라고 해, 자, 간다!" 그는 타르 방울을 예리하게 조준하더니 작살을 휙 던졌다. 그 쇠붙이는 빌대드의 챙 넓은 모자 바로 위를 날아 갑판 위를 휙 가로지르더니, 번들거리는 타르 방울을 명중시켜 눈앞에서 없애버렸다.

"자," 퀴퀘그가 작살 줄을 가만히 잡아당기며 말했다. "저거 고래 눈알이라고 해. 자, 저 고래 죽었다."

"어서, 빌대드." 방금 머리 위로 날아간 작살에 기겁해서 선실 통로 쪽으로 피신한 빌대드의 동료, 펠레그가 말했다. "어서 서두르라니까, 빌대드, 당장 계약서 들고 와. 우린 저 헤지호그[101], 그러니까 쿼호그를 반드시 우리 배에 태워야 하네. 이보시게, 쿼호그, 자네한테 90번 배당을 주겠네. 지금껏 낸터킷에서 자네만큼 높은 배당을 받은 작살잡이는 없었어."

그리하여 우리는 선실로 내려갔고, 몹시 기쁘게도 퀴퀘그는 곧 내가 탈 배의 선원 중 하나로 등록되었다.

모든 사전 준비가 끝나고 서명을 위한 준비도 다 끝나자, 펠레그가 나를 향해 돌아서며 말했다. “저 쿼호그는 아마 글을 쓸 줄 모르겠지? 이봐, 쿼호그, 망할! 그대는 서명을 할 텐가, 아니면 표시를 할 텐가?”

하지만 전에도 두세 번 이와 비슷한 의식에 참여해본 적이 있는 퀴퀘그는 이 질문에 전혀 당황하지 않고 펜을 받아들더니, 자신의 팔뚝에 새겨진 기이한 둥근 모양의 문신과 꼭 닮은 표시를 계약서 위 서명란에 그려넣었다. 그리하여 퀴퀘그의 서명은 펠레그 선장이 끝까지 잘못 부른 그의 호칭과 함께 대략 다음과 같은 것이 되었다.

한편 빌대드 선장은 자리에 앉아 진지한 표정으로 퀴퀘그를 계속해서 쳐다보더니, 마침내 엄숙하게 자리에서 일어나 옷자락이 넓은 담갈색 코트의 큰 주머니를 뒤적여 한 다발의 소책자를 끄집어내고는 거기서 ‘심판의 날이 다가오고 있다: 더는 낭비할 시간이 없다’라는 제목의 책을 골라 퀴퀘그의 손 위에 얹은 후, 그의 두 손과 책을 모두 움켜쥔 채 그의 눈을 진지하게 바라보며 말했다. “어둠의 자식아, 나는 그대에 대한 나의 의무를 다해야만 한다. 나는 이 배의 공동 선주로서 이 배에 탄 모든 선원의 영혼을 염려한다. 그대가 아직도 이교도의 방식에 집착하고 있지나 않을까 내 몹시 우려하는바, 그대가 영원히 악마의 노예로 남게 되지 않기를 간곡히 바라노라. 우상 벨[102]과 추악한 용을 물리치고 다가올 신의 노여움으로부터 물러서라. 그대의 눈을 조심하시라. 오! 주여! 지옥의 불구덩이를 멀리할지어다!"

성경 구절과 일상적 표현이 이질적으로 뒤섞인 빌대드 영감의 말에는 아직도 바닷물의 짠맛 비슷한 게 감돌고 있었다.

"그만해, 그만 좀 하라고, 빌대드. 우리 작살잡이를 망쳐버리는 짓은 이제 그만둬." 펠레그가 소리쳤다. "경건한 작살잡이는 절대 훌륭한 항해자가 될 수 없어. 상어 같은 기질이 다 사라져버린단 말이야. 상어처럼 사납지 않은 작살잡이란 아무짝에도 쓸모가 없어. 한때 낸터킷과 비니어드를 통틀어 가장 용감한 작살잡이였던 냇 스웨인[103]이라는 젊은이가 있었지. 그런데 퀘이커 모임에 나가고부터는 완전히 못 쓰게 돼버렸어. 자신의 그 망할 영혼을 너무 염려한 탓에 뒤탈이 두려워진 나머지, 고래만 보면 움츠러들고 피해버리게 된 거야. 포경 보트에 구멍이 뚫려서 바다의 악령 데이비 존스[104]라도 만나게 될까봐 두려워했다고."

"펠레그! 펠레그!" 빌대드가 두 눈을 치켜뜨고 두 손을 쳐들며 말했다. "그대도 나처럼 위험한 순간을 수도 없이 겪어왔지. 죽음의 공포를 느낀다는 게 어떤 건지는 펠레그 그대도 잘 알 거야. 그런데 그런 그대가 어찌 이처럼 불경한 말을 써붙일 수 있나. 펠레그, 그대는 그대 마음을 속이고 있네. 말해보게, 바로 이 피쿼드호가 일본에서 강풍을 만나 부러진 돛대 세 개가 전부 바닷속으로 사라졌을 때, 그대가 에이해브 선장과 함께 항해를 나갔던 바로 그때도 그대는 '죽음'과 '심판'에 대해 생각하지 않았단 말인가?"

"아니, 지금 저 인간이 대체 뭐라고 떠드는 거야." 펠레그가 주머니에 두 손을 푹 찔러넣은 채 선실을 당당히 가로지르며 외쳤다. "다들 저 인간이 하는 말 좀 들어보라고. 한번 생각해봐! 당장이라도 배가 가라앉을지 모르는 판에! '죽음'과 '심판'이라고? 응? 돛대 세 개가 전부 뱃전을 처박아 계속해서 천둥

같은 소리가 울려대고, 앞뒤 좌우 할 것 없이 사방에서 파도가 우리를 덮쳐오는데, 그 와중에 '죽음'과 '심판'을 생각한다고? 헛소리! 그럴 때 '죽음'에 대해 생각할 여유 따윈 없어. 에이해브 선장과 내가 생각했던 건 바로 '목숨'이야. 어떻게 하면 선원들을 모두 살릴 수 있을지—어떻게 하면 임시 돛대를 세울 수 있을지—어떻게 하면 가장 가까운 항구로 갈 수 있을지, 그런 게 내가 생각했던 거야."

빌대드는 더이상 아무 말 않고 코트의 단추를 잠그고는 갑판으로 걸어갔고, 우리도 그를 뒤따랐다. 그는 거기 서서 갑판 중앙의 중간돛을 손보는 수선공들을 매우 조용히 올려다봤다. 그리고 때때로 몸을 구부려 자신이 줍지 않았으면 버려졌을 헝겊조각이나 타르를 칠한 노끈 조각을 주워들었다.

19장

예언자

"친구들, 혹시 저 배에서 오는 길인가?"

퀴퀘그와 내가 피쿼드호를 떠나 잠시 각자 생각에 잠긴 채 한가로이 거닐며 바다에서 멀어져가고 있을 때, 어떤 낯선 사내가 우리 앞에 멈춰 서더니 큼직한 집게손가락으로 바로 그 배를 가리키며 물었다. 빛이 바랜 재킷과 여기저기 기운 바지를 걸친 허름한 차림새에, 목에는 넝마 같은 검은 손수건을 두르고 있었다. 얼굴 전체에는 곰보 자국이 사방으로 번져 있었는데, 마치 세차게 흐르던 물이 모두 말라버렸을 때 강바닥에 남은 어지러운 물줄기 같았다.

"자네들, 혹시 저 배에서 오는 길이냐니까?" 그가 또다시 물었다.

"아마 피쿼드호를 얘기하시는 것 같군요." 그를 자세히 쳐다볼 시간을 벌어볼 생각에 내가 이렇게 되물었다.

"그래, 피쿼드호. 저기 있는 저 배." 그는 팔 전체를 뒤로 끌어당기더니 다시 순식간에 있는 힘껏 앞으로 쭉 뻗으며 총검의 칼끝 같은 손가락으로 목표물을 찔렀다.

"네," 내가 말했다. "방금 계약서에 서명하고 오는 길입니다."

"계약서에 자네들 영혼에 대한 언급은 없던가?"

"뭐요?"

"오, 어쩌면 자네들에게는 영혼이 없을지도 모르겠군." 그가 재빨리 대답했다. "그래도 상관없어. 나는 영혼이 없는 친구들을 여럿 알고 있으니. 오히려 잘된 일이지. 그들에게는 영혼이 없는 편이 훨씬 더 나을 거야. 영혼은 사륜마차의 다섯번째 바퀴 같은 것이니까."

"이봐 친구, 뭐라고 지껄여대는 거요?" 내가 말했다.

"하지만 그자에게는 영혼이 넘칠 정도로 많을 테지. 다른 친구들에게 없는 영혼을 전부 다 메꿔줄 수 있을 만큼 말이야." 낯선 사내는 그자라는 말을 신경질직으로 강소하며 불쑥 이렇게 말했다.

"퀴퀘그, 가자." 내가 말했다. "이 친구는 어디 병원에서 탈출한 모양이야. 우리가 모르는 것과 모르는 사람에 대해 떠들고 있군."

"멈춰!" 낯선 사내가 외쳤다. "자네들 말이 맞네. 자네들은 아직 '벼락 영감'을 만나보지 못했지?"

"'벼락 영감'이 누구요?" 그의 광기어린 진지한 태도에 다시금 사로잡힌 내가 말했다.

"에이해브 선장."

"뭐라고! 우리 배 피쿼드호의 선장 말이오?"

"그래, 우리 늙은 선원들 사이에서 그는 그런 이름으로 불리지. 아직 그를 만나보지 못한 거지?"

"그렇소, 아직 못 봤지. 아프다고 들었는데, 차차 괜찮아지고 있으니 곧 완쾌될 거요."

"다시 곧 완쾌될 거라고!" 낯선 사내는 거드름을 피우며 조롱하는 듯이 큰 소리로 웃었다. "이보게들, 에이해브 선장이 완쾌되면 나의 이 왼팔도 머지않아 완쾌되겠군그래."

"그에 대해 뭐 아는 거라도 있나요?"

"그들은 그에 대해 뭐라고 말하던가? 한번 말해보게!"

"딱히 별말 않더군요. 그가 훌륭한 고래 사냥꾼이고, 선원들에게 잘해주는 선장이라는 말밖에는."

"그건 사실이야, 사실이고말고. 둘 다 틀림없는 사실이지. 하지만 그가 명령을 내리면 즉각 몸을 움직여야 해. 나와서는 으르렁대고, 으르렁대고는 들어가버린다. 이게 에이해브 선장에 대해 다들 하는 말이지. 하지만 그가 오래전에 혼곶에서 사흘 밤낮을 시체처럼 누워 있었다는 얘기나 산타[105]에 있는 교회 제단 앞에서 스페인 사람이랑 무서운 난투극을 벌였다는 얘기는 못 들었겠지? 전혀 금시초문이지, 안 그래? 그가 은제 호리병에 침 뱉은 얘기도 모르지? 그가 예언대로 지난 항해에서 다리 한쪽을 잃은 것도 모를 거야. 이런 일들에 대해서는 전혀 들어보지 못했나보군, 응? 그래, 들어봤을 리 없지. 어떻게 그럴 수 있겠어? 그걸 누가 안다고? 낸터킷 사람도 다 아는 건 아니니까. 그래도 어쩌면 다리 얘기는 들어봤을 거야. 다리를 어쩌다 잃었는지에 대해서. 그래, 그 얘기는 들어봤겠지, 아마도 말이야. 오 그래, 그건 누구나 다 아는 사실이니까. 그러니까 그의 다리가 하나뿐이고, 다른 한쪽은 향유고래가 빼앗아가버렸다는 사실 말이야."

"여보쇼," 내가 말했다. "당신이 대체 무슨 말을 지껄여대고 있는지 난 모르겠고, 관심도 없소. 내가 보기에 당신은 머리가 좀 어떻게 된 것 같으니까. 하지만 저기 저 배, 그러니까 피쿼드호의 에이해브 선장에 관한 얘기라면, 그가 다리를 잃은 사건에 대한 모든 걸 다 알고 있다고 말씀드릴 수 있지."

"다 안다고, 그래—그렇다고 확신하시나?—전부 다?"

"충분히 확신하오."

거지 같은 행색의 낯선 사내는 피쿼드호를 손가락으로 가리키고 눈으로도 쏘아보면서 잠시 불안한 몽상에라도 빠진 듯 서 있더니, 갑자기 약간 움찔하며 돌아서서 말했다. "저 배에서 왔다고들 했지? 계약서에 서명도 했고? 그래 그래, 계약은 계약이고, 일어날 일은 일어나는 거겠지. 하지만 또 누가 알겠나, 어쩌면 결국에는 일어나지 않을 일일지도 모르니 말이야. 어쨌거나 모든 일은 다 정해졌고 준비도 마친 거야. 그리고 아마 누군가는 분명 그와 함께 항해를 해야 하는 거겠지. 신이시여, 항해를 떠나는 게 그 누가 됐건 그들을 불쌍히 여기소서! 잘 가시게, 친구들, 잘 가시게. 그대들에게 하늘의 무한한 축복이 함께 하길. 가던 걸음 멈춰 세워서 미안하네."

"이보쇼, 형씨." 내가 말했다. "뭔가 중요한 할 얘기가 있거든 얼른 털어놓으시오. 하지만 만일 우리를 골탕 먹일 작정이라면 뭔가 크게 착각하고 있는 거야. 딱 여기까지만 말씀드리지."

"말 한번 잘하셨네. 그리고 난 그런 식으로 말하는 사람을 좋아하지. 자네는 그에게 딱이야. 자네 같은 사람들 말이지. 잘 가시게, 친구들, 잘들 가시게! 아! 배에 타시거든 나는 배에 타지 않기로 했다고 전해주시게나."

"아니, 여보쇼. 그런 식으로는 우릴 속일 수 없지. 절대 속일 수 없다고. 뭔가 대단한 비밀이라도 아는 양 구는 건 너무 거저먹으려는 짓이잖아."

"잘들 가시게, 친구들, 잘들 가시라고."

"그러도록 하지." 내가 말했다. "이리 와, 퀴퀘그. 이런 미친놈한테서 벗어나자고. 그런데 잠깐, 당신 이름이 뭐요?"

"일라이자."[106]

일라이자라니! 나는 속으로 그렇게 생각했고, 퀴퀘그와 함께 걸으며 누더기 꼴을 한 늙은 선원에 대해 서로 느낀 바를 이야기했다. 그리고 그가 우리에게 괜히 겁을 주려 하는 허풍선이에 지나지 않는다는 데 의견을 모았다. 하지만 채 백 야드도 가지 않아 모퉁이를 돌면서 우연히 뒤를 보니, 일라이자라고

밖에 생각할 수 없는 사람이 약간 거리를 둔 채 우리를 따라오고 있는 게 아닌가. 아무튼 그의 모습에 무척 놀란 나는 퀴퀘그에게 그가 뒤따라오고 있다는 말을 하지 못했지만, 퀴퀘그와 함께 계속 걸어가면서도 그 낯선 사내가 우리가 돈 모퉁이를 따라 돌지 말지가 무척이나 궁금했다. 그는 모퉁이를 돌았다. 아무래도 그는 우리를 미행하는 듯했는데, 무슨 의도로 그러는지는 도무지 짐작도 가지 않았다. 이런 상황이 그가 들려줬던 암시와 폭로로 범벅이 된 모호한 이야기와 서로 합쳐진 탓에 이제 내 마음속에는 온갖 종류의 어렴풋한 호기심과 심한 불안감이 생겨나기 시작했다. 모두 피쿼드호와 에이해브 선장, 그가 잃은 다리, 혼곶에서 일으켰다는 발작, 은제 호리병, 그리고 어제 내가 배를 떠날 때 펠레그 선장이 그에 대해 했던 말, 티스티그라는 인디언 할망구가 했다는 예언, 우리가 떠나기로 한 항해, 그 외에도 무수히 많은 수상쩍은 사실들과 연관된 것이었다.

나는 누더기 꼴을 한 일라이자가 진짜 우리를 미행하는지 아닌지를 확인해봐야겠다는 생각에 퀴퀘그와 함께 길을 건너 우리가 왔던 길을 되돌아갔다. 하지만 일라이자는 우리를 본 척도 하지 않고 그냥 지나가버렸다. 나는 안도했다. 그리하여 다시 한번, 그리고 그때 생각하기로는 마지막으로, 그는 허풍선이라고 마음속으로 판결을 내렸다.

20장
출항 준비

하루 이틀이 지나자 피쿼드호는 몹시 활기를 띠었다. 낡은 돛을 수선했을 뿐 아니라 새 돛도 들여왔으며, 범포 묶음과 삭구 뭉치들도 갑판 위로 올라왔다. 한마디로 배 안은 출항 준비를 끝내려고 서두르는 분위기로 가득했다. 펠레그 선장은 육지에도 거의 내려가지 않은 채 천막에 앉아 선원들을 예리한 눈으로 감시했다. 빌대드는 가게에 들러 필요한 모든 물자를 구입하여 배에 공급하는 역할을 담당했다. 선창이나 삭구와 관련된 일을 하는 이들의 작업은 해가 지고도 한참 동안이나 계속되었다.

퀴퀘그가 계약서에 서명한 다음날, 선원들이 머무르는 여인숙마다 전갈이 왔는데, 배가 언제 곧 출항할지 모르니 밤이 오기 전에 반드시 짐을 배에 실으라는 내용이었다. 그래서 퀴퀘그와 나는 짐을 모두 담은 선원용 궤짝을 배에 실었지만, 출항 전까지 잠만은 육지에서 자기로 했다. 그런데 이런 경우에는 언제나 제법 긴 여유를 두고 통보를 하는 것인지, 배는 며칠이 지나도 출항하지 않았다. 그도 그럴 것이, 피쿼드호가 출항 준비를 완료하기 전까지는 해결해야 할 일이 산적해 있었고, 고려해야 할 사항도 많았기 때문이다.

집안 살림살이를 하는 데 얼마나 많은 물건이 필요한지는 다들 알고 있을 것이다. 침대, 냄비, 나이프와 포크, 삽과 집게, 냅킨, 호두까기 등등의 물건 말이다. 식료품점, 과일이나 야채 행상, 병원, 빵집, 은행 등과 멀리 떨어진 망망대해에서 삼 년간 살림살이를 해야만 하는 포경선의 경우도 이와 다르지 않다. 이는 상선도 마찬가지겠으나, 포경선은 그 정도가 상선과 차원이 다르다. 포경선은 항해 기간이 매우 길뿐더러, 고래잡이라는 업무를 수행하려면 특수한 물품도 수없이 필요한데, 포경선이 보통 기항하곤 하는 외딴 항구들에서는 그런 물품의 교체가 불가능하다. 또한 잊지 말아야 할 사실은, 모든 배 가운데 가장 많은 종류의 위험에 노출된 배는 바로 포경선이며, 특히 성공적인 항해를 위해서라면 반드시 필요한 것들이 파괴되거나 상실될 수 있다는 점이다. 이런 이유로 여분의 보트, 여분의 돛대 및 활대용 목재, 여분의 밧줄과 작살을 준비해야 하는데, 말하자면 선장과 배를 제외하고는 거의 모든 것을 여분으로 준비해야 하는 것이다.

우리가 섬에 도착했을 당시에는 가장 무거운 짐들인 쇠고기, 빵, 물, 연료, 쇠테와 통널 등을 싣는 일이 거의 다 마무리되어 있었다. 하지만 앞에서도 잠깐 말했듯이, 한동안은 크고 작은 자질구레한 물건들을 배에 가져다 싣는 일이 계속되었다.

이처럼 물건들을 배에 가져다 싣는 일을 주로 도맡아 한 이는 빌대드 선장의 누이동생인 깡마른 노부인이었다. 단호하고도 지칠 줄 모르는 기질과 동시에 무척이나 상냥한 마음씨를 가진 노부인은, 피쿼드호가 일단 먼바다로 떠나고 나면 부족한 물건이 절대 생기지 않도록 하겠노라고 스스로에게 다짐한 듯 보였다. 노부인은 사환의 식품저장실에 넣어줄 피클 단지를 들고 배에 오르기도 했고, 일등항해사가 항해일지를 작성하는 책상에 놓아줄 깃펜 한 묶음을 들고 배에 오르기도 했으며, 류머티즘에 걸린 사람의 허리 통증 완화를 위한 플란넬 붕대를 한 뭉치 들고 배에 오르기도 했다. 다들 노부인을 '채리티 아줌마'라고 불렀는데, 그녀만큼 그 이름이 어울리는 사람도 없었다.[107] 그리고 이 자비로운 채리티 아줌마는 자선 수녀회의 회원처럼 이곳저곳을 분주히 돌아다니면서, 사랑하는 오빠 빌대드가 관련되어 있으며 그녀 자신도 애써 모은 몇십 달러를 투자한 그 배에 탄 모든 이에게 안전과 평안과 위로를 가져다줄 수 있는 일이라면 무엇이든 자진해서 하겠다는 각오를 내비쳤다.

하지만 마지막날, 이처럼 마음씨 좋은 퀘이커교도가 한 손에는 기다란 기름 국자를, 다른 손에는 그보다 더 기다란 고래잡이 창을 들고 배 위에 나타난 걸 봤을 때는 정말이지 소스라치게 놀랐다. 빌대드와 펠레그 선장도 뒤에서 구경만 하고 있었던 건 아니다. 빌대드는 필요한 물품이 적힌 긴 목록을 들고 다니며 새로운 물품이 도착할 때마다 목록의 해당 품목 앞에 표시를 했다. 펠레그는 가끔씩 자신의 고래뼈 소굴에서 절름거리며 기어나와 승강구 아래에 있는 사람들에게 고래고래 고함을 질러댔다. 그러고는 돛대 꼭대기에서 삭구를 손보는 사람들을 쳐다보며 고래고래 고함을 질러댄 후, 마지막으로 자신의 천막 안으로 돌아가면서 또 한번 고래고래 고함을 질러댔다.

출항 준비 기간 동안 퀴퀘그와 나는 종종 배에 들렀고, 그때마다 에이해브 선장이 좀 어떤지, 언제쯤 그가 이 배에 올지 물었다. 그들은 나의 물음에 답하길, 그의 상태가 점차 나아지고 있어서 지금 당장에라도 배에 올 수 있을 테지만, 그가 오기 전까지 펠레그와 빌대드 두 선장이 항해 준비에 필요한 모든 일을 처리할 수 있다고 했다. 만일 내가 나 자신에게 완전히 솔직했더라면, 배가 망망대해로 나가자마자 철저한 독재자로 변할 사람을 단 한 번도 내 눈으로 직접 보지 않고 이렇게 긴 항해에 나선다는 사실이 썩 내키지 않는다는 사실을 마음속으로 분명히 깨달았을 것이다. 하지만 사람은 뭔가 잘못된 것 같다는 의심이 들더라도, 그 문제에 이미 관여하고 있다면 자기 자신에게조차 그 의심을 감추려고 저도 모르게 애쓰곤 하는 법이다. 나의 경우가 딱 그랬다. 나는 아무 말도 하지 않았고, 아무것도 생각하지 않으려고 노력했다.

마침내 다음날 중으로 배가 확실히 출항할 거라는 통보가 왔다. 그래서 다음날 아침 퀴퀘그와 나는 아주 일찍 길을 나섰다.

21장

승선

우리가 부둣가 근처에 도착한 것은 거의 여섯시가 다 되어서였는데, 아직은 잿빛 안개만 잔뜩 낀 희미한 새벽 무렵이었다.

"내가 제대로 본 게 맞다면, 저 앞에 선원들이 몇 명 달려가고 있어." 내가 퀴퀘그에게 말했다. "설마 저것들이 환영은 아니겠지. 동트기 전에 떠나려나봐. 서두르자!"

"멈춰!" 그때 누군가 외치는 소리가 들렸다. 그와 동시에 목소리의 주인공이 뒤에서 다가와 우리 어깨에 한 손씩 얹고는 우리 사이로 끼어들더니, 몸을 살짝 앞으로 숙인 채 희미한 어스름 속에서 퀴퀘그와 나를 차례로 쳐다보았다. 일라이자였다.

"배에 타시려고?"

"이 손 치우시지." 내가 말했다.

"이봐 너." 퀴퀘그가 몸을 흔들며 말했다. "비켜!"

"그러면 배에 타지 않을 텐가?"

"아니, 탈 거요." 내가 말했다. "그런데 그게 당신이랑 무슨 상관이지? 일라이자 씨, 당신 좀 무례하다는 생각 안 드시오?"

"아니, 아니, 아니야. 그렇게 생각할 줄은 몰랐는데." 일라이자가 정말이지 수수께끼 같은 눈빛으로 이상하다는 듯이 나와 퀴퀘그를 천천히 쳐다보며 말했다.

"일라이자," 내가 말했다. "내 친구와 나한테서 그만 떨어져줘야겠소. 우리는 이제 인도양과 대서양으로 떠나야 할 몸들인데, 당신 때문에 지체하고 싶지 않거든."

"그래, 그러시다고? 아침식사 전에는 돌아오시려나?"

"미친놈이군." 내가 말했다. "퀴퀘그, 가자."

"어이!" 우리가 몇 걸음을 뗐을 때 일라이자가 그 자리에 그대로 선 채로 우리를 소리쳐 불렀다.

"신경쓰지 말자고." 내가 말했다. "퀴퀘그, 어서 가자."

하지만 그는 다시 우리에게 살며시 다가오더니 갑자기 내 어깨를 탁 치면서 말했다. "좀전에 뭔가 사람 비슷한 것들이 저 배로 가는 걸 보지 않았나?"

나는 이 단순하고 뻔한 질문에 나도 모르게 대답해버렸다. "그렇소, 네댓 사람쯤 본 것 같은데. 그런데 너무 흐릿해서 확신은 못하겠군."

"아주 흐릿해, 아주 흐릿하지." 일라이자가 말했다. "잘들 가시게."

우리는 또다시 그에게서 멀어졌다. 하지만 그는 또 우리를 조용히 따라와 다시 내 어깨를 건드리면서 말했다. "지금도 그것들이 보이는지 한번 봐주시겠나?"

"보이다니, 뭐가 말이오?"

"잘 가시게! 잘들 가셔!" 그가 또다시 물러가면서 말했다. "오! 자네들에게 경고해줄 생각이었는데—뭐 신경쓰지 마시게, 신경쓸 거 없어—그래봤자 결국 다 거기서 거기겠지, 아무렴 어때. 지독하게 추운 아침이군, 안 그런가? 잘들 가시게. 아무래도 한동안은 만나지 못할 것 같군. 최후의 심판 날이 오기 전까지는 말이야." 그는 이런 정신 나간 소리만을 남긴 채 마침내 우리 곁을 떠나갔고, 나는 그의 건방지고 광기어린 말에 잠시 넋이 나가 있었다.

마침내 우리가 피쿼드호에 올랐을 때는 사방에 깊은 정적만이 흐를 뿐이었고, 그 무엇도 움직이지 않았다. 선실 입구는 안에서 잠겼고, 승강구는 죄다 뚜껑이 덮인데다 위에는 둘둘 감은 밧줄이 올려져 있었다. 앞갑판 선실 쪽으로 가보니 승강구 뚜껑이 열려 있었다. 새어나오는 불빛을 보고 아래로 내려갔더니 그곳에는 누더기가 된 선원용 더블코트를 두른 늙은 삭구 담당자가 있을 뿐이었다. 그는 궤짝 두 개 위에 완전히 엎드려서는 두 팔을 포갠 채 얼굴을 파묻고 있었다. 그는 세상모르게 잠들어 있었다.

"아까 우리가 봤던 선원들 말인데, 퀴퀘그, 그들은 대체 어디로 간 걸까?" 잠든 사람을 미심쩍은 눈빛으로 바라보며 내가 물었다. 하지만 퀴퀘그는 지금 내가 말하는 사람들을 아까 부둣가에서 전혀 못 본 것 같았다. 그래서 일라이자의 그 불가사의한 질문이 없었더라면 분명 내 눈이 착각을 일으켰던 거라고 생각했다. 하지만 그 문제는 잠시 접어두기로 하고, 다시 한번 잠든 사람을 바라보며 퀴퀘그에게 아무래도 우리는 이 송장 옆에서 밤을 지새야 할 듯하니 좋을 대로 자리를 잡으라고 넌지시 농담을 던졌다. 그는 잠든 사람의 엉덩이가 충분히 부드러운지 확인이라도 하려는 듯 손으로 만져보더니 주저하지 않고 그 위에 살포시 앉았다.

"이런 맙소사! 퀴퀘그, 거기 앉으면 안 돼." 내가 말했다.

"오! 아주 좋은 자리야." 퀴퀘그가 말했다. "우리 나라 방식이군. 얼굴은 안

다친다."

"얼굴이라니!" 내가 말했다. "그걸 얼굴이라고 불러? 그렇다면 무척이나 자애로운 표정의 얼굴이로군. 하지만 숨쉬기가 너무 힘들어서 괴로워하고 있잖아. 내려와, 퀴퀘그, 넌 무겁다고. 불쌍한 사람의 얼굴을 짓누르고 있잖아.[108] 내려와, 퀴퀘그! 이봐, 곧 그가 씰룩대면서 널 떨어뜨릴 거야. 그런데 정말 잘도 주무시는군."

퀴퀘그는 잠든 사람의 바로 머리맡으로 자리를 옮기더니 토마호크 파이프에 불을 붙였다. 나는 잠든 사람의 발치에 앉았다. 우리는 잠든 사람 머리 위로 계속해서 파이프를 주고받았다. 그러는 동안 나는 퀴퀘그에게 질문을 던졌고, 퀴퀘그는 서툰 영어로 대략 이런 대답을 들려주었다. 그의 나라에는 긴 안락의자나 소파 같은 게 전혀 없기 때문에 왕과 추장 등의 위대한 사람들이 하층민을 살찌워 두툼한 쿠션 대용으로 삼는 관습이 있었다. 그렇기에 집을 안락하게 꾸미려면 게으름뱅이들을 여덟이나 열 명쯤 사서 창과 창 사이의 벽이나 벽감 주변에 눕혀놓기만 하면 되었다. 게다가 그 방법은 짧은 여행을 떠날 때도 매우 편리했다. 접으면 지팡이로 사용할 수 있는 정원용 의자보다 훨씬 나았다. 추장은 우거진 나무 아래나 축축한 늪지대에서 시종을 불러다가 그에게 긴 안락의자가 되라고 말하기만 하면 되니까.

이런 이야기를 들려주는 동안, 퀴퀘그는 내게서 토마호크를 건네받을 때마다 도끼날 부분을 잠든 사람의 머리 위로 휘둘러댔다.

"왜 그러는 거야, 퀴퀘그?"

"너무 쉽다, 죽이는 거. 오! 너무 쉽다!"

그가 적들의 머리통을 박살내고 자신의 영혼을 위로하는 두 가지 용도를 지닌 듯한 토마호크 파이프에 얽힌 사나운 추억을 더듬고 있을 때, 잠들어 있던 삭구 담당자가 곧바로 우리의 주의를 끌었다. 독한 연기는 이제 비좁은 방안을 가득 채워 그에게 고자질을 하기 시작했다. 그는 누가 머리에 뭘 덮어씌우기라도 한 것처럼 숨을 쉬는가 싶더니, 그다음에는 코가 불편한 듯했다. 그리고 한두 번쯤 몸을 뒤척이더니 자리에서 일어나 앉아 두 눈을 비벼댔다.

"어이!" 그가 마침내 숨을 내뱉었다. "담배 피우는 놈들, 너희 누구야?"

"선원으로 고용된 사람들입니다." 내가 대답했다. "배는 언제 출항하죠?"

"아, 그래, 이 배를 탄다고? 출항은 오늘이야. 어젯밤에 선장이 배에 탔거든."

"어느 선장이요? 에이해브 말인가요?"

"그가 아니면 또 누구겠어?"

내가 에이해브에 관해 몇 가지 물어보려고 했을 때 갑판 위에서 시끄러운 소리가 들려왔다.

"이야! 스타벅이 일어나셨군." 삭구 담당자가 말했다. "스타벅은 기운찬 일등항해사야. 좋은 사람이지, 독실하기도 하고. 어쨌든 이제 다들 일어났으니 나도 가봐야겠어." 그는 이렇게 말하며 갑판으로 올라갔고, 우리도 그의 뒤를 따랐다.

이제 환하게 아침해가 떠오르고 있었다. 이윽고 선원들이 두세 명씩 배에 올랐다. 삭구를 손보는 사람들도 바삐 몸을 움직였고, 항해사들도 부지런히 움직여댔다. 육지에서는 몇몇 사람들이 다양한 종류의 마지막 짐들을 배에 바삐 싣고 있었다. 그러는 동안에도 에이해브 선장은 자기 방안에 틀어박힌 채 모습을 드러내지 않았다.

22장
메리 크리스마스

마침내 정오 무렵이 되어 삭구 담당자들이 배에서 모두 내리고 피쿼드호가 부두에서 바다 쪽으로 뱃머리를 돌린 후, 그리고 언제나 사려 깊은 채리티 아줌마가 포경 보트를 타고 와 마지막 선물—이등항해사이자 시동생인 스터브에게는 나이트캡, 사환에게는 여분의 성경—을 주고 떠났을 때, 그제야 펠레그와 빌대드 두 선장이 선실에서 나왔다. 펠레그가 일등항해사를 보고 말했다.

"자, 스타벅 씨, 모든 게 문제없이 다 마무리됐나? 에이해브 선장은 준비를 다 마쳤어—방금 얘기를 나눴지—육지에서 더 들여올 건 없겠지? 자, 그럼 전원 집합. 여기 선미 쪽으로 다들 모이라고. 이 망할 놈들아!"

"아무리 바빠도 그런 불경한 말은 삼가시게, 펠레그." 빌대드가 말했다. "하지만 친애하는 스타벅, 그대는 가서 우리의 명령대로 하시게."

이건 또 어찌된 셈인가! 이제 항해가 막 시작되려 하는데 펠레그 선장과 빌대드 선장이 뒷갑판에서 거드름을 피우며 명령을 내리고 있다니. 마치 항구에서 계속 그래왔던 것처럼 바다에 나가서도 공동 지휘자로 행세할 것만 같은 기세였다. 그리고 에이해브 선장은 여전히 나타날 기미를 보이지 않은 채 선실에 있다는 얘기뿐이었다. 하지만 그것은 배를 출항시켜 먼바다로 나가기 전까진 그의 존재가 전혀 필요하지 않다는 뜻이기도 했다. 사실 그것은 선장이 할 일이 아니라 수로안내인[109]이 할 일이었다. 그리고—다들 하는 말에 따르면—에이해브 선장은 아직 완전히 회복되지 않아서 갑판에 올라오지 않는 것이다. 이 모든 일은 충분히 자연스러워 보였다. 특히 상선의 경우, 선장은 닻을 올리고도 한참이 지나도록 갑판에 모습을 드러내지 않고, 대신 선실에 남아 육지의 친구들이 수로안내인과 함께 배에서 완전히 떠나가기 전까지 그들과 함께 탁자에 둘러앉아 떠들썩한 작별인사를 주고받기도 하기 때문이다.

하지만 펠레그 선장이 워낙 팔팔하게 날뛰는 탓에 이 문제에 대해 곰곰이 생각해볼 겨를이 거의 없었다. 떠들고 명령을 내리는 일의 대부분은 빌대드가 아니라 펠레그가 담당하고 있는 듯했다.

"여기 선미로 집합, 이 후레자식들아." 선원들이 큰 돛대 주변에서 머뭇거리자 그가 외쳤다. "스타벅, 저들을 선미 쪽으로 몰아오게."

"저기 저 천막을 걷어라!"라는 것이 다음 명령이었다. 앞서도 잠깐 말했다시피 고래뼈로 만든 이 대형 천막은 항구에 정박중일 때 외에는 절대로 치지 않았다. 그리고 피쿼드호에서는 지난 삼십 년 동안 닻을 올리라는 명령 다음의 명령이 천막을 걷으라는 것임을 누구나 잘 알고 있었다.

"다들 권양기[110]로 모여! 이런 망할! 달려들라고!"라는 것이 다음 명령이었고, 선원들은 권양기 지렛대 쪽으로 뛰어들었다.

출항할 때 수로안내인이 자리하는 위치는 보통 뱃머리 쪽이다. 그리고 여기서 밝혀두는데, 빌대드는 펠레그와 함께 맡은 여러 직무 외에도 항구의 수로안내인 역할을 정식으로 맡고 있다. 그는 자신과 관련된 배가 낸터킷을 오갈 때 내는 수로안내 비용을 아끼기 위해 수로안내인 자격증을 땄다는 의심을 받고 있는데, 이는 그가 다른 배의 수로안내인을 맡은 적이 단 한 번도 없기 때문이다. 빌대드는 이제 뱃머리 너머로 몸을 내밀고는 닻이 올라오는 것을 열심히 쳐다보며 권양기를 돌리는 선원들의 힘을 북돋우기 위해 이따금 음울한 찬송가 같은 것을 불렀다. 선원들은 뒷골목 사창가에 있는 여자들에 대한 노래를 합창이라도 하듯 매우 큰 목소리로 우렁차게 불러댔다. 빌대드가 피쿼드호에서는, 특히 출항할 때는 불경한 노래를 불러서는 안 된다고 말한 지 불과 사흘도 채 안 되었고, 그의 누이동생인 채리티 부인이 선원들의 침상마다 와츠[111]의 작은 찬송가집을 놓아두었는데도 그랬다.

한편 배의 다른 쪽을 감독하던 펠레그 선장은 선미 쪽에서 지독할 정도로 욕을 퍼부어대고 있었다. 닻이 다 올라오기도 전에 펠레그가 배를 침몰시키지나 않을까 하는 생각이 들 지경이었다. 나는 무심결에 지렛대를 돌리던 손을 멈췄고, 퀴퀘그에게도 그렇게 하라고 말했다. 저런 악마를 수로안내인으로 만나 항해를 시작한다는 사실에, 새삼 우리가 어떤 위험에 처해 있는지 생각했기 때문이다. 그래도 비록 777번 배당을 주장하긴 했지만 경건한 빌대드가 우리에게 어떤 구원을 안겨줄지도 모른다는 생각을 위안으로 삼았다. 그때 무언가 날카로운 것이 내 엉덩이를 쿡 찔렀다. 뒤를 돌아본 나는 소스라치게 놀랐는데, 난데없이 나타난 펠레그 선장이 바로 내 뒤에서 발을 거두고 있었기 때문이다. 그게 내가 당한 첫번째 발길질이었다.

"상선에서는 닻을 그딴 식으로 감아올리나보지?" 그가 으르렁거렸다. "움직여, 이 떠버리야. 움직여, 등뼈가 으스러지도록! 왜 움직이지 않는 거야, 너희 모두. 움직이라고! 쿼호그! 움직여, 빨간 수염을 단 놈도 움직이라고. 거기 스카치캡[112] 쓴 놈도 움직여. 녹색 바지 입은 놈도 움직여. 다들 움직이라고, 눈알이 빠지도록 움직여!" 그는 그렇게 말하며 권양기를 따라 움직이면서 여기저기서 마구 발길질을 해댔다. 침착한 빌대드는 그 와중에도 계속 찬송가를 선창하고 있었다. 나는 펠레그 선장이 오늘 술을 한잔하고 오신 게 틀림없다고 생각했다.

마침내 닻이 올라오고 돛이 펼쳐져 우리는 바다 위를 미끄러지듯 나아갔다. 해가 짧고 추운 크리스마스였다. 북반구의 짧은 낮이 밤으로 바뀌었을 때, 우리는 광막한 겨울 바다 위로 나와 있었다. 얼어붙을 듯이 차가운 물보라가 우리를 얼음으로 뒤덮어, 마치 번쩍이는 갑옷이라도 입은 기분이었다. 뱃전에 길게 줄지어 선 고래 이빨들이 달빛에 반짝였다. 그리고 뱃머리에는 거대한 코끼리의 흰 상앗빛 엄니처럼 휘어진 거대한 고드름들이 주렁주렁 매달렸다.

깡마른 빌대드가 수로안내인으로서 첫날 당직을 지휘했다. 이따금 낡은 배가 푸른 바다 속으로 머리를 깊숙이 처박아 도처에 몸서리치도록 차가운 서리를 흩뿌리고 바람이 울부짖고 밧줄이 윙윙 울려도 그의 노랫소리는 멈추지 않고 들려왔다.

파도치는 저 바다 너머, 기분좋은 들판이
　활기찬 초록빛 옷 차려입고 우릴 기다린다네.
저 앞에 흐르는 요단강의 물결 드셀지라도
　그리운 가나안은 그처럼 유대인들을 기다린다네.

그 감미로운 구절이 그때처럼 감미롭게 들렸던 적도 없었다. 희망과 결실의 기쁨이 넘치는 구절이었다. 지금은 거칠게 휘몰아치는 대서양에서 지독히도 추운 겨울밤을 보내고 있을지언정, 발은 젖었고 재킷은 그보다 더 흠뻑 젖어 있을지언정, 나의 앞날에는 즐거운 안식처들이 무수히 나를 기다리고 있을 것만 같았다. 초원과 숲속의 빈터에는 영원히 봄기운이 돌아서, 봄에 자라난 풀이 밟히지도 않고 시들지도 않은 채 한여름까지 그대로 남아 있을 것만 같았다.

마침내 우리는 먼 앞바다까지 나왔고, 두 명의 수로안내인은 더이상 필요 없게 되었다. 우리와 동행하던 튼튼한 돛단배가 뱃전 가까이로 붙어 나란히 따라오기 시작했다.

이 순간에 이르자 펠레그와 빌대드, 특히 빌대드 선장은 몹시 감정이 북받쳐 오른 듯 보였는데, 과연 흥미로우면서도 불쾌하지 않은 광경이었다. 폭풍우가 몰아치는 혼곶과 희망봉을 돌아가는 그토록 길고 위험한 항해를 떠나야만

하는 배, 고생하며 번 수천 달러를 투자한 배, 자기만큼이나 늙은 오랜 동료가 선장을 맡아 냉혹한 아가리가 가져다줄 모든 공포와 맞닥뜨리기 위해 다시 한 번 떠나가는 배를 완전히 떠나보내기가 애석해서, 정말이지 모든 면에서 흥미로운 일에 작별을 고하기가 너무 애석해서, 가련한 빌대드 영감은 괜히 오랫동안 서성거리며 불안한 걸음으로 갑판 위를 성큼성큼 걸어다니다가, 다시 한번 선실로 뛰어내려가 작별인사를 건넸다. 그러고는 다시 갑판 위로 올라와 바람 불어오는 쪽을 바라보았고, 보이지 않는 머나먼 동쪽 대륙까지 이어져 있을 끝없이 아득한 바다를 바라보았고, 육지를 바라보았고, 고개를 쳐들어 하늘을 바라보았고, 오른쪽과 왼쪽을 바라보았다. 그는 모든 곳을 바라보면서도 그 어느 곳도 바라보지 않았다. 그러고는 마침내 자기도 모르게 밧줄을 말뚝에 감으며 발작적으로 펠레그의 굵직한 손을 움켜잡더니 잠시 등불을 들고 선 채 장렬한 표정으로 펠레그의 얼굴을 응시했다. 그 표정은 마치 '나의 친구 펠레그여, 그래도 나는 견딜 수 있어. 아무렴, 견딜 수 있고말고'라고 말하는 듯했다.

펠레그는 그 상황을 좀더 철학자다운 자세로 받아들였다. 하지만 그 철학에도 불구하고, 등불을 더 가까이 들이대자 그의 눈에 어린 눈물이 반짝이는 게 보였다. 그리고 그 역시 아래에서 잠깐 얘기를 나누고, 또 일등항해사인 스타벅과 잠깐 얘기를 나누느라 선실과 갑판 사이를 여러 번 뛰어다녔다.

하지만 마침내 그는 이제 마지막이라는 듯한 표정으로 자신의 동료를 돌아보았다. "빌대드 선장, 가세, 오랜 동료여, 우린 이제 가야만 해. 큰 돛대의 아래 활대를 뒤로 이동시켜![113] 어어이, 보트! 옆에 바싹 붙이고 대기해, 당장! 조심해, 조심! 가세, 빌대드, 마지막 인사를 하라고. 행운을 비네, 스타벅. 행운을 비네, 스터브. 행운을 비네, 플래스크—다들 잘 가시게, 모두에게 행운이 있기를. 삼 년 뒤 오늘, 내가 그대들을 위해 이 낸터킷에 뜨거운 김이 모락모락 나는 따뜻한 저녁을 준비해놓을 테니. 만세! 잘들 가시게!"

"하느님께서 그대들을 축복하시고 지켜주시길." 빌대드 영감이 거의 들리지도 않는 목소리로 중얼거렸다. "이제는 날씨가 좋아지면 좋겠군. 그러면 에이해브 선장도 당장 나와서 그대들과 같이 어울릴 거야. 그에게는 기분좋은 햇빛만 있으면 만사형통이라네. 그리고 자네들이 항해하게 될 열대지방에는 햇빛이 넘쳐날 테니. 친구들, 사냥할 때는 조심하게. 작살잡이들은 쓸데없이 포경 보트에 구멍을 내지 않도록. 품질 좋은 편백나무 판자 값이 올해 삼 퍼센트나 올랐어. 기도드리는 것도 잊지 말게. 스타벅, 통장이가 여분의 통널을 낭비하지 않게끔 신경써주게. 아, 그래! 돛 꿰매는 바늘은 녹색 상자 안에 있어! 주일에는 고래를 너무 많이 잡지 말도록. 그렇다고 좋은 기회를 놓쳐서는 안 돼. 그건 하늘이 내려주신 좋은 선물을 거절하는 셈이 될 테니. 스터브, 당밀통에서 눈을 떼지 말게. 약간 새는 것 같아서 말이야. 플래스크, 섬에 기항하거든 간음을 조심하게. 잘 가게, 잘들 가! 스타벅, 치즈는 화물창에 너무 오래 보관하지 말게. 상할 거야. 버터도 조심해서 다루게. 1파운드에 20센트나 한다고. 그리고 다들 조심해, 만약에—"

"자, 자, 빌대드 선장. 잔소리는 그쯤 하시게. 가자고!" 그러면서 펠레그는 그를 서둘러 뱃전으로 데려갔고, 둘 다 보트로 뛰어내렸다.

배와 보트는 서로 다른 방향으로 갈라섰고, 그 사이로 차갑고 음습한 밤바람이 불어왔다. 머리 위로 갈매기 한 마리가 괴성을 지르며 날아갔다. 배와 보트의 선체가 모두 크게 흔들렸다. 우리는 무거운 마음으로 만세 삼창을 외쳤고, 적막한 대서양으로 운명처럼 무작정 내던져졌다.

23장

바람이 불어가는 쪽 해안

몇 장 앞에서 벌킹턴이라는 사람에 대해 얘기한 적이 있다. 우연히 뉴베드퍼드에서 마주쳤던, 그때 막 그곳에 상륙했던 키가 큰 선원 말이다.

몸이 부들부들 떨릴 정도로 추운 겨울밤, 피쿼드호가 그 차갑고 심술궂은 파도 속으로 복수심에 불타는 뱃머리를 들이밀었을 때, 키를 잡고 서 있는 사람을 봤더니 웬걸, 바로 벌킹턴이 아닌가! 나는 동정어린 경외감과 두려움을 느끼며 그를 쳐다봤다. 그는 사 년간의 위험한 항해를 마치고 한겨울에 막 육지에 발을 들였으면서도 잠시 쉬어갈 겨를도 없이 또다시 사납게 비바람 치는 항해를 떠난 것이다. 육지에 내리면 발바닥이 타오르기라도 하는 모양이었다. 가장 놀랄 만한 일들은 늘 말로 표현할 수 없고, 깊은 추억들은 묘비명을 남기는 일도 없으니, 이 짧은 장章이야말로 벌킹턴의 비석 없는 무덤이다. 여기서 내가 할 수 있는 말은, 벌킹턴은 폭풍우에 휩쓸려 바람이 불어가는 쪽 해안을 따라 비참하게 표류하는 배 같았다는 것뿐이다. 항구는 기꺼이 도움의 손길을 내밀 것이다. 항구는 자비롭다. 항구에는 안전함과 안락함, 벽난로와 저녁식사, 따뜻한 담요와 친구들, 우리 평범한 인간들에게 유익한 모든 것이 있다. 하지만 그런 사나운 바람 속에서는 항구나 육지야말로 배에게 당장 가장 위협적인 것이 되고 만다. 배는 모든 환대를 뿌리치고 달아나야만 한다. 육지에 닿기만 해도, 용골이 살짝 스치기만 해도 배 전체가 전율하게 될 것이다. 배는 돛을 활짝 펼친 채 있는 힘껏 해안에서 멀어지고자 한다. 그러면서 자신을 고향으로 데려가려는 바로 그 바람에 맞서 싸우고, 폭풍이 휘몰아치는 바다 한가운데로 다시 나아가고자 애를 쓴다. 피난처를 위해 위험 속으로 절박하게 뛰어드는 것이다. 유일한 친구가 가장 지독한 원수가 되다니!

벌킹턴이여, 이제 알겠는가? 이 견딜 수 없을 만큼 가혹한 진실을 독자들도 모두 이해하실 줄 믿는다. 심오하고 진지한 생각이란 모두 바다의 광막한 독립성을 지키고자 하는 영혼의 대담무쌍한 노력에 다름 아니며, 그럴 때 하늘과 땅은 서로 짜고서 온갖 광포한 바람을 내보내 배를 기만적이고 상스러운 해안으로 내몰려 한다는 것을 말이다.

하지만 지고의 진리, 신처럼 광대무변한 진리는 오로지 망망대해에만 존재한다. 따라서 설령 바람이 불어가는 쪽 해안이 안전한 곳이라 할지라도, 그곳에 불명예스럽게 내동댕이쳐지기보다는 으르렁대는 무한의 바다에서 목숨을 다하는 편이 낫다! 아아! 그렇다면 그 누가 버러지처럼 육지로 기어오르고자 할 것인가! 끔찍한 이 공포! 이 모든 고통은 전부 부질없는 것인가? 힘을 내라, 힘을 내, 오 벌킹턴이여! 굳세게 견뎌내라, 그대 신과 같은 인물이여! 그대가 목숨을 다할 대양에서 물보라처럼 튀어오르라—솟구쳐오르라, 그대는 신이 되어 도약하라!

24장
변호

이제 퀴퀘그와 나는 포경업에 합법적으로 종사하게 되었고, 왠지 이 포경업이라는 직업이 육지 사람들 사이에서는 다소 시적詩的이지 못하고 꼴사나운 일로 여겨지는 까닭에, 나는 그대 육지 사람들이 우리 고래 사냥꾼들에 대해 가지고 있는 생각이 부당하다는 사실을 꼭 확인시켜주고 싶다.

우선 대부분의 사람들 사이에서 포경업이 이른바 고상한 직업으로 받아들여지지 않는다는 사실은 두말할 나위도 없다. 다양한 사람들이 모인 대도시의 어느 집단에 낯선 사람이 처음 들어와 자신을 작살잡이라고 소개한다고 해서 그에 대한 여론의 평가가 나아지길 기대하기는 어려울 것이다. 또한 해군 장교를 흉내낸답시고 명함에 S. W. F.(Sperm Whale Fishery)[114]라는 이니셜을 새긴다면 정말이지 건방지고 터무니없다는 소리를 듣게 될 것이다.

세상이 우리 고래잡이들을 존경하길 꺼리는 주된 이유는 우리의 직업이 기껏해야 백정이 하는 일과 다름없으며 우리가 열심히 그 일을 할 때 온갖 더러움에 노출되어 있다고 생각하기 때문이다. 우리가 백정인 것은 사실이다. 하지만 백정 중에서도 가장 피비린내나는 훈장을 단 백정인 군대 사령관에게 세상은 언제나 존경을 바치길 마다하지 않았다. 그리고 우리가 하는 일이 불결하다는 말도 안 되는 주장과 관련해서 여러분은 조만간 일반적으로 잘 알려지지 않은 사실들을 처음으로 전해듣게 될 텐데, 그러면 향유고래 포경선이야말로 이 깨끗한 지구상에서도 가장 깨끗한 것에 속한다는 사실을 알고 부끄러워하게 될 것이다. 하지만 그런 비난을 사실로 인정한다 하더라도, 포경선의 난잡하고 미끄러운 갑판을 감히 전쟁터에서 썩어가는 형언할 수 없는 시체들과 비교할 수 있겠는가? 방금 막 돌아와 여자들의 갈채 속에서 축배를 드는 그 많은 군인들이 있었던 그 전쟁터의 썩어가는 시체들과 말이다. 만일 군인이 위험한 직업이라는 생각 때문에 그들에 대한 평가가 그토록 높은 것이라면, 나는 다음의 사실을 꼭 말해두어야겠다. 즉 포대를 향해 거리낌없이 진격했던 무수한 역전의 용사들도 갑자기 나타난 향유고래의 거대한 꼬리가 공중을 휘둘러 그들의 머리 위로 회오리바람을 일으킨다면 당장에라도 움찔하고 말 것이라고. 한데 얽힌 신의 공포와 경이에 비교했을 때, 이해가 가능한 인간의 공포란 얼마나 하찮은 것인가!

하지만 세상은 우리 고래 사냥꾼들을 업신여기면서도 자신도 모르는 사이에 우리에게 엄청난 경의를 표한다. 그렇다, 그것은 실로 엄청난 찬양이다! 온 세상의 가느다란 초와 등불과 양초가 수많은 사원 앞에서 타오를 때, 그것들은 동시에 우리를 찬양하며 타오르는 것이기 때문이다!

하지만 다른 관점에서 이 문제를 생각해보자. 이 문제를 온갖 종류의 저울에 달아서, 우리 고래잡이들이 어떤 사람들이며 지금껏 어떤 사람들이었는지에 대해 알아보자.

왜 더빗[115] 시대의 네덜란드 사람들은 포경선단에 제독을 두었을까? 왜 프랑스 루이 16세는 자비를 들여 됭케르크에서 출항하는 포경선에 필요한 장비를 갖추어주고 우리 낸터킷섬의 이십에서 사십에 달하는 가구를 그 마을로 정중히 초대했을까? 왜 영국은 1750년에서 1788년 사이에 고래잡이들에게 백만 파운드가 넘는 포상금을 지불했을까? 그리고 마지막으로 지금 미국의 고래잡이들 숫자가 전 세계 모든 고래잡이들을 합친 숫자보다 더 많아진 것은 과연 어째서일까? 항해하는 포경선은 칠백 척 이상이고, 거기 타는 선원들은 만 팔천 명에 달하며, 매년 사백만 달러를 소비하고, 항해 도중의 가치가 무려 이천만 달러에 달하는 배들은 매년 우리 항구로 칠백만 달러의 큰 수확을 들여온다. 포경업에 뭔가 강력한 힘이 없다면, 어떻게 이런 일이 가능하겠는가?

하지만 아직 얘기는 반도 끝나지 않았다. 계속해서 살펴보자.

감히 단언컨대, 지난 육십 년 동안 이 넓은 전 세계에 끼친 단일한 평화적 영향력 가운데 고상하고 강력한 포경업보다 더 큰 잠재력을 발휘한 것은 없다. 세계를 내 집처럼 여기는 철학자가 한평생을 다 바치더라도 그에 상응할 만한 영향력은 단 하나도 발견해내지 못할 것이다. 어쨌거나 포경업은 대단히 놀랄 만한 사건들을 낳았고, 그에 따른 문제들 또한 계속해서 중요하게 취급되었으므로, 포경업을 자궁 안에서 임신한 자식들을 낳았다는 이집트의 어머니[116]라 해도 전혀 무리가 없을 것이다. 이런 일들을 일일이 다 열거하기란 한도 끝도 없는 불가능한 작업이 될 것이다. 몇 가지 사례만으로 만족하도록 하자. 지난 수년간 포경선은 지구상에서 가장 덜 알려지고 가장 외딴 곳들을 찾아낸 개척자였다. 포경선은 해도에 나와 있지 않고 쿡과 밴쿠버[117]도 항해한 적 없는 바다와 군도를 탐험했다. 미국과 유럽의 군함이 한때 미개했던 항구에 지금은 평화로이 드나들고 있다면, 그들에게 최초로 길을 안내해주고 통역을 통해 그들과 야만인들이 처음으로 대화를 나누게 해준 포경선의 명예와 영광을 위해 예포라도 쏘아야 할 일이다. 그들이 쿡이나 크루젠시테른[118] 같은 탐사 원정대의 영웅들을 기릴 수는 있겠지만, 나는 낸터킷에서 출항했던 수십 명의 이름 없는 선장들도 그들만큼이나 훌륭했다고, 아니 그들보다 더 훌륭했다고 생각한다. 그들은 아무 도움도 없이 맨손으로 상어떼가 우글거리는 이교도의 바다에서, 창이 날아다니는 미지의 섬의 해안에서, 해병대와 머스킷총을 갖춘 쿡 선장조차 감히 대항하지 못했던 전례없는 경이와 공포에 맞서 싸웠기 때문이다. 옛 '남양 항해기'들에 적힌 그토록 과시적인 행위들도 우리 용감무쌍한 낸터킷 사람들에게는 평생토록 겪어온 일상에 지나지 않았다. 밴쿠버가 무려 세 장章에 걸쳐 기록한 모험담은 낸터킷 사람들에게는 항해일지에 기록할 가치도 없는 것으로 여겨지는 이야기가 대부분이다. 아아, 세상이여! 오오, 세상이여!

포경선이 혼곶을 돌기 전까지는 태평양 연안에 길게 이어진 부유한 스페인 영토와 유럽 사이에 식민지 활동을 제외한 그 어떤 교역이나 교류도 이뤄지지 않았다. 그 식민지들과 관련된 스페인 왕실의 배타적인 정책을 처음으로 뚫고 나아간 이들이 고래잡이들이었다. 지면만 허락한다면, 결국 이 고래잡이들이 어떻게 페루, 칠레, 볼리비아를 옛 스페인제국의 굴레로부터 벗어나게 했고 그 지역에 영원한 민주주의가 확립되도록 만들었는지 명백히 보여줄 수도 있을 것이다.

남반구의 위대한 아메리카라고도 할 수 있을 오스트레일리아대륙이 문명세계에 알려진 것도 고래잡이들 덕분이다. 오스트레일리아대륙은 네덜란드 사람에 의해 실수로 처음 발견된 뒤에도 전염병이 도는 미개한 땅으로 여겨져 다른 배들은 모두 그곳 해안으로 접근하는 걸 피했는데, 포경선만은 그곳을 찾았다. 오늘날 저토록 웅장한 식민지를 낳은 진정한 어머니는 바로 포경선인 것이다. 게다가 오스트레일리아 초기 정착 단계의 이민자들이 요행히 그쪽 해안에 닻을 내린 포경선에서 인정을 베풀어 나누어준 건빵 덕분에 굶주림을 면한 적도 몇 번이나 되었다. 폴리네시아의 무수한 섬들도 똑같은 경험을 한 적이 있다고 전해지며, 그 섬사람들은 선교사와 상인에게 길을 터주고 대부분의 초기 선교사들을 목적지까지 데려다준 데 대해 포경선에 돈으로 경의를 표한다. 만일 겹겹이 문을 걸어 잠근 나라인 일본이 방문객을 환대하는 날이 온다면, 그 공은 오로지 포경선에 돌려야 할 것이다. 포경선은 이미 일본의 문지방에 올라가 있기 때문이다.[119]

하지만 이 모든 얘기를 듣고도 여전히 포경업이라는 말에서는 미학적으로 훌륭한 연상이 일어나지 않는다고 단언한다면, 나는 그런 당신을 향해 기꺼이 쉰 개의 창을 날려 매번 당신의 투구를 쪼개고 당신을 말에서 떨어뜨릴 각오가 되어 있다.

고래에 대해 쓴 유명한 작가가 없고, 포경업을 기록한 유명한 연대기도 없다고 당신은 말할 것이다.

고래에 대해 쓴 유명한 작가가 없고, 포경업을 기록한 유명한 연대기도 없다고? 우리의 리바이어던에 대한 이야기를 처음으로 쓴 사람이 누군가? 바로 위대한 욥이 아니던가! 그리고 포경 항해에 대한 최초의 기록을 남긴 사람은 누군가? 다름 아닌 앨프레드대왕[120]으로, 그는 당시 노르웨이의 고래 사냥꾼이던 오테르에게 들은 이야기를 직접 받아 적지 않았던가! 그리고 의회에서 우리를 찬양하는 연설을 들려줬던 사람은 또 누군가? 바로 에드먼드 버크[121]가 아닌가!

다 맞는 소리로군. 하지만 고래잡이들은 죄다 형편없는 놈들이다. 혈통도 훌륭할 리 없고.

혈통도 훌륭할 리 없다고? 그들의 몸에는 왕족의 피보다 더 훌륭한 피가 흐른다. 벤저민 프랭클린[122]의 할머니는 메리 모렐이었다. 훗날 결혼하면서 메리 폴저가 된 그녀는 낸터킷의 초기 정착민 중 한 명이며, 대대로 이어진 작살잡이 폴저 가문의 선조였다—이들은 모두 위대한 벤저민의 친지들과 친척들이었다—오늘도 그들은 세상의 한쪽 끝에서 반대쪽 끝을 향해 작살을 던지고 있다.

과연 그렇군. 그런데도 어째서인지 다들 포경업은 부끄러운 일이라고 말한다.

포경업은 부끄러운 일이라고? 포경업은 황제에게 어울리는 일이다! 옛날 영국의 법은 고래를 '왕실 물고기'라 선언했다.*

* 이 부분에 대한 보다 사세한 내용은 다음에 이어지는 장을 참조하라. (여기서 멜빌이 말하는 장은 90장이다.)

오, 그건 다만 명목상으로나 그럴 뿐이지! 고래 자체는 단 한 번도 위엄 있는 모습으로 그려진 적이 없다.

고래 자체는 단 한 번도 위엄 있는 모습으로 그려진 적이 없다고? 로마의 어느 장군이 세계의 수도로 입성하면서 그를 위한 성대한 개선식이 열렸을 때, 심벌즈 소리 요란한 행렬 가운데서 가장 눈에 띄는 물건이 바로 시리아의 해안에서부터 로마까지 가져온 고래뼈였다.*

당신이 그렇다고 하니 인정하도록 하겠다. 하지만 무슨 말을 하든 고래잡이에는 진정한 위엄이라 할 만한 것이 없다.

고래잡이에는 진정한 위엄이라 할 만한 것이 없다고? 우리의 천직이 지닌 위엄은 바로 저 하늘이 증명한다. 고래자리는 남쪽 하늘에 빛나는 별자리다! 더는 말할 것도 없다! 러시아 황제 앞에서는 모자를 푹 눌러 쓰더라도 퀴퀘그 앞에서는 모자를 벗어야 한다! 더는 말할 것도 없다! 나는 평생 삼백오십 마리의 고래를 잡은 사람을 알고 있는데, 그 사람이 그만큼이나 많은 수의 성곽도시를 함락시켰다고 뽐내는 고대의 위대한 장군보다 고귀하다고 생각한다.

그리고 만에 하나라도 나에게 아직 발견되지 않은 장점이 있다면, 야심을 품는 것이 그렇게 터무니없는 일로 여겨지지만은 않을 이 작지만 고귀하고 고요한 세상에서 어떤 진정한 명성을 누릴 자격이 나에게 주어진다면, 이후로 내가 대체로 누군가가 하지 않고 남겨두는 것보다는 그래도 해치우는 게 좋을 어떤 일을 하게 된다면, 내가 죽을 때 내 유언 집행인들이, 더 정확히는 내 빚쟁이들이 내 책상에서 어떤 귀중한 원고라도 발견해낸다면, 나는 그 모든 명예와 영광을 포경업에 돌리겠노라고 여기서 미리 말해두는 바이다. 포경선이야말로 나의 예일대학이자 나의 하버드대학이었으므로.

* 이 부분에 대한 보다 자세한 내용은 다음에 이어지는 장을 참조하라. (여기서 멜빌이 말하는 장은 82장이다.)

25장

덧붙이는 말

포경업의 존엄성을 위해 나는 기꺼이 입증된 사실들만을 제시하고자 한다. 하지만 사실들만 포진시킨 채, 자신의 주장을 유창하게 설명해줄 합리적인 추측은 전혀 시도하지 않는 변호인이 있다면, 그런 변호인은 비난받아 마땅하지 않을까?

심지어 근대에 치러지는 왕과 여왕의 대관식에도 의식의 마무리를 위해 그들에게 양념을 치는 흥미로운 절차가 존재한다는 것은 누구나 아는 사실이다. 국가의 소금 그릇이라 불리는 것이 있으니 국가의 양념 그릇도 있지 않겠나. 그리고 그들이 그 소금을 정확히 어떻게 사용하는지, 그건 아무도 모를 일이 아니겠는가? 하지만 대관식을 치르는 왕의 머리에 마치 샐러드 위에라도 하듯 엄숙하게 기름을 칠한다는 것만은 확실히 안다. 기계에 기름을 칠 때 그러는 것처럼, 머릿속도 잘 돌아가라고 그렇게 기름을 칠하는 것일까? 이 위엄 있는 절차가 지닌 본질적인 존엄성에 대해서는 많은 생각을 해볼 수 있을 텐데, 왜냐하면 우리의 일상에서는 머리에 기름을 바르고 기름냄새를 풀풀 풍기는 사람을 하찮게 여기고 경멸하기 때문이다. 실제로 머릿기름을 약 이외의 용도로 사용하는 성인 남자는 어딘가 모자라는 점이 있을지도 모르겠다. 대체로 그런 남자는 사람 구실을 제대로 못한다.

하지만 여기서 우리가 생각해봐야 할 문제는 이것뿐이다. 대관식에서는 어떤 종류의 기름이 사용되는가? 분명 올리브유일 리는 없다. 마카사르유나 피마자유일 리도 없고, 곰의 기름이나 참고래의 기름, 대구간유일 리도 없다. 그렇다면 모든 기름 중에서도 가장 향기로운 기름, 가공되지 않고 오염되지도 않은 상태의 향유고래기름이 아니고 무엇이겠는가?

충성스러운 영국인들이여, 한번 생각해보시라! 당신들의 왕과 여왕의 대관식에 필요한 기름을 공급해주는 것이 바로 우리 고래잡이들이라는 사실을!

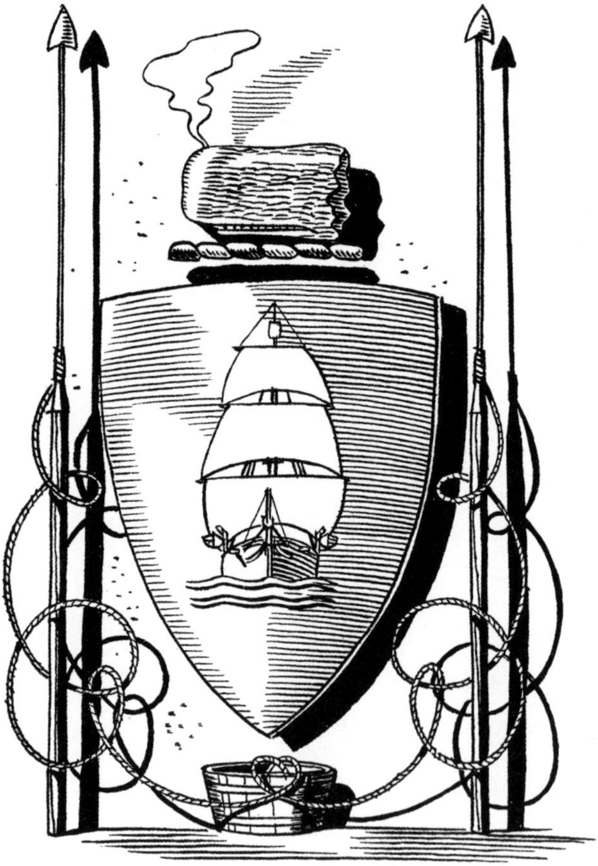

26장

기사와 종자 1

피쿼드호의 일등항해사인 스타벅은 낸터킷 태생에 대대로 퀘이커교도 집안 출신이었다. 큰 키에 성실한 사람인 그는, 얼음같이 차가운 해안에서 태어났음에도 두 번 구운 비스킷처럼 단단한 살집 덕분에 열대지방에 적응하는 데 별 무리가 없어 보였다. 힘차게 흐르는 그의 피는 인도제국에 가져다놓더라도 병에 든 맥주처럼 상하지 않을 것이다. 그는 가뭄이나 기근이 횡행했던 시대, 아니면 자신이 태어난 매사추세츠주의 유명한 금식일 기간에 태어난 게 틀림없었다. 겨우 서른 번의 메마른 여름을 보냈을 뿐인데 그 여름날들이 그의 몸에 붙은 군살을 싹 다 말려버렸다. 하지만 그의 이른바 가느다란 몸매는 서서히 말라죽는 병의 징조로 보이지는 않았으며, 몸을 골골하게 하는 불안과 염려의 징표로도 보이지 않았다. 그것은 단지 신체가 응축된 결과였다. 그는 결코 못생기지 않았다. 오히려 그 반대였다. 맑고 탄탄한 피부는 더없이 건강해 보였고, 그 피부에 단단히 둘러싸이고 내면의 건강과 기력으로 방부 처리된 그의 몸은 마치 소생한 이집트 미라 같았다. 스타벅은 지금껏 그래왔듯이 앞으로 다가올 시간도 견뎌낼 준비가 되어 있는 것처럼 보였다. 그의 내면의 강인함은 최고급 크로노미터[123] 같아서, 북극의 눈이든 작열하는 태양이든 그 어떤 기후에서도 전혀 문제가 없을 게 확실했기 때문이다. 그의 눈을 바라보고 있노라면 그가 평생 동안 냉정히 맞서온 수많은 위험의 여운이 여전히 거기에 아른거리는 듯하다. 침착하고 굳건한 남자인 그가 살아온 대부분의 인생은 말로 떠들어대는 시시한 책이 아니라 행동으로 보여주는 눈부신 팬터마임이었다. 하지만 그토록 강인하고 맑은 정신과 불굴의 용기에도 불구하고, 그에게는 때로 다른 자질에 영향을 끼치고 어떤 경우에는 나머지 모든 자질을 뒤엎어버리고도 남을 듯한 어떤 자질이 있었다. 선원치고는 드물게 양심적이고 자연에 깊은 경외심을 가진 탓에, 거친 바다에서 고독한 생활을 하다가 마음이 자연히 미신 쪽으로 강하게 기울어버린 것이다. 하지만 그 미신은 어떤 단체들에서 왠지 무지보다는 지성에서 비롯된 것으로 여기곤 하는 그런 종류의 미신이었다. 그는 외부의 전조와 내부의 예감 같은 것을 믿었다. 가끔 이런 미신 때문에 그의 잘 단련된 강철 같은 영혼이 휘어버리는 일도 일어나긴 했지만, 그의 거친 본성을 그보다 더 휘게 하는 것은 멀리 케이프코드에서 젊은 아내와 아이랑 함께 보낸 가정의 추억이었다. 그리고 다른 일들보다 파란만장하고 위험한 포경업에 종사하는 사람들은 흔히 물불을 가리지 않는 대담함을 보이곤 하는데, 그가 정직한 마음을 지닌 사람들이 그러하듯 그러한 대담함을 억누를 줄 아는 잠재력을 더욱 깨울 수 있게 된 것도 바로 그 추억 덕분이었다. "고래를 두려워하지 않는 자는 내 포경 보트에 태우지 않겠다"고 스타벅은 말했다. 이 말은 가장 믿을 만하고 쓸모 있는 용기란 위험에 맞닥뜨렸을 때 그 위험을 똑바로 헤아리는 데서 생겨난다는 뜻일 뿐만 아니라, 두려움을 전혀 모르는 사람은 겁쟁이보다 훨씬 더 위험한 동료라는 뜻이기도 했다.

"그럼, 그럼." 이등항해사인 스터브가 말했다. "포경업계에서 저기 저 스타벅만큼이나 조심성 있는 사람도 드물 거야." 하지만 스터브 같은 사람, 아니 거의 모든 고래 사냥꾼들이 '조심성 있는'이라는 말을 할 때 그게 정확히 무엇을 의

미하는지는 머지않아 알게 될 것이다.

스타벅은 위험을 좇는 십자군 전사가 아니었다. 그에게 용기란 감정의 상태가 아니라 다만 자신에게 유용한 어떤 것, 죽을지도 모를 모든 경우에 대비해 늘 곁에 지니고 다니는 것이었다. 또 어쩌면 그는 포경업에서 용기란 쇠고기나 빵과 마찬가지로 배에 실어야 할 매우 중요한 물품 중 하나이므로 멍청하게 낭비해선 안 된다고 생각했을지도 모르겠다. 그런 까닭에 그는 해가 진 후 고래 사냥에 나선답시고 포경 보트를 내리거나 지나치게 격렬히 저항하는 고래와 고집스레 싸우는 것을 좋아하지 않았다. 스타벅은 자신이 이 위험천만한 대양에 나온 것은 생계를 위해 고래를 죽이기 위해서이지, 고래에게 죽임을 당해 고래의 먹이가 되기 위해서는 아니라고 생각했다. 그렇게 죽임을 당한 사람이 수백 명에 이른다는 사실을 스타벅은 잘 알고 있었다. 그의 아버지는 어떤 불행한 운명을 맞이했던가? 그의 형의 찢겨나간 팔다리를 저 끝없는 심연 그 어디에서 찾을 수 있단 말인가?

이런 기억을 가진데다, 이미 말했듯이 어떤 미신에 빠져 있는 스타벅이 이 모든 제약에도 불구하고 여전히 용기를 과시했다면, 그 용기는 참으로 엄청났을 게 틀림없다. 하지만 그런 기질과 더불어 그토록 끔찍한 경험과 기억을 지닌 사람이 그랬다는 것은 이치에 맞지 않는다. 차라리 그런 경험과 기억이 그의 내면에 어떤 요소를 발생시켰고, 그것이 잠재해 있다가 적당한 상황에 이르자 밖으로 터져나와 그의 용기를 온통 불살라버렸을 거라고 생각하는 편이 자연스러웠다. 그리고 그가 용감하긴 했으나, 그것은 주로 두려움을 모르는 사람들에게서 볼 수 있는 종류의 용기에 지나지 않았다. 그러한 용기는 바다나 바람, 고래, 또는 세상에 널린 불합리한 공포와 싸울 때는 보통 굳건한 자세로 버텨내지만, 더욱 정신적인 공포이기에 더욱 무시무시한 공포, 이를테면 힘센 사람이 몹시 분노해 눈썹을 찌푸리면서 위협을 가할 때의 공포는 견뎌내지 못한다.

하지만 앞으로 펼쳐질 이야기에서 가련한 스타벅이 지닌 불굴의 용기가 완전히 실추되는 장면이 등장한다 해도, 나는 그 일을 감히 쓸 마음이 생기지 않을 것이다. 영혼이 용맹함을 잃었다고 폭로하는 일보다 슬픈 일, 아니 충격적인 일은 없기 때문이다. 인간들이 주식회사나 국가처럼 혐오스러울 수는 있다. 그들 중에는 무뢰한, 멍청이, 살인자가 있을 수도 있다. 인간들이 비열하고 하찮은 얼굴을 하고 있을 수도 있다. 하지만 이상을 품은 인간이란 너무나도 고귀하고 찬란하며 정말이지 위엄 있고 빛나는 존재여서, 그에게서 조금이라도 불명예스러운 오점이 보인다면 동료들은 가장 값비싼 옷을 들고 그에게 달려가 그 오점을 가려주어야 마땅할 것이다. 우리가 내면에서 느끼는 강인한 기상, 그것은 우리 내면 아주 깊숙이 자리하고 있기 때문에 모든 외적 특징이 사라진 듯 보일 때도 손상되지 않은 채 거기 그대로 남아 있으며, 용맹함이 꺾인 사람의 적나라한 모습을 보게 되면 극심한 괴로움에 피를 토하는 심정으로 애통해한다. 그토록 수치스러운 장면 앞에서는 아무리 경건한 사람이라 할지라도 그 지경까지 이르도록 내버려둔 운명의 별들을 꾸짖고 싶은 마음을 완전히 억누르지 못할 것이다. 하지만 여기서 내가 말하는 당당한 위엄이란 왕과 예복의 위엄이 아니라 예복을 차려입지 않아도 풍겨나오는 온 세상에 충만한 위엄이다. 여러분은 그 위엄이 곡괭이를 휘두르거나 못을 때려 박는 팔뚝에서 빛나는 것을 볼 수 있을 것이다. 신에게서 끝도 없이 뿜어져나와 세상 모두를 향해 퍼져나가는 저 민주적인 위엄. 신이시여! 절대자이신 위대한 신이시여! 모든 민주주의의 중심이자 둘레이신 분! 세상에 편재하시는 분, 우리의 신성한 평등이시여!

그렇다면 내가 앞으로 더없이 비열한 선원과 배교자와 불량배에게 어두울지언정 고귀한 자질을 부여하더라도, 그들 주변의 이야기를 비극적인 우아함으로 엮어나가더라도, 심지어 사람들 가운데 가장 슬퍼하는 자, 어쩌면 가장 멸시당하는 자까지도 때로 찬양받는 자리까지 끌어올리더라도, 노동자의 팔을 천상의 빛으로 물들게 하더라도, 불길한 석양을 등진 그의 머리 위로 무지개를 펼쳐놓더라도, 나 같은 인간에게 인간애라는 위엄 있는 망토를 씌워주신 그대 공정한 '평등의 정신'이시여, 세상의 모든 비판으로부터 나를 지켜주소서! 그대 위대하고 민주적인 신이시여, 그것으로부터 나를 지지해주소서! 그대는 얼굴이 까무잡잡해진 버니언[124]에게 새하얀 시의 진주를 주시길 거부하지 않으셨고, 늙은 세르반테스[125]의 잘려나간 가난한 팔에 이중으로 두들겨 얇게 편 최고급 금박을 장식해주셨으며, 앤드루 잭슨[126]을 돌무더기 속에서 건져올려 군마 위에 태우시고 곧장 왕좌보다 더 높은 자리로 보내셨나이다! 지상을 힘차게 행진하시며 위풍당당한 서민들 사이에서 최고의 승리자들을 가려 뽑으시는 분, 오 신이시여, 나를 지켜주소서!

27장

기사와 종자 2

스터브는 이등항해사였다. 그는 코드곶 태생이었으므로 그곳 관습에 따라 '코드곶의 사나이'라고 불렸다. 모든 걸 운에 내맡기는 유형으로, 비겁하지도 용감하지도 않았다. 위험이 다가와도 무심히 받아들였고, 고래를 쫓는 긴박한 위기 속에서도 일 년 치 일을 미리 따둔 평범한 소목장이처럼 태연하고 침착하게 자기 일을 묵묵히 해나갔다. 쾌활하고 태평하며 근심 없는 그가 포경 보트를 지휘하는 모습을 보고 있노라면, 가장 치명적인 위험도 저녁 만찬에 불과하고, 선원들도 그냥 거기 초대된 손님들로만 보였다. 늙은 역마차 마부가 자신의 자리를 안락하게 손보듯, 그 또한 포경 보트의 자기 자리를 편안하게 만드는 데 꼼꼼히 신경을 썼다. 고래에 접근해 생사가 걸린 싸움을 벌이는 와중에도, 그는 휘파람을 불어가며 망치를 휘두르는 땜장이처럼 무자비한 창을 아무 거리낌 없이 냉정히 휘둘러댔다. 그는 미쳐 날뛰는 괴물과 옆구리를 나란히 한 상황에서도 쾌활한 옛 춤곡을 흥얼거리곤 했다. 오랫동안 이 일을 해온 탓에 스터브에게는 죽음의 아가리조차 큰 안락의자나 마찬가지가 되어버렸다. 그가 죽음 자체를 어떻게 생각했는지는 알 수 없다. 과연 그가 죽음에 대해 생각해보기나 했을지도 의문이다. 하지만 만족스러운 저녁식사를 마친 후 그런 문제에 대해 생각해볼 기회가 있었다 하더라도, 그는 훌륭한 선원답게 그 문제를 당장 돛대 꼭대기 위로 기어올라가라는 당직의 외침쯤으로나 여겼을 것이며, 거기서 무엇을 하게 될지는 일단 명령에 따르고 나면 차차 알게 될 거라고 생각했을 게 틀림없다.

무거운 짐에 허리가 휠 지경이 되어 떠돌아다니는 심각한 표정의 행상인들로 넘쳐나는 이 세상에서, 스터브가 인생의 짐을 짊어지고도 그토록 명랑하게 느릿느릿 걸어다닐 줄 아는 겁 없고 태평한 사람이 된 것, 거의 불경할 정도로 쾌활한 성격을 지니게 된 것은 무엇보다도 분명 그의 파이프 덕분일 것이다. 그 짧고 자그마한 검은 파이프는 코와 마찬가지로 그의 얼굴의 일부를 이루고 있었기 때문이다. 그가 파이프를 물지 않은 채 침상에서 나오리라 기대하는 건 코를 두고 나오길 기대하는 것이나 다름없었다. 그는 속을 꽉 채워 당장 피울 수 있도록 준비해둔 파이프들을 손이 바로 닿는 선반에 일렬로 걸어두었다. 그리고 잠자리에 들 때마다 그 파이프들을 연달아 피워댔는데, 파이프 하나를 다 피워갈 때가 되면 그걸로 또다른 파이프에 불을 붙이는 식이었다. 그런 후에는 속을 다시 꽉 채워 다음번에 또 피울 수 있도록 준비해두었다. 스터브는 옷을 입을 때도 바지에 다리를 집어넣기도 전에 입에 파이프부터 무는 사람이었기 때문이다.

스터브가 그렇게 특이한 성격을 가지게 된 데는 이처럼 쉴새없이 피워대는 줄담배도 분명 한몫했을 것이다. 다들 알다시피, 이 세속의 공기는 육지와 바다를 막론하고 사람들이 죽어가면서 무수히 내쉰 형언할 수 없는 비참함으로 지독히 오염되어 있으니 말이다. 어떤 사람들은 콜레라가 유행하던 시대에 그랬던 것처럼 장뇌를 묻힌 손수건으로 입을 가리고 다니는데, 스터브의 담배 연기도 그와 마찬가지로 인간의 모든 시련에 대한 일종의 소독약 역할을 해주었을지 모른다.

삼등항해사 플래스크는 마서스비니어드섬의 티스베리 태생이었다. 그는 작달막하고 다부진 몸집에 혈색이 좋은 젊은이로, 고래에 대해 몹시 호전적이었다. 그는 거대한 리바이어던이 자신의 원수인 동시에 가문의 원수이기에 만날 때마다 죽여버리는 것이 곧 자신의 명예를 지키는 일이라고 생각하는 듯했다. 그래서 그는 고래의 장엄하고 육중한 몸집과 불가사의한 행동이 보여주는 수많은 경이로움에 대해 전혀 숭배하는 마음을 품지 않았고, 고래와 맞서면서 처하게 될지 모를 위험에 대해 조금도 불안을 느끼지 않았다. 그의 짧은 소견에 의하면, 경이로운 고래란 일종의 커다랗게 확대된 생쥐이거나 고작해야 물쥐 정도에 지나지 않은 존재이므로, 고래를 죽여서 끓이기 위해서라면 약간의 계략으로 그 고래를 속인 후 약간의 시간과 수고만 더 들이면 되었다. 이처럼 무지하고 무의식적인 대담무쌍함 때문에, 그는 고래 문제에 관한 한 다소 우스꽝스럽게 보일 지경이었다. 그는 그저 재미로 고래를 쫓았으며, 혼곶을 도는 삼 년간의 항해도 그에게는 그만큼의 시간 동안 계속되는 유쾌한 장난거리에 지나지 않았다. 목수가 사용하는 못이 주조한 쇳덩이를 손으로 두들겨 만든 못과 기계로 잘라 만든 못 두 종류로 나뉘듯이, 인간도 그렇게 나눠볼 수 있을 것이다. 작달막한 플래스크는 손으로 두들겨 만든 쪽에 속했다. 일단 단단히 고정시키고 나면 한동안 떨어지지 않는 그런 부류 말이다. 그는 피쿼드호에서 '왕대공'이라고 불렸는데, 그의 몸매가 북극해의 포경선에서 왕대공이라고 부르는 짧고 납작한 목재와 닮은꼴이었기 때문이다. 이 목재는 부채꼴 모양으로 끼워넣은 여러 받침목들과 함께 배가 사나운 바다에서 얼음에 부딪혔을 때 받는 충격을 완화해주는 버팀대 역할을 한다.

이 세 항해사—스타벅, 스터브, 플래스크는 중요한 사람들이었다. 이들이 바로 보편적 규정에 따라 피쿼드호의 포경 보트 세 척을 지휘하는 자들, 즉 포경 보트 지휘자들이었다. 에이해브 선장이 고래가 있는 쪽으로 내려보낼 병력을 집결시키라는 전투명령을 내릴 때, 이 세 지휘자는 각 중대의 중대장이 되었다. 혹은 길고 예리한 고래잡이 창으로 무장하고 있었으니, 특별히 선발된 창기병 삼인조라고도 할 수 있었는데, 이들이 그렇다면 작살잡이들은 투창병인 셈이었다.

이 이름난 포경업에서 항해사나 포경 보트 지휘자는 저마다 옛날 중세의 기사가 종자를 데리고 다니듯 늘 포경 보트 키잡이나 작살잡이를 데리고 다녔고, 이들은 항해사가 고래를 공격하는 와중에 창이 심하게 휘어지거나 구부러지는 위급 상황이 발생하면 그에게 새로운 창을 던져주는 역할을 했다. 게다가 이 둘 사이에는 긴밀하고 친밀한 우정이 오가는 것이 보통이므로, 여기서 피쿼드호의 작살잡이들이 누구이고 그들이 어느 포경 보트 지휘자에게 속해 있는지 기록해두는 편이 좋을 것 같다.

우선 퀴퀘그. 일등항해사인 스타벅이 그를 자신의 종자로 선택했다. 하지만 퀴퀘그에 대해서는 이미 다들 알고 있을 것이다.

다음은 타시테고. 그는 마서스비니어드섬에서 가장 서쪽에 위치한 곳인 게이헤드 출신의 순수 혈통 인디언이었는데, 게이헤드에는 인접한 낸터킷섬에 가장 대담한 작살잡이들을 오랫동안 공급해온 홍인종[127] 마을이 아직 남아서 겨우 명맥을 유지하고 있다. 포경업계에서 그곳 출신 작살잡이들은 '게이헤드 사나이'로 통칭된다. 타시테고의 길고 가느다란 검은 머리, 툭 튀어나온 광대뼈, 검고 둥근 눈—인디언치고는 크다는 점에서 동양 사람 눈 같지만, 반짝반짝 빛난다는 점에서는 남극 사람 눈 같다—이 모든 것은 그가 손에 활을 든 채 본토의 원시림을 샅샅이 뒤져가며 거대한 뉴잉글랜드 큰사슴을 찾아다녔

던 자랑스럽고 용맹스러운 사냥꾼의 순수한 피를 물려받았다는 사실을 증명하기에 충분했다. 하지만 타시테고는 이제 삼림지대에서 맹수들의 흔적을 찾아 코를 킁킁거리는 대신 바다에서 거대한 고래들을 뒤쫓으며 사냥했다. 아버지들이 대대로 쏘아온 백발백중의 화살이 아들이 던지는 백발백중의 작살로 적절히 바뀐 것이다. 뱀처럼 유연한 팔다리의 그 억센 황갈색 근육을 보면 초기 청교도들의 미신을 믿어버리게 될지도 모르며, 이 사나운 인디언이야말로 '허공을 다스리는 세력의 두목'[128]의 자손이 아닌가 하고 반신반의하게 될 것이다. 타시테고는 이등항해사 스터브의 종자였다.

세번째 작살잡이는 다구. 그는 거대한 몸집에 석탄처럼 검은 피부를 지닌 검둥이 야만인이었는데, 사자처럼 걷는 모습이 마치 아하스에로스[129]처럼 보였다. 두 귀에는 황금 귀고리가 매달려 있었는데, 너무나도 큰 귀고리인지라 선원들은 그것을 '링 볼트'라고 부르며 중간돛 마룻줄을 거기 매달아도 되겠다고 말했다. 다구는 젊은 시절에 고향 해안의 쓸쓸한 만에 정박해 있던 포경선에 자원해서 올라탔다. 그리고 그가 지금껏 가본 세계라고는 아프리카와 낸터킷, 고래잡이들이 가장 자주 들락거리는 이교도의 항구들이 전부였다. 최근 수년간은 어떤 선원을 배에 태울지에 대해 지나칠 정도로 까다롭게 구는 선주들의 포경선을 타는 대담한 생활을 계속해서 이어왔다. 야만인의 미덕을 조금도 잃지 않은 다구는 기린처럼 꼿꼿이 선 채 맨발로도 6.5피트에 달하는 키를 과시하며 갑판 위를 돌아다녔다. 그를 올려다보고 있노라면 육체적으로 굴욕감이 들었고, 그 앞에 서 있는 백인은 요새에서 휴전을 간청하기 위해 내건 백기처럼 보였다. 이상한 얘기처럼 들리겠지만, 이 위풍당당한 검둥이 아하스에로스 다구는 작달막한 플래스크의 종자였는데, 다구 옆에 서면 플래스크는 꼭 체스의 말처럼 보였다. 피쿼드호의 나머지 선원들에 대해서는, 오늘날 미국의 포경업계에 평선원으로 고용된 수천 명의 사람들 중 미국 태생은 둘 중 하나도 채 되지 않는 반면, 간부 선원들은 거의 다 미국인이라는 사실만 말해두도록 하자. 이 점에서 미국 포경업계는 미국의 육군과 해군과 상선, 미국의 운하와 철도 건설을 위해 고용된 토목 기술자들의 경우와 전혀 다를 바가 없었다. 내가 다를 바가 없었다고 말하는 것은, 이 모든 경우에서 미국 토박이들은 관대하게 머리를 제공하고, 나머지 나라 사람들은 아낌없이 근육을 공급하기 때문이다. 이 포경 선원들 중 적지 않은 수가 아조레스제도[130] 출신인데, 낸터킷에서 출항하는 포경선들은 그 바위투성이 해안의 강인한 농부들을 선원으로 고용하기 위해 그곳에 자주 기항한다. 마찬가지로 헐[131]이나 런던에서 출항해 그린란드로 떠나는 포경선들은 셰틀랜드제도[132]에 기항해 선원들을 가득 충원한다. 돌아오는 길에는 다시 그들을 그곳에 내려준다. 어째서 그런지는 모르겠으나, 섬에서 자란 사람들이야말로 최고의 고래잡이가 되는 것 같다. 피쿼드호의 경우도 최고의 고래잡이들은 거의 다 섬에서 자란 사람들이었으며, 또한 이들 각자가 모두 외딴섬들이었다. 내가 그들을 이렇게 부르는 이유는 그들이 인류라는 공통의 대륙을 인정하지 않은 채 각자가 외딴섬으로서 자기만의 독립된 대륙에서 생활했기 때문이다. 하지만 이제 이들이 하나의 용골을 따라 일렬로 늘어섰으니, 이 얼마나 멋진 외딴섬들의 무리란 말인가! 바다의 모든 섬과 육지의 모든 구석에서 온 아나카르시스 클로츠 대표단[133]이 에이해브 영감과 함께 피쿼드호를 타고 지금껏 그리 많은 사람들이 살아 돌아오지 못한 법정으로 나아가 세상살이의 불만을 털어놓으려 한다. 검둥이 소년 핍—그는 끝내 돌아오지 않았다! 가엾은 앨라배마 소년이여! 여러분은 머지않아 피쿼드호의 음울한 앞갑판 선실에서 탬버린을 두드리는 그의 모습을 보게 될 것이다. 그 광경은 훗날 그가 천상의 위대한 뒷갑판으로 불려가 천사들과 함께 연주하라는 명을 받고 넘치는 영광 속에 탬버린을 두드리게 될 영원한 시간의 서막과도 같은 것. 이 세상에서는 겁쟁이로 불렸으나, 저세상에서는 영웅으로 찬양받는구나!

28장

에이해브

낸터킷을 떠나고 며칠이 지나도 에이해브 선장은 갑판 위에 모습을 드러내지 않았다. 항해사들은 정기적으로 당직을 교대했는데, 아무리 봐도 그들이 이 배의 유일한 지휘자들인 것 같았다. 다만 이따금 선실에 들어갔다 나오면 너무나도 갑작스럽고 독단적인 명령을 내렸으므로, 그들이 누군가를 대리하여 지휘를 하고 있다는 것만은 분명했다. 그렇다, 비록 신성한 은둔처인 선실에 드나드는 것이 허락되지 않은 사람들의 눈에는 지금껏 그 모습을 비추지 않고 있지만, 그들의 절대군주이자 독재자는 분명 거기 있었다.

나는 아래에서 당직을 마치고 갑판으로 올라갈 때마다 혹시 낯선 얼굴을 보게 되지나 않을까 싶은 마음에 순간적으로 선미 쪽을 바라보곤 했다. 미지의 선장에 대해 느꼈던 최초의 막연한 불안감이, 사방이 바다로 둘러싸인 지금에 와서는 거의 마음을 뒤흔드는 지경에까지 이르렀기 때문이다. 가끔 누더기를 걸친 일라이자의 기분 나쁜 헛소리가 전에는 생각지도 못했던 잠재력을 발휘하며 불쑥 머릿속에 떠오를 때면 이 불안감은 묘하게 고조되었다. 내 정신 상태가 그렇지만 않았더라도 부두에서 만난 기이한 예언자가 던진 엄숙하고도 별난 소리 따위는 그냥 웃어넘겨주었을 텐데, 지금으로서는 그것을 견뎌내기가 무척 힘이 들었다. 하지만 내가 느낀 감정이 염려든 불안이든, 배에서 주위를 둘러보다보면 굳이 그런 감정을 품을 만한 근거가 딱히 없었다. 비록 대다수의 선원들, 그리고 작살잡이들이 내가 예전에 상선을 탈 때 알던 온순한 동료들 그 누구보다 훨씬 야만적이고 이교도적이며 잡다하게 뒤섞인 무리이기는 했지만, 그것은 어쨌거나 내가 거리낌없이 뛰어든 포경이라는 이 거친 스칸디나비아 사람들의 업 본연의 특징 자체가 워낙에 독특한 탓이었다. 그리고 그건 분명 사실이었다. 하지만 이런 종잡을 수 없는 의혹을 누그러뜨리고 이번 항해를 떠올릴 때마다 자신감과 유쾌함을 느낄 수 있었던 것은 무엇보다 배에서 가장 중요한 간부 선원들인 세 항해사의 듬직한 모습 덕분이었다. 이 셋은 간부로서나 한 인간으로서나 각자가 나름대로 훌륭했으며 이 일에 딱 맞는 적임자들이었다. 쉽사리 찾아낼 수 없을 법한 이들은 모두 미국인으로, 각각 낸터킷, 비니어드, 코드곶 출신이었다. 그나저나 배가 출항한 게 크리스마스 날이었으므로, 우리는 쉴새없이 남쪽을 향해 달아났음에도 한동안은 살을 에는 듯한 북극의 추위를 맛봐야 했다. 위도가 차츰 낮아짐에 따라 우리는 그 무자비한 겨울과 견딜 수 없는 추위로부터 서서히 벗어날 수 있었다. 남쪽으로 향하는 중이라 날씨는 덜 험악했지만, 그래도 아침은 여전히 흐리고 음울하기만 했다. 순풍을 탄 배는 앙심이라도 품은 듯 뛰어올랐다가 다시 풀이 죽은 듯한 속력으로 바다를 가르며 돌진했다. 그때 나는 오전 당직을 서기 위해 갑판 위로 올라갔는데, 선미 난간으로 눈길을 주는 순간 훅 끼쳐오는 불길한 예감이 온몸에 전율을 일게 했다. 현실은 그러한 우려를 이미 앞질렀다. 뒷갑판에는 에이해브 선장이 서 있었다.

그는 딱히 몸이 아파 보이지도, 그렇다고 몸이 아팠다가 회복된 것 같아 보이지도 않았다. 그는 화형대의 들끓는 불길에 사지가 그을렸지만, 불길이 사지를 다 집어삼켜버리기 전에, 혹은 수년간 다져온 다부진 몸이 조금이라도 망가지기 전에 스스로 줄을 끊고 나온 사람 같았다. 큰 키에 어깨가 떡 벌어진 몸은 단단한 청동으로 이루어진 듯했고, 그 형태는 첼리니[134]가 주조한 페르세우스 동상처럼 불변의 거푸집 속에서 만들어진 듯했다. 잿빛 머리에서 빠져나와 황갈색으로 그을린 얼굴 한쪽과 목덜미를 타고 내려와 옷 속으로 사라지는 가느다란 막대기 모양의 납빛이 도는 흰색 자국이 보였다. 그 자국으로 말할 것 같으면, 벼락이 똑바로 솟은 거대한 나무의 몸통에 내리꽂혀 잔가지 하나 비틀어 놓지 않은 채 위에서부터 아래까지 껍질을 벗겨 홈을 새기고는 땅속으로 사라지면서 남겨놓은, 수직으로 갈라진 흉터를 닮아 있었다. 나무는 여전히 푸르게 살아 있지만 낙인만은 그대로 남은. 그 자국이 태어날 때부터 있었던 것인지, 아니면 극심한 상처가 남긴 흉터인지는 누구도 확실히 알지 못했다. 암묵적 합의에 따라 항해중에는 좀처럼 누구도 그 자국에 대해 이야기하는 법이 없었고, 특히 항해사들이 그랬다. 하지만 한번은 타시테고의 선임인 늙은 게이헤드 인디언 선원이 미신 같은 주장을 늘어놓길, 에이해브가 만으로 마흔 살이 되기 전까지는 그런 낙인이 보이지 않았는데, 그후에 인간들과의 격렬한 싸움 때문이 아니라 바다에서 벌인 거대한 폭풍우와의 싸움 때문에 그런 낙인을 얻었다고 했다. 하지만 이 과격한 주장은 낸터킷 밖으로 항해를 떠나본 적도 없고 사나운 에이해브를 본 적도 없는 맨섬[135] 태생의 음침한 늙은이가 넌지시 던진 말 한마디에서 비롯된 터라 추론상 사실일 리가 없었다. 그 늙은이가 그런 사람이었음에도 불구하고, 남의 말을 너무 잘 믿는 것이 선원들의 오래된 전통이었으므로, 다들 이 맨섬 출신의 늙은이에게 초자연적인 분별력이 있다고 쉽게 믿어버렸다. 그래서 만일 에이해브 선장이 조용히 눈감는 날이 온다면—그런 날은 아마 쉽게 오지 않겠지만, 하고 그는 중얼거렸다—망자를 위해 장례식을 치르는 사람이 그의 정수리부터 발바닥까지 이어진 모반을 발견하게 될 거라고 그 늙은이가 말했을 때, 백인 선원들 중에 그 말을 진지하게 반박하는 사람은 아무도 없었다.

에이해브의 음울한 모습과 줄무늬를 이룬 납빛 낙인에 너무나도 큰 충격을 받은 나머지 처음 한동안은 그 압도적인 음울함의 상당 부분이 그의 몸 일부분을 떠받친 야만적인 흰 다리에서 뿜어져나오고 있다는 사실을 거의 알아차리지 못했다. 이 상앗빛 다리가 항해중에 향유고래의 턱뼈를 갈아서 만든 것이라는 얘기는 이미 들은 적이 있었다. "그래, 그는 일본에서 돛대를 잃었지." 한번은 늙은 게이헤드 인디언이 말했다. "그런데 돛대를 잃은 그 배가 그랬던 것처럼, 그 또한 항구로 돌아올 필요도 없이 거기서 또다른 돛대를 세웠던 거야. 그런 것들이야 선장실에 잔뜩 있었으니까."

희한한 자세로 서 있는 그의 모습에도 놀랐다. 피쿼드호의 뒷갑판 양쪽, 그러니까 뒷돛대 밧줄 근처에 있는 널빤지에는 송곳으로 뚫어놓은 0.5인치 너비의 구멍이 있었다. 에이해브 선장은 고래뼈로 만든 다리를 그 구멍에 고정시키고 한쪽 팔을 들어올려 밧줄을 붙잡은 후, 꼿꼿이 선 채로 끊임없이 요동치는 배의 뱃머리 너머를 똑바로 쳐다보았다. 오직 앞을 향한 그 변함없고 두려움 없는 시선에서 영원히 꺾이지 않을 불굴의 용기, 절대 포기할 줄 모르는 단호한 고집이 느껴졌다. 그는 한마디도 하지 않았고, 간부 선원들 또한 그에게 아무 말도 하지 않았다. 그러나 심란한 선장의 감시를 받는다는 것이 고통까지는 아니더라도 분명 거북하다는 기색이 그들의 사소한 몸짓과 얼굴 표정에서 낱낱이 드러났다. 그뿐만 아니라 기분이 매우 언짢은 에이해브는 무슨 십자가에라도 매달린 사람 같은 표정으로 그들 앞에 서 있었는데, 그 강력한 비애는 뭐라 말할 수 없이 장엄하고 압도적인 위엄을 뿜어내고 있었다.

처음으로 바깥공기를 쐬러 나왔던 그는 이윽고 다시 선실로 물러났다. 하지만 그날 아침 이후로는 매일 선원들 앞에 모습을 드러냈다. 그는 중심축이 되어주는 구멍에 다리를 고정시킨 채 서 있기도 했고, 자신의 소장품인 고래뼈로 만든 의자에 앉아 있기도 했으며, 갑판 위를 쿵쾅거리며 걸어다니기도 했다. 어둑했던 하늘이 점차 개는가 싶더니 조금은 온화해지기까지 하자, 그가 은둔해 있는 시간도 더욱 줄어들었다. 마치 배가 처음 항구를 떠나왔을 때 그가 그렇게 은둔해 있었던 것은 순전히 음산하고 추운 겨울 바다의 황량함 때문이기라도 했다는 듯이 말이다. 머지않아 그는 거의 늘 밖에 나와 있게 되었다. 하지만 마침내 햇살이 내리쬐게 된 갑판 위에서 그가 무슨 말을 하고 무슨 눈에 띄는 행동을 하든지 간에, 그는 아직은 불필요한 여분의 돛대처럼만 보였다. 하지만 피쿼드호는 지금 단순히 항해를 하고 있을 뿐, 정식으로 작업을 시작한 것은 아니었다. 고래잡이 준비를 감독하는 일은 항해사들이 충분히 해낼 수 있기에, 지금으로서는 에이해브의 힘을 빌리거나 그를 자극할 필요가 거의 또는 전혀 없었다. 그리하여 가장 높은 봉우리만을 골라 층층이 쌓이곤 하는 모든 구름과 마찬가지로 그의 이마 위로 몰려들어 층층이 쌓인 구름을 몰아내줄 일도 당분간은 없었다.

그러나 이윽고 따스한 휴일 날씨가 찾아왔고, 새들이 지저귈 정도로 유쾌한 그 날씨에 그의 우울함도 조금씩 걷히는 듯했다. 사람을 꺼리는 냉랭한 겨울 숲에 발그스레한 얼굴로 춤을 추는 소녀들인 '4월'과 '5월'이 찾아오면, 아무리 헐벗고 울퉁불퉁하고 벼락에 쪼개진 늙은 참나무라 할지라도 그토록 유쾌한 방문객들을 환영하기 위해 파릇파릇한 새싹 몇 개는 틔우는 법이다. 그리하여 에이해브도 마침내 그 소녀 같은 공기의 장난기 섞인 유혹에 조금은 넘어가버렸다. 그는 몇 번이고 얼굴에 희미한 꽃송이를 피웠는데, 다른 사람 같았으면 그 꽃송이는 벌써 함박웃음으로 활짝 피어났을 것이다.

29장

에이해브 등장, 뒤이어 스터브

그후 며칠이 흘렀고, 이제 피쿼드호는 얼음과 빙산을 뒤로한 채 언제나 8월인 열대 해역의 문지방을 거의 일 년 내내 다스리고 있는 키토[136]를 달리며 그곳의 화창한 봄 날씨를 만끽했다. 기분좋게 서늘하고 맑고 깨끗하고 힘차고 향기롭고 넘치도록 풍족한 그곳의 낮은 마치 장미수로 된 눈가루를 뿌린 페르시아 셔벗을 가득 담은 수정 잔 같았다. 별이 빛나는 장엄한 밤은 보석을 박아넣은 벨벳 드레스를 걸친 채 집에서 홀로 자부심을 느끼며, 정복전쟁을 떠나 지금 곁에 없는 백작들, 황금빛 투구를 쓴 태양에 대한 기억을 오래도록 되새기는 도도한 귀부인 같았다! 그토록 매력적인 낮이었고 그토록 유혹적인 밤이었으므로, 대체 언제 잠들어야 좋을지 알 수 없었다. 하지만 시들 줄 모르는 날씨가 마법을 부려 만들어낸 이 새로운 주문이 바깥세상에만 그 힘을 발휘한 것은 아니었다. 주문은 내면의 영혼에도 영향을 끼쳤는데, 특히 고요하고 포근한 저녁이 찾아오면 기억 속에서 깨끗하고 맑은 결정結晶들이 쏟아져나왔다. 맑은 얼음이 대부분 조용한 황혼녘에 맺히듯이. 그리고 이 모든 미묘한 힘들은 에이해브의 기질에도 점차 변화를 일으키기 시작했다.

노인들은 늘 잠을 못 이룬다. 마치 삶과 더 오래 이어져 있을수록 죽음을 닮은 것들과 관계 맺을 일이 더욱 줄어들기라도 할 것처럼. 바다의 지휘자들 가운데 자신들의 침상을 떠나 밤의 장막에 가려진 갑판을 가장 빈번히 찾는 이들은 수염이 희끗희끗한 노인들일 것이다. 에이해브도 마찬가지였다. 아니, 요즘 들어서는 거의 밖에 나와 살다시피 했으므로 선실에서 갑판 위를 찾는다기보다는 갑판에서 선실을 찾아간다고 하는 편이 더 정확할지 모르겠다. "무덤에라도 걸어들어가는 기분이군." 그는 혼자 이렇게 중얼거리곤 했다. "나처럼 늙은 선장에게 이토록 비좁은 승강구를 내려가 침상으로 가는 일은 무덤자리로 가는 일이나 마찬가지야."

그래서 거의 매일같이 야간 당직을 맡은 무리가 갑판 위에 올라 아래 선실에서 잠든 무리를 위해 보초를 설 때, 앞갑판 선실 위에서 밧줄을 운반해야 하는데 낮에 하던 것처럼 아무렇게나 던지면 동료들의 잠을 방해할까 두려워 조심조심 내려놓을 때, 그러니까 이런 한결 같은 정적이 도처에 흐르고 있을 때 과묵한 키잡이가 습관적으로 선실 승강구 쪽을 바라보노라면 머지않아 저는 다리 때문에 철제 난간을 꽉 움켜쥔 노인이 나타나곤 했다. 보통 이런 시각에 뒷갑판을 순찰하는 일을 삼가는 것으로 보아, 그에게도 나름 인간적인 배려심이라는 게 있는 듯했다. 지친 항해사들이 휴식중인 곳으로부터 불과 6인치 떨어진 곳에서 고래뼈 뒤꿈치를 끌고 다닌다면, 걸을 때마다 쿵 하고 울려대는 소음 때문에 그들의 꿈속에 상어가 나타나 이빨을 으드득거릴지도 모를 테니까. 그런데 한번은 그가 그런 사소한 배려를 하기에는 상태가 너무나 엉망인지라 뒷갑판 난간에서부터 큰 돛대까지 무겁게 덜거덕거리는 발걸음으로 느릿느릿 걸어간 적이 있었다. 그러자 괴짜 이등항해사 스터브가 위로 올라와 어쩐지 자신 없는 말투, 반쯤은 우스갯소리지만 반쯤은 비난하는 듯한 말투로, 에이해브 선장님께서 갑판 위를 걸어다니고 싶으시다면 그거야 누구도 말리진 않겠지만 그 소음을 줄일 방법이야 있지 않겠느냐고 말하고는, 더듬거리는 목소리로, 삼실을 공처럼 단단히 뭉쳐서 고래뼈 뒤꿈치에 끼워넣으면 어떻겠냐고 넌지시 말했다. 아아! 스터브여, 그때 그대는 에이해브가 어떤 사람인지 알지 못했구나.

"나를 그런 식으로 뭉치겠다니, 스터브 자네는 내가 대포알인 줄 아나보지?"

에이해브가 말했다. "내 눈앞에서 당장 사라져. 이번만은 못 들은 걸로 해주지. 밤의 무덤 아래로 기어들어 수의나 두르고 자라고, 결국에는 그렇게 될 날이 올 테니—이 개자식아, 개집으로 내려가!"

노인이 갑자기 경멸이 가득한 고함을 지르며 느닷없이 말을 끝내자 스터브는 놀라서 잠시 할말을 잃었다. 이윽고 그는 흥분한 목소리로 말했다. "그런 말을 듣는 데는 익숙하지가 않네요, 선장님. 딱히 기분이 좋진 않은데요."

"닥쳐!" 에이해브는 끓어오르는 화를 억누르려는 듯 이를 악물고 난폭하게 획 돌아섰다.

"아뇨, 선장님. 아직 안 끝났습니다." 조금 대담해진 스터브가 말했다. "다시 개자식이라는 소릴 들으면 가만있지 않겠어요."

"그렇다면 당나귀, 노새, 나귀 자식이라고 열 번이라도 불러주지. 썩 꺼져, 안 그러면 네놈을 이 세상에서 없애버릴 테니!"

이렇게 말하며 자신에게 다가오는 에이해브의 모습에 압도적인 공포를 느낀 스터브는 자기도 모르게 그 자리에서 물러나고 말았다.

"이런 꼴을 당하고도 내 주먹이 가만히 있었던 적은 없었는데." 어느새 승강구를 내려가고 있던 스터브가 중얼거렸다. "귀신이 곡할 노릇이군. 잠깐, 스터브. 이것 참, 다시 가서 한방 먹여줘야 하나, 아니면—뭐라고?—여기서 그놈을 위해 무릎 꿇고 기도를 해줘야 하나? 정말로 모르겠는걸. 그래, 그게 방금 내 머릿속에 떠올랐던 생각이라고. 하지만 그렇다면 그건 내가 난생처음으로 해보는 기도가 되겠군. 알 수가 없어. 도무지 알 수가 없단 말이야. 선장도 알 수 없긴 마찬가지야. 그래, 아무리 봐도 그는 지금까지 이 스터브가 함께 항해했던 사람들 중에서 가장 이해하기 힘든 노인네야. 나한테 그렇게 화를 내다니! 선장의 눈은 꼭 화약통 같았어! 돌았나? 하여튼 갑판 위에 뭐가 있으면 갑판이 삐걱거리는 것처럼, 그의 마음도 뭔가로 인해 괴로운 모양이야. 그는 지금도 잠자리에 들지 못하고 있어. 하루 스물네 시간 중에서 세 시간도 안 자고,

누워서도 잠 못 이루지. 식사를 나르는 사환인 '찐빵' 녀석이 내게 말해주지 않았던가? 아침에 그의 선실에 가보면 노인네의 잠옷이 온통 구겨진 채 나뒹굴고 이불은 발치까지 내려와 있으며 침대보는 매듭을 지어놓은 것처럼 어질러져 있고 베개는 그 위에 구운 벽돌을 올려놓기라도 했던 것처럼 몹시 뜨겁다고 말이야. 뜨거운 노인네라니! 그에게는 육지 사람들이 양심이라고 부르는 게 있나본데, 양심은 일종의 안면신경통 같은 거야. 치통보다 더 끔찍한 거지. 흐음, 글쎄. 그게 뭔지는 나도 모르겠지만 하느님은 내가 그것을 앓지 않도록 도와주고 계셔. 정말이지 수수께끼 같은 사람이란 말이야. 찐빵은 선장이 매일 밤 뒤쪽 선창으로 가는 것 같다고 하던데, 왜 그러는 건지 궁금하군. 대체 왜, 왜 그러는 걸까? 선창에서 누군가와 만날 약속이라도 잡는 건가? 정말 이해할 수 없는 노릇 아니야? 하지만 어떻게 알 수 있겠어, 세상살이가 원래 그런 것을. 잠시 눈이나 붙이러 가자. 제길, 눈만 붙이면 잠들 수 있다는 것만으로도 세상에 태어난 보람이 있는 거야. 그런데 지금 생각해보니 그건 아기들이 거의 처음으로 하는 일이기도 한데, 그것도 정말 알 수 없는 노릇이로군. 제길, 하지만 생각해보면 세상에 알 수 없는 일이 어디 한두 가지인가. 그런데 이건 내 원칙에 위배되는군. 생각하지 마라, 이게 내 열한번째 계명이고, 잘 수 있을 때 자둬라, 이게 내 열두번째 계명이지. 이런, 또 생각중이로군. 그런데 뭐? 나를 개자식이라고 불러? 이런 망할! 그는 나를 열 번이나 당나귀라고 불렀고, 그것도 모자라 나한테 온갖 욕을 다 퍼부었어! 그냥 나를 걷어차버리고 끝냈어도 됐을 텐데. 어쩌면 나를 걷어찼는데, 그의 이마를 보고 너무 놀란 나머지 미처 깨닫지 못했는지도 몰라. 그 이마는 백골처럼 번쩍였으니까. 그런데 대체 내가 왜 이러는 거지? 제대로 서 있질 못하겠네. 그 노인네랑 얽혀서[137] 좀 이상해졌나봐. 오 하느님, 나는 꿈을 꾸고 있는 게 분명해—어째서? 어째서? 어째서?—하지만 이제 그만두는 수밖에. 그러니 다시 잠이나 자자. 내일 아침이 되면 이 기만적인 요술이 낮의 햇빛 아래 어떻게 보일지 알게 되겠지."

30장
파이프

스터브가 자리를 뜬 후, 에이해브는 잠시 뱃전에 기대어 서 있었다. 그러더니 요즘 늘 하던 대로 당직 선원을 불러 아래로 내려가서 고래뼈 의자와 파이프를 들고 오라고 했다. 그는 키 손잡이에 달린 나침반 함의 등불로 파이프에 불을 붙이고 바람이 불어오는 쪽 갑판에 의자를 놓은 후, 거기 앉아 담배를 피웠다.

고대 북유럽의 전성기 시절에, 바다를 사랑하는 덴마크 왕들의 왕좌는 외뿔고래의 엄니로 만들어졌다고 전한다. 그러니 고래뼈로 만든 삼각의자에 앉은 에이해브를 보고 그 의자가 상징하는 왕권을 어찌 떠올리지 않을 수 있겠는가? 에이해브야말로 갑판 위의 칸, 바다의 왕, 리바이어던의 위대한 지배자였으니 말이다.

얼마간 그의 입에서 짙은 담배 연기가 계속해서 빠르게 뿜어져나왔다 바람에 날려 다시 그의 얼굴 쪽으로 날아가는 일이 반복되었다. 마침내 그는 파이프를 입에서 떼며 혼잣말을 했다. "어째서일까. 이제는 이 담배도 나를 달래주지 않는군. 오, 나의 파이프여! 너의 매력이 사라지고 나면 나의 삶도 고달파지겠구나! 지금도 즐겁기는커녕 나도 모르게 고생을 자초하고 있었다. 그래, 어리석게도 줄곧 바람이 불어오는 쪽을 향해 담배를 피워댔으니 말이야. 게다가 마치 죽어가는 고래처럼, 내가 마지막으로 뿜어낸 연기가 더없이 강력한 최대치의 고통이라도 된다는 듯이 신경질적으로 뿜어댔군. 이 파이프가 대체 나랑 무슨 상관이란 말인가? 이건 부드러운 흰 연기를 부드러운 흰 머리카락 위로 올려 보내며 평온함을 얻는 사람들에게나 필요한 거야. 나같이 쥐어뜯긴 철흑색 머리털을 한 사람에게는 어울리지 않아. 이제 더는 담배를 피우지 않겠어—"

그는 불이 붙어 있는 파이프를 그대로 바다에 던져버렸다. 담뱃불이 파도에 닿아 꺼지며 치익 소리를 냈고, 그와 동시에 파이프가 가라앉으며 생긴 거품 위로 배가 지나갔다. 모자를 푹 눌러쓰고 에이해브는 비틀거리며 갑판 위를 걸어갔다.

31장

매브 여왕[138]

다음날 아침, 스터브가 플래스크에게 다가가 말했다.

"이봐 왕대공, 내 평생 이렇게 희한한 꿈은 처음이야. 왜 그 노인네의 고래뼈 다리 있지, 꿈에서 노인네가 그 다리로 날 걷어차지 뭔가. 그래서 나도 한 대 차주려 했더니, 어라, 내 다리가 그대로 쑥 뽑혀버리는 게 아닌가! 그런데 더 놀라운 사실! 에이해브는 피라미드처럼 우뚝 서 있었는데, 나만 계속해서 발끈한 바보처럼 발길질을 해대고 있었다 이 말씀이야. 하지만 플래스크, 더 별난 사실—꿈이라는 게 다 별나긴 하지만—은 내가 그토록 화가 나 있었음에도 왠지 에이해브에게 걷어차인 게 그다지 큰 모욕은 아니라고 생각해버렸다는 거야. '아니, 뭐가 대수지? 저건 진짜 다리도 아니고 기껏해야 의족일 뿐인데' 하는 생각이 들었거든. 살아 있는 다리에 차이는 것과 죽은 다리에 차이는 것은 완전히 다른 얘기니까 말이야. 플래스크, 그렇기 때문에 손으로 한 대 맞는 게 막대기로 한 대 맞는 것보다 쉰 배는 더 참기 힘들 만큼 무지막지하게 느껴지는 거라고. 살아 있는 팔다리—그게 바로 살아 있는 모욕을 주는 거지. 그리고 이봐, 나는 줄곧 이런 생각을 하고 있었어. 무력한 내 발가락으로 저주받은 피라미드를 계속 차면서도—그래, 끔찍할 정도로 모순되는 이야기인 줄은 나도 알지만—줄곧 이런 생각을 하고 있었다고. '그의 다리는 지팡이—고래뼈로 만든 지팡이에 불과한 게 아닌가. 그래, 그저 장난삼아 지팡이로 때렸을 뿐—실은 고래뼈로 나를 살짝 건드렸을 뿐—야비하게 걷어찬 건 아니야. 저걸 한번 보라고. 글쎄, 저 뾰족한 다리 끝—발 부분—을 좀 봐. 정말 아담하잖아. 농부가 넓적한 발로 날 걷어찼다면 그건 지독하고도 명백한 모욕이겠지. 하지만 이건 뾰족하게 깎아낸 의족의 끝부분 정도에 불과한 모욕일 뿐인걸.' 하지만 플래스크, 이 꿈의 가장 우스꽝스러운 대목은 바로 이제부터야. 내가 피라미드를 정신없이 두들겨 부수고 있는데, 오소리 대가리처럼 흰 머리에 등에는 혹이 난 늙은 인어가 나타나더니 내 어깨를 붙잡고 나를 휙 돌려세우지 않겠나. 그러고는 '대체 뭐하는 짓인가?'라고 하더군. 정말이라고! 어찌나 겁이 나던지. 무시무시한 얼굴이었어! 그런데 어찌된 셈인지 두려움은 곧 사라졌어. '뭐하는 짓이냐고?' 마침내 난 입을 열었지. '이봐 곱사등이 영감, 그게 댁이랑 무슨 상관이지? 당신도 한 대 걷어차이고 싶어?' 그런데 플래스크, 내 말이 끝나자마자 그는 궁둥이를 내 쪽으로 돌리고 허리를 숙이더니 헝겊조각 대신 두른 해초 더미를 끌어올리더군—내가 뭘 봤을 것 같나?—원 세상에나, 거기에는 밧줄 스파이크가 빽빽이 박혀 있었어. 그것도 뾰족한 부분이 밖으로 향한 채 말이야. 나는 생각을 고쳐먹고 말했지. '영감님, 걷어차겠다는 말은 취소해야겠네요.' '똑똑한 스터브,' 그는 말했어. '똑똑한 스터브.' 그러고는 굴뚝 마녀가 자기 잇몸을 우물거리듯 계속 그 말만 중얼거리더군. 꼴을 보아하니 그가 '똑똑한 스터브, 똑똑한 스터브'라는 말을 멈출 것 같지 않아서, 나는 다시 피라미드나 걷어차는 게 낫겠다고 생각했어. 그런데 내가 발을 아주 살짝 들어올리자마자 그가 '발길질을 멈춰!' 하고 고함을 치는 게 아닌가. 그래서 '이것보세요 영감님, 또 뭐가 문제죠?' 하고 물었지. 그랬더니 그가 말하더군. '이보게, 모욕에 대해 한번 이야기를 나눠보자고. 에이해브 선장이 자네를 걷어찼다고 했던가?' 나는 대답했어. '그래요, 바로 여기를 걷어차였죠.' 그가 다시 말했어. '좋아, 그럼 고래뼈 다리에 걷어차였겠군, 그렇지?' 나는 또 대답했어. '네, 그래요.' 그러자 그가 말했어. '그렇다면 똑똑한 스터브, 자네는 대체 뭐가 불만인가? 그는 자네에게 발길질을 하면서 호의를 베푼 게 아닌가? 싸구려 리기다소나무 다리로 걷어찬 것도 아니고 말이야, 그렇지? 그래, 스터브 자네는 위대한 사람에게, 그것도 아름다운 고래뼈 다리에 걷어차인 거야. 영광인 줄 알라고. 그건 분명 영광이지. 들어봐, 똑똑한 스터브. 옛날 영국에서는 위대한 영주들도 여왕에게 살짝 두드려 맞고 가터훈장[139]을 받아 기사가 되는 걸 큰 영광으로 여겼어. 그런데 스터브 자네는 에이해브 영감한테 걷어차이고 똑똑한 사람이 되었으니 그건 자네의 자랑거리가 아니겠나. 내 말을 명심하게. 그에게 걷어차이거든 그걸 영광으로 알고, 무슨 일이 있어도 되받아 차면 안 돼. 그래봤자 아무 소용도 없을 테니 말이야. 똑똑한 스터브, 자네는 저기 저 피라미드가 보이지 않나?' 그는 이렇게 말하더니 갑자기 생각지도 못한 방식으로 공중을 헤엄쳐 사라져버리더군. 나는 코를 골다가 몸을 뒤척였는데, 깨고 보니 해먹이지 뭔가! 자 플래스크, 이 꿈에 대해 어떻게 생각하나?"

"모르겠어요. 그냥 개꿈 같은데."

"그래, 그럴지도 몰라. 하지만 플래스크, 이 꿈 덕분에 난 똑똑해졌어. 지금 저기 서서 선미 쪽을 곁눈질하고 있는 에이해브 보이나? 플래스크, 저 영감은 혼자 내버려두는 게 상책이야. 영감이 무슨 말을 하든 절대 되받아치지 말라고. 이봐! 영감이 뭐라고 외치는 거지? 잘 들어봐!"

"거기, 돛대 꼭대기! 다들 눈 크게 떠! 이 근처는 고래가 출몰하는 지역이야! 흰 고래가 보이거든 가슴이 터지도록 소리치라고!"

"플래스크, 저 말은 또 어떻게 생각하나? 아무래도 좀 이상하지 않아? 흰 고래라니—그렇게 말한 거 들었나? 이봐—조짐이 영 심상치 않아. 마음의 준비를 단단히 해두라고. 에이해브가 피비린내나는 뭔가를 꾸미고 있는 모양이야. 하지만, 쉿! 그가 이쪽으로 온다."

32장
고래학

우리는 이미 대담하게도 망망대해 한가운데로 나와 있다. 하지만 이제 우리는 곧 해안도 보이지 않고 항구도 없는 광대한 바다 위에서 자취를 감추고 말 것이다. 그렇게 되기 전에, 그러니까 해초로 뒤덮인 피쿼드호의 선체가 따개비로 뒤덮인 리바이어던의 몸뚱이와 나란히 달리게 되기 전에, 우선 리바이어던과 관련해 앞으로 접하게 될 보다 특별하고 새로운 사실들과 언급들에 대해 철저한 감식력을 가지려면 거의 필수적으로 숙지하고 있어야 할 사항들을 짚고 넘어가보는 것도 좋을 듯하다.

지금부터 나는 여러분에게 고래를 광범위한 속屬으로 분류해 체계적으로 보여주고자 한다. 그러나 이는 쉽지 않은 일이다. 내가 여기서 시도하려는 작업은 혼돈의 구성요소들을 분류해보겠다는 것과 별반 다르지 않다. 고래 연구에 관한 한 최고로 손꼽히는 최근의 권위자들이 한 말들을 들어보라.

"동물학의 여러 분과 가운데 고래학만큼 복잡한 것도 없다." 이는 1820년에 스코스비 선장이 한 말이다.

"설사 여력이 된다 하더라도 고래목目을 과科와 종種으로 분류하는 진정한 방법론을 연구하는 일에는 발을 들이고 싶지 않다. (…) 이 동물(향유고래)과 관련해 박물학자들은 극심한 혼란을 겪고 있다." 이는 1839년에 선의船醫 빌[140]이 한 말이다.

"심오한 깊이의 바다에서 우리의 연구를 계속해나가는 것은 부적절하다." "고래목에 대한 지식은 벗길 수 없는 베일에 가려져 있다." "온통 가시밭이나 다름없는 분야." "이 모든 불완전한 증거들은 우리 박물학자들을 괴롭게 만들 뿐이다."

이는 위대한 퀴비에, 존 헌터, 레송 같은 동물학과 해부학의 대가들이 고래에 대해 한 말들이다. 물론 고래에 대한 정확한 지식이라고 할 만한 것이 많지는 않지만, 그래도 고래와 관련된 문헌은 상당수 존재한다. 그리고 고래학, 즉 고래에 대한 연구와 관련된 문헌도 적은 수나마 존재한다. 지위가 낮은 사람과 높은 사람, 나이가 많은 사람과 적은 사람, 육지 사람과 뱃사람 등 수많은 사람들이 많든 적든 고래에 대한 글을 남겼다. 그중 간단히 몇 사람만 살펴보더라도—성경의 저자들, 아리스토텔레스, 플리니우스, 알드로반디, 토머스 브라운 경, 게스너, 레이, 린네, 론델레티우스, 윌러비, 그린, 아르테디, 시벌드, 브리송, 마튼, 라세페드, 보나테르, 데마레, 퀴비에 남작, 프레데리크 퀴비에, 존 헌터, 오언, 스코스비, 빌, 베넷, J. 로스 브라운, 『미리엄 코핀』의 저자, 옴스테드, T. 치버 목사 등이 있다. 하지만 고래에 관한 이들의 글이 궁극적으로 말하고자 하는 바는 앞서 인용된 '발췌문'을 보면 잘 알 수 있을 것이다.

위에서 열거한 고래에 관한 저자 가운데 살아 있는 고래를 직접 눈으로 목격한 사람은 오언 다음으로 언급된 이들뿐이며, 그중에서도 직접 작살을 손에 들고 고래를 죽인 사람은 스코스비 선장 하나뿐이다. 그린란드고래 혹은 참고래 분야에 관한 한 그는 현존하는 최고의 권위자다. 하지만 스코스비는 위대한 향유고래에 대해서는 아무것도 알지 못했고, 따라서 아무 말도 하지 않았다. 향유고래에 비하면 그린란드고래 따위는 거의 언급할 가치조차 없는데 말이다. 그리고 특히 여기서 말해두고 싶은 것은, 그린란드고래가 바다의 왕좌를 찬탈한 고래라는 사실이다. 그 고래는 심지어 가장 큰 고래도 못 된다. 그럼에도 그린란드고래가 그 자리를 그토록 오랫동안 선점해온데다 칠십 년 전까지만 해도 향유고래는 전혀 알려지지 않았거나 전설 속 동물로 치부되었기에, 그리고 이러한 극심한 무지가 몇몇 과학자들의 연구소와 포경항을 제외하고는 오늘날까지도 여전히 그 위세를 떨치고 있기에 이러한 찬탈은 어느 모로 보나 완벽했다. 과거의 위대한 시인들이 리바이어던에 대해 언급한 내용들을 보면 그린란드고래야말로 누구도 맞서지 못할 바다의 군주라고 굳게 믿을 수밖에 없다. 하지만 마침내 새로운 왕을 선포할 날이 다가왔다. 이 책이 바로 채링크로스[141]이니, 선량한 민중이여, 다들 들어라! 그린란드고래는 왕좌에서 물러났다. 이제 위대한 향유고래가 세상을 지배할지니!

향유고래를 독자에게 생생히 보여주려는 시늉이라도 하고, 미미하게나마 그 시도가 성공을 거둔 책은 겨우 두 권뿐이다. 바로 빌과 베넷의 책인데, 이 둘은 당시 영국의 남양 포경선에 선의로 탔던 이들로, 둘 다 꼼꼼하고 믿을 만한 사람이다. 이들이 책에서 다룬 향유고래의 내용이 그다지 독창적이지 않은 것은 어쩔 수 없는 일이다. 또한 책 내용이 대부분 과학적인 설명에 국한되어 있지만, 그래도 제법 훌륭한 수준을 유지하고 있다. 하지만 과학과 시 분야를 막론한 그 어떤 문헌에서도 향유고래는 아직 완전한 생명을 부여받지 못하고 있다. 사냥된 다른 모든 고래들과 비교해봤을 때, 향유고래의 삶은 아직 기록조차 되지 않았다.

이제 다양한 종의 고래들을 분류하기 위한 일종의 대중적이고 포괄적인 분류법이 필요하다. 지금으로서는 간단한 윤곽을 그리는 정도밖에 안 되겠지만, 각 항목의 내용은 이후에 그다음 작업자들이 채워넣으면 될 일이다. 나보다 더 훌륭한 누군가가 이 일을 떠맡겠노라고 직접 나서질 않으니, 이렇게 내가 나의 엉성한 결과물을 내놓을 수밖에 없게 되었다. 어느 한 부분도 완벽하다고 장담할 순 없는데, 인간이 하는 일들 중 완벽을 기해야만 하는 모든 일들은 바로 그런 이유로 불완전함을 면치 못하게 되기 때문이다. 나는 다양한 종의 고래들에 대해 해부학적으로 자세히 서술하지는 않을 것이다. 아니—적어도 여기서는—어떠한 서술도 과하게 시도하지 않을 것이다. 여기서 내 목적은 단지 고래학의 체계화를 위한 설계도를 제시하는 데 있다. 나는 설계자이지 건축업자는 아니다.

그렇다고는 해도 이는 정말이지 고된 작업이다. 우체국에서 편지를 분류하는 평범한 일 따위에 비할 바가 아니다. 고래를 쫓아 어두운 바다 밑바닥까지 손을 더듬거리며 내려가보고, 그쪽 세계의 형언할 수 없는 토대와 늑골과 골반 사이로 손을 집어넣어보는 건 실로 무시무시한 일이다. 내가 뭐라고 이 리바이어던의 코를 낚싯바늘로 꿰어보려 한단 말인가![142] 「욥기」의 지독한 냉소가 나의 간담을 서늘하게 하는 것도 무리는 아니다. "그(리바이어던)가 너와 계약을 맺고 종신토록 너의 종이 될 듯싶으냐? 그 앞에서는 아무도 이길 가망이 없어 보기만 해도 뒤로 넘어진다!"[143] 하지만 나는 도서관들을 헤엄쳐 다녔고 대양을 항해하고 다녔다. 나는 내 이 두 손으로 고래들과 명백히 관계를 맺었다. 나는 진지하며, 또한 나는 노력할 것이다. 우선 예비적으로 짚고 넘어가야 할 사항들이 있다.

첫째. 이 고래학이라는 학문이 불확실하고 불안정한 상태에 있다는 점은 전문가들 사이에서 고래가 물고기냐 아니냐에 대해 여전히 의견이 분분하다는 사실만 봐도 당장 입증된다. 린네는 1776년에 쓴 『자연의 체계』에서 "이런 이유로 고래를 어류에서 제외시킨다"고 분명히 말했다. 하지만 내가 알기로 리바이어던은 린네의 분명한 선포에도 불구하고 1850년에 이르기까지 상어 및 여러 종류의 청어와 더불어 바다의 공동 소유주였다.

린네는 고래를 바다에서 추방하기 위한 근거로 다음의 사실을 제시했다. "두 심실로 된 온혈 심장, 허파, 움직이는 눈꺼풀, 구멍 뚫린 귀, *젖꼭지로 젖을 먹이는 암컷의 몸에 삽입되는 수컷의 성기*", 그리하여 결국 "*자연법칙에 따라 공정하고도 마땅히*" 고래는 바다에서 추방된다. 나는 이 모든 사실을 한때 함께 항해한 적이 있는 친구들인 낸터킷의 시미언 메이시와 찰리 코핀에게 말했지만, 그들은 제시된 주장의 근거가 죄다 불충분하다며 한목소리를 냈다. 찰리는 불경하게도 그것들이 모두 사기라고까지 말했다.

여기서 분명히 밝혀두건대, 나는 이 모든 논쟁을 뒤로 미룬 채 옛날 방식대로 고래가 물고기라는 입장을 취하기로 하고 성스러운 요나에게 나를 지지해달라고 요청하겠다. 이 근본적인 문제가 해결되고 나면, 다음 문제는 고래와 다른 물고기들을 구분짓는 본질적인 차이가 무엇이냐는 것이다. 위에서 린네가 말한 것들이 바로 그것인데, 간단히 말해서 다른 물고기들은 허파가 없는 냉혈동물인 데 반해 고래는 허파가 있는 온혈동물이다.

둘째. 고래를 외형상으로 어떻게 정의 내려야 고래에게 평생 함께할 꼬리표를 붙여줄 수 있을까? 요컨대 고래란 수평꼬리를 가졌으며 물을 내뿜는 물고기다. 바로 그게 고래다. 너무 축약하긴 했어도, 이 정의는 폭넓은 사색의 결과다. 바다코끼리도 고래처럼 물을 내뿜긴 하지만 육지와 바다를 동시에 왔다갔다하는 까닭에 물고기는 아니다. 하지만 정의에서 후자에 속하는 이 특징은 전자의 특징과 합쳐졌을 때 더욱더 설득력을 지니게 된다. 육지 사람들에게 익숙한 물고기들 모두가 납작한 꼬리가 아닌 수직꼬리, 즉 깎아지른 듯한 꼬리를 가지고 있다는 사실은 거의 누구나 다 알고 있다. 반면에 '물을 내뿜는 물고기'의 꼬리는 비록 그 모양은 수직꼬리와 비슷할지라도 언제나 수평 자세를 취하고 있다.

나는 방금 고래가 무엇인지 정의를 내렸는데, 이런 정의를 통해 고래에 대해 가장 잘 알고 있는 낸터킷 사람들이 고래라고 인정한 바다 생물을 리바이어던의 무리에서 배제할 뜻은 전혀 없으며, 거꾸로 지금까지 권위자들이 이

종異種으로 취급해온 물고기들을 리바이어던의 무리에 포함시킬 뜻도 전혀 없다.* 따라서 크기가 작더라도 물을 내뿜고 꼬리가 수평인 물고기라면 반드시 이 고래학의 설계도에 포함되어야 한다. 그렇다면 이제 여러 고래들 전체를 크게 분류해보자.

첫째. 나는 고래들을 그 크기에 따라 세 '권'의 주요 책들로 분류하고, 그것들을 다시 여러 '장'들로 세분할 것이다. 여기에는 작은 고래와 큰 고래가 모두 포함될 것이다.

I. 2절판 고래, II. 8절판 고래, III. 12절판 고래.[144]

나는 2절판 고래의 전형으로는 향유고래, 8절판 고래의 전형으로는 큰코돌고래, 12절판 고래의 전형으로는 돌고래를 제시하겠다.

2절판. 여기에는 다음의 장들이 포함되어 있다. I. 향유고래, II. 참고래, III. 긴수염고래, IV. 혹등고래, V. 정어리고래[145], VI. 대왕고래.

제1권(2절판), 제1장(향유고래)—옛 영국인들 사이에서 막연히 '트럼파고래' '피제터고래' '모루머리고래'라고 불리던 이 고래는 오늘날 프랑스에서는 '카샬로', 독일에서는 '포트피슈'라고 불리며, 어려운 말로는 '마크로케팔루스'라고도 불린다. 향유고래가 지구상에 거주하는 동물들 중 가장 커다란 동물이라는 데는 의심의 여지가 없다.[146] 우리가 맞닥뜨리게 되는 모든 고래 중 가장 무시무시하고 가장 위풍당당한 풍채를 지녔으며, 또한 상업적으로도 가장 큰 가치를 지녔는데, 귀중한 경뇌유를 오직 이 고래에게서만 얻을 수 있기 때문이다. 이 고래의 다양한 특성에 대해서는 앞으로 여러 곳에서 자세히 다룰 예

* 나는 오늘날까지 바다소와 듀공(낸터킷에서 코핀이라는 성을 가진 이들이 돼지물고기, 암퇘지물고기라고 부르는 것)이라 불리는 물고기가 여러 박물학자들에 의해 고래로 분류된다는 걸 알고 있다. 하지만 이 돼지물고기들은 시끄럽고 한심한 무리로, 주로 강어귀에 잠복해 있다가 젖은 건초로 배를 채우며, 게다가 물을 내뿜지도 않는다. 따라서 나는 이들에게서 고래라는 자격을 박탈하고, 고래학의 왕국에서 떠나갈 수 있게 여권을 발급해주는 바이다.

정이니, 지금은 주로 그 이름에 대해서만 알아보기로 하자. 언어학적으로 봤을 때 이는 터무니없는 이름이다. 몇 세기 전까지만 해도 향유고래라는 고래 자체가 거의 알려져 있지 않다시피 했고, 그 기름도 해안으로 떠밀려온 향유고래로부터 우연히 얻거나 할 뿐이었는데, 당시에는 경뇌유가 영국에서 그린란드고래 혹은 참고래로 부르던 고래에게서 나온다는 생각이 지배적이었다. 더욱이 이 경뇌유spermaceti는 그 첫음절sperm이 지닌 문자 그대로의 뜻 때문에 그린란드고래가 흥분했을 때 배출하는 정액으로 여겨지기도 했다. 또한 그 당시에 경뇌유는 대단히 귀했기에 등불용이 아닌 연고나 약제용으로만 사용되었다. 요즘 우리가 약국에서 대황大黃 1온스를 사듯이 경뇌유도 약국에서만 구할 수 있었다. 시간이 지나 경뇌유의 정체가 알려졌을 때도 상인들은 원래 이름을 그대로 사용했는데, 그 이름 자체가 경뇌유가 희소하다는 사실을 기묘한 방식으로 나타냄으로써 그 가치를 드높였기 때문임이 분명하다. 그리하여 마침내 이 경뇌유의 진짜 주인에게 그러한 명칭Sperm Whale을 부여했던 것이리라.

제1권(2절판), 제2장(참고래)—어떤 면에서 참고래는 모든 리바이어던 가운데 가장 유서 깊은 고래라고도 할 수 있는데, 이는 참고래가 인간이 정식으로 사냥한 첫번째 고래이기 때문이다. 흔히 고래뼈 혹은 고래수염이라 불리는 것, 그리고 특히 '고래기름'이라 불리는 상품가치가 낮은 기름은 모두 이 참고래에게서 얻는 것들이다. 이 고래는 어부들 사이에서 고래, 그린란드고래, 검은고래, 큰고래, 진짜고래, 참고래 등으로 아무렇게나 불린다. 이처럼 여러 이름을 가진 고래들이 모두 동일한 종인지는 몹시 불분명하다. 그렇다면 내가 이 2절판에 두번째로 포함시킨 종의 고래는 어떤 고래인가? 이 고래는 영국 박물학자들이 '그레이트 미스티세투스'라고 부르며, 영국 고래잡이들은 '그린란드고래', 프랑스 고래잡이들은 '발렌 오르디네르(보통 고래)', 스웨덴 사람들은 '그뢴란스 발피스크(그린란드고래)'라고 부르는 고래다. 네덜란드와 영국의 고래잡이들은 지난 두 세기 동안 북극해에서 이 고래를 사냥해왔으며, 미국의 포경선원들은 인도양, 브라질 모래톱, 북아메리카 최북단 해안 등 그들이 '참고래 출몰 지역'이라 명명한 세계 여러 바다에서 이 고래를 오랜 세월 동안 추적해왔다.

어떤 이들은 영국인의 그린란드고래와 미국인의 참고래가 다른 고래라고 주장하기도 한다. 하지만 그 둘은 주요 특징들이 정확히 일치하며, 아직까지는 그 둘의 근본적인 차이를 설명해줄 만한 그 어떤 확정적 증거도 제시된 바 없다. 박물학의 어떤 분과들이 짜증날 정도로 복잡해지는 이유는 전혀 결정적이지 않은 차이들에 기반해 끝없이 세분화 작업을 벌이기 때문이다. 참고래에 대해서는 나중에 향유고래를 자세히 다룰 일이 있을 때 보다 자세히 설명하기로 하겠다.

제1권(2절판), 제3장(긴수염고래) — 이 항목에서는 '등지느러미' '높은 물기둥' '꺽다리' 등의 다양한 이름으로 불리며 거의 모든 바다에서 목격되는 고래, 뉴욕 정기선 항로에서 대서양을 건너는 승객들이 흔히 멀리서 물을 내뿜는 모습을 보게 되는 바다 괴물을 다루려 한다. 이 고래는 몸길이와 수염만 놓고 봤을 때는 참고래와 닮았지만, 몸통 둘레가 참고래보다 작으며 색깔 또한 올리브빛에 가까운 더 밝은 색을 띠고 있다. 커다란 입술은 큰 주름들이 비스듬히 겹쳐진 채 서로 꼬여 있는 형태로, 마치 굵은 밧줄처럼 보인다. 가장 흔히 목격되는 부분은 등지느러미인데, 이는 이 고래의 가장 두드러진 특징이기도 하다. 이 고래의 이름[147]은 바로 거기서 따온 것이다. 지느러미는 길이가 3 내지 4피트 정도로, 등 뒤쪽에 뾰족하게 수직으로 솟아 있으며, 그 끝이 매우 날카로운 모양을 띠고 있다. 다른 부분이 물속에 완전히 잠겨 있을 때도 이 지느러미만은 고립된 섬처럼 수면 위로 튀어나와 그 모습을 분명히 드러내곤 한다. 바다가 적당히 잔잔해 수면에 둥근 잔물결이 일 무렵 이 해시계 바늘 같은 지느러미가 솟아올라 주름진 수면에 그림자를 드리우면, 지느러미를 둘러싸고 생겨난 수면의 둥근 파문은 어쩐지 바늘과 휘어진 시간선이 새겨진 문자반처럼 보인다. 이 아하즈의 해시계에서는 그림자 눈금이 거꾸로 흐르기도 한다.[148] 긴수염고래는 무리를 짓지 않는다. 사람을 싫어하는 사람이 있듯이, 이 고래도 고래를 싫어하는 듯하다. 몹시 수줍음을 타서 늘 혼자 다니며, 매우 외지고 음산한 바다에서 불시에 수면 위로 솟아오르곤 하는데, 그때 이 고래가 허공으로 높이 뿜어 올리는 한 가닥의 곧은 물줄기는 마치 황량한 평원에 돋아난 기다랗고 염세적인 한 가닥의 풀줄기처럼 보인다. 가공할 만한 힘과 속도로 헤엄쳐 다니는 탓에 현재로서는 인간의 그 어떤 추적도 허용하지 않는다. 이 리바이어던은 등 위에 해시계 바늘 같은 표시를 매달고 다니기 때문에, 추방당했으나 정복되지는 않는 고래 종족의 카인[149] 같다. 긴수염고래는 입속에 고래수염이 있어 때로 참고래와 함께 이론상 수염고래라고 명명된 종, 즉 '고래수염이 있는 고래' 종에 포함되기도 한다. 이른바 수염고래로 불리는 고래들에는 다양한 종류가 존재하는 듯한데, 그 고래들 대부분에 대해서는 거의 알려진 바가 없다. 넓은코고래, 주둥이고래, 창머리고래, 혹고래, 돌출턱고래, 뱃부리고래 등이 몇몇 종류에 대해 어부들이 붙여준 이름이다.

'수염고래'라는 명칭과 관련하여 매우 중요하게 언급하고 넘어가야 할 사항이 있다. 이러한 명명법 덕분에 어떤 고래들을 언급하는 일이 매우 간편해지는 것은 사실이다. 하지만 고래수염이니 혹이니 지느러미니 이빨이니 하는 것들로 리바이어던을 명확히 분류하려는 시도는 모두 수포로 돌아갈 뿐이다. 그러한 특징적인 부위나 특성들이, 여러 종류의 고래들이 보여주는 다른 어떤 독자적인 신체적 차이점보다 표준적인 고래학 체계의 기반을 제공하는 데 분명 더 적합해 보임에도 불구하고 그렇다. 어째서 그런가? 고래수염, 혹, 등지느러미, 이빨 같은 것들은 고래의 보다 본질적인 다른 특성들과 관련하여 나타나는 구조적 성질과는 무관하게 온갖 종류의 고래들 사이에서 산발적으로 나타나는 무분별한 특징들이기 때문이다. 예를 들어 향유고래와 혹등고래는 모두 혹이 있지만 공통점이라고는 그게 전부다. 또한 혹등고래와 그린란드고래는 둘 다 고래수염이 있는데, 이 경우에도 공통점이라고는 그게 전부다. 위에서 언급한 다른 특성들의 경우도 이와 마찬가지다. 이러한 특성들은 다양한 종류의 고래들 사이에서 불규칙하게 뒤섞여 나타난다. 혹은 어떤 고래의 경우에는 하나의 특성만이 특이할 정도로 두드러져 나타난다. 따라서 이러한 특성에 기반해 조직화를 꾀하려는 전반적인 시도는 완전히 실패할 수밖에 없다. 고래를 연구하는 박물학자들은 죄다 이 암초에 부딪혀 난파하고 말았다.

하지만 고래의 몸속, 그러니까 해부학적 구조를 들여다보면 제대로 된 분류법을 발견할 수 있지 않을까 하는 생각을 품을 수도 있겠다. 진실은 전혀 그렇지 않다. 이를테면 그린란드고래의 해부학적 구조에서 고래수염보다 더 인상적일 게 달리 뭐가 있겠나? 하지만 우리는 고래수염으로는 그린란드고래를 정확히 분류하는 일이 불가능함을 이미 확인했다. 그리고 여러 리바이어던의 내장 속으로 내려가 고래학 체계를 세우는 데 도움이 될 만한 특성들을 찾아본들, 그 특성들은 위에서 이미 나열한 외형적 특성들의 오십분의 일만큼도 유용하지 않을 것이다. 그렇다면 남은 방법은 무엇인가? 고래들을 통째로 집어들어서 그 거대한 크기에 따라 대담하게 구분해보는 수밖에는 없다. 내가 여기서 서지학적 체계를 택한 것도 이런 이유에서다. 이것만이 실행 가능한 유일한 방법이며, 따라서 성공할 가능성이 있는 유일한 방법이기도 하다. 그럼 더 살펴보도록 하자.

제1권(2절판), 제4장(혹등고래)—이 고래는 북아메리카 해안에서 흔히 목격된다. 또한 그동안 그곳에서 빈번히 잡혀 항구로 끌려왔다. 혹등고래는 행상인처럼 등에 커다란 보따리를 메고 있기 때문에 '엘리펀트 앤드 캐슬'[150] 고래라고 불러도 좋을 것 같다. 어쨌거나 혹등고래라는 유명한 이름은 이 고래를 다른 고래와 구분지어주기에는 충분치 않은데, 향유고래도 등에 작긴 하지만 혹이 있기 때문이다. 혹등고래의 기름은 별로 가치가 없다. 혹등고래도 수염을 갖고 있다. 혹등고래는 모든 고래 가운데 장난치길 가장 좋아하고 쾌활해서,

다른 고래에 비해 더 화려하고 새하얀 물거품을 일으킨다.

제1권(2절판), 제5장(정어리고래)—이 고래에 관해서는 이름 말고는 알려진 게 별로 없다. 나는 혼곶 앞바다에서 정어리고래가 저멀리서 헤엄쳐 가는 모습을 본 적이 있다. 이 고래는 워낙 내성적인 탓에 사냥꾼과 철학자 둘 모두를 피해 다닌다. 겁쟁이는 아니지만 아직까지 산등성이처럼 길고 뾰족한 등 외에는 모습을 보여준 적이 없다. 이 고래는 놓아주도록 하자. 나는 정어리고래에 대해 이 이상 아는 바가 없으며, 다른 사람들도 마찬가지일 것이다.

제1권(2절판), 제6장(대왕고래)—이 고래 역시 내성적인 신사 계열에 속한다. 유황색 배[151]는 심해까지 잠수해 들어갔다가 지옥의 지붕에 긁히는 바람에 생긴 것이 분명하다. 대왕고래는 좀처럼 눈에 띄지 않는다. 어쨌든 나는 이 고래를 저 외딴 남양에서밖에는 본 적이 없으며, 그나마도 늘 너무 멀리서 봤기 때문에 생김새를 자세히 관찰할 기회가 없었다. 대왕고래는 추격당하는 일도 없다. 작살을 꽂으면 팽팽해진 줄을 단 채 달아나버린다. 대왕고래에 대해서는 불가사의한 일들이 여럿 전해진다. 대왕고래여, 잘 가시라! 나는 너에 대해 이 이상의 진실은 알지 못하며, 그건 낸터킷에서 가장 오래 산 사람도 마찬가지일 것이다.

이로써 제1권(2절판)이 끝나고, 이제 제2권(8절판)이 시작된다.

8절판.* 여기에는 중급 크기의 고래들이 포함되는데, 그중에는 다음과 같은 것들이 있다. I. 큰코돌고래, II. 흑고래, III. 외뿔고래, IV. 범고래, V. 채찍고래.

제2권(8절판), 제1장(큰코돌고래)—시끄럽게 코를 고는 듯한 숨소리, 혹은 그렇게 물을 뿜어대는 소리 때문에 육지 사람들 사이에는 이와 관련된 속담[152]

* 제2권을 4절판이라 이름 붙이지 않은 이유는 명백하다. 이 종류에 속한 고래들은 2절판 고래들보다 크기가 작지만 그 외형은 그것들을 그대로 줄여놓은 것이나 마찬가지다. 그런데 2절판을 제본업자의 4절판으로 줄였을 때는 2절판의 형태가 유지되지 않는 반면, 8절판으로 줄였을 때는 2절판의 형태가 유지되기 때문이다.

까지 생겨났고, 이 고래는 심해의 거주자로 잘 알려져 있지만 일반적으로 고래로 분류되지 않는다. 하지만 리바이어던의 주요 특징들을 모두 갖추고 있기 때문에 대부분의 박물학자들은 큰코돌고래를 고래로 인정해왔다. 큰코돌고래는 적당한 8절판 크기이며, 그 길이는 15피트에서 25피트까지 다양하고, 허리둘레도 그에 대응한다. 큰코돌고래는 무리를 지어 헤엄쳐 다닌다. 이 고래로부터 나오는 기름의 양이 상당하고 이는 등불용으로 사용하기에도 매우 좋지만, 정식으로 사냥된 적은 없다. 어떤 고래잡이들은 큰코돌고래가 다가오는 것을 거대한 향유고래가 나타날 전조로 여긴다.

제2권(8절판), 제2장(흑고래)—나는 모든 고래를 고래잡이들 사이에서 통용되는 이름으로 지칭하고 있는데, 보통은 그 이름들이 가장 적합하기 때문이다. 이름이 모호하거나 부적절한 경우에는 그렇다고 밝히고 다른 이름을 제시할 것이다. 이른바 흑고래로 불리는 이 고래의 경우가 바로 그러한데, 사실 거의 대부분의 고래들은 검은색을 띠고 있기 때문이다. 그러니 괜찮다면 이 고래를 '하이에나고래'라고 부르면 어떨까. 이 고래는 식탐이 대단하고, 입술 안쪽 부분이 위쪽으로 약간 휘어져 있어 얼굴에 항상 메피스토펠레스처럼 사악한 웃음[153]을 띠고 있다. 몸길이는 평균 16피트에서 18피트 정도이고, 거의 모든 위도에서 발견된다. 헤엄을 치면서 등에 난 갈고리 모양의 지느러미를 보여주는 버릇이 있는데, 그 지느러미가 어쩐지 매부리코와 비슷해 보인다. 향유고래 사냥꾼들은 가끔 돈벌이가 신통치 않으면 가정용 싸구려 기름이라도 얻기 위해 하이에나고래를 잡기도 한다. 검소한 주부들은 손님 없이 가족들끼리만 있을 때 향기로운 밀랍으로 만든 초 대신 냄새가 고약한 수지 초를 태우기 때문이다. 이 고래의 지방층은 매우 얇지만, 어떤 고래에서는 기름이 30갤런 이상 나오기도 한다.

제2권(8절판), 제3장(외뿔고래), 즉 '콧구멍고래'—이 고래의 이름 또한 기묘한데, 처음에 사람들이 이 고래의 특이한 뿔을 뾰족한 코로 오인했기 때문에 이런 이름이 붙은 듯하다. 몸길이는 대략 16피트 정도이며, 뿔의 길이는 보통 5피트 정도이지만 어떤 경우에는 10피트가 넘거나 심지어 15피트에 이르기도 한다. 엄밀히 말해 이 뿔은 엄니가 턱을 뚫고 수평에 조금 못 미치는 각도로 길게 자라나온 것이다. 하지만 그것은 늘 왼쪽에서만 자라나오기 때문에 이 고래를 어설픈 왼손잡이처럼 보이게 만드는 부정적 결과를 초래한다. 이 상아 같은 뿔인지 창인지가 정확히 어떤 용도로 사용되느냐는 질문에 대해서는 뭐라 답하기가 어렵다. 황새치나 동갈치의 칼날 같은 주둥이처럼 사용되는 것 같지는 않다. 하지만 어떤 선원들은 바다 밑바닥을 뒤져 먹이를 찾을 때 갈퀴처럼 쓰인다고 말하기도 한다. 찰리 코핀은 얼음을 뚫을 때 사용된다고 했다. 외뿔고래가 북극해 수면 위로 올라오다가 수면이 얼음으로 뒤덮여 있다면 뿔을 들이밀고서 그 얼음을 깨뜨린다는 것이다. 하지만 이러한 추측 중 그 무엇도 사실인지 아닌지 입증할 수 없다. 외뿔고래가 이 한쪽으로 자라는 뿔을 실제로 어떻게 사용하는지는 모르겠지만—그거야 어찌됐든 간에—내 개인적인 생각으로는 소책자를 읽을 때 책장을 넘기는 도구로 쓰면 분명 아주 유용할 것 같다. 누가 외뿔고래를 엄니고래, 뿔고래, 일각고래로 부르는 걸 들은 적도 있다. 외뿔고래는 동물계의 거의 모든 왕국에서 발견되는 유니콘 숭배의 흥미로운 사례다. 은둔한 노학자들의 말에 따르면, 옛날에 이 바다 유니콘의 뿔은 매우 훌륭한 해독제로 여겨져서 그것으로 조제한 약이 어마어마한 가격에 거래되었다고 한다. 이 뿔을 증류해서 만든 탄산암모니아수는 기절한 부인들을 위한 흡입제로 사용되기도 했다. 수사슴의 뿔로 녹각정鹿角精을 제조하는 것과 같은 원리다. 원래 이 뿔은 그 자체로도 굉장히 진기한 물건이라 여겨졌다. 블랙 레터[154]에 따르면, 엘리자베스여왕은 그리니치궁 창문 밖으로 보석으로 치장한 손을 힘차게 흔들어대며 템스강을 따라 나아가는 마틴 프로비셔 경의 용감한 배를 배웅했다고 한다. 그리고 "항해에서 돌아온 마틴 경은 여왕 앞에 무릎을 꿇고 엄청나게 긴 외뿔고래의 뿔을 바쳤으며, 그 뿔은 그후로 오래도록 윈저궁에 걸려 있었다"고 한다. 아일랜드의 어느 저자에 따르면, 레스터 백작[155] 역시 여왕 앞에 무릎을 꿇고 외뿔을 지닌 육지 동물의 또다른 뿔을 바쳤다고 한다. 외뿔고래는 매우 개성 있는 외모의 소유자인데, 우유처럼 흰 바탕에 둥글고 길쭉한 검은 반점이 찍힌 모습이 꼭 표범을 닮았다. 기름은 깨끗하고 순도가 높아서 품질이 매우 뛰어나지만 양이 그리 많진 않다. 게다가 외뿔고래는 잘 잡히지도 않는다. 주로 극지 부근의 바다에서 발견된다.

제2권(8절판), 제4장(범고래)—이 고래에 대해서는 낸터킷 사람들도 자세히 아는 바가 없고, 전문적인 박물학자들은 아예 아무것도 모른다. 내가 멀리서 관찰한 바에 의하면 큰코돌고래 정도의 크기였다. 범고래는 매우 포악한, 식인종 같은 고래다. 때로는 거대한 2절판 고래를 물고 그 거대한 짐승이 괴로워 죽을 때까지 거머리처럼 달라붙어 있곤 한다. 범고래는 사냥된 적이 없다. 어떤 종류의 기름을 가지고 있는지도 들어본 바가 없다. 이 고래에게 붙여진 이름[156]에 대해서도 이의를 제기해야 할 것 같은데, 그러한 이름이 딱히 변별력을 지니지 못하기 때문이다. 육지에 살든 바다에 살든 죽이지 않고 살아가는 생물은 없으니까 말이다. 이 점에서는 나폴레옹이나 상어나 다를 바 없다.

제2권(8절판), 제5장(채찍고래)—이 신사는 적을 공격할 때 채찍처럼 휘둘러대는 꼬리로 유명하다. 2절판 고래의 등에 올라타서는 그 꼬리로 채찍질을 해대며 헤엄쳐 이동한다. 일부 학교 선생들이 세상을 살아나가는 방식과 비슷하다고 볼 수 있다. 채찍고래에 대해서는 범고래만큼도 알려져 있지 않다. 이 둘은 법 따위는 존재하지 않는 바다에서조차 무법자로 불린다.

이로써 제2권(8절판)이 끝나고, 제3권(12절판)이 시작된다.

12절판. 여기에는 크기가 작은 고래들이 포함된다. I. 만세돌고래, II. 알제리돌고래, III. 밀가루주둥이돌고래.

이 주제를 특별히 연구해볼 기회가 없었던 사람들에게는 몸길이가 보통 4, 5피트도 넘지 않은 것들을 고래들 가운데 정렬시키는 게 이상해 보일 수도 있겠다. 통속적으로 '고래'라는 말에는 늘 거대함이라는 관념이 따라붙기 때문이다. 하지만 고래에 대한 나의 정의—즉 수평꼬리를 가지고 있으며 물을 내뿜는 물고기—에 따르면 위에서 12절판 고래들로 규정된 동물들도 분명 고래로 봐야 한다.

제3권(12절판), 제1장(만세돌고래)—거의 지구 어디서나 볼 수 있는 흔한 돌고래다. 이 이름은 내가 직접 지어준 것인데, 돌고래에는 여러 종류가 있기 때문에 그것들을 구별하자면 이런 방법밖에는 없다. 만세돌고래라고 부르는 이유는 이 고래가 언제나 유쾌하게 무리를 지어 다니다가 넓은 바다에 이르면 독립기념일에 사람들이 하늘로 던지는 모자처럼 계속해서 수면 위로 뛰어오르기 때문이다. 만세돌고래들이 나타나면 보통 선원들도 기뻐하며 환호성을 지른다. 늘 원기가 왕성하며 바람 불어오는 쪽에서 상쾌한 물결을 타고 온다. 만세돌고래들은 바람 앞에서 늘 생기가 넘치는 소년들 같다. 이들은 길조로 여겨진다. 만일 이 쾌활한 돌고래들을 보고도 만세 삼창을 외치지 않는 사람이 있다면 참으로 안된 노릇이다. 그는 장난을 치고 까부는 것이 신의 뜻인 줄도 모르는 사람이다. 잘 먹어서 포동포동 살이 오른 만세돌고래로부터는 질 좋은 기름 1갤런을 족히 얻을 수 있다. 하지만 턱에서 짜내는 질 좋고 은은한 기름이야말로 큰 가치를 지닌다. 귀금속상과 시계상이 노리는 기름이자, 선원들이 숫돌에 칠하는 기름이다. 다들 알다시피 돌고래 고기는 맛도 좋다. 돌고래도 물을 뿜는다는 생각은 못해봤을 것이다. 실상 물기둥이 너무 작은 탓에 쉽사리 알아볼 수도 없으니 말이다. 하지만 다음번에 기회가 생기거든 한번 자세히 보시라. 그러면 만세돌고래가 거대한 향유고래의 축소판이나 다름없음을 알게 될 테니.

제3권(12절판), 제2장(알제리돌고래)—해적. 몹시 사납다. 내 생각에 이 돌고래는 태평양에서만 발견되는 것 같다. 만세돌고래보다 약간 크지만 대체로 생김새가 매우 유사하다. 화나게 하면 그게 상어라도 덤벼들 녀석이다. 나는 포경 보트에 올라 수차례 녀석을 쫓아봤지만, 녀석이 붙잡히는 모습은 한 번도 보지 못했다.

제3권(12절판), 제3장(밀가루주둥이돌고래)—돌고래 가운데 가장 크다. 지금까지 알려진 바에 의하면 오직 태평양에서만 그 모습을 드러낸다. 여태까지 이 고래에게 붙여진 영어 이름은 '참고래돌고래' 딱 하나뿐인데, 이 고래가 주로 2절판 고래인 참고래 근처에서 발견되기 때문에 어부들이 붙여준 것이다. 형태 면에서는 만세돌고래와 다소 차이를 보여서, 허리둘레가 그렇게 통통하지도 거대하지도 않다. 실은 꽤나 깔끔한 신사 같은 몸매를 하고 있다. (대부분의 돌고래들과 달리) 등에 지느러미가 없으며, 사랑스러운 꼬리와 다정다감한 인디언의 눈을 닮은 개암색 눈을 가지고 있다. 하지만 밀가루를 뒤집어쓴 것만 같은 하얀 입이 모든 걸 망쳐놓고 만다. 등 전체에서 옆구리 지느러미에 이르는 부분까지는 진한 검은색이지만, 선체의 '선명한 허리' 부분만큼이나 선명한 경계선이 앞뒤로 기다랗게 이어져 그 위아래를 각각 검은색과 하얀색으로 나눠놓고 있다. 머리 일부와 입 전체가 하얗기 때문에 마치 포대에 머리를 들이밀고 밀가루를 훔쳐먹는 중죄를 저지르다가 방금 막 도망쳐 나온 듯한 꼴을 하고 있다. 정말이지 야비하고 어쩐지 수상쩍은[157] 모습이 아닌가! 이 돌고래의 기름은 보통의 돌고래 기름과 별 차이가 없다.

❖

12절판을 넘어가면 이 분류법은 적용되지 않는다. 돌고래보다 더 작은 고래는 없기 때문이다. 이상으로 중요한 리바이어던들에 대해서는 모두 알아보았다. 하지만 정체불명의 도망자들이자 거의 전설에 가까운 오합지졸 고래들도 있는데, 나도 미국인 고래잡이로서 이들에 대한 소문만을 들어봤을 뿐 실제로 목격한 적은 없다. 그 고래들을 선원들이 부르는 명칭에 따라 나열해보겠다.

어쩌면 이 명단이 내가 여기서 시작만 해놓은 일을 완성시켜줄 미래의 연구자들에게 소중한 자료가 될지도 모르니까. 지금 열거하는 고래들 가운데 이후에 어느 하나라도 붙잡혀 그 특징이 파악된다면 그 크기가 2절판인지 8절판인지 12절판인지에 따라 이 분류 체계에 당장 편입시킬 수 있을 것이다. 병코고래, 정크고래, 얼간이고래, 케이프고래, 선도先導고래, 대포고래, 말라깽이고래, 구릿빛고래, 코끼리고래, 빙산고래, 대합고래, 푸른고래 등등. 아이슬란드와 네덜란드, 옛 영국의 권위 있는 책들을 뒤져 온갖 종류의 상스러운 이름들로 불리는 정체불명의 고래들로 이루어진 또다른 명단들을 인용할 수도 있을 것이다. 하지만 그 명단은 시대에 완전히 뒤떨어진 것이라고 판단해 모두 제외했다. 나는 그것들이 리바이어던 숭배로만 가득할 뿐 아무 의미도 없는[158] 하찮은 소리들에 지나지 않는다는 의심을 떨칠 수 없다.

마지막으로, 서두에 말했다시피 이 분류법이 지금 여기서 당장 완벽해지길 기대할 수는 없을 것이다. 나는 그저 내가 그 약속을 지켰다는 사실을 있는 그대로 보여줄 뿐이다. 하지만 거대한 쾰른대성당이 미완성된 탑 꼭대기에 아직도 기중기를 세워놓은 것처럼, 나도 나의 고래학 체계를 그냥 이대로 놔둘 생각이다. 작은 구조물은 맨 처음 공사를 시작한 건축가들이 완성하지만, 웅장하고 참된 구조물은 마지막 마무리를 후대에게 맡기는 법이니까. 신께서는 내가 그 어떤 것도 완성하지 못하게 하신다. 이 책 전체도 그저 초고에 지나지 않는다. 아니, 초고의 초고에 지나지 않는다. 오오, 내게 시간과 힘과 돈과 인내를!

33장
작살잡이장

포경선의 간부 선원들에 대해 말하는 김에, 여기서 포경선 특유의 내부 사정을 잠깐 언급해두는 것도 좋을 듯하다. 이러한 사정은 포경선에 다른 상선에는 당연히 존재하지 않는 계급인 간부급 작살잡이가 존재하기 때문에 생겨난다.

작살잡이라는 직책이 얼마나 중요한지는 본래 두 세기도 더 전의 옛 네덜란드 포경업계에서 포경선의 지휘권이 지금 우리가 선장이라고 부르는 사람에게 일임되는 대신 선장과 '스펙신더Specksynder'[159]라고 불리는 간부 선원에게 공동으로 위임되어 있었다는 사실에서도 확연히 드러난다. 스펙신더라는 말은 문자 그대로 '비계를 자르는 자'라는 뜻인데, 시간이 지남에 따라 작살잡이장長과 동의어가 되었다. 그 당시 선장의 권한은 항해와 배의 전반적인 관리에만 국한되어 있었다. 한편, 고래 사냥 분야 및 그에 따른 모든 일에 대한 권한은 스펙신더, 즉 작살잡이장이 쥐고 있었다. 영국의 그린란드 포경업계에는 이러한 옛 네덜란드식 간부 직책이 '스펙셔니어Specksioneer'라는 와전된 이름으로 여전히 남아 있지만, 유감스럽게도 예전의 위엄은 거의 사라진 상태다. 현재는 그저 선임 작살잡이 정도의 지위로, 선장보다 훨씬 지위가 떨어지는 하급자에 지나지 않는다. 고래잡이 항해의 성공 여부는 주로 작살잡이들의 솜씨에 달려 있고, 미국 포경업계에서 작살잡이는 포경 보트의 중요한 간부 선원일 뿐만 아니라 어떤 경우(고래 어장에서 야간 당직을 서는 경우)에는 갑판 지휘까지도 도맡는다. 따라서 작살잡이는 바다에서 지켜야 하는 정치적 대원칙에 따라 명목상 평선원들과 떨어져 생활해야 하며 직책상 그들보다 높은 위치에 있는 것이 맞겠지만, 평선원들은 언제나 작살잡이를 자신들과 동등한 존재로 여겨 스스럼없이 대한다.

그런데 간부 선원과 평선원의 가장 큰 차이는 간부 선원은 선미 쪽에서 지내고 평선원은 선수 쪽에서 지낸다는 것이다. 이런 이유로 포경선에서든 상선에서든 항해사들은 선장과 같은 쪽 숙소를 사용하고, 대부분의 미국 포경선 작살잡이들도 배의 후미에서 생활한다. 다시 말해 그들은 선장의 선실에서 식사를 하고, 선실과 벽을 사이에 두고 연락을 주고받을 수 있는 곳에서 잠을 잔다.

남양 포경 항해(지금까지 인간이 한 항해 중 가장 긴 항해)는 오랜 기간 동안 이어지며 거기에는 특유의 위험 또한 뒤따르는데, 선원들 모두가 지위의 높고 낮음을 막론하고 너 나 할 것 없이 가장 큰 관심을 보이는 것은 바로 돈벌이다. 그들의 임금은 고정된 급여가 아니라 공동의 운, 그리고 그들 공동의 불면과 용맹과 노고에 좌지우지된다. 그런 탓에 보통 상선들보다는 규율이 덜 엄격한 편이고, 고래잡이들이 어떤 원시적인 상황에 처할 경우 고대 메소포타미아 가족들처럼 마구 뒤엉켜 살기도 하지만, 그렇다고 해서 뒷갑판에서 까다로운 규율이 눈에 띄게 해이해진다거나 완전히 허물어지는 일은 결코 없다. 실제로 낸터킷 포경선들에서는 선장이 그 어느 해군에도 뒤지지 않을 정도로 의기양양한 위엄을 부리며, 아니 마치 자신이 허름한 선원용 외투가 아닌 로마 황제의 자줏빛 토가라도 걸친 듯 선원들이 자신에게 경배하길 최대한 강권하며 뒷갑판을 걸어다니는 모습을 흔히 목격할 수 있다.

피쿼드호의 침울한 선장은 그런 천박한 허세와는 누구보다 거리가 먼 사람이었다. 그가 요구하는 경배는 즉각적이고도 무조건적인 복종이 전부였다. 그는 뒷갑판 위로 올라오기 전에 신발을 벗으라고 누구에게도 요구하지 않았고, 이후에 자세히 얘기하게 될 사건들과 관련한 특수한 사정 때문에 선원들에게 평소와 달리 생색을 내거나 *겁을 주는* 등의 말투로 말할 때도 있었지만, 그런 에이해브 선장조차 바다의 가장 중요한 관습과 예법에 불복하는 일은 결코 없었다.

하지만 그가 때로는 그러한 관습과 예법 뒤에 숨은 채 이른바 가면을 쓰기도 했다는 사실도 결국에는 밝혀질 수밖에 없을 것이다. 정당한 목적보다는 다소 개인적인 다른 목적들을 위해 그것을 우발적으로 사용하기도 했다는 사실 말이다. 그의 머릿속에 잠재된 폭군 기질은 평소에는 제법 잘 숨겨져 있었다. 하지만 예의 그 폭군 기질이 그런 관습의 힘을 빌려 밖으로 튀어나올 때는 불가항력의 절대 권력으로 그 모습을 드러냈다. 한 인간의 지성이 아무리 뛰어나다 할지라도, 그것은 그 자체로는 늘 조금 하찮고 비열할 수밖에 없는 형식적 기교와 무장武裝의 도움을 빌리지 않고는 결코 남에게 실질적이고 유효한 지배권을 행사할 수 없다. 제국을 물려받을 진정한 신의 왕자들이 세상의 유세장을 영영 멀리하게 되고 마는 것, 저급한 대중보다 결코 뛰어나서가 아니라 '고귀한 은둔자' 성향을 지닌 몇 안 되는 숨은 인재들보다 한없이 열등하기 때문에 유명해질 수밖에 없는 사람들에게 이 세상 최고의 영예가 돌아가는 것은 결국 그러한 이유에서다. 그토록 하찮은 것들도 극단적인 정치적 미신의 외양을 갖추게 되면 뭔가 대단한 미덕이라도 소유한 양 보이게 마련이므로, 어떤 왕실의 경우는 심지어 저능한 얼뜨기에게 왕위를 물려주기까지 했다. 하지만 러시아 황제 니콜라이 1세의 경우에서 볼 수 있듯이, 지리적 제국의 둥근 왕관이 황제의 머리 위에 씌워지고 나면 평민의 무리는 그 거대한 권력의 핵심 앞에 무릎을 굽힌 채 고개를 숙이고 만다. 인간이 가진 불굴의 정신을 최대한 깊이 있고 생생하게 묘사하려는 비극 작가는 지금 언급된 것과 같은 암시, 자신의 예술에 우연히도 매우 큰 영향을 끼치게 될 그러한 암시를 결코 잊지 않을 것이다.

하지만 나의 선장 에이해브는 여전히 낸터킷 특유의 암울하고도 헝클어진 모습으로 내 앞을 거닐고 있다. 그동안 황제들과 왕들에 대해 떠들었는데, 지금 내가 상대하는 사람은 에이해브 같은 늙고 가련한 고래잡이라는 사실을 잊어서는 안 된다. 따라서 겉으로 드러나는 위엄 있는 예복이나 말馬 장식 같은 것들은 내게 허락되지 않는다. 오오, 에이해브여! 그대를 위대하게 해주는 것은 저 하늘에서 꺾어 오고, 깊은 바다 아래에서 건져 오고, 형체 없는 하늘 위에 그려야 마땅하리라!

34장

선실의 식탁

정오가 되자 사환인 찐빵이 선실 창문으로 허연 빵덩어리 같은 얼굴을 내밀어 주인에게 식사 시간이 되었음을 알린다. 그 주인께서는 이제껏 바람이 불어오지 않는 뒷갑판 쪽 보트 안에 들어앉아 태양을 관측하다가, 지금은 고래뼈 다리 윗부분에 매끈한 메달 모양의 판을 올려놓고 위도를 측정하고 계신다. 그가 매일 하는 일이다. 기별을 받고도 반응이 전혀 없는 것으로 봐서 울적한 에이해브가 하인이 전하는 말을 못 들은 모양이라고 생각할지도 모르겠다. 하지만 그는 곧 뒷돛대 밧줄을 붙잡고 갑판 위로 몸을 날리더니, 단조롭고 힘없는 목소리로 "스타벅, 식사 시간이다" 하고는 선실로 사라진다.

술탄의 발소리가 내는 울림이 완전히 잦아들어 이제는 술탄이 자리에 앉았을 거라고 봐도 무방할 즈음, 일등 토후인 스타벅은 마침내 몸을 일으켜 갑판 위를 몇 바퀴 돌고 나침함을 진지하게 들여다보더니, 살짝 들뜬 목소리로 "스터브, 식사 시간이야" 하고는 승강구 아래로 내려간다. 이등 토후는 한동안 삭구 근처에서 어슬렁거리다가 큰 돛대의 아래 활대 밧줄을 살짝 흔들어보며 그 중요한 밧줄에 이상은 없는지를 확인한 후, 그 또한 늘 해오던 일을 처리하기 위해 재빨리 "플래스크, 식사 시간이야" 하고는 먼저 간 사람들의 뒤를 따른다.

하지만 삼등 토후는 이제 뒷갑판에 자기 혼자만 남은 것을 알고 묘한 구속감에서 벗어난 기분이 들었는지, 사방으로 잘 알겠다는 듯한 눈짓을 보내고 신발을 마구 벗어던지더니, 술탄의 머리 바로 위쪽에서 갑자기 격렬하지만 소리 없이 한바탕 춤을 추기 시작한다. 그러고는 능숙한 솜씨로 모자를 던져 뒷돛대의 가장 낮은 받침 위에 올려놓더니, 적어도 갑판에서 보이는 데까지는 그렇게 까불고 날뛰며 아래로 내려간다. 악대가 행렬의 후미를 따르고 있으니 다른 행렬들과는 앞뒤가 완전히 뒤바뀐 셈이다. 하지만 선실 출입구로 걸어들어가기 전에 그는 우선 걸음을 멈추고 표정을 싹 바꾼 다음, 자유분방하고 유쾌한 플래스크에서 아랫사람이나 노예와 다름없는 플래스크가 되어 에이해브 왕에게로 나아간다.

간부 선원들이 남들이 지켜보는 갑판 위에서는 선장의 도발에 과감히 대들다가, 바로 연이어 선장의 선실로 식사를 하러 내려가면 상석에 앉은 선장에게 변명을 해대거나 얌전을 떠는 것까지는 아니더라도 십중팔구 금세 온순한 태도를 보이고 마는 것은 지극히 인위적인 바다에서의 관습 때문에 생겨난 결과로, 조금도 이상한 일이 아니다. 물론 매우 놀랍고, 때로는 정말이지 우스꽝스럽기도 하지만 말이다. 왜 이런 차이가 생기는 걸까? 이해하기 어려운 문제라고? 딱히 그렇지도 않다. 그 자리에 바빌론의 왕 벨사살[160]을 앉혔더라도, 그것도 오만하지 않고 정중한 벨사살을 앉혔더라도 그에게서는 분명 어느 정도의 세속적 위엄이 드러났을 것이다. 하지만 자신의 집 식탁에 손님을 초대해 매우 위엄 있으면서도 재치 있게 그 자리를 주재하는 사람의 경우, 그가 그 과정에서 드러내는 절대적인 위세와 지배력, 고귀한 관대함은 벨사살을 능가한다. 게다가 벨사살은 그리 위대한 왕도 아니었으니까. 친구들에게 한 번이라도 저녁을 대접해본 사람이라면 로마 황제가 되는 게 어떤 기분인지를 맛본 셈이다. 사교적인 황제 노릇을 하는 데에는 거부할 수 없는 매력이 존재한다. 이제 이러한 고찰에 선장이라는 지위가 배에서 최고의 지위라는 사실까지를 염두에 두고 생각해보면, 위에서 언급한 바다 생활의 특수성이 어디서 생겨나는지를 짐작할 수 있을 것이다.

고래뼈를 박아 무늬를 새긴 식탁을 주재하는 에이해브의 모습은, 호전적이지만 아직은 순종하는 새끼들에게 둘러싸인 채 흰산호 해변에서 가만히 침묵하고 있는 갈기 덥수룩한 바다사자 같았다. 간부 선원들은 각자 자기 차례가 오길 기다리고 있었다. 에이해브 앞에서 그들은 어린애나 마찬가지였다. 하지만 에이해브는 오만한 기색은 조금도 드러내지 않았다. 그들은 노인네가 든 나이프에 시선을 고정시킨 채 그가 자기 앞의 큰 접시에 놓인 고깃덩어리를 자르는 모습을 모두 한마음으로 지켜보았다. 혹여 그들이 날씨 같은 평범한 화제라도 입에 담아 감히 그 신성한 순간을 더럽히는 일은 없을 것 같다. 천만에! 에이해브가 나이프와 포크 사이에 끼운 쇠고기 한 조각을 내밀어 스타벅에게 접시를 가까이 가져오라는 동작을 취하면, 스타벅은 마치 구호품이라도 받듯 그 고기를 받아들었다. 그는 조심스레 고기를 잘랐는데, 나이프가 우연히 접시를 스치기라도 할라치면 흠칫 놀라는 듯했고, 고기를 씹을 때는 아무 소리도 내지 않았으며, 삼킬 때는 몹시 신중을 기했다. 프랑크푸르트의 대관식 연회에서 독일 황제가 일곱 명의 선거후[161]와 함께 고상한 식사라도 하는 것처럼, 이 선실에서의 식사도 어쩐지 쥐죽은듯한 침묵 속에서 엄숙하게 이루어졌다. 하지만 그렇다고 해서 에이해브가 식탁에서 대화를 금지한 것은 아니었다. 다만 본인이 잠자코 있었을 뿐이다. 아래 화물창에서 갑자기 쥐 한 마리가 한바탕 요란을 떨었을 때 숨이 막힐 지경이던 스터브는 내심 얼마나 안도했을까. 불쌍한 꼬마 플래스크는 이 넌더리나는 가족 연회에서 막내아들이었다. 그가 받은 것은 소금에 절인 쇠고기의 정강이뼈였다. 닭이었다면 닭다리를 받았을 것이다. 하지만 음식을 마음대로 집어먹는 주제 넘는 짓은 플래스크에게 일급 절도죄나 마찬가지로 여겨졌을 게 분명하다. 플래스크가 식탁에서 음식을 마음대로 집어먹었다면, 그는 분명 이 정직한 세상에서 더는 얼굴을 들고 다닐 수 없었을 것이다. 좀 이상한 말이긴 한데, 그렇다고 해서 에이해브가 그러지 말라고 한 적은 한 번도 없었다. 그리고 플래스크가 그렇게 했더라도 에이해브가 그걸 눈치챘을 가능성도 별로 없다. 그는 특히나 버터에는 일절 손도 대지 않았다. 얼굴의 환한 혈색을 망쳐놓을 수 있으니 그에게 버터를 주지 말라고 선주들이 명령했을 거라고 생각했든지, 아니면 시장도 없는 바다에서 그토록 오래 항해를 하니 버터 같은 귀중품은 자신 같은 하급자가 먹을 게 아니라고 생각했든지, 하여튼 슬프게도 플래스크는 버터는 꿈도 꾸지 않았다!

한 가지 더. 플래스크는 식탁에 가장 마지막으로 와서 앉는 사람이었고, 또한 식탁에서 가장 먼저 일어나는 사람이었다. 생각해보라! 이런 까닭에 플래스크는 몹시 서둘러 음식을 입에 쑤셔넣어야만 했다. 스타벅과 스터브는 그보다 먼저 식사를 시작했고, 또한 식사 뒤에 빈둥거릴 수 있는 특권도 지니고 있었다. 만일 자신보다 계급이 겨우 한 단계 위일 뿐인 스터브가 입맛이 없어서 곧 식사를 끝낼 기미라도 보일라치면, 플래스크는 더욱 분발해야만 했다. 그런 날에는 세 입도 먹기 힘들었는데, 스터브가 플래스크보다 먼저 갑판 위로 올라가는 일은 성스러운 관습에 어긋나기 때문이었다. 그런 이유로 한번은 플래스크가 나와 단둘이 있을 때 털어놓길, 간부 선원이라는 고위직에 오른 후부터는 배가 안 고픈 순간이 없었다고 했다. 그가 먹은 음식이 허기를 달래주기는커녕, 자신 안의 그 허기를 불멸의 것으로 만들었기 때문이다. 플래스크는 평화와 포만감이 자신의 뱃속에서 영영 떠나갔다고 생각했다. 나는 간부 선원이다. 하지만 평선원이었을 때처럼 앞갑판 선실에서 오래된 쇠고기 몇 점이나마 손에 쥐어볼 수 있다면 얼마나 좋을까. 승진으로 얻은 결과가 겨우 이것이란 말인가. 영광은 덧없고, 인생은 미쳐 날뛰는구나! 또한 피쿼드호의 평선원 가운데 플래스크가 간부 선원으로서 하는 일에 앙심을 품은 사람이 있다면, 식사 시간에 선미로 가서 그가 무시무시한 에이해브 앞에 입도 뻥긋 못한 채 바보처럼 앉아 있는 모습을 채광창으로 엿보는 것만으로도 충분히 보복을 가할 수 있었다.

에이해브와 세 항해사가 피쿼드호 선실에서 갖는 모임은 일등 식탁이라 불릴 만했다. 그들이 도착했을 때와는 반대되는 순서로 모두 자리를 뜨고 나면 창백한 얼굴의 사환이 와서 식탁을 치웠는데, 치웠다기보다는 서둘러 복구시켰다고 하는 게 맞겠다. 그러고 나면 세 명의 작살잡이가 연회로 불려왔는데, 나머지 유산의 상속자들이 바로 그들이었기 때문이다. 그들은 이 거만하고 잘난 척하는 선실을 일종의 임시 하인방으로 만들어버렸다.

그 열등한 작살잡이들이 보여주는 완전히 무책임한 방종과 여유, 거의 광란에 빠진 민중 같은 모습은 선장이 있을 때 식탁을 지배했던 견디기 힘든 압박과 형언할 수도 없고 보이지도 않는 횡포와는 묘한 대조를 이루었다. 그들의 상급자인 항해사들이 턱 움직이는 소리라도 들릴까봐 두려워했던 반면, 작살잡이들은 음식을 하도 맛있게 먹는 바람에 크게 쩝쩝대는 소리마저 냈다. 그들은 임금처럼 식사를 했고, 하루종일 향신료를 싣는 인도 무역선처럼 배를 가득 채웠다. 퀴퀘그와 타시테고의 식욕은 경이로울 만큼 왕성해서, 지난번 식사 때 못 채운 배를 채우려면 창백한 얼굴의 찐빵은 하는 수 없이 소금에 절인 커다란 갈비구이를 부지런히 날라야 했는데, 그 갈비들은 마치 황소 한 마리에서 통째로 떼어온 것 같았다. 찐빵이 민첩하게 삼단뛰기라도 해서 몸을 빨리빨리 놀리지 않으면 타시테고는 마치 작살이라도 던지듯 그의 등에 포크를 던지는 비신사적인 방법을 써서 그를 재촉했다. 한번은 갑자기 변덕에 사로잡힌 다구가 찐빵의 기억을 되살려주겠다며 그의 몸을 통째로 낚아채 들어올려서는 비어 있던 커다란 나무쟁반에 머리를 처박아버렸고, 그동안 타시테고는 손에 나이프를 든 채 찐빵의 머릿가죽을 벗기기라도 할 것처럼 머리에 동그라미를 그려댄 적도 있었다. 이 빵 같은 얼굴의 사환은 파산한 빵집 주인과 병원 간호사의 자식으로, 천성이 몹시 유약해 걸핏하면 몸을 부들부들 떠는 겁쟁이였다. 그런데 암울하고 무시무시한 에이해브가 눈앞에 떡하니 서 있는데다 이 세 야만인이 주기적으로 찾아와 소동을 일으키는 탓에 찐빵은 하루라도 입술을 부르르 떨지 않는 날이 없었다. 보통 그는 작살잡이들이 요구하는 게 다 차려졌다 싶으면 그들의 손아귀에서 벗어나 옆에 붙은 자신만의 작은 식품저장실로 들어가서 식사가 다 끝날 때까지 문에 달린 블라인드를 통해 두려움에 가득찬 얼굴로 그들을 몰래 훔쳐보았다.

퀴퀘그와 타시테고가 서로 맞은편에 앉아 줄로 간 이빨과 인디언 이빨을 마주한 광경은 정말이지 볼만했다. 다구는 그들 옆 바닥에 앉아 있었는데, 벤치에 앉으면 관에 두른 깃털 장식 같은 술 많은 머리가 낮은 갑판보에 닿았기 때문이다. 그가 거대한 팔다리를 움직여댈 때마다 아프리카 코끼리가 배에 올라타기라도 한 것처럼 낮은 선실의 뼈대가 흔들렸다. 하지만 그 덩치에도 불구하고 이 거구의 검둥이는 음식에 관한 한 까다롭다고까지는 할 수 없겠으나 하여튼 놀라울 정도의 자제력을 보였다. 체격에 비해 지나치게 적은 양의 식사만으로도 그렇게 크고 당당하고 훌륭한 신체에 계속 활력이 돌게끔 할 수 있다니 정말이지 납득하기 어려운 일이었다. 하지만 이 고귀한 야만인은 분명 공기 중에 가득한 정기를 마음껏 먹고 마시고, 콧구멍을 커다랗게 벌려 세상의 숭고한 생기를 들이마셨을 것이다. 거인들은 쇠고기나 빵으로는 만들어낼 수도 길러낼 수도 없다. 한편, 퀴퀘그는 음식을 먹으면서 미개인티—정말이지 추잡한 소리—를 심각할 정도로 많이 냈는데, 그 소리가 어찌나 심했던지 찐빵은 몸을 떨면서 자신의 가느다란 팔에 이빨자국이 박힌 건 아닌지 확인해봐야 하나 착각이 들 정도였다. 그리고 타시테고가 그에게 당장 모습을 보이라고, 안 그러면 뼈를 추리겠다고 소리치면, 이 머리 나쁜 사환은 갑자기 온몸이 마비되어 경련을 일으키는 바람에 주위에 걸린 그릇들을 전부 다 깨뜨릴 뻔했다. 작살잡이들은 창이나 다른 무기를 갈기 위해 주머니에 넣고 다니는 숫돌을 식사 시간에 꺼내 보란듯이 나이프를 갈아대곤 했는데, 그 귀에 거슬리는 소리도 가련한 찐빵의 마음에 전혀 위안을 가져다주지 않기는 매한가지였다. 퀴퀘그에게는 섬에 살던 시절에 사람을 죽여 연회를 즐기는 만행을 저지른 죄가 있다는 분명한 사실을 그가 어찌 잊을 수 있겠나. 아아! 찐빵이여! 백인 웨이터가 식인종의 시중을 들다니, 이 얼마나 모진 운명인가. 그는 팔에 냅킨을 걸칠 게 아니라 둥근 방패를 들어야 한다. 하지만 때가 되면 몹시 기쁘게도 이 세 바다 전사는 자리에서 일어나 떠나갈 것이다. 남의 말 잘 믿고 거짓된 이야기에 곧잘 정신이 팔리곤 하는 그의 귀에는 작살잡이들이 걸음을 뗄 때마다 그들의 호전적인 뼈가 칼집에 든 무어인의 언월도처럼 달그락대는 소리가 들려왔다.

비록 이 미개인들이 선실에서 식사를 하고 명목상 그곳에서 생활하긴 했지만, 앉아서 지내는 습관이 전혀 들지 않은 탓에 식사 시간 외에는 거의 선실에 붙어 있지 않았으며, 잠들 시간이 되어 자신들의 전용 개인 침실로 가기 전에만 잠깐 그곳을 지날 뿐이었다.

대개의 미국 포경선 선장은 배의 선실이 원칙적으로 자기 것이라고 생각하는 경향이 있었기 때문에 누군가가 선실에 드나들 수 있게 된다면 순전히 선장이 베푼 호의 덕이었다. 이 점에서만큼은 에이해브도 예외가 아닌 듯했다. 사정이 그러했기에 피쿼드호의 항해사들과 작살잡이들은 선실 안에서 지냈다기보다는 선실 바깥에서 지냈다고 말하는 게 더 정확할지도 모르겠다. 그들이 선실 안으로 들어가는 것은 길가에 덩그러니 세워진 문을 통해 집안으로 들어가는 것이나 마찬가지여서, 문을 열고 들어가는 순간 바로 다시 문밖으로 나와야만 했기 때문이다. 그들은 영원히 야외에서 살아가고 있었다. 그렇다고 해서 큰 손해를 봤다거나 했던 것은 아니었다. 선실 안에는 동료애라고 할 만한 것이 전혀 없었으며, 에이해브는 도저히 친해질 수 없는 사람이었다. 비록 에이해브가 명목상 기독교 세계의 인구에 포함되어 있긴 했지만, 그는 그 세계에서도 여전히 이방인이었다. 그는 미주리주에 정착해 살고 있는 마지막 남은 회색곰들처럼 이 세상을 살아가고 있었다. 봄이 가고 여름이 가면 숲속에 사는 사나운 로건[162]이 움푹 꺼진 나무 구멍 안에 몸을 파묻고 들어가 자기 앞발을 핥으며 겨울을 나는 것처럼, 매서운 추위와 돌풍이 휘몰아치는 노년을 맞이한 에이해브의 영혼도 육신이라는 함몰된 나무 몸통 속에 갇힌 채 어둠의 침울한 앞발을 핥으며 생명을 부지해나가고 있었다!

35장

돛대 꼭대기

선원들은 교대로 돛대 꼭대기에 올라가 망을 봤는데, 처음으로 내 차례가 찾아왔을 때는 날씨가 훨씬 화창해졌을 무렵이었다.

미국 포경선들은 대부분 항구를 떠나는 것과 거의 동시에 돛대 꼭대기에 망꾼을 세워두는데, 제대로 된 포경 수역에 도착하려면 1500마일 이상을 더 가야 하는 경우에도 그렇게 했다. 그리고 삼 년이나 사 년, 혹은 오 년 동안 계속됐던 항해가 막바지에 이르러 집으로 돌아갈 때가 가까워오는데도 배에 뭔가—이를테면 작은 유리병 하나라도—비어 있는 게 있으면 마지막까지 돛대 꼭대기에 망꾼을 세워두고, 배의 맨 꼭대기 돛대 위의 연장 돛대가 항구의 첨탑들 사이로 섞여들기 전에는 고래를 한 마리라도 더 잡고야 말겠다는 희망을 완전히 버리지 않는다.

그런데 육지에서든 바다에서든 돛대 꼭대기에 서는 일은 매우 유서 깊고 흥미로운 일이므로, 여기서 이에 대해 어느 정도 상세히 설명해보도록 하자. 내 생각에 가장 먼저 돛대 꼭대기에 오른 이들은 고대 이집트 사람들인데, 아무리 열심히 연구해봐도 이들보다 앞선 경우는 발견할 수 없기 때문이다. 그들의 선구자 격인 이들, 즉 바벨탑을 세웠던 이들은 아시아 전역 또는 아프리카 전역에서 가장 높은 돛대 꼭대기를 우뚝 세우려 했던 게 틀림없지만, 그들이 돌로 세운 그 거대한 돛대는 (돛대 꼭대기 위에 장관檣冠이 놓이기도 전에) 신의 노여움이라는 끔찍한 강풍에 뱃전 너머로 날아가버렸다고 전해진다. 따라서 바벨탑을 세운 사람들이 이집트 사람들보다 앞선다고는 말할 수 없다. 이집트 사람들이 돛대 꼭대기에 서는 민족이었다는 주장은 최초의 피라미드가 천문 관측을 목적으로 세워졌다는 고고학자들의 전반적인 견해에 따른 것인데, 이 이론을 뒷받침하는 두드러진 근거는 그 거대한 건축물의 네 면이 모두 독특한 계단 모양으로 이루어져 있다는 사실이다. 그 고대의 천문학자들은 두 다리를 놀라울 만큼 높이 치켜들어 꼭대기까지 성큼성큼 걸어올라가서는 새로운 별을 발견했다고 큰 소리로 외쳐대곤 했다. 오늘날 배 위의 망꾼들이 또 다른 배나 고래가 시야에 들어오기만 해도 소리를 질러대는 것처럼 말이다. 고대의 유명한 기독교 은자인 성 스틸리테스[163]는 인생의 말년에 이르러 사막에 높은 돌기둥을 세우고 그 꼭대기 위에 올라가 남은 생을 보내며, 땅 위에서 음식을 끌어올릴 때는 도르래를 사용했다고 하는데, 그야말로 꿈쩍도 않고 돛대 꼭대기를 지키는 자의 훌륭한 표본이라고 할 수 있다. 안개나 서리, 비, 우박이나 진눈깨비도 그를 그곳에서 몰아내지 못했다. 그는 그 모든 것에 끝까지 용감히 맞서다가, 말 그대로 기둥 위에서 목숨을 다했다.[164] 오늘날 돛대 꼭대기를 지키는 자들이라고는 겨우 돌이나 무쇠, 청동으로 만들어진 무생물들이 전부다. 거센 바람에 용감히 맞서는 일은 거뜬히 해내지만, 뭔가 수상한 것을 발견했을 때 큰 소리로 외치는 일에는 영 젬병이다. 방돔광장[165]의 원기둥 꼭대기 위에 팔짱을 낀 채 서 있는 나폴레옹을 보라. 150피트 정도 되는 꼭대기 위에 서 있는 그는 이제 그 아래 세상의 갑판을 다스리는 자가 루이 필리프인지 루이 블랑인지, 아니면 '악마 루이'[166]인지에 대해 아무 관심도 없다. 조지 워싱턴 역시 볼티모어의 우뚝 솟은 큰 돛대 위에 높이 서 있다. 그가 서 있는 원기둥은 헤라클레스의 기둥[167]과 마찬가지로 보통 사람은 넘을 수 없는 인간의 위대함이 도달한 높이를 나타낸다. 넬슨 제독도 트래펄가광장의 돛대 꼭대기 위에서 포금砲金으로 된 권양기를 밟고 서 있다. 런던의 짙은 안개로 시야가 거의 가려지는 현상은 그 안개 뒤에 영웅이 숨어 있다는 징표가 되기도 하는데, 연기가 있는 곳에는 반드시 불이 있기 때문이다. 조지 워싱턴이나 나폴레옹, 넬슨 제독의 정신이 미래의 짙은 안개를 뚫고 반드시 피해야 할 모래톱이나 암초를 발견해낼 수 있을지는 모르겠다. 하지만 그들이 내려다보고 있는 엉망이 된 갑판을 어떻게 해야 할지 조언을 해달라 아무리 외쳐본들 그들 중 누구 하나도 대답해주는 일은 없을 것이다.

육지의 망꾼을 바다의 망꾼과 어떤 식으로든 연결지으려는 것은 부당해 보일지도 모른다. 하지만 사실 그렇지도 않다는 것이 낸터킷의 유일한 역사학자인 오베드 메이시가 쓴 한 항목에서 명확히 드러난다. 위대한 오베드의 말에 따르면, 정기적으로 배를 띄워 고래를 쫓기 전인 포경업 초창기의 낸터킷 사람들은 해안을 따라 높은 돛대용 목재를 세우고 나서 거기에 닭장에서 닭들이 위로 올라갈 때 사용하는 것과 같은 밧줄걸이를 박아넣은 다음, 그것을 밟고 올라가 망을 봤다고 한다. 몇 년 전만 해도 뉴질랜드만의 고래잡이들은 이와 동일한 방법을 채택해서, 멀리서 고래가 보이면 해변 가까이서 대기하던 보트에 신호를 보냈다고 한다. 하지만 이런 관습은 이제 한물간 것이 되었다. 그러면 이제 제대로 된 돛대 꼭대기, 바다의 포경선에 세워진 돛대 꼭대기로 돌아가도록 하자.

세 개의 돛대 꼭대기는 해뜰녘부터 해질녘까지 비워두는 법이 없어서, 선원들은 (키를 잡는 것과 마찬가지로) 늘 교대로 망을 보며 두 시간마다 교대한다. 열대지방의 고요한 날씨에 돛대 꼭대기에 오르면 그렇게 기분이 좋을 수가 없다. 아니, 몽상적인 명상가에게 그것은 매우 반가운 일이다. 조용한 갑판에서 100피트나 떨어진 곳에 서서 돛대를 거대한 죽마 삼아 대양을 성큼성큼 거닐다보면, 저 아래 두 다리 사이로 헤엄치는 거대한 바다 괴물들이 한때 옛 로도스섬에 있었다던 유명한 거상[168]의 양다리 사이를 지나는 배처럼 보이기도 하는 것이다. 그곳에 서면 파도가 만들어내는 물결 이외에는 아무것도 없는 바다가 무한히 펼쳐지는 모습에 넋을 잃고 만다. 무아지경에 빠진 배는 나른하게 흘러가고, 무역풍은 조는 듯이 불어온다. 모든 게 당신을 나른하게 한다. 고래잡이가 열대지방에서 보내는 삶이란 대부분 숭고한 무사평온함 속에 흘러간다. 들려오는 소식도 없고, 읽을 신문도 없으며, 별것 아닌 일로 요란을 떨어 사람을 쓸데없이 흥분하게 만드는 호외도 없다. 국내의 재난, 증권회사의 파산, 주가 폭락에 대해서도 들을 일이 없다. 저녁으로 뭘 먹으면 좋을지 고민할 필요도 전혀 없다. 삼 년 치 이상의 음식이 통 안에 그득히 담겨 있으며, 메뉴는 선택의 여지가 없기 때문이다.

종종 삼 년에서 사 년까지 이어지기도 하는 남양 포경선 항해의 경우, 돛대 꼭대기에서 보내는 이러저러한 시간을 모두 합쳐보면 족히 몇 달은 될 것이다. 그런데 우리가 가진 목숨에서 그토록 많은 시간을 할애하는 장소에 그곳이 아늑한 거주지라는 생각이 들게 할 만한 것은 불행히 아무것도 없으며, 그곳이 편안한 장소라는 느낌을 품게 해줄 만한 것, 이를테면 침대와 해먹, 영구차, 보초막, 설교단, 역마차와 같이 인간을 잠시나마 혼자 있게 해줄 수 있는 작고 아늑한 발명품이 전혀 없다는 사실은 정말이지 유감스러운 일이다. 보통 자리를 잡는 곳은 윗돛대 꼭대기로, 윗돛대 꼭대기 활대라고 불리는 얇고 나란한 두 개의 막대기(거의 포경선에서만 찾아볼 수 있는 특징이다) 위에 서 있게 된다. 여기서 바다가 들썩이면 초보 망꾼은 황소의 뿔 위에라도 선

듯 아늑함을 느끼게 된다. 추운 날씨에는 당직용 외투라는 형태의 집을 가지고 올라갈 수 있는 것도 사실이다. 하지만 엄밀히 말해 가장 두꺼운 당직용 외투라 할지라도 집이라고 부를 정도는 못 되는데, 당직용 외투를 걸친 것을 벌거벗었다고는 말 못하는 것과 비슷한 이치다. 영혼은 자신이 소유한 육신이라는 가건물 안에 들러붙어 있는지라 그 안에서 마음대로 돌아다니지도 못하며, (겨울에 눈 쌓인 알프스를 넘으려는 무지한 순례자처럼) 육신을 소멸시킬지도 모를 커다란 위험을 감수하지 않고는 심지어 그 밖으로 나올 수도 없기 때문에, 당직용 외투란 집이라기보다는 육신을 감싸는 덮개나 여분의 피부 따위에 지나지 않는다. 몸안에 선반이나 서랍장을 놓을 수 없듯이, 당직용 외투로 편리하고 작은 나만의 방을 만드는 것 또한 불가능한 일이다.

이 점과 관련하여 정말이지 유감스러운 일은, 그린란드 포경선에는 까마귀 둥지라고 불리는 것이 있어 망꾼들이 얼어붙을 것만 같은 바다의 험악한 날씨로부터 몸을 피할 수 있는 반면, 남양 포경선의 돛대 꼭대기에는 그런 샘나는 작은 천막이나 난간이 전혀 구비되어 있지 않다는 사실이다. 슬리트 선장[169]이 난롯가에서 들려준 이야기를 모은 훌륭한 책인 『빙산에 둘러싸인 항해: 그린란드고래를 찾아서, 또한 부수적으로 옛 그린란드의 잃어버린 아이슬란드 식민지를 재발견하기 위해서』에는 슬리트 선장의 훌륭한 배였던 글레이셔호에 탔던 돛대 꼭대기 망꾼들 모두가 당시에 막 새로 발명됐던 까마귀 둥지에 대한 매력적이고도 상세한 이야기를 듣는 장면이 등장한다. 슬리트 선장은 자신의 명예를 빛내기 위해 그것을 슬리트의 까마귀 둥지라고 불렀는데, 그가 최초의 발명가이자 특허권자[170]였으므로 이는 말도 안 되거나 터무니없는 생각과는 매우 거리가 멀다. 그리고 우리도 (최초의 발명가이자 특허권자인 아버지로서) 아이들에게 우리 이름을 붙여준다는 사실을 생각해볼 때, 우리가 탄생시킨 장치에 우리 자신의 이름을 붙이는 것은 당연한 일이라고 봐야 한다. 슬리트의 까마귀 둥지는 나무로 된 커다란 술통이나 파이프 형태를 하고 있다.

하지만 윗부분이 뚫려 있고, 거기에는 강풍이 몰아칠 때 머리를 피할 수 있도록 이동식 칸막이가 설치되어 있다. 돛대 꼭대기 위에 고정되어 있기 때문에, 그 안으로 들어가려면 아래에 난 작은 구멍을 통해 올라가야 한다. 뒤쪽, 혹은 배의 선미 쪽에는 편안한 좌석이 있고, 그 아래에 있는 사물함에는 우산, 털목도리, 외투가 들어 있다. 앞쪽에는 가죽으로 된 선반이 있어서 확성기, 파이프, 망원경 등 항해에 유용한 물품들을 보관할 수 있다. 슬리트 선장이 말하길, 본인이 돛대 꼭대기의 까마귀 둥지로 직접 올라설 때는 늘 라이플(이것도 선반에 고정되어 있었다)과 함께 화약통과 탄환을 들고 갔는데, 이는 방황하는 외뿔고래, 바다에 우글거리는 부랑자 바다 유니콘을 쏘아죽이기 위해서였다고 한다. 갑판에서는 물의 저항력 때문에 제대로 명중시키기가 어려운 반면, 위에서 아래를 겨냥해 쏘는 것은 사정이 완전히 달랐기 때문이다. 그런데 슬리트 선장이 까마귀 둥지가 지닌 여러 편리함에 대해 세세한 부분까지 일일이 모두 설명한 것은 분명 자신이 좋아서 한 일임이 틀림없다. 그는 이러한 편리함들에 대해 매우 자세한 설명을 곁들이며, 모든 나침함의 자석이 지닌 '국지적 인력' 때문에 생기는 오차를 제거할 목적으로 늘 까마귀 둥지 안에 두었던 작은 나침반을 가지고 그곳에서 행한 실험에 대한 매우 과학적인 설명을 들려준다. 이 오차는 배의 갑판 인근의 수평면에 쇳덩이가 있는 경우에 발생하는데, 글레이셔호의 경우에는 아마도 선원들 중에 전직 대장장이들이 너무 많았기 때문에 그런 일이 일어났을 것이다. 하여튼 선장이 이 점에서 매우 신중하고 과학적인 태도를 보여주며, '나침함 편차' '방위 나침반 관측' '근사 오차' 따위의 유식한 말들을 사용하고 있지만, 그가 그런 나침반에 관한 깊은 명상보다는 손에 잘 닿도록 까마귀 둥지 한쪽 편에 고이 모셔둔 꽉 채운 작은 술병에 종종 더 마음을 빼앗기곤 했다는 것은 슬리트 선장 본인도 잘 아는 사실이다. 나는 대체로 이 용감하고 솔직하고 유식한 선장을 매우 존경하며 심지어 사랑하기까지 하지만, 그가 북극에서 불과 3, 4퍼치[171] 떨어진 그 새둥지 위에서 손에는 벙어리장갑을 끼고 머리에는 모자를 뒤집어쓴 채 수학을 연구하는 동안 그 술병이 충실한 친구로서 얼마나 큰 위안을 안겨주었는지를 잘 알면서도 그것에 대한 언급을 철저히 무시하는 것은 매우 좋지 않게 생각한다.

우리 남양 포경선원들이 슬리트 선장이나 그의 그린란드 포경선원들과 달리 높은 곳에 아늑한 보금자리를 갖지는 못해도, 우리 남양 포경선원들이 늘 항해하는 매력적인 바다가 그린란드 포경선원들의 바다와는 비교도 안 될 정도로 고요하다는 사실로 그 불리한 처지가 만회된다. 나의 경우는 매우 느긋하게 삭구 위로 오르다가 거기 매달려 쉬면서 퀴퀘그나 비번인 아무나와 잡담도 나누고, 그런 다음 조금 더 위로 올라가 게으른 한쪽 다리를 중간돛 활대에 걸치고 푸른 초원 같은 바다를 우선 한번 살펴본 후, 그제야 비로소 나의 최종 목적지에 도달하곤 했다.

여기서 모든 걸 깨끗이 털어놓자면, 솔직히 말해서 나는 정말 형편없는 망꾼이었다. 마음속으로 우주의 문제를 고민하던 내가—그것도 여러 생각을 불러일으키게 하는 고지에 철저히 혼자 남겨진 상태에서—어떻게 "경계를 게을리하지 말고, 계속해서 보고하라"라는 모든 포경선의 복무규정에 따라야 하는 의무를 소홀히 하지 않을 수 있었겠나.

그리고 이 자리에서 그대 낸터킷의 선주들에게 간곡히 충고하겠다! 조금도 방심하지 말아야 할 포경선에 삐딱한 이마와 눈이 움푹 꺼진 젊은이를 들이는 일을 경계하라. 이들은 시도 때도 없이 명상에 잠기는 버릇이 있으며, 머릿속에 바우디치[172] 대신 『파이돈』[173]을 넣고 배에 오르려는 자들이다. 그러한 자들을 반드시 경계해야 한다. 고래를 죽이려면 먼저 고래를 발견해야 하는데, 이처럼 눈이 퀭한 젊은 플라톤주의자는 배로 지구를 열 바퀴나 돈다 해도 고래기름 1파인트도 보태지 못할 것이다. 이러한 충고는 전혀 불필요한 것이 아니다. 요즘 포경업계는 지상에서 느끼는 걱정거리에 신물이 난 나머지 타르와 고래 지방에서 의미를 찾으려는 낭만적이고 우울하고 얼빠진 수많은 젊은

이들에게 피난처를 제공하고 있기 때문이다. 적지 않은 수의 차일드 해럴드가 어느 재수없고 낙담한 포경선의 돛대 꼭대기에 올라 다음과 같은 우울한 구절을 외친다.

> 굽이쳐라, 그대 깊고 검푸른 대양이여, 계속 굽이쳐!
> 수많은 배들이 고래기름을 찾아 그대 위를 헛되이 스쳐간다.[174]

이런 배의 선장들은 그런 얼빠진 젊은 철학자들을 매우 자주 꾸짖으면서, 항해에 충분한 '관심'을 보이지 않는다고 비난하기도 하고, 명예에 대한 야망을 죄다 포기해버린 나머지 차라리 고래가 나타나지 않길 내심 바라는 건 아니냐며 넌지시 떠보기도 한다. 하지만 전부 부질없는 짓이다. 이 젊은 플라톤주의자들은 자신들의 시력이 불완전함을 알고 있다. 그들은 근시다. 그러니 시신경을 혹사해본들 무슨 소용이 있겠나? 그들은 오페라글라스를 집에다 두고 온 자들이다.

"이봐, 거기 원숭이 같은 놈." 한 작살잡이가 그런 젊은이들 중 하나에게 이렇게 말했다. "우리가 이 힘든 항해를 계속해온 지도 벌써 삼 년짼데, 네놈은 여태껏 고래를 한 마리도 찾지 못했어. 네놈이 망을 보는 날이면 고래들이 암탉 이빨만큼이나 희귀해지는 모양이지." 그럴지도 모른다. 아니, 머나먼 수평선 위로 고래들이 떼 지어 몰려다녔을지도 모른다. 하지만 이 얼빠진 젊은이는 파도와 상념이 만들어낸 운율에 취해 멍하고 무의식적인 몽상이 가져다주는 아편 같은 나른함에 빠져들고 만다. 그리하여 그는 급기야 자기 자신을 망각하고, 발아래 펼쳐진 신비로운 대양을 인류와 대자연에 충만한 깊고 푸르고 끝없는 영혼의 가시적 이미지로 받아들여버린다. 보일 듯 말 듯 하다가 미끄러지듯 자취를 감춰버리고 마는 그 모든 기이하고 아름다운 것들, 흐릿하게 알 수 없는 모습으로 솟아오르는 모든 지느러미들이 그에게는 영혼을 계속해서 스쳐지나가며 영혼을 살찌워주는 그런 걷잡을 수 없는 상념들의 화신처럼 느껴진다. 이 황홀경 속에서 그대의 영혼은 원래 있던 곳으로 썰물처럼 빠져나가 시공 속으로 흩어져버린다. 화장된 후 강에 뿌려진 범신론자 위클리프[175]의 재가 마침내 지구상에 존재하는 모든 해안의 일부가 되었듯이 말이다.

지금 그대가 지닌 생명이란 부드럽게 굽이치는 배가 나눠준 흔들리는 생명일 따름이다. 배는 바다에서 빌려왔고, 바다는 신의 헤아릴 길 없는 조류에서 빌려온 바로 그 생명 말이다. 하지만 이처럼 잠들어 꿈을 꾸는 와중에 그대의 발이나 손을 조금만 움직여보라. 쥐고 있던 손을 아주 살짝만 놓아줘보라. 그러면 다시금 돌아온 정체성에 온몸이 오싹해지고 말 것이다. 그대는 데카르트적인 소용돌이[176] 위를 맴돌고 있다. 그리고 어쩌면 날씨도 정말 화창한 어느 한낮, 그대는 제대로 비명도 내지르지 못한 채 그 투명한 대기를 가르며 여름 바다로 떨어져 다시는 떠오르지 못하게 될지도 모른다. 그러니 부디 조심하시라, 그대 범신론자들이여!

36장

뒷갑판

에이해브 등장. 이어서 전원 등장

파이프 사건이 있은 지 얼마 되지 않은 어느 날, 아침식사를 막 끝낸 에이해브는 평소 습관대로 선실 승강구를 통해 갑판 위로 올라왔다. 시골 신사들이 아침을 먹고서 정원을 몇 바퀴 돌듯, 대부분의 선장들도 보통 그 시간에 산책을 한다.

이윽고 그가 늘 산책하던 코스를 왔다갔다하며 걸어다니자 고래뼈 부딪치는 소리가 일정한 간격을 두고 들려왔다. 그가 무수히 밟고 지나간 널빤지들은 그의 독특한 발자국으로 온통 움푹 패어 있어서, 마치 지질학적 암석처럼 보였다. 게다가 밭이랑처럼 주름지고 움푹 파인 그의 이마를 자세히 바라보기라도 한다면 거기서는 더 이상한 발자국—잠 못 이루며 끝없이 거니는 상념이 만들어낸 발자국—을 발견하게 될 것이다.

그런데 문제의 그날 아침에는 이마의 그 주름들이 더욱 깊어 보였고, 그의 신경질적인 발걸음도 더욱 깊은 자국을 남기고 있었다. 너무나도 깊은 생각에 잠긴 나머지, 에이해브가 큰 돛대와 나침함에서 규칙적으로 돌아설 때마다 그의 생각도 그를 따라 돌고, 그가 걸으면 그의 생각도 그를 따라 걷는 게 눈에 보일 정도였다. 그 생각은 그를 말 그대로 완전히 사로잡고 있어서, 겉으로 드러나는 모든 행동이 내면의 거푸집이 찍어낸 것처럼 보일 지경이었다.

"선장 보이나, 플래스크?" 스터브가 속삭였다. "머릿속 병아리가 껍질을 쪼고 있어. 곧 튀어나올 거라고."

시간은 점점 흘러갔고, 그동안 에이해브는 선실 안에 틀어박혀 있다가 이윽고 예의 그 무지막지할 정도로 강박에 사로잡힌 표정을 드러낸 채 다시 갑판 위를 걸어다녔다.

해질녘이 가까워졌다. 그는 갑자기 뱃전 옆에서 걸음을 멈추더니, 거기 있는 송곳 구멍에 고래뼈 다리를 집어넣고 한 손으로 돛대 밧줄을 움켜쥔 채 스타벅에게 모두를 선미로 집합시키라는 명령을 내렸다.

"선장님!" 특별한 경우가 아니면 선상에서 거의 혹은 전혀 내려지지 않는 명령을 듣고 깜짝 놀란 항해사가 외쳤다.

"선미 쪽으로 전원 집합시켜." 에이해브가 되풀이해서 말했다. "거기, 돛대 꼭대기! 이리 내려와!"

한자리에 모두 모인 선원들은 영문을 알 수 없어 궁금해하는 표정으로 선장을 쳐다봤다. 그가 꼭 폭풍우를 몰고 오는 쪽 수평선처럼 보였기 때문이다. 에이해브는 뱃전 너머를 재빨리 훑더니 자기에게 가까운 쪽 선원들부터 차례로 한번 쭉 쳐다본 후, 마치 자기 주변에는 아무도 없다는 듯 다시 무거운 발걸음으로 갑판 위를 거닐었다. 그는 선원들이 의아해하며 서로 쑥덕거려도 신경쓰지 않고 고개를 숙이고 모자를 반쯤 눌러쓴 채 계속해서 걸음을 옮겼다. 마침내 스터브는 플래스크에게 에이해브가 걷는 솜씨를 보여주려고 자신들을 불러모은 모양이라고 조심스레 속삭였다. 하지만 이것도 오래가지 않았다. 그는 단호하게 걸음을 멈추고는 이렇게 외쳤다.

"자네들, 자네들은 고래를 보면 무얼 하지?"

"큰 소리로 외칩니다!" 스무 명 정도가 일제히 즉흥적으로 대답하는 소리가 들려왔다.

"좋아!" 에이해브는 자신이 던진 예기치 않은 질문이 그들에게서 자석처럼 이끌어낸 원기왕성한 활기를 보고 대단히 만족스럽게 외쳤다.

"그다음엔 무얼 하지?"

"보트를 내려서 쫓아갑니다!"

"그러면 어떤 마음가짐으로 노를 젓지?"

"고래가 죽거나 보트가 뚫리거나!"

선원들이 그렇게 외치면 외칠수록 노인네의 표정에는 기이하고도 맹렬한 기쁨과 만족감이 더해갔다. 반면에 선원들은 그토록 무의미해 보이는 질문에 자신들이 왜 그렇게 흥분했는지 의아하다는 표정으로 서로를 묘하게 쳐다보기 시작했다.

하지만 중심축 구멍에서 반쯤 돌아선 에이해브가 한 손을 높이 뻗어 돛대 밧줄을 거의 발작적으로 움켜쥐고 다음의 연설을 들려주자 모두들 다시 열의에 넘쳤다.

"지금까지 돛대 꼭대기에 올라간 망꾼들은 다들 내가 흰 고래에 대해 내린 명령을 들었을 것이다. 자, 보라! 다들 이 스페인 금화가 보이는가?" 에이해브는 크고 반짝이는 금화를 태양 쪽으로 들어올렸다. "이것은 16달러짜리 금화다. 다들 보이나? 스타벅, 저기 저 쇠망치를 가지고 오게."

항해사가 망치를 가지러 간 동안, 에이해브는 금화를 더욱 빛나게 하려는 듯 말없이 금화를 옷자락에 비벼댔다. 그러면서 콧노래를 낮게 흥얼거렸는데,

그 소리는 너무 이상할 정도로 작고 불분명해서 그의 몸안에 있는 생명력의 바퀴가 돌아가면서 내는 기계의 윙윙거림처럼 들릴 정도였다.

그는 스타벅에게서 쇠망치를 건네받아 한 손으로는 쇠망치를 높이 치켜들고, 또 한 손으로는 금화를 내보이며 큰 돛대 쪽으로 다가가 큰 소리로 외쳤다. "자네들 중 누구라도 이마가 주름지고 아가리는 비뚤어진 대가리 하얀 고래를 발견한다면, 자네들 중 누구라도 꼬리 오른쪽에 구멍이 세 개 뚫린 대가리 하얀 고래를 발견한다면, 자네들 중 누구라도 내가 말한 흰 고래와 똑같은 녀석을 발견한다면, 내가 그자에게 이 금화를 주겠다!"

"만세! 만세!" 선원들은 이렇게 외치며 돛대에 금화를 박아넣는 선장을 향해 방수모를 흔들며 환호를 보냈다.

"분명 흰 고래라고 말했다." 에이해브가 쇠망치를 아래로 내던지며 말을 이었다. "흰 고래다. 눈을 부릅뜨고 녀석을 찾도록. 흰 물결이 일면 주의를 기울여서 살펴봐. 흰 거품만 보여도 큰 소리로 외치라고."

그러는 동안 타시테고, 다구, 퀴퀘그는 나머지 선원들보다 강렬한 호기심과 놀라움이 가득한 표정으로 선장을 지켜보았고, 주름진 이마와 비뚤어진 아가리라는 말을 듣자 각자 그와 관련된 구체적인 기억이라도 떠올랐는지 흠칫 놀랐다.

"에이해브 선장님." 타시테고가 말했다. "그 흰 고래는 사람들이 '모비 딕'이라고 부르는 고래와 같은 놈이 틀림없습니다."

"모비 딕이라고?" 에이해브가 소리쳤다. "그럼 타시 자네는 그 흰 고래에 대해 아나?"

"그 고래는 물 아래로 내려가기 전에 꼬리를 좀 별나게 흔들지 않습니까, 선장님?" 게이헤드 사나이가 신중하게 물었다.

"물기둥도 좀 별나게 뿜지 않나요?" 다구도 물었다. "무슨 덤불처럼 크게요. 그리고 향유고래치고도 굉장히 빠른 편이 아닌가요, 에이해브 선장님?"

"그리고 하나, 둘, 셋—오오! 몸에 쇠 아주 많이 숨어 있다, 선장." 퀴퀘그가 정신없이 외쳤다. "전부 구불구불 비틀렸다. 이렇게, 이렇게……" 퀴퀘그는 적당한 말을 찾아 심하게 더듬대며 병의 코르크 마개라도 따듯이 손을 빙빙 돌렸다. "이렇게, 이렇게……"

"코르크 마개뽑이!" 에이해브가 외쳤다. "그래, 퀴퀘그. 녀석에게 박힌 작살들은 모두 뒤틀리고 비틀려 있지. 그래, 다구. 녀석의 물기둥은 보릿단 가리만큼이나 크고, 매년 양털 수확 축제 이후에 얻는 낸터킷 양털 한 무더기만큼이나 새하얗다. 그래, 타시테고. 녀석은 돌풍에 찢어진 삼각돛처럼 꼬리를 흔들지. 이런 젠장! 자네들, 자네들이 본 게 바로 모비 딕이다—모비 딕—모비 딕!"

"에이해브 선장님." 지금까지 스터브와 플래스크와 함께 점점 더 놀라움이 가득해지는 눈빛으로 선장을 쳐다보던 스타벅은 마침내 그 모든 궁금증을 어느 정도 해소해줄 만한 생각이 떠올랐다는 듯이 말했다. "에이해브 선장님, 저도 모비 딕에 대해 들어봤습니다. 그런데 선장님의 다리를 앗아간 게 바로 모비 딕 아니었던가요?"

"누가 그런 소릴 해?" 에이해브가 소리치더니 잠시 말을 끊었다가 다시 이었다. "그래, 스타벅. 그래, 나의 모든 선원들이여. 내 돛대를 꺾어버린 놈이 바로 모비 딕이었다. 내가 짚고 선 이 죽은 다리를 선물해준 놈도 모비 딕이지. 그래, 그래." 그가 커다랗고 무시무시한 소리로 동물처럼 흐느끼며 외치는 소리는 심장을 찔린 큰 사슴이 내는 소리를 방불케 했다. "그래, 그래! 나를 완전히 망가뜨려서 영원히 가련한 절름발이 느림보[177]로 만들어버린 게 바로 그 망할 놈의 흰 고래지!" 그러고는 두 팔을 번쩍 들고 끝없이 저주를 퍼부으며 외쳤다. "그래, 그래! 나는 희망봉을 돌고, 혼곶을 돌고, 조류가 소용돌이치는 노르웨이의 앞바다를 돌고, 지옥의 불길을 돌아서라도 녀석을 쫓아갈 것이다. 그 전에는 포기할 수 없어. 그리고 이것이야말로 자네들이 이 배에 오른 이유인

것이다! 아메리카대륙의 양쪽 바다에서, 지구의 도처에서 그 흰 고래를 쫓아 결국 녀석이 시커먼 피를 내뿜고 지느러미를 축 늘어뜨리게 만드는 것. 어떤가, 함께 힘을 합쳐보겠는가? 내가 보기에 그대들은 용감한 것 같은데."

"옳소, 옳소!" 작살잡이들과 선원들이 흥분한 노인네에게 바짝 달려들며 외쳤다. "눈 부릅뜨고 흰 고래를 찾자, 날카로운 창으로 모비 딕을 찌르자!"

"신께서 그대들을 축복하시길." 그는 반쯤 흐느끼는 듯한 목소리로 외쳤다. "신께서 자네들을 축복하시길. 사환! 가서 그로그주[178]를 잔뜩 가져오너라. 그런데 스타벅, 자네는 왜 그렇게 침통한 표정이지. 자네는 흰 고래를 쫓지 않을 건가? 모비 딕을 잡을 생각이 없는 거야?"

"에이해브 선장님, 저는 녀석의 비뚤어진 아가리에도, '죽음'의 아가리에도 맞설 준비가 돼 있습니다. 그게 우리가 따라야 하는 정당한 일이라면 말이죠. 하지만 저는 여기 고래를 잡으러 왔지, 선장님의 복수를 해주려고 온 게 아닙니다. 에이해브 선장님, 심지어 복수에 성공한다고 해도 거기서 고래기름을 몇 통이나 얻을 수 있겠습니까? 그것은 낸터킷 시장에서 딱히 큰 소득을 안겨주지 못할 겁니다."

"낸터킷 시장이라고! 흥! 잠깐 가까이 와보게, 스타벅. 자네에게는 좀더 자세한 설명이 필요하겠군. 이봐, 우선 돈을 척도로 삼는다 치고, 회계사들이 지구를 거대한 계산대로 삼아 지름이 사분의 삼 인치인 기니 금화로 빙 두른 다음 그 액수를 모두 계산해낸다고 하세. 그래도 그 총액은 내 복수가 가져올 상금에는 미치지 못할 거야!"

"노인네가 가슴을 치고 있군." 스터브가 속삭였다. "왜 저러는 거지? 울림은 정말 어마어마한데, 어쩐지 공허하단 말이야."

"말도 못 하는 멍청한 짐승에게 복수라뇨!" 스타벅이 소리쳤다. "녀석은 맹목적인 본능에 따라 선장님을 공격했을 뿐입니다! 미친 짓이에요! 멍청한 짐승 때문에 격분하는 건 말이죠, 에이해브 선장님, 제게는 신성모독으로 보입니다."

"다시 한번 내 말을 잘 들어보게. 그 깊은 의미를 잘 이해해보라고. 이보게, 눈에 보이는 대상은 모두 두꺼운 종이로 만든 가면에 지나지 않아. 하지만—삶이라는 의심할 수 없는 행위 속에서—벌어지는 모든 일들의 경우, 분명히 알 수는 없지만 이성적인 무언가가 비이성이라는 가면 뒤에서 자신의 얼굴이 새겨진 거푸집을 내미는 법이지. 만일 뭔가를 찌를 생각이라면 바로 그 가면을 꿰뚫어야 해! 죄수가 벽을 뚫지 않고 무슨 수로 밖으로 나갈 수 있겠나? 나에게는 그 흰 고래가 바로 그 벽이야. 아주 바싹 다가선 벽이지. 가끔은 그 너머에 아무것도 없으리란 생각이 들기도 한다네. 하지만 아무러면 어때. 녀석은 나를 무지막지할 정도로 괴롭히고 있단 말이야. 나는 녀석에게서 난폭한 힘과 그 힘을 북돋워주는 헤아릴 수 없는 적의를 느껴. 그리고 헤아릴 수 없는 존재야말로 내가 가장 증오하는 것이지. 그 흰 고래가 대리인이건 본체건 간에, 나는 그 증오를 녀석에게 쏟아부을 거야. 자네, 내게 신성모독 어쩌고 하는 소린 꺼내지도 말게. 태양이 날 모욕한다면 그 태양도 찔러줄 테니까. 태양이 그럴 수 있다면 어디 나라고 못 그러겠는가 말이야. 왜냐하면 질투가 모든 피조물의 주인 노릇을 하는 이곳에서는 모든 게 정정당당한 시합이라는 느낌이 들거든. 하지만 그 정정당당한 시합도 나의 주인은 아니야. 날 지배하는 건 누굴까? 진실에 한계는 없어. 그런 눈으로 쳐다보지 말게! 악마의 이글거리는 눈빛보다 더 참을 수 없는 건 바로 그런 얼빠진 시선이야! 그래, 그래. 얼굴이 붉으락푸르락하는군. 내 뜨거운 화가 자네를 녹여서 분노로 달아오르게 했어. 하지만 이보게, 스타벅. 홧김에 한 말은 저절로 사라지는 법이야. 어떤 사람들이 홧김에 던진 말은 별 모욕도 아니잖나. 자네를 화나게 하려고 그런 건 아니니 그쯤 해두자고. 보게! 저기 저 얼룩덜룩 태양에 그을린 터키 놈들의 두 뺨—태양이 그린 살아 숨쉬는 그림들—을 보란 말이야. 저 부주의하고 불경스러운 이교도 표범들은 그저 살아가기나 할 뿐, 자신들의 피부에 와닿는 타는 듯이 뜨거운 삶에 대해 궁금해하지도 않고 거기에 어떤 의미를 부여하지도 않지! 선원들 말일세, 선원들! 이 고래 문제라면 저들 모두 이 에이해브와 같은 뜻을 품고 있지 않은가? 스터브를 보게! 웃고 있군! 저기 저 칠레 녀석을 봐! 생각만 해도 코웃음이 나나보군. 스타벅, 폭풍우가 몰아치는 가운데 혼자 묘목처럼 멀뚱히 서서 시달려서는 안 되네! 뭐가 대수란 말인가? 한번 생각해보게. 지느러미 하나 찌르는 걸 돕는 일이 아닌가. 그 정도야 뭐 스타벅에게는 대단한 실력을 뽐낼 만한 일도 못 되지. 겨우 그 정도에 불과한 일 아닌가? 앞돛대의 평선원들도 모두 숫돌을 집어들었는데, 낸터킷 최고의 작살잡이가 이 가소로운 사냥에서 혼자만 발을 빼진 않겠지? 아아! 자네는 이제 꼼짝도 못하는 신세야. 그래! 파도에 떠밀리는 신세란 말이지! 말해보게, 뭐라고 말 좀 해보라고! 그래, 그래! 자네의 침묵, 그렇다면 그게 자네의 대답이로군. (방백) 내 벌어진 콧구멍에서 뭔가가 튀어나왔는데 저 녀석이 그걸 가슴 깊이 들이마셨어. 이제 스타벅은 내 편이야. 반란이라도 일으키지 않고서는 이제 날 방해하지 못할 거야."

"신이시여, 저를 지켜주소서! 저희 모두를 지켜주소서!" 스타벅이 낮은 목소리로 중얼거렸다.

하지만 에이해브는 자신의 마법으로 항해사에게서 암묵적인 동의를 이끌어냈다는 기쁨에 도취된 나머지 그의 불길한 기도를 듣지 못했다. 화물창에서 들려오는 나지막한 웃음소리도 듣지 못했고, 불길한 조짐처럼 불어오는 바람에 밧줄이 몸을 떠는 소리도 듣지 못했고, 순간 낙심이라도 한 것처럼 공허하게 펄럭이며 돛대에 부딪히는 돛들의 소리도 듣지 못했다. 그런데 스타벅의 축 처져 있던 눈이 다시 한번 굳건한 생명력으로 불타오르자, 지하에서 들려오던 웃음소리는 사라졌고, 바람은 계속해서 불어왔고, 돛들은 더욱 부풀어올랐으며, 배는 예전과 다름없이 들썩거리며 앞으로 나아갔다. 아아, 경고와 전조여! 왜 너희는 오자마자 가버리는가? 하지만 그림자들이여, 너희는 전조라기보다는 차라리 예언에 가깝다! 외부에서 전해오는 예언이라기보다는 미래를 앞서나가는 것들에 대한 내면의 확증인 것이다. 외부에서 우리를 옥죄는 것이 별로 없을 때조차 우리 존재의 가장 깊숙한 곳에 자리한 긴급한 요구가 여전히 우리를 몰아가고 있기 때문이다.

"술이다! 술!" 에이해브가 외쳤다.

그는 넘쳐흐르는 커다란 백랍 술병을 받아들고 작살잡이들을 향해 돌아서서는 무기를 꺼내들라고 명령했다. 그러고는 손에 작살을 든 그들을 권양기 근처에 쭉 정렬시킨 다음 자기 쪽을 향하도록 했다. 세 항해사는 창을 든 채 선장 옆에 서 있었고, 나머지 선원들은 그들 주위에 원을 그린 채 모여 있었다. 선장은 잠시 선 채로 선원들 모두를 예리한 눈초리로 쳐다봤다. 하지만 그의 눈과 마주친 그 사나운 눈들, 그 눈들은 자신들의 선두에 서서 곧 들소를 추격하기 시작할 우두머리의 눈을 바라보는 코요테들의 핏발 선 눈과도 같았다. 하지만 아아! 그들은 인디언이 몰래 쳐놓은 덫에 걸리고 말 것을.

"마시고 돌려라!" 가장 가까이 있는 선원에게 가득 채운 커다란 술병을 건네며 선장이 외쳤다. "지금은 선원들만 마신다. 계속 돌려라, 돌려! 단숨에 들이켜고 천천히 삼켜라. 악마의 발굽처럼 뜨거운 술이다. 그래, 그래. 잘들 마시고 돌리는군. 술병이 자네들 사이에서 소용돌이처럼 돌고 있다. 물려고 달려드는 뱀의 눈을 보고 하는 수 없이 술병을 건네주고 있어. 잘했다. 거의 다 비웠군. 저쪽으로 갔다가 이쪽으로 오는구나. 내게 다오. 텅 비었군! 자네들은 세월과도 같구나. 그토록 넘쳐흐르는 인생도 벌컥벌컥 마시고 나면 온데간데없어지고 마는 것을. 사환, 술병을 더 채워 와라!

나의 전사들이여, 이제 내 말에 주목하라. 나는 자네들을 모두 이 권양기 주위로 집결시켰다. 항해사들은 창을 들고 내 옆에 서고, 작살잡이들은 작살을 들고 거기 서라. 그리고 당당한 선원들은 나를 둘러싸라. 고래잡이였던 옛 선조들의 고귀한 풍습을 좀 되살려보도록 하자. 오, 자네들은 곧 보게 될—이런! 사환이 벌써 돌아왔나? 못 쓰는 돈은 조만간 돌아온다더니.[179] 술병을 내게 다오. 이런, 백랍 술병이 또 넘쳐흘러버렸구나. 네 녀석은 무도병에라도 걸린 건지—저리 꺼져라, 이 말라리아 같은 놈아!

항해사들은 앞으로! 모두 내 앞에서 창을 교차시켜라. 옳지! 내가 가운데 축을 만져보겠다." 그는 그렇게 말하며 팔을 내밀고는 비슷한 간격을 두고 방사형으로 뻗은 세 창이 교차하는 부분을 움켜잡았다. 그러면서 느닷없이 신경질적으로 창들을 홱 잡아당겼고, 동시에 스타벅에게서 스터브로, 또 스터브에게서 플래스크로 강렬한 눈길을 보냈다. 그것은 마치 뭐라 이름 붙일 수도 없는 내면의 의지력으로 충격을 줘서, 그들에게 레이던병瓶[180]에 비견할 수 있을 자신의 자석과도 같은 삶에 축적된 맹렬한 감정을 전해주려는 행동처럼 보였다. 계속해서 이어지는 그의 이런 강렬하고도 불가사의한 모습에 세 항해사는 겁을 집어먹었다. 스터브와 플래스크는 눈길을 옆으로 돌려버렸고, 스타벅의 정직한 눈은 완전히 아래를 향했다.

"안 되겠군!" 에이해브가 외쳤다. "하지만 잘된 일인지도 모르지. 자네들 셋이 내가 온 힘을 기울인 충격을 단 한 번이라도 받았더라면, 내 안에 흐르는 전기, 그건 아마 영영 사라지고 말았을지도 몰라. 어쩌면 자네들 모두 시체가 되어 쓰러졌을지도 모르지. 어쩌면 자네들은 그게 필요 없을지도 몰라. 창을 내려라! 그러면 이제 나는 항해사들을 저기 저 나의 세 이교도 친척들—저기 있는 세 사람의 가장 고결한 신사이자 귀족, 나의 용맹한 작살잡이들—의 술 시중을 드는 자들로 임명하노라. 이 일이 불만인가? 그럼 위대한 교황께서 삼중관三重冠을 물항아리 삼아 거지들의 발을 씻겨주는 건 어떻게 생각하나? 오오, 친애하는 나의 추기경들이여! 자네들이 지닌 공손함, 자네들은 그것으로 인해 기꺼이 이 일을 수행하게 될 것이다. 나는 자네들에게 명령하지 않는다. 자네들이 자발적으로 그리할 것이다. 작살잡이들이여, 작살 연결 밧줄을 끊고 작살 자루를 뽑아라!"

말없이 명령에 따른 세 작살잡이는 길이가 3피트쯤 되는 작살에서 분리해 낸 쇠붙이 부분을 미늘 쪽이 위로 향하도록 든 채 선장 앞에 섰다.

"그 날카로운 강철로 날 찌르기라도 할 셈인가! 한쪽으로 기울여, 뒤집으란 말이야! 자네들은 어느 쪽이 술잔인지도 모르나? 자루 꽂는 구멍이 위쪽으로 오게 하라고! 그래, 그래. 이제 술시중을 드는 자들이여, 앞으로 전진. 쇠붙이! 쇠붙이를 받아라. 내가 술을 따르는 동안 들고 있도록!" 그는 그 즉시 항해사들 한 명 한 명을 천천히 오가며 커다란 백랍 술병에 담긴 불타는 액체를 작살 구멍 안에 가득 따랐다.

"자, 이제 세 사람씩 마주서서 무시무시한 축배를 권하라! 술잔을 전하라. 이제 자네들은 서로 떼려야 뗄 수 없는 동맹을 맺은 것이다. 하! 스타벅! 하지만 이제 다 끝났다. 저기 저 태양이 곧 자리에 앉아 우리의 협정을 승인하려 한다. 작살잡이들이여, 마셔라! 마시고 맹세하라, 죽음의 포경 보트 뱃머리에 서는 자들이여—모비 딕에게 죽음을! 만일 우리가 모비 딕을 쫓아가 그 목숨을 빼앗지 못하면, 신께서 우리를 모조리 다 죽이실 것이다!" 작살잡이들은 미늘이 달린 기다란 강철 술잔을 들어올렸다. 그리고 큰 소리로 흰 고래를 저주하면서 그 술을 단숨에 벌컥벌컥 삼켜버렸다. 얼굴이 창백해진 스타벅은 고개를 옆으로 돌린 채 몸을 부들부들 떨었다. 마지막으로 다시 한번 가득 채워진 백랍 술통이 제정신을 잃은 선원들 사이로 돌았다. 그러다 에이해브가 빈손을 흔들어 보이자 다들 흩어졌고, 에이해브도 그만 선실로 돌아갔다.

37장
해질녘

선실. 선미 쪽 창가. 에이해브가 홀로 앉아 창밖을 응시하고 있다.

나는 희고 흐릿한 항적을 남긴다. 내가 어디를 항해하건 바다는 창백하고, 두 뺨은 그보다 더 창백하다. 시샘하는 파도가 내가 낸 길을 삼켜버리려고 옆에서 비스듬히 부풀어오른다. 뭐 그러라지. 어차피 내가 한발 더 앞서나간다.

저기 저 언제나 넘칠 듯 가득차 있는 술잔 가장자리로 따스한 파도가 포도주처럼 얼굴을 붉힌다. 황금빛 이마는 푸른 바다의 수심을 잰다. 태양은 잠수부가 되어—정오 때부터 천천히 잠수하기 시작했다—아래로 내려간다. 내 영혼은 위로 올라간다! 끝없이 계속되는 언덕이 나를 지치게 한다. 그렇다면 이것은, 혹시 내가 쓴 왕관이 너무 무거운 탓일까? 이 롬바르디아왕국의 철 왕관[181]이? 그래도 이 왕관은 수많은 보석들로 환히 빛난다. 왕관을 쓴 나는 그것이 멀리까지 뿜어내는 섬광을 볼 수 없지만, 내가 그토록 눈부시고 현란한 왕관을 머리에 얹고 있다는 사실만은 어렴풋이 느낀다. 나는 안다, 이 왕관은 쇳덩이이지 금이 아님을. 나는 또한 느낀다, 이 왕관이 심지어 쪼개져 있음을. 삐쭉삐쭉한 모서리에 스쳐 벗겨진 피부가 몹시 쓰라리다. 머리가 단단한 금속에 계속 부딪히고 있는 것만 같다. 그래, 내 두개골, 그것은 강철이다. 그래서 온통 두개골이 박살나는 싸움에서도 투구 따윈 필요 없을 정도다!

내 이마의 열기가 식었다고? 오오! 내게도 떠오르는 해의 숭고한 격려를 받고, 지는 해의 위로로 마음을 달래던 시절이 있었건만. 다 지나버렸구나. 이 사랑스러운 빛, 이 빛은 나를 비춰주지 않는다. 나는 이 모든 사랑스러움을 전혀 즐길 수 없으니, 그것들은 내게 고뇌를 안겨줄 따름이다. 놀라운 직관력을 타고났으면서도 그저 즐길 줄 아는 저열한 능력이 없다니. 너무나도 교묘하고 너무나도 심술궂은 저주를 받은 것이다! 천국의 한복판에서 저주를 받은 것이다! 잘 자라. 잘 자! (그는 손을 흔들며 창가에서 물러선다)

그리 어려운 일은 아니었다. 적어도 한 녀석은 고집을 부릴 거라 생각했지. 하지만 내 톱니 하나가 녀석들의 서로 다른 바퀴에 꼭 들어맞아 모두를 돌아가게 하는군. 달리 말하자면 녀석들은 내 앞에 무수히 많은 개미탑처럼 쌓여 있는 화약이고, 나는 그 화약에 불을 붙이는 성냥인 셈이지. 오오, 가혹한 일이로다! 다른 이들에게 불을 붙이려면 성냥이 자신을 희생하는 수밖에 없다니! 지금껏 나는 과감히 도전할 일이 생기면 반드시 도전해왔다. 그리고 나는 내가 도전한 일은 반드시 해내고야 말 것이다! 저들은 내가 돌았다고 생각한다. 스타벅은 분명 그렇게 생각한다. 하지만 나는 마귀 들린 자요, 미쳐버린 광기다! 이 사나운 광기는 오직 그것을 이해할 때만 겨우 잦아든다! 예언에 따르면 내 팔다리가 잘려나가고 말 거라 했다. 그리고 그래! 나는 한쪽 다리를 잃었다. 나는 이제 내 몸을 잘라놓은 놈의 몸을 잘라놓겠노라고 예언한다. 그렇다면 이제 나는 예언자이자 그 예언의 실현자가 되는 셈이다. 그대들 위대한 신들조차 결코 이루지 못했던 경지다. 나는 그대들을 비웃고 그대들에게 야유를 보낸다, 그대들은 크리켓 선수들, 귀머거리 버크나 장님 벤디고[182] 같은 권투선수들이다! 남학생들이 자신을 괴롭히는 아이들에게 말하는 것처럼 '덩치에 어울리는 놈이나 상대해, 나를 두들겨패지 말고!'라고는 말하지 않겠다. 아니, 그대들은 이미 나를 쓰러뜨렸고, 나는 다시 일어나 있다. 하지만 그대들은 벌써 도망가서 숨어버렸다. 면화꾸러미 뒤에서 당장 모습을 드러내라! 내게는 그대들에게 닿을 만한 긴 라이플이 없다. 나와서 에이해브의 찬사를 받아라. 나와서 그대들이 나를 침로에서 이탈하게 할 수 있는지 시험해보라. 나를 침로에서 이탈하게 한다고? 감히 그럴 수는 없을 것이다, 오히려 그대들이 침로에서 이탈하고 말겠지! 그 점에서는 인간을 당해낼 수 없다. 나를 침로에서 이탈하게 한다고? 나의 확고한 목적을 향해 가는 길에는 무쇠 선로가 깔려 있고, 내 영혼은 그 위를 달리며 바퀴자국을 내고 있다. 깊이를 알 수 없는 협곡들 너머로, 겹겹이 쌓인 깊은 산들 사이로, 급류가 흐르는 강바닥 아래로, 나는 한 치의 오차도 없이 돌진한다! 아무것도 철길의 앞길을 막아설 수 없으며, 그 무엇도 철길을 구부릴 수 없다!

38장
황혼

큰 돛대 옆. 스타벅이 돛대에 기대서 있다.

내 영혼은 적수가 되지 못했다. 내 영혼은 감독을 당하는 신세가 되어버렸다. 그것도 미치광이한테 말이지! 제정신을 갖고도 그런 전쟁터에서 항복할 수밖에 없다니, 참을 수 없이 쓰라리구나! 하지만 그는 내 깊숙한 곳까지 뚫고 내려와 내 이성을 모두 폭발시켜버렸다! 그의 사악한 목적이 뭔지 뻔히 알면서도 그가 그것을 이루게끔 도울 수밖에 없다는 기분이 든다. 좋든 싫든, 형언할 수 없는 무언가가 나를 그에게 꽁꽁 묶어버렸다. 밧줄로 묶인 채 끌려가고 있지만, 그것을 잘라버릴 칼이 없다. 지독한 영감! 그는 자신을 지배하는 게 누구냐고 외친다. 그래, 그는 저 위의 존재들과의 관계에서는 민주주의자일지도 모른다. 하지만 자기 아랫사람들에게 그는 그 얼마나 철저히 군림하려 드는가! 오오! 나의 비참한 역할이 눈에 훤히 보이는구나—반항하면서도 복종한다. 이보다 최악은 일말의 동정심을 남겨둔 채 그를 증오해야 한다는 점이다! 그의 눈에서는 끔찍한 비애가 느껴지기 때문이다. 만일 그 비애가 내 것이었다면, 나는 완전히 시들어버리고 말았을 텐데. 그래도 아직 희망은 있다. 세월과 바닷물은 끝도 없이 흐르는 법이다. 작은 금붕어가 유리 어항이라는 둥근 세상 속을 헤엄쳐 다니듯, 이 미움 받는 고래는 둥근 지구 전체의 바다를 헤엄쳐 다닌다. 하늘을 모독하는 그의 목적을 신께서 엇나가게 만드실지도 모른다. 마음이 납처럼 무겁지만 않았어도 기운을 차렸을 텐데. 하지만 내 몸의 시계는 멈춰버렸고, 추처럼 모든 것을 조종하는 마음을 다시 감아올릴 열쇠가 내게는 없구나.

(앞갑판에서 한바탕 떠들어대는 소리가 들려온다)

오, 신이시여! 인간을 어머니로 두었으리라고는 감히 상상하기도 힘든 저런 이교도 선원들과 한배를 타야 한다니! 상어가 우글거리는 바닷가 어디선가 짐승 새끼로 태어났겠지. 흰 고래가 저들의 데모고르곤[183]이다. 잘 들어보라! 지옥에서 벌이는 술잔치가 아닌가! 앞쪽은 저렇게 흥청망청 떠들어대고 있다! 단호할 정도로 적막한 선미 쪽 고요에도 한번 귀를 기울여보라! 마치 인생과도 닮아 있다는 생각이 드는구나. 맨 앞의 뱃머리는 명랑하게 전투태세를 갖춘 채 익살을 떨며 거품이 이는 바다를 가르고 나아가는데, 그 뒤에는 겨우 음울한 에이해브가 따라오고 있을 뿐이다. 그는 배가 지나가면서 선미 쪽에 만들어놓는 소용돌이 위쪽에 지어진 선실에 처박혀 생각에 잠겨 있고, 저멀리서 늑대들이 으르렁대는 듯한 물소리에 쫓기고 있다. 저 긴 울부짖음이 내 온몸을 전율케 한다! 그쯤 해둬라! 흥청대는 자들이여, 당직을 세워라! 오오, 인생이여! 영혼은 두들겨맞아 쓰러지고, 지식에—거칠고 못 배운 것들이 음식에 달려들듯—매달리고 싶어지는 바로 지금 같은 때, 이럴 때 나는 네게 잠재해 있던 공포를 느낀다. 오오, 인생이여! 하지만 이러는 건 나답지 않다! 나는 이제 두렵지 않다! 내가 가진 것은 부드러운 인간의 감정이지만, 나는 그것으로 너에게 맞서 싸울 것이다, 이 암울한 허깨비 같은 미래여! 오, 신성한 힘들이여, 내 곁에 머물며 나를 붙들어주시고, 나를 굳건히 지켜주소서!

39장

첫번째 야간 당직

앞돛대 망루

(스터브 혼자서 아딧줄을 손보고 있다)

하! 하! 하! 하! 에헴! 먼저 목을 가다듬어야지. 그후로 계속 그 문제에 대해 생각해봤는데, 최종 결론은 결국 '하, 하'뿐이지 뭐겠어. 왜냐고? 왜냐면 웃음이야말로 요상한 것들에 대한 가장 현명하고 간편한 대답이거든. 그리고 무슨 일이 닥치든 늘 위안이 되어주는 사실이 하나 있지. 그 확실한 위안이란 바로 모든 운명이 미리 정해져 있다는 거야. 선장이 스타벅과 나눈 이야기를 다 듣지는 못했는데, 얼핏 보기에 스타벅은 그날 저녁 내가 느꼈던 것과 똑같은 기분을 느낀 것 같더군. 무굴제국 영감이 그를 꼼짝 못하게 만든 게 틀림없어. 딱 보자마자 알았지. 특별한 능력이라도 있었다면 즉석에서 예언했을지도 몰라. 그의 두개골을 처음 봤을 때 알았으니까. 이것 참, 스터브. 현명한 스터브—그게 내 칭호지—자, 스터브. 그래서 어쨌다는 거지, 스터브? 완전 송장 꼴이 다 됐군. 앞으로 닥쳐올 일을 다 알 수는 없겠지만, 무슨 일이 닥쳐오든 크게 웃어줄 테야. 모든 무시무시한 일에 그토록 우스꽝스럽고 음흉한 미소가 도사리고 있다니! 묘한 기분이 드는군. 파, 라! 리라, 스키라! 귀여운 내 사랑은 지금쯤 집에서 뭘 하고 있을까? 눈이 퉁퉁 붓도록 울고 있을까? 어쩌면 마지막으로 도착한 작살잡이들에게 연회를 베풀어주고 있을지도 몰라. 프리깃함艦의 삼각기처럼 명랑하게, 그리고 내 기분도 그렇지. 파, 라! 리라, 스키라! 오—

> 우리 오늘밤엔 가벼운 마음으로 잔을 들자,
>   가득찬 술잔 끝에서 찰랑대다가
> 입술에 닿자마자 부서지는 거품과도 같은
>   즐겁고도 덧없는 우리 사랑을 위해.

멋진 노래로군. 누가 날 부르나? 스타벅? 네, 네. (방백) 그는 나의 상관이지만, 내 생각이 틀리지 않았다면 그에게도 상관은 있지. 네, 네. 이 일만 마저 끝내고요. 곧 갑니다.

40장

한밤중, 앞갑판

작살잡이들과 선원들

(앞돛대의 돛이 올라가자 당직들이 모습을 드러낸다. 서 있는 당직, 어슬렁거리는 당직, 기대서 있는 당직, 다양한 자세로 누워 있는 당직 모두가 합창을 한다)

안녕, 잘 있어요, 스페인 아가씨들이여!
안녕, 잘 있어요, 스페인 아가씨들이여!
선장님의 명령이 떨어졌어요—

낸터킷 선원 1

오오, 친구들, 감상에 젖지 말게. 소화에 안 좋다고! 기운을 북돋우세. 날 따라해!

(그가 노래하자 다들 따라 노래한다)

우리 선장님 갑판 위에서
작은 망원경 하나 손에 들고
사방에서 물기둥 뿜어 올리는

웅장한 고래들 보고 계시네.
오, 다들 보트에 밧줄통 싣고
아딧줄 옆에 붙어라,
우린 멋진 고래 한 마릴 잡게 될 테니
다들 열심히 젓고 또 저어라!
그러니 다들 기운을 내자! 절대 기죽어선 안 돼!
용감한 작살잡이가 고래를 찌르는 동안엔!

뒷갑판에서 들려오는 항해사의 목소리

팔점종八點鐘[184]을 쳐라!

낸터킷 선원 2

합창을 멈춰! 거기 팔점종을 쳐라! 이봐 종지기, 안 들리나? 핍, 종을 여덟 번 치라고! 이런 검둥이 놈! 당직은 내가 불러주지. 내 입은 술통처럼 크니까, 이런 일에는 내가 딱이란 말씀이야. 자, 자. (머리를 승강구 아래로 쑤셔넣고서) 어어어이이이! 우--현-당-직! 팔점종이 친다! 당장 갑판 위로!

네덜란드 선원

이봐, 오늘밤은 정말 졸리는군. 그러기엔 너무 멋진 밤인데. 무굴제국 영감이 준 술 때문에 힘이 솟는 사람도 있고, 그만큼 힘이 빠진 사람도 있는 모양이야. 우리는 노래하는데, 저들은 자고 있잖아. 그래, 바닥에 딱 달라붙은 기름통들처럼 뻗었군. 저들을 다시 깨워! 거기, 이 구리 펌프를 가져다가 저들을 향해 한번 크게 소리쳐보게. 아가씨들 꿈에서 이제 그만 깨라고 해. 부활할 시간이라고 말이야. 이제 마지막 키스를 끝내고 그만 정신을 차려야지. 바로 그거야. 그래, 그거라고. 자네는 암스테르담 버터를 안 먹어서 그런지 목청이 좋군.

프랑스 선원

다들 조용히 좀 해봐! 블랭킷만에 닻을 내리기 전에[185] 춤이나 몇 번 더 추자고. 어때? 저기 교대할 당직이 오는군. 다들 벌떡 일어서! 핍! 꼬맹이야! 어서 탬버린을 흔들면서 맞이해줘!

핍

(졸리고 부루퉁한 표정으로)

어디 있는지 몰라요.

프랑스 선원

그럼 배라도 두들기고 귀라도 흔들어봐. 이봐, 다들 춤추자고. 흥겹게 말이야. 야호! 젠장, 춤 안 출 텐가? 인디언들처럼 한 줄로 서서 신나게 나막신 춤을 추지 않을 텐가? 어서, 어서! 다리, 다리를 움직이라고!

아이슬란드 선원

친구, 난 여기 무대가 마음에 안 들어. 이렇게 질척거리는 바닥은 내 취향이 아니라고. 난 얼음 바닥에 익숙하거든. 제안에 찬물을 끼얹어서 미안한데, 이만 실례하겠네.

몰타 선원

나도 싫네. 여자가 없지 않은가? 바보가 아니고서야 대체 누가 자기 왼손으로 자기 오른손을 붙잡고 '처음 뵙겠습니다' 하고 말하겠느냔 말이야? 파트너! 난 파트너가 필요하다고!

시칠리아 선원

맞아. 여자와 풀밭! 그것만 있었다면 한데 어울려 함께 춤을 췄을 텐데. 그래, 메뚜기처럼 뛰었을 거야!

롱아일랜드 선원

이봐, 이봐, 실쭉대지들 말라고. 우리로도 충분하잖아. 스퀘어 댄스는 가급적이면 출 수 있을 때 춰두는 게 좋다고. 다들 어서 다리를 들어올리자. 아아! 이제 음악이 들려온다. 다들 어서!

아조레스 선원

(승강구를 올라오면서 탬버린을 위로 던진다)

핍, 여기 있다. 자! 이제 다들 권양기 기둥 위로 올라가자!

(그들 중 절반은 탬버린에 맞춰 춤추고, 일부는 아래로 내려가고, 일부는 감아놓은 밧줄들 사이에서 잠을 자거나 거기 드러눕는다. 여기저기서 욕설이 들려온다)

아조레스 선원

(춤을 추면서)

어서, 핍! 탬버린을 두들겨봐, 이 종지기야! 짤랑짤랑, 찰랑찰랑 흔들어보라고! 반딧불이처럼 반짝반짝 빛을 내봐, 짤랑이가 떨어져나가도록!

핍

짤랑이라고 하셨나요? 저기 또 하나 떨어졌네. 너무 세게 두들겼나봐요.

중국 선원

그럼 이를 딱딱 부딪쳐서 소리를 내봐. 몸을 종탑처럼 만들어보라고.

프랑스 선원

미치도록 유쾌하군! 핍, 탬버린을 잘 들고 있어봐. 이제 내가 그 둥근 테 안으로 빠져나가볼 테니! 삼각돛을 찢자! 우리도 돌풍에 휘말린 돛처럼 찢어지자!

타시테고

(가만히 담배를 피우면서)

백인들이란. 저런 걸 재미있어하다니, 흥! 저딴 일에 땀을 뺄 순 없지.

맨섬의 늙은 선원

저 들뜬 젊은이들은 자신들이 지금 춤추는 곳이 어디 위인지 알고나 있는지 모르겠군. '기필코 네 무덤 위에서 춤을 추고 말겠다.' 그건 모퉁이를 거침없이 획획 도는 한밤의 마녀들이 던지는 가장 끔찍한 협박이지. 오, 주여! 머리에 피도 안 마른 저 풋내기 선원들을 보살펴주소서! 하긴 뭐. 학자들의 주장대로 온 세상은 필시 무도회장일 테니까. 그러니 이곳을 무도회장으로 만든다고 이상할 건 없지. 젊은이들이여, 계속 춤춰라, 너희는 젊으니까. 내게도 그런 시절이 있었지.

낸터킷 선원 3

쉬어! 후유! 잔잔한 바다에서 고래를 쫓는 것보다 더 힘들군. 타시, 네 담배 한 모금만 피우자.

(다들 춤을 멈추고 한데 무리 지어 모인다. 그러는 사이, 하늘이 어두워지고 바람이 일기 시작한다)

동인도 선원

오, 브라흐마여! 이봐, 어서 닻을 감아올려야 해. 갠지스강의 해일이 하늘로 올라가 다시 바람으로 변했다고! 시바께서 시커먼 이마를 드러내시는구나![186]

몰타 선원

(몸을 눕힌 채 모자를 흔들면서)

파도가 이네. 눈처럼 흰 모자를 쓴 파도가 춤을 추기 시작했군. 머지않아 장식 술을 마구 흔들어댈 거야. 파도가 모두 여자라면 저 물속으로 뛰어들어 그들과 영원히 샤세 스텝으로 춤을 출 텐데! 이 세상에 여자들과 춤을 추면서 요란하게 출렁이는 따스한 젖가슴을 슬쩍슬쩍 훔쳐보는 것보다 더 멋진 일도 없지. 게다가 나뭇가지처럼 드리워진 두 팔은 완전히 터질 듯이 무르익은 포도알 같은 젖꼭지를 숨기고 있으니. 천국에도 그런 즐거움은 없을 거야!

시칠리아 선원

(몸을 눕힌 채)

두말하면 잔소리지! 잘 들어봐, 젊은이. 팔다리는 살짝살짝 서로 뒤엉키고, 몸은 유연하게 흔들리고, 수줍음에 심장은 두근두근! 입술도! 가슴도! 엉덩이도! 다 스쳐지나가지. 끊임없이 아슬아슬한 상태가 계속된다 그 말이야! 맛보진 말고, 눈으로만 관찰하도록 해. 그렇지 않으면 금세 싫증나고 말 테니까. 알아들었나, 이교도 친구? (팔꿈치로 쿡 찌른다)

타히티 선원

(깔개 위에 몸을 눕힌 채)

벌거벗은 거룩한 몸으로 히바 춤을 추는 타히티섬의 여인들이여, 만세! 히바, 히바! 아아! 골짜기는 낮고, 야자나무는 드높은 타히티여! 나는 여전히 타히티의 깔개 위에서 쉬고 있건만, 부드러운 흙은 모두 쓸려가버렸구나! 나의 깔개여, 나는 네가 숲속에서 만들어지던 모습을 봤지! 거기서 가져왔을 때는 초록빛이었는데, 이제는 닳아서 완전히 시들어버렸구나. 아아! 너도 나도 이런 변화는 견디기 힘들다. 그렇다면 저기 저 하늘에 옮겨 심으면 어떨까? 그런데 창끝 같은 피로히티 산봉우리의 험준한 바위 위에서 요란한 소리를 내며 아래로 흘러내려 온 마을을 물에 잠기게 하는 급류 소리가 들려오는 것 같은데? 돌풍이다! 돌풍이야! 등을 꼿꼿이 세우고 돌풍에 맞서라! (벌떡 일어선다)

포르투갈 선원

파도가 밀려와 뱃전에 사정없이 몸을 부딪친다! 여보게들, 돛을 줄일 준비를 하게! 바람이 칼을 휘둘러대기 시작했어. 이제 곧 우리를 향해 마구잡이로 달려들 거야.

덴마크 선원

우지직, 우지직. 낡은 배로군! 하지만 이렇게 우지직댄다는 건 아직 버티고 있다는 뜻이겠지! 아주 좋아! 저기 저 항해사가 너를 단단히 붙들고 있다. 그는 폭풍이 후려치고 간데다 소금까지 덩어리져 붙어 있는 대포로 발트함대[187]에 맞서던 카테가트의 섬에 있는 요새보다 겁이 없어!

낸터킷 선원 4

그에게는 이미 내려진 명령이 있으니 조심하게. 에이해브 영감이 언젠가 그

에게 말하길, 스콜은 늘 반드시 숨통을 끊어놓아야만 한다고 하더군. 마치 총으로 용오름을 쏘아죽이기라도 하듯, 스콜 속으로 배를 총알처럼 돌진시키라는 거지!

영국 선원

이런 망할! 하지만 저 영감은 정말이지 대단한 두목이야! 우리는 영감이 쫓는 고래의 몰이꾼이고!

모두들

그럼! 그럼!

맨섬의 늙은 선원

세 개의 소나무 돛대가 이토록 흔들리다니! 소나무는 어느 흙에 옮겨 심어도 튼튼히 잘 자라는 나무인데, 여기 있는 흙이라고는 고작 선원들의 저주받은 진흙뿐. 키잡이여, 항로를 유지하라! 뱃머리를 그대로 유지해. 용감한 자들도 해안으로 냅다 꽁무니를 빼고, 용골이 달린 선체도 바다에서 두 쪽이 나고 말 그런 날씨로구나. 우리 선장에게는 모반이 있지. 다들 저기를 보라고. 저 하늘에도 모반이 있군. 다른 데는 칠흑같이 어두운데 저기만 타는 듯이 붉잖아.

다구

그래서 뭐 어쨌다고? 시커먼 것이 두렵다는 놈들은 나 또한 두려워해야 해! 나는 어둠 속에서 태어났으니까!

스페인 선원

(방백) 으스대고 싶으신가보군. 아아! 오랜 원한이 날 성나게 하는구나. (그

에게 다가가며) 맞아, 작살잡이 친구. 너희 종족이 인류의 어두운 면인 것은 부정할 수 없는 사실이지. 그것도 악마 같을 정도로 어둡단 말이야. 기분 나쁘라고 하는 말은 아닐세.

다구

(뚱하게)

안 나빠.

산티아고 선원

저 스페인 놈은 미쳤거나 술에 취한 게 틀림없어. 하지만 그럴 리 없을 텐데. 아니면 유독 저 녀석에게만 무굴제국 영감이 준 뜨거운 술이 효력을 오래 발휘하는지도 모르지.

낸터킷 선원 5

내가 방금 뭘 본 거지? 번갯불? 그렇군.

스페인 선원

아니야. 다구가 이빨을 드러낸 거야.

다구

(벌떡 일어서며)

입 닥쳐, 난쟁이야! 간까지 새하얀[188] 백인 주제에!

스페인 선원

(그에게 맞서며)

칼맛을 실컷 보여드리지! 덩치만 컸지, 간은 콩알만한 놈이!

모두들

싸움! 싸움! 싸움이 났다!

타시테고

(담배 연기를 내뿜으며)

아래도 싸움, 위에도 싸움. 신이든 인간이든 싸우지 못해 다들 안달이로군! 흥!

벨파스트 선원

싸움이다! 세상에나, 싸움이 났어! 축복받으신 성모마리아님, 싸움이 났습니다! 다들 어서 모여라!

영국 선원

정정당당하게! 스페인 놈의 칼을 빼앗아! 다들 빙 둘러서서 링을 만들자!

맨섬의 늙은 선원

링은 이미 만들어져 있어. 바로 저기 있잖아! 원처럼 둥근 수평선 말일세. 저 링 안에서 카인이 아벨을 쳐죽인 거라고. 멋진 일이지, 옳은 일이야! 아니라고? 그렇다면 왜 신께서 저 링을 만드신 거지?

뒷갑판에서 들려오는 항해사의 목소리

다들 윗돛 마룻줄로! 중간돛도 감을 준비를 해라!

모두들

스콜이다! 스콜이야! 뛰어라, 다들 즐겁게! (모두 흩어진다)

핍

(권양기 아래 몸을 움츠린 채)

즐겁게? 계속 즐거울 수 있게 신께서 보살피시길! 우지직, 와지직! 저기 삼각돛 밧줄이 날아간다! 휙, 쾅! 세상에! 핍, 몸을 아래로 더 숙여. 맨 꼭대기 돛대 활대가 날아온다! 한 해 마지막 날에 소용돌이가 휩쓸고 간 숲속에 있는 것보다 더 심하군! 이런 때에 누가 밤을 따러 위로 올라가겠느냔 말이야? 하지만 저기 다들 올라가는군, 욕을 해대면서. 난 그냥 여기 있을래. 저들은 미래가 밝아. 천국으로 가는 길 위에 있으니 말이야. 꽉 붙들어! 제길, 정말 대단한 스콜이로군! 하지만 저기 저 친구들은 그보다 더 지독해. 저들은 난데없이 나타나는 흰 스콜이라고. 흰 스콜? 흰 고래! 부들부들, 부들부들! 좀전에 흰 고래에 대해 떠들었었지—부들부들! 부들부들!—한 번밖에 듣지 않았는데! 저 아나콘다 같은 영감이 저들에게 그 고래를 사냥할 것을 맹세하도록 만든 게 겨우 오늘 저녁일 뿐인데, 생각하자니 온몸이 탬버린처럼 짤랑인다! 오오, 저 높은 곳의 어둠 속 어딘가에 계실 크고 새하얀 신이시여, 여기 아래에 있는 이 작은 검둥이 소년에게 자비를 베푸소서. 두려운 마음이라고는 품을 줄 모르는 저 인간들에게서 저를 지켜주소서!

❖

41장

모비 딕

나 이슈미얼도 그런 겁 없는 선원 중 하나였다. 나의 외침은 다른 이들의 외침과 더불어 큰 소리로 울려퍼졌고, 나의 맹세는 그들의 맹세와 하나로 뭉쳐졌다. 내가 더욱 큰 소리로 외치고 나의 맹세에 더욱 망치질을 해서 그 맹세가 흔들리지 않도록 했던 것은 내 영혼의 두려움 때문이었다. 마음속에서 격렬하고도 신비로운 공감이 일었다. 에이해브의 달랠 수 없는 원한이 마치 내 것인 양 느껴졌다. 다른 선원들과 함께 끔찍한 복수를 해주리라 맹세한 그 고래의 내력을 알아내고자, 나는 그와 관련된 이야기들에 바짝 귀를 기울였다.

지난 얼마간의 세월 동안, 보통 향유고래를 쫓는 고래잡이들이 자주 드나드는 문명권 밖의 바다에서 무리로부터 외따로 떨어진 흰 고래가 이따금 출몰하곤 했다. 하지만 그 고래잡이들 모두가 흰 고래의 존재를 알고 있었던 것은 아니다. 흰 고래의 존재를 알고 직접 목격한 고래잡이들은 비교적 소수에 불과했고, 그것이 흰 고래임을 알고 실제로 그것과의 싸움에 도전한 고래잡이들의 수는 극히 적었다. 왜냐하면 워낙 많은 포경선들이 지구 전역의 바다에 무질서하게 흩어져 있었고, 그중 많은 배들이 외딴 해역을 따라 대담한 모험을 감행한 탓에 심지어 일 년이 지나도록 새로운 소식을 전해줄 그 어떤 배도 만나지 못하는 경우가 허다했기 때문이다. 한 번 항해를 떠날 때마다 지나치게 긴 시간이 소요된다는 점, 출항하는 시기가 불규칙하다는 점 또한 다른 직간접적인 사정들과 더불어 모비 딕에 대한 특별하고도 개별적인 소식이 전 세계의 포경선단에 퍼지는 것을 오래도록 막는 데 한몫했다. 몇몇 배들이 이런저런 때와 이런저런 장소에서 비정상적으로 크고 흉포한 향유고래와 마주쳤으며, 그 고래가 자신을 공격한 이들에게 엄청난 피해를 입힌 후 완전히 자취를 감추었다고 전한 것은 분명 사실이다. 어떤 이들은 바로 이 고래가 분명 모비 딕이라고 생각했는데, 그리 터무니없는 추측만은 아니었다. 하지만 최근 향유고래 포경업계에서는 잡으려던 바다 괴물이 대단히 흉포하고 교활하며 적의에 차 있던 경우가 결코 드물지 않았기에, 모르는 사이에 우연히 모비 딕과 싸웠던 사냥꾼들은 그 고래가 불러일으킨 기이한 공포감의 원인을 고래 자체보다 향유고래 포경업계 전반이 지닌 위험 탓으로 돌렸다. 에이해브와 흰 고래 사이의 재앙 같은 만남도 지금껏 대부분 그런 식으로 이해되어왔다.

그리고 전에 흰 고래에 대해 들어본 적이 있으면서 그 고래를 우연히 목격하게 된 이들은 모두가 대담하고 용감하게 다짜고짜 보트부터 내려 다른 종의 고래들을 쫓을 때처럼 흰 고래를 쫓았다. 하지만 이러한 도전에는 결국 커다란 재앙이 뒤따랐는데, 팔목과 발목을 삐거나 팔다리가 부러지거나 몸의 일부를 먹히거나 하는 경우를 넘어, 결국에는 죽음에 이르는 치명상을 입기도 했다. 계속해서 그처럼 끔찍한 반격을 당하게 되자, 모비 딕에 대한 두려움은 점차 늘어가고 쌓여만 갔다. 흰 고래에 대한 이야기는 결국 용감한 여러 사냥꾼에게까지 전해져 그들의 용맹함을 뒤흔들어놓기에 이르렀다.

온갖 종류의 해괴한 소문은 과장되어 돌아다녔을 뿐만 아니라, 그러한 치명적인 조우에 관한 실화들을 더욱 소름 끼치는 것으로 만들었다. 본래 놀랍도록 끔찍한 모든 사건에서는 믿을 수 없는 소문이―부러진 나무에서 버섯이 자라듯―저절로 생겨나는데다, 특히 바다 생활에서는 조금이라도 그럴듯한 분위기를 풍기기만 해도 해괴한 소문들이 달라붙어 불어나는 정도가 육지의 경우보다 훨씬 더 심하기 때문이다. 그리고 이 점에서 바다가 육지를 능가하는 것과 마찬가지로, 이따금 포경업계에 도는 소문들의 놀라움과 두려움의 정도는 바다의 다른 모든 업계를 능가한다. 고래잡이라고 해서 모든 선원에게 대물림되는 무지와 미신적 성향에서 예외일 수 없을 뿐만 아니라, 고래잡이는 모든 선원 중에서도 바다에서 간담을 서늘하게 할 만큼 놀라운 존재들과 직접 조우할 가능성이 가장 많기 때문이다. 그들은 바다에서 가장 놀라운 존재들과 얼굴을 마주한 채 그것들을 직접 눈으로 볼 뿐 아니라, 손으로 아가리를 벌리며 그것들과 대결한다. 아무리 먼 거리를 항해하고 수많은 해안을 지나도 조각된 벽난로나 태양 아래 쾌적한 장소에는 이르지 못하는 외딴 바다에서의 고독함. 그처럼 외딴 위도와 경도에서 그런 일에 종사하는 고래잡이는 자신의 공상을 더욱 부풀려 수많은 새끼를 치게 만드는 영향력들에 최대한 둘러싸이기 마련이다.

그렇기에 광막한 바다 위에서 이리저리 전해지면서 한껏 덩치를 불린 흰 고래에 대한 소문이 마침내 온갖 무시무시한 연상들 및 이제 막 태동하기 시작한 초자연적 힘에 대한 암시들과 뒤섞이게 되고, 결과적으로 모비 딕에게 실제 모습과는 전혀 무관한 새로운 공포가 부여된 것도 놀랄 일은 아니다. 마침내 많은 이들이 흰 고래에 대한 소문만 듣고도 극심한 공포에 사로잡히게 되었으므로, 고래잡이들 중 그 위험한 아가리에 기꺼이 맞서려는 자들은 소수에 불과했다.

하지만 이러한 사정에는 그보다 더 중대하고 실질적인 다른 요인이 영향력을 발휘하고 있었다. 심지어 오늘날까지도 향유고래가 본래 지녔던 위신, 즉 다른 모든 리바이어던 종과는 확연히 구별되는 고래라는 믿음은 고래잡이들의 마음속에서 사라지지 않고 있다. 오늘날 그린란드고래나 참고래와 싸움을 벌이기에 충분할 만큼 똑똑하고 용감한 고래잡이들 중에서도 전문적인 경험이 부족하다거나 무능력함, 소심함 등을 이유로 향유고래와의 싸움을 정중히 사양하는 이들이 있을 것이다. 어쨌거나 많은 고래잡이들, 특히 미국이 아닌 다른 나라 국기를 단 포경선을 타면서 단 한 번도 향유고래를 적으로 만나보지 못했으며, 그 고래에 대해 아는 바가 그 볼품없는 바다 괴물이 태곳적부터 북해에서 사냥되던 종이라는 사실이 전부인 그런 고래잡이들이 지금도 승강구 뚜껑 위에 앉아 어릴 적 난롯가에서 느꼈던 호기심과 경외감을 품고 신나고도 낯설기만 한 남양 고래잡이 이야기에 귀를 기울이고 있다. 거대한 향유고래의 압도적인 무시무시함에 대한 이야기는 그 이야기가 생겨난 뱃머리 갑판에서 들어야 비로소 실감나게 이해되는 것이다.

오늘날 실제로 확인된 향유고래의 힘은 과거 전설의 시대에도 그 그림자를 드리우고 있었다. 어떤 책에서 박물학자들—올라센과 포벨손[189]—은 향유고래가 바다의 다른 모든 생명체에게 경악스러운 존재일 뿐만 아니라 엄청나게 흉포해서 인간의 피에 끊임없이 목말라한다고 단언한다. 이러한 생각이나 이와 크게 다르지 않은 생각은 심지어 퀴비에의 시대인 최근까지도 사라지지 않고 있다. 퀴비에 스스로가 『박물지』에서, 향유고래가 나타나면 (상어를 포함한) 모든 물고기가 "극도로 강렬한 두려움에 휩싸인 나머지 종종 다급하게 맹렬히 도망을 치다 돌에 부딪혀 즉사하기도 한다"고 단언했기 때문이다. 그리고 포경업계의 전반적인 경험들이 그러한 기록을 정정할 수는 있겠지만, 그럼에도 고래잡이로서 파란만장한 시간을 겪는 사냥꾼들의 마음속에서는 심지어 향유고래가 피에 목말라한다는 포벨손의 말과 같은 미신적인 믿음이 극도의 공포와 함께 되살아나곤 했다.

모비 딕에 대한 소문과 불길한 전조가 그토록 큰 위압감을 주었기에, 적지 않은 고래잡이들은 향유고래 포경업 초창기를 이야기하면서, 참고래 사냥을 오래해온 고래잡이들을 이 새롭고도 위험한 싸움에 끌어들이는 데 대체로 어려움이 따랐다고 회상한다. 다른 리바이어던이라면 기꺼이 뒤쫓겠지만 향유고래 같은 환영을 뒤쫓고 창을 겨누는 짓은 인간이 할 수 있는 일이 아니라며 항의했다는 것이다. 그런 일을 시도했다가는 틀림없이 온몸이 찢겨 곧장 내세로 가게 될 게 뻔하다면서. 이 주제에 대해서는 참고할 만한 훌륭한 문헌들이 남아 있다.

하지만 이런 상황에도 기꺼이 모비 딕을 쫓겠다는 이들이 있었고, 그 고래에 대해서는 멀리서 어렴풋이 들어보기나 했을 뿐 그 고래가 일으킨 재앙에 대한 구체적인 사실이나 그에 얽힌 미신은 전혀 아는 바가 없었기에, 만일 싸움이 벌어지더라도 도망치지 않을 만큼 충분히 강인한 이들은 그보다 훨씬 많았다.

미신에 사로잡힌 사람들의 마음속에서 결국 흰 고래와 결부되어버린 엉뚱한 생각 중 하나는, 모비 딕이 어디에나 존재한다는 터무니없는 공상이었다. 실제로 모비 딕이 완전히 반대편 위도에서 동시에 나타난 적이 있다는 것이다.

이들은 분명 남의 말을 곧이곧대로 받아들이는 자들이었을 테지만, 이러한 공상에 미신 나름의 개연성이 전혀 없었던 것은 아니다. 가장 학술적인 조사에도 불구하고 해류의 비밀은 아직 밝혀진 적이 없고, 따라서 향유고래가 수면 아래로 다니는 숨겨진 길은 이 고래의 추격자들에게 상당 부분 수수께끼로 남아 있기 때문이다. 그 숨겨진 길과 관련해서는, 특히 심해로 내려간 후 엄청나게 빠른 속도로 엄청나게 먼 곳까지 이동하는 신비로운 행태와 관련해서는 더없이 흥미로우면서도 상호 모순되는 의견들이 있어왔다.

태평양 최북단에서 잡힌 몇몇 고래의 몸속에서 그린란드 바다에서 던져진 작살의 미늘이 발견된 적이 있다는 사실은 미국과 영국의 포경선들 사이에 잘 알려져 있을 뿐 아니라, 몇 해 전 스코스비가 남긴 권위 있는 문서에도 기록되어 있다. 이러한 사례 가운데 일부의 경우, 두 차례의 공격 사이에 그리 긴 시간적 간극이 존재할 수 없다는 점 또한 부정할 수 없는 사실이다. 이런 이유로 일부 고래잡이들은 인간에게 그토록 오랫동안 문제로 남아 있는 북서항로[190]가 고래에게는 전혀 문제가 되지 않는 것이 분명하다고 미루어 짐작하기도 했다. 그러므로 이런 경우들은, 옛날 포르투갈 내륙의 스트렐라산맥[191]에서 벌어졌다는 불가사의한 현상들(이를테면 그곳 꼭대기쯤에 호수가 있었는데, 그 호수의 수면 위로 난파선들의 잔해가 떠올랐다고 한다), 시라쿠사 근처의 아레투사 샘[192]에 관한 훨씬 더 놀라운 이야기(이 샘은 지하 수로를 통해 성지에서 오는 것으로 믿어졌다) 등이 실제 인간의 삶에서 생생히 경험되는 것이나 마찬가지라고 볼 수 있었다. 이런 전설적인 이야기들이 고래잡이들에게는 거의 현실이나 다름없었다.

그렇다면 이런 불가사의한 일들에 익숙해질 수밖에 없고, 계속되는 대담한 공격에도 흰 고래가 살아남아 도망쳤다는 사실을 알게 된 일부 고래잡이들이 더욱더 미신에 빠져드는 일도 그다지 놀랍지 않다. 이들은 모비 딕이 어느 장소에나 존재할 뿐 아니라 (어느 시간에나 존재하는 까닭에) 불멸하며, 옆구리에 꽂힌 창이 작은 숲을 이룰 정도가 되더라도 무사히 유유하게 헤엄쳐 사라지고, 혹여 죽을 만큼 피를 뿜을지라도 그러한 모습은 지독한 속임수에 불과해서, 수백 킬로미터나 떨어진 깨끗한 바다에서 다시금 녀석이 피 한 방울 섞이지 않은 물줄기를 뿜어내는 모습을 볼 수 있을 거라고 단언한다.

하지만 이런 초자연적인 억측은 논외로 치더라도, 그 괴물의 세속에서의 형상과 의심할 바 없는 기질은 뜻밖의 힘으로 상상력을 자극하기에 충분했다. 모비 딕을 다른 향유고래들과 현격하게 구분해주는 특징은 녀석의 비정상적으로 큰 덩치라기보다는, 다른 곳[193]에서도 언급했듯이 눈처럼 희고 주름진 독특한 이마와 피라미드처럼 높이 솟은 흰 혹이기 때문이다. 이것들이 그 고래의 두드러진 특징이었다. 끝도 없는 미지의 바다에서 모비 딕이 자신의 정체를 드러내고, 모비 딕을 아는 사람들이 멀리서도 알아볼 수 있게 해준 표징이었다.

몸의 나머지 부분 또한 동일한 색의 줄무늬와 얼룩과 대리석 무늬로 뒤덮인 탓에 수의에 둘러싸인 듯한 빛깔을 띠고 있었으므로, 마침내 그 고래는 '흰 고래'라는 독특한 이름을 얻게 되었다. 한낮에 짙푸른 바다를 미끄러지듯 헤엄치며 온통 금빛으로 반짝이는 크림색 포말로 된 은하수를 뒤에 남겨놓는 생생한 광경을 목격하고 나면, 그 고래에게 이런 이름이 붙은 게 정말 당연하다는 생각이 들 수밖에 없다.

그 고래가 그토록 자연스레 두려움의 대상이 된 까닭은 이례적으로 큰 덩치나 독특한 색깔이나 기형적인 아래턱보다는 전례를 찾아볼 수 없을 만큼 지능적인 적의 때문이었는데, 구체적인 증언에 따르면 그 고래가 공격을 퍼부을 때 그러한 성격을 거듭 드러냈다고 한다. 특히 무엇보다 경악을 불러일으킨 것은 그 고래의 기만적인 퇴각이었다. 의기양양한 추격자들 앞에서 온통 불안한 기색을 드러내며 헤엄쳐 도망치는가 싶더니, 갑자기 돌아서 보트를 박살내거나 추격자들이 깜짝 놀라 모선으로 급히 되돌아가게 만든 적이 한두 번이 아니었기 때문이다.

그 고래를 추격하다가 사망한 이들도 이미 여럿이었다. 물론 이와 유사한 재난들은 육지로 소문이 많이 퍼지지 않았을 뿐 포경업계에서는 그리 드문 일이 아니다. 하지만 대부분의 경우, 이러한 재난은 흰 고래의 흉포함에서 비롯된 극악무도하고 계획적인 짓으로 보였으므로, 흰 고래에게 팔다리를 잘리거나 목숨을 잃은 사건들을 죄다 지능이 낮은 존재가 저지른 짓으로 치부할 수는 없었다.

그렇다면 필사적으로 흰 고래를 쫓던 사냥꾼들이 이빨에 씹힌 보트의 잔해와 동료들의 뜯겨진 팔다리가 가라앉는 가운데 녀석의 무서운 노여움으로 일어난 새하얀 포말 속에서 아기의 탄생일이나 결혼식에서처럼 잔잔히 미소 짓고 있어 더욱 사람을 열 받게 하는 햇살 속으로 헤엄쳐 나왔을 때, 그들의 마음이 얼마나 극심한 분노와 혼란에 빠졌을지 한번 짐작해보라.

한 선장은 주변의 보트 세 척이 모두 박살났고 노와 사람도 소용돌이에 휘말려 빙글빙글 도는 와중에, 마치 아칸소의 결투자가 적에게 돌진하듯 부서진 뱃머리에서 밧줄용 칼을 움켜쥔 채 그 고래에게 덤벼들었다. 겨우 6인치짜리 칼날로 가늠할 수 없을 만큼 깊은 곳에 숨겨진 고래의 생명을 빼앗기 위해 마구잡이로 덤벼든 선장, 그가 바로 에이해브였다. 그리고 바로 그때, 모비 딕이 갑자기 낫처럼 생긴 아래턱을 휘두르더니, 풀베기꾼이 들판에서 풀을 베듯 에이해브의 다리를 싹둑 베어버리고 만 것이다. 터번을 두른 터키인도, 베네치아나 말레이의 용병도 그보다 더 노골적인 적의를 드러내며 그를 공격할 수는 없었을 것이다. 그러니까 하마터면 죽을 뻔했던 그 싸움 이후로 에이해브가 그 고래에 대해 줄곧 끔찍한 복수심을 품어왔으며, 그러한 복수심만큼이나 병적인 광기에 사로잡힌 나머지 마침내 자신의 모든 육체적 비애뿐 아니라 지적이고 정신적인 분노까지도 모두 그 고래와 결부시켜 생각하기에 이르렀다는 데는 거의 의심의 여지가 없었다. 흰 고래는 모든 악의적인 힘들의 편집광적 화신이 되어 그의 눈앞을 헤엄쳐 다녔는데, 이는 예민한 사람이라면 심장과 폐가 반만 남은 채로 살아가게 될 때까지 그 장기들을 뜯어먹히는 듯한 느낌을 받을 만한 것이었다. 태초부터 존재해왔고, 근대 기독교도들마저 이 세상의 절반을 차지한다고 인정했으며, 악마 상을 만들어 고대 동방의 오피스파[194]가 숭배했던, 그 불가해한 악의. 에이해브는 그들처럼 무릎을 꿇고 그것을 숭배하지 않았다. 그러기는커녕 그 혐오스러운 흰 고래에게 그러한 악의를 미친듯이 덮어씌우고는 불구가 되었음에도 그것에 대항했다. 사람을 미치게 하고 고통에 빠지게 하는 모든 것, 가라앉았던 앙금을 다시 떠오르게 하는 모든 것, 속에 악의를 품은 모든 진실, 힘줄을 못 쓰게 만들고 뇌를 굳게 만드는 모든 것, 삶과 생각 속에 희미하게 존재하는 모든 악마 숭배 사상—이 모든 악이 미치광

이 에이해브에게는 모비 딕이라는 가시적인 형태로 실체화되어 실제로 공격할 수 있는 것이 되었다. 그는 아담 이후로 전 인류가 느꼈던 모든 분노와 증오를 그 고래의 흰 혹 위에 모조리 쌓아올린 다음, 자신의 가슴이 박격포라도 되는 양 그 위로 뜨거운 심장의 포탄을 퍼부어댔다.

그의 이런 편집증이 다리를 잃은 순간에 즉시 생겨났던 것 같지는 않다. 그렇다면 손에 칼을 든 채 그 괴물에게 달려들었을 때도 갑자기 치밀어오른 격렬한 육체적 적의를 제멋대로 표출했을 뿐이고, 고래의 일격에 다리가 잘려나갔을 때도 다만 찢겨나간 육신의 상처로 몹시 괴로워했을 뿐, 그 이상은 아니었을 것이다. 하지만 이러한 격돌로 인해 어쩔 수 없이 집으로 돌아가게 되었을 때, 에이해브는 한겨울의 음울하고 황량한 파타고니아곶을 도는 몇 달에 걸친 긴 시간 동안 고통과 나란히 누워 매일매일 해먹에서 몸을 뒹굴었다. 바로 그때 그의 찢긴 육신에서 흘러나온 피와 깊은 상처를 입은 영혼에서 흘러나온 피가 한데 섞여들어 그를 미치게 만든 것이다. 그러한 싸움 이후 귀향길에 올랐을 때에야 비로소 그가 편집증에 사로잡혔다는 것은, 돌아오는 항해 도중에 그가 이따금 미치광이처럼 날뛰었다는 사실로 미루어 거의 확실한 듯하다. 비록 다리 한쪽이 잘려나갔지만 그의 이집트인다운 가슴속에는 매우 활기찬 생명력이 숨어 있었다. 게다가 그 생명력이 정신착란으로 인해 더욱 강력해진 까닭에 항해사들은 항해 도중에 그를 끈으로 단단히 묶어놓을 수밖에 없었는데, 그는 그렇게 해먹에 누운 채로도 발작을 일으키곤 했다. 구속복이 입혀진 그의 몸은 돌풍이 배를 미친듯이 흔들어대는 대로 나뒹굴었다. 비교적 견딜 만한 위도로 접어들자 배는 보조돛을 펼쳐 미풍에 몸을 맡긴 채 평온한 열대지방의 바다를 가로질러갔고, 노인의 정신착란도 어느 모로 보나 혼곶의 파도와 함께 사라진 것 같았다. 그는 자신의 어두운 소굴 속에서 축복받은 빛과 공기가 있는 곳으로 나왔다. 그는 창백하긴 했으나 단호하고 침착한 표정으로 다시 한번 차분히 명령을 내렸고, 항해사들은 이제 무서운 광기가 사라졌다는 생각에 신께 감사드렸다. 하지만 심지어 그때도 에이해브는 속으로 은밀히 미쳐 날뛰고 있었다. 인간의 광기란 교활하고 고양이처럼 몹시 음흉할 때가 많다. 사라졌다고 생각한 광기는 다만 보다 미묘한 형태로 모습을 바꾼 데 지나지 않을지도 모르는 것이다. 에이해브의 넘치는 광기는 잦아들기는커녕 오히려 주름처럼 더욱 깊어져갔다. 그것은 저 고귀한 북유럽 바이킹 같은 허드슨강이 산악지방의 협곡을 지날 때 폭은 좁아지지만, 그 깊이는 가늠할 수 없는 상태가 되어 예전의 위세를 그대로 유지해나가는 것과도 같았다. 하지만 좁게 흐르는 편집증의 강물 속에 에이해브의 광대한 광기가 조금도 줄어들지 않은 채 그대로 남아 있었듯이, 에이해브가 본래부터 지니고 있었던 위대한 지성 또한 조금도 소멸되지 않은 채 그 광대한 광기 속에 그대로 남아 있었다. 예전에는 강렬한 동인動因이었던 것이 이제는 강렬한 도구가 되어버렸다. 다소 격렬한 비유를 들어 말해보자면, 그의 특별한 광기가 그의 평균적인 상태로서의 맨정신을 급습해 끌고 간 다음, 그 대포의 포문을 자신의 미친 목표물을 향하도록 한데 집중시켜놓았다고 할 수 있겠다. 따라서 에이해브는 자신의 힘을 잃기는커녕, 이제 제정신으로 하나의 온당한 대상을 상대했을 때 끌어올렸던 것보다 천 배나 강한 잠재력으로 그 하나의 목표를 노릴 수 있게 되었다.

이것만으로도 엄청나다고 할 수 있겠으나, 정작 에이해브의 더 크고 어둡고 깊은 면모는 그 낌새조차 드러나지 않고 있다. 하지만 심오함을 대중화하려는 짓은 부질없으며, 모든 진실은 심오하다. 슬픔으로 더욱 고귀해진 이들이여, 우리가 지금 서 있는 곳은 우뚝 솟은 클뤼니 대저택[195]의 심장부인 셈인데—그곳이 아무리 웅장하고 멋지더라도 이제 그만 발길을 돌려—저 아래 놓인 로마의 대형 공중목욕탕에 이르는 구불구불한 길을 걸어내려가라. 인간들이 사는 지상의 환상적인 탑들 저 아래에는 인간의 장엄한 뿌리, 인간의 무시무시한 본질 전체가 수염을 기른 채 앉아 있다. 그것은 몸통뿐인 조각상들을 옥좌 삼아 앉은 골동품들 아래 파묻힌 골동품! 그리하여 위대한 신들은 망가진 옥좌로 포로가 된 왕을 조롱하고, 왕은 카리아티드[196]처럼 묵묵히 그 자리에 앉아 얼어붙은 이마로 점점 쌓여가는 세월의 엔타블러처[197]를 떠받친다. 슬픔으로 더욱 위풍당당해진 영혼들이여, 그 구불구불한 길을 걸어내려가라! 위풍당당하고 슬픈 그 왕에게 질문을 던져보라! 서로 가족처럼 닮았구나! 그렇다, 그가 너희, 추방된 젊은 왕족들을 낳았다. 그리고 오직 그 암울한 조상만이 너희에게 오래된 국가 기밀을 알려줄 것이다.

그런데 에이해브는 마음속으로 이러한 사실을 어렴풋이 알아차렸다. 즉 자신의 수단은 모두 제정신이지만 자신의 동기와 목적은 미쳤다는 걸 말이다. 하지만 자신에게는 그러한 사실을 없애거나 바꾸거나 회피할 힘이 없었다. 마찬가지로 그는 자신이 모든 이에게 오랫동안 진실을 숨겨왔으며, 어떤 면에서는 여전히 그러고 있다는 걸 알았다. 하지만 그는 자신이 진실을 숨기고 있음을 알면서도, 자신의 의지로 어떻게 해볼 수는 없었다. 그럼에도 그가 그러한 진실을 너무나도 잘 숨겼기 때문에, 마침내 그가 고래뼈 다리를 달고 육지에 올랐을 때 낸터킷 사람들은 그가 그토록 끔찍한 사고를 당해 그저 슬퍼하는 줄로만 알았다.

사람들은 그가 바다에서 분명히 정신착란을 일으켰다는 이야기 또한 비슷한 원인 탓으로 돌렸다. 그러고서 피쿼드호가 이번 항해를 위해 출항하던 바로 그날까지 그의 이마 위에 나날이 쌓여만 가던 침울함 역시 그렇게 이해되었다. 그 섬의 빈틈없고 타산적인 사람들이 에이해브가 불길한 조짐을 보이니 또다시 포경 항해를 떠나기에는 부적합하다고 여기기는커녕, 바로 그렇기 때문에 피비린내나는 고래 사냥같이 분노와 난폭함으로 가득한 추격에 더 적격이고 더 안달할 거라고 생각했을 가능성도 아주 없지는 않다. 치유할 길 없는 생각의 무자비한 송곳니가 몸에 박힌 탓에 내면은 갉아먹히고 외면은 타들어가는 사람, 그런 사람을 찾을 수만 있다면 그자야말로 세상에서 가장 소름 끼치는 짐승을 향해 작살을 던지고 창을 들어올리기에 적격인 자라고 할 수 있을 것이다. 혹은 어떤 이유로 그가 그러한 일에 육체적으로는 부적격할지라도, 부하들에게 공격을 명하며 응원의 함성을 지르기에는 더없이 적임일 것이다. 하지만 이러한 사정이야 어찌됐든, 에이해브가 기세등등한 분노라는 광기어린 비밀에 빗장을 걸고 열쇠로 잠근 뒤 오로지 흰 고래를 잡겠다는 목표에만 전념한 채 의도적으로 이번 항해에 나섰다는 점만은 분명하다. 육지에서 에이해브를 오래 알았던 이들중 누구라도 그의 마음속에 어떤 생각이 도사리고 있는지를 낌새라도 챘더라면, 정의로운 영혼을 지녔기에 기겁을 하고 그런 악마 같은 자에게서 배를 당장에 빼앗았을 텐데! 그들은 조폐국에서 발행한 달러로만 계산이 가능한, 수익이 남는 항해에만 관심을 기울였다. 에이해브는 누그러뜨릴 수 없는 대담하고 초자연적인 복수에만 골몰했다.

그런 연유로 이 불경스러운 백발의 노인, 저주를 퍼부으며 욥의 고래를 쫓느라 전 세계를 도는 선장이 여기 있게 된 것이다. 그의 선원들은 주로 배교자, 무뢰한, 식인종으로 이루어진 잡놈들이었는데, 정신적으로 나약하기까지 했다. 스타벅은 미덕과 올곧은 마음을 가지고 있었으나 남의 도움을 얻지 못했으므로 무능했고, 스터브는 무심하고 무모한 성격 탓에 늘 유쾌하기만 했으며, 플래스크는 어느 모로 보나 평범하기 짝이 없었다. 이런 간부 선원들의 지휘를 받는 선원들은 어떤 악마 같은 운명이 에이해브의 편집증적인 복수를 돕기 위해 특별히 가려 뽑은 자들처럼 보였다. 그들은 어째서 노인의 분노에 그토록 열렬히 응답했을까. 대체 어떤 악마적인 주술에 영혼이 사로잡혔기에 때로 그의 증오를 자신들의 증오처럼 받아들였던 것일까. 어째서 그가 못 견디게 싫어하는 원수인 흰 고래를 자신들의 원수이기도 하다고 여겼던 걸까. 이 모든 일이 어떻게 일어났을까. 그들에게 흰 고래란 대체 무엇이었으며, 그 고래가 생명의 바다를 미끄러지듯 헤엄쳐 가는 거대한 악마라는 생각은 어떤 알 수 없고 예상치 못한 방식으로 그들의 무의식 속에 자리잡게 됐던 걸까. 이 모든 것을 해명하자면 이슈미얼이 내려갈 수 있는 곳보다 더 깊은 곳까지 잠수해 내려가야만 할 것이다. 우리 모두의 마음속 깊은 지하에서 광부가 작업중인데, 그가 계속 방향을 바꿔가며 들릴락 말락 하게 곡괭이질을 해댄다면, 파 내려가는 수직굴이 어디로 향하는지 대체 어느 누가 알 수 있겠는가? 거부할 수 없는 손길에 이끌려가는 기분을 느끼지 못할 이가 있을까? 대체 어떤 소형 군함이 대포 74문의 군함이 끌고 가는데도 그 자리에 가만히 있을 수 있겠나? 나로서는 자포자기하는 심정으로 나 자신을 그 시간과 장소에 내던져봤지만, 그 고래를 만나기 위해 돌진해가는 내내 그 짐승에게서 극도로 치명적인 해악 말고는 그 무엇도 감지할 수 없었다.

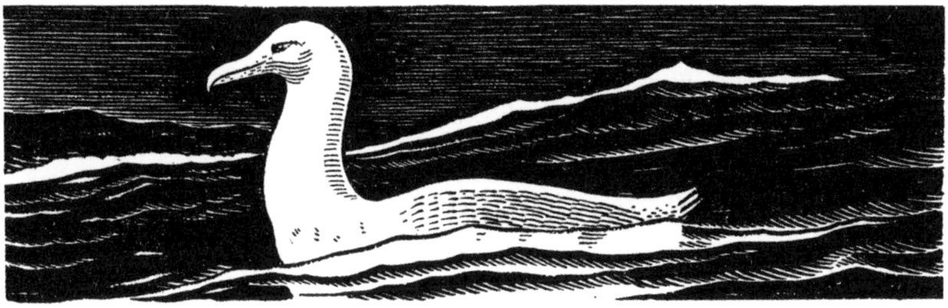

42장

고래의 흰색

흰 고래가 에이해브에게 어떤 의미를 지녔는지에 대해서는 넌지시 밝혔지만, 그 고래가 종종 내게 어떤 의미로 다가왔는지는 아직 말하지 않았다.

모비 딕에게는 때때로 인간의 영혼을 불안에 떨게 하는 보다 분명한 특징 외에도 다소 모호하고 형언하기 어려운 또다른 공포가 존재했는데, 이는 때때로 나머지 모든 특징을 완전히 압도해버릴 만큼 강력한 것이었다. 또한 이 공포는 너무나 신비로우면서도 거의 말로 표현할 수 없을 성질의 것이었기에, 그것을 이해 가능한 방식으로 설명하겠다는 희망은 거의 포기해야 할 지경이다. 무엇보다 나를 오싹하게 만들었던 것은 그 고래가 흰색이라는 점이었다. 하지만 내가 말하려는 바를 여기서 설명할 수 있으리라 기대하는 게 가당키나 한 일일까. 그렇기는 해도 일단 막연하게 생각나는 대로나마 설명을 해보는 수밖에 없을 텐데, 그러지 않으면 이 책의 모든 장들이 무의미해지고 말 것이다.

여러 자연물 가운데 대리석, 동백나무, 진주의 경우처럼 흰색은 마치 자신이 지닌 특별한 가치를 전해주기라도 하듯 아름다움을 더욱 정제시켜 그 가치를 드높여준다. 또한 다양한 국가들은 이 색이 지닌 고귀한 우월성을 어떤 식으로든 인정했다. 심지어 페구[198]의 야만적이고 위엄 있는 옛 왕들도 통치자를 가리키는 과장된 표현들 가운데 '흰 코끼리의 지배자'를 최고로 쳤고, 근대 시암[199]의 왕들은 눈처럼 흰 코끼리를 그려넣은 깃발을 휘날렸다. 하노버왕조[200]의 깃발에는 눈처럼 흰 군마가 그려져 있었고, 대로마제국을 계승했다고 하는 잘난 오스트리아제국도 이 고귀한 색을 제왕의 색으로 택했다. 이 색이 지닌 우월성은 인류 자체에도 적용되어 백인을 모든 유색인종의 이상적인 지배자로 만들어주었다. 게다가 흰색은 기쁨도 의미하게 되었는데, 로마인들 사이에서 흰 돌이 기쁜 날을 표시하는 데 사용된 것만 봐도 알 수 있다. 이 밖에도 이 색은 여러 감동적이고 고귀한 것—신부의 순결함, 노인의 인자함—과 같은 인간의 다른 감정을 상징하기도 했다. 아메리카 홍인종들 사이에서 흰 조가비 구슬로 만든 허리띠를 주는 것은 가장 명예로운 서약의 징표로 여겨졌으며, 많은 나라에서 판사들이 두르는 흰담비 가죽의 흰색은 정의의 위엄을 상징했고, 왕과 여왕도 우유처럼 새하얀 말들이 끄는 마차를 타는 것으로 일상에서의 위풍당당함을 지켜나갔다. 가장 장엄한 종교들의 고차원적인 비밀 의식에서도 흰색은 신적인 무구함과 권위의 상징이 되었다. 페르시아의 배화교도들은 제단 위에 모신 여러 갈래의 흰 불꽃을 가장 신성시했으며, 그리스신화에서 위대한 제우스는 눈처럼 흰 황소로 변신한다.[201] 또한 고귀한 이로쿼이족에게는 한겨울에 성스러운 흰 개로 희생제를 치르는 것이 가장 경건한 종교 축제였는데, 그 무구하고 충직한 동물이야말로 그들이 신의를 저버리지 않았다는 기별을 매년 '위대한 정령'에게 전하기 위해 보내는 가장 순수한 사절이었기 때문이다. 모든 기독교 사제들이 검은 사제복 아래 받쳐 입는 성스러운 의복인 앨브나 튜니클도 그 명칭이 흰색을 의미하는 라틴어에서 유래했다. 그리고 성스러운 허례허식을 중시하는 로마가톨릭교에서 흰색은 예수 수난 성찬식을 드릴 때 특별히 사용된다. 성 요한의 환상[202] 속에서 흰옷은 구원받은 자들에게 주어지고, 흰옷을 입은 스물네 명의 원로는 희고 커다란 옥좌 앞에 서며, 그 옥좌에 앉으신 거룩한 분께서는 양털처럼 희다. 하지만 이 모든 감미롭고 명예롭고 숭고한 연상들에도 불구하고 흰색의 가장 내밀한 관념 속에는 포착되지 않는 무언가가 숨어 있어서 공포스러운 피의 붉은색보다 영혼에게 더욱 극심한 공포를 안겨준다.

흰색이라는 관념을 상대적으로 부드러운 연상들로부터 떼어내 본질적으로 무시무시한 대상과 결부시켰을 때 그 공포가 극에 이르는 것도 이 포착되지 않는 특성 때문이다. 극지방의 흰곰과 열대지방의 백상아리를 보라. 그 동물들을 무엇보다 공포스러운 존재로 만드는 게 눈처럼 하얗고 매끈한 흰색이 아니면 대체 또 뭐란 말인가? 말없이 기분좋게 바라볼 만한 그 동물들의 모습에 공포보다는 혐오감을, 그토록 은은한 불쾌감을 느끼게 하는 것은 바로 이 송장 같은 흰색이다. 그렇기 때문에 사나운 송곳니를 지녔으며 문장을 새긴 듯한 가죽을 뒤집어쓴 호랑이라 할지라도 흰 수의를 입은 곰이나 상어만큼 사람의 용기를 뒤흔들어놓지는 못하는 것이다.*

앨버트로스를 생각해보라. 그 흰 유령은 온갖 상상의 나래를 펼치며 구름 속을 항해하듯 날아다니는데, 그처럼 영적인 경이와 창백한 공포를 품은 구름은 어디서 오는 것일까? 그러한 마술을 최초로 부린 자는 콜리지[203]가 아니라 신께서 임명하셨으며 누구에게도 아첨할 줄 모르는 위대한 계관시인, '자

* 북극곰과 관련하여 이 문제를 더욱 깊이 연구해보고자 하는 사람들은 견딜 수 없을 만큼 소름 끼치는 이 동물을 더욱 소름 끼치게 만드는 요인으로 흰색만을 따로 분리해 생각할 수 없다고 주장할지도 모르겠다. 꼼꼼히 따져보면, 그 고조된 흉측함이란 이 동물의 거리낌없는 흉포함이 천상의 순수와 사랑을 의미하는 흰 털옷을 두르고 있다는 데서 생겨나는 것일 뿐이라고 말할 수도 있기 때문이다. 따라서 북극곰은 우리 마음속에 이처럼 두 가지 상반되는 감정을 떠오르게 하며, 이 부자연스러운 대비 탓에 겁에 질리는 것일 수도 있다. 그러나 이것들을 전부 사실로 치더라도, 흰색이 아니라면 그토록 극심한 공포는 느껴지지 않을 것이다. 백상아리의 경우, 그것이 보통의 기분일 때 태연히 물속을 미끄러져가는 새하얀 유령 같은 모습은 기이하게도 북극곰의 특징과 일치한다. 이러한 특징은 프랑스인들이 이 물고기에게 붙여준 이름에서 가장 명확히 드러난다. 가톨릭에서 죽은 자를 위해 올리는 미사는 '레퀴엠 에테르남(Requiem eternam, 영원한 안식)'으로 시작되고, 그리하여 레퀴엠은 추도 미사 자체와 그 외 다른 모든 장송곡들을 의미하게 되었다. 프랑스인들은 이 상어의 죽음처럼 희고 고요한 적막감과 녀석의 은근하면서도 치명적인 습성을 암시하는 뜻에서, 이 물고기를 '르캥(Requin)'이라고 부른다.

연'이다.*

우리의 서부 개척사와 인디언 전승에서 가장 유명한 것은 '대초원의 백마' 이야기다. 커다란 눈에 작은 머리, 가파른 절벽 같은 가슴을 지녔으며 그 오만하고 남을 깔보는 듯한 태도에서 군주 천 명을 합쳐놓은 듯한 위엄이 느껴졌다는 그 근사한 우윳빛 백마 말이다. 그 말은 당시 울타리라고는 로키산맥

* 앨버트로스를 처음 봤을 때가 떠오른다. 계속해서 돌풍이 불어대던 남극해 근처의 바다에서였다. 아래에서 오전 당직을 마치고 구름이 잔뜩 낀 갑판 위로 올라갔을 때, 나는 중앙 승강구 위에 내동댕이쳐진 새 한 마리를 보았다. 얼룩 한 점 없는 흰색에 매부리코처럼 굽은 장엄한 부리를 지닌 위엄 있는 새였다. 그 새는 무슨 성궤라도 끌어안으려는 듯이 일정한 간격으로 거대한 대천사의 날개 같은 두 날개를 앞으로 내밀어 아치 모양을 만들었다. 경이로운 날갯짓과 그 커다란 소리에 새의 몸이 떨렸다. 몸에 아무런 상처가 없는데도 녀석은 어떤 초자연적 고통에 시달리는 왕의 유령처럼 소리를 질러댔다. 그 이루 말로 표현할 수 없는 기이한 눈을 통해 신을 사로잡은 비밀들을 살짝 엿본 듯한 기분이 들었다. 나는 천사 앞에 선 아브라함처럼 고개를 숙였다. 그 흰 새는 너무나도 하얬고, 두 날개는 너무나도 커다랬으며, 영원히 추방당한 그 바다에서 나는 전통과 도시에 대한 비참하고 뒤틀린 기억들을 이미 상실한 상태였다. 나는 그 깃털 달린 경이로운 생명을 오래도록 바라보았다. 그때 내 마음을 쏜살같이 훑고 지나간 것들에 대해서는 나도 뭐라 말로 표현할 길이 없다. 오직 넌지시 암시나 할 수 있을 뿐. 하지만 나는 마침내 정신을 차렸고, 뒤돌아서서 한 선원에게 이 새가 무슨 새냐고 물었다. 그는 '고니(goney)'라고 대답했다. 고니라니! 한 번도 들어본 적 없는 이름이었다. 이토록 장엄한 새가 육지 사람들에게 전혀 알려지지 않았다니 그게 말이나 되는 소리인가! 절대 그럴 리 없다! 하지만 얼마 후, 나는 일부 선원들이 앨버트로스를 고니라는 이름으로 부른다는 사실을 알게 되었다. 따라서 내가 갑판 위에서 그 새를 봤을 때 받은 신비로운 인상이 콜리지의 열광적인 시와 어떤 식으로든 관계를 맺고 있었을 가능성은 전혀 없다. 그 당시 나는 그 시를 읽어보지도 않았고, 앨버트로스라는 새 또한 알지 못했기 때문이다. 하지만 이렇게 말함으로써 나는 간접적으로 그 시와 시인의 고귀한 가치에 조금이나마 빛을 더해주고 있는 셈이다.

따라서 나는 그러한 마술의 비밀이 대체로 그 새의 온몸을 뒤덮은 경이로운 흰색에 있다고 단언한다. 이는 잘못된 용어 선택으로 인해 '회색 앨버트로스'라고 이름지어진 새도 있다는 사실에서 더욱 분명히 드러난다. 나는 회색 앨버트로스를 자주 봐왔지만, 남극해에서 그 새를 보았을 때와 같은 감흥은 한 번도 느껴보지 못했다.

그런데 이 신비로운 새는 어떻게 붙잡혔던 것일까? 소문만 내지 않는다면 말해주겠다. 그 새가 바다 위에 떠 있을 때 기만적인 낚싯바늘과 줄로 붙잡은 것이다. 결국 선장은 그 새를 우편배달부로 만들어버렸다. 그는 새의 목에 배의 위치와 날짜를 적은 가죽 꼬리표를 묶은 다음 하늘로 날려 보냈다. 물론 그 가죽 꼬리표는 사람에게 보내진 것이었으나, 나는 그것이 천국으로 보내졌다고 믿어 의심치 않는다. 그 흰 새는 날개를 접은 채 신의 가호를 비는 어여쁜 아기 천사들과 함께하러 천국으로 날아갔을 테니!

과 앨러게니산맥뿐이던 초원의 수많은 야생마 가운데 선출된 크세르크세스[204]다. 그 말은 저녁마다 수많은 별을 이끄는 샛별처럼 타오르는 선두에 서서 야생마 무리를 서쪽으로 이끌었다. 번쩍이며 쏟아지는 작은 폭포 같은 갈기, 혜성처럼 곡선을 그리는 꼬리는 그 말에게 금은세공사들이 해줄 수 있는 그 어떤 장식보다 휘황찬란한 장식이었다. 타락하지 않은 서부에서 더없이 장엄한 대천사처럼 갑작스레 나타난 그것은, 덫이나 총으로 사냥하던 이들의 눈에 마치 아담이 신처럼 위풍당당하고 또 이 힘센 말처럼 두려움 없이 부푼 가슴으로 걸어다녔던 태곳적 영광의 재현처럼 보였다. 오하이오강처럼 평원 위로 끝없이 흐르는 수많은 군대의 선두에 서서 부관과 고관들과 함께 행진을 할 때든, 지평선을 에워싼 채 풀을 뜯고 있는 주위의 부하들을 사열하느라 그들 사이를 전속력으로 달리며 차가운 우윳빛 몸 가운데 따뜻한 콧구멍만을 붉게 물들일 때든, 즉 어떤 모습을 보일 때든 그 말은 가장 용감한 인디언들의 몸에도 늘 전율이 일게 하는 숭배와 두려움의 대상이었다. 이 고귀한 말에 관한 아주 유명한 기록에 의거하더라도, 그 말에게 신성함을 부여해준 것이 주로 그 숭고한 흰색이었다는 점, 그리고 그 신성함은 숭배를 불러일으킨 동시에 형언할 수 없는 공포를 불러일으키기도 했다는 점에는 의문의 여지가 없다.

하지만 이 흰색이 '백마'와 '앨버트로스'에게 안겨줬던 부수적이고 기묘한 영광이 모두 사라지고 마는 경우도 있다.

백색증에 걸린 사람이 그토록 기이한 혐오감을 유발하고 보는 사람의 눈에 흔히 충격을 줘서 일가친척들마저 종종 질색하게 만드는 것은 왜인가! 그것은 그 이름 자체가 말해주고 있듯이 그 사람이 흰색에 뒤덮여 있기 때문이다. 백색증에 걸린 사람은 다른 사람과 다를 바 없는 존재인데도—실은 기형이 아닌데도—단지 흰색이 온몸을 감싸고 있다는 점 때문에 가장 추한 불구자보다 더욱 기묘하고 흉측한 존재가 된다. 대체 왜 그런 것일까?

전혀 다른 측면에서 살펴보도록 하자. '자연'은 아주 미약하게 느껴지나 그렇다고 해서 악의적이 아닌 것도 아닌 힘으로 이 더없이 무시무시한 속성을 자신의 군대로 기어이 징집시키고야 만다. 긴 장갑을 낀 남양의 유령은 눈처럼 흰 모습 때문에 '화이트 스콜'이라는 이름을 얻었다. 역사적 사례들에서 알 수 있듯이, 인간은 악의를 드러내는 데 이토록 효율적인 보조자를 등한시하지 않았다. 자포자기한 겐트[205]의 '흰 두건당'이 시장에서 자신들의 집행관을 살해하면서 그들 당파의 상징으로 눈처럼 흰 가면을 썼다고 프루아사르[206]가 기록했을 때, 흰색은 그러한 구절의 효과를 얼마나 극도로 고조시키는가!

전 인류가 물려받은 공동의 경험에서도 이 색의 초자연성을 입증해주는 몇몇 사례가 있다. 죽은 자의 모습에 드러난 눈에 보이는 특징 가운데 가장 공포스러운 것은 시신에 서린 대리석 같은 창백함이라는 데 결코 의심의 여지가 없을 것이다. 그 창백함은 이 세상에서 죽음에 대한 두려움의 표지인 것만큼이나, 저세상에서도 경악의 증표로 받아들여지는 것 같다. 그리고 그 시체들을 감싸는 수의의 의미심장한 색은 죽은 자의 창백함에서 빌려온 것이다. 미신에서도 우리는 유령에게 눈처럼 흰 망토를 덮어씌우길 잊지 않으며, 모든 유령은 우윳빛 안개 속에서 그 모습을 드러낸다. 이러한 공포가 우리를 붙들고 있는 동안 잠깐 덧붙이자면, 심지어 복음서의 저자가 인격화한 공포의 왕도 창백한 말을 타고 있다.[207]

그러므로 인간이 다른 기분일 때는 흰색이 당당하고 우아한 것의 상징이 되기도 하지만, 가장 심오한 관념적 의미에서의 흰색은 인간 영혼에 기이한 환영을 불러낸다는 것은 어느 누구도 부정할 수 없다.

하지만 이 점을 만장일치로 확정짓더라도, 인간된 입장으로서 그것을 어찌 설명할 수 있겠는가? 그것을 분석한다는 것은 불가능한 일로 보인다. 그렇다면 흰색을 무시무시한 것으로 여기게 만드는 직접적인 연상을 전부 혹은 대부분 없애버려도 다소 완화되었을지언정 여전히 남아 동등한 마력을 행사하는 몇몇 사례를 인용해본다면, 우리가 찾는 숨은 이유로 안내해줄 우연한 실마리를 발견할 수도 있지 않을까?

한번 해보기로 하자. 하지만 이런 문제는 더할 나위 없이 미묘해서 상상력 없이는 누구도 이 영역에 남을 따라 발을 들일 수 없다. 그리고 이제 내가 제시하려는 상상력 넘치는 연상 가운데 적어도 일부는 대부분의 사람들이 겪어봤겠지만, 그 순간에 그것들을 완전히 의식하고 있었던 이들은 많지 않을 것이며, 따라서 지금은 떠올릴 수 없을지도 모르겠다.

관념성을 배운 적도 없고 성령강림절[208]의 독특한 성격에 대해 그저 막연하게 알고 있는 사람이 성령강림절이라는 말만 듣고도 갓 내린 눈을 두건처럼 쓰고 고개를 숙인 채 천천히 걸어가는 순례자들의 길고도 음울하며 말없는 행렬을 떠올리는 것은 왜인가? 혹은 미국 중부의 단순하고 무식한 신교도가 어쩌다가 '카르멜회 수도사White Friar'나 '카르멜회 수녀White Nun'[209]라는 말만 듣고도 마음속에 눈目 없는 동상을 떠올리는 것은 왜인가?

또한 런던의 화이트탑 지하 감옥에 감금됐던 전사와 왕에 대한 전설은 별개로 치더라도(그것만으로는 충분한 설명이 불가능할 테니까), 화이트탑[210]이 전설로 유명한 주위의 다른 건축물들—바이워드탑, 혹은 심지어 블러디탑—보다 여행 경험이 별로 없는 미국인의 상상력을 훨씬 더 자극하는 것은 대체 무엇 때문인가? 그리고 더욱더 장엄한 탑인 뉴햄프셔주의 화이트산맥은 기분이 묘할 때 그 이름을 듣기만 해도 영혼에 거대한 유령의 기운이 드리워지는 반면, 버지니아주의 블루리지산맥은 생각만 해도 부드럽고 상쾌하고 아득한 꿈결 같은 기분에 한껏 빠져들게 되는 것은 어째서인가? 또한 위도나 경도와 상관없이 백해白海라는 이름이 상상 속에 유령 같은 것을 떠오르게 하는 반면, 황해黃海는 파도 위로 넘실대는 길고 윤이 나는 포근한 오후에 뒤이어 더없이 눈부시면서도 깊은 졸음을 몰고 오는 일몰로 우리의 마음을 달래주는 것은 왜인가? 또한 전적으로 비현실적이며 순전히 상상 속에서만 가능한 예를 들어보자면, 중유럽의 전래 동화를 읽을 때 하르츠 숲의 '키가 껑충한 창백한 사내', 언제나 창백한 얼굴로 아무 기척도 없이 푸른 수풀 속을 미끄러지듯 지나다니는 이 유령이 브로켄[211]의 떠들썩한 꼬마 도깨비들을 모두 모아놓은 것보다 더욱 소름 끼치는 것은 왜인가?

또한 흘릴 눈물 한 방울 남아 있지 않은 리마[212]가 그 어느 곳보다 이상하고 슬픈 도시로 보이는 것은 대성당을 뒤흔들어놓은 지진의 기억 때문도 아니고, 미친듯이 우르르 몰려오는 파도 때문도 아니고, 비 한 방울 내려주지 않는 메마른 하늘의 무정함 때문도 아니고, 기울어진 첨탑과 뒤틀린 갓돌, (닻을 내린 배의 기울어진 활대처럼) 고개를 푹 숙인 십자가들이 널린 드넓은 들판의 모습 때문도 아니고, 교외 주택지에 있는 집의 벽들이 던져놓은 카드 한 벌처럼 서로 겹쳐진 듯 기대어 있기 때문도 아니고, 이 모든 요인이 한꺼번에 공존하기 때문도 아니다. 그것은 바로 리마가 하얀 베일을 뒤집어쓰고 있기 때문인데, 리마의 비애에 드리워진 이 흰색에는 보다 고차원적인 공포가 존재한다. 리마는 피사로[213]처럼 늙었지만, 이 흰색은 리마를 영원토록 새롭게 유지시켜주고, 완전한 부패를 뜻하는 발랄한 초록색이 들어오지 못하게 하며, 부서진 성곽 위로 뇌졸중의 경직된 창백함을 퍼뜨려 그 뒤틀린 모습을 고착시킨다.

물론 일반적인 견해에 따랐을 때, 이 흰색이라는 현상이 그렇지 않아도 무서운 대상에 느끼는 공포를 더욱 키우는 주요 요인이라고는 할 수 없음을 나도 알고 있다. 또한 흰색을 띤 형태들이 상상력이 부족한 이들에게는 전혀 공포스럽지 않지만, 또다른 누군가는 단순히 흰색이라는 현상 하나만으로도 두려움을 느낀다는 것, 특히 그 현상이 어떤 형태로든지 침묵이나 보편성에 근접하는 형태로 나타날 때는 더더욱 그렇다는 것도 알고 있다. 내 이 두 주장이 각각 의미하는 바는 아마도 다음의 예들을 통해 보다 자세히 드러날 것이다.

첫째. 이국의 해안에 가까워질 무렵, 선원은 밤에 파도가 울부짖는 소리가 들리면 경계의 끈을 조이기 시작하고 몸의 모든 감각을 곤두세우기에 충분할 정도의 두려움을 느낀다. 하지만 정확히 동일한 상황에서 해먹에서 불려 나온

선원이 한밤중에 배가 우윳빛의 백색 바다를 가르며 항해하는 모습—마치 주위를 둘러싼 곳에서 잘 빗질한 백곰 무리가 자기를 향해 헤엄쳐 오는 듯한 모습—을 본다면 그는 조용히 엄습해오는 미신적인 공포를 느낄 것이다. 수의를 둘러싼 환영 같은 백색 바다는 그에게 진짜 유령만큼이나 무시무시하다. 여전히 측심줄이 닿지 않을 정도의 먼바다에 나와 있다고 확인해봐야 헛일이다. 마음과 머리가 둘 다 침몰해, 그는 다시 푸른 바다로 나가기 전까지 안식을 찾지 못한다. 하지만 그렇다고 해서 "제 마음이 그렇게나 동요했던 것은 암초에 부딪힐지도 모른다는 두려움보다는 기분 나쁜 백색이 안겨주는 두려움 때문이었습니다"라고 말할 선원이 어디 있겠는가?

둘째. 페루 원주민들은 눈 쌓인 안데스산맥 꼭대기를 내내 보면서도 전혀 두려움을 느끼지 않는다. 기껏해야 그토록 높은 곳에 군림하고 있는 영원히 서리로 뒤덮인 황량함을 상상해보거나, 그토록 비인간적이고 고독한 곳에서 길을 잃는다면 얼마나 큰 두려움에 빠질까 하고 자연스레 생각해보는 정도가 다일 것이다. 서부 시골뜨기들의 경우도 이와 크게 다르지 않아서, 끝없는 대초원이 눈보라로 뒤덮이고 그러한 백색의 깊은 최면 상태를 깨뜨려줄 나무나 나뭇가지의 그림자 하나 보이지 않아도 이들은 비교적 무심한 태도를 보인다. 남극해의 풍경을 바라보는 선원의 경우는 그렇지 못하다. 그곳에서는 이따금 서리와 대기가 작용해 지독한 속임수를 부려대는데, 선원이 반쯤 침몰한 배에서 벌벌 떨며 보게 되는 것은 그의 비참함에 희망과 위로를 속삭여줄 무지개가 아닌, 가느다란 얼음 묘비와 쪼개진 십자가들을 이빨처럼 드러낸 채 끝없이 펼쳐진 교회 묘지가 자신을 향해 히죽거리는 듯한 광경이다.

하지만 당신은 말할 것이다. 흰색에 대한 이 흰 가루 같은 장章은 한 비겁한 영혼이 내건 백기에 지나지 않는다고. 그대 이슈미얼은 우울증에 굴복하고 말았다고.

그렇다면 대답해보라. 여기 맹수라고는 한 마리도 찾아볼 수 없는 버몬트주의 평화로운 계곡에서 태어난 어리고 힘센 망아지가 있다. 매우 화창한 어느 날, 갓 벗겨낸 들소 가죽을 녀석의 뒤에서 흔들어대기만 했는데 그것을 볼 수도 없는 망아지가 그 야생동물의 사향냄새만 맡고도 흠칫 놀라 콧김을 내뿜고 눈을 부릅뜬 채 공포에 미쳐 날뛰며 발을 구르는 것은 왜인가? 북부의 푸른 고향에서 자라난 망아지에게는 야생동물의 뿔에 들이받힌 기억이 전혀 없으며, 따라서 녀석이 맡은 기이한 사향냄새가 예전의 위험했던 경험과 관련된 어떤 기억을 떠올리게 해줬을 리는 만무하다. 이 뉴잉글랜드의 망아지가 머나먼 오리건주의 검은 들소에 대해 대체 뭘 알겠는가?

그렇다. 하지만 여기서 당신은 말 못하는 짐승조차 세상의 악마성을 알아차리는 본능을 지니고 있음을 본다. 비록 오리건에서 수천 마일이나 떨어져 있음에도 그 야만적인 사향냄새를 맡은 녀석은 대초원에서 발을 구르며 먼지를 일으키고 있을 들소 무리, 살을 찢고 뿔로 들이받는 그들의 존재를 대초원에 버려진 야생 망아지만큼이나 생생히 느낀다.

그렇기 때문에 우윳빛 바다의 숨죽인 파도 소리, 서리로 장식된 산맥이 음산하게 바스락대는 소리, 대초원에 쌓인 눈들이 너무나도 외롭게 쓸려다니는 소리, 이 모든 것이 나 이슈미얼에게는 들소 가죽을 흔들어 망아지를 겁에 질리게 하는 일이나 마찬가지인 것이다!

비록 그 신비로운 손짓이 암시하는 이름 모를 것들이 어디에 존재하는지는 아무도 모르지만, 망아지가 그러하듯 나 또한 그런 것들이 어딘가에는 반드시 존재한다고 믿는다. 눈에 보이는 이 세상은 많은 부분들이 사랑으로 이루어진 것처럼 보이지만, 눈에 보이지 않는 영역은 두려움으로 이루어져 있다.

하지만 우리는 이 흰색이 건 주문을 아직 풀지 못했고, 왜 흰색이 우리 영혼에 그토록 큰 영향력을 행사하는지도 알아내지 못했다. 그리고 더 기이하고 그보다 훨씬 더 꺼림칙한 사실은, 우리가 이미 보았다시피 흰색이 영적인 것을 나타내는 가장 중요한 상징, 아니 기독교 신의 베일인 동시에 인류를 가장 오싹하게 하는 것들의 힘을 더욱 증폭시켜주는 요인이 되기도 한다는 점이다.

은하수의 새하얀 심연을 바라볼 때, 우주의 비정한 공허함과 광대무변함을 희미하게 보여주면서 소멸에 대한 생각으로 우리의 등을 찌르는 것은 그 색의 무한함이 벌이는 짓일까? 혹시 흰색은 본질적으로 색이라기보다는 가시적인 색의 부재인 동시에 모든 색의 결합체인 것은 아닐까? 광활한 설경이 소리 한 점 없이 텅 비어 있으면서도 의미로 가득차 있는 것, 색이 아니면서도 모든 색이 응집된 무신론 같아서 우리로 하여금 그것을 꺼리게 만드는 것은 바로 이런 이유 때문이 아닐까? 그리고 자연과학자들의 다른 이론에 따르면, 이 세상의 모든 빛깔, 장엄하거나 사랑스러운 모든 화려한 색채, 그러니까 해질녘에 하늘과 숲을 엷게 물들이는 감미로운 색, 금박을 입힌 벨벳 같은 빛깔의 나비들, 처녀들의 나비 같은 두 뺨, 이 모든 것은 교묘한 속임수일 뿐이며 대상 자체에 실제로 내재하는 것이 아니라 외부에서 주어진 것에 지나지 않는다고 한다. 따라서 온통 신격화된 '자연'이 매춘부처럼 철저히 화장을 하고 있더라도,

그 매혹은 내부의 납골당을 가리고 있을 뿐이다. 그리고 여기서 더 나아가 생각해보면, 자연의 모든 색깔을 만들어내는 신비스러운 화장품, 즉 빛의 대원칙은 그 자체로는 영원히 흰색이거나 무색이며, 만일 매개체 없이 물질에 작용할 경우에는 모든 대상, 심지어 튤립이나 장미 같은 대상에도 공허한 색채만을 더하게 될 뿐이다. 이 모든 것을 곰곰이 생각해볼 때, 반신불수가 된 우주는 우리 앞에 나환자처럼 누워 있고, 라플란드를 여행하면서도 색안경을 쓰길 거부하는 고집 센 자들이 그러하듯, 이 가련한 이교도는 자신의 전망을 모두 뒤덮은 거대한 흰 수의를 어두워진 눈으로 바라보고 있는 꼴이나 마찬가지다. 그리고 백색증에 걸린 고래는 이 모든 것의 상징이었다. 그런데도 당신은 이 맹렬한 사냥을 의아하게 여길 텐가?

43장

잘 들어봐!

"쉿! 카바코, 저 소리 들었나?"

야간 당직 때였다. 달빛이 환히 쏟아지는 밤, 선원들은 갑판 중앙에 있는 담수통에서 선미 난간 근처의 음료수통까지 쭉 늘어서 있었다. 그들은 이런 식으로 음료수통에 물을 채워넣을 양동이를 서로에게 전달했다. 대부분은 신성한 뒷갑판 쪽에 서 있었기 때문에 말소리나 발소리를 내지 않으려 조심하고 있었다. 돛이 펄럭이는 소리나 용골이 쉼 없이 나아가며 내는 웅웅거리는 소리만이 꾸준히 들려올 뿐, 양동이는 깊은 침묵 속에 손에서 손으로 전해지고 있었다.

이처럼 정적이 흐르는 가운데, 뒤쪽 승강구 근처에서 대열을 이루고 있던 아치가 옆에 있는 촐로[214]에게 그렇게 속삭였다.

"쉿! 카바코, 저 소리 들었나?"

"양동이나 받으시지, 아치. 무슨 소리가 났다는 거야?"

"또 들리네—승강구 아래쪽이야—안 들리나?—기침소리야—기침소리처럼 들리는군."

"망할, 기침이 어쨌다는 거야! 넘겨받은 양동이나 넘기시지."

"또 들려—또 들리네!—두세 사람이 잠결에 몸을 뒤척이는 소리 같군그래!"

"이것 참! 이봐, 그만하면 됐네, 안 그래? 그건 자네가 저녁으로 먹은 건빵 세 개가 자네 뱃속에서 뒤척이며 내는 소리일 뿐이야. 양동이나 신경쓰라고!"

"이봐, 자네가 뭐라고 하든 내 귀는 확실해."

"그래, 어련하시겠어. 낸터킷에서 50마일 떨어진 바다에서도 퀘이커교도 할멈이 뜨개질을 하며 흥얼대는 소리를 들었다는 자네가 아닌가. 정말이지 대단하셔."

"실컷 비웃으라지. 이제 곧 알게 될 테니 말이야. 잘 들어봐, 카바코. 뒤쪽 화물창에 아직 갑판에 모습을 드러내지 않는 누군가가 숨어 있어. 그리고 우리의 무굴제국 영감께서도 뭔가를 좀 알고 계실 것 같군. 어느 날 아침 당직을 서고 있었을 때, 비슷한 얘기를 스터브가 플래스크한테도 흘리는 걸 들었지."

"쯧쯧! 양동이나 달라니까!"

44장

해도

에이해브 선장이 자신의 목적에 대한 선원들의 열광적인 승인을 얻어낸 그날 밤 스콜이 휘몰아쳤다. 그후 누군가 에이해브를 따라 그의 선실로 따라 내려갔다면, 그가 가로대에 놓인 궤짝으로 가서 주름진 채 말려 있는 크고 누르스름한 해도를 끄집어내 바닥에 나사못으로 고정해놓은 탁자 위에 펼치는 모습을 보았을 것이다. 그런 다음 그 앞에 앉아 자신의 눈에 비친 다양한 선과 명암을 골똘히 들여다보고는 연필을 들어 느리지만 꾸준히 이전에 비어 있던 공간에 또다른 항로를 그려넣는 모습을 보았을 것이다. 이따금 옆에 있는 옛 항해일지 더미를 뒤적거리기도 했는데, 거기에는 다양한 배들이 예전에 다양한 항해를 하면서 향유고래를 잡거나 목격했던 시기와 장소가 기록되어 있었다.

이처럼 작업에 힘쓰는 동안, 그의 머리 위 쇠사슬에 매달린 무거운 백랍 램프가 배의 움직임에 따라 끊임없이 흔들리면서 에이해브의 주름진 이마 위로 흐릿한 빛과 그림자로 된 선들을 번갈아가며 계속 드리우고 있었다. 그리하여 나중에는 그가 주름진 해도 위에 선과 항로를 그려넣는 동안, 어떤 보이지 않는 연필이 그의 이마에 깊이 새겨진 해도에도 선과 항로를 그려넣고 있는 것처럼 보일 지경이었다.

하지만 에이해브가 선실에 홀로 틀어박혀 해도를 보면서 곰곰이 생각에 잠긴 것이 비단 이날 밤만의 일은 아니었다. 그는 거의 매일 밤 해도를 끄집어내

연필로 표시된 어떤 부분을 지우고는 또다른 표시를 첨가했다. 사대양의 해도를 모두 앞에 늘어놓은 채, 에이해브는 자기 영혼의 편집광적인 생각을 보다 확실히 완수해내기 위해 해류와 소용돌이의 미로를 요리조리 헤쳐나가고 있었다.

그런데 리바이어던의 습성에 대해 제대로 알지 못하는 사람에게는 이 행성의 아득한 대양에서 단 한 마리의 생명체를 찾아낸다는 게 터무니없을 만큼 가망 없는 일로 보일지도 모르겠다. 하지만 에이해브의 생각은 달랐다. 그는 조류와 해류에 대해 훤히 꿰뚫고 있었고, 덕분에 향유고래의 먹이가 이동하는 바닷길을 계산해낼 수 있었으며, 또한 특정한 위도에 따라 녀석을 사냥하기에 적합한 것으로 확인된 공식적인 시기가 언제인지를 떠올려냄으로써, 자신의 사냥감을 찾기 위해 이런저런 어장에 가려면 어느 시기가 적절한지와 관련하여 거의 확실한 수준에 이르는 합리적인 추측을 해낼 수 있었다.

향유고래가 특정 해역에 주기적으로 출몰한다는 것은 너무나도 확실한 사실이므로, 녀석을 전 세계적으로 면밀히 관찰하고 연구할 수만 있다면, 그리고 전체 포경선단의 항해일지를 대조해볼 수만 있다면, 향유고래의 주기적 이동 경로는 청어떼나 제비의 이동 경로와 늘 일치한다고 밝혀지리라는 게 많은 고래잡이들이 가진 믿음이었다. 이를 실마리로 향유고래의 이동 경로를 표시한 정교한 해도를 작성하려는 시도가 이루어져왔다.*

게다가 보통 향유고래는 먹이를 찾아 수역을 이동할 때 절대적으로 확실한 본능—더 정확히 말하자면 신에게서 부여받은 은밀한 지성—의 인도를 받아

* 이 글이 쓰인 후, 다행히도 이러한 주장은 1851년 4월 16일에 워싱턴 국립천문대의 모리 중위가 발행한 공식 회보를 통해 사실로 입증되었다. 그 회보에 따르면 바로 이 같은 해도가 완성되어가는 중인 듯하며 일부 내용이 수록되어 있다. "이 해도는 대양을 위도에 따라 5도씩, 경도에 따라 5도씩 분할한다. 분할된 각 해역에는 일 년 열두 달에 해당하는 열두 개의 세로줄을 수직으로 그었고, 또한 수평으로 세 개의 선을 그었다. 그 세 선 중 하나는 각 해역에서 매달 보낸 일수(日數)를 나타내고, 나머지 둘은 향유고래나 참고래가 목격된 일수를 나타낸다."

이른바 맥脈을 따라 헤엄쳐 간다. 세상의 그 어떤 배가 그 어떤 해도를 사용하더라도 그 십분의 일에도 미치지 못할 놀라운 정확성으로, 한 치 오차도 없는 엄밀함으로 정해진 바닷길을 따라가는 것이다. 이러한 경우 어느 한 고래가 택하는 방향은 측량기사가 그은 평행선처럼 일직선이고, 따라서 고래가 나아가며 남긴 흔적 또한 어쩔 수 없이 일직선에 한정되나, 그럼에도 그 고래가 헤엄쳐 간다는 그 임의적인 맥은 보통 그 폭이 몇 마일에 걸쳐 있다(대략 그 정도일 텐데, 맥은 늘어나거나 줄어드는 것으로 추정되기 때문이다). 그렇다고는 해도 그 폭이 이 마법 같은 바닷길을 주의깊게 미끄러져 나아가는 포경선의 돛대 꼭대기에서 볼 수 있는 범위를 결코 넘어서지는 않는다. 한마디로 특정 시기에 그 길의 정해진 폭을 따라 가다보면 십중팔구 이동중인 고래를 발견할 수 있는 것이다.

따라서 에이해브는 입증된 시기에 잘 알려진 특정 먹이터로 가면 자신의 사냥감과 마주칠 수 있을 거라 기대할 뿐만 아니라, 그러한 먹이터들 사이의 광활한 바다를 지나면서도 항해의 때와 장소를 조정함으로써 그 고래를 만날 일말의 여지를 남겨둘 수 있었다.

언뜻 보기에 이 상황은 그의 정신착란에 가까우면서도 체계적인 계획에 혼선을 빚게 하는 듯 보였다. 하지만 아마 실제로는 그렇지 않았을 것이다. 무리를 지어 다니는 향유고래가 특정 먹이터를 정기적으로 찾긴 하지만, 일반적으로 올해 이런저런 위도나 경도에 출몰한 향유고래 무리라고 해서 작년에 그곳에서 발견된 무리와 동일한 무리라고 결론지을 수는 없다. 물론 의심의 여지없이 동일한 무리로 입증된 특수한 경우도 있다. 이는 일반적으로 성숙하고 나이든 향유고래들 가운데 고독한 은둔자 유형에 대해서만 협소하게 적용된다. 따라서 이를테면 모비 딕이 작년에 인도양의 세이셸 먹이터나 일본 연안의 화산만에서 목격되었다고 해서, 피쿼드호가 이듬해 동일한 시기에도 그쪽 먹이터에서 틀림없이 녀석과 마주치게 되리란 법은 없었다. 이는 모비 딕이 이따금 모습을 드러냈던 다른 먹이터들의 경우도 마찬가지다. 하지만 이 모든 장소는 녀석이 그때그때 들르는 바다의 여인숙일 뿐, 장기간 머무르는 곳은 아닌 듯했다. 지금까지 에이해브가 자신의 목적을 달성할 가능성에 대해 논하면서, 그가 선례에 따른 부차적인 요행을 바랄 수밖에 없다고 넌지시 말해왔다. 하지만 특별히 정해진 시간과 장소만 주어진다면 모든 가능성은 개연성이 될 것이며, 에이해브가 허황되게 생각했듯 모든 가능성은 곧 확실성으로 변할 터였다. 그 특별히 정해진 시간과 장소는 한마디로 '적도 시기'라는 전문용어로 정리할 수 있었다. 모비 딕이 여러 해 동안 계속해서 그때 그 시기에 주기적으로 발견되었기 때문이다. 태양이 매년 회전하면서 일정한 간격으로 황도 12궁 중 한 별자리 주변을 어슬렁거리듯, 녀석은 한동안 그쪽 수역에 머물곤 했다. 흰 고래와의 치명적인 사투가 벌어진 장소도 대부분 그곳이었고, 그곳의 파도는 녀석이 저지른 일에 얽힌 이야기들로 온통 넘실댔으며, 편집광적인 노인에게 복수를 다짐하도록 끔찍한 동기를 제공한 비극적인 장소도 바로 그곳이었다. 하지만 끝을 알 수 없는 신중함과 나태함이라고는 모르는 경계심으로 자신의 음울한 영혼을 이 물러설 수 없는 사냥에 던져버린 에이해브로서는 자신의 모든 기대를 위에서 언급된 유일무이한 사실—그 사실이 아무리 그 기대를 돋보이게 만들어줄지라도—에만 맡길 수는 없었을 것이다. 또한 자신이 한 맹세로 밤잠을 못 이루는 그였기에 불안한 마음을 진정시키면서 특정 수역 사이를 오가며 벌이는 모든 탐색을 미룰 수도 없었을 것이다.

그런데 피쿼드호가 낸터킷에서 출항한 때는 적도 시기가 막 시작될 무렵이었다. 따라서 제아무리 애를 쓴다 한들 남쪽으로 한참을 내려가 혼곶을 돈 다음, 위도로 60도를 내려가 제시간에 적도 부근의 태평양에 도착하기란 불가능한 일이었다. 그러므로 에이해브는 내년 시기를 기다리는 수밖에 없었다. 하지만 피쿼드호의 때 이른 출항은 에이해브가 이런 매우 복잡한 사정까지 고려해서 내린 엄밀한 결정이었는지도 모른다. 그에게는 이제 다음 적도 시기까지 삼백예순다섯 번의 낮과 밤이 주어진 셈이었기 때문이다. 그 시간 동안 육지에서 조바심을 내며 기다리느니 잡다한 종류의 고래를 잡으며 시간을 보내는 편이 나았고, 어쩌면 정기적인 먹이터에서 멀리 떨어진 바다에서 휴가를 즐기던 흰 고래가 우연히 페르시아만이나 벵골만, 중국해, 혹은 다른 고래들이 출몰하는 어느 다른 바다에서 그 주름진 이마를 드러낼지도 모를 일이었다. 그리하여 계절풍, 팜페로 바람, 북서풍, 하르마탄 열풍, 무역풍 등 지중해의 강한 동풍과 아라비아사막의 모래 폭풍을 제외한 바람이라면 어떤 바람이든 정도를 벗어난 채 지그재그로 세계를 주항중인 피쿼드호가 가는 길로 모비 딕을 몰아넣어줄지도 모를 일이었다.

하지만 이 모든 것을 인정한다 하더라도, 신중하고 냉정히 따져봤을 때 이는 미친 생각으로밖에는 여겨지지 않는다. 설령 드넓은 망망대해에서 단 한 마리의 고래와 마주친다고 한들, 그 고래가 바로 그 고래임을 알아본다는 것은 인파로 붐비는 콘스탄티노플의 큰 거리에서 흰 수염을 기른 이슬람 법률학자를 찾는 것이나 마찬가지가 아닐까? 그렇지 않다. 모비 딕 특유의 눈처럼 흰 이마와 눈처럼 흰 혹은 절대 헷갈릴 수가 없다. 내가 녀석에게 꼬리표를 달아두지 않았던가? 에이해브는 자정이 한참 지난 시각까지 해도를 자세히 살펴보다가 다시 공상에 잠겨 이렇게 중얼거리곤 했다. 그래 그랬지, 그런데 녀석이 무슨 수로 도망칠 수 있겠어? 놈의 넓은 지느러미는 구멍이 뚫려 있고, 길 잃은 양의 귀처럼 들쭉날쭉하지! 이 대목에 이르면 그의 정신 나간 마음은 경주에라도 나간 듯 숨가쁘게 달리기를 이어나갔고, 결국 생각을 많이 한 탓에 피로와 현기증이 그를 덮쳐왔으므로, 에이해브는 갑판으로 나가 바람을 쐬며 기운을 회복하려 애를 쓰곤 했다. 아아, 신이시여! 이루지 못한 복수의 열망에 사로잡힌 저 남자는 비몽사몽간에 어떤 고통을 견뎌내고 있는 것인지. 그는 두 손을 꽉 쥔 채 잠이 들고, 손톱이 박혀 피로 물든 손바닥을 펼치며 잠에서 깨어난다.

이따금 그는 참을 수 없을 만큼 생생해서 사람의 진을 다 빼놓는 꿈 때문에 밤중에 해먹에서 뛰쳐나오곤 했다. 그 꿈은 낮 동안 그를 사로잡았던 강렬한 생각들의 연장이었는데, 그 생각들은 꿈속에서 서로 미친듯이 충돌하며 불타오르는 머릿속을 빙글빙글 돌고 돌았고, 결국에는 심장의 고동 자체가 참을 수 없는 괴로움이 되는 지경까지 이르곤 했다. 그리고 이런 정신적 진통은 때로 그의 존재를 밑바닥에서부터 들어올렸고, 그럴 때면 벌어진 그 존재의 틈 사이로 여러 갈래의 불꽃과 번개가 솟구치는 듯했으며, 저주받은 악마들이 그에게 자신들이 있는 곳으로 뛰어내리라고 유혹의 손길을 보내오곤 했다. 그의 존재 안에 자리한 이 지옥이 저 아래서 아가리를 벌릴 때면 배 전체에 괴성이 울려퍼졌고, 에이해브는 마치 불이 난 침대에서 도망쳐 나오기라도 하듯 두 눈을 부릅뜬 채 전용 선실에서 뛰쳐나오곤 했다. 하지만 이런 일들은 에이해브의 잠재된 나약함 또는 자신의 다짐에 대한 두려움이 억누를 길 없이 터져나온 것이라기보다는 오히려 그 다짐이 얼마나 지독한 것인지를 있는 그대로 보여주는 징표일지도 몰랐다. 왜냐하면 조금도 마음의 끈을 놓지 않는 단호함으로 흰 고래를 쫓는 교활하고 정신 나간 에이해브, 이미 자신의 해먹으로 돌아간 지 오래인 에이해브는 두려움에 휩싸여 또다시 해먹에서 뛰쳐나간 에이해브와는 다른 힘의 영향 아래 있었기 때문이다. 후자의 에이해브를 지배한 힘은 그의 내부에 존재하는 영원히 살아 있는 원칙, 즉 영혼이었다. 평상시 그 영혼은 인격을 드러내는 정신을 매개체나 대리자로 삼아 외부로 표출되었지만, 에이해브가 잠들어 있을 때 그 영혼은 그러한 정신에서 분리되어 스스로 광증의 맹렬한 지속 상태로부터의 탈출을 꾀했고, 그러는 동안만큼은 더이상 정신과 통합을 이루지 못했다. 그러나 정신이란 영혼과 결탁하지 않으면 존재할 수 없다. 따라서 에이해브의 경우, 그는 분명 자신의 모든 생각과 상상을 하나의 지고한 목적에 바쳤을 것이며, 그 목적은 그 자체가 지닌 순전히 완고한 의지로 인해 신과 악마에게 맞서며 일종의 독단적이고 독립적인 존재로 변해갔을 것이다. 아니, 그 목적은 그것이 원래 결속되어 있던 보통의 생명력이 초대받지도 않고 아버지도 없는 탄생에 질겁해 도망치는 와중에도 냉혹하게 살아남아 불타오를 수 있었다. 그러므로 에이해브로 보이는 무언가가 그의 방에서 뛰쳐나왔을 때 그 육체에 매달린 두 눈에서 쏟아져나오던 고통스러운 정신은 다만 텅 빈 무엇, 잠결에 걸어다니는 무형의 존재였으며, 분명 살아 있는 한줄기 빛이긴 했으나 그 빛으로 색을 입힐 대상이 없는 까닭에 그 자체가 공허나 마찬가지였다. 늙은이여, 신께서 그대를 불쌍히 여기시길. 그대의 생각이 그대 내면에 또다른 생명체를 탄생시켰구나. 그는 열렬한 생각으로 자신을 프로메테우스로 만들어버렸고, 독수리는 그 심장을 영원히 쪼아먹는다. 그가 탄생시킨 생명체는 바로 그 독수리였다.

45장

선서 진술서

이 책에 등장하는 이야기에 관한 한, 향유고래의 습성 중 매우 흥미롭고도 별난 한두 가지 특징을 간접적으로 다뤘다는 점에서 앞 장의 앞부분은 사실 이 책의 다른 어떤 부분 못지않게 중요하다. 하지만 그중 가장 중요한 문제를 충분히 이해시키고, 또한 이 주제 전반에 대해 완전히 무지한 사람이 품게 될 당연한 진리와 관련된 불신을 걷어내기 위해서는 이 문제에 대한 보다 자세하고 친숙한 설명이 요구된다.

나는 이 일을 체계적으로 수행할 마음은 없다. 다만 고래잡이로서 실제로 경험했거나 확실히 알고 있는 항목들을 별도로 인용함으로써 기대했던 효과를 얻을 수만 있다면 그것으로 만족할 것이다. 그리고 이러한 인용을 통해 내가 노리는 결론이 자연히 도출되리라고 생각한다.

첫째, 작살을 맞고 완전히 도망친 고래가 시간이 흐른 후(어느 경우는 삼 년) 같은 사람에게 다시 작살을 맞아 죽임을 당했는데, 고래의 몸에서 발견된 작살 두 개에 똑같은 개인 표시가 새겨져 있던 경우를 나는 세 차례나 직접 목격했다. 그중 던져진 두 작살 사이에 삼 년이라는 시간적 차이가 존재하는 경우—아마 그보다 더 길었을지도 모른다고 생각되는데—작살을 던진 사람은 그간 우연히 무역선을 타고 아프리카로 항해했고, 그곳에 상륙한 후에는 탐험대에 합류해 이 년에 가까운 기간 동안 내륙 깊은 곳을 탐험하며 종종 뱀, 야만인, 호랑이, 늪의 독기 등 미지의 영역의 심장부를 헤매고 다닐 때 따르기 마련인 온갖 위험에 시달리고 있었다. 그동안 그가 찌른 고래도 분명 여행을 이어나갔을 것이다. 아프리카의 모든 해안을 옆구리로 스치며 지구를 세 바퀴나 돌았을 게 분명하지만, 결국 다 부질없는 짓이었다. 이 남자와 이 고래는 또다시 만났고, 남자는 고래를 정복했다. 그러니까 나는 이와 유사한 경우를 세 차례나 목격했는데, 그중 두 번은 고래가 작살에 찔리는 것을 봤으며, 두번째 공격을 받고 죽은 고래의 몸에서 동일한 표시가 새겨진 작살 두 개가 발견된 것도 봤다. 두 작살 사이에 삼 년의 시간차가 존재했던 경우, 나는 우연히도 두 번 다 보트에 타고 있었는데, 두번째로 그 고래를 봤을 때는 삼 년 전에 목격했던 고래 눈 밑의 커다랗고 특이한 반점을 똑똑히 알아보았다. 삼 년이라고는 했지만 분명 그보다 더 많은 시간이 흐른 후였을 것이다. 그러니까 이것이 내가 직접 목격했기에 그 진실성을 보장할 수 있는 세 가지 사례다. 하지만 다른 사람들에게 전해들은 사례도 많다. 그리고 이 문제에서 그들의 진실성은 전혀 의심의 여지가 없다.

둘째, 육지 사람들은 전혀 들어보지 못했을 수도 있겠지만, 특정한 고래가 시간차를 두고 멀리 떨어진 여러 장소에서 목격된 기억할 만한 역사적 사례가 몇 건 있다는 것은 향유고래 포경업계에서 널리 알려진 사실이다. 그런 고래가 그처럼 눈에 띈 이유는 원래부터 다른 고래와 구분되는 신체적 특징 때문만은 아니었다. 왜냐하면 어떤 고래가 제아무리 특이한 신체적 특징을 갖고 있다고 한들, 죽이고 끓여서 녀석의 특별히 귀중한 기름을 짜내고 나면 그 특징이란 것도 이내 사라져버리기 때문이다. 그렇다, 진짜 이유는 바로 이것이다. 포경업은 때로 목숨을 걸어야 하는 직업이므로 그런 고래에게는 리날도 리날디니[215]에게 그랬던 것만큼이나 위험한 존재로서의 무시무시한 명성이 따라붙었고, 대부분의 고래잡이들은 그 고래가 바다에서 빈둥대는 걸 발견하더라도 단지 방수모를 살짝 건드리며 알은척하는 것으로 만족할 뿐, 그 이상으로 친해질 생각은 감히 꿈도 꾸지 않았을 정도였기 때문이다. 우연히 화를 잘 내는 거물을 알게 된 가련한 육지 사람들이 길을 가다 그를 보더라도 주제넘지 않게 멀리서 고개나 살짝 조아릴 뿐, 더 친근하게 굴었다가는 건방지다며 바로 그 자리에서 주먹을 맞게 되지나 않을까 염려하는 것과도 같다.

하지만 이 유명한 고래들 모두는 각자 엄청난 명성—차라리 바다처럼 드넓다고 해야 할지도 모를 명성—을 누렸을 뿐 아니라, 살아생전의 유명세가 죽은 후에도 이어져 지금도 선원들 사이에서 회자되는 불멸의 존재가 되었다. 또한 이들은 그 이름에 걸맞은 모든 권리와 특혜와 영예를 누렸는데, 실제로 어떤 이름은 캄비세스[216]나 카이사르만큼이나 유명하기도 했다. 오, 그렇지 않은가, 티모르 잭이여! 같은 이름을 가진 동양의 해협에 그토록 오랫동안 숨어 있다가 이따금 야자나무 무성한 옴베이[217] 해변 앞으로 와 물을 내뿜곤 하던 유명한 리바이어던, 빙산처럼 몸에 흉터가 난 고래여? 오, 그렇지 않은가, 뉴질랜드 톰이여! 문신의 땅[218] 인근을 지나는 모든 순양함에 극도의 공포를 안겨주던 그대여? 오, 그렇지 않은가, 모르콴이여! 공중에 뿜어 올린 높은 물기둥이 때로 눈처럼 흰 십자가처럼 보였다던 일본의 왕이여? 오, 그렇지 않은가, 돈 미겔이여! 늙은 거북이처럼 등짝에 신비한 상형문자를 새긴 그대 칠레 고래여? 쉽게 말해서 이 네 고래는 마리우스나 술라[219]가 고전 학자들에게 잘 알려져 있는 것만큼이나 고래학 연구자들 사이에 잘 알려져 있다.

하지만 여기서 끝이 아니다. 뉴질랜드 톰과 돈 미겔은 여러 포경선의 보트들에 여러 번 대혼란을 일으킨 후, 결국에는 용맹한 포경선 선장들의 조직적인 추격을 당한 끝에 붙잡혀 죽임을 당하고 말았다. 이 선장들은 옛날 처치 대위[220]가 내려갠섯 숲을 헤쳐나가기 시작하면서부터 인디언 왕 필립의 가장 뛰어난 전사이자 흉악한 야만인으로 악명 높은 애너원을 붙잡을 생각을 품고 있었던 것과 마찬가지로 닻을 감아올릴 때부터 그 고래들을 잡겠다는 명확한 목표를 염두에 두고 있었다.

그런데 이 흰 고래 이야기 전체, 특히 비극적인 파국이 어느 면으로 보나 합리적이라는 사실을 인쇄된 형태로 입증하는 데 중요하다고 여겨지는 한두 가지 사실을 언급하기에 지금보다 더 적당한 때는 없을 것 같다. 진실이 오류만큼이나 많은 증언을 필요로 한다는 것은 맥빠지는 일인데, 이 역시 그런 경우에 해당하기 때문이다. 대부분의 육지 사람들은 더없이 명백하고 뚜렷한 세상의 몇 가지 경이에 대해 너무도 무지한 까닭에, 포경업과 관련해서 역사적으로나 비역사적으로나 명백한 사실들에 대해 어느 정도 암시를 주지 않으면 모비 딕 이야기가 말도 안 되는 우화라며 코웃음치거나 더 최악의 경우에는 이를 끔찍하고도 견딜 수 없는 비유담으로 치부해버리고 말 것이다.

첫째, 비록 대부분의 사람들이 이 야심찬 포경업에 따르는 일반적 위험에 대해 막연하고도 가벼운 수준에서나마 알고 있긴 해도, 그 위험이 어떤 것이며 얼마나 빈번하게 일어나는지에 대해서는 확실하고 뚜렷한 개념을 전혀 갖고 있지 않다. 그 이유 중 하나는 아마 포경업계에서 실제로 발생하는 재난과 사상자 가운데 고국의 공식 기록에 남는 경우가 그 오십분의 일도 되지 않으며, 그 기록마저 일시적이고 곧장 잊히기 때문일 것이다. 아마 지금 이 순간에도 저기 저 가련한 친구는 뉴기니 앞바다에서 작살 밧줄에 몸이 감긴 채 물속으로 잠수하는 리바이어던을 따라 바다 밑바닥으로 끌려가고 있을지 모르는데, 여러분은 저 가련한 친구의 이름을 내일 아침식사 시간에 읽을 신문 부고

란에서 보게 되리라 생각하는가? 그렇지 않다. 왜냐하면 이곳과 뉴기니 사이의 우편은 매우 불규칙하기 때문이다. 실제로 뉴기니에서 직접적으로나 간접적으로 들어오는 정기적 소식이라고 할 만한 걸 들은 적이 있기나 한가? 그럼에도 언젠가 내가 태평양으로 항해를 떠났을 때 만나 이야기를 나눠본 서로 다른 서른 척의 배는 저마다 고래 때문에 선원 한 명을 잃은 적이 있었고, 일부는 선원을 한 명 이상 잃기도 했으며, 포경 보트 한 대에 탄 선원을 모조리 잃은 배도 세 척에 이르렀다. 부디 집에서 사용하는 램프와 양초를 절약하시길! 여러분이 태우는 1갤런의 기름에는 그 기름을 얻기 위해 흘린 인간의 피가 최소한 한 방울은 섞여 있을 테니 말이다.

둘째, 육지 사람들은 고래가 엄청난 힘을 지닌 거대한 생명체라는 실로 막연한 생각을 가지고 있다. 하지만 그들에게 그 엄청난 힘과 거대한 크기에 대한 구체적인 예를 들려주면, 그들은 내가 익살 한번 잘 떤다며 크게 칭찬했다. 내 영혼을 걸고 말하건대, 그때 나는 이집트의 재앙에 대한 이야기를 쓰던 모세와 마찬가지로 전혀 익살을 떨 생각이 없었다.

하지만 다행히도 내가 여기서 설명하고자 하는 요점은 나와는 전혀 무관한 증거를 통해 확립될 수 있는데, 그 요점이란 이것이다. 즉 향유고래는 경우에 따라 고의로 큰 배에 구멍을 내고 완전히 파괴해서 침몰시킬 수 있을 만한 충분한 힘과 기민하고 신중한 악의를 지니고 있으며, 게다가 지금까지 그렇게 해왔다는 것.

첫번째 증거. 1820년에 낸터킷의 폴러드 선장이 지휘하는 에식스호는 태평양을 순항하고 있었다. 어느 날 고래들이 뿜어대는 물기둥이 보이자 보트를 내려 향유고래떼를 추격했다. 이윽고 고래 몇 마리가 상처를 입었다. 그때 갑자기 보트를 피해 달아나던 아주 커다란 고래가 무리에서 빠져나오더니 배 쪽을 향해 곧장 돌진했다. 이마로 선체를 들이받자 배에는 구멍이 났고, '십 분'도 채 안 돼서 옆으로 드러누우며 침몰했다. 이후로는 배의 널빤지 하나 찾아볼 수 없었다. 이루 말할 수 없는 고생을 겪은 끝에 일부 선원들이 보트를 타고 육지에 도착했다. 마침내 고향으로 돌아온 폴러드 선장은 다른 배의 지휘를 맡아 또다시 태평양을 찾았지만 미지의 암초와 파란을 만나 이번에도 난파하고 말았다. 두번째로 배를 잃게 된 그는 그길로 바다와 인연을 끊었고, 이후로 바다에 나갈 생각은 꿈도 꾸지 않았다. 폴러드 선장은 지금도 낸터킷에 살고 있다. 나는 비극이 벌어졌던 당시 에식스호에 일등항해사로 있던 오언 체이스를 만난 적이 있고, 그가 기록한 솔직하고 믿음직한 이야기도 읽었으며, 그의 아들과 이야기도 나눠봤는데, 모두 참사 현장에서 불과 몇 마일 떨어지지 않은 곳에서 이루어진 일이었다.*

두번째 증거. 역시 낸터킷 배인 유니언호는 1807년에 아조레스제도 앞바다에서 비슷한 공격을 받아 완전히 파괴되었는데, 비록 이 참사에 대한 정확한

* 다음은 체이스의 이야기에서 발췌한 내용이다. "모든 사실에 비춰봤을 때, 고래의 그러한 움직임이 결코 우연이 아니었다는 결론은 충분한 정당성을 지니는 것 같았다. 그 고래는 배를 향해 짧은 간격을 두고 두 차례 공격을 가했는데, 두 공격 모두가 그 방향으로 봤을 때 우리에게 가장 큰 피해를 입힐 수 있게끔 계산된 것이었다. 고래는 배와 마주보는 위치를 취함으로써 자신과 배의 속도를 합쳐 충격의 강도를 높일 수 있었는데, 그것은 그러한 효과를 내기 위해 반드시 필요한 동작이었다. 고래의 모습은 정말이지 무시무시했으며, 거기에는 원한과 분노 따위가 서려 있었다. 고래는 좀전에 우리가 들어가서 그의 동료 세 마리를 잡은 무리 속에서 곧장 뛰쳐나왔는데, 마치 동료들이 겪은 고통에 대한 복수심으로 불타오르는 듯했다." 또다른 곳에서는 "아무튼 내 눈앞에서 벌어진 모든 상황을 고려해볼 때, 당시 나는 고래가 끼치는 해악이 단호하고도 계산적이라는 인상을 받았으므로(그러한 인상을 지금 다 기억해낼 수는 없지만) 내 생각이 옳다고 자신 있게 말할 수 있다"고 토로한다.

서면 정보를 접해볼 기회는 한 번도 없었지만 이따금 고래잡이들이 그 사건에 대해 넌지시 이야기하는 걸 들어본 적은 있다.

세번째 증거. 십팔 년인가 이십 년쯤 전, 당시 미국 제일의 슬루프형 포함砲艦을 지휘하던 J제독은 샌드위치제도[221]의 오아후항에 정박해 있던 낸터킷 배 위에서 한 무리의 포경선 선장들과 식사를 한 적이 있었다. 고래가 화젯거리로 올랐을 때, 제독은 그 자리에 있던 업계의 신사들이 말한 고래의 경이로운 힘에 대해 아무 거리낌도 없이 회의적인 견해를 표했다. 한 예로, 그는 자신의 튼튼한 슬루프형 포함을 공격해 물 한 방울이라도 새게 할 수 있을 고래란 이 세상에 존재하지 않을 거라며, 그러한 주장을 단호히 부정했다. 그래, 아무러면 어떤가. 하지만 그걸로 끝이 아니었다. 몇 주 뒤 제독은 이 난공불락의 배를 타고 발파라이소[222]로 향했다. 그런데 도중에 비대한 향유고래 한 마리가 나타나 그의 길을 막아서더니, 은밀히 상의할 일이 있으니 잠시만 시간을 내주실 수 없겠느냐고 간청했다. 그 상의할 일이란 다름 아닌 제독의 배에 탕! 하고 일격을 가하는 것이었고, 제독은 펌프란 펌프는 모두 돌려 물을 퍼내며 배를 기울여 수리하기 위해 곧장 가장 가까운 항구로 향해야 했다. 나는 미신을 믿는 사람은 아니지만, 제독과 그 고래의 면담은 신의 뜻이었다고 생각한다. 타르수스의 사울[223]도 비슷한 공포를 경험한 후에 불신을 저버리고 전향하지 않았던가? 거듭 말하지만 향유고래는 허튼수작 따위는 용납하지 않는다.

이 점과 관련하여 잠시 랑스도르프의 항해기[224], 그중에서도 특히 나의 흥미

배를 버리고 어느 정도 시간이 흐른 후, 그가 자신을 환대해줄 해안에 도달하리라는 희망을 거의 포기했을 때 느꼈던 심정은 다음과 같다. "어두운 바다와 솟구치는 파도는 아무것도 아니었다. 지독한 폭풍우에 휩쓸리거나 암초에 부딪히게 될까봐 느끼는 두려움, 그 외 평상시에 느끼던 모든 두려움에 대해서는 거의 생각할 겨를도 없었다. 처참해 보이는 난파선, 그리고 복수를 감행하던 고래의 무시무시한 모습. 다음날 해가 떠오르기 전까지 내 마음을 온통 사로잡은 것은 바로 그 생각뿐이었다."

다른 곳(45쪽)에서 그는 "그 짐승의 불가사의하고 치명적인 공격"에 대해 말한다.

를 끄는 부분을 언급하고자 한다. 여러분도 아시겠지만, 랑스도르프는 금세기 초에 러시아 제독 크루젠시테른이 이끌었던 유명한 탐험대에 소속돼 있던 사람이다. 랑스도르프 선장의 항해기 17장은 이렇게 시작된다.

"우리 배는 5월 13일까지 모든 항해 준비를 마쳤고, 다음날에는 넓은 바다로 나와 오호츠크[225]로 향했다. 날씨는 매우 쾌청했지만 견딜 수 없을 만큼 추웠으므로, 우리는 어쩔 수 없이 모피 옷을 계속 껴입고 있어야 했다. 며칠간은 바람이 거의 없었는데, 열아흐레째에 접어들자 북서쪽에서 강풍이 불어오기 시작했다. 우리 배보다 커다란 몸집을 지닌 엄청나게 큰 고래가 거의 수면 위에 누워 있었는데, 배가 고래에게 바싹 접근하기 전까지 돛을 모두 올린 채 전속력으로 달리고 있던 배 위의 어느 누구도 이를 눈치채지 못했으므로 고래와의 충돌은 피할 수 없는 일이었다. 이 거대한 생명체가 등을 쳐들어 배를 적어도 수면 위로 3피트는 들어올리는 바람에 우리는 절체절명의 위험에 처하게 되었다. 돛대가 모두 휘청거렸고, 돛이란 돛은 죄다 떨어져나갔다. 갑판 아래에 있던 우리는 배가 무슨 암초에라도 걸린 줄 알고 즉시 갑판 위로 뛰어올라갔는데, 그때 우리가 본 것은 암초가 아니라 극도로 엄숙하고 근엄한 모습으로 유유히 헤엄쳐 가던 바다 괴물이었다. 드울프 선장[226]은 충격으로 배에 파손된 곳은 없는지 확인하기 위해 즉시 펌프를 가동시켰는데, 매우 다행히도 부서진 곳은 전혀 없었다."

그런데 여기서 이 배의 지휘자로 언급된 드울프 선장은 뉴잉글랜드 사람으로, 오랜 세월 바다의 선장으로 이색적인 모험을 즐긴 뒤, 지금은 보스턴 근교의 도체스터 마을에 살고 있다. 나는 그의 조카라는 사실을 영광으로 생각한다. 나는 특별히 랑스도르프 항해기의 이 대목에 관해 고모부에게 물어보았다. 그는 그 모든 게 사실임을 증언한다. 하지만 그 배는 결코 큰 배가 아니었다. 그것은 시베리아 해안에서 만들어진 러시아 배로, 고모부가 고향에서 타고 갔던 배를 팔아넘긴 뒤에 구입한 것이었다.

진정한 경이로 넘쳐나며 시종일관 옛날식 모험담이 펼쳐지는 남자다운 그 책—댐피어의 옛친구 중 하나였던 라이어널 웨이퍼의 항해기[227]—에도 방금 랑스도르프의 항해기에서 인용했던 것과 매우 유사한 사건이 기록되어 있는 것을 발견했기 때문에, 필요하다면 입증에 도움이 될 만한 예로 그것을 여기 추가하지 않을 수 없다.

라이어널은 '존 페르디난도', 그러니까 지금의 후안페르난데스제도[228]로 가는 길이었던 것 같다. 그는 말하길, "새벽 네시경, 우리가 미국 본토에서 150리그 정도 떨어진 곳을 항해하고 있을 때 배에 극심한 충격이 전해졌으며, 선원들은 너무나 놀란 나머지 자신들이 지금 어디에 있으며 무엇을 생각해야 하는지조차 모를 지경이었다. 모두들 죽음을 각오하기 시작했다. 그 충격은 실로 너무나도 갑작스럽고 극심했으므로 우리는 당연히 배가 암초에 걸린 줄로만 알았다. 하지만 놀라움이 다소 가신 후에 측심줄을 내려 수심을 재어보았는데 측심줄이 바닥에 닿지 않았다. (…) 갑작스러운 충격으로 포신은 포가砲架에서 튕겨나갔고, 몇몇 선원들은 흔들리는 해먹에서 떨어져나갔다. 총을 베고 누워 있던 데이비스 선장은 선실 밖으로 튕겨나갔다!" 라이어널은 그때의 충격을 지진 탓으로 돌리고, 자신의 주장을 입증하기 위해 그 무렵 어디선가 일어난 대지진이 실제로 스페인 식민지에 막대한 피해를 입혔다고 말한다. 하지만 나는 그날 이른 새벽의 어둠 속에서 일어난 충격이 눈에 보이지 않는 고래가 아래에서 선체를 수직으로 들이받아 생긴 것이었다고 해도 크게 놀라진 않을 것이다.

나는 때때로 향유고래가 보여준 위력과 악의에 대해 어떤 방식으로든 들어 알고 있기에, 그러한 몇몇 사례를 좀더 열거해볼 수도 있다. 향유고래가 공격을 가하고 모선으로 돌아가는 보트뿐만 아니라 모선까지 추격해, 갑판에서 수없이 많은 창이 날아오는 와중에도 한참을 견뎌낸 경우도 꽤 된다고 알려져 있다. 그 점에 관해서는 영국 배인 푸지홀호가 자세한 이야기를 들려줄 수 있다. 그리고 향유고래의 힘에 대해서라면, 도망치는 향유고래에 박아넣은 작살의 밧줄 끝을 파도가 잔잔할 때 모선으로 옮겨 단단히 잡아매두었더니, 녀석이 마치 마차를 끄는 말처럼 그 거대한 선체를 끌고 바다를 가로질러간 사례들이 있음을 말해두어야겠다. 또한 한번 공격당한 향유고래가 원기를 회복할 시간적 여유를 얻게 될 경우, 맹목적인 분노로 날뛰기보다는 자신을 추격하는 자들을 의도적으로 말살할 계획을 품고 행동하는 경우도 빈번하게 목격된다. 공격을 받으면 종종 입을 벌린 채 몇 분 동안이나 계속해서 그 끔찍한 모습을 그대로 유지하는 것도 향유고래의 성격을 잘 드러내준다. 하지만 마지막으로 한 가지 사례만 더 드는 것으로 만족해야겠다. 이 놀랍고도 더없이 의미심장한 사례를 통해 여러분은 이 책에 적힌 가장 놀라운 사건이 오늘날의 분명한 사실들을 통해 입증될 뿐만 아니라, 이런 경이로운 일들이 (모든 경이로운 일들이 그러하듯) 태곳적부터 되풀이되어온 일에 지나지 않는다는 사실을 분명 깨닫게 될 것이다. 그리하여 우리는 솔로몬을 향해 백만번째로 아멘을 외친다. 참으로 태양 아래 새로운 것이라곤 없구나.[229]

6세기경, 유스티니아누스 1세가 황제였고 벨리사리우스가 장군이던 시절에 콘스탄티노플의 행정관이자 기독교도인 프로코피우스[230]가 살고 있었다. 많은 이들이 알다시피 그는 자기 시대의 역사를 기록했는데, 그 작품은 모든 면에서 비범한 가치를 지니는 것으로 인정받고 있다. 그는 최고의 권위자들로부터 언제나 가장 믿을 만하고 과장하지 않는 역사가로 평가받아왔다. 한두 가지 사항에서는 예외였으나, 지금 언급하려는 문제와는 전혀 무관한 것들이다.

이 역사서에서 프로코피우스는 말하기를, 자신이 콘스탄티노플의 행정관으로 재임중이던 시절에 인근의 프로폰티스, 즉 마르모라해[231]에서 오십 년이 넘는 기간 동안 정기적으로 나타나 배들을 파괴해온 거대한 바다 괴물이 붙잡혔다고 한다. 이처럼 믿을 만한 역사서에 기록된 사실은 쉽사리 부정할 수 없으며, 딱히 그래야 할 이유도 없다. 이 바다 괴물이 정확히 어떤 종이었는지는 언급되어 있지 않다. 하지만 배를 파괴했다는 것과 그 외의 다른 이유들로 미루어봤을 때, 그 괴물은 분명 고래, 그것도 향유고래였으리라는 생각이 강하게 든다. 그 이유를 말해주겠다. 오래도록 향유고래는 지중해와 그곳과 이어진 심해에서 항상 미지의 존재였던 것 같다. 오늘날 여러 상황으로 보아 그쪽 바다는 향유고래가 정기적으로 드나드는 장소가 아니며, 앞으로도 그럴 일은 절대 없을 거라고 나는 지금도 확신한다. 하지만 추가적인 조사로 인해 근대에도 향유고래의 존재가 목격된 드문 예들이 있었다는 사실이 최근 밝혀졌다. 믿을 만한 소식통에 따르면, 영국 해군의 데이비스 제독이 바르바리해안[232]에서 향유고래의 뼈대를 발견했다고 한다. 그런데 군함이 다르다넬스해협을 손쉽게 통과하는 것으로 보아 향유고래도 같은 경로를 따라 지중해에서 프로폰티스로 넘어갈 수 있었을 것이다.

내가 아는 한 프로폰티스에서는 참고래가 특별히 자양분으로 삼는 작은 갑각류인 요각류橈脚類가 전혀 발견되지 않는다. 하지만 향유고래의 먹이—오징어나 갑오징어—가 그쪽 바다 밑바닥에 숨어 있다고 믿을 만한 이유는 충분한데, 가장 큰 종류는 아니더라도 꽤 큰 생물들이 수면 위에서 발견되어왔기 때문이다. 그러므로 이 진술들을 적절히 종합하고 거기에 약간의 추리만 더하면, 반세기 동안 로마 황제의 배들에 구멍을 냈다고 프로코피우스가 말한 바다 괴물이 십중팔구 향유고래였을 거라는 사실을 이성적 인간이라면 누구나 확실히 간파해낼 수 있을 것이다.

46장

추측

불처럼 활활 타오르는 목적의식에 사로잡힌 에이해브의 모든 생각과 행동은 결국에는 모비 딕을 잡고야 말겠다는 데 맞춰져 있었다. 그는 그 하나의 열정을 위해 세상의 모든 이익을 희생할 각오가 된 듯했는데, 그럼에도 오래도록 고래잡이 생활을 하며 몸에 밴 습관과 천성 탓에 항해 도중에 얻을 수 있는 부산물을 완전히 포기할 수는 없었는지도 모른다. 그렇지 않았더라도, 그에게는 훨씬 더 큰 영향력을 발휘할 다른 동기들이 얼마든지 있었다. 그가 흰 고래에게 품은 앙심이 어느 정도까지는 모든 향유고래에게로 확대됐을 가능성이 있으며, 그가 더 많은 바다 괴물을 살해하면 살해할수록 바로 다음에 만나게 될 고래가 자신이 쫓던 바로 그 증오의 대상에 훨씬 더 가까워질 거라 생각했을지도 모른다는 건 그의 편집증을 감안하더라도 너무 지나친 표현일 것이다. 하지만 그러한 가설에 실제로 반박의 여지가 존재할지라도, 여전히 추가적으로 고려해봐야 할 사안들이 남아 있다. 물론 그것들이 에이해브를 지배하는 난폭한 열정에 썩 부합하는 것은 아니지만, 그렇다고 해서 그의 마음을 뒤흔들어놨을 가능성이 전혀 없다고 할 수는 없었다.

목적을 이루기 위해 에이해브는 반드시 도구를 사용해야만 한다. 그런데 달의 영향력 아래 있는 이 세상에서 사용되는 모든 도구 가운데 인간만큼 문제가 잦은 도구도 없다. 이를테면 에이해브는 스타벅에 대한 자신의 통제력이 어떤 면에서 자석 같은 힘을 발휘하긴 해도, 그러한 통제력으로 더없이 영적인 사람을 통제할 수는 없음을 알고 있었다. 그것은 단순한 신체적 우세함이 지적 통제력까지 수반하지는 않는 것과 마찬가지다. 오직 순수하게 영적인 사람만이 지적인 것과 일종의 육체적 관계를 맺을 수 있기 때문이다. 에이해브가 자신의 자석을 스타벅의 머리에 대고 있는 한, 스타벅의 몸과 구속된 의지는 에이해브의 것이었다. 그럼에도 이 일등항해사가 마음속으로 선장의 목적을 혐오하고, 할 수만 있다면 기꺼이 그 일에서 물러나거나 심지어 그 일에 훼방을 놓으려 한다는 걸 에이해브는 알고 있었다. 흰 고래를 발견하기까지 긴 시간이 필요할지도 몰랐다. 그 긴 시간 동안 스타벅에게 일상적이고 신중하고 그때그때 상황에 맞는 영향력을 행사하지 않는다면 그는 선장의 지휘에 공공연히 반기를 들게 될지도 몰랐다. 이뿐만 아니라 모비 딕에 관한 에이해브의 미묘한 광기는 다음과 같은 것들을 예견하는 그의 더없이 뛰어난 감각과 명민함에서 더없이 두드러지게 나타났다. 즉 당분간은 그러한 추격에 자연히 뒤따르기 마련인 기이하고 공상적인 불경스러움을 어떻게든 제거해야 한다는 것, 이 항해에 따르는 극한의 공포는 눈에 띄지 않는 저 뒤편에 잘 숨겨둬야만 한다는 것(행동으로 풀지 않고 계속해서 골똘히 생각만 하면서도 용기를 잃지 않을 사람은 별로 없으므로), 간부 선원과 평선원들이 오랫동안 야간 당직을 설 때 모비 딕 외에도 무언가 당장 생각해야 할 문제들이 있어야만 한다는 것 말이다. 그가 자신의 목표를 밝혔을 때 야만적인 선원들이 아무리 열렬하고 충동적으로 환호를 보냈을지라도, 선원이란 원래가 다소 변덕스럽고 믿을 수 없는 족속이기 때문이다. 그들은 시시각각 변하는 날씨 속에 살면서 그 변덕스러움을 들이마시는 자들이다. 그러므로 멀리 떨어져 있고 무익한 대상을 추격할 때는 아무리 그 추격의 끝자락에 생명과 열정이 약속되어 있다 할지라도

중간중간 일시적인 흥밋거리와 일거리를 던져줘서 최후의 돌진이 있기 전까지 건강하게 붙들어두는 것이 무엇보다 필수적이다.

에이해브는 또다른 사실도 잊지 않았다. 강렬한 감정에 사로잡혀 있는 동안 인간은 모든 저열한 생각에 경멸을 표하지만, 그러한 순간은 잠시뿐이다. 에이해브가 생각하기에, 피조물로서의 인간이 영원히 처해 있는 상태는 바로 비열함이었다. 흰 고래가 이 야만적인 선원들의 마음을 완전히 자극해서 그들의 야만성 가운데 편력 기사와 같은 태도를 잔뜩 불어넣는다 할지라도, 그래서 오직 그것을 위해 모비 딕을 추격한다 할지라도, 여전히 그들에게는 그보다 평범한 날마다의 식욕을 채워줄 음식이 필요하다. 심지어 숭고한 기사도를 지켰던 옛 십자군들조차 성묘聖墓를 되찾기 위해 가는 도중에 강도짓 또는 남의 주머니를 털어 다른 종교적 부수입을 거두지 않고는 2천 마일이나 되는 거리를 가로지르려 하지 않았다. 만일 그들을 단 하나의 궁극적이고 낭만적인 목표에 철저히 매어두었다면, 많은 이들이 그 궁극적이고 낭만적인 목표에 넌더리가 난 나머지 그만 뒤돌아서고 말았을 것이다. 에이해브는 이들에게서 돈을 벌 수 있다는 희망을 빼앗지는 않겠노라고 다짐했다. 그래, 돈 말이다. 지금이야 그들이 돈을 멸시할지 모른다. 하지만 몇 달이 지나고 장차 돈을 벌 가망이 없겠다 싶어지면 바로 그 잠잠하던 돈이 그들 마음속에서 돌연 반란을 일으켜 에이해브를 쫓아내고 말 것이다.

에이해브 개인과 더 밀접히 관련된 예방책으로서의 동기도 없지 않았다. 십중팔구 충동적으로, 어쩌면 약간 조급하게 피쿼드호의 중요한 목적—실은 자신의 개인적인 목적—을 밝히고 만 지금, 에이해브는 배를 강탈했다는 비난을 받더라도 아무런 항변도 할 수 없을 처지에 자신을 간접적으로 몰아넣고 말았다는 사실을 충분히 인지하고 있었다. 그리고 선원들은 그럴 마음만 먹으면, 그리고 그럴 능력만 있으면, 앞으로 선장의 명령에 따르길 거부할 수 있고, 심지어 폭력을 사용해 억지로 선장의 지휘권을 빼앗아도 도덕적으로나 법적으로나 결코 처벌의 대상이 되지 않았다. 에이해브는 자신이 배를 강탈했다는 비난에 대한 희박한 암시, 그리고 그처럼 억눌린 생각들이 힘을 얻었을 때 생겨날 수 있는 결과로부터 자신을 보호하고자 전력을 기울였을 게 틀림없다. 그러기 위해서는 오직 자신의 탁월한 머리와 심장과 손에 의지할 수밖에 없었고, 선원들을 지배할 가능성이 있다고 여겨지는 모든 미세한 영향력에 면밀하고도 세심한 주의를 기울여 그 머리와 심장과 손을 돕는 수밖에 없었다.

이 모든 이유와 여기서 자세히 말하기에는 아마 너무 분석적일 다른 이유들로 인해 에이해브는 피쿼드호 본래의 항해 목적에 계속 충실해야 하고 모든 관습을 준수해야 한다는 걸 확실히 알게 되었다. 그뿐만 아니라 자신이 선장으로서 일반적으로 수행해야 하는 일들에 지대한 관심을 갖고 있음을 분명히 보여줘야 한다는 것도 확실히 알게 되었다.

그래서 그런지는 몰라도, 눈을 크게 뜨고 망을 봐야 할 것 아니냐고, 돌고래 한 마리라도 발견하면 즉시 보고하라고 세 돛대 꼭대기를 향해 크게 외치는 에이해브의 목소리가 요즘 들어 부쩍 자주 들려왔다. 이런 경계에는 머지않아 보상이 뒤따랐다.

47장

거적 짜기

구름이 잔뜩 낀 후텁지근한 오후였다. 선원들은 갑판 위에서 게으름을 피우며 빈둥대거나 납빛을 띤 바다를 멍하니 바라보고 있었다. 퀴퀘그와 나는 느긋한 마음으로 포경 보트에 사용할 여분의 밧줄인 '밧줄 거적'을 짜고 있었다. 주위의 모든 풍경은 너무나도 고요하고 잠잠하면서도 뭔가 은밀한 낌새를 내비치고 있었고, 대기 중에는 몽상에 빠지게 하는 주문 같은 것이 도사리고 있어 말없는 선원들은 각각 눈에 보이지 않는 자신의 자아 속으로 녹아들어버린 것 같았다.

나는 부지런히 거적을 짜면서 퀴퀘그의 시종이나 사환 노릇을 했다. 내가 손을 북으로 삼아 기다란 날실 사이로 가느다란 씨실을 넣었다 뺐다 하는 동안, 퀴퀘그는 비스듬히 선 채로 이따금 묵직한 칼 모양의 참나무 막대기를 실 사이로 끼워넣으며 멍하니 바다를 바라보았다. 그는 아무 생각 없이 무심한 듯하면서도 모든 실을 정확히 꿰었다. 배 전체와 바다 전체에 기이한 꿈결 같은 몽롱함이 가득 흘렀고, 그 흐름을 깨뜨리는 건 이따금 들려오는 막대기의 둔탁한 소리뿐이었다. 그래서 마치 이것은 '시간의 베틀'이고, 나 자신은 계속해서 기계적으로 '운명'을 짜고 있는 북이라는 생각이 들었다. 고정된 날실은 오로지 영원불변의 진동만을 반복할 뿐이고, 그러한 진동도 다른 실이 엇갈리면서 하나로 엮일 때 살짝 허용되는 정도에 불과했다. 이 날실은 숙명이며, 지금 나는 내 손으로 직접 나의 베틀을 부지런히 움직여 스스로의 운명을 이 불변의 실 속에 엮고 있다는 생각이 들었다. 한편 퀴퀘그가 충동적이고 무심하게 움직여대는 막대기는 때로는 비스듬하거나 때로는 비뚤어지게, 때로는 강하거나 때로는 약하게, 그러니까 그때그때 사정에 따라 다르게 씨실을 때렸다. 그리고 마지막 타격의 이 차이가 완성된 직물의 최종 형태에도 그에 상응하는 차이를 낳았다. 이처럼 날실과 씨실의 형태를 최종적으로 결정짓는 것은 이 야만인의 막대기라는 생각이 들었다. 이 태평하고 무심한 막대기는 분명 우연일 것이다. 그래, 우연, 자유의지, 숙명—이것들은 절대 양립할 수 없는 것이 아니다. 이 모두가 하나로 엮인 채 함께 작용하는 것이다. 궁극적인 항로에서 벗어날 일 없는 숙명의 곧은 날실, 그것이 다른 실과 교차할 때 일어나는 모든 진동은 사실 그 작용을 돕고 있을 뿐이다. 자유의지는 여전히 주어진 실 사이로 자신의 북을 자유로이 움직여대고 있다. 그리고 우연은 그 행동반경이 숙명의 직선 내로 제한되고 옆으로의 움직임은 자유의지의 명령에 따르지만, 이처럼 그 둘의 지시를 받을지라도 우연 또한 차례로 숙명과 자유의지를 지배하며 결과에 마지막 결정타를 날리는 역할을 한다.

❖

이처럼 우리가 하염없이 거적을 짜고 있을 때 너무나도 묘한 소리가 들려왔다. 길게 잡아끄는 듯하면서도 이 세상 것 같지 않은 격렬한 음악소리에 흠칫 놀란 나는 손에서 자유의지의 공을 떨어뜨린 채 자리에서 벌떡 일어나 그 목소리가 날개처럼 떨어져 내린 구름 쪽을 올려다봤다. 돛대 꼭대기의 높은 활대 위에는 정신 나간 게이헤드 사나이 타시테고가 올라가 있었다. 그는 몸을 앞으로 힘껏 내밀고 손을 지팡이처럼 쭉 뻗고는 별안간 짧은 간격을 두고 계속해서 소리를 질러댔다. 그 순간 하늘 높은 곳에 자리한 수백 개의 포경선 망대에서 그와 똑같은 소리가 바다 전체에 울려퍼졌을 게 분명하지만, 그 익숙한 외침을 인디언 타시테고만큼이나 기막힌 가락으로 뽑아낼 수 있는 허파를 가진 사람은 얼마 되지 않았다.

머리 위에서 그가 반쯤 공중에 매달려 선 채 수평선을 아주 뚫어져라 쳐다보는 모습을 보았다면, 그가 운명의 그림자를 감지하고 그처럼 격렬한 외침을 통해 그것이 다가오고 있음을 알려주는 예언자나 선지자라는 생각이 절로 들었을 것이다.

"저기 고래가 물을 뿜는다! 저기! 저기! 저기! 고래가 물을 뿜는다! 고래가 물을 뿜는다!"

"어느 쪽인가?"

"바람 불어가는 쪽, 약 2마일 앞이다! 엄청난 무리야!"

즉시 커다란 동요가 일어났다.

향유고래는 똑딱이는 시계처럼 한결같이 간격을 딱딱 맞춰 물을 내뿜는다. 그리고 고래잡이들은 그것을 통해 이 고래를 다른 고래와 구분한다.

"저기 고래 꼬리가 가라앉는다!" 타시테고는 이렇게 소리쳤고, 고래들은 자취를 감췄다.

"사환, 얼른!" 에이해브가 외쳤다. "시간! 시간!"

찐빵이 급히 아래로 내려가 시계를 확인하고는 에이해브에게 정확한 시간을 보고했다.

이제 배는 바람을 등진 채 가볍게 넘실대며 나아가고 있었다. 타시테고가 고래들이 바람 불어가는 쪽을 향해 잠수했다고 보고했으므로, 우리는 곧 뱃머리 너머로 고래들을 볼 수 있으리라 확신했다. 향유고래란 녀석은 때로 묘한 술수를 부려서, 어느 한 방향으로 가라앉았다가도 물속에 숨은 채 방향을 틀어 재빨리 정반대쪽을 향해 헤엄쳐 사라지기도 하는데, 지금은 이런 속임수를 쓸 리 없었다. 타시테고가 목격한 고래는 전혀 놀란 것 같지 않았고, 우리가 가까이 있다는 사실도 전혀 알아차리지 못한 것 같았기 때문이다. 그때쯤엔 보트를 타지 않고 모선에 남기로 결정된 선원들 중 하나가 큰 돛대 꼭대기에 있던 인디언과 이미 교대를 마친 후였다. 앞돛대와 뒷돛대에 있던 선원들도 모두 내려와 있었다. 보트 밧줄통은 제자리에 고정되고, 기중기는 밖으로 내밀어지고, 큰 돛대의 아래 활대는 당겨졌으며, 세 척의 보트는 높은 절벽 위에 매달린 세 개의 미나리 바구니처럼 바다 위에서 흔들렸다. 얼른 보트에 오르고 싶은 마음에 벌써 뱃전 밖으로 몸을 내민 선원들은 한 손으로는 난간을 꼭 붙들고 안달이 난 한쪽 발만을 뱃전 위에 디딘 채로 균형을 잡고 있었다. 그래서 그들은 적함 위로 뛰어오르기 위해 길게 대열을 지은 해군들처럼 보였다.

그런데 이 중대한 순간에 어디선가 갑자기 외침이 들려와 모두의 눈을 고래에게서 떼어놓았다. 깜짝 놀란 선원들은 다들 눈을 부릅뜬 채 음울한 에이해브를 쳐다보았다. 그는 방금 막 허공에서 생겨난 듯한 거무스름한 다섯 유령에게 둘러싸여 있었다.

48장

첫번째 추격

당시에는 유령처럼 보였던 그들은 갑판 반대쪽을 바삐 돌아다니며 아무 소리도 없이 민첩하게 거기 매달려 있던 보트의 도르래와 밧줄을 풀고 있었다. 이 보트는 우현 후미에 매달려 있었기 때문에 원칙상 선장의 보트라고 불리긴 했으나, 항상 예비 보트로 간주되던 것이었다. 지금 그 보트의 뱃머리에는 키가 크고 가무잡잡한 사람이 강철 같은 입술 사이로 새하얀 뻐드렁니 하나를 드러낸 채 서 있었다. 그는 검은색 면으로 된 구겨진 중국식 재킷을 상복처럼 걸치고, 똑같은 재질로 만든 검은색 바지를 입고 있었다. 하지만 이처럼 온통 새까만 차림을 했음에도 머리에는 번쩍거리는 흰 터번처럼 보이는 것을 두르고 있었는데, 그것은 진짜 머리를 땋아서 머리 위에 둘둘 감아놓은 것이었다. 그보다 덜 가무잡잡해 보이는 그의 동료들은 마닐라 원주민 특유의 선명하고 호랑이처럼 누런 안색을 띠고 있었다. 그들은 교활하고 극악무도하기로 악명 높은 종족으로, 일부 정직한 백인 선원들은 그들이 바다에서 돈을 받고 일하는 악마의 스파이이자 첩보원이며, 그들의 주인인 악마는 어디 다른 곳에 사무실을 차리고 있을 거라고 생각하기도 했다.

아직 선원들이 이 낯선 자들을 의아한 눈빛으로 쳐다보고 있을 때, 에이해브가 그들의 우두머리 격인 흰 터번을 두른 노인에게 소리쳤다. "다 준비됐나, 페달라?"

"준비됐습니다." 노인이 반쯤 쉰 목소리로 대답했다.

"그럼 보트를 내려. 내 말 안 들리나?" 에이해브가 갑판 저쪽에서 소리쳤다. "보트를 내리란 말이야."

그 목소리가 어찌나 우레처럼 쩌렁쩌렁하던지, 선원들은 어리둥절한 와중에도 난간을 뛰어넘었다. 도르래 바퀴가 빙글빙글 돌더니 보트 세 척이 삐거덕거리며 바다로 떨어졌다. 선원들은 다른 직업에서는 찾아볼 수 없는 민첩함과 한 치의 망설임도 없는 대담함으로 흔들리는 뱃전에서 아래로 던져진 보트 위로 염소처럼 뛰어내렸다.

그들이 모선의 그늘에서 벗어나자마자 네번째 보트가 바람 불어오는 쪽 선미를 돌아서 나타났는데, 그 보트에는 노를 젓는 다섯 명의 낯선 자들과 에이해브가 타고 있었다. 에이해브는 선미에 꼿꼿이 선 채 스타벅, 스터브, 플래스크에게 다들 넓게 퍼져서 각자 담당 수역을 넓히라고 큰 소리로 외쳤다. 하지만 다른 보트의 선원들은 가무잡잡한 페달라와 그의 선원들에게 다시 한번 시선이 사로잡힌 나머지 그 명령에 따르지 않았다.

"에이해브 선장님?" 스타벅이 말했다.

"넓게 퍼져라." 에이해브가 외쳤다. "네 척 모두 있는 힘껏 저으라니까. 이봐 플래스크, 바람 부는 쪽으로 더 빠져나가!"

"네, 네, 선장님." 왕대공이 커다란 키잡이 노를 휘저으며 힘찬 목소리로 대답했다. "힘껏 저어라!" 그가 휘하 선원들에게 말했다. "저기! 저기! 저기 또 나타났다! 바로 저 앞에서 고래가 물을 뿜고 있다! 노를 힘껏 저어라. 저기 저 누리끼리한 놈들은 신경쓸 거 없어, 아치."

"오, 저는 신경 안 씁니다." 아치가 말했다. "저는 이전부터 다 알고 있었어요. 화물창에서 저들이 내는 소리를 들었거든요? 그리고 여기 있는 카바코에게도 다 말해줬거든요? 그렇지, 카바코? 저들은 밀항자들이에요, 플래스크 씨."

"저어라, 저어, 나의 멋지고 기운찬 선원들아, 저어라, 내 새끼들아. 저어라, 이 어린것들아." 여전히 불안한 기색을 내비치는 선원들을 달래려는 듯이 스터브가 길게 한숨을 내쉬었다. "왜 허리가 휘도록 젓지 않는 거지? 대체 어딜 쳐다보고 있는 거야? 저 보트에 있는 녀석들? 쳇! 우리를 도와주러 다섯 명이 더 왔을 뿐이야. 어디서 왔건 그게 무슨 상관이람. 머릿수야 많을수록 좋은 법이지. 저어라, 계속 저어. 유황불 따위 신경쓸 거 없어. 악마들도 꽤 괜찮은 친구들이거든. 그래, 그래. 바로 그거야. 그게 바로 천 파운드짜리 노젓기지. 그게 바로 판돈을 다 쓸어갈 만한 노젓기야! 나의 용사들이여, 향유고래기름으로 가득 채운 금잔 만세! 만세 삼창을 하자꾸나. 다들 기운이 뻗치는구나! 진정해, 진정. 서둘지 마라. 절대 서두르지들 마. 이 자식들아, 왜 노를 힘껏 당기지 않는 거지? 뭐라도 물어뜯으라고, 이 개자식들아! 그래, 그래, 그렇지. 부드럽게, 부드럽게! 바로 그거야. 바로 그거라고! 길고 힘차게. 젖 먹던 힘까지 다해 저어라, 죽을힘을 다해 저어! 이런 악마가 잡아갈 놈들, 천하에 거지같은 놈들. 다들 잠든 거로군. 이 잠꾸러기들아, 코는 그만 골고 이제 그만 노를 저어라. 노를 저으라니까? 노 안 저을 텐가? 다들 노젓기 싫어? 왜 모샘치와 생강케이크의 이름을 걸고 노를 젓지 않는 거지? 눈깔이 튀어나오도록 저어라! 자!" 그가 허리띠에서 날카로운 단도를 불쑥 꺼내들며 말했다. "네 녀석들 모두 단도를 꺼내서 이로 악물고 노를 저어라. 그렇지, 바로 그거야. 이제야 좀 하는군.

나의 도끼날들아, 바로 그거야. 보트에 시동을 걸어라, 시동을 걸라고, 내 은수저들아! 보트를 움직여라, 밧줄 스파이크들아!"

스터브가 선원들에게 던지는 격려의 말을 여기에 자세히 옮겨 적은 까닭은 그가 선원들에게 말하는 방식이 대체로 꽤나 독특하고, 특히 노젓기에 대한 신앙심을 고취하기 때문이다. 하지만 여러분은 이 설교를 듣고 그가 자신의 신도들에게 노골적으로 화를 내고 있다고 생각해서는 안 된다. 천만의 말씀이다. 그리고 바로 거기에서 그의 가장 유별난 성격이 드러났다. 그가 선원들에게 정말이지 지독한 말을 해댈 때도 그 어조에는 장난기와 분노가 너무나도 오묘하게 뒤섞여 있었는데, 분노는 단지 농담에 뿌리는 양념 정도로만 느껴지게끔 면밀히 계산된 것으로 보였다. 따라서 그런 괴상한 기도를 들은 노잡이라면 누구라도 목숨을 다해 노를 저을 수밖에 없었고, 그러면서도 그 노젓기를 단순한 장난으로 여기게 될 수밖에 없었다. 게다가 스터브는 시종일관 매우 느긋하고 게을러 보이는데다 키잡이 노를 너무나도 태평하게 움직이면서 때로는 입을 잔뜩 벌려 하품까지 해대서, 선원들은 다른 지휘관들과는 너무나도 다른 그의 그런 모습만 봐도 이상하게 마음을 놓을 수가 있었다. 또한 스터브는 이상할 정도로 쾌활하고 익살맞았고, 그의 쾌활함은 때로 몹시 모호했으므로 부하들은 그의 명령을 따라야 할지 말아야 할지 갈피를 잡을 수 없었기에 도무지 경계를 늦출 수가 없었다.

에이해브의 명령에 따라 스타벅은 스터브의 보트 뱃머리를 비스듬히 가로질러가고 있었는데, 일 분 남짓한 사이 두 보트가 서로 꽤 가까워졌을 때 스터브가 일등항해사를 소리쳐 불렀다.

"스타벅 씨! 어어이, 거기 좌현 쪽 보트! 괜찮으면 잠깐 이야기 좀 나누시죠!"

"그거 좋지!" 스타벅은 이렇게 말하면서도 고개를 조금도 돌리지 않은 채 휘하 선원들에게 진지하면서도 속삭이는 듯한 말투로 격려를 보냈다. 그의 표정은 스터브와는 달리 부싯돌처럼 굳어 있었다.

"저 누렁이 놈들, 어떻게 생각하세요!"

"출항 전에 어찌어찌해서 몰래 태운 모양이야. (힘껏, 다들 힘껏 저어라!)" 스타벅은 선원들에게 이렇게 속삭이고는 다시 큰 소리로 말했다. "통탄할 일일세, 스터브! (이봐 친구들, 물거품이 일도록, 물거품이 일도록 저으라고!) 하지만 신경쓸 거 없어, 스터브. 다 잘될 거야. 무슨 일이 닥치든 선원들이 모두 힘껏 노를 젓게 해. (힘차게, 얘들아, 힘차게!) 저 앞에 엄청난 향유고래떼가 있네. 그게 스터브 자네가 여기 온 이유가 아니겠나. (다들 저어라!) 향유고래, 향유고래가 곧 판돈이지! 어쨌든 이건 우리 의무야. 의무와 수익이 서로 손을 맞잡은 거라고."

"그래, 그래, 나도 그렇게 생각했어." 보트가 서로 갈라섰을 때 스터브가 혼자 중얼거렸다. "놈들을 처음 보자마자 그런 생각이 들었다니까. 그래, 그래서 선장이 그렇게 화물창을 자주 들락거렸던 거로군. 찐빵 녀석이 아주 예전부터 의심해왔을 정도로 말이야. 놈들은 화물창 아래 숨어 있었어. 그 이유는 바로 흰 고래 때문이고. 그래, 그래. 그렇다면 하는 수 없지! 어쩔 수가 없군! 좋다 이거야! 모두들 힘껏 저어라! 오늘 목표는 흰 고래가 아니다! 힘껏 저어라!"

갑판에서 보트를 내리는 중대한 순간에 이들 기이한 이방인이 출현해 일부 선원들이 미신적으로 경악을 금치 못한 것은 결코 터무니없는 일이 아니었다. 하지만 선원들은 예전부터 아치가 무언가 발견했다고 떠들어대던 것을 들어왔기 때문에, 비록 그 말을 곧이곧대로 듣지는 않았다고 해도 이런 사건에 어느 정도 대비가 되어 있었다. 그래서 선원들의 놀라움은 조금이나마 그 강도가 덜해졌고, 스터브가 그들의 등장에 대해 설득력 있는 설명을 덧붙였기 때문에 당분간은 다들 미신적인 추측에 얽매이지 않을 수 있었다. 그래도 음울한 에이해브가 처음부터 이 문제에서 정확히 어떤 역할을 수행했는지에 대해서는 여전히 온갖 종류의 짐작을 해볼 충분한 여지가 남아 있었다. 나는 낸터킷의 어둑한 새벽에 피쿼드호로 숨어들던 의문의 그림자들과 해괴망측한 일라이자가 던진 수수께끼 같은 암시들을 가만히 떠올려봤다.

그사이에 에이해브는 항해사들의 목소리조차 들리지 않는 가장 먼 곳에서 바람을 안고 달리며 다른 보트들을 여전히 앞지르고 있었다. 그의 선원들이 얼마나 힘이 센지를 보여주는 순간이었다. 그 호랑이처럼 누리끼리한 놈들은 온몸이 강철과 고래뼈로 만들어진 듯 보였다. 그들은 다섯 개의 스프링해머처럼 오르내리며 규칙적으로 노를 저었고, 그리하여 보트는 미시시피강 증기선의 보일러가 고르게 움직여대듯이 일정한 간격으로 물살을 헤치며 나아갔다. 작살잡이 노를 젓고 있던 페달라는 검은 재킷을 벗어던진 채 뱃전 위로 맨가슴과 몸통 전체를 드러내고 있었는데, 이는 수평선의 오락가락하는 우울증과는 선명한 대조를 이루고 있었다. 한편 보트의 반대편 끝에 있던 에이해브는 넘어질 듯한 몸의 균형을 잡으려는 듯 검술가처럼 한쪽 팔을 반쯤 뒤로 빼고 있었다. 그는 흰 고래가 그의 다리를 뜯어놓기 전에 수천 번이나 보트를 내려 고래를 추격하던 때처럼 침착하게 키잡이 노를 조종하고 있었다. 갑자기 그가 쭉 뻗은 팔로 독특한 동작을 취하고는 그대로 멈추자, 보트의 노 다섯 개가 일제히 곧추세워졌다. 보트와 선원들은 바다 위에서 꼼짝도 하지 않았다. 그 즉시 뒤에서 넓게 퍼져 따라오고 있던 세 보트도 움직임을 멈췄다. 고래들이 제각각 푸른 바닷속으로 들어가버렸기 때문에 멀리서는 이렇다 할 움직임의 증거로 삼을 만한 것을 발견할 수 없었지만 더 가까이에 있던 에이해브는 그것을 알아챌 수 있었다.

"모두들 자신의 노가 위치한 방향을 주시하라!" 스타벅이 소리쳤다. "퀴퀘그, 일어나!"

재빨리 뱃머리의 삼각대 위로 뛰어올라간 야만인은 그곳에 꼿꼿이 선 채 고래가 마지막으로 발견된 지점을 뚫어져라 응시했다. 스타벅도 마찬가지로 보트의 선미 맨 끝에서 뱃전과 같은 높이의 삼각대에 올라서서 조그마한 보트가 물살에 이리저리 흔들리는데도 침착하고 노련하게 균형을 잡으며 바다의 거대한 푸른 눈을 묵묵히 바라보았다.

플래스크의 보트도 그리 멀지 않은 곳에서 숨을 죽인 채 가만히 멈춰 있었다. 그 보트의 지휘자는 무모하게도 작살 밧줄 기둥의 꼭대기에 서 있었는데, 용골에 박힌 그 튼튼한 기둥은 선미 바닥 위로 2피트 정도 치솟아 있었다. 기둥은 고래에 박힌 작살의 밧줄을 감는 데 사용된다. 기둥 꼭대기의 공간은 사람 손바닥 크기밖에 되지 않아서, 그러한 기둥 위에 올라선 플래스크는 장관만을 남긴 채 바다로 침몰해버린 배의 돛대 꼭대기 위에 서 있는 사람처럼 보였다. 하지만 꼬맹이 왕대공은 작달만한 체구에 키도 작았지만 커다랗고 드높은 야망으로 가득한 사람이었기 때문에 이 작살 밧줄 기둥에 서서 보는 것만으로는 도저히 만족할 수가 없었다.

"당장 저기 저 앞의 바다도 보이지 않잖아. 저쪽으로 노를 기울여봐. 내가 그 위로 올라갈 테니."

이 말을 들은 다구는 균형을 잡기 위해 양손으로 번갈아가며 뱃전을 붙잡고는 재빨리 선미로 넘어가더니, 몸을 똑바로 일으켜 세우며 자신의 높은 어깨를 받침대로 삼으라고 자진해서 제안했다.

"어느 돛대 꼭대기 못지않게 훌륭할 겁니다, 올라타시죠?"

"그러지, 정말 고맙네, 내 훌륭한 친구여. 그런데 자네 키가 50피트만 더 컸다면 좋았을걸."

그리하여 이 거대한 검둥이는 발을 보트 양쪽 뱃전에 단단히 지지시키고는 앞으로 살짝 몸을 숙여 평평한 손바닥을 플래스크의 발치에 내밀었다. 그런 다음 그는 플래스크의 손을 관에 두른 깃털 장식처럼 숱 많은 자신의 머리 위로 얹고 그에게 자기가 위로 던질 테니 펄쩍 뛰어오르라고 말했다. 그러고는 능숙한 솜씨로 그 꼬맹이를 던져 올리더니 자신의 어깨 위로 깔끔하게 착지시켰다. 이제 플래스크는 그의 어깨 위에 서 있었고, 다구는 플래스크가 기대서서 몸의 균형을 잡을 수 있도록 한쪽 팔을 들어올려 가슴걸이를 만들어주었다.

포경선원들이 놀라울 정도로 몸에 익은 무의식적인 기술로 보트에서 꼿꼿이 선 자세를 유지하는 모습, 심지어 이리저리 날뛰는 극도로 심술궂은 바다 한가운데 내던져졌을 때도 그럴 수 있는 모습은 신참에게 언제나 기이한 광경일 수밖에 없다. 그런 상황에서 플래스크가 작살 밧줄 기둥 위로 아찔하게 올라가 있는 모습은 더욱 기이하게 보였다. 하지만 꼬맹이 플래스크가 거대한 다구의 어깨 위에 올라타 있는 모습은 더욱더 별났다. 이 고결한 검둥이는 침착하고 무심하고 태평하게, 생각지도 못했던 야만인다운 위풍당당함으로 자신을 지탱해나가면서 파도의 넘실거림에 따라 멋진 자세를 조화롭게 바꿔나가고 있었다. 그의 넓은 등짝 위에 올라탄 아맛빛 머리털의 플래스크는 한 점 눈송이처럼 보였다. 밑에서 떠받치고 있는 사람이 그 위에 올라탄 사람보다 고귀해 보였다. 참으로 쾌활하고 떠들썩하고 허세가 심한 꼬맹이 플래스크가 이따금 애가 타는 마음에 발을 굴러대긴 했지만, 검둥이의 당당한 가슴은 조금도 들썩이지 않았다. '열정'과 '허영'이 살아 있고 너그러운 지구 위에서 아무리 발을 굴러대도 지구가 그 때문에 조류의 흐름이나 사계절의 순환을 바꾸지 않는 것과 마찬가지다.

한편 이등항해사인 스터브는 그처럼 먼 곳을 쳐다보고자 하는 갈망을 도무지 드러내지 않았다. 고래들은 단지 놀라서 일시적으로 잠수한 것이 아니라 그저 잠수할 때가 되어서 잠수를 했는지도 몰랐고, 만일 그렇다면 스터브는 그런 상황에서 늘 하던 대로 파이프를 피우며 그 지루하고 긴긴 시간을 달래기로 마음먹은 듯했다. 스터브는 모자에 두른 장식용 띠에 늘 깃털처럼 비스듬히 꽂아두곤 하는 파이프를 빼들었다. 그는 파이프의 속을 채우고 엄지손가락 끝으로 담뱃재를 꾹꾹 밀어넣었다. 그런데 그가 거친 사포 같은 손바닥에 성냥을 그어 불을 붙이자마자, 꼿꼿이 선 채 두 눈을 두 개의 항성처럼 바람 불어오는 쪽으로 고정시키고 있던 작살잡이 타시테고가 별안간 빛과 같은 속도로 자리에 주저앉으며 극도로 흥분한 듯한 목소리로 다급히 외쳤다. "앉아,

다들 앉아서 힘껏 노를 저어라! 저기 놈들이 있다!"

풋내기 선원이라면 그러한 순간에 고래는커녕 청어 한 마리의 기미조차 눈치채지 못했을 것이다. 그에게 보이는 것이라고는 초록빛이 도는 흰 바닷물이 요란스레 일렁이는 모습, 그리고 수면 위로 엷게 퍼진 채 허공을 맴돌다 굽이치는 새하얀 파도가 뿜어낸 어리둥절한 물보라처럼 바람 불어가는 쪽을 향해 번지듯 날아가는 수증기뿐이었을 것이다. 주변의 공기가 마치 극도로 달군 철판 위에 올려놓기라도 한 듯 불현듯 떨리며 울렁거렸다. 이 대기의 울렁임과 굽이침 아래, 또한 얕은 수면의 일부 아래에서 고래들이 헤엄치고 있었다. 고래들이 뿜어낸 수증기는 다른 모든 조짐보다 먼저 눈에 띄는 것으로, 녀석들이 앞서 파견한 특사나 날랜 척후병 같은 것이었다.

이제 보트 네 척은 모두 바닷물과 공기가 들끓고 있는 바로 그 한 지점을 열심히 쫓았다. 하지만 그 한 지점은 보트들을 충분히 앞서나갈 수 있을 듯 보였다. 그것은 날듯이 나아가고 또 나아갔다. 언덕에서 떨어져내리는 급류에서 튀는 듯한 물거품을 일으키며.

"저어라, 저어, 나의 훌륭한 선원들아." 스타벅이 가능한 한 가장 작은 목소리, 하지만 극도로 집중된 목소리로 선원들에게 속삭였다. 그동안 그의 날카로운 시선은 오로지 뱃머리 앞만을 향해 고정되어 있었는데, 두 눈이 나침함에 있는 두 개의 정확한 나침반의 두 바늘처럼 보일 지경이었다. 하지만 그는 선

원들에게 별말을 하지 않았고, 선원들 또한 그에게 별말을 건네지 않았다. 보트의 침묵을 간혹 깜짝깜짝 깨뜨리는 것은 때로는 명령하듯이 가혹하고, 때로는 애원하듯이 부드러운 스타벅 특유의 속삭임이 전부였다.

시끄러운 꼬맹이 왕대공은 얼마나 달랐던가. "여보게들, 크게 노래 부르고 무슨 말이든 해보라고. 고함치며 노를 저어라, 내 벼락같은 선원들아! 얘들아, 나를 놈들의 시커먼 등 위로, 저 등 위로 올려다오. 그렇게만 해준다면 내 너희에게 마서스비니어드섬에 있는 내 농장을 넘겨주지. 마누라랑 아이들까지 넘겨주겠다 이 말씀이야. 날 저 위에 올려줘, 올려달라고! 이런 하느님 맙소사! 정말이지 아주 미치고 팔짝 뛰겠군그래! 봐! 저 흰 물보라를 좀 보라고!" 그는 그렇게 외치면서 머리에 썼던 모자를 벗어 발로 이리저리 날뛰며 짓밟아대더니 다시 집어서 멀리 바다를 향해 휙 던져버렸다. 그러고는 마침내 초원을 날뛰는 미친 망아지처럼 자리를 박차고 일어났다가 보트 선미에 푹 고꾸라져버렸다.

"원, 저 녀석 좀 보게." 조금 떨어진 곳에서 뒤를 따르던 스터브가 불을 붙이지 않은 파이프를 기계적으로 입에 물고는 철학자 같은 목소리로 느릿느릿 말했다. "저 플래스크 놈이 발작을 일으키는군. 그런데 발작이라? 그래, 그는 발작을 일으키고 녀석들은 모욕적인 패배를 당해 팔짝팔짝 뛰어오르는 거야. 바로 그거지. 즐겁게, 즐겁게, 멋지고 기운찬 선원들아. 저녁은 푸딩이다. 다들 즐겁게. 노를 저어라, 아가들아. 저어라, 젖먹이들아, 다들 노를 저어. 그런데 대체 왜들 그리 허둥대는 거야? 살살, 부드럽게, 꾸준히 저어라. 그저 젓고 또 저으면 그만이야. 그거면 돼. 등뼈가 모조리 으스러지도록, 입에 문 단도가 두 동강이 나도록 저어라. 그게 다야. 쉬엄쉬엄 하자고. 다들 쉬엄쉬엄 하잔 말이야. 안 그러면 간이고 폐고 할 것 없이 모조리 다 터져버릴 테니!"

그런데 불가사의한 에이해브가 호랑이처럼 누런 선원들에게 무슨 말을 했는지, 그것은 여기서 그냥 건너뛰는 편이 좋을 듯싶다. 여러분은 복음의 땅에서 축복받은 빛 아래 살아가고 있으니 말이다. 회오리바람 같은 격정이 이는 이마, 살기로 시뻘게진 눈, 거품이 달라붙은 입술로 사냥감을 쫓아 날뛰던 에이해브의 말에 귀기울일 수 있는 것은 오직 안하무인인 바다의 이교도, 즉 상어들뿐이리라.

그사이에도 모든 보트는 맹렬히 돌진해나가고 있었다. 플래스크는 무언가가 보트의 뱃머리를 꼬리로 계속 건드리고 있다며, 그 상상 속의 괴물을 향해 "저놈의 고래가"라는 말을 계속해서 반복적으로 뱉어냈다. 이 말은 때로 너무나도 생생하고 실감나서, 선원 중 한두 명은 어깨 너머로 불안한 눈초리를 던졌을 정도다. 하지만 그것은 규칙에 위배되는 행동이었다. 노잡이들은 눈 따윈 없는 듯이 지내고 목에 꼬챙이를 쑤셔 박은 듯 자세를 꼿꼿이 유지해야 하는 존재들이기 때문이다. 관례에 따르면, 이렇게 중대한 순간에 그들은 귀 외에는 어떤 감각기관도 지녀서는 안 되며, 사지 가운데 양팔만을 남겨두어야 한다.

경이와 공포로 가득한 광경이 눈앞에서 펼쳐졌다. 전능한 바다의 거대한 파도, 그 파도가 무한한 잔디 볼링장 위를 굴러가는 거대한 볼링공처럼 여덟 개의 뱃전을 따라 굴러가며 일으키는 온몸을 휘감는 텅 빈 아우성, 보트를 두 동강 내겠다고 위협하는 듯한 날카로운 파도의 칼날 같은 물마루 끝에 잠깐 올라탔을 때 잠시나마 유예된 보트의 고통, 파도 사이 푹 꺼진 깊은 협곡 속으로의 갑작스러운 추락, 건너편 물마루 위로 올라가기 위한 열렬한 자극과 격려, 그 파도의 반대편에서 뱃머리부터 곤두박질치며 썰매처럼 미끄러져 내려가는 보트. 게다가 거기에는 보트 지휘자들과 작살잡이들의 외침, 노잡이들이 몸서리치며 내쉬는 한숨, 울부짖는 새끼들을 쫓아가는 성난 암탉처럼 상앗빛 피쿼드호가 돛을 활짝 펼친 채 보트들을 향해 돌진하는 놀라운 광경이 더해졌는데, 이 모두가 전율을 불러일으키는 광경이었다. 아내의 품을 떠나 처음으로 전장의 병적인 열기 속으로 행진해 가는 신병도, 저세상에서 처음으로 미지의 유령과 맞닥뜨린 망자의 영혼도, 쫓기는 향유고래가 일으키는 매혹적인 소용돌이 속으로 처음 노를 저어 들어가는 사람이 느끼는 감정보다 더 이상하고

강렬한 감정은 느끼지 못할 것이다.

바다 위로 드리워진 회갈색 구름 그림자가 점점 더 어두워지고 있었기 때문에 향유고래가 추격을 당하며 만들어낸 춤추는 흰 파도도 점점 더 선명해졌다. 고래들이 뿜어내는 수증기는 더이상 서로 섞이지 않고 곳곳에서 좌우로 기울어져 있었다. 고래들이 서로 흩어져 헤엄치는 듯했다. 보트들은 간격을 더 벌렸다. 스타벅은 바람 불어가는 쪽을 향해 필사적으로 도망치는 고래 세 마리를 쫓고 있었다. 이제 우리 배도 돛을 올리고 점점 더 세차게 불어오는 바람을 타고 맹렬히 돌진해나갔다. 보트가 미친 듯한 속도로 물살을 가르며 나아갔기 때문에 바람 불어가는 쪽 노는 조금만 힘이 부족해도 놋좆에서 떨어져나갈 판이었다.

얼마 안 있어 우리는 넓게 퍼진 베일 같은 안개 속을 달리고 있었다. 모선도 보트도 보이지 않았다.

"다들 힘껏 저어라." 스타벅이 돛줄을 선미 쪽으로 더 끌어당기며 속삭였다. "스콜이 오기 전에 고래 한 마리쯤은 죽일 시간이 있다. 저기 또 흰 물보라가 이는군! 가까이로! 돌진!"

곧이어 우리 배 양옆에서 연달아 터진 외침을 들은 우리는 다른 보트들도 속도를 높였다는 것을 알 수 있었다. 그러나 그들의 외침이 들리기 무섭게 스타벅이 전광석화처럼 속삭였다. "일어서!" 그러자 손에 작살을 든 퀴퀘그가 자리에서 벌떡 일어섰다.

그때 노잡이들은 그 누구도 그들 앞에 임박해온 생과 사의 위험을 직면하지 못했지만,[233] 보트 선미에 있는 항해사의 진지한 표정을 보고 일촉즉발의 순간이 닥쳐왔음을 알았다. 그들 귀에는 오십 마리의 코끼리가 잠자리에 깔아놓은 짚 위에서 뒹굴거리는 듯한 거대한 소리도 들려왔다. 그러는 동안에도 보트는 여전히 안개를 뚫고 돌진했고, 파도는 성난 뱀들이 의기양양하게 고개를 치켜든 것처럼 우리를 감싼 채 쉭쉭거리고 있었다.

"저기 녀석의 혹이 보인다. 저기, 저기, 맛 좀 보여줘라!" 스타벅이 속삭였다.

뭔가가 보트에서 짧게 휙 하는 소리를 내며 날아갔다. 그것은 퀴퀘그가 던진 작살이었다. 그러자 모두가 일제히 동요하는 가운데 보이지 않는 무언가가 뒤에서 보트를 떠밀었고, 앞으로 밀려나간 보트는 암초에 부딪힌 것 같았다. 돛은 쓰러져서 완전히 박살이 났다. 델 듯이 뜨거운 수증기 한줄기가 바로 가까이에서 솟구쳐올랐다. 보트 아래서 무언가가 지진처럼 흔들리며 몸부림을 쳐댔다. 선원들 모두는 스콜이 일으키는 새하얀 응유 속에 혼비백산한 상태로 내던져져 거의 숨도 쉴 수 없을 지경이었다. 스콜, 고래, 작살이 모두 하나로 뒤섞였다. 그리고 단지 작살에 스쳤을 뿐인 고래는 그곳을 탈출했다.

보트는 완전히 침수됐지만 파손된 곳은 거의 없었다. 우리는 보트 주위를 헤엄치며 물위에 떠 있는 노를 건져 뱃전에 단단히 묶은 다음 다시 허둥지둥 제자리로 돌아갔다. 우리는 무릎까지 물에 잠긴 채 앉아 있었는데, 늑재와 널빤지가 모두 물에 잠겨 있었기 때문에 아래를 내려다보고 있자니 물위에 떠 있는 보트가 꼭 바다 아래에서 우리가 있는 곳까지 자라난 산호초 더미 같아 보였다.

바람은 더욱 거세게 울부짖었고, 파도는 서로 방패를 부딪치는 듯했다. 스콜은 우리 주변에서 웅웅거리면서 여러 갈래로 나뉜 불길처럼 탁탁 소리를 냈는데, 우리는 불타고 있으면서도 소멸하지 않았다. 우리는 이 죽음의 아가리에서 불멸하는 존재들이었다! 소리쳐 다른 보트를 불러봤지만 소용없었다. 폭풍우 속에서 그 보트들을 소리쳐 부른들 불타는 용광로 굴뚝에 얼굴을 집어넣고 저 아래 활활 타오르는 석탄에 고함을 치는 일이나 다름없었다. 그러는 사이에 맹렬히 돌진하는 비구름과 폭풍우와 안개는 밤의 그림자가 드리워지면서 한층 더 어두워졌고, 모선의 흔적은 그 어디에도 보이지 않았다. 파도가 계속 높아지는 통에 보트에서 물 빼내는 일은 시도조차 할 수 없었다. 노는 추진기로서의 기능을 상실했고, 이제는 구명기구의 역할이나 담당하고 있을 뿐이었다. 그래서 스타벅은 성냥을 담아둔 방수통의 끈을 자르고도 여러 번 실패를 거친 끝에 간신히 등불을 밝힐 수 있었다. 그런 다음 그는 그것을 물위에 둥둥 떠다니던 장대에 매달아 퀴퀘그에게 건네주고는, 그를 이 헛된 희망의 기수로 만들었다. 그리하여 퀴퀘그는 그 어마어마한 비참함의 한복판에서 그 변변치 못한 초를 치켜든 채 앉아 있었다. 신앙심 없는 인간의 표상이자 상징인 퀴퀘그는 그렇게 절망의 한복판에서 절망적으로 희망을 치켜든 채 앉아 있었다.

흠뻑 젖은 채로 추위에 부들부들 떨며 모선이나 보트를 찾겠다는 희망을 접은 우리는 새벽이 다가올 무렵 고개를 들어 앞을 바라봤다. 바다에는 여전히 안개가 자욱이 펼쳐져 있었고, 텅 빈 등불은 보트 밑바닥에 찌그러진 채 놓여 있었다. 그때 갑자기 퀴퀘그가 벌떡 일어서더니 손을 오므려 귀에 바싹 갖다 댔다. 지금까지 폭풍 때문에 잘 들리지 않던, 밧줄과 활대가 희미하게 삐걱거리는 소리가 우리에게도 들려왔다. 그 소리는 점점 더 가까워졌다. 짙은 안개가 흐릿하게 갈라지는가 싶더니, 거기서 커다랗고 희미한 형체가 모습을 드러냈다. 마침내 모선이 어렴풋이 시야에 들어왔을 때 우리는 모두 겁에 질려 바다로 뛰어들었다. 모선이 정확히 선체 길이만큼의 간격만 남겨둔 채 우리 쪽으로 접근해 오고 있었기 때문이다.

우리는 바다 위에 둥둥 뜬 채 버려진 보트를 쳐다봤다. 보트는 큰 폭포 밑의 나뭇조각처럼 모선의 뱃머리 밑에서 잠시 뒤척이고 크게 갈라지더니, 거대한 선체가 그 위를 지나가자 잠시 보이지 않다가 이윽고 선미 쪽에서 이리저리 몸을 흔들며 떠올랐다. 우리는 또다시 보트를 향해 헤엄쳐 갔고 파도 때문에 보트에 몸을 부딪히기도 했지만, 마침내 구조되어 무사히 갑판 위로 올라갔다. 다른 보트들은 스콜이 더 가까이 오기 전에 고래를 놓아주고 제시간에 모선으로 돌아와 있었다. 모선은 우리를 이미 포기했지만, 혹시나 노나 작살 자루 같은 우리의 유품이라도 발견하지 않을까 싶은 마음에 그 근처를 순항하고 있었던 것이다.

49장
하이에나[234]

이른바 인생이라고 하는 이 기괴하고 복잡다단한 일들을 겪어나가다보면, 우주 전체가 하나의 거대하고 짓궂은 농담처럼 느껴지는 어떤 기이한 순간들이 찾아온다. 물론 그렇게 느끼는 자라고 해서 그 농담에 담긴 재치를 온전히 파악하는 것은 아니며, 그는 그 농담이 다름 아닌 자신을 제물로 삼고 있지는 않은지 확신에 가까운 의심을 한다. 하지만 그 무엇도 그를 의기소침하게 하지 못하고, 그 무엇도 논쟁할 만한 가치는 없어 보인다. 그는 모든 사건, 모든 신념과 믿음과 신앙, 눈에 보이거나 보이지 않는 모든 곤란한 일을, 그것이 얼마나 울퉁불퉁한 것이든 간에 꿀꺽꿀꺽 삼켜버린다. 마치 소화 기능이 뛰어난 타조가 총알이나 부싯돌을 꿀꺽꿀꺽 삼켜버리듯이 말이다. 그리고 사소한 말썽거리와 걱정거리, 갑작스레 재난이 닥칠 가능성, 생명이나 팔다리를 잃을 수도 있을 위험, 심지어 죽음 자체도 그에게는 단지 눈에 보이지 않는 정체불명의 익살꾼에게 장난으로 가볍게 몇 대 얻어맞거나 옆구리에 기분좋게 몇 방 맞은 정도로만 여겨질 뿐이다. 내가 언급한 이 특이할 정도로 변덕스러운 기분은 오직 극도의 시련을 맞이한 순간에만 찾아온다. 그 기분은 한창 진지한 상태에 있을 때 찾아오기 때문에, 바로 전까지만 해도 가장 중대하게 여겨지던 것이 그 순간에는 한낱 농담의 일부로 여겨질 뿐이다. 이처럼 자유롭고 너그러우면서도 상냥한 무법자 철학을 낳는 데는 고래잡이가 겪는 위험만한 게 없다. 그리고 이제는 나도 그런 철학을 가지고 피쿼드호의 모든 항해와 그 목적인 거대한 흰 고래를 바라보았다.

"퀴퀘그." 모선의 선원들이 나를 마지막으로 갑판에 끌어올렸을 때, 나는 재킷에서 물을 떨어내기 위해 연신 몸을 흔들며 그에게 물었다. "이봐, 퀴퀘그, 친구여, 이런 일이 자주 일어나나?" 퀴퀘그도 나처럼 홀딱 젖어 있었지만, 이런 일이 자주 있었다며 그저 무덤덤하게 대답할 뿐이었다.

"스터브 씨." 이번에는 방수복 단추를 모두 채운 채 빗속에서 태연히 파이프를 피우고 있는 그 높으신 양반을 향해 물었다. "스터브 씨, 지금껏 만나본 고래잡이들 가운데 우리 일등항해사인 스타벅 씨만큼 조심스럽고 신중한 고래잡이도 없다고 당신이 말하신 걸 들은 적이 있는데요. 그렇다면 스콜이 안개를 동반했을 때 돛을 활짝 펼친 채 도망치는 고래를 향해 무작정 돌진하는 건 고래잡이로서 더할 나위 없이 사려 깊은 판단이겠군요?"

"물론이지. 나도 혼곶 앞바다에서 강풍이 불어오고 있을 때 물이 새는 배에서 보트를 내려 고래를 추격한 적이 있는걸."

"플래스크 씨." 이번에는 바로 가까이에 서 있던 꼬맹이 왕대공을 향해 물었다. "당신은 이 방면에 경험이 많지만 저는 아니에요. 플래스크 씨, 노잡이들이 죽음의 아가리를 등진 채 등이 부러져라 노를 저으며 그 아가리 속으로 들어가는 게 이 포경업계에서 정해진 불변의 법칙인지에 대해 한말씀 부탁드려도 될까요?"

"좀 덜 비아냥거리면 어디 덧나나?" 플래스크가 말했다. "그래, 그게 법칙이지. 보트 선원들이 반대로 앉아 노를 저으며 고래의 얼굴을 향해 나아가는 걸 보고 싶긴 하군. 하, 하! 그러면 고래와 선원들이 서로 곁눈질을 하게 되겠어. 한번 생각해보라고!"

이로써 나는 세 명의 공정한 증인으로부터 이 사건 전체에 대한 사려 깊은 진술을 확보했다. 즉 스콜을 만나 배가 뒤집혀서 바다에서 노숙을 하게 되는 게 이쪽 업계에서는 흔한 일이라는 것, 고래에게 다가가는 극도로 중요한 순간에는 보트를 조종하는 사람의 손에 내 목숨을 맡겨야만 한다는 것, 그런데 바로 그러한 순간에 보트를 조종하는 사람은 종종 미친듯이 발을 굴러 배에 구멍이 나버리기도 한다는 것, 유독 우리 보트만 그런 참사를 겪은 것은 스콜을 무릅쓰고 고래에게 돌진한 스타벅의 탓이 크다는 것, 그럼에도 스타벅은 포경업계에서 특히나 조심스럽기로 유명한 자라는 것, 내가 이 유난히도 신중한 스타벅의 보트에 소속되어 있다는 것, 마지막으로 나는 흰 고래를 쫓는 무지막지한 일에 연루되었다는 것. 이 모든 진술을 종합해본 결과, 아래 선실로 내려가 유언장 초고를 써두는 편이 낫겠다는 생각이 들었다. "퀴퀘그," 나는 말했다. "같이 가자. 네가 내 변호사이자 유언집행인, 그리고 유산상속인이 되어줘."

많은 이들 가운데 하필이면 선원이 유언장을 만지작거린다는 게 이상해 보일 수도 있겠지만, 이 세상에 선원들만큼이나 그 일을 오락거리로 즐기는 이들도 없다. 내가 선원 생활을 하면서 이와 똑같은 일을 한 것도 이번이 네번째였다. 이 의식을 끝마치자 이번에도 나의 마음은 한결 가벼워졌다. 가슴을 꾹 누르고 있던 돌이 굴러가버린 느낌이었다. 게다가 이제부터 내가 살아갈 날들은 나사로가 부활한 후에 살았던 날들이나 마찬가지일 것이었다. 고래를 몇 달 혹은 몇 주나 쫓게 될지는 모르겠지만, 하여튼 완전히 여분의 생을 얻은 셈이었다. 나는 죽고도 살아남았다. 나의 죽음과 매장은 나의 궤짝 안에 잘 보관되어 있었다. 나는 아늑한 가족 지하 납골당의 창살 안에 양심에 거리낄 것 하나 없이 앉아 있는 조용한 유령처럼 평온하고 만족스럽게 주위를 둘러보았다.

나는 무심결에 선원용 털스웨터의 소매를 걷어올리며 생각했다. 그렇다면 자, 이제 냉정하고 침착하게 죽음과 파멸 속으로 뛰어들어보는 거야. 그다음 일은 될 대로 되라지.

50장

에이해브의 보트와 선원들—페달라

"그럴 줄 누가 알았겠나, 플래스크!" 스터브가 외쳤다. "나한테 다리가 한쪽밖에 없다면 말이지, 의족 끝으로 물마개를 막아야 하는 경우가 아니고서야 절대 보트에 타는 일은 없을 거야. 야! 정말이지 대단한 노인네로군!"

"그런데 그게 그렇게 이상하다는 생각은 안 드는데요." 플래스크가 말했다. "만일 다리가 엉덩이 쪽부터 잘려나갔다면 얘기가 다르겠죠. 그러면 불구가 될 테니까. 하지만 노인네한테는 아직 한쪽 무릎이 남아 있고, 다른 쪽 다리도 멀쩡하잖아요."

"그건 나도 모르겠네. 아직까지 그가 무릎을 꿇는 걸 한 번도 본 적이 없어서 말이지."

❖

포경선 선장의 생명이 항해의 성공에 얼마나 중요한 영향을 끼치는지를 생각했을 때, 선장이 위험한 추격전에 적극적으로 따라나서 본인의 생명을 위태롭게 만드는 것이 과연 옳은 일인지는 그동안 고래를 잘 아는 사람들 사이에서 종종 논쟁거리가 되어왔다. 절름발이 티무르[235]의 군사들도 황제의 귀한 목숨을 전쟁터 한복판에 꼭 끌어들여야만 하는지에 대해 눈물을 머금은 채 종종 논쟁을 벌인 바 있다.

하지만 에이해브의 경우, 이 문제는 다소 다른 양상을 띠었다. 두 다리가 성한 사람도 위험의 순간이 닥치면 다리를 절고, 고래를 쫓는 일에는 늘 크고 놀라운 어려움이 뒤따르므로 사실상 매 순간이 위험으로 가득하다는 점을 생각해보자. 이런 상황에서 불구가 된 자가 보트에 올라 고래를 추격하는 게 과연 현명한 짓일까? 피쿼드호의 공동 선주들은 대체로 그렇게 생각하지 않았을 게 틀림없다.

비교적 덜 위험한 추격일 경우, 에이해브가 현장 가까이서 직접 명령을 내리기 위해 보트에 오르는 것쯤이야 고향의 친구들도 대수롭지 않게 여길 테지만, 에이해브 선장에게 실제로 그만의 보트를 할당해주고 그를 추격전의 정식 지휘자로 삼는 일—게다가 에이해브 선장의 보트에 다섯 명의 추가 선원을 제공하는 일 같은 너그러운 생각이 피쿼드호 선주들의 머릿속에 절대 떠오를 리 없다는 것은 에이해브도 잘 알고 있었다. 따라서 그는 그들에게 보트의 선원들을 내달라고 간청한 적이 없었고, 어떤 식으로든 그와 관련된 자신의 욕망을 내비친 적도 없었다. 그러면서도 그는 그 문제와 관련해 나름대로 자신만의 대책을 강구했다. 아치가 자신이 발견한 사실을 공표하기 전까지는 선원들도 이 사실을 전혀 예상하지 못했다. 물론 출항한 지 얼마 지나지 않아 모든 선원이 포경 보트를 출격시키는 데 필요한 모든 통상적 업무를 끝냈을 때, 이로부터 얼마 후 예비 보트 중 하나라고 간주되던 보트에 사용할 놋좆을 만드는 일에 손수 열정을 쏟아붓는 에이해브의 모습이 종종 목격되곤 했을 때, 심지어 그가 뱃머리의 홈에 꽂아 풀려나가는 밧줄을 지탱해주는 데 쓰이는 작은 나무 꼬챙이를 열심히 깎고 있는 모습마저 목격되었을 때, 게다가 그가 자신의 뾰족한 고래뼈 다리의 압력을 더욱 잘 견디게 하려는 듯이 보트 밑바닥에 여분의 동판銅板을 까는 데 특히 열의를 보였을 때, 또한 그가 고래에게 작살을 던지거나 고래를 창으로 찌를 때 무릎을 고정시킬 용도로 보트 뱃머리에 놓는 넓적다리판, 때로는 미끄럼막이판이라고도 불리는 그 널빤지의 형태를 완벽하게 다듬고자 하는 열망을 드러냈을 때, 그리고 그가 그 보트에 서서 하나뿐인 무릎을 그 미끄럼막이판에서 반원형으로 움푹 파인 부위에 고정시키고는 목수의 끌로 여기를 조금 파내고 또 저기를 조금 다듬는 모습이 심심치 않게 목격되었을 때, 이 모든 일이 당시에 많은 흥미와 호기심을 불러일으켰던 것은 사실이다. 하지만 대부분의 선원들은 에이해브가 이처럼 유난히도 세심한 사전 작업을 하는 것이 궁극적으로는 모비 딕을 추격하기 위해서인 줄로만 알았다. 그가 그 용서할 수 없는 괴물을 잡겠노라는 뜻을 이미 스스로 내비쳤기 때문이다. 하지만 그렇다고 해서 그 보트에 따로 할당된 선원들이 있으리라고는 조금도 의심하지 못했다.

에이해브에게 예속된 유령들에 대해 남아 있던 놀라움은 곧 시들해졌다. 포경선에서 놀라움이란 곧 시들해지기 마련이다. 게다가 떠다니는 무법자와도 같은 포경선에는 종종 지구 어딘지도 알 수 없는 촌구석과 쓰레기 소각장에서 기어나온 온갖 이상한 국적의 자질구레한 인간들이 올라타곤 한다. 그리고 널빤지나 난파선의 잔해, 노, 포경 보트, 카누, 바람에 떠밀려온 일본 정크선 등등에 의지해 망망대해를 떠다니는 괴상한 조난자들을 건져 올리는 일도 종종 발생한다. 따라서 바알세불[236]이 스스로 뱃전을 기어올라와 아래 선실로 내려가 선장과 잡담을 나눈다 해도 앞갑판 선실이 흥분의 도가니에 빠져드는 일은 결코 일어나지 않을 것이다.

하지만 그거야 어찌됐든, 에이해브에게 예속된 유령들이 여전히 튀긴 했지만 이윽고 선원들 사이에서 자리를 잡은 반면, 머리카락으로 된 터번을 두른 페달라는 끝까지 신비에 싸인 인물로 남아 있었다. 그는 대체 어디 있다가 이런 얌전한 세상에 나타난 것일까. 어떤 이해할 수 없는 인연이 그를 에이해브의 기이한 운명에 삽시간에 엮이게 했던 것일까. 아니, 어쩌다 거기에 모종의 어렴풋한 영향력까지 끼치기에 이르렀던 것일까. 그걸 누가 알겠냐마는, 그것은 어쩌면 에이해브를 지배한 권위였는지도 모를 일이다. 진상은 누구도 알지 못했다. 하지만 페달라에 대해 무심한 태도를 유지할 수는 없었다. 그는 온대 지방에 사는 문명화되고 길들여진 사람들이 오직 꿈속에서나, 그것도 어렴풋이만 볼 수 있는 그런 종류의 사람이었다. 하지만 늘 한결같은 아시아 사회, 특히 동양의 대륙에 속한 섬들에서는 그런 사람들이 인파 속을 활보하고 다니는 것을 종종 볼 수 있다. 태곳적부터 전혀 변한 게 없는 그 격리된 나라들에는 심지어 오늘날까지도 지구에 가장 첫번째로 태어난 세대의 유령 같은 원주민성이 상당 부분 보존되어 있다. 누구나 태초의 인간에 대한 기억을 선명히 갖고 있었으며 모두가 그의 후손이던 시절, 그들은 자신들이 어디서 왔는지 알지 못한 채 서로를 진짜 유령처럼 쳐다보며 해와 달에게 자신들이 왜, 그리고 어떤 목적으로 창조되었는지를 물었다. 「창세기」에 따르면 그 시절에는 천사들이 실제로 인간의 딸들과 어울려 다녔으며, 외경外經[237] 학자들은 악마들 또한 속세에서 정사에 탐닉했다고 주석을 달고 있다.

51장
유령의 물기둥

며칠, 그리고 몇 주가 흘렀다. 상앗빛 피쿼드호는 순풍에 돛을 달고 네 개의 해역을 미끄러지듯 천천히 지나갔다. 다시 말해 아조레스제도와 베르데곶을 지나 라플라타강의 어귀에 있는 (이른바) 플레이트 해역, 그리고 세인트헬레나섬 남쪽의 경계가 불분명한 캐럴 해역을 지나갔다.[238]

그중 제일 마지막 해역을 미끄러지듯 나아가던 어느 고요한 달밤, 파도는 죄다 은빛 두루마리처럼 둥글게 몸을 말고, 파도가 일으키는 소용돌이는 온 바다에 부드럽게 퍼져 고독이라기보다는 차라리 은빛 침묵에 가까운 무언가를 만들어놓고 있을 때였다. 그처럼 고요하던 그날 밤, 뱃머리에 이는 새하얀 물거품 앞 저 먼 곳에서 은빛 물기둥이 보였다. 달빛에 빛나는 그 물기둥은 천상의 것인 양 아름다웠고, 깃털을 단 반짝이는 신이 바다로부터 솟아오르는 듯했다. 이 물기둥을 처음 목격한 것은 페달라였다. 이처럼 달이 빛나는 밤이면 큰 돛대 꼭대기 위로 올라가 마치 대낮이기라도 한 듯 치밀하게 망을 보는 게 그의 버릇이었기 때문이다. 하지만 밤중에 고래떼를 발견했다 해도 위험을 무릅쓰고 보트를 내려 쫓아갈 고래잡이는 백에 하나도 되지 않을 것이다. 그렇다면 이 늙은 동양인이 아닌 밤중에 돛대 꼭대기에 서 있는 모습을 본 선원들의 기분이 어떠했을지는 가히 짐작할 수 있을 것이다. 그의 터번과 달은 같은 하늘에 뜬 단짝 친구였다. 하지만 며칠 밤을 연달아 돛대 위에 올라가 한마디도 하지 않은 채 거기서 일정한 시간을 보내던 그가 마침내 그 모든 침묵을 깨뜨리며 달빛에 빛나는 은빛 물기둥이 보인다고 기이한 목소리로 크게 외쳤을 때, 편안히 누워 있던 선원들은 어떤 날개 달린 정령이 삭구에 내려앉아 자신들을 부르기라도 한 것처럼 모두 자리에서 벌떡 일어섰다. "저기 고래가 물을 뿜는다!" 최후의 심판을 알리는 나팔소리가 울려퍼졌다 해도 선원들이 그보다 더 몸을 떨진 않았을 것이다. 그렇긴 해도 그들이 공포를 느꼈던 것은 아니다. 그것은 차라리 기쁨에 가까웠다. 비록 정말이지 이례적인 시간이긴 했지만 그 울부짖음이 너무나도 인상적이었고 너무나도 열광적인 흥분으로 가득했기 때문에, 배에 타고 있던 거의 모든 선원이 본능적으로 보트를 내리고 싶은 충동에 사로잡혔다.

에이해브는 옆구리를 쑥 내미는 빠른 걸음으로 갑판 위를 성큼성큼 걸어가면서 윗돛대와 맨 꼭대기 돛대의 돛, 그리고 보조돛을 모두 펼치라고 명령했다. 키는 배에서 가장 실력 있는 자가 잡아야만 했다. 그리하여 돛대 꼭대기마다 망꾼을 올려보낸 배는 돛을 잔뜩 부풀린 채 순풍을 받으며 달려나갔다. 선미 난간에서 불어와 그토록 많은 돛을 부풀리는 미풍에는 배를 들어올리는 기이한 성향이 있어서, 뜬 채로 허공을 맴도는 갑판이 발아래서 공기처럼 느껴졌다. 그동안에도 배는 빠르게 돌진해나갔는데, 마치 서로 대립하는 두 개의 힘, 즉 하늘로 곧장 올라가려는 힘과 좌우로 기우뚱하며 수평선상의 목적을 향해 나아가는 힘이 배의 내면에서 서로 몸부림치며 싸우는 것만 같았다. 그리고 그날 밤 에이해브의 얼굴을 봤다면 그의 내면에서도 두 개의 다른 힘이 서로 싸움을 벌이고 있다는 생각이 들었을 것이다. 그의 살아남은 한쪽 다리가 갑판 위에 활기찬 울림을 만들어내는 동안, 죽은 다리는 매번 움직일 때마다 관이라도 두들기는 듯한 소리를 냈다. 이 노인네는 삶과 죽음 위를 걷고 있었다. 하지만 배가 그토록 재빨리 달리고 모든 눈이 화살처럼 열렬한 시선을 쏘아댔건만, 그날 밤 그 은빛 물기둥은 더이상 나타나지 않았다. 선원들은 모두 물기둥을 한 번은 봤지만 두 번은 보지 못했다고 맹세했다.

며칠이 지나 이 한밤중의 물기둥이 기억에서 거의 사라졌을 무렵, 그때와 똑같이 고요한 시간에 또다시 보라! 하는 외침이 들려왔다. 이번에도 다들 물기둥을 보았다고 했다. 하지만 물기둥을 앞지르기 위해 돛을 펼치자 물기둥은 언제 거기 있었냐는 듯이 또다시 사라져버렸다. 그리하여 매일 밤마다 그런 일을 당하게 되자 마침내 다들 거기에 신경을 쓰지 않게 되었고 그저 놀라워하기만 할 뿐이었다. 그때그때 맑은 달빛이나 별빛을 향해 신비롭게 물기둥을 쏘아대고는 하루 온종일, 또는 이틀이나 사흘씩 다시 모습을 감추다가, 매번 뚜렷이 그 모습을 드러낼 때마다 어째서인지 더욱더 우리 배에서 멀어지는 듯한 이 외로운 물기둥은 우리를 영원히 유혹하는 듯했다.

아득한 옛날부터 내려오던 선원들만의 미신과 피쿼드호에 덕지덕지 들러붙은 불가사의함 때문에, 언제 어디서 본 물기둥이라 해도, 발견된 물기둥들 사이에 아무리 큰 시간적 격차가 존재하고 그것들이 위도와 경도상 아무리 멀리 떨어져 있다 해도, 그 다가갈 수 없는 물기둥이 늘 같은 고래, 즉 모비 딕이 뿜어낸 것이라고 장담하는 선원들이 적지 않았다. 한동안 이 야반도주하는 유령에 대한 기이한 두려움이 배 위에 가득하기도 했다. 마치 녀석이 우리더러 계속 오라는 기만적인 손짓을 보내다가 마침내 더없이 멀리 떨어진 지극히 야만적인 바다에 이르면 우리 쪽으로 방향을 틀어 우리를 물어뜯기라도 할 것처럼.

이 일시적인 불안감은 너무나도 막연한 동시에 너무나도 무시무시했고, 그와는 대조적인 청명한 날씨 덕분에 더욱 놀라운 힘을 발휘했다. 그 파랗고 단조로운 하늘 아래는 악마적인 유혹이 도사리고 있다고 생각한 사람들도 있었는데, 그처럼 싫증이 나고 적적해질 만큼 온화한 바다를 몇 날 며칠 동안 항해하다보면 온 세상이 우리의 복수심 가득한 임무를 혐오한 나머지, 유골 단지 같은 우리 뱃머리 앞에 펼쳐진 생명이란 생명은 모조리 다 없애버린 듯한 기분이 들기도 했다.

하지만 마침내 동쪽으로 방향을 틀자 희망봉의 바람이 우리 주위에서 울부짖기 시작했고, 우리는 그곳의 길고 험한 바다의 파도에 이리저리 오르내렸다. 상앗빛 엄니가 박힌 피쿼드호는 돌풍에 고개를 한껏 숙인 채 검은 파도를 미친듯이 들이받았고, 마치 은 부스러기가 쏟아지듯 물보라가 뱃전으로 날아들었다. 그리하여 황량한 생명의 공백 상태는 물러갔지만, 그 자리를 채운 것은 전보다 더 음울한 광경이었다.

뱃머리 가까이에서는 이상한 형체들이 물속에서 사방으로 돌진하는 것이 보였고, 뒤에서는 수수께끼 같은 바다까마귀들이 잔뜩 몰려들어 날아다니고 있었다. 매일 아침마다 배의 받침줄에는 이 새들이 줄지어 앉아 있었는데, 우리가 아무리 큰 소리로 외쳐도 그 밧줄 위에 한참을 막무가내로 매달려 있었다. 새들은 우리 배를 텅 빈 채 표류하는 배쯤으로 여기는 듯했으며, 이 배는 폐허가 될 운명이니 집 없는 자신들이 보금자리로 삼기에 알맞다고 생각하는 듯했다. 검은 바다는 그 거대한 조류가 양심이라도 된다는 듯 들썩거림을 한순간도 멈추지 않았다. 거대한 이 세속의 영혼이 자신의 오랜 죄와 그로 인한 고통 때문에 극심한 괴로움과 회한으로 몸부림치기라도 하듯이.

사람들이 너를 '희망봉'이라 부르던가? 차라리 옛날에 그랬듯이 '고통의 곶'이라 부르는 게 나을 뻔했다. 예전부터 우리를 따라온 기만적인 침묵에 오랫동안 마음을 빼앗겼던 우리는 마침내 이 고통의 바다에 이르렀고, 그곳에서는 죄를 범한 존재들이 새나 물고기로 변해 준비된 안식처도 없이 영원히 헤엄치거나 지평선도 보이지 않는 시커먼 하늘에서 날개를 퍼덕이며 죗값을 치르는 것처럼 보였다. 하지만 눈처럼 흰 고요한 물기둥, 변함없이 깃털 같은 분수를 하늘로 뿜어 올리는 물기둥, 여전히 저 앞에서 우리를 손짓하여 부르는 그 외로운 물기둥은 종종 우리의 눈에 띄었다.

이처럼 세차고 암울한 비바람이 휘몰아치는 동안 에이해브는 흠뻑 젖은 위험한 갑판 위에서 거의 쉼없이 명령을 내리고 있긴 했지만 그 어느 때보다 침울한 과묵함을 보였다. 항해사들에게 말을 거는 일도 극도로 드물었다. 이처럼 폭풍이 몰아칠 때는 갑판이나 돛대 꼭대기 위에 있는 것들을 단단히 잡아매고 나면 그저 돌풍이 지나가기를 순순히 기다리는 일 말고는 달리 할 수 있는 게 없다. 그럴 때 선장과 선원들은 사실상 운명론자가 된다. 그리하여 에이해브는 고래뼈 다리를 늘 끼우던 구멍에 끼우고 한 손으로 돛대 밧줄을 단단히 움켜쥐고 몇 시간 동안이나 바람 불어오는 쪽을 멍하니 응시하며 서 있었는데, 그러는 동안 이따금 진눈깨비나 눈이 섞인 스콜이 와서 그의 속눈썹을 거의 얼어붙게 만들곤 했다. 한편 뱃머리에 부딪혀 갑판 위로 쏟아져 들어오는 극심한 파도 때문에 앞갑판에서 쫓겨난 선원들은 갑판 중앙의 뱃전을 따라 일렬로 서 있었다. 그리고 날뛰는 파도로부터 몸을 더 안전하게 지키기 위해 각자 난간에 고정된 돛 밧줄의 구멍 속으로 몸을 쏙 밀어넣고는 느슨한 허리띠라도 맨 것처럼 흔들거렸다. 말은 거의 오가지 않거나 전혀 오가지 않았다. 채색한 밀랍 인형들을 선원으로 태우기라도 한 듯 고요한 배는 매일같이 마귀 들린 파도의 번쩍이는 광기와 환희를 헤치며 앞으로 돌진해나갔다. 밤에도 대양이 지르는 비명 앞에서 인간들은 똑같은 침묵을 이어나갔다. 돛 밧줄에 몸을 의지하던 선원들은 여전히 침묵했고, 돌풍에 저항하던 에이해브도 여전히 아무 말이 없었다. 심지어 체력이 떨어져 휴식이 필요한 것처럼 보일 때도 그는 해먹으로 가 휴식을 취하려 하지 않았다. 어느 날 밤, 스타벅은 기압계를 확인하러 선실 아래로 내려갔다가 나사못으로 바닥에 고정시킨 의자에 꼿꼿이 앉은 채 눈을 감고 있는 에이해브를 보았는데, 그는 그날 밤에 본 노인의 모습을 결코 잊을 수 없었다. 에이해브는 좀전에 폭풍우에서 빠져나온 참이었는데, 그 폭풍우 속에 묻어온 빗방울과 반쯤 녹은 진눈깨비가 그가 그대로 걸치고 있던 모자와 외투에서 여전히 느린 속도로 뚝뚝 떨어지고 있었다. 그의 옆에 놓인 탁자 위에는 예전에 얘기한 적이 있던, 조류와 해류를 표시한 해도가 펼쳐져 있었다. 그가 꽉 움켜쥔 초롱은 이리저리 흔들리고 있었다. 비록 몸은 꼿꼿했지만 고개는 뒤로 젖혀져 있어 감은 두 눈이 천장 대들보에 매달려 흔들리고 있는 '고자질쟁이'의 바늘을 향하도록 되어 있었다.*

소름 끼치는 노인네 같으니라고! 스타벅은 진저리를 치며 생각했다. 당신은 이 돌풍 속에서 잠을 자면서도 여전히 목표물을 굳건하게 주시하고 있구나.

* 선실 나침반은 '고자질쟁이'라고 불리는데, 선장이 굳이 키에 달린 나침반을 보러 가지 않고도 아래 선실에서 배의 침로를 알 수 있기 때문이다.

52장

앨버트로스호

희망봉에서 남동쪽으로 멀찍이 떨어진 크로제제도[239], 참고래 어장으로 유명한 그곳 인근에 있을 때 저 앞에서 '고니(앨버트로스)'라는 이름의 배 한 척이 모습을 드러냈다. 그 배가 천천히 우리 쪽으로 접근하고 있을 때, 우뚝 솟은 앞돛대 꼭대기 위에 있던 나는 원양어업 초보자라면 놀랄 수밖에 없을 광경을 목격했다. 그것은 다름 아닌 오래전에 고향을 떠나 바다로 나온 포경선이었다.

마치 파도가 마전장이라도 된다는 듯, 이 배는 육지로 밀려온 바다코끼리의 해골처럼 빛이 바래 있었다. 이 유령 같은 모습의 배 양옆으로는 붉은 녹 자국이 길게 나 있었고, 돛대와 활대와 삭구는 모두 흰 서리가 내린 굵은 나뭇가지 같았다. 이 배는 오직 아래쪽 돛만 펼치고 있었다. 세 개의 돛대 꼭대기 위에서 턱수염을 길게 기른 채 망을 보는 선원들의 모습도 장관이었다. 그들은 짐승의 가죽으로 만든 옷을 입은 듯했는데, 온통 찢어지고 천을 덧댄 꼴이 넉넉잡아 사 년의 항해는 견딘 듯한 모습이었다. 그들은 돛대에 못을 박아 고정시킨 쇠테 안에 선 채 깊이를 알 수 없는 바다 위에서 마냥 흔들리고 있었다. 그 배가 천천히 우리 쪽 선미로 다가오자 공중에 떠 있던 우리 여섯 명은 상대편 돛대 꼭대기 위로 뛰어오를 수 있을 만큼 가까워졌지만, 그 쓸쓸해 보이는 고래잡이들은 지나가면서 그저 우리를 살짝 쳐다볼 뿐 우리 쪽 망꾼들에게 한마디 말도 건네지 않았다. 그때 아래쪽 뒷갑판에서 소리쳐 부르는 소리가 들려왔다.

"어어이, 거기 배! 혹시 흰 고래를 본 적 있나?"

하지만 창백한 뱃전에 기대 있던 그 배의 선장이 나팔을 꺼내 입에 대려는 찰나, 웬일인지 나팔이 손에서 떨어져 바다에 빠지고 말았다. 마침 바람이 몹시 거세어지고 있었기 때문에 그가 나팔 없이 아무리 힘껏 소리쳐봤자 헛일이었다. 그러는 동안 두 배는 점차 서로에게서 멀어지고 있었다. 다른 배를 향해 그저 흰 고래라는 이름을 꺼내자마자 발생한 이 불길한 사건을 목격한 피쿼드호의 선원들이 입을 꾹 다문 채 눈빛으로 의견을 교환하는 동안, 에이해브는 잠시 주저했다. 위협적인 바람의 방해만 없었다면 당장 보트를 내려 그 낯선 배에 오를 듯한 모습이었다. 하지만 그 낯선 배의 모습으로 보아 그것이 낸터킷 선적의 배이며 조만간 집으로 돌아갈 것이라는 걸 안 그는 자신이 바람 불어오는 쪽에 있다는 점을 이용해 다시 한번 나팔을 움켜잡고는 큰 소리로 외쳤다. "어이, 거기! 여기는 피쿼드호, 세계 일주를 하고 있소! 사람들한테 앞으로 쓸 편지는 모두 태평양으로 보내라고 말해주시오! 그리고 이번에는 삼 년인데, 만일 그후에도 집에 돌아가지 않으면 편지를—"

그 순간 두 배가 수면에 남긴 항적이 완전히 교차했고, 그러자 며칠 전부터 우리 옆에서 조용히 헤엄치던 작고 천진한 물고기떼가 그들만의 독특한 방식으로 지느러미를 크게 흔들며 잽싸게 도망치더니, 그 낯선 배의 양옆으로 가 뱃머리 쪽에서 선미 쪽까지 쭉 정렬했다. 에이해브는 계속해서 항해를 하면서 분명 전에도 이와 비슷한 광경을 목격했을 테지만, 편집광적인 사람에게는 극히 사소한 일조차 심술을 부려 어떤 의미를 지니게 되는 법이다.

"내게서 도망치겠다 이거지?" 에이해브가 물속을 쳐다보며 중얼거렸다. 대수롭지 않은 말 같아 보였지만, 그 말을 내뱉을 때의 어조에는 그 미친 노인네가 지금까지 드러낸 것보다 훨씬 더 깊고 무력한 슬픔이 담겨 있었다. 하지만 그는 지금까지 항행 속도를 줄이기 위해 배를 바람 불어오는 쪽으로 향하게 하고 있던 키잡이를 향해 돌아서며 늙은 사자 같은 목소리로 외쳤다. "키를 올려라! 계속해서 세계 일주를 이어나가라!"

세계 일주! 그것은 꽤나 자긍심을 불러일으킬 만한 말이지만, 그 모든 세계 일주 항해는 대체 무엇을 위해 하는 것인가? 셀 수 없이 많은 위험을 겪은 끝에 겨우 처음 항해를 시작했던 바로 그곳, 그동안 우리가 뒤에 안전하게 남겨뒀다고 생각했지만 실은 줄곧 우리 앞에 있었던 사람들이 있는 그곳으로 돌아가는 것일 뿐.

이 세상이 끝없이 평평해서 동쪽으로 항해를 해나가면 언제나 새로운 장소에 다다르고 키클라데스제도나 솔로몬제도[240]보다 더 아름답고 기이한 명소를 찾을 수만 있다면 이 항해에도 희망이 있었을 것이다. 하지만 우리가 꿈꾸는 저 먼 신비를 좇거나, 아니면 언젠가 모든 인간의 마음 앞에서 헤엄치기 마련인 그 악마 같은 환영을 고통스럽게 추격하느라 이 둥근 지구를 다 돈다 해도, 우리는 기껏해야 황량한 미로에 빠지거나 도중에 물속으로 가라앉고 말 것이다.

53장

사교적 방문

에이해브가 앞서 언급한 포경선에 승선하지 않은 표면적 이유는 바람과 바다가 태풍의 조짐을 보였기 때문이다. 하지만 상황이 달랐다 하더라도 그는—이후에 비슷한 일이 일어났을 때 보인 행동으로 미루어 판단하면—결국 그 배에 오르지 않았을 것이고, 그렇다면 그건 그가 고함을 치던 와중에 자신이 던진 질문에 대해 스스로 부정적인 대답을 얻었다는 뜻이 된다. 결국 밝혀졌듯이, 그는 자신이 그토록 열중해서 찾고 있는 정보를 조금이라도 얻어낼 수 있는 경우를 제외하고는 낯선 선장들과 단 오 분조차 어울리고 싶어하지 않았기 때문이다. 하지만 포경선들이 이국의 바다, 특히 공동수역에서 서로 만날 때의 고유한 관습에 대해 여기서 말해두지 않는다면 이 모든 상황이 계속해서 부적절한 평가로 물들게 될 것이다.

서로 모르는 두 사람이 뉴욕주의 파인배런스나 그만큼 황량한 영국의 솔즈베리평원에서 만났다고 해보자. 그처럼 황폐한 자연 속에서 우연히 마주친 이 두 사람은 아무리 애를 써도 서로 인사하는 일을 피할 수 없을 것이다. 잠시 멈춰서 소식을 교환하거나, 어쩌면 잠깐 함께 앉아서 쉬어갈 수도 있겠다. 그렇다면 끝없는 바다 위의 파인배런스나 솔즈베리평원을 지나던 두 척의 포경선이 지구의 변두리—외딴 패닝섬 앞바다나 아득히 먼 킹스밀스[241]—에서 서로를 발견했다고 해보자. 그런 상황에서 이 배들이 서로에게 소리쳐 인사할 뿐만 아니라 더 가까이 다가가서 더욱 친근하고 사교적인 만남을 가지는 것은 얼마나 더 자연스러운 일이겠는가. 특히 배들이 같은 항구 소속이고 선장들과 간부 선원들, 그리고 적지 않은 수의 선원들이 개인적으로 아는 사이여서 그리운 고향에 대한 온갖 이야기를 나눌 수 있는 경우라면 이는 너무나도 당연한 일로 여겨질 것이다.

어쩌면 외항선에는 항해를 떠난 지 오래인 배의 선원들에게 전해줄 편지가 실려 있을지도 모른다. 적어도 그 배는 얼룩지고 손때 묻은 서류철에 꽂힌 가장 최근의 신문보다는 한두 해 정도 뒤에 나온 신문을 전해줄 것이다. 그리고 그 친절의 대가로 외항선은 무엇보다 중요한 정보, 즉 지금 목적지로 삼은 고래 어장에 관한 가장 최신 소식을 얻게 될지도 모른다. 그리고 정도의 차이는 있겠으나, 고래 어장에서 항적이 교차하는 포경선 두 척이 모두 출항한 지 오래된 배라 해도 이러한 사실에는 전혀 변함이 없다. 어느 한쪽 배가 지금은 아주 멀리 떨어져 있는 다른 제3의 배로부터 편지를 전달받았는데, 그 편지 중 일부가 지금 막 만난 배의 선원에게 배달된 것일 수도 있기 때문이다. 게다가 그들은 고래에 관한 소식을 나누고 함께 유쾌한 수다를 떨 수도 있다. 그들은 같은 선원으로서 서로에 대해 넘치는 호감뿐만 아니라, 공동의 목적을 추구한다는 사실과 서로 비슷한 궁핍과 위험을 공유한다는 사실에서 생겨나는 고유의 동질감을 느끼기 때문이다.

국적의 차이도 그렇게 본질적인 차이를 만들어내지 않는다. 그러니까 미국인과 영국인처럼 양쪽이 모두 같은 언어를 사용하는 경우에 한한다면 말이다.

물론 영국 포경선들은 수가 적기 때문에 그러한 만남이 그리 자주 이루어지는 것은 아니며, 그런 일이 일어나더라도 수줍음 때문에 서로가 서로를 피해버리는 경향이 있긴 하다. 영국인들은 다소 내성적이며, 양키들은 자기들 외에 다른 누군가가 그런 성격을 지녔다고는 생각지도 못하기 때문이다. 게다가 영국 포경선은 때로 미국 포경선에게 일종의 대도시적 우월감을 표출하며, 마르고 길쭉한 낸터킷 사람들에게서 왠지 모를 촌스러움이 느껴진다며 그들을 바다의 촌뜨기 정도로 취급해버린다. 하지만 양키들이 하루에 잡아들이는 고래의 총 마릿수가 영국인 전체가 십 년을 통틀어 잡아들인 고래의 마릿수보다 많다는 걸 생각했을 때, 영국 포경선들의 이 우월감이 대체 어디서 비롯되었는지는 알기 어렵다. 그러나 이는 영국 고래잡이들이 지닌 악의 없고 사소한 약점일 뿐이며, 낸터킷 사람들도 이를 크게 마음에 담아두지 않는다. 어쩌면 그들 자신도 어느 정도 약점을 지니고 있다는 사실을 알기에 그런 것이리라.

그리하여 단독으로 바다를 항해하는 모든 배 가운데 포경선이야말로 가장 사교적이어야 할 이유를 갖고 있으며, 실제로도 그러하다. 반면에 대서양 한가운데서 마주치는 상선들은 한마디 인사도 없이 브로드웨이의 멋쟁이들처럼 그냥 서로를 지나친 채 파도를 헤치고 나아가버리는 경우가 많다. 그러면서도 서로의 의장艤裝에 대해 내내 과도한 비난을 마음껏 퍼부어대고 있을지도 모를 일이지만 말이다. 군함의 경우에는 우연히 서로 바다에서 만나게 되면 일단 해군기를 내리며 굽실거리기 바쁘므로, 거기서 완전히 진심어린 호의나 형제애 같은 것은 전혀 느껴지지 않는 듯하다. 노예선끼리 만났을 때는 글쎄, 다들 황급히 서두르며 가능한 한 빨리 서로에게서 도망쳐버린다. 해적선의 경우, 해적선 깃발에 그려진 두 개의 대퇴골처럼 교차하게 되면 우선 "두개골을 몇 개나 챙겼나?" 하고 외치는데, 이는 포경선들이 서로 "고래기름을 몇 통이나 채웠나?" 하고 외치는 것과 마찬가지다. 그리고 일단 대답을 들은 해적들은 곧장 키를 돌려 서로에게서 멀어져간다. 양쪽 다 지독한 악당들이라 서로가 서로의 악랄한 모습을 너무 오래 지켜보는 것은 부담스럽기 때문이다.

하지만 경건하고 솔직하고 순박하고 친절하며 사교적이고 너그러운 포경선을 보라! 화창한 날씨에 다른 포경선을 만난 포경선은 어떤 행동을 취할까? 포경선은 '사교적 방문'이라는 것을 하는데, 다른 배들은 이에 대해 전혀 아는 바가 없을 것이므로 이 명칭에 대해서도 들어본 적이 없을 것이다. 그리고 혹시 듣게 된다 할지라도 그저 히죽거리며 '물을 내뿜는 고래'나 '고래기름솥', 그리고 멋진 외침 따위에 대해 장난스럽게 계속 떠들어댈 뿐이다. 왜 모든 상선 선원들과 해적들, 그리고 군함과 노예선의 선원들이 그토록 포경선을 경멸하는 것이냐고 묻는다면 뭐라 딱히 대답하기가 어렵다. 이를테면 해적들의 경우, 그 직업만의 어떤 고유한 영예가 있기나 한 것인지 잘 모르겠으니 말이다. 물론 가끔 그들이 정말 어마어마하게 높은 곳까지 올라가긴 한다. 하지만 그곳은 그래봤자 교수대가 아닌가. 게다가 그런 이상한 방식으로 높은 곳에 오른다 해도 그들의 그 우월한 지위를 아래에서 받쳐줄 제대로 된 토대는 어디에도 없다. 따라서 해적들이 아무리 고래잡이보다 높은 위치에 있다고 허풍을 떨어대도 그러한 주장을 뒷받침해줄 확고한 근거는 전혀 없다고 결론지을 수밖에 없다.

그런데 '사교적 방문Gam'이란 무엇인가? 검지가 다 닳을 때까지 여러 사전 이곳저곳을 뒤적여봐도 그러한 단어는 찾을 수 없을 것이다. 존슨 박사[242]도 그 정도로 박식하진 못했고, 노아 웹스터[243]의 방주에도 이 단어는 실려 있지 않다. 그럼에도 이 단어는 지금까지 대략 만 오천 명의 순수한 양키들 사이에서 지난 수년간 계속해서 사용되어왔다. 이 단어는 명백히 정의를 필요로 하며, 어휘 목록에 포함되어야 마땅하다. 그런 목적을 염두에 두고, 내가 이 단어에 학구적인 정의를 내려보겠다.

GAM[명사] 두 척 이상의 포경선 사이에 이루어지는 사교적 만남으로, 주로 고래 어장에서 이루어진다. 서로를 향해 크게 외친 후, 선원들은 보트에 올라 서로 상대편 배를 방문한다. 두 배의 선장은 당분간 한쪽 배에 머물고, 일등항해사 두 명은 다른 쪽 배에 머문다.

사교적 방문과 관련해 사소하지만 절대 잊으면 안 될 또 한 가지 사항이 있다. 모든 직업은 나름의 사소하고 세부적인 특징들을 지니기 마련인데, 이는 포경업도 마찬가지다. 해적선이나 군함 또는 노예선의 경우, 선장은 보트를 타고 어딘가로 갈 때 늘 선미 상판의 편안한 좌석에 앉는데, 그 좌석에는 때로 등받이 방석까지 놓여 있다. 그리고 선장은 종종 앙증맞은 숙녀용 모자 제작자가 화려한 끈과 리본으로 장식한 키 손잡이를 붙들고 보트를 직접 조종하기도 한다. 하지만 포경 보트의 선미에는 그런 좌석도, 그런 소파도 없으며, 키 손잡이는 아예 없다. 만일 포경선 선장이 특허 받은 의자에 앉아 있는 통풍 걸린 늙은 시의원처럼 바퀴 달린 의자에 앉아 바다 위를 돌아다닌다면 퍽이나 봐줄 만할 것이다. 그리고 키 손잡이 말인데, 포경 보트에서 그런 나약한 물건 따위는 용납되지 않는다. 사교적 방문을 할 때는 보트에 소속된 선원 전원이 모선을 떠나야 하므로 거기에는 보트 키잡이나 작살잡이도 포함될 수밖에 없고, 그런 경우에는 하급자가 키잡이 노릇을 하는 까닭에 선장은 앉을 자리도 없이 내내 소나무처럼 선 상태로 다른 배를 방문하러 가게 된다. 그리고 종종 보게 될 텐데, 이처럼 꼿꼿이 선 선장은 양쪽 배에서 자신을 향해 쏟아지는 온 세상의 시선을 의식한 탓에 두 다리로 굳건히 선 채 자신의 위엄을 지키는 일이 얼마나 중요한지를 깨닫게 된다. 하지만 이는 결코 쉬운 일이 아니다. 뒤쪽에 돌출된 거대한 키잡이 노가 이따금 그의 등허리를 때리기도 하고, 앞쪽 노도 그의 무릎을 툭툭 치는 것으로 거기에 화답하기 때문이다. 이처럼 앞뒤로 꼼짝도 못하게 된 선장은 양쪽 다리를 쭉 뻗어서 몸을 옆으로 움직일 수밖에 없다. 하지만 갑자기 보트가 격렬히 요동치는 바람에 선장이 넘어지는 경우도 많은데, 좌우가 안정적이라 하더라도 앞뒤가 따라주지 않는다면 아무 소용도 없기 때문이다. 단지 장대 두 개를 벌린다고 해서 그것들을 세울 수는 없는 노릇이다. 또 그렇다고 해서 온 세상의 눈이 자신에게 고정된 판국에, 양다리를 벌린 선장이 손으로 뭐라도 붙들어 균형을 잡는 꼴은 차마 보일 수 없다. 실제로 선장은 스스로를 완전히 통제하고 있다는 자신감 넘치는 표시로 보통 바지 주머니에 양손을 찔러넣곤 하는데, 어쩌면 대체로 아주 크고 무거운 손이 바닥짐 같은 역할을 하도록 주머니에 넣는 건지도 모른다. 그럼에도 확실히 믿을 만한 소문에 따르면, 선장이 이례적으로 위급했던 몇몇 순간, 이를테면 갑자기 스콜이 닥쳤을 때 가장 가까이에 있던 노잡이의 머리털을 붙잡고 악착같이 매달린 적도 있었다고 한다.

54장

타운호호 이야기

('황금 여인숙'에서 이야기했던 대로)

희망봉과 그 일대 해역은 커다란 간선도로의 유명한 교차로와도 같아서 그 어느 곳보다 많은 여행자들과 마주치게 된다.

앨버트로스호를 만난 지 얼마 지나지 않아 고향으로 돌아가는 또다른 포경선 타운호*호와 마주쳤다. 그 배의 선원들은 거의 모두가 폴리네시아 사람들이었다. 잠깐 동안의 사교적 방문을 통해 우리는 그들로부터 모비 딕에 관한 확실한 소식을 전해듣게 되었다. 타운호호 선원들이 전해준 이야기 때문에 몇몇 이들 사이에서는 흰 고래에 대한 전반적인 관심이 걷잡을 수 없을 만큼 고조되었는데, 그들의 이야기는 불가사의하고 전도된 방식을 통해 어떤 인간들에게 불시에 닥친다는 이른바 신의 심판과 그 고래를 모호하게 이어놓은 듯했다. 여기서 신의 심판에 대한 부분은 특히 거기에 딸린 이야기들과 함께 지금부터 이야기할 비극의 비밀스러운 부분을 이루는 것인데, 에이해브 선장과 항

* 'Town-Ho'는 옛날에 돛대 꼭대기에서 고래를 처음 목격했을 때 외치던 소리로, 고래잡이들은 갈라파고스거북을 잡을 때 아직도 이렇게 외친다.

해사들의 귀에는 그 이야기가 결코 들어가지 못했다. 그 이야기의 비밀스러운 부분은 타운호호의 선장도 모르는 것이었기 때문이다. 그 비밀은 그 배에 탄 세 백인 선원이 맺은 연합의 사유재산이었는데, 그들 중 하나가 로마교회의 비밀 지령을 전하듯 타시테고에게 몰래 알려준 듯했다. 그런데 다음날 밤 타시테고가 잠꼬대를 하는 와중에 비밀의 대부분을 누설해버렸고, 잠에서 깨어났을 때는 나머지도 전부 털어놓을 수밖에 없었다. 그렇지만 이 이야기는 그것을 다 들은 피쿼드호의 선원들에게 너무나도 강력한 영향력을 행사했고, 이 문제가 지닌 뭐라 말할 수 없는 미묘함이 그들을 억눌렀기 때문에, 그들은 이 이야기가 큰 돛대 뒤쪽으로 절대 새나가지 않게 하자고 약속했다. 이제 나는 배 위에서 공공연히 말해진 그 이야기에 이러한 어두운 실을 적절히 짜넣어 이 기괴한 사건의 전모를 영원히 기록으로 남기고자 한다.

기분을 돋우기 위해, 언젠가 내가 리마에서 이 이야기를 들려줬을 때와 똑같은 말투로 이야기를 해보겠다. 나는 어느 성인의 축일 전야에 두껍게 도금한 타일이 깔린 '황금 여인숙'의 베란다에서 담배를 피우며 느긋하게 둘러앉아 있던 내 스페인 친구들에게 이 이야기를 들려줬었다. 그 멋진 신사들 가운데 젊은 돈 페드로와 돈 세바스티안은 나와 좀더 가까운 사이였다. 그래서 그들은 이따금 중간중간 질문을 던졌고, 나는 그때그때마다 적절한 대답을 들려주었다.

"신사 여러분, 내가 지금부터 자세히 들려줄 사건에 대해 처음 알게 된 것은 두 해 전쯤인데, 그 무렵 타운호호라는 낸터킷 선적의 향유고래 포경선이 이쪽 태평양 부근에서 항해를 하고 있었다네. 이 멋진 황금 여인숙의 처마에서 서쪽으로 며칠 정도만 항해해 가면 나오는 곳이었지. 적도 북쪽 어디였을 거야. 어느 날 아침, 일과에 맞춰 펌프질을 하던 선원들이 화물창에 평소보다 물이 더 많이 차 있다는 사실을 발견했지. 다들 황새치가 배에 구멍을 뚫었나보다 하고 생각했어. 하지만 선장은 별난 이유를 들어 그 위도에서 흔치 않은 행운이 자신을 기다리고 있다고 믿었기 때문에 그곳을 몹시 떠나기 싫어했다네. 그리고 그때는 물이 새는 일이 전혀 위험하게 여겨지지 않았어. 실은 꽤 사나운 날씨에 최대한 아래까지 내려가서 화물창을 뒤지고도 물이 새는 곳을 찾지 못했는데도 말이지. 배는 항해를 계속해나갔고, 선원들은 가끔씩만 널널하게 펌프질을 해댔어. 하지만 행운은 감감무소식이었지. 며칠이 더 흘렀는데도 물이 새는 구멍은 발견되지 않았고, 게다가 물은 눈에 띄게 불어나 있었어. 상황이 그러니 이제는 선장도 좀 경각심이 들었는지 배의 돛을 모두 올리고 가장 가까운 섬의 항구로 방향을 틀었다네. 거기서 배를 기울여 수리를 받을 생각이었지.

비록 가까운 거리는 아니었지만 평상시만큼의 운만 찾아와준다면 도중에 배가 침몰할 걱정은 전혀 없겠다고 선장은 생각했어. 그 배의 펌프는 최상품이었고, 정기적으로 교대만 시켜준다면 서른여섯 명의 선원이 배에서 충분히 물을 빼낼 수 있을 터였기에 물이 두 배로 샌다 해도 별문제는 아니었으니까. 사실 항해하는 동안 거의 내내 순풍이 불었기 때문에 타운호호가 어떤 재난도 없이 무사히 항구에 도착하리라는 건 기정사실처럼 보였어. 낸터킷섬 출신의 항해사인 래드니가 악랄한 횡포를 부리는 바람에 버펄로 출신의 무법자이자 호수인湖水人인 스틸킬트에게 지독한 복수만 당하지 않았다면 말이지."

"호수인! 버펄로! 이봐, 호수인은 뭐고 버펄로는 또 어디 있는 덴가?" 돈 세바스티안이 그네처럼 만든 멍석에서 일어나며 물었다.

"이리호 동쪽 연안에 있지. 하지만 돈, 약간만 참을성을 보여주길 바라네. 이제 곧 다 알게 될 테니까. 자, 그럼 신사 여러분, 이 호수인은 온통 육지에 둘러싸인 아메리카대륙 한복판 출신이면서도 흔히들 탁 트인 바다에서나 일어나리라고 생각하는 야만적인 해적질이 만연한 분위기 속에서 자라났어. 그는 자네들의 유서 깊은 카야오[244]에서 저 먼 마닐라까지 항해했던 그 어떤 배에도 뒤지지 않을 만큼 크고 튼튼한 사각돛 브리그선이나 돛대가 세 개 달린 배들을 타고 다녔지. 우리의 거대한 담수 바다인 오대호—이리호, 온타리오호, 휴런호, 슈피리어호, 미시간호—는 서로 연결되어 흐르기 때문에 전부 합쳐놓으면 마치 대양처럼 광대하고, 대양만의 숭고한 특성도 여럿 지니고 있거든. 그 주변으로는 인종이나 기후도 매우 다양하다네. 심지어 폴리네시아 바다처럼 낭만적인 섬들이 둥글게 군도를 형성한 곳도 있지. 대체로 양쪽 기슭에는 기질이 상반되는 두 개의 큰 나라가 자리하고 있어. 대서양과 마찬가지지. 오대호는 미국 동쪽 연안 주변으로 온통 흩어져 있는 수많은 식민지에 이르는 긴 진입로 역할을 하는데, 그 진입로 여기저기에는 여러 포대들과 우뚝 솟은 매키노 요새[245] 위에 바위처럼 튀어나와 있는 총들이 염소처럼 얼굴을 찌푸리고 있다네. 오대호에서는 해군의 승리를 알리는 함대의 축포 소리가 들려오기도 했고, 물가에서는 가끔 그곳을 차지한 야만인들이 털가죽으로 만든 천막식 오두막에서 벌겋게 칠한 얼굴을 언뜻 내비치기도 했지. 물가로는 누구도 들어간 적 없는 아주 오래된 숲들이 한없이 이어져 있는데, 그 숲에는 수척한 소나무들이 고트족 족보에 빽빽이 실린 왕들처럼 늘어서 있다네. 이 숲은 아프리카의 맹수와 비단결 같은 털을 지닌 동물들을 품고 있기도 한데, 그 털은 수출되어 타타르족 황제의 예복으로 쓰인다더군. 오대호 수면에는 버펄로나 클리블랜드처럼 도로가 포장된 도시뿐만 아니라 위네바고족 마을까지도 투명하게 비쳐. 그곳에는 모든 장비를 갖춘 상선과 무장한 미국 순양함, 그리고 증기선과 너도밤나무로 만든 카누가 함께 떠 있지. 그곳에 부는 북풍과 돛대를 부러뜨릴 만큼 무시무시하게 불어오는 돌풍은 바다를 후려치는 바람 못지않아. 오대호에서는 난파도 생소한 일이 아니지. 오대호가 내륙에 있긴 하지만 육지에서 멀리 떨어져 있기 때문에 한밤중에 배들이 비명을 질러대는 선원들과 함께 통째로 호수에 가라앉아버린 적도 대단히 많았거든.

그래서, 신사 여러분, 스틸킬트는 내륙 사람이었지만 거친 바다에서 태어나고 자란 사람 같았고, 대담하기가 여느 선원들 못지않았어. 래드니도 어렸을 때는 쓸쓸한 낸터킷 해변에 누워 어머니 같은 바다의 젖을 빨았는지 모르고, 나중에 자라서는 한동안 우리의 금욕적인 대서양과 너희의 사색적인 태평양을 돌아다녔는지도 모르지. 하지만 그는 사슴뿔 손잡이가 달린 보이나이프[246]를 쓰는 지방을 탈출한 지 얼마 안 되는 촌뜨기 선원만큼이나 복수심에 불타고 걸핏하면 남과 싸움을 벌여대는 인간이었어. 하지만 이 낸터킷 사나이에게도 좋은 면이 없지는 않았어. 그리고 선원인 이 호수인은 비록 정말 악마 같은 인간이긴 했지만, 완고하고 강경하게 대하는 와중에도 어디까지나 한 사람의 인간으로 대우해주는 상식적인 예절만 지켜주면 기분을 누그러뜨렸어. 가장 천해빠진 노예도 그 정도 권리는 있으니까. 하여튼 그런 대접을 받은 스틸킬트는 한동안 착하고 고분고분하게 굴더군. 아무튼 그때까지는 그랬어. 하지만 래드니는 저주를 받아 미쳐버렸고, 스틸킬트는…… 하지만 신사 여러분, 이 이야기는 잠시 미뤄두도록 하지.

타운호호가 섬의 피난처를 향해 뱃머리를 돌린 지 고작 하루나 이틀 정도 지났을 때였다네. 배에 새어드는 물이 다시 늘어난 것처럼 보였지만, 그 정도는 매일 한 시간쯤 펌프질을 해대면 해결될 문제였어. 자네들도 알다시피 우리의 대서양처럼 식민화되고 문명화된 바다에서는 그곳을 가로질러가는 내내 펌프질을 해대는 걸 대수롭지 않게 여기는 선장들도 있는 모양이지만, 졸음이 밀려오는 고요한 밤에 당직 항해사가 그 직무를 깜빡 잊고 만다면 그와 그 동료들은 그 일을 다시는 기억해내지 못하게 될 거야. 모두가 조용히 바다 밑바닥으로 가라앉게 될 테니 말이지. 자네들이 있는 곳에서 서쪽으로 멀리 떨어진 사납고 외딴 바다에서는 상당히 긴 항해를 하는 와중에도 온 힘을 다해 일제히 줄기차게 펌프질을 해대는 게 전혀 특이한 일이 아닐세. 그러니까 어지간하면 닿을 수 있는 해안이 근처에 있다거나 적당히 후퇴할 만한 다른 곳이 있는 경우에 한해서라면 말이지. 선장에게 슬슬 불안감이 엄습해올 때는 물이 새는 배가 그런 해역에서 아주 멀리 벗어나 눈 씻고 봐도 육지 하나 찾을 수 없는 바다에 놓여 있을 때뿐이야.

타운호호의 경우가 딱 그랬다네. 그래서 다시 한번 물이 새는 게 발견됐을 때 선원 중 몇몇은 실제로 약간의 우려를 표했는데, 특히 항해사인 래드니가 그랬지. 그는 고향에서 새로 천갈이해 온 위쪽 돛을 완전히 올려서 바람에 최대한 부풀게 하라고 명령했어. 그런데 이 래드니는 겁쟁이와는 거리가 멀었고, 어떤 식으로든 전혀 몸을 사리지 않는 성격이었던 것 같아. 너희가 쉽게 상상할 수 있는, 그런 겁 없고 생각도 없이 설쳐대는 육지나 바다의 여느 인간들과 마찬가지로 말이야. 그래서 그가 배의 안전에 대한 이런 우려를 드러냈을 때 몇몇 선원들은 래드니가 그저 배의 공동 선주이기 때문에 그러는 것일 뿐이라고 단언했어. 그리하여 다들 모여 펌프질을 하던 그날 저녁, 잔물결을 일으키며 계속해서 넘쳐흐르는 맑은 물에 발을 담그고 서서 이 문제에 대해 떠들어대던 그들의 말투에는 적지 않은 장난기가 흐르고 있었지. 물은 여느 산속의 샘물 못지않게 맑았다네. 펌프에서 거품을 일으키며 뿜어져나온 물은 갑판 위를 가로질러 바람 불어가는 쪽 배수구로 흘러가 그 안으로 끊임없이 콸콸 흘러들었어.

그런데 자네들도 잘 알다시피, 바다든 어디든 인습에서 자유롭지 못한 이 세상에서 지휘하는 위치에 있는 사람이 부하 중 하나가 대개 자신보다 훨씬 남자답고 우월하다는 것을 알게 되면 곧장 그에게 어쩔 수 없는 반감과 혐오감을 품게 되고, 기회만 되면 그 미천한 놈이 쌓은 탑을 허물어서 작은 흙먼지 더미로 만들어버리고 싶어하는 건 그리 드문 일이 아닐세. 내 이런 생각이야 어떻든 간에, 하여튼 스틸키트는 로마인을 연상시키는 머리에 키가 크고 고결한 짐승이었고, 늘어뜨린 황금빛 턱수염은 자네들의 옛 총독이 타던 힝힝거리는 군마의 술 장식 같았으며, 그 머리와 가슴과 영혼은 그가 샤를마뉴대제의 아들로 태어났더라면 스틸키트 샤를마뉴가 되어도 충분할 만큼 훌륭했어. 하지만 항해사 래드니는 노새만큼이나 추악하고 뻔뻔하고 고집 세고 심술궂은 인간이었다네. 그는 스틸키트를 좋아하지 않았고, 스틸키트도 그걸 알았어.

다른 선원들과 함께 부지런히 펌프질을 하던 호수인은 항해사가 가까이 오는 걸 봤지만 그를 못 본 체하고는 계속해서 태연히 유쾌한 농담을 던져댔다네.

'이런, 이런, 나의 멋진 친구들아, 여기 물이 콸콸 새고 있군. 누가 작은 깡통이라도 들어봐, 물맛이나 한번 보자고. 세상에, 이건 병에 담아둬도 되겠어! 이봐, 래드니 영감은 차라리 여기 투자해야겠는데그래! 선체에서 자기 몫을 잘라서 집까지 끌고 가는 게 낫겠어. 사실 그 황새치는 이제 막 작업을 시작했을 뿐이거든. 황새치는 배 목수, 물고기, 톱상어, 줄칼 물고기 등을 이끌고 다시 돌아왔고, 그 패거리는 지금 배 밑바닥을 자르고 베면서 열심히 작업중이야. 아마도 꽤나 속도를 붙이고 있는 것 같군. 래드니 영감이 지금 여기 있었더라면 영감에게 배 밖으로 뛰어내려서 녀석들을 쫓아버리라고 말해줬을 텐데. 놈들이 영감의 재산에 몹쓸 짓을 하고 있다고 영감한테 말해줘야겠어. 하지만 래드니는 소박한 노인네지. 미남이기도 하고 말이야. 들리는 말에 따르면 그가 남은 재산을 모두 거울에 투자했다고 하던데. 그가 나처럼 불쌍한 놈한테 그의 코를 본떠 만든 모형을 주려 할지 모르겠어.'

'이 망할 놈들아! 펌프질은 대체 왜 멈춘 거야?' 래드니가 선원들의 대화를 못 들은 체하며 소리쳤어. '당장 다시 시작해!'

'네, 네, 항해사님.' 스틸킬트는 귀뚜라미처럼 즐겁게 대답했다네. '자, 다들 힘을 내, 다들 힘차게!' 그러자 펌프는 쉰 개의 소방펌프처럼 쩔그럭거렸지. 선원들은 모자를 벗어던졌고, 곧 허파에서 내는 거친 숨소리가 들려왔어. 원기를 최대한 끌어내느라 온몸이 팽팽해졌다는 표시였지.

마침내 펌프질을 끝낸 호수인은 나머지 무리와 함께 숨을 헐떡이며 앞으로 나아가 권양기 위에 걸터앉았어. 불타오르듯 붉은 얼굴에 눈이 빨갛게 충혈된 그는 이마에서 하염없이 흘러내리는 땀을 닦아내고 있었지. 그런데 래드니가 어떤 사악한 악마에게 사로잡혔기에 그토록 육체적으로 짜증이 난 상태의 인간에게 장난질을 쳐댔는지는 모르겠지만, 하여튼 그런 일이 일어나고 말았다네. 분을 참지 못한 채 갑판 위를 이리저리 걸어다니던 항해사는 그에게 빗자루를 가져와서 갑판 위를 쓸라고, 그리고 또 삽을 들고 와 마음대로 돌아다니게 풀어놓은 돼지가 싸질러놓은 불쾌한 배설물을 치우라고 명령했어.

그런데 신사 여러분, 바다에서 갑판을 쓰는 일은 사나운 돌풍이 불 때를 빼면 매일 저녁마다 정기적으로 해야 하는 가사 노동에 속하고, 배가 실제로 침몰하던 중에도 행해졌다고 알려져 있다네. 바다의 관습이란 그처럼 융통성이 없는 것이고, 선원들은 그처럼 본능적으로 깔끔한 것을 좋아하지. 어떤 선원들은 물에 빠져 죽기 전에도 우선 세수를 해야만 직성이 풀릴 거야. 하지만 사환이 있는 경우라면 배에서 이런 빗자루질은 보통 사환이 담당하게 되어 있어. 게다가 여러 무리로 나뉘어 돌아가며 펌프질을 하던 이들은 타운호호에서 가장 힘센 선원들이었고, 그중 가장 건장한 스틸키트는 자신이 배정된 조에서는 조장 역할을 맡곤 했지. 따라서 그는 동료들이 그랬던 것처럼 항해일과 별 관련이 없는 사소한 업무는 면제받는 게 당연했어. 내가 이런 자질구레한 이야기까지 모두 들려주는 이유는 이 사건이 이 둘 사이를 어떻게 갈라놓았는지를 자네들에게 분명히 이해시키기 위해서라네.

하지만 이뿐이 아니었어. 삽과 관련된 명령은 스틸킬트에게 분노와 모욕을 안겨주려는 의도가 다분한 것이었지. 그건 래드니가 그의 얼굴에 침을 뱉은 것이나 다름없었어. 포경선의 선원 일을 해본 사람이라면 누구나 알걸. 그리고 항해사가 그런 명령을 내렸을 때, 호수인은 그 명령에 그런 의도 이상이 담겨 있다는 것을 충분히 인지했지. 하지만 잠시 가만히 앉아서 항해사의 악의에 찬 눈을 뚫어져라 쳐다보던 중에, 그는 항해사의 내면에 화약통이 잔뜩 쌓여 있으며, 도화선이 그 화약통을 향해 천천히 타들어가고 있다는 걸 알아차렸어. 그가 직관적으로 이런 사실들을 모두 깨달았을 때, 이상한 관대함과 이미 성이 난 인간의 심기를 더는 건드리고 싶지 않다는 마음—진정 용맹한 이들이 학대를 당했을 때 주로 느끼게 되는 그런 반감—같은, 그런 정체 모를 유령 같은 기분이 어느새 스틸킬트에게 찾아왔지.

그래서 그는 일시적으로 기진맥진한 탓에 조금 더듬어대긴 했지만 그래도 평상시와 다름없는 목소리로 갑판을 쓰는 일은 자기 업무가 아니니 하지 않겠노라고 대답했어. 그런 다음, 삽에 대해서는 일절 언급을 피한 채 평소에 빗자루질을 담당하던 세 선원을 가리켰지. 펌프 일도 배정받지 않은 터라 하루종일 거의 하는 일 없이 빈둥대던 녀석들이었어. 그러자 래드니는 정말이지 위압적이고 모욕적인 태도로 쌍욕을 퍼부어대며 방금 그 명령을 막무가내로 되풀이하더니, 근처에 있던 나무통에서 통장이들이 쓰는 양두兩頭 망치를 낚아채 높이 쳐들고는 가만히 앉아 있던 호수인을 향해 다가갔다네.

과하게 펌프질을 해댄 탓에 격해지고 짜증이 난 상태로 뻘뻘 땀을 흘리고 있던 스틸킬트는 처음에 느꼈던 정체 모를 관대함에도 불구하고 항해사의 이런 태도를 더는 참아줄 수 없었어. 하지만 웬일인지 그는 한마디도 하지 않은 채 마음속에 난 큰불을 억지로 잠재우며 앉은 자리에서 꿈쩍도 하지 않았지. 마침내 격노한 래드니는 스틸킬트에게 자신이 시킨 대로 하라고 미친듯이 소리를 지르며 그의 얼굴 바로 앞에서 망치를 휘둘러댔어.

스틸킬트는 자리에서 일어나 뒤로 천천히 물러서며 권양기 주변을 돌았고, 항해사는 계속해서 망치로 위협을 가하며 그런 그를 따라갔다네. 스틸킬트는 명령에 따르지 않겠노라는 뜻을 다시 한번 찬찬히 밝혔지만, 자신이 보인 관대함이 씨알도 먹히지 않는다는 걸 알게 되자 그 멍청하고 정신 나간 인간을 향해 손을 비틀어 보임으로써 자신에게 더는 다가오지 말라는 끔찍하고도 무서운 경고를 보냈어. 하지만 아무 소용도 없었지. 이런 식으로 둘은 권양기 주위를 천천히 한 바퀴 돌았는데, 이제는 참을 만큼 참았다고 생각한 호수인이 마침내 더는 물러서지 않기로 마음을 굳히고는 승강구 위에 멈춰 선 채 항해사를 향해 이렇게 말했어.

'래드니 씨, 나는 당신의 명령에 따르지 않겠소. 그 망치 저리 치우지 않으면 큰코다칠 줄 알라고.' 하지만 이미 운명이 정해진 항해사는 완강히 버티고 선 호수인에게로 좀더 가까이 다가갔고, 이제 그 무거운 망치를 그의 이에 닿을 정도로 가까이서 휘둘러댔다네. 그러는 동안에도 계속해서 참을 수 없는 악담을 퍼부어대면서 말이지. 한 치도 물러서지 않은 채 단호한 단검 같은 눈빛으로 그를 쏘아보던 스틸킬트는 등뒤로 꽉 움켜쥐고 있던 오른쪽 주먹을 앞으로 서서히 끄집어내면서 자신을 학대하는 인간을 향해 만일 망치가 자신의 뺨을 스치기라도 하는 날엔 죽여버리겠다고 말했어. 하지만 그 바보는 신들에게 낙인이 찍혀 도살되고 말 팔자였던 거야. 말이 끝나자마자 망치가 스틸킬트의 뺨을 스쳤고, 다음 순간 항해사의 아래턱이 찌그러졌어. 그는 고래처럼 피를 뿜으며 승강구 위로 쓰러졌지.

비명이 선미에 가닿기도 전에 스틸킬트는 돛대 받침줄을 흔들며 저 높은 돛대 꼭대기 위에 서 있는 두 동료를 향해 올라가고 있었어. 그들은 모두 운하인運河人이었다네."

"운하인이라니!" 돈 페드로가 외쳤다. "우리 항구에서도 여러 포경선을 봐왔지만 운하인이라는 말은 한 번도 들어본 적이 없어. 미안하지만 운하인은 누구고 또 뭐하는 자들인가?"

"돈, 운하인은 미국의 거대한 이리 운하에서 일하는 뱃사공들이야. 자네도 분명 들어봤을 텐데."

"아닐세, 친구. 이렇게 따분하고 따스하고 게을러빠지고 모든 것이 세습되는 나라에 사는 우리가 북방에 있는 자네의 활기찬 나라에 대해 뭘 알겠나."

"그래? 그렇다면 좋아. 돈, 한 잔 더 따라주게. 치차[247] 맛이 정말 훌륭하군. 이야기를 이어나가기 전에 자네들에게 운하인이 누구인지에 대해 좀더 말해주도록 하지. 그런 정보가 현등舷燈 역할을 해서 자네들이 내 이야기를 이해하는 데 도움을 줄지도 모르니까.

신사 여러분, 길이가 365마일에 이르는 이 운하는 뉴욕주의 전체 너비를 넘어서고, 인구가 많은 도시와 가장 번화한 마을을 수도 없이 지나고, 아무도 살지 않는 길고 음산한 습지와 비옥하기로는 비길 데 없는 풍요로운 경작지를 지나고, 당구장과 술집을 지나고, 그 어느 곳보다 신성한 거대한 숲을 지나고, 인디언강 위에 놓인 로마식 아치 다리를 지나고, 햇볕 드는 곳과 그늘을 지나고, 행복한 자들과 상심한 자들 곁을 지나고, 저 고귀한 모호크족[248] 지방의 무척이나 대조적인 풍경들을 지나고, 특히 이정표처럼 솟은 첨탑들을 거느린 채 일렬로 늘어선 눈처럼 흰 예배당들을 지나는 것으로서, 베네치아처럼 타락하고 종종 무법자 같기도 한 삶을 품은 채 한줄기로 끊이지 않고 도도히 흐른다네. 그곳에는 진짜 아샨티족[249]이 있고, 울부짖는 이교도들도 있지. 그곳에서는 바로 옆집에서 그들을 발견할 수도 있어. 길게 드리워진 교회 그림자 아래나 아늑하고 은혜로운 교회 후미진 곳에서 말이야. 웬 운명의 장난인지는 모르겠지만, 대도시의 약탈자들이 종종 재판소 근처에 진을 치고 있는 모습이 목격되듯이, 죄인들도 가장 신성한 곳 주변에 유독 넘쳐난단 말이지."

"저기 지나가는 게 탁발 수도사 아닌가?" 돈 페드로가 사람들로 붐비는 광장 쪽을 내려다보며 익살맞게 말했다.

"북쪽에서 온 우리 친구에게는 잘된 일이네만, 리마에서는 이사벨여왕의 이단 심문[250]도 그 힘이 다했지." 돈 세바스티안이 웃으며 말했다. "계속하게나, 친구."

"잠깐 실례!" 돈 페드로가 외쳤다. "우리 리마 시민들 모두의 이름으로 친애하는 선원 친구에게 해주고 싶은 말이 하나 있네. 타락에 대한 비유를 들 때 지금 이곳 리마 대신 저멀리 있는 베네치아를 들먹여준 자네의 사려 깊은 마음씨를 우리가 절대 간과하지 않았다는 걸 말일세. 어허! 그렇게 고개 숙이며 놀란 척하지 말라고. 자네도 이 해안 일대 사람이라면 누구나 아는 그 말을 알지 않나. '리마처럼 타락했다'는 그 말 말일세. 이 표현은 자네 이야기에도 그대로 들어맞아. 이곳도 당구대보다 훨씬 더 많은 교회들이 언제나 문을 활짝 열고 있는데 '리마처럼 타락했다'고들 말하지. 베네치아도 마찬가지야. 난 거기 가본 적이 있다네. 신성한 복음서 저자이신 성 마르코의 거룩한 도시! 성 도미니크[251]시여, 그 도시를 정화해주소서! 잔을 이리 주게! 고마워. 내가 한 잔 더 따라주지. 자, 다시 이야기보따리를 풀어보게나."

"신사 여러분, 내가 운하인의 직업에 대해 마음껏 묘사한다면 그들은 멋진 연극 주인공이나 다름없어 보일 거야. 눈에 확 띌 정도로 엄청나게 사악한 자들이거든. 그들은 마르쿠스 안토니우스[252]처럼 푸른 잔디와 만발한 꽃이 보이는 나일강을 매일같이 게으르게 떠다니며 빰이 발그레한 클레오파트라와 대놓고 농탕질을 하고, 살굿빛 넓적다리를 햇볕 가득한 갑판 위에 내놓고 그을리지. 하지만 육지에 오르면 이런 남자답지 못한 모습은 온데간데없이 사라져버려. 운하인은 매우 거만하고 위풍당당하게 산적 흉내를 내지. 화사하게 리본으로 장식한 모자를 푹 눌러쓴 모습이 그들의 으스대는 성격을 잘 보여줘. 배를 타고 지나가는 그들의 모습은 마을의 명랑하고 순진한 사람들에게 두려움을 안겨주고, 거무스름한 얼굴과 지나치게 으스대는 태도 때문에 도시 사람들도 그들을 멀리한다네. 언젠가 나는 그들의 운하에서 정처 없이 떠돌다가 운하인 중 한 명에게 도움을 받은 적이 있어. 그에게 진심으로 감사하게 생각한다네. 배은망덕한 사람은 되기 싫거든. 하지만 폭력적인 사람이 부자를 약탈하던 힘센 팔로 때로 곤란에 빠진 낯선 이방인을 돕기도 하는 건 그의 다른 결점들을 만회해줄 큰 장점이 되기도 하는 법이지. 요컨대 이 운하 생활의 험난함은 바로 다음과 같은 사실에서 확연히 드러난다고 할 수 있어. 그러니까 운하 생활을 졸업한 운하인 대부분이 거친 포경업계로 잔뜩 넘어오는데, 시드니 사람[253]을 제외한 그 어떤 인종도 그들만큼 포경선 선장들의 불신을 사지는 않는단 말일세. 또한 운하 근처에서 태어난 수천 명의 시골 소년과 청년에게 대운하에서 보내는 견습생 시절이 경건한 옥수수밭에서 조용히 수확을 하는 시절과 더없이 미개한 바다에서 난폭한 쟁기질을 하는 시절 사이의 유일한 과도기가 되어준다는 사실도 이 문제의 기묘한 성질을 모두 사라지게 하진 못한다네."

"알았어! 알았다고!" 돈 페드로가 옷의 은빛 주름 장식에 치차를 엎지르며 격렬히 외쳤다. "여행 따윈 무의미해! 세상 전체가 하나의 커다란 리마나 다름없으니까. 그런데 난 자네가 사는 온화한 북방의 사람들은 모두 나지막한 산처럼 차갑고 신성할 거라고 생각했는데. 어쨌든 이야기를 계속해보시게."

"호수인이 돛대 받침줄을 흔들고 있던 데까지 얘기했었지. 신사 여러분, 그가 그러기 무섭게 하급 항해사 셋과 작살잡이 넷이 모두 달려들어 그를 갑판으로 끌어내렸다네. 하지만 운하인 둘이 불길한 혜성처럼 밧줄을 타고 내려오더니 그 소란 속으로 난입해 자기네 동료를 앞갑판 쪽으로 데려가려 했어. 다른 선원들도 그들의 이런 노력에 힘을 보태겠다고 나서는 바람에 뒤이어 일대 혼란이 벌어졌는데, 그동안 용맹한 선장 나리께서는 위험한 곳에서 멀찍이 떨어진 채 포경용 창을 들고 껑충껑충 뛰면서 저 지독한 악당을 제압해 당장 뒷갑판으로 끌고 가라고 간부 선원들에게 소리쳤지. 선장은 간헐적으로 어지러운 혼란의 경계까지 바싹 다가가서 창을 휘두른 다음 혼란의 중심부까지 파고들어 자신을 분개하게 한 대상을 찌르려 했어. 하지만 스틸킬트와 그의 동료 악당들은 그들이 전부 덤벼도 끄떡없었지. 앞갑판을 점령하는 데 성공한 그들은 재빨리 커다란 나무통 서너 개를 굴려 권양기와 나란히 이어지게 했어. 이 바다의 파리 시민들은 바리케이드 뒤로 안전히 몸을 숨겼다네.

'거기서 나와라, 이 해적 놈들아!' 선장은 방금 사환이 가져다준 권총을 양손에 든 채 그들을 위협하며 으르렁댔어. '거기서 나와라, 이 살인자 놈들!'

스틸킬트는 바리케이드 위로 뛰어올라가 그곳을 성큼성큼 걸어다니며 권총 따위로 뭘 하든 전혀 무섭지 않다는 태도를 취했고, 자신(스틸킬트)의 죽음이 모든 선원이 피를 흘릴 선상 반란의 신호탄이 될 거라고 선장에게 똑똑히 알려주었지. 내심 이 말이 사실이 될까 두려워하던 선장은 약간 머뭇거리면서도 폭도들에게 당장 제자리로 돌아가 일하라고 거듭 명령했어.

'그렇게 한다면 우리에게 손을 대지 않겠다고 약속하시겠소?' 그들의 우두머리가 강하게 물었어.

'제자리로 돌아가! 당장! 약속 같은 소리 하고 있네. 돌아가서 일하라고! 지금 같은 때에 작업을 중단하다니, 다들 배를 가라앉히고 싶나? 당장 제자리로 들 가!' 그렇게 말하며 선장은 다시 한번 권총을 들어올렸지.

'배를 가라앉히고 싶냐고?' 스틸킬트가 소리쳤어. '그래, 가라앉으라지. 당신이 우리 털끝 하나 건드리지 않겠다고 맹세하지 않는 한, 우리 중 단 한 명이라도 복귀하는 일은 일어나지 않을 거야. 자네들 생각은 어떤가?' 그는 동료들을 돌아봤고, 그들은 열렬한 환호로 화답했어.

호수인은 선장에게서 한시도 눈을 떼지 않은 채 바리케이드 위에서 순찰을 돌면서 이런 말을 툭툭 내뱉었다네. '이건 우리 잘못이 아니야. 우린 일이 이렇게 되길 원치 않았어. 난 녀석에게 망치를 치우라고 말했지. 그건 사환이 할 일이었어. 녀석도 이런 일이 일어나기 전에 내가 어떤 사람인지 알고 있었을 거야. 난 녀석에게 물소를 쿡쿡 쑤셔대지 말라고 분명 얘기했어. 녀석의 망할 턱을 후려치다가 이쪽 손가락 하나를 부러뜨린 것 같군. 이봐, 앞갑판 선실에 고래 지방 도려내는 칼이 있지 않았던가? 여보게들, 권양기 지렛대를 조심하라고. 원, 세상에나. 선장 나리, 조심 좀 하시지. 말 좀 해보시게. 바보처럼 굴지 말고 싹 다 잊어버리라고. 우린 복귀할 준비가 됐소. 우리에게 관대히 대해주면 우리도 당신한테 고분고분해질 거야. 하지만 매질은 당하지 않겠어.'

'제자리로 돌아가! 약속 따윈 안 한다. 다들 제자리로 돌아가라고!'

'이보쇼.' 선장을 향해 팔을 힘껏 내밀며 호수인이 외쳤어. '여기 우리 가운데 (나를 포함한) 몇몇은 그냥 다음 항구에 도착하기 전까지만 일하기로 돼 있는 사람들이오. 선장도 잘 알고 계시겠지만, 우리한테는 배가 닻을 내리자마자 배에서 내릴 권리가 있다고. 그러니 우린 소란을 원치 않소. 그런 것에는 관심이 없어. 우린 평화를 원하오. 우린 다시 일할 준비가 돼 있다고. 하지만 매질은 당하지 않겠소.'

'제자리로 돌아가!' 선장이 으르렁거렸지.

잠시 주변을 둘러본 스틸킬트가 말을 이었어. '선장, 분명히 말해두는데, 우리는 당신을 죽이고 싶지도, 저런 추잡한 악당 때문에 교수형을 당하고 싶지도 않아. 당신이 우리를 공격하지 않는다면 우리도 당신을 향해 손 하나 까딱 않겠소. 하지만 우리에게 매질을 하지 않겠다고 말하지 않는다면 우리는 이 배에서 손 하나 까딱하지 않을 거야.'

'그럼 다들 앞갑판 선실로 내려가. 아주 진저리가 날 때까지 너희들을 거기 처박아두지. 다들 내려가.'

'그럴까?' 우두머리가 동료들에게 물었지. 대부분은 반대했어. 하지만 결국 스틸킬트의 뜻을 따르게 된 그들은 그를 따라서 동굴로 돌아가는 곰들처럼 으르렁대며 자신들의 어두운 소굴 속으로 사라졌다네.

호수인의 맨머리가 갑판과 나란해지자마자 선장과 그 패거리는 바리케이드를 뛰어넘어 재빨리 승강구 뚜껑을 덮은 다음 다들 힘을 모아 뚜껑을 손으로 누르고는 사환에게 간부 선원용 승강구 계단에 있는 묵직한 놋쇠 맹꽁이자물쇠를 가져오라고 큰 소리로 외쳤어. 그런 다음 선장은 뚜껑을 살짝 열어 그 틈새로 뭔가 속삭이고는 뚜껑을 닫고 거기 자물쇠를 채웠지. 이제 아래에는 열 명이 갇혀 있고, 갑판에는 그때까지 중립을 지킨 스무 명 정도가 남아 있었어.

모든 간부 선원들은 앞갑판과 뒷갑판, 특히 앞갑판 승강구와 앞갑판 화물창 출입구 주변에서 밤새도록 불침번을 섰지. 폭도들이 선실 칸막이벽을 부서뜨리고 모습을 드러낼까봐 두려웠던 거야. 하지만 밤의 어둠은 아무 탈 없이 지나갔고, 여전히 자리에 남아 열심히 일하는 선원들이 내는 리드미컬한 펌프질

소리만이 이따금 음울한 밤을 뚫고 배 위에 쓸쓸히 울려퍼졌다네.

해가 뜨자 선장이 앞쪽으로 가서 갑판을 두들기고는 죄수들을 불러 일을 하라고 명했지만 그들은 큰 소리로 거절했어. 그러자 선장은 그들에게 물을 내려주고 건빵도 몇 줌 던져주더니 다시 자물쇠를 채우고 열쇠를 주머니에 넣은 후 뒷갑판으로 돌아갔지. 사흘 동안 이런 일이 매일 두 번씩 되풀이됐어. 그런데 나흘째 되던 날 아침, 선장이 늘 하던 것처럼 그들을 불러 일을 하라고 명하자 시끄러운 언쟁과 함께 실랑이를 벌이는 소리가 들려오는가 싶더니, 갑자기 선원 네 명이 선실 위로 튀어 올라와 일을 하겠다고 말했지. 밀폐된 공간의 악취, 굶어죽을 지경의 식사, 거기다가 결국에는 앙갚음을 당하고 말 거라는 두려움까지 겹쳐 무조건 항복할 수밖에 없었던 거야. 여기에 힘을 얻은 선장은 나머지 선원들에게도 자신의 요구를 되풀이했지만, 스틸킬트는 그를 향해 헛소리 따윈 집어치우고 당장 꺼지라는 식으로 무섭게 고함을 질러댔어. 닷새째 되는 날 아침에는 반란자들 가운데 세 명이 자신들을 제지하려는 간절한 손길을 뿌리치고는 갑판 위로 뛰쳐나왔지. 이제 남은 사람은 세 명뿐이었어.

'이제 제자리로 돌아가는 게 좋을걸?' 선장이 차갑게 빈정대며 말했지.

'그 뚜껑이나 닫으시지!' 스틸킬트가 외쳤어.

'아! 당연히 그래야지.' 선장은 이렇게 말하고는 자물쇠를 찰칵 채웠어.

신사 여러분, 스틸킬트는 동료들 가운데 일곱 명이나 변절한 탓에 엄청나게 화가 나 있었고, 방금 선장에게 조롱을 당한 탓에 속이 쓰라린 상태였으며, 절망의 창자처럼 어두운 곳에 한동안 파묻혀 있던 탓에 곧 미칠 지경이었다네. 바로 그때였어, 스틸킬트가 그때까지는 명백히 자신과 한마음 한뜻을 보이던 두 운하인에게 다음과 같이 제안한 것은. 그는 다음에 선장이 일터로 복귀할 것을 요구하러 오면 이 구덩이에서 뛰쳐나가 예리한 고래 지방 제거용 칼(양쪽에 손잡이가 달린 초승달 모양의 길고 묵직한 도구)로 무장하고 제1사장에서 선미 난간까지 맹렬히 돌진하며 죽을힘을 다해 배를 점거하자고 말했지.

그들이 함께 하든 말든 자신은 그렇게 할 거라면서 말이야. 그날 밤이 그가 그 소굴에서 보내는 마지막 밤이 될 터였어. 그런데 나머지 둘은 그의 계획에 반대하기는커녕, 자신들은 그럴 준비가 돼 있으며, 항복만 아니라면 그 어떤 미친 짓도 할 수 있다고 장담했지. 게다가 돌진해야 할 순간이 찾아오면 자기가 맨 먼저 갑판 위에 오르겠노라고 서로 고집까지 부렸어. 하지만 그들의 우두머리는 이에 극렬히 반대하면서 선두는 자기 몫이라고 말했어. 두 동료가 이 문제에 대해 물러서려 하지 않는 상황이니 특히나 더더욱 그래야 하며, 사다리에는 한 번에 한 사람씩만 오를 수 있으니 둘 다 선두가 될 순 없는 노릇이라면서 말이야. 신사 여러분, 그리고 바로 여기서 이 이단자들의 비겁한 행위가 시작됐다네.

돌았다고밖에 할 수 없는 우두머리의 계획을 듣자마자 그들 각자의 마음속에는 똑같은 배신의 음모가 떠오른 것 같았어. 비록 열 명 가운데 마지막으로 남겨지긴 했지만 나머지 셋 중에서라도 가장 먼저 항복하려면 그들 가운데 선두에 서서 빠져나가야 한다는 것, 그리하여 용서받을 수 있는 최소한의 기회나마 얻어내보자는 심사였지. 하지만 스틸킬트가 자신이 끝까지 선두에 서겠노라는 결심을 밝혔을 때, 어째선지 그들의 악행 사이에 미묘한 공감대가 형성되면서 그때까지 비밀로 남아 있던 둘의 배신 음모가 하나로 합쳐진 듯했어. 그리하여 우두머리가 꾸벅꾸벅 졸기 시작하자 단 세 문장으로 서로의 속내를 털어놓은 그들은 잠든 그를 밧줄로 묶고 그의 입에 재갈을 물린 다음 한밤중에 선장을 외쳐 불렀지.

살인이 벌어졌다고 생각한 선장과 무장한 항해사들과 작살잡이들은 어둠 속에서 피 냄새를 맡아가며 앞갑판을 향해 돌진했어. 잠시 후 승강구 뚜껑이 열리더니, 우두머리를 배반한 동료들이 손발이 묶인 채로 여전히 발버둥치고 있는 우두머리를 아무렇게나 위로 밀어올리고는 당장이라도 살인을 저지르려 했던 자를 붙잡은 데 대한 공을 인정해줄 것을 바로 그 자리에서 요구했어. 하지만 셋 다 체포되어 갑판 위를 죽은 소처럼 이리저리 끌려다녔고, 뒷돛대 삭구 위에 세 개의 고깃덩어리처럼 나란히 매달린 채 아침이 올 때까지 거기서 밤을 꼬박 지새웠다네. '망할 놈들.' 선장이 그들 앞을 왔다 갔다 서성거리며 외쳤어. '독수리도 네놈들은 건드리지 않을 거다, 이 악당놈들아!'

해가 뜨자 그는 모든 선원을 소집해 반란에 가담했던 자들과 반란에 가담하지 않았던 자들을 나눈 다음, 반란에 가담했던 자들을 향해 마음 같아서는 네놈들에게 사정없이 매질을 하고 싶다, 아무리 생각해봐도 그래야만 할 것 같고, 그것이 마땅한 처벌이다, 하지만 때맞춰 항복한 것을 고려해 이번만은 이렇게 야단치는 걸로 그냥 넘어가주겠다, 라고 말했어. 그렇게 그는 그만의 사투리로 적절히 형을 집행했지.

'하지만 네놈들, 이런 썩은 고깃덩어리 같은 악당놈들.' 선장은 삭구에 매단 세 명을 돌아보며 말했어. '네놈들은 잘게 썰어버린 다음 고래기름솥에 던져줄 테다.' 그리고 밧줄을 꽉 쥐더니 온 힘을 다해 두 배신자의 등짝을 내리쳤다네. 결국 더는 소리도 지르지 못할 지경이 된 그들은 마치 십자가에 못박힌 두 강도[254]라도 되는 것처럼 고개를 힘없이 옆으로 푹 떨구었어.

'네놈들 때문에 팔목을 삐었잖아!' 마침내 그가 외쳤어. '하지만 여기 이 끝까지 포기할 줄 모르는 멋진 싸움닭을 위한 밧줄은 아직 충분히 남아 있지. 놈의 입에서 재갈을 풀어라. 무슨 변명을 늘어놓을지 같이 한번 들어나보자고.'

진이 다 빠진 반란자는 잠시 턱에 경련을 일으키며 부르르 떨더니 고개를 이리저리 고통스레 돌리며 약간 쉰 듯한 목소리로 말했어. '말해줄 테니 잘 듣고 명심해. 만일 내게 매질을 하면 말이지, 네놈은 내 손에 죽게 될 거야!'

'아 그러셔? 그럼 내가 널 얼마나 무서워하는지 한번 보여주지.' 그러더니 선장은 그를 내리치기 위해 밧줄을 뒤로 길게 늘어뜨렸어.

'그만두는 게 좋을걸.' 호수인이 쉭쉭거렸지.

'그런데 난 꼭 그래야만 하겠어.' 선장은 그를 내리치기 위해 다시 한번 밧줄을 뒤로 늘어뜨렸어.

이때 스틸킬트가 선장에게만 들리는 목소리로 뭔가를 속삭였는데, 그러자 선장은 뜻밖에도 뒤로 화들짝 물러서서 빠른 걸음으로 갑판 위를 두세 번 왔다갔다하더니 갑자기 밧줄을 집어던지며 말했지. '난 못하겠다. 녀석을 풀어줘. 녀석을 내려놓으라고. 내 말 안 들리나?'

그런데 하급 항해사들이 허겁지겁 명령에 따르려 할 때, 머리에 붕대를 두른 창백한 사내가 그들을 막아섰어. 일등항해사인 래드니였지. 그는 스틸킬트에게 한방 맞은 이후로 계속 침상에 누워만 있다가 그날 아침 갑판에서 들려오는 떠들썩한 소리를 듣고는 밖으로 몰래 기어나와 그때까지 모든 상황을 지켜보고 있었던 거야. 입이 엉망이 된 터라 말도 제대로 할 수 없을 지경이었지만, 그는 선장이 감히 하지 않은 일을 자신은 기꺼이 할 수 있고 또 하겠노라는 식의 말을 중얼대고는 밧줄을 움켜쥐고 양손이 묶여 있는 적에게로 다가갔어.

'이런 겁쟁이 자식!' 호수인이 쉭쉭거렸지.

'그래, 겁쟁이한테 어디 한번 맛 좀 보시라지.' 항해사가 그를 내려치려는 바로 그 순간, 다시 한번 호수인이 뭐라 속삭여대자 그는 팔을 높이 치켜든 채로 잠시 머뭇거렸어. 그러더니 더는 머뭇거리지 않고 스틸킬트의 협박의 무엇이었든지 간에 굴하지 않고 자신이 내뱉은 말을 실천에 옮겼지. 그런 다음 세 죄수는 풀려났고, 선원들은 모두 제자리로 돌아갔으며, 침울한 선원들이 시무룩하게 움직여대는 무쇠 펌프도 예전처럼 다시 철커덩거렸어.

그날 해가 막 떨어졌을 무렵, 일을 끝낸 당직이 앞갑판 선실로 내려가자 그곳에서 떠들썩한 소리가 들려왔어. 그러더니 두 배신자가 벌벌 떨면서 계단 위로 뛰어올라가서는 선장실 문을 붙들고 다른 선원들과 도저히 함께 못 있겠다고 말했지. 간청도 해보고 손으로 때리고 발로 걷어차도 그들이 돌아가려 하지 않자, 선장은 그들의 요구대로 그들을 선미 쪽에 가둬서 구해주기로 했다네. 다른 선원들 사이에 다시 반란이 일어날 기미는 여전히 보이지 않았어. 그러기는커녕 주로 스틸킬트의 선동에 따랐던 자들은 완전한 평화를 고수하며 마지막까지 모든 명령에 따르다가 배가 항구에 이르면 일제히 배를 떠나기로 결심한 듯 보였지. 하지만 항해를 될 수 있는 한 빨리 끝내기 위해 다들 합의한 사항이 하나 있었으니 바로 고래를 발견하더라도 절대 소리치지 말자는 것이었어. 배에 물이 새는 것을 비롯한 온갖 위험이 닥쳐온 가운데서도 타운호호는 돛대 꼭대기에 망꾼을 올렸고, 선장은 그런 순간에도 배가 처음으로 고래 어장에 도착했던 바로 그날만큼이나 고래를 추격할 보트를 내릴 준비가 되어 있었으며, 항해사 래드니 또한 당장에라도 자신의 침상을 보트로 바꾸고 붕대를 두른 입으로도 치명적인 고래 아가리에 죽음의 재갈을 물릴 준비가 되어 있었으니 말이야.

호수인이 선원들에게 순종하는 태도를 취하라고 설득하긴 했지만, 마음속으로 그는 자신의 심장을 찌른 놈에게 (적어도 모든 일이 다 끝나기 전까지는) 개인적으로 제대로 된 복수를 해주고야 말겠다는 생각을 품고 있었어. 그는 일등항해사 래드니의 당직조에 있었는데, 그 정신 나간 인간은 스스로 제 무덤을 파기라도 하려는 듯 삭구에 매달린 스틸킬트를 때린 후에도 선장의 간곡한 충고를 무시한 채 야간 당직조 조장을 맡겠다고 우겼다네. 이러한 사실과 또다른 한두 가지 상황에 착안한 스틸킬트는 체계적인 복수 계획을 세웠지.

래드니는 밤이면 선원답지 않게 뒷갑판 뱃전 위에 앉아 그 뱃전보다 조금 높은 데 매달려 있는 보트의 뱃전에 팔을 기대는 버릇이 있었어. 그가 이런 자세로 가끔 졸기도 한다는 것은 잘 알려진 사실이었지. 보트와 모선 사이에는 상당한 공간이 있었고, 그 아래에는 바다가 있었어. 스틸킬트는 교대 시간을 계산해보고는 자신이 키를 잡게 될 때가 동료들에게 배신을 당한 날로부터 사흘째 되는 날 새벽 두시쯤이라는 걸 알았지. 그는 아래에서 당직을 설 때면 틈이 날 때마다 뭔가를 매우 정성 들여 짜면서 시간을 보냈다네.

'뭘 만들고 있나?' 한 동료가 물었지.

'자네 생각은 어떤가? 이게 뭘로 보이지?'

'자루를 졸라매는 끈 같은데. 하지만 그런 것치고는 좀 별나 보이는군.'

'그래, 좀 별나긴 하지.' 동료로부터 팔 하나쯤 되는 거리에서 그것을 들고 있던 호수인이 말했어. '하지만 꽤 쓸 만할 거야. 이봐, 노끈이 좀 부족한데 혹시 가진 것 좀 있나?'

하지만 앞갑판 선실에는 노끈이 하나도 없었다네.

'그렇다면 래드니 영감한테 좀 얻어 와야겠군.' 그는 선미로 가기 위해 자리에서 일어났어.

'녀석에게 구걸하러 갈 생각은 아니겠지!' 그 선원이 말했어.

'그럼 좀 어때? 나를 돕는 게 결국 자신을 돕는 셈이 될 텐데, 그런데도 그가 날 돕지 않을 거라 생각하나?' 그러고서 그는 항해사에게로 가 그를 가만히 쳐다보면서 해먹을 수선하는 데 쓸 노끈을 좀 달라고 했고, 항해사는 노끈을 내주었어. 그후로는 노끈도 자루 끈도 다시는 보이지 않았지. 하지만 다음날 밤에 호수인이 베개로 삼으려고 코트를 해먹 안에 밀어넣고 있었을 때, 그의 멍키 재킷 주머니에서 그물로 꽁꽁 싸맨 쇠공이 살짝 굴러 나왔다네. 스물네 시간 후면 그가 고요히 키를 잡을 시간—늘 선원 곁에 파여 있는 무덤 위에서 걸핏하면 졸음에 빠지는 남자 가까이에 설—그 최후의 시간이 찾아올 터였어. 상대방의 운명을 미리 점찍어둔 스틸킬트의 마음속에서 그 항해사는 이미 이마가 짜부라진 채로 빳빳하게 뻗어 있는 시체나 다름없었지.

그런데 신사 여러분, 어떤 바보가 나타나서는 그 살인미수자를 그가 계획했던 끔찍한 행위로부터 구출해줬다네. 하지만 그는 스스로 복수하는 수고로움 없이도 완전한 복수를 성취해냈지. 무슨 운명의 기이한 장난인지는 모르겠지만, 하늘이 직접 끼어들어 스틸킬트가 저질렀을지도 모를 저주받을 짓을 가로

채갔거든.

이튿날 아침 막 동이 틀 무렵, 선원들이 갑판 위에서 물청소를 하고 있을 때 어느 멍청한 테네리페섬[255] 출신 선원이 큰 돛대 사슬에서 물을 퍼내다 말고 갑자기 큰 소리로 외쳤어. '고래다! 고래가 나타났다! 맙소사, 어떻게 저런 고래가!' 바로 모비 딕이었어."

"모비 딕이라니!" 돈 세바스티안이 외쳤다. "성 도미니크시여! 이봐 선원 친구, 그런데 고래들도 세례명을 받나? 모비 딕은 대체 어떤 고래지?"

"아주 하얗고, 유명하고, 더없이 치명적인 불멸의 괴물이지. 돈, 하지만 그건 너무 긴 이야기가 될 걸세."

"얼마나? 얼마나 길기에?" 스페인 젊은이들이 모두 바싹 모여들어 소리쳤다.

"안 돼, 이봐 친구들, 안 돼, 안 된다고! 지금은 그 얘기를 들려줄 수 없어. 저리 가, 숨 좀 쉬자."

"치차! 치차를 가져와!" 돈 페드로가 외쳤다. "원기왕성한 우리 친구가 실신할 것 같아. 어서 빈 잔을 채워주라고!"

"친구들, 그럴 필요 없네. 잠시만 기다려줘. 이제 얘기를 다시 시작하겠네. 자 그럼, 신사 여러분. 배에서 50야드 정도 되는 거리에서 너무나도 급작스레 눈처럼 흰 고래를 목격한 나머지 순간 흥분하고 만 테네리페섬 출신 선원은 선원들 사이의 협약도 잊은 채 자기도 모르는 사이에 본능적으로 고래가 나타났다고 고함을 질렀지만, 실은 세 개의 침울한 돛대 꼭대기 위에서도 아까 전부터 그 고래를 똑똑히 지켜보고 있었어. 그리하여 모두가 광란에 빠졌지. '흰 고래다, 흰 고래가 나타났다!' 선장과 항해사들과 작살잡이들은 이렇게 외치며 흉흉한 소문에도 불구하고 그토록 유명하고 진귀한 고래를 간절히 잡고 싶어했어. 한편 고집 센 선원들은 거대한 우윳빛 덩어리의 소름 끼치는 아름다움을 저주의 눈빛으로 흘겨봤지. 수평선을 온통 물들이는 태양빛을 받은 그것은 푸른 아침 바다를 살아 있는 오팔처럼 반짝이며 헤엄쳐 다녔어. 신사 여러분, 이 사건 전체에는 마치 이 세상의 지도가 만들어지기도 전에 계획된 듯한 기묘한 운명의 장난이 가득하다네. 반란자는 항해사의 보트 뱃머리에서 두번째 자리에 위치한 노잡이였고, 고래에게 다가갈 때 래드니가 창을 들고 뱃머리에 서 있는 동안 그의 옆에 앉아 명령에 따라 밧줄을 잡아당기거나 늦추는 것이 그의 임무였지. 게다가 보트 네 척이 내려졌을 때 선두를 차지한 것은 래드니의 보트였어. 그리고 열심히 노를 젓는 이들 가운데 스틸킬트보다 더 즐거운 마음으로 크게 울부짖은 선원도 없었지. 빼근할 정도로 노를 저은 후에 작살잡이들은 연달아 작살을 던졌고, 래드니는 손에 창을 든 채 뱃머리로 뛰어왔어. 래드니는 보트 위에서 늘 사나웠던 것 같아. 입에 붕대를 감고서도 자신을 고래 등 맨 꼭대기에 올려놓으라고 소리를 질러댔다네. 노잡이는 아무 거리낌 없이 계속해서 뱃머리를 바람 불어오는 쪽으로 돌리며 두 종류의 흰색이 뒤섞여 만들어낸 눈부신 물거품 사이를 뚫고 갔어. 그러다 갑자기 보트가 암초에 부딪히기라도 한 것처럼 옆으로 기울었고, 서 있던 항해사는 보트 밖으로 떨어지고 말았지. 그가 고래의 미끄러운 등 위로 떨어진 바로 그 순간 다시 똑바로 선 보트는 파도에 한쪽으로 밀려났고, 래드니는 고래의 반대편 옆구리 아래로 미끄러져 바다로 내던져졌어. 물보라를 뚫고 나온 그가 모비 딕의 눈에서 벗어나기 위해 미친듯이 애를 쓰는 모습이 잠시 희미하게나마 그 베일 같은 물보라 사이로 눈에 띄었지. 하지만 고래는 갑자기 소용돌이를 일으키며 획 돌아서더니, 헤엄치던 사내를 두 턱 사이에 문 채 그와 함께 높이 솟아올랐다가 다시 곤두박질쳐서 물속으로 가라앉았다네.

한편 보트 밑바닥이 뭔가에 처음 툭 하고 부딪혔을 때 호수인은 소용돌이에서 멀찍이 떨어지기 위해 밧줄을 늦추었고, 침착하게 상황을 지켜보며 혼자만의 생각에 빠져 있었어. 하지만 갑자기 엄청난 힘에 보트가 아래쪽으로 끌려가자 그는 얼른 칼을 꺼내 밧줄로 가져갔어. 그는 밧줄을 끊었고, 고래는 자유의 몸이 되었지. 그런데 얼마간 떨어진 곳에서 모비 딕이 다시 물위로 솟구쳐올랐는데, 래드니를 파멸시킨 녀석의 이빨 사이에는 래드니의 빨간 모직 옷 조각이 군데군데 끼여 있었다네. 보트 네 척 모두가 다시 고래를 쫓았지만, 고래는 그들을 교묘히 피한 후 마침내 완전히 사라져버렸어.

머지않아 타운호호는 항구에 도착했는데, 그곳은 문명인이라고는 찾아볼 수 없는 야만적이고 외진 곳이었다네. 거기서 평선원 대여섯 명을 제외한 선원 모두가 호수인을 따라 야자나무 사이로 유유히 도망쳐버렸지. 나중에 안 사실인데, 그들은 결국 야만인들의 커다란 전투용 이중 카누를 빼앗아 다른 항구로 떠났다고 하더군.

배의 선원들이 겨우 몇 명으로 줄었기 때문에 선장은 섬사람들에게 배에 물이 새는 걸 막기 위해 배를 한쪽으로 기울이는 고된 작업에 힘을 보태달라고 부탁했어. 하지만 이 위험한 조력자들을 몇 안 되는 백인 선원들끼리 밤낮으로 쉬지 않고 감시할 수밖에 없는 상황이었고, 작업도 이루 말할 수 없을 만큼 고됐기 때문에 배가 다시 바다로 나갈 준비를 마쳤을 때는 다들 너무 쇠약해진 탓에 선장은 그들만 데리고 그토록 무거운 배를 움직인다는 것은 감히 생각도 할 수 없었다네. 간부 선원들과 상의한 선장은 배를 최대한 해안에서 멀리 떨어진 곳에 정박시켰어. 그리고 뱃머리에는 장전한 대포 2문을 놓고 선미루船尾樓에는 머스킷총을 늘어놓고 섬사람들에게 배에 접근하려거든 목숨을 잃을 각오를 하라고 경고하고는 그들 중 한 명을 인질로 삼은 채 가장 훌륭한 포경 보트를 타고 500마일 떨어진 타히티섬[256]으로 가서 선원을 더 모집해 오려 했어.

항해 나흘째 되던 날, 낮은 산호섬에 잠시 닻을 내리고 있는 듯한 커다란 카누가 불현듯 눈에 띄었지. 선장은 그 카누를 그냥 지나쳐버렸지만 그 난폭한 카누는 선장을 향해 돌진했고, 이윽고 보트를 멈추지 않으면 침몰시켜버리겠다고 외치는 스틸킬트의 목소리가 들려왔어. 선장은 권총을 꺼내들었지. 서로 연결된 전투용 이중 카누의 양쪽 뱃머리에 한 발씩 걸친 호수인은 그를 비웃으면서 권총의 안전장치 푸는 소리만 들려도 물거품 속에 파묻어버리겠다고 호언장담했어.

'나한테 원하는 게 뭐야?' 선장이 소리쳤어.

'어디 가는 거지? 목적이 뭐야?' 스틸킬트가 다그쳐 물었지. '거짓말할 생각 따윈 말라고.'

'선원을 모으러 타히티에 가는 길이다.'

'좋아, 좋아. 잠깐 네 보트에 타겠다. 싸우려는 건 아니야.' 그는 그렇게 말하고 카누에서 뛰어내려 보트로 헤엄쳐 오더니 뱃전 위로 올라와 선장과 마주 섰어.

'선장 나리, 팔짱을 끼고 고개를 뒤로 젖히시지. 자, 이제 내 말을 따라해. 나는 스틸킬트가 떠나자마자 이 보트를 저 섬으로 끌어올리고 거기서 엿새 동안 꼼짝도 않겠다. 안 그러면 벼락을 맞으리라!'

'옳지, 잘한다.' 호수인이 껄껄 웃었어. '그럼 잘 있게나, 선장!' 그러더니 그는 바다로 뛰어들어 다시 동료들에게로 헤엄쳐 돌아갔지.

보트가 정말로 섬으로 끌어올려진 후에 코코넛나무 아래까지 끌려가는 것을 본 스틸킬트는 다시 항해를 시작했고, 머지않아 자신의 원래 목적지였던 타히티섬에 도착했다네. 그곳에서 행운은 그의 편이었지. 두 척의 배가 곧 프랑스로 떠날 예정이었는데, 하늘이 도우셨는지 딱 스틸킬트가 이끌던 선원들 수만큼 자리가 비어 있었던 거야. 그들은 배에 올랐지. 그리하여 옛 선장이 그들에게 법적 응징을 가하려 했더라도 그들이 영영 선수를 쳐버린 셈이 되어버렸어.

프랑스 배들이 떠나고 약 열흘이 지난 후에 포경 보트가 그곳에 도착했고, 선장은 그나마 어느 정도 바다에 익숙한 다소 문명화된 타히티 사람을 선원으로 모집할 수밖에 없었어. 선장은 작은 원주민 스쿠너선을 빌려 선원들을 태운 채 모선으로 돌아갔고, 그곳에 아무 이상이 없는 걸 알고 다시 항해를 이어나갔지.

신사 여러분, 스틸킬트가 지금 어디 있는지는 아무도 모른다네. 하지만 낸터킷섬에서는 래드니의 부인이 남편의 시체를 끝내 돌려주지 않는 바다를 지금도 바라보고 있고, 남편을 파멸로 몰아넣은 흰 고래를 지금도 꿈에서 보고 있다고 하지."

"다 끝난 건가?" 돈 세바스티안이 조용히 물었다.

"그렇다네, 돈."

"그렇다면 부탁인데, 자네 의견을 묻고 싶네. 자네가 들려준 이 얘기가 정말 실제로 일어났던 일이라고 생각하나? 정말 엄청나게 놀라운 얘기가 아닌가! 확실히 믿을 만한 사람에게서 들은 거야? 내가 너무 졸라대는 것 같아도 이해하시게나."

"선원 친구, 우리도 전부 돈 세바스티안과 같은 생각이니, 우리도 좀 이해해주시게나." 한자리에 모인 사람들이 대단한 호기심을 보이며 외쳤다.

"여러분, 황금 여인숙에 한 권짜리 사대복음서가 있는가?"

"없다네." 돈 세바스티안이 말했다. "하지만 이 근처에 훌륭한 신부님 한 분이 계신데, 얘기하면 당장 빌려주실 거야. 내가 가서 가져오겠네. 그런데 잘 생각해보고 한 말 맞나? 매우 심각한 상황이 벌어질 수도 있어."

"돈, 미안한데 신부님도 함께 데리고 와주지 않겠나?"

"이제 리마에는 이교도 화형식이 없어졌지만," 모인 사람들 가운데 한 명이 다른 한 명에게 말했다. "그런데도 우리 선원 친구는 대주교와 맞서려는 위험을 무릅쓰려 하고 있군. 달빛 비치는 곳 밖으로 좀더 물러서기로 하세. 이럴 필요까진 없을 것 같은데."

"자꾸 부탁해서 미안하네, 돈 세바스티안. 그런데 이왕이면 가장 큰 복음서를 가져다줬으면 싶네만."

❖

"신부님을 모셔왔네, 복음서도 가져오셨어." 키가 크고 근엄해 보이는 인물과 함께 돌아온 돈 세바스티안이 진지한 목소리로 말했다.

"모자를 벗겠습니다. 존경하는 신부님, 이제 밝은 곳으로 가셔서 제가 그 위에 손을 올릴 수 있게 성경책을 들어주세요.

하느님, 저를 굽어 살피소서. 내 명예를 걸고 말하건대, 내가 자네들한테 들려준 이야기의 중요한 부분들은 모두 사실이라네. 내가 실제로 경험했기 때문에 분명 사실이라고 말할 수 있어. 그 일은 이 지구에서 일어났고, 나는 그 배에 승선했으며, 실제로 그 선원들을 알았어. 나는 래드니가 죽은 후에 스틸킬트를 만나 함께 이야기도 나눠봤다네."

55장

어처구니없는 고래 그림들에 대하여

나는 이제 곧 고래의 진짜 모습을 캔버스 없이도 한번 제대로 그려 보이고자 한다. 그러니까 고래가 통째로 포경선 뱃전에 묶여 그 위로 발을 내디딜 수 있게 되었을 때 고래잡이의 눈에 실제로 비친 고래의 모습 같은 것을 말이다. 따라서 그전에, 오늘날까지도 육지 사람들의 신념에 당당히 도전장을 내밀고 있는 별나고 공상적인 고래 그림들에 대해 간단히 언급하는 것도 의미 있는 일이 될 것이다. 이제 그런 고래 그림들이 모두 거짓이라고 증명함으로써 이 문제에 대한 세상 사람들의 오해를 바로잡을 때가 됐다.

그 모든 엉터리 그림들의 기원은 인도, 이집트, 그리스의 가장 오래된 조각들에서 찾을 수 있을 것 같다. 독창적이지만 부도덕했던 그 시대에는 신전의 대리석판, 조각상의 받침대, 방패, 큰 메달, 컵, 동전 등에 살라딘[257]의 쇠사슬 갑옷 같은 비늘을 두르고 성 게오르기우스[258]처럼 머리에 투구를 쓴 돌고래 그림이 새겨져 있었고, 그후로 가장 대중적인 고래 그림들뿐만 아니라 여러 과학적 설명에서도 이런 식의 지나친 자유가 줄곧 만연했기 때문이다.

어쨌거나 고래를 그렸다는 그림들 가운데 현존하는 가장 오래된 그림은 인도의 엘레판타섬에 있는 유명한 석굴사원에서 발견할 수 있다. 브라만교도들은 주장하기를, 태곳적부터 있어온 그 석굴사원의 끝없이 늘어선 조각들에 인간의 모든 직업과 일, 상상할 수 있는 모든 여가 활동이 실제로 존재하기 훨씬 전부터 이미 형상화되어 있었다고 한다. 그렇다면 우리의 고귀한 포경업이 희미하게나마 그곳에 모습을 드러내고 있었다고 해도 전혀 놀랄 일은 아니다. 지금 말한 그 힌두 고래는 사원의 한쪽 벽면 전체에 새겨져 있으며 리바이어던의 형태로 나타난 비슈누의 화신을 표현한 것으로, 전문용어로는 '마츠야 아바타'라고 한다.[259] 그런데 이 조각이 반은 인간이고 반은 고래인 존재를 나타낸 것이긴 하지만 고래 부분은 그나마 꼬리만 보일 뿐이며, 그 작은 부분마저 완전 엉터리다. 그것은 넓은 야자나무 잎 같은 진짜 고래의 장엄한 꼬리보다는 끝으로 갈수록 점점 가늘어지는 아나콘다의 꼬리와 더 비슷해 보인다.

하지만 역사가 오래된 미술관에 가서 위대한 기독교 화가가 이 물고기를 그린 것을 한번 보면 그도 태곳적 힌두교도들보다 딱히 나을 게 없다는 사실을 알게 될 것이다. 그것은 바다 괴물 또는 고래로부터 안드로메다를 구출하는 페르세우스를 그린 구이도[260]의 그림이다. 구이도는 그처럼 괴상한 생명체의 모델을 어디서 구한 것일까? 호가스[261]도 〈페르세우스의 강림〉에서 똑같은 장면을 그렸는데, 상황은 전혀 나아지지 않았다. 호가스의 그 커다랗고 비대한 괴물은 수면 위에서 파동을 일으키고 있는데, 물속에 거의 1인치도 잠겨 있지 않다. 등에는 코끼리 등에 얹는 좌석인 하우다 같은 것이 있으며, 잔뜩 벌린 탓에 그 속으로 파도가 밀려들어가고 있는 엄니 달린 입은 템스강에서 런던탑 안으로 물을 끌어들이던 '반역자의 문'처럼 보일 정도다. 이외에도 옛 스코틀랜드의 시벌드[262]가 책에서 소개한 고래들과 옛 성경의 판화나 옛 소小기도서의 삽화에 묘사된 요나의 고래가 있다. 이 고래들에 대해 무슨 말을 할 수 있을까? 하강하는 닻의 닻장을 덩굴줄기처럼 휘감고 있는 제본업자의 고래—고금의 여러 책들의 책등과 속표지에 금박으로 찍혀 있는 고래—는 매우 아름답긴 하지만 완전히 터무니없는 동물로, 골동품 꽃병의 형상을 모방한 것이라고 여겨진다. 일반적으로 그것이 돌고래라고 불리긴 하지만, 그럼에도 나는 이 제본업자의 물고기가 고래를 나타내려 했던 것이라고 생각한다. 이 도안이 처음 도입되었을 때의 의도가 그러했기 때문이다. 이 도안은 한 이탈리아 출판업자[263]가 15세기 무렵 문예부흥기에 도입한 것으로, 돌고래는 그 시대뿐만 아니라 심지어 비교적 최근까지지도 흔히 리바이어던의 한 종류로 여겨져왔다.

옛날 책들의 속표지 등에 실린 작은 삽화나 다른 장식들에서도 간혹 매우 흥미로운 고래의 모습들을 만나볼 수 있다. 분수대의 물, 온천과 냉천, 새러토가 온천과 바덴바덴 온천[264]과 같은 온갖 종류의 물기둥들이 녀석의 지치지 않는 머리로부터 거품과 함께 뿜어져나오는 모습 말이다. 『학문의 진보』[265] 초판의 속표지에서도 몇몇 흥미로운 고래들을 발견할 수 있다.

하지만 이런 비전문적인 시도들을 살펴보는 일은 그만두기로 하고, 이제 고래를 아는 사람들이 냉철하고 과학적으로 묘사했다고 일컬어지는 리바이어던 그림들을 살펴보기로 하자. 옛날 해리스의 항해기 전집[266]에는 1671년에 출간된 『'고래 속 요나'호 선장인 프리슬란트의 페터 페테르손의 스피츠베르겐으로의 포경 항해』라는 네덜란드 항해기에서 발췌한 고래 삽화 몇 점이 실려 있다. 그 삽화들 중 하나에서는 거대한 통나무 뗏목 같은 고래들이 얼음덩어리들 사이에 누워 있는 가운데 백곰들이 그 고래들의 등 위를 이리저리 뛰어넘고 있다. 또다른 삽화에서는 고래의 꼬리를 수직으로 묘사하는 엄청난 실수가 저질러져 있다.

한편 영국 해군 대령이었던 콜넷 함장이 쓴 『향유고래 포경업의 확장을 위해 혼곶을 돌아 남양으로 떠난 항해』라는 인상적인 4절판 책이 있는데, 이 책에는 '1793년 8월에 멕시코 해안에서 잡혀 갑판 위로 끌어올려진 향유고래의 축소도'라는 초벌 그림이 실려 있다. 함장이 자신의 부하 해병[267]들을 위해 이처럼 정확한 그림을 그렸으리라는 사실을 의심하는 것은 아니지만, 딱 한 가지만 이야기하자면 이 고래의 눈을 표시된 축척에 따라 완전히 다 자란 향유고래에 적용해보면 5피트에 이르는 불룩한 내닫이창이 되고 말 것이다. 아아,

나의 용맹한 선장이여, 왜 그대는 그 눈을 통해 바깥을 바라보는 요나는 그려 넣지 않았던가!

어리고 미숙한 이들을 위해 가장 성실하게 편찬한 박물학 서적들도 이와 같은 가증스러운 실수에서 자유롭지 못하다. 인기 있는 작품인 『골드스미스의 생물계』[268]를 보라. 1807년에 런던에서 출간된 이 책의 축약판에는 '고래'와 '일각고래'라고 주장되는 삽화가 실려 있다. 고상하지 못한 사람으로 보이고 싶진 않지만, 이 꼴사나운 고래는 차라리 사지가 절단된 암퇘지에 가까워 보이고, 일각고래로 말할 것 같으면 언뜻 한번 보기만 해도 경악을 금치 못할 지경이다. 지금 같은 19세기에 그러한 히포그리프[269]가 정말로 존재한다고 똑똑한 남학생들에게 사기를 칠 수 있을까 하는 생각이 들게 되는 것이다.

한편 1825년에는 위대한 박물학자인 라세페드 백작 베르나르 제르맹이 과학적으로 체계가 잡힌 고래 서적을 출간했는데, 거기에는 여러 종의 리바이어던 그림이 몇 장 실려 있다. 이 그림들은 모두 부정확할 뿐만 아니라 여기 그려진 북극고래 또는 그린란드고래(즉 참고래) 그림은 오랜 경험을 통해 이 종에 대해 잘 알고 있는 스코스비조차 실제로 본 적이 없는 것들이라고 분명히 말하고 있다.

하지만 이 모든 실수 가운데서도 첫째가는 자리는 유명한 퀴비에 남작의 동생인 과학자 프레데리크 퀴비에가 차지했다. 그는 1836년에 고래 박물지를 출간했는데, 거기에는 그가 향유고래라고 부르는 고래의 그림이 실려 있다. 그 그림을 낸터킷 사람 아무에게나 보여주려는 자가 있다면 그전에 낸터킷을 즉시 떠날 준비를 해두는 편이 좋을 것이다. 한마디로 프레데리크 퀴비에의 향유고래는 향유고래가 아니라 찌그러진 덩어리다. 퀴비에는 당연히 포경 항해를 해본 적이 없을 텐데(이런 사람들은 보통 그러하다), 대체 어디서 그런 그림을 가져왔을까? 어쩌면 그는 같은 분야에서의 선배 과학자인 데마레[270]가 그랬듯이 중국 회화에서 그 진지한 실패작을 빌려왔는지도 모른다. 그리고 붓을 들었을 때의 중국인들이 얼마나 활기찬 이들인가는 여러 기묘한 찻잔과 접시들만 봐도 잘 알 수 있다.

길거리의 기름가게에 간판으로 매달려 있는 간판장이가 그린 고래 그림에 대해서는 어떻게 말해야 할까? 그것들은 보통 등에 혹이 하나 솟아 있으며 매우 사나운 리처드 3세[271] 같은 고래로, 서너 명의 선원으로 만든 타르트, 즉 선원으로 가득찬 포경 보트를 아침으로 먹고, 핏빛과 푸른빛 물감으로 칠해진 바다에서 버둥거리는 기형적인 동물들이다.

하지만 고래를 묘사하는 과정에서 벌어지는 이런 여러 실수들도 결국 따지고 보면 그리 놀라운 일이 아니다. 생각해보라! 고래에 대한 대부분의 과학적 그림들은 해안에 떠밀려온 고래를 보고 그린 것들이다. 그리고 그 그림들이 정확하다고 하는 것은, 용골이 부러진 난파선 그림이 상처 하나 없는 선체와 활대로 늠름한 자태를 뽐내고 있는 고귀한 동물을 정확히 재현하고 있다고 하는 것이나 마찬가지다. 코끼리는 전신을 다 드러내며 선 적이 있지만, 살아 있는 리바이어던이 초상화의 모델이 되기 위해 허공에 완전히 떠 있었던 적은 단 한 번도 없다. 살아 있는 고래의 위풍당당하고 거대한 모습은 깊이를 가늠할 수 없는 바닷속에서만 볼 수 있고, 수면 위로 떠오른다고 해도 고래의 거대한 몸뚱이는 물에 떠 있는 전함이 그런 것처럼 일부를 볼 수 있을 뿐이다. 그리고 물속에서 고래를 통째로 들어올려 공중에서도 녀석의 힘차고 의기양양한 움직임을 그대로 유지하는 것은 한낱 인간으로서는 절대 이룰 수 없는 일이다. 그리고 어린 젖먹이 고래와 완전히 성장해 고래로서의 이데아를 성취한 리바이어던의 윤곽이 상당한 차이를 보이리라는 것은 두말할 나위도 없지만, 심지어 어린 젖먹이 고래를 배의 갑판 위로 끌어올렸다고 해도 녀석의 형체가 기이하고 뱀장어 같고 유연하며 시시각각 변하기 때문에 녀석의 정확한 모습은 악마조차 포착하지 못할 것이다.

그래도 해안으로 떠밀려온 고래의 앙상한 뼈대를 보면 고래의 진정한 형태에 대한 정확한 힌트를 얻을 수 있을 거라고 생각해볼 수도 있겠다. 하지만 전혀 그렇지 않다. 이것도 이 리바이어던의 더욱 흥미로운 점들 가운데 하나인데, 고래의 뼈대만으로는 고래의 전체적인 형태에 대해 알 수 있는 게 별로 없기 때문이다. 제러미 벤담[272]의 해골은 그의 유언집행자들 가운데 한 명의 서재에 매달린 채 촛대로 사용되고 있지만, 그의 주된 인간적 특징과 더불어 눈썹이 덥수룩한 공리주의자 노신사의 생각을 정확히 전달해주고 있다. 하지만 관절로 이어진 리바이어던의 뼈에서는 이런 것들을 전혀 추론해낼 수 없다. 위대한 헌터[273]가 말하듯, 사실 뼈 가죽만 남은 고래와 완전히 살과 가죽으로 뒤덮인 고래의 관계는 곤충과 그것을 둥글게 감싸고 있는 고치의 관계나 마찬가지다. 나중에 이 책에서 부수적으로 다루겠지만, 이러한 특성은 특히 머리 부분에서 눈에 띄게 나타난다. 그러한 특성은 고래의 옆 지느러미에서도 매우 흥미롭게 나타나는데, 고래의 옆 지느러미뼈는 엄지만 제외하고 나면 인간의 손뼈와 거의 정확히 일치한다. 이 지느러미에는 네 개의 완전한 손가락, 즉 검지와 중지와 약지와 새끼손가락이 들어 있다. 하지만 이 손가락들은 장갑 속에 들어 있는 인간의 손가락들처럼 영원히 살로 된 장갑 속에 꽂혀 있다. "고래가 때로 아무리 무모하게 우리에게 덤벼든다 해도," 어느 날 유머 감각이 뛰어난 스터브가 말했다. "권투 글러브를 벗고 우리를 손봐주겠다는 말은 절대 할 수 없을 거야."

이런 이유들로 인해, 고래를 어떻게 보건 간에 이 위대한 리바이어던이 세상에서 마지막까지 그림으로 그려지지 않은 채로 남을 유일한 생명체라고 결론내릴 수밖에 없다. 고래에 대한 어느 한 그림이 어느 다른 그림보다 실제 고래에 훨씬 더 가까울지는 모르겠으나, 그 어떤 그림도 상당히 정밀한 수준으로 고래를 구현해낼 수는 없다. 따라서 고래가 정말 어떻게 생겼는지를 확실히 알아낼 세속적인 방법 같은 것은 존재하지 않는다. 그리고 살아 있는 고래의 윤곽을 웬만큼이나마 그려볼 수 있는 유일한 방법은 스스로 포경선에 오르는 길뿐이다. 하지만 그렇게 한다는 것은 고래의 공격으로 구멍이 뚫려 영영 가라앉을지도 모르는 적지 않은 위험을 감수한다는 뜻이 된다. 그런 까닭에 나로서는 이 리바이어던에 대해 너무 지나친 호기심은 보이지 않는 게 최선이라 여겨진다.

56장

오류가 적은 고래 그림들과 정확한 고래잡이 장면 그림들에 대하여

어처구니없는 고래 그림들과 관련하여 고금의 서적들, 특히 플리니우스, 퍼처스와 해클루트[274], 해리스, 퀴비에 등의 저서에서 발견되는 한층 더 어처구니없는 이야기들을 다루고 싶은 마음을 금하기 어렵지만, 그 문제는 그냥 넘어가도록 하겠다.

내가 알기로 위대한 향유고래를 대략적으로나마 다룬 책은 콜넷, 허긴스[275], 프레데리크 퀴비에, 빌이 쓴 책 네 권밖에 없다. 콜넷과 퀴비에에 대해서는 앞 장에서 언급한 적이 있다. 허긴스의 책이 이 둘의 책보다 훨씬 낫지만, 최고는 단연코 빌의 책이다. 빌이 그린 향유고래 그림은 모두 훌륭한데, 그의 책 2장[276] 첫머리에서 다양한 자세를 취한 세 고래 가운데 중앙에 위치한 고래만은 예외다. 포경 보트가 향유고래를 공격하는 그의 권두 삽화는 응접실에서만 시간을 보내는 문명인의 회의론을 야기하려는 계산하에 그려진 것이 틀림없지만, 대체로 감탄을 자아낼 만큼 정확하고 생생하다. J. 로스 브라운[277]이 그린 향유고래 그림 중에는 향유고래의 윤곽을 매우 정확히 묘사한 작품들이 있지만, 인쇄 상태가 형편없다. 물론 그것이 그의 잘못은 아니다.

참고래의 윤곽을 가장 잘 묘사한 그림들은 스코스비의 책에 실려 있지만, 충분한 인상을 심어주기에는 크기가 너무 작다. 그의 책에 고래잡이 그림은 겨우 한 점 실려 있는데, 이러한 결함은 애석한 일이 아닐 수 없다. 왜냐하면 실제 고래잡이들의 눈에 비친 살아 있는 고래에 대한 생생한 관념은 이런 그림들, 그것도 제대로 그렸다는 전제하에서의 이런 그림들을 통해서만 얻을 수 있기 때문이다.

하지만 대체로 봤을 때, 비록 몇몇 세부사항은 아주 정확히 묘사되었다고 할 수 없음에도 지금까지 고래와 고래잡이 장면을 가장 잘 묘사한 것으로는 가르느레[278]라는 사람의 그림을 훌륭하게 판화로 제작한 프랑스의 대형 판화 두 점을 꼽을 수 있다. 두 작품은 각각 향유고래와 참고래를 공격하는 장면을 묘사하고 있다. 첫번째 판화는 이제 막 심해에서 올라와 보트 아래쪽에 구멍을 내고 솟아오른 웅장한 향유고래가 박살난 널빤지의 처참한 잔해를 등으로 공중에 높이 쳐드는 모습을 매우 위풍당당하고 힘차게 그렸다. 보트의 뱃머리는 완전히 부서지기 직전의 상태로 괴물의 등뼈 위에 아슬아슬하게 걸쳐져 있으며, 그 헤아릴 수 없이 짧은 찰나, 뱃머리에 서 있는 한 노잡이는 고래가 뿜어낸 격렬하고 들끓는 물기둥에 반쯤 가려진 채 마치 벼랑에서라도 뛰어내리려는 듯한 동작을 취하고 있다. 그림 전체가 보여주는 움직임은 놀라울 정도로 훌륭하고 박진감이 넘친다. 반쯤 빈 밧줄통은 하얀 물거품이 이는 바다에 떠 있고, 쏟아진 작살의 나무 자루들은 물속에서 비스듬히 기운 채 까딱거리고 있다. 고래 주변으로 격렬한 두려움에 사로잡힌 채 헤엄치는 선원들의 머리가 여기저기 눈에 띄고, 시커먼 폭풍이 몰아치는 저 먼 뒤편에서는 모선이 이쪽 현장을 향해 돌진해 오고 있다. 이 고래의 해부학적 세부 묘사에서는 심각한 오류를 발견할 수 있을 테지만, 그것은 그냥 넘어가도록 하자. 나로서는 아무리 애를 써도 이처럼 훌륭한 그림은 그릴 수 없을 테니 말이다.

두번째 판화에서는 포경 보트가 도망치는 커다란 참고래의 옆구리, 따개비로 덮인 옆구리를 향해 접근하고 있고, 파타고니아의 절벽에서 굴러떨어진 이끼 낀 바위 같은 모습을 한 그 고래는 잡초가 무성한 검고 커다란 몸뚱이를 바닷속에서 이리저리 흔들고 있다. 녀석의 물기둥은 곧고 힘차며 그을음처럼 시커멓다. 굴뚝에서 그토록 많은 연기가 나고 있으니, 아래쪽 거대한 창자에서는 분명 대단한 저녁식사라도 만들고 있는 게 아닐까 하는 생각이 들 정도다. 바닷새들은 참고래가 때로 자신의 치명적인 등에 이고 다니는 작은 게나 조개류 같은 바다의 사탕과 마카로니를 쪼아먹고 있다. 그러는 동안에도 입술이 두꺼운 리바이어던은 바다를 가르고 돌진하며 뒤에 요란하게 일어나는 흰 응유 같은 물거품을 잔뜩 남겨놓았고, 그 때문에 가냘픈 보트는 증기 외항선의 외륜 가까이로 끌려간 소형 보트처럼 파도 속에서 요동치고 있다. 그리하여 전경은 격렬한 동요로 들끓는 반면, 배경에는 유리처럼 잔잔한 바다가 펼쳐져 뛰어난 예술적 대조를 이루고 있다. 배경에서 보이는 힘없는 배의 돛은 풀을 먹이지 않아[279] 아래로 축 처져 있고, 죽은 고래의 무기력한 몸뚱이는 점령당한 요새 같아서 그 분수공에 꽂은 고래 막대기[280] 깃발이 점령군의 깃발처럼 게으르게 허공에 매달려 있다.

가르느레라는 화가가 누구인지, 혹은 누구였는지는 나도 알지 못한다. 하지만 장담컨대 그는 분명 그 주제에 정통했거나, 아니면 어느 노련한 선원에게 훌륭한 가르침을 받았을 것이다. 프랑스 사람들은 움직임을 그림 속에 담는 일에 능하다. 가서 유럽의 모든 그림들을 한번 보라. 베르사유궁전에 있는 '승리의 방'[281]처럼 살아 숨쉬는 듯한 격동을 화폭에 담고 있는 미술관을 또 어디서 찾을 수 있겠는가? 그곳에서 그 그림을 보는 자들은 프랑스에서 일어났던 연이은 대전투 속으로 무턱대고 뛰어들어가 싸워나갈 수밖에 없게 된다. 그림 속 모든 칼은 북극광처럼 번쩍이는 듯하고, 무장한 역대 왕들과 황제들은 왕관을 쓴 켄타우로스[282]처럼 맹렬히 돌진한다. 가르느레가 그린 바다의 전투 작품들도 그 갤러리에 걸릴 만한 자격이 전혀 없진 않을 것이다.

대상을 생생하게 포착할 줄 아는 프랑스 사람들의 타고난 소질은 고래잡이 장면을 묘사한 그림과 판화에서 특히 잘 나타나는 것 같다. 포경업 경험은 영

국의 십분의 일, 미국의 천분의 일에도 못 미치지만, 그들은 고래 사냥의 진정한 정신을 온전히 전할 수 있는 유일한 스케치를 완성하여 두 나라에 제공해주었다. 영국과 미국의 고래 화가들은 대부분 대상의 무표정한 윤곽, 이를테면 고래의 멍한 옆모습 같은 것들을 묘사하는 것만으로 완전히 만족하는 듯하다. 그림의 생동감 측면에서, 그것은 피라미드의 옆모습을 스케치한 것이나 다를 바 없다. 심지어 참고래 전문가로 명성을 누리기에 손색이 없는 스코스비조차 그린란드고래의 뻣뻣한 전신화 한 점, 일각고래와 돌고래의 정교한 세밀화 서너 점을 제시한 후에 보트 갈고리, 고래 써는 칼, 네 갈고리 닻 등을 그린 일련의 고전적 판화들을 보여주고는, 레이우엔훅[283]의 현미경에 필적하는 성실함으로 북극의 눈 결정을 확대한 아흔여섯 점의 모사화를 살펴보라고 제안해 온 세상을 전율케 했다. 나는 이 뛰어난 항해가를 폄하할 생각은 없다(나는 그를 경험 많은 대가로서 예우한다). 하지만 그토록 중요한 문제에서 모든 눈 결정마다 그린란드 치안판사 앞에서 선서한 진술서를 마련해두지 않은 것은 분명 실수였다.

가르느레의 훌륭한 판화 작품들 이외에 자신의 작품에 'H. 뒤랑'[284]이라는 서명을 남긴 프랑스 사람의 판화 두 점도 주목할 만하다. 그중 한 작품은 우리의 당면 목표에 정확히 들어맞지는 않지만 다른 이유에서 언급해볼 가치가 있다. 그것은 태평양 섬들의 고요한 한낮 풍경을 묘사한 판화로, 거기에는 프랑스 포경선이 잔잔한 해안에 닻을 내린 채 나른하게 물을 공급받고 있는 장면이 묘사되어 있다. 배경으로는 배의 느슨해진 돛과 야자나무의 긴 잎이 보이는데, 둘 다 바람 한 점 없는 날씨 속에 축 늘어져 있다. 그것이 강인한 고래잡이들이 동양적 휴식을 취하고 있는 흔치 않은 모습을 보여준다는 점을 생각해볼 때, 그 효과는 매우 탁월하다. 또다른 판화는 분위기가 완전히 다르다. 배는 광막한 바다 위에서 고래 무리의 한복판을 향해 돌진하고 있고, 옆에는 참고래 한 마리를 끼고 있다. 배는 (고래 무리 한복판으로 뛰어들기 위해) 마치 부두로 향하듯 괴물을 향해 돌진하고, 보트 한 척은 이 부산한 상황에서 급히 빠져나와 멀리 있는 고래를 쫓으려 하고 있다. 작살과 창은 수평으로 겨누어져 있고, 노잡이 세 명은 이제 막 돛대를 구멍에 끼워 세우려 하고 있으며, 그 작은 배는 갑자기 밀어닥친 파도에 앞다리를 들어올리고 선 말처럼 물위에 반쯤 서 있다. 모선에서는 고래 끓이는 연기가 대장간 마을에 피어오르는 연기처럼 무럭무럭 피어오르고, 바람 불어오는 쪽에서는 맹렬한 스콜과 비를 몰고 올 시커먼 구름이 일어나 흥분한 선원들에게 서둘러 움직이라고 재촉하는 듯하다.

57장

그림, 이빨, 나무, 철판, 돌, 산, 별자리에 나타난 고래들에 대하여

런던의 부둣가로 내려가다가 타워힐 쪽에서 자신이 다리 한쪽을 잃게 된 비극적인 장면을 판자에 그려 들고 있는 절름발이 거지(선원들은 그를 '작은 닻'을 뜻하는 케저라고 부른다)를 본 적이 있을 것이다. 거기에는 고래 세 마리와 보트 세 척이 그려져 있는데, 그중 한 보트(지금은 없어진 다리 한쪽이 그 보트에 원래의 온전한 형태로 실려 있었을 것이다)는 맨 앞에 위치한 고래의 턱에 완전히 박살나는 중이다. 사람들 말로는 그 남자가 지난 십 년간 그 그림을 들고 있었으며, 믿지 못하겠다는 사람들에게 다리가 잘려나간 부분을 보여주었다고 한다. 하지만 이제 그가 자신을 변호할 때가 왔다. 그의 판자에 그려진 고래 세 마리는 어쨌거나 지금껏 와핑[285]에서 출간된 어떤 고래 그림에도 뒤지지 않고, 그의 다리가 잘려나가고 남은 그루터기는 서부의 삼림 개척지에서 볼 수 있는 어떤 그루터기만큼이나 확실하다. 하지만 이 가련한 고래잡이는 그 그루터기 위에 영원히 올라서 있으면서도 절대 가두연설을 하는 법이 없고,[286] 대신 눈을 내리깐 채 잘려나간 다리를 슬픈 듯 응시하며 그저 서 있을 따름이다.

태평양 전역과 낸터킷, 그리고 뉴베드퍼드와 새그항에서도 여러분은 고래잡이들이 직접 향유고래의 이빨에 새긴 고래와 고래잡이 장면의 선명한 스케치들, 또는 참고래 수염으로 만든 여성용 코르셋 살대, 그 외에도 고래잡이들이 바다에서 보내는 여가 시간에 거친 재료를 정성 들여 깎아 만든 여러 작고 기발한 발명품, 즉 고래잡이들이 고래뼈 세공품이라고 부르는 것들과 마주치게 될 것이다. 그들 중 일부는 고래뼈 세공품 사업을 위해 특별히 치과용 기구처럼 보이는 도구들이 담긴 작은 상자를 들고 다니기도 한다. 하지만 보통은 다들 잭나이프만으로 힘들게 오랜 시간을 들여 작업을 한다. 그리고 뱃사람들에게는 만능 도구나 다름없는 잭나이프 하나만으로 그들은 선원만의 상상력을 발휘하여 여러분이 원하는 것은 무엇이든 다 만들어준다.

기독교 세계와 문명으로부터 오랫동안 추방되어 있다보면 인간은 신이 인간에게 원래 부여한 상태, 즉 야만 상태로 돌아갈 수밖에 없다. 진정한 고래 사냥꾼은 이로쿼이족만큼이나 야만인이다. 나 자신도 '식인종의 왕' 말고는 그 누구에게도 충성을 바치지 않는 야만인이지만, 언제 어느 때라도 그 왕에게 대들 준비가 되어 있다.

그런데 야만인이 집에서 시간을 보낼 때의 특이사항 중 하나는 그가 놀라울 정도의 인내심을 가지고 작업에 임한다는 사실이다. 고대 하와이의 전투용 곤봉이나 작살 노에는 너무나도 다양하고 정교한 조각이 새겨져 있는데, 이는 인간 인내심의 위대한 승전 트로피로 라틴어 사전에 비견될 만하다. 부서진 조개껍데기 조각이나 상어 이빨 하나만으로 나무에 그물 조직처럼 놀랍고도 복잡한 무늬를 새겨넣으려면 오랜 세월 동안 부단히 애를 써야만 하기 때문이다.

백인 선원 야만인도 하와이의 야만인과 같다. 똑같이 놀라운 인내심, 또한 상어 이빨 하나와 다를 바 없는 가련한 잭나이프 하나로 그가 깎아 만든 고래뼈 조각은 그리스의 야만인 아킬레우스의 방패처럼 장인의 풍모는 지니지 못하지만, 미로같이 빽빽한 도안만큼은 그 방패에 결코 뒤지지 않으며, 옛 독일의 훌륭한 야만인 알브레히트 뒤러의 판화만큼이나 야만적 정신과 암시성으로 가득하다.

나무에 조각된 고래, 또는 남양의 고귀한 전쟁용 목재로 만든 작고 검은 판자를 고래 모양으로 자른 것은 미국 포경선의 앞갑판에서 흔히 볼 수 있는 것들이다. 그중에는 매우 정교하게 만들어진 것들도 있다.

박공지붕을 한 옛 시골집에서 길가로 난 문에 황동으로 된 고래의 꼬리를 매달아 노커 대용으로 사용하는 걸 보게 될 때도 있다. 문지기가 졸고 있을 때는 모루 모양의 머리를 한 고래가 최고일 것이다. 하지만 이 노커로 쓰이는 고래들은 좀처럼 이렇다 할 신뢰를 내보이는 법이 없다. 구식 교회의 첨탑 위에 닭 모양을 한 풍향계 대신 철판으로 된 고래가 놓인 경우를 보게 될 때도 있다. 하지만 그것들은 너무 높은 곳에 있는데다 사실상 '손대지 마시오!'라는 꼬리표가 붙은 것이나 마찬가지여서 그 가치를 판단할 수 있을 만큼 가까이서 관찰하기란 불가능하다.

깎아지른 듯이 가파르고 높은 절벽 아래, 평원 위로 바윗덩어리들이 환상적인 무리를 지은 채 여기저기 흩어져 있는 앙상하고 척박한 지역에 가면 종종 석화된 형태의 리바이어던 같은 것이 풀숲에 반쯤 가려져 있는 모습을 볼 수 있는데, 바람 부는 날이면 그 풀들이 푸른 물결의 파도를 이루며 그것들에 부딪혀 부서진다.

그리고 또한 원형극장처럼 우뚝 솟은 산들이 여행자를 계속해서 둘러쌀 정도로 산이 많은 나라에서는 군데군데 전망 좋은 곳에서 파도처럼 물결치는 산등성이가 만들어낸 고래의 윤곽이 잠깐잠깐 눈결에 스치기도 한다. 하지만 그런 광경을 보려면 철두철미한 고래잡이가 되어야만 한다. 그뿐만 아니라 그런 광경을 봤던 장소로 다시 돌아가고 싶다면 처음에 섰던 자리의 위도와 경도가 정확하게 교차하는 지점을 알아야 한다. 그러지 않으면—산등성이가 고래처럼 보이는 광경은 정말이지 우연적인 일이기 때문에—예전에 섰던 정확한 위치를 다시 찾기 위해 무척 고된 시간을 보내야 한다. 그것은 한때 높은 주름 옷깃을 달았던 멘다냐[287]가 두 발을 디뎠고 늙은 피게이라[288]가 그것을 연대기로 묶었음에도 여전히 미지의 영역으로 남아 있는 솔로몬제도와 마찬가지다.

또한 이 주제로 인해 정신이 드넓게 고양되면, 별이 총총한 하늘에서 거대한 고래들과 그것들을 쫓는 보트들의 흔적을 찾아내지 않을 도리가 없게 된다. 한동안 머릿속으로 전쟁만을 떠올리던 동방의 민족들이 구름 속에서 전투에 휘말린 군대를 보았듯이. 그리하여 나는 북극해에서 처음 내게 고래를 알려준 북두칠성이 순환하는 동안 북극 주위를 빙글빙글 회전하며 리바이어던을 쫓았다. 그리고 찬란한 남극해의 하늘 아래에서 '아르고자리'에 올라 아득히 먼 '물뱀자리'와 '날치자리' 저 너머에 있는 반짝이는 '고래자리'를 쫓는 일에 합류했다.

프리깃함의 닻을 고삐로 삼고 작살 다발을 박차로 삼아 그 고래에 올라탄 후 세상에서 가장 높은 하늘로 뛰어올라가 말로만 듣던 천국이 정말로 무수한 천막을 친 채 내 눈길 닿지 않는 곳까지 펼쳐져 있는지를 내 눈으로 직접 확인해볼 수만 있다면!

58장

요각류

우리는 크로제제도에서 북동쪽으로 나아가다가 참고래가 대량으로 먹어치우는 작고 노란 생물인 요각류[289]들로 가득한 목장을 만났다. 그것들이 몇 킬로미터에 걸쳐 우리 주위에서 넘실댔기 때문에 우리는 마치 황금빛으로 무르익은 끝없는 밀밭을 헤치고 나아가는 듯한 기분에 빠져들었다.

이튿날이 되자 수많은 참고래가 나타났다. 녀석들은 피쿼드호 같은 향유고래 포경선의 공격을 받을 일은 없다고 생각했는지 입을 벌린 채 요각류 사이를 느릿느릿 헤엄쳐 다녔고, 요각류는 고래 입속의 경이로운 베니션블라인드 같은 술 장식 섬유에 달라붙고 바닷물만 걸러져 입술 밖으로 배출되었다.

아침에 풀베기꾼들이 나란히 선 채로 축축한 목초지의 길고 축축한 풀을 큰 낫으로 베어가며 파도처럼 천천히 나아가듯이, 이 괴물들도 풀을 베는 듯한 이상한 소리를 내며 헤엄쳐 갔고, 그들이 헤엄쳐 간 누런 바다* 위에는 낫질이 남긴 푸른 자취가 끝도 없이 남아 있었다.

* 고래잡이들 사이에서 '브라질 모래톱'으로 알려진 이 해역의 이름은 '뉴펀들랜드 모래톱'처럼 수심이 얕아서가 아니라 이처럼 놀라울 정도로 목초지와 유사한 모습을 하고 있기 때문에 붙여진 이름인데, 그런 모습은 참고래가 자주 출몰하는 지역에 끊임없이 떠다니는 거대한 요각류의 흐름 때문에 생겨난 것이다.

하지만 풀베기꾼이 떠오른 것은 단지 고래들이 요각류를 헤쳐나갈 때 내는 소리 때문이었다. 돛대 꼭대기에서 본 고래들, 특히 움직임을 멈추고 한동안 정지해 있는 고래들의 커다랗고 검은 형체는 생명이 없는 바윗덩어리들로만 보였다. 인도의 광활한 수렵 지대에서 나그네가 저 먼 평원에 드러누워 있는 코끼리들을 벌거벗은 검은 언덕쯤으로 알고 그냥 지나치듯이, 바다에서 이런 종류의 리바이어던을 처음 보게 된 사람도 종종 그럴 때가 있다. 마침내 그것이 고래임을 알게 되더라도, 그 어마어마한 덩치는 보는 이로 하여금 그토록 비대하게 성장한 몸뚱이의 모든 부분이 개나 말에게 존재하는 그런 생기로 가득하다는 게 과연 가능한 일일지 무척이나 고개를 갸우뚱하게 만든다.

사실 그 밖의 여러 측면에서도 대양의 생명체들을 육지의 생명체들과 동등한 느낌으로 대하기란 거의 불가능하다. 비록 옛 박물학자들 중에 육지의 모든 생명체들에 대응하는 생명체들이 바다에도 있다고 주장한 이들이 있고, 넓은 견지에서 보자면 이는 매우 옳은 말일지도 모르지만, 꼼꼼히 따져보면 사실 그렇지도 않다. 이를테면 바다 그 어디에 개처럼 영리하고 상냥한 성품을 지닌 물고기가 있단 말인가? 일반적인 측면에서 봤을 때 개와 상대적으로 유사하다고 할 수 있는 것은 저주받은 상어뿐이다.

하지만 육지 사람들은 대체로 바다 원주민들을 뭐라 말할 수 없이 꺼림칙하고 혐오스러운 감정을 품은 채 대해왔고, 우리가 바다를 영원히 미지의 땅으로 여기기 때문에 콜럼버스는 무수한 미지의 세계를 항해한 끝에 서쪽 바다에 떠 있는 한 세계를 발견했던 것이며, 모든 끔찍한 재난 가운데 가장 끔찍한 재난의 대부분은 바다로 나갔던 수십 수백 수천 명의 사람들에게 태곳적부터 마구잡이로 닥쳐왔으며, 갓난아이와도 같은 인간이 제아무리 과학과 기술을 자랑하고 전도유망한 미래에 그 과학과 기술이 아무리 크게 발전한다 해도 바다는 최후의 심판을 고하는 천둥이 울릴 때까지 계속해서 인간을 모욕하고 살해하면서 인간이 만들 수 있는 가장 위풍당당하고 굳센 프리깃함을 가루로 만들어버릴 거란 사실을 아주 잠깐만 생각해봐도 금방 알 수 있다. 그럼에도 이런 느낌이 끊임없이 되풀이되다 보니 인간은 본디 바다가 불러일으키는 그 크나큰 공포에 대한 감각을 상실하고 말았다.

우리가 책에서 볼 수 있는 최초의 배가 떴던 바다는 무자비한 복수심으로 온 세상을 집어삼키면서 단 한 사람의 과부조차 남겨두지 않았다. 바로 그 바다가 지금도 넘실거리고 있다. 바로 그 바다가 작년에도 난파선들을 침몰시켰다. 그렇다, 이 바보 같은 인간들이여. 노아의 홍수는 아직 끝나지 않았다. 그 물은 아직도 이 번영하는 세상의 삼분의 이를 뒤덮고 있다.

바다와 육지는 어떤 차이가 있기에 한쪽에서는 기적인 것이 다른 한쪽에서는 기적이 아닌 것이 될까? 코라[290]와 그에게 딸린 사람들의 발아래서 살아 있는 땅이 입을 벌려 그들을 영영 집어삼켜버렸을 때 히브리인들은 초자연적인 공포에 사로잡혔다. 하지만 오늘날에도 살아 있는 바다가 그때와 똑같은 방식으로 배와 선원들을 집어삼키지 않은 채로 해가 저무는 날은 단 하루도 없다.

하지만 바다는 자신과 이질적인 사람에게 적대감을 품을 뿐만 아니라 자기 자식에게까지 악마처럼 굴고, 자신의 손님을 살해한 페르시아인 주인보다 더 고약해서 자신이 낳은 생명체들조차 봐주는 법이 없다. 사나운 암호랑이가 정글에서 뒹굴다가 자기 새끼를 깔고 누워 질식시키듯, 바다는 가장 힘센 고래들조차 바위에 내동댕이쳐 그것들을 난파선의 잔해와 함께 나란히 눕혀놓는다. 바다를 지배하는 것은 바다 자신의 자비와 위력뿐이다. 주인 없는 바다는 기수가 떨어져 미친 듯이 날뛰는 군마처럼 헐떡이고 힝힝거리면서 지구 전체에 범람하고 있다.

바다의 음흉함을 생각해보라. 바다에서 가장 무서운 생명체들은 물 아래로 미끄러져 들어가 대개 그 모습을 드러내지 않은 채 기만적이게도 무척이나 아름다운 담청색 아래 숨어 있지 않은가. 또한 여러 종류의 상어들이 우아하고 아름다운 형태를 지니고 있듯, 바다에서 가장 무자비한 종족들이야말로 사악한 광휘와 아름다움을 지니고 있다는 점을 생각해보라. 그리고 또한 바다에서 일어나는 보편적인 동족상잔에 대해서도 한번 생각해보라. 바다의 모든 생명체는 서로가 서로를 잡아먹으며 세상이 시작된 이래로 영원한 전쟁을 이어나가고 있다.

이 모든 것을 생각해본 후에 푸르고 부드러우며 더없이 온순한 이 대지를 돌아보고, 바다와 육지에 대해 한번 동시에 생각해보라. 여러분의 내면에 있는 무언가와 이상하리만치 닮아 있다는 생각이 들지 않는가? 이 오싹한 바다가 파릇파릇한 육지를 감싸고 있듯이, 인간의 영혼 속에는 평화와 기쁨으로 가득한 타히티섬 하나가 놓여 있고, 그것은 반쯤 베일에 가려진 삶의 온갖 공포로 둘러싸여 있는 것이다. 신께서 그대를 지켜주시길! 그대여, 그 섬을 떠나지 말지어다. 떠나면 두 번 다시 돌아가지 못할지니!

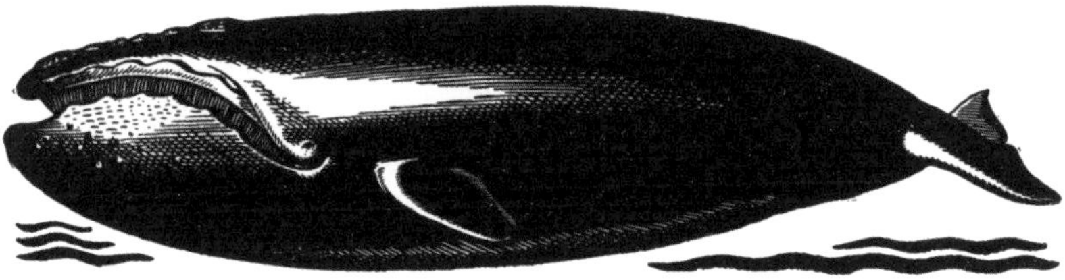

59장
오징어

요각류 목장을 천천히 빠져나가면서 피쿼드호는 여전히 자바섬[291]을 향해 북동쪽으로 나아가고 있었다. 부드러운 바람이 배의 용골을 앞으로 밀어주고, 주위는 고요한 가운데, 끝으로 갈수록 점점 가늘어지는 세 돛대는 평원에 선 세 그루의 야자나무처럼 그 나른한 미풍에 부드럽게 몸을 흔들었다. 그리고 아주 가끔씩 은빛으로 빛나는 밤이면 고독하고 매혹적인 물기둥이 여전히 그 모습을 드러내곤 했다.

하지만 투명하리만치 푸른 어느 날 아침, 바람이 완전히 멎지는 않았음에도 거의 초자연적인 고요함이 바다 위에 온통 깔려 있었을 때, 바다 위에 내리쪼이는 길고 빛나는 한줄기 햇살이 바다를 가로지르는 황금빛 손가락처럼 모종의 비밀을 엄수하라는 명령을 내리는 것 같았을 때, 실내화를 신은 물결이 아주 조심스레 내달리며 서로에게 뭐라 뭐라 속삭이고 있었을 때, 이처럼 눈에 보이는 영역이 죄다 깊은 침묵에 빠져 있었을 때, 큰 돛대 꼭대기에 있던 다구의 눈에 이상한 유령 같은 것이 보였다.

저멀리서 거대한 흰 덩어리가 천천히 머리를 내밀고는 점점 더 높이 솟아올라 연푸른 바다 위로 온몸을 드러내더니, 마침내 우리 뱃머리 앞에서 흰 몸을 번쩍였다. 그 모습이 마치 방금 산에서 쏟아져내린 눈사태 같았다. 그렇게 잠시 번쩍이던 그것은 솟아올랐을 때와 마찬가지로 천천히 물속으로 가라앉아 버렸다. 그러더니 다시 한번 솟아올라 고요히 빛났다. 고래처럼 보이진 않았는데, 그렇다면 이것이 모비 딕인가? 하고 다구는 생각했다. 유령이 다시 한번 가라앉았다가 또다시 모습을 드러내자 그 흑인은 단도같이 날카로운 고함을 질러 꾸벅꾸벅 졸고 있던 모두를 깜짝 놀라게 했다. "저기! 저기 또 나타났다! 저기 고래가 물위로 도약한다! 바로 앞이다! 흰 고래다, 흰 고래야!"

이 말을 들은 선원들은 분봉 시기의 벌들이 나뭇가지로 달려들듯이 활대 양쪽 끝으로 달려들었다. 타는 듯한 태양 아래서도 모자를 쓰지 않은 에이해브는 제1사장 위에 서서 키잡이에게 언제라도 명령을 내릴 수 있도록 한쪽 손을 뒤로 쭉 뻗은 채 다구가 돛대 꼭대기에서 팔을 뻗어 가리키고 있는 방향을 열심히 쳐다보았다.

나타났다 휙 사라지고 마는 그 고요하고 외로운 물기둥이 에이해브에게 서서히 영향을 끼쳐서 그토록 쫓아다녔던 고래와 마주친 첫 순간에도 온순함과 침착함을 유지할 수 있게 된 것일까. 그것이 사실인지, 아니면 그의 열망이 그를 배신했던 것인지는 모르겠지만, 그거야 어찌됐든 그는 그 흰 덩어리를 확실히 감지하자마자 당장 보트를 내리라며 다급하고도 힘찬 목소리로 명령했다.

보트 네 척이 곧 바다로 내려졌고, 에이해브를 필두로 한 모든 보트가 사냥감을 향해 재빨리 노를 저었다. 녀석은 곧 물속으로 가라앉았고, 그동안 우리는 노를 멈추고 녀석이 다시 나타나기만을 기다렸는데, 아니 이런! 녀석이 물속으로 가라앉았던 바로 그 자리에서 다시 한번 천천히 머리를 쳐드는 것이 아닌가. 그 순간 우리는 모비 딕에 대한 생각은 거의 잊은 채 비밀스러운 바다가 지금껏 인류에게 드러낸 가장 경이로운 현상을 가만히 지켜보았다. 물위에 떠 있는 것은 길이와 폭이 몇백 미터는 족히 되어 보이는 거대하고 흐물흐물한 빛나는 크림색 덩어리였는데, 그 중심에서 사방으로 무수히 뻗은 긴 팔들은 잡을 수 있는 범위 내에 들어온 것이라면 그 어떤 불운한 먹이라도 사정없이 움켜잡겠다는 듯 온통 꼬이고 비틀려 있었다. 마치 아나콘다의 둥지를 보는 듯했다. 얼굴이나 앞모습 같은 것은 전혀 파악할 수 없었고, 감각이나 본능을 지녔다는 증거도 찾아볼 수 없었다. 바다 위에서 넘실대고 있는 그것은 이 세상의 것이 아닌 무엇, 형체도 없이 우연히 생겨난 환영 같은 생명체였다.

녀석이 무언가를 빨아들이는 듯한 낮은 소리를 내며 다시 천천히 모습을 감추자, 그것이 가라앉은 자리에서 요동치던 바다를 계속해서 응시하던 스타벅이 사나운 목소리로 외쳤다. "네 녀석을 쳐다보느니 차라리 모비 딕을 만나 싸우는 편이 낫겠다, 이 새하얀 유령놈아!"

"그게 뭐였죠?" 플래스크가 물었다.

"살아 있는 거대한 오징어인데, 사람들 말로는 녀석을 보고도 항구로 돌아가 그 이야기를 들려준 포경선은 거의 없다더군."

하지만 에이해브는 아무 말도 하지 않은 채 보트를 돌려 모선으로 돌아갔고, 나머지 보트들도 조용히 그의 뒤를 따랐다.

향유고래잡이들이 흔히 이 생명체를 목격하는 일과 관련해 어떤 미신을 지니고 있는지는 모르겠지만, 얼핏 보기만 해도 너무 기이한 느낌을 받는 까닭에 결국에는 불길한 존재로 여기게 된 게 틀림없다. 비록 다들 이 오징어가 바다에서 가장 커다란 생물이라고 주장하지만, 녀석이 모습을 드러내는 일은 매우 드물기에 그것의 진짜 습성과 형태에 대해 아주 막연하게나마 아는 사람은 극히 적다. 그럼에도 사람들은 이 오징어가 향유고래의 유일한 먹이라고 믿고 있다. 다른 종류의 고래들은 수면 위로 올라와 먹이를 찾고 먹이를 먹는 모습이 현장에서 목격되기도 하지만, 향유고래는 수면 아래 미지의 영역에서만 먹이를 구하기 때문에 그 먹이가 정확히 무엇인지에 대해서는 오로지 추측만 할 수 있기 때문이다. 가끔 향유고래를 바짝 추격하다보면 녀석이 이 오징어에게서 떨어져나온 팔로 추정되는 것을 토해낼 때가 있는데, 그중에는 길이가 20에서 30피트 이상 되는 것도 있다. 사람들은 이 팔의 주인인 괴물이 보통 때는 그 팔을 이용해 바다 밑바닥에 달라붙어 있으며, 다른 고래들과 달리 향유고래에게는 이 괴물을 공격해 바닥에서 떼어낼 수 있는 이빨이 있을 거라고 생각한다.

폰토피단 주교가 말한 거대한 크라켄[292]이 결국 이 오징어로 변모한 것은 아닌가 하는 상상도 전혀 억측만은 아닌 듯하다. 크라켄이 물위로 솟았다가 다시 가라앉기를 반복한다는 주교의 설명과 더불어 그가 언급한 다른 특징들까지 모두 살펴봤을 때, 이 둘은 모든 점에서 서로 일치한다. 그러나 주교가 말하는 크라켄의 믿기지 않을 정도로 거대한 크기는 상당히 줄여서 판단해야 한다.

지금 내가 말한 이 신비로운 생명체의 소문을 얼핏 듣게 된 박물학자들 가운데는 그것을 오징어의 일종으로 분류한 이들도 있는데, 사실 외형상으로 봤을 때 그렇게 보이는 측면이 있긴 하지만, 그렇다 하더라도 그것은 오징어족의 아나킴[293]이라 해야 마땅할 것이다.

60장

포경 밧줄

이제 곧 이야기할 고래잡이 장면과 앞으로 다른 곳에서 말할 비슷한 장면들을 좀더 쉽게 이해할 수 있도록 여기서 마술적이며 때로 공포스럽기까지 한 포경 밧줄에 대해 말해두는 편이 좋겠다.

원래 고래잡이에 사용되는 밧줄은 가장 질이 좋은 삼으로 만들며, 보통 밧줄과는 달리 타르를 잔뜩 칠하지 않고 살짝 스미게만 한다. 보통의 경우에는 삼에 타르를 잔뜩 칠해야 밧줄을 더 쉽게 만들 수 있고, 그래야 밧줄 자체도 보통 배에서 선원들이 사용하기에 더욱 편해진다. 하지만 보통의 경우대로 하다가는 단단히 감아야만 하는 포경 밧줄이 지나치게 뻣뻣해질 수 있으며, 대부분의 선원들이 이제 알게 됐다시피 타르는 일반적으로 밧줄을 팽팽하고 윤기 있게 해주기는 하지만 밧줄의 내구력과 견고성에는 전혀 도움이 되지 않는다.

최근 들어 미국 포경업계에서는 포경 밧줄의 재료로 대개 삼 대신 마닐라삼을 사용하는데, 삼처럼 내구력이 뛰어나지는 않아도 더 튼튼하고, 또한 훨씬 더 부드럽고 탄력 있기 때문이다. 그리고 덧붙여 말하자면 (모든 것에는 미학이라는 것이 있는 법이므로) 마닐라삼이 훨씬 더 보기 좋고 보트에도 잘 어울린다. 삼이 거무스름하고 짙은 피부의 인도 사람이라면, 마닐라삼은 금발의 코카서스인종 같아 보인다.

포경 밧줄의 굵기는 겨우 삼분의 이 인치에 불과하다. 얼핏 보면 실제와 달리 그다지 튼튼해 보이지 않는다. 실험해보면 51가닥의 꼰실 하나하나가 각각 120파운드씩의 무게를 견디니 밧줄 전체는 거의 3톤의 무게를 지탱한다고 할 수 있다. 보통 향유고래용 밧줄의 길이는 200패덤[294]이 넘는다. 밧줄은 보트 선미 쪽에 있는 밧줄통에 나선형으로 감아두는데, 증류기의 나선관처럼 감는 게 아니라 '보릿단'처럼 빽빽이 쌓아올려 둥근 치즈 덩어리처럼 보이도록 만드는 방식으로, 또는 여러 겹의 나선형 동심원을 만드는 방식으로 감는다. 이 치즈 덩어리의 중심축에는 빈 공간 대신 '심', 그러니까 작은 관 같은 것이 수직으로 세워져 있다. 감아둔 밧줄이 조금이라도 꼬여 있거나 얽혀 있으면 풀려나갈 때 틀림없이 누군가의 팔이나 다리, 또는 몸 전체를 휘감게 되므로 밧줄을 통에 넣을 때는 극도로 주의해야 한다. 어떤 작살잡이들은 아침 내내 이 작업을 하기도 한다. 이들은 밧줄을 높이 들어올려 도르래에 꿰고는 밧줄 끝을 통 쪽으로 두고 밧줄을 밧줄통에 감는데, 이는 감는 과정에서 밧줄이 꼬이거나 얽힐 것을 미연에 방지하기 위해서다.

영국 보트에서는 하나가 아닌 두 개의 밧줄통을 사용한다. 하나의 밧줄을 양쪽 통에 동시에 감아넣는 것이다. 여기에는 몇 가지 이점이 있다. 한 쌍의 밧줄통은 그 크기가 매우 작아서 보트에 좀더 손쉽게 집어넣을 수 있으며 보트에 큰 무리를 주지도 않는다. 반면에 미국의 밧줄통은 지름이 거의 3피트에 이르고 그에 따른 깊이도 상당하기 때문에 널빤지 두께가 1.5인치밖에 안 되는 배에서 사용하기에는 다소 부피가 큰 짐이라고 할 수 있다. 포경 보트의 밑바닥은 얇은 얼음과도 같아서 널리 분산된 무게는 견뎌내지만 한 곳에 집중된 무게는 잘 견뎌내지 못하기 때문이다. 이 미국식 밧줄통에 페인트칠을 한 범포를 씌워놓으면 보트는 마치 고래들에게 바칠 엄청나게 거대한 웨딩 케이크를 싣고 노를 저어가는 것처럼 보인다.

밧줄의 양쪽 끝은 모두 밖으로 드러나 있다. 밧줄 아래쪽 끝은 바닥에서부터 통의 옆면을 따라 위로 올라와 삭안索眼 즉 고리 모양을 이룬 채 그 무엇에도 닿지 않은 상태로 통의 가장자리 위에 늘어뜨려져 있다. 아래쪽 끝을 꼭 이렇게 두어야만 하는 것은 두 가지 이유에서다. 첫째, 작살을 맞은 고래가 너무 깊이 잠수해 들어가서 원래 작살에 연결되어 있던 밧줄 전체를 모두 끌고 가버릴 경우, 그 밧줄 끝에 인접한 보트의 밧줄을 추가로 묶을 수 있도록 하기 위함이다. 이런 경우에 고래는 당연히 한 보트에서 다른 보트로 술잔처럼 건네지지만 원래의 보트도 동료 보트를 돕기 위해 언제나 그 근처를 맴돈다. 둘째, 밧줄 끝을 이렇게 두는 것은 공동의 안전을 위해서도 필수적이다. 밧줄의 아래쪽 끝이 어떻게든 보트에 연결되어 있다면, 그리고 그런 상황에서 고래가 때때로 그러듯이 부지불식간에 밧줄을 끝까지 다 풀어버린 채로 맹렬히 헤엄쳐 간다면 상황은 거기서 멈추지 않을 것이며, 저주받은 보트는 고래를 따라 깊은 바닷속으로 영락없이 끌려들어가야 하는 신세가 되고 말 것이기 때문이다. 그렇게 되면 공지 사항을 알리는 타운의 직원들은 그 보트의 소식을 다시는 전해듣지 못하게 될 것이다.

고래를 추격할 보트를 내리기 전에 밧줄의 위쪽 끝을 통 뒤쪽으로 빼서 밧줄을 거는 기둥에 한 번 돌린 다음, 다시 보트 전체를 가로질러 뱃머리 쪽으로 가져가서 노의 자루나 손잡이 위에 비스듬히 걸쳐놓으면 노잡이들이 노를 저을 때마다 밧줄이 손목을 살짝 치게 된다. 또한 밧줄은 양쪽 뱃전에 교대로 앉아 있는 노잡이들 사이를 지나 극도로 뾰족한 보트 뱃머리에 있는 납으로 된 밧줄걸이나 홈으로 이어지는데, 그곳에는 보통 깃펜 정도 되는 크기의 나무못이나 꼬챙이가 있어서 밧줄이 밖으로 미끄러져나가는 것을 방지해준다. 밧줄은 밧줄걸이에 매달려 가느다란 축제용 꽃줄 장식처럼 뱃머리 너머로 늘어져 있다가 또다시 보트 안으로 들어온다. 그리고 뱃머리의 칸막이 위에 10에서 20패덤 정도의 밧줄을 감아놓은 다음(이렇게 감아놓은 것을 '칸막이 밧줄'이라고 부른다) 계속해서 뱃전을 따라 조금 더 뒤로 끌고 가서 짧은 당김줄—작살에 직접 연결된 밧줄—에 묶어둔다. 물론 두 밧줄을 묶기 전에 짧은 당김줄은 여러 잡다하고 혼란스러운 과정을 거치지만, 그 과정에 대해 일일이 다 설명하는 것은 너무 따분한 일이 될 것이다.

이처럼 복잡하게 감긴 포경 밧줄은 거의 모든 방향으로 뒤틀리고 몸부림치면서 보트 전체를 감싼다. 모든 노잡이들이 위험하게 뒤틀린 밧줄에 얼기설기 얽혀 있기 때문에, 육지 사람들의 겁 많은 눈에 이들은 치명적인 독사를 꽃줄 장식처럼 팔다리에 명랑하게 휘감은 인도의 곡예사들처럼 보일 지경이다. 여자에게서 태어난 아들로서 난생처음 삼으로 엮은 그 혼란 속에 앉아서 있는 힘껏 노를 젓다보면 부지불식간에 작살이 던져져 이 끔찍하게 뒤엉킨 밧줄들이 고리 달린 번갯불 노릇을 하게 될지도 모른다는 생각이 들기 마련이고, 그리하여 뼛속의 골수마저 젤리처럼 흔들릴 정도로 부들부들 떨며 몸서리치게 된다. 하지만 습관이란 참으로 이상한 것이다! 습관이 해내지 못할 일이 과연 그 무엇이란 말인가? 마호가니로 만든 식탁에 앉아 있는 사람들도 3인치 두께의 편백나무로 만든 포경 보트에서 들리는 것보다 더 유쾌한 재담과 명랑한 웃음소리, 더 멋진 농담과 눈부신 응답은 들을 수 없을 것이다. 이때 그들은 교수형 올가미에 매달린 것이나 마찬가지지만, 여섯 명이서 한 조를 이룬 선원들은 에드워드왕 앞으로 나아간 여섯 명의 칼레 시민들[295]처럼 다들 목에 밧줄을 하나씩 감은 채 죽음의 아가리 속으로 들어가고 있다고 해도 무방하다.

이제 여러분은 아주 조금만 생각해봐도 이런저런 사람들이 밧줄에 걸려 보트 밖으로 떨어져 사라지고 말았던 포경 보트에서의 재난들이 왜 계속 되풀이되어 일어났는지 그 이유를 깨닫게 됐을지도 모르겠다. 포경 밧줄이 쏜살같이 튀어나갈 때 그 보트에 앉아 있는 것은, 온통 윙윙거리는 소리를 내며 힘차게 작동중인 증기기관 속에 들어앉아 나는 듯이 움직이는 모든 레버와 굴대와 톱니바퀴에 피부가 까지는 것이나 마찬가지다. 아니, 그보다 더 최악이다. 그처럼 위험천만한 상황에서는 가만히 앉아 있을 수도 없기 때문이다. 보트가 요람처럼 흔들리고, 몸은 약간의 경고도 없이 이리저리로 내던져지는데 어떻게 그럴 수 있겠나. 다만 어떻게든 스스로 균형을 잡아 부력을 유지하고 의지와 행동을 일치시켜야만 마제파가 되는 꼴[296]을 면할 수 있고, 만물을 꿰뚫어보는 태양도 색출해낼 수 없는 곳으로 도망칠 수 있는 것이다.

또한 폭풍이 오기 전에 그것을 예언할 따름인 깊은 정적이 어쩌면 태풍보다 더 무서운 법인데, 사실 정적은 폭풍을 감싸고 있는 포장지일 뿐이지만 겉보기에는 무해해 보이는 라이플총이 그 안에 치명적인 화약과 탄알과 폭발음을 담고 있듯이 정적도 그 안에 폭풍을 담고 있기 때문이다. 실제로 사용되기 전에 노잡이들 주변에서 고요히 뱀처럼 꼬여 있는 밧줄의 그 우아한 휴식—이것이야말로 이 위험한 물건의 다른 어떤 모습보다 더욱 진정한 공포를 맛보여준다. 하지만 더 말해 무엇하겠는가? 모든 인간은 포경 밧줄에 에워싸인 채 살고 있고, 모든 인간은 목에 교수형 밧줄을 두른 채 태어났다. 하지만 인간들이 이 고요하고 미묘하며 늘 곁에 있는 삶의 위험을 깨닫게 되는 것은 갑자기 방향을 튼 죽음과 마주하게 됐을 때뿐이다. 그러니 만일 여러분이 철학자라면, 포경 보트에 앉아 있더라도 작살이 아닌 부지깽이를 곁에 두고 저녁의 난롯가에 앉아 있을 때보다 조금이라도 더 큰 공포에 사로잡히지는 않을 것이다.

61장

스터브가 고래를 죽이다

그 유령 같은 오징어가 스타벅에게 불길한 전조였다면, 퀴퀘그에게는 전혀 다른 의미를 띤 무엇이었다.

야만인이 모선으로 끌어올린 보트 뱃머리에서 작살을 갈며 말했다. "오징어 놈 보게 되면, 곧 향유고래 놈도 보게 된다."

다음날은 무척이나 잔잔하고 후텁지근했다. 딱히 할 일도 없던 피쿼드호의 선원들은 그처럼 텅 빈 바다가 불러온 마법 같은 졸음을 이겨낼 도리가 없었다. 그때 우리가 항해하던 인도양의 그 해역은 고래잡이들이 말하는 이른바 활기 넘치는 어장은 아니었기 때문이다. 즉 그곳에서는 라플라타강 연안이나 페루 연안의 어장에서보다 알락돌고래, 돌고래, 날치처럼 좀더 떠들썩한 바다에 사는 쾌활한 생물들을 볼 기회가 적었다는 말이다.

내가 앞돛대 꼭대기에 올라갈 차례였다. 나는 느슨해진 맨 꼭대기 밧줄에 어깨를 기댄 채 마법에 걸린 듯한 대기 속에서 앞뒤로 몸을 나른히 흔들어댔다. 아무리 굳게 다짐을 해봐도 이겨낼 수가 없었다. 그 꿈결 같은 기분 속에서 모든 의식을 잃은 탓에, 마침내 내 영혼조차 내 몸을 떠나갔다. 내 몸은 그것을 처음 움직이게 한 힘이 물러간 지 한참이 지난 후에도 시계추처럼 흔들리기를 멈추지 않았다.

망각이 나를 완전히 사로잡기 전에, 나는 큰 돛대와 뒷돛대 꼭대기 위에 있는 선원들도 벌써부터 꾸벅꾸벅 졸고 있는 것을 보았다. 그리하여 마침내 우리 셋은 돛대 위에서 죽은듯이 흔들렸고, 우리가 몸을 흔들 때마다 아래에서 졸고 있던 키잡이도 고개를 꾸벅거렸다. 파도 역시 게으른 물마루를 꾸벅거렸고, 온통 무아지경에 빠진 너른 바다에서는 동쪽이 서쪽을 향해 꾸벅거렸으며, 태양은 그 모든 것을 향해 고개를 꾸벅거렸다.

갑자기 감은 두 눈 아래서 거품이 터진 듯한 기분이 들었다. 두 손은 바이스처럼 밧줄을 꽉 움켜쥐고 있었는데, 눈에 보이지 않는 어떤 자비로운 힘이 나를 지켜준 것 같았다. 나는 화들짝 놀라 정신을 차렸다. 그런데 보라! 바람 불어가는 쪽에서 40패덤도 떨어져 있지 않은 아주 가까운 곳에서 거대한 향유고래 한 마리가 뒤집힌 프리깃함의 선체처럼 물속에서 몸을 뒹굴고 있는 게 아닌가. 에티오피아 사람의 피붓빛처럼 윤기가 흐르고 널찍한 녀석의 등짝은 햇살 속에서 거울처럼 빛나고 있었다. 하지만 바다의 물마루 사이에서 한가로이 흔들리며 이따금 고요하게 수증기로 가득한 물기둥을 뿜어내는 고래의 모습은 어느 따스한 오후에 파이프 담배를 피우는 풍채 좋은 소도시 시민처럼 보였다. 하지만 가엾은 고래여, 그 파이프 담배는 그대가 이 세상에서 피우는 마지막 담배였다. 무슨 마법사의 지팡이에 얻어맞기라도 한 것처럼 졸고 있던 배와 그 안에서 졸고 있던 모든 선원이 돌연 잠에서 벌떡 깨어났다. 그리고 그 거대한 물고기가 천천히 규칙적으로 공중을 향해 반짝이는 소금물을 뿜어 올리는 동안, 배의 곳곳에서 수십 명의 목소리가 돛대 꼭대기에 선 세 명의 목소리와 동시에 익숙한 고함으로 터져나왔다.

"보트를 내려라! 뱃머리를 바람 불어오는 쪽으로!" 에이해브가 외쳤다. 그러고는 자신도 그 명령에 따라 당장 키를 향해 달려가더니, 키잡이가 키의 바큇살을 잡기도 전에 키를 붙들었다.

선원들의 갑작스러운 외침이 고래를 놀라게 한 게 틀림없었다. 녀석은 우리가 보트를 내리기도 전에 당당히 방향을 틀어 바람 불어가는 쪽을 향해 헤엄쳐 갔는데, 계속 침착함을 유지한 채로 잔물결도 거의 일으키지 않고 헤엄쳐 가는 것으로 보아 녀석이 아직은 불안을 느끼지 않고 있다고 생각한 에이해브는 노를 사용하지 말고 이야기도 귓속말로만 하라고 명령했다. 그래서 우리는 온타리오 인디언들처럼 보트 뱃전에 앉아 빠르지만 조용히 패들[297]을 저었다. 잔잔한 날씨였기에 소리가 나지 않는 돛을 펼치는 것도 허락되지 않았다. 우리가 이처럼 미끄러지듯 추격을 이어나가고 있을 때, 그 고래는 꼬리를 공중에 수직으로 40피트나 휙 들어올리는가 싶더니, 이윽고 땅으로 꺼지는 탑처럼 물속으로 가라앉아 시야에서 모습을 감춰버렸다.

이제 잠깐 한숨 돌릴 수 있겠다고 생각한 스터브가 성냥을 꺼내 파이프에 불을 붙이자마자 "저기 고래 꼬리가 보인다!"라는 외침이 들려왔다. 고래는 충분히 잠수를 마친 후에 다시 위로 솟구쳐올랐는데, 이번에 나타난 곳은 담배를 피우는 스터브의 보트 앞쪽이었고 다른 어떤 보트보다 스터브의 보트와 가까이 있었기 때문에 스터브는 고래를 잡는 영광이 자신의 차지가 되리라고 확신했다. 이제는 고래도 마침내 자신에게 추격자들이 따라붙었음을 알게 된 것이 분명했다. 따라서 더이상 조심스레 침묵을 지킬 필요도 없었다. 다들 패들을 내려놓고 큰 소리로 노를 젓기 시작했다. 스터브도 파이프 담배를 계속 뻐끔거리며 부하들에게 공격을 독려했다.

그렇다, 그 고래도 이제는 엄청난 변화를 보였다. 위험을 완전히 알아차린 녀석은 '머리 내밀기'를 하고 있었다. 녀석은 자신이 휘저어 만든 정신없는 거품 속에서 머리를 비스듬히 쑥 내밀어댔다.*

* 향유고래의 거대한 머리의 내부 전체가 얼마나 가벼운 물질로 이루어져 있는지에 대해서는 다른 곳에서 살펴볼 예정이다. 겉보기에 가장 크고 무거워 보이지만, 사실 머리는 향유고래의 몸에서 가장 물에 잘 뜨는 부분이다. 따라서 향유고래는 머리를 공중에 쉽게 들어올릴 수 있고, 최고 속도로 헤엄쳐 갈 때는 언제나 그렇게 한다. 게다가 머리의 앞쪽 윗부분은 폭이 매우 넓고 아랫부분은

"보트를 몰아라, 보트를 몰아, 나의 부하들아! 서둘지는 말고, 시간을 넉넉히 들여서. 하지만 계속 보트를 몰아라. 천둥소리처럼 보트를 몰면 돼, 다른 건 필요 없어." 스터브가 담배 연기를 내뿜는 입으로 외쳤다. "자, 보트를 몰아라. 타시테고, 길고 힘차게 노를 저어라. 보트를 몰아라, 타시, 바로 그거야. 다들 보트를 몰아. 하지만 차분하게, 차분하게—오이처럼 차분하게—침착하게, 침착하게—냉혹한 사신같이, 히죽거리는 악마같이 보트를 몰아서 무덤에 파묻힌 시체들을 벌떡 일으켜세워라, 얘들아—그러기만 하면 돼. 보트를 몰아라!"

"우-후! 와-히!" 게이헤드 사나이가 하늘 높이 인디언 특유의 함성을 질러대며 화답했다. 이 열성적인 인디언이 한 번 힘차게 노를 저을 때마다 한껏 잡아당겨진 보트에 탄 모든 노잡이들은 자기도 모르는 사이에 앞으로 튕겨나갔다.

그러나 그 야만적인 울부짖음에 못지않은 울부짖음으로 화답하는 이들이 있었다. "키-히! 키-히!" 다구는 우리에 갇혀 초조히 서성거리는 호랑이처럼 앉은 자리에서 앞뒤로 계속해서 몸을 움직여대며 소리를 질렀다.

"칼-라! 쿨-루!" 퀴퀘그도 입안 가득 민어 스테이크를 물고 입맛을 쩝쩝 다시는 듯한 목소리로 울부짖었다. 이처럼 보트들은 노와 고함소리로 바다를 갈랐다. 그러는 동안 스터브는 선두 자리를 지키며 부하들을 독려하고 있었는데, 그러면서 입으로는 연신 담배 연기를 뿜어대고 있었다. 그들이 무법자들처럼 노를 있는 힘껏 젓고 또 젓고 있었을 때, 마침내 반가운 외침이 들려왔다. "일어서라, 타시테고! 한 방 먹여줘!" 작살이 던져졌다. "뒤로!" 노잡이들이 보트를 후진시켰다. 그와 동시에 무언가 뜨거운 것이 모두의 손목을 스치고 지나갔다. 바로 마법 같은 포경 밧줄이었다. 방금 전에 스터브는 포경 밧줄을 밧줄

뱃머리에서 물을 가르는 부분처럼 폭이 점점 가늘어지는 형태를 띠고 있기 때문에, 머리를 비스듬히 들어올림으로써 녀석은 뱃머리가 펀펀한 게으른 갤리선에서 끝이 뾰족한 뉴욕의 수로안내선으로 변신한다고도 말할 수 있을 것이다.

기둥에 재빨리 두 번 더 감았고, 밧줄이 돌아나가는 속도가 더 빨라진 까닭에 그 기둥에서는 삼의 푸른 연기가 위로 치솟았으며, 그것은 스터브의 파이프에서 끊임없이 뿜어져나오는 연기와 뒤섞였다. 밧줄은 계속해서 밧줄기둥을 빙빙 돌았고, 기둥에 도달하기 바로 전에는 스터브의 양손에 물집이 생기게 할 만큼 그 사이를 격렬히 빠져나갔다. 이런 경우에 가끔 손에 끼는 '손덮개', 즉 누비로 된 네모난 캔버스 천은 그가 이미 실수로 떨어뜨리고 만 후였다. 그것은 적의 날카로운 양날검을 맨손으로 붙잡고 있는 상황에서 그 적이 시종일관 그 검을 빼내려는 것과 마찬가지였다.

"밧줄을 적셔라! 밧줄을 적셔!" 스터브가 (밧줄통 옆에 앉아 있던) 통 노잡이에게 외치자, 그가 급히 모자를 벗어 바닷물을 뜬 다음 밧줄에 끼얹었다.* 밧줄은 몇 바퀴를 더 돌고서야 제자리를 잡기 시작했다. 이제 보트는 지느러미를 바짝 세운 상어처럼 들끓는 바다를 헤치며 빠르게 나아갔다. 그 와중에 스터브와 타시테고는 서로의 자리—선미 자리와 선수 자리—를 바꿨는데, 보트가 그처럼 요동치는 소란 속에서 그런 일을 한다는 것은 정말이지 위험하기 짝이 없는 일이었다.

보트 윗부분에 떠서 보트 전체를 가로지른 채 진동하고 있는 밧줄과 그 밧줄이 하프의 현보다 더 팽팽해진 것을 보았다면 그 보트가 두 개의 용골로—하나는 바다를 가르고, 다른 하나는 공기를 가르면서—두 개의 상반된 물질을 모두 동시에 휘저으며 달리고 있다고 생각했을 것이다. 뱃머리에서는 계속해서 바닷물이 작은 폭포처럼 떨어져내렸고, 보트가 지나간 자리에서는 끊임없이 소용돌이가 일었다. 보트 안에서 조금만 움직여도, 심지어 새끼손가락 하

* 이 일이 얼마나 필수적인 일인지를 보여주기 위해 여기서 잠깐 언급하자면, 옛날 네덜란드 포경선에서는 날아가는 밧줄에 물을 끼얹기 위해 대걸레를 사용했고, 다른 여러 배들은 그러한 용도로 사용할 나무 들통이나 파래박을 따로 준비해두었다. 그래도 가장 편리한 것은 뭐니 뭐니 해도 당신의 모자다.

나만 까딱해도 온몸이 부서질 듯 떨어대며 돌진하는 보트의 발작적인 뱃전이 바다 쪽으로 기울어 보트가 전복될 것만 같았다. 그들은 이처럼 맹렬히 돌진해나갔고, 선원들 모두는 물거품 속으로 내던져지지 않기 위해 온 힘을 다해 각자의 자리에 달라붙어 있었다. 키잡이 노를 잡은 꺽다리 타시테고는 자신의 무게중심을 낮추기 위해 몸을 반으로 접은 듯이 웅크리고 있었다. 쏜살같이 달리던 보트가 마치 대서양과 태평양 전체를 통과한 것만 같았을 때, 마침내 고래가 도주 속도를 약간 늦춘 듯했다.

"당겨라—당겨!" 스터브가 뱃머리 노잡이에게 외쳤다. 그러자 보트가 아직 고래에게 끌려가고 있었음에도 모든 선원들은 고래 쪽으로 고개를 돌린 채 녀석을 향해 보트를 몰아가기 시작했다. 머지않아 고래와 나란히 놓이게 된 스터브는 무릎을 미끄럼막이판에 단단히 고정시키고 달아나는 고래를 향해 창을 던지고 또 던졌다. 그의 명령에 따라 보트는 무시무시하게 뒹굴어대는 고래를 피해 뒤로 빠져나왔다가 다시 창을 던지기 위해 고래 옆으로 다가가기를 반복했다.

이윽고 괴물의 온몸에서 붉은 피가 언덕을 흘러내려오는 개울물처럼 쏟아져나왔다. 고래의 고통에 찬 몸뚱이는 소금물이 아닌 핏물 속에서 나뒹굴었고, 고래와 보트가 지나간 자리는 한동안 그 피가 만들어낸 거품으로 부글부글 들끓었다. 기울어가는 해가 바다의 진홍빛 웅덩이에 떨어뜨린 햇살이 다시 모두의 얼굴에 반사되었기 때문에 그들의 얼굴은 모두 홍인종의 얼굴처럼 빛났다. 그러는 동안에도 고래의 분수공에서는 흰 연기 같은 물줄기가 연이어 고통스럽게 뿜어져나왔고, 흥분한 보트 지휘자의 입에서는 담배 연기가 연이어 맹렬히 뿜어져나왔다. 스터브는 매번 던질 때마다 휘어지는 창을 (거기에 연결된 밧줄을 이용해서) 끌어당기고는 창을 뱃전에 대고 몇 번 세게 때려서 편 다음 다시 고래를 향해 던지고 또 던졌다.

"보트를 갖다대라—갖다대!" 힘이 다해 고래의 분노가 사그라들자 스터브가 뱃머리 노잡이에게 외쳤다. "갖다대! 바싹!" 보트는 고래의 옆구리에 나란히 섰다. 스터브는 뱃머리 너머로 몸을 쭉 빼고는 길고 날카로운 창을 고래의 몸속에 천천히 쑤셔박고 그 상태로 창을 조심스레 휘저어댔는데, 마치 고래가 삼켰을지도 모를 금시계를 더듬어 찾으면서 갈고리로 건져내기 전에 깨뜨리기라도 할까봐 무척이나 조심스러워하는 모습처럼 보였다. 그런데 그가 찾던 금시계는 고래의 가장 깊은 곳에 숨겨진 생명이었다. 이제 그 생명에 창이 내리꽂혔고, 혼수상태에서 깨어나 이루 말할 수 없는 '단말마'의 고통에 접어든 그 괴물은 자신의 피를 흠뻑 뒤집어쓴 몸으로 미친듯이 들끓어대 뚫고 들어갈 수도 없을 물보라 속에서 사납게 나뒹굴었다. 그리하여 위태로워진 보트는 당장 뒤로 물러나 앞뒤 가릴 것 없이 마구 야단법석을 떨어댄 후에야 그 광란의 황혼 속에서 한낮의 쾌청한 대기 속으로 빠져나올 수 있었다.

이제 단말마의 고통이 잦아든 고래의 모습이 다시 한번 우리 시야에 밀려들어왔다. 녀석은 물결치듯 이리저리 몸을 뒤흔들었고, 분수공을 발작적으로 열었다 조였다 하면서 날카롭고 쇠약하고 고통스러운 숨을 내쉬었다. 마침내 적포도주의 자줏빛 찌꺼기처럼 엉겨붙은 붉은 핏덩이가 겁먹은 대기 속으로 연이어 솟구치는가 싶더니, 다시 아래로 떨어져 고래의 꼼짝도 하지 않는 양쪽 옆구리를 타고 바닷속으로 흘러들어갔다. 고래의 심장이 터져버린 것이다!

"녀석이 죽었어요, 스터브 씨." 다구가 말했다.

"그래, 양쪽 파이프가 다 꺼져버렸군!" 스터브는 입에서 파이프를 빼더니 물 위로 다 탄 담뱃재를 떨어냈다. 그리고 거기 선 채로 자신이 죽인 고래의 거대한 사체를 바라보며 잠시 생각에 잠겼다.

62장
작살 던지기

앞 장에서 일어난 사건과 관련해 한마디 덧붙이겠다.

포경업계의 변치 않는 관습에 따르면, 포경 보트가 모선에서 출발할 때는 고래를 죽이는 자인 보트 지휘자가 임시 키잡이가 되고, 고래에 작살을 꽂는 자인 작살잡이가 작살잡이 노라고 불리는 맨 앞의 노를 젓는다. 그런데 첫번째 작살을 고래에게 박아넣으려면 굳세고 강인한 팔이 필요하다. 멀리 던지기를 하는 경우에는 종종 그 무거운 작살을 20이나 30피트 정도 되는 거리까지 날려보내야 할 때도 있기 때문이다. 하지만 추격이 길어져서 진이 다 빠진 때조차 작살잡이는 계속해서 힘껏 노를 저어야만 한다. 사실 작살잡이는 믿기 힘들 만큼 힘차게 노를 젓는 동시에 크고 용감무쌍한 고함을 계속해서 질러댐으로써 나머지 선원들에게 초인적인 활력의 모범을 보여야만 한다. 그리고 다른 근육들이 모두 한계에 이르러 반쯤 경기를 일으키는 상황에서 계속해서 있는 힘껏 고함을 질러댄다는 게 어떤 기분인지는 경험해본 사람이 아니고는 짐작조차 못할 것이다. 나로서도 매우 기운차게 소리를 지르는 일과 무모할 정도로 열심히 노를 젓는 일을 동시에 해낸다는 것은 불가능하다. 그런데 이처럼 고래를 등진 채 안간힘을 쓰고 고함을 질러대느라 기진맥진한 작살잡이에게 돌연 흥분으로 가득한 외침이 들려온다. "일어서, 녀석에게 한 방 먹여줘라!" 그러면 이제 그는 노를 안전하게 내려놓고 몸을 반쯤 돌려 작살걸이에 있던 작살을 쥐고는 남은 힘이란 힘은 모조리 짜내서 고래를 향해 어떻게든 그 작살을 던지려 한다. 포경선단 전체를 통틀어 봤을 때, 작살을 던질 좋은 기회가 쉰 번 찾아오면 그 가운데 성공하는 경우가 다섯 번도 채 되지 않는다는 것은 전혀 놀라운 일이 아니다. 미친듯이 욕을 먹고 강등까지 된 불운한 작살잡이가 그토록 많은 것도, 실제로 보트에서 혈관이 터져버린 작살잡이가 있다는 것도, 네 해 동안 항해하고도 기름통을 네 개밖에 못 채운 향유고래 포경선이 있다는 것도, 많은 선주들에게 고래잡이가 손해보는 장사라는 것도 전혀 놀라운 일이 아니다. 포경 항해에서 가장 중요한 게 작살잡이인데, 그의 몸에서 힘을 쫙 빼버리고 나면 그 힘이 가장 절실히 요구될 때 어떻게 그 힘을 써먹겠는가!

또한 작살 던지기가 성공적이었더라도 두번째로 중대한 순간, 즉 고래가 도망치기 시작할 때에 이르면 보트 지휘자와 작살잡이가 똑같이 앞뒤로 뛰어다니기 시작하는데, 이때는 그들뿐만 아니라 보트에 탄 모두가 일촉즉발의 위기 상황에 놓이게 된다. 이렇게 그들은 자리를 바꾸고, 작은 배의 일등항해사인 보트 지휘자는 자기가 원래 있어야 할 위치인 보트 뱃머리에 자리를 잡는다.

그런데 나는 누가 뭐라고 하든지 간에 이 모든 게 어리석고 불필요한 일이라고 생각한다. 보트 지휘자는 처음부터 끝까지 뱃머리에 머물러야 마땅하다. 그가 작살과 창 모두를 던져야 하며, 그 어떤 고래잡이가 보더라도 당연하다고 생각되는 경우를 제외하고는 그에게 노 젓는 일 같은 것을 시켜서는 안 된다. 이렇게 되면 추격의 속도가 약간 떨어지는 경우도 생길 거라는 걸 나도 안다. 하지만 오랫동안 여러 나라의 온갖 포경선을 타본 결과, 나는 고래잡이에 실패하는 이유가 대부분 고래의 빠른 속도보다는 앞에서 말한 작살잡이의 체력 고갈 문제에 있다고 확신하게 되었다.

작살 던지기에서 최대한의 효율을 확보하려면 이 세상의 작살잡이들은 잔뜩 고생만 하다가 벌떡 일어날 것이 아니라, 잔뜩 게으름을 부리다가 벌떡 일어나야 할 것이다.

63장

작살걸이

나무의 몸통에서 가지가 자라 나오고, 가지에서 잔가지가 자라 나온다. 마찬가지로 생산적인 주제에서는 여러 장章이 자라 나온다.

앞서 언급한 작살걸이도 독립적으로 다루어볼 만한 가치가 충분하다. 작살걸이는 W자형으로 홈을 새긴 독특한 형태의 막대기로, 길이는 2피트 정도이고 뱃머리 근처 우현에 수직으로 박혀 있다. 이것의 용도는 작살의 나무 부분 맨 끝을 걸쳐놓기 위함이며, 헐벗은 미늘만 있는 다른 쪽 끝은 뱃머리 밖을 향하도록 비스듬히 돌출되어 있다. 이렇게 해두면, 작살 던지는 사람은 시골뜨기가 벽에 걸린 라이플총을 휙 빼들듯이 작살을 즉석에서 재깍 잡아챌 수 있게 된다. 작살걸이에는 작살을 두 개 눕혀놓는 것이 관례인데, 각각 제1작살, 제2작살이라고 불린다.

하지만 이 두 작살은 각각 따로 묶인 줄을 통해 동일한 포경 밧줄에 연결되어 있다. 이렇게 하는 목적은 가능하면 두 작살 모두를 한 고래에게 연달아 던져서, 만일 고래를 잡아끌다가 작살 하나가 뽑혀버리더라도 다른 하나로 고래를 붙들 수 있게 하기 위해서다. 기회를 두 배로 늘리는 것이다. 하지만 첫번째 작살을 맞은 고래는 당장 격렬한 발작을 일으키며 도망치기 때문에 작살잡이의 동작이 아무리 번개처럼 빠르다 할지라도 녀석에게 두번째 작살을 던지는 것이 불가능할 때가 매우 많다. 그럼에도 두번째 작살이 이미 밧줄과 연결되어 있고 밧줄은 계속해서 풀려나가고 있기 때문에, 아무튼 그 무기는 무슨 수를 써서라도 어느 순간에는 보트 밖으로 미리 던져버려야 한다. 그러지 않으면 모두가 더없이 끔찍한 위험에 처하게 될 것이다. 따라서 이런 경우에는 작살을 물속에 빠뜨린다. 대부분의 경우에 이런 일이 신중하게 치러질 수 있는 것은 (앞에서 언급했던)[298] 여분으로 감아둔 '칸막이 밧줄'의 공이 크다. 하지만 이처럼 중대한 행위를 할 때 더없이 슬프고도 치명적인 참사가 늘 모두를 피해가는 것은 아니다.

게다가 두번째 작살을 보트 밖으로 던지면 그때부터 밧줄에 매달린 작살의 날카로운 날이 두려움의 대상으로 변해 보트와 고래 주변에서 천방지축으로 날뛰며 밧줄을 엉키게 하거나 자르면서 사방에서 큰 소동을 일으키게 된다는 걸 알아야 한다. 또한 보통 고래를 완전히 잡아서 죽이기 전까지는 그 작살을 다시 회수할 수 없다.

그렇다면 네 척의 보트가 유달리 힘이 세고 활발하며 영악한 고래 한 마리에게 모두 한꺼번에 덤벼들었을 때는 어떨지 한번 생각해보라. 녀석이 그런 자질을 갖춘데다가 이런 대담한 일에는 수없이 많은 사고가 잇따르기 마련이므로, 이리저리 멋대로 날뛰는 여덟 개나 열 개의 두번째 작살이 녀석 주변에서 동시에 춤을 춰댈 수도 있다. 모든 보트가 잘못 던져진 첫번째 작살을 회수하지 못할 경우에 대비해서 으레 예비 작살을 몇 개쯤 밧줄에 매어두기 때문이다. 여기서 이 모든 세부 사항을 충실히 설명하는 것은, 앞으로 묘사할 장면들에 나올 매우 중요하고도 복잡한 몇몇 구절을 명료하게 이해하는 데 도움이 되리라 확신하기 때문이다.

64장

스터브의 저녁식사

스터브가 고래를 잡아 죽인 곳은 모선에서 다소 떨어져 있었다. 물결이 잔잔했기에 우리는 세 보트를 앞뒤로 나란히 한 채 이 전리품을 피쿼드호로 천천히 끌고 가는 작업을 시작했다. 그런데 우리 열여덟 명의 선원들이 서른여섯 개의 팔과 백팔십 개의 손가락을 동원해 그 둔하고 굼뜬 사체를 움직이기 위해 바다에서 몇 시간이고 더디게 땀흘려 일했지만, 그 고래는 아주 가끔을 제외하면 꼼짝도 하지 않는 듯했다. 이는 우리가 끌고 갔던 그 몸뚱이가 얼마나 거대했는지를 보여주는 훌륭한 증거라고 할 수 있겠다. 중국의 황하인지 뭔지 하는 곳의 대운하에서는 일꾼 네다섯 명이 둑길을 따라 시속 1마일의 속도로 짐을 잔뜩 실은 정크선을 끈다고 하던데, 우리가 인양한 이 거대한 배는 마치 납덩이라도 잔뜩 실은 것처럼 무겁게 전진해나갔다.

어둠이 내렸다. 하지만 큰 돛대의 삭구 위아래로 세 개의 등불이 켜져 우리의 앞길을 희미하게 인도해주었고, 더 가까이 다가가자 에이해브가 여러 등불 가운데 하나를 뱃전 너머로 드리우고 있는 모습이 보였다. 그는 수면에서 오르내리는 고래를 잠시 멍하니 바라보더니, 밤새 잘 잡아매두라는 식의 관례적인 명령을 내리고서 등불을 선원 하나에게 건네주고는 선실로 돌아가 다음날 아침까지 밖으로 나오지 않았다.

비록 에이해브 선장이 이 고래에 대한 추격을 감독하면서 일상적인 활기 같은 것을 드러내긴 했지만, 이제 그 고래가 죽자 그의 내면에 어떤 불만이나 조바심 또는 절망이 되살아나고 있는 듯했다. 마치 죽은 고래의 몸뚱이가 그에게 모비 딕이 아직 버젓이 살아 있다는 사실을 떠올려주기라도 한 것 같았고, 다른 고래를 천 마리나 잡아서 배에 끌고 온다 한들 그의 야심차고 편집광적인 목표에 도달하는 데는 조금도 도움이 되지 않을 듯했다. 곧이어 피쿼드호의 갑판에서 들려온 소리를 들었다면 선원들 모두가 깊은 바닷속으로 닻을 내릴 준비를 하는 줄로만 알았을 것이다. 무거운 쇠사슬이 갑판 위로 잡아끌리더니 덜거덕거리는 소리와 함께 현창 밖으로 밀려나갔기 때문이다. 하지만 그 철커덕거리는 쇠사슬에 매인 것은 배가 아니라 고래의 거대한 사체였다. 머리는 선미에, 꼬리는 선수에 묶인 고래는 이제 그 시커먼 몸뚱이를 선체에 바싹 붙인 채 누워 있었는데, 높이 솟은 활대와 삭구를 시야에서 가려버린 밤의 어둠 속에서 보면 이 둘, 즉 배와 고래는 같은 멍에를 쓴 거대한 수소들이, 한 마리는 누워 있고 또다른 한 마리는 서 있는 것처럼 보였다.*

침울한 에이해브가 이제 완전히 침묵한 상태라면, 적어도 갑판에서 봤을 때 이등항해사인 스터브는 승리감에 취해 이례적으로 가벼운 흥분을 내보이고 있었다. 그가 평소와 달리 이처럼 야단법석을 떨자, 그의 공식적인 상관인 차분한 스타벅은 당분간 모든 업무 처리를 그에게 조용히 일임했다. 스터브를 이토록 활기차게 만든 사소한 이유 하나는 곧 이상한 방식으로 드러났다. 스터브는 미식가였다. 그는 자신의 미각을 즐겁게 해주는 고래를 다소 과하다

* 여기서 잠깐 또 한 가지 설명을 덧붙이는 게 좋을 것 같다. 고래를 배에 나란히 잡아맬 때 가장 튼튼하고 믿을 만한 방법은 꼬리를 잡아매는 것이다. 그런데 꼬리는 비중이 커서 (옆지느러미를 제외한) 다른 부위보다 상대적으로 무겁고 죽은 후에도 유연한 까닭에 수면 아래로 낮게 가라앉기 때문에 보트에서 손으로 잡아 쇠사슬을 감을 수 없게 된다. 하지만 이 난점은 교묘한 방식을 통해 해결된다. 짧고 튼튼한 밧줄 하나를 준비해서 바깥쪽 끝에 나무로 된 부표를 매달고 가운데에는 추를 매다는 한편, 밧줄의 다른 쪽 끝은 배에 단단히 매어둔다. 노련한 솜씨로 나무 부표가 고래의 반대편 위로 솟아오르게 하면 고래를 한번 둘러싼 셈이 되고, 이제 쇠사슬로도 앞의 과정을 손쉽게 반복할 수 있게 된다. 고래의 몸통을 따라 쇠사슬을 미끄러뜨리다보면 마침내 꼬리에서 가장 가느다란 부분, 즉 널찍한 꼬리와 몸통의 연결 지점에 쇠사슬을 단단히 고정시킬 수 있게 된다.

싶을 만큼 좋아했다.

"스테이크다, 스테이크, 자기 전에 먹어야지! 이봐, 다구! 뱃전을 넘어가서 내가 먹을 꼬리를 조금만 잘라다 줘!"

여기서 밝혀두는데, 이 거친 고래잡이들은 일반적으로 위대한 군사 격언에 따라 (적어도 항해 수익을 돈으로 환산하기 전까지는) 적에게 전쟁 비용을 지불하게 하지 않는다. 하지만 이 낸터킷 사람들 가운데는 이따금 방금 스터브가 가리킨 향유고래의 특수부위, 즉 끝이 점점 가늘어지는 몸통의 끝부분을 진정으로 즐기는 자들이 있다.

자정 무렵에 그 스테이크 부위가 잘려서 요리됐다. 스터브는 향유고래기름으로 등불 두 개를 밝히고는, 권양기가 식탁이라도 된다는 양 그 위에 향유고래 요리를 올려놓고는 그 앞에 결연히 서 있었다. 그날 밤 고래고기 연회의 손님은 스터브만이 아니었다. 수천수만 마리의 상어들이 죽은 리바이어던 주위에 모여들어 입맛을 다셔가며 녀석의 지방을 마음껏 포식하는 소리가, 스터브가 고래고기를 우물우물 씹어대는 소리와 뒤섞였다. 아래 선실에서 잠들어 있던 몇몇 선원들은 자신들의 심장에서 불과 몇 인치도 안 떨어진 선체에 상어 꼬리가 날카롭게 부딪히는 소리에 몇 번이고 움찔했다. 뱃전에서 내려다보면 상어들이 음침하고 어두운 바닷속에서 뒹굴다가 등을 아래로 돌린 채 사람의 머리통만큼이나 큰 고래의 살점을 거대한 공 모양으로 도려내는 것을 (방금 상어들의 소리를 들었던 것처럼) 눈으로도 볼 수 있었다. 상어의 이 별난 묘기는 거의 기적에 가까워 보인다. 겉보기에는 도무지 난공불락으로 보이는 표면에서 어떻게 그처럼 대칭적으로 살점을 한입 한입 도려낼 수 있는지는 우주 만물의 신비 가운데 하나로 남아 있다. 그들이 이처럼 고래에 남기는 상처 자국은 목수가 나사를 박아넣기 위해 파놓은 구멍에 비유하는 것이 가장 적절할 듯싶다.

화약 연기가 피어오르는 끔찍하고 극악무도한 해전중에도 상어들은 붉은 고기가 저며지는 식탁 주위에 몰려든 굶주린 개들처럼 자신들에게 던져지는 시체를 모두 단번에 집어삼킬 만반의 채비를 갖춘 채 갈망에 가득찬 눈빛으로 갑판 쪽을 올려다본다. 그리고 식탁 같은 갑판 위에서 용맹한 도살자들이 온통 도금을 하고 술 장식을 단 고기용 대형 나이프로 이처럼 서로의 생살을 식인종같이 도려내는 동안, 그 식탁 아래의 상어들도 보석을 박아넣은 입으로 서로 다투어가며 죽은 고기를 뜯어먹는다. 이 모든 상황을 거꾸로 뒤바꿔도 크게 달라지는 건 없을 텐데, 그 말인즉슨 그것이 양쪽 모두에게 지독한 상어 같은 행위라는 뜻이다. 또한 상어들은 대서양을 횡단하는 모든 노예선의 변함없는 수행원들로서, 옆에서 질서정연하게 빠른 속도로 따라오면서 물건 꾸러미를 다른 곳으로 옮겨야 할 때나 죽은 노예를 곱게 파묻어버려야 할 때 유용한 존재가 된다. 이 밖에도 상어들이 가장 사교적인 모임을 가지고 가장 유쾌한 연회를 벌이는 일정한 조건과 장소와 경우에 대해 한두 가지 유사한 예를 더 들어볼 수도 있겠으나, 밤바다의 포경선에 매인 향유고래 사체 주변만큼이나 그토록 많은 상어들이 즐겁고 쾌활한 기분을 내보이는 때와 경우란 떠올리기 어렵다. 그런 장면을 목격한 적이 없다면 악마 숭배의 타당성이나 악마의 환심을 사는 방편에 대한 여러분의 판단을 보류하는 게 좋을 것이다.

하지만 스터브가 바로 옆에서 벌어지고 있는 연회에서 들려오는 우물대는 소리에 신경쓰지 않았듯이, 상어들도 이 식도락가가 입을 쩝쩝대는 소리에 신경쓰지 않았다.

"요리사, 요리사! 양털[299] 영감이 어디 간 거지?" 마침내 스터브가 저녁을 먹을 좀더 안정적인 기반을 마련하려는 듯 양쪽 다리를 더욱 크게 벌리며 외쳤다. 그리고 그와 동시에 창이라도 찌르듯 요리에 포크를 꽂았다. "요리사, 이봐 요리사! 이리 좀 와봐, 요리사!"

조금 전에도 정말이지 말도 안 되는 시간에 따뜻한 해먹에서 불려 나온 터라 그다지 유쾌한 기분은 아니었던 흑인 영감이 조리실에서 발을 질질 끌며 걸어나왔다. 흑인 영감들이 대개 그렇듯 슬개골에 문제가 있기 때문인데, 그는 다른 냄비들을 박박 문질러 닦듯이 자신의 슬개골을 제대로 닦지 않았던 게 분명했다.[300] 선원들이 다들 양털 영감이라고 부르는 노인이 쇠테를 펴서 엉성하게 만든 부젓가락을 지팡이로 삼은 채 발을 질질 끌고 절뚝거리면서 다가왔다. 버둥거리며 앞으로 다가온 흑인 영감은 명령에 복종하며 스터브의 식탁 반대편에서 걸음을 딱 멈춰 섰다. 그러더니 양손을 앞으로 모으고 다리가 두 개 달린 지팡이에 몸을 맡긴 채 아치형으로 굽은 등을 한층 더 구부려 절을 했고, 동시에 그의 말을 더욱 잘 들으려는 듯 머리를 비스듬히 기울였다.

"요리사," 스터브가 약간 불그스름한 조각을 재빨리 입으로 가져가며 말했다. "스테이크를 좀 너무 많이 익혔다는 생각이 들지 않나? 요리사, 당신은 이 스테이크를 너무 많이 두드린 것 같아. 너무 부드럽단 말이지. 내가 고래고기 스테이크는 질겨야 맛있다고 늘 말하지 않았던가? 뱃전 너머에 지금 상어들이 있는데, 저들도 질기고 덜 구워진 고기를 더 좋아하는 게 안 보이느냐고? 아주 난리들 나셨군! 요리사, 가서 녀석들에게 말해주고 와. 예의를 차리며 적당히 식사하는 건 환영이지만, 그 입은 꾹 다물라고 말이야. 제기랄, 내 목소리도 안 들리는군. 어서 가봐, 요리사. 가서 내 말을 전해. 자, 이 등불 받아." 그가 식탁에 있던 등불 하나를 잡아채며 말했다. "그럼 이제 가서 놈들에게 설교를 전하라고!"

스터브가 건넨 등불을 뚱한 얼굴로 받아든 양털 영감은 절뚝거리며 갑판을 가로질러 뱃전으로 걸어갔다. 그러고는 회합한 신도들을 더 잘 보기 위해 한 손에 든 등불을 바다 위로 낮게 드리우고, 다른 손으로는 부젓가락을 짐짓 엄숙하게 흔들어대며 뱃전 너머로 몸을 쭉 내민 채 웅얼웅얼대는 목소리로 상어들에게 설교를 시작했다. 스터브는 몰래 그의 뒤로 다가가 그가 하는 말을 전부 엿들었다.

"동물 여러분, 난 너희의 그 시끄럽게 떠들어대는 입을 좀 닥치게 하라는 명령을 받고 이곳에 왔다. 내 말 들었나? 쩝쩝대는 그 입을 당장 다물란 말이다! 스터브 씨 말이, 배가 터질 만큼 마음껏 처먹는 것은 좋지만, 이런 젠장! 야단법석 떠는 일은 당장 집어치우랍신다!"

"요리사," 이 대목에서 스터브가 그의 어깨를 갑자기 탁 치면서 끼어들었다. "요리사! 이런 빌어먹을, 설교할 때는 그렇게 욕지거리를 내뱉어선 안 돼. 그딴 식으로는 죄인들을 개종시키지 못한다고!"

"뭐라고? 그러면 당신이 직접 설교하시든가." 요리사는 뚱해져서 돌아서서 가려 했다.

"아니야, 요리사 양반. 계속해, 계속하시라고."

"그럼 뭐, 알겠소. 사랑하는 동물 여러분—"

"그래!" 스터브가 만족스럽다는 듯이 외쳤다. "놈들을 그렇게 잘 달래봐. 한번 해보라고." 그리고 양털 영감은 말을 이어나갔다.

"비록 너희는 모두 상어지만, 그리고 천성이 몹시 탐욕스럽지만, 그래도 내가 너희 동물 여러분께 말하건대, 그 탐욕스러움도—망할 그 철썩철썩 꼬리 쳐대는 소리 좀 멈춰! 그렇게 계속 빌어먹을 꼬리를 쳐대고 음식을 씹어대면서 어떻게 내 말을 듣겠냔 말이야?"

"요리사," 스터브가 그를 붙잡고 소리쳤다. "그딴 욕지거리는 안 되지. 녀석들에게 신사적으로 말하란 말이야."

설교는 또다시 이어졌다.

"동물 여러분, 나는 너희의 탐욕스러움을 그리 크게 비난하진 않는다. 그건 천성이라 어쩔 수 없는 거니까. 하지만 그 사악한 천성을 다스리는 것, 바로 그것이 핵심이지. 너희는 분명 상어지만, 내면의 상어를 다스릴 줄 안다면 너희도 천사가 못 되란 법은 없어. 천사란 자기 내면의 상어를 잘 다스린 존재에 지나지 않으니까. 자, 여길 보라, 형제들이여. 그 고래를 먹을 때 한 번이라도 예의를 갖추려고 노력해봐. 옆 친구의 입에서 고래 지방을 입으로 물어뜯어

빼앗으려 하지 마. 그 고래에 대해서는 어떤 상어든 같은 권리를 갖고 있지 않은가? 그런데 이런 젠장, 실은 여러분 중 그 누구에게도 그 고래에 대한 권리는 없지. 그 고래는 다른 이의 것이야. 여러분 중 몇몇은 다른 상어들보다 훨씬 더 큰 아가리를 갖고 있겠지. 하지만 때로는 아가리는 큰데 배는 작을 수도 있다고. 그러니 아가리가 크다는 것은 마구마구 삼켜대라는 뜻이 아니라, 너희의 틈바구니로 몸을 밀어넣지 못해 배를 불리지 못하는 작은 새끼 상어들을 위해 그 아가리로 고래 지방을 좀 떼어주라는 뜻이다."

"잘했어, 양털 영감!" 스터브가 소리쳤다. "그게 바로 기독교 정신이지. 계속해보게."

"계속해봤자 소용없어요. 스터브 씨, 저 망할 악당놈들은 계속해서 서로를 괴롭히고 때릴 거예요. 녀석들은 한마디도 듣지 않아요. 저 탐식가들의 배가 꽉 차기 전까지는, 녀석들에게 설교를 해봤자 아무 소용도 없어요. 그런데 녀석들의 배는 바닥이 보이지도 않죠. 게다가 녀석들은 배가 꽉 차도 말을 듣지 않아요. 배가 차면 바다 아래로 가라앉아 산호 위에서 깊이 잠들어버릴 테고, 그러면 더이상은 그 어떤 말도 영영, 아주 영영 듣지 못하게 되겠죠."

"나도 분명 같은 생각이야. 그러면 양털 영감, 놈들에게 축복기도나 올려주시게. 난 저녁을 먹으러 갈 테니."

이 말은 들은 양털 영감은 양손을 상어떼 위로 내밀고 목청을 높여 새된 목소리로 크게 외쳤다.

"빌어먹을 동물 여러분! 떠들 수 있는 한 가장 크게 떠들어라. 배때기가 터질 때까지 처먹으라고—그리고 뒈져버려."

"그럼, 요리사." 권양기에서 다시 저녁을 먹기 시작한 스터브가 말했다. "아까 자네가 섰던 바로 그 자리, 거기 내 맞은편에 서서 주변을 각별히 경계하도록."

"분부대로 합죠." 양털 영감이 스터브가 원했던 위치에서 또다시 부젓가락에 몸을 의지한 채 말했다.

"좋아." 스터브는 그러는 동안에도 마음껏 입을 놀려가며 말했다. "이제 이 스테이크 얘기로 돌아가보세. 먼저 묻겠는데, 요리사 자네 나이가 몇인가?"

"그게 스테이크랑 뭔 상관인지." 흑인 영감이 퉁명스럽게 말했다.

"시끄러! 요리사 자네 나이가 몇이냐니까?"

"다들 아흔 살쯤 됐다고 합디다." 그가 침울한 목소리로 중얼거렸다.

"그렇다면 자네는 이 세상에서 거의 백 년을 살고도 아직 고래 스테이크를 구울 줄 모른다는 말인가?" 그는 마지막 말을 내뱉으며 급하게 또 한입을 꿀떡 집어삼켰는데, 그래서 그 스테이크 한 조각이 마치 질문의 연장선상에 있는 것처럼 느껴졌다. "자네가 태어난 곳이 어딘가?"

"로어노크강의 나룻배 승강구 뒤요."

"나룻배에서 태어났다니! 그것도 별나군. 하지만 난 요리사 자네가 어느 나라에서 태어났는지 그걸 알고 싶단 말이야!"

"내가 로어노크라고 하지 않았소?" 그가 날카로운 목소리로 외쳤다.

"아니, 말 안 했어. 하지만 요리사 양반, 아무튼 내가 들려주고 싶은 얘긴 말이지, 자네는 고향으로 가서 한번 더 태어나야 한단 말일세. 아직 고래 스테이크도 구울 줄 모르다니."

"내가 또 고래 스테이크를 구우면 내 성을 간다." 영감이 화를 내며 으르렁거리더니 자리를 뜨려고 뒤로 돌아섰다.

"돌아오게, 요리사 양반. 자, 그 부젓가락은 나한테 주고 저기 저 스테이크 맛 좀 보라고. 그러고 나서 저 스테이크가 정말 제대로 구워졌는지 말해보시지? 어서 먹어보게." 스터브가 부젓가락을 자기 쪽으로 당기면서 말했다. "어서 먹어봐, 한번 맛보라고."

메마른 입술로 잠시 그 스테이크를 힘없이 우물거리던 흑인 영감이 중얼거렸다. "내가 먹어본 스테이크 가운데 최고로군. 육즙이 아주 줄줄 흐르잖아."

"요리사," 스터브가 다시 한번 어깨를 쫙 펴며 말했다. "자네 교회 다니나?"

"케이프타운에서 교회 앞을 한 번 지나가본 적은 있죠." 영감이 뚱한 목소리로 말했다.

"그렇다면 요리사 자네는 생애 딱 한 차례 케이프타운의 거룩한 교회 앞을 지나가다가 경건한 목사가 신도들에게 '사랑하는 동포 여러분'이라고 말하는 걸 엿들은 게 틀림없군그래![301] 그러고도 여기 와서 방금 했던 것 같은 끔찍한 거짓말이나 해대고 말이야, 응?" 스터브가 말했다. "이봐 요리사, 자네는 어디로 갈 것 같나?"

"이제 곧 침대로 가야죠." 영감이 반쯤 돌아선 채 중얼댔다.

"정지! 멈춰! 내 말은 죽으면 어디로 갈 것 같냐는 말일세. 끔찍한 질문이지. 그럼 자네는 이제 뭐라고 대답하겠나?"

"이 늙은 검둥이가 죽으면," 흑인이 표정과 분위기를 완전히 바꾸며 천천히 대답했다. "저야 아무데도 안 가겠지만, 축복받은 천사들 몇 명이 와서 저를 데려가겠죠."

"데려간다고? 어떻게? 천사들이 엘리야를 데리고 갔을 때처럼 네 마리 말이 끄는 마차를 타고?[302] 그리고 어디로 데려간다는 말인가?"

"저 위로." 양털 영감이 부젓가락을 머리 위로 번쩍 쳐들고는 매우 엄숙히 그 자세를 유지하며 말했다.

"그러니까 요리사, 자네는 죽어서 우리 배의 저 큰 돛대 꼭대기 위로 올라갈 거란 말인가? 그런데 자네는 더 높이 올라갈수록 더 추워진다는 걸 모르나보지? 그래, 큰 돛대 꼭대기라고?"

"그런 말은 한 적 없는데요." 영감이 다시 부루퉁한 얼굴로 말했다.

"저 위라고 말하지 않았나? 지금 자네가 부젓가락으로 어디를 가리키고 있는지를 좀 보게. 어쩌면 '겁쟁이 통로'[303]로 기어올라가서 천국에 들어가려는 생각인가본데, 안 돼, 안 돼. 보통 다들 하는 식으로 돛대 밧줄 옆을 돌지 않으면 거기에 이를 수 없다고. 까다로운 일이지만 반드시 그래야만 돼. 안 그러면 실패하고 말 테니까. 하지만 우리 가운데 지금 천국에 있는 사람은 아무도 없지. 요리사 양반, 부젓가락을 내려놓고 내 명령을 잘 들어. 알아들었나? 내가 명령을 내릴 테니 한 손으로는 모자를 들고 다른 한 손은 가슴에 내려놔. 잠깐! 거기가 자네 가슴인가? 거긴 자네 위장이 있는 데잖아! 위로! 위로! 옳지. 이제 됐군. 이제 그 상태로 주변을 경계하도록."

"분부대로 합죠." 흑인 영감은 양손을 스터브가 말한 위치에 얹고 두 귀를 동시에 앞으로 내밀려는 듯이 희끗희끗한 머리를 꿈틀거렸지만 다 부질없는 짓이었다.

"자 그럼, 요리사 양반. 자네가 이번에 만든 고래 스테이크는 너무 형편없어서 나는 그걸 가능한 한 빨리 눈앞에서 없애버렸어. 무슨 말인지 자네도 알겠지? 그렇다면 다음번에 내 개인 식탁인 이 권양기에서 먹을 고래 스테이크를 다시 요리할 때 고기를 너무 많이 익혀서 요리를 망치지 않으려면 어떻게 해야 하는지 알려주지. 한 손에 스테이크를 들고, 그걸 다른 손에 든 뜨거운 숯불에게 보여줘. 그러고 나서 접시에 담는 거야. 알아듣겠나? 그리고 요리사 양반, 내일 우리가 고래를 해체할 때 꼭 그 옆에 대기하고 서 있다가 지느러미 끝부분을 얻어 와서 그걸로 초절임을 하라고. 고래 꼬리 끝부분은 소금에 절여두고. 그럼 이제 가봐."

하지만 양털 영감이 미처 세 걸음도 떼기 전에 스터브가 그를 다시 불렀다.

"요리사, 내일 밤 야간 당직 때는 저녁으로 커틀릿을 만들어줘. 내 말 들었나? 그럼 얼른 가보시게. 이봐! 잠깐! 가기 전에 절을 해야지. 잠깐 다시 정지! 아침식사로는 고래 완자를 만들어줘. 잊지 말라고."

"이런 젠장! 저 자식이 고래를 먹을 게 아니라 고래가 저 자식을 먹었으면 좋겠군. 맙소사, 정말이지 상어보다 더 상어 같은 놈이야." 영감은 중얼대며 절뚝이는 걸음으로 자리를 떠났고, 그 슬기로운 탄식과 함께 해먹으로 돌아갔다.

65장
고래고기 요리

평범한 인간이 등잔의 연료가 되는 생물을 잡아먹고, 특히 스터브 같은 인간이 고래의 기름으로 밝힌 등불 옆에서 고래를 먹는다는 것은 너무나도 기이한 일로 보이기에, 여기서 그 요리의 역사와 철학에 대해 조금 살펴보지 않을 수 없다.

기록에 따르면, 삼 세기 전 프랑스에서는 참고래의 혀가 대단한 진미로 여겨져서 비싼 값이 매겨졌다고 한다. 또한 헨리 8세 시절에는 어느 궁중 요리사가 돌고래구이와 함께 먹을 훌륭한 소스를 개발한 대가로 꽤 많은 포상금을 받았다고 하는데, 여러분도 기억하다시피 돌고래는 고래의 일종이다. 사실 돌고래는 오늘날까지도 훌륭한 먹거리로 여겨지고 있다. 돌고래고기를 당구공 크기의 완자로 만들어 양념과 향신료를 잘 뿌리면 거북 완자나 송아지 완자라는 오해를 살 수도 있다. 던펌린[304]의 늙은 수도사들은 이 돌고래고기를 무척 좋아했다. 그들은 왕실로부터 커다란 돌고래를 보조금으로 받기도 했다.

사실 고래고기는 양이 그렇게 많지만 않았다면 최소한 고래잡이들 사이에서라도 뛰어난 요리로 여겨졌을 것이다. 하지만 거의 100피트에 달하는 고기

파이 앞에 앉게 되면 입맛이 싹 사라지고 만다. 요즘에는 스터브처럼 편견 없는 사람만이 고래고기 요리를 먹는다. 하지만 에스키모인들은 그리 까탈스럽지 않다. 그들이 고래고기를 먹고 살며, 최상급의 묵은 고래기름으로 만든 진귀한 어유를 보유하고 있다는 건 우리 모두가 아는 사실이다. 가장 유명한 에스키모인 의사 가운데 한 명인 조그란다[305]는 고래 지방이 대단히 맛있고 영양가도 높다는 이유로 유아들에게 고래 지방 조각을 먹이라고 권한다. 이 이야기를 하고 있자니, 옛날에 어느 포경선이 실수로 그린란드에 남겨두고 온 어떤 영국인들이 고래기름을 짜낸 뒤 해안가에 버려놓은 곰팡이 핀 고래고기 조각들을 먹고 실제로 몇 달간 목숨을 부지했다는 이야기가 떠오른다. 네덜란드 고래잡이들은 이러한 고래고기 조각을 '프리터'[306]라고 부르는데, 실제로 신선할 때는 노릇하고 바삭한데다 그 냄새도 옛날 암스테르담 주부들이 만들던 도넛 또는 기름과자와 매우 흡사하다. 그것들은 어찌나 먹음직스러워 보이는지 그 누구보다 자제력이 뛰어난 손님조차 거기에 손을 대지 않을 수가 없을 지경이다.

하지만 고래고기를 고상하지 못한 요리로 전락시키는 또다른 요인은 바로 그 과도한 기름기에 있다. 바다의 소싸움 대회 일등 황소인 고래는 우아한 맛을 뽐내기에는 너무 기름지다. 고래의 혹만 하더라도 피라미드 모양의 순수한 지방덩어리만 아니었더라면 (희귀한 요리로 여겨지는) 버펄로의 혹만큼이나 훌륭한 먹거리가 될 수 있었을 것이다. 하지만 경뇌 자체는 어찌나 담백하고 부드러운지 마치 자란 지 석 달 된 코코넛의 새하얀 과육처럼 투명하고 반쯤 젤리 같다. 그렇긴 해도 경뇌는 버터 대용으로 사용하기에는 너무 지나칠 만큼 기름진데, 그럼에도 많은 고래잡이들은 그걸 다른 음식에 흡수시켜서 먹는 법을 알고 있다. 장시간 고래기름을 짜내는 야간 당직을 맡았을 때, 선원들이 선원용 건빵을 그 커다란 기름솥에 넣은 채로 한동안 튀기는 건 흔한 일이다. 나도 그렇게 만들어진 훌륭한 저녁을 먹은 적이 많다.

작은 향유고래의 경우에는 뇌가 진미로 여겨진다. 녀석의 두개골을 도끼로 쪼개면 (정확히 두 개의 커다란 푸딩을 닮은) 포동포동하고 희끄무레한 두 개의 뇌엽이 나오고, 그것들에 밀가루를 묻혀 요리하면 정말이지 맛있는 요리가 되는데, 그 맛은 미식가들 사이에서 꽤나 이름 높은 요리인 송아지 머리와 약간 비슷하다. 그리고 미식가들 가운데 어떤 젊은 친구들은 계속해서 송아지의 뇌를 먹어댄 나머지 뇌가 점점 작아져서, 결국 송아지 머리와 자신들의 머리밖에는 구분할 수 없을 정도가 된다는 건 누구나 다 아는 사실인데, 물론 이것이 뛰어난 판별력을 요구하는 일이기는 하다. 젊은 친구가 똑똑해 보이는 송아지 머리를 앞에 둔 광경이 옆에서 보기에 딱하기 그지없는 것은 그 때문이기도 하다. 송아지 머리는 "브루투스, 너마저!"라고 말하는 듯한 표정으로 그를 원망스럽게 쳐다보는 듯하다.[307]

아마도 육지 사람들이 고래고기 먹는 걸 질색하는 이유가 전적으로 고래의 과도한 기름기 때문만은 아닐 것이다. 그것은 어떤 면에서 앞에서도 언급한 사항, 즉 갓 살해한 바다 생물을 그것의 기름으로 밝힌 등불 옆에서 먹어야만 한다는 사실에서 빚어진 결과로도 보인다. 하지만 황소를 최초로 살해한 인간은 살인자나 다름없이 여겨졌을 게 틀림없고, 아마도 교수형에 처해졌을 것이며, 만일 황소들에 의해 재판에 회부되었다면 틀림없이 교수형을 당했을 것이다. 그리고 그건 여느 살인자의 경우나 마찬가지로 너무나도 당연한 처벌이었을 것이다. 토요일 밤에 정육 시장에 가서 살아 있는 두발짐승 무리들이 죽은 네발짐승들이 길게 내걸린 모습을 올려다보고 있는 걸 좀 보라. 식인종도 입을 쩍 벌리게 만들 광경이 아닌가? 식인종? 식인종이 아닌 자, 그 누구란 말인가? 다가올 기근에 대비해 야윈 선교사를 소금에 절여 지하실에 저장해둔 피지 사람들이 더 참아줄 만하다. 그리고 최후의 심판일이 닥쳐오면, 거위를 땅에 못으로 박아놓고 간이 터질 정도로 배불리 먹여 만든 파테드푸아그라를 포식하는 문명화되고 개화된 그대 대식가들보다 그 검약한 피지 사람들이 더 가벼운 벌을 받을 것이다.

하지만 스터브는 고래기름으로 밝힌 등불 옆에서 고래를 먹고 있지 않나? 그러면 그건 고래를 해친데다 사체를 모욕하기까지 하는 상황, 즉 한술 더 뜨는 꼴 아닌가? 그렇다면 지금 로스트비프를 썰고 있는 문명화되고 개화된 대식가 친구여, 지금 그대가 든 나이프의 손잡이를 보라. 그 손잡이는 무엇으로 만들었나? 지금 그대가 먹고 있는 황소의 형제의 뼈로 만든 게 아니면 또 뭐란 말인가? 그리고 그대는 그 기름진 거위를 탐식한 후에 무엇으로 이를 쑤시는가? 바로 그 거위의 깃털이 아닌가. 또한 '거위학대방지협회'의 서기는 전에 회람장을 작성할 때 어떤 깃펜을 사용했는가? 그 협회가 철제 펜 외에는 사용하지 않겠다는 결의안을 통과시킨 것이 불과 한두 달 전 일이다.

66장
상어 대학살

남양 어장에서는 붙잡은 향유고래를 오래고 고된 노역 끝에 밤늦게야 모선 옆까지 끌고 오더라도, 어쨌든 곧장 해체 작업에 들어가지는 않는 게 관례다. 그 작업은 엄청나게 고된 일이어서 빨리 끝나지도 않을뿐더러 모든 선원이 덤벼들어야 하기 때문이다. 따라서 돛을 모두 감아올리고 바람 불어가는 쪽으로 키를 돌린 다음, 모든 선원을 아래 선실로 내려보내 날이 밝아올 때까지 해먹에서 쉬게 하되, 다만 그때까지 매시간 두 사람씩 짝을 지어 차례대로 갑판 위로 올라가게 해 아무 이상이 없는지를 살펴보게 하는 정박渟泊 당직을 세워두는 게 일반적인 관행이다.

하지만 때로는, 특히 태평양의 적도 부근에서는 이런 방법이 전혀 해결책이 되지 못하는 경우도 있다. 헤아릴 수 없을 만큼 많은 상어떼가 잡아매둔 커다란 고래 사체 주변으로 몰려들어 여섯 시간 정도만 그대로 방치해도 아침에는 뼈밖에 남지 않을 게 뻔하기 때문이다. 하지만 상어가 그리 많지 않은 대다수의 다른 해역에서는 때로 날카로운 고래 해체용 삽을 힘차게 휘저음으로써 상어의 놀라운 먹성을 상당 부분 누그러뜨릴 수 있다. 이런 방법이 가끔은 상어의 흥을 돋워 녀석들을 더욱 날뛰게 할 때도 있지만 말이다. 그러나 이번에 피쿼드호로 몰려온 상어는 그리 많지 않았다. 그래도 그런 광경에 익숙하지 않은 누군가가 밤에 뱃전 너머를 바라봤다면 둥근 바다 전체가 하나의 커다란 치즈덩어리이고, 상어들은 그 안에서 우글대는 구더기라고 생각했을 게 틀림없다.

하지만 스터브가 저녁식사를 마치고 정박 당직을 정한 데 따라 퀴퀘그와 평선원 한 명이 갑판 위로 올라왔을 때, 상어들 사이에는 작지 않은 소란이 벌어졌다. 왜냐하면 이 두 선원이 즉시 뱃전 너머로 고래 해체용 발판을 걸고 등불 세 개를 드리워 흐린 바다 위로 길고 어슴푸레한 빛을 비추고는, 기다란 고래 해체용 삽을 찔러 상어의 유일한 급소로 보이는 두개골에 날카로운 강철 끝을 깊이 박아넣으며 상어들을 쉴새없이 죽여댔기 때문이다.* 하지만 뒤엉켜 허우적거리는 상어떼의 물거품 가득한 혼란 속에서는 명사수들도 늘 표적을 명중시킬 수 없었는데, 이로 인해 적의 놀랄 만한 흉포함이 새로운 면모를 드러냈다. 잔인하게도 녀석들은 서로의 터져나온 내장을 물어뜯었을 뿐만 아니라 유연한 활처럼 몸을 구부려 자기 내장마저 물어뜯었다. 종국에는 입으로 삼킨 내장이 벌어진 상처로 빠져나왔다가 다시 같은 입안에 들어가는 일이 끊임없

* 고래 해체 작업에 사용되는 고래 삽은 가장 좋은 품질의 강철로 만들어지며, 크기는 남자의 펼친 손바닥만하다. 일반적인 형태는 본래 그 이름의 주인인 정원용 도구와 흡사하지만, 양쪽 가장자리가 완전히 평평하고 위쪽 끝이 아래쪽 끝보다 상당히 좁다는 점에서 차이가 있다. 이 무기는 언제나 최대한 날카로운 상태를 유지해야 하며, 사용중에도 가끔 면도날처럼 숫돌로 갈아주어야 한다. 20 내지 30피트 정도 되는 길이의 딱딱한 막대기를 그 구멍에 삽입해 자루로 사용한다.

이 되풀이되는 듯 보였다. 이게 다가 아니었다. 이들의 사체와 유령에 관여하는 것도 위험한 일이었다. 각자의 생명이라고 불러야 할 무언가가 떠나간 후에도 녀석들의 관절과 뼈 속에는 상어 특유의 생명력 또는 범신론적인 생명력 같은 것이 도사리고 있는 듯했다. 가죽을 벗겨내기 위해 죽은 상어 한 마리를 갑판 위로 끌어올린 퀴퀘그가 흉악하지만 이제는 완전히 침묵에 잠긴 아가리를 닫아주려 했을 때, 하마터면 가련한 퀴퀘그의 손이 잘려나갈 뻔했다.

"어떤 신이 상어 만들었든 퀴퀘그 관심 없다." 야만인이 손을 고통스럽게 위아래로 흔들어대며 말했다. "피지 신이든 낸터킷 신이든. 하지만 상어 만든 신은 분명 망할 '인진'[308]일 거다."

67장

고래 해체 작업

그때가 토요일 밤이었으니, 다음날은 정말이지 대단한 안식일이 기다리고 있었다! 모든 고래잡이들은 직무상 안식일을 어기는 데 전문가들이다.[309] 상앗빛 피쿼드호는 마치 도살장을 방불케 하는 모습으로 변했고, 선원들은 전부 도살자가 됐다. 누가 봤다면 우리가 만 마리의 황소를 바다의 신들에게 제물로 바치고 있는 줄 알았을 것이다.

우선, 대개 녹색으로 칠해놓은 여러 육중한 도르래 장치 가운데 혼자서는 들 수도 없는 거대한 해체용 도르래 장치, 그러니까 이 거대한 포도송이 같은 것을 큰 돛대의 장루檣樓 쪽으로 올린 다음 갑판 상부에서 가장 튼튼한 지점인 아랫돛대 꼭대기에 단단히 묶는다. 그러고 나서 이 복잡한 장치들을 요리조리 피해 닻줄 모양의 밧줄 끄트머리를 권양기와 연결하고 도르래의 거대한 아래쪽 뭉치를 고래 위로 내리는데, 이 뭉치에는 무게가 백 파운드는 됨직한 커다란 갈고리가 달려 있다. 그리고 이제 항해사인 스타벅과 스터브가 뱃전 너머 발판에 올라서서 긴 고래 삽으로 양쪽 옆지느러미 중 더 가까운 옆지느러미 바로 위에 갈고리를 끼워넣을 구멍을 내기 시작한다. 이 일이 끝나면 구멍 주위에 커다란 반원형의 줄이 그어지고, 구멍 안에 갈고리가 끼워지며, 주력 부대격인 선원들은 이구동성으로 고함을 지르며 권양기로 빽빽이 달려들어 밧줄 감는 작업을 개시한다. 그 순간 배 전체가 한쪽으로 기울고, 배에 박힌 모든 나사는 서리가 내릴 듯 추운 날씨를 맞이한 낡은 집의 못대가리들처럼 튀어나오려 하며, 배는 사시나무 떨듯이 떨면서 겁에 질린 돛대 꼭대기를 하늘 위에서 까딱거린다. 배는 점점 더 고래 쪽으로 기울고, 권양기가 밧줄을 감아올리며 헐떡일 때마다 파도가 들썩이며 화답한다. 그러다 마침내 갑자기 깜짝 놀랄 만큼 커다란 소리가 들려오고, 세찬 물소리와 함께 배가 다시 위로 솟구치고 고래 뒤로 물러나는가 싶더니, 득의에 찬 도르래가 반원형으로 떼어낸 최초의 고래 지방 조각 끄트머리를 매달고 위로 솟아오르는 모습이 눈에 들어온다. 고래 지방은 정확히 오렌지 껍질이 오렌지를 감싸고 있듯이 고래를 감싸고 있기 때문에, 정확히 오렌지 껍질이 나선형을 그리며 벗겨지듯 고래 몸에서 벗겨져 나온다. 권양기가 계속해서 세게 잡아당기고 있기 때문에 고래는 물속에서 거듭 빙그르르 구르고, 고래 지방은 항해사인 스타벅과 스터브가 좌우에서 삽으로 동시에 잘라낸 '홈'이라고 불리는 선을 따라 온전한 한 조각으로 균일하게 벗겨진다. 그리고 그것이 그처럼 빨리 벗겨짐에 따라, 그리고 벗겨지는 행위 자체로 인해 고래 지방은 계속해서 더 높이 들어올려지다가 마침내 그 위쪽 끝이 장루를 스치게 된다. 그러면 권양기에 있던 선원들은 감는 동작을 멈추고, 피를 뚝뚝 흘리는 거대한 지방덩어리는 하늘에 매달려 있기라도 하듯 잠시 앞뒤로 흔들린다. 그 자리에 있는 모든 선원들은 흔들리는 지방덩어리를 알아서 재빨리 피해야만 한다. 그러지 않으면 귀싸대기를 얻어맞고 배 밖으로 곤두박질칠 수도 있기 때문이다.

이제 거기에 있던 작살잡이 중 하나가 '보딩 나이프'[310]라고 불리는 길고 날카로운 무기를 들고 앞으로 나와 기회를 엿보다가 흔들리는 덩어리의 아랫부분에 상당한 크기의 구멍을 교묘한 솜씨로 뚫어놓는다. 이 구멍에 두번째 도르래의 끝을 끼워넣어 고래 지방을 단단히 고정시키면, 그다음 작업에 돌입할 준비가 완료된다. 그리하여 이 뛰어난 칼잡이가 다들 물러서라고 경고한 후에 다시 한번 그 덩어리를 향해 정확히 돌진하여 몇 차례에 걸쳐 사력을 다해 비스듬히 찌르고 베고 나면, 지방덩어리는 완전히 두 동강이 나버린다. 그러면 아랫부분의 짧은 조각은 여전히 고정되어 있지만, '담요'라고 불리는 윗부분의 긴 조각은 저 홀로 흔들리면서 내려지기만을 기다린다. 갑판 앞쪽에서 권양기를 감던 선원들이 다시 노래를 시작하고, 도르래 하나가 고래에게서 두번째 지방 조각을 벗겨내 들어올리는 동안, 다른 도르래는 서서히 아래로 내려지면서 바로 아래에 위치한 주 승강구를 통해 첫번째 지방 조각을 '지방실'이라고 불리는 빈 화물창으로 내려보낸다. 이 어슴푸레한 방에서는 여러 잡다한 선원들이 날렵한 손놀림으로 긴 담요 조각을 둘둘 마는데, 그 모습이 마치 살아 있는 뱀들이 똬리를 튼 채로 여럿 뭉쳐 있는 것 같다. 그렇게 작업은 계속 이어진다. 도르래 두 개는 동시에 오르락내리락하고, 고래와 권양기는 둘 다 감아올려지고, 감아올리는 항해사들은 노래하고, 지방실의 신사분들은 계속해서 담요를 말고, 항해사들은 홈을 파고, 배는 안간힘을 쓰고, 모든 선원들은 서로간의 이런저런 분쟁의 소지를 누그러뜨리기 위해 이따금 욕설을 퍼붓는다.

68장

담요

지금껏 나는 적잖이 골머리를 앓게 하는 주제, 즉 고래 가죽에 대해 많은 관심을 기울여왔다. 나는 그 문제와 관련해 바다에서는 경험이 풍부한 고래잡이들과, 육지에서는 박식한 박물학자들과 여러 번 논쟁을 벌인 바 있다. 내가 원래 품었던 의견은 여전히 바뀌지 않았지만, 물론 그것은 어디까지나 하나의 의견일 따름이다.

문제는 이것이다. 즉 고래 가죽은 무엇이며, 어느 부위를 고래 가죽이라고 해야 하는가? 고래 지방층이 무엇인지는 이미 다들 알고 있을 것이다. 고래 지방층은 단단하고 촘촘한 쇠고기와 밀도가 비슷하지만 그보다 더 질기고 탄력 있고 탄탄하며, 그 두께는 8이나 10인치에서 15인치에 이른다.

그런데 어떤 동물의 가죽이 그처럼 촘촘하고 두껍다는 이야기를 들으면 처음에는 정말이지 어처구니없다는 생각을 할 수도 있겠으나, 사실상 그러한 주장에는 반박의 여지가 없다. 그 고래 지방층 외에는 고래의 몸에서 다른 어떤 조밀한 외피층도 찾아볼 수 없기 때문인데, 어떤 동물의 몸 가장 바깥쪽에 위치한 외피층이 상당히 촘촘하다면, 그게 가죽이 아니고 무엇이겠는가? 훼손되지 않은 고래의 사체에서 대단히 얇고 투명한 물질을 손으로 긁어낼 수 있는 것은 사실이다. 그것은 얇디얇은 운모 조각과 비슷하지만 비단처럼 유연하고 부드럽다. 하지만 그것은 어디까지나 마르기 전에 그렇다는 말이고, 마르고 나면 수축해서 두꺼워질 뿐만 아니라 꽤 단단하면서도 부스러지기 쉬운 상태가 된다. 나는 그런 마른 조각을 몇 개 가지고 있는데, 고래 관련 서적들의 서표로 사용하고 있다. 앞에서도 말했듯이 이 조각은 투명하다. 그래서 나는 이따금 이 조각을 책장 위에 올려놓고 확대경 같은 기능을 한다고 생각하며 즐거워하기도 했다. 어쨌든 고래의 몸에서 나온 안경으로 고래에 관한 책을 읽는다는 것은 즐거운 일이라 할 수 있겠다. 하지만 내가 여기서 말하고자 하는 바는 바로 이것이다. 그 얇디얇은 운모 같은 물질이 고래의 몸 전체를 뒤덮고 있다는 것은 나도 인정하지만, 그것은 녀석의 가죽이라기보다는 그 가죽의 가죽, 즉 막으로 봐야 한다. 엄밀한 의미의 고래 가죽, 그것도 거대한 고래의 가죽이 갓 태어난 아기의 피부보다 더 얇고 부드럽다는 것은 정말이지 터무니없는 소리이기 때문이다. 하지만 이 이야기는 여기서 그만 끝내기로 하자.

고래 지방층이 고래의 가죽이라고 가정했을 때, 매우 커다란 향유고래의 이 가죽에서는 기름이 백 통 정도 나오는데, 양이나 무게로 따져봤을 때 다 짜낸 기름은 가죽 전체가 아니라 가죽의 사분의 삼에 불과하다. 단지 외피의 일부에서 호수만큼이나 많은 양의 기름이 나오는 것을 보면, 살아 움직이는 고래의 전체 몸뚱이가 얼마나 클지도 약간은 짐작이 갈 것이다. 기름 열 통을 1톤으로 환산하면 고래 가죽 사분의 삼의 순 중량은 무려 10톤에 달한다.

살아 있는 향유고래에게서 볼 수 있는 표피는 녀석이 보여주는 여러 경이로운 모습 가운데 결코 무시할 수 없는 것 중 하나다. 무수한 줄무늬가 표피 전체를 거의 예외 없이 온통 비스듬히 가로지르고 또 가로지르며 빽빽이 이어져 있는데, 이는 더없이 훌륭한 이탈리아의 선조화線彫畫를 방불케 한다. 하지만 이 무늬들은 앞서 언급한 운모 같은 물질 위에 새겨진 것 같지는 않고, 마치 고래의 몸 자체에 새겨진 무늬들이 그 운모를 통해 보이는 듯하다. 이뿐만이 아니다. 관찰력 있고 눈썰미 좋은 사람들의 눈에는 이 줄무늬들이 진짜 판화가 그러하듯 전혀 다른 것을 찍어내는 기반이 되는 것으로 보일 때도 있다. 이 줄무늬들은 상형문자나 다름없다. 다시 말해 피라미드 벽에 새겨진 불가사의한 암호문들을 상형문자라 한다면, 이 경우에도 그렇다고 보는 것이 적절하다. 나는 특히 어느 향유고래의 몸에 새겨진 상형문자들을 똑똑히 기억하고 있는데, 그 때문에 미시시피강 상류의 둑에 있던 유명한 상형문자 절벽[311]에 새겨진 고대 인디언 문자를 재현해놓은 삽화를 봤을 때 큰 감명을 받았다. 그 불가사의한 암벽과 마찬가지로 고래의 불가사의한 무늬도 판독되지 않은 채로 남아 있다. 이 인디언 암벽에 대해 이야기하고 있자니 또 떠오르는 게 있다. 향유고래가 보여주는 외양상의 여러 경이로운 현상 외에, 향유고래는 종종 등을 내보이기도 한다. 특히 양옆구리를 잘 보여주는데, 수차례 거칠게 긁힌 탓에 규칙적인 줄무늬 형태가 대부분 지워져 완전히 불규칙하고 제멋대로인 모습이다. 아가시[312]는 뉴잉글랜드 해안의 암벽에 난 자국이 떠다니는 거대한 빙산에 심하게 긁혀서 생겼다고 생각하는데, 그 암벽은 특히 이 점에서 향유고래와 적잖이 비슷하다고 말해야겠다. 고래의 그런 상처는 어쩌면 다른 고래와의 몸싸움에서 생긴 것으로 보이기도 한다. 나는 그런 상처를 완전히 다 자란 커다란 수컷 고래들에게서 가장 많이 보았기 때문이다.

고래의 가죽 또는 고래 지방층에 관해 한두 마디만 덧붙이겠다. 이미 말했듯이 그것은 담요라고 불리는 기다란 조각의 형태로 벗겨진다. 대부분의 항해용어와 마찬가지로, 이 또한 매우 적절하고 의미심장한 표현이다. 실제로 고래는 진짜 담요나 이불에 둘러싸여 있듯이 지방층에 둘러싸여 있기 때문이다. 아니, 그보다는 머리 위로 뒤집어써 발끝까지 덮는 인디언 판초라고 하는 편이 낫겠다. 고래가 어떤 날씨, 어떤 바다, 어떤 시기와 조류 속에서도 쾌적하게 지낼 수 있는 것은 바로 몸에 두른 그 아늑한 담요 덕분이다. 만일 몸서리쳐질 정도로 차가운 북극해에 사는 그린란드고래에게 이 아늑한 외투가 없다면 어떻게 되겠는가? 사실 이 추운 북극해에는 더없이 활기차게 살아가는 다른 물고기들도 있다. 하지만 그 물고기들은 폐가 없는 냉혈동물들이며, 그들의 배가 냉장고나 마찬가지라는 사실을 잊어서는 안 된다. 그 물고기들은 여행자가 겨울에 여관 난롯불 앞에서 불을 쪼이듯 빙산의 그늘에서도 몸을 덥힐 수 있는 생물들이다. 반면에 고래는 인간과 마찬가지로 폐가 있는 온혈동물이다. 고래는 피가 얼면 죽고 만다. 그러니 인간만큼이나 몸의 온기가 필수적인 이 거대한 괴물이 북극해에 입술까지 담근 채 평생을 편안히 살아간다는 것은—그에 대한 설명을 듣기 전에는—얼마나 놀라운 일인가! 그곳은 배 밖으로 추락한 선원들이 몇 달이 지난 후에 호박 속에 갇힌 파리처럼 얼음 벌판 안에 꼿꼿이 얼어붙은 채로 발견되기도 하는 곳이 아닌가. 하지만 더 놀라운 점은 북극고래의 피가 여름철 보르네오섬의 흑인 피보다 더 따뜻하다는 게 실험을 통해 증명되었다는 사실이다.

내가 보기에는 바로 여기서 고래의 강한 생명력이 지닌 보기 드문 가치, 그리고 두꺼운 벽과 내부의 널찍한 공간이 지닌 보기 드문 가치가 드러나는 듯하다. 오오, 인간이여! 고래를 찬양하고 고래를 본받을지어다! 그대도 얼음 사이에서 온기를 유지하라. 그대도 이 세상에 살되 그곳에 속하진 마라. 적도에서도 냉정을 유지하고, 극지에서도 계속 피가 흐르게 하라. 성베드로대성당의 거대한 돔처럼, 그리고 거대한 고래처럼, 오오 인간이여! 그 어떤 계절에도 그대만의 체온을 유지하라.

하지만 이러한 미덕을 가르치는 것은 얼마나 쉽고 또 헛된 일인가! 건축물 가운데 성베드로대성당 같은 돔을 지닌 건축물은 과연 몇이나 되며, 생물 가운데 고래처럼 거대한 생물은 또 몇이나 된단 말인가!

69장

장례식

"쇠사슬을 끌어올려라! 고래 사체를 떨어뜨려라!"

거대한 도르래는 이제 자신의 임무를 마쳤다. 목이 잘려나가고 가죽이 벗겨진 고래의 하얀 몸은 대리석 무덤처럼 번쩍인다. 비록 빛깔은 변했지만, 그 커다란 몸집은 전혀 줄어든 것 같지 않다. 그것은 여전히 거대하다. 사체가 천천히 멀어져갈수록 그 주위로는 만족을 모르는 상어들이 파도를 가르며 모여들어 사방에 물을 튀겨대고, 그 위의 하늘은 비명을 질러대며 비행하는 탐욕스러운 새들로 소란하다. 새들의 부리는 무례한 비수처럼 고래를 무수히도 찔러댄다. 목이 없는 거대하고 흰 유령은 배에서 점점 멀어져가고, 멀어지면 멀어질수록 평면적인 공간을 차지한 듯한 상어들과 입체적인 공간을 차지한 듯한 새들이 내는 흉악한 소음이 그 크기를 더해간다. 거의 꼼짝도 않는 배에서는 그 끔찍한 광경을 몇 시간이고 계속해서 볼 수 있었다. 구름 한 점 없이 온화하고 푸른 하늘 아래, 유쾌한 바다의 고운 얼굴 위에 뜬 채 즐거운 산들바람에 실려가던 그 거대한 사체는 계속 떠내려가기만 하더니, 마침내 저 무한한 배경 너머로 종적을 감춰버렸다.

이 얼마나 비통하고 더없이 조롱으로 가득한 장례식이란 말인가! 바다의 독수리들은 모두 경건하게 애도를 표하고, 공중의 상어들은 모두 격식을 갖추어 검거나 얼룩덜룩한 옷을 차려입었다. 혹여나 생전에 고래가 도움을 청했더라도 그들 가운데 고래를 도왔을 이들은 얼마 없었으리라. 하지만 장례식 만찬이 열리자 그들은 누구보다 경건하게 달려들고 있다. 오오, 지상의 이 끔찍한 탐욕이여! 가장 힘센 고래조차 거기에서 자유로울 수 없다니.

이것으로 끝이 아니다. 육신은 그 신성함을 모독당했지만, 복수심에 불타는 유령은 살아남아 겁을 주려는 듯 그 위를 맴돈다. 소심한 군함이나 서투른 탐험선이 잔뜩 모여든 새들도 잘 보이지 않을 만큼 아주 먼 거리에서 태양 아래 떠 있는 흰 덩어리와 그 위로 이는 흰 물보라를 보면, 그들은 아무 해도 끼치지 않을 이 고래의 사체를 두고 즉시 떨리는 손으로 항해일지를 기록한다. 인근에 여울과 암초와 큰 파도 있음. 주의할 것! 그러면 그후로 몇 년간 배들은 그곳을 피해가게 될지도 모른다. 이는 선두에 섰던 양이 막대기로 가로막힌 자리를 뛰어넘자, 멍청한 양들이 그 막대기가 없어진 후에도 그 자리의 허공을 뛰어넘는 꼴이나 마찬가지다. 그것이 이른바 관례에 따른 법칙이라는 것이고, 그것이 이른바 전통의 유용함이라는 것이다. 그것이 바로 땅에 한 번도 뿌리내린 적 없고 그렇다고 허공을 맴돌고 있는 것도 아닌 당신들의 오랜 믿음이 완강히 살아남게 된 사연이다! 그것이 바로 통설이라는 것이다!

그리하여 거대한 고래의 몸뚱이가 생전에는 그의 적들에게 진짜 공포를 안겨주었다면, 죽은 후에는 그 고래의 유령이 세상에 실체 없는 공황 상태를 안겨준다.

친구여, 그대는 유령을 믿는가? 세상에는 콕 레인의 유령[313] 말고도 또다른 유령이 있고, 존슨 박사보다 훨씬 생각이 깊은 사람들도 유령의 존재를 믿는다.

70장
스핑크스

리바이어던의 몸뚱이를 홀라당 벗겨버리기 전에 녀석의 목을 베었다는 말을 빠뜨리지 말았어야 했다. 향유고래의 참수는 과학적이고 해부학적인 묘기로, 노련한 고래 외과의들이 무척이나 자부심을 가지는 일이며, 거기에는 다 그럴 만한 이유가 있다.

고래에게 딱히 목이라고 부를 만한 부위가 없다는 사실을 생각해보라. 그러기는커녕, 고래의 머리와 몸통을 이어주는 듯한 부위는 고래의 몸 전체를 통틀어 가장 두껍다. 더불어 외과의는 수술 대상으로부터 8이나 10피트가량 떨어진 위쪽에서 수술을 집도해야 하는데, 그 대상은 너울대다가도 때로 세차게 파도치는 탁한 바다 아래 몸을 거의 숨기고 있다는 점도 기억해야 할 것이다. 또한 다음의 사실도 유념해야 할 것이다. 이런 불리한 조건 속에서도 그는 살을 몇 피트나 되는 깊이로 베어내야만 하며, 계속 오므라드는 깊은 상처를 한번 들여다볼 수도 없이 답답한 작업을 이어나가야 한다. 그는 잘라서는 안 될 인접 부위들을 모두 능숙히 피해가면서 두개골과 척추가 곧장 연결된 그 중요한 지점을 정확히 잘라내야만 한다. 그러니 향유고래의 머리를 자르는 데 십 분이면 족하다는 스터브의 자랑에 어찌 놀라지 않을 수 있겠는가?

잘라낸 머리는 우선 선미 쪽으로 내려서 고래의 가죽을 다 벗길 때까지 그곳에 밧줄로 묶어둔다. 그런 다음, 작은 고래라면 머리를 갑판 위로 끌어올려서 신중하게 처리한다. 하지만 완전히 다 자란 리바이어던이라면 이 방법을 쓸 수 없다. 향유고래의 머리는 전체 몸뚱이의 거의 삼분의 일을 차지하므로, 포경선의 도르래가 아무리 거대하더라도 그처럼 무거운 짐을 완전히 들어올린다는 것은 보석상의 저울로 헛간의 무게를 달아보겠다는 것만큼이나 헛된 일이기 때문이다.

피쿼드호에서는 잡은 고래의 머리를 자르고 가죽을 벗긴 후 고래의 머리를 뱃전에 대고 물위로 반쯤만 끌어올렸는데, 바다의 부력으로 그 무게의 대부분을 떠받치도록 하기 위해서였다. 그런데도 아랫돛대 꼭대기에서 아래로 당겨지는 힘이 워낙 엄청나서 세게 잡아당겨진 배는 그쪽 방향으로 가파르게 기울어져 있었고, 그쪽에 위치한 모든 활대의 끝은 기중기처럼 바다 위로 툭 튀어나와 있었다. 그처럼 피쿼드호의 옆구리에 매달린 채로 피를 뚝뚝 흘리는 머리는 유디트의 허리띠에 매달린 거인 홀로페르네스의 머리 같았다.[314]

이 마지막 작업이 완료되었을 때는 정오였으므로, 선원들은 식사를 하러 아래로 내려갔다. 떠들썩하던 갑판은 이제 텅 비어 정적만이 감돌고 있었다. 우주에 만개한 노란 연꽃처럼 강렬한 구릿빛 정적이 소리도 없고 헤아릴 수도 없는 꽃잎을 바다 위로 계속 펼쳐놓고 있었다.

시간이 잠깐 흐른 뒤, 선실에서 홀로 올라온 에이해브가 이 정적 속으로 들어섰다. 그는 뒷갑판 위를 몇 차례 돌다가 멈춰 서서 뱃전 너머를 바라보더니, 천천히 큰 돛대의 쇠사슬 쪽으로 걸어가 스터브의 기다란 삽—스터브가 고래를 참수한 뒤에도 거기 남아 있던 삽—을 들어 한쪽 끝을 겨드랑이에 목발처럼 끼우고는, 삽으로 반쯤 떠 있는 머리의 아랫부분을 때렸다. 그는 그렇게 기대선 채 강렬한 시선으로 고래 머리를 뚫어져라 바라보았다.

그 검은 머리는 두건을 쓴 듯했다. 너무나도 강렬한 정적 속에 매달려 있어서 그런지, 그 머리는 사막의 스핑크스처럼 보였다. "말해다오, 그대 거대하고 존귀한 머리여." 에이해브가 중얼거렸다. "비록 수염으로 장식돼 있진 않지만 여기저기 이끼가 낀 탓에 백발로 보이는 그대여. 말해다오, 웅장한 머리여. 그대가 품고 있는 비밀을 우리에게도 이야기해다오. 잠수하는 모든 존재 가운데 그대만큼 깊은 곳까지 잠수해본 것은 없다. 지금 저 하늘의 태양이 비추는 그 머리는 이 세상의 온갖 밑바닥을 두루 다녀보았다. 그곳에서는 기록되지 않은 이름들과 선단들이 녹슬고 있고, 알 길 없는 희망과 닻들이 부패해가고 있으며, 이 프리깃함과도 같은 지구의 그 지독한 화물창에서는 물에 빠져 죽은 수백만 명의 뼈들이 바닥짐 노릇을 하고 있다. 그 무시무시한 물속 나라가 그대에게는 가장 친숙한 집이었다. 그대는 어떤 종소리나 잠수부도 가보지 못한 곳에서 살아왔으며, 수많은 선원의 곁에서 잠들어왔다. 잠 못 드는 어머니들이 거기 한 번 누워볼 수만 있다면 목숨이라도 기꺼이 바칠 그곳에서 말이다. 그대는 서로 꼭 끌어안은 연인들이 불타는 배에서 뛰어내리는 모습을 보았다. 그들이 가슴과 가슴을 맞댄 채 의기양양한 파도 밑으로 가라앉는 모습을 보았다. 하늘이 자신들을 저버렸을 때조차 서로에게 진실했던 그들의 모습을. 그대는 해적들에게 살해되어 한밤중에 갑판에서 내던져지던 항해사를 보았다. 그는 만족할 줄 모르는 목구멍의 더 깊은 어둠 속으로 몇 시간이고 빠져들었다. 그러고도 그 살인자들은 여전히 아무 탈 없이 항해를 계속해나갔던 반면, 정직한 남편을 애타게 기다리는 부인의 품안으로 데려다줬을지도 모를 배는 그 옆에서 갑자기 내리친 번개에 벌벌 떨었다. 오오, 머리여! 그대는 여러 행성을 쪼개고 아브라함을 이교도로 만들 수 있을 만큼 많은 것을 보아왔으면서도 말 한마디 하려 들지 않는구나!"

"배가 보인다!" 큰 돛대 꼭대기에서 의기양양한 외침이 들려왔다.

"그래? 허, 그것참, 힘이 나는 일이로군." 에이해브는 갑자기 몸을 일으켜세우며 이렇게 외쳤고, 그의 이마에 낀 먹구름도 싹 가셨다. "이 죽음 같은 적막 속에서 저 활기찬 외침을 들으면 누구라도 기분이 나아질 거야. 어느 쪽인가?"

"우현 전방으로 3포인트 방향입니다, 선장님. 게다가 저 배는 이쪽으로 미풍을 몰고 오고 있습니다!"

"더 좋군그래. 이제 성 바울께서 그 길을 따라 오시면 바람 한 점 없는 이곳에도 바람이 불어오겠지![315] 오오, 자연이여, 오오, 인간의 영혼이여! 너희 둘은 어쩌면 그리도 말로 표현할 수 없을 만큼 서로 닮아 있는 것이냐! 물질 속의 가장 작은 원자가 꿈쩍하거나 살아나기만 해도, 마음속에서는 기묘할 정도로 똑같은 일이 일어난단 말이지."

71장

제로보암호 이야기

배와 미풍은 서로 손을 잡고서 나란히 다가왔다. 하지만 미풍이 배보다 빨리 왔기 때문에 피쿼드호는 이내 흔들리기 시작했다.

이윽고 망원경으로 살펴보니, 그 낯선 배에 보트가 매달려 있고 돛대 꼭대기에는 망꾼이 있어 포경선임을 알 수 있었다. 하지만 그 배는 바람 불어오는 쪽 너무 먼 곳에 있었고, 다른 어장으로 가려는 듯이 재빠르게 나아가고 있었기에 피쿼드호는 그 배에 닿을 가망이 없었다. 그래서 신호기를 펼쳐두고 어떤 응답이 올지 기다려보기로 했다.

여기서 말해두자면, 미국 포경선단의 배들은 해군의 군함들과 마찬가지로 제각기 자신들만의 신호기를 가지고 있다. 그러한 신호기들의 정보는 그것이 배속된 배들의 명칭과 함께 한 권의 책으로 묶여 있으며, 선장이라면 누구나 그 책을 제공받는다. 그렇기 때문에 포경선 지휘관들은 바다에서 꽤 멀리 떨어져 있더라도 서로를 쉽게 알아볼 수 있다.

마침내 낯선 배가 신호기를 펼쳐 피쿼드호의 신호기에 응답했다. 신호기를 통해 그 배가 낸터킷 선적의 제로보암호[316]라는 사실을 알 수 있었다. 그 배는 활대를 떡하니 벌리고 돌진해 오더니, 피쿼드호의 뱃전 맞은편에 멈춰 선 후 보트를 내렸다. 보트는 이내 가까이 다가왔다. 하지만 방문하는 선장의 편의를 위해 뱃전에 사다리를 내리라는 스타벅의 명령에, 제로보암호의 선장은 보트 선미에서 손을 내저으며 그렇게 할 필요가 전혀 없다는 의사를 표했다. 알고 보니 제로보암호에는 악성 전염병이 퍼져 있어 선장인 메이휴가 피쿼드호의 선원들에게 병이 옮을까 우려했던 것이다. 비록 선장 자신과 보트의 선원들은 병에 걸리지 않았고, 제로보암호는 라이플 사정거리의 절반쯤 떨어져 있었으며, 그 사이로는 더럽혀질 수 없는 바닷물과 공기가 흐르고 있었지만, 그럼에도 그는 소심한 육지 사람들의 격리 규정에 양심적으로 충실히 따르면서 피쿼드호와 직접적으로 접촉하기를 단호히 거부했다.

하지만 그렇다고 해서 모든 의사소통이 가로막힌 것은 결코 아니었다. 제로보암호에서 온 보트는 피쿼드호와의 거리를 몇 야드 정도 유지해가면서, 이따금 노를 저어 용케도 피쿼드호와 평행한 상태를 유지했다. 그때 피쿼드호는 (이번에는 바람이 꽤 세차게 불어온 탓에) 큰 돛대의 중간돛이 역풍을 받아 힘겹게 느릿느릿 나아가고 있었다. 이따금 갑작스레 커다란 파도가 밀려오면 보트는 저 앞쪽으로 약간 밀려가기도 했지만, 곧 능숙하게 다시 제자리로 돌아오곤 했다. 때때로 찾아오는 이런저런 방해 속에서도 양측의 대화는 계속 이어졌다. 하지만 간간이 아주 다른 종류의 방해가 찾아오는 일도 없지 않았다.

포경업계가 개성이 뚜렷한 자들의 집합소라고는 하지만, 그 점을 염두에 두더라도 제로보암호의 보트에서 노를 젓고 있는 한 남자의 외모는 정말이지 특이해 보였다. 몸집도 작고 키도 작은 편에 속하는 꽤 젊은 남자는 얼굴이 온통 주근깨로 뒤덮여 있었고, 노란 머리를 치렁치렁 기르고 있었다. 그는 카발라[317] 분위기를 풍기는 긴 옷자락의 빛바랜 호두색 외투로 몸을 감쌌고, 긴 소매는 손목에서 접어올리고 있었다. 그의 눈 속 깊은 곳에서는 광적인 정신착란의 조짐이 내비쳤다.

이 사람을 처음 보자마자 스터브가 외쳤다. "저놈이다! 저놈이야! 타운호호의 선원들이 우리에게 말했던 바로 그 긴 옷을 입은 허풍선이야!" 이 대목에서 스터브는 얼마 전에 피쿼드호가 타운호호와 만났을 때 들은 제로보암호와 그 선원들 중 한 남자에 대한 기이한 이야기를 들려주었다. 이 이야기와 그뒤에 알게 된 사실에 따르면, 이 허풍선이는 제로보암호의 거의 모든 선원에게 놀라운 지배력을 행사했던 모양이다. 스터브의 이야기는 다음과 같다.

그는 원래 광신적인 니스카유나 셰이커교도[318] 집단에서 자랐고, 거기서 그는 위대한 예언자였다. 그들의 정신 나간 비밀 집회에서 그는 여러 차례 천장의 작은 문을 통해 하늘에서 강림해 조끼 주머니에 넣고 다니던 일곱번째 물약병을 곧바로 열겠노라고 선언했다.[319] 하지만 그 병에는 화약 대신 아편제가 들어 있었던 듯하다. 기이한 사도적 광기에 사로잡힌 그는 니스카유나를 떠나 낸터킷으로 갔고, 그곳에서 광인 특유의 교활함을 발휘해 착실하고 상식적인 사람 행세를 하며 제로보암호의 포경 항해에 풋내기 선원으로 지원했다. 그들은 그를 고용했다. 하지만 육지가 보이지 않는 곳으로 배가 나오자마자 그의 광기가 홍수처럼 터져나왔다. 그는 스스로를 대천사 가브리엘이라 칭하며, 선장에게 바다로 뛰어들라고 명했다. 그는 자신을 바다에 있는 모든 섬의 구세주이자 오세아니아 전체의 주교 총대리라고 칭하는 선언문을 발표했다. 그가 이렇게 선언할 때의 굴하지 않는 진지함, 잠도 이루지 못하는 들뜬 상상력의 어둡고 과감한 작용, 진정한 정신착란이 불러일으키는 모든 초자연적 공포가 하나로 똘똘 뭉쳐진 덕에 대다수의 무지한 선원들은 이 가브리엘에게 신성한 기운이 있다고 생각하기에 이르렀다. 게다가 그들은 그를 두려워하기까지 했다. 하지만 그러한 인간은 배에서 실질적으로는 쓸모가 없었고, 특히나 자신이 내키지 않을 때는 일을 하려 들지 않았기 때문에, 그를 믿지 않는 선장은 그를 내쫓고 싶어했다. 하지만 처음 도착한 가까운 항구에서 그를 육지로 내보내버리겠다는 선장의 의도를 간파한 대천사는 곧장 자신의 모든 봉인과 물약병을 열더니, 선장이 이런 짓을 감행한다면 배와 선원들 모두를 무조건 지옥에 봉헌해버리겠노라고 말했다. 선원들 가운데 그를 추종하는 신도들에게 그가 미치는 힘이 어찌나 강력했던지, 마침내 그들은 선장에게 떼로 몰려가 만일 가브리엘을 배에서 내보내면 자신들도 모두 떠나겠노라고 말했다. 따라서 선장은 마지못해 자신의 계획을 철회할 수밖에 없었다. 또한 선원들은 가브리엘이 무슨 말이나 행동을 하든 간에 어떤 식으로든 그를 학대하는 일은 절대 그냥 두고 보지 않았다. 그리하여 가브리엘은 배 위에서 완전한 자유를 누리게 되었다. 그 결과 대천사는 선장이나 항해사들을 무시하게 되었고, 전염병이 발생한 후로는 그 어느 때보다 만사에 고압적으로 굴었다. 그는 그 전염병이 천벌이라며, 그 천벌을 다스릴 수 있는 사람은 자신뿐이고, 자신의 선한 의지를 따른다면 천벌도 사라질 것이라고 했다. 대체로 야비하고 한심한 선원들은 두려움에 움찔했고, 그중 몇몇은 그에게 아양을 떨어댔다. 그의 지시에 복종하며, 때로는 그를 신처럼 경배하기도 했다. 이런 일들이 믿기지 않을지도 모르겠지만, 아무리 불가사의하더라도 그것은 사실이다. 광신자들의 역사를 보면, 광신자 자신의 무한한 자기기만보다는 그렇게 많은 이들을 속이고 홀리는 광신자의 무한한 힘이 훨씬 더 놀랍게 느껴진다. 하지만 이제는 피쿼드호 이야기로 돌아가기로 하자.

"선장, 나는 전염병이 두렵지 않소." 뱃전에 있던 에이해브가 보트 선미에 서 있던 메이휴 선장에게 말했다. "어서 배에 오르시오."

하지만 이때 가브리엘이 벌떡 일어섰다.

"떠올릴지어다, 얼굴을 누렇게 뜨게 하는 극히 불쾌한 열병을 떠올릴지어다! 무시무시한 천벌을 조심할지어다!"

"가브리엘! 가브리엘!" 메이휴 선장이 외쳤다. "자네는 말이야—" 하지만 그 순간 밀려온 거센 파도가 보트를 저멀리 앞으로 밀어냈고, 거기서 생겨난 소용돌이가 말소리를 죄다 삼켜버렸다.

"흰 고래를 본 적이 있소?" 보트가 떠밀려 되돌아오자 에이해브가 물었다.

"떠올릴지어다, 구멍이 나서 가라앉을 그대의 포경 보트를 떠올릴지어다! 무시무시한 꼬리를 조심할지어다!"

"가브리엘, 다시 말하지만—" 하지만 보트는 악마들에게 끌려가기라도 하듯 또다시 물결을 가르며 저 앞으로 밀려났다. 한동안 침묵이 이어졌고, 떠들썩한 파도만이 연달아 밀려왔다. 바다가 이따금 부리는 변덕 때문에 파도는 들썩인다기보다는 아주 요동을 치고 있었다. 그러는 동안 높이 매달아둔 향유고래의 머리는 이리저리 매우 격렬히 흔들렸고, 가브리엘은 대천사라는 지위에 있는 사람치고는 다소 걱정스러운 눈빛을 내비치며 그 광경을 지켜보았다.

이 막간의 소동이 끝나자 메이휴 선장은 모비 딕에 관한 암울한 이야기를 시작했다. 하지만 모비 딕이라는 이름이 언급될 때마다 툭하면 가브리엘이 방해를 했고, 광란의 바다 또한 가브리엘과 작당이라도 한 듯 방해를 일삼았다.

제로보암호는 고향을 떠난 지 얼마 되지 않았을 때 어느 포경선과 만나 대화를 나누다가 모비 딕이라는 존재와 그 고래가 일으킨 참혹한 피해를 확실히 알게 된 듯했다. 이러한 정보를 들리는 족족 다 흡수한 가브리엘은 그 괴물이 모습을 드러내더라도 공격하지 말라고 선장에게 엄숙히 경고했고, 미친듯이 횡설수설대며 그 흰 고래는 셰이커교도의 신이 이 세상에 현현한 것이나 다름없는 존재라고 선언했다. 셰이커교도들의 성경 해석에 따르면 그렇다는 것이다. 하지만 몇 해 뒤 돛대 꼭대기에서 모비 딕임이 분명한 놈을 발견했을 때, 일등항해사 메이시는 녀석을 상대해보고 싶다는 불같은 열정에 사로잡혔다. 선장도 그에게 기꺼이 기회를 주고 싶어했기 때문에, 메이시는 대천사의 온갖 위협과 경고에도 불구하고 선원 다섯 명을 설득하여 보트에 태우는 데 성공했다. 메이시는 그들과 함께 보트를 몰아나갔다. 그리하여 몹시 지칠 때까지 노를 젓고 위험을 무릅쓴 공격에 여러 차례 실패한 끝에 마침내 작살 하나를 단단히 찔러넣는 데 성공했다. 그러는 동안 가브리엘은 큰 돛대 꼭대기로 올라가 한쪽 팔을 미친듯이 흔들어대며 자신의 신을 공격하는 불경한 자들에게 당장 파멸이 내릴 것이라는 예언을 퍼부어댔다. 그런데 항해사 메이시가 보트 뱃머리에 서서 앞뒤 가리지 않는 고래잡이다운 태도로 고래에게 격렬한 외침을 토해내며 작살을 던질 좋은 기회를 노리고 있었을 때, 저런! 바다에서 커다랗고 흰 그림자가 솟아오르는 게 아닌가. 재빠르게 바람을 일으키는 그 동작에 노잡이들은 순간 모두 숨을 죽였다. 그러자 다음 순간, 그처럼 왕성한 생명력으로 충만해 있던 그 불운한 항해사는 그대로 공중에 솟구치더니, 긴 포물선을 그리며 추락해 50야드 정도 떨어진 바닷속으로 빠져버렸다. 보트는 나무 조각 하나 상하지 않았고 노잡이들은 머리카락 한 올도 다치지 않았는데, 항해사는 영영 가라앉고 말았다.

여기서 꼭 짚고 넘어가야 할 것은, 향유고래 포경업에서 발생하는 치명적인 재난 가운데 이런 종류의 참사는 매우 흔한 축에 속한다는 점이다. 때로는 이처럼 희생된 사람 말고는 모두가 무사한 경우도 있지만, 보트의 뱃머리가 박살나거나 보트 지휘자가 서 있는 넓적다리판이 뜯겨나가면서 보트 지휘자까지 같이 내던져지는 경우가 더 흔하다. 하지만 가장 기이한 점은 시체를 건져보면 죽어서 완전히 경직된 상태인데 폭력의 흔적은 단 한 군데도 보이지 않는 상황이 숱하게 발생한다는 사실이다.

모선에서는 메이시가 바다로 떨어지는 광경을 비롯한 그 모든 참사를 두 눈으로 똑똑히 확인할 수 있었다. "물약병! 물약병!" 가브리엘은 찢어지는 듯한 비명을 질러대며 공포에 사로잡힌 선원들에게 더이상 고래를 사냥하지 말고 그만 돌아오라고 외쳤다. 이 끔찍한 사건은 대천사에게 더 큰 영향력을 안겨주게 되었다. 누구나 할 수 있는 대수롭지 않은 예언이었고, 맞히기 쉬운 범위 안에 있는 수많은 과녁 가운데 우연히 하나를 맞힌 데 지나지 않았지만, 가브리엘의 귀가 얇은 신도들은 그가 그 사건을 구체적으로 예언했다고 믿었기 때문이다. 그는 배에서 이루 말로 표현할 수 없을 만큼 두려운 존재가 되었다.

메이휴가 이야기를 끝내자 에이해브는 그에게 몇 가지 질문을 던졌고, 그래서 제로보암호의 선장은 에이해브에게 만일 기회가 주어진다면 흰 고래를 사냥할 작정이냐고 묻지 않을 수 없었다. 이 물음에 에이해브는 "그렇소"라고 대답했다. 그러자 대뜸 가브리엘이 다시 한번 자리에서 벌떡 일어나 눈을 부릅뜬 채 노인을 쳐다보더니, 손가락으로 아래를 가리키며 격렬히 외쳤다. "떠올릴지어다, 신을 모독한 자를 떠올릴지어다. 죽어서 이 바다 아래 가라앉아 있는 그자를! 신을 모독한 자의 말로를 조심할지어다!"

에이해브는 무뚝뚝하게 옆으로 돌아서서 메이휴에게 말했다. "선장, 방금 생각난 건데, 내가 잘못 안 게 아니라면 우리 쪽 우편 행낭 안에 그쪽 간부 선원에게 온 편지가 한 통 있소. 스타벅, 가서 행낭을 뒤져보게."

모든 포경선은 저마다 다양한 배에 전해줄 편지를 잔뜩 실은 채 출항하는데, 그 편지가 수신인에게 도착할지 말지는 전적으로 사대양 어디선가 만나게 되느냐 마느냐 하는 우연에 달려 있다. 따라서 대부분의 편지는 그 목적지에 도달하지 못하고, 두세 해도 더 지나서야 겨우 수신인에게 도착하는 편지도 여럿 된다.

곧 스타벅이 손에 편지 한 통을 들고 돌아왔다. 선실의 음습한 궤짝 안에 보관해둔 탓에 심하게 구겨지고 눅눅해진데다 군데군데 푸르스름한 곰팡이까지 피어 있었다. 그런 편지는 죽음의 신이 직접 배달해주는 편이 더 나았을 것이다.

"못 읽겠나?" 에이해브가 소리쳤다. "이리 줘보게. 그래그래, 글자가 너무 흐릿하군. 이건 뭐라고 쓴 거지?" 에이해브가 그 글자를 읽어내려 애쓰는 동안, 스타벅은 긴 고래 해체용 삽자루를 가져와 그 끝에 살짝 칼집을 냈다. 보트가 배 쪽으로 더 가까이 다가오지 않고도 편지를 받을 수 있도록 그 끝에 편지를 끼워서 전해주려는 것이었다.

한편 에이해브는 편지를 손에 든 채 중얼거렸다. "해—어디 보자, 해리—

(여자 글씨로군. 분명 이 사람의 부인일 거야) 그래, 해리 메이시, 제로보암호. 세상에 메이시라니, 그는 죽었잖아!"

"불쌍하기도 하지! 불쌍하기도 해! 부인이 보낸 편지로군." 메이휴가 한숨을 내쉬었다. "그래도 내가 보관해두겠소."

"아니, 당신이 보관해두시오." 가브리엘이 에이해브에게 소리쳤다. "당신도 곧 그리로 가게 될 테니 말이야."

"이런 작살 맞아 뒈질 놈!" 에이해브가 소리쳤다. "메이휴 선장, 그럼 이제 편지를 받으시오." 그러고서 그는 스타벅의 손에서 그 저주받은 편지를 받은 다음 삽자루에 낸 칼집 사이에 끼워 보트 쪽으로 내밀었다. 하지만 이때 노잡이들이 기다렸다는 듯이 노젓기를 멈춰버렸기 때문에 보트는 배의 선미 쪽으로 약간 떠내려갔다. 그러자 별안간 마법이라도 부린 것처럼 편지는 그것을 붙잡으려던 가브리엘의 손에 가닿았다. 가브리엘은 즉시 편지를 움켜쥐더니 보트 나이프를 푹 꽂은 다음 다시 배로 던져버렸다. 편지는 에이해브의 발밑에 떨어졌다. 그러자 가브리엘은 동료들에게 힘차게 노를 저으라며 날카롭게 소리를 질렀고, 그 불온한 보트는 그렇게 피쿼드호로부터 재빨리 멀어져갔다.

이 막간의 소동이 끝나자 선원들은 다시 고래 지방 처리 작업을 시작하면서 이 엉뚱한 사건에 대해 이러쿵저러쿵 이상한 말들을 조용히 주고받았다.

72장

원숭이 밧줄

고래를 해체하고 처리하는 정신없는 작업을 하다보면 선원들은 앞뒤로 부산히 뛰어다닐 수밖에 없다. 여기에 일손이 달린다 싶으면 또 저기에 일손이 달린다. 한곳에 머무를 수가 없다. 모든 작업이 모든 곳에서 동시에 진행되어야만 하기 때문이다. 이 장면을 묘사해보려는 사람의 경우도 마찬가지다. 이제 우리가 왔던 길을 조금 되돌아가보기로 하자. 앞에서 말했다시피 고래의 등에서 기초 작업을 끝내고 나면 항해사들이 삽으로 뚫어놓은 구멍에 고래 지방용 갈고리를 끼워넣는다. 하지만 그처럼 투박하고 육중한 쇳덩이를 어떻게 그 구멍에 끼워넣은 것일까? 그 쇳덩이는 나와 각별한 친구 사이인 퀴퀘그가 끼워넣은 것으로, 그 특별한 목적을 수행하기 위해 괴물의 등으로 내려가는 것은 작살잡이로서 그가 지닌 의무였다. 하지만 작살잡이는 고래의 가죽 또는 지방층을 벗겨내는 작업이 모두 종료될 때까지 고래 등에 남아 있어야 하는 경우가 무척 많다. 그런데 고래는 지금 당장 작업하는 부위를 제외하고는 거의 몸 전체가 물속에 잠겨 있다는 사실을 알아야만 한다. 그러니 갑판에서 10피트쯤 아래 떨어진 그곳에서 가엾은 작살잡이는 그 거대한 몸뚱이가 발밑에서 쳇바퀴처럼 도는 동안 반은 고래 위에서, 또 반은 물속에서 허우적거리기 마련이다. 이때 퀴퀘그는 하일랜드[320]풍의 옷차림—치마와 양말 차림—을 하고 있었는데, 적어도 내 눈에는 유난히 멋진 모습이었다. 그리고 곧 알게 되겠지만, 그를 관찰하기에 나보다 더 좋은 기회를 가진 사람은 아무도 없었다.

나는 야만인의 뱃머리 노잡이, 즉 그가 타는 보트에서 앞노(앞에서 두번째 노)를 젓는 사람이었으므로, 죽은 고래 등 위로 올라가기 위해 버둥대며 안간힘을 쓰는 그를 옆에서 기꺼운 마음으로 도왔다. 여러분은 이탈리아의 풍각쟁이 소년들이 춤추는 원숭이를 긴 끈으로 묶어서 데리고 다니는 모습을 본 적이 있을 것이다. 그와 마찬가지로 나도 배의 가파른 뱃전에서 바다 아래로 내려간 퀴퀘그를 밧줄로 붙잡아 매고 있었는데, 그 밧줄은 포경업계에서 원숭이 밧줄이라는 전문용어로 불리는 것으로 퀴퀘그의 허리에 둘린 튼튼한 범포 조각에 연결되어 있었다.

그것은 우리 둘 모두에게 우스꽝스러우면서도 극히 위험한 일이었다. 이야기를 더 진행해나가기 전에 반드시 말해둬야겠는데, 이 원숭이 밧줄은 양쪽 끝이 다 고정된 것으로, 한쪽은 퀴퀘그의 널찍한 범포 허리띠에, 나머지 한쪽은 나의 좁다란 가죽 허리띠에 묶여 있었다. 따라서 그동안 우리는 좋든 싫든 결혼한 사이나 마찬가지였고, 가엾은 퀴퀘그가 물속에 가라앉아 다시는 떠오르지 못하게 된다면, 관례와 명예에 따라 나도 밧줄을 자르는 대신 그를 따라 물속으로 끌려들어가야만 했다. 그러니까 우리는 가늘고 긴 끈을 통해 샴쌍둥이처럼 연결되어 있는 셈이었다. 퀴퀘그는 나와 뗄 수 없는 관계에 있는 쌍둥이 형제였고, 나 또한 이 삼으로 만든 끈에서 비롯된 위험한 의무에서 벗어나볼 도리가 없었다.

나는 그때 내가 처했던 상황을 너무나 강렬하고도 형이상학적으로 이해했기 때문에, 그의 동작을 진지하게 주시하는 동안 나 자신의 개체성이 두 사람의 합자회사로 통합돼가고 있음을 분명히 인식한 것만 같았다. 내 자유의지는 치명상을 입었고, 상대의 실수나 불운으로 인해 아무 죄도 없는 내가 부당한 재앙과 죽음 속으로 내던져질 수도 있다는 사실을 깨달은 것이다. 따라서 나는 이 경우를 신의 섭리에 생겨난 일종의 공백으로 받아들였다. 공명정대한 신의 섭리가 이토록 엄청난 부당함을 허용했을 리 없기 때문이다. 하지만 퀴퀘그가 고래와 배 사이에 끼지 않도록 이따금 그를 홱 잡아당겨주면서 한층 더 깊이 생각해보니, 내가 처한 상황이 살아 숨쉬는 모든 인간이 겪고 있는 상황과 조금도 다를 바 없다는 걸 알게 되었다. 다만 대다수의 인간은 어떤 식으로든 한 사람이 아니라 수많은 인간과 샴쌍둥이처럼 연결되어 있다는 차이가 있을 뿐이었다. 만일 당신의 은행이 파산하면 당신도 꼴까닥 죽는다. 만일 당신의 약제사가 실수로 알약에 독약을 섞어 넣으면 당신은 끝장이다. 물론 극도로 주의를 기울이면 이런 일을 포함한 인생의 여러 지독한 불운으로부터 도망칠 수 있다고 말할지도 모르겠다. 하지만 나는 퀴퀘그에게 묶인 원숭이 밧줄을 무척 조심스럽게 다뤘음에도, 그가 밧줄을 홱 잡아당기는 바람에 뱃전 너머로 미끄러질 뻔할 때가 종종 있었다. 그래도 나는 내가 아무리 용을 써도 뜻대로 조종할 수 있는 것은 밧줄의 한쪽 끝뿐이라는 사실을 결코 잊을 수 없었다.*

고래와 배가 쉴새없이 뒤척이고 흔들리는 바람에 이따금 퀴퀘그가 고래와 배 사이에 빠졌으므로, 가엾은 퀴퀘그를 홱 잡아당겨서 꺼내줘야 했다는 사실

* 원숭이 밧줄은 모든 포경선에서 볼 수 있다. 하지만 원숭이와 원숭이를 붙든 사람이 한데 묶인 모습은 피쿼드호에서만 볼 수 있다. 원래의 사용법을 이처럼 개선한 사람은 다름 아닌 스터브였다. 이 방법을 도입한 이유는 목숨이 위태로운 작살잡이에게 원숭이 밧줄을 잡고 있는 사람이 충실한 태도로 바짝 경계하고 있다는 인식을 가장 확실한 방법으로 심어주기 위해서였다.

은 이미 언급한 바 있다. 하지만 그가 노출된 곤란한 위험은 이게 다가 아니었다. 상어들이 밤새 벌어졌던 대학살에도 굴하지 않은 채 고래 사체 안에 고여 있다 흘러나온 피에 다시금 더욱 신선하고 강렬한 유혹을 느낀 것이다. 그 미쳐 날뛰는 생물들은 벌집 안에 모여든 벌들처럼 사체 주위에 우글거렸다.

그리고 바로 그 상어들 한가운데 퀴퀘그가 있었다. 그는 버둥거리는 발로 몇 번이고 상어들을 밀어냈다. 도무지 믿기 힘든 사실은 아무거나 닥치는 대로 잡아먹는 상어가 죽은 고래라는 먹이에 사로잡힌 나머지 사람은 건드리려 하지도 않았다는 점이다.

그럼에도 상어들은 원체 탐욕을 주체할 줄 모르니 녀석들을 예의주시하는 편이 현명하다고 판단하는 것도 무리는 아니었다. 따라서 내 가련한 친구가 유달리 흉포해 보이는 상어의 목구멍까지 너무 가까이 다가가게 되면 내가 원숭이 밧줄을 확 잡아당기는 것 외에도 그를 위한 다른 보호책이 마련되어 있었다. 타시테고와 다구가 뱃전 너머로 내린 발판에 올라가 퀴퀘그의 머리 위로 날카로운 고래 해체용 삽을 연신 휘둘러대며 상어들을 닥치는 대로 학살하고 있었다. 물론 그들의 이런 행위는 아무 사심 없는 자애로운 마음에서 우러나온 것임이 틀림없었다. 그들이 퀴퀘그의 행운만을 바랐다는 것은 나도 인정하는 바이다. 하지만 퀴퀘그를 돕겠다는 열의가 앞서 그들은 너무나도 성급했고, 피로 물든 바다에 퀴퀘그와 상어의 몸이 반쯤 가려지는 일이 잦았기에 그들이 아무렇게나 휘두른 삽이 꼬리가 아닌 다리를 잘라버릴 뻔한 적도 있었다. 하지만 내 생각에 가엾은 퀴퀘그는 그 거대한 쇠갈고리를 끼우려고 애쓰며 헐떡이는 동안 자신의 목숨을 가만히 신들에게 맡긴 채 오로지 요조 신에게만 기도드렸을 것이다.

그래, 그래, 나의 소중한 동료이자 나의 쌍둥이 형제여, 결국 다 무슨 소용이란 말인가? 나는 파도가 굽이칠 때마다 밧줄을 당겼다 늦추기를 거듭하며 생각했다. 자네야말로 이 포경업의 세계에 종사하는 우리 모두의 소중한 상징이 아니겠는가? 자네가 들어가 헐떡이고 있는 저 깊이를 알 수 없는 대양은 바로 '삶'이요, 저 상어들은 자네의 적이며, 저 삽들은 자네의 친구. 그리고 자네는 그 상어와 삽 사이에서 슬픈 곤경과 위험에 처해 있군그래, 이 불쌍한 친구야.

하지만 용기를 내, 퀴퀘그! 진수성찬이 너를 기다리고 있으니. 이윽고 녹초가 된 야만인이 새파랗게 질린 입술과 붉게 충혈된 눈을 하고 마침내 쇠사슬을 타고 기어오르더니, 뱃전에 선 채 물을 뚝뚝 흘리며 자기도 모르게 사시나무처럼 마구 떨어댄다. 사환이 다가가더니 자애롭고 위안이 가득한 눈길로 그에게 무언가를 건넨다. 무얼까? 뜨거운 코냑? 천만에! 그에게 건넨 것은, 원 세상에! 그에게 건넨 것은 미지근한 생강차 한 잔이 아닌가!

"생강차? 이거 생강냄새 아니야?" 스터브가 가까이 다가오며 수상쩍다는 듯이 물었다. "그래, 생강차가 틀림없어." 그가 아직 입도 대지 않은 잔을 가만히 들여다보곤 말했다. 그리고 못 믿겠다는 듯한 얼굴로 잠시 서 있던 그는 깜짝 놀란 사환을 향해 침착하게 걸어가서 천천히 말했다. "생강차? 생강차라니? 이봐 찐빵, 부탁인데 생강이 대체 어디에 좋은지 좀 말해줄 수 있겠나? 생강차라니! 이봐 찐빵, 생강이 벌벌 떨고 있는 이 식인종의 몸안에 불을 지펴줄 연료라도 된단 말인가? 생강차라! 대체 생강이 뭐지? 석탄? 장작? 딱성냥? 불쏘시개? 화약? 대체 생강이 뭔데 우리 불쌍한 퀴퀘그한테 이 생강차를 주는 거냔 말이야."

"금주협회가 몰래 뒤에서 금주운동이라도 벌이고 있나보군." 스터브가 문득 이렇게 덧붙이더니, 이번에는 이제 막 뱃머리 쪽에서 나타난 스타벅에게 다가가며 말했다. "스타벅 씨, 저 작은 컵 좀 보지 않으시렵니까. 괜찮으면 냄새도 좀 맡아보시고요." 그러고는 일등항해사의 안색을 살피며 덧붙였다. "스타벅 씨, 사환 녀석이 뻔뻔하게도 이제 막 힘들게 고래에 갈고리를 달고 올라온 퀴퀘그한테 감홍甘汞이랑 할라파[321]를 주지 뭡니까. 사환이 무슨 약제사예요? 이게 익사할 뻔했던 사람에게 다시 숨을 불어넣어주는 풀무라도 된다는 건지, 제가 좀 여쭤봐도 될까요?"

"그럴 리가 있나." 스타벅이 말했다. "정말이지 끔찍하군."

"이봐, 우리 사환 나리." 스터브가 외쳤다. "작살잡이가 마실 음료에 약 타는 법을 알려주지. 네 녀석의 이 약제로는 어림도 없어. 넌 우리를 독살하고 싶은 거야, 그렇지? 우리 생명보험금에 눈이 멀어서, 우리를 몽땅 죽인 다음 수익금을 챙기려는 속셈인 거야, 그렇지?"

"제가 가져온 게 아니에요." 찐빵이 울부짖었다. "배에 생강을 실은 건 채리티 아줌마였다고요. 아줌마는 작살잡이들한테 어떤 술도 주어서는 안 되고, 오직 이 '생강차'만—아줌마는 이걸 그렇게 불렀어요—줘야 한다는 분부를 내리셨어요."

"생강차라니! 이런 생강처럼 영악한 놈! 한 대 맞고도 그러고 있을 테냐! 당장 식품저장실로 달려가서 더 훌륭한 음료를 가지고 와. 스타벅 씨, 제가 지금 실수하는 게 아니었으면 좋겠네요. 선장이 명령하길, 고래에 갈고리를 달고 온 작살잡이에게는 그로그주를 주라고 했단 말이죠."

"그만 됐네." 스타벅이 대답했다. "하지만 사환을 또 때리지는 말고, 이제—"

"아, 저는 절대 상처를 입히면서까지 때리진 않아요. 고래나 뭐 그런 것들을 때릴 때를 빼면 말이죠. 그리고 저 사환 녀석은 족제비처럼 교활한 놈이에요. 그런데 하시려던 말이 뭐였죠?"

"별거 아닐세. 사환이랑 같이 내려가서 자네가 원하는 걸 가져오라는 말이었어."

스터브가 다시 모습을 드러냈을 때, 한쪽 손에는 짙은 색 휴대용 술병이, 다른 손에는 차를 넣는 작은 통 같은 게 들려 있었다. 독주가 담긴 술병은 퀴퀘그에게 건네졌고, 채리티 아줌마의 선물인 차통은 파도에 아낌없이 바쳐졌다.

73장

스터브와 플래스크가 참고래를 죽인 후 페달라에 대한 이야기를 나누다

그러는 동안에도 향유고래의 거대한 머리는 줄곧 피쿼드호의 뱃전에 매달려 있었다는 사실을 잊어서는 안 될 것이다. 하지만 처리할 기회가 생기기 전까지는 한동안 그곳에 계속 매달아두는 수밖에 없다. 우선은 다른 문제들이 더 시급하기 때문에, 지금 우리가 할 수 있는 최선은 도르래가 머리의 무게를 버텨주길 하늘에 기도하는 것뿐이다.

지난밤부터 오늘 오전까지 피쿼드호는 노란 요각류 떼가 종종 모습을 드러내는 바다로 서서히 접어들었다. 그것은 참고래가 근처에 있다는 흔치 않은 징조였는데, 그 리바이어던이 이 시기에 이 근처에서 몸을 숨기고 있는 일은 매우 드물었다. 어쨌거나 모든 선원이 이 하등 고래를 잡는 일을 업신여겼고, 피쿼드호는 참고래를 잡아달라는 의뢰는 받지도 않았으며, 크로제제도 근처에서는 참고래를 무수히 보고도 보트 한 번 내리지 않은 채 그냥 지나쳐버리곤 했다. 그런데 향유고래를 뱃전으로 끌고 와 목까지 베어버린 지금, 기회가 허락된다면 그날부로 당장 참고래를 잡으라는 지시가 내려지자 다들 깜짝 놀랄 수밖에 없었다.

오래 기다릴 것도 없었다. 바람 불어가는 쪽에서 긴 물기둥이 치솟았고, 스터브와 플래스크가 이끄는 보트 두 척이 추격하도록 파견되었다. 그들은 계속해서 쭉쭉 나아갔고 마침내 돛대 꼭대기의 망꾼들 눈에도 거의 보이지 않게 되었다. 하지만 별안간 멀리서 사나운 흰 물결이 크게 이는 모습이 보였고, 곧이어 한 척이나 두 척의 보트가 고래에 작살을 꽂은 게 틀림없다는 소식이 돛대 꼭대기로부터 들려왔다. 잠시 후 고래에게 끌려 모선을 향해 곧장 다가오는 보트들이 눈에 선명히 들어왔다. 괴물이 선체에 너무 가까이 다가왔기 때문에 처음에는 모선을 해할 작정인가 싶기도 했다. 하지만 녀석은 뱃전에서 3로드[322] 정도 되는 거리에서 돌연 소용돌이를 일으키며 물 아래로 내려가더니, 용골 아래로 잠수라도 한 것처럼 시야에서 완전히 사라져버렸다. 두 보트 모두 당장이라도 모선의 뱃전에 부딪혀 끝장나버릴 지경에 처한 순간, 모선에서 두 보트를 향해 이렇게 외쳤다. "밧줄! 밧줄을 잘라라!" 하지만 밧줄통에는 아직 밧줄이 많이 남아 있었고 고래가 그리 급히 잠수한 것도 아니었으므로, 그들은 밧줄을 길게 풀어주는 동시에 온 힘을 다해 노를 저어 모선의 뱃머리 쪽으로 빠져나가고자 했다. 몇 분 동안 극히 위태로운 싸움이 이어졌다. 한쪽에서는 팽팽해진 밧줄을 늦추고 다른 한쪽에서는 부지런히 노를 젓는 동안, 그 맞붙은 힘으로 인해 보트가 뒤집힐 뻔했기 때문이다. 하지만 그들은 모선보다 단지 몇 피트 정도만 앞에 있기를 바랐을 뿐이었다. 그리고 그들이 꿋꿋이 버텨가며 그러한 목적을 이뤄낸 바로 그 순간, 재빠른 전율이 용골을 번개처럼 훑고 지나가는 게 느껴졌고, 팽팽해진 밧줄이 배밑을 긁더니 갑자기 뱃머리 아래쪽에서 솟아올라 탕탕거리는 소리를 내며 부르르 떨리는 모습이 시야에 들어왔다. 밧줄에서 이리저리 물방울이 튀더니 깨진 유릿조각들처럼 바다로 떨어졌다. 그와 동시에 고래도 저 너머에서 수면 위로 모습을 드러냈고, 보트들은 다시 한번 자유롭게 비상하듯 나아갔다. 하지만 녹초가 된 고래는 속도를 늦추더니 무턱대고 진로를 바꿔 보트 두 척을 끌고 모선의 뱃머리를 돌았다. 그리하여 고래와 보트 두 척은 모선을 완전히 한 바퀴 돈 셈이 되었다.

그러는 동안에도 그들은 계속 밧줄을 끌어당겼고, 마침내 고래 양쪽에 나란히 붙게 되자 플래스크가 고래 옆구리에 창을 찔렀고 스터브도 창으로 화답했다. 이처럼 피쿼드호를 빙빙 돌면서 싸움이 이어졌고, 향유고래 사체 주변에서 헤엄치던 상어 무리는 고래가 흘린 신선한 피를 향해 우르르 몰려들어, 간절한 이스라엘 민족이 모세가 내려친 바위에서 새로이 터져나온 샘물을 마셔대듯[323] 고래 몸에 새로이 상처가 날 때마다 흘러나오는 피를 정신없이 마셔댔다.

마침내 고래가 뿜어내는 물기둥 색이 짙어지더니, 몸을 사납게 뒤척이며 토하고는 벌러덩 뒤집힌 채로 죽고 말았다.

두 보트 지휘자는 고래 꼬리에 단단히 밧줄을 묶으면서, 그러니까 그 거대한 몸뚱이를 끌고 갈 준비 작업을 하면서 잠시 대화를 나누었다.

"노인네가 이 고약한 기름덩어리로 뭘 하려는 속셈인지 모르겠군." 스터브가 이토록 하찮은 리바이어던을 상대해야 한다는 데 진저리를 치며 말했다.

"뭘 하느냐고요?" 플래스크가 남은 밧줄을 보트 뱃머리에 감으며 대꾸했다. "향유고래 머리를 우현에 매달고 참고래 머리를 좌현에 매단 배는 절대로 뒤집히지 않는다는 얘기 못 들어봤어요?"

"어째서?"

"나야 모르죠. 하지만 저 누리끼리한 유령 같은 페달라가 그렇게 말하는 소리를 들었어요. 놈은 배에 거는 주술이라면 뭐든 다 아는 모양이더라고요. 하지만 가끔은 놈이 주술을 걸어서 결국엔 배를 못 쓰게 만들어버릴 것 같은 예감이 들어요. 난 말이죠, 스터브, 저 녀석이 영 마음에 안 들어요. 녀석의 뻐드렁니가 뱀 대가리 모양으로 깎여 있다는 거 알아요?"

"알게 뭐야! 난 녀석을 쳐다보지도 않는걸. 하지만 플래스크, 어두운 밤중에 놈이 뱃전에 겁 없이 서 있는 모습을 내가 우연히 보게 되기라도 하는 날에는 말이지, 그리고 그때 주변에 아무도 없다면 말이지, 그때는 저 아래를 한번 내려다봐야 할 거야." 스터브가 양손으로 기이한 동작을 취하며 바다 쪽을 가리켰다. “그래, 꼭 그렇게 할 거야! 플래스크, 나는 페달라가 변장한 악마라고 생각해. 자네는 놈이 배에 몰래 탔다는 그 말도 안 되는 소릴 믿나? 녀석은 악마란 말이야. 녀석의 꼬리가 안 보이는 건 녀석이 감춰뒀기 때문이야. 똘똘 말아서 주머니 안에 넣고 다니는 거겠지. 망할 놈! 이제와 생각해보니 녀석은 부츠의 발가락 부분을 채우기 위해 늘 뱃밥[324]을 필요로 하는 거였어.”

“그놈은 잠잘 때도 부츠를 신은 채로 자지 않던가요? 놈에게는 해먹도 없어요. 밤이면 언제나 둘둘 말린 밧줄 위에 누워 있더군요.”

“두말하면 잔소리지. 그리고 그건 녀석의 망할 꼬리 때문일 거야. 꼬리를 감아서 밧줄 사이의 구멍에 넣어둔 거라고.”

“노인네는 녀석과 대체 무슨 사이인 걸까요?”

“아마도 서로 무슨 거래를 텄거나 계약을 맺은 거겠지.”

“계약이라뇨? 대체 무슨?”

“왜 있잖나, 노인네는 흰 고래를 쫓는 일에 미쳐 있으니까 악마는 은시계나 영혼 비슷한 것 따위를 주면 모비 딕을 넘겨주겠노라고 노인네를 설득하는 중인 거야.”

“쳇! 스터브, 장난이 심하군요. 페달라가 무슨 재주로 그렇게 한다는 말이에요?”

“나도 모르지. 하지만 플래스크, 분명히 말하건대 악마란 놈은 호기심이 강하고 사악한 존재일세. 글쎄 사람들이 말하길, 한번은 악마가 흉악하고도 여유로운 신사처럼 꼬리를 흔들어대며 낡은 기함 안으로 천천히 걸어들어가서 늙은 제독이 여기 있느냐고 물었다더군. 마침 거기 있던 제독은 악마에게 원하는 게 뭐냐고 물었대. 그러자 악마가 발굽을 구르며 말했다지. ‘나는 존을 원해.’ ‘무엇 때문에?’ 늙은 제독이 말했대. ‘네가 알아서 뭐하게.’ 악마는 성을 내며 대꾸했지. ‘존을 써먹을 데가 있어.’ 그러자 제독이 말했대. ‘그럼 데려가.’[325] 그런데 플래스크, 만일 악마가 존을 다 써먹기 전에 존에게 아시아 콜레라를 옮기지 않았다고 한다면, 나는 하늘에 맹세코 이 고래를 한입에 전부 먹어치우겠네. 하지만 조심하게나. 거기 준비 다 됐나? 좋아, 그럼 노를 저어. 고래를 뱃전으로 끌고 가자."

"비슷한 이야기를 들어본 적이 있는 것도 같아요." 마침내 보트 두 척이 그들의 무거운 짐을 모선으로 천천히 끌고 가기 시작했을 때 플래스크가 입을 열었다. "그런데 어디서 들었는지는 떠오르지 않는군요."

"『세 명의 스페인 사람』[326] 아닌가? 심술궂은 군인 세 명이 벌이는 그 모험 이야기? 이봐 플래스크, 거기서 읽은 것 아냐? 그런 것 같은데?"

"아뇨, 그런 책은 보지도 못했어요. 얘기는 들어봤죠. 스터브 씨, 그런데 말이에요. 방금 당신이 얘기한 그 악마가 지금 피쿼드호에 타고 있는 악마랑 같은 악마라고 생각하는 건가요?"

"아까 자네를 도와 이 고래를 죽인 남자와 내가 다른 사람인가? 악마는 영원히 살아. 악마가 죽었다는 말을 누가 들어보기나 했나? 자네는 악마를 위해 상복을 입고 있는 목사를 본 적이 있나? 그리고 그 악마에게 제독의 선실로 들어가는 열쇠가 있다면, 녀석이 현창으로도 기어들어갈 수 있을 거란 생각이 들지 않나? 어떤가, 플래스크?"

"스터브, 페달라가 몇 살이나 됐을까요?"

"저기 저 큰 돛대 보이나?" 스터브가 모선을 가리키며 말했다. "자, 저게 숫자 1일세. 이제 피쿼드호의 화물창에 있는 쇠테를 몽땅 꺼내 저 돛대 옆에 쭉 붙여놓고, 그걸 0이라고 해보잔 말이야. 그런데 그렇게 해도 페달라의 나이에는 근처도 못 갈 걸세. 세상의 모든 통장이가 아무리 많은 쇠테를 만들어도 페달라의 나이를 표시하기에는 부족할 거야."

"그런데 스터브 씨, 당신은 방금 전까지만 해도 적당한 기회만 생긴다면 페달라를 바다에 던져버리겠다고 호언장담하지 않았던가요. 그런데 만일 그놈이 그 쇠테를 전부 다 합쳐도 부질없을 만큼 나이가 많고, 또 영원히 살 거라면 배 밖으로 던져봐야 무슨 소용이 있겠어요? 그렇지 않나요?"

"어쨌거나 놈을 흠뻑 적셔줄 테야."

"하지만 다시 기어나올 텐데요."

"그럼 다시 빠뜨려줘야지. 몇 번이고 빠뜨려줄 거야."

"그런데 그놈도 당신을 빠뜨리려 들면 어쩌죠? 그래요, 당신을 익사시키려 하면 그때는 어떡하죠?"

"놈이 그러는 꼴을 한번 보고 싶군. 그러면 양쪽 눈이 시퍼렇게 되도록 한방 먹여줘서 한동안 제독의 선실에는 감히 얼굴도 들이밀지 못하게 해줄 테니까. 놈이 살고 있는 맨 밑 갑판은 고사하고, 놈이 심심하면 기어올라오는 이 상갑판에도 모습을 드러내지 못하게 해줄 거야. 망할 놈의 악마 자식, 플래스크 자네는 내가 악마를 두려워한다고 생각하는 건가? 녀석을 붙잡아 이중 수갑이라도 채워야 마땅할 판에, 그럴 엄두조차 못 내고 녀석이 사람들을 마음대로 납치하고 다니도록 풀어준 늙은 제독 말고, 대체 또 누가 놈을 두려워한단 말인가? 그래, 악마가 납치한 사람들을 모두 구워서 바로 그 악마에게 갖다 바치겠다는 계약을 맺으셨다고? 참 대단한 제독이시로군!"

"페달라가 에이해브 선장을 납치하고 싶어한다고 생각하나요?"

"그렇게 생각하느냐고? 머지않아 플래스크 자네도 알게 될 거야. 하지만 이제부터 나는 녀석의 행동을 하나하나 주시할 생각이라네. 그러다 뭔가 이상한 점이라도 발견되면 녀석의 목덜미를 움켜쥐고 이렇게 말해줄 거야. 이봐, 바알세불, 당장 멈춰. 그리고 녀석이 조금이라도 난동을 부리면 녀석의 주머니 안에 손을 집어넣어 꼬리를 움켜쥔 다음 권양기로 끌고 가서 녀석의 꼬리를 감아올리면서 확확 비틀어줄 테야. 뒤꽁무니에서 꼬리가 떨어져나가도록 말이지. 그러면 꼬리가 잘려나가 더는 못 쓰게 돼버렸다는 걸 알게 된 녀석이 다리 사이에 꼬리를 끼울 때 느끼는 그 초라한 만족감조차 느끼지 못한 채 슬그머니 자리를 피해버리지 않겠나."

"그러면 스터브, 그 꼬리는 어디에 쓸 거죠?"

"어디에 쓰냐고? 돌아가면 소몰이 채찍으로 팔아버려야지. 달리 또 쓸 데가 없잖아?"

"그런데 스터브, 지금 그 말이랑 이제까지 한 말 모두 진심인가요?"

"진심이고 뭐고 간에, 이제 배에 도착했네."

이때 배에서 보트를 향해 고래를 좌현 쪽으로 끌고 가라는 외침이 들려왔다. 좌현에는 고래 꼬리에 감을 쇠사슬을 비롯해 고래를 잡아매는 데 필요한 다른 도구들이 이미 갖춰져 있었다.

"내 말이 맞았죠?" 플래스크가 말했다. "두고 보세요. 곧 이 참고래의 머리가 저 향유고래 머리의 맞은편에 매달리게 될 테니까."

머지않아 플래스크의 말은 사실로 판명났다. 지금까지 향유고래 머리 쪽으로 가파르게 기울어져 있던 피쿼드호는 이제 양쪽 머리가 평형을 이룬 덕분에 안정을 되찾게 되었다. 하지만 몹시 안간힘을 쓰고 있다고 해도 과언은 아니었다. 한쪽 손에 로크의 머리를 들면 그쪽으로 기울어지지만, 다시 반대쪽 손에 칸트의 머리를 들면 원래대로 돌아간다.[327] 하지만 여전히 매우 곤란한 상황에 처해 있다는 사실만큼은 변함이 없는 것이다. 그처럼 어떤 인간들은 배의 균형을 잡는 일에만 온통 신경을 쏟는다. 아아, 이런 멍청이들 같으니! 그 무거운 머리들[328]을 몽땅 바닷속에 던져버리고 나면 물위에 가볍게 똑바로 뜰 수 있는 것을.

뱃전으로 끌고 온 참고래의 사체를 처리할 때도 보통 향유고래 때와 동일한 방식의 준비 작업이 이루어진다. 다만 향유고래는 머리를 통째로 잘라내는 반면, 참고래는 입술과 혀를 따로따로 제거한 다음 '왕관'이라 불리는 부위에 붙은 잘 알려진 검은 뼈와 함께 통째로 갑판 위로 끌어올린다는 차이가 있다. 하지만 이번에는 그러한 작업이 전혀 이루어지지 않았다. 두 고래의 사체는 모두 바다에 버려졌고, 양쪽에 고래 머리를 매단 배는 무거운 짐바구니 한 쌍을 양쪽에 짊어 메고 가는 노새 같은 모양새를 하고 있었다.

한편 페달라는 참고래의 머리를 태연히 바라보고 있다가 이따금 고래 머리의 깊은 주름으로부터 자신의 손에 팬 주름으로 눈길을 옮기곤 했다. 그리고 거기 우연히 에이해브가 서 있었기 때문에 그 파르시[329]는 에이해브의 그림자에 가려지게 되었다. 하지만 에이헤브의 그림자 안에 파르시의 그림자가 겹쳐 있었다 해도, 그 그림자는 에이해브의 그림자와 뒤섞여 그것을 더 길게 만들어준 것처럼 보였다. 선원들은 계속해서 부지런히 일하는 와중에도 스치고 지나가는 이 모든 일에 대해 미신적인 억측을 주고받았다.

74장

향유고래의 머리—비교론

자, 여기 거대한 고래 두 마리가 머리를 맞대고 있다. 우리도 그들 사이에 끼어들어 함께 머리를 맞대보자.

웅장한 2절판 리바이어던 가운데 가장 주목할 만한 것은 단연코 향유고래와 참고래라고 할 수 있다. 인간이 정식으로 사냥하는 고래는 이 두 종이 유일하다. 낸터킷 사람들에게 이들은 지금껏 알려진 모든 고래 가운데 양극단에 자리하는 종들로 받아들여진다. 두 고래의 외관상 차이점은 주로 그 머리에서 찾아볼 수 있는데, 이들의 머리가 바로 지금 피쿼드호의 뱃전에 모두 매달려 있어서 우리는 그저 갑판을 가로지르기만 해도 이쪽저쪽을 자유로이 살펴볼 수 있다. 그러니 실용 고래학을 연구하기에 이보다 더 좋은 장소가 또 어디 있겠는가?

우선 이 두 고래의 머리는 한눈에도 놀랄 만한 차이를 보인다. 둘 다 실로 지나치다 싶을 만큼 거대하지만, 향유고래의 머리가 수학적 대칭을 이룬 반면, 참고래의 머리에서는 안타깝게도 그런 특징을 찾아볼 수 없다. 향유고래의 머리에는 그것 말고도 또다른 특징이 존재한다. 녀석의 머리를 보고 있자면, 그

넘치는 위엄 때문에 자신도 모르는 사이에 그 고래가 지닌 엄청난 우월성을 인정하게 된다. 지금 이 향유고래의 경우에도 녀석이 나이가 많고 경험도 풍부함을 말해주는 정수리의 희끗희끗한 반점들이 이러한 위엄을 한층 더 드높여주고 있다. 한마디로 이 고래는 고래잡이들이 전문용어로 '백발 고래'라고 부르는 종류다.

이번에는 이 두 고래의 머리에서 그나마 가장 비슷한 부분, 즉 가장 중요한 기관인 눈과 귀에 주목해보자. 옆머리의 한참 뒤쪽 아래편에 있는 턱 모서리 근처를 주의깊게 들여다보면, 마침내 속눈썹이 없는 어린 망아지의 눈을 떠올리게 하는 눈, 거대한 머리에 비해 지나치게 작은 눈을 발견하게 될 것이다.

그런데 기이하게도 이처럼 측면에 붙은 눈으로는 바로 뒤에 있는 물체를 볼 수 없을 뿐만 아니라 바로 앞에 있는 물체도 절대 볼 수 없을 게 분명하다. 한마디로 고래의 눈이 달린 위치는 인간의 귀가 달린 위치와 일치한다. 그리고 귀를 이용해 양옆으로 물체를 바라본다는 게 어떤 기분일지는 각자 한번 상상해보길 바란다. 그러면 머리 옆을 따라 직선을 그었을 때 거기서 앞뒤로 겨우 30도 정도의 시야밖에는 확보할 수 없다는 사실을 알게 될 것이다. 만약 불구대천의 원수가 벌건 대낮에 단도를 쳐든 채로 앞에서 똑바로 걸어오더라도, 뒤에서 몰래 접근해올 때와 마찬가지로 그를 보지 못할 것이다. 한마디로 말해 등을 두 개 가지게 되는 셈이다. 하지만 이는 동시에 앞면(측면으로서의 앞면)을 두 개 가지게 된다는 뜻도 된다. 인간에게 앞면이란 눈이 달린 곳이 아니면 대체 또 어디란 말인가?

게다가 내가 지금 떠올릴 수 있는 대다수의 다른 동물들은 부지불식간에 두 눈의 시력을 합쳐 뇌에 둘이 아닌 하나의 화면을 떠올릴 수 있게끔 눈이 배치되어 있다. 그런데 고래의 두 눈은 기이한 위치에 달려 있어 몇 세제곱피트나 되는 단단한 머리가 두 눈을 완전히 갈라놓고 있다. 마치 골짜기에 있는 두 호수 사이에 거대한 산이 솟아 있어 그 둘을 갈라놓은 것과 마찬가지다. 각각 독

립된 기관이 전해주는 인상은 완전히 다를 수밖에 없다. 따라서 고래는 이쪽 눈과 저쪽 눈으로 각각 전혀 별개의 모습을 봐야 하는 한편, 그 두 눈 사이에는 깊은 어둠과 거대한 무無가 자리할 게 틀림없다. 사실 인간은 창문은 하나이지만 창틀은 두 개인 초소에서 바깥세상을 내다본다고도 할 수 있다. 하지만 고래의 경우에는 이 두 창틀이 따로따로 설치된 채 서로 다른 두 창문을 이루고 있어, 안타깝게도 시야를 해친다. 고래의 눈이 지닌 이러한 특징은 포경업계 종사자라면 늘 명심해야 할 사항이며, 독자들 또한 앞으로 등장할 몇몇 장면에서 이러한 특징을 기억하고 있어야 할 것이다.

리바이어던의 시각과 관련된 이 문제에 대해서는 기이하고도 더없이 수수께끼 같은 질문을 던져볼 수도 있을 것이다. 하지만 여기서는 단지 암시를 주는 것만으로 만족해야겠다. 인간은 밝은 곳에서 눈을 뜨고 있기만 해도 무언가를 보는 행위가 저절로 이루어진다. 즉 인간은 자기 앞에 놓인 물체는 그것이 무엇이건 간에 자동적으로 보게 될 수밖에 없다. 그럼에도 경험을 통해 누구나 알 수 있다시피, 인간이 여러 물체를 구별 없이 한번 휙 훑어볼 수는 있어도, 두 물체를—아무리 크거나 아무리 작은 것이라 해도—동시에 세심하고도 완벽히 살펴본다는 것은 절대 불가능한 일이다. 그 둘이 서로 나란히 붙은 채로 놓여 있는 경우는 논외로 하고 말이다. 하지만 이 두 물체를 떼어놓고 각각을 칠흑 같은 어둠으로 빙빙 에워싸고 나면, 어느 한 물체를 확실히 지각할 수 있을 정도로 보기 위해서는 다른 물체를 의식에서 완전히 배제해버려야 할 것이다. 그러면 고래의 경우는 어떨까? 고래의 두 눈은 각자 동시에 기능할 게 틀림없다. 그런데 고래의 뇌는 인간의 뇌보다 훨씬 더 종합적이고 협력적이고 영리해서, 동시에 서로 완전히 반대편에 위치한 별개의 두 경치를 세심하게 살펴볼 수 있는 것일까? 만일 그렇다면 그것은 인간이 유클리드기하학의 서로 다른 두 공리를 동시에 증명할 수 있는 것만큼이나 놀라운 일이다. 그리고 이러한 비유는 아무리 꼼꼼히 따져보아도 전혀 부적절하지 않다.

쓸데없는 공상일지도 모르겠으나, 일부 고래들은 서너 척의 보트에 포위당했을 때 늘 엄청난 동요를 일으키는 것처럼 보였다. 그런 고래들은 보통 이상할 정도로 두려움에 떨며 겁을 낸다. 나는 이 모든 게, 따로 나뉜 채 정반대되는 위치에 놓인 시각 능력으로 인해 어쩔 수 없이 결단력에 혼선이 빚어지는데 간접적인 원인이 있다고 생각한다.

그런데 고래의 귀도 고래의 눈만큼이나 특이하다. 만일 고래에 대해 전혀 아는 게 없는 사람이라면 이 두 고래의 머리를 몇 시간 동안이나 샅샅이 뒤져봐도 그 기관을 절대 찾아내지 못할 것이다. 고래의 귀에는 귓바퀴라고 할 만한 게 전혀 없으며, 귓구멍은 깃펜 하나도 집어넣기 어려울 만큼 대단히 작다. 고래의 귀는 눈 조금 뒤쪽에 자리해 있다. 그 귀와 관련해서, 향유고래와 참고래 사이에는 중요한 차이가 발견된다. 향유고래의 귀는 바깥으로 뚫려 있지만, 참고래의 귀는 평평한 막으로 완전히 뒤덮여 있어 바깥에서는 식별하기 어렵다.

고래처럼 거대한 존재가 그처럼 작은 눈으로 세상을 보고 토끼 귀보다 작은 귀로 천둥소리를 듣는다니, 그것참 기이한 일이 아닌가? 하지만 고래의 눈이 허셜[330]의 거대한 망원경에 달린 렌즈만큼이나 크고 귀가 대성당의 현관만큼이나 널찍해진다면 고래는 더 멀리 보고 더 선명히 듣게 되는 것일까? 전혀 그렇지 않다. 그러니 마음을 '넓히려고' 애쓸 필요가 뭐가 있겠는가? 예민하게 만들면 그만인 것을.

이제 가까이에 있는 아무 지렛대나 증기기관을 사용해서 향유고래의 머리를 기울여 거꾸로 뒤집어놓은 다음, 사다리를 타고 꼭대기까지 올라가서 그 입안을 한번 들여다보자. 아직 머리가 몸뚱이에서 완전히 분리되지 않았다면, 우리는 등불을 들고 켄터키주의 거대한 매머드 동굴과도 같은 녀석의 뱃속으로 내려가 볼 수도 있을 것이다. 하지만 여기 이 이빨 옆에 멈춰 선 채 우리 주변을 둘러보자. 얼마나 아름답고 순결해 보이는 입인가! 바닥부터 천장까지 신부의 고운 드레스처럼 광이 나는, 희고 번쩍이는 막으로 안감을 댄 것 같다. 아니 그보다는 그걸로 온통 도배를 한 것 같다.

하지만 이제는 밖으로 나와서 불길해 보이는 아래턱을 살펴보도록 하자. 그것은 마치 거대한 코담뱃갑의 길고 좁다란 뚜껑, 그러나 경첩이 한쪽 옆이 아니라 한쪽 끝에 달린 뚜껑 같아 보인다. 그것을 억지로 열어서 위로 높이 들어올리면 가지런히 늘어선 이빨이 그 모습을 드러내는데, 그것은 마치 무서운 내리닫이 쇠살문처럼 보인다. 그리고 아아! 그 이빨은 실제로 여러 가련한 고래잡이들의 몸에 큰 못처럼 내리박혀 그 힘으로 그들의 몸을 꿰뚫기도 했다. 하지만 더욱더 끔찍한 것은 깊은 바다 아래에서 길이가 15피트나 되는 엄청난 아가리를 마치 배의 제2사장처럼 몸뚱이와 직각이 되게 아래로 쩍 벌린 채 떠 있는 부루퉁한 고래와 마주치게 될 때다. 이 고래는 죽은 게 아니다. 단지 의기소침해졌을 뿐이다. 몸이 불편하거나, 어쩌면 우울증에 걸렸는지도 모른다. 녀석은 너무나도 무기력해진 나머지 턱의 경첩이 느슨해져버렸고, 그리하여 그처럼 볼썽사나운 지경에 처한 것이다. 동료 고래들은 녀석을 부끄러워하며, 턱이 뻣뻣해지는 파상풍에나 걸려버리라고 저주를 내릴지도 모른다.

대부분의 경우 이 아래턱은—숙련된 기술자가 쉽게 떼어낼 수 있는 것이므로—상앗빛 이빨을 뽑아내고 단단하고 흰 고래수염을 얻을 목적으로 몸뚱이에서 떼어내 갑판 위로 끌어올린다. 고래잡이들은 이 고래수염으로 지팡이, 우산대, 승마용 채찍 손잡이를 비롯한 온갖 기이한 물건들을 만들어낸다.

길고 고된 작업 끝에 턱은 마치 닻이라도 되는 양 갑판 위로 끌어올려지고, 적당한 때—다른 일이 끝난 후 며칠이 지났을 때—가 되면 퀴퀘그, 다구, 타시테고와 같은 훌륭한 치과의사들이 이빨 뽑는 일에 착수한다. 퀴퀘그가 날카로운 고래 삽으로 잇몸을 절개하고 나면, 턱은 고리 달린 볼트에 단단히 동여매어지고 아랫돛대 꼭대기에는 도르래가 설치되어, 마치 미시간주의 황소가 자연림에서 고목이 된 떡갈나무의 그루터기를 질질 끌면서 뽑아내듯 이빨을 주르르 뜯어낸다. 보통 이빨은 전부 마흔두 개다. 늙은 고래의 경우는 이빨이 상당히 마모되어 있지만 썩지는 않았다. 또한 우리처럼 인공적으로 이빨을 때우지도 않았다. 턱은 그후에 석판 모양으로 썰어 집 지을 때 사용하는 들보처럼 차곡차곡 쌓아둔다.

75장

참고래의 머리—비교론

갑판을 가로질러가서, 이제 참고래의 머리를 유심히 살펴보기로 하자.

대개 웅장한 향유고래의 머리 형태를 로마의 전차(특히 넓고 둥근 앞면)에 비할 수 있다면, 다소 우아하지 못한 참고래의 머리는 거시적으로 봤을 때 구두코가 갤리선 모양인[331] 거대한 구두와 비슷하다고 할 수 있다. 이백 년 전 네덜란드의 어느 늙은 항해자는 참고래의 머리 모양을 구둣방에서 쓰는 구둣골에 비유하기도 했다. 그리고 이 구둣골 또는 구두 안에서는, 그 전래동요 속 할머니가 아이들과 복작대며 매우 안락하게 살아갈 수도 있을 것이다.[332]

하지만 이 커다란 머리에 가까이 다가가면 갈수록, 그것은 보는 관점에 따라 각기 다른 양상을 띠기 시작한다. 머리 꼭대기에 서서 f자 모양을 한 두 개의 분수공을 바라본다면 머리 전체가 거대한 비올라다감바[333]처럼 보일 것이고, 이 두 분수공은 악기의 공명판에 난 구멍처럼 보일 것이다. 그런 후에 그 거대한 덩어리의 꼭대기에 달린 기이한 돌기나 벼슬 모양의 딱지—따개비가 붙은 이 초록색 딱지를 그린란드 사람들은 '왕관'이라 부르고, 남양의 고래잡이들은 참고래의 '보닛'이라고 부른다—에만 눈길을 고정한다면, 그 머리는 가지가 갈라지는 곳에 새가 둥지를 튼 거대한 떡갈나무 몸통으로 보일 것이다. 어쨌거나 이 보닛 위에 보금자리를 틀고 사는 게들을 보면 저절로 그런 생각이 떠오를 것이다. 그러나 거기 붙여진 '왕관'이라는 전문용어에 상상력이 동했다면, 이 거대한 괴물이 실은 왕관을 쓴 바다의 왕일지도 모르며, 저 녹색 왕관은 과연 어떻게 이처럼 놀라운 방식으로 만들어져 그의 머리에 씌워졌을까, 하는 생각에 큰 흥미를 느끼게 될 것이다. 하지만 이 고래가 왕이라고 하더라도, 왕관을 쓰기에는 너무 부루퉁한 표정을 짓고 있다. 저 축 늘어진 아랫입술을 좀 보라! 정말이지 부루퉁하고 입이 툭 튀어나온 모습이 아닌가! 저 부루퉁하게 튀어나온 입은 목수가 재어봤을 때 그 길이가 20피트, 두께가 5피트 정도에 이르니, 저 부루퉁하게 튀어나온 입에서는 500갤런 이상 되는 기름을 얻을 수 있다.

그런데 이 불행한 고래가 언청이라는 사실은 실로 유감스럽다. 갈라진 틈의 길이가 가로로 대략 1피트나 된다. 어쩌면 그 고래의 어미가 임신중에 페루 해안을 헤엄쳐 내려가고 있었을 때 지진이 일어나 해안이 쩍 하고 갈라졌는지도 모른다.[334] 이제 미끄러운 문지방을 넘듯이 이 입술을 넘어 입안으로 미끄러져 들어가보자. 맹세컨대, 내가 만일 매키노에 있었더라면 이곳이 인디언의 원형 천막 안이라도 되는 줄 알았을 것이다. 하느님 맙소사! 이 길이 요나가 지나갔던 바로 그 길이란 말인가? 천장 높이는 12피트쯤 되고, 마치 정식 들보라도 없은 것처럼 꽤나 날카로운 각도를 이루고 있다. 이 아치형 늑골로 된 털투성이 옆면에는 경이롭게도 반쯤 수직으로 세운 언월도 모양의 얇은 널빤지 같은 고래수염이 쭉 이어져 있는데, 양쪽에 각각 삼백 개쯤 늘어선 이 고래수염은 고래 머리 윗부분 또는 왕관이 있는 쪽 뼈에 연결되어 다른 곳[335]에서 흥미롭게 언급했던 바로 그 베니션블라인드를 만들어낸다. 이 수염의 가장자리에는 털투성이 섬유가 달려 있어, 식사 시간이 된 참고래가 입을 벌린 채 요각류로 가득한 바다를 헤엄쳐 다니면 물은 수염 밖으로 빠져나가고, 작은 물고기는 그 복잡한 섬유에 걸려 입안에 남게 된다. 자라난 순서대로 세워지는 고래수염 블라인드의 중심에는 기이한 자국, 곡선, 움푹 팼거나 융기한 부분이 있는데, 둥근 나이테를 보고 떡갈나무의 나이를 계산하듯이 몇몇 고래잡이는 이것을 보고 고래의 나이를 계산한다. 비록 이러한 기준의 확실성은 전혀 보장할 수 없지만, 어느 정도 일리는 있는 듯하다. 아무튼 이 기준에 따른다면, 참고래는 우리가 처음에 얼핏 보고 생각했던 것보다 나이가 훨씬 많다는 사실을 인정해야 한다.

옛날에는 이 블라인드에 대해 더없이 기이한 상상이 난무했던 모양이다. 퍼처스의 책에 등장하는 한 항해자는 이것을 고래 입안에 난 경이로운 '구레나룻'이라 부르고, 또다른 사람은 이를 '돼지털'이라 부르며, 또 해클루트의 책에 등장하는 한 노신사는 다음과 같은 고상한 표상을 늘어놓고 있다. "참고래의 위턱 양쪽에는 지느러미가 이백오십 개쯤 돋아나 있는데, 그것들은 입안 양쪽에서 혀 위로 아치를 그리고 있다."

다들 알다시피, '돼지털'이니 '지느러미'니 '구레나룻'이니 '블라인드'니 하고 불리는 이것은 부인들의 코르셋 살대나 그 밖의 다른 보강재로 사용된다. 하지만 이쪽 방면의 수요는 오랫동안 감소해온 추세다. 고래수염이 전성기를 누린 것은 파딩게일[336]이 크게 유행하던 앤여왕 시대[337]였다. 그 시절의 부인들은 고래 아가리 속에 들어가 있으면서도 명랑하게 돌아다녔다고 말할 수 있다. 하지만 요즘의 우리도 소나기가 내리면 비를 피하기 위해 별 생각 없이 바로 고래 턱 아래로 잽싸게 뛰어든다. 우산은 고래수염 위에 펼쳐놓은 천막이나 다름없기 때문이다.

하지만 이제 블라인드니 구레나룻이니 하는 건 잠시 다 잊고 참고래의 입안에 서서 다시 한번 주위를 둘러보자. 주랑의 줄기둥처럼 질서정연하게 늘어선 고래수염을 보고 있자니, 하를럼의 거대한 파이프오르간[338] 속으로 들어가 수천 개나 되는 파이프를 바라보고 있는 것 같지 않은가? 오르간용 카펫으로는 더없이 부드러운 터키산 양탄자가 깔려 있다. 그것은 다름 아닌 입의 바닥에 딱 달라붙어 있는 혀다. 그 혀는 매우 기름지고 부드러워서 갑판 위로 끌어올리는 중에 갈가리 찢어지기 쉽다. 지금 우리 앞에 있는 이 혀는, 그냥 대충 보기만 해도 여섯 통짜리라는 걸 알 수 있다. 즉 그만한 양의 기름을 짜낼 수 있을 거란 말이다.

내가 처음에 꺼냈던 말—향유고래와 참고래가 거의 전적으로 다른 머리를 가지고 있다는 것—이 사실임은 이미 확실히 깨달았을 것이다. 다시 요약해보면, 참고래의 머리에는 향유고래의 머리와는 달리 고래기름이 많지 않고, 상앗빛 이빨도 전혀 없으며, 길고 호리호리한 아래턱뼈도 없다. 한편 향유고래의 머리에는 블라인드 같은 고래수염이 전혀 없고, 거대한 아랫입술도 없으며, 혀라고 할 만한 것도 거의 없다. 또한 참고래는 외부로 드러난 분수공이 두 개지만, 향유고래는 분수공이 하나뿐이다.

이제 이 두건 모양의 장엄한 머리들이 서로 마주하고 있는 동안 그것들을 마지막으로 살펴보자. 하나는 기록조차 되지 않은 채로 곧 바다에 가라앉을 테고, 나머지 하나도 머지않아 그 뒤를 따르게 될 테니 말이다.

저기 저 향유고래의 표정이 보이는가? 이마의 긴 주름 몇 개가 지워졌을 뿐, 표정은 죽었을 때와 다름없다. 향유고래의 넓은 이마는 죽음을 초연하게 여기는 명상적 태도에서 생겨난 대초원 같은 평온함으로 가득한 것 같다. 하지만 또다른 머리의 표정에 주목해보라. 어쩌다보니 뱃전에 눌려 턱을 꼭 감싸게 된 저 놀라운 아랫입술을 보라. 이 머리 전체가 죽음을 대면했을 때의 위대한 실천적 결의를 대변해주는 듯하지 않은가? 나는 이 참고래는 스토아 철학자였고, 향유고래는 플라톤주의자였다가 말년에 이르러 스피노자를 받아들였

을지도 모른다고 생각한다.[339]

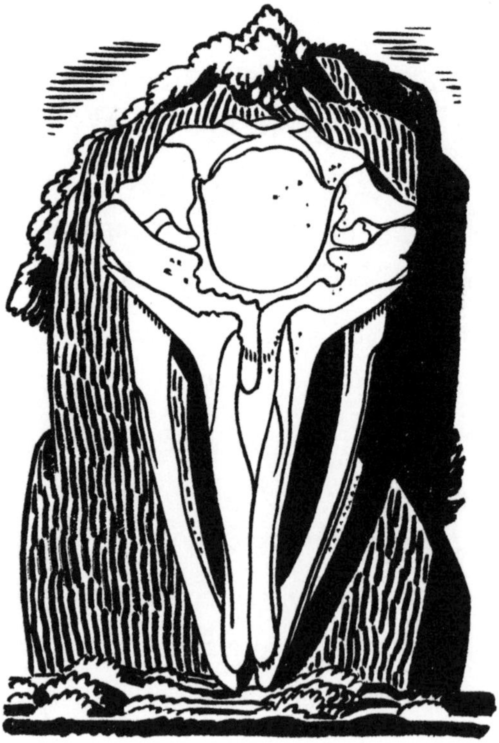

76장

파성퇴

당분간 향유고래의 머리와 작별하기에 앞서, 분별 있는 생리학자가 되어 향유고래의 모든 것이 단단히 집약되어 있는 머리 앞부분에 특히 주목해주기 바란다. 거기에 어느 정도의 파성퇴[340]의 힘이 실릴 수 있는지 과장 없고 이성적인 평가를 내리겠다는 일념으로 지금 그 부분을 살펴주길 바란다. 이는 무엇보다 중요한 문제다. 이 문제를 스스로 만족스럽게 매듭짓지 못한다면, 유사 이래로 가장 끔찍하고도 전혀 거짓 없는 한 사건에 대해 영영 의심을 품을 수밖에 없기 때문이다.

향유고래가 평상시에 헤엄치는 자세를 보면 머리 앞면이 수면과 거의 완전한 수직을 이루고 있다. 또한 그 앞면의 아랫부분은 돛의 아래 활대 같은 아래턱을 끼울 기다란 구멍을 좀더 후방에 위치시키기 위해 상당히 뒤로 기울어져 있다. 입은 머리 밑에 있는데, 사람으로 치면 입이 턱 바로 밑에 있는 것이나 다름없다. 게다가 이 고래는 돌출된 코가 없으며, 굳이 코라고 한다면 머리 꼭대기에 있는 분수공이 전부랄 수 있다. 눈과 귀는 머리 양옆에 달려 있는데, 그 위치는 몸 전체 길이로 봤을 때 앞에서 삼분의 일 정도 되는 지점이다. 그러므로 향유고래 머리의 앞부분은 단 하나의 기관이나 그 어떤 종류의 연약한 돌출부도 없는, 꽉 막힌 벽과도 같다는 사실을 알아야 한다. 그뿐만 아니라 머리

앞면의 아래쪽 끝에서 뒤로 기울어진 부분에 가서야 겨우 미미한 뼈의 흔적이 발견되며, 이마에서 거의 20피트는 내려가야만 완전히 발달한 두개골에 이르게 된다. 그러므로 이 뼈 없는 거대한 덩어리는 하나의 큰 뭉치인 셈이다. 그리고 마지막으로 언급할 사항은, 곧 밝혀지겠지만 그것을 채우고 있는 내용물의 일부가 더없이 순수한 기름이라는 점이다. 하지만 이제 외견상으로는 완전히 연약해 보이는 그것을 그토록 견고하게 감싸고 있는 물질의 성질에 대해서도 알아야 한다. 앞서 어디선가 고래 지방층은 오렌지 껍질이 오렌지를 감싸고 있듯이 고래를 감싸고 있다고 말한 적이 있는데, 고래 머리도 마찬가지다. 차이점이 있다면 머리를 감싸고 있는 이 외피는 그리 두껍지도 않고 뼈도 없지만, 만져보지 않은 사람은 어림짐작도 할 수 없을 정도로 단단하다는 점이다. 가장 힘센 사람이 던지는 더없이 예리한 작살이나 창조차 무력하게 튕겨 나올 정도다. 향유고래의 이마는 말발굽에 다져진 것처럼 단단하다. 그 아래 어떤 감각도 숨어 있을 것 같지 않다.

이것도 한번 생각해보라. 짐을 잔뜩 실은 커다란 동인도회사 무역선 두 척이 부두에서 서로 바싹 붙어 충돌할 지경에 이르렀을 때 선원들은 어떻게 하는가? 충돌이 임박한 순간, 선원들은 두 배 사이에 쇠나 나무처럼 단순히 단단하기만 한 물질을 끼워넣지는 않는다. 아니, 그들은 밧줄이나 코르크를 뭉쳐 만든 크고 둥근 뭉치를 더없이 두껍고 질긴 쇠가죽으로 싸서 두 배 사이에 고정시킨다. 덕분에 떡갈나무 지렛대나 쇠지렛대까지도 모두 꺾어버렸을지 모를 충격을 아무 피해 없이 이겨낼 수 있게 된다. 내가 말하려는 명백한 사실은 이것만으로도 충분히 입증된다. 하지만 나는 여기에 하나의 가설을 덧붙여 부연 설명을 하고자 한다. 보통의 물고기가 자유자재로 팽창시키거나 수축시킬 수 있는 부레라는 것을 몸안에 지니고 있는 반면, 내가 아는 한 향유고래의 몸안에는 그러한 것이 없다. 그게 아니라면 향유고래가 머리를 수면 아래로 완전히 집어넣었다가 곧 다시 머리를 높이 쳐든 채 물 밖으로 튀어나오는 습성을 설명할 수 없다. 또한 향유고래 머리의 외피는 그 무엇에도 방해받지 않을 만큼 탄력적이며, 머리의 내부 구조는 매우 특이하다. 그러니까 향유고래에게는 벌집 모양의 신비로운 폐 조직이 있어서, 그것이 지금까지 알려지지 않은 뜻밖의 방식으로 외부 공기와 접촉해 팽창하고 수축하는 것인지도 모른다. 이것이 사실이라면, 자연의 모든 요소 가운데 가장 감지하기 어렵지만 가장 파괴적인 공기에서 생겨나는 그 힘이 얼마나 압도적일지 한번 상상해보라.

자, 한번 생각해보라. 상처 하나 입힐 수 없는 난공불락의 꽉 막힌 벽으로 둘러싸여 있으며 내부에 엄청난 부력을 지닌 이 머리가 한 치의 오차도 없이 앞으로 나아가면, 뒤에서는 장작더미의 부피 단위인 코드로만 잴 수 있는 실로 엄청난 크기의 몸뚱이가, 더없이 작은 곤충이 그러하듯 하나의 자유의지에 복종한 채 따라서 헤엄쳐 온다. 그러니 내가 나중에 이 거대한 괴물의 온몸에 도사리고 있는 잠재력의 온갖 특성과 그 집중력에 대해 상술할 때, 그리고 그보다는 훨씬 사소하다고 할 법한 똑똑한 재주들을 이야기할 때, 무지에서 비롯된 모든 불신을 거두고 다음의 사항만은 기꺼이 따라주기 바란다. 즉 향유고래가 다리엔지협地峽에 운하를 뚫고 대서양과 태평양을 뒤섞더라도 눈썹 하나 까딱해서는 안 된다.[341] 고래의 존재감을 인정하지 않는다면, '진리'에 관한 한 누구나 편협한 감상주의자 수준을 면할 수 없게 되기 때문이다. 하지만 명백한 '진리'란 샐러맨더[342] 같은 거인만이 맞닥뜨릴 수 있는 것이니, 어찌 감히 편협한 촌뜨기가 그런 기회를 누려보겠는가? 사이스에서 몹시도 무서운 여신의 베일을 걷어낸 젊은 약골에게 어떤 일이 닥쳤던가?[343]

77장

거대한 하이델베르크 술통

이제 '기름통'에서 기름을 퍼낼 차례다. 하지만 그 작업을 제대로 이해하기 위해서는 수술이 이루어지는 대상의 기이한 내부 구조에 대해 어느 정도 알고 있어야만 한다.

향유고래의 머리를 길쭉한 입체도형으로 보고 그 빗면을 비스듬히 두 개의 코인* 으로 쪼개면, 아래쪽 코인은 두개골과 턱을 구성하는 골격, 위쪽 코인은 뼈가 전혀 없는 기름덩어리다. 위쪽 코인의 널찍한 앞쪽 끝은 폭이 넓은 수직 형태의 이마를 이룬다. 이마 한가운데에서 이 위쪽 코인을 수평으로 자르면 거의 동일한 두 부분으로 나뉠 수 있는데, 그것은 두꺼운 힘줄 같은 물질로 이루어진 내벽을 통해 원래부터 자연스럽게 나뉘어 있었다.

'머리 지방 조직'이라고 불리는 위쪽 코인의 아랫부분은 기름으로 가득한 하나의 거대한 벌집인데, 이는 질기고 탄력 있는 백색 섬유로 된 수만 개의 침윤 세포가 전체적으로 얼기설기 이어져 만들어진 것이다. '기름통'으로 알려진 윗부분은 향유고래의 '거대한 하이델베르크 술통'[344] 으로도 볼 수 있다. 그 유명한 술통 앞부분에 신비로운 문양이 조각되어 있듯이, 향유고래의 거대하

* 코인은 유클리드기하학 용어가 아니라 순전히 항해용 수학 용어다. 그것이 전에 정의 내려진 적이 있는지는 나도 모르겠다. 코인은 양쪽 끝이 점점 뾰족해지는 대신, 한쪽 끝만 가파르게 경사를 이루어 뾰족해진다는 점에서 쐐기와는 다르다.

고 주름진 이마에도 이 경이로운 술통을 상징적으로 장식하기 위한 기이한 무늬가 무수히 새겨져 있다. 그뿐만 아니라 하이델베르크 술통이 늘 라인강 유역의 최고급 포도주로 가득 채워져 있듯이, 향유고래 술통 역시 모든 고래기름 가운데 최고로 값비싼 기름, 즉 훌륭하기로 정평이 난 경뇌유를 더없이 순수하고 투명하고 향기로운 상태로 간직하고 있다. 이 귀중한 물질은 이 생물의 다른 어느 부위에서도 순수한 형태로 발견되지 않는다. 살아 있는 고래의 몸속에서는 완전한 액체 상태로 남아 있지만, 고래가 죽은 후에 공기에 노출되면 곧 굳기 시작해, 물위에서 막 얼기 시작한 얇고 깨지기 쉬운 첫 얼음처럼 아름다운 결정을 만들어낸다. 커다란 고래의 기름통에서는 보통 500갤런 정도의 경뇌유가 나오는데, 어쩔 수 없는 상황 때문이기는 하지만, 경뇌유를 얻어내는 까다로운 작업중에 상당량의 경뇌유가 쏟아지거나 새거나 조금씩 흘러버리거나 해서 돌이킬 수 없는 손실이 발생하기도 한다.

하이델베르크 술통의 내부가 얼마나 훌륭하고 값비싼 소재로 칠해져 있는지는 모르겠지만, 최상의 호화로움이라는 측면에서 봤을 때, 훌륭한 모피 코트의 안감처럼 향유고래 기름통의 내부 표면을 감싸고 있는 부드러운 진줏빛 막과는 비교도 안 될 것이다.

보면 알 수 있겠지만 향유고래의 하이델베르크 술통은 머리 위쪽 전체를 따라 옆으로 끝까지 이어져 있고, 다른 곳에서도 말했다시피 머리가 전체 몸길이의 삼분의 일을 차지하기 때문에, 대형 고래의 전체 몸길이를 80피트라고 한다면 뱃전에 세로로 매달아놓은 그 술통의 깊이는 26피트가 넘게 된다.

고래의 목을 칠 때와 마찬가지로, 집도의는 경뇌유 보관실로 이어질 수도 있는 입구와 가까운 지점에 수술도구를 갖다댄다. 따라서 그는 부주의하고 미숙하게 손을 놀려 성역을 침범해서 귀중한 내용물을 아깝게 흘려버리지 않도록 극도의 주의를 기울여야만 한다. 잘린 머리는 마침내 그 절단면을 위로 한 채 물위로 들어올려져 거대한 해체용 도르래에 연결된 상태로 유지되는데, 한

쪽에서는 도르래의 삼밧줄이 이리저리 뒤엉키는 바람에 상당한 혼란이 발생한다.

이 이야기는 이만하면 됐고, 이제 향유고래의 '거대한 하이델베르크 술통'의 꼭지를 따는 이 경이롭고도—특히 이 경우에는—거의 치명적인 작업에 아무쪼록 주목해주시기 바란다.

78장

기름통과 양동이

타시테고는 고양이처럼 날렵하게 돛대 꼭대기 위로 올라간다. 그리고 몸을 꼿꼿이 세운 채 돌출된 큰 돛대의 아래 활대 위로 곧장 달려가 매달려 있는 하이델베르크 술통 바로 윗부분까지 간다. 그는 '작은 도르래'라고 불리는 가벼운 도르래를 들고 있는데, 그 도르래는 겨우 두 부분, 즉 밧줄 하나가 들어가는 도르래 바퀴와 도르래 뭉치로 되어 있다. 그가 이 도르래를 활대에 고정시키고 아래로 늘어뜨린 후에 밧줄의 한쪽 끝을 흔들면 갑판에 있는 선원이 그것을 붙잡아 단단히 고정시킨다. 그런 다음 이 인디언은 밧줄의 다른 쪽 끝을 잡고 두 손을 열심히 옮겨가며 허공을 가르고 내려와 고래 머리 꼭대기 위에 솜씨 좋게 착지한다. 그는 여전히 나머지 선원들보다 높은 위치인 그곳에서 그들을 향해 쾌활한 목소리로 외쳐대는데, 그 모습은 마치 탑 꼭대기에서 선량한 사람들에게 기도 시간이 되었음을 큰 소리로 알리는 터키의 무에진 같다. 손잡이가 짧은 예리한 삽을 올려보내면, 그는 술통 안으로 뚫고 들어가기에 적당한 장소를 부지런히 탐색한다. 그는 이 일을 매우 주의깊게 진행해나간다. 낡은 집에서 황금이 숨겨진 곳을 찾기 위해 벽을 두드려보는 보물 사냥꾼처럼 말이다. 이 조심스러운 탐색이 끝날 때쯤에는 쇠를 댄 튼튼한 양동이, 그야말로 두레박처럼 생긴 양동이가 작은 도르래의 밧줄 한쪽 끝에 매어져 있고, 밧줄의 다른 쪽 끝은 갑판을 가로질러 두세 명의 날쌘 선원들 손에 쥐어진다. 이제 이들은 양동이를 인디언이 붙잡을 수 있을 만한 위치까지 들어올려주고, 또다른 선원은 인디언에게 매우 긴 장대를 올려준다. 타시테고는 이 장대를 양동이에 넣어 양동이가 술통에 완전히 잠길 때까지 내리누른다. 그런 후에 작은 도르래 쪽 선원들에게 명령을 내리면, 양동이는 젖 짜는 여자가 방금 짜낸 우유 들통처럼 부글부글 거품을 내며 다시 위로 올라온다. 그 높이에서 조심스럽게 아래로 내려지면, 담당 선원이 가득찬 양동이를 붙잡아 재빨리 커다란 통 속에 비운다. 그런 다음 양동이는 다시 위로 올려지고, 깊은 기름통이 바닥날 때까지 같은 작업이 되풀이된다. 작업이 끝나갈 때쯤에 이르면 타시테고는 긴 장대가 20피트 정도 아래로 내려가도록 그 장대를 술통 속으로 더욱 세게, 그리고 더욱 깊이 밀어넣어야만 한다.

그런데 피쿼드호의 선원들이 한동안 이런 식으로 기름을 퍼내 통 몇 개가 향기로운 경뇌유로 가득찼을 때, 느닷없이 기묘한 사건이 벌어졌다. 거친 인디언인 타시테고가 너무 부주의하고 신중하지 못한 나머지 고래 머리를 지탱해주는 굵은 도르래 밧줄을 잡고 있던 한쪽 손을 잠시 놓쳐버렸는지, 아니면 그가 서 있던 자리가 너무 불안정하고 질척거렸는지, 아니면 악마가 특별한 이유도 밝히지 않은 채 일이 그렇게 되도록 꾸몄는지, 하여튼 정확히 왜 그랬는지는 알 길이 없지만, 양동이가 기름을 잔뜩 빨아들인 채 여든번째인지 아흔번째인지로 올라오고 있었을 때, 돌연—오 하느님!—불쌍한 타시테고가 진짜 우물에 나란히 떨어지는 쌍둥이 두레박 중 하나처럼 이 거대한 하이델베르크 술통 아래로 곤두박질쳐서 기름이 부르르 끓는 끔찍한 소리와 함께 눈앞에서 완전히 사라지고 만 것이다!

"사람이 떨어졌다!" 다들 깜짝 놀란 가운데 가장 처음으로 정신을 차린 다구가 소리쳤다. "양동이를 이쪽으로 보내!" 그런 후 다구는 손으로 붙잡기에는 미끄러운 작은 도르래에 대한 방비책을 마련하고자 한쪽 발을 양동이 안에 집어넣었고, 도르래 담당자들은 그런 그를 고래 머리 꼭대기 위로 높이 올려보냈는데, 그때는 타시테고가 기름통 밑바닥까지 완전히 가라앉아버리기 일보 직전의 순간이었다. 한편 배에서는 한바탕 소란이 일었다. 선원들이 뱃전 너머로 보니, 방금 전까지만 해도 미동도 않던 머리가 그 순간 어떤 중대한 생각에 사로잡히기라도 한 양 수면 바로 아래서 진동하고 들썩거렸던 것이다. 그러나 사실 그것은 가련한 인디언이 몸부림을 쳐대면서 자신이 얼마나 위험한 깊이까지 빠졌는지를 무의식적으로 보여주는 것에 지나지 않았다.

고래 머리 꼭대기에 있던 다구가 어쩌다 거대한 해체용 도르래에 뒤엉켜버린 작은 도르래를 풀고 있던 바로 그 순간, 뭔가가 딱 하고 갈라지는 듯한 날카로운 소리가 들려왔다. 그러더니 고래 머리에 걸려 있던 두 개의 거대한 갈고리 가운데 하나가 떨어져나가 모두에게 이루 말할 수 없는 공포를 불러일으켰고, 그 거대한 머리가 옆에서 흔들리자 술 취한 배는 빙산에 부딪히기라도 한 것처럼 비틀대고 휘청댔다. 이제 모든 무게를 혼자 감당하게 된 하나 남은 갈고리는 당장이라도 부러져 내릴 듯했는데, 고래 머리가 사정없이 흔들리고 있는 탓에 그럴 가능성이 한층 더 높아졌다.

"내려와, 내려와!" 선원들이 다구를 향해 소리쳤다. 하지만 검둥이는 고래 머리가 떨어지더라도 여전히 매달려 있을 수 있도록 한 손으로 무거운 도르래를 꽉 붙들고 엉킨 밧줄을 푼 다음, 이제는 무너져버린 우물 안으로 양동이를 세차게 밀어넣었다. 그 안에 생매장된 작살잡이가 양동이를 잡으면 밖으로 끌어올릴 작정이었다.

"이봐, 대체 뭐하는 짓이야." 스터브가 소리쳤다. "거기다 탄약통을 밀어넣을 셈인가? 멈춰! 타시테고의 머리 위로 쇠를 댄 양동이를 쑤셔 넣는 게 무슨 도움이 된다는 거지? 제발 멈추라고!"

"도르래에서 떨어져!" 누군가가 폭죽이 터지는 듯한 목소리로 외쳤다.

그와 거의 동시에 우르르 쾅 하고 천둥 치는 소리와 함께 그 거대한 머리가 바다로 떨어졌다. 마치 나이아가라의 '테이블 록'[345]이 소용돌이 속으로 떨어지기라도 하듯이. 갑자기 짐을 던 선체는 저 아래쪽의 번쩍이는 동판이 다 보일 만큼 반대쪽으로 심하게 흔들렸다. 그리고 축 늘어져 대롱거리는 도르래에 매달린 다구가 선원들 머리 위와 바다 위를 이리저리 오가며 흔들리는 모습이 짙은 물안개 사이로 희미하게 드러나는 동안, 가련하게도 산 채로 매장된 타시테고는 바다 밑바닥으로 완전히 가라앉고 있었기에 선원들은 모두 숨이 턱 막혔다! 그런데 자욱한 물안개가 막 걷히자마자 손에 보딩 나이프를 든 벌거벗은 인물이 뱃전을 뛰어넘는 모습이 얼핏 보였다. 그런 다음에는 큰 소리로 첨벙대는 소리가 들려와 나의 용감한 퀴퀘그가 타시테고를 구하기 위해 물속으로 뛰어들었음을 알려주었다. 다들 뱃전으로 한데 우르르 몰려가 한순간이라도 놓칠세라 눈을 부릅뜬 채 잔물결 하나하나까지 모두 살폈지만, 물에 가라앉은 사람도 물에 뛰어든 사람도 전혀 보이지 않았다. 몇몇 선원은 그제야 뱃전에 묶여 있는 보트로 뛰어들어 모선에서 조금 떨어진 곳까지 노를 저어나갔다.

"이야! 이야!" 하늘 높이 매달려 가만히 흔들리고 있던 다구가 갑자기 소리를 질러댔다. 그리고 뱃전에서 멀리 떨어진 곳으로 눈길을 돌리니, 팔 하나가 푸른 바다 위로 쑥 튀어나오는 것이 보였다. 무덤 위에 자란 풀에서 팔 하나가 툭 튀어나오는 것 같은 기묘한 광경이었다.

"둘이다! 둘! 두 명 다야!" 다구가 다시금 기쁨에 찬 함성을 질렀고, 곧이어

한 손으로 인디언의 긴 머리채를 꽉 붙든 채 다른 한 손으로 대담하게 헤엄을 치는 퀴퀘그의 모습이 보였다. 대기하고 있던 보트가 그들을 끌어올려서 재빨리 갑판 위로 데려왔다. 하지만 타시테고는 한참이 지나도 정신이 돌아오지 않았고, 퀴퀘크도 그리 팔팔해 보이지 않았다.

그런데 이 숭고한 구조 임무는 어떻게 완수된 것일까? 그야 물론, 천천히 가라앉고 있던 머리를 잠수해서 따라간 퀴퀘그가 예리한 나이프로 머리 밑바닥 근처 측면을 찔러 커다란 구멍을 뚫은 다음, 나이프를 버리고 긴 팔을 안쪽 위로 깊이 쑤셔넣어 가련한 타시의 머리채를 붙잡아 끄집어냈던 것이다. 퀴퀘그의 주장에 따르면, 그가 처음 손을 찔러넣었을 때는 다리가 잡혔지만, 그것이 제대로 된 방식이 아니며 그렇게 하다가는 큰 문제가 발생할 수도 있다는 걸 알았던 그는 다리를 다시 밀어넣은 후 솜씨 좋게 이리 당기고 저리 뒤집어서 인디언을 180도 회전시켰다고 한다. 그리하여 다시 시도했을 때는 제대로 된 방식으로 머리부터 끄집어낼 수 있었던 것이다. 커다란 고래 머리도 이쪽 뜻대로 잘 움직여주었다고 한다.

그리하여 퀴퀘그의 용기와 뛰어난 산파술로 인해 타시테고의 구조, 아니 그보다는 출산이 성공적으로 이루어졌는데, 그것이 더없이 곤란하고 누가 봐도 절망적인 역경을 뚫고 이루어진 일이라는 사실은 절대 잊어서는 안 될 교훈이다. 산파술은 검술, 권투, 승마, 조정과 마찬가지로 어엿한 하나의 강좌로 가르쳐져야만 한다.

게이헤드 사나이의 이 기묘한 모험이 몇몇 육지 사람들에게는 분명 믿기 힘든 이야기로 들릴 줄 알지만, 그들도 누군가가 육지의 우물에 빠진 것을 보거나 들어본 적은 있을 것이다. 그런 사고는 그리 드물지 않게 일어난다. 하지만 향유고래 우물의 테두리가 대단히 미끄럽다는 점을 감안했을 때, 육지에서 그런 사고가 일어날 가능성이 인디언의 경우보다 훨씬 적을 거란 사실은 말할 것도 없다.

하지만 혹시 명민한 자라면 이렇게 주장할지도 모르겠다. 어째서 그렇지? 우리는 침윤 세포로 이루어진 향유고래 머리가 향유고래의 몸에서 가장 가볍고 가장 코르크 같은 부위라고 들었어. 그런데 너는 그보다 훨씬 비중이 큰 물 아래로 그 머리가 가라앉는다고 말하는군. 넌 우리한테 딱 걸렸어. 아니, 천만에. 딱 걸린 건 바로 당신들이다. 가엾은 타시가 떨어졌을 때 그 기름통은 속의 가벼운 내용물을 거의 다 비우고 촘촘한 힘줄로 이루어진 우물 벽만 조금 남은 상태였다. 앞서도 말했듯이 이 벽은 양쪽을 다 용접하고 망치로 두드려 단련한 듯한 물질로 바닷물보다 훨씬 무겁기 때문에, 그 벽으로 이루어진 덩어리는 납덩이처럼 바닷속으로 가라앉게 된다. 하지만 이번 경우에는 재빨리 가라앉는 경향이 있는 이 물질이 아직 머리에서 떨어져나가지 않은 다른 물질들의 방해를 받았고, 따라서 머리가 매우 느리고 실로 느긋하게 가라앉았으므로 퀴퀘그가 다급한 와중에도 민첩한 산파술을 시행할 수 있었던 것이다. 그렇다, 그것은 실로 묘기와도 같은 출산이었다.

그런데 만일 타시테고가 그 머리 안에서 비명횡사했더라면 매우 값비싼 죽음이 되었을 것이다. 더없이 희고 우아한 경뇌유의 향기에 숨이 막히고, 고래 몸안의 은밀한 내실과 지성소를 관과 영구차와 무덤으로 삼게 되었을 테니 말이다. 내가 당장 떠올릴 수 있는 이보다 더 달콤한 죽음은 오직 하나—오하이오주의 어느 벌꿀 채집자의 달달한 죽음—뿐이다. 그는 속이 빈 나무의 구멍에서 꿀을 찾다가 정말이지 엄청난 양의 꿀을 발견하고는 몸을 너무 깊이 구부린 나머지 그 안으로 빨려들어가버려서 그 상태로 미라가 되어 죽고 말았다. 이처럼 꿀로 가득찬 플라톤의 머릿속에 빠져 그곳에서 감미로운 죽음을 맞이한 이가 과연 몇이나 되겠는가?

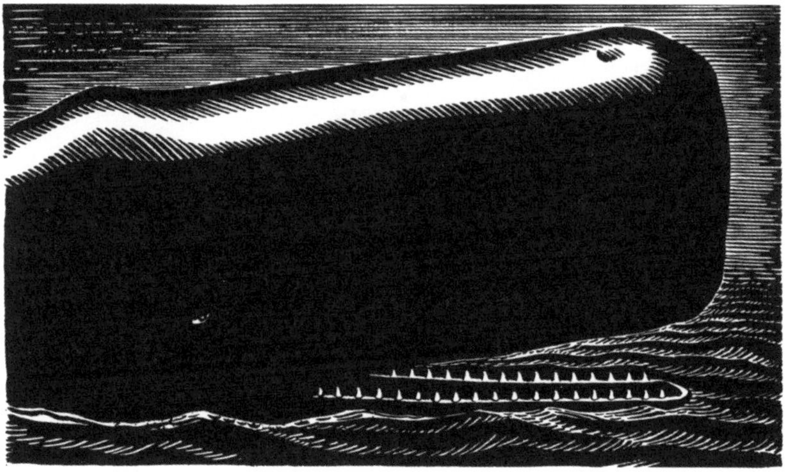

79장
대초원

이 리바이어던의 얼굴에 난 주름을 꼼꼼히 살펴보거나 머리에 난 혹을 만져보는 일은 어느 인상학자나 골상학자도 아직까지 시도해본 적이 없는 작업이다. 그러한 기획은 라바터[346]가 지브롤터 암벽[347]의 주름을 세밀히 조사하거나 갈[348]이 사다리를 타고 올라가 판테온의 돔을 손보는 작업만큼이나 전도유망하게 여겨질지도 모르겠다. 물론 라바터는 자신의 저 유명한 저작에서 인간의 다양한 얼굴을 다뤘을 뿐만 아니라 말이나 새와 뱀과 물고기의 얼굴도 세심히 연구했고, 거기서 드러나는 표정 변화도 상세히 열거했다. 갈과 그의 제자인 슈푸르츠하임 또한 인간 이외의 다른 존재들의 골상학적 특징에 대해 넌지시 몇몇 암시를 던지길 주저하지 않았다. 따라서 비록 내가 이 일에서 선구자 자격은 갖추지 못했지만, 그래도 나는 이 두 종류의 유사 과학을 고래에 적용해보고자 노력할 것이다. 모든 방법을 시도해보고 어떤 결과가 나올지 두고 볼 것이다.

인상학적으로 봤을 때 향유고래는 이례적인 생명체다. 향유고래에게는 엄밀한 의미의 코가 존재하지 않는다. 코는 이목구비 가운데 가장 중심에 위치하고 눈에도 가장 잘 띄며, 이목구비가 함께 만들어내는 표정에 가장 큰 변화를 주고 최종적으로 표정을 결정하는 부위이기 때문에 외부 부속기관으로서의 코가 없다는 것은 고래의 얼굴 표정에 매우 커다란 영향을 끼칠 게 틀림없다. 정원을 만들 때 풍경을 완성하기 위해서는 첨탑이나 둥근 지붕, 기념비나 탑이 거의 필수적인 것으로 여겨지듯이, 우뚝 솟은 채 밖으로 노출된 종탑과도 같은 코가 없이는 어떤 얼굴도 인상학적으로 조화를 이룰 수 없기 때문이다. 페이디아스[349]가 대리석으로 만든 제우스 조각상에서 코를 날려버리면 남은 얼굴이 얼마나 초라해지겠는가! 하지만 리바이어던은 너무나도 거대하고 너무나도 위풍당당한 덩치를 자랑하기 때문에, 제우스 조각상을 흉물스럽게 만들어버릴 그 결함조차 결코 흠이 되지 않는다. 아니, 오히려 그 위엄을 더해줄 뿐이다. 고래에게 코는 적절하지 않았을 것이다. 인상학 연구를 위한 항해 도중에 모선에 딸린 작은 보트를 타고 그 거대한 머리 주위를 빙빙 돌 때, 고래의 코를 잡아당겨볼 수도 있겠다는 생각으로 인해 고래를 숭상하는 마음이 훼손되는 일도 애초에 차단된다. 자격도 안 되는 인간이 강력한 왕권을 쥐고 권좌에 앉아 있는 모습을 볼 때에도 불쑥불쑥 찾아드는 그런 위험한 생각에 빠질 여지가 아예 없는 것이다.

어떤 면에서 향유고래의 모습 가운데 인상학적으로 가장 눈길을 끄는 것은 머리의 정면부라고도 할 수 있다. 그 모습은 실로 숭고하다.

생각에 잠긴 인간의 고상한 이마는 밝아오는 아침에 마음이 어지러워진 동녘 같다. 초원에서 휴식중인 황소의 뒤틀린 이마에는 위엄이 감돈다. 산속의 좁은 길을 따라 무거운 대포를 밀어올리는 코끼리의 이마는 위풍당당하다. 사람이든 동물이든, 신비로운 이마는 신성로마제국의 황제가 법령에 내리찍는 커다란 황금 옥새나 마찬가지다. 그 옥새에는 "신이시여, 저는 오늘 이 일을 제 손으로 처리했나이다"라고 새겨져 있다. 하지만 대부분의 생물, 아니 인간의 경우 이마는 고산지대의 설선雪線을 따라 놓여 있는 한 조각의 작은 땅뙈기에 불과할 때가 대부분이다. 셰익스피어나 멜란히톤[350]의 이마처럼 높이 솟아 있다가 눈썹 아래로 푹 꺼져서 눈이 맑고 영원하고 물결 한 점 일지 않는 산중 호수처럼 보이는 이마는 그리 많지 않다. 그들의 눈 위 이마에 난 주름을 보고 있으면, 스코틀랜드 하일랜드의 사냥꾼들이 눈 속에 찍힌 사슴의 발자국을 따라가듯이, 그 호수로 물을 마시러 내려왔던 상념의 사슴뿔처럼 갈라진 흔적을 따라가는 듯하다. 하지만 거대한 향유고래의 경우, 그 이마에 내재된 거만하고도 신적인 위엄이 너무나도 증폭되어 있기 때문에 그 이마를 정면에서 응시하면 살아 있는 자연 속에서 그 어떤 대상을 봤을 때보다 훨씬 강렬하게 '신성'과 그 무지막지한 힘을 느끼게 된다. 왜냐하면 거기서는 딱히 볼 수 있는 게 하나도 없기 때문이다. 이목구비 가운데 단 하나도 그 모습을 명확히 드러내지 않는다. 코도 눈도 귀도 입도 없다. 얼굴이랄 게 없다. 엄밀히 말해 향유고래에게는 이런 것들이 전혀 없다. 널찍한 창공과도 같은, 수수께끼로 잔뜩 주름진 이마가 있을 뿐이다. 그것은 보트와 배와 인간의 운명을 묵묵히 파멸로 끌고 내려가는 이마다. 옆에서 봤을 때도 이 이마의 경이로움은 줄어들지 않는다. 물론 그렇게 봤을 때의 그 웅장함은 그리 큰 권세를 부리지 못하지만 말이다. 옆모습을 보면 이마 가운데에 수평으로 난 반달 모양의 함몰 부위가 있다는 것을 분명히 인지할 수 있는데, 이것은 인간의 경우에 라바터가 천재의 표시라고 부르는 것이다.

그런데 뭐가 어째? 향유고래가 천재라고? 향유고래가 책을 쓰거나 연설을 한 적이 있기라도 하단 말인가? 아니, 향유고래의 위대한 천재성은 그것을 증명하기 위해 딱히 한 일이 없다는 데서 여실히 드러난다. 더욱이 그것은 향유고래의 피라미드와도 같은 침묵에서도 여실히 드러난다. 그러고 보니 위대한 향유고래의 존재가 여명기에 있던 동방 세계에 알려졌더라면, 갓 싹튼 그들의 신비주의 사상을 통해 향유고래가 신격화되었으리라는 생각도 든다. 그들은 혀가 없다는 이유로 나일강의 악어를 신격화했다. 그런데 향유고래는 혀가 없거나, 혹은 있어도 너무 작아서 내미는 것이 불가능할 지경이다. 만약 이후에 고도로 문화가 발달한 어떤 시적인 민족이 옛날의 저 명랑한 오월제 신들에게 다시금 타고난 권리를 부여해줘서 지금의 이기적인 하늘과 신들이 떠난 언덕의 왕좌에 그들을 다시 앉힌다면, 그때는 위대한 향유고래가 제우스의 드높은 자리에 올라 이 세상을 지배할 것이다.

샹폴리옹[351]은 화강암에 주름살처럼 새겨져 있던 상형문자를 해독했다. 하지만 모든 인간과 모든 존재의 얼굴에 새겨진 이집트 상형문자를 해독해낼 샹폴리옹은 이 세상에 존재하지 않는다. 다른 모든 인문학과 마찬가지로, 인상학도 한때의 이야깃거리에 지나지 않는다. 만일 그렇다면, 서른 개의 언어로 책을 읽었다는 윌리엄 존스 경[352]도 평범하기 짝이 없는 소작농의 얼굴에 담긴 더욱 심오하고 미묘한 의미를 읽어내지 못했는데, 나 이슈미얼처럼 무식한 자가 어찌 향유고래의 이마에 새겨진 끔찍한 칼데아[353] 문자를 읽어낼 수 있으리라 기대할 수 있단 말인가? 나는 그저 그 이마를 여러분 앞에 내놓을 뿐이다. 읽을 수 있거든 한번 읽어보시라.

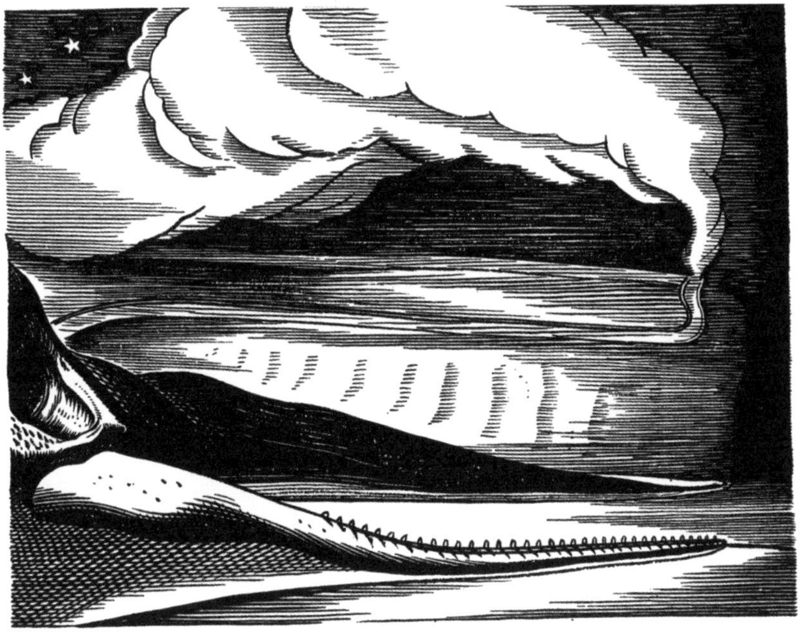

80장
호두

향유고래가 인상학적으로 스핑크스라면, 골상학자에게 향유고래의 뇌는 그 면적을 구하기가 도무지 불가능한 기하학적 원으로 보인다.

다 자란 향유고래의 두개골은 그 길이가 최소 20피트에 이른다. 아래턱을 떼어내고 본 이 두개골의 옆모습은 평평한 토대 위에 꽉 들어차게 놓인 완만한 경사면의 옆모습과 비슷하다. 하지만 다른 데서도 살펴봤듯이, 향유고래가 살아 있을 때의 이 경사면은 딱딱할 정도로 꽉 채워져 있고, 위에서 내리누르는 거대한 지방과 경뇌유 덩어리로 인해 거의 정사각형 같은 모습을 하고 있다. 두개골의 상층부는 그 덩어리의 일부를 담을 수 있도록 분화구 모양이며, 이 분화구의 긴 바닥 밑—그 길이와 깊이가 좀처럼 10인치를 넘는 법이 없는 또다른 구멍 안—에는 겨우 한 줌에 불과한 이 괴물의 뇌가 보관되어 있다.

살아 있는 향유고래의 뇌는 겉으로 드러난 이마에서 적어도 20피트 정도 들어간 곳에 위치해 있다. 그것은 퀘백의 거대한 요새 중에서도 가장 안쪽에 자리한 성채처럼, 거대한 외루外壘 뒤에 모습을 감추고 있다. 향유고래의 뇌가 귀한 보석함처럼 몸속에 은밀히 숨겨져 있기 때문에, 몇몇 고래잡이들은 향유고래에게 몇 세제곱야드의 경뇌유 창고로 이루어진 뇌 비슷한 것 말고는 뇌가 따로 없다는 독단적인 주장을 펼치기도 한다. 그들은 이상한 형태로 접히고 쌓이고 뒤엉킨 채로 놓여 있는 경뇌유 창고야말로 향유고래의 지성이 자리하는 바로 그 신비스러운 부위라고 보는 편이 향유고래의 보편적인 위세에 더 부합한다고 생각하는 듯하다.

그렇다면 이 리바이어던이 온전히 살아 있는 상태일 때의 머리는 골상학적으로 완전한 기만이라고 볼 수밖에 없다. 진짜 뇌라고 짐작되는 것은 전혀 볼 수도, 만져볼 수도 없기 때문이다. 거대한 존재라면 누구나 그러하듯이, 고래도 범속한 세상을 향해 거짓된 표정을 짓고 있는 것이다.

만약 두개골에서 경뇌유 덩어리를 들어내고 두개골의 높이 솟은 뒷부분을 뒤에서 살펴보면, 그것이 같은 위치 같은 각도에서 본 인간의 두개골과 비슷하다는 사실에 크게 놀랄 것이다. 실제로 거꾸로 돌린 형태의 향유고래 두개골 삽화를 (인간의 두개골 크기로 축소해서) 인간의 두개골 삽화 속에 섞어넣으면 무심코 둘을 혼동하게 될 것이다. 그리고 정수리의 일부가 움푹 들어간 것을 보고는 "이 사람은 자존심도 없고 존경심도 없다"는 골상학적 진술을 하게 될 것이다. 그리고 그러한 부정적인 측면을 고래의 엄청난 덩치와 힘이라는 긍정적인 측면과 한데 엮어 생각해본다면, 가장 고귀한 권력에 대해 가장 진실하면서도 과히 즐겁다고는 할 수 없을 개념을 마음속에 잘 그려볼 수 있을 것이다.

하지만 고래의 뇌가 덩치에 비해 작다는 사실을 머릿속으로 충분히 그려낼 수 없다면, 또다른 방법을 써보기로 하자. 거의 대부분의 네발짐승의 척추를 유심히 살펴보면 그 등뼈가 자그마한 두개골을 엮어 만든 목걸이와 비슷하며, 그 등뼈 하나하나가 진짜 두개골과 근본적으로 비슷하다는 데 크게 놀랄 것이다. 척추는 틀림없이 다 자라지 않은 두개골이라고 한 것은 어느 독일인의 독단적인 주장이다. 하지만 그 기이한 외적 유사성을 처음으로 인지한 사람은 독일인들이 아니었던 것 같다. 한번은 어느 외국인 친구가 자신이 살해한 적의 해골에서 얻은 등뼈로 자기 카누의 돌출된 뱃머리에 얄게 돋을새김을 하던 와중에 내게 그런 사실을 지적해준 적이 있다. 그러니 골상학자들이 소뇌에서 척주관脊柱管 전체로 연구를 진척시켜나가지 않음으로써 뭔가 중요한 사실을 놓쳐버린 것은 아닌가 하는 생각이 든다. 나는 인간 성격의 대부분이 등뼈에서 나타난다고 믿기 때문이다. 당신이 누구든, 나는 당신의 두개골보다는 척추를 만져보고 싶다. 가느다란 들보 같은 척추가 똑바르고도 고결한 영혼을 지탱해준 사례는 여태껏 한 차례도 없었다. 나는 내가 세상을 향해 반쯤 들이민 깃발의 탄탄하고 대담한 깃대와도 같은 나의 척추를 자랑으로 여긴다.

골상학의 이 척추 분과를 향유고래에 적용해보자. 향유고래의 두개강頭蓋腔은 제일경추第一頸椎로 이어지고, 제일경추에서 척주관 바닥까지는 직경이 10인치, 높이가 8인치이며, 그 아래쪽 토대는 세모꼴이다. 나머지 등뼈를 따라 지나갈수록 척주관의 크기는 점점 줄어들지만, 상당한 거리를 지나기 전까지는 큰 수용력을 유지한다. 물론 이 척주관은 뇌와 마찬가지로 이상한 섬유질—척수—로 가득 채워져 있고, 뇌와 곧장 연결되어 있다. 더군다나 척수는 두개강에서 나온 뒤로도 몇 피트에 이르기까지 그 둘레의 길이를 그대로, 그러니까 뇌의 둘레와 거의 비슷할 정도로 유지한다. 상황이 이러할진대, 고래의 척추를 골상학적으로 조사하고 구조화해보는 게 과연 불합리한 일일까? 이러한 견지에서 봤을 때, 덩치에 비해 놀라울 만큼 작은 향유고래 뇌의 크기는 덩치에 비해 놀라울 만큼 커다란 척수의 크기로 상쇄되고도 남음이 있기 때문이다.

하지만 이러한 암시는 골상학자들이 알아서 처리하도록 내버려두기로 하고, 나는 그저 이 척추 이론을 잠시 향유고래의 혹에 적용해보고자 한다. 내가 잘못 알지 않았다면, 이 위엄 있는 혹은 그보다 큰 등뼈들 가운데 하나 위로 솟아 있고, 따라서 어느 정도 바깥으로 볼록하게 튀어나온 모습을 하고 있다. 고래의 몸에서 혹이 차지하고 있는 상대적인 위치로 봤을 때, 나는 이 높은 혹을 향유고래의 굳건함 또는 꿋꿋함을 담당하는 기관이라고 불러야만 할 것 같다. 그리고 이 거대한 괴물의 굴하지 않는 성격에 대해서는 여러분도 머지않아 알게 될 것이다.

81장
피쿼드호가 처녀를 만나다

드디어 운명의 그날이 왔고, 우리는 적절한 때에 데리크 데 데어 선장이 통솔하는 브레멘[354] 선적의 융프라우호를 만났다.

한때 세계 최고의 고래잡이 민족이었던 네덜란드인과 독일인은 이제 가장 뒤처진 고래잡이 축에 속하지만, 지금도 넓은 바다를 다니다보면 간혹 태평양 여기저기서 깃발을 펄럭이고 있는 그들을 만나게 된다.

무슨 이유에서인지, 융프라우호는 우리에게 무척이나 열렬히 경의를 표하고 싶어하는 듯했다. 피쿼드호와 거리가 꽤 떨어져 있을 때 벌써 뱃머리를 바람 불어오는 쪽으로 돌려 보트를 내리더니, 배의 선장이 초조하다는 듯 선미가 아닌 뱃머리에 서서 우리를 향해 황급히 돌진해왔다.

"저기 저자가 손에 든 게 뭐지?" 독일인이 손에 들고 흔드는 무언가를 가리키며 스타벅이 외쳤다. "말도 안 돼! 등잔 급유기라니!"

"아니에요." 스터브가 말했다. "아니지, 아니야. 저건 커피 주전자예요, 스타벅 씨. 저 독일 놈은 우리한테 커피를 끓여주러 오는 거예요. 저자 옆에 있는 커다란 빈 깡통 안 보이세요? 끓인 물을 저 안에 담아왔을 겁니다. 오오! 저 독일 놈, 정말 괜찮은 인간이네요."

"말 같지도 않은 소리 집어치워요." 플래스크가 소리쳤다. "저건 급유기랑 기름통입니다. 기름이 다 떨어져서 구걸하러 오는 거라고요."

기름 채취선이 고래 어장에서 기름을 빌리러 오는 건 정말이지 기이한 일이고, '석탄 들고 뉴캐슬 간다'[355]라는 옛말에 대한 어처구니없는 반대 사례이긴 하지만, 때로는 그런 일이 정말로 일어난다. 그리고 플래스크가 단언했다시피, 지금 데리크 데 데어 선장은 분명 급유기를 흔들어대고 있었다.

그가 갑판에 오르자 에이해브는 그의 손에 들린 것에는 눈길 한 번 주지 않은 채 불쑥 질문을 던졌다. 하지만 독일인은 유창하지 못한 영어로 흰 고래에 대해서는 전혀 아는 바가 없음을 빠르고도 분명히 밝히고는, 화제를 곧장 급유기와 기름통으로 돌렸다. 브레멘에서 실어온 기름을 마지막 한 방울까지 다 써버렸으며, 바닥난 기름을 보충해줄 날치를 여태껏 한 마리도 못 잡았기 때문에 밤에도 깊은 어둠 속에서 잠자리에 들어야 한다는 등의 이야기를 지껄여 댄 선장은, 자기 배야말로 포경업계에서 흔히 전문용어로 깨끗한 배(즉 빈 배)라고 부르는 배이며, 융프라우 즉 처녀라는 이름이 참으로 어울리는 배라는 말로 이야기를 끝맺었다.

필요한 것을 얻자 데리크는 떠났다. 하지만 그가 모선에 이르기도 전에 양쪽 배들의 돛대 꼭대기에서 거의 동시에 고래를 발견했다는 외침이 들려왔다. 그리고 데리크는 고래를 추격하고 싶은 마음이 너무나 앞선 나머지, 기름통과 급유기를 잠시 배 위에 올려놓을 새도 없이 보트의 뱃머리를 홱 돌려 거대한 급유기인 리바이어던을 쫓았다.

그런데 사냥감들이 바람 불어가는 쪽에서 솟아올랐기 때문에, 데리크의 보트와 곧 그를 따라나선 세 척의 독일 보트는 피쿼드호의 보트들을 크게 앞질렀다. 고래는 여덟 마리로, 보통의 작은 무리였다. 위험을 감지한 고래들은 일렬로 늘어선 채 멍에에 매인 여러 마리의 말처럼 옆구리를 바싹 붙여 비벼대며 순풍을 타고 전속력으로 곧장 헤엄쳐 갔다. 그들이 물위에 남긴 크고 널찍한 흔적은 마치 크고 널찍한 양피지를 바다 위에 끊임없이 펼쳐놓은 듯했다.

재빠른 속도로 가득 퍼지는 이 흔적으로부터 몇 패덤이나 뒤처진 곳에서 혹이 달린 크고 늙은 수컷 고래 한 마리가 헤엄을 치고 있었다. 속도가 비교적 느리고 이상하기 그지없는 누르스름한 딱지가 온몸을 뒤덮고 있는 것으로 봐서 이 고래는 황달이나 무슨 다른 병에 시달리고 있는 듯했다. 이 고래가 앞선 무리에 속해 있는지는 가히 의심스러웠는데, 그처럼 공경할 만큼 나이를 잡수신 리바이어던이 사회 활동을 하는 것은 흔히 볼 수 있는 모습이 아니었기 때문이다. 그럼에도 그 고래는 무리의 뒤를 따랐는데, 그 무리가 일으킨 물결을 거슬러 헤엄치느라 속도가 느려지고 있음이 틀림없었다. 그 고래의 널찍한 주둥이에 부딪혀 하얗게 부서지는 파도가 상반되는 두 해류가 맞부딪쳐 일어나는 파도처럼 사나웠기 때문이다. 그 고래가 뿜어 올리는 물기둥은 짧고 느리고 힘겨워 보였다. 그 물기둥은 숨이 막힌 것처럼 솟구쳤다가 갈기갈기 찢어진 것처럼 가라앉더니, 곧이어 그 고래의 몸속 깊은 곳에서 이상한 소란이 일어났고, 그것은 물속에 잠겨 있던 반대쪽 끝에서 배출구를 찾은 듯 녀석의 몸 뒤쪽에서 물거품을 일으켰다.

"누구 설사약 있는 사람?" 스터브가 말했다. "아무래도 저놈이 배탈이 난 것 같아. 하느님 맙소사, 반 에이커나 되는 위에 탈이 났다니! 역풍이 놈의 몸속에서 광란의 크리스마스 파티를 벌이고 있군그래. 뒤꽁무니에서 이렇게 구린 바람이 부는 건 처음 봐. 그런데 고래가 저렇게 항로에서 벗어나 좌우로 흔들대며 나아가는 걸 본 적이 있나? 분명해, 놈은 키의 손잡이를 놓쳐버린 거야."

갑판에 겁먹은 말들을 잔뜩 실은 동인도회사의 무역선이 이리저리 기우뚱대고 뒹굴며 물도 뒤집어쓰고 물속에 파묻히기도 하면서 아주 가까스로 힌두스탄해안을 나아가듯이, 이 늙은 고래도 자신의 노쇠한 몸뚱이를 들썩들썩거렸고, 이따금 거추장스러운 옆구리가 보이도록 몸을 살짝 뒤집어 자신이 이렇게 무리에서 벗어나 헤엄치는 이유가 부자연스럽게 밑동만 남아 있는 오른쪽 지느러미 때문임을 드러냈다. 전투중에 그 지느러미를 잃은 것인지, 아니면 원래 그렇게 태어난 것인지는 알 수 없었다.

"조금만 기다리쇼, 늙다리 양반. 내가 그 다친 팔에 붕대를 감아줄 테니." 잔혹한 플래스크가 바로 옆에 있는 고래 밧줄을 가리키며 외쳤다.

“자네나 거기 안 감기게 조심해.” 스타벅이 외쳤다. “힘껏 저어라, 안 그러면 저 고래는 독일 놈들 차지가 되고 말 거야.”

서로 경쟁하는 양측의 보트들이 하나같이 이 고래에게만 달려든 이유는 그 고래가 가장 크고 따라서 가장 값어치가 클 뿐만 아니라 그들과 가장 가까운 곳에 있었으며, 다른 고래들은 너무 빠른 속도로 달아나고 있었기 때문에 당분간은 추격하는 일이 거의 불가능했기 때문이다. 이즈음 피쿼드호의 보트들은 이후에 내려진 세 척의 독일 보트를 쏜살같은 속도로 추월했지만, 데리크의 보트는 워낙 미리부터 추격을 시작했기 때문에 여전히 선두를 지키고 있었다. 하지만 미국 보트는 시시각각 거리를 좁히며 따라붙었다. 미국인 선원들의 유일한 걱정은, 이미 목표물에 상당히 가까워진 데리크가 자신들이 그를 따라잡기 전에 먼저 고래에게 작살을 던지는 일뿐이었다. 데리크는 일이 당연히 그렇게 풀릴 거라고 꽤나 확신하는 듯했고, 이따금 다른 보트들을 향해 급유기를 흔들어대며 조롱하는 듯한 몸짓을 취했다.

“저 무례하고 배은망덕한 개자식!” 스타벅이 외쳤다. “내가 채워준 지 오 분도 안 되는 저 자선함을 들고 나를 조롱하고 우롱하다니!” 그러더니 예의 그 강렬한 속삭임을 내뱉었다. “힘껏 저어라, 사냥개들아! 저놈을 바싹 따라가!”

“지금부터 다들 내 말을 경청하도록.” 스터브가 선원들에게 외쳤다. “열을 올리는 건 내 신조에 어긋나지만, 나는 저 야비한 독일 놈을 물어뜯고만 싶다. 저어라, 다들 저으라니까? 저 악당놈한테 지고 싶은 건 아니겠지? 다들 브랜디 좋아하지? 가장 노를 힘차게 젓는 녀석에게 브랜디 한 통을 주겠다. 어서, 왜 혈관이 터지도록 젓는 놈이 없지? 누가 닻이라도 내린 건가? 보트가 꿈쩍도 않는군. 우린 지금 그냥 서 있다고. 이봐, 보트 밑바닥에 풀이 자라고 있군. 이런 맙소사, 돛대에는 싹까지 났어. 이따위로는 다들 어림도 없다. 저 독일 놈을 좀 보라고! 어쨌거나 내가 하고 싶은 말은 말이지, 다들 입에서 불을 뿜을 거야 말 거야?"

"오오! 저놈이 일으키는 거품 좀 봐!" 플래스크가 위아래로 방방 뛰며 외쳤다. "정말 대단한 혹이야. 오오, 힘차게 저어라. 소리 없이 고요히! 오오! 얘들아, 힘을 내라. 오늘 저녁은 두툼한 팬케이크랑 대합인 거, 다들 알잖아. 구운 대합이랑 머핀이라고. 오오, 힘, 힘, 힘을 내라. 저 고래는 백 통짜리야. 녀석을 놓쳐선 안 돼. 안 되고말고, 절대 안 되지! 저 독일 놈을 좀 봐. 오오, 얘들아, 푸딩을 생각해서라도 힘껏 저어라. 정말 큰 놈이야! 어마어마하게 큰 놈이라고! 다들 향유고래 좋아하지? 저건 3천 달러짜리야! 은행이라고! 은행이 통째로 굴러들어온 거야! 영국 은행이! 오오, 영차, 영차, 저어라, 저어! 근데 저 독일 놈은 또 뭘 어쩌려는 거지?"

그때 데리크는 자기 쪽으로 다가오는 보트들을 향해 급유기와 기름통을 힘껏 내던지는 중이었다. 아마도 경쟁자의 앞길을 방해해 속도를 떨어뜨리는 동시에 그것들을 뒤로 내던짐으로써 순간적인 추진력을 얻어 속도를 높이는 효율적인 이득을 한꺼번에 얻으려는 속셈인 듯했다.

"저 싸가지 없는 네덜란드 새끼!" 스터브가 외쳤다. "노를 저어라, 빨강머리 악마들을 가득 실은 오만 척의 전함들처럼 저어라. 자 말해봐, 타시테고. 자네는 게이헤드의 명예를 위해 등뼈를 스물두 조각으로 분지를 각오가 되어 있나? 어떤가?"

"물론이죠, 죽어라 젓겠습니다." 인디언이 외쳤다.

독일인의 조롱에 일제히 맹렬한 자극을 받은 피쿼드호의 세 보트는 이제 거의 나란히 나아가기 시작했고, 그런 상태로 곧 고래에게 가까워졌다. 사냥감이 가까워지자 세 항해사는 보트 지휘자다운 훌륭하고 느긋하고 정중한 태도로 위풍당당하게 일어서서는, 선미 쪽 노잡이의 힘을 북돋워주기 위해 이따금 큰 소리로 외쳐대곤 했다. "저기 보트가 간다! 물푸레나무 노로 바람을 갈라라! 독일 놈을 타도하자! 저놈을 앞지르자!"

하지만 데리크가 워낙 빨리 출발했기 때문에, 우리가 아무리 용맹을 발휘해도 그가 이 경주에서 승리하리라는 것은 무척이나 확실해 보였다. 그런데 그에게 공정한 심판이 내려져서, 보트 가운데에 앉은 노잡이의 노가 물속에서 게에게 붙들린 듯 꼼짝도 하지 않게 되었다. 이 어설픈 풋내기가 노를 빼내려고 애쓰는 바람에 데리크의 보트는 뒤집힐 뻔했고, 그래서 데리크는 노발대발하며 선원들에게 우레 같은 욕설을 퍼부어댔다. 이때야말로 스타벅과 스터브와 플래스크에게는 절호의 기회였다. 그들은 소리를 지르며 죽을힘을 다해 전진했고, 비스듬하게나마 독일인의 보트와 나란히 서게 되었다. 그리하여 다음 순간, 네 척의 보트는 고래가 막 지나간 흔적 속으로 비스듬히 들어갔고, 고래가 일으킨 물거품 파도가 그들의 양쪽으로 뻗어나갔다.

무시무시하고도 더없이 비참한 광기어린 광경이었다. 이제 고래는 머리를 내민 채 고통어린 물줄기를 계속해서 제 앞으로 뿜어댔고, 극도의 두려움에 사로잡힌 나머지 가련한 한쪽 지느러미로 옆구리를 쳐대고 있었다. 고래는 이리 흔들렸다 저리 흔들렸다 하면서 불규칙적인 동선으로 도망치는 와중에, 자신이 일으킨 파도에 부딪혀 발작적으로 물속에 가라앉거나 옆으로 기울어져 지느러미 하나를 허공에 파닥거리기도 했다. 날개가 부러진 새가 해적 같은 매떼에게서 벗어나고자 겁에 질린 채 공중을 엉망으로 선회하며 부질없이 발버둥치는 모습을 보는 듯했다. 그래도 새는 목소리를 낼 수 있기에 애처로운 울음으로 두려움을 알릴 수 있지만, 이 거대한 벙어리 바다짐승의 두려움은 그 육신 안에 쇠사슬로 꽁꽁 묶인 채 마법의 주문으로 결박되어 있다. 고래는 분수공에서 뿜어져나오는 목이 메는 듯한 숨소리 말고는 그 어떤 소리도 내지 못했고, 이는 보는 이로 하여금 이루 말할 수 없을 만큼 측은한 마음이 들게 했다. 그래도 고래의 놀라운 덩치, 내리닫이 쇠살문 같은 턱, 전능한 꼬리는 그에게 그러한 동정심을 품은 더없이 강인한 선원들의 간담을 서늘케 하기에 충분했다.

조만간 피쿼드호의 보트들에게 선두를 빼앗기리란 걸 안 데리크는, 사냥감을 잃게 되느니 차라리 마지막 기회가 영영 사라져버리기 전에 자신이 보기에도 너무 예외적일 만큼의 먼 거리에서 작살을 던지는 모험에 도전해보기로 했다.

하지만 그의 작살잡이가 작살을 던지려고 자리에서 일어나기 무섭게 세 호랑이 모두—퀴퀘그, 타시테고, 다구—가 본능적으로 자리에서 벌떡 일어나 비스듬히 열을 지어 동시에 작살 끝을 겨누었다. 그리고 독일인 작살잡이의 머리 위로 날아간 낸터킷의 세 작살은 고래의 몸에 박혔다. 눈부신 물거품과 새하얀 불꽃! 별안간 격분한 고래가 무턱대고 돌진하는 바람에 세 척의 보트는 독일인 보트의 측면을 쾅 하고 들이받았고, 그리하여 데리크와 당황한 작살잡이는 바닷속으로 빠져버렸다. 그 위를 세 척의 보트가 나는 듯이 지나쳐 갔다.

"겁내지 마, 버터상자[356]들아." 그 옆을 쏜살같이 지나가던 스터브가 그들을 힐끗 쳐다보며 외쳤다. "누가 곧 건져줄 거야. 괜찮다고. 뒤에서 상어 몇 마리를 봤거든. 그러니까 그 세인트버나드 개떼들 말이지. 그들은 수난에 빠진 여행자들을 구해주니까. 만세! 바로 이런 게 항해지. 보트들이 모두 햇살처럼 내달리는구나! 만세! 미친 퓨마 꼬리에 매달린 세 개의 양철 주전자처럼 흔들리며 우리가 간다! 꼭 코끼리에 지붕 없는 이륜마차를 매달고 평원을 달리는 기분이로군. 그렇게 묶으면 바큇살이 아주 핑글핑글 돌아간단 말이지. 언덕에 냅다 처박으면 밖으로 튕겨나갈 위험도 있지만. 만세! 바다의 악령 데이비 존스를 만나러 갈 때가 꼭 이런 기분이겠군. 끝없는 경사면 아래로 돌진하는 기분! 만세! 이 고래는 영원히 변치 않는 우편물이라도 실어나르는 모양이야!"

하지만 괴물의 질주는 그리 길지 않았다. 고래는 갑자기 숨을 헐떡이더니 요란한 소리와 함께 물속으로 가라앉아버렸다. 세 개의 포경 밧줄은 귀에 거슬리는 소리와 함께 밧줄 기둥에 홈이 깊게 파일 만큼 강력한 힘으로 기둥에서 맹렬히 풀려나갔다. 한편 이처럼 재빠른 잠수에 밧줄을 금방 다 써버리지나 않을까 심히 염려한 작살잡이들은 자신들이 가진 솜씨와 힘을 모조리 발휘해서 몸에 땀이 나도록 교대로 돌아가며 기둥에 밧줄을 붙들어맸다. 그러다 마침내—보트 세 척의 납으로 된 밧줄걸이에서 수직으로 잡아당겨진 밧줄 세 개가 곧장 바다 아래로 끌려내려갔으므로—뱃머리가 거의 수면과 맞닿았고, 선미는 공중으로 높이 솟아올랐다. 고래는 곧 잠수를 멈췄고, 그들은 밧줄을 더 쓰게 되지는 않을까 염려하며 비록 불안정하기는 해도 한동안 그 자세를 유지했다. 물론 이런 식으로 있다가는 보트가 물속으로 끌려들어가 침몰하기도 하지만, '버티기'라고 불리는 이러한 작업, 예리한 작살 촉을 살아 있는 고래의 등에 박아넣은 채로 버티는 이 작업이야말로 고통에 빠진 녀석을 머지않아 수면 위로 끌어올려 날카로운 창 맛을 보게 해줄 방법이 되기도 하는 것이다. 하지만 이 작업에 따르는 위험은 논외로 치더라도, 이러한 방법이 늘 최선인가에 대해서는 의문의 여지가 있다. 왜냐하면 작살을 맞은 고래가 물 아래서 오래 머물면 머물수록 더욱 기진맥진하리라고 생각하는 게 상식에 부합하기 때문이다. 아닌 게 아니라, 고래는 표면적이 거대하기 때문에—다 자란 향유고래의 표면적은 2000제곱피트에 육박한다—고래가 받는 수압 또한 엄청나다. 우리가 얼마나 높은 기압을 견디며 꿋꿋이 서 있는지는 다들 잘 알고 있을 것이다. 심지어 공기로 가득한 이곳 지상에서도 그러할진대, 등에 200패덤이나 되는 물기둥을 짊어진 고래의 부담은 얼마나 무지막지하겠는가! 적어도 50기압에 맞먹을 것이 분명하다. 어느 고래잡이가 계산해본 바에 따르면, 그것은 대포와 식량과 선원을 모두 실은 전함 스무 척의 무게와 엇비슷하다고 한다.

그렇게 보트 세 척이 부드럽게 물결치는 바다 위에서 영원토록 새파란 정오의 바다를 내려다보고 있었을 때, 바닷속에서는 신음소리나 울음소리는커녕 잔물결이나 물거품 하나조차 올라오지 않았다. 그러니 그토록 고요하고 평온한 바다 밑에서 바다 최강의 괴물이 고통에 몸부림치며 아파하고 있으리라고는 그 어떤 육지 사람도 상상할 수 없었을 것이다! 수직으로 끌려내려간 밧줄은 뱃머리에서 8인치도 보이지 않았다. 그토록 가느다란 밧줄 세 개에 거대한 리바이어던이 여드레에 한 번씩 태엽을 감아주는 시계의 무거운 추처럼 매달려 있다니 다들 퍽이나 믿겠다. 매달려 있다고? 무엇에? 널빤지 석 장에. 이것이 한때 "너는 그 살가죽에 창을, 머리에 작살을 꽂을 수 있느냐? 칼로 찔러보아도 박히지 않고 창이나 표창, 화살 따위로도 어림없다. 쇠를 지푸라기인 양 부러뜨리고 청동을 썩은 나무인 양 뭉개버린다. 아무리 활을 쏘아도 달아날 생각도 하지 않고 팔맷돌은 마치 바람에 날리는 겨와 같구나. 몽둥이는 검불처럼 여기며 절렁절렁 소리 내며 날아드는 표창 따위에는 코웃음 친다!"[357]라며 그토록 의기양양하게 말해진 그 생물이 맞단 말인가? 이게 그 생물이라고? 이게? 오오! 한 예언자의 말이 또 빗나가고 마는구나. 꼬리에 허벅지 천 개의 힘을 지닌 리바이어던이 피쿼드호의 물고기 작살을 피해 산더미 같은 바닷속에 머리를 처박아버렸으니 말이다!

기울어가는 오후 햇살 속에서 세 척의 보트가 수면 아래로 드리운 그림자는 크세르크세스의 군대 반을 가리기에 충분할 만큼 길쭉하고 넓었을 것이다. 머리 위를 스쳐지나가는 그토록 거대한 환영이 상처 입은 고래의 간담을 얼마나 서늘하게 했을지 과연 그 누가 알겠는가!

"다들 준비해, 놈이 꿈틀댄다." 밧줄 세 개가 갑자기 물속에서 진동하며 자성을 띤 철사처럼 생사의 기로에 선 고래의 맥박을 물위로 분명히 전해주자 스타벅이 이렇게 외쳤다. 자리에 앉아 있던 노잡이들도 모두 그것을 느낄 수 있었다. 다음 순간, 뱃머리에서 아래로 끌어당기는 힘에서 거의 해방된 보트들이 갑자기 물위로 튀어올랐는데, 그것은 북극곰 무리가 겁을 집어먹고 일제히 바닷속으로 뛰어들면 곰들이 딛고 있었던 작은 빙원이 물위로 튀어오르는 광경과도 같았다.

"당겨라! 당겨!" 스타벅이 다시 소리쳤다. "놈이 올라온다."

조금 전까지만 해도 손바닥 너비만큼도 끌어당길 수 없었던 밧줄이 이제는 재빨리 긴 타래로 감겨 물을 뚝뚝 흘리면서 보트 안으로 회수됐고, 이윽고 고래는 추격자들로부터 배 두 척 정도 떨어진 지점에서 물위로 떠올랐다.

고래의 동작에서 고래가 완전히 탈진했다는 사실을 분명히 알 수 있었다. 대부분의 육지 동물들에게는 혈관 여러 곳에 판막이나 수문이 있어서 상처를 입었을 때 적어도 어느 정도까지는 혈액이 이곳저곳에서 즉각적으로 차단된다. 고래의 경우는 그렇지 못하다. 혈관 전체가 판막이 없는 구조로 되어 있는 것도 고래의 특징 가운데 하나여서, 작살 촉처럼 작고 뾰족한 것에 찔리기만 해도 전체 동맥계에서 즉시 치명적인 출혈이 시작되고, 수면 아래 깊은 곳에서 대단히 높은 수압에 짓눌려 출혈이 더욱 심해지면 고래의 생명이 몸에서 쉴새없이 줄줄 빠져나가게 된다고도 말할 수 있다. 하지만 고래의 몸속에 든 피의 양이 어마어마하게 많고 몸속의 샘도 여기저기 멀리 떨어진 곳에 수없이 많이 존재하기 때문에 상당히 오랫동안 계속 피를 흘려대는 것이다. 아득히 멀고 알려지지도 않은 산속에 수원을 둔 강이 가물었을 때도 계속해서 흐르는 것처럼 말이다. 지금도 보트들이 고래에게 바싹 다가가 녀석이 머리 위로 휘둘러대는 꼬리에 맞을 위험을 무릅쓰고 창을 던지자, 새로 생긴 상처에서 핏줄기가 연이어 뿜어져나왔다. 반면에 원래부터 머리에 있던 분수공에서는 빠르긴 하지만 아주 가끔씩 공포에 질린 물줄기가 뿜어져나올 뿐이었다. 이 마지막 환기구에서 피가 나오지 않는 것은 여태껏 급소를 찔리지 않았기 때문이다. 흔히 고래잡이들이 의미심장하게 말하듯, 고래의 목숨에는 아직 손을 대지 못한 것이다.

보트들이 고래를 더욱 가까이서 에워싸자 평소에는 대부분 물속에 잠겨 있던 고래 몸의 윗부분 전체가 그 모습을 분명히 드러냈다. 고래의 눈, 아니 그보다는 고래의 눈이 있었던 자리도 보였다. 더없이 고결한 떡갈나무도 바닥에 쓰러지고 나면 그 옹이구멍에 이상하게 자라난 덩어리들이 뭉치듯, 한때 고래의 눈이 있던 곳에는 이제 앞을 보지 못하게 된 안구만이 끔찍하고도 안쓰러운 모습으로 튀어나와 있었다. 하지만 동정의 여지는 없었다. 나이도 많고 팔도 하나이고 눈도 멀었지만, 녀석은 인간들의 즐거운 결혼식과 또다른 떠들썩한 축제를 밝혀주기 위해, 또한 그 누구도 다른 누구에게 절대 해를 입혀서는 안 된다고 설교하는 엄숙한 교회를 환히 비추기 위해 처형당하고 살해당해야만 했다. 여전히 자신이 흘린 핏물 속에서 뒹굴던 고래는 마침내 옆구리 훨씬 아래쪽에 있는 기이하게 변색된 1부셸[358] 정도의 혹 또는 돌기를 일부 드러냈다.

"딱 좋은 위치군." 플래스크가 외쳤다. "저길 한번 찔러볼게."

"멈춰!" 스타벅이 외쳤다. "그럴 필요까진 없잖아!"

하지만 자비로운 스타벅은 한발 늦었다. 창을 던진 순간, 그 무참한 상처에서는 피고름이 뿜어져나왔고, 더는 견딜 수 없는 고통에 미쳐버린 고래는 분수공에서 걸쭉한 피를 뿜어내며 보트를 향해 막무가내로 돌진해 기고만장한 선원들에게 제 피를 소나기처럼 퍼부어댔으며, 플래스크의 보트를 뒤집고 뱃머리를 망가뜨려놓았다. 그것은 녀석이 가한 죽음의 일격이었다. 이때쯤 출혈로 인해 완전히 지쳐버린 고래는 자신이 파괴한 배로부터 속절없이 몸을 굴려 모로 누운 채 헐떡이고 밑동만 남은 지느러미를 힘없이 퍼덕이더니, 마지막 날이 가까워진 지구처럼 계속해서 천천히 돌고 돌다가 비밀인 양 꽉꽉 감추던 흰 배를 드러내고는 통나무처럼 누운 채로 죽어버렸다. 무엇보다 딱했던 것은 고래가 숨을 거두며 마지막으로 뿜어낸 물기둥이었다. 보이지 않는 힘에 의해 몸속 어딘가에 있을 거대한 샘의 물이 서서히 빠져나갔고, 반쯤 숨이 틀어막힌 듯 우울하게 꾸르륵대는 소리와 함께 물기둥은 점점 그 높이가 낮아지는가 싶더니 마침내 완전히 잦아들었다. 고래가 죽어가면서 마지막으로 길게 내뿜은 물기둥은 그렇게 끝이 났다.

선원들이 모선이 도착하길 기다리는 동안, 고래의 사체는 이윽고 아직 강탈되지 않은 보물들을 몸안에 품은 채 물속에 가라앉으려는 징후를 내비쳤다. 스타벅의 명령에 따라 즉시 여러 다른 위치에서 고래의 사체에 밧줄이 감겼고, 머지않아 보트들은 모조리 다 부표가 되어버렸다. 가라앉은 고래는 밧줄에 매달려 보트들로부터 불과 몇 인치 아래에 떠 있었다. 가까이 다가온 모선은 고래를 매우 조심스럽게 뱃전으로 옮겼고, 가장 강력한 쇠사슬로 그 꼬리를 뱃전에 단단히 매어두었는데, 그렇게 인위적으로 붙들어 매어두지 않으면 사체가 당장에라도 바다 밑바닥으로 가라앉을 게 뻔했기 때문이다.

고래를 삽으로 막 자르기 시작하자마자 앞에서 말한 혹의 아래쪽 부위에 통째로 박혀 있던 작살 하나가 모습을 드러냈다. 물론 포획된 고래의 사체에서 작살의 밑동이 발견되는 건 흔히 있는 일이지만, 그 주변의 살은 완전히 아물어 있어서 작살이 박혔던 위치를 알려주는 흔적은 전혀 눈에 띄지 않기 마련이다. 따라서 이번 경우에는 앞서 언급한 궤양의 존재를 충분히 해명해줄 뭔가 알 수 없는 원인이 있을 게 틀림없었다. 하지만 더욱 기이한 것은 작살이 파묻혀 있던 곳으로부터 그리 멀리 떨어지지 않은 곳에서 돌로 된 창촉이 발견됐으며, 그 주위의 살이 완전히 단단하게 아물어 있었다는 사실이다. 그 돌로 된 창을 던진 자는 누구였을까? 언젯적 일이었을까? 아메리카대륙이 발견되기 한참 전에 어느 북서부의 인디언이 던진 것일지도 모른다.

이 괴물같이 거대한 캐비닛 안을 계속 뒤졌더라면 또 어떤 놀라운 것이 튀어나왔을지는 아무도 모른다. 하지만 고래 몸뚱이가 점점 더 깊이 가라앉는 경향을 보여 배가 전례없이 옆으로 크게 기울어졌기에 발굴 작업은 거기서 돌연 중단되었다. 그러나 작업을 지휘하던 스타벅은 끝까지 고래에게 매달려 있었다. 어찌나 단호히 매달려 있었던지, 만일 고래를 부둥켜안고 있겠노라고 계속 고집을 부렸다면 결국 배가 뒤집히고 말았을지도 모른다. 그래서 고래를 그냥 떨어뜨려버리라는 명령이 떨어졌지만, 고래 꼬리용 쇠사슬과 밧줄이 늑재 끄트머리에 단단히 고정된 채 꿈쩍도 하지 않았기 때문에 그것들을 풀 수가 없었다. 그러는 동안 피쿼드호에 있던 모든 것은 비스듬히 기울어졌다. 갑판 반대편으로 건너가는 일이 가파른 박공지붕 위를 걸어올라가는 일이나 다름없었다. 배는 신음하며 헐떡였다. 뱃전과 선실에 박혀 있던 고래뼈 장식들은 비정상적인 지각변동으로 인해 제자리를 이탈했다. 움직일 생각을 않는 고래꼬리용 쇠사슬을 늑재의 끄트머리에서 떼어내기 위해 나무지렛대와 쇠지렛대를 가져와 작업해봐도 헛일이었다. 이제 고래는 너무 깊이 가라앉아서 물속에 가려진 끝부분으로는 아예 접근할 수 없었고, 점점 더 아래로 가라앉아가는 사체에는 시시각각 몇 톤이나 되는 무게가 더해지는 것 같았으므로 금방이라도 배가 뒤집힐 듯했다.

"기다려, 좀 기다려주면 안 되겠니?" 스터브가 고래의 사체에게 소리쳤다. "그렇게 서둘러 가라앉을 건 없잖아! 이런 망할, 다들 사생결단의 심정으로 무슨 수를 내야만 해. 이봐 거기, 지렛대는 소용없어. 나무지렛대는 됐고, 누가 뛰어가서 기도서랑 펜나이프를 들고 와서 저 커다란 쇠사슬을 끊어버리라고."

"나이프? 그래, 그래." 퀴퀘그가 이렇게 외치더니 육중한 목수용 손도끼를 움켜쥐고는 현창 밖으로 몸을 내밀어 강철은 쇠로 상대해줘야 한다는 듯이 가장 커다란 쇠사슬을 찍어내기 시작했다. 하지만 불꽃을 가득 튀기며 몇 번 내리치자, 나머지 일은 쇠사슬에 가해진 엄청난 힘에 의해 저절로 해결되었다. 툭 하고 끊어지는 커다란 소리와 함께 모든 결박은 사라졌다. 배는 다시 똑바로 섰고, 사체는 가라앉았다.

그런데 죽은 지 얼마 안 되는 향유고래가 간혹 이처럼 손쓸 길 없이 가라앉아버리는 것은 매우 기이한 일이며, 이에 대해서는 어떤 고래잡이도 아직 충분한 설명을 내놓지 못하고 있다. 보통 죽은 향유고래는 큰 부력과 함께 물위에 뜨며, 옆구리나 배는 수면 위로 상당 부분 솟아오르게 된다. 이처럼 가라앉아버린 고래가 전부 늙고 빈약하고 상심한 녀석들이며, 내부의 지방이 감소했고 뼈가 온통 묵직해져서 류머티즘성관절염에 시달리는 녀석들이라고 한다면, 고래가 그렇게 가라앉는 이유가 몸속에 부력을 제공하는 물질이 사라진 탓에 비중이 이례적으로 커져버렸기 때문이라고 주장할 수도 있겠다. 하지만 실상은 그렇지가 못하다. 최고로 건강하며 숭고한 열망으로 가득차서 원기왕성한 인생의 5월을 즐기다 때 이른 죽임을 당한 젊은 고래들, 한창 기름질 시기의 이 건장하고 방방 뜨는 영웅들도 때로는 가라앉는 일이 발생하곤 한다.

그렇기는 해도 향유고래의 경우는 다른 종들보다 이런 사고가 일어날 확률이 훨씬 적다. 향유고래가 한 마리 가라앉을 때 참고래는 스무 마리가 가라앉는다. 종에 따른 이러한 차이는 참고래의 몸안에 훨씬 많은 양의 뼈가 존재한다는 사실에 적잖이 기인하고 있음이 분명하다. 참고래의 베니션블라인드만 해도 그 무게가 때로는 1톤을 넘어가곤 하는데, 향유고래는 이런 걸리적거리는 것을 전혀 가지고 있지 않다. 하지만 고래가 가라앉은 지 몇 시간이나 며칠이 지난 뒤에 살아 있을 때보다 더 강력한 부력으로 다시 떠오르는 경우도 있다. 물론 그 이유는 명백하다. 몸안에서 생성된 가스 때문에 몸집이 거대하게 부풀어올라 일종의 동물 풍선이 되기 때문이다. 그렇게 되면 군함으로도 녀석을 눌러버릴 수 없다. 뉴질랜드만의 얕은 연안에서 벌이는 고래잡이의 경우, 고래잡이들은 참고래가 가라앉을 듯한 낌새를 보이면 고래의 몸에 긴 밧줄이 달린 부표를 매달아둔다. 그러면 사체가 가라앉았다가 다시 위로 솟아오를 때 어디서 찾아야 할지 알 수 있기 때문이다.

고래 사체가 가라앉은 지 얼마 되지 않아 피쿼드호의 돛대 꼭대기에서 융프라우호가 다시금 보트를 내린다는 외침이 들려왔다. 그때 눈에 들어온 물기둥이라고는 긴수염고래의 물기둥뿐이었는데, 이 고래는 믿기 힘들 만큼의 뛰어난 수영 실력 때문에 포획이 불가능한 종에 속했다. 하지만 긴수염고래의 물기둥은 향유고래의 물기둥과 굉장히 비슷해서 미숙한 고래잡이들은 종종 이 둘을 혼동하곤 한다. 그리하여 데리크와 그의 부하들은 절대 가까이 다가갈 수 없는 이 짐승을 용감하게 뒤쫓고 있었다. 처녀는 돛을 전부 올린 채로 네 척의 미숙한 보트를 내려 고래를 추격했고, 그렇게 여전히 용감하고 희망찬 추격을 이어나가며 저멀리 바람 불어가는 쪽을 향해 다들 사라져갔다.

아아! 나의 친구여, 세상에는 긴수염고래도 많고, 데리크 같은 사람도 많다네.

82장
포경업의 명예와 영광

주도면밀한 무질서를 신조로 삼는 사업도 있다.

고래잡이라는 문제에 뛰어들어 그 원천에 대한 연구를 거듭해나가면 나갈수록 포경업의 위대한 영광과 유구한 전통에 더욱 깊은 감명을 받게 된다. 특히 그토록 많은 위대한 반신半神들과 영웅들, 그리고 온갖 예언자들이 어떤 식으로든 포경업에 영예를 부여했다는 것을 알게 될 때, 비록 하찮은 존재일지언정 나 자신이 그처럼 찬란한 모임에 속해 있다는 생각에 황홀경에 빠지게 된다.

제우스의 아들인 용맹한 페르세우스는 최초의 고래잡이였다. 그리고 우리 직업의 영원한 명예를 위해 말해두건대, 우리의 동료에게 공격을 받은 첫번째 고래가 죽임을 당한 것은 어떤 더러운 목적 때문이 아니었다. 우리의 직업이 기사다운 위엄을 갖추고 있던 그 시절, 우리는 오직 고통받는 자들을 구해주기 위해 무기를 뽑아들었을 뿐, 인간들의 등불에 기름을 채워주기 위해 무기를 뽑아들지 않았다. 페르세우스와 안드로메다에 얽힌 멋진 일화는 누구나 다 아는 이야기다. 해안의 바위에 묶여 있던 아름다운 안드로메다 공주를 리바이어던이 데려가려던 찰나, 고래잡이들의 왕자인 페르세우스가 대담하게 다가가 괴물에게 작살을 꽂고는 그 처녀를 구해내서 결혼까지 하게 되었다는 이야기 말이다. 이 리바이어던이 일격에 죽임을 당했다는 점에서, 이는 요즘 시대 최고의 작살잡이들도 좀처럼 이루기 힘든 뛰어난 예술적 위업이었다고 할 수 있겠다. 그리고 누구도 아르키족[359]의 이 이야기를 의심해서는 안 된다. 시리아 해안에 위치한 고대의 요빠, 즉 오늘날의 야파[360]에 있는 이교도 사원에는 수세기 동안 거대한 고래의 뼈대가 세워져 있었는데, 도시의 전설과 모든 도시 주민은 그 뼈대가 페르세우스가 죽인 괴물의 뼈대라고 주장했다. 로마인들이 요빠를 점령했을 때 그 뼈대는 전리품으로서 이탈리아로 운반되었다. 이 이야기에 담긴 가장 특이하면서도 암시적으로 중요한 점은 바로 이것이다. 즉 요나가 출항했던 곳이 바로 요빠였다는 사실 말이다.

페르세우스와 안드로메다의 모험과 유사한 것—실제로 혹자들이 이 이야기에서 간접적으로 유래했으리라고 여기기도 하는 것—으로는 저 유명한 성 게오르기우스와 용 이야기가 있다. 나는 여기에 등장하는 용이 고래였을 거라고 생각하는데, 수많은 옛 연대기에서는 고래와 용이 이상하리만치 뒤죽박죽된 채로 종종 동일시되기도 했기 때문이다. "그대는 물속의 사자요, 바다의 용이다"라고 에제키엘[361]은 말했는데, 여기서 이는 명백히 고래를 의미한다. 실제로 성경의 몇몇 다른 판본에서는 고래라는 단어가 사용되기도 했다. 그뿐만 아니라 성 게오르기우스가 심해의 거대한 괴물과 싸움을 벌인 게 아니라 땅위를 기어다니는 파충류와 맞닥뜨렸을 뿐이라고 한다면, 그 위업의 영광은 상당 부분 축소되고 말 것이다. 뱀 한 마리 따위는 누구든지 죽일 수 있지만, 당당히 고래 앞에 나설 수 있는 용기를 지닌 이들은 페르세우스, 성 게오르기우스, 코핀[362]이 전부다.

이 장면을 그린 근대 회화에 현혹되지 않도록 하자. 그 그림들에서는 저 용맹한 옛 고래잡이가 맞닥뜨린 생명체가 막연하게나마 그리핀[363]을 닮은 듯한 모습으로 그려져 있고, 싸움은 육지에서 벌어진 것으로, 또 성자는 말을 탄 모습으로 그려져 있다. 하지만 그때는 무지가 만연했던 시대여서 화가들이 진짜 고래의 모습을 알지 못했고, 페르세우스의 경우와 마찬가지로 성 게오르기우스와 싸운 고래도 바다에서 해변으로 기어올라왔을지도 모를 일이며, 성 게오르기우스가 없앤 동물은 어쩌면 커다란 바다표범이거나 해마였을지도 모를 일이다. 그러므로 이 모든 사실을 감안했을 때, 용이라고 불리는 이 동물이 실은 거대한 리바이어던이라고 주장하더라도 신성한 전설이나 그 장면을 그린 오래된 그림들과 전적으로 모순을 일으킬 것 같지는 않다. 사실 엄격하고도 예리한 진실의 잣대를 들이대보면, 이 이야기의 전말은 물고기와 짐승과 새의 모습을 한 필리스티아 사람들의 우상, 즉 '다곤'[364]이라는 이름의 신 이야기와 닮은 구석이 있다. 다곤은 이스라엘에서 가져온 계약의 궤[365]를 옆에 두자 그 말대가리와 양 손바닥이 떨어져나가고 오직 물고기를 닮은 하반신만 남았다고 하지 않는가. 그렇다면 우리의 고귀한 대표자 중 하나는 고래잡이이면서 영국의 수호성인인 셈이고, 우리네 낸터킷의 작살잡이들은 더없이 고귀한 성 게오르기우스의 기사단에 이름을 올릴 충분한 권리를 지니는 것이다. 그러니 그 영광스러운 가터 훈장을 받은 기사들(감히 말하건대, 이들 중 그 누구도 자신들의 위대한 수호자처럼 고래와 상대해본 일은 없다)이 낸터킷 사람에게 경멸의 눈길을 보내도록 놔두진 말자. 우리가 모직으로 된 작업복과 타르로 범벅이 된 바지를 입고 있으나 그들보다 훨씬 더 성 게오르기우스의 훈장을 받을 만한 자격이 충분하기 때문이다.

헤라클레스를 우리 무리 안에 끼워줘야 할지 말아야 할지 오랫동안 망설여왔다. 그리스신화에 따르면, 고대의 크로켓이나 키트 카슨[366]이라고 할 법한 그 선행을 일삼는 건장한 행동가는 고래에게 삼켜졌다가 토해내졌다고 하는데, 엄밀히 그러한 사실만 가지고 그를 고래잡이로 부를 수 있을지는 이론의 여지가 있다. 그가 실제로 그 고래에게 작살을 던졌다는 이야기는 그 어디에도 등장하지 않는다. 고래 뱃속에서 그랬을지도 모를 일이긴 하지만. 그렇기는 해도 그는 자신도 모르는 사이에 일종의 고래잡이가 되었다고 해야 할 것이다. 어쨌거나 그가 고래를 잡진 않았어도 고래가 그를 잡지 않았나. 나는 그가 우리 고래잡이 무리의 일원이라고 주장하는 바이다.

하지만 최고 권위자들의 상반되는 주장에 따르면, 그리스신화에 나오는 헤라클레스와 고래의 이야기는 그보다 훨씬 더 오래된 히브리의 요나와 고래 이야기에서 유래했거나, 혹은 반대로 후자가 전자에서 유래했다고 한다. 이 둘이 매우 유사한 것은 분명 사실이다. 내가 반신 헤라클레스를 우리의 일원으로 받아들인다면, 예언자 요나 또한 그러지 않을 이유가 어디 있겠나?

우리 기사단의 명단에 영웅, 성자, 반신, 예언자만 그 이름을 올린 것은 아니다. 우리 기사단의 단장 이름은 아직 언급되지도 않았다. 고대의 위풍당당한 왕들과 마찬가지로, 우리의 계보를 거슬러올라가면 거기에는 위대한 신들이 자리하고 있기 때문이다. 이제 힌두교의 삼신 가운데 하나인 무시무시한 비슈누의 이야기를 담고 있으며, 이 신성한 비슈누야말로 우리의 하느님이라고 말하는 샤스트라[367]에 실린 동양의 경이로운 이야기를 암송해보도록 하자. 열 가지 화신의 모습으로 세상에 등장한다고 알려진 비슈누는, 가장 첫번째로 고래를 영원히 특별한 존재로서 성별聖別했다. 샤스트라에 따르면, 신 중의 신인 브라흐마께서 세상의 주기적인 해체가 일어난 후에 세상을 재창조하려 결심했을 때 비슈누를 낳아 그 일을 주재하도록 명했다고 한다. 하지만 비슈누는 창조를 시작하기 전에 『베다』라는 신비로운 경전을 반드시 정독해야만 했던 것 같고, 이로 미루어보아 그 경전에는 젊은 조물주들을 위한 가르침이 실용적인 암시의 형태로 실려 있었음이 틀림없다. 어쨌거나 『베다』는 바다 밑바닥에 놓여 있었고, 그래서 비슈누는 고래로 변해 가장 깊은 곳까지 잠수해 내려가 그 신성한 경전을 건져 왔다. 그러니 비슈누는 고래잡이whaleman가 아니었을까? 말을 타는 사람이 기수horseman라고 불리는 것처럼?

페르세우스, 성 게오르기우스, 헤라클레스, 요나, 그리고 비슈누! 이것이 바로 우리의 회원 명부다! 고래잡이 클럽 말고 또 어떤 클럽이 이런 우두머리들을 자랑할 수 있겠는가?

83장

역사적으로 고찰해본 요나

앞 장에서 요나와 고래에 대한 역사적 이야기를 언급한 바 있다. 오늘날 몇몇 낸터킷 사람들은 요나와 고래에 대한 이 역사적 이야기를 불신하는 경향이 있다. 하지만 옛날 그리스와 로마에도 당시의 정통파였던 이교도의 입장에서 벗어나 헤라클레스와 고래 이야기, 아리온과 돌고래 이야기[368]를 모두 의심하는 몇몇 회의적인 사람들이 있었는데, 그럼에도 그들의 의심은 그 전설들이 지닌 사실로서의 힘을 조금도 훼손하지 못했다.

새그항의 어느 늙은 고래잡이가 히브리 이야기에 의문을 제기했던 주된 이유는 다음과 같다. 그에게는 기이하고 비과학적인 삽화로 장식된 진기하고 고풍스러운 성경이 한 권 있었는데, 그 삽화 중 하나에는 요나의 고래가 머리에서 두 줄기의 물기둥을 뿜어내는 모습이 담겨 있었다. 이는 어느 특정한 종의 리바이어던(참고래와 다른 여러 참고랫과 고래)만이 가지고 있는 특성인데, 이 종은 고래잡이들이 '1페니짜리 롤빵 하나만 삼켜도 목이 막힐 것'이라고 말할 정도로 목구멍이 작다. 하지만 제브 주교[369]는 이러한 반론을 예측하고 그에 대한 답을 미리 마련해두었다. 주교는 요나가 반드시 고래 뱃속에 매장됐다고 생각할 필요는 없으며, 고래의 입안 어딘가에 임시로 머물렀다고 생각하면 된다고 넌지시 말한다. 그리고 이는 훌륭한 주교가 가질 만한 충분히 합리적인 의견으로 보인다. 사실 참고래의 입안은 트럼프 테이블 두 개를 놓고 카드놀이를 하는 사람 모두를 편안히 앉힐 수 있을 만큼 충분히 넓다. 물론 요나는 충치에 난 구멍 안에 안락하게 앉아 있었을 수도 있다. 그런데 다시 생각해보니 참고래에게는 이빨이 없다.

새그항(그 늙은 고래잡이는 이 이름으로 통했다)이 예언자의 이 이야기를 믿지 못하겠다고 주장한 또다른 이유는 고래 안에 감금된 요나의 몸과 고래의 위액 문제와 어렴풋이 관련을 맺고 있다. 하지만 이 반론 또한 실패로 돌아갈 수밖에 없는데, 왜냐하면 독일의 성경 주석가가 요나는 물위에 뜬 죽은 고래의 몸안으로 대피했던 게 분명하다고 추측하고 있기 때문이다. 러시아로 원정을 떠났던 프랑스 군인들이 죽은 말을 텐트로 삼아 그 안으로 기어들어갔던 것처럼 말이다. 게다가 유럽의 다른 성경 주석가들은 요나가 요빠의 배에서 바다로 던져졌을 때 곧장 근처에 있던 또다른 배로 도피하는 데 성공했으며, 그 배의 선수상船首像이 고래였을 거라고 추측하기도 했다. 여기에 내 의견을 덧붙이자면, 오늘날 배에 '상어' '갈매기' '독수리' 같은 이름이 붙듯이, 이 배가 '고래'라고 불렸을 수도 있다. 「요나」에 언급된 고래는 단지 구명기구—공기를 주입시킨 자루—일 뿐이며, 위험에 처한 예언자가 그 구명기구로 헤엄쳐 가 물에 빠져 죽는 비운에서 벗어났다는 주장을 펼친 박식한 성경 주석가들 또한 적지 않다. 사정이 이러하니 가엾은 새그항은 온 사방에서 두들겨맞은 것처럼 보인다. 하지만 그의 불신에는 또다른 이유가 있었다. 내 기억이 맞다면 그 이유는 이러했다. 고래는 요나를 지중해에서 삼킨 후 사흘 만에 다시 토해냈는데, 고래가 요나를 토해낸 곳에서 니느웨까지는 사흘 내로 갈 수 있는 거리여야 했다.[370] 하지만 니느웨와 가장 가까운 지중해 연안에서도 니느웨까지는 사흘이 훨씬 더 걸린다. 그것은 어째서 그런가?

하지만 고래가 예언자를 니느웨와 그렇게 가까운 곳에 내려놓을 다른 방법은 없었을까? 있었다. 고래는 요나를 데리고 희망봉을 돌았을지도 모른다. 하지만 그렇게 추정할 경우에는 지중해 전체를 다 통과하고 페르시아만과 홍해를 지나야 할 뿐만 아니라, 사흘 안에 아프리카대륙 전부를 돌고 니느웨 인근의 티그리스강도 지나야 하는데, 이 강은 고래가 헤엄치기에는 턱없이 얕다. 게다가 요나가 그토록 이른 시기에 온갖 어려움을 뚫고 희망봉을 돌았다고 한다면, 그 위대한 곶을 발견한 영예를 그 영예의 주인인 바르톨로메우 디아스[371]에게서 빼앗아야만 할 것이고, 근대사도 거짓이 되고 말 것이다.

하지만 새그항 노인네의 이 모든 어리석은 주장은 그가 이성에 대해 가진 어리석은 자만심만을 보여줄 따름이다. 또한 그가 태양과 바다로부터 주워들은 것 말고는 딱히 배운 것도 없다는 점을 감안했을 때, 이는 더욱더 비난받아 마땅하다. 그것은 그의 어리석고 불경한 자만심과 존귀한 성직자에 대한 가증스럽고 사악한 도전만을 보여줄 뿐이다. 포르투갈의 어느 가톨릭 사제는 요나가 희망봉을 돌아 니느웨로 갔다는 이 발상이 일반적인 기적을 크게 과장해서 표현한 것이라는 의견을 내놓았기 때문이다. 그리고 사실이 그랬다. 게다가 높은 수준의 교양을 지닌 터키 사람들은 지금까지도 요나의 이 역사적 이야기를 진심으로 믿고 있다. 그리고 해리스의 옛 항해기에 등장하는 약 3세기 전의 한 영국인 여행가는 요나에게 경의를 표하기 위해 지은 터키의 어느 모스크를 언급하며, 그곳에는 기름 한 방울 없이 타오르는 기적의 등잔이 있다고 말한다.

84장
창던지기

마차가 술술 빠르게 굴러가려면 바퀴의 차축에 기름을 발라주어야 한다. 같은 이유에서 몇몇 고래잡이들은 보트에 이와 유사한 작업을 행한다. 보트 밑바닥에 기름을 칠해주는 것이다. 기름과 물이 상극이며 기름이 미끄럽다는 점, 그리고 그러한 작업의 본래 목적이 보트를 미끄러지듯 내달리게 하려는 점이라는 사실을 생각했을 때, 그 작업이 전혀 해가 되지 않을 뿐더러 적잖은 이득을 안겨다줄 것이라는 데는 의심의 여지가 없다. 퀴퀘그는 보트에 기름칠을 해야 한다고 강하게 믿고 있었으므로, 독일 배 융프라우호가 자취를 감춘 지 얼마 되지 않은 어느 날 아침, 그러한 작업에 필요 이상의 수고를 들이고 있었다. 뱃전에 매달린 보트 밑바닥 아래로 기어들어가더니, 대머리처럼 윤이 나는 용골에서 짧은 머리카락 한 올도 못 자라게 하려는 듯이 거기다 부지런히 기름을 발라댔다. 그는 어떤 특별한 예감에 따라 작업을 하는 것처럼 보였다. 곧 그러한 예감이 적중했음을 알리는 사건이 벌어졌다.

정오에 즈음해서 고래들이 발견된 것이다. 하지만 배가 그쪽으로 나아가자마자 고래들은 방향을 틀어 재빨리 도망쳤다. 악티움해전에서 클레오파트라의 바지선들이 그랬던 것처럼 어지러운 도주였다.

그러거나 말거나 보트들은 고래들을 쫓았고, 스터브의 보트가 가장 선두에 섰다. 엄청난 분투 끝에 결국 타시테고는 창을 하나 박아넣는 데 성공했다. 하지만 창을 맞은 고래는 전혀 물속으로 들어갈 생각을 하지 않고 한층 더 속력을 내며 수평으로 헤엄치면서 도주를 이어나갔다. 박힌 창에 그처럼 끊임없이 압박이 가해지면 창은 머지않아 뽑혀버릴 게 뻔했다. 그럴 때는 재빨리 달아나는 고래에게 또다시 창을 던지거나 녀석을 기꺼이 놓아주는 수밖에 없었다. 하지만 무척이나 빠르고 맹렬히 헤엄쳐대는 고래의 옆구리에 보트를 갖다대기란 불가능한 일이었다. 그렇다면 남은 방법은 무엇일까?

노련한 고래잡이가 너무나도 자주 선보이게 되는 경이로운 책략과 솜씨, 날랜 손재주와 무수한 절묘함 가운데서 창으로 벌이는 멋진 묘기, 즉 '창던지기'를 능가하는 것은 아무것도 없다. 찌르는 칼이나 날이 넓은 칼을 아무리 잘 사용해봤자 창던지기에는 비할 바가 못 된다. 창던지기는 강한 집념을 가지고 달아나는 고래를 쫓을 때 꼭 필요한 기술이다. 창던지기의 가장 큰 특징으로는 무서운 속도로 달리느라 심하게 흔들리고 덜컹이는 보트에서도 아주 먼 거리를 향해 긴 창을 정확하게 던질 수 있다는 점을 꼽을 수 있다. 강철과 목재 부분을 합친 창의 총길이는 10에서 12피트 정도에 이른다. 창의 자루는 작살의 자루보다 가늘고, 또한 보다 가벼운 재료인 소나무로 만들어져 있다. 창 자루에는 '예인 밧줄'이라고 불리는 상당히 길고 가는 밧줄이 달려 있어, 던지고 난 후에 끌어당겨 회수할 수 있다.

하지만 이야기를 더 풀어나가기에 앞서 여기서 중요하게 언급해둘 것이 있다. 작살도 창던지기 방식으로 던질 수 있지만 그렇게 하는 일은 극히 드물다는 점이다. 또 그렇게 한다 하더라도 작살은 창에 비해 무게도 많이 나가고 길이도 짧기 때문에, 이런 요인이 사실상 심각한 결점으로 작용해 성공률이 훨씬 더 낮아진다. 따라서 일반적으로 작살이 됐든 창이 됐든 그걸로 창던지기를 시도하려면 우선은 고래에게 바싹 달라붙어야만 한다.

그러면 이제 스터브를 보라. 더없이 심각한 위기 상황에서도 재치 있고 사려 깊은 냉정함과 침착함을 지닌 이 남자는 창던지기에 적합한 뛰어난 자질을 갖추고 있었다. 그를 보라. 그는 날아가듯 달려가는 보트의 흔들리는 뱃머리에 꼿꼿한 자세로 서 있다. 보트를 끌고 가는 고래는 양털 같은 물거품에 휩싸인 채 보트보다 40피트 앞서 있다. 스터브는 긴 창을 가볍게 들고는 창이 완전히 곧은지 보려고 위아래로 두세 번 훑어보더니, 휘파람을 불면서 예인 밧줄을 한 손에 고리 모양으로 감아 그 끝부분을 손에 쥐고는, 밧줄의 나머지 부분은 걸리는 것 없이 바닥에 내버려둔다. 그런 후에는 창을 허리띠 정중앙 앞으로 들어올려 고래를 향해 겨눈다. 그렇게 고래를 겨누는 동안 계속해서 손에 쥔 창 자루의 끝을 낮춰가면서 창끝을 들어올리다보면, 마침내 창이 손바닥 안에서 완전한 균형을 이루며 공중에 15피트 높이로 서게 된다. 그를 보면 왠지 턱 위에 긴 막대기를 올려놓은 채로 균형을 잡는 곡예사가 떠오르기도 한다. 다음 순간, 번쩍이는 창은 형언할 수 없이 빠른 추진력으로 높고 장려한 포물선을 그리며 거품이 이는 바다 위로 멀리 날아가더니, 이윽고 고래의 급소에 내리박혀 가볍게 떨린다. 고래는 이제 거품으로 가득한 물 대신 붉은 피를 내뿜는다.

"녀석의 마개가 뽑혔다!" 스터브가 외쳤다. "우리의 영원한 독립기념일이 찾아왔군. 오늘은 모든 분수가 술을 내뿜어야만 할 거야! 저게 올리언스의 위스키나 오하이오의 위스키, 아니면 기막히게 훌륭한 머농가힐라 위스키[372]라면 얼마나 좋을까! 이봐 타시테고, 자네가 저기서 뿜어져나오는 걸 작은 깡통에 담아오면 우리 모두가 돌아가면서 마실 수 있겠군! 그래, 정말이야, 정말이고말고. 녀석의 분수공이 쫙 찢어졌으니 우린 고급 펀치[373]를 만들 수도 있을 거야. 저 살아 있는 펀치 사발에서 살아 있는 펀치를 벌컥벌컥 들이켤 수 있을 거라고."

이런 우스갯소리를 마구 던져대면서도 그는 솜씨 좋게 창던지기를 계속하

고, 창은 노련한 개줄에 묶여 조종당하는 그레이하운드처럼 주인의 손안으로 돌아온다. 고통에 찬 고래는 단말마의 경련을 일으킨다. 밧줄이 늦춰지고, 창던지기 선수는 선미로 물러나 팔짱을 낀 채 괴물이 죽어가는 광경을 잠자코 지켜본다.

85장

분수

지난 육천 년간—사실 그 이전에도 몇백만 년의 세월이 흘렀을지는 누구도 알 수 없지만—거대한 고래들은 온 세상의 바다 곳곳에서 물을 뿜어왔을 것이며, 여러 화분에 수도 없이 물을 주고 분무기로 물을 뿌려대기라도 하듯 심해의 정원에 물을 주고 분무기로 물을 뿌려왔을 것이다. 그리고 지난 수세기 동안 수천 명의 고래잡이가 고래가 만들어낸 분수 가까이에서 고래가 흩뿌리고 뿜어내는 수증기와 물기둥을 목격해왔을 것이다. 하지만 이 모든 사실에도 불구하고, 지금 이 축복의 순간(1850년 12월 16일 오후 1시 15분 15초)에 이르기까지도 이러한 물줄기가 정말 물인지 아니면 그저 수증기일 뿐인지는 여전히 의문으로 남아 있는데, 이는 분명 주목할 만한 문제다.

그렇다면 이 문제를 그와 관련해서 부수적으로 뒤따르는 몇몇 흥미로운 사항과 더불어 살펴보기로 하자. 어류는 일반적으로 아가미라는 특유의 묘한 기관을 사용해 자신들이 헤엄치는 물속에 항시 녹아 있는 공기를 들이마신다는 것은 다들 아는 이야기다. 그런 까닭에 청어나 대구는 백 년을 살더라도 수면 위로 머리를 치켜들 필요가 전혀 없다. 하지만 고래는 인간과 마찬가지로 평범한 허파를 지닌 신체 구조 때문에 물 바깥의 공기를 들이마셔야만 살 수 있다. 따라서 고래는 물위의 세계를 주기적으로 방문해야 할 필요가 있다. 하지만 입으로는 절대 숨을 쉴 수가 없는데, 평상시 물속에 있을 때 향유고래의 입은 수면 아래로 적어도 8피트는 잠겨 있고, 게다가 숨통이 입과 이어져 있지도 않기 때문이다. 그렇다, 고래는 오직 분수공으로만 숨을 쉴 수 있다. 그리고 이 분수공은 머리 꼭대기에 달려 있다.

호흡이란 공기 중의 특정 요소를 거두어들인 후에 그것을 혈액과 접촉시킴으로써 혈액에 생명의 원동력을 제공해주는 일이기 때문에, 모든 생물에게 호흡은 생명력을 유지하는 데 필수적인 작용이라 해도 과언은 아니리라 생각한다. 쓸데없는 과학용어를 동원해 설명할 수도 있겠지만, 그냥 이렇게만 말해도 오류는 없을 것이다. 그렇다고 가정한다면, 그리고 만일 한 인간이 한 번의 호흡만으로도 모든 피에 산소를 공급할 수 있다고 한다면, 그는 꽤 오랜 시간 동안 다시 숨을 쉬지 않아도 된다는 결론이 나온다. 즉 이후로는 숨을 쉬지 않고도 살 수 있다는 말이 되는 것이다. 이상하게 들릴지도 모르겠지만, 고래가 바로 이런 경우에 속한다. 주기적으로 수면의 위아래를 오가는 고래는, (바다 밑바닥에서) 한 시간 이상씩 숨 한 번 들이쉬지 않은 채로, 또는 어떤 식으로든 한 모금의 공기도 들이마시지 않은 채 규칙적으로 살아간다. 다들 기억하다시피 고래에게는 아가미가 없기 때문이다. 어떻게 이럴 수가 있을까? 고래의 늑골 사이와 척추 양쪽에는 버미첼리[374] 같은 혈관이 크레타섬의 미궁처럼 매우 복잡하게 뒤엉켜 있는데, 이 혈관 속의 혈액은 고래가 수면 아래로 내려갈 때 산소를 한가득 머금고 있게 된다. 그리하여 물이 없는 사막을 횡단하는 낙타가 네 개의 되새김밥통 안에 나중에 마실 여분의 물을 싣고 다니듯, 고래도 천 길이나 되는 바다 아래서 한 시간 이상 버틸 수 있도록 여분의 생명력을 비축해두는 것이다. 이 미궁에 대한 해부학적 사실에는 반론의 여지가 없다. 또한 그렇지 않으면 고래잡이들의 표현대로 리바이어던이 고집스레 물기둥을 뿜어대는 짓도 설명할 수 없게 된다는 점을 감안할 때, 이러한 사실에 근거한 가설이 합리적이고 정확하리라는 주장도 더욱 설득력을 얻는 것처럼 보인다. 내 말의 요지는 이것이다. 수면 위로 떠오른 향유고래는 아무 방해도 없다면 일정 시간 동안 그곳에 머무를 것이며, 이러한 행위는 방해가 없는 다른 시기에도 완전히 동일할 것이다. 만일 고래가 물위에 십일 분을 머물며 물을 일흔 번 내뿜는다면, 즉 일흔 번 호흡을 한다면, 고래는 다시 떠오를 때마다 정확히 일흔 번 숨을 쉴 게 분명하다. 그런데 만일 고래가 몇 번 숨을 들이쉬고는 갑자기 깜짝 놀라서 잠수를 해버린다면 일정량의 공기를 채우기 위해 반드시 물위로 다시금 튀어나올 수밖에 없을 것이다. 그리고 일흔 번의 호흡을 다 채우기 전까지는 물 아래로 내려가 호흡이 다할 때까지 그곳에 틀어박히려 하지 않을 것이다. 물론 고래마다 호흡 시간과 잠수 시간의 정도에 차이가 있다는 사실에 주의해야겠지만, 어떤 고래든 큰 차이는 없다. 자, 그러니 한동안 잠수하기 전에 숨통의 공기를 다시 채우기 위해서가 아니라면 고래가 왜 이처럼 물을 뿜는 일을 고집하겠는가? 고래가 추격당해 겪게 될 온갖 치명적인 위험을 무릅쓰고 물위로 올라와 모습을 드러내는 이유가 이처럼 공기가 필요해서라는 사실은 또한 얼마나 명백한가. 햇빛이 비치는 곳으로부터 천 길 아래에서 헤엄치고 있을 때의 이 거대한 리바이어던은 낚싯바늘이나 그물로도 잡을 수가 없다. 오오, 고래잡이여, 그러니 그대의 승리는 그대의 기술이 뛰어나서가 아니라 고래가 반드시 밖으로 나와 숨을 쉬어야만 하기 때문에 얻어지는 것이다!

인간은 끊임없이 숨을 쉬어줘야 한다. 한 번 들이마신 숨은 맥박이 두세 번 뛸 정도밖에는 유지되지 않는다. 따라서 어떤 일을 하든 간에, 걸을 때든 잠을 잘 때든 간에 인간은 반드시 숨을 쉬어야지, 그러지 않으면 죽고 만다. 하지만 향유고래는 평생의 칠분의 일, 즉 일요일에만 숨을 쉬는 셈이다.

고래가 오직 분수공으로만 호흡한다는 사실은 앞서 이미 이야기했다. 만일 고래가 뿜어내는 것에 물이 섞여 있다는 말을 자신 있게 덧붙일 수만 있다면, 왜 고래에게 후각기관의 흔적이 보이지 않는지 그 이유를 발견해냈다고도 말할 수 있을 것이다. 고래에게 코에 해당하는 기관은 바로 그 분수공이 유일한데, 분수공은 물과 공기로 꽉 막혀 있기에 후각 기능을 수행하리라고는 기대할 수 없기 때문이다. 하지만 고래가 뿜어내는 것이—그것이 물인지 수증기인지와 관련하여—신비에 둘러싸여 있기 때문에 아직은 이 문제에 대해 절대적으로 확실한 결론에 도달할 수 없다. 그럼에도 향유고래가 엄밀한 의미에서 후각기관을 가지고 있지 않다는 것만은 분명하다. 하지만 향유고래에게 후각기관이 있어서 무엇하겠는가? 바다에는 장미도, 제비꽃도, 오드콜로뉴도 없는데 말이다.

게다가 고래의 숨통은 오직 물을 뿜어내는 관으로만 이어져 있고, 그 긴 관에는—이리 대운하와 마찬가지로—여닫을 수 있는 일종의 수문이 설치되어 있어 아래로는 공기를 모으고 위로는 물을 배출하기 때문에 고래는 목소리를 낼 수도 없다.[375] 고래가 너무나도 기이하게 웅웅거리는 소리를 듣고 녀석에게 코로 말한다며 모욕을 준다면 할말은 없지만 말이다. 하지만 그건 그렇다 치더라도, 대관절 고래에게 무슨 할말이 있겠는가? 생계를 유지하기 위해 무언가 억지로 더듬더듬 말해야 하는 경우를 제외하면, 심오한 통찰력을 지닌 존재가 세상을 향해 뭐라 뭐라 떠들어대는 경우는 별로 본 적이 없다. 아아! 세상은 무슨 말에든 기꺼이 귀기울여주니 얼마나 다행스러운 일인가!

이제 향유고래가 물을 뿜어내는 관에 대해 이야기할 차례인데, 주로 공기를 전달하는 역할을 하는 이 관은 고래 머리의 윗면 바로 아래에서 한쪽으로 약간 기울어진 채 수평으로 몇 피트가량 쭉 뻗어 있다. 이 기이한 관은 도시의 길 한쪽 편에 파묻힌 가스관과 무척 유사하다. 그런데 그렇다면 이 가스관이 수도관이기도 한 것인지에 대한 질문이 다시금 제기된다. 다시 말해, 향유고래가 뿜어내는 것이 단지 내뿜은 숨의 수증기에 불과한 것인지, 아니면 입으로 삼킨 물이 그 숨에 섞여 있다 분수공을 통해 함께 배출된 것인지 하는 질문 말이다. 향유고래의 입이 물을 뿜어내는 관과 간접적으로 이어져 있는 것은 분명하지만, 이것이 분수공을 통해 물을 배출해내기 위한 용도인지는 입증할 수 없다. 왜냐하면 향유고래가 물을 배출할 가장 큰 필요성을 느낄 때는 먹이를 먹다가 뜻하지 않게 물을 삼키게 될 때인 것 같기 때문이다. 하지만 향유고래의 먹이는 수면에서 한참 아래쪽에 있고, 거기서는 물을 내뿜고 싶어도 그럴 수가 없다. 게다가 향유고래를 매우 주의깊게 살피며 시계로 시간을 재어본다면, 아무 방해도 받지 않을 때의 향유고래가 물을 내뿜는 주기와 통상적인 호흡 주기가 마치 각운처럼 맞아떨어진다는 사실을 알게 될 것이다.

그런데 무엇 때문에 그 문제에 대해 이런 추론들을 늘어놓으며 나를 성가시게 하는 거지? 탁 터놓고 말해보시게! 고래가 물을 뿜는 모습을 본 적이 있을 테니 그게 무엇이었는지 똑똑히 말해보라고. 자네는 물과 공기도 구분할 줄 모르나? 아니 선생님, 이 세상에서는 그토록 뻔한 문제를 해결하는 것도 좀처럼 쉬운 일은 아니죠. 선생님이 말씀하신 뻔한 문제라는 게 제게는 세상에서 가장 복잡하고 까다로운 문제니까요. 고래가 뿜어내는 것에 관해서라면, 그 한복판에 서 있어봐도 그게 정확히 무엇인지 확신하기 어려울 겁니다.

고래가 뿜어내는 것의 중심부는 눈처럼 반짝이는 물안개에 가려져 있다. 그리고 물기둥을 자세히 볼 수 있을 만큼 고래에게 가까이 갈 때마다 녀석은 늘 엄청난 소란을 피우며 사방으로 폭포와도 같은 물을 뿌려대는데, 거기서 물이 뿜어져나오기나 하는지 어떻게 확실히 판단할 수 있겠느냔 말이다. 그리고 물기둥에서 물방울이 떨어지는 걸 실제로 인지했다고 생각될 때라도 그 물방울들이 그저 수증기가 응결된 것에 불과한 것은 아닌지 어떻게 알 수 있겠는가?

또는 그것들이 단지 분수공의 갈라진 틈 표면에만 고여 있던 물방울, 즉 고래 머리 꼭대기의 구멍 속에 원뿔형으로 고여 있던 물방울은 아닌지 어떻게 알 수 있겠는가? 한낮의 잔잔한 바다를 평온하게 헤엄치는 녀석의 등 위로 볼록 튀어나온 혹은 사막을 지나는 단봉낙타의 혹처럼 바싹 메말라 있고, 그럴 때조차 고래는 늘 머리 위에 작은 웅덩이 하나를 이고 다니기 때문이다. 마치 타오르는 태양 아래 놓인 바위의 움푹 파인 곳에 때로 빗물이 가득 고인 광경을 볼 수 있는 것처럼.

또한 고래가 뿜어내는 것이 정확히 무엇인지에 대해 지나친 호기심을 갖는 것은 고래잡이로서 전혀 분별 있는 행동이 못 된다. 얼굴을 들이밀고 그것을 가만히 들여다보는 일도 아무 소용이 없다. 고래의 분수에 물주전자를 들고 가서 물주전자를 가득 채워 올 수도 없는 노릇이다. 거기서 뿜어져나오는 물줄기 주변의 자욱한 물보라에 살짝 스치기만 해도 그 자극으로 피부가 화끈거리고 쓰릴 때가 많기 때문이다. 내가 아는 사람 중에 과학적인 목적인지 아니면 다른 목적 때문이었는지는 모르겠지만, 하여튼 고래가 뿜어내는 것에 매우 가까이 다가갔다가 뺨과 팔의 피부가 벗겨져버린 사람이 한 명 있다. 그렇기 때문에 고래잡이들 가운데는 고래가 뿜어내는 것에 독이 있다고 생각해서 그것을 피하고자 하는 이들이 있다. 그리고 그러한 물줄기를 곧바로 눈에 맞으면 실명하고 만다는 말을 들은 적도 있는데, 마냥 헛소리 같지는 않다. 그러니 이것을 연구하는 사람이 할 수 있는 가장 현명한 행동은 이 치명적인 물기둥을 건드리지 말고 그냥 가만히 내버려두는 것이라고 생각한다.

그럼에도 우리는 가설을 세워볼 수 있다. 그것을 입증해서 정설로 수립할 수는 없을지라도 말이다. 나의 가설은 이렇다. 즉 고래가 뿜어내는 게 그저 물안개일 뿐이라는 것. 다른 이유는 제쳐두고라도, 향유고래가 본래부터 지닌 묵직한 위엄과 숭고함을 생각한다면 결국 이런 결론에 도달할 수밖에 없다. 다른 고래들과 달리 향유고래가 얕은 바다나 연안에서 절대 발견되지 않는다는 명백한 사실 하나만 놓고 보더라도 향유고래를 흔하고 천박한 존재로는 여길 수 없다. 향유고래는 대단히 육중한 동시에 심오하다. 그리고 나는 플라톤, 피론[376], 악마, 제우스, 단테 같은 모든 육중하고 심오한 존재들이 깊은 생각에 잠겨 있는 동안에는 그들의 머리 위로 언제나 거의 보일 듯 말 듯한 김이 솟아오르고 있다고 확신한다. 나는 '영원'에 대한 소논문을 작성하던 중에 호기심 때문에 앞에 거울을 하나 놓아둔 적이 있는데, 이윽고 내 머리 위의 공기가 기이하고 복잡하게 꿈틀대며 굽이치는 모습이 그 거울에 비쳤던 것이다. 어느 8월의 한낮에 얇은 지붕널을 댄 다락에서 뜨거운 차를 여섯 잔 마신 후에 깊은 생각에 잠겨 있다보면 머리카락이 늘 축축해지곤 하는데, 이 또한 위의 가설을 뒷받침하는 또다른 논거로 삼을 수 있을 듯하다.

또한 물안개를 자욱하게 몰고 다니는 이 괴물이 고요한 열대의 바다를 장엄하게 헤엄쳐 다니는 모습은 그 권능 있는 존재에 대해 얼마나 고귀한 상상력을 불러일으키는가. 향유고래의 거대하고 얌전한 머리 위에는 말로는 표현할 수 없는 명상이 낳은 수증기가 덮개처럼 드리워져 있고, 그 수증기는—여러분도 이따금 목격하듯이—마치 천국이 향유고래의 생각을 보증하는 도장이라도 찍은 양 무지개의 찬양을 받고 있다. 여러분도 알다시피 무지개는 맑은 하늘에는 찾아들지 않기 때문이다. 무지개는 오직 수증기에 환한 빛을 던져줄 뿐이다. 그와 같이 이따금 신성한 직관이 내 마음속에 드리워진 어두운 의심의 짙은 안개를 뚫고 솟아나와 그 안개를 한줄기 천상의 빛으로 불태워버릴 때가 있다. 그래서 나는 신께 감사드린다. 다들 의심을 품고 많은 이들이 부인하지만, 의심하거나 부인하는 자 가운데 직관력을 지닌 사람은 몇 안 되기 때문이다. 세속의 모든 것에 대한 의심과 천상의 어떤 것에 대한 직관, 이 둘을 겸비한 사람은 신자도 불신자도 아니게 되며, 그러한 사람은 양쪽 모두를 공정한 시선으로 바라보게 된다.

86장

꼬리

다른 시인들은 영양의 은은한 눈동자와 절대 내려앉지 않는 새의 아름다운 깃털을 노래로 찬미해왔지만, 그들보다 덜 거룩한 나는 꼬리를 찬양하련다.

몸통이 점점 가늘어지다가 사람의 허리둘레 정도에 이르는 부분에서 향유고래의 꼬리가 시작된다고 한다면, 가장 커다란 향유고래의 꼬리는 그 윗부분의 면적만 해도 최소한 50제곱피트에 이른다. 탄탄하고 둥근 꼬리의 밑동에서 넓고 단단하고 평평한 야자나무 이파리 같은 꼬리가 두 갈래로 뻗어 있는데, 꼬리는 점점 얇아져서 끄트머리의 두께는 1인치도 안 된다. 꼬리의 두 갈래는 분기점 또는 교차점에서 살짝 겹쳤다가, 중간에 널찍한 빈 공간을 남겨둔 채 두 날개처럼 좌우로 벌어진다. 이 꼬리의 초승달과도 같은 가장자리 선보다 더 우아하고 아름다운 선을 지닌 생물은 이 세상에 존재하지 않는다. 완전히 다 자란 고래의 경우, 최대한 펼친 꼬리는 너비가 20피트를 훨씬 넘는다.

꼬리 전체는 힘줄을 이어서 촘촘하게 짠 하나의 조직층처럼 보이지만, 잘라보면 세 개의 서로 구별되는 층—상층, 중간층, 하층—으로 이루어진 것을 알 수 있다. 상층과 하층의 섬유조직은 길게 수평으로 뻗어 있으며, 매우 짧은 중간층의 섬유조직은 바깥의 두 층 사이를 가로지르고 있다. 이러한 삼위일체의 구조는 다른 어느 것 못지않게 꼬리에 큰 힘을 실어준다. 고대 로마의 성벽 연구자에게는 이 중간층이 고대 로마의 경이로운 유적에서 다른 돌과 늘 번갈아 가며 놓여 있는 얇은 타일층과 기이할 정도로 유사하게 여겨질 텐데, 그러한 구조가 석조물의 강한 내구력에 상당 부분 기여하고 있다는 점에는 의심의 여지가 없다.

하지만 힘줄로 된 꼬리의 이 거대한 힘만으로는 부족하다는 듯, 리바이어던의 몸통 전체에 씨실과 날실로 엮여 있는 근섬유는 허리 양쪽을 타고 꼬리까지 쭉 이어져 내려가 그 부분과 서서히 합쳐짐으로써 꼬리의 힘에 크게 이바지한다. 그리하여 고래가 통째로 뿜어내는 어마어마한 힘은 모두 한 점에 집중되어 있는 듯 보인다. 물질이 모두 소멸되는 일이 일어난다면, 그 역할은 바로 이 꼬리가 맡을 것이다.

이 놀라운 힘은 유연한 꼬리 동작의 우아함을 결코 손상시키지 않으며, 티탄[377] 같은 힘 속에는 어린아이 같은 태평함이 굽이치고 있다. 꼬리 동작이 지닌 섬뜩한 아름다움은 오히려 그 힘에서 비롯된다고 할 수 있다. 진정한 힘은 아름다움이나 조화에 절대 손상을 입히지 않으며, 종종 아름다움과 조화의 근원이 되곤 한다. 그리고 위풍당당한 아름다움을 지닌 모든 것이 풍기는 매력은 힘과 뗄 수 없는 관계에 있다. 헤라클레스 조각상의 대리석을 온통 뒤덮고 있는, 터져나올 듯이 팽팽한 힘줄을 전부 제거해버린다면 그 매력은 사라지고 말 것이다. 독실한 에커만[378]이 괴테의 벌거벗은 시신에서 리넨 시트를 들쳐 올렸을 때, 그는 로마의 개선문과도 같은 그 남자의 떡 벌어진 가슴에 압도당했다. 미켈란젤로가 하느님 아버지를 인간의 형상으로 그렸을 때도 그 모습을 얼마나 건장하게 그렸는지를 보라.[379] 그리고 그것이 하느님의 아들이 품은 신성한 사랑에 대해 무엇을 말해주고 있건 간에, 그리스도를 부드러운 곱슬머리의 양성적인 인물로 그린 이 이탈리아 그림들에는 미켈란젤로의 생각이 더없이 성공적으로 구현되어 있다고 할 수 있다. 강건함이라고는 전혀 찾아볼 수 없는 이 그림들은 그 어떤 힘도 암시하고 있지 않으며, 단지 순종과 인내라는 소극적이고 여성적인 미덕만을 암시할 뿐인데, 그것이 그리스도의 가르침에 담긴 특유의 실천적 덕목이라는 사실은 모두가 수긍하는 바이다.

지금 내가 다루고 있는 이 꼬리 부위의 미묘한 탄성은 정말이지 놀라운 것이어서, 장난삼아 휘두르건 진심으로 휘두르건 화가 나서 휘두르건, 하여간 어떤 기분으로 휘두르건 간에 그 유연한 동작은 늘 엄청난 우아함을 보여준다. 이 점에서는 어떤 요정의 팔동작도 이를 능가하지 못한다.

고래 꼬리는 크게 다섯 가지 고유한 동작을 보여준다. 첫째는 앞으로 나아가기 위해 지느러미로 사용할 때의 동작, 둘째는 싸움에서 곤봉으로 사용할 때의 동작, 셋째는 쓸어내릴 때의 동작, 넷째는 물위로 쳐들었다가 수면을 내리칠 때의 동작, 다섯째는 꼬리를 치켜들 때의 동작.

첫째. 리바이어던의 꼬리는 수평으로 되어 있어서 다른 어떤 바다 생물의 꼬리와도 다른 방식으로 움직인다. 그것은 절대 꿈틀거리지 않는다. 사람이든 물고기든, 꿈틀거린다는 것은 곧 열등함을 의미한다. 고래에게 꼬리는 추진력을 내기 위한 유일한 수단이다. 몸 아래에서 두루마리 말듯이 앞쪽으로 말았다가 재빨리 뒤쪽으로 휙 밀어내는데, 이 괴물이 맹렬히 헤엄칠 때 쏜살같이 달리면서 도약하는 그 특유의 동작이 바로 여기에서 비롯된다. 고래의 옆 지느러미는 키의 역할만을 담당할 뿐이다.

둘째. 향유고래가 자기들끼리 서로 싸울 때만 머리와 턱을 사용하고, 인간과 싸울 때는 마치 경멸이라도 하듯이 주로 꼬리만을 사용한다는 사실은 제법 의미심장하다. 보트를 공격할 때, 향유고래는 꼬리를 재빨리 구부렸다 펼 때 생기는 반동만으로 일격을 가한다. 만일 그 동작이 아무것도 가로막는 게 없는 공중에서 이루어지거나, 특히 꼬리가 목표물을 내리치기라도 하면, 그러한 일격에는 도저히 배겨낼 수 없다. 사람의 늑골도 보트의 늑골도 그 일격을 당해낼 수 없다. 피하는 것만이 유일한 살길이다. 하지만 그러한 일격이 물의 힘을 거스르며 옆에서 오는 경우에는 포경 보트의 가벼운 부력과 그 자재의 탄력성 덕분에 심각한 피해라고 해봤자 늑재 하나에 금이 가거나 널빤지 한두 개가 부러지거나 뱃전이 살짝 한 번 긁히고 마는 게 전부다. 포경업계에서 이처럼 물속에 잠긴 상태에서 옆으로 들어오는 일격은 매우 흔한 것이어서 고작 아이들 장난 정도로만 여겨질 뿐이다. 누군가가 작업복을 벗기만 하면 구멍을 막을 수 있다.

셋째. 입증할 수는 없지만, 내가 보기에 고래의 촉각은 꼬리에 집중되어 있는 듯하다. 이런 점에서 고래 꼬리의 섬세함에 필적할 수 있는 것은 코끼리 코의 고상함뿐이다. 이 섬세함은 주로 쓸어내리는 동작에서 분명히 드러난다. 그럴 때 고래는 얌전한 아가씨처럼 수면 위로 그 거대한 꼬리를 이리저리 놀리면서 부드럽게 천천히 움직이는데, 그러다가 거기 선원의 수염 하나라도 닿는 날에는 그 선원과 수염을 비롯한 모든 것에 재앙이 닥치게 된다. 하지만 맨 처음 닿았을 때는 그 얼마나 부드러운지! 이 꼬리에 뭔가를 잡을 수 있는 능력이 있기만 했어도 나는 틈만 나면 꽃시장에 찾아가 처녀들에게 고개 숙여 인사하며 꽃다발을 바치고는 그들의 허리를 어루만졌다는 다르모노데스의 코끼리를 곧장 떠올렸을 것이다. 고래의 꼬리에 이처럼 뭔가를 잡을 수 있는 능력이 없다는 것은 정말이지 몹시도 안타까운 일이다. 싸움에서 상처를 입은 코끼리가 창에 코를 휘감아 창을 뽑아냈다는 이야기를 들은 적이 있기 때문이다.

넷째. 외딴 바다 한가운데서 경계를 풀고 있는 고래에게 몰래 접근해보면, 그 몸집만큼이나 거대한 위엄을 벗어던진 채 난롯가에서 장난을 치는 새끼고양이처럼 대양에서 장난을 치는 모습을 보게 될 것이다. 하지만 놀이중에도 고래의 힘은 똑똑히 드러난다. 누가 대포를 쏜 것은 아닌가 하는 생각이 들 정도다. 그리고 몸의 반대쪽 끝[380]에 있는 분수공에서 가벼운 수증기가 뭉게뭉게 피어오르는 것을 보면 대포의 화문에서 피어오르는 연기가 아닌가 하고 생각할 것이다.

다섯째. 리바이어던이 평상시 물위에 떠 있는 자세에서는 꼬리가 등보다 상당히 아래쪽에 놓여 있고, 그러면 수면 아래로 잠기기 때문에 눈에 전혀 보이지 않는다. 하지만 고래가 깊은 물속으로 들어가려 할 때면 적어도 30피트 정도 되는 몸통 부분과 꼬리 전체가 공중에 치켜올려진 채로 잠시 부르르 떨다가 아래로 휙 내려가 시야에서 사라져버린다. 장엄한 도약—이것에 대해서는 다른 곳에서 또 설명할 것이다—을 제외하면, 고래가 이처럼 꼬리를 치켜드는 동작은 아마도 생물계를 통틀어 가장 장엄한 광경일 것이다. 바닥 모를 심연에서 튀어나온 거대한 꼬리는 저 지고의 하늘을 발작적으로 잡아채보려는 듯하다. 나는 꿈에서 위풍당당한 사탄이 지옥의 불바다에서 고통받는 거대한 발톱을 힘껏 내밀고 있는 광경을 본 적이 있다. 하지만 그러한 광경에서 무엇을 보게 되느냐는 대체로 그 당시 기분에 달려 있다. 만일 단테와 같은 기분이라면 악마가 보일 것이고, 이사야[381]와 같은 기분이라면 대천사가 보일 것이다. 한번은 하늘과 바다가 진홍빛으로 물든 동틀 무렵에 돛대 꼭대기에 서 있다가 동쪽에 거대한 고래떼가 있는 걸 본 적이 있는데, 고래들은 모두 일제히 태양쪽으로 머리를 돌리고 꼬리를 치켜든 채 잠시 그 꼬리를 부르르 떨어대고 있었다. 그때 나는 신에 대한 그토록 웅장한 경배는 배화교도들의 고향인 페르시아에서도 절대 볼 수 없을 거라고 생각했다. 프톨레마이오스 필로파토르[382]가 아프리카 코끼리에 대해 증언했듯, 나는 고래가 모든 존재 가운데 가장 독실한 존재임을 증언하겠다. 유바왕[383]에 따르면, 옛날 군대의 코끼리들은 더없이 깊은 고요 속에서 코를 높이 쳐들며 아침을 맞이할 때가 많았다고 한다.

이번 장에서는 어쩌다보니 고래와 코끼리를 비교하게 되었는데, 한쪽은 꼬리이고 다른 쪽은 코라는 점을 감안했을 때 이 두 상반된 기관을 동일선상에 놓고 보아서는 안 된다. 하물며 그 기관들의 주인들 또한 그런 식으로 비교해서는 안 된다는 것은 두말할 필요도 없다. 가장 힘센 코끼리도 리바이어던에게는 테리어 한 마리에 불과하며, 리바이어던의 꼬리와 비교했을 때 코끼리의 코는 백합 한 줄기에 불과하기 때문이다. 향유고래가 마치 인도의 곡예사가 공을 던지듯 그 꼬리로 보트 여러 척을 노와 선원들과 함께 공중에 차례대로 하나씩 던져버리는 일이 끊임없이 일어나는 데서 알 수 있듯이, 향유고래의 육중한 꼬리가 지닌 무한한 파괴력에 비하면 코끼리가 코로 더없이 무시무시하게 가하는 일격은 부채로 장난스레 툭툭 내리치는 정도밖에 안 된다.*

이 힘센 꼬리에 대해 생각하면 할수록 나에게 그것을 제대로 표현할 능력이 없다는 사실이 더욱더 한탄스럽다. 영광스럽게도 고래는 이따금 인간의 손짓과 비슷한 몸짓을 하곤 하는데, 그 의미는 전혀 해석할 수가 없다. 이 불가사의한 몸짓은 고래들이 대규모로 무리를 짓고 있을 때 종종 두드러지곤 하는데, 나는 그것이 프리메이슨단의 몸짓이나 상징과 유사하다고 단언한 고래잡이들이 있다는 말을 들은 적이 있다. 실제로 고래가 이런 방법을 통해 세상과 이성적인 대화를 나눈다는 것이다. 고래가 몸 전체를 이용해 보여주는 동작들 가운데에는 가장 노련한 사냥꾼조차 이해하지 못할 신비함으로 가득한 몸짓이 적지 않다. 나로서는 그 문제를 파고들어봤자 가죽 한 꺼풀 정도의 얄팍한 수준밖에는 도달하지 못한다. 나는 고래를 모르며, 앞으로도 알 수 없을 것이다. 고래의 꼬리도 알지 못하는데, 어떻게 고래의 머리를 이해하겠는가? 게다가 고래에게는 얼굴도 없는데, 어떻게 고래의 얼굴을 파악하겠는가? 고래는 내게

* 고래와 코끼리를 대강의 크기로만 비교하는 것은 터무니없는 짓이다. 그러한 점에서 코끼리와 고래를 비교하는 것은 개와 코끼리를 비교하는 것이나 다름없다. 그럼에도 둘 사이에 기이한 유사성이 아예 없는 것은 아닌데, 그중에는 물을 뿜는 행위가 있다. 코끼리가 종종 코로 물이나 먼지를 들이마신 다음 코를 들어올려 들이마셨던 것을 쭉쭉 뿜어낸다는 것은 잘 알려진 사실이다.

'그대는 내 뒷부분인 꼬리는 볼 수 있겠지만, 내 얼굴은 보지 못할 것이다'라고 말하는 듯하다. 하지만 나는 고래의 뒷부분도 완전히 이해할 수 없다. 그리고 고래가 자신의 얼굴에 대해 어떤 암시를 준다 한들, 나로서는 고래에게는 얼굴이 없노라는 말밖에는 할 수가 없다.

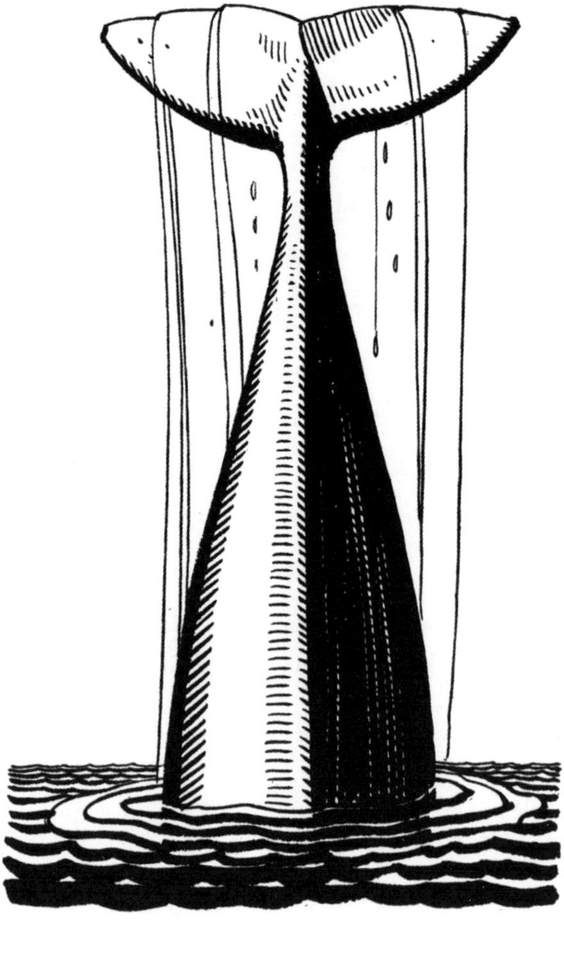

87장

웅장한 무적함대

미얀마 땅에서 남동쪽으로 뻗어 있는 길고 좁다란 말레이반도는 아시아 전역의 최남단이다. 그 반도의 연장선상에 수마트라, 자바, 발리, 티모르 같은 섬들이 길게 늘어서 있고, 이 섬들은 다른 섬들과 함께 거대한 방파제 또는 성벽을 이루며 아시아와 오스트레일리아를 길게 연결시킴으로써 섬들이 촘촘히 박힌 동양의 다도해와 드넓게 펼쳐진 인도양을 갈라놓는다. 이 성벽에는 배와 고래의 편의를 위해 뒷문이 몇 개 뚫려 있는데, 그중 눈에 띄는 것은 순다해협과 말라카해협이다. 서양에서 중국으로 향하는 배들은 주로 순다해협을 통해 중국해로 들어간다.

이 비좁은 순다해협은 수마트라섬과 자바섬을 가르며 섬들이 형성한 그 거대한 성벽의 가운데에 위치해 있으며, 선원들 사이에서 자바곶이라고 알려진 가파르고 푸른 곶을 버팀벽으로 삼고 있다. 이 해협은 거대한 벽으로 둘러싸인 제국으로 들어가는 중앙 관문 역할을 하기에 부족함이 없다. 그리고 동양의 바다의 수많은 섬을 풍요롭게 하는 향료, 실크, 보석, 황금, 상아 같은 무진장한 재물을 생각할 때, 그곳의 지형이 제아무리 무용할지라도 적어도 외관상으로

나마 그런 보물들을 욕심 많은 서방 세계로부터 지켜내려는 듯한 형태를 이루고 있다는 것은 자연의 거대한 섭리처럼 보인다. 순다해협의 해안에는 지중해, 발트해, 프로폰티스해[384]의 입구를 지키는 거만한 요새 같은 것이 없다. 덴마크 사람들과 달리 이 동양인들은 지난 수세기 동안 동양의 값비싼 화물을 싣고 밤낮으로 순풍을 받은 채 수마트라와 자바의 섬들 사이를 끊임없이 오갔던 배들의 행렬에게 중간돛을 내려 순종의 예를 표하라고 요구하는 법이 없었다. 하지만 그들은 이 같은 의례를 깨끗이 포기한 반면, 보다 실질적인 공물을 바치라는 요구는 절대 거두어들이지 않았다.

아득한 옛날부터 말레이 해적의 쾌속 범선들은 수마트라의 낮고 그늘진 작은 만과 작은 섬들 사이에 웅크리고 있다가 해협을 지나는 배들에게로 냉큼 달려가 창끝을 들이대며 공물을 바치라고 사납게 요구했다. 최근 들어 유럽 순양함들에게 연거푸 피비린내나는 응징을 당한 후로 이 쾌속 해적선들의 대담성이 다소 수그러들기는 했지만, 오늘날에도 영국과 미국의 배들이 그쪽 해협에서 무자비한 습격과 강탈을 당했다는 말이 이따금 들려오곤 한다.

이제 피쿼드호는 상쾌한 순풍을 받으며 이 순다해협에 다가가고 있었다. 에이해브는 이곳을 지나 자바해로 들어간 다음, 여기저기서 향유고래가 출몰한다고 알려진 북쪽 바다로 갔다가 필리핀군도 연안을 재빨리 통과해서는 고래잡이 철에 딱 맞추어 일본의 먼바다에 도착할 계획이었다. 이렇게 하면 세계일주중인 피쿼드호는 전 세계의 유명한 향유고래 어장을 거의 모두 훑은 후에 태평양의 적도선상으로 내려가게 되는데, 에이해브는 비록 다른 곳에서는 모비 딕을 추적하는 데 실패했을지라도 그곳에서만큼은 모비 딕과 한판 붙어볼 수 있을 거라고 굳게 믿고 있었다. 그쪽 바다는 모비 딕이 가장 자주 출몰한다고 알려진 곳이었고, 시기적으로 봐도 그때가 모비 딕이 그곳에 나타날 확률이 가장 높을 때라고 얼마든지 타당한 추정을 내려볼 수 있었다.

하지만 지금은 어떤가? 이처럼 해역별로 추적하는 동안 에이해브는 육지에는 전혀 발을 붙이지 않을 작정일까? 그의 선원들은 공기만 마시고 사는가? 분명 물을 채우기 위해 육지에 들르긴 하겠지. 아니, 틀렸다. 하늘을 곡예하듯 돌고 도는 태양은 자신의 불타는 고리 속을 긴긴 시간 동안 달려왔지만, 자기 내부에 있는 자양분 말고는 그 어떤 자양분도 필요로 하지 않는다. 에이해브도 그렇다. 또한 포경선에 관해서는 이 사실을 알아야 한다. 다른 배들은 외국의 부두로 운반해야 할 이국적인 물건을 가득 싣고 있는 반면, 세계를 떠도는 포경선이 실은 화물은 배 자체와 선원, 무기와 필수품이 전부다. 넓은 화물창에는 호수를 가득 채울 수 있을 만큼의 물이 병째로 실려 있다. 바닥짐도 실용품들로 대체하지, 쓸모없는 납덩어리와 바닥짐용 무쇠는 전혀 사용하지 않는다. 배에는 몇 년 동안 마실 물이 실려 있다. 낸터킷에서 가져온 매우 깨끗한 최고급 물이다. 낸터킷 사람들은 삼 년 동안 태평양을 항해하다 돌아와서도 페루나 인도의 개울에서 뗏목을 타고 나가 통에 담아온 소금기 있는 물보다는 이 물을 마시길 선호한다. 따라서 다른 배들은 뉴욕에서 중국으로 갔다가 다시 뉴욕으로 돌아오는 동안 스무 번 정도 기항하지만, 포경선은 항해하는 내내 흙 알갱이 하나 보지 못할 수도 있고, 선원들은 자신들처럼 바다 위에 떠 있는 선원들 말고는 그 누구도 보지 못할 수도 있다. 그래서 여러분이 그들에게 또다시 홍수가 찾아왔다는 소식을 전해주면 그들은 오직 이런 대답만을 들려줄 것이다—"얘들아, 그게 뭐 대수라고 그러니, 여기 방주가 있는걸!"

그런데 순다해협 인근의 자바섬 서쪽 해안에서 그동안 향유고래가 많이 잡혀왔으므로, 그곳 어장을 빙 둘러싼 지점이 향유고래를 찾기에 최적의 장소라는 것은 대부분의 고래잡이들 사이에서 공인된 사실이었다. 따라서 피쿼드호가 자바곶으로 점점 가까이 다가갈수록 망꾼들은 정신 바짝 차리고 있으라는 외침과 훈계를 거듭 들어야 했다. 하지만 이윽고 뱃머리 우측으로 짙푸른 야자나무 이파리로 가득한 절벽이 그 모습을 어렴풋이 드러냈고, 공기 중에 신선한 계피향이 실려와 콧구멍을 즐겁게 해주었어도, 물기둥은 단 하나도 발견되지 않았다. 이 부근에서 사냥감을 만나리라는 기대를 거의 다 내려놓고 배가 막 해협으로 들어가려던 순간, 돛대 꼭대기에서 귀에 익은 환호성이 들려왔고, 머지않아 보기 드물게 장엄한 광경이 우리를 맞이했다.

하지만 여기서 미리 말해둘 것이 있다. 최근 들어 향유고래는 사대양 전역에서 쉴새없이 사냥당하고 있는 까닭에, 늘 따로따로 작은 무리를 지어 다니던 예전과 달리 이제는 대규모로 무리를 지어 다니는 모습도 자주 목격되곤 한다. 때로 이 무리는 정말이지 엄청난 숫자에 달하기도 하는데, 마치 무수한 향유고래 종족들이 상호 원조와 방위를 약속하는 '엄숙한 동맹'이라도 맺은 듯 보일 지경이다. 최고의 어장에서 몇 주나 몇 달을 내리 항해하고도 단 하나의 물기둥도 만나지 못하다가 갑자기 수천 개에 달하는 듯한 물기둥의 인사를 받게 되는 상황이 벌어지는 것은 향유고래가 이처럼 거대한 무리를 지어 다니는 탓일 수도 있다.

뱃머리 양쪽으로 2마일 또는 3마일 정도 되는 거리에서 수평선의 절반을 차지하는 거대한 반원을 그리며 연달아 솟구쳐오르는 고래의 물기둥이 한낮의 대기 속에 반짝이고 있었다. 참고래가 수직으로 곧게 내뿜는 두 개의 물기둥은 정상에서 두 갈래로 나뉘어, 깊게 갈라지고 축 늘어진 버들가지처럼 떨어지지만, 향유고래가 앞쪽으로 비스듬히 기울인 채로 뿜어내는 단 하나의 물기둥은 바람 불어가는 쪽으로 계속 솟아오르고 떨어지면서 자욱하게 소용돌이치는 하얀 물안개의 숲을 만들어낸다.

높은 물마루 위에 올라선 피쿼드호의 갑판에서 바라보고 있자니, 수증기로 가득한 이 물기둥 무리는 제각각 소용돌이치며 하늘로 솟아올랐고, 그것들이 푸르스름한 연무와 뒤섞인 모습은 어느 상쾌한 가을날 아침에 어느 기수騎手가 언덕에 올라 바라보는 복잡한 대도시의 활기찬 굴뚝 수천 개처럼 보이기도 했다.

행군중인 군대가 산속에서 아군에게 불리한 지형의 골짜기에 접어들면 최대한 빨리 그 위험한 통로에서 빠져나가기 위해 행군에 박차를 가하다가 비교적 안심할 수 있는 평지로 나오면 다시 한번 대형을 넓히듯이, 고래들의 이 거대한 함대도 해협을 뚫고 지나가기 위해 서두르는 듯했다. 반원형의 날개를 서서히 오므리며 한 덩어리로 뭉친 채 계속 헤엄치고 있었는데, 그래도 가운데는 여전히 초승달 모양을 이루고 있었다.

피쿼드호는 돛을 모두 올린 채 고래들을 바싹 뒤쫓았다. 작살잡이들은 저마다 손에 무기를 들고 아직은 모선에 매달린 보트의 뱃머리에서 크게 고함을 질러댔다. 바람만 계속 불어와준다면 저 거대한 무리를 쫓아 순다해협을 통과할 수 있을 테고, 저 무리는 결국 동양의 바다로 들어가 그곳에서 여기저기 흩어지게 될 테니 그중 적지 않은 수의 고래를 잡을 수 있으리라는 데는 의심의 여지가 없었다. 그리고 모비 딕이, 마치 시암 왕의 대관식 행렬에서 숭배를 받는 흰 코끼리처럼 저 빽빽한 행렬 속에 일시적으로 끼어들어 헤엄치고 있을지 누가 알겠는가! 그리하여 우리는 보조돛까지 몽땅 다 펼친 채 우리 앞의 이 리바이어던 무리를 맹렬히 뒤쫓고 있었는데, 그때 갑자기 배 뒤쪽을 한번 보라는 타시테고의 고함소리가 들려왔다.

선두에 선 초승달 모양의 무리와 대응하는 또다른 무리가 후미에서도 나타났다. 그 무리는 서로 떨어진 흰 수증기들로 이루어진 듯 보였는데, 마치 고래의 물기둥처럼 솟구쳤다 떨어져내리고 있었다. 그렇다고 완전한 모습으로 나타났다가 사라지지는 않았다. 영영 자취를 감추지는 않은 채 계속해서 허공에 머물 뿐이었다. 그 모습을 망원경으로 지켜보던 에이해브는 구멍에 끼운 고래뼈 다리를 중심축 삼아 재빨리 몸을 돌리며 소리쳤다. "돛대 꼭대기에 올라가라, 작은 도르래와 양동이를 준비해서 돛을 적셔라! 이놈들아, 말레이 놈들이 우리 뒤에 붙었다!"

피쿼드호가 완전히 해협에 들어올 때까지 곶 뒤에 너무 오랫동안 숨어 있었다는 듯, 이 악랄한 동양인들은 지나치게 신중을 기하느라 지체해버린 시간을 벌충하기 위해 우리를 맹렬히 뒤쫓고 있었다. 하지만 상쾌한 순풍을 받은 피쿼드호 역시 재빠른 속도로 맹렬한 추격을 이어나가던 중이었다. 피쿼드호 스스로 정한 추격의 속도를 이 황갈색 자선가들이 더욱 높여주고 있으니 이 얼마나 친절한 자들이란 말인가. 피쿼드호에게 그들은 기껏해야 채찍이나 박차일 뿐이었다. 에이해브는 겨드랑이 아래 망원경을 낀 채로 갑판 위를 이리저리 걸어다니면서, 앞을 향할 때는 자신이 쫓는 괴물들을 보았고, 뒤를 향할 때는 자신을 쫓는 피에 굶주린 해적들을 보았다. 그러면서 그는 방금 위에서 말한 것들을 생각하는 듯했다. 그리고 지금 배가 지나고 있는 바다의 협곡 양쪽에 자리잡은 푸른 절벽을 슬쩍 쳐다봤을 때, 그는 저 문 너머에 복수의 길이 놓여 있다고 생각했으며, 다름 아닌 바로 그 치명적인 목적 때문에 이처럼 쫓고 쫓기면서 지금 저 문을 지나고 있다는 사실을 깨달았다. 그뿐만 아니라 무자비하고 거친 해적들과 잔혹한 무신론자 악마들의 무리가 저주를 퍼부으며 자신을 지독하게 격려하고 있다는 사실도 깨달았다. 이러한 생각들이 머릿속을 스쳐지나갔을 때, 에이해브의 이마는 격렬한 파도가 한차례 휩쓸고 갔음에도 굳건히 뿌리내린 것들은 그대로 남아 있는 검은 모래 해변처럼 수척하고 주름져 있었다.

하지만 앞뒤 재지 않는 선원들 중에서 이런 생각으로 골머리를 앓는 이들은 거의 없었다. 해적들과의 거리를 조금씩 벌리고 벌린 끝에 피쿼드호는 마침내 수마트라 쪽에 위치한 선명한 초록빛의 '코카투곶'을 재빨리 지나 그 너머에 있는 광활한 바다로 빠져나왔다. 그런데 작살잡이들은 말레이 해적들을 멋지게 따돌린 것을 기뻐하기보다는 재빠른 고래들이 자신들을 멀찍이 떨어뜨린 것을 더 슬퍼하는 것처럼 보였다. 하지만 계속해서 열심히 고래들의 뒤를 따라가다보니 마침내 고래들도 속도를 떨어뜨리는 듯했다. 배는 점점 그들과 가까워졌고, 이제 바람도 잦아들고 있었으므로, 다들 보트에 올라타라는 명령이 떨어졌다. 하지만 향유고래만의 놀라운 본능 때문인지, 고래 무리는 세 척의 보트가—아직 1마일이나 뒤에 있음에도—자신들을 쫓고 있다는 걸 단박에 알아차리고는 다시 단결하고 똘똘 뭉쳐서 대군을 이루었다. 그리하여 그들이 단체로 뿜어내는 물기둥은 일렬로 늘어선 채로 번쩍이는 총검처럼 보였고, 움직이는 속도도 빨라졌다.

우리가 속셔츠와 속바지 바람으로 몇 시간 동안 새하얀 물보라가 튀도록 노를 젓다가 추격을 거의 포기하려고 마음먹었을 무렵, 고래들이 잠시 머뭇거리며 일대 소란을 일으켰다. 그것은 마침내 그들이 무기력한 망설임으로 인한 기이한 혼란에 빠졌음을 말해주는 명백한 징표였다. 고래잡이들은 고래가 이러는 것을 보면 흔히 '혼이 빠졌다'*고들 한다. 지금껏 오밀조밀한 전투용 대열을 갖춘 채 빠른 속도로 줄기차게 헤엄치던 고래들은 더없이 무질서한 폭도들로 변해버렸고, 인도 원정을 떠난 알렉산드로스대왕과 싸웠던 포루스왕[385]의 코끼리들처럼 대경실색하여 미쳐 날뛰는 것만 같았다. 고래들은 크고 불규칙한 원을 그리며 사방으로 흩어져 이곳저곳을 아무렇게나 헤엄쳐 다녔는데, 다들 짧고 굵은 물기둥을 내뿜는 것으로 봐서 극심한 공포로 정신줄을 놓고 만 것이 분명해 보였다. 이는 몇몇 무리에게서 더욱 기이한 방식으로 드러났는

* '혼이 빠지게 하다'(gally 또는 gallow)라는 말은 '엄청나게 겁을 주다' '공포로 혼란에 빠뜨리다'라는 뜻이다. 고대 색슨어로, 셰익스피어의 작품에도 한 번 나온다.

격분한 하늘은
어둠 속에서 방황하는 것들의 혼을 빠지게 해
그들을 동굴 안에 숨어 있게 한다
—『리어왕』 3막 2장

이 단어가 육지에서 지닌 일상어로서의 기능은 완전히 사라져버렸다. 점잖은 육지 사람이 수척한 낸터킷 사람에게서 이 말을 처음 듣게 된다면, 그는 그 말이 그 고래잡이가 지어낸 야만적인 단어라고 생각하기 십상이다. 이처럼 강건한 성질의 여러 앵글로색슨어 가운데는 영연방 시절에 옛 영국 이주민들의 고귀하고 억센 근육과 함께 바위투성이의 뉴잉글랜드로 이주했다가 그와 같은 운명을 맞이하고 만 단어가 많다. 그리하여 가장 훌륭하고 유서 깊은 영어 단어들—'하워드 가문'이나 '퍼시 가문'처럼 어원이 유서 깊은 단어들—중 일부는 이제 신세계에서 '민주화', 아니—말하자면—'서민화'되었다.

데, 그들은 흡사 완전히 마비에 빠진 듯한 상태로 물에 잠긴 난파선처럼 바다 위를 힘없이 떠다녔다. 이 리바이어던들이 초원에서 사나운 늑대 세 마리에게 계속해서 추격을 당하는 순진한 양떼였다고 해도 그처럼 과도하게 평정심을 잃은 모습을 보일 수는 없었을 것이다. 하지만 이처럼 이따금 겁에 질린 모습을 보이는 것은 무리 지어 생활하는 거의 대부분의 생물들에게 나타나는 특징이다. 사자처럼 갈기를 휘날리는 서부의 버펄로는 수만 마리씩 뭉쳐 다니면서도 말을 탄 한 사람 앞에서는 다들 꽁무니를 뺀다. 또한 인간들을 보라. 그들은 극장의 좌석이라는 '양 우리'에 함께 모여 있다가 화재경보기가 살짝 울리기만 해도 출구를 찾아 허둥지둥 도망치면서 서로 밀치고 짓밟고 쓰러뜨리며 서로가 서로를 무자비한 죽음 속으로 내몬다. 그러니 우리 앞에서 혼이 빠진 고래들의 기이한 모습에 놀랄 필요 없다. 지구상의 동물들이 아무리 바보짓을 벌여도 인간의 광기를 절대 뛰어넘을 수는 없으니 말이다.

앞에서 말했다시피 많은 고래들이 난동을 피우고 있었지만, 전체적으로 봤을 때는 전진하지도 후퇴하지도 않은 채 다들 한자리에 머물러 있었다. 이런 경우에 해당하는 관례에 따라 보트들은 즉시 흩어져 제각기 무리 바깥에 홀로 떨어져 있는 고래들 쪽으로 향했다. 삼 분쯤 지났을 무렵에 퀴퀘그의 작살이 날아갔고, 작살을 맞은 고래는 우리 얼굴에 눈을 뜰 수 없을 만큼 세찬 물보라를 뿌리고는 번개처럼 도망치더니 무리의 중심부로 곧장 헤엄쳐 들어갔다. 그런 상황에서 작살을 맞은 고래가 그런 행동을 보이는 것은 결코 전례없는 일이 아니고, 늘 어느 정도 예상하고 있는 일이기도 했다. 그럼에도 그것은 고래잡이들에게는 더없이 위험한 일이다. 그 날쌘 괴물이 여러분을 그 광란의 무리 속으로 더욱 깊이 끌고 들어가면 갈수록, 여러분은 이제 신중한 삶에는 작별을 고하고 미쳐 날뛰는 흥분 상태 속에서만 살아가야 하기 때문이다.

장님에 귀머거리인 고래가 자신에게 들러붙은 강철 거머리를 순전히 속도의 힘만으로 떼어내려고 앞으로 내달릴 때, 우리가 앞뒤로 달려드는 정신 나간 고래들이 사방에서 가하는 위협 속에서 바다에 희고 깊은 상처를 남기며 날 듯이 내달릴 때, 고래들에게 에워싸인 우리 보트는 폭풍우 속에서 빙산에 둘러싸여 언제 갇히고 뭉개질지 모른 채 그 복잡한 수로와 해협을 뚫고 나가려 애쓰는 배와 같은 신세였다.

하지만 퀴퀘그는 조금도 기죽지 않고 씩씩하게 보트를 몰았다. 우리 앞을 곧장 가로지르는 괴물을 피해 급히 방향을 틀기도 했고, 우리 머리 위에 떠 있는 거대한 꼬리로부터 서서히 멀어지기도 했다. 그동안 스타벅은 손에 창을 든 채로 뱃전에 서 있었는데, 멀리까지 창을 던질 여유가 없었기 때문에 짧은 거리에서도 상대할 수 있는 고래를 닥치는 대로 찔러대며 우리의 길을 터주었다. 노잡이들도 평소의 임무를 완전히 면제받았지만 그렇게 한가하지만은 않았다. 그들은 주로 고함을 지르는 역할을 맡았다. "비켜요, 대장!" 거대한 단봉낙타가 갑자기 통째로 수면 위로 솟아올라 우리를 집어삼키겠노라 위협하던 그 순간, 한 노잡이가 외쳤다. 또다른 노잡이는 또다른 고래가 뱃전 가까이에서 부채 같은 꼬리로 태연히 부채질을 하고 있는 것처럼 보일 때 이렇게 외쳤다. "어이, 그 꼬리 냉큼 내리지 못할까!"

모든 포경 보트에는 특이한 장치가 실려 있는데, 원래 낸터킷 인디언들이 발명한 그 장치는 '드러그'[386]라고 불리는 것이다. 같은 크기의 굵은 나무토막 두 개를 나뭇결이 직각으로 교차하도록 포개서 단단히 고정한 다음, 가운데에 꽤 긴 밧줄을 매달고, 밧줄의 또다른 끝은 곧장 작살에 묶을 수 있도록 고리를 지어둔다. 드러그는 주로 혼이 빠진 고래들 틈에 있을 때 사용한다. 그럴 때는 한 번에 추격할 수 있는 숫자보다 더 많은 수의 고래들이 주위에 몰려들기 때문이다. 하지만 향유고래는 날이면 날마다 만나는 고래가 아니고, 따라서 잡을 수 있을 때 최대한 많이 잡아두어야 한다. 그리고 한꺼번에 다 죽일 수 없다면, 이후에 한가해지면 죽일 수 있도록 그 날개를 부러뜨려놓아야만 한다. 따라서 바로 이럴 때 드러그를 쓰는 것이다. 우리 보트에는 드러그 세 개가 비치되어 있었다. 첫번째와 두번째 드러그는 성공적으로 던져졌고, 그리하여 옆으로 끌어당기는 거대한 드러그의 저항력에 구속당한 고래들은 비틀거리며 달아나려는 모습을 보였다. 그들은 사슬에 쇠뭉치가 달린 족쇄를 찬 범죄자들처럼 갑갑해 보였다. 하지만 세번째 드러그를 던질 차례가 되었을 때, 일이 터졌다. 다루기 힘든 그 나무토막 뭉치를 배 밖으로 던지려는 순간에 그 뭉치가 그만 보트의 좌석 아래에 끼어버린 것이다. 좌석은 순식간에 뜯겨져 하늘로 날아가버렸으며, 거기 앉아 있던 노잡이는 좌석이 날아가는 바람에 보트 밑바닥에 쿵하고 엉덩방아를 찧고 말았다. 훼손된 널빤지 틈새로 양쪽에서 물이 들어왔지만, 우리는 속바지와 속셔츠 두세 장으로 그 틈새를 막아 당분간 물이 새는 것을 막을 수 있었다.

우리가 고래 무리 속으로 들어갔을 때 우리가 쫓던 고래의 속도가 크게 줄지 않았더라면, 또한 우리가 소란이 이는 곳 주변에서 점점 멀어질수록 무시무시한 혼란이 잠잠해지지 않았더라면, 이처럼 드러그에 연결된 작살을 던지는 일은 거의 불가능했을 것이다. 그리하여 마침내 우리를 끌고 가던 고래의 몸에 박힌 채 부르르 떨던 작살이 뽑히고 녀석이 옆으로 사라졌을 때, 우리는 녀석이 떠나가면서 점점 잦아들던 관성의 힘을 이용해 두 고래 사이를 빠져나가 무리의 가장 깊은 중심부까지 미끄러져 들어갔다. 마치 산속의 급류를 타다가 고요한 계곡의 호수로 미끄러져 들어간 듯한 기분이었다. 그곳에서는 가장 바깥쪽 고래들이 협곡을 이룬 채 폭풍우처럼 으르렁대는 것이 그저 소리로만 들려올 뿐, 몸으로 느껴지진 않았다. 이 넓게 탁 트인 중심부에서 보는 바다의 수면은 마치 매끄러운 비단결 같았는데, 이는 고래가 더없이 평온한 상태에서 토해낸 미세한 수증기로 인해 생겨난, '슬리크'라고 불리는 현상이었다. 그렇다, 우리는 지금 사람들이 모든 소란의 심장부에 숨어 있다고 말하는 황홀한 평온 속에 들어와 있는 것이다. 그래도 저멀리 혼란스러운 동심원 바깥쪽에서 고래들이 야단법석을 떠는 모습이 보였고, 저마다 여덟에서 열 마리씩 작은 떼를 지은 고래들이 원형경기장에서 떼를 지어 달리는 말들처럼 빠른 속도로 빙빙 돌고 있는 모습이 보였다. 고래들은 서로 어깨와 어깨를 딱 붙이고 있었으므로, 거인족 출신의 곡마단 기수라면 가운데 있는 고래들 등 위에 두 다리를 올려 손쉽게 아치 모양을 만든 다음 한 바퀴 원을 그리며 공중제비를 돌 수도 있었을 것이다. 빽빽하게 모여 휴식하는 고래들이 무리의 중심축인 우리를 바로 눈앞에서 포위하고 있었으므로, 지금으로서는 탈출할 기회를 전혀 엿볼 수 없었다. 우리는 우리를 꼼짝 못하게 둘러싼 그 살아 있는 벽에서 갈라진 틈새를 찾아내야만 했다. 그 벽이 우리를 허락했던 것은 오로지 우리를 그 속에 가두기 위해서였다. 이 호수의 중심부에 계속 머무르고 있는 우리에게 종종 작고 온순한 암소와 송아지[387]들이 방문하곤 했다. 다름 아닌 우리를 초대한 그 소란스러운 주인들의 부인과 아이들이었다.

그런데 바깥쪽에서 몇 겹의 원을 그리며 회전하는 여러 무리 사이에 간혹 생겨나는 넓은 공백을 포함하면, 그리고 그러한 원 안에서 여러 작은 무리가 차지한 공간까지 포함하면, 그 당시 그 무리 전체가 차지하고 있던 총면적은 적어도 2, 3제곱마일은 되었을 게 틀림없다. 어쨌거나—사실 그런 상황에서의 분석이란 믿을 수 없는 것이지만—우리의 낮은 보트에서 본 물기둥들은 거의 수평선 언저리에서 솟아오르는 것처럼 보였다. 내가 이런 정황을 언급하는 까닭은 고래들이 그 암소와 송아지들을 일부러 맨 안쪽 우리에 가둬둔 것 같았고, 무리가 넓게 퍼져 있어서 그 암소와 송아지들이 그때까지 자신들이 멈춰 선 이유를 정확히 모르는 것 같았기 때문이다. 아니 어쩌면 그들은 너무 어리고 천진난만해서, 그저 모든 면에서 순수하고 미숙한 것인지도 몰랐다. 그거야 어찌됐든, 이 작은 고래들—이따금 호수의 가장자리로부터 정지한 우리 보트를 방문하던 녀석들—은 놀랄 만한 용기와 자신감을 선보였다. 아니면 녀석들은 넋이 나간 채 고요한 공황 상태에 빠져 있는지도 몰랐는데, 아무튼 정말이지 혀를 내두르지 않을 수 없는 광경이었다. 가정에서 키우는 개처럼 우리 주위로 다가온 그 고래들은 보트의 뱃전까지 바싹 다가와 코를 킁킁거렸고, 코로 뱃전을 쳐댔다. 어떤 마법이 갑자기 그들을 길들이기라도 한 것은 아닌가 싶을 정도였다. 퀴퀘그는 그들의 이마를 쓰다듬어주었다. 스타벅은 그들의 등을 창으로 긁어주었지만, 뒷감당을 할 자신이 없었던지 창던지기는 한동안 자제하고 있었다.

하지만 뱃전 너머로 수면 위의 이 경이로운 세상 저 아래를 내려다보니, 그곳에는 더욱더 기이한 또다른 세상이 펼쳐져 있었다. 새끼들에게 젖을 먹이고 있는 듯한 어미들, 그리고 그 거대한 허리둘레로 봐서 곧 어미가 될 것으로 보이는 고래들이 물로 된 궁륭 아래에 떠 있었던 것이다. 아까도 넌지시 말했다시피, 이 호수는 매우 깊은 곳까지 대단히 투명했다. 인간의 젖먹이들은 젖을 빠는 동안 어미의 가슴에서 시선을 돌려 다른 곳을 차분히 응시한다. 마치 두 개의 삶을 동시에 살아가기라도 하듯, 이 세상의 영양분을 섭취하면서도 정신적으로는 다른 세상에서의 추억을 만끽하는 것이다. 마찬가지로 이 어린 고래들도 우리 쪽을 올려다보는 듯했지만, 우리를 보는 것은 아니었다. 갓 태어난 그들의 눈에는 우리가 모자반 같은 해초로밖에는 보이지 않았을 것이다. 그들 옆에 떠 있는 어미들도 우리를 가만히 응시하는 듯했다. 이 작은 젖먹이들 가운데 하나는 몇몇 기이한 특징들로 보아 태어난 지 채 하루도 안 돼 보였으나, 길이는 대략 14피트, 허리둘레는 대략 6피트 정도에 이르는 듯했다. 약간 장난기가 심한 고래였는데, 그래도 몸은 아주 최근까지도 어미의 자궁 안에 있으면서 취했던 번거로운 자세에서 완전히 벗어나지 못한 것처럼 보였다. 아직 태어나지 않은 고래는 자궁 밖으로 뛰쳐나갈 순간만을 기다리며 타타르족의 활처럼 꼬리부터 머리까지 휘어져 있다. 섬세한 옆 지느러미와 야자나무 이파리 같은 꼬리도 이국에서 막 도착한 아기의 귀처럼 주름지고 구겨진 모습을 생생히 간직하고 있었다.

"밧줄! 밧줄!" 퀴퀘그가 뱃전 너머를 내려다보며 외쳤다. "놈이 잡혔다! 놈이 잡혔다! 누가 밧줄 달았어! 누가 작살 던졌지? 고래 두 마리다. 하나 크고, 하나 작다!"

"이봐, 왜 그러는 거야?" 스타벅이 외쳤다.

"여기 봐." 퀴퀘그가 아래를 가리키며 말했다.

작살을 맞은 고래로 인해 밧줄통에서 밧줄이 몇백 패덤이나 풀려나갔을 때처럼, 또한 고래가 깊이 잠수했다가 다시 떠오를 때 함께 솟아오른 밧줄이 느슨하고 돌돌 말린 상태로 허공에서 핑그르르 회전할 때처럼, 스타벅은 '리바이어던 부인'의 탯줄이 길게 똬리를 틀고 있는 것을 보았다. 어린 새끼는 탯줄로 어미와 여전히 연결되어 있는 듯했다. 정신없는 우여곡절 속에 추격을 이어나가다보면 어미 몸에서 떨어져나간 이 자연 그대로의 밧줄이 삼으로 만든 밧줄과 뒤엉켜 새끼의 발목을 잡는 일을 흔히 목격하게 되곤 한다. 이 마법에 빠진 호수는 바다의 가장 불가사의한 비밀 몇 가지를 우리에게 누설한 듯했다. 우리는 심해에서 몰래 사랑을 나누고 있는 젊은 리바이어던도 보았다.*

이처럼 깜짝 놀란 채 공포에 시달리는 고래들이 이룬 몇 겹의 원에 둘러싸여 있으면서도, 원 중앙에 위치한 이 수수께끼 같은 생명체들은 자유롭고 용감하게 평화의 시간을 만끽하고 있었다. 그렇다, 그들은 차분하게 서로를 희롱하며 한껏 즐거운 시간을 보내고 있었다. 하지만 나 역시 이처럼 회오리바람이는 대서양 한가운데 있으면서도, 마음만은 그 중심의 고요한 평온 속에 머

* 다른 종류의 리바이어던들과 마찬가지로, 향유고래도 다른 대부분의 물고기와는 달리 계절에 전혀 구애받지 않고 새끼를 낳는다. 대략 아홉 달 정도 되는 임신 기간을 거친 후에 한 번에 한 마리만을 낳는다. 얼마 안 되는 경우이긴 하지만, 에사오와 야곱 같은 쌍둥이를 낳은 적도 있다고 알려져 있다. 그런 만일의 사태에도 젖을 먹일 수 있도록 몸에는 젖꼭지가 두 개 달려 있는데, 그것들은 기묘하게도 각자 항문 양쪽에 하나씩 자리잡고 있다. 그래도 젖가슴 자체는 거기서 위쪽으로 뻗어 있다. 고래가 젖을 물리는 이 소중한 부위가 우연히 고래잡이의 창에 상처를 입기라도 하는 날에는, 어미가 쏟아내는 젖과 피가 서로 경쟁이라도 벌이듯 바닷물을 몇십 야드나 물들인다. 고래의 젖은 매우 달콤하고 진한데, 그것을 맛본 사람들은 딸기와 잘 어울릴 것 같다고들 말한다. 서로에 대한 존경심이 넘쳐흐를 때면 고래들은 인간들처럼 서로 마주보고 인사한다.

문 채 흥겨운 장난을 영영 멈추지 않는다. 그리고 사그라지지 않는 비애가 육중한 행성들처럼 내 주위를 도는 동안에도, 나는 내면 깊은 곳에 자리한 내륙 저 안쪽에서 영원토록 부드러운 환희에 몸을 적시고 있다.

이처럼 우리가 황홀경에 취해 있는 동안, 멀리서 이따금 광란의 도가니가 벌어지는 것으로 보아 다른 보트들도 여전히 무리의 변경에 있는 고래들에게 열심히 드러그를 매달고 있는 것 같았다. 아니면 그들은 공간이 넉넉하고 퇴로도 가까운 가장 바깥의 원 안에서 전쟁을 치르는 중인지도 몰랐다. 하지만 드러그가 매달려 격분한 고래들이 종종 원을 앞뒤로 마구 넘나들며 돌진하는 광경도 이윽고 우리 눈앞에 벌어진 광경에 비하면 별것 아니었다. 다른 놈들보다 더 힘세고 재빠른 고래를 공격할 경우, 그 거대한 꼬리 힘줄을 찢고 무력하게 만들어서, 즉 슬건을 끊어서 절름발이로 만드는 것이 종종 정석으로 여겨지곤 한다. 그렇게 하려면 자루 부분이 짧은 고래 해체용 삽을 던져야 한다. 그 삽에는 밧줄이 매여 있어 다시 회수할 수 있다. (나중에 안 사실인데) 꼬리 힘줄 부분에 어설픈 상처를 입은 것으로 추정되는 고래 한 마리가 보트로부터 도망쳐 작살 밧줄의 절반을 몸에 매단 채 돌아다녔다. 상처가 주는 극심한 고통 탓에 그 고래는 새러토가 전투에서 말에 올라 혼자 물불을 가리지 않고 뛰어다닌 아널드 장군[388]처럼 회전하는 여러 원들 사이를 돌진하며 가는 곳마다 경악을 안겨주고 있었다.

물론 이 고래가 상처로 인해 겪는 고통이 엄청났고, 그 때문에 충분히 끔찍한 광경을 만들어내고 있긴 했지만, 그 고래가 나머지 무리에게 전해주는 듯한 특별한 공포의 원인이 무엇인지는 그 먼 거리 때문에 언뜻 봐서는 잘 드러나지 않았다. 하지만 마침내 우리는, 이 고래가 포경업계에서는 상상도 할 수 없는 사고에 휘말려 자신이 끌고 가던 작살 밧줄과 뒤엉켜버렸다는 것을 알게 되었다. 또한 녀석은 고래 해체용 삽을 몸에 처박은 채로 도망치고 있었는데, 그 무기에 매달린 밧줄이 자유로이 움직이다가 꼬리 주변의 작살 밧줄과 완

전히 뒤엉켜버리면서 고래 해체용 삽이 몸에서 뽑히고 말았다. 그리하여 미칠 듯한 고통에 빠진 녀석은 유연한 꼬리를 난폭하게 마구 흔들어대며 바다를 휘젓고 다녔고, 예리한 삽을 주변에 이리저리 휘두르면서 동료들을 상처 입히거나 죽이고 있었다.

이 소름 끼치는 물건이 무리 전체를 망연자실한 공포 상태에서 깨어나게 한 것 같았다. 우선 호수 가장자리에 있던 고래들이 조금씩 모여들기 시작하더니, 멀리서 밀려와 반쯤 주저앉은 파도에 몸이 들리기라도 한 것처럼 서로 엎치락뒤치락해대기 시작했다. 이윽고 호수가 가냘프게 들썩이고 부풀어오르기 시작하더니, 바닷속 신방과 육아실도 사라져버렸다. 보다 더 중심에 있던 고래들은 점점 궤도를 좁혀나가면서 더욱 촘촘한 무리를 이루어 헤엄쳐나가기 시작했다. 그렇다, 오랜 평화는 이제 작별을 고하고 있었다. 이윽고 낮은 콧노래 소리가 길게 울려퍼졌다. 그러자 봄을 맞이한 웅장한 허드슨강이 녹을 때 소란스럽게 깨지는 얼음덩어리들처럼 고래 무리 전체가 안쪽의 중심을 향해 허둥지둥 몰려들었다. 마치 자신들의 몸을 쌓아올려 공동명의로 된 산 하나를 만들려는 듯했다. 스타벅과 퀴퀘그는 즉시 자리를 바꾸었다. 이제 스타벅이 선미에 섰다.

"노! 노를 잡아라!" 그가 키를 꽉 붙잡으며 열정적으로 속삭였다. "노를 움켜쥐어라, 정신 꽉 붙들어매라고! 자, 다들 준비해! 이봐 퀴퀘그, 저놈을 밀어내. 저기 저 고래 말이야! 찔러버려! 한방 먹여주라고! 일어나. 일어나서 그대로 그렇게 있어! 다들 움직여. 다들 노를 저어라. 고래 등은 신경쓸 거 없어. 확 긁어버려! 그냥 긁고 가버리자고!"

이제 보트는 거대하고 검은 고래 몸뚱이 둘 사이에 끼여 있었고, 그 긴 몸뚱이 사이에는 다르다넬스해협처럼 좁은 틈이 남아 있을 뿐이었다. 하지만 우리는 필사적인 노력 끝에 마침내 일시적으로 열린 입구를 향해 쏜살같이 들어갔고, 그후에는 재빨리 노를 저으며 또다른 출구를 열심히 찾아다녔다. 이처럼 아슬아슬한 탈출을 여러 번 거듭한 끝에, 마침내 우리는 방금 전까지만 해도 바깥쪽 원 가운데 하나였던 곳 안으로 재빨리 미끄러져 들어갈 수 있었다. 바깥쪽 원들을 형성하던 고래들은 이제 그 원들을 마구 넘나들면서 모두 하나의 중심을 향해 맹렬히 헤엄쳐 가고 있었다. 이 운좋은 탈출은 퀴퀘그가 모자를 잃어버리는 값싼 대가를 지불함으로써 얻어졌다. 퀴퀘그가 도망을 다니는 고래들을 찌르려고 뱃머리에 서 있었을 때, 근처에 있던 고래가 공중에 널찍한 꼬리를 휘둘러 생긴 소용돌이가 그의 머리에서 모자를 날려버렸던 것이다.

그곳을 뒤덮고 있던 소란은 시끌벅적하고 무질서했으나, 이윽고 하나의 질서정연한 움직임으로 변해가는 듯했다. 마침내 고래들은 한 덩어리로 뭉쳐 빽빽한 밀집대형을 이루더니, 더욱 빠른 속도로 도망치기 시작했다. 더이상 추격해봤자 헛일이었다. 하지만 보트들은 드러그에 매여 대열에서 낙오했을지도 모를 고래를 건지거나 플래스크가 죽인 후에 신호기를 꽂아둔 고래를 챙기기 위해 고래떼가 지나간 자리에 여전히 머물러 있었다. 신호기는 삼각기를 매단 장대인데, 그것은 어느 보트에나 두세 개 정도 실려 있다. 가까운 곳에 다른 사냥감이 나타났을 경우에 둥둥 뜬 고래 사체에 이 신호기를 수직으로 꽂아두는데, 이는 바다에서 고래의 위치를 표시하는 역할과 다른 배의 보트들이 가까이 다가올 경우 그 고래에게 이미 임자가 있음을 알리는 징표 역할을 동시에 수행한다.

이번 추격의 결과는 어쩐지 포경업계의 명언—고래가 많을수록 낚는 건 적다—의 실례를 보여주는 듯했다. 드러그에 매달린 고래 가운데 잡힌 것은 오직 한 마리뿐이었다. 나머지는 용케도 일단 달아났지만, 이후에 보게 되다시피 피쿼드호가 아닌 다른 배에 잡히고 만다.

88장

학교와 교장

앞 장에서는 향유고래의 거대한 모임 또는 무리에 대해 설명했고, 또한 그들이 그처럼 대규모로 집결하는 원인으로 여겨지는 것에 대해서도 이야기했다.

물론 그런 대규모 무리와도 가끔 마주치긴 하지만, 오늘날에도 종종 목격되곤 하는 것은 제각기 스무 마리에서 쉰 마리 정도에 이르는 소규모 무리다. 분명 다들 본 적이 있으리라 생각한다. 그런 무리를 '학교'[389]라고 부른다. 학교에는 보통 두 종류가 있다. 구성원 대부분이 암컷인 학교와 흔히 '황소'라고 칭하는 건장하고 젊은 수컷들만 집합시킨 학교.

암컷들의 학교에는 완전히 다 자랐으나 늙지는 않은 수컷 고래 하나가 늘 호위 기사처럼 따라다니는 것을 볼 수 있는데, 이 고래는 어떤 위급한 상황이 벌어지든 대열의 후방으로 빠져 도주하는 숙녀들을 엄호해주는 정중한 태도를 보인다. 사실 이 신사는 바다 세계를 헤엄쳐 다니는 방탕한 오스만제국의 황제로, 자신이 거느린 하렘의 여인들의 온갖 위안과 애무에 둘러싸여 있는 것이다.

이 오스만제국 황제와 그의 첩들 사이에는 뚜렷한 차이가 있다. 그는 리바이어던 가운데서도 언제나 가장 커다란 축에 속하는 반면, 숙녀들은 완전히 다 자라서도 수컷의 평균 크기의 삼분의 일 정도밖에 안 되는 몸집을 지니기 때문이다. 암컷들은 상대적으로 가냘픈 것이 사실이다. 허리둘레는 아마 6야드도 넘지 않을 것이다. 그럼에도 전반적으로 봤을 때 유전적으로 *풍만한* 체형을 물려받았다는 사실은 부정할 수 없다.

이 첩들과 그들의 주인이 게으르게 이리저리 돌아다니는 모습을 보는 것은 매우 흥미로운 일이다. 그들은 상류층 사교계 인사들처럼 재미난 볼거리를 찾아 계속해서 유유히 떠돌아다닌다. 바야흐로 적도의 먹이 철이 되었을 때에 맞춰 적도선상에 가보면, 아마도 여름의 온갖 불쾌한 권태와 더위를 피해 북해에서 여름을 보내고 이제 막 돌아왔을 그들을 만날 수 있다. 그들은 한동안 적도의 산책로를 오르락내리락하며 빈둥거리다가, 다시 서늘한 계절을 기대하며 동양의 바다로 떠나 그곳에서 그해에 닥쳐올 또다른 무더위를 피한다.

이와 같은 여행길을 유유히 헤엄쳐 가다가 이상하고 수상한 광경이 목격되기라도 하면, 주인님 고래께서는 자신이 아끼는 가족에게 계속해서 경계의 눈초리를 보낸다. 불시에 당돌하고 젊은 리바이어던이 다가와 숙녀들 중 한 명에게 은밀히 접근하기라도 할라치면, 파샤[390]께서는 엄청나게 화를 내며 녀석을 맹렬히 공격해 쫓아버린다! 만일 녀석처럼 파렴치한 젊은 난봉꾼들이 신성하고 행복한 가정에 난입하는 것을 묵인한다면 실로 큰일이 벌어지고 말 것이다. 하지만 파샤께서 무슨 수를 쓰시든 간에 더없이 악명 높은 로사리오[391]까지 침대에서 떼어놓을 수는 없는 노릇이다. 아아! 물고기들은 전부 한 침대에서 자기 때문이다. 육지에서는 종종 한 여자 때문에 남자들이 더없이 끔찍한 결투를 벌이곤 하는데, 고래들도 그와 같아서 간혹 사랑 때문에 치명적인 전투를 벌이곤 한다. 그들은 긴 아래턱을 검 삼아 한바탕 검술을 겨루고, 때로는 서로의 검을 맞부딪치면서 우위를 점하고자 애를 쓴다. 엘크들이 가지진 뿔을 얽으며 싸우는 것처럼 말이다. 이러한 싸움에서 깊은 상처를 입어 붙잡히는 고래들도 적지 않다. 그런 고래의 머리에는 고랑처럼 좁고 긴 골이 나 있고, 이빨은 부러져 있으며, 지느러미는 가리비 테두리처럼 들쑥날쑥해져 있다. 어떤 고래들은 턱뼈가 탈구되어 입이 돌아가 있기도 하다.

그런데 행복한 가정을 침범하려던 녀석이 하렘의 주인님에게 한 대 얻어맞자마자 도망을 쳤다면, 이후에 그 주인님이 보이는 행동을 감상하는 것도 매우 즐거운 일이다. 녀석은 젊은 로사리오를 애태워서 괴롭힐 수 있을 만한 거리에서 자신의 거대한 몸뚱이를 첩들 사이에 부드럽게 밀어넣고는 한동안 흥청거리며 노는데, 그 모습이 마치 천 명의 첩들 사이에서 독실한 예배를 드리는 경건한 솔로몬왕 같다. 고래잡이들은 다른 고래들이 시야에 들어오는 한, 이런 터키 황제를 좀처럼 쫓으려 하지 않는다. 이 터키 황제들은 정력을 너무 낭비한 나머지 몸에 기름기가 별로 없기 때문이다. 그들이 낳은 아들딸들은 어떨까. 아들딸들은 어미로부터 약간의 도움만을 받을 뿐, 그후로는 스스로 알아서 살아가야만 한다. 무엇이나 닥치는 대로 탐하는 바람둥이 애인들이 으레 그렇듯, 주인님 고래께서는 침실에만 관심이 있을 뿐, 육아실에는 전혀 무관심하기 때문이다. 또한 그는 대단한 여행가이기 때문에 전 세계에 아무렇게나 씨를 뿌리고 다닌다. 그의 새끼들은 하나같이 모두가 외래종이다. 그래도 때가 되면 젊음의 열정도 사그라지고, 흐르는 세월과 더불어 점점 더 의기소침해지며, 근엄한 침묵에 잠겨 사색하게 된다. 한마디로 전반적인 권태감이 만사에 넌더리가 난 터키 황제에게 밀려오게 되는 것인데, 그렇게 되면 안락함과 미덕에 대한 사랑이 여자에 대한 사랑을 대신하게 된다. 우리의 오스만제국 황제는 발기도 안 되고 후회는 밀려들고 자꾸 훈계만 늘어놓게 되는 삶의 시기로 접어들어, 하렘을 포기하겠노라 맹세한 뒤 그것을 전부 해체시키고는, 골을 부리는 전형적인 노인네가 되어 혼자서 기도를 외우고 온갖 경선과 위선 사이를 돌아다니며 만나는 모든 젊은 리바이어던들에게 육욕의 탐닉으로 벌어질 과오를 경고한다.

그런데 고래잡이들은 첩 고래들의 하렘을 '학교'라고 부르므로, 그 학교의 주인이자 우두머리는 엄밀히 말해서 '교장'이 될 것이다. 따라서 학교에 다니다가 밖으로 나가서 학교에서 배운 것이 아닌 학교의 어리석음만을 되풀이하여 가르치는 행위가 감탄스러울 만큼 풍자적이기는 하지만, 그것이 교장의 성격과 딱 맞아떨어진다고는 볼 수 없다. 교장이라는 호칭은 하렘을 학교라고 부르는 데서 유래했다고 보는 게 무척 자연스럽겠지만, 혹자는 추측하기를, 이 오스만제국 고래에게 처음으로 그 호칭을 붙여준 사람은 비도크[392]의 회고록을 읽은 것이 틀림없고, 그 유명한 프랑스인이 젊은 시절에 어떤 종류의 시골 학교 교장이었는지, 또한 그가 학생들에게 되풀이하여 가르쳤던 오묘한 수업 내용이 무엇이었는지에 대해서도 알고 있었을 거라고 한다.

교장 고래가 늘그막에 선택한 이 은둔과 고립은 모든 고령의 향유고래들이 공통되게 보여주는 특징이다. 외톨이 고래—혼자 다니는 리바이어던을 이렇게 부른다—는 거의 대부분 늙은 고래다. 수염을 이끼처럼 기른 존귀한 대니얼 분[393]과 마찬가지로, 외톨이 고래는 '자연' 외에는 아무도 곁에 두지 않고 저 광막한 바다에서 오직 '자연'만을 부인으로 삼아 살아가는데, '자연'이 쓸쓸한 비밀을 그토록 많이 간직하고 있긴 해도 최고의 부인임에는 틀림이 없다.

앞서 말한 젊고 활기찬 수컷들로만 이루어진 학교는 하렘 학교와는 뚜렷한 차이를 보인다. 암컷 고래들이 본성상 부끄러움을 잘 타는 반면, '40통짜리 황소'라고 불리는 이 젊은 수컷들은 단연코 모든 리바이어던 가운데 가장 호전적이며 상대하기에 가장 위험한 부류로 알려져 있다. 예외가 있다면 간혹 만나게 되는 경이로운 회색머리 고래뿐인데, 이들은 매우 심한 통풍으로 안달이 난 냉혹한 악마처럼 여러분에게 달려들 것이다.

'40통짜리 황소' 학교는 하렘 학교보다 크다. 젊은 대학생 패거리와 마찬가지로, 이들 또한 매일 싸움과 장난과 부도덕한 행위만을 저지르고 정말이지 무모하게 까불거리며 세상을 휘젓고 다니기 때문에, 신중한 보험업자라면 예일대학이나 하버드대학의 소란스러운 남자들과 마찬가지로 이들에게도 보험을 팔지 않을 것이다. 하지만 이런 질풍노도의 시기도 곧 끝이 나고, 사분의 삼쯤 성장하게 되면 뿔뿔이 흩어져 각자 자신들이 머물 곳, 즉 하렘을 찾아 떠나게 된다.

암컷 학교와 수컷 학교 사이의 또다른 차이점이 성별의 차이를 더욱 명확히 보여준다. 여러분이 '40통짜리 황소' 한 마리를 공격하기라도 하면—불쌍하기도 하지!—녀석의 동료들은 몽땅 녀석을 두고 달아나버린다. 하지만 하렘 학교의 학생 하나를 공격하면, 그 학생의 친구들이 온갖 우려를 표하며 그녀 주위를 헤엄쳐 다니고, 때로는 그녀 가까이서 너무 오랫동안 머무는 바람에 자신들까지 희생물이 되어버리곤 한다.

89장

잡힌 고래와 놓친 고래

바로 앞 장의 앞 장에서 신호기와 신호기 장대에 대해 넌지시 이야기한 바 있는데, 그 신호기를 크나큰 상징이자 증표로 삼기도 하는 포경업의 법률과 규정에 대해서도 어느 정도 설명을 해둘 필요가 있다.

여러 척의 배가 함께 항해하는 경우, 어느 배의 공격을 받고 도망친 고래가 결국 다른 배로부터 최후의 일격을 당해 잡히는 일은 흔히 벌어진다. 그리고 이 하나의 커다란 사건에는 그와 관련된 여러 사소하고 부차적인 사건들이 간접적으로 뒤따른다. 예를 들어, 힘들고 위험한 추격 끝에 붙잡은 고래의 사체가 거센 폭풍우 때문에 배에서 풀려나 바람 불어가는 쪽으로 멀리 떠내려갔는데, 이를 또다른 포경선이 목숨이나 밧줄을 잃을 위험도 없이 침착하고 여유롭게 뱃전으로 끌어올렸다고 해보자. 이럴 때 만일 성문율이 됐든 불문율이 됐든 모든 경우에 적용할 수 있는 보편타당한 법이 없다면, 고래잡이들 사이에는 매번 더없이 성가시고 난폭한 분쟁이 일어날 수밖에 없을 것이다.

아마도 입법부가 제정해 공식적으로 승인된 포경법은 네덜란드의 포경법이 유일할 것이다. 그 포경법은 1695년 네덜란드 국회에서 법령으로 선포됐다. 그 밖의 나라에는 성문화된 포경법이 없지만, 미국의 고래잡이들은 이 문제에 관한 한 자신들이 직접 나서서 법률 제정자와 변호사의 역할을 동시에 수행해왔다. 그들은 '유스티니아누스법전'[394]과 '남의 일에 참견을 금하기 위한 중국인 협회'의 세칙을 뛰어넘을 만큼 간결하고도 포괄적인 체계를 마련해왔다. 그렇다, 이 법은 앤여왕 시대의 파딩 동전이나 작살의 미늘에 새겨서 목에 걸고 다녀도 될 만큼 무척 간단하다.

I. '잡힌 고래'는 그것을 잡은 자의 소유다.

II. '놓친 고래'는 먼저 잡는 자가 임자다.

하지만 이 훌륭한 법규는 그 엄청난 간결성 탓에 문제가 되기도 하는데, 이 법규를 설명하려면 방대한 주석이 필요하기 때문이다.

첫째, '잡힌 고래'란 무엇인가? 배나 보트에 탄 한 사람 이상의 점유자가 통제할 수 있는 수단—돛대, 노, 9인치 밧줄, 전선, 한 가닥의 거미줄 등등—을 통해 그 배나 보트에 연결해둔 고래는, 죽었든 살았든 엄밀한 의미에서 '잡힌 고래'라고 본다. 마찬가지로 고래가 신호기나 그 밖의 다른 공인된 소유권의 상징물을 달고 있을 경우, 그 신호기를 단 당사자가 언제든지 고래를 뱃전에 끌어올릴 능력이 있고 그렇게 할 의향이 있다는 것만 명백히 내비치면, 그 고래는 엄밀한 의미에서 '잡힌 고래'라고 본다.

이것은 체계적인 주석이다. 하지만 고래잡이 자신들의 주석은 때로 거친 폭언과 그보다 더 거친 주먹질로 이루어져 있다. 쿡이 리틀턴의 저작에 주석[395]을 다는 대신 그에게 주먹을 날리는 것과 마찬가지다. 물론 고래잡이들 중에서도 강직하고 고결한 자들은 늘 예외적인 경우를 인정하여, 어느 배가 이전에 쫓거나 죽인 고래를 다른 배가 자기네 소유라고 주장하는 것은 도덕적으로 터무니없이 부당하다고 여기기도 한다. 하지만 그런 양심적인 고래잡이들만 있는 것은 아니다.

오십 년 전쯤에 영국에서 횡령당한 고래를 되찾기 위한 기이한 소송이 벌어졌는데, 원고측은 자신들이 북해에서 어렵사리 고래를 추격한 끝에 실제로 고래에게 작살을 꽂는 데 성공했으나, 결국 목숨이 왔다갔다하는 위험 때문에 어쩔 수 없이 밧줄뿐만 아니라 보트도 포기해야 했다고 주장했다. 피고측(또

다른 배의 선원들)이 결국 그 고래를 따라가서 공격하고 죽이고 점령한 다음, 마침내 원고측이 훤히 보는 앞에서 고래를 횡령했다는 것이다. 그리고 원고측에서 항의를 표하자, 피고측 선장은 원고측의 면전에서 손가락으로 딱 소리를 내며 경멸을 표했고, 자신의 업적을 기념하기 위해 고래를 잡았을 당시 고래에 매달려 있던 밧줄, 작살, 보트까지 자신이 모두 가져가야겠노라고 확언했다. 그런 까닭에 원고측은 자신들의 고래와 밧줄, 작살, 보트의 경제적 가치를 보상받고자 피고측을 고소한 것이었다.

피고측 변호인은 어스킨 씨였고, 담당 판사는 엘런버러 경이었다. 재치가 풍부한 어스킨 씨는 변호 과정에서 피고측 입장을 분명히 보여주기 위해 최근에 있었던 간통 사건을 넌지시 예로 들며 설명을 이어나갔다. 어떤 남자가 아내의 타락을 막기 위해 애를 썼지만 소용이 없자 결국 그녀를 세상이라는 바다에 버렸는데, 몇 년 후 그러한 처신을 뉘우치고는 아내에 대한 소유권을 되찾기 위해 소송을 제기했다는 것이다. 어스킨 씨는 상대편 변호사였고, 따라서 다음과 같은 말로 피고측을 변호했다. 비록 그 남자는 그 여자에게 최초로 작살을 던져서 잡아두었던 자이지만, 부도덕을 일삼는 그녀가 큰 스트레스를 준다는 이유만으로 결국 그녀를 포기했다. 하지만 그가 그녀를 포기했으므로 그녀는 놓친 고래가 되었다. 따라서 그다음에 나타난 남자가 그녀에게 다시 작살을 던졌을 때, 그 여자는 자신의 몸에 박혀 있었을지도 모르는 예전의 작살과 함께 새 남자의 소유물이 되었다.

그런데 어스킨 씨는 주장하기를, 이번 사건의 고래와 그 여자는 서로 예증이 된다고 했다.

이러한 변론과 반대측 변론을 충분히 들은 몹시도 박식한 판사는 상투적 법률용어로 판결을 내렸다. 즉, 보트는 원고측에서 목숨을 구하고자 포기한 것일 뿐이므로 원고측에 반환해야 한다. 하지만 논쟁의 핵심이 되는 고래, 작살, 밧줄은 피고측의 소유인데, 그 고래는 마지막으로 잡혔을 때 '놓친 고래'였으며,

작살과 밧줄은 고래가 그 물품들과 함께 달아났을 때 고래의 소유물로 취득되었기 때문이다. 따라서 이후에 그 고래를 잡은 자가 그것들에 대한 권리를 지닌다. 그런데 이후에 고래를 잡은 것은 피고측이고, 그런고로 상기 물품들은 피고측의 것이다.

보통 사람이라면 몹시도 박식한 판사의 이러한 판결을 듣고 이의를 제기할지도 모르겠다. 하지만 이 문제의 핵심까지 파고들어가 깊이 생각해보면, 앞에서 인용한 포경법 한 쌍에 규정된 양대 원칙, 그러니까 방금 위에서 인용한 사건에서 엘런버러 경이 적용하고 천명한 '잡힌 고래'와 '놓친 고래'에 관한 두 원칙이야말로 인간의 모든 법률 체계의 근간을 이루고 있다는 사실을 알게 될 것이다. 법의 전당은 복잡한 그물무늬로 꾸며져 있지만, 블레셋 사람들의 신전[396]과 마찬가지로 오직 두 개의 버팀목만으로 지탱되고 있기 때문이다.

'소유가 법의 반'이라는 말, 즉 그것을 어떻게 얻게 되었는지는 중요하지 않음을 뜻하는 이 말은 모두가 입에 담는 속담이 아니던가? 하지만 때로는 소유가 법의 전부가 되기도 한다. 소유가 법의 전부라고 할 때, 러시아 농노와 공화국 노예의 힘줄과 영혼이 '잡힌 고래'가 아니면 뭐란 말인가? 탐욕스러운 집주인에게, 남편을 잃은 여자의 마지막 동전 한 푼이 '잡힌 고래'가 아니면 뭐란 말인가? 아직 죄를 들키지 않은 악당이 살고 있는 저기 저 대리석 대저택, 문패를 신호기로 달고 있는 저 대저택이 '잡힌 고래'가 아니면 또 뭐란 말인가? 가련하고 비통한 파산자가 비통한 가족을 굶어죽게 하지 않으려고 돈을 빌릴 때, 중개인 모르드개[397]가 뜯어내는 살인적인 선이자, 그 선이자가 '잡힌 고래'가 아니면 또 뭐란 말인가? 세이브솔[398] 대주교가 등이 휘어져라 일하는 노동자 수십만 명(다들 대주교의 도움 없이도 천국으로 갈 게 분명한 자들)의 얼마 되지 않는 빵과 치즈에서 10만 파운드를 긁어모을 때, 그 10만 파운드의 수입 전체가 '잡힌 고래'가 아니면 또 뭐란 말인가? 던더[399] 공작에게 세습된 마을과 부락이 '잡힌 고래'가 아니면 뭐란 말인가? 가공할 작살잡이인 존 불[400]에게, 가엾은 아일랜드가 '잡힌 고래'가 아니면 뭐란 말인가? 사도 같은 창기병 브러더 조너선[401]에게, 텍사스가 '잡힌 고래'가 아니면 뭐란 말인가? 이 모든 경우에, '소유는 법의 전부'가 아니겠는가?

하지만 '잡힌 고래'의 원칙이 꽤나 보편적으로 적용되는 것이라고 한다면, 그와 유사한 '놓친 고래'의 원칙은 그 적용 범위가 훨씬 더 광범위하다. 그 원칙은 국제적으로, 그리고 우주적으로 적용될 수 있다.

1492년에 콜럼버스가 국왕과 왕비를 위해 아메리카에 신호기를 꽂듯이 에스파냐 국기를 꽂았을 때, 그 아메리카가 '놓친 고래'가 아니면 무엇이었겠는가? 폴란드는 제정러시아 황제에게 무엇이었던가? 그리스는 터키에게 무엇이었던가? 인도는 영국에게 무엇이었던가? 멕시코는 결국 미합중국에게 무엇이 될 것인가? 모두가 '놓친 고래'다.

'인간의 권리'와 '세계의 자유'가 '놓친 고래'가 아니면 또 뭐란 말인가? 모든 인간의 정신과 의견이 '놓친 고래'가 아니면 뭐란 말인가? 그들이 지닌 종교적 신념의 원칙이 '놓친 고래'가 아니면 뭐란 말인가? 남의 말을 훔쳐 허세를 부리는 웅변가에게 사상가들의 사상이 '놓친 고래'가 아니면 뭐란 말인가? 이 거대한 지구 자체가 '놓친 고래'가 아니면 뭐란 말인가? 그리고 독자여, 당신 또한 '놓친 고래'이자 '잡힌 고래'가 아니면 또 뭐란 말인가?

90장

머리냐 꼬리냐

De balena vero sufficit, si rex habeat caput, et regina caudam.

(고래는 실로 국왕이 머리를 가지고, 여왕이 꼬리를 가지기에 충분하다.)

—브랙턴[402], 『영국의 법과 관습에 대하여』 3장 3절

영국의 법률서에서 인용한 이 라틴어 문장은 그것이 놓인 맥락에서 살펴볼 때, 저 나라의 해안에서 잡힌 모든 고래의 머리는 명예 작살잡이장인 국왕에게 돌아가야 마땅하며, 꼬리는 정중히 여왕에게 바쳐져야 한다는 것을 뜻한다. 고래를 이렇게 분할하는 것은 사과를 반으로 쪼개는 것이나 다를 바 없어서, 중간에 남는 게 없게 된다. 그런데 이 법은 수정된 형태로 오늘날까지도 영국에서 시행되고 있고, 여러 면에서 '잡힌 고래'와 '놓친 고래'의 일반법에 이상한 변형을 가한 것이므로, 여기서 특별히 한 장을 할애해 다루기로 한다. 그것은 영국의 철도 회사가 특별히 왕족들의 편의를 위해 별도의 객차를 마련하도록 한 것과 같은 정중한 원칙을 똑같이 따른 것이다. 먼저 방금 언급한 법이 여전히 시행되고 있다는 사실을 증명하는 기이한 사례로, 요 두 해 사이에 일

어났던 사건에 대해 이야기해보겠다.

도버인지 샌드위치인지, 아무튼 오항五港[403] 가운데 한 곳의 정직한 선원 몇 명이 해안에서 멀리 떨어진 곳에서 처음 발견했던 훌륭한 고래를 열심히 쫓은 끝에 죽여서 뭍으로 끌어올리는 데 성공한 모양이었다. 그런데 오항은 부분적으로 '워든 경'[404]이라 불리는 일종의 경찰 또는 관리 직원의 관할에 속해 있다. 그 공직은 왕실 직속이므로, 오항 지역에서 생기기 마련인 모든 왕실의 소득은 그의 것으로 할당되어 있는 듯하다. 어떤 저술가들은 이 공직이 한직이라고 말한다. 하지만 사실은 그렇지 않다. 워든 경은 때로 부수입을 챙기느라 바쁘기 때문이다. 그 부수입이란 대개 그가 슬쩍해서 자신의 주머니에 채워넣은 것이었다.

어쨌거나 햇볕에 탄 이 가련한 선원들은 맨발에 바지를 미끈미끈한 뱀장어 같은 다리 위까지 걷어올린 채 녹초가 될 때까지 그 살찐 고래를 물 밖으로 끌어냈다. 그들은 그 귀중한 기름과 뼈를 팔면 150파운드는 족히 받을 수 있으리라 기대했고, 각자에게 돌아올 몫으로 아내와 귀한 차를 마시고 친구들과 훌륭한 맥주를 홀짝이는 공상에 잠겨 있었다. 바로 그때 매우 박식하고 더없이 경건하며 너그러운 기독교도 신사가 겨드랑이 아래 블랙스톤의 저서 한 권[405]을 낀 채 앞으로 다가오더니, 그 책을 고래의 머리 위에 올려놓으며 이렇게 말한다. "손을 치워라! 여러분, 이 고래는 '잡힌 고래'다. 나는 이것을 워든 경의 것으로 압수하는 바이다." 이 말을 들은 가련한 선원들은—몹시 영국인답게도—공손히 실망감을 드러내며 무슨 말을 해야 할지 모른 채 머리 이곳저곳을 열심히 긁어대면서 고래와 낯선 남자를 유감스럽다는 듯한 표정으로 번갈아 쳐다본다. 하지만 그런다고 해서 문제가 해결되는 것은 결코 아니었고, 블랙스톤의 저서를 들고 온 그 박식한 신사의 완고한 마음도 전혀 누그러뜨릴 수 없었다. 마침내 그들 중 한 명이 생각을 쥐어짜려고 한참 동안 머리를 긁어댄 끝에 실례를 무릅쓰고 입을 열었다.

"죄송하지만 선생님, 워든 경이 누구죠?"

"공작님이시다."

"하지만 공작님은 이 고래를 잡은 일과 아무 상관이 없는데요?"

"고래는 공작님의 것이다."

"우리는 이 고래를 잡느라 한바탕 난리와 위험을 겪고 돈도 좀 썼는데 그 이득을 공작님이 다 챙긴다니, 우리가 들인 고통의 대가가 고작 물집뿐이란 겁니까?"

"고래는 공작님의 것이다."

"공작님은 이렇게 극단적인 방법이 아니면 생계를 꾸려나갈 수 없을 정도로 가난하신가요?"

"고래는 공작님의 것이다."

"저는 이 고래를 팔아 제 몫을 받으면 아파서 누워 계신 늙은 어머니의 병을 낫게 해드릴 생각이었는데요."

"고래는 공작님의 것이다."

"공작님은 고래의 사분의 일이나 반만 드려도 만족하시지 않을까요?"

"고래는 공작님의 것이다."

결국 고래는 압수되어 팔렸고, 그 돈은 웰링턴 공작 나리[406]께서 챙기셨다. 특정한 시각에서 봤을 때 이 사건은 정황상 다소 지나치다고 여겨질 소지가 없지 않다고 생각한 정직한 마을 목사는 공작 나리께 정중히 편지를 써서 그 불운한 선원들의 사정을 깊이 헤아려달라고 간청했다. 이에 대해 공작 나리께서는 자신은 이미 선원들의 사정을 깊이 헤아려 돈을 받았으며, 목사님께서는 앞으로 부디 다른 사람의 일에 신경을 꺼주시면 무척 감사하겠다는 내용의 답장을 보내왔다(양쪽 편지는 모두 공표되었다). 이 공작은 세 왕국[407]의 모퉁이에 서서 사방팔방으로 적선을 강요하는 호전적인 늙은이인 것일까?

이 사건에서 공작이 고래에 대해 주장하는 권리는 국왕으로부터 위임받은 권리라는 것을 쉽게 이해할 수 있을 것이다. 그렇다면 국왕은 원래 어떤 관습에 따라 그러한 권리를 부여받았는지에 대해 알아볼 필요가 있다. 법 자체에 대해서는 이미 앞에서 설명했다. 하지만 플로든[408]은 그 이유를 제공해준다. 플로든은 그렇게 잡힌 고래가 국왕과 여왕의 소유가 되는 것은 "그것의 비할 데 없는 탁월함 때문이다"라고 말한다. 그리고 누구보다 견실한 주석자들은 이 문제에서라면 플로든의 의견을 줄곧 설득력 있는 논거로 삼아왔다.

하지만 어째서 국왕은 머리를 가지고 여왕은 꼬리를 가져야만 하는가? 그대 법률가들이여, 그 이유를 한번 말해보라!

옛 영국 고등법원의 왕좌부 소속 저술가인 윌리엄 프린[409]이라는 자는 '여왕의 황금', 즉 여왕의 내탕금에 대한 소논문에서 다음과 같이 말했다. "그 꼬리는 바로 여왕의 것이니, 그리하여 여왕의 옷장이 고래수염으로 채워지게 될지어다." 그런데 이 문장은 그린란드고래나 참고래의 검고 유연한 수염이 숙녀의 코르셋을 만드는 데 주로 사용되던 시절에 쓰인 것이다. 하지만 고래수염은 꼬리가 아니라 머리에 있으니, 프린처럼 빈틈없는 법률가로서는 어이없는 실수가 아닐 수 없다. 그런데 꼬리를 바쳐야 한다니, 여왕이 무슨 인어라도 된다는 말인가? 어쩌면 바로 여기에 우의적 의미가 숨어 있을지도 모른다.

영국의 법률계 저술가들이 왕실 물고기라고 칭하는 것은 고래와 철갑상어 두 종류인데, 둘 다 어떤 법적 조건하에 왕실의 재산으로 정해져 있으며, 명목상으로는 국왕의 통상 세입의 열번째 항목을 차지하고 있다. 이 문제에 대해 언급한 다른 저술가들이 있는지는 모르겠으나, 미루어보건대 철갑상어도 고래와 똑같이 분할한 다음 철갑상어 특유의 고도로 밀도 높고[410] 유연한 머리를 왕에게 주는 것이 당연할 듯싶다. 상징적으로 봤을 때, 그 둘의 머리는 우스꽝스러울 만큼 서로 닮아 있기 때문이다. 그래서 이처럼 세상만물에는, 심지어 법에도 다 이유가 있는 것 같다.

91장

피쿼드호가 로즈버드호를 만나다

용연향을 찾아서 이 리바이어던의 볼록한 뱃속을 샅샅이 뒤졌지만, 탐사는 참을 수 없는 지독한 악취 탓에 수포로 돌아가고 말았다.

—토머스 브라운 경, 『V. E.』

바로 앞에서 이야기한 고래잡이 장면으로부터 한 주나 두 주쯤 지났을 무렵이었다. 우리가 나른하고 안개 자욱한 한낮의 바다를 천천히 항해하고 있을 때, 피쿼드호의 갑판에 있던 여러 선원의 코가 돛대 꼭대기에 있던 여섯 개의 눈보다 더욱 훌륭한 망꾼임이 판명되었다. 바다에서 이상하고 그리 유쾌하지 않은 냄새가 올라왔던 것이다.

"장담하는데 말이지, 이 근처 어딘가에 우리가 일전에 드러그를 매달고 같이 놀아줬던 고래 몇 마리가 있을 거야. 죽어서 배를 뒤집고 둥둥 떠다닐 줄 알았지." 스터브가 말했다.

이윽고 앞쪽의 안개가 말끔히 걷히더니 멀리서 배 한 척이 모습을 드러냈는데, 돛을 접고 있는 것으로 보아 뱃전에 고래를 매달고 있는 듯했다. 더 가까이

다가가보니 그 낯선 배의 꼭대기에는 프랑스 깃발이 걸려 있었다. 구름처럼 모여든 무자비한 바닷새들이 소용돌이를 일으키며 그 배 주위를 둥글게 맴돌다 급강하하는 것으로 봐서, 그 배의 뱃전에 매달린 고래는 고래잡이들이 '시든 고래'라고 부르는 고래, 즉 바다에서 평온히 죽은 채 수면 위를 둥둥 떠다니는 임자 없는 사체임이 분명했다. 그처럼 거대한 고깃덩어리가 얼마나 고약한 악취를 뿜어낼지는 충분히 상상해볼 수 있을 것이다. 그것은 전염병으로 죽은 자들이 풍기는 악취 때문에 산 자들이 그들을 매장해줄 수도 없었던 아시리아의 어느 도시의 경우보다 더 심하다. 어떤 선원들은 그 악취라면 아주 질색해서, 아무리 큰돈을 주겠다며 꼬드겨도 시든 고래를 뱃전에 잡아매려 하지 않는다. 그런 고래로부터 얻어낸 기름은 품질이 매우 떨어지고 장미유와는 거리가 멀지만 그럼에도 불구하고 그런 고래를 뱃전에 잡아매려는 사람이 아예 없는 것은 아니다.

잦아드는 미풍을 타고 더 가까이 다가가보니, 그 프랑스 배의 뱃전에는 고래 한 마리가 더 매달려 있었다. 이 두번째 고래는 첫번째 고래보다 악취가 더 진동했다. 알고 보니 그 고래는 엄청난 소화불량 또는 체증으로 말라죽어버린 듯한 골칫거리 고래로 밝혀졌는데, 그렇게 기능이 정지된 몸뚱이에는 기름 같은 것이 거의 완전히 바닥나 있기 마련이다. 하지만 약삭빠른 고래잡이가 보통은 시든 고래를 매우 꺼리더라도 이런 고래는 결코 비웃지 않는다는 사실은 나중에 때가 되면 살펴볼 것이다.

이제 피쿼드호는 미끄러지듯 나아가 그 낯선 배에 바싹 달라붙었고, 스터브는 그 고래들 가운데 하나의 꼬리에 둘둘 감겨 있는 밧줄에 자기 고래 삽이 뒤엉켜 있는 걸 똑똑히 봤다고 맹세했다.

"참으로 귀여운 녀석일세." 스터브는 뱃머리에 서서 야유하듯이 웃음을 내뱉었다. "저게 자칼이 아니면 뭐겠어! 저 개구리 같은 프랑스 놈들[411]이 고래잡이에 젬병이라는 건 나도 잘 알고 있지. 부서지는 흰 파도를 향유고래 물기둥으로 착각하고 보트를 내릴 때도 있어. 그래, 자신들이 얻게 될 기름을 다 합쳐봤자 선장이 쓸 양초의 심지도 적시지 못하리라는 걸 예견하고, 항구를 떠날 때 화물창에 수지 양초와 양초 심지 자르는 가위를 상자째 가득 채워놓을 때도 있어. 그래, 이건 누구나 다 아는 사실이야. 하지만 저것 좀 보라고. 저 개구리들은 우리가 버리고 간 쓰레기, 그러니까 드러그를 매단 저 고래들로도 만족하는군. 그래, 그리고 저기 매어둔 저 또다른 귀중한 고래의 마른 뼈를 긁어내는 것만으로도 만족하는 모양이야. 가엾기도 하지! 자, 누가 모자라도 좀 돌려봐. 자선사업이라도 할 겸 기름을 조금이나마 모아서 선물해주자고. 드러그를 매단 저 고래에게서 얻게 될 기름은 감옥에서 태우기에도 마땅치 않을 테니 말이야. 그래, 사형수 감방에서도 태울 수 없을 거야. 그리고 또다른 고래에 대해 말해보자면, 웬걸, 우리 배의 돛대 세 개를 잘라 기름을 짜내도 저 뼈다귀 뭉치에서보다 더 많은 기름을 짜낼 수 있을 거라는 데 한 표 던지겠어. 그런데 다시 생각해보니 저기에는 기름보다 훨씬 더 근사한 게 들어 있을지도 모르겠군. 그래, 용연향 말이야. 우리 노인네가 용연향을 생각해본 적이 있는지 궁금하군. 한번 시도해볼 만한 가치는 있겠어. 그래, 한번 해보자고." 이렇게 말하면서 스터브는 뒷갑판을 향해 걸어가기 시작했다.

이때쯤 희미하게 불어오던 바람은 완전히 잠잠해져버렸다. 그리하여 피쿼드호는 이제 좋든 싫든 그 냄새 속에 완전히 갇히게 되었고, 다시 바람이 세차게 일기 전까지는 그곳에서 탈출할 가망도 없었다. 선실에서 나온 스터브는 자기 보트의 선원들을 큰 소리로 부르더니, 그 낯선 배를 향해 노를 저어갔다. 그 배의 뱃머리 쪽을 가로지르면서 보니, 선수재船首材의 윗부분은 상상력이 풍부한 프랑스인 취향에 맞게 아래로 축 늘어진 커다란 식물의 줄기 모양으로 조각되어 녹색으로 칠해져 있었고, 여기저기 튀어나온 구리 못이 가시를 대신하고 있었으며, 전체적인 문양은 선홍색의 동그란 이파리가 서로 대칭을 이루며 겹쳐진 것으로 마무리되어 있었다. 머리판 위에는 커다란 금박 글자로 '부통 드 로즈Bouton de Rose'라고 쓰여 있었다. '장미꽃 봉오리', 즉 '로즈버드'라는 낭만적인 이름이 이 향기로운 배의 이름이었다.

비록 스터브는 거기 적힌 글자에서 *부통*이 무슨 뜻인지는 알 수 없었지만, 로즈라는 단어와 둥글납작한 선수상을 동시에 놓고 생각해보자 그 전체 의미를 충분히 파악할 수 있었다.

"그래, 나무로 만든 장미꽃 봉오리라 이거지?" 그는 손으로 코를 막으며 외쳤다. "그건 좋다 이거야. 그런데 사람 미치게 하는 이 냄새는 대체 뭐냐고!"

어쨌거나 갑판 위의 선원들과 직접 대화를 주고받기 위해서는 뱃머리를 돌아 우현 쪽으로 간 다음, 그러니까 시든 고래에게 바싹 다가간 다음 그 너머로 대화를 해야만 했다.

그리하여 이 지점에 이른 스터브는 여전히 한 손으로 코를 막은 채 고함을 질렀다. "어어이, 부통 드 로즈! 부통 드 로즈에 누구 영어할 줄 아는 사람 있나?"

"있지." 건지[412] 출신의 남자가 뱃전에서 응수했는데, 알고 보니 그는 그 배의 일등항해사였다.

"아, 그래. 부통 드 로즈버드[413]여, 자네는 흰 고래를 본 적이 있는가?"

"뭔What 고래?"

"흰White 고래 말이야. 향유고래. 모비 딕 말일세, 녀석을 본 적이 있나?"

"그런 고래는 들어본 적 없어. *카샬로 블랑슈*! 흰 고래라니, 난 몰라."

"그래, 그렇군. 그럼 일단 작별하도록 하지. 곧 다시 찾아뵙겠네."

그러고서 스터브는 재빨리 피쿼드호로 돌아갔고, 뒷갑판 난간에 몸을 기댄 채 보고를 기다리고 있는 에이해브를 보고는 두 손을 나팔처럼 말고 큰 소리로 외쳤다. "못 봤답니다, 선장님! 못 봤대요!" 그러자 에이해브는 자리를 떴고, 스터브는 다시 프랑스 배로 돌아갔다.

이번에 가서 보니, 건지 출신 사내는 방금 막 닻사슬에 올라가 고래 해체용 삽을 휘두르고 있었는데, 포대 같은 것으로 코를 가리고 있었다.

"이봐, 코는 왜 그런 거야?" 스터브가 말했다. "코가 깨졌나?"

"깨지기라도 했으면 좋겠군. 아니, 코라는 게 아예 없었으면 좋겠어!" 건지 출신 사내가 대답했다. 자신이 지금 하고 있는 일을 딱히 즐기는 것 같아 보이진 않았다. "그런데 자네는 왜 자네 코를 붙잡고 있는 거지?"

"아, 아무것도 아니야! 이건 밀랍으로 만든 코라서 꼭 붙들고 있어야 하거든. 날씨 참 좋군, 안 그래? 천연 비료라도 뿌린 것 같은 게, 꼭 정원에서 들이마시는 듯한 공기야. 이봐 부통 드 로즈, 우리에게 작은 꽃다발 하나라도 던져주지 않으려나?"

"대체 여긴 뭣 때문에 온 거야?" 건지 출신 사내가 갑자기 노발대발하며 고함을 질렀다.

"저런! 진정하고 머리를 좀 차갑게 식히라고. 차갑게? 그래, 바로 그거야! 작업하는 동안 고래를 얼음 속에 보관해두는 게 어때? 하지만 농담은 관두기로 하지. 그런데 로즈버드 자네는 그런 고래에서 기름을 짜내려 한다는 게 얼마나 터무니없는 짓인지 알고나 있나? 저기 저 말라빠진 고래 사체를 통째로 짜봤자 기름은 0.1리터도 나오지 않을 거야."

"물론 나도 잘 알고 있어. 하지만 선장은 그 말을 믿지 않을 거야. 이번이 그의 첫 항해거든. 전에는 오드콜로뉴를 만드는 사람이었지. 그런데 좀 올라와 보게나. 내 말은 안 믿어도, 어쩌면 자네 말은 믿어줄지 모르니 말이야. 그러면 나도 이 더러운 긁어내기 작업을 하지 않아도 될 테지."

"자네를 도울 수만 있다면 뭐든지 하지, 내 상냥하고 유쾌한 친구여." 스터브는 이렇게 응수하며 이내 갑판 위로 올라갔다. 그곳에는 기묘한 광경이 벌어져 있었다. 술 장식이 달린 빨간 털모자를 쓴 선원들이 고래를 해체하기 위해 무거운 도르래를 준비하는 중이었다. 하지만 다들 동작은 굼뜨면서 입만 빠르게 나불대고 있었고, 딱히 기분이 좋은 건 아닌 듯했다. 그들의 코는 제2사장처럼 모조리 다 위로 치솟아 있었다. 때때로 그들 중 몇몇이 일을 관두고 바람을 쐬기 위해 돛대 꼭대기 위로 뛰어올라갔다. 전염병에 걸릴까봐 뱃밥을 콜타르에 적셔 간간이 콧구멍을 틀어막는 선원들도 있었다. 또다른 선원들은 물부리를 거의 대통 부근까지 잘라버린 파이프를 힘차게 뻐끔뻐끔 피워대면서 후각 기관에 끊임없이 담배 연기를 채워넣고 있었다.

후미 쪽에 있는 선장의 옥외 변소에서 소나기처럼 쏟아져나오는 고함과 악담에 깜짝 놀란 스터브가 그쪽을 쳐다보자, 안쪽의 반쯤 열린 문 뒤로 불타는 듯 빨건 얼굴 하나가 갑자기 툭 튀어나왔다. 그는 괴로워하던 의사로, 그날 작업에 대해 항의해봤지만 소용이 없자, 역병을 피하기 위해 선장의 옥외 변소(그는 그곳을 캐비닛[414]이라고 불렀다)로 갔던 것이다. 하지만 거기서도 이따금 큰 소리로 간청을 하거나 분노를 토해내지 않을 수 없었다.

이 모든 상황을 지켜본 스터브는 이것이 자신의 계획이 잘 풀릴 조짐임을 깨닫고, 건지 출신 사내에게로 몸을 돌려 그와 잠시 수다를 떨었다. 그 낯선 배의 항해사는 자기네 선장이 자만심 강한 무식쟁이이고, 그래서 자신들을 냄새 고약하고 돈도 안 되는 곤경 속에 밀어넣었다며 선장에 대한 혐오감을 드러냈다. 상대를 조심스레 떠보던 스터브는 건지 출신 사내가 용연향에 대해 조금도 눈치채지 못했다는 점까지 간파하게 되었다. 그래서 스터브는 그 문제에 대해서는 잠자코 있었지만, 다른 문제에 대해서는 그와 꽤나 노골적이고 은밀한 이야기를 나누었다. 그리하여 곧 그 둘은 선장을 속이고 골려주면서도 선장이 그들의 정직성은 꿈에도 의심하지 못하게 할 작은 음모를 꾸몄다. 그들이 꾸민 이 작은 음모에 따라, 건지 출신 사내는 통역을 핑계로 자신이 하고 싶은 말을 마치 스터브의 말을 옮긴 것처럼 선장에게 전하고, 스터브는 그러한 대담 도중에 당장 떠오르는 말을 되는대로 마구 지껄이기로 했다.

바로 그때 그들이 희생자로 정해둔 사람이 선실 밖으로 나왔다. 그는 작고 가무잡잡한 사내로, 구레나룻과 콧수염을 길게 기르긴 했어도 선장치고는 다소 연약해 보이는 인상이었다. 그는 빨간 면벨벳 조끼를 입고 있었고, 옆구리에는 도장이 달린 회중시계를 차고 있었다. 건지 출신 사내는 이 남자에게 스터브를 정중히 소개했고, 즉시 허세를 부리며 둘 사이를 통역하는 듯한 모습을 연출했다.

"무슨 말부터 먼저 할까?" 통역사가 물었다.

"글쎄." 스터브가 면벨벳 조끼와 회중시계와 도장을 쳐다보며 말했다. "감식가 흉내를 내려는 건 아니지만 당신은 좀 철부지로 보인다, 라는 말로 운을 떼도 좋을 것 같은데."

건지 출신 사내가 선장을 돌아보며 프랑스어로 말했다. "선장님, 이분께서 말하길 바로 어제 어떤 배와 마주쳐 이야기를 나누었는데, 그 배의 선장과 일등항해사, 그리고 선원 여섯 명이 뱃전에 매달아두었던 시든 고래 때문에 열병에 걸려 그만 모두 죽고 말았답니다."

그러자 선장은 깜짝 놀라며 더 자세한 이야기를 간절히 듣고 싶어했다.

"이번에는 무슨 말을 할까?" 건지 출신 사내가 스터브에게 물었다.

"글쎄, 완전 곧이곧대로 듣는 것 같으니 이렇게 말해줘. 내가 당신을 가만히 살펴보니, 당신보다는 차라리 상티아구[415] 원숭이가 포경선 지휘에 더 적임자로 보이는 것 같다고 말이야. 아닌 게 아니라 내 눈에 당신은 개코원숭이로 보인다고도 말해주게."

"선장님, 이분이 맹세코 단언하기를, 마른 고래 쪽이 시든 고래 쪽보다 훨씬 더 치명적이라는군요. 요컨대 목숨이 아깝거든 저 고래들을 포기하는 게 좋을 거라고 합니다."

선장은 즉시 앞으로 달려가더니, 선원들에게 해체용 도르래를 끌어올리는 일을 관두고 고래를 배에 얽어맨 밧줄과 쇠사슬을 당장 풀어버리라고 큰 소리로 명령했다.

"또 뭐라고 말하지?" 선장이 돌아오자 건지 출신 사내가 물었다.

"글쎄, 가만있자. 그렇지, 이번에는 이렇게 말해주는 게 좋겠군. 사실은 내가 당신을 엿 먹였다고 말이야. (혼잣말로) 그리고 어쩌면 다른 놈 하나도 엿 먹였을지 모르지만."

"선장님, 이분께서 말하길, 우리에게 도움이 돼서 무척 기쁘답니다."

이 말을 들은 선장은 고마운 건 자기네(자신과 항해사들)라고 단언했으며, 스터브에게 자신의 선실로 내려가서 함께 보르도산 포도주 한 병을 마시자고 청하는 것으로 대화는 마무리되었다.

"선장이 자기랑 같이 포도주나 한잔하자는데." 통역사가 말했다.

"진심으로 감사하다고 전해주게. 하지만 내가 엿 먹인 사람과 함께 술을 마시는 것은 내 원칙에 어긋난다고 말해줘. 실은 이제 그만 가봐야 한다고 말이야."

"선장님, 이분께서 말하길, 자신은 금주를 원칙으로 삼고 있다고 합니다. 그리고 선장님께서 하루라도 더 술을 마시고 싶으시다면 보트 네 척을 내려서 배를 저 고래들로부터 멀찌감치 떼어놓는 게 최선일 거라고 합니다. 파도가 너무 잔잔해서 고래들이 떠내려가지 않을 테니까요."

그때쯤 벌써 뱃전을 넘어 자신의 보트에 올라타 있던 스터브는 건지 출신 사내에게 다음과 같은 취지의 말을 큰 소리로 내뱉었다. 자기 보트에 긴 예인줄이 하나 있으니 두 고래 중 가벼운 놈을 배 옆에서 끌어내는 일을 자신이 도와주겠노라고. 그리하여 프랑스 배의 보트들이 배를 한쪽으로 끌고 가는 동안, 친절한 스터브는 정말이지 유난히도 긴 예인줄을 보란듯이 늦추며 자신의 고래를 다른 한쪽으로 끌고 갔다.

이내 미풍이 불어오기 시작했다. 스터브는 고래에게서 밧줄을 풀어버리는 척했고, 프랑스 배는 보트를 모두 끌어올리고는 얼마 지나지 않아 거리를 벌렸다. 그러는 사이에 피쿼드호가 프랑스 배와 스터브의 고래 사이로 미끄러져 들어왔다. 그러자 떠내려가는 사체에 재빨리 다가간 스터브는 피쿼드호에 신호를 보내 자신의 의도를 알렸고, 교활한 잔꾀로 얻은 결실을 그 자리에서 즉시 거두어들이기 시작했다. 그는 날카로운 보트 삽을 움켜쥐더니 사체의 옆

지느러미 조금 뒤편에 구멍을 파내기 시작했다. 누가 봤으면 바다를 파내서 지하 저장실이라도 만드는 줄 알았을 것이다. 그리하여 마침내 그의 삽이 고래의 수척한 늑골에 닿았을 때는 마치 영국의 비옥하고 기름진 토양에서 옛 로마의 기와와 도자기를 발견해낸 듯했다. 스터브의 보트 선원들은 모두 대단히 흥분한 채 대장이 하는 일을 열심히 도왔는데, 마치 황금 사냥꾼들처럼 열망에 가득찬 모습들이었다.

그러는 내내 셀 수 없이 많은 바닷새가 급강하해서 자맥질을 해대고 찢어지는 듯한 괴성을 질러대며 그들 주위에서 싸움을 벌였다. 스터브는 실망한 기색을 내비치기 시작했고, 특히 지독한 향기가 점점 심해지자 그의 얼굴엔 실망한 기색이 더욱 역력히 드러났다. 그때 갑자기 이 골칫덩어리의 한복판에서 한줄기 희미한 향내가 은근히 피어오르더니 악취의 물결에 흡수되지 않은 채 그 물결 사이를 유유히 흘러갔다. 마치 어느 강물이 다른 강물과 만나도 한동안 전혀 섞이지 않은 채 함께 흘러가는 것과 마찬가지였다.

"있다, 있어." 스터브가 저 아래 숨어 있는 무언가를 두드리며 기쁨에 찬 목소리로 외쳤다. "돈주머니다! 돈주머니야!"

그는 삽을 내던지고는 그 안에 양손을 푹 찔러넣더니, 토실토실한 윈저 비누 같기도 하고 기름지고 얼룩덜룩한 진한 치즈 같기도 한 무언가를 양손 가득 끄집어냈다. 그것은 매우 번지르르한 동시에 향기로웠다. 엄지로 누르면 그냥 움푹 들어갔고, 빛깔은 노란색과 회색의 중간 정도였다. 내 절친한 친구들이여, 이것이 바로 용연향으로, 어느 약제사를 찾아가더라도 1온스에 1기니 금화는 받을 수 있다. 스터브가 얻은 것은 여섯 줌 정도였지만, 어쩔 수 없이 바다에 쏟아져버린 것은 그보다 더 많았다. 그리고 성급한 에이해브가 스터브에게 그만두고 어서 배로 돌아오지 않으면 다들 그냥 두고 떠나버리겠노라고 큰 소리로 명령하지 않았더라면, 아마 그보다 더 많은 용연향을 얻었을지도 모른다.

92장
용연향

그런데 이 용연향이라는 것은 매우 기이한 물질이며 상품으로서도 중요한 가치를 지니기 때문에, 1791년에는 낸터킷 출신의 코핀 선장이라는 사람이 이 문제로 영국 하원의 법정에서 심문을 받기도 했다. 그 당시, 그리고 사실 비교적 최근까지도 용연향의 정확한 기원은 호박이 그러하듯 박식한 이들에게도 문젯거리로 남아 있었기 때문이다. 용연향ambergris이라는 단어는 프랑스어로 '회색 호박grey amber'을 뜻하는 복합어지만, 그 둘은 완전히 별개의 물질이다. 호박은 가끔 해안에서 발견되기도 하고 깊은 내륙의 땅속에서 채굴되기도 하는 반면, 용연향은 바다 이외의 장소에서는 절대 발견되지 않기 때문이다. 게다가 호박은 단단하고 투명하며 부서지기 쉬운 무취의 물질이라 파이프의 물부리에서 입에 무는 부분이나 목걸이, 장신구 등에 사용되지만, 용연향은 부드럽고 밀랍처럼 말랑말랑하며 지극히 향기롭고 자극적이기 때문에 주로 향수나 향정, 고급 양초, 머리분이나 포마드 등에 사용된다. 터키 사람들은 용연향을 요리에 사용하고, 또한 메카에 갈 때도 들고 간다. 로마의 성베드로대성당에 갈 때 유향乳香을 들고 가는 것과 같은 이유에서다. 포도주 업자들은 클라레[416]에 용연향 알갱이 몇 개를 떨어뜨려 그 풍미를 더하기도 한다.

그러니 그처럼 훌륭한 신사 숙녀 분들께서 병든 고래의 흉측한 창자 안에서 끄집어낸 정수精髓로 유흥을 즐기고 있을 거라고 누가 생각이나 하겠는가! 하지만 사실이 그러하다. 어떤 이들은 고래가 소화불량에 걸리는 원인이 용연향 때문이라고 주장하기도 하고, 또다른 이들은 용연향이 그러한 소화불량의 결과라고 주장하기도 한다. 그런 소화불량의 치료법에 대해서는 딱히 뭐라 말하기가 어렵다. 보트 서너 척 분량의 브랜드리스 알약[417]을 투여한 다음, 암석을 폭파시킨 인부들이 그러듯이 안전한 곳으로 도망치는 것 말고는 뾰족한 수가 없지 않겠느냐는 말밖에는.

깜빡하고 말하는 것을 잊었는데, 이 용연향에서는 뭔가 단단하고 둥근 뼈판 같은 것들이 발견되었다. 처음에 스터브는 그것들이 선원의 바지 단추일 거라고 생각했지만, 나중에 알고 보니 그런 식으로 용연향 속에 방부 보존된 작은 오징어 뼛조각에 지나지 않았다.

그런데 더없이 향기롭고 순결한 용연향이 그처럼 부패한 사체의 한복판에서 발견된다는 사실은 단순히 우연에 불과한 것일까? 사도바울이 「고린토인들에게 보낸 첫째 편지」에서 부패와 순결에 대해 한 말을 잘 생각해보라. 천한 것으로 묻히지만 영광스러운 것으로 다시 살아납니다[418]라고 한 그 말을 말이다. 또한 파라셀수스[419]가 최고의 사향을 무엇으로 만든다고 했는지도 떠올려보라. 그리고 악취를 풍기는 모든 것 가운데서도 최악은 가장 기초적인 제조단계의 오드콜로뉴라는 기이한 사실 또한 잊어서는 안 된다.

나는 이상의 호소로 이번 장을 끝내고 싶지만, 종종 고래잡이들에게 가해지는 비난을 기필코 결딴내고 싶은 마음에 도저히 그럴 수가 없다. 이미 선입견을 가진 몇몇 사람들은 앞에서 말한 프랑스 배의 두 고래 이야기가 그러한 비난을 간접적으로 증명한다고 생각할지도 모르겠다. 나는 이 책의 다른 장에서 포경업이 시종일관 깔끔하지 못하고 지저분한 직업이라는 중상모략을 이미 논박한 적이 있다. 하지만 논박할 것이 하나 더 있다. 사람들은 모든 고래가 으레 악취를 풍긴다고 넌지시 말하곤 한다. 그런데 이처럼 끔찍한 오명은 어디서 비롯되었을까?

내가 보기에 그 기원은 지금으로부터 두 세기도 더 전에 그린란드 포경선이 처음 런던에 도착했을 때로 거슬러올라가는 게 분명하다. 남양 포경선들이 지금까지 해온 방식과는 달리 그린란드 포경선들은 그때나 지금이나 바다에서 기름을 짜지 않고 신선한 지방을 잘게 썰어서 커다란 통의 마개 구멍 안에 쑤셔넣은 상태로 본국으로 돌아오기 때문이다. 그곳 빙해에서는 고래를 잡을 수 있는 기간이 짧고, 갑작스럽고 거친 폭풍우에 그대로 노출될 수밖에 없기 때문에 다른 방법은 생각할 수가 없다. 그리하여 그린란드의 부두에서 화물창 문을 열고 이 고래의 묘지 가운데 하나를 밖으로 내리면, 산부인과 병원의 터를 마련하기 위해 옛 도시의 묘지를 파낼 때 피어오르는 것과 비슷한 냄새가 풍겨나오는 것이다.

또한 나는 고래잡이들에 대한 이 악의적 비난이 부분적으로는 다음의 사실에서 기인했으리라 추정한다. 옛날 그린란드 해안에는 슈메렌부르그 또는 스미렌베르흐Smeerenberg라고 불리는 네덜란드인 마을이 있었는데, 그중 후자는 박식한 포고 폰 슬라크[420]가 냄새에 대해 쓴 걸작, 그 분야에서의 교과서로 손꼽히는 바로 그 작품에서 인용되기도 했다. 그 이름에서도 알 수 있듯이('스미어smeer'는 '지방', '베르흐berg'는 '쌓아두다'라는 뜻이다) 이 마을은 네덜란드 포경선이 고래를 본국으로 싣고 가지 않고도 기름을 짤 수 있는 장소를 제공하기 위해 세워진 것이다. 그 마을은 화로와 가마솥, 기름창고 등으로 가득했고, 작업이 한창일 때는 썩 유쾌하지 못한 냄새를 풍겼을 게 틀림없다. 하지만 남양의 향유고래 포경선은 상황이 완전 딴판이다. 대략 사 년쯤 항해를 하다보면 화물창이 기름으로 가득차는데, 그 기름을 끓여내는 데는 오십 일도 채 걸리지 않으며, 그렇게 통 안에 넣어둔 상태로는 거의 아무 냄새도 나지 않는다. 사실 고래라는 생물종은 죽었든 살았든 제대로 다루기만 하면 절대 악취를 풍기지 않는다. 중세 사람들이 후각만으로 함께 있는 자들 가운데서 유대인을 골라낼 수 있는 것처럼 굴었듯이, 그렇게 후각만으로 고래잡이를 구분해낼 수 있는 것도 아니다. 또한 고래는 아무래도 향기로울 수밖에 없는데, 보통 매우 건강하고 활동량이 엄청나며, 비록 물 밖으로 자주 나오지는 않아도 늘 야외에서 시간을 보내기 때문이다. 향유고래가 수면 위로 꼬리를 휘저으면 사향을 뿌린 숙녀가 따뜻한 응접실에서 드레스를 스치며 걸어갈 때처럼 사방에 향수 냄새가 진동한다. 그렇다면 그토록 큰 덩치를 감안했을 때, 그러한 향기를 풍기는 향유고래를 무엇에 비할 수 있을까? 상아를 보석으로 장식하고 몰약냄새를 잔뜩 풍기며 어느 인도 마을에서 앞장서서 걸어나와 알렉산드로스대왕에게 경의를 표했다는 그 유명한 코끼리에 비유해야 마땅하지 않을까?

93장
조난자

프랑스 배와 마주친 지 불과 며칠도 지나지 않아, 피쿼드호의 선원 중 가장 대수롭지 않은 사내에게 가장 대수로운 사건이 일어났다. 참으로 통탄할 만한 일이었던 그 사건은, 때로 미친듯이 즐거워하면서도 정해진 운명을 거스를 수 없는 뱃사람들에게 과연 얼마나 비참한 결과가 뒤따를 것인지를 생생하고도 끈질기게 예언하며 끝이 났다.

그런데 포경선 선원 모두가 보트에 오르는 것은 아니다. '배 지킴이'라고 불리는 몇몇 선원은 배에 남아 보트들이 고래를 쫓는 동안 모선을 관리하는 일을 담당한다. 보통 이러한 배 지킴이들은 보트의 선원들만큼이나 강인한 친구들이다. 그러나 만일 배에 지나치게 호리호리하고 어설프고 겁 많은 사람이 있다면, 그자는 필시 배 지킴이가 되기 마련이다. 피쿼드호에서는 피핀이라는 별명을 지녔으며 줄여서 그냥 핍이라고 불리던 검둥이 소년의 경우가 그러했다. 불쌍한 핍! 여러분은 그의 이름을 이미 들은 적이 있다. 그 극적이었던 한 밤중에 그토록 우울하고도 쾌활하게 울려퍼지던 그의 탬버린 소리를 다들 기억할 줄로 믿는다.

겉으로 보기에 핍과 찐빵은 잘 어울리는 한 쌍이었다. 비록 색깔은 다르지만 발육 상태는 동일한 검은 조랑말과 흰 조랑말이 괴상한 멍에 하나에 매인 듯한 모양새랄까. 하지만 불운한 찐빵이 천성적으로 둔하고 맹한 머리를 지닌 반면, 핍은 마음이 너무 여리기는 했지만 기본적으로 매우 명민했고, 그의 종족 특유의 유쾌하고 따스하고 명랑한 총기를 지니고 있었다. 그의 종족은 그 어느 인종보다도 멋지고 자유롭게 모든 휴일과 축제를 즐긴다. 흑인에게는 1년 365일 모두가 '7월 4일 독립기념일'이고 '1월 1일 새해 첫날'이다. 그러니 내가 이 검둥이 소년 또한 환히 빛났다고 쓰더라도 웃지 마시라. 흑색도 나름의 광채를 지니기 때문이다. 왕의 진열장을 장식한 저 번쩍이는 흑단을 보라. 하지만 핍은 삶을 사랑했고, 삶이 주는 모든 평화와 안도감을 사랑했다. 그리하여 뚜렷한 이유도 없이 휘말려버린 그 경악스러운 사건은 몹시 애석하게도 그의 총기를 흐릿하게 만들어버렸던 것이다. 하지만 조만간 보게 되다시피, 이처럼 그의 내면에 일시적으로 억눌려 있던 총기는 결국 기이하고 거친 불꽃으로 환히 밝혀질 운명이었는데, 그 불꽃은 그가 하늘로부터 부여받은 빛을 실제보다 열 배나 더 돋보이게 해주었다. 한때 그는 그 타고난 빛으로 고향땅인 코네티컷주 톨랜드 카운티의 초원에서 여러 현악기 연주자들의 놀이를 더욱 신나게 만들기도 했고, 감미로운 선율이 흐르는 저녁 무렵이면 즐겁게 '하하!' 웃으며 둥근 지평선을 짤랑이 대신에 별 하나를 단 탬버린으로 바꿔놓기도 했다. 물론 순수한 물방울 같은 다이아몬드는 맑은 대낮에 푸른 정맥이 보이는 목에 걸려 있어도 건강한 빛을 발할 것이다. 하지만 교활한 보석상은 더없이 인상적인 광택을 보여주기 위해 다이아몬드를 어둑어둑한 바닥에 내려놓은 다음 그곳에 태양이 아닌 인위적인 가스등을 드리울 것이다. 그러면 지독하게 눈부신 시뻘건 광채가 뿜어져나온다. 그리하여 한때 수정같이 맑고 투명한 하늘의 신성한 상징이던 다이아몬드는 사악한 불빛으로 활활 타오르는 다이아몬드가 되어, 마치 지옥의 마왕에게서 훔쳐온 왕관의 보석 같은 모습을 띠게 된다. 각설하고, 이제 아까 하던 이야기로 돌아가보자.

용연향 사건 때 스터브 보트의 맨 뒤에 앉은 노잡이가 어쩌다 손을 삐는 바람에 한동안 일을 거의 할 수 없게 되자, 임시로 핍이 그 자리에 배정되었다.

스터브와 처음으로 보트를 탔을 때 핍에게는 잔뜩 긴장한 기색이 역력했지만, 다행히도 그때는 고래에게 가까이 다가가는 상황을 면할 수 있었고, 따라서 전혀 남부끄럽지 않게 모선으로 돌아올 수 있었다. 그래도 스터브는 그를 쭉 주시하다가, 앞으로 용기가 필요할 일이 많을 테니 용기를 최대한 기르라고 간곡히 타일렀다.

그런데 두번째로 보트를 내렸을 때는 고래 바로 위에서 노를 저어야 했고, 작살에 맞은 고래는 언제나 그렇듯이 보트를 쾅쾅 두들겨댔는데, 우연히도 이번에 고래가 두들겨댄 곳은 불쌍한 핍의 자리 바로 밑이었다. 그 순간 핍은 깜짝 놀라 자기도 모르게 손에 노를 쥔 채 보트에서 벌떡 일어서고 말았다. 그러면서 포경 밧줄의 느슨한 부분에 가슴이 부딪혔고, 그렇게 그 밧줄을 가슴으로 밀면서 배 밖으로 떨어졌기 때문에 마침내 물속에 풍덩 빠졌을 때는 밧줄에 온몸이 뒤엉키고 말았다. 그 순간 작살에 맞은 고래가 맹렬히 달아나기 시작했고, 밧줄은 급속도로 팽팽해져버렸다. 그리고 보트는 쏜살같이 나아갔다! 불쌍한 핍은 온통 거품을 뒤집어쓴 채 보트 밧줄걸이까지 간신히 올라왔다가 가슴과 목에 몇 바퀴나 둘둘 감긴 밧줄에 연결된 채로 무자비하게 끌려갔다.

뱃머리에는 타시테고가 서 있었다. 그는 사냥에 대한 열망으로 가득한 사람이었다. 그는 겁쟁이 핍이 못마땅했다. 그는 칼집에서 보트 나이프를 꺼내들고는 그 날카로운 칼날을 밧줄 위에 댄 채 스터브 쪽을 향해 미심쩍게 외쳤다. "잘라버릴까요?" 한편 목이 졸린 핍의 새파란 얼굴은 '잘라, 제발 자르라니까!' 라고 분명히 말하고 있는 듯 보였다. 이 모든 게 눈 깜짝할 사이에 벌어진 일이다. 이 모든 일이 벌어지는 데는 삼십 초도 채 걸리지 않았다.

"이런 망할, 끊어!" 스터브가 울부짖었다. 그리하여 고래는 놓치고 핍은 구조되었다.

불쌍한 검둥이 소년은 정신이 들자마자 선원들이 맹렬히 쏟아내는 고함과 욕지거리를 들어야 했다. 이처럼 산발적인 악담이 조용히 잦아들자, 스터브는 분명하고 사무적이면서도 반쯤은 우스꽝스럽게 공식적으로 핍을 혼내주었고, 그런 다음에는 비공식적으로 더욱 유익한 충고를 해주었다. 그 충고란, '핍, 절대 보트에서 벌떡 일어서면 안 돼. 다만—' 어쩌고저쩌고 하는 것이었는데, 모든 타당한 충고가 그렇듯 나머지는 죄다 막연한 말뿐이었다. 그런데 고래잡이들의 진정한 좌우명은 보통 '보트에 붙어 있어라'이지만, 때로는 '보트에서 뛰어내려라'가 훨씬 더 나은 경우도 생겨나곤 한다. 그런데 핍에게 순수하고도 양심적인 충고를 해줬다가는 핍이 여차할 때마다 바다에 뛰어들 여지가 너무 크다는 걸 깨닫기라도 한 듯, 스터브는 갑자기 충고를 그만두고 단호한 명령과 함께 말을 끝맺었다. "핍, 보트에 붙어 있어. 그러지 않으면 하느님께 맹세컨대 네가 바다에 뛰어들어도 널 건져주지 않을 거야. 명심하라고. 우리는 너 같은 놈들 때문에 고래를 놓칠 형편이 못 돼. 고래 한 마리면 앨라배마에서 널 파는 것보다 서른 배는 더 받을 수 있단 말이야. 내 말 명심하고, 더이상은 바다로 뛰어드는 일이 없도록." 여기서 아마도 스터브가 간접적으로 말하고자 했던 바는, 비록 인간이 동료를 사랑할지라도 인간은 돈벌이를 추구하는 동물이기 때문에 그러한 성향이 자비심을 방해하는 경우가 매우 잦다는 것이리라.

하지만 우리는 모두 신의 손아귀 안에 있고, 핍은 다시 바다로 뛰어들었다. 그것은 첫번째 경우와 매우 비슷한 상황에서 벌어진 일이었지만, 이번에는 밧줄을 가슴으로 밀지 않았기 때문에 고래가 도망치기 시작했을 때 핍은 서두르던 여행자가 두고 간 여행용 트렁크처럼 바다 위에 홀로 버려지고 말았다. 아아! 스터브는 자신이 내뱉은 말에 지나치리만큼 충실했다. 그날은 아름답고 너그럽고 화창했다. 번쩍이는 바다는 잔잔하고 시원했으며, 금박공이 최대한 얇게 두들겨 편 피막[421]처럼 수평선에 이르기까지 사방으로 평평하게 펼쳐져 있었다. 그러한 바다의 수면 위로 불쑥 솟아올랐다가 다시 가라앉는 핍의 새까만 머리는 정향나무의 꽃봉오리처럼 보였다. 핍이 그처럼 순식간에 보트에서 멀어져버렸을 때 보트 나이프를 치켜든 사람은 아무도 없었다. 스터브는 그에게서 냉혹히 등을 돌렸고, 고래도 날개를 단 듯이 재빨리 도망쳤다. 삼 분도 안 되어 핍과 스터브 사이에는 1마일이나 되는 끝없는 바다가 펼쳐져버렸다. 불쌍한 핍은 바다 한가운데에서 빳빳하고 곱슬곱슬한 검은 머리를 쳐들고 태양을 바라보았다. 태양은 더없이 높은 곳에서 세상 무엇보다 환히 빛나고 있었지만 핍과 마찬가지로 외로운 조난자에 불과했다.

수영에 익숙한 사람이 포근한 날씨에 망망대해에서 헤엄치는 일은 육지에서 용수철 달린 마차를 타고 달리는 것만큼이나 쉬운 일이다. 하지만 그 끔찍한 외로움만큼은 참을 수가 없다. 그처럼 무정하고 광대한 바다 한가운데 나밖에 없다는 그 지독한 느낌이라니, 원 세상에! 그 느낌을 과연 누가 표현할 수 있겠는가? 완전한 적막 속에서 망망대해를 헤엄치는 선원들을 한번 보라. 그들은 배 가까이에 딱 달라붙어 오직 배의 주변만을 따라 헤엄치지 않는가.

그런데 스터브는 불쌍한 검둥이 소년을 정말 되는대로 그냥 내버려두었을까? 아니다. 적어도 그럴 의도는 아니었다. 뒤에 보트 두 척이 따라오고 있었으므로, 그는 분명 그들이 얼른 핍에게 다가가서 그를 건져줄 거라고 생각했음이 틀림없다. 물론 그와 비슷한 모든 상황에서 스스로 겁을 먹고 위험에 빠진 노잡이에게 고래잡이들이 늘 배려심을 보여주는 것은 아니다. 그리고 그런 일은 드문 일이 아니다. 포경업에서 겁쟁이는 거의 예외 없이 육해군 특유의 저 무자비한 혐오의 대상이 되고 만다.

그런데 그 보트들이 핍을 보지 못한 채 갑자기 한쪽 옆 가까이 있는 고래들을 보고는 방향을 바꿔 추격에 나섰다. 스터브의 보트는 이제 너무 멀리 있었고, 스터브와 그의 선원들은 고래에 몹시 열중해 있었기 때문에 핍을 둘러싼 수평선은 비참하리만치 넓어지기 시작했다. 마침내 모선이 나타나 그를 구한 것은 순전히 우연이었다. 하지만 그때부터 그 검둥이 소년은 백치가 되어 갑판 위를 이리저리 걸어다녔다. 적어도 사람들 말에 따르면 그렇다. 바다는 조롱하듯 그의 유한한 육신을 물위에 띄워놓고는 그의 무한한 영혼은 물 아래로 가라앉혀버린 것이다. 그래도 완전히 가라앉은 것은 아니었다. 그보다는 산 채로 놀랄 만큼 깊은 곳까지 끌려 내려갔다고 하는 편이 더 적절할 수도 있는데, 그곳에서는 원래의 모습을 간직한 태곳적 세계의 기이한 형상들이 그의 활기 없는 눈앞을 이리저리 미끄러져 다녔고, 구두쇠 남자 인어인 '지혜'는 자신이 산더미처럼 쌓아놓은 보고寶庫를 드러내 보였다. 그리고 환희롭고 무정하고 영원히 젊은 영겁에 둘러싸인 핍은 바닷속 창공에서 수없이 많고 신처럼 편재하는 산호충들이 거대한 천체들을 들어올리는 것을 보았다. 핍은 신이 베틀의 발판 위에 발을 올리고 있는 모습을 봤다고 말했고, 그래서 동료들은 그가 미쳤다고 했다. 이렇듯 인간의 광기는 하늘의 제정신이며, 모든 인간적 이성에서 멀리 벗어날 때에야 마침내 인간은 이성의 기준에서는 터무니없고 미친 듯 보이는 천상의 사고에 도달하게 되는 법이다. 그리하여 행복할 때나 불행할 때나 신과 같이 태연하고 무심해지는 것이다.

나머지 일에 대해서는 스터브를 너무 가혹하게 비난하지 않았으면 한다. 이런 일은 포경업에서 흔히 일어나는 일이며, 이 이야기의 뒷부분에 이르면 나 자신 또한 그렇게 내버려지는 것을 보게 될 테니.

94장

손으로 쥐어짜기

스터브가 그처럼 값비싼 대가를 치르고 얻어낸 고래는 적절한 절차에 따라 피쿼드호의 뱃전에 매달렸고, 앞에서[422] 자세히 설명한 해체와 끌어올리기 작업부터 '하이델베르크 술통' 또는 '기름통'에서 기름을 퍼내는 작업에 이르는 모든 작업이 정식 절차에 따라 차례대로 진행되었다.

몇몇 선원들이 이 마지막 작업에 여념이 없는 동안, 다른 선원들은 큰 통이 경뇌유로 가득차자마자 그 통을 다른 곳으로 끌고 가는 작업을 하고 있었다. 적절한 시기가 되면 이 경뇌유는 정유 작업에 앞서 신중한 처리 과정을 거치게 되는데, 그 문제는 조만간 다시 다루겠다.

경뇌유는 이미 식어서 어느 정도 결정을 이루고 있었는데, 내가 다른 선원들과 콘스탄티누스대제의 욕조[423]만큼이나 커다란 통 앞에 앉아 있었을 무렵에는 이상한 덩어리 형태로 굳어서 그렇지 않은 액체 상태의 기름 속을 이리저리 굴러다니고 있었다. 이 덩어리를 쥐어짜서 다시 액체 상태로 되돌리는 게 우리가 맡은 일이었다. 정말이지 향기롭고 번지르르한 임무가 아닌가! 옛날에 경뇌유가 화장품으로 그토록 사랑받았던 것도 별로 놀랄 일은 아니다. 경뇌유가 피부를 얼마나 맑게 해주는지! 얼마나 향기롭게 해주는지! 얼마나 부드럽게 해주는지! 얼마나 기분좋게 달래주는지! 손을 경뇌유 안에 고작 몇

분 담갔을 뿐인데도 내 다섯 손가락은 장어라도 된 듯했고, 뱀처럼 구불거리기 시작했다.

권양기를 돌리는 고된 일 끝에 갑판 위에 편안히 책상다리를 하고 앉아 있는 동안 머리 위로는 고요하고 푸른 하늘이 펼쳐지고 게으른 돛을 단 배는 조용히 미끄러지듯 나아가고 있었을 때, 대략 지난 한 시간 동안 기름을 머금고 만들어진 그 연하고 부드럽고 작은 기름덩어리들 사이에 손을 담그고 있었을 때, 그 기름덩어리들이 뭉글뭉글 뭉개지면서 마치 잘 익은 포도가 즙을 뿜어내듯 내 손가락 사이로 풍부한 기름을 뿜어냈을 때, 말 그대로 봄날의 제비꽃 향기 같은 그 순결한 향기를 한껏 들이쉬었을 때, 분명히 말하건대, 나는 잠시 사향냄새가 나는 초원에 살고 있는 듯했고, 우리가 내뱉던 지독한 저주는 귓가에서 전부 사라졌다. 나는 뭐라 형언할 수 없는 그 경뇌유로 내 손과 마음을 씻었다. 나는 경뇌유에는 분노에서 비롯된 열을 가라앉히는 진귀한 효능이 있다는 옛 파라셀수스의 미신마저 믿게 될 지경에 이르렀다. 그 욕조 안에 손을 담근 동안, 나는 모든 악의와 심술과 원한 따위에서 벗어난 듯한 신적인 기분을 맛보았다.

짜고! 짜고! 또 짰다! 아침 내내, 나 자신이 거의 그 속에 녹아들 때까지 경뇌유를 쥐어짰다. 이상한 광기가 나를 엄습할 때까지 경뇌유를 쥐어짰다. 그러다보면 나도 모르게 동료들의 손을 부드러운 기름덩어리로 착각하고 그들의 손을 쥐어짜고 있기도 했다. 이 작업은 자애롭고 정답고 애정어린 감정을 잔뜩 불러일으키는 일이어서, 마침내 나는 계속해서 동료들의 손을 쥐어짜고 감상적인 눈길로 그들의 눈을 빤히 쳐다보았는데, 그런 내 눈길은 마치 이렇게 말하는 듯했다. '오오! 나의 친애하는 동료들이여, 우리가 더이상 서로에게 신랄한 감정을 품을 일이 뭐가 있으며, 아주 약간이라도 언짢은 기분이나 악의를 느낄 일이 뭐가 있겠는가! 자, 우리 모두 서로의 손을 쥐어짜자. 아니, 우리 모두 자신을 쥐어짜며 서로 한데 뒤섞이자. 우리 모두 자신을 쥐어짜서 다정

함이나 다름없는 그 젖과 경뇌유 속에 우리를 온통 뒤섞어버리자.'

경뇌유를 영원히 쥐어짤 수만 있다면! 나는 오래도록 반복된 수많은 경험을 통해 인간은 어떤 경우든 각자가 도달할 수 있으리라 생각하는 행복의 기준을 결국 낮추거나, 적어도 수정할 수밖에 없다는 사실을 깨달았다. 그러한 행복을 지성이나 상상력이 아니라 부인이나 연인, 침대, 테이블, 안장, 난롯가, 시골에서 찾을 수밖에 없다는 것을 말이다. 이처럼 나는 이 모든 사실을 깨달아버렸으니, '기름통'을 영원히 쥐어짜는 일을 마다하지 않으련다. 밤의 환상 속에 빠져들었을 때, 나는 천국의 천사들이 길게 늘어선 채 각자 경뇌유 단지 속에 손을 담그고 있는 광경을 보았다.

❖

그런데 경뇌유 이야기를 하면서, 정유 작업을 위한 향유고래 준비 과정 중에서 경뇌유와 관련된 다른 사항들도 함께 이야기하는 게 좋을 듯싶다.

우선 '백마'라고 불리는 것이 있는데, 그것은 고래 몸통이 가늘어지는 부분과 꼬리의 두꺼운 부분에서 얻어진다. 엉겨 있는 힘줄—근육 덩어리—때문에 질기지만 그래도 어느 정도 기름을 담고 있다. 고래의 몸에서 잘라낸 백마는 잘게 다지기 전에 우선 쉽게 옮길 수 있도록 직사각형으로 자른다. 그렇게 자른 것들은 꼭 네모난 버크셔 대리석덩어리들처럼 보인다.

'플럼푸딩'은 고래 살점의 지방 담요에 여기저기 들러붙어 있는 파편적인 부위를 일컫는 명칭으로, 흔히 고래 살점의 기름기를 좌우한다. 이 부위는 겉보기에 상쾌하고 명랑하고 아름다워 보인다. 그 이름이 말해주듯 대단히 다채롭고 얼룩덜룩한 색조를 띠고 있는데, 눈처럼 하얀 빛깔과 황금빛깔로 된 줄무늬 바탕에 진한 진홍색과 자주색 반점이 이리저리 박혀 있다. 이것은 시트론[424] 모양을 한 루비색 건포도다. 아무리 이성으로 억눌러봐도 먹어보고 싶은 마음을 참기 어렵다. 실은 언젠가 그것을 한번 훔쳐서 앞돛대 뒤에서 맛본 적이 있다. 그것은 뚱보왕 루이[425]가 맛보았을 법한 성대한 사슴 넓적다리 커틀릿, 그것도 샹파뉴 지방 포도원이 유달리 훌륭한 포도 수확기를 맞았던 해의 사슴 사냥철 첫날에 잡은 사슴으로 만든 커틀릿의 맛을 상상했을 때와 비슷한 맛이었다.

이 작업을 하는 도중에 나오는 매우 특이한 부산물이 또 있는데, 어떻게 하면 이것을 적절히 묘사할 수 있을지 매우 곤혹스럽다. 이것은 '슬랍골리온'[426]이라고 불리는 것으로, 고래잡이들이 처음 붙여준 이 명칭은 이 물질의 성질과도 잘 맞아떨어진다. 형언할 수 없을 정도로 질척거리고 끈적거리는 점액성 물질인 이것은, 오랫동안 짜낸 경뇌유를 옮겨 담은 경뇌유 통에서 주로 발견된다. 나는 이것이 '기름통'의 놀랄 만큼 얇은 막이 파열되었다가 다시 합쳐진 것이라고 생각한다.

이른바 '찌꺼기'라는 명칭은 사실 참고래잡이들이 쓰는 말이지만, 간혹가다가 향유고래잡이들도 그 말을 쓸 때가 있다. '찌꺼기'는 그린란드고래나 참고래의 등에서 긁어낸 가무잡잡하고 끈적끈적한 물질을 지칭하는 말로, 그것들 대부분은 저 천한 리바이어던을 사냥하는 열등한 영혼들의 갑판을 뒤덮고 있다.

'니퍼.' 엄밀히 말해 이 단어는 포경업계 고유의 어휘는 아니다. 하지만 고래잡이들이 사용하면 그리되는 법이다. 포경업계에서 일컫는 '집게'는 리바이어던 꼬리에서 점점 가늘어지는 부분에서 잘라낸 짧고 단단한 힘줄 조각으로, 두께는 평균 1인치이고, 크기는 괭이의 쇠붙이 부분쯤 된다. 집게의 날을 기름투성이 갑판에 대고 질질 끌면 가죽으로 된 걸레 같은 효과를 내는데, 대상을 호리는 형언할 수 없는 마력으로 모든 불순물을 꾀어들이며 앞으로 나아간다.

하지만 거의 알려져 있지 않은 이 물질들에 대해 속속들이 알 수 있는 최선의 방법은 당장 지방실로 내려가서 그곳 식구들과 긴 대화를 나눠보는 것이다. 앞서 언급했다시피[427] 지방실은 고래에게서 벗겨내 끌어올린 '담요' 조각들을 저장해두는 곳이다. 방안에 저장해둔 것들을 자를 때가 되면 이 방은 모든 신참에게 공포의 현장이 되는데, 그때가 밤이면 특히 더 그러하다. 흐릿한 등불로 불을 밝힌 방 한쪽에는 일꾼들을 위한 빈 공간이 마련되어 있다. 그들은 보통 둘씩—창과 갈고리를 든 사람과 삽을 든 사람—짝을 지어 일을 한다. 고래용 창은 프리깃함에 장착된 같은 이름의 무기와 비슷하고, 갈고리는 보트용 갈고리 장대와 비슷하다. 갈고리를 든 사람은 갈고리를 지방 담요에 걸어서 배가 이리저리 내던져지고 휘청이더라도 그것이 미끄러지지 않고 고정되게끔 애를 쓴다. 그러는 동안 삽을 든 사람은 담요 바로 위에 올라서서 그것을 수직으로 잘라 쉽게 옮길 수 있는 백마 조각들로 토막 낸다. 이 삽은 숫돌로 최대한 날카롭게 간 것이다. 이 삽을 든 사람은 신발을 신지 않은 상태이고, 그의 발아래 있는 담요는 때로 썰매처럼 어쩔 도리 없이 미끌거린다. 그가 어쩌다 자신의 발가락 하나 또는 조수의 발가락 하나를 자른다고 해서 그게 무에 그리 놀랄 일이겠는가? 지방실의 베테랑들은 발가락 개수가 늘 모자란다.

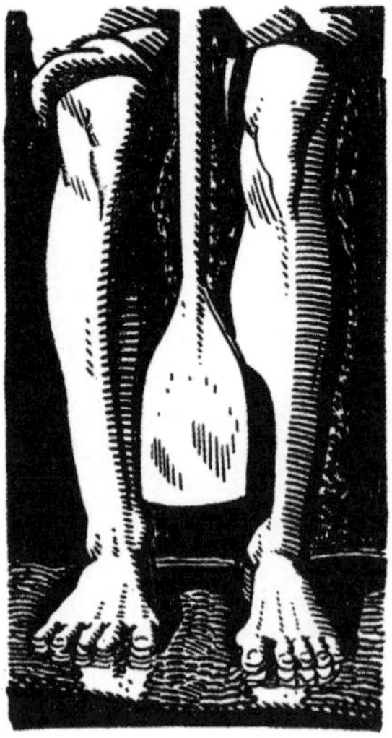

95장

사제복

만약 이처럼 고래 사체를 부검하는 와중에 피쿼드호의 갑판에 올라 권양기 근처를 지난다면, 매우 기이하고 불가사의한 물체가 바람 불어가는 쪽 배수구 옆에 길게 가로놓여 있는 것을 발견하고는 적잖은 호기심이 발동해 그것을 유심히 살펴볼 게 틀림없다. 고래의 거대한 머리 안에 든 경이로운 기름통도, 떼어낸 아래턱의 기괴함도, 대칭을 이룬 꼬리의 경이로움도, 그 수수께끼 같은 원뿔형 물체를 언뜻 보게 될 때보다 여러분을 더 놀라게 하지는 않을 것이다. 이 물체의 길이는 켄터키 사람의 키를 넘어서고, 맨 아래 부분의 지름은 거의 1피트에 달하며, 색깔은 퀴퀘그의 검둥이 우상인 요조만큼이나 새까맣다. 아닌 게 아니라 그것은 정말로 우상이다. 아니, 어쨌든 옛날에는 그것을 닮은 우상이 있었다. 이를테면 유대의 여왕이었던 마아가의 비밀 정원에서 발견된 우상이 그런 경우인데, 그녀의 아들이었던 아비얌왕이 그 우상을 숭배한다는 이유로 그녀를 폐위시키고 우상을 파괴하고는 혐오스러운 마음에 키드론 시냇가에서 불살라버렸다는 내용이 「열왕기상」 15장에 음울하게 기록되어 있다.

고래를 잘게 다지는 일을 맡은 선원이 오는 것을 보라. 그는 동료 두 명의 도움을 받아 뱃사람들이 '대물大物'이라고 부르는 것을 무겁게 등에 이고는 양쪽 어깨를 잔뜩 구부린 채, 마치 자신이 전장에서 죽은 동료를 나르는 척탄병이라도 되는 양 비틀대며 걸어온다. 그는 그것을 앞갑판 위에 내려놓고는 아프리카 사냥꾼이 보아뱀의 가죽을 벗기듯 그 시커먼 가죽을 원통형으로 벗겨내기 시작한다. 이 일이 끝나자, 그는 가죽을 바짓가랑이처럼 뒤집어 지름이 거의 두 배로 늘어날 만큼 세게 잡아당기더니, 마침내 잘 편 상태로 삭구에 매달아 말린다. 이윽고 그것을 내려서 뾰쪽한 끄트머리를 3피트 정도 잘라내고 다른 쪽 끄트머리에 팔을 쑤셔넣을 좁고 긴 구멍 두 개를 잘라낸 그는 그것을 통째로 뒤집어쓴다. 고래를 잘게 다지는 선원은 이제 자신이 받은 소명에 걸맞은 옷차림으로 여러분 앞에 섰다. 그와 같은 계층의 사람들이 태곳적부터 갖춰온 이 옷차림만이, 그가 그 특이한 의식에 참여하는 동안 그를 적절히 지켜줄 것이다.

그가 집전할 의식은 고래의 몸에서 잘라낸 백마 조각들을 냄비에 넣기 전에 잘게 다지는 것이었다. 이 작업은 뱃전으로 엉덩이를 돌리고 있는 목마 모양의 나무 받침대에서 이루어지는데, 잘게 다진 조각들은 넋을 잃은 연설가의 연설문만큼이나 빠른 속도로 그 아래의 널찍한 통 속으로 떨어져내린다. 점잖고 검은 옷으로 단장하고 눈에 잘 띄는 설교단에 올라 성경의 책장에 열중하고 있는 이 고래 다지는 선원이야말로 진정한 대주교 후보가 아니겠는가, 대주교가 될 친구가 아니겠는가!*

* 성경의 책장! 성경의 책장! 이것은 항해사들이 고래 다지는 선원에게 끊임없이 외쳐대는 말이다. 그것은 작업에 주의를 기울이고 백마 조각을 최대한 얇게 다지라는 요구인데, 그렇게 함으로써 기름을 끓이는 작업 속도가 훨씬 빨라지고, 기름 양도 훨씬 늘어나는데다 질도 훌륭해지는 듯하다.

96장
정유 작업장

미국 포경선의 눈에 띄는 특징으로는 매달아놓은 보트들 말고도 정유 작업장을 꼽을 수 있다. 완전한 형태를 이룬 포경선은 떡갈나무 목재와 삼밧줄과 더불어 더없이 단단한 석조물을 갖춘 기이하고도 색다른 모습을 보여준다. 광활한 들판에 있던 벽돌 가마를 갑판 위로 옮겨놓은 것 같다.

정유 작업장은 갑판에서 가장 널찍한 부분인 앞돛대와 큰 돛대 사이에 설치되어 있다. 아랫부분의 목재는 가로 10피트, 세로 8피트, 높이 5피트 정도에 이르며 거의 순수하게 벽돌과 회반죽으로만 이루어진 석조물의 무게를 지탱할 수 있을 정도로 특수한 내구력을 지닌 것이다. 토대가 갑판을 뚫고 들어가지 않는 대신, 모나게 굽은 육중한 쇠가 사방에서 그 석조물을 지지하고 있으며, 또한 그 쇠는 아랫부분의 목재에 나사로 연결되어 있는데, 그러한 방식 덕분에 석조물은 갑판의 표면에 단단히 고정된다. 측면은 나무판자로 둘러싸여 있고, 윗부분은 널빤지로 된 커다랗고 비스듬한 뚜껑으로 완전히 덮여 있다. 이 뚜껑을 열면 각각 몇 배럴짜리 대용량 기름솥 두 개가 그 모습을 드러낸다. 기름솥을 사용하지 않을 때는 매우 깨끗하게 해둔다. 때로는 은으로 된 펀치볼처럼 빛날 때까지 내부를 비눗돌[428]과 모래로 광을 내기도 한다. 세상을 비웃는 몇몇 늙은 선원들은 야간 당직을 서다가 그 안으로 기어들어가 몸을 둥글게 만 채로 잠깐 졸기도 한다. 나란히 둘이 선 채로 기름솥을 하나씩 맡아서 광을 내는 동안에는 기름솥의 입술과도 같은 무쇠 테두리 너머로 여러 은밀한 이야기가 오간다. 그것은 또한 심오한 수학적 명상을 위한 장소가 되기도 한다. 나는 피쿼드호의 왼편 기름솥 안에서 빙글빙글 돌며 비눗돌로 이곳저곳을 열심히 닦다가 우회적으로 다음과 같은 놀라운 사실을 처음 깨닫게 되었다. 기하학에서 사이클로이드 곡선을 따라 활강하는 모든 물체—이를테면 나의 비눗돌—가 어느 한 점에서 아래로 떨어지는 데 걸리는 시간은 정확히 동일하다는 사실 말이다.

정유 작업장 앞면의 난로 덮개를 제거하면 그 석조물의 내부가 노골적으로 드러나는데, 기름솥 바로 아랫부분에는 쇠로 된 아궁이 입구가 두 개 뚫려 있다. 이 입구에는 육중한 쇠문이 달려 있다. 아궁이에 땐 불의 지독한 열기가 갑판으로 전해지지 않는 것은 외부와 완전히 차단된 작업장 밑에 얕은 저수조가 가로놓여 있기 때문이다. 물이 증발하자마자 후방에 삽입된 파이프를 통해 저수조에 물이 다시 채워진다. 외부에 달린 굴뚝은 없는 대신, 뒤쪽 벽이 곧장 개방되어 있다. 그러면 여기서 잠깐 과거로 거슬러올라가보자.

이번 항해에서 피쿼드호가 처음으로 정유 작업장에 불을 땐 시각은 밤 아홉시경이었다. 그 일의 감독은 스터브가 맡았다.

"거기 다들 준비됐나? 그럼 뚜껑을 열고 작업을 시작해. 이봐 요리사, 작업장에 불을 지펴." 이는 쉬운 일이었다. 목수가 항해 내내 아궁이에 대팻밥을 쑤셔넣어왔기 때문이다. 여기서 말해둘 것은, 포경 항해중에 처음으로 정유 작업장을 가동할 때는 한동안 나무를 때야 한다는 점이다. 그후로는 주된 연료에 재빨리 불을 붙여야 할 때를 제외하고는 나무를 사용하지 않는다. 대신 다 짜고 난 뒤의 바삭바삭하고 쪼글쪼글해진 지방, 그러나 여전히 상당량의 기름기를 담고 있는 이 '지방 찌꺼기' 또는 '프리터'로 불을 땐다. 활활 불타오르는 순교자처럼, 또는 자기 파괴적인 염세가처럼, 한번 불붙은 고래는 자신의 몸을 연료로 공급하면서 스스로 불타오른다. 자기 몸에서 나는 연기까지 다 빨아들여준다면 좋으련만! 왜냐하면 그 연기는 들이마시기에 몹시 불쾌한데, 들이마시지 않을 방도가 없을 뿐만 아니라 한동안 그 속에서 살아야만 하기 때문이다. 그 연기에서는 뭐라 형언하기 힘들고 거친 힌두교의 냄새, 화장터 장작더미 근처에 도사리고 있는 악취 같은 게 풍긴다. 그것은 최후의 심판 날에 왼편에 자리잡은 것[429]의 냄새가 난다. 그것은 지옥의 존재를 증명한다.

한밤중이 되자 작업장은 본격적인 가동에 들어갔다. 우리는 고래 사체를 버리고 돛을 올렸다. 바람은 상쾌하게 불어왔고, 거친 바다에는 짙은 어둠이 깔려 있었다. 하지만 격렬한 불길이 이따금 거무튀튀한 연기 구멍에서 날름대며 튀어나와 어둠을 핥았고, 저 유명한 그리스의 불[430]처럼 삭구에 높이 매달려 있는 밧줄들을 죄다 비추었다. 불타는 배는 무자비한 복수심에 불타오르기라도 하듯 쉼없이 돌진해나갔다. 마치 이드라섬 출신의 용감한 카나리스[431]가 한밤중에 항구에서 끌고 나와 넓은 돛에 불을 붙인 채로 터키의 군함에 돌진해 그들에게 큰 화재를 안겨줬던 그 배, 역청과 유황을 싣고 출항했던 바로 그 쌍돛대 범선처럼 말이다.

작업장 상부에서 벗겨낸 뚜껑은 이제 그들 앞에서 넓은 난로 바닥 역할을 했다. 이 뚜껑 위에는 포경선에서 늘 화부를 담당하는 이교도 작살잡이들이 지옥에서 온 듯한 형상으로 서 있었다. 그들은 끝이 갈라진 커다란 막대기로 쉭쉭거리는 지방덩어리를 텔 듯이 뜨거운 솥에 던져넣기도 했고, 뱀 같은 불꽃이 아궁이 문 밖으로 몸을 비틀며 휙 튀어나와 그들의 발을 낚아챌 때까지 아래쪽 불을 휘젓기도 했다. 연기는 음울한 모습으로 뭉게뭉게 피어올랐다. 배가 흔들릴 때마다 끓는 기름도 덩달아 흔들렸는데, 그 기름은 그들의 얼굴로 뛰어들고 싶어 안달난 눈치였다. 작업장 입구 맞은편, 나무로 된 넓은 난로 바닥 저쪽에 권양기가 있었다. 이것은 바다의 소파 노릇을 했다. 당직은 달리 할 일이 없으면 이곳에서 빈둥대며 눈이 머릿속에서 눌어붙는 기분이 들 때까지 그 붉은 불길이 뿜어내는 열기를 응시하곤 했다. 이제 연기와 땀으로 더럽혀진 그들의 황갈색 얼굴, 거적때기 같은 수염, 그것과 대조를 이루며 야만적으로 반짝이는 이빨을 비롯한 이 모든 것이 작업장의 변덕스러운 불길이 새긴 문양 속에 기이하게 드러났다. 그들이 서로 불경한 모험담을 나누면서 끔찍한 이야기를 킬킬대며 떠들어댈 때, 그들의 야만적인 웃음소리가 아궁이에서 피어오르는 불꽃처럼 그들의 입 밖으로 날름대며 솟아오를 때, 그들 앞에서 이리저리 오가는 작살잡이들이 끝이 갈라진 커다란 갈퀴와 국자를 손에 든 채 격렬한 몸짓을 해댈 때, 바람이 계속 울부짖고 바다가 날뛰는 와중에 배는 삐걱거리는 신음소리를 내며 물속으로 급강하하면서도 그 시뻘건 지옥의 유황불을 어두운 바다와 밤 속으로 계속해서 멀리멀리 쏘아보내고 입안으로 들어온 흰 뼈를 경멸적으로 우적거리다 사방을 향해 악랄하게 뱉어낼 때, 야만인들과 불을 실은 채 사체를 태우며 칠흑 같은 어둠 속으로 맹렬히 뛰어드는 피쿼드호는 마치 그 편집광적인 선장의 영혼과 물질적으로 한 쌍을 이루는 듯 보였다.

키를 잡고 서서 오랫동안 잠자코 이 화공선의 뱃길을 인도하다보니 그런 생각이 들었던 것이다. 그러는 동안 어둠에 휩싸여 있었던 나는 다른 이들의 핏빛 광기와 시체 같은 창백함을 더 잘 볼 수 있었다. 바로 눈앞에서 반쯤은 연기에, 반쯤은 불길에 휩싸여 신나게 뛰노는 악마 같은 형상들을 계속 보고 있자니 결국 내 영혼 안에도 비슷한 환영이 똬리를 틀게 되었다. 그리하여 한밤중에 키를 잡고 있다보면 늘 몰려드는 까닭 모를 졸음에 굴복하자마자 그 환영이 내게 모습을 드러냈다.

하지만 그날 밤에는 특히나 이상한(그리고 그후로도 불가사의로 남은) 일이 일어났다. 선 채로 깜박 졸다가 깜짝 놀라 깨어난 나는 뭔가가 잘못돼도 한참 잘못됐다는 것을 깨닫고 소름이 확 끼쳤다. 고래 턱뼈로 만든 키 손잡이가 거기에 기댄 내 옆구리를 세게 때렸고, 귓가에는 이제 막 바람에 흔들리기 시작한 돛들이 낮게 윙윙거리는 소리가 들려왔다. 나는 내가 눈을 뜨고 있다고 생각했다. 정신이 몽롱한 와중에 손가락을 눈꺼풀로 가져가 기계적으로 눈을 더 활짝 벌리려고 해봤다. 하지만 애써 눈을 떠봐도 침로를 정하려면 봐야 할 나침반이 도무지 보이지 않았다. 한결같이 나침반을 비춰주는 나침함 등불로 방향 지시반을 본 게 불과 일 분 전이었던 것 같은데 말이다. 내 눈앞에는 이따금 번쩍이는 붉은 불빛 때문에 더욱 무시무시해지는 칠흑 같은 어둠 말고는 그 무엇도 보이지 않았다. 그때 언뜻 든 생각은, 내가 지금 타고 있는 이 빠르게 돌진하는 것이 무엇이든 간에, 이것이 앞에 있을 어떤 피난처를 향해 가기보다는 뒤에 있는 모든 피난처로부터 급히 달아나고 있다는 것이었다. 마치 죽음같이 냉혹하고 혼란스러운 느낌이 나를 엄습했다. 나는 발작적으로 키의 손잡이를 꽉 움켜잡았는데, 그 손잡이가 왠지 마법에 걸리기라도 한 양 거꾸로 뒤집혀 있다는 말도 안 되는 생각이 들었다. '세상에! 내가 대체 왜 이러는 거지?' 아아! 나는 깜박 조는 사이에 뱃머리와 나침반으로부터 등을 돌린 채 선미를 향해 서 있었던 것이다. 나는 당장 뒤돌아서서 배가 바람 속으로 날아올라 뒤집혀버릴 수도 있었을 상황을 간신히 막아냈다. 밤의 이 괴이한 환각에서, 그리고 바람으로 인해 벌어졌을 수도 있을 치명적인 사태에서 벗어난 게 얼마나 기쁘고 감사한 일인지!

오오, 인간들이여, 불을 눈앞에서 너무 오랫동안 바라보지 말지어다! 절대 키에 손을 얹은 채로 꿈길을 더듬지 말지어다! 나침반을 등지지 말고, 갑자기 홱 움직이는 키의 손잡이가 주는 최초의 암시를 무시하지 말고, 붉은 불빛으로 온갖 것들을 무시무시하게 보이게 만드는 그 거짓된 불을 믿지 말지어다. 내일이 되어 참된 태양이 떠오르면 하늘은 환해질 것이며, 혀를 날름거리는 불꽃 속에서 악마처럼 강렬한 빛을 뿜어내던 자들도 아침이면 완전 딴판으로, 아니면 적어도 더 상냥한 사람들로 보일 것이다. 눈부시게 아름다우며 금빛으로 빛나는 태양, 그것만이 유일하게 참된 등불이며, 나머지 등불은 모두 거짓말쟁이들이다!

그럼에도 태양은 버지니아주의 디즈멀 대습지도, 로마의 저주받은 캄파냐

평야도, 드넓은 사하라사막도, 달 아래 펼쳐진 수백만 마일의 사막과 그것이 느끼는 고뇌도 감추지 않는다. 태양은 이 지구의 어두운 면이자 지표면의 삼분의 이를 차지하고 있는 대양도 감추지 않는다. 그러므로 내면에 슬픔보다 기쁨을 더 많이 지닌 인간, 그런 인간이 진실할 리 만무하다. 그는 진실하지 않거나, 아니면 미성숙한 인간일 것이다. 책도 마찬가지다. 모든 사람 가운데 가장 진실한 사람은 '고통을 겪은 사람'[432]이고, 모든 책 가운데 가장 진실한 책은 솔로몬의 책[433]이며, 그중에서도 「전도서」는 순수하게 단련된 강철의 비애다. "세상만사 헛되다."[434] 세상만사가. 이 고집 센 세상은 그리스도를 몰랐던 솔로몬의 지혜조차 아직 이해하지 못하고 있다. 하지만 병원과 감옥을 피해 가고 묘지를 재빨리 가로질러가고 지옥보다는 오페라 이야기를 즐기는 자는 쿠퍼, 영, 파스칼, 루소를 모두 가련한 병자라고 부르고 라블레야말로 대단히 현명했기 때문에 행복하게 살았던 것이라고 굳게 믿으며 평생을 근심 걱정 없이 살아간다. 그리고 그런 인간은 묘석 위에 앉아 그 깊이를 잴 수 없을 만큼 훌륭한 솔로몬과 함께 파릇파릇하고 축축한 부엽토를 파내는 일에 어울리지 않는다.

그런데 그 솔로몬도 이렇게 말한다. "슬기로운 길을 버리는 사람은 수명을 못 채우고(즉 산 사람일 때도) 저승 사람이 된다."[435] 그러니 여러분은 내가 한동안 그랬던 것처럼 불에게 굴복해 불이 여러분을 거꾸로 돌려세우고 무감각하게 만들도록 해서는 안 된다. 지혜가 곧 비애일 때도 있지만, 비애가 곧 광기일 때도 있다. 어떤 영혼의 내부에는 캐츠킬산맥[436]의 독수리가 사는데, 이 독수리는 더없이 어두운 협곡 아래로 급강하하기도 하고, 다시 거기서 솟아올라 햇빛 찬란한 공중으로 사라지기도 한다. 그런데 그 독수리가 영원히 그 협곡 안에서만 날아다닌다 해도 그 협곡은 어디까지나 산맥에 속한 것이다. 따라서 그 독수리는 산에서 가장 낮은 곳으로 급강하했을 때조차 평원에서 높이 날아오른 다른 새들보다 여전히 더 높은 곳에 있다.

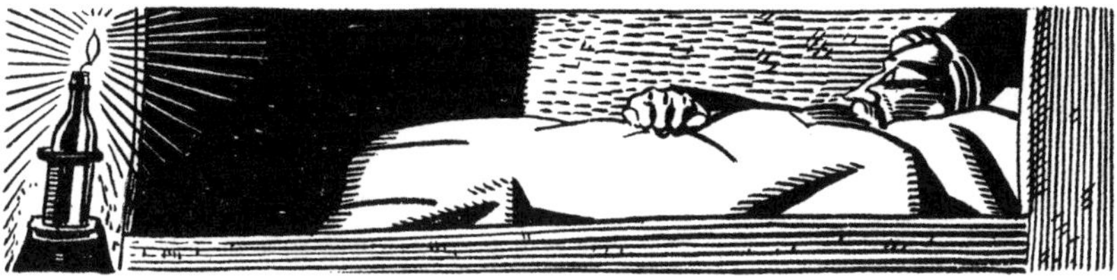

97장

등잔

피쿼드호의 정유 작업장에 있다가 비번인 선원들이 잠자고 있는 앞갑판 선실로 내려가본다면, 성자의 반열에 오른 왕들과 고문관들을 모신 눈부신 사당에라도 들어선 게 아닐까 하고 잠시 혼동할지도 모른다. 선원들은 떡갈나무로 된 세모꼴의 지하 납골당 같은 침상에 조각처럼 입을 다문 채로 누워 있고, 그들의 감은 눈 위로는 스무 개 정도의 등잔이 번쩍이고 있다.

상선의 경우, 선원용 기름은 여왕의 젖보다 더 귀하다. 어둠 속에서 옷을 입고, 어둠 속에서 식사를 하고, 어둠 속에서 자신의 초라한 침상을 더듬더듬 찾아가는 것이 그가 매일매일 겪어야 하는 운명인 것이다. 하지만 고래잡이는 빛의 양식을 구하는 자이기에 빛 속에서 산다. 그는 자신의 침상을 알라딘의 램프로 만들고 그 안에 드러눕는다. 그래서 칠흑같이 어두운 밤에도 배의 시커먼 선체는 빛으로 가득차 있다.

고래잡이가 손에 등잔—낡은 유리병이나 물약병일 때가 대부분이지만—을 잔뜩 들고 정유 작업장의 구리 냉각기로 가서는 큰 통에 머그잔을 대고 에일을 따르듯 등잔에 기름을 마음껏 채우는 모습을 보라. 또한 그는 가공되지 않은, 따라서 더럽혀지지도 않은 상태의 가장 순수한 기름을 태우기도 한다. 육지에서 발명된 태양이나 달, 별과 같은 등잔들은 듣도 보도 못했을 그 유체流體를 말이다. 그것은 4월에 처음 자라난 풀을 뜯어먹은 소의 젖으로 만든 버터만큼이나 향기롭다. 마치 대초원의 나그네가 저녁으로 먹을 짐승을 직접 사냥하듯, 고래잡이는 그 신선도와 진위 여부를 확실히 판단할 수 있도록 직접 기름을 사냥하러 나간다.

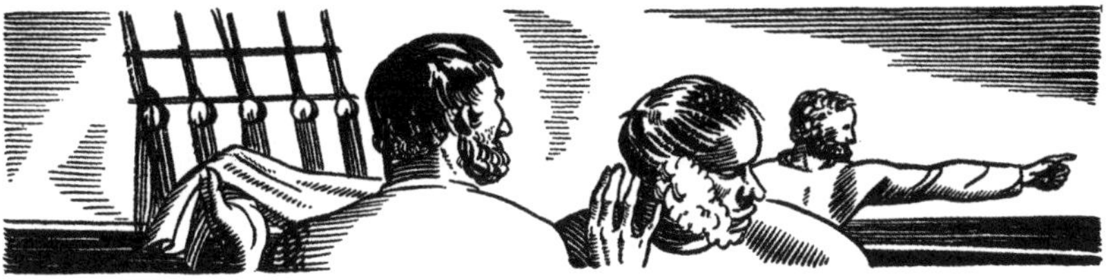

98장
채우고 치우기

멀리 떨어져 있는 거대한 리바이어던을 돛대 꼭대기에서 어떻게 발견하는지, 녀석을 황무지 같은 바다에서 어떻게 쫓아가 깊은 계곡에서 어떻게 도살하는지, 그런 다음 어떻게 뱃전으로 끌고 와 참수하는지, 그리고 어떻게 녀석의 거대하고 푹신한 외투가 (참수된 자가 죽을 때 입고 있던 옷은 망나니에게 주어진다는 옛 원칙에 따라) 바로 그 사형집행인의 소유가 되는지, 때가 되면 어떻게 녀석에게 기름솥으로 들어가라는 선고가 내려지고, 사드락과 메삭과 아벳느고[437]처럼 녀석의 경뇌유와 고래기름과 뼈가 어떻게 아무 탈도 없이 불길을 빠져나오는지에 대해서는 앞에서 이미 이야기했다. 하지만 이제 그 기름을 통에 붓고 그 통들을 아래의 화물창으로 끌고 가는 낭만적인 절차를 자세히 이야기—괜찮다면 노래로—함으로써 이 부분에 대한 설명을 마무리지을 일이 남아 있다. 그곳 화물창에서 리바이어던은 또 한번 자신이 태어난 심해로 돌아가 예전처럼 수면 아래를 이리저리 미끄러져 다니지만, 아아, 슬프도다! 이제 더는 수면 위로 떠올라 물을 뿜어댈 수 없구나.

기름은 뜨거운 펀치처럼 아직 따뜻할 때 6배럴짜리 통에 부어지는데, 한밤중의 바다에서 배가 이리저리 요동치다보면 거대한 통들이 휙 미끄러져 거꾸로 나동그라지기도 하고, 때로는 여기저기서 산사태라도 난 듯 미끄러운 갑판 위를 매우 위험하게 돌진해나가다가 결국 선원들이 힘을 써야만 그 자리에 멈추기도 한다. 또한 가능한 한 많은 수의 선원들이 통 주위에 모여들어 쇠테를 망치로 쾅쾅 두들겨 박아넣는데, 그때는 모든 선원이 *직무상* 통장이와 마찬가지이기 때문이다.

마침내 마지막 한 방울까지 통에 부어진 기름이 전부 식고 나면, 커다란 화물창이 열리면서 배의 가장 깊은 내부가 활짝 드러나고, 통들은 바다에서 영원한 잠을 맞이하게 될 장소로 내려간다. 이 작업이 끝나면 화물창은 닫히고, 벽장을 벽으로 막아버리듯이 밀폐된다.

이는 아마 향유고래 포경업에서 벌어지는 모든 일 가운데서도 가장 놀라운 일 중 하나일 것이다. 어느 날 갑판에는 피와 기름이 홍수가 난 듯 범람하고, 신성한 뒷갑판에는 고래의 거대한 머리들이 불경스럽게 덩어리째로 쌓인다. 커다랗고 녹이 슨 통들이 양조장 마당에서처럼 여기저기 흩어져 있고, 정유 작업장에서 나온 연기로 뱃전에는 그을음이 잔뜩 끼어 있다. 선원들은 온통 기름에 뒤덮인 채 돌아다니고, 배 전체는 마치 한 마리의 거대한 고래처럼 보이는 가운데, 사방팔방에서 쾅쾅거리는 소음이 들려와 두 귀를 먹먹하게 한다.

하지만 하루나 이틀쯤 지난 뒤 이 똑같은 배에서 주위를 둘러보고 귀를 쫑긋 세워보라. 고자질쟁이 보트와 정유 작업장만 아니었다면 더없이 세심하고 깔끔한 선장이 지휘하는 조용한 상선에라도 탄 듯한 착각이 들었을 것이다. 가공되지 않은 상태의 고래기름은 놀라울 정도의 세척력을 지니고 있다. 다들 '기름 작업'이라고 부르는 작업을 끝낸 직후의 갑판이 세상에서 가장 새하얀 갑판인 것은 바로 이런 이유에서다. 게다가 고래 지방 찌꺼기를 태운 재로는 강력한 잿물을 손쉽게 만들어낼 수 있고, 고래 등에서 나온 끈끈한 물질이 뱃전에 그대로 남겨진 부분이 있다면 이 잿물로 곧장 제거해버릴 수 있다. 선원들은 부지런히 오가며 양동이에 가득 든 물과 넝마 조각으로 뱃전을 완전히 말끔한 상태로 되돌려놓는다. 아래쪽 삭구의 그을음은 살살 털어낸다. 그동안 사용했던 각종 도구도 마찬가지로 정성 들여 닦아서 치워둔다. 커다란 뚜껑은 박박 문질러서 기름솥을 완전히 덮도록 정유 작업장 위에 올려둔다. 통이란 통은 죄다 자취를 감췄고, 모든 밧줄은 둘둘 감긴 채 눈에 안 띄는 구석에 놓여 있다. 배의 거의 모든 선원이 동시에 힘을 합쳐 일한 끝에 이 공들인 임무가 마침내 마무리되고 나면, 이제 선원들 자신도 목욕재계를 시작한다. 머리끝부터 발끝까지 탈바꿈한 그들은, 더없이 우아한 '네덜란드 천'[438]으로 만든 옷으로 휙 갈아입은 신랑이라도 된 양 새롭고도 환히 빛나는 모습으로 잡티 하나 없이 깔끔한 갑판 위로 마침내 그 모습을 드러낸다.

그리고 그들은 마냥 신이 난 발걸음으로 두세 사람씩 짝을 지어 갑판을 서성거리며 응접실, 소파, 양탄자, 고급 케임브릭 천에 대해 익살스레 떠들어댄다. 갑판에 깔개를 깔아보자고 제안하고, 장루에 벽걸이를 다는 게 어떻겠느냐고 묻기도 하며, 달밤에 앞갑판 베란다에서 차를 마시는 데 이의를 제기하지 말라고 단호한 목소리를 내기도 한다. 그처럼 사향냄새를 풍기는 선원들에게 기름이나 뼈, 지방에 대한 말을 조금이라도 꺼내는 것은 보통 뻔뻔한 짓이 아니다. 여러분이 에둘러 얘기해봤자 그들은 모르는 척 시치미를 뗀다. 저리 가, 가서 냅킨이나 좀 가져오라고!

그러나 보라. 저기 저 높은 돛대 꼭대기 세 곳에는 선원 셋이 버티고 서서 더 많은 고래를 발견하기 위해 열심히 주위를 살피고 있다. 만일 고래가 잡히면 오래된 떡갈나무 장비들에 틀림없이 또 때가 묻을 것이며, 어딘가에는 최소한 기름 한 방울이 떨어져 작은 얼룩이 남을 것이다. 그렇다. 밤에도 쉬지 않고 아흔여섯 시간 동안 내리 계속되는 가혹한 노동이 끝났을 때, 하루종일 적도에서 노를 젓느라 손목이 다 부은 상태로 보트에서 내려 갑판에 오르자마자 거대한 쇠사슬을 옮기고, 무거운 권양기를 감아올리고, 고래를 자르고 베고, 게다가 땀에 흥건히 젖은 상태로 적도의 태양과 적도의 정유 작업장이 힘을 합쳐 뿜어내는 불길에 또다시 훈제되고 그을렸을 때, 이 모든 일을 끝내기가 무섭게 간신히 힘을 내서 배를 깨끗이 세척해 마침내 그곳을 티 하나 없는 낙농장의 착유장으로 만들어놓았을 때, 그리고 이 가련한 친구들이 깨끗한 작업복의 단추를 이제 막 목까지 다 채워넣었을 때, 별안간 "저기 고래가 물을 뿜는다!" 하고 들려오는 외침에 깜짝 놀라서 다시 또다른 고래와 싸우러 쏜살같이 달려갔다가 그 피곤한 작업을 전부 되풀이하게 되는 경우가 많다. 오오! 친구들이여, 이것이 사람 잡는 일이 아니면 또 무엇이겠는가! 하지만 이런 게 인생이다. 우리 인간들은 오랜 노역을 통해 이 세상이라는 거대한 고래 몸뚱이에서 적지만 귀한 경뇌유를 뽑아낸 후, 피곤한 와중에도 인내심을 발휘해 더러운 몸을 씻어내고 영혼의 임시 거처인 이 깨끗한 육신에서 살아가는 법을 깨닫자마자, 별안간 들려오는 '고래가 물을 뿜는다'라는 소리에 그만 넋을 잃은 채 또다른 세계와 싸움을 벌이러 출항해야 하고, 젊은 시절과 똑같은 일상을 다시 반복해야 하는 존재인 것이다.

오오! 윤회여! 오오! 피타고라스여, 이천 년 전의 찬란한 그리스에서 살다 간 그토록 훌륭했고 그토록 현명했고 그토록 관대했던 이여.[439] 나는 지난번 항해에서 그대와 함께 페루의 해안을 따라 나아갔고, 어리석기 그지없게도, 순진한 풋내기 소년으로 환생한 그대에게 밧줄의 두 끝을 잇는 법을 가르쳐주었구나!

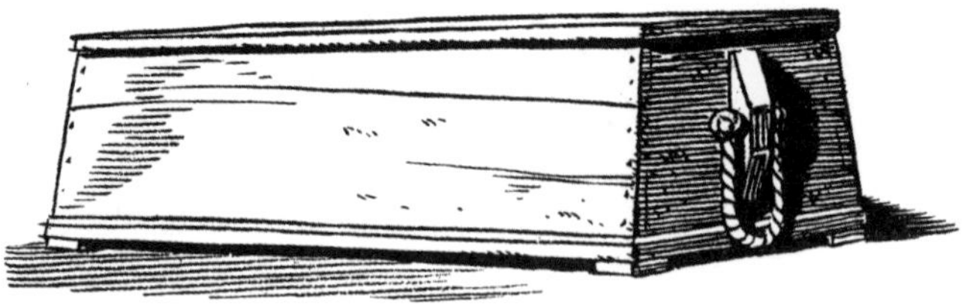

99장
스페인 금화

에이해브에게 뒷갑판의 나침함과 큰 돛대 사이를 이리저리 규칙적으로 오가는 버릇이 있다는 것은 앞에서도 이야기했다. 하지만 그 외에도 설명할 게 많았던 탓에 추가로 말 못한 게 있는데, 그에게는 이렇게 거닐다가 가끔 무척이나 깊은 상념에 빠질 때면 양쪽 반환점 앞에서 차례로 멈춰 서서 눈앞에 있는 특정한 대상을 기이하게 쳐다보는 버릇도 있었다. 나침함 앞에 멈춰 서서 나침반의 뾰족한 바늘에 시선을 고정하고 있을 때, 바늘을 쏘아보는 그의 눈빛은 목표물을 겨눈 예리한 창처럼 보였다. 그리고 다시 발을 떼기 시작한 그가 이번에는 주돛대 앞에 멈춰 서서 거기에 못박혀 있는 금화를 응시했다. 그의 시선은 바늘을 바라볼 때와 똑같이 금화에 못박혀 있었고, 표정도 못으로 박은 듯이 확고해 보였지만 거기에는 희망까지는 아니더라도 격렬한 열망 비슷한 것이 뒤섞여 있었다.

그런데 어느 날 아침, 그 스페인 금화 앞에서 돌아서려던 에이해브는 금화에 새겨진 기이한 형상과 글자에 새삼스레 마음이 끌린 듯 보였다. 마치 거기에 숨겨진 의미를 이제야 비로소 편집광다운 기질을 발휘해 자신이 직접 해석해보겠다는 듯이. 세상 만물에는 모종의 의미가 숨겨져 있다. 그렇지 않다면 만물은 거의 무가치할 것이고, 이 둥근 지구 역시 공허한 암호[440]에 지나지 않을 것이며, 보스턴 주변의 언덕과 마찬가지로 기껏해야 수레 한 대 분량씩 실고 팔아서 은하수의 늪지나 채우는 데 쓸 수 있을 뿐이리라.

이 스페인 금화는 무수한 팍톨루스강[441]의 수원지이며 동서로 황금빛 모래밭이 펼쳐진 찬란한 언덕의 심장부 어딘가에서 긁어모은 자연 그대로의 순수한 황금으로 만든 것이었다. 비록 지금은 온통 붉게 녹이 슨 쇠못과 푸른 녹이 슨 구리못 사이에 박혀 있지만, 어떤 더러운 손길도 타지 않은 채 여전히 키토의 광채를 간직하고 있었다. 또한 난폭한 선원들 사이에 놓여 매시간 난폭한 손길과 마주해야 했고, 누가 와서 슬쩍 훔쳐가도 모를 짙은 어둠에 파묻혀 긴긴 밤을 꼬박 보내야 했지만, 그럼에도 매일 아침 해가 떠오르면 그 금화는 전날 해가 졌을 때 있었던 바로 그 자리에 그대로 있었다. 그 금화는 경외심을 불러일으키려는 하나의 목적을 위해 별도로 축성된 것이기 때문이다. 그리고 아무리 평소에 제멋대로 구는 선원들일지라도 그 금화를 하나같이 흰 고래의 부적으로 여겨 숭배했다. 그들은 가끔 밤에 지루한 야간 당직을 서는 동안 금화가 결국 누구의 것이 될지, 그 사람이 끝까지 살아남아 금화를 쓸 수 있을지에 대해 이야기하곤 했다.

그런데 이 남아메리카의 고귀한 금화는 태양의 메달이며 열대지방의 상징물이기도 하다. 이 금화에는 야자나무 잎과 알파카와 화산, 태양면과 별, 황도黃道, 풍요의 뿔, 바람에 나부끼는 다채로운 깃발들이 화려하고 풍부하게 새겨져 있다. 그리하여 이 귀중한 금화는 스페인의 시적이고 화려한 동전 주조술로 제작된 덕분에 더욱 귀중해지고 장엄해진 것처럼 보이기도 한다.

공교롭게도 피쿼드호의 스페인 금화는 그러한 금화 가운데서도 가장 다채로운 것이었다. 둥근 가장자리에는 REPUBLICA DEL EQUADOR: QUITO(에콰도르공화국: 키토)라는 글자가 적혀 있었다. 그러니까 이 눈부신 동전은 세상의 한가운데인 위대한 적도equator 바로 아래 놓여 있어 에콰도르라고 이름지어진 나라에서 온 것이었고, 기온이 떨어져 가을이 된다는 게 어떤 기분인지 모르는 안데스산맥 중턱에서 주조된 것이었다. 그 글자들에 둘러싸인 안쪽 부분에는 안데스산맥의 세 봉우리 같은 것이 보이는데, 그중 하나는 불길을 토해내고, 다른 하나에는 탑이 솟아 있으며, 나머지 하나에서는 수탉이 홰를 치고 있다. 그리고 이 봉우리들 위에는 황도십이궁의 일부가 칸막이로 나뉜 채 아치형으로 드리워져 있는데, 거기 새겨진 별자리들은 흔히 사용되는 카발라 기호로 표시되어 있으며, 그 아치의 중심에 자리한 태양은 천칭궁의 분점分點[442]으로 들어서고 있다.

바로 이 적도의 동전 앞에 에이해브가 지금 막 멈춰 섰고, 그 모습을 다른 이들도 지켜보고 있었다.

"산봉우리나 탑처럼 모든 웅장하고 우뚝 솟은 것들은 늘 강한 자의식을 암시하는 법이지. 여길 좀 보라고, 루시퍼같이 오만한 이 세 봉우리를. 굳건한 탑, 그건 에이해브지. 화산, 그것도 에이해브야. 용감하고 의연하고 의기양양한 저 수탉도 에이해브고. 전부 다 에이해브지. 그리고 이 둥근 금화는 그보다 더 둥근 지구의 은유이며, 마법사의 거울처럼 이 금화를 들여다보는 모든 인간의 신비로운 자아를 하나하나 차례대로 되비춰주지. 세상에게 자신의 문제를 해결해달라고 부탁하는 자들은 고생만 실컷 하고 얻는 건 적어. 세상 스스로도 그 문제를 해결해줄 수는 없으니까. 이제 보니 이 동전 속 태양은 혈색 좋은 얼굴을 하고 있군그래. 하지만 보라고! 그래, 태양이 폭풍의 상징인 분점으로 들어서고 있군! 그런데 태양은 불과 여섯 달 전에 백양궁의 또다른 분점에서 굴러나오지 않았던가! 폭풍에서 폭풍으로! 그래, 좋다 이거야. 단말마의 고통 속에 태어난 인간은 괴로움 속에 살다가 비통함 속에 죽어 마땅해! 그래, 좋다 이거야! 닥쳐오는 비애를 굳세게 맞이하는 자가 여기 있노라. 그래, 좋다 이거야."

"저 금화에 요정의 손가락 자국이 찍혀 있을 리는 없겠지만, 어제 이후로 악마의 발톱 자국이 새겨진 것만은 틀림없어." 스타벅이 뱃전에 몸을 기댄 채 혼자 중얼거렸다. "노인네가 벨사살의 끔찍한 글[443]을 읽고 있는 것 같군. 나는 저 금화를 한 번도 꼼꼼히 살펴본 적이 없어. 노인네가 아래로 내려가는군. 나도 한번 읽어봐야지. 천상에 머무르는 거대한 세 봉우리, 어렴풋이나마 이 속세에서 삼위일체를 상징하는 듯한 저 봉우리들 사이로 어두운 계곡이 보이는군. 그러니까 이 '죽음'의 계곡에서 하느님께서는 우리를 둥글게 에워싸고 계시고, 우리의 온갖 어둠 위로는 '정의'의 태양이 여전히 등대의 불빛과 희망을 비춰주고 있구나. 시선을 아래로 향하면 어두운 계곡이 보잘것없는 흙을 보여주지만, 시선을 위로 향하면 중간에 환한 태양이 우리와 눈을 마주치며 힘을 북돋워준다. 하지만 오오, 위대한 태양도 붙박이는 아니지. 한밤중에는 태양에게서 달콤한 위안을 얻고자 하늘을 쳐다봐도 아무 소용이 없으니 말이야! 이 동전은 현명하고 상냥하고 진실하게 말하지만, 나한테는 그 말이 슬프게 들린다. 이제 그만 가봐야겠어. '진실'이 나를 거짓되게 흔들어놓아서는 안 되니."

"무굴제국 영감께서 납셨네." 스터브가 정유 작업장 옆에서 혼잣말을 했다. "지금껏 그걸 살펴보고 있었군. 스타벅도 똑같은 짓을 하다 오고 있어. 양쪽 다 9패덤 깊이의 물속에라도 빠져 있는 듯한 표정이야. 둘 다 저 금화를 쳐다보다 온 거로군. 내가 니그로 힐이나 콜리어스 훅[444]에 있을 때 저 금화가 내 손안에 있었다면 쳐다보고 자시고 할 것도 없이 곧장 써버렸을 텐데. 흥! 하찮고 변변찮은 내 소견을 말하자면, 이건 좀 괴상한 일이야. 나도 예전에 항해를 하면서 스페인 금화를 제법 보아왔지. 옛 스페인 금화, 페루 금화, 칠레 금화, 볼리비아 금화, 포파얀 금화, 그리고 또 수많은 모이도르 금화와 피스톨 금화와 요하네스 금화, 이분의 일 요하네스 금화, 사분의 일 요하네스 금화를 말이야. 그런데 이 적도 금화의 어디가 그렇게 기겁할 만큼 놀랍다는 것일까? 이런 골콘다[445] 같으니! 나도 한번 읽어봐야겠군. 이것 좀 봐라! 정말 무슨 기호와 기적[446]이 새겨져 있긴 하네! 저것은 보디치 영감이 자신의 '교본'에서 황도십이궁이라고 부르는 것이로군. 아래 선실에 있는 내 달력에도 그렇게 적혀 있지.

가서 달력을 가져와야겠어. 다볼의 산수책[447]으로 악마를 불러낼 수 있다고도 했으니, 그 매사추세츠 달력으로 이 구불구불한 암호들의 뜻을 한번 해석해봐야겠어. 여기 책이 있군. 어디 한번 보자. 기호와 기적, 그리고 태양. 그것들 사이에는 늘 태양이 자리하지. 흠, 흠, 흠. 그래, 여기 있군—저기에도 있어—다들 활기가 넘쳐. 백양궁의 양, 금우궁의 황소, 그리고—이런 젠장![448] 여기 쌍자궁의 쌍둥이가 있군. 그리고 태양은 그 별자리들 사이를 굴러다니고 있어. 그래, 여기 이 동전에서 태양은 둥글게 원을 이룬 열두 개의 거실 가운데 두 거실 사이의 문지방을 막 넘어서고 있어. 책아! 그냥 거기 가만히 누워 있어라. 사실 너희 책들은 분수를 알아야만 해. 너희는 우리에게 단순히 말과 사실만을 전해줄 뿐이지만, 우리는 거기에 생각을 불어넣지. 매사추세츠 달력, 보디치의 항해술, 다볼의 산수책을 통해 내가 빈약하게나마 경험해본 바로는 그랬어. 그래, 기호와 기적이라고? 기호에 놀라울 게 없고 기적에 특별한 의미가 없다면 애석한 일이겠지! 어딘가에는 단서가 존재하는 법이야. 잠깐만, 쉿, 잘 들어봐! 어이쿠, 찾았다! 이봐, 스페인 금화야. 너의 이 황도십이궁은 인간의 생애를 하나의 둥근 장章에 담은 것이로구나. 이제 책에 적힌 관련 내용을 한번 그대로 소리 내어 읽어보겠다. 어서, 달력아! 먼저 백양궁의 양—음란한 짐승, 녀석이 우리를 낳는다. 그런 다음에는 금우궁의 황소—녀석은 우리를 가장 먼저 들이받는다. 그런 다음에는 쌍자궁의 쌍둥이—이 녀석들은 말하자면 '선'과 '악'이다. 우리는 '선'에 다가가려고 애쓰지만, 저런! 그때마다 거해궁의 게가 다가와서 우리를 다시 끌고 간다. 그리고 '선'에서 물러서다보면 사자궁의 사자가 으르렁대며 길목에 누워 있어—녀석은 우리를 몇 차례 사납게 물고 앞발로 무례하게 토닥거린다. 우리는 도망치면서 처녀궁의 처녀를 환호로 맞이한다! 그게 우리의 첫사랑이다. 우리는 결혼해서 영영 행복하리라 생각하지만, 그때 불쑥 천칭궁의 천칭이 나타나 행복의 무게를 달아보고는 무게가 모자람을 알려준다. 그리고 우리가 그 사실을 매우 슬퍼하는 동안, 이런! 천갈궁의 전갈이 우리의 궁둥이를 찔러 우리를 화들짝 놀라게 한다. 우리가 상처를 치료하고 있을 때 사방에서 화살이 휙휙 날아든다. 사수궁의 궁수가 재미로 그러는 것이다. 우리가 화살대를 뽑고 있을 때, 저리 물러서라! 파성퇴와도 같은 마갈궁의 염소가 전속력으로 돌진해 와 우리를 거꾸로 내동댕이친다. 그러면 보병궁의 물병이 큰물을 모두 쏟아부어 우리를 익사시키고, 결국 우리는 쌍어궁의 물고기들과 함께 잠이 들며 모든 게 막을 내린다. 바로 이것이 드높은 천상에 적힌 설교인데, 태양은 매해 그 과정을 겪으면서도 늘 활기와 원기 왕성함을 잃지 않지. 저기 높은 곳에 있는 태양은 고역과 고난에도 불구하고 명랑하게 굴러가고, 여기 낮은 곳에 있는 스터브도 마찬가지로 명랑하게 살아가. 오오, 명랑함이여, 영원하거라! 잘 있거라, 스페인 금화야! 그런데 잠깐, 저기 작달막한 왕대공이 오는군. 정유 작업장 옆으로 얼른 몸을 숨겨서 녀석이 뭐라고 하는지 한번 들어봐야겠어. 그래, 앞에 섰군. 곧 뭐라고 떠들어댈 테지. 그래, 그래. 시작하는군."

"이건 그저 금으로 만든 둥근 물건일 뿐이잖아. 그리고 누구든 그 뭔지 모를 고래를 발견하는 자가 이 둥근 물건의 주인이 되는 것이고. 그런데 왜 다들 이걸 빤히 쳐다보는 거지? 이것은 16달러의 가치가 있어. 그건 사실이지. 시가 한 대를 2센트라고 한다면 시가를 구백육십 개비 살 수 있는 돈이야. 나는 스터브처럼 더러운 파이프는 피우고 싶지 않지만 시가는 좋아. 그리고 여기 시가 구백육십 개비가 있어. 그래서 지금 플래스크가 열심히 고래를 찾기 위해 저 높은 돛대 꼭대기에 오르는 것이고."

"저걸 현명하다고 해야 하나, 멍청하다고 해야 하나. 정말 현명하다고 하자니 좀 멍청해 보이고, 정말 멍청하다고 하자니 그래도 좀 현명해 보이는 구석이 있단 말씀이야. 그런데 잠깐, 저기 맨섬 출신의 노인네가 오는군. 저 영감은 바다로 나오기 전에 분명 영구차를 몰았을 거야. 스페인 금화 앞에 멈춰 서는군. 이런, 돛대 반대편으로 돌아가네. 저쪽에는 말굽의 편자가 박혀 있을 뿐인

데. 다시 또 돌아오는군. 왜 저러는 거지? 한번 들어보자! 뭐라고 중얼대고 있어. 닳고 닳은 오래된 커피 분쇄기 같은 목소리로군. 두 귀를 쫑긋 세우고 들어보자!"

"만일 흰 고래가 발견된다면 그건 한 달 하고도 하루 뒤, 태양이 이 별자리 기호 가운데 하나에 위치할 때일 거야. 나는 이 기호들을 공부했기 때문에 그것들이 뭘 나타내는지 알고 있지. 사십 년 전쯤에 코펜하겐의 늙은 마녀한테서 배운 거야. 자, 그때 태양은 어느 별자리에 있게 될까? 말굽의 편자에 해당하는 별자리겠지. 금화 바로 맞은편에 말굽 편자가 있으니까. 그러면 말굽의 편자에 해당하는 별자리는 뭐지? 사자자리[449]가 바로 말굽의 편자에 해당하는 별자리야. 으르렁대며 먹이를 게걸스레 집어삼키는 사자 말이지. 배여, 낡은 배여! 그대를 생각하자니 내 늙은 머리가 요동치는구나."

"또다른 해석이 나왔군. 그래도 원문은 여전히 하나야. 세상은 딱 하나뿐이라도 거기 사는 사람은 여러 종류가 아니겠어. 또 몸을 숨겨야지! 퀴퀘그가 오는군. 온몸에 문신을 해서 꼭 황도십이궁의 별자리들 같은 모습이야. 식인종이 뭐라고 할까? 틀림없이 그는 기호들을 비교해보는 중이야. 자신의 대퇴골을 보는군. 태양이 자기 넓적다리나 종아리, 아니면 창자 안에 있다고 생각하는 모양이야. '외과의사의 천문학'에 대해 떠들어대는 시골뜨기 할멈처럼 말이지.[450] 저런, 넓적다리 근처에서 뭔가를 발견하셨군. 아마도 사수궁의 궁수일 거야. 아니, 녀석은 스페인 금화가 무엇인지 전혀 몰라. 어느 왕의 바지에서 떨어진 낡은 단추쯤으로 여기는 듯하군. 그런데 또 숨어야겠네! 유령 같고 악마 같은 페달라가 오는군. 늘 그렇듯 꼬리는 감아서 감췄고, 늘 그렇듯 구두의 발가락 부분에는 뱃밥을 집어넣었어. 녀석은 저런 표정으로 과연 무슨 말을 할까? 아, 기호에 신호를 보내고 절만 하고 가네. 동전에는 태양이 새겨져 있으니 녀석은 배화교도가 틀림없어. 와! 점점 더 많이 몰려오는군. 핍이 여기로 오고 있네. 가련한 것! 차라리 그때 죽는 게 나았으려나, 아니면 내가 죽는 게 나았으려나. 좀 소름 끼치는 녀석이야. 나를 포함해 동전을 해석하러 왔던 모든 이들을 녀석도 지켜보고 있었다니. 그리고 이제는 그 섬뜩한 백치 같은 얼굴로 자신이 그 동전을 해석해보러 나온 것이로군. 또다시 멀리 떨어져서 녀석이 하는 말을 들어봐야지. 귀를 기울여보자!"

"나는 본다, 너는 본다, 그는 본다. 우리는 본다, 너희는 본다, 그들은 본다."

"맹세코 말하는데, 녀석은 머리의 문법책[451]을 공부해온 모양이야! 가련한 것, 정신을 차려보겠다는 속셈이로군! 그런데 지금은 또 뭐라고 지껄이는 걸까—쉿!"

"나는 본다, 너는 본다, 그는 본다. 우리는 본다, 너희는 본다, 그들은 본다."

"아니, 저걸 외우는 모양이로군—쉿! 또 외운다."

"나는 본다, 너는 본다, 그는 본다. 우리는 본다, 너희는 본다, 그들은 본다."

"이거 참, 우스운 일일세."

"그리고 나, 너, 그리고 그. 그리고 우리, 너희, 그리고 그들은 모두 박쥐다. 그리고 나는 까마귀다, 특히 여기 이 소나무 꼭대기에 서 있을 때는. 까악! 까악! 까악! 까악! 까악! 까악! 나 까마귀 맞지? 그런데 허수아비는 어디 있지? 저기 서 있군. 낡은 바짓가랑이 두 개에 꽂힌 뼈다귀 두 개, 그리고 낡은 상의 소매에 찔러넣은 뼈다귀가 또 두 개."

"내 얘긴가? 찬사로군! 가련한 것! 목이라도 매달고 싶은 심정이야. 아무튼 지금으로서는 핍에게서 달아나는 게 좋겠어. 나머지 인간들은 그래도 멀쩡히 제정신이니까 참아줄 수 있다고. 하지만 핍은 제정신으로 상대하기에는 맛이 가도 한참 가버렸어. 그래, 그래. 저렇게 중얼대도록 그냥 내버려두자."

"여기 배의 배꼽이 있다, 여기 이 스페인 금화 말이야, 다들 이 금화를 뽑아내지 못해 안달이구나. 하지만 배꼽을 뽑아내고 나면 무슨 일이 벌어지지?[452] 그렇긴 하지만 여기 계속 박혀 있는 것도 볼썽사나운 일이야. 무언가가 돛대에 박혀 있다는 것은 일이 꼬여간다는 신호니까. 하, 하! 에이해브 영감! 흰 고래가 당신을 못박을 거다! 이건 소나무야. 한번은 우리 아버지가 옛 톨랜드 카운티에서 소나무를 베고는 그 안에서 은반지를 발견한 적이 있지. 어느 검둥이 영감의 결혼반지였어. 그게 어떻게 거기 들어갔던 걸까? 사람들이 부활의 날에 이 낡은 돛대를 건져올려 해초가 엉킨 나무껍질에 단단히 달라붙은 굴과 함께 돛대에 박혀 있는 스페인 금화를 발견한다면 이렇게 말할 거야. 오, 황금이여! 귀하고 또 귀한 황금이여! 초록빛 구두쇠[453]가 곧 너를 챙겨 가겠구나! 쉿! 쉿! 신께서 블랙베리를 따면서 세상을 돌아다니신다. 요리사! 어이, 요리사! 우리를 요리해! 제니야! 헤이, 헤이, 헤이, 헤이, 헤이, 제니야, 제니야! 옥수수 빵을 구워주렴![454]"

100장

다리와 팔—낸터킷의 피쿼드호가 런던의 새뮤얼 엔더비호를 만나다

"어이, 거기 배! 흰 고래를 보았소?"

에이해브는 선미 저편에서 영국 깃발을 달고 돌진해 가는 배를 향해 다시 한번 이렇게 큰 소리로 외쳤다. 노인네는 입에 나팔을 갖다댄 채 뒷갑판 쪽에 매어놓은 보트에 서서는, 자기 보트의 뱃머리에 태연히 몸을 기대고 있는 낯선 선장을 향해 자신의 고래뼈 다리를 숨김없이 드러내 보였다. 낯선 선장은 검게 그을린 피부와 건장한 체격에 성격 좋고 잘생긴 예순 줄의 남자였다. 짧고 헐렁한 재킷은 푸른색 선원 외투용 모직물로 만든 꽃줄이라도 되는 양 그의 몸에 둘려 있었다. 그리고 팔을 끼우지 않은 빈 소매 한쪽이 경기병이 갑옷 위에 걸친 겉옷의 수놓인 소매처럼 뒤로 나부꼈다.

"흰 고래를 보았소?"

"이것 보이시오?" 그는 그동안 옷자락에 가려져 있던 팔, 향유고래의 뼈로 만든 새하얀 팔을 들어올렸는데, 나무로 된 팔의 끝부분은 꼭 나무망치 모양이었다.

"다들 내 보트에 올라타라!" 에이해브가 성급히 외치며 가까이에 있던 노를 흔들어댔다. "보트를 내릴 준비를 해!"

일 분도 채 지나지 않아 에이해브는 타고 있던 보트에 그대로 몸을 실은 채 선원들과 함께 바다로 내려가 곧 낯선 배의 뱃전에 다다랐다. 그런데 여기서 기이하고 곤란한 일이 발생했다. 에이해브는 순간 너무 흥분한 나머지, 다리를 잃은 후로 자신의 배 아닌 다른 배에 한 번도 타본 적이 없다는 사실을 잊고 말았던 것이다. 피쿼드호에는 기발하고 무척 편리한 기계장치가 있어서 늘 그것을 이용하면 됐지만, 그 장치는 당장 다른 배로 옮겨서 설치할 수 없는 종류의 것이었다. 그런데 광막한 바다에 뜬 보트에서 뱃전으로 기어오르는 일은—고래잡이들처럼 거의 매시간 그런 일을 하는 사람들을 제외하면—누구에게도 그리 만만한 일이 아니다. 거대한 파도가 보트를 뱃전 쪽으로 높이 들어올렸다가 순식간에 내용골 가까운 쪽까지 떨어뜨리기 때문이다. 그리하여 다리 한쪽이 없는 에이해브는, 그 낯선 배에 자신을 배려한 발명품이 전혀 설치되어 있지 않은 너무나도 당연한 광경을 보고는 비참하게도 자신이 다시 한번 어설픈 풋내기 선원 신세가 되어버렸다는 사실을 깨달았다. 올라갈 수 있으리라는 기대는 도저히 품을 수 없는 그 불안정하고 변화무쌍한 뱃전의 높이를 절망적으로 바라볼 뿐이었다.

전에 넌지시 말했던 듯도 한데, 에이해브는 자신이 겪은 불운한 사고 때문에 간접적으로 생겨나는 모든 사소한 역경에 부딪힐 때면 거의 예외 없이 짜증을 내거나 극심하게 화를 내곤 했다. 그런데 이번 경우에는 그 낯선 배의 간부 선원 둘이서 뱃전에 받침 나무를 박아 설치한 수직 사다리 옆에서 뱃전 너머로 몸을 숙인 채 그를 향해 고상하게 장식된 한 쌍의 난간줄을 흔들어댔기 때문에 그 짜증과 화가 한층 더 심해졌다. 그들은 애당초 이 외다리 사내가 자신들의 바다용 난간을 사용하지 못할 정도로 불구일 것이라고는 생각을 못해서 그렇게 한 듯했다. 하지만 이 어색한 상황은 고작 일 분밖에 지속되지 않았으니, 낯선 배의 선장이 당시 상황을 한눈에 파악하고는 이렇게 외쳤기 때문이다. "알겠다, 알겠어! 거기 밧줄을 끌어올리는 건 이제 그만! 애들아, 달려가서 고래 해체용 도르래를 내려라."

다행히도 마침 그 배는 하루나 이틀 전에 뱃전에 고래를 매달고 있었기에 거대한 도르래가 여전히 아랫돛대 꼭대기에 매달려 있었고, 구부러진 거대한 고래 지방용 갈고리도 깨끗이 마른 채로 여전히 도르래 끝에 연결되어 있었다. 이 도르래가 재빨리 에이해브 쪽으로 내려지자 즉시 모든 상황을 이해한 에이해브는 하나뿐인 넓적다리를 갈고리의 휘어진 부분 안으로 밀어넣었고 (그것은 닻가지나 사과나무 가지가 갈라진 부분에 앉는 것과 비슷했다) 이제 끌어올리라고 소리치고는 거기 단단히 몸을 고정시킨 채 도르래 밧줄을 양손으로 번갈아 당기며 자신의 무거운 몸을 끌어올리는 데 힘을 보탰다. 이윽고 그는 높은 뱃전 안쪽으로 조심스레 당겨져서 권양기 위에 사뿐히 내려졌다. 그쪽 배의 선장은 환영한다는 의미로 고래뼈 팔을 숨김없이 내밀며 다가왔고, 에이해브는 고래뼈 다리를 내밀어 (황새치 두 마리가 창 모양의 주둥이를 교차시키듯) 고래뼈 팔과 교차시키며 바다코끼리처럼 외쳤다. "그래, 그래, 유쾌하구나! 둘이 같이 뼈로 악수나 합시다! 팔과 다리로! 절대 오므릴 수 없는 팔과 절대 달릴 수 없는 다리로 말이오. 흰 고래는 어디서 봤소? 본 지는 얼마나 됐고?"

영국인 선장은 고래뼈 팔로 동쪽을 가리키면서 그 팔이 무슨 망원경이라도 된다는 듯 그쪽으로 애처로운 시선을 보냈다. "흰 고래라. 적도에서 보았소. 지난번 고래잡이 철이었지."

"그 팔은 놈이 잘라갔소?" 에이해브가 권양기에서 미끄러져 내려오면서 영국인 선장의 어깨를 붙잡고 물었다.

"그렇소, 적어도 녀석이 원인이 되긴 했지. 그 다리도 녀석이 그런 거요?"

"이야기 좀 들려주시게." 에이해브가 말했다. "어쩌다 그랬소?"

"내가 난생처음 적도를 항해했을 때였소." 영국인 선장이 이야기를 시작했다. "그때는 흰 고래에 대해 전혀 아는 바가 없었지. 그러던 어느 날, 우리는 네다섯 마리의 고래 무리를 쫓기 위해 보트를 내렸고, 내 보트에서 던진 작살이 녀석들 중 한 마리의 몸에 박혔소. 그런데 녀석이 서커스용 말처럼 계속해서 규칙적으로 빙글빙글 돌고 도는 바람에 보트의 선원들은 모두 바깥쪽 뱃전에 궁둥이를 딱 붙이고서야 겨우 균형을 잡을 수 있었지. 그때 갑자기 바다 아래서 거대한 고래 한 마리가 뛰어올랐는데, 머리와 혹은 우유처럼 희고 눈가 주름부터 잔주름까지 온통 자글자글한 놈이었소."

"그놈이다, 그놈이야!" 별안간 에이해브가 참았던 숨을 뱉어내며 소리쳤다.

"그리고 오른쪽 지느러미 근처에는 작살이 몇 개 박혀 있었지."

"그럼, 그래야지. 그것들은 내가 박아넣은 것이오. 내 작살이라고." 에이해브가 기뻐서 어쩔 줄 모르며 소리쳤다. "어쨌든 이야기를 계속하시게!"

"그럼 그렇게 하리다." 영국인 선장이 사근사근하게 말했다. "글쎄, 머리와 혹이 새하얀 이 증조할아버지뻘쯤 돼 보이는 녀석이 온통 거품을 일으키며 무리로 뛰어들더니 내 작살줄을 맹렬히 물어뜯기 시작하지 뭐겠소!"

"그래, 그렇군! 줄을 끊으려 했던 거지, 작살에 매인 고래를 풀어주려고. 늘 쓰는 수법이야. 내가 녀석을 좀 알지."

외팔이 선장이 이야기를 이어나갔다. "정확히 어찌된 일인지는 나도 모르겠는데, 어쨌든 작살줄을 물어뜯다가 그게 녀석의 이빨 어딘가에 걸려버린 모양이오. 하지만 그때 우리는 그러한 사실을 모르고 있었지. 그래서 그뒤에 밧줄을 당겼을 때 우리는 녀석의 혹에 쿵 하고 부딪히고 말았소! 정작 우리가 끌어당겼어야 할 고래는 꼬리를 살랑대며 바람 불어오는 쪽으로 헤엄쳐 가버렸지. 이게 대체 어찌된 상황인지, 그리고 녀석이 얼마나 고귀하고 거대한 고래인지—선장, 녀석은 내가 살면서 본 고래 중 가장 고귀하고 거대한 놈이었소—를 파악한 나는, 녀석이 분노로 들끓는 상태라 할지라도 녀석을 잡기로 결심했소. 우연히 이빨에 걸린 밧줄이 풀릴지도 모르고, 또 밧줄에 묶인 이빨이 뽑힐지도 모른다는 생각에(내 보트의 선원들은 포경 밧줄을 끌어당기는 데는 귀신들이니까) 나는 일등항해사인 여기 이 마운톱(아 그나저나 선장, 이쪽은 마운톱이고, 마운톱, 이쪽은 선장일세)의 보트로, 그러니까 내 보트와 서로 뱃전을 나란히 하고 있던 마운톱의 보트로 뛰어들어 처음 눈에 띄는 작살을 낚아챈 다음 그 증조할아버지 같은 녀석에게 던져줬지. 그런데 세상에나, 정말 혼이 빠질 만큼 깜짝 놀랄 일이 벌어졌는데, 바로 다음 순간 나는 박쥐처럼 장님이 되고 말았지 뭐겠소. 검은 물거품 때문에 시야가 전부 안개에 가린 듯 눈앞이 흐려졌고, 그 물거품 속에서 곧장 솟아올라 공중에 대리석 첨탑처럼 수직으로 우뚝 선 고래의 꼬리만이 어렴풋이 눈에 들어올 뿐이었소. 뒤로 물러나봤자 아무 소용 없었지. 그런데 내가 왕관에 박힌 보석처럼 태양이 눈부시게 빛나는 한낮임에도 손을 이리저리 더듬어 두번째 작살을 찾아서 던지려던 순간, 고래의 꼬리가 리마의 탑처럼 우리를 덮치더니 보트를 반으로 뚝 잘라서 산산조각을 내버렸다오. 그러고는 꼬리에 이어 흰 혹을 드러내며 고작 나뭇조각들에 불과한 보트의 잔해를 헤치며 뒤로 헤엄쳐 가더군. 우리도 다들 힘차게 헤엄쳤지. 나는 녀석의 끔찍한 도리깨질을 피하려고 내가 녀석에게 박아넣었던 작살의 자루를 붙잡고는 잠시 빨판상어처럼 거기 달라붙어 있었소. 그런데 솟아오른 파도가 나를 내동댕이치는 동시에 고래가 앞으로 힘껏 달려가더니 순식간에 물속으로 잠수해버리지 뭐요. 그리고 내 바로 옆에서 고래를 따라 물속으로 끌려 들어가던 그 빌어먹을 두번째 작살의 미늘이 내 여기를 찔러버렸소(그는 어깨 바로 아랫부분을 손으로 탁탁 치면서 그렇게 말했다). 그렇지, 바로 여기를 찔렀는데, 지옥의 불길 아래로라도 끌려 들어가는 줄 알았지 뭐요. 그런데 그때 갑자기 고마우신 하느님의 도움으로 미늘이 내 살을 죽 찢더니—내 팔 전체를 깨끗이 훑고 내려갔지—손목 근처에서 뽑혀나갔고, 그래서 나는 물위로 떠올랐소. 그리고 이후의 이야기는 저기 저 신사 양반이 말해줄 거요(그나저나 선장, 이쪽은 이 배의 의사인 벙거 박사요, 벙거, 이쪽은 선장이네). 그럼 벙거, 자네가 나머지 이야기를 들려주게나."

그렇게 친근하게 소개된 의사 양반은 아까부터 줄곧 그들 곁에 서 있었지만 그가 선상에서 지닌 지위를 알려줄 만한 특별한 점이라고는 전혀 찾아볼 수

없었다. 얼굴은 유난히 둥근 편이었지만 엄숙했고, 작업복 또는 셔츠처럼 보이는 빛바랜 푸른색 상의와 헝겊조각을 덧댄 바지 차림을 하고 있었다. 그때까지는 한 손에 든 밧줄 스파이크와 다른 한 손에 든 환약 상자를 번갈아가며 쳐다보다가, 이따금 불구가 된 두 선장의 고래뼈 수족에 비판적인 시선을 던졌을 뿐이었다. 하지만 상급자가 에이해브에게 자신을 소개하자 공손히 인사를 하고는 곧장 선장의 요청에 따르기 시작했다.

"정말이지 지독하고도 끔찍한 부상이었습니다." 포경선 선의가 이야기를 시작했다. "그리고 여기 이 부머 선장님께서는 제 조언에 따라 이 새미호를—"

"이 배의 이름이 새뮤얼 엔더비라오." 외팔이 선장이 끼어들어 에이해브에게 말했다. "자, 계속하시게."

"이 새미호를 북쪽으로 돌려서 적도의 타는 듯한 무더위에서 벗어났습니다. 하지만 그래도 별 소용이 없었죠. 저는 할 수 있는 한 최선을 다했습니다. 밤마다 같이 옆에 앉아 있었죠. 식사 문제와 관련해서도 아주 엄격하게—"

"오, 엄격했고말고!" 환자였던 자가 직접 맞장구를 치더니, 갑자기 목소리를 바꿔 말했다. "매일 밤 붕대도 감을 수 없을 지경이 될 때까지 나와 함께 럼주로 만든 뜨거운 토디[455]를 마시고, 새벽 세시가 되어서야 곤드레만드레 취한 나를 침대로 데려다줬다오. 오오, 두말하면 잔소리지! 그는 정말로 내 옆에 앉아 있어줬고, 내 식사 문제에도 매우 엄격했소. 오! 벙거[456] 의사 선생님은 훌륭한 간병인이고 식사 문제에도 매우 엄격한 사람이지. (벙거, 이 개자식아, 웃으라고! 왜 안 웃는 거지? 자네는 귀엽고 쾌활한 악당이 아니신가). 어쨌거나 이야기를 계속해보게. 난 다른 사람의 손으로 생명을 부지하느니 차라리 자네 손에 죽겠네."

"이미 눈치채셨겠지만," 벙거가 침착하고도 경건한 표정으로 에이해브에게 살짝 고개를 조아리며 말했다. "저희 선장님께서는 가끔 우스갯소리를 하곤 하시죠. 저희한테 저런 기발한 이야기를 많이 들려주세요. 하지만 말이 나왔으니 말인데—프랑스 사람들 표현대로라면 '앙 파상en passant'—최근까지도 존귀한 목사였던 저 잭 벙거는 엄격한 금주가로서 절대—"

"물!" 선장이 소리쳤다. "저 친구는 절대 물을 마시지 않아. 물을 마시면 발작을 일으키거든. 신선한 물을 보면 그는 공수병恐水病 증세를 보이지. 어쨌든 계속하시게. 팔 이야기를 들려줘."

"네, 그러는 게 좋겠군요." 선의가 차분하게 말했다. "부머 선장님께서 끼어들어 우스갯소리를 하시기 전에 하려던 말을 계속하자면, 제가 정말 온갖 고생을 해가며 최선을 다했음에도 상처는 계속 악화되기만 했습니다. 정말이지 선장님, 그렇게 끔찍할 정도로 크게 벌어진 상처는 그 어떤 선의도 보지 못했을 겁니다. 2피트하고도 몇 인치나 되는 길이의 상처였죠. 제가 측심줄로 재어봤어요. 상처는 머지않아 시커멓게 변해버렸죠. 저는 어떤 위기가 닥쳐올지 알고 있었고, 결국 팔이 떨어졌어요. 하지만 저는 저 고래뼈 팔을 저기 다는 일에는 관여하지 않았습니다. 저런 것은 원칙에 완전히 어긋나는 짓이에요." 그가 밧줄 스파이크로 그 팔을 가리키며 말했다. "저 팔은 선장님의 작품이지, 제 작품이 아닙니다. 선장님이 목수를 시켜 저 팔을 만들게 했어요. 그리고 팔 끝에 양두兩頭 망치를 달게 하신 까닭은 그 망치로 누군가의 머리를 박살내려고 그러신 것 같아요. 언젠가 제 머리를 박살내려고 하셨던 것처럼 말이죠. 선장님은 가끔 악마처럼 버럭 화를 내곤 하시거든요. 여기 이 움푹 들어간 곳 보이세요?" 그는 모자를 벗고 머리카락을 한쪽으로 넘겨 두개골에서 우묵하게 그릇처럼 파인 부분을 내보였다. 하지만 흉터의 흔적이나 상처의 표시는 전혀 찾아볼 수 없었다. "네, 어쩌다 이런 게 생겼는지는 저기 저 선장님께서 이야기해주실 겁니다. 선장님이 아시니까요."

"아니, 난 모르오." 선장이 말했다. "저 인간 어머니가 아시겠지. 태어날 때부터 저랬으니까. 오오, 벙거 자네는 정말이지 근엄한 악당일세! 이 드넓은 바다에 자네 같은 인간이 또 있을까? 자네는 죽으면 피클 속에 파묻혀야 돼, 벙거 이 개자식아. 후세에 전해지도록 보존해야 한단 말이야, 이 악당놈아."

"흰 고래는 어떻게 되었소?" 그때까지 두 영국인이 떠들어대는 지엽적인 이야기를 초조하게 듣고 있던 에이해브가 참다못해 소리쳤다.

"오!" 외팔이 선장이 외쳤다. "오, 그래! 녀석이 물속에 들어간 후로 우리는 한동안 녀석을 다시 볼 수 없었소. 실은 아까도 잠깐 말했다시피, 그때는 나를 그토록 크게 골탕 먹인 그 고래가 어떤 고래인지 알지 못했지. 그러다가 얼마 후에 적도로 돌아갔을 때 모비 딕—어떤 이들은 그 고래를 이렇게 부르더군—에 대한 소문을 들었고, 그제야 그게 바로 모비 딕이었다는 걸 알게 되었소."

"그뒤로는 놈을 만나지 못했소?"

"두 번 만났지."

"그런데 작살을 던지지 못했소?"

"그럴 시도조차 하고 싶지 않았소. 팔 하나 잃은 걸로 충분하지 않겠소? 나머지 팔 한쪽마저 잃게 되면 어쩌란 말이오? 게다가 모비 딕은 물어뜯기보다는 통째로 삼켜버리는 성격인 것 같은데."

"자, 그렇다면," 벙거가 중간에 끼어들었다. "왼팔을 미끼로 던지고 오른팔을 얻어 오시죠. 그런데 선장님들, 혹시 그거 아십니까?" 그는 매우 근엄하고도 칼처럼 정확하게 양쪽 선장들을 향해 차례로 고개를 조아리며 말했다. "선장님들, 고래의 소화기관은 '신의 섭리'에 따라 매우 신비롭게 만들어져 있어서 심지어 사람의 팔 하나도 완전히 소화시킬 수 없다는 걸 아십니까? 고래도 그걸 잘 알고 있어요. 그러니 두 분께서 흰 고래가 품은 적의라고 생각하는 것은 실은 고래가 느끼는 거북함에 지나지 않습니다. 고래로서는 팔이나 다리 하나조차 삼킬 뜻이 없으니까요. 그런 시늉을 하며 위협하려는 것뿐이죠. 하지만 때로 녀석은 예전에 제가 실론에서 치료해줬던 늙은 곡예사 친구 같을 때가 있습니다. 잭나이프를 가짜로 삼킨 척하는 친구였는데, 한번은 잭나이프 하나를 진짜로 삼켜버리는 바람에 그걸 뱃속에 열두 달 이상이나 품고 다녔어요. 제가 구토제를 줬더니 작은 압정 같은 것들을 토해내지 뭡니까. 그로서는 그 잭나이프를 소화시켜서 완전히 체화할 수가 없었던 거예요. 그래요, 부머 선장님. 만일 재빨리 서두르신다면, 잃어버린 팔에게 특별히 성대한 장례식을 치러주기 위해 지금 그 팔을 전당 잡힐 마음이 있으시다면, 선장님은 팔 하나를 얻을 수도 있어요. 복잡할 것 없어요. 그 고래에게 선장님을 공격할 잠깐의 기회만 주면 됩니다."

"고맙지만 사양하겠네, 벙거." 영국인 선장이 말했다. "그 팔은 그냥 녀석더러 가지라고 해. 그건 내가 어떻게 해볼 수 있는 일도 아니고, 그때는 녀석을 알지도 못했으니까. 하지만 다른 쪽 팔은 어림없지. 흰 고래는 이제 질색이야.

녀석을 쫓기 위해 보트를 한 번 내렸던 것으로 만족하겠어. 녀석을 죽이는 것은 대단히 영예로운 일이겠지. 그건 나도 알아. 그리고 녀석의 몸안에는 귀중한 고래기름이 배 한 척을 가득 채울 만큼 들어 있을 거야. 하지만 내 말 좀 들어보라고. 녀석은 그냥 내버려두는 게 상책이야. 선장도 그렇게 생각하지 않소?" 그가 고래뼈 다리를 힐끗 쳐다보며 말했다.

"그렇소. 하지만 그럼에도 녀석을 쫓을 것이오. 그냥 내버려두는 게 상책인 녀석, 그 저주받은 녀석이 때로는 마음을 가장 강하게 사로잡는 매력을 뿜어내기도 한단 말이지. 녀석은 온몸이 자석이오! 녀석을 마지막으로 본 게 언제였소? 어느 쪽으로 갔소?"

"제 영혼을 축복하시고 이 악마의 영혼을 저주하소서." 벙거가 허리를 굽힌 채 에이해브의 주위를 걸어다니면서 마치 개처럼 괴상하게 코를 킁킁대며 외쳤다.

"이 사람의 피가 끓고 있어. 체온계를 가져와! 피의 온도가 끓는점에 다다랐어! 이 사람의 맥박 때문에 배의 갑판이 다 고동을 치는군! 이봐요!" 그는 주머니에서 사혈용 세모날을 꺼내 에이해브의 팔 가까이로 가져갔다.

"멈춰!" 에이해브가 으르렁대며 그를 뱃전으로 밀쳐냈다. "다들 보트에 올라타라! 그 고래는 어느 쪽으로 갔소?"

"하느님 맙소사!" 질문을 받은 영국인 선장이 외쳤다. "대체 왜 그러시오? 녀석은 동쪽으로 간 것 같소만. —그런데 당신네 선장은 돌았나?" 그가 페달라에게 속삭였다.

하지만 페달라는 손가락 하나를 입술에 댄 채 뱃전을 슬쩍 넘어가 보트의 키잡이 노를 잡았고, 에이해브는 자기 쪽으로 고래 해체용 도르래를 당기며 영국 배의 선원들에게 도르래를 내릴 준비를 하라고 명령했다.

에이해브는 순식간에 보트의 선미로 내려섰고, 마닐라 선원들은 재빨리 각자의 노를 집어들었다. 영국인 선장이 에이해브를 소리쳐 불렀으나 헛수고였다. 에이해브는 낯선 배를 등진 채 완고하고도 냉혹한 표정을 짓고는 피쿼드 호의 뱃전에 이를 때까지 꼿꼿이 서 있을 뿐이었다.

101장

디캔터

영국 배가 시야에서 사라지기 전에 여기 적어둘 게 있는데, 런던에서 출항한 그 배의 이름은 고故 새뮤얼 엔더비에게서 따온 것으로, 그는 유명한 포경 회사인 '엔더비 앤드 선스'를 런던에 최초로 설립한 상인이었다. 일개 고래잡이로서 내가 가진 의견일 뿐이나, 진정한 역사적 흥미 차원에서 봤을 때 이 회사는 튜더왕가와 부르봉왕가[457]를 합친 것에도 그리 크게 뒤지지 않는다. 이 거대한 포경 회사가 1775년에 설립 몇 해째를 맞이했는지는 고래와 관련된 문서들을 아무리 뒤져봐도 명확히 알 수 없지만, 하여튼 그해(1775년)에 이 회사는 영국에서는 최초로 향유고래를 정식으로 사냥하는 포경선을 출범시켰다. 비록 그보다 몇십 년 전에(1726년 이후로) 우리 낸터킷과 비니어드의 용감한 코핀 가문과 메이시 가문에서 대선단을 꾸려 리바이어던을 쫓긴 했지만, 그들은 북대서양과 남대서양만을 오갔지 다른 바다로는 진출하지 않았다. 그럼에도 여기에 똑똑히 기록해두어야 할 사항은, 인류 최초로 문명의 도구인 강철 작살을 거대한 향유고래에게 던진 게 바로 낸터킷 사람들이며, 그후 반세기 동안 작살로 향유고래를 잡은 것은 지구를 통틀어 그들뿐이라는 사실이다.

1778년에는 훌륭한 배인 어밀리아호가 특별한 목적을 위한 의장을 갖추고 열성적인 엔더비사의 전폭적인 지원하에 과감히 혼곶을 돌아 광활한 남양에 세계 최초로 포경 보트라고 할 만한 것을 내렸다. 그 항해는 기술적으로도 훌륭했고 운도 좋았다. 어밀리아호가 화물창을 귀중한 고래기름으로 가득 채워 정박지로 돌아오자, 영국과 미국의 포경선들도 곧 어밀리아호의 선례를 따랐고, 그리하여 태평양의 거대한 향유고래 어장이 활짝 문을 열게 되었다. 하지만 포기라고는 모르는 엔더비사는 이런 훌륭한 업적에 만족하지 않고 거듭 분발해나갔다. 영국 정부는 새뮤얼과 그의 모든 아들—몇 명이나 되는지는 그들의 어머니밖에 모른다—의 즉각적인 후원, 그리고 그들이 댄 일부 출자금에 힘입어 남양의 포경 어장을 발견하기 위해 슬루프형 포함砲艦인 래틀러[458]호를 출항시키기에 이르렀다. 해군 대령 함장이 지휘를 맡은 래틀러호는 기운차게 항해해서 어느 정도 공을 세운 것 같은데, 그 공의 규모는 알려져 있지 않다. 하지만 이게 끝이 아니다. 1819년에 엔더비사는 자신들만의 포경 어장 탐색선을 출범시켜 멀리 떨어진 일본 해역까지 시험[459] 항해를 시도했다. 그 배—사이렌호라는 적절한 이름의 배—는 시험 항해를 훌륭히 완수했고, 그리하여 일본의 거대한 포경 어장이 처음으로 온 세상에 알려지게 되었다. 사이렌호의 이 유명한 항해를 지휘한 사람은 낸터킷 출신의 코핀 선장이었다.

그렇기에 그 모든 영예는 엔더비 가문의 것이다. 내 생각에 엔더비사는 오늘날까지도 존재하는 것 같다. 물론 창립자인 새뮤얼은 이미 오래전에 밧줄을 풀고[460] 저세상의 광활한 남양으로 떠나버렸을 게 확실하지만.

그의 이름을 딴 배는 그 명성에 걸맞게 매우 빨랐고 어느 모로 보나 고귀했다. 한번은 한밤중에 파타고니아 연안 어디선가 그 배에 올라 앞갑판 선실에서 엄청난 양의 플립[461]을 마신 적이 있다. 참으로 멋진 사교적 방문이었고, 배에 탄 선원들도 하나같이 멋진 사내들이었다. 짧고 굵은 삶을 살다 유쾌한 죽음을 맞이하는 자들. 그날 그 선원들과의 멋진 사교적 방문—에이해브 영감이 고래뼈 다리로 그 배의 갑판에 오르고도 아주 한참이 지난 후에야 이루어진 만남—은 고귀하고 친밀한 색슨족 특유의 환대를 생각나게 한다. 내가 그때 그 광경을 잊는다면 교구 목사님은 나를 잊을 것이고 대신 악마가 나를 기억할 것이다. 플립? 우리가 플립을 마셨다고 내가 말했던가? 그렇다. 우리는 플립을 시간당 10갤런씩이나 퍼마셔댔다. 그리고 스콜이 몰아쳐서(파타고니아 연안은 스콜로 유명하다) 모든 선원—방문자들을 포함한 전원—이 중간 돛을 말아올리라는 명령을 받았을 때, 우리는 너무 골이 띵한 나머지 돛을 팽팽하게 당기는 밧줄에 매달려 허공에서 이리저리 흔들릴 수밖에 없었다. 그리고 어리석게도 재킷의 옷자락을 돛과 함께 말아올린 바람에 매서운 돌풍이 휘몰아치는 허공에 단단히 매달려 술 취한 뱃사람들에게 좋은 본보기가 되어주었다. 하지만 돛대는 쓰러지지 않았고, 머지않아 우리도 허둥지둥 아래로 내려왔는데, 술이 완전히 깨버려서 또다시 플립을 한 잔씩 돌려야 했다. 하지만 사나운 바다의 물보라가 앞갑판 승강구 아래로 쏟아져 들어오는 바람에 내가 느끼기에는 너무 묽고 짭짜름한 맛이 돼버렸다.

소고기는 질기긴 했지만 맛은 괜찮았다. 그들은 황소고기라고 했지만, 단봉낙타고기라고 하는 이들도 있었다. 하지만 그게 무엇이었는지는 나도 확실히 모르겠다. 그곳에는 덤플링도 있었다. 작지만 실속이 있으며 매우 동그랗고 단단한 덤플링이었다. 삼키고 난 다음에도 뱃속에 그대로 남아 있어서 이리저리 굴려볼 수 있을 것만 같았다. 허리를 앞으로 너무 심하게 굽히면 몸밖으로 당구공처럼 튀어나올 위험을 각오해야 했다. 빵은 도저히 먹지 않을 수 없었다. 게다가 그 빵은 괴혈병을 예방해주는 것이기도 했다. 요컨대 그 빵 안에는 그들이 가진 식재료 중 유일하게 신선한 식재료[462]가 들어 있었다. 하지만 앞갑판 선실은 그리 밝지 않았으므로 빵을 먹을 때 어두운 구석으로 슬쩍 몸을 옮기는 것은 전혀 어려운 일이 아니었다. 하지만 배의 장관부터 키에 이르기까지 대체로 살펴봤을 때, 또한 요리사의 뱃속에 든 냄비를 포함한 요리사의 모든 냄비의 크기를 생각했을 때, 새뮤얼 엔더비호는 선수부터 선미까지 유쾌한 배였다. 음식은 훌륭한데다 넉넉했고, 플립은 맛좋고 독했으며, 선원들은 다들 뛰어났고 부츠 뒤꿈치부터 모자에 두른 띠까지 전부 멋졌다.

그런데 새뮤얼 엔더비호와 내가 아는 다른 몇몇 영국 포경선들—비록 전부 그런 것은 아니지만—이 그렇게 유명하고 손님들에게 친절한 이유가 뭐라고 생각하는가? 소고기와 빵과 통조림과 농담을 함께 나누고, 그렇게 먹고 마시고 웃어도 금방 싫증나지 않는 까닭은 왜일까? 내가 그 이유를 알려주겠다. 영국 포경선에 흘러넘치는 명랑한 잔치 분위기는 역사적인 연구를 요하는 문제다. 그리고 나는 지금까지 고래에 관한 역사적인 연구가 필요해 보이는 상황이 닥쳤을 때마다 결코 그 일을 회피했던 적이 없다.

영국 사람들은 네덜란드 사람들, 셸란[463] 사람들, 덴마크 사람들에 이어서 포경업을 시작했고, 그래서 포경업에 관한 한 여전히 그들에게서 가져온 용어를 많이 사용한다. 게다가 영국 고래잡이들은 그들에게서 잔뜩 먹고 마시는 뚱뚱이들만의 오랜 풍습 또한 배워온 것 같다. 일반적으로 영국 상선은 자기네 선원들에게 인색하게 굴지만, 영국 포경선은 그렇지 않기 때문이다. 따라서 영국 포경선의 잔치 분위기는 영국 사람들에게도 평범하고 자연스러운 것이 아니라 예외적이고 특별한 것이라고 할 수 있다. 그러므로 이러한 사정에는 분명 특별한 원인이 존재할 것이다. 여기서 나는 그 원인에 대해 더욱 상세히 설명해보겠다.

나는 리바이어던의 역사를 연구하다가 우연히 네덜란드 서적 한 권을 발견하게 되었는데, 퀴퀴한 고래 냄새를 풍기는 것으로 봐서 고래에 대한 책이 틀림없을 거라고 생각했다. 제목이 '단 코프만Dan Coopman'이었으므로, 나는 모든 포경선에는 반드시 통장이cooper가 탄다는 사실을 떠올리고는 이 책이 포경업에 종사하는 암스테르담의 어느 통장이가 쓴 귀중한 회고록임이 틀림없다는 결론을 내렸다. 그리고 이 책의 지은이가 '피츠 스바크하머Fitz Swackhammer'[464]라는 것을 보고는 이러한 생각에 더욱 확신을 가지게 되었다.

그런데 '산타클로스 앤드 세인트포트 대학'에서 저지독일어와 고지독일어[465]를 가르치는 교수인 나의 매우 박식한 친구 스노드헤드 박사에게 이 책의 번역을 부탁하며 그 노고에 대한 보답으로 고래기름으로 만든 초 한 상자를 주었더니, 그가 책을 살펴보자마자 '단 코프만'은 '통장이'가 아니라 '상인'이라는 뜻이라고 말해주었다. 요컨대 저지독일어로 쓰인 이 오래되고 학술적인 책은 네덜란드의 무역을 다루고 있었고, 여러 세부 주제 가운데는 포경업에 대한 매우 흥미로운 설명도 포함되어 있었다. 그리고 '스미어Smeer', 즉 '지방Fat'이라는 제목의 장에서 나는 백팔십 척에 달하는 네덜란드 포경선단의 식품저장실과 지하 저장고에 실을 물건을 기록한 길고도 상세한 목록을 발견했는데, 그 목록 중에서 스노드헤드 박사가 번역한 것들을 여기 적어보겠다.

쇠고기	400,000파운드
프리슬란트[466] 돼지고기	60,000파운드
건어물	150,000파운드
건빵	550,000파운드
부드러운 빵	72,000파운드
버터	2,800통
텍설-레이던 치즈	20,000파운드
치즈(아마도 하급품)	144,000파운드
네덜란드 진	550앵커[467]
맥주	10,800배럴

대부분의 통계표는 읽으면 땅이 갈라질 만큼 딱딱한 느낌이 들지만 이것은 다르다. 읽다보면 온갖 파이프와 통과 병과 잔에 흘러넘치는 훌륭한 진과 떠들썩한 잔치 분위기가 느껴진다.

당시에 나는 서재에서 이 모든 맥주와 소고기와 빵을 소화하는 데 사흘을 바쳤는데, 그동안 부수적으로 떠오른 여러 심오한 생각은 초월적이고 관념적인 방면으로 응용할 수 있는 것들이었다. 게다가 나는 옛날 그린란드와 스피츠베르겐의 포경업에 종사한 네덜란드 작살잡이 한 명이 먹은 건어물 따위의 총량을 추정해서 내 나름의 추가적인 통계표도 만들어보았다. 우선 버터와 텍설-레이던 치즈의 소비량은 무척 놀랍다. 하지만 그것은 그들이 선천적으로 기름기 있는 것을 좋아하는데다 직업의 성격상 그런 성향이 훨씬 더 강해졌을 테고, 특히 몹시 추운 북극해에서 사냥감을 추격했기 때문인 듯싶다. 그곳 연안의 에스키모 고장에서는 유쾌한 원주민들이 서로 맹세를 할 때 고래기름을 가득 채운 잔을 쨍 하고 부딪치기 때문이다.

맥주 소비량 또한 10,800배럴이니, 정말 엄청나다. 그런데 북극해에서는 기후 조건 때문에 오직 짧은 여름에만 고래잡이를 할 수 있으므로, 네덜란드 포경선 한 척의 총 항해 기간은 스피츠베르겐해까지 갔다 오는 짧은 항해 기간을 포함하더라도 삼 개월을 크게 넘어서지 않았을 것이며, 포경선 한 척당 삼십 명이 탔다고 계산하면 백팔십 척의 포경선단에 탄 네덜란드 선원들은 전부 오천사백 명에 달한다. 따라서 선원 한 명당 십이 주 동안 정확히 맥주 2배럴을 마실 수 있다는 계산이 나오며, 이와는 별도로 550앵커의 진 또한 공정하게 배분된다. 그런데 이렇게 진과 맥주를 흥청망청 마셔서 정신이 오락가락해졌을 작살잡이들이 보트 뱃머리에 서서 날듯이 달아나는 고래를 제대로 겨냥할 수 있었을지는 다소 의심스럽다. 하지만 그들은 정말 고래를 겨냥했고 맞히기도 했다. 하지만 이는 맥주가 몸에 잘 받는 저 먼 북극에서 벌어진 일이라는 사실을 기억해야 할 것이다. 우리 남양 어장의 적도에서 마시는 맥주는 작살잡이들을 돛대 꼭대기에서 졸게 하거나 보트에서 술고래로 만들기 십상이고, 낸터킷과 뉴베드퍼드에 극심한 손실을 안겨주게 된다.

하지만 이제 이 이야기는 그만하도록 하자. 이쯤 이야기했으면 이삼백 년

전의 옛 네덜란드 고래잡이들이 얼마나 사치스러운 미식가들이었으며, 영국 포경선들이 이처럼 훌륭한 본보기를 절대 무시하지 않았다는 걸 보여주기에 충분할 것 같다. 그러니까 그들은, 빈 배로 항해하면서 이 세상에서 더 좋은 것을 얻지 못할 바에야 최소한 저녁이라도 제대로 먹자고 말하는 자들이었던 것이다. 그리고 그렇게 하면 디캔터는 동이 나고 만다.

102장

아르사시드군도의 나무 그늘

지금껏 나는 향유고래에 대해 서술하면서 주로 그 외양의 경이로움을 거듭 언급했고, 그 내부의 몇몇 구조적 특징 역시 별도로 상세히 다루었다. 하지만 향유고래를 완전하고도 철저히 이해하려면 이제 녀석의 단추를 좀더 풀고 스타킹 끝을 잡아당기고 가터벨트의 버클을 끌러 가장 내밀한 곳에 있는 관절의 후크까지 다 풀어서 여러분 앞에 녀석의 궁극적인 모습, 즉 절대적인 뼈대를 내놓는 것이 나의 마땅한 임무일 줄로 안다.

하지만 이슈미얼아, 어떻게 그리하겠다는 것이냐? 포경선의 한낱 노잡이에 지나지 않는 네가 고래의 내밀한 부분에 대해 조금이라도 아는 척을 하다니 그게 가당키나 한 일이냐? 박식한 스터브가 권양기 위로 올라가서 고래류의 해부학 강의라도 들려줬고, 권양기의 도움으로 고래 늑골 표본을 들어올려서 전시해주기라도 했더냐? 이슈미얼아, 한번 속시원히 말해보거라. 요리사가 구운 돼지를 접시에 올려놓듯이, 네가 다 자란 고래를 갑판 위에 올려놓고 조사라도 할 수 있다는 말이냐? 어림도 없는 소리. 이슈미얼아, 너는 지금껏 참된 목격자였다. 하지만 요나만이 지닌 특권, 즉 리바이어던의 골조를 형성하는 들보와 도리, 서까래와 마룻대, 침목과 지지대에 대해 논할 수 있는 특권, 그리고 리바이어던의 깊은 내부에 있는 수지통, 착유장, 버터 창고, 치즈 창고 같은 것에 대해 논할 특권을 가로채는 일에는 신중을 기해야 한다.

요나 이후로 어른 고래의 피부 저 깊은 곳까지 뚫고 들어가본 고래잡이가 몇 안 된다는 사실은 나도 인정하는 바이다. 하지만 나는 운좋게도 소형 고래를 해부할 기회를 얻은 적이 있다. 한번은 내가 탔던 배에서 작은 새끼 향유고래 한 마리를 통째로 갑판에 끌어올려 작살 미늘과 창끝을 감쌀 싸개를 만들고자 녀석의 자루 모양 위胃를 들어냈던 것이다. 내가 보트용 손도끼와 잭나이프를 사용해서 그 어린 새끼의 봉인을 뜯고 그 안의 내용물을 모두 읽어보지도 않은 채 그냥 그 기회를 놓쳐버렸을 것 같은가?

또한 내가 완전히 다 성장한 리바이어던의 거대한 뼈대에 대해 정확히 알고 있는 것은 아르사시드군도[468]에 속한 트랑크섬의 왕이었던 내 친구 고故 트랑코로부터 그 진귀한 지식을 전수받았기 때문이다. 수년 전에 '알제 태수太守'라는 이름의 무역선 선원 신분으로 그곳에 갔을 때 트랑코왕의 초대로 그와 함께 푸펠라의 외딴 야자나무 별장에서 아르사시드 방식의 휴가를 보냈던 적이 있다. 푸펠라는 우리 선원들이 '대나무 마을'이라고 부르던 그 나라 수도에서 그리 멀지 않은 해변의 골짜기였다.

내 친구 트랑코왕은 훌륭한 자질을 많이 지녔지만, 특히 야만적이고 기괴한 예술품에 대한 열렬한 애정을 지닌 사람이어서 주민들이 만든 온갖 희귀하고 기발한 물건을 푸펠라에 잔뜩 모아두고 있었다. 주로 나무를 깎아 만든 놀라운 장치들, 끌로 조각한 조개껍질, 무늬를 새긴 창, 호사스러운 노, 향기로운 카누 등이었다. 그리고 이것들은 파도가 조공으로 바치고자 해변으로 싣고 온 자연의 온갖 경이로운 작품들 가운데 골고루 놓여 있었다.

이러한 자연의 경이로운 작품 가운데 가장 눈에 띄는 것은 단연코 거대한 향유고래였다. 유난히도 오랫동안 휘몰아치던 돌풍이 지나간 후에 해변으로 떠밀려온 죽은 고래였는데, 야자나무와 머리를 맞대고 있는 탓에 야자나무가 길게 드리운 무성한 깃털 같은 잎사귀는 녀석의 파릇파릇한 물기둥처럼 보였다고 한다. 마침내 거대한 몸뚱이를 여러 겹으로 둘러싸고 있던 것들이 벗겨지고 뼈대가 햇볕에 잘 건조되자 그 뼈대는 푸펠라 골짜기로 조심스레 옮겨져 이제 그 위풍당당한 야자나무들로 이루어진 웅장한 신전에서 보호를 받고 있다.

늑골에는 전리품이 걸리고, 척추에는 기이한 상형문자로 아르사시드 연대기가 새겨져 있었다. 사제들이 두개골 안에 꺼지지 않는 향불을 계속 피워댔기 때문에, 그 신비로운 머리에서는 다시금 수증기 같은 물기둥이 뿜어져나오고 있었다. 한편 무시무시한 아래턱은, 한 올의 머리카락에 매달려 다모클레스를 두려움에 떨게 했던 칼[469]처럼 나뭇가지에 매달린 채로 신봉자들 머리 위에서 흔들리고 있었다.

그것은 경이로운 광경이었다. 숲은 '아이스 글렌'[470]의 이끼들만큼이나 푸르렀고, 나무들은 온몸에 흐르는 힘찬 수액을 느끼며 도도하게 우뚝 서 있었으며, 그 아래서는 직공의 베틀처럼 부지런한 대지가 땅을 기는 덩굴식물의 덩굴손을 씨실과 날실 삼아 살아 있는 꽃과 무늬를 새기며 화려한 양탄자를 짜내고 있었다. 가지마다 열매를 잔뜩 매단 온갖 나무들, 온갖 관목과 양치식물과 풀들, 소식을 실어나르는 듯한 공기까지, 이 모든 것이 끊임없는 생명력으로 넘쳐났다. 레이스 같은 잎사귀들 사이로 엿보이는 거대한 태양은, 하늘을 날며[471] 지칠 줄 모르는 신록을 짜는 베틀의 북 같았다. 오, 바삐 일하는 직공이여! 보이지 않는 직공이여! 잠깐 멈추어라! 한마디만 해다오! 그 직물은 어디로 흐르듯 퍼져가는가? 어떤 궁전을 장식할 것인가? 이처럼 쉼없는 노역은 대체 무엇 때문인가? 말하라, 직공이여! 일하던 손을 멈추어라! 제발 한마디만 해다오! 틀렸다. 북이 날아간다. 베틀에서 무늬가 퍼져나가고, 홍수처럼 밀려드는 양탄자는 영영 미끄러져가기만 한다. 직공으로서의 신, 그는 베를 짠다. 그렇게 베를 짜느라 귀가 먹먹해져서 그 어떤 인간의 목소리도 듣지 못한다. 그리고 그 윙윙대는 소리에 베틀을 지켜보는 우리 역시 귀가 먹먹해진다. 그곳에서 빠져나왔을 때에야 우리는 비로소 그 베틀 사이에 흐르는 수천의 목소리를 들을 수 있게 된다. 당연한 일인데, 하물며 물질세계의 직물 공장[472]에서도 그렇기 때문이다. 물렛가락이 날아다니는 곳에서는 들리지 않던 목소리도 밖에서 열린 여닫이창을 통해 들으면 아무 막힘 없이 똑똑히 들려오기 마련이다. 그 때문에 지금까지 숱한 악행들이 밝혀져왔다. 아아, 인간이여! 그러니 조심하고 또 조심할 일이다. 이 거대한 세상의 베틀이 내는 먹먹한 소음 속에서도 그대의 가장 은밀한 생각들이 멀리 남들 귀에까지 가닿을지 모르니.

자, 이 푸르른 아르사시드의 숲, 생명력으로 들썩이는 그 베틀 사이에 거대하고 새하얀 뼈대가 숭배를 받으며 느긋이—거대한 게으름뱅이처럼!—누워 있었다. 하지만 주위에서 파릇파릇한 씨실과 날실이 이리저리 끊임없이 짜이면서 윙윙거렸기에 그 거대한 게으름뱅이는 노련한 직공 같아 보였다. 덩굴식물이 온몸을 뒤덮었고 다달이 푸르른 생기를 더해갔으나, 정작 그 자신은 그저 뼈대에 불과했다. '죽음'을 둘러싼 '생명', 그리고 '생명'을 위해 덩굴식물용 격자 울타리가 되어준 '죽음'. 이 암울한 왕은 젊고 기운찬 '생명'을 부인으로 삼아 곱슬머리를 한 영광을 자식으로 낳았다.

트랑코왕과 함께 이 경이로운 고래를 찾아가서 제단이 된 두개골, 그리고 진짜 물기둥이 솟구치던 곳에서 인위적인 연기가 피어오르는 것을 봤을 때, 나는 왕이 그 예배당을 예술품으로 여기는 것에 놀라움을 표했다. 왕은 웃었다. 하지만 사제들이 연기로 된 그 물기둥이 진짜 물기둥이라고 단언하는 것에는 더더욱 놀랐다. 나는 이 뼈대 앞에서 이리저리 서성이다가 덩굴식물을 옆으로 치워내고 늑골 사이로 뚫고 들어가서는 '아르사시드의 실타래'[473]를 붙잡고 그 속에 구불구불하게 펼쳐진 여러 그늘진 주랑과 정자 사이를 오래도록 빙글빙글 헤매고 다녔다. 하지만 머지않아 실타래의 실이 다 풀려버렸고, 나는 왔던 길로 돌아가서 처음에 들어갔던 입구를 통해 밖으로 나왔다. 그 속에는 살아 있는 것이라곤 아무것도 없었다. 오직 뼈대만 있을 뿐이었다.

나는 나무를 잘라 초록색 자를 만든 다음, 다시 한번 뼈대 속으로 뛰어들었다. 두개골에 난 화살 모양의 좁고 기다란 틈으로 내가 마지막 늑골의 높이를 재는 걸 본 사제들은 "지금 뭐하는 거요?" 하고 소리쳤다. "감히 우리 신의 치수를 재다니! 그것은 우리가 할 일이오." "그러게요, 사제님들. 그러면 혹시 이 녀석의 치수가 어떻게 되던가요?" 그러자 그들 사이에서 고래 뼈대의 치수가 몇 피트 몇 인치인지에 대한 격렬한 논쟁이 벌어졌다. 그들은 야드 자로 서로의 머리를 내리쳤고, 그 바람에 거대한 두개골 안이 웅웅 울려댔다. 나는 그렇게 굴러들어온 행운의 기회를 놓치지 않고 재빨리 측량을 마쳤다.

이렇게 측량한 치수를 지금 여러분 앞에 보이고자 한다. 하지만 먼저, 이 문제와 관련해 내가 멋대로 꾸며낸 치수를 떠들어댈 자유는 없다는 것을 말해두고자 한다. 왜냐하면 뼈대 전문가에게 조언을 구하면 내 말의 정확성을 바로 검증해볼 수 있기 때문이다. 사람들이 말하길, 영국의 포경 기지 중 하나인 헐에는 고래박물관이 있어서 긴수염고래를 포함한 여러 고래들의 훌륭한 표본이 전시되어 있다고 한다. 또한 뉴햄프셔주의 맨체스터박물관에는 그 소유주들이 '미국 유일의 완벽한 그린란드고래(또는 참고래) 표본'이라고 부르는 것이 전시되어 있다는 말도 들었다. 게다가 영국 요크셔주의 버턴 컨스터블이라는 곳에 사는 클리퍼드 컨스터블 경이라는 사람도 향유고래 뼈대를 소유하고 있다고 하는데, 그것은 중급 정도 되는 크기여서 내 친구 트랑코왕이 가진 다 자란 향유고래의 뼈대에는 도무지 상대가 되지 않는다.

이 두 뼈대의 본래 소유주였던 고래들이 해변으로 떠밀려왔을 때, 트랑코왕과 클리퍼드 경은 비슷한 이유를 내세워 그 고래들에 대한 소유권을 주장했다. 트랑코왕은 자신이 원했기 때문에 고래를 차지했고, 클리퍼드 경은 자신이 그 지역 영주였기 때문에 고래를 차지했다. 클리퍼드 경의 고래는 전체가 관절로 이어져 있어 그 앙상한 공동空洞들을 커다란 서랍장처럼 열었다 닫았다 할 수 있고, 늑골을 거대한 부채처럼 활짝 펼칠 수도 있으며, 아래턱에 앉아 하루종일 그네를 탈 수도 있다. 녀석의 뚜껑문과 덧문에는 자물쇠를 채울 수도 있으니, 하인이 옆구리에 열쇠를 잔뜩 차고 앞으로 올 방문객들을 여기저기 안내할 수도 있을 것이다. 클리퍼드 경은 척추 안에 형성된 '속삭임의 회랑回廊'을 살짝 들여다보는 데 2펜스, 소뇌 안의 구멍에 울리는 메아리를 듣는 데 3펜스, 그리고 이마에 들어가 거기서 펼쳐지는 절경을 보는 데 6펜스를 받을 궁리를 하고 있다.

이제 내가 여기 기록할 뼈대의 치수는 내 오른팔에 문신으로 새겼던 것을 글자 그대로 옮긴 것이다. 그때는 아무렇게나 막 떠돌던 시기라 그처럼 귀중한 자료를 안전하게 보존할 방법이 그 방법밖에는 없었다. 하지만 남은 공간이 별로 없었고, 몸의 다른 부분—적어도 문신이 되어 있지 않은 나머지 부분—은 그때 쓰고 있던 시를 위해 비워둬야 했기에 피트 뒤에 오는 인치는 그냥 무시해버렸다. 사실 고래를 제대로 측량하자면 인치 따위는 들어설 자리가 없기도 하다.

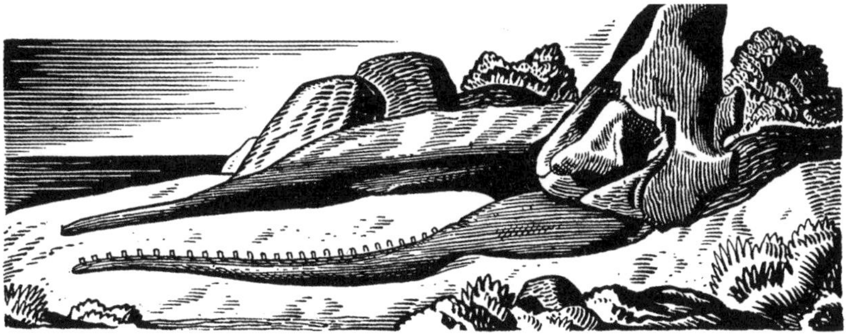

103장
고래 뼈대 치수

먼저 우리가 간단히 전시하게 될 뼈대의 주인이었던 리바이어던이 생존했을 당시의 크기를 상세하고도 분명히 말해두고자 한다. 그러한 설명이 여기서는 꽤 도움이 될 것이다.

내가 세심하게 계산한 바에 따르면, 또한 스코스비 선장의 추산에 부분적으로 근거한 바에 따르면, 몸길이가 60피트인 초대형 그린란드고래의 무게는 70톤이다. 또한 나의 세심한 계산에 따르면, 몸길이가 85에서 90피트 사이이고 몸통 둘레의 최대치가 40피트에 약간 못 미치는 초대형 향유고래의 무게는 최소한 90톤은 될 것이다. 따라서 열세 사람의 무게를 1톤이라고 한다면, 그 향유고래의 무게는 천백 명이 거주하는 마을의 총인구 무게를 훨씬 초과할 것이다.

그렇다면 육지 사람의 상상 속에서 이 리바이어던을 조금이라도 움직여보려면 녀석의 머리 안에 한데 묶어놓은 가축들처럼 많은 뇌를 집어넣어야 할 거라는 생각이 들지 않는가?

향유고래의 두개골, 분수공, 턱, 이빨, 꼬리, 이마, 지느러미 등의 다른 여러 부위에 대해서는 이미 다양한 방식으로 설명한 바 있기에, 여기서는 그저 보통의 향유고래 뼈대에 나타난 가장 흥미로운 점만을 짚어보기로 하겠다. 하지만 향유고래의 거대한 두개골은 전체 뼈대에서 상당히 큰 부분을 차지하고 있고, 단연코 가장 복잡한 부위이며, 이 장에서는 그것에 대한 설명을 반복할 생각이 전혀 없으므로, 여러분은 이야기가 진행되는 동안 그 관련 내용을 머릿속에 반드시 집어넣거나 겨드랑이 아래 끼고 있어야 한다. 그러지 않으면 우리가 이제부터 살펴볼 향유고래 뼈대의 대략적인 구조를 완전히 이해하는 데 실패하고 말 것이다.

트랑코섬에 있는 향유고래의 몸길이는 72피트였다. 따라서 산 채로 살을 잔뜩 찌우고 몸을 쭉 뻗고 있었을 때의 몸길이는 족히 95피트는 되었을 게 틀림없다. 죽은 향유고래의 뼈대는 살아 있었을 때에 비해 오분의 일 정도 줄어들기 때문이다. 이 72피트의 길이 가운데 두개골과 턱이 20피트 정도를 차지하고, 나머지 50피트 정도는 순전히 등뼈의 몫으로 돌아간다. 이 전체 등뼈 길이의 삼분의 일에 약간 못 미치는 부위에, 한때 향유고래의 생명 기관을 감싸고 있었던 거대하고 둥근 바구니 같은 늑골이 달라붙어 있다.

내 눈에 이 거대한 상앗빛 늑골로 이루어진 가슴과 거기에서 곧게 쭉 뻗은 길고 단조로운 척추는 조선대에 막 놓인 거대한 배의 선체와 매우 흡사해 보였다. 고작 벌거벗은 늑재 스무 개 정도만 꽂은 채, 용골이 당분간 긴 목재 상태로 남아 있을 뿐인 그런 선체 말이다.

늑골은 한쪽에 열 개씩 있다. 목 부분에서 시작되는 첫번째 늑골은 길이가 거의 6피트에 달했다. 두번째, 세번째, 네번째로 갈수록 차츰 길어지더니, 가운데 늑골인 다섯번째 늑골에서 최고조에 달했는데, 그 길이는 8피트가 조금 더 됐다. 거기서부터 이어지는 나머지 늑골의 길이는 점점 짧아져서, 마지막 열번째 늑골은 그 길이가 겨우 5피트를 살짝 넘을 뿐이었다. 늑골의 평균 두께는 그 길이에 알맞게 비례했다. 가장 둥글게 굽은 것은 가운데 늑골들이었다. 아르사시드군도의 일부 지역에서는 작은 개울 위에 보행자용 다리를 놓을 때 이 가운데 늑골을 들보로 사용하기도 한다.

이 책에서 매우 다양한 방식으로 되풀이해 말했지만, 나는 이 늑골을 살펴보면서 향유고래의 뼈대가 살이 붙어 있을 때의 형태와는 전혀 다르다는 사실에 다시금 놀라지 않을 수 없었다. 트랑코섬 향유고래의 가운데 늑골 가운데 가장 큰 것은, 그 고래가 살아 있었을 때 가장 두툼한 부위를 차지하고 있던 것이었다. 그런데 그 고래에 살이 붙었을 당시에 가장 두툼했던 부분은 적어도 16피트는 되었을 게 분명한데, 그 부분에 해당하는 늑골은 8피트가 조금 더 될 뿐이었다. 따라서 이 늑골은 고래가 살아 있었을 때 그 부분이 얼마나 거대했는지를 고작 절반밖에는 알려주지 못했다. 게다가 지금은 벌거벗은 척추만 남아 있지만 한때는 수톤의 살과 근육, 피와 창자로 둘러싸여 있었다. 또한 널따란 지느러미가 있던 자리에는 이제 어지러운 관절이 몇 개 남아 있을 뿐이고, 뼈 없이도 육중하고 장엄한 꼬리가 있던 자리에는 완전한 공백이 남아 있을 뿐이다!

그러니 견문이 좁고 소심한 누군가가 그저 이 평화로운 숲속에 펼쳐져 있는 죽은 고래의 여윈 뼈대만을 자세히 관찰함으로써 그 경이로운 고래를 정확히 이해해보려 하는 것은 얼마나 부질없고 멍청한 짓이겠는가. 가당치도 않다. 오직 급박한 위험의 한복판에서만, 녀석의 성난 꼬리가 일으키는 소용돌이 속에서만, 한없이 넓고 깊은 바다 위에서만 완전히 살이 붙은 고래, 살아 숨쉬는 고래의 진면목을 발견할 수 있다.

하지만 척추만은 예외다. 척추를 가장 잘 살펴보는 방법은 기중기를 이용해 그것을 세로로 높이 쌓아올리는 것이기 때문이다. 금방 해치울 수 있는 일은 아니다. 하지만 일단 끝내고 나면 척추는 폼페이 기둥[474]과 매우 흡사해 보인다.

척추뼈는 모두 합쳐 마흔 개 정도인데, 뼈대에서 서로 맞물려 있지 않다. 보통 그것들은 고딕 첨탑 위에 달린 거대하고 둥근 장식들을 옆으로 늘어놓은 모습이고, 육중한 석조 건축물의 견고한 가로층 같은 모습이다. 가운데에 있는 가장 큰 척추뼈는 그 폭이 3피트에 약간 못 미치고, 그 두께는 4피트를 넘어선다. 끝으로 갈수록 점점 가늘어지는 척추 꼬리 쪽의 가장 작은 척추뼈는 폭이 겨우 2인치밖에 안 되며 하얀 당구공 같은 모양이다. 이것보다 더 작은 척추뼈도 있었는데, 사제들의 아이들인 개구쟁이 꼬마 식인종들이 훔쳐서 구슬치기를 하다가 그만 잃어버렸다고 한다. 이처럼 살아 있는 것들 가운데 가장 커다란 생명체의 척추도 결국에는 순진한 동네 꼬맹이들의 장난감 신세가 되고 마는 것이다.

104장

화석화된 고래

고래의 거대한 몸뚱이는 확장하고 부연하고 전체적으로 상술하기에 더없이 적합한 주제를 제공해준다. 하지만 고래를 요약한다는 것은 있을 수 없는 일이다. 고래는 특급 2절판으로 취급해야 마땅하다. 분수공에서 꼬리에 이르는 길이와 허리둘레의 치수를 다시 언급할 필요조차 없다. 그저 복잡하게 얽힌 거대한 창자가 전함의 지하에 위치한 최하最下 갑판에 둘둘 말려 있는 거대한 밧줄과 닻줄처럼 녀석의 몸안에 들어 있다는 사실을 떠올려보는 것만으로도 족하다.

이 리바이어던을 내 손으로 직접 다루어보겠다고 약속한 이상, 녀석의 피안에 있는 가장 미세한 생식세포까지도 그냥 못 본 체 넘어가지 않고, 녀석의 꼬인 창자 또한 가능한 한 최대로 펼쳐 보임으로써 내가 이 작업을 철저히 완수했다는 걸 스스로 입증하는 게 나의 마땅한 도리일 것이다. 고래의 현재 서식지와 해부학적 특성에 대해서는 이미 대부분 설명했으니, 이제는 고고학적, 화석학적, 대홍수 이전의 원시적 관점에서 녀석에게 현미경을 들이대볼 참이다. 리바이어던 이외의 생명체—개미나 벼룩—에게 이런 거창한 용어들을 사용한다면 과장이 심하다는 말을 들어 마땅할지도 모르겠다. 하지만 주제가 리바이어던이라면 사정이 다르다. 나는 사전에서 가장 무거운 말들 때문에 비틀거리게 될지라도 이 모험을 감행할 것이다. 그리고 여기서 미리 말해두겠는데, 나는 이 논문을 쓰는 과정에서 적절한 도움을 구하고자 구입한 존슨 박사의 커다란 4절판 책을 늘 곁에 두고 참조했다. 왜냐하면 그 유명한 사전편찬자는 덩치가 이례적일 정도로 커서 나 같은 고래 저술가가 사용할 사전을 편찬하는 데 누구보다 적임자였기 때문이다.

살다보면 딱히 대단치 않은 주제를 다루면서도 그로 인해 마음이 벅차오르고 감정이 고조된다는 작가들의 이야기를 종종 듣곤 한다. 그러니 이 리바이어던에 대한 글을 쓰고 있는 나는 어떻겠는가? 나의 서체는 나도 모르게 플래카드의 대문자만큼이나 거대해진다. 내게 콘도르의 깃으로 만든 펜을 다오! 내게 베수비오산의 분화구를 잉크통으로 다오! 친구들이여, 내 양팔을 붙들어 다오! 단지 이 리바이어던에 대한 나의 생각을 적는 행위만으로도 나는 진이 다 빠지고, 마치 학문의 모든 분과, 모든 세대의 고래와 인간과 마스토돈, 과거와 현재와 미래, 지상 모든 제국의 흥망성쇠, 우주 전체와 변두리까지 아우르며 뻗어나가는 듯한 그 광범위함에 머리가 어질어질해질 지경이 되기 때문이다. 바로 이것이야말로 거대하고 자유로운 주제가 지닌 미덕, 모든 것을 확대하는 엄청난 미덕이다! 우리는 그 주제의 크기만큼이나 확장된다. 웅장한 책을 쓰려면 반드시 웅장한 주제를 택해야 한다. 벼룩에 대한 책을 쓰려고 시도해본 이들은 많겠으나, 그 주제로는 결코 불후의 명작을 쓸 수 없다.

'화석화된 고래'라는 주제로 들어가기에 앞서 내가 지질학자로서의 자격을 갖추었다는 걸 보여주기 위해, 그동안 내가 이런저런 직업을 전전하며 석공으로도 일해봤으며, 도랑과 운하와 우물, 포도주 저장실과 지하 저장고, 그리고 온갖 종류의 저수지를 대단히 많이 파본 사람이라는 사실을 말해두고자 한다. 또한 예비적인 차원에서 독자 여러분에게 다시 한번 떠올려주고 싶은 것은, 초창기 지층에서는 오늘날 거의 멸종해버린 괴물들의 화석이 발견되는 반면, 이후 제3기층이라고 불리는 곳에서 발견되는 유적들은 시원 이전의 생물들과 노아의 방주에 탔다는 그 생물들의 먼 후손을 연결하는 고리, 혹은 어쨌든 그들 사이에 가로놓인 고리처럼 보인다는 사실, 그리고 여태껏 발견된 모든 '화석화된 고래'들은 지표층에 선행하는 제3기층에 속한다는 사실이다. 비록 '화석화된 고래'들 가운데 현재 알려진 종들과 정확히 일치하는 것은 하나도 없지만, 그래도 전체적인 면에서는 그것들이 '고래목'의 화석에 속한다고 정당하게 주장할 수 있을 만큼 서로가 충분히 닮아 있다.

아담 이전 시대에 살던 고래의 부서진 화석 일부, 그것들의 뼈나 뼈대의 파편들은 지난 삼십 년간 알프스산맥의 맨 밑바닥, 롬바르디아, 프랑스, 잉글랜드, 스코틀랜드, 미국의 루이지애나주, 미시시피주, 앨라배마주 등지에서 이따금 발견되어왔다. 그러한 유적 가운데서도 특히 흥미로운 것은 1779년에 파리의 튈르리궁전과 거의 곧장 연결되어 있는 소로小路인 뤼 도피네에서 발굴된 두개골의 일부와 나폴레옹 시절에 안트베르펜에 대규모의 독dock을 준설하던 도중에 발굴된 뼈들이다. 퀴비에는 이 뼛조각들이 전혀 알려져 있지 않은 리바이어던 종에 속한 것들이라고 단언했다.

하지만 지금껏 발굴된 모든 '고래목'의 유적 가운데 가장 놀라운 것은 1842년에 앨라배마주에 있는 크리그 판사의 농장에서 발견된 멸종된 괴물의 거대한 뼈대로, 거의 완전한 형태를 유지하고 있었다. 그곳 인근의 순진한 노예들은 겁을 집어먹고 그것이 타락한 천사들의 뼈라고 생각했다. 앨라배마의 박사들은 그것이 거대한 파충류라고 단언하고는 '바실로사우루스'라는 이름을 붙여주었다. 하지만 그 뼈의 일부 표본이 바다 건너 영국의 해부학자인 오언에게 전해지자, 파충류라고 주장된 그것이 실은 멸종된 고래라는 사실이 밝혀졌다. 이는 이 책에서 계속 되풀이해 말했던 사실, 즉 고래의 뼈대만 보고는 그것에 살이 붙어 있었을 때의 형태를 거의 알 수 없다는 사실을 보여주는 중요한 예라고 할 수 있다. 그리하여 오언은 그 괴물에게 '제우글로돈'이라는 새 이름을 붙여주었고, 런던지질학회에 발표한 논문에서 그것이 사실상 지구의 변화로 인해 사라져버린 생명체 가운데 가장 특별한 생명체에 속한다고 단언했다.

이 거대한 리바이어던의 뼈대, 두개골, 엄니, 턱, 늑골, 등골 사이에 서 있다보면, 이것들 모두가 현존하는 바다 괴물과 부분적인 유사성을 띠고 있지만, 또 한편으로는 현존하는 바다 괴물의 먼 선조이며 시원 이전의 존재로서 이미 멸종해버린 리바이어던과 유사성을 띠고 있기도 하다는 걸 알게 된다. 어느덧 나는 홍수에 휩쓸려 시간이 시작되기 이전의 경이로운 시기로 거슬러올라가 있다. 시간은 인간과 더불어 시작되었기 때문이다. 여기서는 사투르누스[475]의 잿빛 혼돈이 내 머리 위를 둘러싸고, 나는 극지방의 영겁을 어렴풋이 훔쳐보고는 몸서리를 친다. 얼음 요새들이 오늘날의 열대지방을 쐐기처럼 단단히 내리누르고 있고, 그 둘레가 총 2만 5천 마일이나 되는 지구에서 사람이 살 수 있는 땅이라고는 한 뼘도 눈에 띄지 않는다. 그때는 전 세계가 고래의 것이었다. 우주 만물의 왕이었던 고래는 지금의 안데스산맥과 히말라야산맥의 산등성이에도 자신의 흔적을 남겨두었다. 그 무엇이 리바이어던과 같은 혈통을 뽐낼 수 있을까? 에이해브의 작살은 파라오의 피보다 더 오래된 피를 흘리게 했다. 므두셀라[476]도 그에 비하면 어린 학생 같아 보인다. 나는 뒤를 돌아보고는 셈[477]과 악수한다. 나는 모세 이전부터 그 기원도 없이 존재해오던 고래, 시간보다 앞서 존재해왔고 모든 인간의 세기가 끝난 이후에도 분명 존재하고 있을 이 고래가 선사하는 이루 말할 수 없는 공포에 휩싸인다.

하지만 이 리바이어던은 아담 이전에 존재했던 흔적을 자연의 연판鉛版에 남겨놓았고, 자신의 태곳적 흉상을 석회암과 이회토에 남겨놓았을 뿐만 아니라, 너무 오래되어 그 자체로 거의 화석이라 할 수 있을 듯한 이집트의 서판에도 그 지느러미 자국을 선명히 남겨놓았다. 오십 년쯤 전에 덴데라의 거대한 신전[478] 석실에서 화강암 천장에 새겨진 별자리 그림이 발견되었는데, 거기에는 오늘날의 천구의天球儀에서 볼 수 있는 기괴한 형상들과 유사한 켄타우로스, 그리핀, 돌고래 등이 가득했다. 그리고 그것들 사이를 그 옛날의 리바이어던이 옛날과 다름없이 헤엄치고 있었다. 그것은 솔로몬왕이 태어나 요람에 눕기 수세기 전부터 이미 그 별자리 그림 속을 헤엄쳐 다니고 있었다.

또한 옛 바르바리 지방을 여행했던 덕망 있는 요하네스 레오가 적었듯이[479], 고래가 노아의 홍수 이후에도 몸소 자신의 뼈를 남겨 자신이 태곳적부터 존재해왔음을 기이한 방식으로 증언하고 있다는 사실 또한 잊어서는 안 된다.

"해안에서 그리 멀지 않은 곳에 신전이 있는데, 그 신전의 서까래와 들보는 고래뼈로 만들어져 있다. 무시무시할 정도로 거대한 고래들이 종종 죽어서 그곳 해안으로 떠밀려오기 때문이다. 그곳 사람들은 신께서 그 신전에 비밀스러운 힘을 부여했기 때문에 그 앞을 지나는 고래는 모두 즉사하는 거라고 믿고 있다. 하지만 사실을 말하자면, 그 신전의 양쪽에 바다를 향해 2마일 정도 튀어나온 암초가 있어서 거기 우연히 걸려든 고래들이 상처를 입게 되는 것이다. 그들은 믿을 수 없을 만큼 기다란 고래의 늑골 하나를 기적으로 여겨 간직하고 있다. 그 늑골은 볼록한 부분이 위쪽을 향하게끔 땅 위에 놓여 아치를 이루고 있는데, 그 아치의 꼭대기는 낙타 등에 올라탄 사람도 닿을 수 없을 만큼 높다. 이 늑골은 (요하네스 레오는 말하길) 내가 그것을 보기 백 년 전부터 그곳에 놓여 있었다고 한다. 그곳 역사가들은 무함마드[480]를 예언한 예언자가 이 신전 출신이라고 단언하며, 일부 역사가들은 고래가 예언자 요나를 토해낸 곳이 이 신전의 주춧돌이었다는 주장을 끝까지 고수한다."

나는 독자 여러분을 이 아프리카의 고래 신전에 남겨둔 채 그만 떠나가기로 한다. 만일 여러분이 낸터킷 출신에다 고래잡이라면 그곳에서 조용히 예배를 드리게 될 것이다.

105장

고래의 엄청난 크기는 줄어들고 있는가? —고래는 사라질 것인가?

이 리바이어던이 '영겁'의 수원水源에서 허우적대며 우리에게 헤엄쳐왔다는 것을 생각했을 때, 여러 세대에 걸친 기나긴 세월 동안 원래 조상들이 지녔던 거대한 몸집을 잃어버린 것은 아닐까 하는 당연한 질문을 던져볼 수도 있다.

하지만 조사를 해보면 오늘날의 고래가 제3기층(인류 바로 이전의 지질시대를 아우르는 지층)에서 화석으로 발견된 고래들보다 클 뿐만 아니라, 제3기층에서 발견된 고래 중에서도 후기 지층에 속하는 고래가 전기 지층에 속하는 고래보다 더 크다는 사실을 알 수 있다.

지금껏 발굴된 아담 이전 시대의 모든 고래 가운데 가장 큰 고래는 지난 장에서 언급했던 앨라배마의 고래인데, 그 고래의 뼈대 길이도 채 70피트가 되지 않는다. 그런데 이미 살펴봤다시피 오늘날의 대형 고래 뼈대는 줄자로 재봤을 때 그 길이가 72피트에 달한다. 그리고 포경업계의 권위자에게 들은 말인데, 잡았을 당시에 거의 100피트에 달했던 향유고래도 있었다고 한다.

그런데 지금의 고래가 이전 모든 지질시대의 고래보다 크다고는 하지만, 그래도 아담의 시대 이후로는 크기가 줄어든 게 아닐까?

플리니우스 같은 양반들과 고대 박물학자들의 설명을 대체로 신뢰한다면 분명 그렇다고 결론지을 수밖에 없다. 왜냐하면 플리니우스는 살아 있을 때의 몸뚱이가 몇 에이커에 달하는 고래에 대해 이야기하고, 알드로반디[481]는 그 길이가 800피트에 달하는 고래들에 대해 이야기하고 있기 때문이다. 정말이지 '밧줄 제조 공장'이나 '템스강의 터널'만한 고래들이 아닐 수 없다! 심지어 쿡 선장의 박물학자들인 뱅크스와 솔란더[482]의 시대에도 덴마크 과학원의 한 회원이 어떤 아이슬란드고래('레이다르피스쿠르' 또는 '주름진 뱃살')의 크기가 120야드, 즉 360피트에 달한다고 기록한 것을 볼 수 있다. 그리고 프랑스의 박물학자 라세페드는 고래의 역사에 대해 상술한 책[483]의 첫머리(3쪽)에서 참고래의 크기가 1백 미터, 즉 328피트라고 적고 있다. 게다가 이 저서는 매우 최근인 1825년에 출간된 것이다.

하지만 과연 이런 이야기를 믿는 고래잡이가 있을까? 없다. 오늘날의 고래는 플리니우스 시대의 조상들과 크기가 그리 다르지 않다. 그리고 만에 하나 플리니우스가 있는 곳으로 가게 된다면, 나는 그에게 한 사람의 고래잡이로서(그는 나보다 하수다) 감히 실례를 무릅쓰고 그렇게 말할 것이다. 왜냐하면 플리니우스가 태어나기 수천 년도 전에 파묻힌 이집트 미라를 관까지 포함해서 잰 길이가 오늘날 켄터키 사람이 맨발로 잰 키만큼도 되지 않고, 고대 이집트와 니느웨 명판에 조각된 소와 다른 동물들을 상대적인 비율로 측정해봤을 때, 마구간에서 살찌게 먹인데다 스미스필드[484]에서 상을 받은 순종 소가 파라오의 살찐 소들 중에서도 가장 살찐 소[485]와 그 크기가 비슷하거나 그보다 훨씬 크다는 사실이 분명히 드러난 판국에, 어떻게 그럴 수 있는지 도통 이해가 되지 않기 때문이다. 사실이 이러하므로 나는 모든 동물 가운데 유독 고래만 크기가 줄어들었다는 사실을 인정할 수 없다.

하지만 여전히 또다른 질문이 남아 있다. 그것은 좀더 심오한 낸터킷 사람들이 종종 던지곤 하는 질문이다. 포경선은 이제 심지어 베링해협까지 뚫고

들어가서 세상의 가장 외딴 곳에 있는 비밀 서랍과 궤짝 속에까지 들어갔고, 돛대 꼭대기의 거의 전능한 망꾼들 덕분에 모든 대륙의 해안을 따라 수천 개의 작살과 창이 던져졌다. 여기서 쟁점이 되는 부분은, 리바이어던이 그처럼 광범위한 추격과 그처럼 무자비한 피해를 오랜 기간 동안 견뎌낼 수 있을 것인가, 결국에는 바다에서 절멸해버리지 않겠는가, 마지막 고래가 마지막 인간처럼 마지막 파이프 담배를 피우고 그 최후의 연기와 함께 증발해버리지 않겠는가, 하는 점이다.

혹을 가진 고래 무리를 혹을 가진 버펄로 무리와 한번 비교해보자. 대략 사십 년 전만 해도 버펄로 무리가 수만 마리씩 떼를 지어 강철 같은 갈기를 뒤흔들고 벼락 같은 주름이 진 이마를 들이밀던 일리노이주와 미주리주의 대초원에 지금은 강물과도 같은 자본이 잔뜩 유입돼서 정중한 부동산중개인이 그 땅을 1인치에 1달러를 받고 팔고 있다. 이러한 비교를 통해 어쩔 수 없이 이르게 되는 결론은, 이렇게 계속 사냥당하면 고래도 급속한 멸종을 피할 수 없다는 것이다.

하지만 이 문제는 여러 각도에서 살펴보지 않으면 안 된다. 불과 얼마 전—한 사람의 한평생이 채 지나기도 전—까지만 해도 일리노이주의 버펄로 개체수는 지금의 런던 인구수를 앞섰는데, 오늘날 그곳 전역에는 버펄로의 뿔이나 발굽 하나조차 남아 있지 않다. 이 불가사의한 멸종의 원인은 인간의 창이었다. 하지만 고래 사냥은 그 성격이 판이하기 때문에 리바이어던에게 그처럼 불명예스러운 종말은 결코 찾아오지 않을 것이다. 한 척의 배에 사십 명의 선원이 타고 사십팔 개월 동안 향유고래를 사냥해 마침내 사십 마리 분량의 기름을 얻어서 집으로 돌아올 때, 그들은 항해가 매우 성공적이었다고 생각하며 신께 감사드린다. 반면에 옛 서부의 캐나다인과 인디언들이 총과 덫으로 사냥을 하던 시절, 즉 극서부 지방(그곳에서는 해가 지지 않는다)이 황폐한 미개척지로 남아 있던 시절에 모카신을 신은 같은 수의 사람들이 같은 기간 동안 포경선 대신 말에 올라탔더라면 사십 마리가 아니라 사만 마리 이상의 버펄로가 살해당했을 것이다. 이는 필요하다면 통계수치를 댈 수도 있는 엄연한 사실이다.

또한 예전(지난 세기 후반부)에는 작은 무리를 이룬 이 리바이어던들과 오늘날보다 훨씬 자주 마주쳤기 때문에 결과적으로 항해 기간이 그리 오래 지속되지 않았고 이득도 훨씬 많았다고 말하는 자들도 있는데, 제대로 따져본다면 이러한 말도 향유고래가 점차 멸종되어가고 있다는 주장의 근거로 삼을 수는 없을 것 같다. 왜냐하면 다른 곳[486]에서도 말했다시피, 그 고래들은 그러는 편이 더 안전하다고 판단했는지 이제는 거대한 행렬을 이루어 바다를 헤엄쳐 다니고, 그리하여 예전에는 뿔뿔이 흩어져 홀로 다니거나 둘씩 짝을 지어 다니거나 작은 무리를 이루어 다니던 대부분의 고래들이 이제는 다들 큰 무리를 이루고 있지만, 무리들이 서로 멀찌감치 떨어진 탓에 눈에 잘 띄지 않게 되었기 때문이다. 이유는 그게 다다. 또한 이른바 수염고래들이 예전에 잔뜩 모여들곤 했던 여러 어장에 더는 나타나지 않는다고 해서 그 종의 개체수가 줄어들고 있다고 생각하는 것도 잘못된 것 같다. 그 고래들은 작은 곶에서 보다 커다란 곶으로 내몰려갔을 뿐이기 때문이다. 만일 어떤 해안에서 그 고래들이 더는 활기차게 물기둥을 뿜어내지 않는다면, 어느 또다른 외딴 해안에서 최근에 낯선 구경거리가 등장해 사람들을 놀라게 하고 있을 게 틀림없다.

게다가 수염고래들은 두 개의 견고한 성채를 지니고 있는데, 그 성채들은 인간이 아무리 애를 써봐도 영원히 난공불락의 상태로 남아 있을 것이다. 새침한 스위스 사람들이 골짜기를 침략당하면 산속으로 퇴각하듯이, 바다 한가운데 위치한 사바나와 숲속 공터에서 쫓겨난 수염고래들은 결국 극지의 성채로 물러나서 유리처럼 매끈한 궁극의 장벽과 성벽 아래로 잠수했다가 빙원과 유빙 사이로 솟아올라 그 영원한 12월의 결계 속에서 인간의 모든 추격을 물리칠 수 있기 때문이다.

하지만 향유고래가 한 마리 잡힐 때 수염고래는 오십 마리쯤 잡히기 때문에, 앞갑판 선실의 몇몇 철학자들은 이처럼 무지막지한 공격이 이미 그들 대군의 상당 부분을 섬멸해버렸을 거라고 결론지었다. 물론 얼마 전까지만 해도 미국 북서부 해안에서만 연간 최소 만 삼천 마리에 이르는 수염고래가 죽임을 당해온 것은 사실이나, 다른 각도에서 생각해본다면 이러한 상황도 이 문제에 대한 반론으로는 거의 무력한 것이나 다름없다.

지구가 그처럼 거대한 생명체로 가득 붐빈다는 사실에 대해 다소 회의적인 입장을 보이는 것은 자연스러운 일이겠으나, 그렇다면 고아의 역사학자인 오르투[487]가 한때 시암 왕이 사천 마리의 코끼리를 사냥했으며 그 지역에는 코끼리가 온대지방의 가축들만큼이나 많다고 말하는 데 대해서는 뭐라고 대답해줘야 좋을까. 그리고 이 코끼리들이 지난 수천 년 동안 세미라미스, 포루스, 한니발[488], 그리고 동방의 모든 세습 군주에게 사냥을 당했는데도 아직까지 그곳에 번성하고 있다고 한다면, 하물며 아시아 전역과 북미와 남미, 유럽과 아프리카, 오스트레일리아와 바다의 모든 섬을 합친 것보다 정확히 두 배나 넓은 초원을 돌아다니는 거대한 고래가 이 모든 사냥에도 불구하고 살아남았다는 사실에는 전혀 의심의 여지가 없어 보인다.

게다가 고래는 매우 장수해서 백 살 이상까지도 사는 것으로 추정되므로, 어느 때든 별개의 여러 기성세대 무리가 동시에 살아간다는 사실도 염두에 두어야 한다. 그것이 무슨 의미인지는, 세상의 모든 교회 부속 묘지와 일반 묘지와 가족 지하 납골당에서 칠십오 년 전에 살았던 모든 성인 남녀와 아이들이 되살아나, 오늘날 지구상에 살고 있는 헤아릴 수 없이 많은 인구에 더해진다고 상상해보면 곧장 이해할 수 있을 것이다.

따라서 그 모든 반론에도 불구하고, 우리는 고래가 한 개체로서는 사라질지 몰라도 한 종으로서는 불멸할 것으로 여긴다. 고래는 대륙이 물위로 떠오르기 전에도 바다를 헤엄쳐 다녔으며, 한때는 튈르리궁전과 윈저궁전, 크렘린궁전이 있던 자리 위를 헤엄쳐 다닌 적도 있다. 고래는 노아의 홍수 때도 노아의 방주를 하찮은 것으로 여겼다. 만일 쥐를 박멸하기 위해 세상이 네덜란드처럼 다시 한번 홍수에 잠길지라도, 영원불변의 고래는 여전히 살아남아서 물난리가 난 적도의 가장 높은 물마루 위로 솟아올라 그 오만한 물기둥을 하늘 높이 뿜어댈 것이다.

106장

에이해브의 다리

에이해브 선장은 서둘러 런던의 새뮤얼 엔더비호를 떠나려다가 그만 몸에 작은 타격을 입고 말았다. 보트의 노잡이 자리 위로 너무 힘껏 뛰어내린 나머지 고래뼈 다리가 쪼개질 듯한 충격을 받은 것이다. 그리고 자신의 배 갑판으로 돌아와 중심축 구멍에 다리를 고정시킨 후에도 키잡이에게 황급히 명령을 내리느라(늘 그렇듯이 키를 좀더 꽉 붙들라는 명령이었다) 방향을 휙 틀어버려서 이미 충격을 받은 고래뼈 다리가 또다시 비틀리고 뒤틀리고 말았다. 그래서 비록 여전히 온전한 상태였고 얼핏 보기에도 튼튼한 것 같았지만, 에이해브는 그 다리를 완전히 신뢰할 수 없었다.

사실 에이해브가 온통 무모한 광기에 사로잡혀 있음에도 불구하고 때로 자신의 몸을 일부 지탱하고 있는 죽은 뼈의 상태에 세심한 주의를 기울였다는 것은 그리 놀랄 일이 아니었다. 피쿼드호가 낸터킷을 출항하기 얼마 전인 어느 날 밤, 그는 의식을 잃고 바닥에 엎드린 채로 발견되었다. 원인도 알 수 없고, 외견상 설명할 수도, 상상할 수도 없는 사고로 인해 고래뼈 다리가 매우 격렬히 뽑혀나가면서 말뚝처럼 그의 사타구니를 세게 치는 바람에 사타구니가 꿰뚫릴 뻔했던 것이다. 그 고통스러운 상처를 완전히 치료하는 것 또한 결코 쉬운 일이 아니었다.

그때도 에이해브의 편집광적인 마음속에는 지금 겪고 있는 모든 고통과 괴로움은 과거의 불행에서 직접 비롯된 것이라는 생각이 어김없이 떠올랐다. 또한 그는, 더없이 강력한 독을 지닌 습지의 뱀도 숲에서 가장 달콤하게 지저귀는 새처럼 자신의 후손을 낳듯이, 모든 비참한 사건도 모든 행복한 일과 마찬가지로 자연스레 그 후손을 낳는다는 사실을 분명히 이해한 듯했다. '아니, 마찬가지가 아니라 그 이상이지' 하고 에이해브는 생각했다. '슬픔'의 조상과 후손은 '기쁨'의 조상과 후손보다 훨씬 더 번성하기 때문이다. 게다가 어떤 권위 있는 책의 가르침에서 추론한 바에 따르면, 이 세상의 자연발생적인 기쁨은 저세상에서 자손을 낳지 못하며 이제 대가 끊겼다는 지옥의 절망만이 뒤따르는 반면, 죄를 범한 인간의 고통은 저승에서도 영원한 슬픔의 자손을 계속해서 왕성히 낳는 듯하다. 그게 아니라 할지라도 사태를 더욱 깊이 파고들어 보면, 기쁨과 슬픔 사이에는 여전히 불평등이 존재하는 듯하다. 왜냐하면 에이해브가 생각하기에, 세속에서 느끼는 가장 큰 행복이라 할지라도 그 속에는 무의미한 하찮음이 도사리고 있지만, 마음속 모든 슬픔의 밑바닥에는 신비로운 의미가 도사리고 있고, 어떤 사람들의 경우에는 그곳에 대천사의 장엄함이 도사리고 있기도 하기 때문이다. 아무리 열심히 그 기원을 추적해봐도 이처럼 명백한 추론을 뒤집는 일은 불가능하다. 이처럼 인간의 지고한 고통의 계보를 추적해가다보면 마침내 우리는 근본을 알 수 없는 신들의 맏아들 자리에까지 이르게 된다. 따라서 우리는 태양이 제아무리 기쁨에 겨워 건초를 만들고 중추中秋의 보름달이 은은하게 심벌즈를 친다 하더라도 다음과 같은 사실, 즉 신들 자신도 늘 기쁘지만은 않다는 사실을 인정해야만 할 것이다. 인간의 이마에 새겨진 지워지지 않는 슬픈 모반은 그것을 새긴 신들의 슬픔을 보여주는 흔적일 뿐이다.

여기서 부지불식간에 하나의 비밀이 누설되고 말았는데, 어쩌면 이는 예전부터 더욱 적절하고 확고한 방식으로 드러나 있었는지도 모르겠다. 에이해브와 관련된 다른 여러 사실들과 더불어 왜 그가 피쿼드호의 출항 전후에 한동안 달라이라마[489]처럼 철저히 숨어 지냈는지, 그리고 왜 그사이에 죽은 자들의 대리석 원로원에 말없이 피신해 있었는지는 몇몇 사람들에게 늘 수수께끼로 남아 있었다. 비록 에이해브의 깊은 내면을 폭로하려는 모든 시도가 해명의 빛보다는 의미심장한 어둠의 기미를 띤 것은 사실이나, 그렇다고 해도 펠레그 선장이 그 이유라며 퍼뜨린 이야기는 전혀 타당해 보이지 않았다. 그러나 마침내 모든 게 밝혀졌다. 다른 것은 몰라도 이 한 가지 사실만은 분명히 드러났다. 그 비참한 사고야말로 그가 일시적으로 은둔 생활을 했던 근본 원인이었다. 그뿐만이 아니었다. 육지에는 비록 그 수가 계속해서 줄긴 했지만 어떤 이유에서인지 그에게 보다 가까이 다가갈 수 있는 특권을 지닌 무리가 있었는데, 그 소심한 무리에게도 위에서 넌지시 말한 사고—에이해브 자신도 침울한 표정으로 설명을 회피한 사고—는 마치 망령과 통곡의 나라에서 찾아오기라도 한 듯한 공포로 뒤덮여 있었다. 그리하여 에이해브에게 열성을 바치던 그들은 이러한 사실은 자신들만 알고 있고 남들 귀에는 들어가지 않게 하기로 공모했고, 따라서 그 비밀은 상당한 시간이 흐를 때까지 피쿼드호의 갑판 위로 새나가지 않았다.

하지만 이것이야 아무래도 좋았다. 허공에서 벌어지는 눈에 보이지 않고 모호한 종교회의 또는 지옥불의 왕자와 통치자가 이 속세의 에이해브와 관련이 있건 없건 간에, 그는 자신이 당면한 다리 문제에 대해 평범하고도 현실적인 조치를 취했다. 그는 목수를 불렀다.

그리고 목수가 눈앞에 모습을 드러내자 에이해브는 당장 새 다리를 만드는 작업에 착수하라고 명령했고, 항해사들에게는 지금껏 항해를 하며 모아온 (향유고래) 턱뼈의 모든 샛기둥과 들보를 목수에게 보여줘서 가장 튼튼하고 결이 좋은 것을 고를 수 있게 하라고 지시했다. 이 작업이 끝나자 목수에게는 그날 밤 안으로 다리를 완성시킬 것, 그리고 예전의 믿을 수 없는 다리에 사용된 부속품이 아닌 새로운 부속품만을 사용하라는 명령이 내려졌다. 또한 선원들에게는 화물창에서 잠시 놀고 있던 배의 용광로를 갑판으로 끌어올리라는 명령이 내려졌고, 대장장이에게는 일에 속도를 내기 위해 필요할지도 모를 쇳덩이는 뭐든 당장 만들기 시작하라는 지시가 내려졌다.

107장

목수

토성의 위성들 사이에 술탄처럼 앉아 고도로 추상화된 한 인간을 떠올려보라. 그러면 그 존재가 곧 경이이고 장엄이며 슬픔인 사람이 보일 것이다. 하지만 똑같은 자리에서 인류 전체를 떠올려보면 그들 대다수는 예나 지금이나 한 무리의 쓸모없는 복제품으로밖에는 보이지 않는다. 피쿼드호의 목수가 더없이 미천한 신분인데다 고도로 추상적인 우아함의 모범이 되는 것과는 거리가 먼 사람이긴 했지만, 그래도 그는 복제품은 아니었다. 그렇기에 이제 그가 몸소 이 무대에 오르게 되는 것이다.

외양선에 탄 모든 목수들, 특히 포경선에 탄 목수들이 으레 그렇듯이, 그는 즉석에서 뭔가를 뚝딱 만들어내는 부수적인 일들에 관한 한 자신의 본업만큼이나 노련한 솜씨를 지니고 있었다. 목수란 아주 오래된 직업으로, 얼마간의 목재를 보조 재료로 사용하는 무수한 수공예는 목수업이라는 줄기에서 갈라져 나온 가지들이기 때문이다. 하지만 피쿼드호의 목수는 이러한 일반적인 설명에 부합하는 사람이었을 뿐만 아니라, 문명에서 떨어진 아득히 먼바다에서 서너 해 동안 항해를 하는 커다란 배에서 끊임없이 발생하기 마련인 여러 원인 모를 긴급한 기계 고장을 해결하는 데도 남다른 유능함을 선보였다. 그는 통상적인 업무—구멍 뚫린 보트와 쪼개진 원재圓材 수리하기, 어설프게 깎인 노깃의 형태 교정하기, 갑판에 눈알 모양의 둥근 유리 끼우기, 뱃전 옆구리에 새 나무못 박아넣기 등 자신이 전업으로 하는 일과 보다 직접적으로 연관을 맺고 있는 온갖 잡일—를 신속하게 해내는 것은 물론이고, 유용한 일이든 재미로 하는 일이든 간에 서로 다른 재능을 요하는 온갖 일을 거침없이 해내는 솜씨 좋은 장인이었기 때문이다.

그가 그처럼 온갖 다양한 역할을 선보인 웅장한 무대는 바이스 작업대, 즉 쇠와 나무로 만들어진 다양한 크기의 바이스가 비치된 길고 투박하고 육중한 탁자였다. 고래가 뱃전에 매달려 있을 때를 제외하면 이 작업대는 늘 정유 작업장 뒤편에 길게 가로놓인 채로 단단히 묶여 있었다.

밧줄 감는 쇠막대가 너무 커서 구멍에 쉽사리 들어가지 않으면, 목수는 항상 준비되어 있는 바이스 가운데 하나에 그것을 놓고는 똑바로 갈아서 더 작게 만든다. 이상한 깃털을 지닌 육지의 새가 길을 잃고 갑판 위를 헤매다 사로잡히면, 목수는 참고래뼈를 깨끗이 깎아 만든 봉과 향유고래 이빨로 만든 대들보로 탑처럼 생긴 새장을 만든다. 노잡이가 손목을 삐면, 목수는 삔 부위를 진정시키는 물약을 만든다. 스터브가 자기 보트의 모든 노에 주홍색 별이 그려졌으면 하고 간절히 바라면, 목수는 노를 차례대로 하나씩 커다란 나무 바이스에 끼우고는 전체가 좌우 대칭이 되게끔 노깃에 별자리를 그려넣는다. 상어뼈로 만든 귀걸이를 하고 싶어하는 선원이 있으면, 목수는 그의 귀를 뚫어준다. 또 누가 치통을 앓으면, 목수는 펜치를 꺼내들고 한 손으로 작업대를 탁 치면서 거기 앉으라고 한다. 하지만 그 가엾은 친구가 아직 시작도 하지 않은 수술에 감당이 안 될 만큼 겁을 집어먹으면, 목수는 나무 바이스의 손잡이를 빙글빙글 돌려대면서 이를 뽑고 싶거들랑 어서 턱을 거기 끼우라는 신호를 보낸다.

이처럼 이 목수는 모든 면에서 준비되어 있었고, 동시에 모든 일에 무심하고도 시큰둥한 태도를 보였다. 그는 이빨을 상아 조각쯤으로 여겼고, 머리는 거대한 도르래쯤으로 생각했으며, 인간은 그저 권양기로밖에는 보지 않았다. 그토록 광범위한 분야에서 다양한 재주를 뽐내고 전문가다운 솜씨를 활기차게 선보이는 모습이 그가 유난히도 재기발랄한 지성을 지녔음을 입증하는 것처럼 보일지도 모르겠다. 하지만 딱히 그런 것은 아니었다. 왜냐하면 이런 비인간적인 둔감함이야말로 이 사람의 가장 두드러진 특징이었기 때문이다. 내가 비인간적이라고 말하는 이유는, 그 둔감함이 주변 사물의 무한함 속으로 차츰 녹아들어 눈에 보이는 이 세상 전체에서 식별할 수 있는 보편적인 둔감함과 하나가 된 것처럼 보였기 때문이다. 이 세계는 무수한 방식으로 쉼없이 활동하면서도 영원히 침묵을 지키며, 누가 대성당의 토대를 파헤치더라도 그를 못 본 척한다. 하지만 목수가 지닌 약간 소름 끼칠 정도의 둔감함에는 사방으로 가지를 뻗는 무정함도 담겨 있는 듯했다. 그렇지만 그 둔감함에는 때로 낡은 놋좆 같은 익살, 대홍수 이전의[490] 목쉰 익살이 담겨 있기도 했고, 머리가 희끗희끗해진 사람 특유의 재치가 섞여 있기도 했다. 해초를 수염처럼 단 노아의 방주 앞갑판에서 한밤중에 당직을 서면서 시간을 때울 용도로 써먹기에 좋을 유머와 재치였다. 이 늙은 목수는 평생을 방랑자로 살면서 앞뒤로 너무 많이 구른 바람에 이끼가 낄 새가 없었을 뿐 아니라, 원래부터 겉에 달고 다녔을지 모를 사소한 외적 특성들도 떨어져나가버린 게 아니었을까? 그는 적나라한 추상물이었고, 분할되지 않은 완전체였으며, 갓 태어난 아기처럼 타협이라고는 모른 채, 현세든 내세든 가릴 것 없이 무계획적으로 살아갔다. 그의 기이한 비타협성은 일종의 반反지성을 동반하고 있다고 말해도 과언이 아닐 정도였다. 왜냐하면 그는 그 수많은 일을 해나가면서 딱히 이성이나 본능에 크게 의지하는 것 같지 않았고, 단지 그런 훈련을 받았기 때문에 그렇게 일하는 것 같지도 않았으며, 그저 이 모든 것이 고른 상태로든 고르지 않은 상태로든 다 뒤섞여 있는 덕분에 그렇게 일하는 것 같지도 않았기 때문이다. 그는 그저 일종의 농아처럼 자동적이고 기계적인 과정을 통해 일하는 것 같았다. 그는 모든 것을 순전히 손으로 조작하는 사람이었다. 설령 그에게 뇌라는 게 있었다고 한들, 그것은 벌써 예전에 손가락 근육 사이로 조금씩 스며들어버렸음이 틀림없다. 그는 터무니없긴 해도 매우 유용하며 *모양은 작지만 내용은 알찬*[491] '셰필드의 만능칼', 즉 보통의 주머니칼—비록 그것보다는 좀더 불룩하긴 하지만—처럼 생겼지만 속에는 다양한 크기의 칼날뿐만 아니라 드라이버, 코르크 마개뽑이, 핀셋, 송곳, 펜, 자, 손톱 다듬기용 줄, 원뿔형으로 구멍 파는 송곳까지 들어 있는 만능 도구 같은 사람이었다. 따라서 만일 목수의 윗사람이 그를 드라이버로 사용하고 싶다면 그저 그의 몸에서 드라이버에 해당하는 부분을 펼치기만 하면 되었고, 그러면 나사는 단단히 고정되었다. 혹은 핀셋으로 사용하고 싶다면 그의 두 다리를 잡아들기만 하면 되었다.

하지만 앞서도 넌지시 말했다시피, 이처럼 온갖 기능을 지녔으며 간단히 여닫을 수 있는 목수가 그저 자동기계에 불과하기만 한 것은 아니었다. 그가 보통의 영혼은 가지고 있지 않았다고 해도, 그에게는 어떻게든 변칙적으로 자신의 소임을 다해내는 미묘한 무언가가 있었다. 그게 대체 무엇이었는지, 수은의 정수였는지 아니면 몇 방울의 녹각정鹿角精이었는지는 알 수 없다. 하지만 무언가가 있긴 있었고, 그것은 그의 육신 안에 지금껏 육십 년 이상이나 깃들어 있었다. 그리고 그의 육신 안에 깃든 바로 이것, 이 설명할 수 없고 교활한 생명 원리야말로 그가 대부분의 시간을 독백으로 보내게 한 원동력이었던 것이다. 하지만 그것은 생각이 없는 바퀴가 윙윙거리며 혼자 떠들고 있는 것이나 다를 바 없었다. 그도 아니면 그의 육신은 초소이고 이 독백하는 무엇은 그곳의 보초여서, 그 보초가 그를 깨어 있게 하느라 시종일관 혼자 떠들고 있는지도 몰랐다.

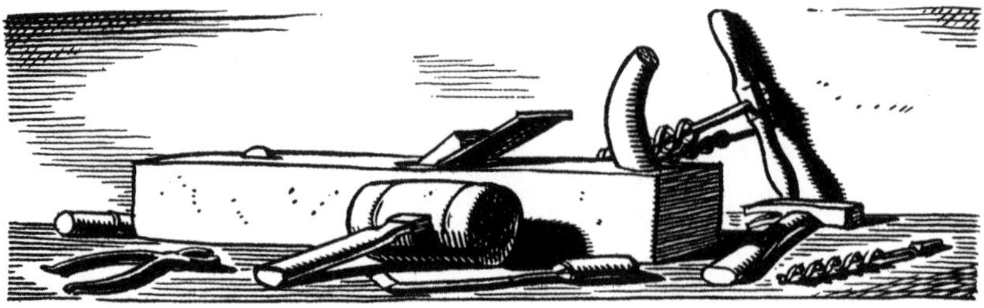

108장
에이해브와 목수

갑판—첫번째 야간 당직

(바이스 작업대 앞에 선 목수가 등불 두 개를 켜둔 채 다리로 사용할 고래뼈를 열심히 줄로 갈고 있다. 고래뼈는 바이스에 단단히 고정된 상태다. 고래뼈 조각, 가죽끈, 패드, 나사, 그리고 온갖 다양한 도구들이 작업대 주변에 널려 있다. 앞쪽으로 용광로의 붉은 불길이 보이고, 그곳에서는 대장장이가 한창 작업중이다)

빌어먹을 줄, 빌어먹을 뼈! 부드러워야 할 건 단단하고, 단단해야 할 건 부드럽군. 낡은 턱뼈와 정강이뼈를 갈아야 하는 우리 팔자가 늘 그렇지. 다른 걸 갈아보자. 그래, 이건 좀 낫군(에취). 이것 좀 봐라, 이 뼛가루가(에취)—아니, 이게(에취)—그래, 이건(에취)—이런 망할, 말도 제대로 못하겠네! 늙은이가 죽은 나무로 작업을 하려다보니 이런 꼴을 당하는군. 생나무를 톱질해도 이 정도로 먼지가 날리진 않겠어. 생뼈를 절단해도 이 정도는 아니지(에취). 이봐, 검댕[492] 영감, 나 좀 도와주게나. 그 쇠테하고 죔쇠용 나사 좀 갖다줘. 이제 곧 그것들을 써야 하거든. 그래도 무릎관절은 만들지(에취) 않아도 되니 다행이야. 그건 좀 까다로울 테니까. 하지만 고작 정강이뼈 하나 정도야 홉 덩굴 받침대를 만드는 일만큼이나 쉽지. 그래도 마무리는 훌륭하게 했으면 싶군. 문제는 시간, 바로 시간이라고. 시간만 있다면 응접실의 숙녀에게 문질러대도 될 만큼 깔끔하고 품위(에취) 있는 다리를 만들 수 있을 텐데. 가게에서 봤던 사슴 가죽 다리와 송아지 가죽 다리 따윈 감히 비교도 되지 않을 거야. 그것들은 수분을 빨아들인단 말이야. 당연히 류머티즘에 걸릴 수밖에. 그렇게 되면 살아 있는 다리와 마찬가지로 씻기고 물약을(에취) 발라서 수선해야만 해. 그런데 이걸 자르기 전에 무굴제국 영감을 불러서 길이가 괜찮은지를 좀 봐야겠군. 아무래도 너무 짧은 것 같단 말이야. 아하! 발소리가 들려오는군. 우린 운이 좋아. 그가 여기로 오는군. 아니면 다른 누군가의 발소리일 수도 있겠지만, 어쨌거나 분명 발소리가 들려와.

에이해브 (앞으로 다가오며)

(이어지는 장면에서도 목수는 이따금 계속 재채기를 해댄다)

이보게나, 사람 만드는 목수!

마침 잘 오셨습니다, 선장님. 괜찮으시다면 지금 길이를 재볼까 하는데요. 치수를 한번 재보겠습니다.

다리 치수라! 좋아. 뭐, 처음 해보는 일도 아닌데. 그래! 거기야. 거기 손가락을 대고 있게. 자네는 굉장한 바이스를 가지고 있군그래. 바이스가 꽉 움켜쥐는 느낌을 한번 더 느껴보게 해주게. 그래, 그래. 너무 끼어서 좀 아픈데.

맙소사, 선장님, 그러다 뼈가 부러집니다. 조심, 조심하세요!

걱정 말게. 난 꽉 죄는 느낌이 좋아. 이 미끌미끌하고 믿을 수 없는 세상에서 무언가가 꽉 붙드는 기분을 느껴본다는 건 좋은 일이지. 저기 저 프로메테우스는 뭘 하고 있나? 대장장이 말일세. 그는 뭘 하고 있지?

아마 지금 죔쇠용 나사를 만들고 있을 겁니다, 선장님.

옳거니. 동업자 관계로군. 저자가 근육 부분을 제공해주는 거야. 저자가 저기서 붉은 불꽃을 맹렬히 일으키는군!

그럼요, 선장님. 이런 정교한 작업을 하려면 대장장이는 백열白熱이 필요합니다.

으음. 당연히 그래야겠지. 인간을 만들었다는 옛날 그리스의 프로메테우스는 대장장이여서 인간에게 생명을 불어넣을 때 불을 사용했다는데, 그 이야기는 지금 생각해보면 너무나도 의미심장한 것 같아. 불로 만들어진 것은 당연히 불로 돌아갈 운명일 테니 말이야. 그러니 지옥이라는 것도 있을 법하지. 온통 검댕이 날려대는군! 그 그리스 사람이 아프리카 사람들을 만들고 남은 잔여물이 분명해. 이보게 목수, 대장장이가 나사를 다 만들거든 강철로 된 견갑골도 한 쌍 만들어달라고 말해주게. 이 배에는 어깨를 으스러뜨릴 만큼 무거운 짐을 짊어진 행상인[493]이 하나 타고 있거든.

네?

잠깐만 있어봐. 프로메테우스가 저걸 만드는 동안 나는 바람직한 모범이 될 만한 한 명의 완벽한 인간을 주문하도록 하지. 우선 키는 신발을 벗은 채로 50피트, 가슴은 '템스강의 터널'을 본떠서 만들 것. 다리에는 한곳에 머무를 수 있도록 뿌리를 달고, 팔은 손목까지 포함해 3피트로 하고, 심장은 필요 없어. 이마는 놋쇠로 만들고, 뇌는 우수한 품질로 사분의 일 에이커 정도 되게 만들 것. 어디 보자. 바깥쪽을 내다볼 수 있게 눈도 주문할까? 아니야, 대신 안쪽으로 빛이 들게 머리 위에 채광창을 달자. 자, 주문을 받았으면 어서 가보게.

그런데 이게 대체 무슨 소리며, 누구에게 지껄여대는 소리람? 나는 여기 계속 서 있어야 하나? (방백)

오로지 서투른 건축술만이 눈먼 돔[494]을 만들어내지. 여기도 하나 있군. 아니, 아니, 안 되겠어. 등불이 하나 있어야겠어.

허허! 그렇습니까, 선장님? 여기 등불이 두 개 있는데요. 저는 하나만 있어도 됩니다.

자네는 대체 왜 도둑 잡을 때 쓰는 등불을 내 얼굴에 들이미는 거지? 등불을 들이미는 건 권총을 겨누는 것보다 더 나쁜 짓이야.

선장님, 저는 방금 그게 목수인 저한테 하신 말씀인 줄 알았습니다.

목수라고? 아니, 그건 아니야, 그냥 관두지. 목수 자네는 여기서 매우 깔끔하고 아주 점잖은 일을 하고 있다고 해도 과언이 아닐세. 아니면 자네는 진흙을 다루는 일을 하고 싶은 건가?

네? 진흙이라뇨? 진흙이라고 하셨나요, 선장님? 저건 진창입니다. 진흙이야 도랑 파는 사람들의 몫이죠.

불경스러운 놈![495] 대체 왜 자꾸 재채기를 하는 거지?

뼛가루가 좀 날려서요, 선장님.

그럼 거기서 깨달은 바가 있겠군. 자네가 죽거들랑 절대 자네 시신을 산 자들의 코밑에 묻지 말게.

네? 아아! 그래! 그렇군요. 맞아요. 오, 세상에나!

이보게, 목수. 자네는 자네가 정말 솜씨 있고 훌륭한 장인이라고 생각하겠지? 자, 그렇다면 내가 자네가 만든 이 다리를 끼우고도 바로 그 부위에서 또 다른 다리, 그러니까 옛날에 잃어버린 살과 피로 된 다리를 떠올린다면 과연 자네의 솜씨가 정말 끝내준다고 말할 수 있을까? 자네는 옛 아담과도 같은 그 최초의 다리를 쫓아버릴 수는 없는가?

선장님, 이제야 좀 이해가 가기 시작하네요. 네, 거기에 대해서라면 뭔가 흥미로운 이야기를 들은 적이 있습니다. 팔다리가 잘려나간 사람도 예전 팔다리의 감각을 완전히 잃은 것은 아니어서 그 부위가 여전히 따끔따끔 쑤시기도 한다고 하더군요. 송구스러운 질문이지만 그게 정말인가요, 선장님?

그래, 그렇다네. 이보게, 자네의 살아 있는 다리를 한때 내 다리가 있던 이 자리에 한번 붙여보게. 그러면 이제 눈에는 자네 다리가 딱 하나만 보이겠지만 영혼으로 느끼기에는 다리가 여전히 두 개 같겠지. 자네가 약동하는 생명력을 느끼는 바로 그 자리에서 나도 그걸 한 치의 차이도 없이 똑같이 느낀다 이 말씀이야. 내 말이 수수께끼처럼 들리나?

송구스럽습니다만 좀 알쏭달쏭한 이야기네요, 선장님.

그러면 입다물고 듣게. 지금 자네가 서 있는 바로 그 자리에 눈에 보이지 않고 다른 것에 섞이지도 않지만 생명과 사고력을 지닌 완전한 무언가가 서 있지 않다고 확신할 수 있는가? 자네가 거기 서 있는데도 불구하고 말일세. 그리고 자네는 오롯이 혼자 있을 때 누군가가 엿듣고 있다는 불안한 마음이 들지 않는가? 잠깐, 그 입은 계속 다물고 있게! 그리고 만일 내가 사라진 지 아주 오래된 내 으스러진 다리의 쓰라림을 여전히 느낀다면, 목수 자네 또한 육신 없이도 지옥의 불같은 고통을 느끼지 못하리란 법이 없지 않겠나? 핫핫!

하느님 맙소사! 선장님, 그렇다면 다시 계산해봐야겠습니다. 제가 작은 수치들은 적어두지 않은 것 같아서요.

이봐, 돌대가리는 그 어떤 것도 당연시해서는 안 돼. 다리가 완성되려면 얼마나 남았지?

아마도 한 시간쯤이요, 선장님.

그럼 후다닥 해치워서 내게 가져오게(자리를 뜨기 위해 뒤돌아선다). 오오, 인생이여! 그리스 신처럼 위풍당당한 내가 뼈 위에 올라서기 위해 이런 돌대가리한테 계속 신세를 지고 살아야 한다니! 무덤에 받침돌[496]이 놓일 때도 사라지지 않을 인간의 상호 부채란 정말이지 지긋지긋하구나. 나는 공기처럼 자유롭고자 하는데 내 이름은 전 세계의 회계장부에 올라 있단 말이야. 나는 엄청난 부자라서 로마제국(세계 제국이었지)의 경매에서 가장 부유한 집정관들과도 한판 붙어볼 만했을 거야. 하지만 이렇게 허풍을 떨면, 혀를 놀린 만큼 빚을 지게 되지. 하늘에 맹세코, 나는 도가니를 구해서 그 안에 뛰어들고 말 거야! 그래서 한 점의 작고 간명한 등골뼈로 녹아버리든가 해야겠어. 정말이야.

목수 (다시 일을 시작하며)

그래, 그래, 그래! 선장을 가장 잘 아는 스터브는 선장이 늘 괴짜라고 말하지. 괴짜라는 말 한마디면 충분하다는 듯 다른 말은 일절 꺼내지 않아. 선장은 괴짜야, 스터브는 말하지. 선장은 괴짜야. 괴짜, 괴짜라고. 그리고 스타벅에게도 시종일관 같은 말을 퍼부어대지. 선장은 괴짜야. 괴짜, 괴짜, 정말 괴짜라고. 그리고 그 선장의 다리가 바로 여기 있어! 그래, 그러고 보니 이 다리는 선장과 함께 잠자리를 하는 사이로군! 고래 턱뼈로 만든 막대기가 자기 마누라라니! 이게 바로 선장의 그 다리야. 선장은 이 위에 올라서겠지. 그런데 한 다리가 세 군데에 올라서 있고, 그 세 군데는 모두 하나의 지옥 위에 올라서 있다고들 하던데, 그건 무슨 소리지? 오오! 그가 날 그렇게 경멸스러운 눈초리로 쳐다본 것도 놀랄 일은 아니야. 나도 가끔 이상한 생각을 하는 인간이라는 말을 듣곤 하지만 그건 그저 단순한 우연일 뿐이지. 그러니 나처럼 작고 왜소한 몸의 노인네는 키 큰 왜가리 같은 선장들과 함께 망망대해를 헤치고 나가려 해서는 절대 안 돼. 어느새 물이 턱 아래까지 차올라서 구명보트를 내려달라고 큰 소리로 울부짖게 될 테니 말이야. 그 왜가리의 다리가 바로 여기 있구나! 정말이지 길고 늘씬하군! 그런데 대부분의 사람들은 두 다리로만 평생을 보내. 그리고 그건 분명 마음씨 고운 노파가 늙고 땅딸막한 마차용 말을 다루듯, 그들도 자신들의 다리에 늘 자비를 베풀기 때문일 거야. 하지만 에이해브를 좀 보라지. 오오, 그는 매정한 마부야. 한쪽 다리는 죽음으로 몰아넣어버렸고, 다른 쪽 다리는 평생 비절내종飛節內腫에 시달리게 만들었으면서, 이제는 고래뼈 다리의 인대까지 닳아빠지게 만들고 있잖아. 이봐, 거기 검댕 형제! 거기 그 나사 좀 갖다주시게. 그리고 양조장 직원들이 다 쓴 맥주통을 다시 채우기 위해 그것들을 수거하러 돌아다니듯, 대천사가 최후의 심판일에 나팔을 불며 나타나 진짜고 가짜고 할 것 없이 다리란 다리는 죄다 가지러 오기 전에 이 일을 끝내버리자고. 정말 대단한 다리로군! 아주 제대로 깎아서 진짜 살아 있는 다리처럼 보여. 내일이면 선장은 이 다리 위에 서게 될 거야. 내일이면 그 위에 올라서서 사분의四分儀로 고도를 재겠지.[497] 이런! 고래뼈를 부드럽게 갈아서 선장이 위도를 잴 때 사용할 작고 둥근 석판을 만들어야 한다는 걸 깜박할 뻔했군. 그래, 그래. 당장 끌이랑 줄과 사포를 움직이자!

109장
선장실의 에이해브와 스타벅

다음날 아침, 늘 하던 대로 다들 배에서 물을 퍼내고 있는데, 저런! 퍼낸 물에 상당한 양의 기름이 섞여 있는 게 아닌가. 화물창의 기름통들이 새기 시작한 게 틀림없었다. 다들 큰 우려를 표했고, 스타벅은 이 불길한 사건을 보고하기 위해 선장실로 내려갔다.*

그때 피쿼드호는 남서쪽 방향에서 타이완과 바시군도[498] 쪽으로 바짝 다가

* 상당한 양의 기름을 싣고 있는 향유고래 포경선에서는 한 주에 두 번씩 화물창에 호스를 집어넣어 기름통을 바닷물로 적신 다음 적당한 사이를 두고 그 물을 다시 펌프로 퍼내는 것이 통상적 의무다. 이렇게 하면 기름통은 축축한 상태로 단단히 꽉 조여질 뿐만 아니라, 퍼낸 물의 성질이 변했을 경우에 선원들은 소중한 뱃짐에 큰 구멍이 생겼다는 것을 바로 알아차릴 수 있다.

가고 있었는데, 그 사이에는 중국해에서 태평양으로 빠져나가는 열대 해역의 출구가 하나 놓여 있었다. 그래서 스타벅이 선장실로 들어갔을 때 에이해브는 동양의 군도들이 그려진 해도 하나와 일본열도—혼슈, 홋카이도, 시코쿠—의 긴 동해안을 표시한 별도의 해도를 앞에 펼쳐놓고 있었다. 이 이상야릇한 노인네는 눈처럼 하얀 새 고래뼈 다리를 나사못으로 고정시킨 탁자 다리에 기대고 손에는 긴 전지용 낫 같은 잭나이프를 든 채로 출입문을 등지고 이마를 잔뜩 찌푸리고는 예전의 항로를 한창 되새겨보던 중이었다.

"거기 누구냐?" 문간에서 발소리가 들리자 에이해브가 뒤도 돌아보지 않고 외쳤다. "갑판으로 올라가! 썩 꺼지라고!"

"선장님, 착각하셨나봅니다. 저예요. 화물창에서 기름이 새고 있습니다. 고패[499]로 돛을 감아올리고 기름통을 끌어올려야 할 것 같습니다."

"고패로 돛을 감아올리고 기름통을 끌어올리자고? 이제 일본이 가까워 오는 판국에 낡은 쇠테 한 무더기를 손보겠다고 여기서 배를 한 주씩이나 멈추자는 말인가?"

"그렇게 하지 않으면 일 년 동안 모을 수 있는 기름보다 더 많은 기름을 하루 만에 잃고 말 겁니다. 2만 마일이나 항해해서 얻은 것을 낭비해서는 안 되지 않겠습니까, 선장님."

"아무렴, 그렇고말고. 우리가 그걸 얻는다면 말이지만."

"선장님, 제 말은 화물창의 기름이 그렇다는 겁니다."

"나는 화물창의 기름 이야기는 꺼내지도 않았고 염두에 두지도 않았어. 저리 꺼져! 기름쯤이야 새라고 하라지! 나 자신도 온통 새고 있어. 그래! 세상에 나처럼 새는 것도 없지! 새는 기름통으로 가득할 뿐만 아니라, 새는 기름통을 실은 배도 새고 있어. 말하자면 피쿼드호보다 훨씬 더 심한 곤경에 처한 셈이라고. 하지만 나는 새는 곳을 막아보겠다고 멈추지 않아. 뱃짐을 잔뜩 실은 선체에서 과연 그 누가 새는 곳을 찾을 수 있단 말인가? 그리고 설령 찾아낸다

한들, 이렇게 휘몰아치는 인생의 돌풍 속에서 무슨 수로 새는 곳을 막을 수 있단 말인가? 스타벅! 나는 고패로 돛을 감아올리지 않겠네."

"선장님, 그러면 선주들이 뭐라고 하겠습니까?"

"선주들이야 낸터킷 해변에 서서 태풍을 향해 있는 힘껏 호통이나 치라고 해. 내가 알 게 뭔가? 선주라니, 선주? 스타벅 자네는 심심하면 그 짠돌이 선주들 이야기를 끄집어내는군. 마치 그 선주들이 내 양심이라도 된다는 양 말이야. 하지만 이보게, 그 무언가의 진정한 주인이란 모름지기 그것을 지휘하는 사람뿐이야. 그리고 잘 듣게, 내 양심은 바로 이 배의 용골에 있다고. 이제 갑판으로 가보게!"

"에이해브 선장님." 얼굴이 붉게 상기된 항해사가 선장실 안으로 좀더 들어오며 말했다. 그처럼 대담하게 행동하면서도 기이할 정도로 공손하고 조심스럽게 군 탓에 겉으로 조금이라도 대담하게 보이지 않게끔 온갖 노력을 기울이고 있는 것처럼 보였을 뿐만 아니라 본인 스스로도 자신이 그처럼 대담하게 행동하고 있다는 걸 믿지 못하는 듯 보였다. "저보다 더 나은 사람이라면 자기보다 젊고 행복한 사람에게 무턱대고 화를 내는 당신을 그냥 무시해버렸을지도 모르겠습니다, 에이해브 선장님."

"제기랄! 건방지게 네놈 따위가 감히 나를 비난하겠다고? 어서 썩 갑판으로 올라가!"

"아닙니다, 선장님. 아직은 안 돼요. 정말 부탁입니다. 그리고 감히 말씀드리건대, 부디 관용을 베풀어주십시오! 우리가 지금까지 그랬던 것보다 서로를 좀더 잘 이해하면 안 되겠습니까, 에이해브 선장님?"

에이해브는 선반(대부분의 남양 항해선 선실에 갖춰져 있는 비품)에서 장전된 머스킷총을 와락 움켜쥐더니 스타벅을 겨누며 외쳤다. "이 세상의 주인은 하느님 한 분뿐이고, 피쿼드호의 주인도 선장 한 명뿐이야. 갑판으로 올라가라니까!"

순간 항해사의 눈이 번쩍였고 뺨은 불타올랐기 때문에 누가 봤더라면 그에게 겨눠진 총열에서 정말로 불꽃이 뿜어져나온 줄 알았을 것이다. 하지만 그는 감정을 추스르며 꽤나 침착하게 물러나서 선장실을 떠나려다 말고 잠시 멈춰서서 말했다. "선장님은 저를 모욕한 게 아니라 격분하게 했습니다. 하지만 그러니 스타벅을 조심하라는 부탁은 드리지 않겠습니다. 웃으실지 모르겠지만, 에이해브는 에이해브를 조심해야 합니다. 당신 스스로를 조심하세요, 영감님."

"점점 용감하게 굴면서도 명령에는 따르는군. 정말이지 신중한 용기가 아닌가!" 스타벅이 사라지자 에이해브가 중얼거렸다. "녀석이 뭐라고 했더라—에이해브는 에이해브를 조심해야 한다니—그것참, 뭔가 의미 있는 말이로군!" 그러고 나서 무심결에 머스킷총을 지팡이로 삼아 이마를 잔뜩 찌푸린 채로 좁은 선장실을 이리저리 서성거리더니, 이윽고 이마에 겹겹이 새겨진 깊은 주름을 펴고는 총을 선반에 다시 올려놓고 갑판으로 올라갔다.

"자넨 정말이지 너무나도 멋진 친구일세, 스타벅." 그는 항해사에게 낮은 목소리로 그렇게 말하고는 선원들을 향해 큰 소리로 외쳤다. "윗돛은 감고 중간돛은 바싹 줄여라. 선수에서 선미까지 전부 다. 큰 돛대의 아래 활대를 뒤로 밀어라. 고패를 감고 화물창에 있는 것들을 전부 끄집어내라."

에이해브가 왜 스타벅의 의견을 받아들였는지 정확한 이유를 추측해봤자 헛수고일 것이다. 어쩌면 그가 지닌 정직함이 일순간 빛을 발했는지도 모르고, 아니면 배의 중요한 간부 선원이 아주 잠깐이나마 대놓고 사소한 불만이라도 표하는 일을 긴급히 막기 위해 만전을 기울이느라 그랬는지도 모른다. 하여튼 그의 명령은 시행되었고, 고패로 돛이 감아올려졌다.

110장

관 속의 퀴퀘그

자세히 살펴보니 화물창에 마지막으로 집어넣었던 기름통에서는 아무런 문제가 발견되지 않았으므로 더 아래쪽에 있는 기름통이 새는 게 분명했다. 그래서 그들은 마침 물결도 잔잔했기에 더 깊은 곳까지 내려가 바닥에 딱 달라붙어 있는 거대한 기름통의 잠을 흔들어 깨웠고, 그 거대한 두더지들을 캄캄한 밤에서 지상의 햇빛 속으로 올려보냈다. 그들이 어찌나 깊이 내려갔던지, 또 밑바닥에 있는 나무통들이 어찌나 오래되고 부식되고 이끼가 잔뜩 낀 모습이었던지, 어딘가 노아 선장의 동전을 담고 있는 기름통이 곰팡이를 가득 뒤집어쓴 채로 모퉁잇돌처럼 서 있고, 환락에 빠졌던 옛 세상에 대홍수가 밀어닥치리라는 부질없는 경고를 보내는 전단지라도 붙어 있을 것 같아 자꾸 옆을 두리번거릴 정도였다. 물과 빵과 쇠고기가 든 통, 통널 묶음과 쇠테 꾸러미를 하나씩 끌어올리자 마침내 갑판은 짐으로 가득 뒤덮여 걸어다니기도 힘들 지경이 되어버렸다. 텅 빈 선체가 발밑에서 울려대는 바람에 마치 비어 있는 지하 묘지 위를 걷는 듯했고, 공기를 실은 유리병처럼 파도에 어지러이 흔들렸다. 배는 저녁도 거른 채 머릿속으로 오직 아리스토텔레스만을 떠올리는 학생처럼 윗부분이 너무 무거워져 있었다. 그때 태풍이 찾아오지 않은 것은 정말

다행이었다.

그런데 바로 이때, 나의 가엾은 이교도 동료이자 충실하고 절친한 친구인 퀴퀘그가 열병에 걸려 끝없는 종말 가까이로 끌려가게 되었다.

분명히 말해두건대 고래잡이라는 직업에는 한직이란 있을 수 없고, 위엄과 위험은 늘 함께 가기 마련이다. 선장이 되기 전까지는 높은 직책에 오를수록 더욱 고된 노역을 맡게 된다. 가엾은 퀴퀘그 또한 그러해서, 작살잡이로서 살아 있는 고래의 온갖 분노와 직면해야 했을 뿐만 아니라—다른 곳에서도 보았듯이—굽이치는 바다에서 죽은 고래의 등 위에 올라타야 했고, 마지막에는 화물창의 어둠 속으로 걸어내려가 그 지하 감옥에서 하루종일 고되게 땀을 흘리면서 다루기 까다로운 기름통을 쌓아넣기 위해 굳은 의지를 발휘해가며 애를 써야 했다. 한마디로 고래잡이들 사이에서 작살잡이는 소위 지지대[500]로 불렸다.

불쌍한 퀴퀘그! 배의 내장이 반쯤 꺼내졌을 때, 다들 승강구 위로 몸을 구부리고 그 아래에 있는 그를 내려다봤어야 했다. 거기서 모직으로 된 속바지만 걸친 채 그 축축하고 끈적끈적한 공간을 이리저리 기어다니는 문신투성이 야만인의 모습은 우물 밑바닥에 있는 초록색 점박이 도마뱀 같았다. 그리고 왠지는 모르겠으나, 그 가엾은 이교도에게 그곳은 우물이나 얼음 창고와 마찬가지였던 것으로 판명이 났다. 이상한 말이지만, 그는 그곳에서 땀을 뻘뻘 흘리며 열을 냈음에도 지독한 오한에 시달렸고, 이 오한은 열병이 되고 말았다. 퀴퀘그는 그렇게 며칠을 시달리더니 마침내 해먹에 몸져누워 죽음의 문턱을 헤맸다. 그 며칠 안 되는 시간 동안 기나긴 사투를 벌이느라 어찌나 마르고 쇠약해졌던지, 결국에 그는 앙상한 뼈대와 문신밖에는 남지 않은 듯 보였다. 하지만 다른 모든 부위가 야위고 광대뼈가 날카로워져가는 와중에도 그의 눈만은 점점 더 깊어지는 것 같았다. 그의 눈은 기이하고도 부드러운 광채를 띠게 되었다. 병석에서도 상대방을 부드럽고 그윽하게 바라보는 눈은 그가 죽지도 쇠약해지지도 않는 불멸의 활력을 지니고 있다는 경이로운 증거였다. 그리고 수면에 이는 파문이 점점 희미해지는 와중에도 넓게 퍼져나가듯, 그의 눈은 '영겁'의 고리처럼 점점 둥그레지는 것처럼 보였다. 이 쇠약해져가는 야만인 곁에 앉아, 조로아스터[501]의 죽음을 지켜본 이들이 그의 얼굴에서 본 것과 같은 이상한 그림자가 퀴퀘그의 얼굴에도 드리우는 것을 보고 있노라면 뭐라 말할 수 없는 경외감이 엄습해오곤 했다. 인간에게 진정으로 경이롭고 무시무시한 것은 여태껏 한 번도 말이나 글로 옮겨진 적이 없기 때문이다. 그리고 가까워오는 '죽음'은 모두를 똑같이 동등하게 만들고 모두에게 똑같이 최후의 계시를 내려주지만, 그 '죽음'에 대해 제대로 이야기할 수 있는 건 죽었다가 되살아난 작가뿐이다. 그리하여—다시 한번 말하지만—가련한 퀴퀘그가 흔들리는 해먹에 가만히 누워 있고, 일렁이는 바다는 그를 부드럽게 흔들며 최후의 안식에 들게 하고, 대양의 보이지 않는 밀물은 그를 예정된 목적지인 천국으로 점차 높이 들어올리고 있었을 때, 그의 얼굴 위로 서서히 퍼져나가던 불가사의한 그림자가 품은 고귀하고 성스러운 사상은 그 어떤 죽어가는 칼데아인[502]이나 그리스인도 품어보지 못한 경지의 것이었다.

선원들 중에 그가 회복되리라고 생각한 이는 한 명도 없었다. 그리고 퀴퀘그가 자신의 병에 대해 어떻게 생각했는지는 그가 했던 기이한 부탁에서 똑똑히 알 수 있었다. 그는 막 동이 틀 무렵의 잿빛 새벽에 당직 한 명을 불러 손을 붙잡고는, 자신이 낸터킷에 있었을 때 우연히 검은 목재로 만든 작은 카누를 본 적이 있다는 말을 들려주었다. 그런데 그 검은 목재는 마치 자신의 고향 섬에 있는 훌륭한 재질의 전투용 카누 목재 같았다는 것이다. 그래서 수소문 끝에 낸터킷에서 죽은 고래잡이들은 모두 그와 같은 검은색 카누 안에 눕혀진다는 것을 알게 되었고, 그러한 발상이 그는 무척이나 마음에 들었다고 했다. 그것이 자기 종족의 풍습과 크게 다르지 않았기 때문인데, 그의 종족은 전사가 죽으면 미라로 만든 다음 카누에 눕혀 별처럼 많은 섬들이 반짝이는 바다로 떠내려 보내는 풍습을 지니고 있었다. 그들은 별이 곧 섬이라고 믿었을 뿐만 아니라, 눈에 보이는 수평선 저 너머에서 온화하고 끝없는 바다가 푸른 하늘과 합류해 은하수의 흰 파도를 일게 한다고 믿었기 때문이다. 그리고 덧붙여 말하길, 통상적인 바다의 관습에 따라 해먹에 싸여 뭔가 불결한 존재라도 되는 양 죽음을 집어삼키는 상어들 틈에 던져지는 일은 생각만 해도 몸서리가 쳐진다고 했다. 그건 가당찮은 일이었다. 그는 낸터킷에서 봤던 그런 카누를 원했다. 비록 관이 될 그 카누는 포경 보트처럼 용골이 없어서 제대로 키를 잡기가 힘들고 어둡고 유구한 세월을 바람에 떠밀려가겠지만, 그편이 고래잡이인 그에게는 훨씬 그럴듯해 보였다.

이런 기이한 사정이 선미 쪽에 알려지자, 목수에게는 퀴퀘그의 요청이 무엇이건 간에 당장 들어주라는 명령이 내려졌다. 배에는 어딘가 이교도적이고 관과 비슷한 색을 띤 오래된 목재가 실려 있었는데, 오래전에 했던 항해 도중에 래커데이제도[503]의 원시림에서 베어낸 것이었다. 이 짙은 색 원목으로 관을 만들자는 데 뜻이 모아졌다. 목수는 명령을 듣자마자 자를 들고 특유의 무심한 신속함으로 당장 앞갑판 선실로 나아가더니, 자를 움직일 때마다 퀴퀘그의 몸에 분필로 일정하게 표시를 해가며 치수를 매우 정확히 쟀다.

"아아! 불쌍한 친구! 이제 죽는 수밖에는 다른 도리가 없겠어." 롱아일랜드 출신 선원이 문득 외쳤다.

바이스 작업대로 간 목수는 작업상의 편의를 위해 만들어야 할 관의 정확한 길이를 작업대 위에 표시한 다음 양쪽 끝에 눈금을 새겨 표시가 지워지지 않게 했다. 그러고는 널빤지와 도구를 정돈하고 작업을 시작했다.

마지막 못이 박히고 뚜껑이 대패로 적당히 다듬어져 관에 끼워지자, 그는 어깨 위에 관을 가볍게 얹고는 뱃머리 쪽으로 가서 선원들에게 관을 쓸 준비가 되었는지를 물었다.

갑판 위의 선원들은 크게 화를 내면서도 익살 섞인 목소리로 관을 물리쳐버리려고 했다. 그 소리를 들은 퀴퀘그는 관을 당장 자기한테 가져오라고 명령했다. 그 말에 다들 깜짝 놀랐지만 그를 거역할 수 있는 사람은 아무도 없었다. 그러고 보면 모든 인간 중에서 죽어가는 인간이 가장 포악하다. 그리고 이제 곧 그들은 우리를 조금도 괴롭히지 못할 신세가 될 것이므로, 그 불쌍한 인간들이 하자는 대로 해주는 게 옳은 일임이 틀림없다.

퀴퀘그는 해먹 너머로 몸을 구부리고는 관을 오래도록 주시했다. 그런 다음 자신의 작살을 달라고 해서 거기서 나무자루를 빼달라 하고는, 쇠붙이 부분만을 보트에서 쓰던 노 하나와 함께 관에 넣어달라고 했다. 또한 그의 요구에 따라 건빵이 관 내부의 둘레를 따라 쭉 놓였고, 신선한 물 한 병이 머리맡에 놓였으며, 화물창에서 긁어모은 나무 냄새 나는 흙이 작은 자루에 담긴 채로 발치에 놓였다. 그리고 범포 하나를 말아 베개를 만들고 나자, 퀴퀘그는 자신이 마지막으로 누울 침대가 얼마나 편안한지 확인해볼 수 있도록 관에 눕혀달라고 간청했다. 미동도 하지 않은 채 몇 분 동안 가만히 누워만 있던 그는, 자신의 가방에서 작은 신 요조를 꺼내와달라고 말했다. 그런 후에 가슴 위로 팔짱을 끼고 그 사이에 요조를 끼워넣더니, 관 뚜껑(그는 그걸 승강구 뚜껑이라고 불렀다)을 좀 덮어달라고 했다. 머리 부분에 달린 가죽 경첩을 열자 태연한 얼굴로 관 속에 누워 있는 퀴퀘그의 모습이 작게나마 시야에 들어왔다. 그는 마침내 "라르마이(이 정도면 충분해, 편하군)"라고 속삭이더니, 다시 해먹으로 옮겨달라는 신호를 보냈다.

그런데 그가 해먹으로 옮겨지기 전에 그때까지 줄곧 그 근처를 은밀히 서성이고 있던 핍이 퀴퀘그가 누워 있는 자리로 가까이 다가와서는 한 손으로 그를 잡은 채 작은 소리로 흐느껴 울었다. 다른 손에는 탬버린을 든 채였다.

"가련한 방랑자여! 당신의 이 지긋지긋한 방랑에 과연 끝이 있긴 한 건가요? 이제 당신은 어디로 가시렵니까? 하지만 만일 조류가 당신을 저 아름다운 앤틸리스제도[504], 해변에 파도 대신 수련만 밀려온다는 그곳으로 데려간다면 작은 부탁 하나만 들어주지 않겠어요? 그곳에서 실종된 지 오래인 핍이라는 아이를 찾아봐주세요. 내 생각에 그 아이는 그 머나먼 앤틸리스제도에 있을 것만 같아요. 만일 핍을 찾으시거든 그 아이를 위로해주세요. 핍은 분명 무척이나 슬퍼하고 있을 테니까요. 보세요! 여기 이렇게 자기 탬버린을 놓고 갔잖아요. 내가 발견했죠. 트랄랄, 랄, 라! 퀴퀘그, 이제 죽어요. 그러면 내가 당신의 장례 행진곡 리듬에 맞춰 탬버린을 쳐줄게요."

"누군가 말했었지." 스타벅이 승강구 아래를 내려다보며 중얼거렸다. "순 백치인 사람들이 지독한 열병에 걸린 채 고대 언어로 떠들어댄 적이 있다고. 그리고 그 신비로운 일을 철저히 파헤쳐보면, 그 백치들은 더는 기억하지도 못하는 유년 시절에 고귀한 학자들이 고대 언어로 말하는 것을 실제로 들은 적이 있다는 거야. 그러니까 나는, 가련한 핍이 이상하고 다정한 광기를 통해 천국에 우리 모두를 위해 마련된 집이 있다는 증거를 전해주는 천상의 존재라고 믿고 싶어. 천국이 아니라면 대체 그가 어디서 그런 말을 배워왔겠어? 들어봐! 또 떠들어대기 시작하는군. 그런데 이번에는 좀더 광적이네."

"두 사람씩 줄지어 서라! 그를 장군으로 추대하자! 어이, 그의 작살은 어디 있지? 여기 가로놓아두어라. 트랄랄, 랄, 라! 만세! 오, 이제 그의 머리 위에 싸움닭을 올려서 울게 하라! 퀴퀘그는 용감히 싸우다 죽는다! 다들 그것을 명심할지어다. 퀴퀘그는 용감히 싸우다 죽는다! 다들 그것을 마음에 새겨둘지어다. 퀴퀘그는 용감히 싸우다 죽는다! 싸움닭처럼, 싸움닭처럼, 싸움닭처럼! 하지만 하찮고 비열한 핍은 겁쟁이로 죽었다. 몸을 온통 부들부들 떨다 죽었다. 빌어먹을 핍! 다들 들으라. 만일 핍을 찾거들랑 앤틸리스 사람들에게 핍은 도망자라고 전해라. 이런 겁쟁이, 겁쟁이, 겁쟁이! 그놈은 포경 보트에서 뛰어내린 자라고 전해라. 나는 비열한 핍을 위해 절대 탬버린을 쳐주지 않을 것이며, 그가 지금 여기서 또다시 죽는다 해도 절대 그를 장군으로 추앙하지 않을 것이다. 흥, 어림도 없지! 겁쟁이들에게는 죄다 수치심을 안겨줘야 해. 다들 부끄러운 줄 알아야 한다고! 포경 보트에서 뛰어내린 놈들은 전부 핍처럼 물에 가라앉아버리라지. 부끄러운 일이야! 부끄러운 일이라고!"

그러는 내내 퀴퀘그는 마치 꿈이라도 꾸듯 두 눈을 감은 채로 누워 있었다. 핍은 끌려나갔고, 병자는 다시 해먹으로 옮겨졌다.

그런데 죽을 준비를 완전히 다 끝마치고 관이 자신에게 딱 맞는다는 것을 알게 되자, 퀴퀘그는 갑자기 원기를 되찾았다. 이윽고 목수가 만든 관은 쓸모가 없어진 듯했다. 그리하여 몇몇 선원들이 기쁨에 찬 놀라움을 표하자, 그는 자신이 갑자기 나은 이유를 대략 다음과 같이 설명했다. 즉, 위태로운 순간에 이르자 문득 아직 다 끝내지 못한 육지에서의 자잘한 의무들이 떠올랐고, 그래서 죽음에 대해 생각이 바뀌었다고. 그는 분명히 말하길, 아직은 죽을 때가 아니라고 했다. 그러자 선원들은 죽고 사는 것이 퀴퀘그 자신의 독자적 의지와 희망에 달린 문제냐고 물었다. 그는 분명 그렇다고 대답했다. 한마디로, 만일 사람이 살기로 결심하면 그저 아픈 것만으로는 죽을 수 없다는 게 퀴퀘그의 생각이었다. 고래나 돌풍, 혹은 비슷한 종류의 난폭하고 통제할 수 없는 우매한 파괴자가 아니고서야 그를 죽인다는 건 어림도 없는 일이었다.

그러니까 야만인과 문명인 사이에는 이런 주목할 만한 차이점이 존재한다. 일반적으로 병든 문명인이 회복하는 데 반년쯤 걸린다면, 병든 야만인은 하루만에 거의 반쯤은 회복하고 마는 것이다. 그리하여 내 친구 퀴퀘그는 머지않아 기운을 차렸고, 며칠 동안 권양기 위에 게으르게 앉아 있는가 싶더니(그래도 엄청난 식욕으로 먹어대긴 했다), 갑자기 벌떡 일어나 양팔과 양다리를 쭉 뻗어 시원하게 기지개를 펴고 잠시 하품을 하고는 매달아놓은 보트의 뱃머리로 뛰어올라 작살을 겨누며 이제 자신은 다시 싸울 준비가 됐다고 선언했다.

야만인만의 변덕으로 이제 그 관을 사물함으로 쓰기로 한 그는, 범포 자루에 넣어두었던 옷가지를 관에 모조리 쏟아붓고 차곡차곡 정리했다. 그리고 시간이 날 때마다 관 뚜껑에 온갖 기이한 형상과 그림을 새겨넣었다. 마치 자신의 몸에 새겨진 이리 휘고 저리 휜 문신들의 일부를 자신만의 거친 방법으로 그 위에 똑같이 새겨넣으려는 듯했다. 이 문신은 그의 섬에 살던 예언자이자 현인이 세상을 뜨기 전에 그에게 새겨준 작품으로, 하늘과 땅에 대한 완벽한 이론을 그의 몸에 적은 상형문자이자 진리를 깨우치는 방법을 기술한 신비로운 논문이었다. 그래서 엄밀히 따지자면, 퀴퀘그의 몸 자체가 풀어야 할 하나의 수수께끼였으며 경이로운 한 권의 책이었다. 하지만 그의 살아 있는 심장이 그 신비와 딱 맞닿은 채로 뛰고 있었음에도, 그 신비는 퀴퀘그 자신조차 해독할 수 없는 것이었다. 따라서 그 신비는 그것이 기록된 살아 있는 양피지와 함께 끝내 풀리지 않은 채로 썩어 문드러지고 말 운명이었다. 어느 날 아침, 에이해브가 가련한 퀴퀘그를 살펴보다 말고 뒤돌아서서 "오오, 신들은 어쩌면 이리도 악마처럼 애를 태우는지!" 하고 격한 감탄을 내뱉은 것도 이런 생각 때문이었음이 틀림없다.

111장
태평양

우리가 바시군도 옆을 미끄러지듯 지나 마침내 드넓은 남양으로 진출했을 때, 다른 일만 아니었어도 나는 사랑해 마지않던 태평양을 무한히 감사하는 마음으로 맞이할 수 있었을 것이다. 내 젊은 날의 오랜 바람이 마침내 현실로 이루어졌기 때문이다. 그 고요한 대양은 내 쪽에서부터 동쪽으로 1천 리그나 푸르게 넘실대고 있었다.

어떤 감미로운 신비가 감돌고 있는지 알 수 없는 이 바다에 이는 온화하고도 지독한 물결은 그 아래 숨겨진 어떤 영혼의 목소리를 들려주는 듯하다. 그것은 복음서의 저자인 사도요한이 파묻힌 에페수스의 무덤 위 잔디가 파도처럼 굽이쳤다는 전설[505]을 떠올리게 한다. 그리고 이 바다의 목장, 만방에 일렁이는 바다의 대초원, 네 대륙의 '무연고 묘지'[506] 위로 파도가 끝없이 솟았다 가라앉고 밀려왔다 밀려가는 것도 당연한 일이다. 이곳에는 수백만의 어스름과 그림자가 뒤섞여 있고, 꿈과 몽유병과 몽상이 잠겨 있으며, 우리가 목숨과 넋이라고 부르는 모든 것이 고요히 누운 채로 꿈을 꾸기도 하고 침대에 누워 잠든 사람들처럼 뒤척이기도 하기 때문이다. 파도가 끝없이 일렁대는 이유는 도통 잠을 이루지 못해서다.

명상을 즐기는 떠돌이 마기[507]들이 이 고요한 태평양을 한번 보게 된다면, 누구라도 이곳을 자신의 영원한 명상처로 삼을 게 틀림없다. 태평양은 세상의 한가운데서 일렁이고, 인도양과 대서양은 태평양의 양팔에 지나지 않는다. 가장 근래의 인류가 바로 어제 세운 캘리포니아 도시들의 흙무더기를 씻어내린 바로 그 파도가 아브라함보다 오래됐고 쇠락했지만 여전히 아름다운 아시아 섬들의 가장자리를 씻어내리는 동안, 사이사이마다 산호섬들과 끝없이 펼쳐진 나지막한 미지의 군도들, 그리고 진입이 불가능한 일본열도가 은하수인 양 떠 있다. 그러므로 세상이라는 선체 전부를 띠처럼 휘감고 모든 해안을 하나의 만으로 만드는 이 신비하고 신적인 태평양의 파도는 고동치는 지구의 심장과도 같아 보인다. 그 영원한 파도에 들어올려진 사람은 목신牧神 판에게 고개를 조아리며 그 유혹적인 신에게 복종하지 않을 도리가 없다.

하지만 뒷돛대의 삭구 옆에 위치한 익숙한 자리에 철로 된 동상처럼 선 채로 한쪽 콧구멍으로는 무심코 바시군도에서 풍겨오는 달콤한 사향냄새를 들이쉬고(그 달콤한 숲에서는 온순한 연인들이 걷고 있는 게 틀림없었다) 다른 쪽 콧구멍으로는 새로 발견된 바다, 즉 그 혐오스러운 흰 고래가 지금도 헤엄치고 있을 바다에서 풍겨오는 짠 바람을 의식적으로 들이마시고 있는 에이해브의 머릿속에는 판에 대한 생각 따위는 떠오르지 않았다. 마침내 거의 마지막 해역에 진출해서 일본의 고래 어장 쪽으로 미끄러지듯 달려가는 동안 노인네의 결심은 더욱더 강해졌다. 앙다문 입술은 굳게 닫힌 바이스의 양쪽 날과 같았고, 이마의 혈관이 만들어낸 삼각주는 토사가 잔뜩 유입된 개울처럼 부풀어 있었다. 그가 한창 잠든 와중에도 요란하게 내지르는 소리는 천장이 아치형인 선체 전체에 울렸다. "보트를 뒤로! 흰 고래가 걸쭉한 피를 내뿜는다!"

112장

대장장이

온통 검댕이 묻어 있고 물집이 잡혀 있는 늙은 대장장이 퍼스는 이곳 위도에서 위세를 떨치는 온화하고 서늘한 여름 날씨의 힘을 빌리는 동시에 조만간 벌어질 매우 활발한 고래 추격에 대비할 생각에, 에이해브의 다리를 완성한 후에도 이동식 용광로를 다시 화물창에 옮겨놓지 않고 여전히 갑판 위에 모셔둔 채 앞돛대 옆의 고리 달린 볼트에 단단히 동여매두었는데, 그러자 보트 지휘자, 작살잡이, 뱃머리 노잡이 들이 거의 쉴새없이 찾아와서 온갖 무기와 보트용 비품을 바꾸거나 고치거나 개조해달라는 등의 자질구레한 부탁을 해댔다. 그는 종종 보트 삽, 창머리, 작살, 창 등을 손에 든 채로 자신의 차례를 기다리는 무리에 둘러싸이곤 했는데, 그럴 때 그들은 그을음을 묻혀가며 힘들게 일하는 그의 모습을 조심스레 지켜보곤 했다. 그럼에도 이 노인네는 진득한 팔로 진득하게 망치만을 휘둘러댔다. 그는 중얼거리지도 않았고, 조급해하지도 않았으며, 심술을 부리지도 않았다. 고요하고 느리면서도 엄숙한 자세로 고질적으로 굽은 등을 더욱더 구부려가며 꾸준히 힘든 노동을 해나갔다. 마치 힘든 노동 자체가 인생이며, 무겁게 두들겨대는 망치가 무겁게 고동치는 자신의 심장이라도 된다는 듯이. 그리고 사실이 그랬다. 이 얼마나 비참한 일인가!

이 노인네의 독특한 걸음새, 즉 얼마간 고통스러워 보이면서 한쪽으로 기우뚱대는 걸음걸이는 항해 초반에 선원들의 호기심을 적잖이 자극했다. 그리고 그에 대해 선원들이 끈질기고 집요하게 캐묻자 그는 마침내 항복하고 말았다. 그리하여 그의 비참한 운명에 얽힌 부끄러운 이야기가 모두에게 알려지게 되었다.

어느 매서운 겨울밤, 떳떳하지 못한 이유로 밤길을 가게 된 대장장이는 두 시골 마을을 연결하는 길을 달리다가 반쯤 멍한 상태에서 몸에 마비 증세를 느끼고는 다 쓰러져가는 기울어진 헛간으로 숨어들었다. 그 일로, 양쪽 발가락을 잃게 된 것이다. 이러한 고백에 이어, 마침내 한 편의 연극 같은 그의 인생에서 기쁨에 해당할 법한 네 막과 아직 파국에 이르지 않은 길고 긴 다섯번째 막이 연이어 펼쳐졌다.

그는 예순이 가까워진 나이에 슬픔의 전문가들이 파멸이라고 부르는 것과 뒤늦게 맞닥뜨리고 말았다. 그는 솜씨 좋기로 유명한 장인이었고, 일감은 넘치곤 했다. 집과 정원이 있었으며, 딸처럼 젊은 사랑스러운 부인과 쾌활하고 혈색 좋은 세 아이에게 둘러싸여 살았다. 매주 일요일이면 작은 숲속에 있는 즐거운 교회에도 갔다. 하지만 어느 날 밤, 더없이 교활하게 변장한 흉악한 강도가 어둠을 틈타 그의 행복한 가정에 숨어들어와 그들이 가진 모든 걸 털어가버렸다. 게다가 더욱 절망적인 것은, 어리석게도 이 강도를 집안 깊숙이 끌어들인 자가 바로 대장장이 본인이었다는 사실이다. 그 강도란 다름 아닌 '마법사 술병'이었다! 그 치명적인 코르크 마개를 따는 순간, 악마가 뛰쳐나와 그의 가정을 망가뜨려버렸다. 그의 대장간은 신중하고 현명하고 경제적인 이유로 집 지하실에 만들어져 있었지만, 출입구는 집과 따로 나 있었다. 그래서 젊고 사랑스럽고 건강한 그의 부인은 기분 나쁜 초조함이 아닌 활기찬 기쁨을 느끼며 늙은 남편이 젊은 팔로 두들겨대는 힘찬 망치 소리에 늘 귀를 기울일 수 있었다. 그 망치 소리는 마루와 벽을 통과하면서 소리가 작아져 그녀가 있는 아기방에 이르러서는 제법 감미로워졌기 때문에, 대장장이의 아기들은 이 힘찬 '노동'의 강철로 된 자장가를 들으며 곤히 잠들곤 했다.

오오, 비통하고 또 비통한 일이로다! 오오, '죽음'이여, 왜 그대는 한 번도 제때에 찾아오지 못하는가? 그대가 이 늙은 대장장이에게 완전한 파멸이 찾아오기 전에 그를 데려갔더라면, 남편을 잃은 젊은 부인은 향기로운 슬픔에 취했을 것이고, 아이들은 세월이 흐른 후에 참으로 공경할 만하고 전설적인 아버지를 꿈속에서 만났을 것이며, 그들 모두가 평생 걱정하지 않아도 될 만큼의 상당한 재산을 물려받았을 것을. 하지만 '죽음'은 매일같이 휘파람을 불어가며 힘든 노동을 반복하면서 가족의 생계를 전부 부양하는 젊은이의 목숨은 꺾어버렸으면서, 없느니만 못한 이 노인의 목숨은 흉물스럽게 썩어빠져 더 손쉽게 거둬들일 수 있을 때까지 그저 가만히 내버려두었다.

이야기를 다해 무엇하리오? 지하실에서 망치 두들기는 일은 나날이 뜸해져만 갔고, 그 소리 역시 나날이 더 희미해져만 갔다. 부인은 창가에 얼어붙은 듯이 앉아 이제는 눈물도 흐르지 않는 눈을 번득이며 아이들의 우는 얼굴을 가만히 바라보았다. 풀무는 바닥에 나뒹굴고, 용광로는 쇠찌끼로 꽉 막혔으며, 집은 팔렸다. 어미는 풀이 길게 자란 교회 묘지에 파묻혔고, 아이들도 어미를 따라 두 차례[508]나 그곳에 갔다. 그리고 집 잃고 가족도 잃은 노인은 검은 크레이프 천으로 된 상장喪章을 두른 채 휘청대는 발걸음으로 방랑자 생활을 시작했다. 그의 슬픔에 경의를 표하는 사람은 아무도 없었고, 그의 잿빛 머리는 곱슬곱슬한 금발 청년들에게 경멸의 대상이 되고 말았다!

이런 삶에 접어든 자에게는 '죽음'만이 바람직한 수순일 듯하다. 하지만 '죽음'이란 '미지'의 낯선 영역으로 진출하는 것일 따름이다. 엄청나게 '먼 곳' '미개척지' '해원海原' '육지라고는 없는 곳'으로 진출할 가능성에 건네는 첫인사일 뿐인 것이다. 따라서 죽음을 갈망하지만 그래도 내면에는 여전히 자살을 꺼리는 마음이 남아 있는 자의 눈에, 모든 것의 원천이자 모든 것의 귀결인 대양은 상상조차 할 수 없는 매력적인 공포와 새로운 삶을 열어주는 놀라운 모험의 평원을 매혹적으로 펼쳐놓는다. 그리고 무한한 태평양의 한가운데에서 수천의 인어들이 부르는 노랫소리가 들려온다. "이곳으로 와요, 그대 상심한 자여. 여기 목숨이 다하기 전에 죽어버리는 죄책감을 느끼지 않아도 될 또다른 삶이 있어요. 여기 죽지 않고도 또다른 삶을 살 수 있는 초자연적 경이가 있어요. 이곳으로 와요! 미워하고 또 똑같이 미움받는 그대들의 육지 세상이 죽음보다 더 쉽게 잊어버리곤 하는 이곳 삶에 빠져들어요. 이곳으로 와요! 그대의 묘비를 교회 묘지에 세우고, 이곳으로 와서 우리와 결혼해요!"

동쪽과 서쪽에서, 아침 일찍 해가 뜰 때나 저녁에 해가 질 때도 들려오던 이 목소리에 귀를 기울이던 대장장이의 영혼은 대답했다. 아무렴, 가야지! 그리하여 퍼스는 고래잡이 일을 시작하게 되었다.

113장

용광로

정오 무렵에 수염을 잔뜩 헝클어뜨린 퍼스가 뻣뻣한 상어 가죽 앞치마를 두른 채로 강철 같은 통나무 위에 놓인 모루와 용광로 사이에 서서 한 손으로는 창끝을 석탄 속에 들이밀고 다른 손으로는 용광로에 열심히 숨을 불어넣고 있었을 때, 에이해브 선장이 작고 색이 바랜 가죽 포대 하나를 손에 들고 그곳에 나타났다. 하지만 침울한 에이해브는 그쪽으로 걸어오는가 싶더니 용광로에서 조금 떨어진 곳에서 걸음을 멈추었고, 퍼스는 드디어 불속에서 창끝을 끄집어내 모루 위에 놓고는 망치질을 하기 시작했다. 시뻘건 쇳덩어리가 여기저기 커다란 불똥을 튀겨댔고, 그중 몇몇은 에이해브 근처까지 날아갔다.

"퍼스, 이것들은 자네의 바다제비인가? 늘 자네 뒤를 따라다니는군그래. 바다제비들은 길조라고들 하지만 모두에게 그런 것은 아니지. 여길 좀 봐, 불타고 있지 않나. 하지만 자네는 불똥에 둘러싸여 살면서도 그을린 데 하나 없군."

"왜냐면 저는 온몸이 그을렸으니까요, 에이해브 선장님." 퍼스가 잠시 망치에 몸을 기대고는 대답했다. "그을리던 시절은 벌써 다 지났죠. 화상자국을 다시 그을리기는 쉽지 않아요."

"그래, 그래. 그 얘기는 그만 됐네. 자네의 주눅든 목소리는 너무 담담하고 너무 멀쩡해서 오히려 애처롭게 들리는군. 나도 '천국'에 사는 사람은 아니네만, 아직 미치지 않은 다른 이들의 고통을 보면 당최 견딜 수가 없단 말이야. 대장장이 자네는 미치는 게 당연한데 왜 미치지 않는 거지? 어떻게 미치지 않고 버틸 수 있느냔 말이야? 아직은 하늘이 자네를 미워하기 때문에 미칠 수 없는 건가? 그런데 거기서 뭘 만들고 있었지?"

"낡은 창끝을 용접하고 있었습니다, 선장님. 갈라지고 찌그러졌거든요."

"대장장이 자네는 그렇게 거칠게 사용한 것도 다시 완전히 매끈하게 만들 수 있나?"

"아마도요, 선장님."

"그렇다면 대장장이 자네는 갈라지고 찌그러진 금속이 아무리 단단한 재질이라도 다시 매끈하게 만들 수 있겠군그래?"

"그럼요, 선장님. 아마 가능할 겁니다. 갈라지고 찌그러진 것이라면 뭐든지 가능하죠. 단, 한 가지만 빼고요."

"그렇다면 이걸 좀 봐주게." 에이해브가 열정적으로 다가가 퍼스의 어깨에 양손을 올리며 외쳤다. "이걸 좀 봐주게나. 이것 말이야. 대장장이 자네는 이렇게 갈라진 주름도 말끔히 펼 수 있겠나?" 에이해브가 한 손으로 골이 진 이마를 쓸어내리며 말했다. "만일 대장장이 자네가 그렇게 해줄 수만 있다면, 나는 기꺼이 내 머리를 자네의 모루에 올리고 자네가 있는 힘껏 내리치는 망치를 양미간으로 받아내겠네. 어서 대답해! 자네는 이 갈라진 주름을 펴줄 수 있나?"

"이런! 선장님, 그게 바로 제가 말했던 한 가지입니다! 제가 갈라지고 찌그러진 것 중에 한 가지 안 되는 게 있다고 말씀드리지 않았던가요?"

"그래, 바로 이것이었군. 그렇지, 대장장이. 이건 말끔히 펼 수 있는 게 아니지. 비록 자네 눈에는 내 피부에 드러난 주름밖에는 안 보이겠지만 그건 사실 내 두개골 속까지 침투했으니 말이야. 그 속은 온통 주름투성이라네! 하지만 어린애 장난은 그만 집어치우게. 갈고리랑 창 만드는 일은 이제 그만 접으라고. 이걸 좀 보게!" 그는 가죽 포대에 금화가 가득차 있기라도 한 양 그것을 짤랑거렸다.

"나한테도 작살을 하나 만들어줬으면 싶네. 천 마리의 마귀가 쳐들어와도 갈라지지 않고, 고래에게 박히면 녀석의 지느러미뼈라도 된 양 뽑히지 않을 물건으로 말이야. 이걸 재료로 한번 만들어보게." 에이해브가 포대를 모루 위로 내던졌다. "이보게, 대장장이. 이것들은 경주마들의 편자에 사용되는 낡은 못을 모은 것이라네."

"낡은 편자 못이라고요, 선장님? 원 세상에나, 그렇다면 에이해브 선장님은 우리 대장장이들이 최고로 치는 가장 단단한 재료를 가지고 계시군요."

"바로 그렇다네, 영감. 이 편자 못들은 살인자들의 뼈를 녹여 만든 아교처럼 서로 잘 붙을 거야. 어서! 내게 작살을 만들어주게. 우선 자루 부분이 될 쇠막대기 열두 개를 만든 다음, 그것들을 예인줄 가닥처럼 감고 비틀어서 망치로 두들기게. 서두르라고! 풀무질은 내가 하지."

마침내 쇠막대기 열두 개가 만들어지자, 에이해브는 그것들을 길고 무거운 강철 빗장에 하나하나씩 손수 휘감으며 시험해봤다. 그러고는 마지막 쇠막대기를 내동댕이치며 말했다. "불량품이 하나 있군! 퍼스, 이건 다시 만들게."

작업을 끝낸 퍼스가 쇠막대기 열두 개를 하나로 용접해 붙이려 했을 때, 에이해브가 그를 말리며 자신의 작살은 자기가 직접 용접하겠다고 했다. 그러고선 그가 주기적으로 헉헉 숨을 내쉬며 모루를 망치로 내리치는 동안, 퍼스는 그에게 시뻘건 쇠막대기를 하나씩 차례로 건네줬다. 열심히 풀무질을 해댄 용광로가 강렬한 불꽃을 수직으로 내뿜자 조용히 지나가던 파르시가 불을 향해 고개를 조아렸는데, 마치 그 노역에 대해 무슨 저주나 축복이라도 비는 듯했다. 하지만 에이해브가 올려다보자 한쪽으로 슥 사라져버렸다.

"저 루시퍼 놈들[509]은 왜 저기서 요리조리 몸을 피하는 거지?" 스터브가 앞갑판에서 그 모습을 지켜보다가 중얼거렸다. "저 파르시 놈은 딱성냥처럼 불 냄새를 맡으면서, 저 스스로도 달아오른 머스킷총의 화약통 같은 냄새를 피운단 말이지."

마침내 여러 개의 쇠막대기가 합쳐져 하나가 된 자루 부분에 마지막 열이 가해졌다. 퍼스가 그것을 담금질하기 위해 옆에 있던 물통에 담그자 쉭쉭거리는 소리와 함께 델 듯이 뜨거운 수증기가 허리를 굽히고 있던 에이해브의 얼굴로 솟아올랐다.

"퍼스, 나한테 낙인을 찍으려는 건가?" 에이해브가 고통으로 잠시 움찔하는 표정을 지었다. "그렇다면 나는 지금까지 나한테 낙인을 찍을 쇠도장을 만들고 있었던 셈이로군?"

"원 세상에나, 아닙니다. 그래도 뭔가 두려운 기분은 드네요, 에이해브 선장님. 이 작살은 흰 고래를 죽이기 위한 것이 아니던가요?"

"흰 악마를 죽이기 위한 것이지! 그건 그렇고, 이제 작살촉 차례야. 그건 자네가 직접 만들어야만 하네. 여기 내 면도날이 잔뜩 있네. 최고급 강철로 만들어진 것이지. 이걸로 '얼음바다'에 내리는 바늘 같은 진눈깨비만큼이나 날카로운 작살촉을 만들어주게."

늙은 대장장이는 선뜻 사용하기가 꺼려진다는 듯이 잠시 그 면도날들을 바라보았다.

"자, 어서 받게. 난 이것들이 필요 없어. 이제 난 면도도 하지 않고 밥도 먹지 않고 기도도 하지 않을 작정이니까. 적어도 그 순간이 오기 전까지는—하여튼 어서 받게. 작업을 시작하라고!"

마침내 퍼스가 화살 모양으로 만들어진 작살촉을 자루에 용접하자 작살 끄트머리가 뾰족해졌다. 담금질을 하기 전에 작살촉에 마지막 열을 가하려던 대장장이는 에이해브에게 물통을 옆에 놓아달라고 큰 소리로 부탁했다.

"아닐세, 아니야. 물은 필요 없네. 나는 진정한 죽음의 담금질을 원해. 어어이, 거기! 타시테고, 퀴퀘그, 다구! 자 어떤가, 이 이교도 놈들아! 이 작살촉을 담글 수 있을 만큼 피를 주지 않겠나?" 에이해브가 작살촉을 높이 치켜든 채로 말했다. 한 무리의 시커먼 이교도들은 그러겠노라며 고개를 끄덕였다. 이교도들의 살갗에 세 개의 구멍이 뚫렸고, 그리하여 흰 고래를 죽일 작살촉은 담금질을 마쳤다.

"하느님 아버지의 이름이 아닌 악마의 이름으로 그대에게 세례를 주노라!" 악의에 찬 작살촉이 세례의 피를 태울 듯이 집어삼키는 동안 에이해브가 무아지경의 상태로 울부짖었다.

그런 다음 에이해브는 아래에서 여분의 막대기를 모아 오게 해서 그중 아식나무껍질이 붙어 있는 히커리 재목을 고르고는 그 끝을 작살대 구멍에 맞춰봤다. 그러고서 둘둘 말려 있던 새 예인줄을 풀어 몇 패덤을 권양기에 감고는 팽팽해질 때까지 세게 잡아당겼다. 에이해브는 예인줄이 하프 줄처럼 윙윙거릴 때까지 발로 누른 다음 그 위로 고개를 숙여 꼬인 부분이 없는지를 확인하고는 외쳤다. "좋아! 이제 밧줄을 동여맬 차례다."

예인줄의 한쪽 끝을 풀어 갈래갈래 풀어진 가닥들을 작살 구멍 주위로 겹겹이 감은 다음 막대기를 구멍에 힘껏 끼워넣었다. 줄의 나머지 부분은 막대기의 중간쯤 되는 위치까지 늘어뜨린 다음 거기에 이리저리 휘감아 단단히 고정했다. 이 일이 끝나자 막대기와 작살대와 밧줄은—운명의 세 여신처럼—뗄 수 없는 관계가 되어버렸다. 그리고 에이해브가 자신의 무기와 함께 울적하게 성큼성큼 갑판을 걸어가자 그때마다 고래뼈 다리와 히커리 막대기가 내는 소리가 온통 공허하게 울려퍼졌다. 하지만 그가 선장실로 들어가기에 앞서 가볍고 부자연스러우며 반쯤 희롱하는 듯하면서도 더없이 애처로운 소리가 들려왔다. 아아, 핍! 너의 그 가련한 웃음, 그 게으르면서도 불안해하는 눈빛이란.

너의 기이한 무언극은 우울한 배의 어두컴컴한 비극과 꽤나 의미심장하게 뒤섞여 그것을 조롱하고 있었다!

114장

금박공

일본의 고래 어장 한가운데로 점점 깊이 파고들자 피쿼드호는 이내 고래잡이로 온통 활기를 띠게 되었다. 온화하고 쾌청한 날이면 종종 열두 시간이나 열다섯 시간, 열여덟 시간이나 스무 시간 동안 연이어 보트에 올라 계속해서 노를 저으며 고래를 쫓기도 했고, 육십 분이나 칠십 분쯤 되는 막간의 시간 동안 고래가 떠오르길 가만히 기다리기도 했다. 하지만 그러한 수고에는 딱히 보답이 따르지 않았다.

기세가 누그러진 태양 아래서 부드럽고 느릿하게 들썩이는 물결 위를 하루 종일 떠다닐 때, 자작나무 카누만큼이나 가벼운 보트에 앉아 벽난롯가의 고양이처럼 뱃전에 와 부딪히며 가르랑거리는 부드러운 파도와 사이좋게 어울릴 때, 시간은 백일몽에 잠긴 정적같이 흘러간다. 대양의 겉모습이 지닌 평온한 아름다움과 광휘를 바라보고 있노라면 그 아래서 쿵쾅대는 호랑이의 심장은 까맣게 잊히고, 이 벨벳 같은 발이 무자비한 발톱을 숨기고 있다는 사실은 기꺼이 도외시하게 된다.

바로 이때, 포경 보트에 탄 방랑자는 바다에 대해 자식이 부모에게 품는 신뢰를 느끼고 바다를 슬슬 육지처럼 여기게 된다. 그럴 때 그에게 바다란 꽃으로 뒤덮인 땅이나 마찬가지다. 저멀리 돛대 꼭대기만 보이는 배도 높게 일렁이는 파도가 아닌 대초원에서 일렁이는 키 큰 풀들을 헤치며 나아가는 듯 보인다. 서부의 이민자들이 탄 말이 감탄이 절로 나오는 신록 사이를 이리저리 헤치며 나아갈 때 몸은 가려져 보이지 않고 쫑긋 솟은 귀만 보이는 것처럼 말이다.

길게 드리워진 자연 그대로의 계곡, 그리고 온화하고 푸른 산비탈. 그 위로 침묵과 윙윙대는 소리가 살며시 찾아들면, 숲에서 꽃을 따는 계절인 찬란한 5월에 놀다 지친 아이들이 이 쓸쓸한 황야에 드러누워 잠든 것만 같다고 거의 확신하게 된다. 또한 이 모든 것이 더없이 신비로운 기분과 뒤섞이고, 그리하여 사실과 환상이 그 중간쯤 어딘가에서 조우해 서로 완전히 스며들어 이음매 없는 하나의 전체를 이룬다.

일시적이나마 마음을 달래주는 이러한 광경은 에이해브에게도 일시적인 영향을 미칠 수밖에 없었다. 하지만 이 비밀의 황금 열쇠가 에이해브의 마음속에 있는 비밀의 황금 금고를 연 것처럼 보였다 할지라도, 그가 그 위로 내뿜는 숨결은 황금의 광택을 흐리게 만들 뿐이었다.

"오오, 풀로 뒤덮인 숲속의 빈터여! 오오, 영혼 안에 자리한 영원히 젊고 한없는 풍경이여. 비록 인간들은 세속적 삶에서 지독한 가뭄에 시달려 바싹 말라버린 지 오래지만, 그들은 그대 안에서 아침에 새로 돋아난 클로버 위를 뒹구는 망아지처럼 뒹굴 수 있고, 그저 스쳐지나가는 짧은 순간이나마 그 클로버 위에 내린 차가운 이슬이 품은 불멸의 생명력을 느낄 수 있다. 부디 신께서 이 축복받은 평온을 지속시켜주시길. 하지만 서로 얽치고 덮치는 인생의 실은 씨실과 날실로 엮이는 법이다. 평온이라는 실을 폭풍이라는 실이 가로질러, 모든 평온에는 폭풍이 찾아든다. 인생에서 온 길을 되돌아가지 않고 계속해서 전진하는 일이란 존재하지 않는다. 우리는 일정한 단계를 거치며 앞으로 나아가다가 마지막 단계에 이르러 정지하는 게 아니다. 그러니까 유아기의 무의식적 마법, 소년기의 경솔한 신념, 청소년기의 의심(흔해빠진 비운)을 거쳐서 회의주의, 그리고 또 불신을 거쳐 마침내 '만약에' 하고 곰곰이 따져보는 성년기의 휴식에 접어드는 게 아니라는 말이다. 그러기는커녕 그 과정을 전부 통과하고 나면 또다시 처음부터 그걸 반복하게 된다. 유아기, 소년기, 그리고 성년기와 '만약에'가 영원히 이어진다. 우리가 더는 닻을 올리지 않아도 될 마지막 항구는 대체 어디에 있는가? 가장 지친 사람도 더는 지치지 않을 세상은 어떤 황홀한 창공을 항행하는가? 버림받은 자식의 아버지는 어디에 숨어 있는가? 우리의 영혼은 출산중에 죽어버린 미혼모에게서 난 고아와도 같다. 우리 아버지의 비밀은 어머니의 무덤에 함께 묻혀 있으니 그것을 알기 위해서는 무덤으로 가야만 한다."

그리고 바로 그날, 보트의 뱃전에서 바로 그 똑같은 황금빛 바다를 깊이 내려다보던 스타벅도 낮은 목소리로 중얼거렸다.

"연인이 젊은 신부의 눈을 바라보며 느끼는, 그 바닥 모를 사랑스러움이여! 이빨이 줄지어 난 그대의 상어들, 먹이를 납치하는 그대의 식인종 같은 방식에 대해 내게 지껄이지 마라. 신념으로 하여금 사실을 몰아내고, 환상으로 하여금 기억을 몰아내게 하라. 나는 깊은 바닷속을 내려다보며 그럴 거라고 믿는다."

그리고 스터브는 바로 그 똑같은 황금빛 속에서 마치 한 마리 물고기처럼 비늘을 반짝이며 뛰어올랐다.

"나는야 스터브, 스터브도 나름의 내력이 있지. 하지만 여기서 맹세하건대, 스터브는 언제나 유쾌하게 살아왔다네!"

115장

피쿼드호가 배철러호를 만나다

에이해브의 작살이 만들어진 지 몇 주가 지난 어느 날, 더할 나위 없이 유쾌한 광경과 소리가 순풍을 타고 우리 쪽으로 돌진해 왔다.

그것은 '배철러'[510]라는 이름의 낸터킷 배였는데, 방금 마지막 기름통을 밀어넣고 터질 듯한 화물창에 빗장을 걸고는, 고향으로 뱃머리를 돌리기 전에 유쾌한 축제용 복장으로 갈아입고 약간 허세를 떨면서도 즐거워하는 마음으로 어장에 넓게 흩어져 있는 배들 사이를 항해하는 중이었다.

돛대 꼭대기에 서 있는 세 남자가 쓴 모자에는 좁고 기다란 모양의 붉은 장식천이 달려 있었다. 선미에는 포경 보트 한 척이 거꾸로 매달려 있었고, 제1사장에는 그들이 마지막으로 죽인 고래의 기다란 아래턱이 포로인 양 매달려 있었다. 배의 삭구 여기저기에는 온갖 색깔의 신호기와 국기와 선수기가 매달려 펄럭였다. 세 돛대 꼭대기의 망루마다 옆에 고래기름이 두 통씩 매달려 있고, 중간돛대의 여러 활대에도 그 귀중한 액체를 담은 가느다란 통들이 매달려 있는 게 보였으며, 돛대 꼭대기 위 둥근 목관에는 놋쇠로 된 등잔이 못으로 고정되어 있었다.

나중에야 알게 된 사실이지만, 배철러호는 실로 경이로운 성공을 거둔 배였다. 더욱 놀라운 사실은, 그동안 같은 어장을 항해했던 다른 수많은 배들은 몇 달이 지나도록 물고기 한 마리도 잡지 못했다는 점이었다. 배철러호는 쇠고기와 빵을 담은 통들을 그보다 훨씬 소중한 고래기름을 담기 위해 포기했을 뿐만 아니라, 심지어 다른 배들과 물물교환을 해 여분의 통까지 얻어 갑판을 통으로 가득 채우고도 모자라 선장실과 간부 선원들의 침실까지도 내줘야 했던 것이다. 심지어 선실의 식탁도 부서뜨려 불쏘시개로 쓴 탓에 선실 중앙에 장식물로 고정해놓은 기름통의 널찍한 뚜껑 위에서 식사를 해야 했다. 앞갑판 선실의 선원들은 실제로 사물함의 빈틈을 메우고 거기 송진을 바른 다음 그 속을 기름으로 채웠다. 그리고 농담삼아 들려준 말에 따르면, 요리사는 가장 큰 솥에 기름을 채우고는 뚜껑을 쾅 닫아버렸고, 사환은 여분의 커피 주전자에 기름을 채우고는 구멍을 틀어막았으며, 작살잡이들은 작살대 구멍 안에 기름을 채우고는 그 구멍을 막았다고 했다. 그리하여 선장의 바지 주머니를 빼고는 실로 모든 게 고래기름으로 채워졌는데, 그 바지 주머니만은 선장이 양손을 찔러넣어 엄청난 만족감을 내보일 목적으로 남겨두었다고 했다.

이 유쾌한 행운의 배가 우울한 피쿼드호를 향해 돌진해 오자, 그 배의 앞갑판에서 거대한 북을 두들겨대는 야만적인 소리가 들려왔다. 거리가 더욱 좁혀지자 여러 명의 선원이 거대한 기름솥 주변에 모여 서 있는 모습이 눈에 들어왔다. 기름솥 윗부분은 검은 고래에게서 얻은 양피지 같은 포대, 즉 위장의 껍질로 덮여 있었는데, 그것은 선원들이 단단히 움켜쥔 손으로 두들겨댈 때마다 크게 웅웅거리는 소리를 냈다. 뒷갑판에서는 항해사와 작살잡이들이 폴리네시아군도에서 그들과 눈이 맞아 도망쳐온 올리브빛 여인들과 함께 춤을 추고 있었다. 앞돛대와 큰 돛대 사이에는 화려하게 장식된 보트 한 척이 단단히 고정된 채 높이 매달려 있고, 롱아일랜드에서 온 검둥이 셋이 고래뼈로 만든 바이올린 활을 번쩍이면서 유쾌한 지그 춤곡의 연주를 맡았다. 그러는 동안 배의 다른 선원들은 거대한 솥을 치우고 난 정유 작업장 앞에서 바쁘고 떠들썩하게 일하고 있었다. 이제는 무용지물이 된 석조물의 벽돌들이 바다로 내던져질 때 나는 거친 외침을 들었더라면, 그들이 저주받은 바스티유 감옥[511]이라도 무너뜨리고 있는 줄로 착각했을 것이다.

이 모든 광경의 지배자이자 주재자인 선장은 뒷갑판 드높은 곳에 우뚝 서 있었고, 그리하여 기쁨으로 가득한 이 연극은 모두 그의 눈앞에서 상연되었으며, 오로지 선장 자신의 여흥만을 위해 마련된 것처럼 보였다.

에이해브 또한 뒷갑판에 서 있었지만, 텁수룩하고 검은 그의 얼굴에는 완고한 우울함이 서려 있었다. 그리고 두 배가—하나는 과거의 일에 대해 온통 의기양양해하고, 다른 하나는 앞으로 찾아올 일에 대해 온갖 불길한 예감을 표하며—서로의 항적을 가로지를 때, 두 선장도 그처럼 극렬히 대조적인 풍경을 그대로 구현하고 있었다.

"우리 배로 오시오, 어서 이리로!" 유쾌한 배철러호의 선장이 잔과 술병을 번쩍 들어올리며 외쳤다.

"흰 고래를 보았소?" 에이해브가 대답 대신 이를 갈며 말했다.

"보지 못했소. 얘기야 들어봤지. 하지만 나는 녀석의 존재를 전혀 믿지 않소이다." 다른 쪽 선장이 명랑한 목소리로 말했다. "우리 배로 오시라니깐!"

"당신은 유쾌해도 너무 유쾌하군. 가던 길이나 계속 가시오. 선원은 잃지 않았소?"

"딱히 잃지는 않았소. 그래봤자 섬사람 둘이 다니까. 어쨌든 이리로 오시게, 진지한 선장 양반. 어서 오래도. 내가 그 이마에 낀 먹구름을 당장 걷어내주겠소. 어서 오시게나(아주 즐거운 연극이 펼쳐지고 있으니). 마침 만선으로 귀향하는 길이라오."

"바보들은 정말이지 놀랍도록 허물없이 군단 말이야!" 에이해브가 중얼거리고는 다시 큰 소리로 말했다. "당신은 만선으로 귀향하는 길이라지만, 나는 빈 배로 바다를 향해 나아가는 길이오. 그러니 당신은 당신 갈 길이나 가시오, 나는 내 갈 길을 갈 테니. 자, 앞으로! 돛을 모두 펼치고 바람 불어오는 쪽을 향해 전진!"

이리하여 한쪽 배는 순풍을 받으며 기분좋게 나아가는 동안, 다른 쪽 배는 완고하게 바람을 거스르며 나아갔고, 그렇게 두 배는 서로 헤어졌다. 피쿼드호의 선원들은 멀어져가는 배철러호를 향해 오래도록 심란한 시선을 보냈지만, 한창 흥청망청 떠들고 놀기 바쁜 배철러호의 선원들은 이쪽으로 눈길 한번 돌리지 않았다. 그리고 선미의 난간에 기대어 있던 에이해브는 고향으로 돌아가는 배를 바라보다 말고 주머니에서 모래가 든 작은 유리병을 꺼내 배와 유리병을 번갈아 바라보았는데, 전혀 연관성이 없는 그 둘을 한데 엮어서 생각해보려는 것 같았다. 그 유리병의 모래는 낸터킷 앞바다에서 퍼온 것이었기 때문이다.

116장
죽어가는 고래

우현 쪽으로 행운의 총애를 받는 배가 가까이 지나가면 그전까지 다들 고개를 푹 숙이고 있다가도 갑자기 불어오는 산들바람에 우리의 자루 같은 돛이 부풀어오르는 듯해 기뻐하게 되는 순간이 인생에서 그리 드물지만은 않다. 피쿼드호의 경우도 그런 듯 보였다. 유쾌한 배철러호를 만난 바로 다음날 고래를 네 마리 보았으며, 그 네 마리를 다 잡았기 때문이다. 그중 한 마리는 에이해브가 잡았다.

늦은 오후였다. 여기저기 창이 날아다니는 핏빛 싸움이 모두 끝났을 때, 태양과 고래는 각기 아름답게 석양이 진 바다와 하늘에 뜬 채로 함께 조용히 목숨을 거두었다. 그러자 그 장밋빛 대기 속으로 정말이지 달콤하고 구슬픈 무엇, 그 모두를 뒤섞는 기도 같은 것이 뭉게뭉게 피어올랐는데, 마치 저멀리 마닐라제도의 깊고 푸른 계곡에 있는 수녀원에서 스페인풍의 뭍바람이 제멋대로 선원으로 변해 이 저녁 기도용 찬송가를 싣고 바다로 나온 것 같아 보일 정도였다.

고래에게서 물러나 다시 마음을 진정시켰지만, 진정된 만큼 더욱 침울해진 에이해브는 이제 평온을 되찾은 보트에 앉아 고래가 마지막으로 몸을 버둥거리는 모습을 골똘히 지켜보았다. 모든 향유고래가 죽을 때 보여주는 기이한 광경—머리를 태양 쪽으로 돌린 채 숨을 거두는 것—을 그처럼 물결이 잔잔한 저녁에 보고 있던 에이해브는 어째서인지 예전에 미처 알지 못했던 경이로움을 느꼈기 때문이다.

"고래가 자꾸만 몸을 태양 쪽으로 돌리는구나. 느리지만 단호하게, 숨을 거둬가면서도 마지막으로 몸을 움직여 경의와 염원을 담은 이마를 들이미는구나. 고래도 불을 숭배하는구나. 더없이 충실하고 광대하고 당당한 태양의 신하여! 오오, 내 눈은 너무나도 복된 것이어서 이다지도 복된 광경을 보게 되는구나. 보라! 저멀리까지 물로 가득차 있고, 인간의 행불행을 떠드는 모든 소리 너머에 있으며, 더없이 솔직하고 공평한 이 바다를. 예로부터 명판을 세울 바위라곤 찾아볼 수 없고, 중국의 역사만큼이나 오랜 세월을 굽이쳐온 파도가 나이저강[512]의 알려지지 않은 수원 위로 빛나는 별들만큼이나 말없이, 또한 말 걸어주는 길동무도 없이 지금도 여전히 굽이치고 있는 이 바다를. 이곳에서도 생명은 신념을 가득 품은 채 태양을 향하고서 죽는다. 하지만 보라! 죽자마자 죽음이 사체를 빙그르 돌려 머리가 다른 쪽을 향하게 하는구나.

오오, 자연의 절반인 그대 어둠의 힌두교도여, 그대는 익사자들의 뼈로 이 풀 한 포기 없는 바다 한복판에 그대만의 옥좌를 만들어두었다. 이교도인 그대 왕비는 세상을 풍비박산내는 태풍과 태풍이 지나간 후 고요 속에서 치러지는 숨죽인 매장을 통해 지나칠 정도로 솔직한 이야기를 건네는구나. 그대의 고래가 죽어가는 머리를 태양 쪽으로 돌렸다가 다시 방향을 돌린 것도 내게 가르침을 준다.

오오, 세 겹으로 테를 두르고 용접해 붙인 힘센 허리여! 오오, 높이 치솟는 무지개 같은 물기둥이여! 저 고래는 용을 쓰고, 이 고래는 헛되이 물기둥을 내뿜는구나! 오오 고래여, 모든 것을 되살아나게 하는 저기 저 태양에게 탄원해봤자 부질없는 일이다. 저 태양은 생명을 불러일으키기만 할 뿐, 다시 주진 않으니. 그러나 세상의 반쪽인 그대 어둠이여, 그대는 더욱 어둡지만 더욱 의기양양한 신념으로 나를 뒤흔든다. 말로 표현할 수 없는 그대의 온갖 혼돈이 여기 내 발아래 떠 있다. 나는 한때 산 생명이었지만 공기처럼 증발해 지금은 물이 된 것들의 숨결에 의지해 물위에 떠 있다.

그러니 오오 바다여, 만세, 영원히 만세. 영원히 흔들리는 파도로 바닷새들의 유일한 안식처를 마련해주는 바다여. 나는 육지에서 태어났지만 내게 젖을 물린 것은 바다다. 비록 나를 어머니처럼 보살펴준 것은 언덕과 계곡이지만, 나와 같은 젖을 먹고 자란 내 형제는 바로 그대 큰 파도다!"

117장

고래 불침번

그날 저녁에 잡은 고래 네 마리는 서로 멀리 떨어진 곳에서 죽었다. 하나는 멀리 바람 불어오는 쪽에, 하나는 그보다 덜 먼 바람 불어가는 쪽에, 하나는 뱃머리 쪽에, 하나는 선미 쪽에. 뒤에서 세 마리까지는 해가 떨어지기 전에 뱃전으로 끌고 왔지만, 바람 불어오는 쪽에 있던 고래는 아침이 되기 전까지는 끌고 올 수가 없었다. 그래서 그 고래를 잡은 보트가 녀석의 곁을 밤새 지켰는데, 바로 에이해브의 보트였다.

죽은 고래의 분수공에는 신호기 장대가 꼿꼿이 박혀 있었다. 그리고 그 위에 매달린 등불은 검고 번지르르한 고래 등 위로 심하게 흔들리는 불빛을 드리우고 있었고, 해변에 밀려오는 부드러운 파도처럼 고래의 널찍한 옆구리를 부드럽게 쓸어내리는 한밤중의 파도를 멀리까지 비추고 있었다.

보트에 탄 에이해브와 그의 선원들은 모두 잠든 듯 보였으나 파르시만은 예외였다. 그는 뱃머리 쪽에 쭈그리고 앉아 상어들이 고래 주변을 유령처럼 맴돌며 장난삼아 꼬리로 보트의 가벼운 삼나무 널빤지를 톡톡 치는 것을 가만히 바라보고 있었다. 고모라의 용서받지 못한 유령들이 '아스팔티테스 호수'[513] 위로 떼 지어 지나가며 내는 신음소리 같은 것이 몸서리를 치며 대기를 뚫고 지나갔다.

깜짝 놀라 선잠에서 깨어난 에이해브는 파르시와 얼굴을 마주한 채 그를 바라보았다. 밤의 어둠에 빙 둘러싸인 그들은 대홍수가 난 세상의 마지막 생존자들 같아 보였다. "또 그 꿈을 꿨어." 에이해브가 말했다.

"관이 나오는 꿈이요? 영감님, 관이든 널이든 영감님 것일 리 없다고 제가 말씀드리지 않았던가요?"

"그런데 바다에서 죽고 입관되는 사람이 누가 있단 말인가?"

"하지만 영감님, 저는 영감님이 이번 항해에서 죽으려면 바다에서 분명 두 개의 관을 봐야만 할 거라고 말씀드렸습니다. 첫번째 관은 인간의 손으로 만들어진 것이 아니며, 두번째 관의 목재는 외관상 분명 미국에서 자란 나무에서 가져온 것일 거예요."

"그래, 아무렴! 이봐 파르시. 정말 기이한 광경이란 말이야. 깃털로 뒤덮인 관이 바다 위로 떠가고, 파도는 그 옆을 따르고 있다니. 하! 정말이지 좀처럼 보기 힘든 광경이 아닌가."

"믿기 힘드시겠지만 영감님은 제가 말한 그 광경을 보기 전까지는 죽을 수 없을 겁니다."

"그리고 자네에 대해서는 뭐라고 말했다고 했지?"

"마지막 순간에 이르러서도 제가 영감님의 수로안내인으로서 여전히 영감님보다 앞서나갈 거라고 했습니다."

"그리고 자네가 나보다 훨씬 앞서나갔을 때—만에 하나 그런 일이 생기기라도 한다면—내가 따라가기 전에 자네가 반드시 내 앞에 나타나 나를 안내해준다 그 말이지? 그렇게 말하지 않았던가? 그래, 나는 자네의 말을 모두 믿었어, 오오 나의 수로안내인이여! 여기서 나는 두 가지 맹세를 하겠네. 내 손으로 모비 딕을 죽이고, 그런 뒤에도 살아남겠노라고."

"영감님, 한 가지 더 맹세하세요." 파르시가 어둠 속의 반딧불이처럼 두 눈을 반짝이며 말했다. "영감님을 죽일 수 있는 건 오직 삼줄뿐이라고도요."

"교수대 말인가. 그렇다면 나는 육지에서나 바다에서나 모두 불멸하겠군." 에이해브가 조소어린 웃음과 함께 외쳤다. "육지에서나 바다에서나 모두 불멸이라고!"

두 사람은 다시 일제히 침묵했다. 잿빛 새벽이 다가오자 보트 밑바닥에 누워 선잠에 빠져 있던 선원들이 일어났고, 죽은 고래는 정오가 되기 전에 배로 끌려왔다.

118장

사분의

마침내 적도에서 고래잡이를 하는 철이 가까워졌다. 에이해브가 매일같이 선실 밖으로 나와 위를 쳐다볼 때마다 잠시도 방심하지 않는 키잡이는 여봐란듯이 키의 바큇살을 돌리고, 열성적인 선원들은 재빨리 아딧줄로 달려가 그곳에 단단히 박혀 있는 스페인 금화를 맹렬히 주시하며 서 있었다. 그들은 피쿼드호의 뱃머리를 적도로 돌리라는 명령이 떨어지기만을 초조하게 기다렸다. 때가 되자 명령이 떨어졌다. 거의 정오가 가까워 왔을 무렵이었다. 에이해브는 높이 매달아놓은 보트의 뱃머리에 앉아 여느 때와 같이 태양을 관측하여 위도를 재려던 중이었다.

그런데 그 일본 해역에서는 여름날이면 눈부신 햇살이 불어난 물이라도 되는 양 세차게 쏟아진다. 눈 한 번 깜박하지 않는 일본의 강렬한 태양은 유리 같은 바다가 만들어낸 거대한 볼록렌즈의 초점에 모인 이글거리는 빛 같다. 하늘은 옻칠을 한 듯하고, 구름은 단 한 점도 찾아볼 수 없으며, 수평선은 그저 둥둥 떠다닌다. 변함없이 이어지는 노골적인 이 광채는 신의 옥좌에서 쏟아져나오는 견딜 수 없는 광휘 같다. 에이해브의 사분의[514]에 색안경이 장착되어 있는 것도 당연한 일이었다. 에이해브는 그 색안경으로 태양의 불길과 눈을 맞추었다. 그리하여 에이해브는 앉은 상태로 배의 흔들림에 따라 이리저리 흔들리면서 점성술용 물건 같은 기구를 눈에 갖다댄 채 태양이 정확히 자오선에 도달하는 정확한 순간을 포착하고자 한동안 그 자세를 유지하고 있었다. 에이해브가 주의력을 온통 그 일에 쏟고 있는 동안, 파르시는 에이해브 바로 아랫부분의 갑판에 무릎을 꿇고는 에이해브처럼 얼굴을 쳐든 채로 그와 함께 바로 그 똑같은 태양을 바라보고 있었다. 다만 그의 눈동자는 눈꺼풀로 반쯤 덮여 있었고, 거친 얼굴은 세상의 냉정함에 압도되었다는 차이가 있었을 뿐이다. 마침내 제대로 된 관측이 이루어졌고, 연필로 고래뼈 다리 위에 뭔가를 끼적이던 에이해브는 머지않아 그 순간 자신이 위치한 위도를 계산해냈다. 그러고는 잠시 몽상에 잠기는가 싶더니, 다시 고개를 들어 태양을 바라보며 혼자 중얼거렸다. "그대 항로 표지여! 하늘 높은 곳에 있는 거대한 수로안내인이여! 그대는 실로 내가 지금 어디에 있는지를 말해준다. 그런데 그대는 내가 어디에 있어야 할지에 대해 최소한의 암시라도 줄 수 없는 것인가? 아니면 그대는 나 말고 다른 존재가 이 순간 어디에 살고 있는지에 대해 말해줄 수는 없는 것인가? 모비 딕은 어디 있는가? 이 순간에도 분명 그대는 녀석을 보고 있을 것이다. 내 눈은 심지어 지금도 녀석을 바라보고 있는 그대의 눈을 응시하고 있다. 그래, 심지어 지금도 그대 저편에 위치한 미지의 영역에 있는 대상들을 동시에 바라보고 있는 그대의 눈을 응시하고 있단 말이다, 그대 태양이여!"

그러고선 사분의를 바라보며 거기 달린 수많은 불가사의한 장치를 하나씩 차례로 만지작거리더니, 다시 생각에 잠겼다가 중얼거렸다. "바보 같은 장난감! 오만한 제독과 사령관과 선장 들이 갖고 노는 애들 노리개 같으니라고. 세상은 너, 그리고 네가 가진 꾀와 힘에 대해 허풍을 떨어댄다. 하지만 너 자신과 너를 손에 들고 있는 존재가 우연히도 그때 이 광활한 지구 어디에 있는지, 그 가련하고 한심한 위치를 알려주는 것 말고 네가 할 수 있는 일이 또 뭐가 있단 말인가. 없어! 그것 말고는 아무것도 없지! 너는 한 방울의 물, 한 줌의 모래가 내일 정오에 어디 있을지도 알려주지 못한다. 그런데도 너는 그 무능함으로 태양을 모욕하는구나! 과학이여! 저주받을지어다, 이런 쓸모없는 장난감이여. 또한 인간의 눈을 저 하늘 높은 곳으로 향하게 하는 다른 모든 것들도 저주받을지어다. 저 하늘의 강렬한 생명력은 심지어 지금도 그 빛으로 이 늙은 눈을 태우듯 다른 인간의 눈을 태울 뿐이니까, 오오 태양이여! 인간의 시선의 높이란 본래 이 지구의 수평선 높이만큼이다. 만일 신이 인간이 창공만 응시하길 바랐다면, 눈은 정수리에 달려 있을 것이다. 저주받을지어다, 사분의여!" 에이해브는 사분의를 갑판에 내동댕이쳤다. "더이상 네게 내가 갈 지상의 길을 안내하게 하지 않겠다. 수평으로 이동하는 배의 나침반, 수평으로 이동하며 사용하는 측정기와 측정선[515]을 통한 추측항법. 이것들이 나를 안내할 것이고, 바다 위의 내 위치를 알려줄 것이다. 암, 그렇고말고." 그는 보트에서 갑판 위로 뛰어내렸다. "그러니 나는 너를 짓밟으련다, 힘없이 저 높은 곳을 가리키는 이 보잘것없는 물건아. 그러니 나는 너를 산산조각내련다!"

제정신이 아닌 노인이 이렇게 말하고는 자신의 산 다리와 죽은 다리로 사분의를 짓밟을 때, 말없이 가만히 있던 파르시의 얼굴 위로 에이해브에 대한 조소어린 승리감과 자신에 대한 숙명적인 절망감이 스쳐지나갔다. 그는 슬며시 일어나 소리 없이 자리를 떠났다. 한편 선장의 이런 모습에 두려워진 선원들은 다들 앞갑판에 모여들었고, 걱정스레 갑판 위를 이리저리 거닐던 에이해브는 마침내 이렇게 외쳤다. "다들 아딧줄로! 키를 위쪽으로 잡아라! 활대를 용골과 직각이 되게 하라!"

순간 활대들이 빙 돌아가며 방향을 바꾸었다. 배가 반쯤 방향을 틀었을 때, 늑재로 된 기다란 선체 위에 단단히 고정된 채로 직립한 세 개의 우아한 돛대는 호라티우스 삼형제[516]가 모두를 태우기에 충분한 군마에 올라타고서 급선회하는 듯 보였다.

뱃머리 부늑재副肋材[517] 사이에 서 있던 스타벅은 피쿼드호의 떠들썩한 움직임과 함께 에이해브가 갑판 위를 비틀대며 걸어다니는 모습을 지켜보았다.

"뜨거운 석탄불 앞에 앉아 석탄이 고통스레 생명을 불사르며 환히 빛나는 모습을 지켜본 적이 있지. 그리고 석탄이 점점 사그라져 결국 말없는 먼지가 되고 마는 모습을 지켜본 적도 있어. 바다의 노인이여! 그대의 이 불타오르는 생명도 결국에는 한 줌의 재만 남기고 말 것이오!"

"아무렴요." 스터브가 외쳤다. "하지만 석탄재예요. 그걸 명심하세요, 스타벅 씨. 흔한 목탄이 아니라 석탄이라고요. 그래요, 나는 에이해브가 이렇게 중얼거리는 걸 들은 적이 있어요. '나의 이 늙은 손에 이런 카드만 쥐여주고는 다른 카드가 아니라 이 카드로만 승부해야 한다고 선고를 내리는구나.' 젠장, 에이해브, 당신의 행동이 백 번 옳아요. 승부에 살고 승부에 죽는 거죠!"

119장
양초

가장 따뜻한 나라가 가장 잔인한 송곳니를 길러낸다. 벵골 호랑이는 신록이 영원히 이어지는 향기로운 수풀 속에 웅크리고 있는 것이다. 가장 찬란히 빛나는 하늘이 가장 치명적인 천둥을 품고 있다. 멋진 쿠바는 따분한 북쪽 지방에 한 번도 휘몰아치지 않은 회오리바람을 알리라. 마찬가지로 선원들이 모든 폭풍 가운데 가장 끔찍한 폭풍인 태풍을 만나는 것도 이 눈부시게 빛나는 일본 해역에서다. 태풍은 때로 멍하고 졸음 가득한 마을에서 폭탄이 터지듯 구름 한 점 없는 하늘에서 별안간 시작되곤 한다.

그날 저녁이 가까워질 무렵, 피쿼드호는 돛이 찢겨나가 돛대만 앙상히 남은 채로 앞에서 곧장 쳐들어오는 태풍과 맞서 싸웠다. 어둠이 내리자 하늘과 바다는 천둥으로 찢긴 채 으르렁거렸고, 번개가 번쩍이자 무용지물이 된 돛대 여기저기서 넝마 조각들이 펄럭대는 모습이 보였다. 그 넝마 조각들은 최초로 맹렬한 공격을 퍼부었던 폭풍이 나중의 재미를 위해 남겨둔 것이었다.

스타벅은 돛대 밧줄을 붙잡은 채 뒷갑판에 서서 번개가 번쩍거릴 때마다 위쪽을 올려다봤다. 그곳에 있는 복잡하게 엉클어진 선구船具에 또다른 참사가 닥쳐오지나 않을지 살피기 위해서였다. 그러는 동안 스터브와 플래스크는 보트를 더욱 높이 끌어올려 단단히 붙들어매도록 선원들을 지휘하고 있었다. 하지만 이 모든 노고는 아무 소용도 없는 듯했다. 바람 불어오는 쪽에 있던 뒤쪽 보트(에이해브의 것)는 기중기 맨 꼭대기까지 끌어올려놓았지만 불상사를 피하지 못했다. 거대하게 휘몰아치는 파도가 좌우로 이리저리 흔들리는 배의 높은 쪽 뱃전까지 올라와 부딪치면서 보트의 선미 바닥에 구멍을 뚫어놓은 탓에 파도가 다시 물러갔을 때 보트는 체처럼 물을 뚝뚝 흘려댔다.

"형편없군요, 형편없어요! 스타벅 씨." 스터브가 망가진 보트를 두고 말했다. "하지만 바다는 자기 좋을 대로 하겠죠. 나 스터브는 바다에 맞서 싸울 수 없어요. 스타벅 씨도 아시겠지만 파도는 도약 전에 전 세계를 한 바퀴 돌면서 엄청나게 긴 도움닫기를 하고서야 번쩍 뛰어오르잖아요! 하지만 그 파도에 대항하기 위해 내가 할 수 있는 도움닫기는 이 갑판을 가로지르는 게 고작이에요. 하지만 괜찮아요. 그것도 다 재미죠. 왜, 이런 옛 노래도 있잖아요." (노래를 부른다)

오오! 돌풍은 즐겁고
고래는 익살꾼,
꼬리를 힘차게 흔들어대네—
바다란 그렇게 웃기고 발랄하고 기운차고 익살맞고 괴상망측한 친구라네,
오오!

휙휙 날아가는 비구름,
그건 향료를 넣고 저을 때만 거품이 이는
바다의 술이라네—

바다란 그렇게 웃기고 발랄하고 기운차고 익살맞고 괴상망측한 친구라네,
오오!

천둥이 배를 반으로 쪼개네,
하지만 바다는 이 술을 맛보며
그저 입맛이나 쩝쩝 다실 뿐이야—
바다란 그렇게 웃기고 발랄하고 기운차고 익살맞고 괴상망측한 친구라네,
오오!

"그쯤 해둬, 스터브." 스타벅이 외쳤다. "태풍이 노래하고 우리의 밧줄을 하프 삼아 연주하는 건 그냥 내버려둘 수밖에. 하지만 자네가 용감한 사나이라면 잠자코 좀 있게나."

"하지만 난 용감한 사나이가 아니에요. 용감한 사나이라고 말한 적도 없고요. 난 겁쟁이예요. 그래서 용기를 북돋우기 위해 노래를 부르죠. 그리고 말이에요, 스타벅 씨, 내 목을 자르는 것 외에 내 노래를 멈추게 할 수 있는 방법은 이 세상에 없어요. 그리고 내 목이 잘리기라도 하는 날이면, 나는 십중팔구 당신에게 하느님의 영광을 찬미하는 노래를 마지막으로 들려줄 겁니다."

"미친놈! 눈이 없으면 내 눈을 통해서라도 좀 보라고."

"뭐라고요! 당신이 무슨 재주로 캄캄한 밤중에 남들보다 더 잘 볼 수 있다는 거죠? 당신이 얼마나 멍청하건 그건 내 알 바 아니지만."

"저길 봐!" 스타벅이 스터브의 어깨를 붙잡고는 손으로 바람 불어오는 쪽 뱃머리를 가리키며 외쳤다. "돌풍이 동쪽에서, 에이해브가 모비 딕을 쫓아가고 있는 바로 그 방향에서 불어오고 있다는 걸 모르겠나? 오늘 정오에 에이해브가 바로 그쪽으로 방향을 틀었잖나? 이제 저기 저 에이해브의 보트를 보게. 구멍이 뚫린 곳이 어디지? 바로 선미 상판床板일세. 그가 늘 서는 자리, 바로 그

자리에 구멍이 뚫렸단 말이야! 그래도 노래를 불러야겠다면 바다로 뛰어들어서 마음껏 불러보라고!"

"뭐라고 하는지 반도 못 알아먹겠어요. 바람이 어쨌다는 거죠?"

"그래, 그래. 희망봉을 돌아가는 게 낸터킷으로 가는 가장 빠른 지름길이지." 스타벅이 스터브의 질문을 무시한 채 갑자기 혼잣말을 했다. "돌풍은 지금 우리 배에 구멍을 뚫으려고 우리를 두들겨대지만, 우리는 그 돌풍을 순풍으로 바꿔서 그 바람을 타고 집으로 향할 수도 있어. 저 너머 바람 불어오는 쪽에는 모든 게 시커먼 파멸로 가득해. 하지만 집으로 돌아가는 쪽인 바람 불어가는 쪽에서는 밝은 빛이 피어오르는 게 보여. 번개의 빛이 아닌 다른 빛이."

그 순간 번쩍이는 번갯불에 이어 다시 칠흑 같은 어둠이 내렸을 때, 그의 옆에서 어떤 목소리가 들려왔다. 그리고 그와 거의 동시에 머리 위에서 일제사격과도 같은 뇌성이 우르르 울려퍼졌다.

"거기 누구냐?"

"벼락 영감[518]이다!" 에이해브가 앞을 더듬으며 뱃전을 따라 자신의 중심축 구멍 쪽으로 걸어가며 말했다. 하지만 구부러진 긴 창 같은 번갯불이 연달아 내리꽂힌 덕분에 갑자기 길을 찾기가 수월해졌다.

육지의 첨탑에 달린 피뢰침은 매우 위험한 전류를 땅속으로 흘려보낼 목적으로 설치된 것으로, 바다의 몇몇 배들도 위험한 전류를 물속으로 흘려보낼 목적으로 돛대마다 피뢰침 비슷한 모양의 막대기를 매달아둔다. 하지만 이 피뢰침은 끝이 선체에 닿지 않도록 상당한 깊이까지 내려가게끔 해야만 했다. 게다가 그것을 계속 물속에서 끌고 다니면 삭구를 움직이는 데 적잖이 방해가 될 뿐 아니라 배가 물속을 나아가는 데도 얼마간 방해가 되는 등, 경미한 사고에 자주 노출되곤 했다. 그렇기 때문에 배의 피뢰침 아랫부분은 늘 물속에 두는 대신, 보통 길고 가느다랗게 고리를 지어 바깥쪽 쇠사슬에 쉽게 걸어둘 수 있게끔 해두었다가 필요한 경우가 생기면 바다로 내던지곤 한다.

"피뢰침! 피뢰침!" 하늘에서 커다란 장식용 촛대처럼 내던져져 방금 에이해브가 자신의 자리로 가는 길을 밝혀준 선명한 번갯불에 번뜩 경계심이 든 스타벅이 선원들에게 외쳤다. "피뢰침은 바다에 던졌나? 선수와 선미 쪽 것들, 다 바다에 던져라. 어서!"

"멈춰!" 에이해브가 소리쳤다. "비록 우리가 약한 쪽이긴 하지만, 그래도 정정당당한 경기를 해야지. 그렇게 해서 세상 전체가 안전해진다면 나는 히말라야산맥과 안데스산맥 위에 피뢰침을 세우는 일에도 기꺼이 동참하겠네만, 특혜는 사양하겠어! 그냥 그대로 두시게, 항해사 나리."

"위를 좀 보세요!" 스타벅이 외쳤다. "성 엘모의 불[519]이에요! 성 엘모의 불이라고요!"

모든 활대 양쪽 끝에서 창백한 불꽃이 번쩍였다. 또한 세 돛대에 달린 뾰족한 세 피뢰침의 끄트머리는 끝으로 갈수록 가늘어지는 새하얀 불꽃으로 물들었으며, 커다란 세 돛대는 제단 앞에 놓인 세 개의 거대한 밀랍 양초처럼 지옥불이 뿜어내는 공기 속에서 고요히 타오르고 있었다.

"빌어먹을 보트! 이거 놔!" 그 순간 스터브가 외쳤다. 세찬 파도가 그의 보트를 아래에서 들어올리는 바람에 뱃전에 밧줄을 묶으려던 그의 손이 뱃전에 꽉 끼어버렸기 때문이다. "빌어먹을!" 하지만 갑판 위에서 뒤로 미끄러지면서 시선이 위로 향하게 된 그는 그 불꽃을 보고 곧장 어조를 바꿔 외쳤다. "성 엘모의 불이여, 우리 모두에게 자비를 베푸소서!"

선원들에게 욕설은 흔한 일이다. 그들은 정적 속에서 무아지경에 빠졌을 때나 태풍의 한가운데에 있을 때도 욕을 할 것이고, 중간돛대 활대 끝에서 넘어져 소용돌이치는 바다로 빠질 뻔했을 때도 저주의 말을 쏟아낼 것이다. 하지만 그동안 항해를 해오면서, 신의 불타는 손가락이 배 위에 내려와 그분의 "므네, 므네, 드켈, 브라신"[520]이라는 말이 돛대 밧줄과 삭구에 엉겨들던 이때만큼은 그 흔한 욕설을 좀처럼 들을 수 없었다.

높은 곳에서 이 창백한 불이 타오르는 동안 넋이 나간 선원들은 거의 아무 말도 하지 않았다. 그들은 앞갑판에 한데 뭉쳐 서 있었는데, 그들의 눈은 하나같이 창백한 인광을 발하며 먼 하늘의 별자리처럼 반짝이고 있었다. 그 유령 같은 빛 앞에 우뚝 선 검둥이, 거대한 번개의 섬광 같은 다구는 실제 키보다 세 배는 커 보였으며, 천둥의 발원지인 먹구름처럼 보였다. 타시테고의 벌어진 입에서는 상어처럼 새하얀 이가 드러났는데, 그것 또한 성 엘모의 불에 물든 듯 기이하게 번쩍였다. 퀴퀘그의 문신 역시 초자연적인 불빛에 힘입어 그의 몸 위에서 사탄의 푸른 불꽃처럼 타올랐다.

이 그림 같은 장면은 마침내 높은 곳에 피어오른 창백한 불꽃과 함께 사그라졌고, 피쿼드호와 거기 탑승한 모든 영혼은 다시 한번 어둠의 장막에 둘러싸였다. 잠시 시간이 흐른 후 스타벅은 앞으로 나아가다가 누군가와 부딪쳤다. 스터브였다. "이봐, 지금은 어떤 생각이 드나. 자네가 울부짖는 소리가 들리더군. 노래를 부를 때와는 다른 소리였어."

"아뇨, 아뇨, 그렇지 않았어요. 나는 우리 모두에게 자비를 베푸시라고 성 엘모의 불에게 빈 거예요. 그리고 지금도 그러길 빕니다. 그런데 성 엘모의 불은 침통한 얼굴을 한 자들에게만 자비를 베푼답니까? 웃는 자들에게는 동정심을 품지 않나요? 이봐요, 스타벅 씨. 하지만 너무 어두워서 볼 수가 없군요. 그러니 그냥 들어봐요. 내 생각에는 우리가 본 돛대 꼭대기의 불꽃이 행운의 징조인 것 같습니다. 아시다시피 저 돛대들은 경뇌유로 빽빽하게 채워질 화물창에 뿌리를 박고 있으니까요. 그러니까 경뇌유는 나무의 수액처럼 세 돛대를 타고 올라갈 거예요. 네, 우리 배의 세 돛대는 세 개의 경랍 양초처럼 될 겁니다. 우리가 본 건 좋은 징조예요."

그 순간 스타벅은 스터브의 얼굴이 천천히 밝아오며 시야에 들어오는 것을 보았다. 그는 위를 쳐다보며 외쳤다. "봐! 보라고!" 그러자 끝으로 갈수록 가늘어지는 불꽃이 돛대 꼭대기에서 또 한번 목격되었는데, 불꽃은 그 창백함 때문에 몇 배나 더 초자연적으로 보였다.

"성 엘모의 불이여, 우리 모두에게 자비를 베푸소서!" 스터브가 다시 외쳤다.

큰 돛대 아래, 스페인 금화와 불꽃 바로 아래에는 파르시가 에이해브 앞에서 무릎을 꿇고 있었는데, 그가 조아린 머리는 에이해브를 향해 있지 않았다. 근처에 삭구가 아치 모양으로 늘어진 채 걸려 있는 곳에서는 방금 전까지 활대를 잡아매던 선원 여러 명이 환한 섬광 속에 그 모습을 드러냈다. 이제 한데 뭉쳐 활대에 매달린 상태로 이리저리 흔들리는 그들은 축 늘어져 대롱거리는 과수원 나뭇가지에 멍하니 달라붙어 있는 말벌떼 같았다. 다른 선원들은 마법에라도 걸린 양 서 있거나 걷거나 달리는 자세를 취하고 있는 헤르쿨라네움[521]의 해골들처럼 갑판에서 꼼짝도 하지 않고 있었는데, 눈만은 모두 위로 치켜뜬 상태였다.

"자, 자!" 에이해브가 외쳤다. "고개를 들어 저걸 봐라. 다들 유심히 보라고. 새하얀 불꽃은 흰 고래에게 가는 길을 밝혀주는 빛일 뿐이다! 저기 큰 돛대에 있는 피뢰침 고리를 가져와라. 나는 기꺼이 그 맥박을 느낄 것이고, 내 맥박을 거기 갖다댈 것이다. 불과 맞닿은 피! 그래."

그러더니 고리의 끝부분을 왼손으로 붙든 채 돌아서서는 발을 파르시의 몸 위로 올렸다. 그러고는 부릅뜬 눈으로 위쪽을 쳐다보며 오른팔을 높이 뻗고는 삼위일체를 이룬 세 개의 높고 뾰족한 불꽃 앞에 똑바로 섰다.

"오오! 그대 또렷이 타오르는 불의 청명한 정령이여, 신성한 예배 도중에 그대에게 화상을 입어 지금까지도 남아 있는 이 상처를 얻기 전까지는 나도 페르시아인처럼 그대를 숭배했었다. 이제 나는 그대를 안다, 그대 청명한 정령이여. 그리고 이제 나는 그대를 올바르게 숭배하는 방법이 반항임을 안다. 그대는 사랑에도 경의에도 동정심을 보이지 않는다. 증오에는 오직 죽음만이 따를 뿐이어서 모두를 죽여버린다. 겁 없는 바보도 이제 그대에게 맞서지 않는다. 나는 어디에나 존재하는 그대의 형언할 수 없는 힘을 인정한다. 하지만 나를 이리저리 무조건적으로 지배하려 드는 그 힘에 대해, 나는 지진 같은 내 삶이 멈출 바로 그 순간까지 저항할 것이다. 인격화된 비인격적 힘 한가운데 인격을 지닌 한 존재가 여기 서 있다. 기껏해야 점 하나에 불과할 뿐이고 어디서 와서 어디로 가는지도 모르는 나이지만, 그래도 이 땅에 살아 있는 한 내 내면에는 여왕 같은 인격이 살아 있으며, 나는 그 여왕의 존귀한 권리를 느낀다. 하지만 전쟁은 고통이고, 증오는 비애인 법. 그대가 사랑의 가장 저열한 형태로 내게 온다면, 나는 무릎을 꿇고 그대에게 입맞출 것이다. 하지만 그대가 사랑의 가장 고귀한 형태이자 단순한 천상의 힘으로서 내게 온다면, 그대가 완전무장한 온 세상의 해군을 끌고 온다 해도 여기 이 나는 아무 관심도 주지 않을 것이다. 오오, 그대 청명한 정령이여, 그대의 불길이 나를 미치게 하는구나. 나는 불의 진정한 자식답게 그 불을 입으로 불어 다시 그대에게 돌려보낸다."

(갑자기 번갯불이 연달아 번쩍인다. 아홉 개의 불꽃이 이전 높이보다 세 배나 높이 뛰어오른다. 에이해브도 나머지 선원들과 마찬가지로 눈을 감은 채 오른손으로 눈 위를 꽉 누른다)

"어디에나 존재하는 그대의 형언할 수 없는 힘을 인정한다고 내가 말하지 않았나? 나는 그 힘을 빼앗기지도 않았고, 지금 이 고리에서 손을 떼지도 않았다. 그대는 나를 장님으로 만들 수 있겠지만, 그러면 나는 앞을 더듬으며 나아갈 수 있다. 그대는 나를 불태워버릴 수 있겠지만, 그러면 나는 기꺼이 재가 될 수 있다. 이 가련한 눈과 그것을 가린 손이 표하는 경의를 받으시라. 나는 그 경의를 받지 않으련다. 번갯불이 내 두개골을 뚫고 지나가 눈알이 계속 쑤셔오고, 두들겨맞은 머리통은 참수당한 채로 귀를 멍하게 하는 땅 위를 뒹구는 것만 같구나. 오오, 오오! 비록 눈은 가렸으나, 그래도 나는 그대에게 얘기할 것이다. 그대는 빛이지만 어둠 속에서 뛰쳐나온 빛이다. 하지만 나는 빛에서 뛰쳐나온 어둠, 그대에게서 뛰쳐나온 어둠이다! 투창 같은 번개가 멈춘다. 눈을 떠라. 보이는가, 보이지 않는가? 저기 불꽃이 타오른다! 오오, 그대 관대한 자여! 이제 나는 나의 계보를 자랑으로 여긴다. 하지만 그대는 나의 불같은 아버지일 뿐, 나는 나의 다정한 어머니를 알지 못한다. 오오, 잔인하구나! 그대는 내 어머니를 어떻게 한 것인가? 그것이 내게 주어진 수수께끼이나, 그대의 수수께끼는 더욱 크다. 그대는 그대가 어디서 왔는지 알지 못하며, 따라서 그대 자신을 스스로 존재하는 자라 부른다. 그대는 분명 그대의 시작 또한 알지 못하니, 따라서 그대 자신을 무시無始의 존재라 부른다. 오오, 그대 전능한 자여. 그대는 그대 자신을 모르나, 나는 나 자신을 안다. 그대 청명한 정령이여, 그대 너머에는 넘쳐 흐르지 않는 무언가가 있다. 그에 비하면 그대의 모든 영원은 유한한 시간일 뿐이며, 그대의 모든 독창성은 기계적인 것일 뿐이다. 그대를 통해, 그대의 불타오르는 자아를 통해, 내 그을린 눈은 어렴풋이 그것을 본다. 오오, 버림받은 아이인 그대 불이여, 태곳적부터 세상을 등진 은자여. 그대 또한 말로 표현할 수 없는 수수께끼, 남이 이해하지 못할 슬픔을 지니고 있다. 여기서 나는 또 오만한 고통을 느끼며 그대가 내 아비임을 감지한다. 뛰어라! 뛰어올라서 하늘을 핥아라! 내가 그대와 함께 뛴다. 내가 그대와 함께 타오른다. 기꺼이 그대와 하나로 용접되겠다. 나는 반항하며 그대를 숭배한다!"

"보트! 보트!" 스타벅이 외쳤다. "당신 보트 좀 봐요, 영감!"

대장장이 퍼스의 불로 벼린 에이해브의 작살은 보트에서 눈에 잘 띄는 작살걸이에 단단히 묶인 채 뱃머리 너머로 튀어나와 있었다. 하지만 파도가 보트 밑바닥에 구멍을 내는 바람에 헐거워진 가죽 칼집이 그 구멍 아래로 떨어져버렸다. 그리하여 날카로운 강철 촉에서는 이제 끝이 갈라진 창백한 불길이 길게 솟아올랐다. 고요한 작살이 뱀의 혀처럼 불타오르고 있을 때, 스타벅이 에이해브의 팔을 꽉 움켜잡았다. "신께서, 신께서 당신을 허락하지 않으십니다! 영감, 그만둬요! 이건 불길한 항해라고요! 시작도 불길했고, 이후로도 계속 불길했어요. 영감, 아직 기회가 있을 때 활대를 용골과 직각이 되게 하고 이 바람을 집으로 데려다주는 순풍으로 바꿔서 지금보다 더 나은 항해를 이어나갑시다."

공포에 휩싸인 선원들은 스타벅의 말을 엿듣자마자 아딧줄로 달려갔다. 물론 돛대 꼭대기에는 돛이 하나도 남아 있지 않았지만 말이다. 당장은 그들도 아연실색하는 항해사의 생각에 동조하는 듯 보였다. 그들은 폭동이라도 일으킬 듯 고함을 질러댔다. 하지만 덜거덕거리는 피뢰침 고리를 갑판에 내동댕이쳐버리고 대신 불타오르는 작살을 잡아챈 에이해브는 그 작살을 선원들 사이에서 횃불처럼 흔들어대며 맨 처음 밧줄을 푸는 놈에게는 작살을 박겠노라고 호언장담했다. 에이해브의 모습에 겁에 질리고 그가 든 불타는 작살에 더욱 몸이 움츠러든 선원들은 당황해하며 뒤로 물러섰다. 에이해브가 다시 말했다.

"흰 고래를 잡겠다는 너희의 맹세는 나의 맹세만큼이나 단단히 묶여 있는 것이다. 그리고 나 에이해브는 심장, 영혼, 육신, 허파 그리고 목숨까지 그 맹세에 묶여 있다. 너희는 이 심장이 어떤 곡조에 맞춰 뛰는지 알고 있을 것이다. 다들 여기를 봐라. 내가 마지막 두려움까지 모두 꺼줄 테니!" 그러더니 그는 거센 입김 한 번으로 불꽃을 꺼버렸다.

허리케인이 평원을 휩쓸고 지나갈 때 사람들이 근처에 있는 거대한 느릅나무에서 재빨리 도망치는 까닭은 그렇게 우뚝 솟은 튼튼한 나무일수록 더 쉽게 벼락의 표적이 되는 법이고, 그래서 그만큼 더 위험하기 때문이다. 마찬가지로 에이해브가 말을 끝내자마자 선원들 대부분은 경악과 두려움을 느끼며 그에게서 도망쳤다.

120장
첫번째 야간 당직이 끝날 무렵의 갑판

(에이해브가 키 옆에 서 있다. 스타벅이 그에게 다가간다)

"선장님, 큰 돛대의 중간돛 활대를 내려야겠습니다. 밧줄이 느슨해지기 시작했고 바람 불어가는 쪽 활대의 줄이 반쯤 꼬였습니다. 활대를 내릴까요, 선장님?"

"아무것도 내리지 마라. 밧줄을 다시 묶어. 맨 꼭대기 돛대 위에 다는 연장 돛대가 남아 있다면 그것도 당장 저 위에 올리고 싶은 기분이니까."

"선장님! 세상에나! 선장님?"

"왜 또."

"닻이 내려져 있습니다, 선장님. 배 안으로 끌어올릴까요?"

"아무것도 내리지 말고, 아무것도 움직이지 마. 그냥 다 밧줄로 묶어라. 바람이 일고 있지만 아직 나의 고원에는 이르지 못했어. 어서 제대로 시행하도록. —하느님 맙소사! 녀석은 나를 어느 연안에서 소형 돛단배나 모는 꼽추 선장쯤으로 여기는군. 큰 돛대의 중간돛 활대를 내리라니! 허, 아교로 고정시키진 못할망정! 배에서 가장 높은 곳에 달린 장관은 가장 거친 바람에도 견디도록 만들어졌고, 내 몸의 장관이나 마찬가지인 이 머리는 지금 비구름 사이를 항해하고 있는데. 뭐? 활대를 내릴까요? 오오, 폭풍우가 몰아칠 때 장관이나 다름없는 머리를 내리는 건 오직 겁쟁이들이나 하는 짓이지. 그런데 하늘은 왜 이리 소란스러운 거야! 복통이 시끄러운 병이란 걸 몰랐다면 저 소리조차 숭고하게 여겨졌을 것을. 오오, 약을 드시게, 약을 드시라고!"

121장

한밤중—앞갑판 뱃전

스터브와 플래스크가 뱃전에 올라가서 거기 매달려 있는 닻에

밧줄을 더 감고 있다.

"아니요, 스터브. 저기 저 매듭이야 당신이 원하는 만큼 두드려대도 상관없지만, 방금 당신이 한 말을 내 머릿속에 두드려 넣을 수는 없을 거예요. 그리고 당신이 그 말과 반대되는 말을 했던 게 불과 며칠 전 아니었나요? 이전에 당신은, 에이해브가 타는 배가 무슨 배든 그 배는 뒤에 화약통을 싣고 앞에 성냥통을 실은 것이나 다름없으니 보험료를 더 내야만 한다고 말하지 않았던가요? 잠깐, 이제 멈춰요. 그렇게 말하지 않았냐고요?"

"글쎄, 그랬다면? 그랬다면 이쩔 건네? 그때 이후로 내 몸도 약간 변했는데,

마음이라고 변하면 안 된다는 법이라도 있나? 게다가 우리가 뒤에 화약통을 싣고 앞에 성냥통을 실었다 한들, 이렇게 물보라로 흠뻑 젖은 판국에 그 어떤 루시퍼가 성냥통에 불을 지를 수 있겠어? 이봐, 이 땅딸막한 친구야, 자네는 예쁜 빨간 머리지만 지금 불이 안 붙고 있지 않은가. 머리에 묻은 물 좀 털게. 플래스크 자네는 보병궁, 그러니까 물병자리야. 자네의 외투깃까지 차 있는 물로 물주전자를 몇 개나 채울 수 있을 거라고. 자네는 해상보험회사들이 이런 추가 위험 요인에 대해 보험금도 추가로 지불한다는 걸 모르는가? 플래스크, 여기 소화전이 잔뜩 있네. 하지만 또 잘 들어보라고. 그런 뒤에 다른 질문에도 답해주도록 하지. 그런데 내가 밧줄을 감을 수 있게 먼저 여기 이 닻 꼭대기에 올린 자네 다리부터 좀 치워주게나. 이제 들어봐. 태풍 속에서 돛대의 피뢰침을 붙잡고 있는 것과 태풍 속에서 어떤 피뢰침도 달지 않은 돛대 옆에 가까이 서 있는 것 사이에 얼마나 큰 차이가 있겠나? 이런 멍청한 친구야, 일단 돛대가 번개에 맞지 않는 한 피뢰침을 붙잡고 있는 사람에게는 어떤 해도 가해지지 않는다는 걸 모르겠나? 그러니 자네는 대체 무슨 소릴 하고 있는 건가? 피뢰침을 단 배는 백 척에 한 척도 안 되고, 내 짧은 소견으로 말하자면 그때 에이해브—그래, 그래, 그리고 우리 모두—가 지금 바다를 항해하고 있는 일만 척의 배에 탄 선원들보다 더 위험에 직면했던 건 아니었어. 왕대공 자네는 민병대 장교가 핀으로 모자에 깃털을 달듯이 세상 사람들 모두가 모자 귀퉁이에 작은 피뢰침을 달고 장식띠를 나풀거리길 바라는 것 같군. 좀 상식적으로 굴면 안 되겠나, 플래스크? 상식적으로 구는 건 쉬운 일이야. 그런데 왜 안 그러는 거지? 한쪽 눈만 달린 사람이라도 상식적일 수 있다고."

"모르겠어요, 스터브. 당신도 가끔 그러기 힘들 때가 있잖아요."

"그래, 온몸이 흠뻑 젖었을 때는 상식적으로 굴기 힘들지. 그건 사실이야. 그리고 난 이 물보라로 흠뻑 젖은 참이고. 아니, 아무것도 아닐세. 거기 그 밧줄을 한 바퀴 감아서 이리 건네줘봐. 우리는 지금 이 닻을 다시는 안 쓸 것처럼 꽁꽁 묶고 있는 것 같군. 이봐 플래스크, 이 닻 두 개를 묶는 게 꼭 사람의 두 손을 뒤로 돌려 묶는 것만 같아. 정말이지 크고 넉넉한 손이로군. 어이 배, 이게 너의 강철 주먹인가? 손힘도 정말 엄청나군! 그런데 플래스크, 난 세상이 어딘가에 닻을 내리고 있는 것은 아닐지 궁금해. 만일 그렇다면 대단히 긴 밧줄에 매달려 흔들리고 있는 것이겠지만 말이야. 자, 그 매듭을 망치로 두들겨. 이제 끝났네. 육지에 오르는 것 다음으로 가장 만족스러운 일이 바로 갑판으로 내려가는 일 아니겠나. 그런데 내 웃옷 아랫자락 좀 짜주지 않겠나? 고맙네. 사람들은 우리가 입은 긴 웃옷을 비웃지. 하지만 플래스크, 내가 보기에 바다에 태풍이 불 때는 늘 꼬리가 긴 웃옷을 걸치고 있어야만 해. 그래야 아래로 갈수록 끝이 가늘어지는 꼬리를 타고 물이 뚝뚝 떨어지니까 말이야. 비스듬히 눌러쓴 모자도 마찬가지지. 비스듬한 경사가 박공벽의 홈통 구실을 해주니까. 멍키 재킷이랑 방수모는 이제 지긋지긋해. 연미복 차림을 하고 비버 털가죽 모자를 써야겠어. 아니, 이런! 휴! 내 방수모가 바다로 날아가네. 세상에나, 세상에나. 하늘에서 내려오는 바람이 이다지도 예의를 모르다니! 이봐 친구, 정말이지 고약한 밤이로군그래."

122장

한밤중 돛대 꼭대기—천둥과 번개

큰 돛대의 중간돛 활대. 타시테고가 그 주위로
새 밧줄을 감고 있다.

"음, 음, 음. 천둥아 멈춰라! 여기로 올라오니 천둥이 너무 많이 치는군. 천둥이 대체 무슨 소용이 있다고? 음, 음, 음. 우린 천둥 따윈 원치 않아. 우린 럼주를 원한다고. 럼주나 한 잔 달란 말이야. 음, 음, 음!"

123장
머스킷총

태풍이 더없이 세찬 공격을 퍼부어대는 동안, 고래 턱뼈로 만든 키 손잡이를 붙들고 있던 피쿼드호의 키잡이는 키가 발작적으로 움직여대는 통에 몇 번이나 비틀거리며 갑판 위로 내동댕이쳐졌다. 키 손잡이에 지지용 밧줄과 도르래가 묶여 있긴 하지만, 어느 정도 자유롭게 움직일 수 있어야 하기에 그것들을 느슨하게 해둔 탓이다.

이처럼 매서운 돌풍이 불어와 배가 셔틀콕처럼 바람에 날려 다닐 때, 나침반 바늘이 일정한 간격을 두고 빙글빙글 돌아가는 모습을 보는 것은 결코 드문 일이 아니다. 피쿼드호의 경우가 그러했다. 거의 매번 충격이 전해질 때마다 나침반 바늘이 방향 지시반 위에서 빠른 속도로 어지러이 돌아가는 모습이 키잡이의 눈에 들어왔다. 누가 보더라도 야릇한 감정이 들 수밖에 없는 광경이었다.

자정 넘어 몇 시간이 지나자 태풍의 기세도 꽤 누그러졌다. 그리하여 스타벅과 스터브는—한 사람은 앞쪽에서, 또 한 사람은 뒤쪽에서—분투 끝에 삼각돛, 앞돛대 돛, 큰 돛대의 중간돛에 남아 펄럭이는 넝마 조각들을 잘라내 바람 불어가는 쪽 바다로 떠내려보낼 수 있었다. 그것들은 마치 앨버트로스가 폭풍 속을 날아갈 때 종종 바람에 날려가곤 하는 깃털처럼 보였다.

돛을 잘라낸 자리에는 새 돛 세 개를 달아 감아두고 폭풍 때 사용하는 세로돛을 뒤쪽에 달았다. 그러자 배는 이윽고 다시 정확하게 물살을 가르며 나아갔다. 항로의 방향은 당분간 동남동이었고, 될 수 있으면 그쪽으로 배를 몰아가라는 명령이 다시 한번 키잡이에게 내려졌다. 돌풍이 세차게 몰아치는 동안, 키잡이는 오직 돌풍이 몰아가는 데로만 배를 몰아갔었기 때문이다. 그런데 그가 이제 배를 가능한 한 예정된 침로 쪽으로 가깝게 붙이면서 나침반을 보고 있던 중, 오호라! 길조로다! 뒤쪽에서 바람이 불어오는 듯했다. 그렇다, 역풍이 순풍이 된 것이다!

그 순간 선원들은 기쁨에 부풀어올라 "와아! 순풍이로구나! 얼씨구나, 다들 힘을 내자!" 하는 활기찬 노랫가락에 맞춰 활대를 용골과 직각으로 만들었다. 그것은 이전까지의 불길한 징조가 모두 거짓이었음을 단숨에 입증해버릴 만큼 매우 고무적인 일이었다.

갑판 상황에 결정적인 변화가 발생하면 스물네 시간 중 어느 때라도 당장 보고하라는 선장의 복무 지시에 따라 스타벅은 활대를 불어오는 바람에 맞춰 조정하는 일을 끝내자마자—비록 내키지 않고 기분도 별로였지만—에이해브 선장에게 상황을 알리기 위해 기계적으로 아래로 내려갔다. 선장실을 노크하려던 그는 자기도 모르게 잠시 문 앞에서 발걸음을 멈췄다. 이리저리 길게 흔들리

는 선실의 등잔이 어지러이 타오르며 영감의 빗장 걸린 문 위로 어지러운 그림자를 내던지고 있었다. 상부에 판자 대신 고정 블라인드를 끼운 얇은 문이었다. 지하에 고립된 선장실은 비바람의 온갖 으르렁거림에 둘러싸여 있으면서도 윙윙거리는 침묵의 지배하에 놓여 있었다. 선반에는 장전된 머스킷총이 앞쪽 칸막이벽에 똑바로 세워진 채로 번쩍이는 자태를 드러내고 있었다. 스타벅은 정직하고 올바른 사내였건만, 머스킷총을 본 바로 그 순간 마음속에서 묘하게도 사악한 생각이 피어올랐다. 하지만 그 생각은 애매모호하거나 선한 생각과 뒤섞여 있었기에 그때는 그것이 진정 어떤 생각인지 제대로 알기 어려웠다.

"언젠가 그가 날 쏘려 했었지." 스타벅은 중얼거렸다. "그래, 저기 그가 나를 겨눴던 바로 그 머스킷총이 있어. 개머리판에 장식용 금속 단추를 붙인 바로 저 총이었지. 한번 만져보자. 들어봐야지. 이상한 일일세. 지녕적인 창을 그토록 많이 들어본 내가 지금 이리도 떨고 있다니. 장전이 돼 있나? 확인해봐야겠어. 그래, 그래. 약실에 화약이 들어 있군. 이건 좋지 않아. 쏟아버리는 게 좋을까? 잠깐. 떨리는 손부터 해결해야겠어. 생각하는 동안 이 총을 단단히 쥐고 있어야지. 난 영감에게 순풍을 보고하러 온 거야. 그런데 무엇을 위한 순풍이지? 죽음과 파멸을 위한 순풍. 그렇다면 그것은 모비 딕을 위한 순풍이로군. 그 저주받은 고래에게만 순조로운 바람이야. 그가 바로 이 총구를 나한테 겨눴다고! 바로 이것, 지금 내가 들고 있는 이 머스킷총으로. 영감은 지금 내가 든 이것으로 나를 죽일 수도 있었어. 아무렴, 그는 다른 선원들도 모두 기꺼이 죽여버렸을 테지. 아니, 어떤 돌풍이 불어와도 활대를 내리지 않겠다고? 하늘의 친구인 사분의도 내동댕이쳐버리지 않았나? 그리고 이 험한 바다에서 틀리기 십상인 측정기를 사용하는 단순한 추측항법만으로 더듬거리며 앞을 향해 나아가겠다고? 이런 태풍 속에서 피뢰침 따위는 사용하지 않겠다고? 그래도 이 미친 영감이 배에 탄 선원 모두를 자신과 함께 파멸 속으로 끌고 들어가는 꼴을 가만히 참고 지켜봐야 하나? 그래, 만일 이 배가 어떤 치명적인 피해라도 입는 날이면 그는 서른 명이 넘는 선원을 기꺼이 죽음으로 몰아넣은 살인자가 되고 말 거야. 그리고 내 영혼에 맹세코 말하는데, 만일 에이해브가 마음대로 하게 놔둔다면 이 배는 치명적인 피해를 입고 말 거야. 만일 그렇다면, 지금 당장 그를 제거해버리면 그는 그런 범죄를 짓지 않게 돼. 하! 영감이 잠꼬대를 하는 건가? 그래, 바로 저기야. 그가 저기 잠들어 있어. 잠들어 있다라? 그래, 하지만 여전히 살아 있지. 그리고 곧 다시 깨어날 거야. 그러면 영감, 나는 당신을 견딜 수가 없을 거야. 당신은 합리적 추론이나 충고, 애원에도 귀기울이지 않아. 그저 경멸이나 쏟아낼 뿐이지. 단호한 명령에 대한 단호한 복종. 당신은 그것만을 말할 뿐이야. 그래, 그러고는 선원들이 당신과 똑같은 맹세를 했다고 말하지. 우리 모두가 에이해브라고. 어림 반푼어치도 없는 소리! 그런데 다른 방법은 없나? 다른 합법적인 방법이? 죄수로 만들어서 고향으로 이송해갈까? 뭐! 이 영감의 살아 있는 두 손아귀에서 그의 살아 있는 힘을 억지로 빼앗겠다고? 바보나 할 법한 짓이야. 그래도 그의 양팔을 묶었다고 가정해보자. 밧줄과 닻줄로 온통 꽁꽁 묶은 채로 이 선실 바닥의 고리 달린 볼트에 쇠사슬로 묶어놓았다고 말이야. 그러면 그는 우리에 갇힌 호랑이보다 더 무시무시해질 거야. 나는 그 모습을 참고 봐줄 수 없겠지. 아마도 그가 울부짖는 소리로부터 달아날 수 없을 거야. 견딜 수 없는 기나긴 항해 동안 모든 안식과 잠과 더없이 소중한 이성이 내게서 떠나버릴 거야. 그러면 무슨 수가 남았지? 육지는 수백 리그나 떨어져 있고, 가장 가까이에 있는 일본은 문을 걸어 잠갔어. 나는 이 광막한 바다에 홀로 서 있고, 나와 법 사이에는 두 개의 바다와 하나의 대륙이 가로놓여 있어. 그래, 그래, 바로 그러하구나. 하늘이 장차 살인자가 될 영감의 잠자리에 번개를 내리쳐 침대 시트와 살갗을 한꺼번에 태워버린다면 하늘은 살인자가 되는 것일까? 그러면 나도 살인자가 되는 것일까? 만일 내가—" 천천히, 몰래몰래, 살짝살짝 옆을 살피면서 스타벅은 장전된 머스킷총의 총구를 문 앞으로 가져갔다.

"이쯤 되는 높이에 에이해브의 해먹이 흔들리고 있고, 그의 머리는 이쪽을 향하고 있어. 손가락만 까딱하면 나 스타벅은 살아 돌아가서 다시 아내와 아이를 껴안을 수 있을 거라고. 오오, 메리! 메리! 아들아! 아들아! 아들아! 하지만 영감, 내가 당신을 영원히 잠재우지 않는다면 일주일 후에 이 스타벅의 몸뚱이는 다른 모든 선원과 함께 바닥을 알 수 없는 심해로 가라앉고 있을지도 모르지! 하느님 맙소사, 하느님께서는 대체 어디 계신 건가요? 해야 할까요? 말아야 할까요?—선장님, 바람이 잦아들면서 방향을 바꾸었습니다. 앞돛대 돛과 큰 돛대의 중간돛은 감아서 달아두었습니다. 배가 예정된 침로대로 나아가고 있습니다."

"다들 후진! 오오, 모비 딕, 마침내 내가 네놈의 심장을 움켜쥐는구나!"

마치 스타벅의 목소리가 에이해브의 길고 묵묵하던 꿈의 말문을 열어주기라도 한 듯, 고통스레 뒤척이던 영감의 입에서 불쑥 이런 목소리가 튀어나왔다.

그때까지 겨눠져 있던 머스킷총이 술주정뱅이의 팔처럼 떨리며 문에 부딪혔다. 스타벅은 천사와 씨름을 하고 있는 듯했다.[522] 하지만 그는 문 앞에서 돌아서서 그 죽음의 긴 총열을 선반에 되돌려두고는 그곳을 떠났다.

"이봐 스터브, 선장이 너무 곤히 잠들어 있어. 자네가 아래로 내려가 선장을 깨우고 보고하게. 난 여기서 갑판 일을 처리해야 하니까. 무슨 말을 해야 할지는 자네도 알 테지."

124장

나침반 바늘

다음날 아침, 아직 잦아들지 않은 바다는 길고 거대한 물결로 느릿느릿 넘실대면서 피쿼드호가 쏴 하는 소리를 내며 지나간 자리에 맹렬히 따라붙어 활짝 편 거인의 손바닥처럼 뒤에서 배를 밀어댔다. 망설임 없이 불어오는 강풍을 잔뜩 머금은 하늘과 대기는 아랫배를 쑥 내민 거대한 돛 같았다. 그 바람 앞에서 온 세상이 윙윙거렸다. 넘치는 아침햇살에 감싸여 보이지 않게 된 태양은 그 둘레에 퍼진 강렬한 빛만으로 자신의 위치를 드러낼 뿐이었는데, 그곳에서는 총검과도 같은 광선이 무더기로 일렁이고 있었다. 아침햇살은 왕관을 쓴 바빌로니아 왕과 왕비처럼 세상 만물에 자신의 문장을 새겨넣으며 군림하고 있었다. 바다는 금을 녹이는 도가니라도 된 양 사방에서 빛과 열기로 부글부글 끓어올랐다.

혼자 멀찍이 떨어져 서 있던 에이해브는 넋을 잃은 듯 오래도록 침묵에 잠겨 있었다. 그러면서 흔들리는 배가 곤두박질치듯 제1사장을 내리꽂을 때마다 앞쪽을 향하며 눈앞에 펼쳐진 눈부신 햇살을 바라보았고, 배가 선미의 힘으로 다시 완전히 균형을 되찾으면 다시 뒤로 돌아서서 그곳의 태양을 바라보았다. 그리고 방금 그 샛노란 햇살이 똑바로 지나온 배의 흔적과 뒤섞이는 광경을 지켜보았다.

"하, 하, 나의 배여! 이제 너를 태양을 끄는 바다의 전차라 불러도 되겠구나. 어이, 어이! 나의 뱃머리 앞에 있는 모든 나라들아, 내가 너희에게 태양을 끌고 가노라! 저기 저 파도에 멍에를 씌워라. 이랴! 파도가 일렬로 달리는구나. 내가 바다를 몬다!"

하지만 갑자기 떠오른 어떤 생각에 급히 고삐를 쥔 그는 서둘러 키잡이에게 가더니 배가 어디로 향하고 있는지를 쉰 목소리로 물었다.

"동남동쪽입니다, 선장님." 키잡이가 겁에 질려 대답했다.

"거짓말!" 에이해브가 그에게 움켜쥔 주먹을 날리며 말했다. "아침 이 시간에 동쪽을 향하고 있는데도 태양이 선미 쪽에 있다고?"

그 말에 선원들 모두가 어리둥절해했다. 이상한 일이지만 방금 에이해브가 관찰한 현상을 다른 누구도 눈치채지 못했기 때문이다. 하지만 너무나도 당연하게 여긴 나머지 다들 눈이 멀어 그랬던 게 틀림없었다.

에이해브는 나침함 안쪽으로 머리를 반쯤 밀어넣고는 나침반을 흘끗 쳐다보았다. 위로 쳐들고 있던 팔이 천천히 아래로 떨어지더니, 잠시 그는 휘청거리는 듯했다. 뒤에 서 있던 스타벅이 쳐다보니, 세상에! 두 개의 나침반은 동쪽을 가리키고 있었건만 피쿼드호는 틀림없이 서쪽을 향해 가고 있었다.

하지만 최초의 격렬한 불안감이 선원들 사이에 퍼지기도 전에 노인이 경직된 웃음을 터뜨리며 외쳤다. "알겠다! 왜 스타벅, 전에도 이런 일이 있었지. 지난밤의 천둥이 나침반 바늘을 거꾸로 돌려놓은 거야. 그래서 그런 것뿐이라고. 자네도 전에 이런 일이 있었다는 걸 들어봤을 줄로 믿네만."

"네. 하지만 실제로 겪어보긴 처음입니다, 선장님. 여태껏 제게는 이런 일이 한 번도 일어나지 않았어요." 창백해진 항해사가 우울한 목소리로 말했다.

여기서 꼭 말해두어야 할 것은, 거센 폭풍우를 만난 배에서 이런 사고가 일어나는 게 그리 드문 일은 아니라는 점이다. 다들 알다시피, 나침반의 바늘이 띠고 있는 자력은 하늘에서 번쩍이는 전기와 본질적으로 동일하다. 따라서 이런 일이 일어났다고 해서 그처럼 놀랄 필요는 없다. 실제로 번개가 활대와 삭구를 부러뜨릴 만큼 세게 배를 내리치는 경우, 나침반 바늘은 때로 훨씬 더 치명적인 영향을 받기도 한다. 자석으로서의 힘을 모두 상실한 나머지 전에는 자력을 띤 강철이었던 것이 이제는 노파가 쓰는 뜨개질바늘 정도로밖에는 쓸모가 없어진다. 하지만 어떤 경우가 됐든, 그렇게 손상되었거나 상실된 바늘의 원래 기능은 절대 저절로 회복되지 않는다. 그리고 나침함의 나침반이 영향을 받으면, 심지어 내용골에 박혀 있는 가장 낮은 위치의 나침반을 포함한 배의 다른 모든 나침반도 똑같은 운명을 맞이하고 만다.

노인은 신중히 나침함 앞에 서서 방향이 바뀐 나침반을 바라보더니, 손을 쭉 뻗어 태양의 정확한 방위를 측정한 뒤 나침반 바늘이 정확히 반대로 돌아갔음을 확인하고는 큰 소리로 배의 항로를 반대로 돌리라는 명령을 내렸다. 활대가 힘껏 들어올려졌고, 피쿼드호는 다시 한번 뱃머리를 의연히 역풍 속으로 밀어넣었다. 순풍이라고 생각했던 것은 오로지 기만에 불과했던 것이다.

한편 스타벅은, 혼자 속으로 무슨 생각을 했는지는 모르겠지만, 아무 말도 하지 않은 채 필요한 모든 명령을 조용히 전했다. 그리고 스터브와 플래스크—그때쯤 스타벅에게 어느 정도 공감하게 된 듯한 그들—또한 아무런 불평 없이 순순히 명령에 따랐다. 선원들 중 몇몇은 낮은 목소리로 불평을 늘어놓았는데, 사실 그들은 운명의 여신보다 에이해브가 훨씬 더 두려웠다. 하지만 늘 그래왔듯 이교도 작살잡이들은 거의 어떤 심경의 변화도 보이지 않았다. 혹 그랬다 하더라도, 그것은 완강한 에이해브의 마음이 그와 일맥상통하는 그들의 마음에 쏘아보낸 자력이 작용한 데 지나지 않으리라.

노인은 굽이치는 상념에 잠긴 채 잠시 갑판 위를 걸어다녔다. 그러다 우연히 고래뼈 다리 뒤꿈치를 삐끗하는 바람에 자신이 전날 갑판에 내동댕이쳤던 사분의의 관측용 구리관이 망가진 채로 널브러져 있는 것을 보게 되었다.

"가련하고 거만하게 하늘을 응시하는 자, 태양의 수로안내인이여! 어제는 내가 네놈을 만신창이로 만들어놓았는데, 오늘은 나침반이 나를 작심하고 만신창이로 만들 뻔했구나. 그래, 그래. 하지만 아직 수평 자석은 나 에이해브의 지배하에 있다. 스타벅, 자루 빼낸 창이랑 무거운 쇠망치, 그리고 돛 꿰매는 바늘 중 가장 작은 바늘을 가져오게. 어서!"

아마 그가 이제부터 하려는 일을 충동적으로 지시한 데는 나침반이 거꾸로 도는 바람에 매우 놀라버린 선원들에게 자신의 교묘한 기술을 선보임으로써 다시 활기를 불어넣어주고자 하는 신중한 동기도 한몫했을 것이다. 게다가 방향이 돌아간 나침반 바늘로도 서투르게나마 나아갈 수 있다 하더라도, 미신을 믿는 선원들은 그 일을 사악한 징조로 여겨 몸서리치리라는 걸 노인은 잘 알고 있었다.

"다들 주목." 항해사로부터 부탁했던 물건들을 건네받은 에이해브는 선원들을 향해 침착히 돌아서며 말했다. "천둥이 이 늙은 에이해브의 나침반 바늘을 돌려버렸지만, 에이해브는 이 강철 조각들만으로도 그 어떤 나침반보다 참된 길을 알려줄 나만의 나침반을 만들어낼 수 있다."

이 말을 들은 선원들은 경이에 찬 비굴한 눈길을 서로 겸연쩍게 교환했고, 이제 어떤 마법이 펼쳐질지 매혹된 눈길로 기다렸다. 그러나 스타벅은 고개를 돌려버렸다.

에이해브는 쇠망치를 내리쳐 창의 강철 끄트머리를 떼어내고는 남은 긴 강철 막대기를 항해사에게 건네면서 갑판에 닿지 않게끔 똑바로 세워서 들고 있으라는 명령을 내렸다. 그런 후에 쇠망치로 이 강철 막대기의 윗부분을 여러 차례 내리치더니, 뭉툭한 바늘을 끝이 위로 오게 한 상태로 그 막대기 위에 두고 쇠망치로 이전보다 약하게 여러 번 두들겼다. 그런 와중에도 항해사는 그 막대기를 계속해서 들고 있었다. 그런 다음 몇 가지 이상한 동작—그것이 강철에 자력을 부여하는 데 없어서는 안 될 동작인지, 아니면 그저 선원들의 경외감을 부풀리기 위한 동작인지는 확실치 않다—을 취하더니 삼실을 가져오라고 했다. 그리고 나침함으로 가서 방향이 거꾸로 된 두 개의 나침반 바늘을 빼내고는 돛 꿰매는 바늘의 가운데를 삼실로 묶어 나침반의 지침면指針面 위로 수평을 이루게끔 들었다. 바늘은 처음에는 빙글빙글 돌면서 양끝을 부르르 떨더니, 마침내 제자리를 잡고 멈춰 섰다. 그러자 이런 결과가 나오기만을 기다리며 주의깊게 지켜보고 있던 에이해브가 나침함에서 순순히 물러서서는 팔을 쭉 뻗어 그것을 가리키며 외쳤다. "다들 자기 눈으로 똑똑히 봐라! 이러고도 에이해브가 수평 자석의 지배자가 아니라고 할 수 있겠느냐! 태양은 동쪽에 있고, 저 나침반이 그것을 증언한다!"

선원들은 한 명씩 돌아가며 나침반을 들여다봤는데, 그처럼 무식한 자들을 설득하려면 자기 눈으로 직접 확인하도록 하는 수밖에 없었기 때문이다. 선원들은 하나둘 슬그머니 사라져버렸다.

멸시감과 승리감에 불타오르는 에이해브의 두 눈에는 파멸적인 자만심이 가득 내비쳤다.

125장
측정기와 측정선

운명이 정해져 있는 피쿼드호가 이번 항해를 시작한 지도 꽤 긴 시간이 흘렀지만 측정기와 측정선[523]을 사용한 일은 매우 드물었다. 배의 위치를 확인할 다른 확실하고 믿음직한 수단들이 있었기 때문에, 일부 상선과 대다수 포경선의 선원들은 특히 순항중에 측정기를 던져 배의 속도를 재는 일을 까맣게 잊곤 한다. 물론 그렇기는 하지만, 보통은 그저 형식적인 이유로 배의 침로와 매시간 추정되는 평균 속도가 석판에 정기적으로 기록되긴 한다. 피쿼드호도 마찬가지였다. 나무로 된 얼레와 거기 연결된 모나고 앙상한 측정기는 오랫동안 사람의 손을 타지 않은 채 뒤쪽 뱃전의 난간 바로 아래에 매달려 있었다. 비와 물보라가 그것을 축축이 적셨고, 태양과 바람이 그것을 뒤틀리게 했다. 자연의 모든 요소가 힘을 합쳐 그토록 한가하게 매달려 있던 그 물건을 썩게 만들었다. 그런데 자신의 감정에 사로잡혀 이 모든 것에는 관심도 없던 에이해브가 자석을 만들어내는 상황을 연출한 지 몇 시간도 지나지 않아, 우연히 그 얼레를 보고는 이제 사분의가 없다는 사실을 기억해냈고, 수평으로 이동하며 사용하는 측정기와 측정선에 대해 자신이 했던 광란의 맹세를 떠올렸다. 배는 앞으로 달려들기라도 할 것처럼 나아가고 있었고, 선미 쪽에서는 난폭한 파도가 일렁이고 있었다.

"거기, 앞에! 측정기를 던져 배의 속도를 재라!"

두 명의 선원이 다가왔다. 황금빛 피부의 타히티섬 출신 선원과 반백의 맨섬 출신 선원이었다. "둘 중 한 명이 얼레를 잡아라. 내가 측정기를 던지마."

그들은 바람 불어가는 쪽인 선미 끝을 향해 갔는데, 갑판은 사선으로 몰아치는 바람 때문에 옆에서 밀려드는 거품 섞인 바닷물에 거의 몸을 담근 상태였다.

맨섬 출신 선원이 얼레를 들고 측정선이 감겨 있는 굴대의 튀어나온 손잡이 양끝을 잡아 높이 쳐들고는, 에이해브가 다가올 때까지 각진 측정기를 아래로 늘어뜨린 채 그대로 서 있었다.

에이해브는 그 앞에 서서 측정기를 바다에 던질 준비 작업을 위해 측정선을 서른 번이나 마흔 번쯤 가볍게 푼 다음 둥글게 감아서 손에 들었다. 그때 에이해브와 그 줄을 유심히 쳐다보고 있던 맨섬 출신 노인이 대담하게도 입을 열었다.

"선장님, 이 줄은 믿음이 안 가요. 완전히 삭은 것 같습니다. 오랫동안 열기를 받고 물기에 젖어서 못쓰게 됐어요."

"이봐 노신사, 이 줄은 잘 버틸 거야. 오랫동안 열기를 받고 물기에 젖었다고 어디 자네가 못쓰게 됐나? 자네는 아직 목숨이 붙어 있는 것 같군그래. 어쩌면 자네가 목숨을 붙들고 있다기보다는 목숨이 자네를 붙들고 있다고 하는 게 더 옳을지도 모르지만."

"선장님, 저는 얼레를 붙들고 있습니다. 하지만 선장님 말씀이 맞아요. 이렇게 머리가 백발이 되고도 논쟁을 벌이는 건 부질없는 짓이죠. 특히 자신의 잘못을 절대 인정할 줄 모르는 윗사람하고는 말이에요."

"뭐가 어쩌고 어째? 여왕님인 대자연이 화강암 위에 세우신 대학에서 어릿광대 교수님이 나셨군. 그런데 교수님치고는 너무 비굴한 것 같아. 자네는 어디서 태어났나?"

"바위로 뒤덮인 작은 맨섬에서요, 선장님."

"훌륭해! 자네는 그 바위로 세상에 한 방 날렸군그래."

"그건 잘 모르겠지만, 어쨌든 거기서 태어났습니다."

"맨섬이라고 했나? 그거 재미있군. 여기 맨섬Man 출신의 남자man가 있다. 한때 독립국이던 맨섬에서 태어났으나, 이제는 맨섬을 떠나 남자다움을 잃고 만 남자. 그래서 지금은 누구 앞에서 뭘 하고 있지? 얼레를 들어올려! 무엇이든 캐묻기 좋아하는 머리는 결국 출구 없이 막다른 벽을 들이받게 되는 법이지. 들어올려! 그래."

측정기가 던져졌다. 느슨하던 측정선이 빠른 속도로 뻗어나가 팽팽해지는가 싶더니 뒤로 길게 이어진 상태가 되어 끌려왔다. 그리고 그 즉시 얼레가 풀리기 시작했다. 굽이치는 파도 탓에 급격히 올라갔다 내려가기를 반복하며 끌려오는 측정기의 저항을 받은 노인은 얼레를 든 채 기이한 자세로 휘청거렸다.

"단단히 붙들어라!"

툭! 너무 팽팽해져 있던 측정선은 하나의 긴 장식용 줄처럼 축 늘어져버렸고, 따라오던 측정기는 종적을 감춰버렸다.

"내가 사분의를 부수고, 천둥이 나침반 바늘을 돌려놓더니, 이제는 미친 바다가 측정선을 끊어버리는군. 하지만 에이해브는 뭐든 고칠 수 있어. 이봐 타히티 선원, 측정선을 끌어당겨라. 맨섬 노인은 얼레를 감아. 그리고 이봐, 목수에게 측정기를 하나 더 만들어달라고 하고, 측정선은 자네가 고치게. 당장 시작해."

"이제 가는군. 선장에게는 아무 일도 아니겠지만, 나한테는 세상 한가운데 박혀 있던 꼬챙이라도 뽑혀나간 듯한 기분이야. 이봐 타히티 선원, 영차 영차 끌어올리게! 이 측정선은 풀릴 때는 빙그르르 돌면서 통째로 사라지더니, 감아올릴 때는 끊긴 채로 천천히 끌려오는군. 하하, 핍? 도와주러 왔군. 그런 거야, 핍?"

"핍이요? 대체 누구더러 핍이라는 거죠? 핍은 포경 보트에서 뛰어내렸어요. 핍은 실종됐어요. 어부 아저씨, 지금 당신이 낚아올리는 게 핍인지 아닌지 한번 봅시다. 간신히 끌어올려지는군요. 핍이 버티고 있나 봐요. 타히티 아저씨, 확 잡아당겨요! 확 잡아당겨서 핍을 떼어버려요! 여긴 감히 겁쟁이 따위가 올라올 수 있는 곳이 아니니까. 허어! 방금 녀석의 팔이 저기 물위로 떠올랐어요. 도끼! 도끼! 도끼로 줄을 잘라버려요. 여긴 감히 겁쟁이 따위가 올라올 수 있는 곳이 아니니까. 에이해브 선장님! 선장님! 선장님! 여기 핍이 다시 배에 오르려 해요."

"시끄러, 이 미친놈아." 맨섬 출신의 노인이 그의 팔을 붙들며 외쳤다. "뒷갑판에서 썩 물러가!"

"자기보다 덜 덜떨어진 바보를 꾸짖는 게 늘 더 덜떨어진 바보가 하는 짓이지." 에이해브가 이렇게 중얼거리며 다가왔다. "성자聖者한테서 그 손 떼지 못할까! 얘야, 핍이 어디 있다고 말했지?"

"저기 선미 쪽이요, 선장님. 선미 쪽이라고요! 자! 봐요!"

"그런데 얘야, 넌 누구지? 너의 텅 빈 눈동자 속에는 내 모습이 비치지 않는구나. 오, 하느님! 인간에게서 불멸의 영혼을 체로 쳐 걸러낼 수 있다니! 얘야, 넌 누구니?"

"종지기랍니다, 선장님. 배의 공지 사항을 알리는 사람이죠. 딩, 동, 딩! 핍! 핍! 핍! 핍을 찾아주시는 분께 사례금으로 진흙 백 파운드를 드립니다. 5피트 되는 키에 겁쟁이처럼 보이는 얼굴. 그걸 보면 당장 알 수 있죠! 딩, 동, 딩! 겁쟁이 핍을 보신 분 누구 안 계세요?"

"높은 산에서 만년설이 시작되는 부분 위로는 마음이라는 게 있을 리 없어. 오오, 그대 얼어붙은 하늘이여! 이곳을 한번 내려다보라. 그대 난봉꾼 창조자여, 그대는 이 불운한 아이를 낳고서 버렸구나. 이봐, 얘야. 오늘부로 에이해브가 살아 있는 동안은 에이해브의 선실이 핍의 집이 될 것이다. 넌 내 마음속 가장 깊은 곳을 건드려 울리는구나. 너는 내 마음의 줄로 엮은 밧줄로 나와 하나로 묶여 있어. 자, 선실로 내려가자꾸나."

"이게 뭐죠? 벨벳처럼 부드러운 상어 가죽이네." 에이해브의 손을 골똘히 바라보고 만져보며 핍이 말했다. "아아, 불쌍한 핍이 이렇게 다정한 것을 만져봤더라면 절대 실종되지 않았을 텐데! 선장님, 제가 보기에 이건 난간줄 같아요. 나약한 영혼들이 붙들 수 있는 것처럼 보인다고요. 오오, 선장님, 당장 퍼스 영감을 불러 이 두 손, 이 검은 손과 흰 손을 한데 모아 거기 대갈못을 박아달라고 해주세요. 저는 이 손을 놓고 싶지 않으니까요."

"오오, 얘야. 내가 너를 이곳보다 더 끔찍한 곳으로 끌고 가지 않는 한, 나도 네 손을 놓지 않으련다. 자, 그럼 내 선실로 가자꾸나. 보라! 신들은 모두 선하고 인간들은 모두 악하다고 믿는 자들이여, 다들 보시라! 전능하신 신들은 고통에 빠진 인간을 망각해버렸는데, 인간은 멍청하고 자신이 무얼 하는지조차 모르면서도 그 마음은 사랑과 감사 같은 다정함으로 가득차 있구나. 가자! 황제의 손을 움켜쥐었을 때보다 너의 검은 손을 붙들고 너를 이끄는 지금이 훨씬 더 자랑스럽구나!"

"저기 두 얼간이가 가는군." 맨섬 출신의 노인이 중얼거렸다. "하나는 힘이 뻗쳐서 얼간이가 돼버렸고, 또 하나는 나약해서 얼간이가 돼버렸어. 그런데 이제 썩은 측정선 끝이 다 올라왔군그래. 흠뻑 젖었네. 그래, 이걸 고치라고? 완전히 새 줄로 바꾸는 게 나을 텐데. 스터브 씨와 한번 상의해봐야겠군."

126장

구명부표

이제 피쿼드호는 에이해브가 만든 수평 자석에 의지해 남동쪽을 향한 채 오로지 에이해브의 측정기와 측정선만으로 항해 경과를 확인해가며 꾸준히 적도 쪽으로 나아가고 있었다. 다른 배라곤 한 척도 만나지 못한 채 그처럼 인적 드문 바다를 아주 오래도록 항해하고 있자니, 이윽고 지루할 만큼 단조롭고 포근한 바다 너머로 꾸준한 무역풍이 불어와 배를 옆에서 밀어주었다. 이 모든 것이 어떤 소란스럽고 절망적인 장면에 앞서 전주곡처럼 펼쳐지는 기이한 정적처럼 느껴졌다.

마침내 배가 적도 어장의 변두리쯤 되는 곳에 접근해 날이 밝기 전의 깊은 어둠 속에서 한 무리의 작은 바위섬들 사이를 지나고 있었을 때, 당직 선원—그때 당직은 플래스크가 지휘하고 있었다—은 애처로울 만큼 격하고 섬뜩한 비명소리—헤롯왕에게 살해당한 무고한 아기 유령들이 웅알대는 듯한 곡성[524]—에 깜짝 놀랐고, 다른 선원들도 깜짝 놀라 다들 몽상에서 깨어났다. 그리고 한동안 로마 노예의 조각상이라도 된 양 서거나 앉거나 기댄 상태로 얼어붙은 채 격한 비명소리가 그칠 때까지 귀를 기울이고 있었다. 기독교 신자이거나 문명화된 선원들은 그것이 인어라고 말하며 몸서리쳤지만, 이교도 작살잡이들은 마냥 태연하기만 했다. 하지만 반백의 맨섬 출신 노인—그들 중 나이가 가장 많은 선원—은 그 오싹한 소리가 이제 막 바다에 빠져 죽은 원혼들의 목소리라고 단언했다.

아래쪽 선실에서 해먹에 누워 있던 에이해브는 흐릿한 잿빛 새벽에 갑판으로 올라와 플래스크에게서 이야기를 전해듣기 전까지는 이 소리에 대해 전혀 알지 못했다. 불길한 암시가 섞인 플래스크의 이야기를 들은 에이해브는 공허하게 웃으며 그의 궁금증을 해결해주었다.

배가 지나온 그 작은 바위섬들은 수많은 바다표범들의 보금자리이므로, 어미를 잃은 새끼와 새끼를 잃은 어미가 배 가까이로 떠올랐다가 배를 계속 따라오면서 사람의 목소리를 닮은 울음소리로 흐느끼고 울부짖은 게 틀림없다는 것이었다. 하지만 몇몇 선원들은 이 이야기를 들은 후 오히려 더한 충격에 빠졌는데, 대부분의 선원들은 바다표범에 대해 매우 미신적인 감정을 품고 있었기 때문이다. 그러한 미신은 바다표범이 괴로울 때 내는 기이한 음색뿐만 아니라, 뱃전 옆에서 바다 위로 고개를 쑥 내밀고 선원들을 뚫어져라 쳐다볼 때의 둥근 머리통과 지성을 지닌 듯한 얼굴이 꼭 사람 같다는 데서 비롯된 것이기도 했다. 바다에서는 경우에 따라 바다표범을 사람으로 착각하는 일도 종종 일어나곤 한다.

하지만 선원들이 느낀 불길한 징조는 그날 아침 그들 중 한 명에게 닥쳐온 불운한 운명을 통해 무엇보다 확실히 입증되었다. 해가 뜨자 이 선원은 해먹에서 일어나 앞돛대 꼭대기로 올라갔는데, 잠이 덜 깼는지(때로 선원들은 반쯤 몽롱한 상태로 돛대 꼭대기에 오르기도 하므로) 아니면 늘 그랬는지는 이제 영영 알 길이 없게 돼버렸으나, 이유야 어찌됐든 그가 꼭대기에 자리를 잡은 지 얼마 지나지 않아 비명소리—비명소리와 함께 세차게 바람을 스치는 소리—가 들려와 선원들이 위를 올려다보니 공중에서 유령 같은 게 추락하고 있었고, 아래를 내려다보니 새파란 바다에서 한 줄의 하얀 물거품이 덩어리째 일고 있었다.

늘 선미 부근의 교묘한 용수철에 고분고분히 걸려 있던 구명부표—길고 호리호리한 통—가 바다로 던져졌다. 하지만 그것을 붙잡아야 할 손은 떠오르지 않았다. 오래도록 내리쬔 햇볕으로 인해 쪼그라들어버린 통에는 천천히 물이 차올랐고, 바짝 말라 목이 타는 목재도 모든 구멍으로 물을 빨아들였다. 그래서 대갈못을 박고 쇠테를 두른 그 통은 아까 그 선원을 따라서 바다 밑바닥으로 내려가버렸다. 사실 좀 딱딱하긴 하지만, 그래도 그를 위한 베개가 되어주겠다는 듯이 말이다.

이리하여 흰 고래가 헤엄치고 노는 바로 그 어장에서 흰 고래를 찾기 위해 돛대에 오른 피쿼드호의 선원이 처음으로 심해에 삼켜지고 말았다. 하지만 당시에 그 사건의 의미를 곱씹어본 이들은 극히 소수였을 것이다. 사실 선원들 중에 이 사건을 불길한 징조로 여기고 비통해한 이는 아무도 없었다. 그들은 이 사건을 앞으로 닥쳐올 재앙의 전조가 아니라, 이미 예견된 재앙의 실현으로 여겼기 때문이다. 선원들은 간밤에 들었던 날카로운 비명의 의미가 무엇인지 이제야 알겠다며 떠들어댔다. 하지만 맨섬 출신의 노인은 그게 아니라는 듯 다시 한번 고개를 가로저었다.

이제 잃어버린 구명부표를 새것으로 대체해야 했다. 그 일을 처리하라는 명령이 스타벅에게 떨어졌다. 하지만 아무리 뒤져보아도 충분히 가벼운 통을 찾지 못했고, 바야흐로 이번 항해의 결정적 국면이 다가오고 있다는 생각에 흥분의 도가니에 빠진 선원들은 그 최후의 국면—그것이 무엇으로 밝혀지건—

과 직접 관련된 일이 아니면 하려고 들지를 않았다. 그리하여 그들은 배의 선미를 부표 없이 비워두려 했는데, 그때 퀴퀘그가 기이한 손짓과 암시를 보내며 자신에게 관이 있지 않느냐는 이야기를 넌지시 전했다.

"관으로 만든 구명부표라니!" 스타벅이 깜짝 놀라며 소리쳤다.

"그것 참 괴상한데요." 스터브가 말했다.

"충분히 훌륭한 부표가 될 수 있을 거예요." 플래스크가 말했다. "여기 이 목수에게 부탁하면 금방 해결될 겁니다."

"관을 여기로 가져오게. 그것 말고는 쓸 게 없으니." 우울한 표정으로 잠시 생각에 빠져 있던 스타벅이 말을 이었다. "급한 대로 우선 만들어보게나, 목수 양반. 그렇게 쳐다보지 말라고. 그래, 저 관으로 말이야. 내 말 들었나? 임시로라도 한번 만들어봐."

"항해사님, 그럼 뚜껑에 못도 박을까요?" 목수가 망치라도 든 것처럼 손을 움직여대며 말했다.

"그래."

"판자 이음매도 뱃밥으로 채우고요?" 목수가 이음매 막이용 끌이라도 든 것처럼 손을 움직여대며 말했다.

"그래."

"그런 다음에는 그 위에 역청을 칠할까요?" 목수가 역청 항아리라도 든 것처럼 손을 움직여대며 말했다.

"그만 저리 가! 대체 어디에 홀려서 이렇게 떠드는 거지? 그냥 관으로 구명부표를 만들기만 하면 돼. 스터브, 플래스크, 나랑 같이 저리로 가세."

"혼자 씩씩대며 가버리는군. 저 인간은 전체는 감당해내면서 부분에서는 갑자기 주저한단 말이지. 그런데 이 일은 영 별로야. 내가 에이해브 선장에게 다리를 하나 만들어주면 선장은 그걸 신사처럼 한쪽에 달고 다녀. 반면에 내가 퀴퀘그에게 모자를 넣으라고 판지 상자를 만들어주면 그는 습관적으로 거기에 머리를 집어넣곤 하지. 저 관을 만드느라 내가 들인 수고는 전부 헛수고란 말인가? 이제 저걸로 구명부표를 만들어야 한다니. 이건 오래된 코트를 뒤집는 일이나 마찬가지야. 안감을 밖으로 끄집어내는 거나 마찬가지라고. 이렇게 수선 일이나 하는 건 마음에 안 들어. 전혀 내키지 않는다고. 품위가 떨어지는 일이야. 내가 할 일이 아니지. 수선공 노릇은 수선공 놈들더러 하라고 하지. 우린 얼뜨기 수선공들보다 급수가 높다고. 나는 깨끗하고 순수하고 정당하고 아주 정확한 일만 맡고 싶어. 시작 부분에서 시작되고, 가운데 부분에서는 반쯤 끝나고, 결말 부분에서는 깔끔하게 마무리되는 그런 규칙적인 일 말이야. 가운데 부분에서 마무리되고, 결말 부분에서 시작되는 그런 엉터리 수선공 일은 사양하겠어. 할망구들이나 수작을 부릴 속셈으로 수선 일을 맡기지. 세상에! 할망구들은 왜 그리도 수선공을 좋아하는 건지. 내가 아는 예순다섯 살 먹은 할망구는 머리가 홀라당 까진 젊은 수선공이랑 바람이 나서 같이 도망친 적도 있다고. 내가 비니어드섬에서 가게를 열었을 때 홀몸이 된 외로운 할망구들이 맡기는 일에 한 번도 응해주지 않았던 건 바로 그 때문이야. 그랬다간 외롭고 늙은 머리를 굴려 나랑 같이 도망칠 궁리를 할지도 모르니까. 그런데 맙소사! 바다가 쓰는 모자라고는 눈처럼 흰 포말로 된 모자뿐이로군. 어디 보자. 뚜껑에 못을 박고, 이음매를 뱃밥으로 채우고, 그 위에 역청을 칠하고, 방수용 누름대로 꽉꽉 누른 다음, 용수철로 딱 고정해서 선미에 매달라는 말이지. 관으로 이런 일을 해본 사람이 있기나 했을까? 미신에 사로잡힌 늙은 목수들 가운데는 이 일을 하느니 차라리 밧줄에 묶이는 편이 낫겠다고 말하는 자도 있을 거야. 하지만 나는 아루스투크[525]의 옹이투성이 침엽수로 만들어진 사람이야. 제자리에서 한 치도 움직이지 않는다고. 배의 엉덩이에 관을 묶어 매라니! 무덤에서나 쓰는 상자를 달고 항해를 하겠다니! 하지만 그래도 괜찮아. 우리 목수들은 각종 관뿐만 아니라 신혼용 침대나 카드놀이용 접이탁자도 만들지. 우린 월급을 받고 일하거나, 건당으로 계약을 하고 일하거나, 이윤을 따져서 일을 하지. 맡은 일에 의문을 품는 건 우리 몫이 아니야. 그게 너무 얼토당토않은 수선 일만 아니라면 말이지. 물론 그런 경우라면 가능한 한 때려치우려 해보겠지만. 에헴! 자, 이제 나긋나긋하게 일을 시작해보자. 자, 그러니까, 배에 탄 선원이 모두 몇 명이라고 했더라? 잊어버렸네. 어쨌거나 길이가 각각 3피트씩 되는 구명 밧줄 서른 개를 터번에 장식 매듭 감듯이 관 주위에 둘둘 말아놓아야겠어. 만일 배가 가라앉기라도 하는 날엔 서른 명의 산 자들이 서로 하나의 관 하나를 차지하겠다고 다툼을 벌이겠군. 태양 아래서 그리 자주 볼 수 있는 광경은 아니겠어! 망치, 끌, 역청 항아리, 그리고 밧줄 스파이크를 가져와야지! 어서 작업을 시작하자."

127장
갑판

바이스 작업대와 열린 승강구 사이에 있는 두 개의 밧줄통 위에 관이 놓여 있다. 목수는 관의 이음매를 뱃밥으로 채우고 있다. 그의 작업복 안주머니에 있는 커다랗고 둥근 통에서 한 줄로 꼬인 뱃밥이 천천히 풀려 나오고 있다. 에이해브는 선실 승강구를 천천히 빠져나오다가 핍이 자신을 뒤따라오는 소리를 듣는다.

"얘야, 돌아가거라. 곧 네게로 갈 테니. 저기 가는군! 나의 이 손도 저 아이보다 상냥하게 내 기분을 맞춰주진 못할 거야. —여기는 마치 교회의 중앙 통로 같군! 이건 뭐지?"

"구명부표입니다, 선장님. 스타벅 씨의 명령이죠. 아, 저기요, 선장님! 승강구를 조심하세요!"

"고맙네그려. 자네의 관은 편하게도 지하 납골당 가까이에 놓여 있군."

"네? 승강구 말씀인가요? 오오! 그렇습니다, 선장님. 정말 그러네요."

"자네는 다리 만드는 사람이 아니던가? 이것 좀 보게. 이 의족은 자네 가게에서 만든 게 아니던가?"

"그랬을 겁니다, 선장님. 접합부의 쇠테는 잘 견디고 있습니까?"

"그럭저럭 잘. 그런데 그대는 장의사이기도 하지 않던가?"

"그렇습니다, 선장님. 여기 이것은 제가 퀴퀘그를 위해 만든 관인데, 이제는 이걸 다른 걸로 뜯어고치라고 하네요."

"그렇다면 자네는 순 욕심쟁이에다 아무데나 끼어들어 일을 마구마구 독차지하는 야만적인 늙은 악당이 아닌가? 하루는 다리를 만들고, 그다음날엔 그 다리를 집어넣을 관을 만들면서, 또 그 관으로 구명부표를 만드니 말이야. 자네는 신들처럼 물불 가릴 줄 모르고, 만물박사만큼이나 다재다능해."

"하지만 제가 의도해서 하는 일은 하나도 없습니다, 선장님. 저는 제게 주어진 일을 할 뿐이에요."

"신들 또한 그렇지. 이보게, 자네는 관을 만들 때 노래를 부르지 않나? 사람들이 말하길, 티탄족은 화산의 분화구를 파면서 콧노래를 흥얼거렸고, 극에 등장하는 무덤 파는 사람[526]도 손에 삽을 든 채로 노래를 부른다고 하더군. 자네는 노래를 부르지 않는단 말인가?"

"노래라고요, 선장님? 노래를 부르냐고요? 오오, 전 노래에는 일절 관심이 없습니다. 하지만 무덤 파는 사람이 노래를 불렀던 건 삽에 음악이 없었기 때문일 거예요. 그런데 이음매를 메우는 이 나무망치에는 음악이 가득하죠. 잘 들어보세요."

"그렇군, 그건 뚜껑이 악기의 공명판 역할을 하기 때문이야. 그리고 공명판을 만들려면 무엇보다 아래가 비어 있어야 하지. 그런데 관은 안에 시체가 들어 있어도 텅 비었을 때만큼이나 소리가 썩 잘 울린단 말이야. 목수 자네는 관 나르는 일을 도운 적이 있는가? 교회 묘지 안으로 관을 메고 가다가 관이 교회 묘지 대문에 쿵 하고 부딪혔을 때 나는 소리를 들어본 적이 있는가?"

"오오, 신이시여. 선장님, 저는—"

"신이시여 뭐? 뭐라고 한 거지?"

"있잖습니까, 선장님. 그건 그냥 일종의 감탄사예요. 그뿐입니다."

"음, 음. 계속 말해보게."

"선장님, 그러니까 제가 하려던 말은—"

"자네는 누에인가? 자네는 자네 몸에서 풀어낸 실로 자네의 수의를 짜고 있나? 자네 안주머니를 좀 보라고! 얼른 해치워버려! 그리고 여기 이 덫들을 내 눈에 안 띄게 치워버리게."

"선장이 선미 쪽으로 가는군. 그나저나 갑작스러웠어. 하지만 열대지방에서는 갑자기 세찬 소나기가 쏟아지곤 하는 거니까. 갈라파고스제도에 속한 앨버말섬[527]의 한가운데를 적도가 가로지르고 있다고들 하더군. 내가 보기에는 저 노인의 한가운데에도 일종의 적도 같은 것이 가로놓여 있는 듯해. 그는 늘 적도 아래에 있어서, 정말이지 불처럼 뜨겁단 말이야! 선장이 이쪽을 보네. 자, 뱃밥을 풀자. 얼른. 다시 시작해야지. 이 나무망치는 코르크고, 나는 글라스하모니카 연주자라네. 탁! 탁!"

(에이해브의 독백)

"정말 볼만하군! 아주 대단한 소리야! 반백의 딱따구리가 텅 빈 나무를 탁탁 두들기고 있어! 이 정도면 장님과 귀머거리가 부러울 지경이야. 한번 보라고! 안에 예인줄이 가득 든 두 개의 밧줄통 위에 저걸 올려놨군. 저놈은 세상에서 가장 심술궂은 익살꾼이야. 탁, 탁! 인간의 시계도 저렇게 똑딱거리지. 오오! 세상 모든 물질은 그 얼마나 비물질적인가! 헤아리기 힘든 사유 외에 실재하는 게 또 뭐가 있단 말인가? 지금 이곳에서는 암울한 죽음의 무시무시한 상징이 단지 우연으로 인해 더없이 커다란 위험에 빠진 생명에 대한 도움과 희망의 표징이 되고 말았구나. 관으로 된 구명부표라니! 더 깊은 의미를 찾아낼 수 있을까? 영적인 의미에서 보면, 관이 불멸성의 저장고가 될 수도 있는 것일까! 한번 생각해봐야겠다. 아니, 아니야. 나는 지구의 어두운 쪽으로 너무 깊이 들어가버려서 다른 쪽, 그러니까 이론상 밝은 쪽이 내게는 불확실한 황혼처럼 보일 뿐이다. 목수여, 그 망할 소리 좀 멈춰줄 수 없겠나? 나는 아래로 내려가련다. 다시 이곳으로 돌아왔을 때는 저 물건이 내 눈에 보이지 않게 해다오. 자, 그러면 핍, 이 문제에 대해 함께 이야기를 나눠보자꾸나. 나는 실로 너에게서 더없이 경이로운 철학적 지식을 빨아들인다! 미지의 세상에 속한 미지의 도관導管이 네게로 이어져 네 내면으로 흘러들고 있는 게 분명해!"

128장
피쿼드호가 레이철호를 만나다

다음날, 레이철이라는 이름의 커다란 배가 돛대와 활대를 선원들로 빼곡히 채운 채 피쿼드호를 향해 곧장 돌진해 오는 모습이 목격되었다. 그때 피쿼드호는 빠른 속도로 물살을 가르고 있었다. 하지만 바람 불어오는 쪽에서 돛을 날개처럼 활짝 펼치고 온 낯선 배를 가까이서 쳐다보니 뽐내던 돛들은 모두 뻥 터진 부레처럼 늘어져 있고, 온몸을 난타당한 선체에는 생기라곤 남아 있지 않았다.

"나쁜 소식이야. 저 배가 나쁜 소식을 가지고 왔군." 맨섬 출신 노인이 중얼거렸다. 하지만 그 배의 선장이 보트에 서서 양손으로 나팔을 만들어 입에 대고는 희망찬 인사를 건네기도 전에 에이해브의 목소리가 먼저 들려왔다.

"흰 고래를 보았소?"

"봤소, 바로 어제였지. 포경 보트 한 척이 표류하는 걸 보지 못했소?"

이 예상치 못한 대답에 에이해브는 기쁨을 억누르며 못 봤다고 대답했다. 그런 다음 그는 기꺼이 그 낯선 배에 오르고 싶었을 테지만, 그때는 이미 그 배의 선장이 배를 멈추고 몸소 뱃전을 내려오는 모습이 눈에 들어왔다. 노를 몇 차례 힘껏 젓는가 싶더니, 이윽고 그쪽 보트의 갈고리가 피쿼드호의 사슬에 고정됐고, 선장이 갑판 위로 훌쩍 뛰어올랐다. 에이해브는 대번에 그가 자신이 알던 낸터킷 사람임을 알아차렸다. 하지만 형식적인 인사는 나누지 않았다.

"어디서 보았소? 죽지 않았구나! 아직 죽지 않았어!" 에이해브가 가까이 다가가며 외쳤다. "그래, 어땠소?"

그 전날 늦은 오후, 그 배의 보트 세 척이 한 무리의 고래를 쫓느라 모선에서 4, 5마일이나 멀어지면서까지 바람 불어오는 쪽을 향해 맹렬한 추격을 벌이고 있었을 때, 갑자기 바람 불어가는 쪽에서 그리 멀지 않은 푸른 수면 위로 모비 딕의 새하얀 혹과 머리가 불쑥 솟아올랐다고 했다. 그리하여 삭구를 갖춘 네번째 보트—예비용 보트—가 곧장 아래로 내려져 추격에 나섰다. 순풍을 받으며 힘껏 노를 저은 이 네번째 보트—모든 보트 가운데 가장 날쌘 보트—는 작살을 박아넣는 데 성공한 듯 보였다. 적어도 돛대 꼭대기의 선원이 보기에는 그런 듯했다. 그 선원은 멀리서 작은 점 하나로 줄어든 보트를 보았는데, 순식간에 하얀 포말이 이는가 싶더니 더는 아무것도 보이지 않게 되었다. 그래서 아무래도 작살을 맞은 고래가 추격자들을 끌고 어디론가 달아나버린 게 틀림없다는 결론이 내려졌다. 그런 일은 흔했다. 다소 우려스럽긴 했지만 분명 위급한 상황은 아니었다. 돛대에 보트들을 다시 불러들이는 신호기가 걸렸다. 어둠이 밀려왔다. 정반대 방향에 있는 네번째 보트를 찾으러 가기 전에 바람 불어가는 쪽에 있는 보트 세 척을 먼저 끌어올려야 했기에 레이철호는 네번째 보트를 자정 무렵까지 운명의 손아귀에 내버려둘 수밖에 없었을뿐더러 당분간 그 보트와 거리를 벌릴 수밖에 없었다. 하지만 마침내 나머지 선원 전원이 무사히 배에 오르자, 레이철호는 돛을 전부 달고—보조돛까지 모조리 달고서—실종된 보트를 찾아 나섰다. 기름솥에 불을 지펴 등대로 삼았고, 선원들 둘 중 하나는 돛대 꼭대기에 올라 망을 봤다. 하지만 그러한 상태로 사라진 보트가 마지막으로 목격되었다고 추정되는 지점까지 충분히 배를 몰아 그곳에 배를 세우고 예비 보트를 몽땅 내려 주변을 수색해봤건만 아무것도 발견되지 않았다. 다시 배를 몰다가 다시 멈춰 서서 보트를 내리기를 해뜰 무렵까지 계속 이어나갔지만 실종된 보트는 흔적조차 보이지 않았다.

이야기를 끝마친 낯선 배의 선장은 곧이어 자신이 피쿼드호에 찾아온 목적을 밝혔다. 그는 피쿼드호가 레이철호와 힘을 합쳐 수색에 나서줬으면 하고 바랐다. 서로 4마일이나 5마일쯤 떨어진 채로 나란히 바다를 나아가면 두 배로 늘어난 시야로 바다를 훑을 수 있지 않겠느냐는 것이었다.

"뭐든 걸어도 좋아." 스터브가 플래스크에게 속삭였다. "실종된 보트에 탔던 누군가가 저 선장이 가장 아끼는 외투를 걸치고 간 게 틀림없어. 어쩌면 시계를 들고 갔는지도 모르지. 그걸 되찾지 못해 저렇게 성깔을 부리며 안달하고 있는 거라고. 한창 고래잡이 철에 훌륭한 포경선 두 척이 실종된 보트 한 척을 찾겠다고 항해에 나선다는 게 말이나 되는 소리야? 봐, 플래스크, 저 선장의 얼굴이 얼마나 창백한지—눈알까지 창백해졌군. 보라고. 외투가 아닌가보네. 아마 틀림없이—"

"내 아들이오. 그 보트에는 내 아들이 타고 있소. 제발 부탁이오. 이렇게 빌테니—" 이 대목에서 낯선 배의 선장은 그때까지 자신의 하소연을 냉담히 듣고 있던 에이해브를 향해 목소리를 높이기 시작했다. "마흔여덟 시간만 배를 빌려주시오. 대가는 기꺼이 지불하리다, 아니 충분히 지불하겠소. 만일 달리 방법이 없다면—딱 마흔여덟 시간이오. 그거면 되오. 반드시, 오오, 무슨 일이 있어도 반드시 그리 해주십시오."

"아들이라니!" 스터브가 외쳤다. "오오, 잃어버린 게 아들이었다니! 외투와 시계 얘긴 취소하겠네. 에이해브가 뭐라고 할까? 우린 그 아들을 반드시 구해야만 해."

"녀석은 간밤에 다른 선원들과 함께 물에 빠져 죽었어." 그들 뒤에 서 있던 맨섬 출신 노인이 말했다. "난 들었지. 너희도 그들의 혼이 울부짖는 소릴 들었잖아."

그런데 곧 밝혀진 사실이지만, 레이철호에 닥친 이 사건을 더욱 우울하게

만든 것은 선장의 아들이 실종된 보트의 선원 가운데 하나로 타고 있었을 뿐만 아니라, 모선에서 떨어져 어둠 속에서 우여곡절을 겪어가며 고래떼를 쫓던 다른 보트의 선원 가운데도 그의 또다른 아들이 섞여 있었다는 사실이다. 그리하여 가련한 아버지는 한동안 괴롭고 당혹스러운 절망의 나락에 빠져 있었는데, 그 문제를 해결해준 것은 다름 아닌 일등항해사였다. 일등항해사는 그러한 돌발 사태에 처한 포경선이 통상적으로 따르는 절차, 즉 위험에 빠진 보트들이 여기저기 분산되어 있을 경우에는 언제나 선원이 다수인 쪽을 먼저 구한다는 절차를 본능적으로 따랐던 것이다. 하지만 선장은 알 수 없는 기질상의 이유로 이러한 사정을 언급하길 꺼렸는데, 에이해브의 냉랭한 반응 때문에 어쩔 수 없이 아직 찾지 못한 아들 이야기를 털어놓을 수밖에 없었다. 아들은 겨우 열두 살 먹은 꼬마였다. 진지하면서도 대범하고 대담한 낸터킷 사람 특유의 부성애를 지닌 꼬마의 아버지는 거의 태곳적부터 그들 가문의 숙명이었던 고래잡이 일의 위험과 경이를 아들에게 어릴 적부터 맛보여주고자 했다. 낸터킷의 선장들이 그처럼 어리고 여린 아들들을 품에서 떠나보내 자신의 배가 아닌 다른 배에 태운 다음 서너 해 동안 길게 지속되는 항해에 참여시키는 것도 그리 드문 일은 아니다. 행여나 아버지 쪽에서 당연하면서도 부적절한 편애 또는 과도한 걱정이나 우려를 표하기라도 한다면 아들이 고래잡이 일에 대해 가질 첫인상이 어그러질 수도 있기 때문이다.

한편 낯선 배의 가련한 선장은 여전히 에이해브에게 은혜를 베풀어달라고 애원하고 있었는데, 여전히 어떤 충격이 가해져도 끄떡 않는 모루처럼 서 있었다.

"당신이 알았다고 말하기 전까지 난 떠나지 않겠소." 낯선 배의 선장이 말했다. "비슷한 일이 생겼을 때 당신이 나에게 바라는 대로 나에게 해주시오. 에이해브 선장 당신 또한 늙어서 얻은 자식—아직 어려서 지금은 아늑한 집에 안전히 머물러 있는 자식—이 하나 있으니 말이오. 그래, 그래, 이제 측은한 마음이 드시나보군. 그렇고말고. 자, 다들 빨리빨리 서두르시게, 활대를 용골과 직각으로 만들 준비를 하라고."

"멈춰라." 에이해브가 외쳤다. "밧줄에는 손도 대지 마." 그러고는 단어 하나 하나마다 길게 힘을 주어가며 말했다. "가디너 선장, 난 그 일을 하지 않겠소. 심지어 지금 이 순간에도 난 시간을 허비하고 있어. 이제 그만 가보시게. 다들 잘 가시오. 신께서 당신들을 축복하시길. 그리고 부디 내가 나 자신을 용서하게 되길. 하지만 이제 난 가봐야 하오. 스타벅, 나침함의 시계를 보게. 그리고 지금부터 삼 분 안에 이곳을 떠나라고 이 낯선 손님들께 경고해주게. 그런 후에 돛을 다시 전진 방향으로 돌리고 아까처럼 항해를 계속하도록."

에이해브는 얼굴을 옆으로 돌리며 황급히 뒤돌아서서 선장실로 내려갔다. 가디너 선장은 그토록 진심어린 요청을 타협의 여지도 없이 단칼에 거절당하자 그 자리에 못박힌 듯 멍하니 서 있었다. 하지만 흠칫 놀라며 마법에서 깨어난 가디너는 기척도 없이 황급히 뱃전으로 발걸음을 옮겼고, 보트에 올랐다기보다는 보트에 굴러떨어져서 모선으로 돌아갔다.

두 배는 곧 다른 방향으로 갈라섰다. 그 낯선 배는 오래도록 시야에 들어왔는데, 아무리 작더라도 바다 위에 검은 점이 보일 때마다 뱃머리를 좌우로 흔들며 이곳저곳으로 나아가고 있었다. 활대는 방향을 이리저리 빙빙 돌려댔고, 선체는 우현으로 향했다 좌현으로 향했다 하기를 반복했다. 파도를 헤치고 나아가는가 싶더니, 다시 파도에 밀려가기도 했다. 그러는 동안에도 배의 돛대와 활대에는 선원들이 빼곡히 매달려 있었는데, 마치 소년들이 세 그루의 커다란 벚나무에 올라 가지 사이에서 버찌를 따고 있는 듯한 모습이었다.

하지만 레이철호가 여전히 가던 길을 멈추고 비통하게 방향을 돌리는 걸 보면 이 배가 그토록 물보라 이는 울음을 울고도 여전히 위안을 얻지 못했음을 똑똑히 알 수 있었다. 그 배는 더는 이 세상에 없는 아이들 때문에 울고 있는 라헬[528]이었다.

129장

선실

(에이해브가 갑판으로 가기 위해 몸을 움직인다. 핍이 에이해브를 따라가려고 그의 손을 붙잡는다)

"얘야, 얘야. 너는 지금 에이해브를 따라가서는 안 된단다. 에이해브가 너를 놀라게 해서 쫓아버리려는 것은 아니지만, 그래도 너를 에이해브 곁에 두긴 꺼려지는 시간이 다가오고 있어. 불쌍한 아이야, 네게는 나의 만성적인 병을 치유해주는 무언가가 있어. 독은 독으로 제거하는 법이라지. 그리고 이번 추격에서는 나의 병이 곧 내가 가장 바라는 활력이 되었구나. 여기 아래에 남아 있으렴. 사람들이 너를 선장처럼 대접해줄 테니. 그래, 얘야. 나사못으로 바닥에 고정시켜놓은 여기 내 의자에 앉아 있거라. 너는 이 의자에 박힌 또다른 나사못이 되어야만 해."

"아뇨, 아뇨, 아뇨! 선장님은 몸이 온전치 못해요. 부족하나마 저를 선장님의 잃어버린 다리 한쪽으로 삼아주세요. 그저 제 위를 디디시기만 하면 돼요. 그것 말고는 더 바랄 게 없답니다. 그러면 전 영원히 선장님의 일부가 될 테니까요."

"오오! 그 말을 들으니 세상에 백만 명의 악당이 있다 할지라도 인간의 시들 줄 모르는 충성심을 맹신하게 되는구나!—검둥이에다! 미친놈인데도!—그런데 녀석에게도 독은 독으로 제거한다는 요법이 통하는 모양이야. 녀석이 이리도 다시 제정신으로 돌아오다니."

"선장님, 사람들이 제게 말하길, 언젠가 스터브가 불쌍한 꼬마 핍을 내다버렸대요. 그래서 살아 있었을 때는 새까만 피부만 보였는데, 이제는 물속에 가라앉아 하얀 뼈만 보인대요. 하지만 스터브가 핍을 버린 것처럼 제가 선장님을 버리는 일은 절대 없을 거예요. 선장님, 저는 선장님과 함께 가야만 해요."

"네가 그렇게 말하면 말할수록 에이해브의 목적이 뒤집어지고 말아. 따라와서는 안 된다. 그럴 순 없어."

"오오, 훌륭하신 선장님, 선장님, 선장님!"

"그렇게 징징거리면 죽여버리겠어! 조심하거라, 에이해브 또한 미친 자이니. 잘 듣고 있으면 종종 내 고래뼈 다리가 갑판에 부딪히며 내는 소리를 들을 수 있을 테고, 내가 거기 있다는 것도 알게 될 테니까. 이제 작별할 시간이야. 손을 이리로!—악수! 얘야, 너는 원둘레가 원의 중심에 충실한 것처럼 충실하구나. 그래. 신께서 영원히 너를 축복해주시기를. 그리고 어떤 일이 닥쳐오더라도 하느님께서 너를 구원해주시기를."

(에이해브가 떠난다. 핍이 앞으로 한 걸음 내디딘다)

"그가 방금 여기 서 있었어. 지금 난 그가 숨쉬던 자리에 서 있지만 그래도 혼자야. 가련한 핍이 여기 있어주기라도 한다면 견딜 수 있을 텐데, 그는 실종돼버렸어. 핍! 핍! 딩, 동, 딩! 핍을 보신 분 어디 안 계세요? 이 배 위에 있는 게 틀림없어. 문을 한번 열어보자. 응? 자물쇠도 빗장도 가로장도 없군. 그런데도 열리지 않아. 마법이 틀림없어. 선장님이 내게 여기 남아 있으라고 했지. 그래, 그리고 여기 나사못으로 바닥에 고정시켜놓은 이 의자가 내 의자라고 했어. 자, 그럼 한번 앉아볼까나. 배의 정중앙 쪽 선미판에 앉아 있으니 용골과 돛대 세 개가 모두 내 눈앞에 있구나. 늙은 선원들이 말하길, 74문의 대포를 가진 전함에 탄 제독들은 가끔씩 탁자 앞에 앉아 여러 열로 늘어선 대령과 대위들을 호령한다던데. 하! 이건 뭐지? 견장肩章이다! 견장이야! 견장이 떼로 몰려온다! 디캔터를 돌려라. 만나서 반갑소. 다들, 잔을 채우시게! 그런데 검둥이 소년이 외투에 금으로 된 장식용 수술을 매단 백인들을 초대하고 주인 노릇을 하려니 기분이 참 묘하군! 여러분, 핍이라는 아이를 보았소? 키가 5피트 되는 검둥이 꼬마, 비굴한 표정을 한 겁쟁이랍니다! 언젠가 포경 보트에서 뛰어내렸는데. 그를 본 적이 있나요? 없다고요! 뭐 그럼, 다시 잔이나 채워요. 여러분, 세상의 모든 겁쟁이들을 비웃어주며 건배합시다! 모든 겁쟁이들아, 부끄러운 줄 알아라. 쉿! 저 위에서 고래뼈 다리 소리가 들려요. 오, 선장님! 선장님! 당신이 제 위에서 걸어다니면 저는 정말 기가 죽어요. 하지만 전 여기 남겠습니다. 이곳 선미가 바위에 부딪혀 박살이 나고, 그 틈으로 바위가 잔뜩 들이닥치고, 제 몸에 굴이 다닥다닥 달라붙더라도 전 여기 남아 있겠어요."

130장

모자

이제 에이해브는 그토록 길고 광범위한 예비 항해를 마친 후—즉, 다른 모든 고래 어장을 훑은 후—자신의 적을 바다의 울타리 안으로 몰아넣어 더욱 확실히 살해하기에 적당한 시기와 장소에 도달한 듯 보였다. 이제 그는 전에 고통스러운 상처를 입었던 바로 그 위도와 경도에 매우 가까이 와 있었고, 바로 전날에는 실제로 모비 딕을 만났다는 배를 만나 이야기도 전해 들었다. 그리고 그동안 만나본 다양한 배들이 들려준 이야기를 대조해보면, 먼저 죄를 지은 쪽이 어느 쪽이었건 간에 흰 고래가 자신을 사냥하려던 자들을 악마처럼 흉포하고도 태연히 침몰시켜버렸다는 점에서는 의견이 일치했음을 알 수 있었다. 이제 이 노인의 눈에는 나약한 영혼은 감히 쳐다도 볼 수 없을 무언가가 도사리고 있었다. 여섯 달 동안이나 밤이 이어지는 북극의 밤하늘 한복판에서 영원히 지지 않는 북극성이 그 날카로운 눈을 계속 부릅뜨고 있듯, 에이해브의 결심도 우울한 선원들이 처한 영원한 자정의 어둠 위로 단호한 빛을 내려보내고 있었다. 그 빛이 그들을 완전히 지배하고 있었기에, 그들은 온갖 불길한 예감, 의혹, 불안, 두려움 따위를 어쩔 수 없이 자신들의 영혼 밑에 숨겨둔 채 거기서 싹이나 이파리 하나도 돋아나지 않게 할 수밖에 없었다.

또한 불길한 전조로 가득한 이 막간에는 마지못해 웃는 웃음과 자연스레 웃는 웃음을 막론한 모든 웃음이 자취를 감췄다. 스터브는 더이상 애써 웃지 않았고, 스타벅은 더이상 웃음을 참지 않아도 되었다. 기쁨과 슬픔, 희망과 두려움 모두가 에이해브의 강철 영혼이라는 절구에 빻여 한동안 고운 가루가 된 듯했다. 선원들은 자신들을 감시하는 노인네의 폭군 같은 눈길을 끊임없이 의식하면서 갑판 위를 기계처럼 멍하니 돌아다녔다.

하지만 에이해브가 자신을 쳐다보는 사람이 한 명뿐이라고 생각하며 좀더 은밀하고 비밀스러운 시간을 보내고 있을 때의 모습을 유심히 살펴보면, 에이해브의 눈길이 선원들의 눈에 경외감을 심어주는 것과 마찬가지로 불가해한 파르시의 눈길이 에이해브의 눈에 경외감을 심어준다는 것, 아니면 적어도 때로 에이해브의 눈에 터무니없는 방식으로 영향을 끼친다는 걸 알 수 있었을 것이다. 이제 그처럼 고요하고 은밀한 기이함이 깡마른 페달라에게 들러붙어 그를 감싸기 시작했고, 그는 그로 인한 전율에 시종일관 몸을 떨어댔으므로, 선원들은 그를 미심쩍은 눈길로 쳐다보았다. 그들은 페달라가 육신을 지닌 실체인지, 아니면 어떤 보이지 않는 존재의 육신이 갑판에 드리운 흔들리는 그림자인지 아리송한 듯했다. 그리고 그 그림자는 언제나 그곳을 맴돌고 있었다. 페달라가 밤에 잠을 잔다거나 아래 선실로 내려가기라도 하는 모습을 확실히 본 사람이 아무도 없었기 때문이다. 그는 몇 시간씩이나 가만히 서 있곤 했는데, 절대 어디 앉거나 기대는 법이 없었다. 희미하지만 신비로운 그의 눈은 분명 이렇게 말하고 있었다. 우리 두 불침번에게 휴식 따윈 없다고.

그리고 선원들이 밤이고 낮이고 할 것 없이 아무때고 갑판 위로 올라가보면 그곳에는 늘 에이해브가 있었다. 그는 중심축 구멍에 다리를 고정한 채로 서 있거나, 늘 변함없는 갑판의 두 경계—큰 돛대와 뒷돛대—사이를 일정한 리듬으로 걸어다니고 있었다. 혹은 앞으로 발이라도 내디디려는 듯 온전한 쪽 발을 갑판 쪽으로 내민 채 선실 승강구에 서 있기도 했다. 에이해브는 눈을 가릴 만큼 모자를 푹 눌러쓰고 있었다. 그래서 그가 아무리 가만히 서 있어도, 그가 해먹에 몸을 누이지 않는 낮과 밤이 아무리 계속돼도, 선원들은 그 푹 눌러쓴 모자에 가려진 눈이 정말 감겨 있는지, 아니면 그 눈이 여전히 자신들을 뚫어져라 쳐다보고 있는지 확실히 분간할 길이 없었다. 에이해브는 선실 승강구에 내리 한 시간을 서 있으면서 돌로 깎은 듯한 외투와 모자에 별안간 밤이슬이 내려도 상관하지 않았다. 밤이 적신 옷은 다음날 떠오르는 태양이 말려주었다. 그렇게 또 낮이 지나고 밤이 오고 또 밤이 지나고 낮이 와도 그는 더이상 갑판 아래로 내려가지 않았다. 선장실에서 필요한 게 있으면 늘 사람을 시켜 가져오도록 했다.

식사도 밖에서 해결했는데, 오직 아침과 점심만 먹었으며 저녁에는 절대 손도 대지 않았다. 깎지 않은 수염은 시커멓게 자라 온통 비틀려 있었다. 마치 바람에 쓰러진 나무가 위쪽의 푸른 잎이 전부 시들어버렸음에도 헐벗은 아래쪽으로는 게으르게 계속 뿌리를 뻗고 있는 듯한 모습이었다. 그런데 이제 에이해브가 갑판에서 망을 보는 일로 인생의 하루하루를 꼬박 보냈으며, 파르시 또한 한시도 쉬지 않고 신비로운 감시를 계속했지만, 이 둘은 아주 가끔 사소한 문제 때문에 이야기를 나누어야 하는 경우가 아니고는 한 쪽이 다른 쪽에게 절대 말을 걸지 않는 듯했다. 비록 강력한 마법이 두 사람을 은밀히 엮어놓은 듯 보였지만, 경외감에 눈이 먼 선원들이 보기에 그 둘은 마치 남극과 북극처럼 서로 공공연히 떨어져 있는 것 같았다. 만일 낮에 우연히 한마디를 나누었다면, 밤에는 둘 다 벙어리가 되어 단 한마디도 나누지 않았다. 때로 그들은 아주 오랫동안 인사 한번 건네지 않고 서로 멀리 떨어져 별빛 속에 서 있곤 했다. 에이해브는 승강구 쪽에서, 파르시는 큰 돛대 쪽에서. 하지만 눈빛만은 서로를 뚫어져라 쳐다보았는데, 에이해브는 파르시에게서 자신이 드리운 그림자를 보고, 파르시는 에이해브에게서 자신이 버린 실체를 보고 있기라도 한 것 같았다.

그런데도 웬일인지 에이해브—매일매일, 매시간, 그리고 매 순간마다 자신의 참된 본모습을 부하들에게 위엄 있게 드러낸 에이해브—는 전제군주처럼 보였고, 파르시는 그저 그의 노예로만 보였다. 하지만 그럼에도 그 둘은 하나의 멍에에 메인 듯했고, 눈에 보이지 않는 독재자가 하나는 깡마른 그림자이고 다른 하나는 견고한 늑재인 그들을 나란히 몰고 있는 듯했다. 이 파르시가 어떤 존재이건 간에, 옹골진 에이해브는 순전히 늑재와 용골로만 이루어진 존재였기 때문이다.

새벽의 희미한 빛이 처음으로 어른거리기 시작할 때면 선미 쪽에서 에이해브의 강철 같은 목소리가 들려왔다. "돛대 꼭대기에 망꾼을 올려라!" 그리고 하루 온종일, 그러니까 해가 지고 땅거미가 진 후에도 키잡이가 종을 칠 때마다 매시간 똑같은 목소리가 들려왔다. "뭐가 보이나! 정신 똑바로 차려! 두 눈 똑똑히 뜨라고!"

하지만 아들을 찾는 레이철호를 만난 지 사나흘이 지나도록 고래 물기둥 하나 보이지 않자, 편집광적인 노인네는 선원들, 적어도 이교도 작살잡이들을 제외한 거의 모든 선원들의 충성심을 의심하는 듯 보였다. 심지어 스터브와 플래스크가 자신이 찾는 고래를 보고도 그냥 눈감아버린 것은 아닌지 의심하는 눈치였다.

하지만 에이해브가 정말 이런 의심을 품었고 행동으로 그런 기미를 내비쳤을지라도, 그는 영리하게도 그 의심을 직접 말로 표현하는 우는 범하지 않았다.

"내가 고래를 가장 먼저 발견할 거야." 그는 말했다. "아무렴! 스페인 금화는 나 에이해브가 차지해야만 해!" 그러고는 손수 밧줄을 엮어 새의 둥지 같은 바구니를 만들고, 돛대 꼭대기로 선원 한 명을 올려보내 바퀴 하나짜리 도르래를 큰 돛대 꼭대기에 매달게 한 다음, 그 도르래에 꿰서 아래로 내린 밧줄의 양끝을 자신이 직접 받았다. 그리고 밧줄의 한쪽 끝을 바구니에 묶고는 다른 쪽 끝을 난간에 고정시킬 밧줄걸이를 준비했다. 이 작업이 끝나자 아직 손에 밧줄 끝을 든 채로 밧줄걸이 옆에 서 있던 에이해브는 선원들의 얼굴을 하나하나씩 재빨리 훑어봤다. 다구, 퀴퀘그, 타시테고의 얼굴에 오래 눈길을 준 것과는 달리 페달라의 얼굴은 그냥 피해버리더니, 이윽고 일등항해사에게 굳건한 기대가 담긴 눈길을 건네며 이렇게 말했다. "이보게, 밧줄을 받으시게나. 이 밧줄 끝을 스타벅 자네 손에 맡기겠네." 그러고는 바구니 안에 몸을 밀어넣고 선원들에게 자신을 횃대 위로 끌어올리라는 명령을 내렸고, 스타벅에게는 마지막에 밧줄을 밧줄걸이에 고정시키고 그런 후에도 근처에 서 있으라는 명령을 내렸다. 이리하여 그토록 높은 곳에 올라 사방으로 뻥 뚫린 시야를 확보하게 된 에이해브는 한 손으로 맨 꼭대기 돛을 꽉 붙든 채 넓은 바다를 아주 멀리까지—앞이고 뒤고 옆이고 할 것 없이—바라볼 수 있게 되었다.

바다의 선원이 그처럼 아주 높고 고립되다시피 한 곳에서 발 디딜 곳도 없이 손으로 작업을 하려면, 누군가가 그 선원을 그 지점까지 끌어올린 다음 아래에서 밧줄로 지탱해줘야 한다. 이런 상황에서는 늘 누군가 한 사람에게 갑판에 고정된 그 밧줄의 끝을 특별히 감시하라는 엄명이 내려진다. 왜냐하면 이리저리 정신없이 이어진 여러 밧줄들 사이에서 저 위의 바구니와 연결된 밧줄이 대체 무엇인지 갑판의 선원들이 늘 정확히 분간해내기가 어려울 뿐만 아니라, 갑판 쪽에 묶어둔 밧줄의 끝이 몇 분마다 저절로 풀려버리곤 하기 때문에 계속해서 감시하는 사람을 두지 않으면 위에 매달린 선원은 어느 부주의한 선원의 실수로 밧줄에서 떨어져나가 바다로 풍덩 추락하고 마는 운명에 처할 게 뻔하기 때문이다. 따라서 에이해브가 이 문제를 처리하며 보인 행동에는 딱히 특별할 게 없었다. 다만 한 가지 이상한 점이라면, 에이해브가 자신을 감시하는 선원으로 뽑은 게 바로 스타벅이라는 사실, 즉 이제껏 에이해브가 어떤 결정을 내릴 때 사소하게나마 반기를 든 거의 유일한 인물이자 망대에서 충실하게 망을 보지 않은 것으로 의심받은 이들 중 한 명인 바로 그 스타벅이었다는 사실이다. 다른 일이었다면 믿지 않았을 사람의 손에 자신의 목숨을 기꺼이 송두리째 맡긴 것이다.

그런데 에이해브가 횃대로 처음 올라간 지 채 십 분도 지나지 않아, 종종 이 지역에서 돛대 꼭대기에 오른 포경선원들 가까이에 바싹 붙어 날면서 심기를 어지럽히곤 하는 붉은 부리의 사나운 도둑갈매기가 한 마리 나타나 에이해브의 머리 주위를 빠른 속도로 이리저리 정신없이 빙글빙글 돌면서 끼룩끼룩 울어대기 시작했다. 그러고는 곧장 1천 피트 상공까지 쏜살같이 날아오르는가 싶더니, 다시 아래로 빙글빙글 회전하며 내려와서는 그의 머리 주위를 맴돌았다.

하지만 저멀리 희미한 수평선에 눈길을 고정시킨 에이해브는 이 사나운 새를 딱히 신경쓰지 않는 듯 보였다. 사실 그리 드문 일도 아니었기 때문에 다른 선원들 역시 그 새를 크게 신경쓸 까닭은 없었을 것이다. 아무리 무심한 눈길로도 거의 모든 광경에서 교활한 의도를 발견해낼 수 있는 지금과 같은 상황만 아니었다면 말이다.

"선장님! 모자요, 모자!" 그때 갑자기 에이해브의 바로 뒤쪽에 서 있던 시칠리아 출신 선원이 이렇게 외쳤다. 그가 서 있던 뒷돛대 꼭대기는 에이해브가 들어 있던 바구니 높이보다 약간 낮은 듯했는데, 바람으로 가득한 깊은 심연이 그 둘 사이를 갈라놓고 있었다.

하지만 검은 상복 같은 날개는 이미 노인의 눈앞에서 펄럭이고 있었고, 긴 갈고리 같은 부리는 그의 머리를 노리고 있었다. 시커먼 도둑갈매기는 한 차례 크게 소리 내 울더니, 뜻밖에 얻은 전리품과 함께 쏜살같이 날아가버렸다.

독수리 한 마리가 타르퀴니우스[529]의 머리 주위를 세 바퀴 도는 와중에 그의 모자를 빼앗아갔다가 다시 제자리에 돌려놓았을 때, 이를 두고 그의 부인인

타나퀼은 장차 타르퀴니우스가 로마의 왕이 될 징조라고 단언했다. 하지만 그것이 길조로 여겨졌던 이유는 독수리가 그 모자를 되돌려주었기 때문이다. 에이해브의 모자는 영영 돌아오지 않았다. 사나운 도둑갈매기는 모자를 물고서 계속 날아가기만 했다. 그렇게 뱃머리 앞으로 멀리멀리 날아간 도둑갈매기는 마침내 시야에서 사라져버렸다. 도둑갈매기가 사라진 지점에서 작고 검은 점 하나가 어마어마하게 높은 하늘에서 바다로 떨어지고 있는 모습이 희미하게나마 눈에 들어왔다.

131장

피쿼드호가 딜라이트호를 만나다

치열한 피쿼드호는 항해를 계속해나갔다. 일렁이는 파도와 함께 하루하루가 흘러갔고, 관으로 만든 구명부표는 여전히 가볍게 흔들렸다. 그때 '환희'라는 이름과 정말이지 지독히도 안 어울리는 꼴을 한 딜라이트호가 불쑥 그 모습을 드러냈다. 배가 가까이 다가오자 선원들의 눈길은 '전지가위'라고 불리는 널찍한 갑판보에 일제히 고정되었다. 그것은 몇몇 포경선에서 뒷갑판의 8피트나 9피트 정도 되는 높이에 가로놓는 나무 들보로, 삭구를 갖추지 않은 여분의 보트나 못 쓰게 된 보트를 올려놓는 데 쓰였다.

그 낯선 배의 전지가위 위에는 한때 포경 보트의 일부를 이루었을 박살난 새하얀 늑재와 쪼개진 판자가 몇 개 보였는데, 지금 그 잔해를 들여다보고 있자니 마치 껍질이 벗겨지고 모양이 반쯤 흐트러진 채로 빛이 바래버린 말의 뼈대 안을 속속들이 들여다보는 듯했다.

"흰 고래를 보았소?"

"보시오!" 뺨이 홀쭉한 선장이 선미 난간에서 이렇게 대답하며 나팔로 잔해를 가리켰다.

"녀석을 죽였소?"

"그 일을 능히 해낼 만한 작살은 아직 만들어지지 않았소." 상대편 선장이 갑판 위에 둥글게 말아놓은 해먹을 애통하다는 듯이 힐끗 쳐다보며 대답했다. 그곳에서는 몇몇 선원이 아무 말 없이 해먹의 양옆을 오므려 열심히 꿰매고 있었다.

"만들어지지 않았다니!" 에이해브는 이렇게 말하고는 퍼스가 만든 반듯한 작살을 작살걸이에서 낚아채 앞으로 내밀며 외쳤다. "보시오, 낸터킷 선장, 나는 이 손 안에 녀석의 죽음을 쥐고 있소! 이 작살촉은 피로 담금질되고 번개로 담금질된 것이지. 그리고 내 장담하건대, 이 작살촉은 지느러미 뒤편의 그 뜨거운 곳, 흰 고래의 저주받은 생명이 가장 강하게 약동하는 바로 그곳에서 세 번째로 담금질될 거요!"

"그렇다면 영감, 신께서 그대를 지켜주시길. 저걸 보시오." 그가 해먹을 가리키며 말했다. "나는 어제까지만 해도 살아 있다가 밤이 오기 전에 죽어버린 힘센 선원들 가운데 오직 한 명의 장례만을 치러줄 뿐이오. 오직 그 한 명만을 묻어줄 뿐이라고. 나머지 선원들은 죽기도 전에 파묻혀버렸소. 당신은 그들의 무덤 위를 항해하고 있는 거라오." 그러더니 선원들에게 돌아서며 말했다. "다들 준비됐나? 그러면 널빤지를 난간에 올리고 시신을 들어올려라. 자, 그러면—오오! 하느님." 그는 양손을 번쩍 든 채 해먹을 향해 나아가면서 말했다. "부디 부활과 생명을—"[530]

"돛을 전진 방향으로! 키를 위쪽으로!" 에이해브가 선원들에게 전광석화처럼 외쳤다.

하지만 갑작스레 출발한 피쿼드호는 이윽고 시체가 바다에 첨벙 하고 떨어지면서 튀긴 물소리를 피할 수 있을 만큼 빠른 속력을 내지는 못했다. 사실 빠른 속력을 내기는커녕, 튀어오른 물방울이 피쿼드호의 선체에 유령의 세례식을 치러줬는지도 모를 일이었다.

에이해브의 피쿼드호가 실의에 빠진 딜라이트호로부터 점점 멀어지는 동안, 피쿼드호의 선미에 매달린 기이한 구명부표가 돋을새김한 것처럼 또렷이 그 모습을 드러냈다.

"하! 저기! 다들 저길 좀 보라고!" 피쿼드호의 뒤편에서 누군가가 불길한 예감을 담은 목소리로 외쳤다. "오오, 그대 낯선 선원들이여, 우리의 슬픈 장례식에서 달아나려 해봤자 헛일이다. 뒤꽁무니를 빼며 우리에게 등을 돌려봤자 너희는 우리에게 너희의 관을 보여줄 뿐이니!"

132장
교향곡

강철빛을 띤 맑은 날이었다. 온 천지에 스며든 그 푸른 빛깔 속에서 하늘과 바다는 거의 구분이 되지 않았다. 다만 근심에 잠긴 듯한 하늘은 여인의 표정처럼 투명하리만치 순수하고 부드러웠고, 원기왕성한 사내 같은 바다는 잠든 삼손의 가슴처럼 좀체 잦아들 줄 모르는 길고 힘찬 파도로 들썩일 뿐이었다.

높은 하늘에서는 반점 하나 없이 눈처럼 흰 날개를 단 작은 새들이 이곳저곳을 미끄러지듯 활공하고 있었다. 이 새들은 여성적인 하늘이 품은 온화한 관념이었다. 하지만 헤아릴 수 없이 깊고 푸른 대양의 밑바닥에서는 거대한 리바이어던과 황새치와 상어 들이 이리저리로 돌진해대고 있었다. 이것들은 남성적인 바다가 품은 강하고 거칠고 잔인한 생각이었다.

하지만 이처럼 내면적으로는 대조를 보이더라도 외면적으로 드러나는 차이는 미묘한 음영의 차이뿐, 그 둘은 하나처럼 보였다. 둘을 구분 지어주는 것은, 말하자면 성별이 전부였다.

높은 하늘에 제정러시아의 황제나 왕처럼 떠 있는 태양은 마치 신부를 신랑에게 인도하기라도 하듯 이 평온한 하늘을 대담하게 너울거리는 바다에 인도하는 듯 보였다. 그리고 수평선의 둥근 끝자락이 보여주는 부드러운 떨림—적도에서 가장 자주 목격되는 광경—은 가련한 신부가 자신의 마음을 내어주며 느끼는 따스하게 벅차오르는 믿음, 애정 어린 불안을 나타내고 있었다.

아침의 맑은 빛 속에서 에이해브는 흔들림 없는 모습을 드러냈다. 그의 얼굴은 이리저리 배배 꼬여 쭈글쭈글하고 울퉁불퉁해진 주름으로 가득했고, 초췌하리만치 단호하고도 고집스러운 표정을 짓고 있었다. 그는 잿더미 속에서도 여전히 타오르는 석탄처럼 환히 불타는 두 눈을 부릅뜬 채, 쪼개진 투구 같은 이마를 아름다운 소녀의 이마 같은 하늘 쪽으로 치켜들었다.

오오, 영원히 유아기에 머물며 순수함을 잃지 않는 푸른 하늘이여! 보이지 않는 날개를 달고 우리 주변을 즐겁게 노니는 생명체들이여! 대기와 하늘의 달콤한 어린 시절이여! 너희는 이 늙은 에이해브의 마음속에 꽁꽁 똬리를 틀고 있는 비애에 어쩜 그리도 무심한가! 하지만 나는 행복에 겨운 눈빛의 꼬마 요정 미리엄과 마사가 늙은 아버지 주위를 무심하게 뛰놀며 다 타버린 분화구 같은 그의 머리 가장자리를 삥 둘러서 자라난 그슬린 머리채를 뜯으며 장난을 치는 걸 본 적도 있다.

승강구에서 나와 천천히 갑판을 가로지르던 에이해브는 뱃전 너머로 몸을 구부리고는, 자신이 깊은 바닷속을 꿰뚫어보려고 애를 쓰면 쓸수록 물위에 비친 자신의 그림자도 점점 가라앉고 마는 모습을 지켜보고 있었다. 그래도 황홀한 대기 중의 감미로운 향기가 마침내 그의 영혼 안에 웅크린 채로 그를 타락시키는 무언가를 한순간이나마 쫓아버린 듯했다. 그 찬란하고 유쾌한 대기, 그 명랑한 하늘이 마침내 그를 쓰다듬고 애무했다. 그토록 오랫동안 잔인하게—무섭게—굴던 계모 같은 세상이 이제는 에이해브의 뻣뻣한 목에 다정한 팔을 두른 채 아무리 제멋대로 죄를 일삼는 아들일지라도 기꺼이 구원하고 축복해주겠다는 듯이 그를 껴안고 기쁜 마음에 흐느껴 우는 것 같았다. 푹 눌러쓴 에이해브의 모자 아래로 눈물 한 방울이 뚝 떨어져 바다에 섞여들었다. 넓디넓은 태평양도 그 작은 눈물 한 방울보다 값진 것은 품고 있지 않았을 것이다.

스타벅은 노인을 바라보았다. 노인은 뱃전 너머로 몸을 잔뜩 구부리고 있었는데, 그는 주위의 화창함 한가운데서 슬그머니 흘러나온 무한한 흐느낌에 진심으로 귀기울이고 있는 듯 보였다. 스타벅은 그에게 몸이 닿지 않게끔, 혹은 그가 알아차리지 않게끔 조심하면서 그의 옆에 가까이 다가가 섰다.

에이해브가 뒤돌아섰다.

"스타벅!"

"네, 선장님."

"오오, 스타벅! 정말이지 포근한 바람이로군. 하늘은 또 얼마나 포근해 보이는지. 바로 이런 날—딱 오늘만큼이나 감미로웠던 날—난 생애 처음으로 고래를 잡았다네. 열여덟 살 먹은 소년 작살잡이였지! 사십 년, 사십 년, 사십 년 전 일이야!—사십 년 전이라고! 사십 년 동안 계속해서 고래를 잡아왔어! 사십 년 동안이나 궁핍과 위험과 폭풍우 이는 시간을 보내왔지! 무자비한 바다에서 무려 사십 년을 보냈다고! 나 에이해브는 사십 년 동안이나 평화로운 육지를 저버렸고, 사십 년 동안이나 심해의 공포와 싸움을 벌여왔다네! 그래 맞아, 스타벅. 내가 지난 사십 년 동안 육지에서 보낸 시간은 채 삼 년도 되지 않아. 지금껏 살아온 삶을 돌이켜보면 그건 고독한 황야나 다름없었다는 생각이 들어. 선장 특유의 배타적 성격이란 쌓아올린 성벽에 둘러싸인 작은 도시와도 같아서, 바깥의 초록빛 시골에서 동정심 같은 게 들어올 틈은 거의 없다네—오오, 피로여! 중압감이여!—기니 해안의 노예만큼이나 고되고 외로운 선장의 일이여!—이제 와서 이 모든 것들, 예전에는 살짝 의심스럽고 그렇게 강렬히 와닿진 않던 것들에 대해 생각해보니—그리고 어떻게 지난 사십 년 동안 말리거나 소금에 절인 음식만을 먹어왔는지를 생각해보니—그건 내 토양의 메마른 자양분에 딱 들어맞는 상징이었다는 생각이 드네!—육지에서 가장 가난한 사람도 매일같이 신선한 과일을 손에 쥐고 이 세상의 신선한 빵으로 식사를 해왔는데, 나는 곰팡이가 핀 빵 껍데기나 먹어왔다니—나는 오십 넘어 결혼해 어린 소녀 같은 부인을 바다 아주 저멀리 남겨둔 채, 결혼 첫날밤에만 베개를 움푹 파이게 하고 바로 다음날 혼곶을 향해 출항했지—부인? 부인이라고?—차라리 생과부라고 하는 게 옳을 거야! 그래, 스타벅, 나는 나와 결혼한 그 불쌍한 소녀를 과부로 만들어버렸네. 그러고서 늙은 에이해브는 광기와 광란, 끓어오르는 피와 김이 모락모락 피어오르는 이마를 들이밀고 천 번이나 보트를 내려서 맹렬히 거품을 일으키며 사냥감을 쫓아왔어—사람이라기보다는 차라리 악마라고 해야겠군!—그래, 그래! 이 늙은 에이해브는 지난 사십 년 동안을 왜 그리도 바보—바보—늙은 바보처럼 살아온 것일까! 왜 고래를 잡겠다고 이처럼 분투하는 것일까? 왜 노를 젓고 작살과 창을 던지느라 팔을 지치게 하고 저리게 하는 것일까? 그래서 에이해브가 지금 더 부자가 되거나 형편이 나아지기라도 했단 말인가? 보게. 오오, 스타벅! 이렇게 지긋지긋한 짐을 짊어진 내게서 가련한 다리 하나마저 슬쩍 강탈해가야만 했다니, 이건 해도 너무한 게 아닌가? 자, 이 노인네의 머리를 옆으로 빗겨주게. 머리가 눈앞을 가리니 꼭 내가 우는 것 같군. 이처럼 희끗희끗한 머리는 잿더미에서나 자라지! 그런데 스타벅, 내가 그렇게 늙어 보이나? 정말 끔찍할 만큼 늙어 보여? 나는 낙원에서 쫓겨난 이후로 수세기 동안 곤경을 헤쳐온 아담이라도 된 것처럼 몹시도 어지럽고 목과 허리는 다 꼬부라진 듯한 기분이 드네. 하느님! 하느님! 하느님! 제 심장에 금이 가게 해주소서! 제 머리에 구멍을 뚫어주소서! 조롱! 조롱! 희끗희끗한 머리가, 과연 이렇게 희끗희끗한 머리를 가질 만큼 충분히 즐겁게 살았느냐고 나를 매섭고 신랄하게 조롱하는구나, 그래서 견딜 수 없을 만큼 늙어 보이고 또 그렇게 느껴지는 것일까? 가까이! 내 가까이에 서게나, 스타벅. 내게 사람의 눈을 들여다볼 수 있게 해주게. 그게 바다나 하늘을 바라보는 것보다 낫겠어. 신을 바라보는 것보다 낫겠어. 푸른 땅! 환히 밝혀진 벽난로의 바닥돌! 이보게, 이건 마법의 거울이로군. 자네 눈에서 내 부인과 내 아이가 보여. 아닐세, 아니야. 배에 남아 있게, 그냥 남아 있으라고! 낙인이 찍힌 이 에이해브가 모비 딕을 쫓기 위해 보트를 내릴 때도 자네는 보트를 내리지 말게. 자네는 그런 위험을 감수해서는 안 돼. 안 돼, 안 된다고! 그 눈에서 저멀리 있는 나의 가정이 보이는 한은 어림도 없어!"

"오오, 선장님! 나의 선장님! 고귀한 영혼이시여! 역시나 위엄 있고 지혜로운 마음을 가지신 분이시여! 왜 우리가 그 가증스러운 고래를 쫓아야 하는 겁니까! 저와 함께 갑시다! 이 끔찍한 바다에서 함께 달아납시다! 집으로 가자고요! 저 스타벅에게도 처자식이 있습니다—형제 같고 자매 같고 어릴 적에 같이 놀던 친구 같은 처자식 말이에요. 선장님이 늙어서 얻은 사랑스럽고 그리운 처자식도 그와 마찬가지일 테죠. 갑시다! 함께 가자고요! 지금 당장 침로를 수정할 수 있게 허락해주세요! 오, 나의 선장님, 우리가 다시 그리운 낸터킷을 향해 달려가는 길은 얼마나 유쾌하고 즐거울까요! 선장님, 제 생각에는 낸터킷에서도 이처럼 온화하고 푸른 날들을 맞이할 수 있을 겁니다."

"물론이지, 물론이야. 그럴 때가 있었지—여름날 아침이면 그러곤 했어. 이 시간쯤이면—그래, 지금은 아들 녀석의 낮잠 시간이야—아들 녀석은 활기차게 깨어나 침대에 똑바로 앉아. 그러면 애엄마가 아들에게 늙은 식인종 같은 아버지 이야기를 들려주지. 아버지는 지금 먼바다에 나가 계시지만 언젠가 다시 돌아와 너를 달래줄 거라고."

"저의 메리, 메리도 그렇습니다! 메리는 제 아들에게 아버지가 돌아오는 날이면 언덕 위로 데려가서 아버지가 탄 배의 돛을 어느 곳에서보다 가장 먼저 보게 해주겠노라고 매일 아침 약속했지요! 그래요, 그래요! 이제 그만합시다! 다 끝났어요! 함께 낸터킷으로 가는 거예요! 어서요, 선장님, 침로를 궁리해본 뒤에 얼른 떠납시다! 보세요, 보세요! 창문 너머로 아들의 얼굴이 보여요! 언덕에서 아들이 손짓하고 있어요!"

하지만 에이해브는 시선을 피해버렸고, 말라죽은 과실수처럼 몸을 떨다가 불타고 남은 마지막 사과를 땅 위로 떨어뜨렸다.

"이것은 무엇인가? 말로 표현할 수도, 헤아릴 수도 없는 불가사의한 이것은? 그 어떤 보이지 않는 기만적인 주인이자 지배자, 잔인하고 무자비한 황제가 내게 명령을 내리기에, 나는 그 모든 자연스러운 다정함과 동경을 뒤로한 채 이리도 계속 나 자신을 쪼고 내몰고 밀어붙이고 있는 것인가? 어찌하여 나의 본래 성정으로는 감히 시도도 하지 않으려 했던 일을 시도해보려는 무모한 생각을 품게 되는 것인가? 에이해브는 과연 에이해브인가? 이 팔을 들어올리는 것은 나인가, 신인가, 아니면 또다른 누구인가? 하지만 만일 거대한 태양이 스스로 움직이는 게 아니라 단지 하늘의 심부름꾼에 지나지 않는다면, 어떤 보이지 않는 힘의 도움이 아니고서는 단 하나의 별도 스스로 회전할 수 없는 거라면, 어떻게 이 작은 심장 하나가 고동치고 이 작은 뇌 하나가 생각이라는 걸 할 수 있겠는가? 나 대신 신이 그 심장을 고동치게 하고, 그 뇌를 생각하게 하고, 그 목숨을 지탱해주고 있는 게 아니라면? 이보게, 하늘에 맹세코, 우리는 이 세상에서 저기 저 권양기처럼 계속해서 돌고 또 돌고 있는 것이고, 운명이 바로 그 지렛대인 거야. 그리고 보게! 늘 미소 짓고 있는 저 하늘과 깊이를 알 수 없는 이 바다를! 보게! 저기 저 날개다랑어를 보라고! 저 날개다랑어로 하여금 저 날치를 쫓아가서 물게 하는 것은 누구란 말인가? 이보게, 살인자들은 어디로 간단 말인가! 판사 자신이 법정에 끌려나오면 판결은 누가 내린단 말인가? 하지만 정말이지 포근한 바람이로군. 하늘은 또 얼마나 포근해 보이는지. 지금 대기는 저 먼 목초지에서 불어온 듯 향기를 머금고 있어. 스타벅, 농부들은 안데스의 산비탈 아래 어디선가 지금껏 건초를 만들었을 것이고, 지금은 갓 베어낸 건초 사이에서 곤히 잠들어 있을 거야. 잠이라? 그래, 우리는 그 어떤 노역에 시달리더라도 결국에는 다들 들판에서 잠이 드니까. 잠이라? 그래, 작년에 목초지를 반쯤 베고 그냥 거기 내팽개쳐둔 큰 낫처럼, 푸른 풀들 사이에서 녹이 슨 채로 잠이 드는 거야! 스타벅!"

하지만 절망감에 낯빛이 시체처럼 창백해진 항해사는 이미 그곳을 슬그머니 떠나버린 후였다.

에이해브는 갑판을 가로질러가 반대편 뱃전 너머를 바라보다가 수면 위로 비친 두 개의 흔들림 없는 눈빛을 보고 흠칫 놀랐다. 페달라가 같은 쪽 난간에서 미동도 없이 아래를 굽어보고 있었던 것이다.

133장

추격—첫째 날

그날 밤, 야간 당직을 서던 노인네는—종종 하던 버릇대로—몸을 기대고 있던 승강구 문에서 앞으로 걸어나와 중심축 구멍으로 가더니, 배에서 키우는 개가 야만인의 섬에 접근할 때 그렇게 하듯 갑자기 얼굴을 맹렬히 내밀고는 코를 킁킁거리며 바다의 공기를 들이마셔댔다. 그는 고래가 근처에 있는 게 틀림없다고 단언했다. 이윽고 당직 선원들도 살아 있는 향유고래가 간혹 아주 멀리까지 풍기곤 하는 그 특유의 냄새를 모두 감지할 수 있었다. 나침반과 풍향기를 차례로 점검한 후에 냄새가 풍겨오는 방향을 최대한 정확히 확인한 에이해브가 배의 침로를 살짝 수정하고 돛을 줄이라고 재빨리 명령했을 때, 그 말에 놀란 선원은 아무도 없었다.

긴급히 이런 움직임을 취하도록 한 방침이 옳았음은 동틀녘에 충분히 입증되었다. 바로 앞 수면 위에 반들반들하게 윤이 나는 기다란 세로줄이 보였기 때문이다. 양옆으로 주름진 그 물결은 깊은 급류의 초입에서 거센 물살이 서로 부딪치며 만들어낸 빛나는 금속 같은 흔적을 닮아 있었다.

"돛대 꼭대기에 망꾼을 올려라! 선원들을 전부 집합시켜라!"

다구가 앞갑판에 있는 몽둥이 같은 세 지렛대의 끝을 두들기면서 심판이라도 내리듯 쾅쾅거리는 소리로 잠든 선원들을 깨웠으므로, 그들은 옷을 손에 들고 나와야 할 만큼 다급히 승강구를 빠져나왔다.

"뭐가 보이나?" 에이해브가 하늘을 향해 얼굴을 번쩍 치켜들고 외쳤다.

"아무것도요, 선장님. 아무것도 안 보입니다!" 위에서 이런 대답이 큰 소리로 들려왔다.

"윗돛! 보조돛! 아래위와 양현까지 전부 펼쳐라!"

돛이 전부 펼쳐지자 그는 맨 꼭대기 돛대 위에 몸을 매달기 위해 묶어두었던 구명밧줄을 풀었다. 그리고 얼마 지나지 않아 선원들이 그를 그리로 끌어올렸고, 삼분의 이쯤 올라갔을 때 중간돛과 윗돛 사이에 가로로 뚫린 공간을 통해 전방을 주시하던 그가 공중에서 갈매기 같은 소리를 내며 울부짖었다. "고래가 물을 뿜는다! 고래가 물을 뿜어! 눈 쌓인 언덕처럼 새하얀 혹이다! 모비 딕이다!"

그와 동시에 세 군데 망대에서 연이어 터져나온 듯한 외침에 흥분한 갑판의 선원들은 자신들이 그리도 오랫동안 쫓아왔던 그 유명한 고래를 보기 위해 삭구로 우르르 몰려갔다. 에이해브는 이제 다른 망대보다 5피트 정도 높은 위치에 자신의 최종 거처를 정했고, 타시테고는 에이해브의 바로 아래에 위치한 윗돛대 꼭대기에 서 있었으므로, 이 인디언의 머리는 에이해브의 발뒤꿈치 높이와 거의 같은 위치에 있게 되었다. 그 높이에서는 고래가 몇 마일쯤 앞에서, 바다가 굽이칠 때마다 높고 반짝이는 혹을 드러내며 공중에 고요한 물기둥을 규칙적으로 뿜어 올리는 모습을 볼 수 있었다. 귀가 얇은 선원들에게 그 고요한 물기둥은 오래전 어느 달밤에 대서양과 인도양에서 보았던 것과 같은 물기둥처럼 보였다.

"지금껏 저걸 아무도 보지 못했단 말인가?" 에이해브가 주변의 망꾼 모두에게 큰 소리로 외쳤다.

"저는 에이해브 선장님과 거의 동시에 고래를 발견하고 외쳤습니다." 타시테고가 말했다.

"동시라니. 동시는 무슨. 아니야, 스페인 금화는 내 것이야. 그 금화는 운명의 여신께서 내 몫으로 챙겨두신 거야. 오직 나만을 위해서. 너희 중 그 누구도 흰 고래를 먼저 발견할 수는 없었어. 고래가 물을 뿜는다! 물을 뿜는다! 물을 뿜는다! 저기 또 뿜는다! 또 뿜는다!" 육안으로 보이는 고래의 물기둥이 점점 길어짐에 따라, 에이해브는 거기에 맞춰 말꼬리를 길게 늘이며 규칙적인 어조로 외쳤다. "곧 잠수할 모양이군! 보조돛을 줄여라! 윗돛을 내려라! 보트 세 척을 준비해. 스타벅, 선상에 남아서 배를 지키라는 명령을 잊지 말게. 거기 키잡이! 뱃머리를 바람 불어오는 쪽으로 1포인트 돌려! 그래, 그 방향 그대로 유지해! 저기 꼬리다! 아니, 아니야. 그냥 검은 파도로군! 거기 보트는 다 준비됐나? 대기해, 대기하라고! 스타벅, 나를 내려주게. 어서, 어서 내려줘. 빨리, 더 빨리!" 그러고서 그는 허공을 가로지르며 갑판 위로 내려왔다.

"선장님, 녀석이 바람 부는 쪽을 향해 곧장 돌진하고 있습니다." 스터브가 외쳤다. "우리한테서 완전히 달아나고 있어요. 아직 배를 봤을 리 없는데."

"입다물어! 아딧줄을 준비해라! 키를 위쪽으로 단단히 잡아! 힘을 내라! 돛을 펄럭이게 해! 돛을 펄럭이게 하라고! 그래, 잘했어! 보트, 보트를 내려라!"

곧 스타벅의 보트를 제외한 모든 보트가 바다로 내려졌다. 보트의 모든 돛이 올라갔고, 모든 노가 부지런히 움직였다. 보트는 잔물결을 일으키며 잽싸게 바람 불어가는 쪽으로 나아갔고, 공격의 선두에는 에이해브가 있었다. 페달라의 푹 꺼진 눈에는 창백한 죽음의 빛이 깜빡거렸고, 입가에는 끔찍한 경련이 일어나 그를 괴롭혔다.

보트들은 앵무조개 껍데기처럼 가벼운 뱃머리로 조용히 물살을 갈랐지만, 적에게 다가가기에는 한참 모자란 속도였다. 녀석에게 가까이 다가갈수록 바다는 더욱더 평온해져서 파도 위에 양탄자라도 깔아놓은 듯했고, 그렇게 고요히 펼쳐진 바다는 한낮의 목초지처럼 보였다. 마침내 숨가쁜 사냥꾼은 아직 수상한 낌새를 알아차리지 못한 듯한 사냥감의 눈부신 혹 전체가 똑똑히 눈에 들어올 만큼 녀석에게 가까이 다가갔다. 녀석의 혹은 마치 저 홀로 존재하는 양 바다 위를 미끄러지듯 움직였고, 미세하고 푸르스름한 양털 같은 물거품은 계속해서 둥근 파문을 일으켰다. 그 너머로 살짝 튀어나온 머리에는 거대하고 복잡한 주름이 새겨져 있었다. 그 앞으로 멀찌감치 떨어진 곳에 보이는 부드러운 터키 양탄자 같은 바다 위로는 녀석의 거대한 우윳빛 이마가 드리운 반짝이는 흰 그림자가 달려가고 있었고, 음악과도 같은 잔물결이 그 그림자를 장난스레 뒤따르고 있었다. 그 뒤로는 녀석의 한결같은 항적이 만들어낸 움직이는 골짜기 안으로 푸른 바닷물이 교대로 흘러들고 있었다. 또한 그 양옆으로는 눈부신 물거품이 튀어올라 고래 옆에서 춤을 추었다. 하지만 이 물거품은 하늘에서 부드럽게 날갯짓을 하다가 이따금 변덕을 부리는 쾌활한 수백 마리 물새들의 가벼운 발톱 끝에 다시 부서지곤 했다. 또한 흰 고래의 등에는 큰 상선의 페인트칠한 선체 위로 깃대가 솟아 있는 것처럼 최근에 박힌 듯한 긴 창의 자루가 부서진 채 꽂혀 있었다. 이따금 부드러운 발을 지닌 물새의 무리 중 하나가 공중을 구름처럼 맴돌며 고래 위를 덮개처럼 이리저리 스치다가, 이 자루 위에 조용히 내려앉아 유유히 흔들리면서 긴 꽁지깃을 삼각기처럼 나부껴댔다.

미끄러지듯 헤엄쳐 가는 고래에게서는 차분한 기쁨, 재빠른 와중에도 거대하고 아늑한 휴식의 기운이 감돌았다. 흰 황소로 변해 납치한 에우로페를 기품 있는 뿔에 매달고 미끄러지듯 도망가던 제우스, 그러니까 사랑스럽고 음흉한 시선으로 그 처녀를 곁눈질하며 크레타섬의 신방으로 부드럽고 황홀하게 물결치듯 곧장 내달리던 제우스, 바로 그 위대한 최고신조차 그처럼 영광에 둘러싸여 거룩하게 헤엄치는 흰 고래를 능가하지는 못했다!

부드러운 양쪽 옆구리—양쪽에서 동시에 갈라진 파도는 고래가 지나가자 사방으로 넓게 퍼져나갔다—그 환한 양쪽 옆구리에서 고래는 유혹의 기운을 발산했다. 사냥꾼들 가운데 영문도 모른 채 이런 고요함에 넋을 잃고 빠져들어 감히 공격을 시도했다가, 그 정적이 회오리바람을 가린 덮개에 불과했다는 사실을 불행히도 뒤늦게야 깨닫게 된 자들이 있어왔다는 사실은 전혀 놀라운 일이 아니다. 고요한 가운데서도 사람을 유혹하는 고요여, 오오, 고래여! 너는 지금까지 이 같은 방식으로 헤아릴 수 없을 만큼 많은 사람들을 혼란에 빠뜨려 파멸시켰으면서도, 지금 이렇게 너를 처음 본 이들의 눈앞에서 언제까지나 유유히 헤엄치고만 있구나.

이처럼 모비 딕은 물속에 잠긴 몸뚱이의 소름 끼치는 위용을 다 드러내지 않고 흉측하게 벌어진 아가리는 완전히 감춘 채, 넘치는 황홀경에 빠져 박수치는 일도 잠시 중단한 물결을 헤치며 맑고 고요한 열대의 바다를 헤엄쳐 갔다. 하지만 이윽고 녀석의 몸 앞부분이 천천히 물속에서 들리더니, 일순간 대리석 같은 몸 전체로 버지니아주의 '내추럴 브리지'[531] 처럼 높은 아치를 그리며 깃발 같은 꼬리를 경고라도 하듯 허공에 흔들어댔다. 거대한 신은 그렇게 자신의 모습을 드러내고는 물속에 가라앉아 눈앞에서 사라져갔다. 새하얀 바닷새들은 공중에 멈춰 있거나 급강하하면서 고래가 남기고 간 요동치는 소용돌이 위를 그리운 듯 맴돌았다.

이제 세 척의 보트는 노를 수직으로 세우고 패들을 내리고 돛을 그냥 아무렇게나 내버려둔 채로 가만히 물위에 떠서 모비 딕이 다시 모습을 드러내길 기다렸다.

"한 시간." 보트의 선미에 뿌리내린 듯 서 있던 에이해브가 말했다. 그리고 그는 고래가 있던 곳 너머, 바람 불어가는 쪽으로 탁 트인 푸르스름한 공간과 구애하는 듯한 드넓은 허공을 바라보았다. 하지만 그것도 잠시였으니, 수면 위의 소용돌이를 잠시 눈으로 훑자 그의 눈이 머릿속에서 또다시 빙글빙글 도는 듯했기 때문이다. 이윽고 바람이 다시 강하게 불어오면서 파도가 일기 시작했다.

"새떼다! 새떼가 나타났다!" 타시테고가 외쳤다.

먼 곳으로 날아가는 왜가리떼처럼 길게 일렬종대를 지은 흰 새들이 에이해브의 보트를 향해 날아오고 있었다. 그리고 몇 야드 이내로 들어오자 수면 위로 날개를 퍼덕이며 빙글빙글 돌기 시작하면서 뭔가 기대하는 게 있다는 듯 기쁨에 겨운 울음을 울어댔다. 새들의 시력은 인간의 시력보다 예민했다. 에이해브는 바다에서 어떤 징후도 발견해낼 수 없었다. 하지만 문득 깊은 바닷속을 유심히 내려다보니 흰 족제비만한 흰 점 하나가 엄청난 속도로 올라오면서 점점 커지는 모습이 똑똑히 눈에 들어왔다. 그러다 그 점이 방향을 틀었다. 그러자 그 깊이를 알 수 없는 밑바닥에서 떠오른 흰 점이 실은 두 줄로 길게 삐뚤빼뚤 이어진 희고 번쩍이는 이빨이었음이 명백히 드러났다. 그것은 모비 딕의 벌어진 입과 두루마리처럼 말린 턱이었다. 녀석의 거대한 몸뚱이는 여전히 푸른 바닷물에 반쯤 가려져 어렴풋하게만 보였다. 반짝이는 입은 문이 활짝 열린 대리석 무덤처럼 보트 아래에서 쩍 벌어져 있었다. 그러자 에이해브는 이 거대한 유령에게서 벗어나고자 키잡이 노를 옆으로 한 번 저어서 배를 회전시켰다. 그런 다음 페달라에게 소리쳐 그와 자리를 바꾸고는, 뱃머리로 나아가 퍼스의 작살을 움켜쥐고 선원들에게 노를 붙들고 후진할 준비를 하라고 명령했다.

이처럼 때맞춰 보트를 돌렸기 때문에, 이제 보트는 예상했던 대로 아직 수면 아래 있는 고래의 머리와 얼굴을 마주하게 되었다. 하지만 모비 딕은 자신의 그 사악한 지능으로 이 계략을 알아차리기라도 한 듯, 말 그대로 순식간에 몸을 비스듬히 옆으로 옮기더니 주름진 머리를 보트 아래로 길게 들이밀었다.

순간 보트의 모든 널빤지와 늑골에 온통 전율이 일었다. 비스듬히 벌렁 드러누운 고래는 상어가 먹이를 물기라도 하듯 뱃머리 전체를 천천히 격정적으로 입안에 가득 물었다. 그리하여 두루마리처럼 길고 좁은 아래턱은 둥그렇게 말린 채로 허공 높이 치솟았고, 이빨 하나는 놋좇에 걸렸다. 진주처럼 희면서도 푸른빛이 감도는 아가리 안쪽은 에이해브의 머리에서 6인치도 떨어져 있지 않았고, 그 높이는 에이해브의 머리보다 높았다. 이처럼 흰 고래는 고양이가 생쥐를 조심스러우면서도 잔인하게 가지고 놀듯 가냘픈 삼나무 보트를 흔들어댔다. 페달라는 눈 하나 깜짝 않고 팔짱을 낀 채로 이 모습을 지켜보았지만, 살갗이 호랑이처럼 누런 선원들은 저마다 선미 끄트머리로 가기 위해 다들 넘어지고 서로의 머리를 짓밟으며 난리를 피웠다.

고래가 비운에 처한 보트를 이처럼 사악한 방법으로 가지고 노는 동안 보트의 탄력 있는 양쪽 뱃전은 오므라들었다가 다시 원래대로 돌아오기를 반복했는데, 녀석의 몸뚱이가 보트 아래에 잠겨 있는 터라 뱃머리에서는 작살을 던질 수 없었다. 뱃머리가 말 그대로 녀석의 입안에 들어가 있다시피 했기 때문이다. 한편 다른 보트들은 그처럼 절대 이겨낼 수 없을 위기가 순식간에 닥쳐온 광경 앞에서 자신도 모르게 멍하니 멈춰 서 있었다. 하지만 편집광적인 에이해브는 불구대천의 원수를 눈앞에 두고도 그 가증스러운 아가리 속에 산 채로 갇힌 채 아무것도 할 수 없다는 사실에 광분한 나머지, 보트를 깨문 그 긴 이빨을 맨손으로 붙잡고 비틀어 떼어내려고 발악했다. 그가 이처럼 헛되이 애를 쓰고 있을 때 턱이 미끄러지듯 떨어져나가는가 싶더니, 위턱과 아래턱이 좀더 뒤로 물러나면서 거대한 전지가위처럼 보트를 물어버리자 약한 뱃전이 구부러지고 뭉개지면서 배가 딱 하고 두 동강 나버렸다. 고래의 아가리는 동강난 보트 잔해 가운데서 다시 굳게 닫혔다. 이 잔해들은 부서진 쪽이 아래로 기운 채 나란히 떠내려갔고, 선미 쪽 잔해에 있던 선원들은 뱃전에 매달린 채로 부서진 보트를 움직이려면 꼭 필요한 노를 꽉 붙들고자 애를 썼다.

보트가 그렇게 두 동강 나버리기 직전, 고래가 교활하게 머리를 들어올려 잠시 꽉 물었던 입을 푸는 모습을 보고 누구보다 먼저 고래의 의도를 간파한 에이해브는 보트를 고래의 입안에서 밀어내기 위해 맨손으로 사력을 다했다. 하지만 그럴수록 보트는 고래의 입안으로 더욱 깊이 미끄러질 뿐이었다. 미끄

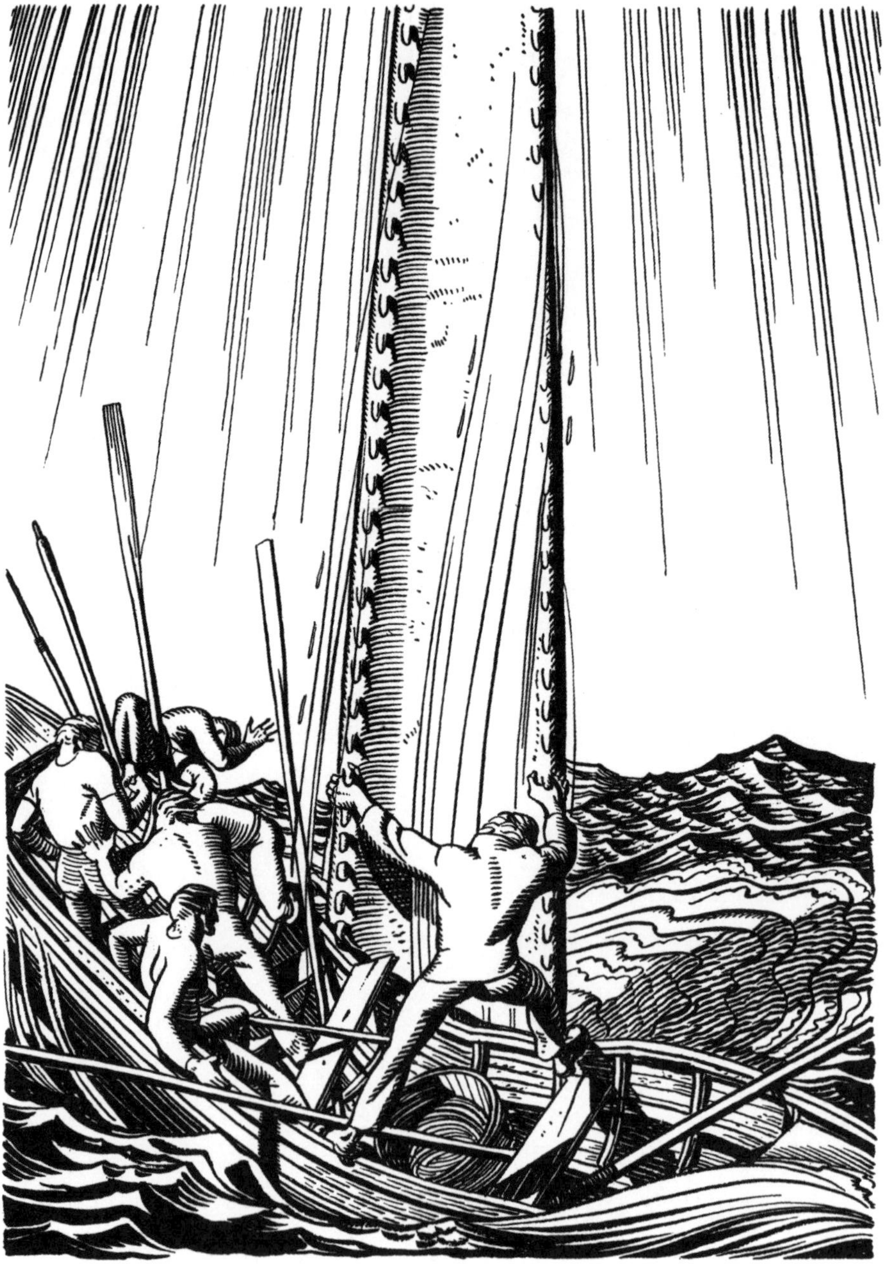

러지면서 보트가 옆으로 기우는 바람에 그는 고래의 턱을 잡고 있던 손을 놓쳤을 뿐만 아니라 보트를 다시 밀기 위해 몸을 기울이다가 보트 밖으로 떨어지고 말았다. 그래서 그는 얼굴을 수면과 맞댄 채 그대로 바다에 빠져버렸다.

잔물결을 일으키며 사냥감에게서 물러난 모비 딕은 이제 조금 떨어진 곳에 몸을 누인 채 직사각형의 흰 머리를 물결 속에서 수직으로 거칠게 들어올렸다 내렸다 하면서, 굴대 같은 몸을 천천히 회전시키고 있었다. 그렇게 녀석의 거대하고 주름진 이마가 수면 위로 20피트 이상 솟아오르자, 새로이 일어난 큰 파도가 원래 물결과 합쳐지면서 그 이마에 부딪혀 앞에서 눈부시게 부서졌다. 그리고 앙심이라도 품은 듯 산산이 부서진 물보라를 공중으로 더욱 높이 튀어오르게 했다.* 그것은 돌풍을 맞이하고도 완전히 좌절하지 않고 내달리던 영국해협의 파도가 에디스톤록스[532]의 기슭에 부딪혀 되돌아오지만, 질주하며 일으킨 물보라는 의기양양하게 바위 꼭대기를 뛰어넘는 것과도 같았다.

하지만 다시 곧 수평 자세를 취한 모비 딕은 난파한 선원들 주위를 빠르게 빙빙 돌며 헤엄쳐 다녔다. 녀석은 다시 한번 더욱더 치명적인 공격을 가하겠다는 듯 복수심에 불타는 물결을 일으키며 바닷물을 양옆으로 휘저어댔다. 「마카베오」[533]에서는 안티오코스의 코끼리들이 앞에 던져진 포도와 오디를 피로 착각하고 발광했다고 하는데, 이 고래는 산산조각난 보트를 보고 발광한 듯했다. 한편 에이해브는 고래의 오만한 꼬리가 일으키는 물거품에 반쯤 숨이 막힌데다 헤엄치기에는 몸이 너무 불편했지만, 그러한 소용돌이의 한복판에 있으면서도 간신히 물위에 떠 있을 수는 있었다. 속수무책인 에이해브의 머리는 조그만 충격에도 터져버릴 것 같은, 공중에 튀어오른 연약한 물방울 같아

* 이것은 향유고래 특유의 동작이다. 이 동작의 명칭('창던지기')은 그것이 예전에 설명했던 '창던지기', 즉 고래에게 창을 던지기에 앞서 창을 위아래로 흔드는 예비 동작과 유사한 데 기인한 것이다. 향유고래는 이 동작을 통해 주변에 있을지도 모를 어떤 대상에 대한 가장 광범위하고도 선명한 시야를 확보할 수 있다.

보였다. 페달라는 동강난 보트 선미에서 에이해브를 무관심하고 태연한 눈빛으로 바라보았고, 다른 쪽 잔해에 달라붙은 선원들은 에이해브를 구하기는커녕 자신들을 돌보기에도 바빴다. 흰 고래가 주위를 도는 모습은 간담을 서늘하게 했고, 공전하는 행성처럼 빠른 속도로 돌면서 반경을 점점 좁혀왔기 때문에, 곧 옆에서 그들을 덮칠 것만 같았다. 비록 피해를 입지 않은 다른 보트들이 여전히 매우 가까운 곳에서 맴돌고 있었지만 감히 소용돌이 안으로 뚫고 들어가 공격할 용기는 내지 못했다. 그것은 위기에 빠진 조난자들인 에이해브와 나머지 선원들을 즉시 파멸시키는 신호탄이 될뿐더러, 그런 상황에서는 그들 자신도 도망쳐 나오기가 어려웠기 때문이다. 그래서 그들은 어느덧 노인네의 머리가 중심축이 되어버린 그 무서운 소용돌이의 가장자리에 남아서 눈을 크게 뜨고 지켜볼 수밖에 없었다.

한편 처음부터 이 모든 광경을 돛대 꼭대기에서 지켜보고 있던 모선이 활대를 용골과 직각으로 만들고 그곳을 향해 돌진해 왔다. 거의 다 다다랐을 무렵, 물에 빠진 에이해브가 모선을 향해 "고래 쪽으로"라고 외쳤지만 그 순간 모비딕이 끼얹은 파도가 그를 잠시 삼켜버렸다. 하지만 다시 한번 기를 쓰고 물속에서 빠져나와 우연히 치솟는 물마루 위에 올라탄 그는 이렇게 외쳤다. "고래 쪽으로 배를 몰아라! 녀석을 쫓아버려!"

피쿼드호의 뱃머리는 뾰족했다. 그리하여 배는 마법에 걸린 소용돌이를 깨뜨리며 흰 고래와 희생자들을 적절히 갈라놓았다. 고래가 시무룩한 얼굴로 헤엄쳐 가버리자 보트들은 급히 구조에 나섰다.

스터브의 보트에 끌어올려진 에이해브는 눈에 핏발이 서서 아무것도 볼 수 없었고, 주름진 이마에는 하얀 소금이 들러붙어 있었으며, 오랫동안 긴장한 상태로 체력을 모두 소진해버렸기 때문에 어쩔 수 없이 육신의 불행한 운명에 굴복할 수밖에 없었다. 그는 코끼리떼가 밟고 지나간 사람처럼 한동안 스터브의 보트 바닥에 완전히 짜부라진 채 드러누워 있었다. 협곡에서 들려오는 황랑한 소리처럼 뭐라 형언하기 힘든 울부짖음이 그의 몸속 깊은 내륙에서 흘러나왔다.

하지만 이러한 육체적 피로의 강렬함은 오히려 그 피로에서 회복되는 데 걸리는 시간을 그만큼 줄여줄 뿐이었다. 나약한 사람들이 평생에 걸쳐 관대하게 나눠받는 얄팍한 고통의 총량을 때때로 위대한 사람들은 단 한 번의 극심한 고통으로 응축시키기도 한다. 그리고 그들은 매번 그런 고통을 겪을 때마다 재빨리 회복되기는 하지만, 그래도 신들이 명한다면 순간순간을 모두 강렬함으로 채워서 인생 전체를 고뇌의 덩어리로 만들기도 한다. 저 고귀한 사람들은 중심점이 불분명하면서도 그 둘레에 열등한 영혼들을 모두 담아내기 때문이다.

"작살." 에이해브가 느릿느릿하게 접은 한쪽 팔에 의지해 반쯤 몸을 일으켜 세우며 말했다. "작살은 무사한가?"

"네, 선장님. 던지지 않았으니까요. 여기 있습니다." 스터브가 작살을 보여주며 말했다.

"내 앞에 내려놓게. 실종된 선원은?"

"하나, 둘, 셋, 넷, 다섯. 노가 전부 다섯 개였는데, 현재 인원도 다섯입니다, 선장님."

"다행이군. 이봐, 날 좀 도와주게. 일어나야겠어. 그래, 그래. 녀석이 보인다! 저기! 저기! 여전히 바람 불어가는 쪽을 향하고 있군. 정말이지 박력 있는 물기둥이야! 내게서 손을 떼게! 에이해브의 뼛속에 다시금 영원한 수액이 차오른다! 돛을 펼쳐라! 노를 저어라! 키를 잡아라!"

보트 하나에 구멍이 뚫려서 그 보트의 선원들이 다른 보트에 구출되면, 구출된 선원들은 흔히 그 두번째 보트의 일을 돕곤 한다. 그리하여 선원들은 이른바 '2중 노'를 저으며 추격을 이어나가게 된다. 지금의 경우도 그러했다. 하지만 두 배로 늘어난 보트의 힘은 고래의 힘에 미치지 못했는데, 고래는 모든 지느러미의 힘을 세 배로 늘린 듯 보였기 때문이다. 만일 지금과 같은 상황에서 계속 밀고 나간다면 가망이 없진 않겠지만, 추격이 무한정 길어질 게 뻔히 보일 만큼 빠른 속도로 고래는 헤엄쳐 가고 있었다. 또한 어떤 선원도 그렇게 오랫동안 쉬지 않고 열심히 노를 저을 수는 없는 노릇이었다. 그런 일은 어쩌다 한 번 짧은 우여곡절을 겪을 때나 겨우 참고 해낼 수 있는 일이다. 그러므로 때로는 모선 자체가 고래를 따라잡는 데 가장 효과적인 수단이 되곤 한다. 그런 이유로 보트들은 모선 쪽으로 가서 곧 기중기로 끌어올려졌다. 두 동강이 난 채로 난파된 보트는 이미 모선에 올려져 있었다. 그리하여 피쿼드호는 모든 것을 뱃전으로 끌어올리고, 돛을 높이 올리고, 보조돛을 이중으로 펼쳐지는 앨버트로스의 날개처럼 옆으로 활짝 펼친 다음, 모비 딕이 헤엄쳐 간 흔적이 보이는 바람 불어가는 쪽을 향해 돌진해 갔다. 일정한 간격을 두고 솟아오르기로 유명한 고래의 반짝이는 물기둥은 돛대 꼭대기의 망꾼이 지켜보면서 규칙적으로 보고했다. 그리고 에이해브는 고래가 방금 잠수했다는 보고를 받으면 시간을 확인하고 나침함 시계를 손에 든 채 갑판을 서성대다가, 예정된 시간이 지나자마자 "이제 스페인 금화는 누구 차지가 될 것인가? 녀석이 보이나?" 하는 말을 내뱉었다. 만일 그에 대한 대답이 "안 보입니다, 선장님!"이면 그는 곧장 선원들에게 자신을 망대 위로 올리라고 명령했다. 이런 식으로 하루가 흘러갔다. 에이해브는 높은 곳에서 미동도 않고 있다가 이내 아래로 내려와 갑판 위를 끊임없이 서성대곤 했다.

그는 이렇게 걸어다니며 돛대 꼭대기의 선원들에게 소리치거나 돛을 더 높이 올리라거나 좀더 넓게 펼치라고 명령할 때 외에는 입도 뻥긋하지 않았다. 모자를 푹 눌러쓴 채 이렇게 앞뒤로 왔다갔다하면서 매번 돌아설 때마다 그는 자신의 부서진 보트를 지나쳤다. 두 동강이 난 보트는, 뱃머리는 부서지고 선미는 산산조각난 채로 뒷갑판에 거꾸로 뒤집혀 있었다. 마침내 그는 보트 앞에 멈춰 섰다. 그리고 이따금 이미 구름으로 가득 뒤덮인 하늘에 새로운 구름

군단이 밀려오곤 하듯, 노인의 얼굴에도 어느새 침울함이 한층 더해져 있었다.

에이해브가 멈춰 서는 걸 본 스터브는 아마도 자신이 지닌 불굴의 용기가 전혀 수그러들지 않았다는, 전혀 허세만은 아닌 사실을 확실히 보여줌으로써 선장의 마음속에 계속 용맹한 자로 남기 위해 앞으로 나아가 난파선을 보며 외쳤다. "당나귀도 먹길 마다한 엉겅퀴 같군요. 뾰족한 엉겅퀴 가시처럼 녀석의 입을 찌른 모양입니다. 하! 하!"

"난파선 앞에서 웃다니 이 얼마나 매정한 짓인가? 나 원 참! 자네가 두려움 없는 불처럼 (그리고 감정 없는 기계처럼) 용감한 사내라는 걸 몰랐더라면 자네에게 겁쟁이라고 욕을 퍼부어줬을 걸세. 난파선 앞에서는 웃음소리도 신음소리도 내는 게 아니야."

"네, 선장님." 스타벅이 가까이 다가오며 말했다. "이것은 엄숙한 광경입니다. 일종의 징조인데, 흉조라고 봐야겠죠."

"징조? 징조라고? 그딴 건 사전에나 나오는 말이야! 만일 신들이 인간에게 노골적으로 말할 생각이라면 떳떳하게 숨김없이 털어놓겠지. 고개를 내젓거나 노파들처럼 알쏭달쏭한 암시를 던질 리 없어. 썩 꺼져! 자네 둘은 동전의 양면이로군. 스타벅은 뒤집힌 스터브이고, 스터브는 뒤집힌 스타벅이야. 그러니 자네 둘은 인류 전체인 셈이야. 그리고 에이해브는 이 지구에 살고 있는 수백만 명 가운데 홀로 서 있어. 그의 옆에는 신도, 인간도 없다고! 춥다, 추워. 오한이 나는구나! 지금은 어떤가? 거기 돛대 꼭대기! 녀석이 보이나? 물기둥이 보일 때마다 크게 소리쳐! 일 초에 물기둥을 열 번 뿜더라도!"

날은 거의 저물고, 오로지 태양이 걸친 황금빛 외투의 끝자락만이 바스락거리는 소리를 내고 있을 뿐이었다. 머지않아 거의 어두워졌지만, 망꾼들은 여전히 하늘 위에 그대로 머물러 있었다.

"선장님, 이제 물기둥이 보이지 않습니다. 너무 어두워요." 공중에서 누군가가 외쳤다.

"마지막으로 봤을 땐 어디로 향하고 있었지?"

"그전과 같습니다. 곧장 바람 불어가는 쪽을 향해 가고 있었어요."

"좋아! 이제 밤이 되었으니 녀석도 이동 속도를 줄일 거야. 스타벅, 맨 꼭대기 돛대와 윗돛대의 보조돛을 내리게. 아침이 되기 전에 녀석을 앞서는 일이 벌어져서는 안 돼. 녀석이 지금은 앞으로 나아가고 있지만, 잠깐 멈출지도 모르니까. 거기 키잡이! 배가 순풍을 가득 받게 해라! 망꾼들! 전부 내려와! 스터브, 앞돛대 꼭대기에 새로운 선원을 올려보내서 아침까지 돌아가며 망을 보게 하도록." 그러고는 큰 돛대에 박혀 있는 스페인 금화 쪽으로 가더니 말했다. "다들 들어라, 내가 고래를 발견했으니 이 금화는 내 것이다. 하지만 흰 고래가 죽는 날까지는 여기 그대로 남겨두도록 하겠다. 그리하여 녀석이 죽임을 당하는 날, 녀석이 죽었다고 가장 먼저 소리친 자가 이 금화의 주인이 될 것이다. 그리고 만일 그날 소리치는 사람이 또 내가 된다면, 이 금화의 열 배가 되는 액수를 너희 모두에게 나누어주겠다! 이제 그만들 가봐! 갑판은 항해사 자네가 감독하게!"

에이해브는 그렇게 말하고 승강구 안쪽 가운데쯤으로 들어가더니, 모자를 푹 눌러쓴 채 거기 서 있었다. 밤이 얼마나 흘렀는지 확인하기 위해 이따금 정신을 차렸을 뿐, 동이 틀 때까지 그는 거기서 미동도 하지 않았다.

134장

추격—둘째 날

동이 틀 무렵, 세 군데 돛대 꼭대기에는 제시간에 맞춰 새로운 인원이 배치되었다.

"녀석이 보이나?" 에이해브가 새벽빛이 퍼지길 잠시 기다렸다가 외쳤다.

"아무것도 안 보입니다, 선장님."

"전원 갑판 위로 모여 돛을 올려라! 녀석이 내가 생각했던 것보다 빠르게 이동하고 있군. 윗돛! 그래, 윗돛을 밤새 달아놓았어야 했는데. 하지만 상관없어. 돌진하기 전에 잠시 휴식을 취한 것뿐이니."

여기서 말해둘 것이 있는데, 특정한 고래를 낮부터 밤까지, 그리고 다시 밤부터 낮까지 이처럼 끈질기게 쫓는 일은 남양 포경업에서 결코 전례없는 일이 아니다. 왜냐하면 낸터킷 선장들 가운데 몇몇 타고난 천재들은 놀라운 기술과 경험에서 우러나온 선견지명과 누구도 꺾을 수 없는 자신감을 지니고 있기에, 마지막으로 관찰했던 고래의 모습만으로도 시야에서 사라진 고래가 그때 그 상황에서 한동안 헤엄쳐 갈 방향과 그렇게 헤엄쳐 가는 동안의 평균 속도를 꽤나 정확히 예측해낼 수 있기 때문이다. 이런 경우 포경선 선장은 어느 정도 수로안내인과 유사하다고 할 수 있다. 대략적인 형태를 잘 알고 있는 해안선에서 약간 멀리 떨어져 그 해안선을 볼 수 없는 상황에서 조만간 다시 그곳으로 돌아가고자 하는 수로안내인은, 보이지 않는 먼 곳으로 배를 보다 정확히 인도하기 위해 나침반 옆에 서서 현재 눈에 보이는 곶串의 정확한 방위를 잡는다. 나침반 옆에 서서 고래를 쫓는 선장도 마찬가지다. 낮 동안 몇 시간이나 추격하고 열심히 쳐다보던 고래가 밤의 어둠에 휩싸였을 때, 현명한 사냥꾼은 고래가 어둠을 뚫고 어디로 갈지를 마음속으로 훤히 들여다보고 있다고 해도 과언이 아닌데, 이는 수로안내인이 마음속으로 해안선을 훤히 들여다보고 있는 것과 마찬가지다. 따라서 이런 놀라운 기술을 가진 사냥꾼에게는 흔한 말로 '물위에 쓰인' 덧없는 글자인 항적이 굳건한 땅에 새겨진 자국만큼이나 원하는 목표에 다가가는 확실한 수단이 되어준다. 그리고 현대의 거대한 강철 리바이어던이라고 할 법한 철로는 속도가 일정하기로 매우 유명해서, 사람들은 손에 시계를 들고 의사가 아기의 맥박을 재듯 열차의 속도를 재고는 상행선 열차나 하행선 열차가 이런저런 시간에 이런저런 역에 도착할 것이라고 대수롭지 않게 말한다. 이와 마찬가지로, 낸터킷 선장들도 심해로 내려간 리바이어던의 속도를 재고, 몇 시간 후면 이 고래가 200마일을 지나 이런저런 위도나 경도에 도달할 거라고 혼잣말을 해대곤 한다. 하지만 막판에 이처럼 정확한 수치를 얻어내는 데 성공하려면 바람과 바다가 반드시 그 고래잡이의 편이 되어주어야만 한다. 그러니까 바람이 불지 않아 정지했거나 바람 때문에 항해가 불가능한 배에 탄 선장에게 그 자신이 항구에서 정확히 93과 4분의 1리그 떨어져 있다고 확인시켜주는 기술이 대체 무슨 소용이 있겠는가? 이러한 사실들에서 고래의 추격과 관련된 여러 부수적이고 미묘한 문제들을 추리해볼 수 있다.

배는 물결을 헤치며 나아갔다. 그러면서 바다에 남긴 깊은 고랑은, 마치 잘못 발사된 포탄이 쟁기날이 되어 평평한 밭을 뒤엎어놓기라도 한 듯한 모습이었다.

"원 세상에나!" 스터브가 외쳤다. "갑판을 뒤흔드는 진동이 다리를 타고 올라와 심장을 얼얼하게 만드는구나. 이 배와 나는 용감한 두 친구로군! 하, 하! 누가 나를 들어올려 등뼈가 아래로 오게끔 바다에 좀 띄워줘봐—참나무에 대고 맹세하지! 내 등뼈는 용골이니까. 하, 하! 우리는 뒤에 먼지를 풀풀 날리지 않는 발걸음으로 걷는다네!"

"저기 고래가 물을 뿜는다! 물을 뿜는다! 물을 뿜는다! 바로 앞이다!" 돛대 꼭대기에서 돌연 이런 외침이 들려왔다.

"아무렴, 그래야지!" 스터브가 외쳤다. "내 그럴 줄 알았어. 넌 도망칠 수 없다고. 물줄기가 허공에서 갈라지도록 물을 뿜어 올려라, 오오, 고래여! 미친 악마께서 네 뒤를 몸소 쫓고 계시니라! 나팔을 불어라! 폐가 부풀어올라 뻥 터져버릴 때까지! 방앗간 주인이 개울물의 수문을 막아버리듯, 에이해브가 흐르는 네 피를 막아줄 거다!"

스터브의 외침은 거의 모든 선원의 마음을 대변한 것이었다. 이맘때쯤 선원들의 마음은 열광적인 추격으로 인해 오래된 포도주를 새로 발효시키기라도 한 것처럼 부글부글 끓어오르고 있었다. 선원들 중 일부가 전에 그 어떤 창백한 두려움과 불길한 예감을 느꼈건 간에, 그것들은 나날이 커져만 가는 에이해브에 대한 경외감 덕분에 눈앞에서 자취를 감췄을 뿐 아니라, 돌진해 오는 들소 앞에서 뿔뿔이 흩어지고 마는 대초원의 소심한 토끼들처럼 사분오열되어 사방팔방으로 패주해버렸다. 운명의 손이 선원들의 영혼을 강탈해간 것이다. 그 전날 그들을 동요하게 했던 위험과 간밤에 그들을 괴롭히던 긴장감, 날듯이 달아나는 목표물을 향해 두려움 없이 확고하고 맹목적으로 무모하게 돌진해 가는 그들의 사나운 배. 이런 것들로 인해 선원들의 마음은 미끄러지듯 달려나가고 있었다. 돛을 가득 부풀게 한 바람, 그 바람이 보이지 않는 압도적인 팔로 배를 힘껏 몰아댔다. 이는 선원들을 이 추격전의 완전한 노예로 만들어버린 보이지 않는 힘의 상징 같았다.

그들은 서른 명이 아니라 한 사람이었다. 그런데 비록 모든 선원을 한데 품고 있는 이 한 척의 배가 온갖 다양한 재료들—참나무, 단풍나무, 소나무, 그리고 강철, 역청, 삼—이 합쳐져 하나의 온전한 선체로 거듭난 것이긴 했지만, 이 배가 앞으로 나아갈 수 있었던 것은 어디까지나 중앙의 긴 용골이 선체의 균형을 잡아주는 동시에 선체를 인도해주었기 때문이다. 이와 마찬가지로 선원들의 다양한 개성, 즉 이 선원의 용기와 저 선원의 두려움, 죄책감과 결백함은 완전히 하나로 융합되어 그들의 유일한 주인이자 용골인 에이해브가 가리키는 숙명적인 목표를 향해 나아갔던 것이다.

삭구는 살아 있는 생명체 같았다. 돛대 꼭대기에는 키 큰 야자나무 꼭대기처럼 팔과 다리가 잔뜩 튀어나와 있었다. 어떤 선원은 한 손으로 활대를 붙잡은 채로 다른 쪽 손을 앞으로 뻗어 초조하게 흔들어댔고, 또 어떤 선원은 흔들리는 활대 저멀리 앉아서 눈 위에 손으로 차양을 만들어 눈부신 햇빛을 가렸다. 모든 활대에는 자신들의 운명을 맞이할 준비를 끝마친 인간들이 한가득 매달려 있었다. 아아! 자신들을 파멸로 몰아넣을 존재를 찾아 무한하고 푸른 대양을 계속 헤쳐나가는 자들이라니!

"녀석이 보인다면 왜 보인다고 크게 소리치지 않는 거지?" 첫번째 외침이 있고서 몇 분이 지나도록 아무런 외침도 들려오지 않자 에이해브가 외쳤다. "나를 위로 끌어올려라. 너희는 속은 거야. 모비 딕은 그렇게 물기둥을 한 번만 뿜어 올리고 사라져버리지 않아."

정말 그렇기는 했다. 무모한 열정에 휘말린 선원들이 다른 무언가를 고래의 물기둥으로 착각했음이 곧 입증되었다. 에이해브가 망대로 올라가고 밧줄이 갑판의 밧줄걸이에 매이자마자 그가 오케스트라를 조율하는 으뜸음을 울리듯 소리를 질렀고, 그러자 라이플이 일제히 발사된 것처럼 대기가 진동했기 때문이다. 서른 명의 사슴 가죽 같은 허파에서 의기양양한 고함소리가 터져나왔던 것이다. 전방으로 채 1마일도 떨어져 있지 않은 곳—아까 물기둥을 봤다고 상상한 곳보다 훨씬 더 배에서 가까운 곳—에서 모비 딕이 갑자기 그 모습을 송두리째 드러냈던 것이다! 흰 고래는 고요하고 나른하게 뿜어 올리는 물기둥, 즉 머리에 있는 신비로운 샘에서 내뿜는 평화로운 물기둥을 통해서가 아니라, 그보다 훨씬 더 경이로운 현상인 도약을 통해 자신이 근처에 있었다는 사실을 드러냈다. 깊고 깊은 심연에서 자신이 낼 수 있는 최고의 속도로 뛰어오른 향유고래는 몸 전체를 더없이 맑은 대기 속으로 띄워 눈부신 포말을 산더미처럼 쌓아올리면서 자신의 위치를 7마일 이상 떨어진 곳까지 알린다. 그럴 때 고래가 찢고 흩날리는 성난 파도는 그의 갈기처럼 보인다. 어떤 경우에는 고래의 이러한 도약이 공개적인 도전 행위일 때도 있다.

"저기 고래가 물위로 뛰어오른다! 저기 고래가 뛰어오른다!" 흰 고래가 이루 말할 수 없이 허장성세를 부리며 연어처럼 하늘로 몸을 던지자 선원들이 이렇게 외쳤다. 바다의 푸른 평원에 매우 느닷없이 그 모습을 드러내 그보다 더 푸른 하늘의 여백 위로 우뚝 솟아오른 까닭에, 녀석이 일으킨 물보라는 잠시 빙하처럼 눈부시게 번쩍이며 섬광을 내뿜었다. 그 최초의 강렬한 광채는 차츰 옅어지더니, 결국 계곡에 소나기를 몰고 오는 흐릿하고 자욱한 구름안개로 변해버렸다.

"그래, 태양을 향해 마지막 도약을 해보거라, 모비 딕!" 에이해브가 외쳤다. "너의 최후와 너의 작살이 바로 눈앞에 있다! 내려와! 앞돛대에 한 사람만 남기고 다들 내려와라. 보트! 보트를 준비해라!"

선원들은 돛대 밧줄로 만든 따분한 줄사다리에는 눈길도 주지 않은 채 돛대 받침줄과 마룻줄만을 타고 갑판으로 별똥별처럼 미끄러지듯 내려왔다. 한편 에이해브는 그렇게 쏜살같이 내려오진 못했지만, 그래도 꽤 빠른 속도로 망대에서 내려왔다.

"보트를 내려라." 전날 오후에 장비를 갖춰놓은 예비 보트에 이르자마자 에이해브가 외쳤다. "스타벅, 배는 자네가 맡게. 보트에서 떨어져 있되, 보트 근처를 한시도 벗어나지 말게나. 보트를 전부 내려라!"

이번에는 선제공격에 나선 모비 딕이 당장에라도 공포감을 안겨주려는 듯 곧장 뒤돌아서서 세 척의 보트를 향해 돌진해 왔다. 그중 가운데에 있는 것이 에이해브의 보트였다. 그는 선원들을 격려하면서 자신이 고래와 박치기를 해서—즉, 고래의 이마를 향해 정면으로 노를 저어 가서—녀석을 잡겠노라고 말했다. 이는 그리 드문 방법이 아닌데, 고래는 눈이 옆에 달려 있어 정면을 못 보는 까닭에 특정 범위 안에서 그런 식으로 다가가면 녀석의 공격을 피할 수 있기 때문이다. 하지만 그처럼 가까운 범위에 진입하기 전, 그러니까 녀석의 눈에 아직 세 척의 보트가 배의 세 돛대만큼이나 분명히 보이는 동안, 흰고래는 격렬한 몸동작으로 맹렬히 속도를 내며 말 그대로 순식간에 보트 사이로 돌진해 들어와 턱을 활짝 벌리고 꼬리를 마구 휘저어대면서 사방팔방으로 끔찍한 전투를 개시했다. 모든 보트에서 자신을 향해 던져대는 작살은 깡그리 무시한 채, 오로지 그 보트들을 이루고 있는 널빤지 하나하나를 모조리 부수는 일에만 열중하는 듯했다. 하지만 보트들은 들판에 나온 훈련된 군마들처럼 끊임없이 방향을 돌리는 능숙한 조종 실력으로 한동안 고래를 교묘히 피해나갔다. 물론 때로는 널빤지 한 장 폭의 거리로 공격을 비껴가기도 했다. 그러는 동안 에이해브는 줄곧 섬뜩한 함성을 내질러 다른 모두의 외침을 갈가리 찢어 놓았다.

하지만 흰 고래가 눈으로 좇을 수도 없을 만큼 빠르게 회전하는 바람에 마침내 녀석에게 박힌 세 개의 작살 끝에 늘어져 있던 밧줄 세 개가 무수히 뒤엉켜버렸고, 그에 따라 밧줄이 짧아지면서 그 저주받은 보트들은 작살이 박힌 고래의 몸 쪽으로 끌려가게 되었다. 하지만 고래는 더욱 엄청난 습격을 위해 힘을 모으기라도 하듯 잠시 몸을 옆으로 살짝 끌어당겼다. 그 기회를 놓치지 않은 에이해브는 우선 밧줄을 좀더 푸는가 싶더니, 다시 재빨리 잡아당기고 끌어당기면서 그 얽힌 밧줄들을 풀어보려 했다. 그런데 바로 그 순간! 전투태세를 갖춘 상어떼의 이빨보다 더욱 무지막지한 광경이 벌어졌다!

뽑혀 나온 작살과 창이 미로처럼 복잡한 밧줄에 매달려 나선형으로 빙빙 돌면서, 섬광을 번쩍이며 물방울을 뚝뚝 흘리는 작살촉과 창끝을 곤두세운 채 에이해브의 보트 뱃머리에 있는 밧줄걸이 쪽으로 날아오고 있었던 것이다. 할 수 있는 일은 오직 하나뿐이었다. 에이해브는 보트 나이프를 움켜쥔 채로 번쩍이는 강철 사이를 요리조리 아슬아슬하게 피하더니, 보트 너머의 밧줄을 끌어당겨 보트 안쪽의 뱃머리 노잡이에게 건네준 다음, 밧줄걸이 근처에서 밧줄을 두 번 칼질해 자신의 앞길을 가로막은 쇠뭉치를 바닷속으로 빠뜨려버렸다. 이 모두가 순식간에 벌어진 일이었다. 그 순간, 흰 고래가 여전히 뒤엉켜 있는 다른 밧줄들 사이로 황급히 돌진했다. 그 바람에 그 밧줄들과 더 얽혀버린 스터브와 플래스크의 보트는 고래의 꼬리 쪽으로 속절없이 끌려가고 말았고, 그리하여 해변에서 파도를 맞고 뒹구는 두 개의 야자나무 껍질처럼 꼬리에 내동댕이쳐지고 말았다. 그러고서 고래는 바다 아래로 잠수해 들끓는 소용돌이 속으로 모습을 감춰버렸다. 소용돌이 위에서는 난파한 두 보트의 향기로운 삼나무 파편들이 빙글빙글 돌아가며 잠시 춤을 추었는데, 마치 강판에 간 육두구가 재빨리 휘저은 펀치볼 속에서 빙글빙글 도는 것 같았다.

두 보트의 선원들은 소용돌이를 따라 돌고 있는 밧줄통이나 노 따위를 붙잡기 위해 손을 내뻗으며 아직도 물속에서 빙빙 돌고 있었다. 작달막한 플래스크는 빈 유리병처럼 기울어진 채 위로 솟구쳤다 아래로 가라앉았다 하기를 반복하면서도 상어의 무시무시한 아가리로부터 달아나기 위해 두 다리를 위쪽으로 끌어당기고 있었다. 스터브는 누구든 와서 자기를 좀 건져달라며 원기왕성한 목소리로 크게 소리를 질러대고 있었다. 노인네의 밧줄은 이제 작살과 분리된 상태였기 때문에 구출이 가능한 선원을 살리기 위해 물거품이 이는 웅덩이 속으로 그 밧줄을 던져줄 수도 있었을 것이다. 그런데 이처럼 무수한 위험이 한꺼번에 들이닥친 가운데, 아직 공격을 받지 않은 에이해브의 보트가 보이지 않는 조종끈에 묶여 하늘로 끌어올려지고 있는 듯한 모습이 연출됐다. 바닷속에서 화살처럼 수직으로 솟아오른 흰 고래가 넓은 이마로 보트 밑바닥을 밀고 올라와서는 보트를 빙글빙글 돌게 하면서 허공에 들어올렸던 것이다. 그러다 결국 보트는 뱃전을 아래로 향한 채 다시 추락했고, 에이해브와 선원들은 바닷가 동굴을 빠져나오는 바다표범처럼 그 아래를 간신히 빠져나왔다.

고래는 솟구쳐오를 때 붙은 가속도 때문에—수면을 치고 올라오는 순간 방향을 틀었음에도—자신이 만든 파괴의 현장 한복판에서 약간 떨어진 지점에 떠오르게 되었다. 현장을 등진 채 잠시 거기 드러누워 꼬리로 양옆을 천천히 휘젓던 고래는, 떠도는 노나 널빤지 조각 같은 난파선의 부스러기 따위가 살짝 몸에 닿기만 해도 재빨리 꼬리를 뒤로 뺐다가 수면의 양옆을 세차게 내리쳤다. 하지만 그것도 잠시, 지금으로서는 이 정도로 만족한다는 듯 곧 주름진 이마를 들이밀어 바다를 가르기 시작했다. 녀석은 서로 한데 뒤엉킨 밧줄을 뒤로 질질 끌면서 바람 불어가는 쪽을 향해 여행자 특유의 일정한 속도로 계속 헤엄쳐 나아갔다.

이전과 마찬가지로 한 발짝 떨어진 곳에서 싸움 전체를 주시하고 있던 모선은 다시금 구조를 위해 돌진해 와서 보트 한 척을 내리고는, 표류하는 선원들과 밧줄통, 노 등 건질 수 있는 것은 무엇이든 건져 올려 갑판 위에 무사히 안착시켰다. 안착한 것들의 명단에는 어깨나 팔목이나 발목을 삔 사람, 시퍼런 타박상을 입은 사람, 휙 비틀린 작살과 창, 도저히 풀 수 없을 만큼 복잡하게 뒤엉킨 밧줄, 산산조각난 노와 널빤지 등이 있었다. 하지만 그중에는 치명상을 입은 사람은커녕, 중상을 입은 사람조차 없는 듯했다. 그 전날 페달라가 그랬던 것처럼 에이해브 또한 부서진 보트의 절반을 단단히 붙든 채로 발견됐다. 덕분에 그는 상대적으로 쉽게 떠 있을 수 있었고, 전날에 작은 불상사를 당했을 때만큼 기진맥진해 보이지도 않았다.

하지만 그가 구조되어 갑판 위로 올라왔을 때, 모든 선원의 시선이 그에게 집중됐다. 그가 스스로 두 발로 서지 않고, 그때까지 그의 가장 충실한 조력자가 되어주었던 스타벅의 어깨에 여전히 반쯤 매달려 있었기 때문이다. 그의 고래뼈 다리가 부러진 자리에는 짧고 날카로운 나뭇조각 하나만이 남아 있었다.

"아아, 스타벅. 때로는 남에게 선뜻 기대보는 것도 기분좋은 일이로군. 이 늙은 에이해브도 그동안 좀더 자주 기댔더라면 좋았을 것을."

"쇠테가 견뎌내지 못했군요, 선장님." 목수가 다가오며 말했다. "꽤나 정성들여 만든 다리인데 말이죠."

"하지만 뼈는 부러지지 않았길 바랍니다, 선장님." 스터브가 진심어린 우려를 표하며 말했다.

"왜 아니겠나, 스터브! 그것도 완전히 산산조각나버렸다네! 봐, 보라고. 하지만 뼈 하나가 부러졌어도 이 늙은 에이해브는 온전해. 그리고 난 이쪽에 달고 다녔다 잃어버린 죽은 뼈가 나의 본질이 아니듯, 이쪽에 달린 멀쩡히 살아 있는 뼈도 나의 본질은 아니라고 생각해. 상대가 흰 고래든 인간이든 악마든 이 늙은 에이해브의 참되고 근접하기 어려운 본질에는 가벼운 찰과상조차 입힐 수 없어. 그 어떤 측심줄의 납덩이가 저기 저 바다의 밑바닥에 가닿을 수 있으며, 그 어떤 돛대가 저기 저 하늘의 지붕을 긁을 수 있단 말인가?—거기 돛대 꼭대기! 어디로 가고 있지?"

"정확히 바람 불어가는 쪽입니다, 선장님."

"그렇다면 키를 위로 잡도록. 배 지킴이들은 다시 돛을 활짝 펼쳐라! 남은 예비 보트를 몽땅 내려서 장비를 갖춰놓게. 스타벅, 가서 보트에 탈 선원들을 모아오게."

"그보다 먼저 선장님을 뱃전까지 모셔드리겠습니다."

"아, 아아! 이 부러진 나뭇조각이 이제 나를 푹 찌르는구나! 저주받은 운명이로다! 무적의 영혼을 지닌 선장이 이토록 용기 없는 짝을 두어야만 한다니!"

"선장님?"

"자네가 아니라 내 육신 말일세. 뭔가 지팡이로 쓸 만한 걸 가져다주게나. 저기 저 부러진 창이 좋겠군. 선원들을 모으게. 그런데 그자가 도통 보이지 않는군. 절대 그럴 리 없는데! 실종됐나? 서둘러! 선원들을 전원 집합시켜라."

노인네의 예감이 맞았다. 전원 집합한 선원들 가운데 파르시의 모습은 보이지 않았다.

"파르시!" 스터브가 외쳤다. "녀석은 분명 거기 휘말려서—"

"이런 황열병에 걸려 검은 피나 토할 놈! 다들 위로, 아래로, 선장실로, 앞갑판 선실로 달려가봐. 파르시를 찾아라. 사라졌을 리 없어, 사라졌을 리 없다고!"

하지만 그들은 곧장 되돌아와서는 그 어디서도 파르시를 찾을 수 없었노라고 일렀다.

"저, 선장님." 스터브가 말했다. "녀석이 선장님의 뒤엉킨 밧줄 사이에 걸려서 바다 아래로 끌려 들어가는 걸 본 것 같습니다."

"내 밧줄이라니! 내 밧줄이라고? 사라졌다니? 사라졌다고? 이 한마디 말이

의미하는 게 뭐지? 그 말 속에 어떤 조종弔鐘이 울리기에 이 늙은 에이해브의 몸이 종탑이라도 된 듯 떨려온단 말인가. 맞다, 작살! 그쪽 잡동사니를 뒤져봐라. 보이나! 대장장이가 만든 작살, 흰 고래를 죽일 때 쓸 작살 말이다. 아니, 아니, 아니야. 빌어먹을 멍청이 같으니! 이 손으로 그 작살을 던지지 않았나! 작살은 녀석의 몸에 박혀 있어! 거기 돛대 꼭대기! 녀석을 계속 주시해라. 서둘러! 다들 보트에 장비를 갖춰라. 노를 모아라. 작살잡이들! 작살, 작살을 챙겨! 맨 꼭대기 돛을 더 높이 올려라. 돛을 모두 잡아당겨라! 거기 키잡이! 필사적으로, 죽을힘을 다해 침로를 유지하라! 나는 끝없는 지구를 열 바퀴 돌아서라도, 아니 지구를 곧장 뚫고 들어가서라도 녀석을 죽이고야 말겠어!"

"위대한 신이시여! 단 한 순간만이라도 저희 앞에 나타나주소서." 스타벅이 외쳤다. "영감 당신은 녀석을 절대로, 절대로 잡을 수 없을 겁니다. 예수님의 이름으로 이 짓을 그만두세요. 이건 악마의 광기보다 더 지독한 짓입니다. 이틀 동안이나 추격했고, 보트가 두 차례나 산산조각났으며, 당신의 그 다리는 또 한번 당신 몸에서 떨어져나간데다, 당신의 사악한 그림자는 영원히 종적을 감췄습니다. 선한 천사들이 떼 지어 몰려들어 당신에게 경고하고 있어요. 뭘 더 원하나요? 이 흉악한 고래가 우리를 최후의 한 사람까지 몽땅 휩쓸어버릴 때까지 녀석을 추격해야 하나요? 우리가 녀석에게 이끌려 저 바다 밑바닥까지 내려가야 하나요? 우리가 녀석에게 이끌려 지옥에라도 들어가야 하나요? 아아, 이 이상 녀석을 쫓는 일은 불경스러운 신성모독입니다!"

"스타벅, 최근에 난 이상하게도 자네에게 마음이 가는군. 그러니까 왜, 우리가 서로의 눈을 바라봤던 바로 그 순간부터 쭉 그래왔어. 하지만 이 고래 문제에서, 자네 얼굴은 이 손바닥이나 마찬가지야. 입술도, 이목구비도 없는 무표정이지. 이봐, 에이해브는 영원히 에이해브야. 이 연극에서 이번 막 전체는 바꿀 수 없도록 이미 내용이 정해져 있어. 이 바다가 물결치기 십억 년도 전에 자네와 내가 리허설을 마친 부분이라고. 바보 같으니! 난 운명의 여신을 모시는 부관이야. 난 그저 명령에 따라 행동할 뿐. 보라, 부하들이여! 너희는 나의 명령에 따를지어다. 내 주위에 모여 서라. 너희의 눈앞에 있는 사람은 다리가 잘려나가 부러진 창에 기댄 채 외로운 다리 하나로 온몸을 떠받치고 있는 한 노인이다. 이는 에이해브라는 사람의 육신에 해당하는 부분이다. 하지만 에이해브의 영혼은 백 개의 다리로 움직이는 한 마리 지네와도 같다. 나는 돌풍 속에서 돛대가 꺾여나간 군함을 끌어당기는 밧줄처럼 긴장한 채 반쯤 좌초한 듯한 기분이고, 아마 겉으로도 그래 보일 것이다. 하지만 나는 끊어지기 전에 탕! 하는 소리를 낼 것이다. 그 소리가 들리기 전까지는 에이해브의 굵은 밧줄이 여전히 자신의 목표물을 끌어당기고 있다는 사실을 잊지 마라. 너희들은 징조라는 것을 믿는가? 그렇다면 크게 소리 내 웃으며 앙코르를 외쳐라! 왜냐하면 물속에 가라앉아 사는 것들은 가라앉기 전에 수면 위로 두 번 떠오르고, 또 한 번 떠오른 다음에는 영영 침몰하는 법이니까. 모비 딕도 마찬가지야. 이틀을 떠올랐으니, 내일로 세번째가 될 것이다. 그렇다, 녀석은 다시 한번 솟아오를 것이다. 하지만 그때 내뿜는 물기둥은 녀석이 내뿜는 최후의 물기둥이 될 것이다! 다들 용기가 솟구쳐오르지 않는가?"

"두려움 없는 불처럼." 스터브가 외쳤다.

"그리고 감정 없는 기계처럼." 에이해브가 중얼거렸다. 그리고 선원들이 전진하는 동안에도 계속해서 중얼거렸다. "징조라 불리는 것들! 어제도 나는 박살난 나의 보트를 두고 저기서 스타벅에게 똑같은 말을 했었지. 오오! 내 마음속에 그토록 완강히 들러붙어 있는 것을 다른 이들의 마음속에서 몰아내려 한다니, 이 얼마나 용감한 짓인가! 파르시, 파르시! 사라졌다니, 사라졌다고? 어쨌든 그는 나보다 먼저 가기로 되어 있었어. 하지만 내가 죽기 전에 다시 모습을 드러내기로 되어 있었지. 어째서 그럴 수 있는 거지? 역대 판사들의 유령에게 도움을 받는 변호사라 해도 풀지 못할 수수께끼야. 그것이 매의 부리처럼 내 머리를 쪼고 있어. 하지만 내가, 내가 그 수수께끼를 풀고야 말겠다!"

땅거미가 내렸을 때도 고래는 여전히 바람 불어가는 쪽에서 목격되었다.

그리하여 다시 한번 돛이 줄여졌고, 모든 상황이 전날 밤과 비슷하게 흘러갔다. 다만 차이가 있다면, 전날 밤과는 달리 망치 소리와 숫돌이 윙윙 돌아가는 소리가 거의 새벽녘까지 들려왔다는 점이다. 선원들은 등불에 의지해 예비 보트에 완벽하고 세심하게 장비를 갖춰놓고 내일 사용할 새 무기를 날카롭게 가느라 바빴다. 그러는 동안 목수는 에이해브의 난파선에서 끄집어낸 망가진 용골로 에이해브에게 줄 또다른 다리를 만들었으며, 에이해브는 전날 밤과 다름없이 모자를 푹 눌러쓴 채 승강구 안쪽에 가만히 멈춰 서 있었다. 모자에 가려진 그의 시선은 헬리오트로프[534]처럼 뒤쪽으로 돌아간 채 최초의 서광이 비치기만을 고대하며 정확히 동쪽을 향하고 있었다.

135장

추격—셋째 날

셋째 날 아침이 쾌청하게 밝아왔다. 그리하여 앞돛대 꼭대기에서 혼자 망을 보던 야간 당직은 또다시 주간 당직 여러 명과 교대되었고, 교대한 망꾼들이 모든 돛대와 거의 모든 활대를 빼곡히 채우게 되었다.

"녀석이 보이나?" 에이해브가 외쳤다. 하지만 고래는 아직 시야에 들어오지 않았다.

"그래도 녀석이 지나간 자리를 분명 그대로 뒤따르고 있어. 녀석의 항적을 따라가기만 하면 그뿐이야. 거기 키잡이, 지금까지의 침로를 그대로 유지하도록. 오늘도 정말 날씨가 좋구나! 세상을 천사들에게 어울릴 법한 여름 별장으로 재창조한 다음 천사들에게 처음으로 개방한 날 아침이라 해도 이보다 더 맑지는 못할 거야. 에이해브에게 생각할 시간이 주어진다면 이건 한번쯤 생각해볼 거리가 되겠군. 하지만 에이해브는 절대 생각하지 않아. 그는 오로지 느끼고, 느끼고, 또 느낄 뿐. 보통의 인간으로서는 그것만으로도 충분히 가슴이 울렁이지! 생각한다는 건 무모한 짓이야. 생각할 권리와 특권은 오로지 신만

이 지녔지. 생각이란 냉정함과 차분함이고, 또 그래야만 되는 거야. 그런데 그러기에는 우리의 가련한 심장이 너무 쉴새없이 고동치고, 우리의 가련한 뇌가 너무 바삐 움직여. 그래도 가끔은 내 뇌가 무척 차분하다는 생각이 들 때도 있었지. 얼어붙은 것처럼 차분한 나머지, 이 늙은 두개골은 내용물이 얼어버린 유리잔처럼 쫙 금이 가서 뇌를 떨게 하는 거라고 말이야. 그래도 이 머리카락은 지금도 여전히 자라고 있어. 이 순간에도 자라고 있다니, 열기가 머리카락을 기르고 있는 게 틀림없군. 아니, 그게 아니지. 머리카락이란 그린란드의 얼음 틈새에서 베수비오산의 용암에 이르기까지 어디서나 자라나는 흔한 풀 같은 게 아닌가. 제멋대로 불어오는 바람이 내 머리카락을 곤두세우는구나. 찢어진 돛 조각이 흔들리는 배에 매달린 채 배를 후려치듯 이 바람이 나를 마구 채찍질하는구나. 여기 오기 전에 감옥의 복도와 감방과 병동을 지나오면서 그곳의 공기를 쓸어왔을 텐데도 지금 이곳으로 양털처럼 순결한 척하며 불어오고 있다니, 비열한 바람이로다. 저리 꺼져라! 불결하구나. 내가 바람이라면 이처럼 사악하고 비참한 세상에 더는 불어오지 않을 거야. 어디 동굴 같은 데로 기어들어가 그곳에서나 살금살금 걸어다닐 거야. 그래도 바람은 고결하고 당당하구나! 그 누가 바람을 정복한 적이 있단 말인가? 모든 싸움에서 마지막으로 쓰라린 일격을 가하는 것은 결국 바람이다. 달려가며 창으로 공격해봤자 창은 바람을 통과할 뿐. 하! 비겁한 바람은 벌거벗은 사람을 때려눕히면서도 자신은 단 한 대도 그냥 맞아줄 생각이 없다. 심지어 에이해브조차 바람보다는 용감하고 고결한 존재다. 바람에게도 실체가 있다면 좋으련만, 보통의 인간을 더없이 짜증나게 하고 격노하게 하는 모든 것은 실체가 없다. 하지만 어디까지나 물질로서의 실체가 없을 뿐, 어떤 힘으로서의 실체까지 없는 것은 아니다. 거기에 더없이 특별하고 교활한, 오오, 그리고 더없이 심술궂은 차이가 있다! 하지만 거듭 말하건대, 또한 여기서 단언하건대, 바람에는 뭔가 더없이 장엄하고 자애로운 구석이 있다. 적어도 맑은 하늘에서 곧장 불어오는 지금 이 따스한 무역풍만큼은 강하고 꾸준하면서도 활기찬 포근함을 지니고 있다. 제아무리 바다의 비열한 조류가 심연에서 방향을 틀고, 육지의 장대한 미시시피강이 결국 어디로 흘러가야 할지를 몰라 이리저리 빠르게 방향을 틀더라도, 이 무역풍만은 목표로부터 방향을 홱 틀어버리지 않는다. 그리고 저 영원한 남극과 북극에 대고 맹세하건대! 지금 나의 훌륭한 배를 똑바로 몰아가는 바로 이 무역풍, 또는 그것과 비슷한 무엇—절대 변하지 않고 힘으로 가득한 무엇—이 나의 용골 달린 영혼을 앞으로 몰아가고 있구나! 바로 그것을 향해서! 거기 돛대 꼭대기! 뭐가 보이나?"

"아무것도 안 보입니다, 선장님."

"아무것도 안 보인다니! 정오가 코앞인데! 스페인 금화가 푸대접을 받고 있구나! 저 태양을 봐! 그래, 그래. 분명 일이 그렇게 된 거야. 내가 녀석을 앞지른 거라고. 어떻게 내가 녀석을 앞지른 거지? 그래, 이제 녀석이 나를 추격하고 있군. 내가 녀석을 추격하고 있는 게 아니라. 상황이 좋지 않아. 벌써 알아차렸어야 하는 건데. 바보 같으니라고! 녀석은 밧줄이랑 작살을 끌고 가고 있다. 그래, 그래. 간밤에 녀석을 지나쳐버린 거야. 배를 돌려라! 배를 거꾸로 돌려! 원래 돛대 꼭대기를 맡기로 했던 망꾼들만 남고 다들 아래로 내려와라! 다들 아딧줄에 붙어라!"

바람은 그동안 피쿼드호의 뒤에서 비스듬히 불어오고 있었는데, 이제 아딧줄로 활대를 돌려 뱃머리가 반대편으로 향하게 된 배는 자신이 뒤에 남겼던 항적의 흰 거품을 다시 휘저으며 바람에 맞서 나아가게 되었다.

"선장은 이제 바람을 거스르면서까지 녀석의 벌어진 아가리를 향해 나아가는군." 스타벅이 큰 돛대의 아래 활대 밧줄을 난간에 새로 묶으며 혼자 중얼거렸다. "신이시여, 저희를 지켜주소서. 하지만 내 몸안의 뼈는 벌써 축축해져서 안에서부터 내 살갗을 적시고 있구나. 선장을 따르는 게 곧 나의 신을 거역하는 일은 아닐지!"

"나를 위로 끌어올릴 준비를 해라!" 에이해브가 삼줄로 엮은 바구니 쪽으로 다가가며 외쳤다. "우린 곧 녀석을 만나게 될 거야."

"네, 네, 선장님." 스타벅은 즉시 에이해브의 명령에 따랐고, 에이해브는 다시 한번 높은 곳으로 끌어올려졌다.

꼬박 한 시간이 흘러갔다. 납작하게 두들겨 편 금처럼 수세기로 펼쳐진 듯한 한 시간이었다. 이제는 시간조차 팽팽한 긴장감 속에 길게 숨을 죽이고 있었다. 하지만 마침내 바람 불어오는 쪽 뱃머리로부터 3포인트쯤 떨어진 곳에서 에이해브가 다시 물기둥을 발견했고, 그 즉시 세 개의 돛대 꼭대기에서 불붙은 혀로 내뱉는 듯한 세 명의 외침이 들려왔다.

"모비 딕! 이번 세번째 만남에서는 너와 내가 서로 이마를 맞대고 부딪치겠구나! 거기 갑판의 선원들! 아딧줄을 더욱 힘차게 당겨라. 배의 돛을 모두 펼쳐서 전속력으로 바람에 맞서라. 스타벅, 보트를 내리기엔 녀석이 아직 너무 멀리 있군. 돛이 흔들린다! 저 키잡이 옆에 무거운 쇠망치를 들고 서서 그를 감독하게! 그래, 그래. 녀석은 빨리 움직이지. 아래로 내려가야겠어. 하지만 여기 이 돛대 꼭대기에서 바다를 한 번만 더 충분히 둘러보자. 그럴 시간은 있으니. 아주 오래된 광경인데도 웬일인지 너무나도 앳되구나. 그래, 게다가 내가 소년 시절에 낸터킷의 모래언덕에 올라가서 처음 보았을 때와 조금도 변한 게 없어! 똑같아! 똑같다고! 노아가 봤던 바다와 내가 지금 보는 바다는 똑같은 바다야. 바람 불어가는 쪽에 조용히 소나기가 내리는군. 바람 불어가는 쪽은 정말이지 감미로워! 흔한 육지와는 다른 어떤 곳, 야자나무보다 더욱더 무성하게 번영하는 곳으로 이어지는 게 틀림없어. 바람 불어가는 쪽! 흰 고래는 그쪽으로 가고 있다. 그러면 바람 불어오는 쪽을 보자. 매섭긴 해도 더 나은 방향이야. 하지만 잘 있거라, 돛대 꼭대기여! 이제는 안녕! 이건 뭐지? 잔디? 그래, 이 뒤틀린 좁은 틈새에 작은 이끼가 낀 것이로구나. 에이해브의 머리에는 비바람이 만들어낸 이런 초록색 얼룩 같은 게 없어! 인간의 노년과 물질의 노년에는 이런 차이가 있구나. 하지만 오래된 돛대여, 우리 둘은 함께 늙어간다. 그리고 나의 배여, 그럼에도 우리의 몸뚱이는 아직 멀쩡하지 않은가? 그래, 딱 다리 하나가 모자랄 뿐. 하늘에 맹세코 이 죽은 나무가 나의 살아 있는 육체를 모든 면에서 능가한다. 나 같은 건 이 죽은 나무와는 비교도 되지 않아. 나는 생명력 넘치는 아버지의 더없이 강한 생명력이 담긴 정기로 만든 인간의 목숨보다 죽은 나무로 만든 배의 목숨이 더 질겼던 경우를 알고 있지. 그가 뭐라고 말했더라? 나의 수로안내인으로서 여전히 나보다 앞서나가겠다고 말했어. 그러면서도 또다시 모습을 드러낼 거라고? 하지만 어디서? 끝없는 바다의 계단을 내려가면 그 밑바닥에서 그를 볼 수 있을까? 도대체 그가 어디서 가라앉은 것인지는 모르겠지만, 하여튼 나는 그에게서 더욱 멀리 떨어진 곳으로 밤새 항해해 가고 있다. 그래, 그래. 다른 많은 이들처럼 그대도 그대 자신에 대한 무서운 진실을 발설했다. 오오, 파르시여, 하지만 에이해브에 대해 그대가 했던 말은 과녁에 도달하지 못했다. 잘 있거라, 돛대 꼭대기여. 내가 자리를 비운 동안에도 고래를 계속 잘 지켜봐다오. 내일, 아니 오늘밤에 흰 고래가 머리와 꼬리를 묶인 채 저기 누워 있을 때 다시 이야길 나누자꾸나."

에이해브는 명령을 내리고 나서도 여전히 주위에서 눈을 떼지 않은 채 새파란 하늘을 가르며 천천히 갑판 위로 내려왔다.

머지않아 보트가 아래로 내려졌다. 하지만 보트 선미 쪽에 서 있던 에이해브는 보트가 막 아래로 내려지려는 순간 뭔가 주저하더니, 갑판에서 도르래 밧줄 하나를 붙잡고 있던 항해사에게 손짓을 보내 동작을 멈추게 했다.

"스타벅!"

"선장님?"

"스타벅, 내 영혼의 배가 이번 항해에서 세번째로 바다로 출격하네."

"네, 선장님. 그게 선장님의 뜻이겠죠."

"스타벅! 어떤 배들은 항구를 떠난 뒤로 영영 종적을 감춰버린다네!"

"그럼요, 선장님. 더없이 유감스러운 일입니다."

"어떤 사람은 썰물 때 죽고, 어떤 사람은 물의 수위가 낮을 때 죽고, 어떤 사람은 물이 가득 차올랐을 때 죽지. 스타벅, 나는 지금 파도의 가장 높은 물마루에 올라선 심정이네. 나는 늙었어. 자, 나랑 악수하세."

그들은 서로 손을 붙잡고 서로의 눈에서 오래도록 시선을 떼지 않았다. 스타벅의 눈물이 곧 아교였다.

"오오, 선장님, 나의 선장님! 고귀한 분이시여, 가지 마세요. 가지 마세요! 보세요, 용감한 사나이가 이렇게 울고 있습니다. 얼마나 고통스러운 마음으로 당신을 설득하기에 이렇게 눈물을 흘리겠어요!"

"보트를 내려라!" 에이해브가 항해사의 팔을 뿌리치며 외쳤다. "전원 준비!"

보트는 눈 깜짝할 사이에 선미 바로 아래쪽을 돌아나갔다.

"상어다! 상어떼가 나타났다!" 선미 쪽에 위치한 낮은 선장실 창문에서 누군가가 외쳤다.

"오오, 선장님, 나의 선장님, 돌아오세요!"

하지만 에이해브는 아무 소리도 듣지 못했다. 왜냐하면 그때는 본인의 목소리가 우렁차게 울려대고 있었고, 보트가 파도 위로 뛰어오르고 있었기 때문이다.

하지만 그 목소리가 전한 것은 진실이었다. 에이해브가 모선을 떠나기 무섭게 선체 아래의 어두운 바다에서 솟아오른 듯한 수많은 상어들이 노가 물속에 담길 때마다 노의 날을 심술궂게 물어댔고, 이후로도 보트를 따라오며 이런 식으로 계속해서 노를 물어댔기 때문이다. 상어가 득실거리는 바다에서 포경 보트를 타다보면 이런 일은 그리 드물지 않게 일어난다. 때로 상어들은, 동양에서 행진하는 군대의 깃발 위를 맴도는 독수리처럼 선견지명을 지닌 채 보트를 아주 대놓고 따라오곤 한다. 하지만 흰 고래를 처음 발견한 이후로 피쿼드호에서 상어를 목격한 것은 이번이 처음이었다. 에이해브의 선원들은 모두 살갗이 호랑이처럼 누런 야만인들이었기에 상어들이 선원들의 피부에서 더욱 진한 사향냄새—사향이 때로 상어들을 자극하기도 한다는 것은 잘 알려진 사실이다—를 맡은 것인지는 모르겠지만, 하여튼 상어들은 다른 보트들은 제쳐 둔 채 에이해브의 보트만을 쫓는 듯했다.

"불에 달군 강철 같은 심장이로군!" 스타벅이 뱃전 너머로 멀어져가는 보트를 눈으로 좇으며 중얼거렸다. "당신은 저 광경을 보고도 대담하게 고함을 지를 수 있단 말인가? 게걸스러운 상어떼 사이에 보트를 내리고 아가리를 벌린 채 쫓아오는 상어들의 추격을 받다니, 하물며 오늘은 모든 것을 결정짓는 셋째 날이 아니던가? 한 마리의 고래를 계속해서 치열하게 쫓는 일이 삼일 동안 이어질 때, 첫째 날은 아침이고 둘째 날은 정오이고 셋째 날은 모든 게 결판나는 저녁이니 말이야. 그 결과야 어찌되든 간에. 오오! 신이시여! 제 몸 전체를 관통해가며 저를 극도로 차분하게 만드는 동시에 어떤 기대 또한 품게 만드는 이것, 전율의 절정에 머무르게 하는 이것은 대체 무엇입니까! 미래는 속이 텅 빈 윤곽과 뼈대만을 지닌 듯한 모습으로 내 눈앞에서 헤엄치고, 과거는 왠지 죄다 흐릿해져버렸구나. 메리, 나의 아내여! 당신은 내 뒤에서 창백한 후광에 둘러싸여 희미해져가고, 아들아! 네 눈이 놀랄 만큼 파랗게 변해가는 모습이 내 눈앞에 그려지는 것만 같구나. 인생의 가장 불가사의한 문제들이 환히 밝혀지고 있는 듯하다. 하지만 그 사이로 구름떼가 몰려온다—내 여정의 끝이 다가오는 것인가? 하루종일 발걸음을 옮긴 사람처럼 다리에 힘이 풀린다. 심장에 손을 한번 얹어보라—아직도 뛰고 있는가? 분발해라, 스타벅!—피해라. 움직여, 움직이라고! 크게 소리쳐봐! 거기, 돛대 꼭대기! 언덕 위에서 손을 흔들고 있는 내 아들이 보이는가? 돌았군. 거기, 돛대 꼭대기!—보트에서 눈을 떼지 마라. 고래를 잘 감시해! 아니! 저게 또! 저 매를 쫓아버려! 봐! 녀석이 부리로 쪼고 있다. 풍향기를 찢고 있어." 큰 돛대 꼭대기에서 휘날리는 붉은 깃발을 가리키며 그가 말했다. "하! 풍향기와 함께 날아가버리는군. 영감님은 지금 어디 있지? 오오, 에이해브! 저 광경이 보이십니까! 전율이 인다, 전율이 일어!"

보트가 그리 멀리 가지 않았을 때 돛대 꼭대기에서 수신호를 보내왔고, 아래쪽을 가리키는 팔을 본 에이해브는 고래가 잠수했다는 것을 알았다. 하지만 그는 고래가 다시 떠오를 때 그 근처에 있을 작정으로 보트가 나아가는 방향을 모선에서 살짝 옆으로 떨어진 곳으로 잡았다. 전방에서 요동치는 파도가 뱃머리를 계속해서 두들겨대는 동안에도 넋이 나간 선원들은 깊은 침묵에서 빠져나올 줄 몰랐다.

"오오, 파도여, 못을 때려박듯이 그렇게 계속 내리쳐봐라! 못대가리 끝까지 박아넣어봐라! 하지만 너희는 뚜껑도 없는 것에 못을 박고 있다. 어떤 관도, 어떤 널도 내 것이 될 수 없어. 나를 죽일 수 있는 것은 삼줄뿐이다! 하! 하!"

갑자기 그들을 둘러싼 바다가 커다란 동심원을 그리며 서서히 부풀어오르더니, 물속에 잠겨 있다가 급작스레 수면 위로 솟구친 빙하 때문에 옆으로 미끄러지기라도 하듯 빠르게 솟아올랐다. 낮게 우르릉거리는 소리가 들려왔다. 지하에서 들려오는 콧노래 같았다. 다들 숨을 죽였다. 질질 끌리는 밧줄과 작살과 창으로 너저분한 모습이 된 거대한 형체가 바다로부터 세로로 비스듬히 솟아올랐던 것이다. 그것은 늘어진 얇은 베일 같은 물안개에 가려진 채로 잠시 무지개가 뜬 대기 중에 머무르고는 다시 깊은 바닷속으로 가라앉았다. 수면 위로 30피트까지 솟아오른 물은 분수가 뿜어 올린 물기둥처럼 일순간 번쩍하더니, 산산이 부서져 눈송이처럼 쏟아져내렸다. 고래의 대리석 같은 몸뚱이 주변의 수면은 갓 짜낸 우유처럼 물거품을 일으키며 소용돌이쳤다.

"힘껏 저어라!" 에이해브가 노잡이들에게 외쳤고, 보트들은 쏜살같이 앞으로 진격했다. 하지만 어제 새로 박혀 몸안에서 부식된 작살 때문에 미치도록 화가 난 모비 딕은 하늘에서 추락한 모든 타락천사들에게 홀려 그들의 무리에 합세하기라도 한 듯 보였다. 고래의 드넓고 흰 이마에 넓고 단단한 층을 이루며 퍼져 있는 힘줄들은 투명한 피부 밑에서 뜨개질이라도 한 것처럼 잘 짜여 있었다. 고래는 머리를 똑바로 쳐들고 다가와 보트들 사이에서 꼬리를 휘젓고는 도리깨질로 다시 한번 보트들을 서로 떼어놓았다. 그러고는 두 항해사의 보트로부터 작살과 창이 쏟아져나오게 한 뒤 두 보트의 뱃머리 윗부분만을 향해 돌진했다. 하지만 에이해브의 보트만은 거의 아무 상처도 입지 않았다.

다구와 퀴퀘그가 망가진 널빤지에서 물이 새는 걸 막는 동안, 고래는 멀리 헤엄쳐 나갔다 다시 뒤돌아서서는 그들 옆을 다시 휙 지나면서 한쪽 옆구리를 전부 드러내 보였다. 그때 별안간 외마디 비명이 터져나왔다. 고래의 등에는 밧줄이 빙빙 둘려 있었는데, 고래가 어젯밤 내내 몸을 이리저리 뒹구는 바람에 고래의 몸 둘레로 복잡하게 얽혀버린 그 밧줄 사이로 몸이 반쯤 찢겨나간 파르시가 단단히 묶여 있는 모습이 보였다. 그의 검은담비 모피 옷은 닳아서 갈가리 찢겨 있었고, 그의 팽창한 동공은 늙은 에이해브를 빤히 쳐다보고 있었다.

에이해브는 손에서 작살을 떨어뜨렸다.

"농락당했구나, 바보처럼 농락당했어." 길고 가는 한숨을 들이마시며 그가 말했다. "그래, 파르시여! 자네와 다시 만나게 되었구나. 그래, 자네가 나보다 앞서 나갔군. 그렇다면 이것이, 이것이 바로 자네가 약속했던 그 관이란 말인가. 하지만 자네가 했던 약속의 마지막 한 글자까지 지켜줘야겠네. 두번째 관은 어디에 있지? 항해사들은 모두 모선으로 돌아가라! 너희 보트는 이제 무용지물이니까. 제시간에 보트를 수리할 수 있거든 내게로 돌아오고, 그럴 수 없거든 죽는 건 이 에이해브 하나로 족하다—다들 앉아! 내가 서 있는 이 보트에서 뛰어내리려 하는 자가 나온다면 내가 작살 맛을 보여주겠다. 너희는 남이 아니라 내 팔과 다리다. 그러니 내게 복종하라. 고래는 어디 있지? 다시 아래로 잠수했나?"

하지만 그는 보트에서 너무 가까운 곳을 보고 있었다. 왜냐하면 모비 딕은 몸에 매단 그 시체와 함께 도망치려는 결심이라도 한 듯, 마지막으로 조우했던 바로 그 장소가 바람 불어가는 쪽으로 가는 여행중에 들르는 역참에 불과하기라도 했다는 듯, 다시 앞을 향해 꾸준히 헤엄쳐 가고 있었기 때문이다. 지금은 전진을 멈추었지만 방금 전까지만 해도 녀석의 맞은편에서 항해해 오고 있던 모선을, 모비 딕은 가까스로 비껴갔다. 녀석은 전속력으로 헤엄쳐 가는 듯했고, 이제는 바다에서 오로지 자신이 갈 길만을 똑바로 나아가는 데 여념이 없어 보였다.

"오오! 에이해브." 스타벅이 외쳤다. "셋째 날인 오늘, 바로 지금이라도 얼마든지 관둘 수 있어요. 보세요! 모비 딕이 당신을 쫓고 있는 게 아니에요. 오히려 선장님, 바로 당신이 모비 딕을 미친 듯이 쫓고 있는 겁니다!"

거세지는 바람에 한껏 돛을 부풀린 고독한 보트는 노와 돛의 힘을 모두 빌려 바람 불어가는 쪽을 향해 신속히 나아갔다. 마침내 에이해브가 난간 너머로 몸을 구부리고 있는 스타벅의 얼굴을 똑똑히 볼 수 있을 만큼 모선 옆을 아주 가까이서 지나갔을 때, 그는 스타벅에게 모선의 뱃머리를 돌려 너무 빠르지 않게 적당한 간격을 두고 자신을 따라오라고 외쳤다. 에이해브가 시선을 위로 향하니 돛대 꼭대기 세 곳으로 열심히 올라가고 있는 타시테고, 퀴퀘그, 다구의 모습이 보였다. 한편 노잡이들은 방금 뱃전으로 끌어올린 두 척의 구멍 난 보트 안에서 이리저리 흔들리며 보트를 수리하느라 분주한 모습이었다. 현창을 하나하나씩 빠르게 스쳐지나는 와중에 스터브와 플래스크가 갑판 위에 쌓인 새 작살과 창 더미 사이에서 바삐 몸을 움직이는 모습도 얼핏 눈에 띄었다. 이 모든 광경을 보고 있자니, 또 부서진 보트를 두들기는 망치 소리를 듣고 있자니, 그는 완전히 다른 종류의 망치가 자신의 심장에 못을 때려박고 있다는 기분이 들었다. 하지만 에이해브는 다시 힘을 냈다. 그리고 이번에는 큰 돛대 꼭대기에서 풍향기가 사라진 것을 알아차리고는, 막 그곳에 올라가 자리를 잡은 타시테고에게 다시 아래로 내려가 새 깃발과 망치와 못을 들고 와서 새 깃발을 돛대 꼭대기에 박아넣으라고 소리쳤다.

사흘 동안 계속된 추격에 녹초가 된데다 몸에 묶인 족쇄 때문에 헤엄에 방해를 받은 탓인지, 아니면 내면에 잠재되어 있는 기만적이고 악의적인 본성 탓인지는 모르겠지만, 사실이야 어찌되었든 간에 다시 한번 흰 고래를 향해 빠르게 접근해 가는 보트에서 보기에는 고래의 속도가 줄기 시작한 것 같았다. 사실 고래를 처음 추격하기 직전에 서로 떨어져 있던 거리가 지난번처럼 그리 멀지 않았는데도 그랬다. 그리고 그 무자비한 상어들은 파도 위를 미끄러져 가는 에이해브를 여전히 옆에서 따라오고 있었다. 너무나 끈질기게 보트에 달라붙었고, 부지런히 놀려대는 노를 너무나 쉴새없이 물어댔기 때문에, 노의 날 끝이 뾰족뾰족하게 씹히는 바람에 노를 물속에 담글 때마다 거의 매번 물위로 작은 나뭇조각이 떠올랐다.

"신경쓰지 마라! 저 이빨은 새로운 놋좆 노릇을 해줄 뿐이야. 계속 노를 저어라! 순종적인 물보다는 상어 아가리가 노 받침대로 더 어울리지."

"하지만 선장님, 매번 물어뜯길 때마다 노의 얇은 날이 점점 더 줄어듭니다!"

"충분히 오래 버틸 거다! 계속 저어!—그런데 모를 일이야." 에이해브가 중얼거렸다. "이 상어들은 고래를 포식하려고 쫓아오는 걸까, 아니면 에이해브를 포식하려고 쫓아오는 걸까? 하여튼 계속 저어라! 그래, 다들 힘차게. 이제 녀석과 가까워졌군. 키! 키를 잡아라! 내가 그리로 가겠다." 에이해브가 이렇게 말하자, 두 명의 노잡이가 나서서 여전히 날듯이 달려가고 있는 보트의 뱃머리로 이동할 수 있도록 그를 도왔다.

마침내 보트는 한쪽으로 기운 채 흰 고래의 옆구리와 나란히 달리기 시작했는데, 고래는 이상하게도 보트가 앞으로 치고 나온 걸 알아차리지 못한 듯했고—고래는 종종 그러곤 한다—에이해브는 고래의 분수공에서 뿜어져나와 녀석의 모나드녹산[535]처럼 거대한 혹 주위로 피어오른 뿌연 안개 속에 완전히 들어가 있었다. 이처럼 고래가 지척에 있었을 때, 에이해브는 몸을 뒤로 활처럼 구부리고 양팔을 높이 쳐들어 공격 태세를 취하고는 자신의 무시무시한 작살과 그보다 더 무시무시한 저주를 그 가증스러운 고래에게 힘껏 던졌다. 강철과 저주가 마치 수렁 속으로 빨려들어가듯 모비 딕의 눈구멍에 처박히자 녀석은 옆으로 몸을 뒤틀었고, 바로 옆 보트 뱃머리를 향해 발작적으로 옆구리를 굴렸다. 보트에는 구멍 하나 뚫리지 않았지만 보트가 너무 급작스레 한쪽으로 기울었기 때문에, 그때 에이해브가 뱃전의 높은 부분에 매달려 있지 않았더라면 그는 다시 한번 바다로 내동댕이쳐졌을 것이다. 실제로 세 명의 노잡이—작살이 정확히 언제 던져질지 미리 알지 못했고, 따라서 그 결과 또한 예상하지 못했던 이들—가 바다로 내던져졌다. 하지만 그들 중 두 명은 그렇게 떨어지는 순간에 다시 뱃전을 움켜잡았고, 파도의 물마루가 뱃전 높이까지 치솟았을 때 다시 보트 안으로 몸을 통째로 밀어넣었다. 세번째 노잡이는 어찌해볼 도리도 없이 선미 쪽에 떨어졌지만, 그래도 물에 떠서 헤엄을 치고 있었다.

그와 거의 동시에 흰 고래는 돌연하고도 즉각적이라고 할 만큼 신속하게 강한 의지를 품고 굽이치는 바다 사이로 쏜살같이 헤엄쳐 갔다. 그런데 에이해브가 키잡이에게 방금 박아넣은 작살에 연결된 밧줄을 당기면서 잡고 있으라고 소리치고, 선원들에게는 자리에서 방향을 돌려 보트를 목표물까지 끌고 가라고 명령한 바로 그 순간, 믿음을 저버린 밧줄은 앞뒤에서 이중으로 가해지는 압력 때문에 허공에서 툭 끊어져버렸다!

"내 안의 뭔가가 부서졌나? 힘줄 몇 개가 끊어졌구나! 다시 괜찮아졌다. 노! 노를 저어라! 녀석을 향해 돌격 앞으로!"

파도를 가르며 돌진해 오는 보트의 요란한 굉음을 들은 고래는 궁지에 몰렸다는 생각에 방향을 획 돌려 자신의 텅 빈 이마를 들이밀었다. 하지만 그렇게 몸을 돌리다가 가까이 다가오고 있던 모선의 검은 선체를 보고는 그것이 자신

을 향한 모든 박해의 근원이라고 여긴 듯했다. 고래는 그것이 더 크고 고귀한 적이라고 생각했는지—어쩌면 그럴지도 모른다—불똥처럼 튀겨대는 물거품 한가운데를 턱으로 강타하면서 다가오는 모선의 뱃머리를 향해 돌진해 나아갔다.

에이해브가 몸을 휘청대며 손으로 이마를 세게 때렸다. "앞이 보이질 않아. 이봐, 너희! 내가 어둠 속을 더듬어 갈 수 있게 내 앞으로 손을 뻗어주게. 지금이 밤인가?"

"고래가! 모선이!" 두려움에 몸을 움츠린 노잡이들이 외쳤다.

"노를 저어라! 노를 저어! 오오, 바다여, 저 아득한 밑바닥까지 기울어져라. 너무 늦어서 일이 영영 틀어져버리기 전에 에이해브가 이번 한 번만, 마지막으로 이번 한 번만이라도 목표물까지 미끄러져 갈 수 있게! 보인다. 모선이다! 모선이야! 계속해서 돌진하라! 너희는 나의 배를 구하지 않을 셈인가?"

하지만 노잡이들이 맹렬히 보트를 몰아 큰 망치로 내려치는 듯한 파도를 뚫고 나아갔을 때, 아까 고래가 내려친 뱃머리 끝의 널빤지 두 개가 부서지는 바람에 거의 순식간에 일시적 불구가 되어버린 보트는 당장이라도 수면에 닿을 듯한 높이로 내려앉고 말았다. 반쯤 물에 잠겨 첨벙거리는 선원들은 물이 새는 틈을 막고 쏟아져 들어오는 물을 퍼내고자 무진장 애를 썼다.

한편 돛대 꼭대기에서 그 모습을 바라본 타시테고는 순간 망치를 들고 있던 손을 허공에서 멈추었고, 격자무늬 어깨걸이처럼 그를 반쯤 감싸고 있던 붉은 깃발은 마치 심장의 피가 앞으로 흘러나온 것처럼 그의 몸에서 곧장 흘러내렸다. 아래쪽 제1사장에 서 있던 스타벅과 스터브도 타시테고와 거의 동시에 자신들에게로 곧장 다가오고 있는 괴물의 모습을 보았다.

"고래다, 고래야! 키를 올려라, 키를 올려! 오오, 하늘의 모든 다정한 힘들이여, 저를 꼭 안아주소서! 스타벅이 죽게 되더라도 여자처럼 스르르 기절하여 죽진 않게 하소서. 키를 올리라니까. 이 바보들아, 저 아가리! 저 아가리를 보라고! 그동안 내가 터질 듯한 마음으로 드린 모든 기도의 대가가 고작 이것이란 말인가? 평생을 충실하게 살아온 결과가 이거라고? 오오, 에이해브, 에이해브, 당신이 저지른 짓을 좀 보시오. 진로를 유지해! 키잡이여, 뱃머리를 그대로. 아니, 아니야! 다시 키를 올려라! 녀석이 몸을 돌려 우리 쪽으로 온다! 오오, 녀석의 달랠 수 없는 이마가 우리를 향해 돌진해 오는 지금, 우리의 의무는 녀석에게 넌 절대 달아날 수 없다고 말해주는 것이다. 신이시여, 지금 이 순간 제 옆에 서주소서!"

"지금 스터브를 도우려는 자라면 누가 됐든 내 옆에 서지 말고 내 아래에 서라.[536] 스터브도 여기에 두 발을 딱 붙이고 서 있을 테니까. 이빨을 드러내고 히죽거리는 고래여, 나도 이빨을 드러낸 채 너를 보고 히죽거려주마! 단 한 번도 깜박일 줄 모르는 스터브의 이 눈 말고 도대체 또 누가 스터브에게 도움을 주었거나 스터브를 깨어 있게 해주었단 말인가? 이제 이 불쌍한 스터브는 너무나도 푹신한 매트리스 침대에 몸을 눕혀야겠다. 안에 잘라낸 곁가지라도 채워져 있다면 좋으련만! 이빨을 드러내고 히죽거리는 고래여, 나도 이빨을 드러낸 채 너를 보고 히죽거려주마! 거기 태양과 달과 별들아! 나는 너희를 자신의 영혼을 저당잡힌 저 작자만큼이나 훌륭한 살인자라 칭하겠다. 그렇긴 해도 너희가 잔을 내민다면 나도 짠 하고 건배를 해주도록 하지! 오오, 오! 오오, 오! 이빨을 드러내고 히죽거리는 고래여, 하지만 곧 꿀꺽꿀꺽 삼켜야 할 것들이 넘쳐날 거다! 오오, 에이해브, 당신은 왜 도망치지 않는 것인지! 나는 신발이랑 재킷을 벗고 도망칠 거야. 스터브가 속바지 차림으로 죽게 해주소서! 그래도 잔뜩 곰팡이가 피고 소금에 과하게 절여진 죽음이긴 하겠지만. 체리! 체리! 체리! 오오, 플래스크, 죽기 전에 빨간 체리 한 알만 먹어봤으면!"

"체리라고요? 나는 지금 이곳이 체리나무가 자라나는 곳이었으면 하고 바랄 뿐이에요. 오오, 스터브, 불쌍한 어머니께서 내 급료를 조금이나마 미리 받아두셨기를. 아니라면 어머니는 이제 동전 몇 푼밖에는 받지 못하시겠죠. 이것으로 항해는 끝났으니까."

이제 뱃머리에는 거의 모든 선원이 멍하니 모여 있었다. 다들 서로 다른 일을 하다 정신없이 달려온 탓에 손에는 망치, 널빤지 조각, 창, 작살 등이 들려 있었다. 모두의 눈은 마법에라도 걸린 듯 고래에게 고정되어 있었고, 고래는 그들의 운명을 가를 그 머리를 좌우로 기이하게 흔들어 앞쪽에 반원형의 넓은 물거품 띠를 펼쳐놓으며 돌진해 오고 있었다. 녀석은 어느 모로 보나 응징, 신속한 복수, 영원한 악의로 똘똘 뭉쳐 있었다. 그리하여 인간의 힘으로 해볼 수 있는 건 다 해봤음에도, 녀석이 견고한 버팀벽 같은 하얀 이마로 피쿼드호의 우현 쪽 뱃머리를 들이받자 선원들과 선체가 휘청거렸다. 어떤 이들은 바닥에 그대로 엎어졌고, 작살잡이들의 머리는 그들의 황소 같은 목 위에서 제자리를 이탈한 장관처럼 흔들렸다. 붕괴된 곳에서는 바닷물이 협곡 아래로 내려오는 급류처럼 콸콸 쏟아져 들어오는 소리가 들려왔다.

"배! 관!—두번째 관이로군!" 에이해브가 보트에서 외쳤다. "두번째 관의 목재는 미국산일 거라고 했지!"

침몰하는 배 아래로 잠수한 고래는 배의 용골을 따라 가볍게 몸을 떨며 내달리더니, 물속에서 방향을 돌려 재빨리 다시 수면 위로 솟아올랐다. 피쿼드호의 뱃머리와는 멀리 떨어져 있지만 에이해브의 보트와는 불과 몇 야드 떨어져 있지 않은 곳에서, 고래는 잠시 움직임을 멈췄다.

"나는 태양에게 등을 돌린다. 왜 그러냐, 타시테고! 자네의 망치질 소리를 들려주게나. 오오! 굴복할 줄 모르는 나의 세 첨탑이여. 갈라지지 않는 용골이여. 오직 신만이 괴롭힐 수 있는 선체여. 굳건한 갑판, 오만한 키, 북극성을 향한 뱃머리—명예로운 죽음을 맞이하는 배여! 너는 그렇게 나 없이 사라져야만 하는 것이냐? 내게는 가장 보잘것없는 난파선 선장이 마지막으로 느끼는 허황된 자부심조차 허락되지 않는단 말인가? 오오, 고독한 삶이 맞이한 고독한 죽음! 오오, 이제 난 나의 가장 큰 위대함이 나의 가장 큰 슬픔 속에 깃들어 있음을 느낀다. 어이, 거기! 송두리째 지나가버린 내 삶의 거센 파도여, 아득히 먼 대양의 끝에서 지금 이곳으로 밀려와 집채만한 파도와도 같은 나의 이 죽음을 더욱 높이 일게 해다오! 모든 것을 파괴하지만 정복하지는 못하는 고래여, 너를 향해 나는 힘차게 나아간다. 최후의 순간까지 너와 맞붙어 싸우고, 지옥의 한복판에서 너를 찌를 것이다. 오로지 증오만이 가득한 내 마지막 숨결을 너에게 내뿜어주마. 어디 한번 모든 관과 널을 하나의 커다란 웅덩이에 가라앉혀보거라! 그 둘 모두 내 것일 리 없으니, 나는 네게 꽁꽁 묶여서라도 너를 계속 쫓으며 산산이 부서질 것이다, 너 이 빌어먹을 고래여! 자, 이 창을 받아라!"

작살이 던져졌다. 작살을 맞은 고래는 앞으로 날듯이 헤엄쳐 갔고, 밧줄은 불붙을 듯한 속도로 홈을 따라 풀려나가다 그만 엉키고 말았다. 에이해브는 엉킨 밧줄을 풀기 위해 몸을 구부렸다. 에이해브가 엉킨 밧줄을 풀긴 했지만, 한 바퀴 고리를 지은 밧줄이 날아와 그의 목에 감겼고, 그래서 그는 터키의 벙어리들이 희생자를 밧줄로 목 졸라 죽일 때처럼 소리 없이 보트 밖으로 내던져지고 말았다. 선원들이 그가 사라졌다는 사실을 알기도 전에 벌어진 일이었다. 곧이어 밧줄 끝에 매듭지어져 있는 고리인 무거운 삭안이 완전히 텅 빈 밧줄통에서 맹렬히 튀어나와 노잡이 한 명을 때려눕힌 다음 수면을 세게 치고는 깊은 바닷속으로 사라져버렸다.

보트의 선원들은 넋 나간 듯 잠시 멍하니 서 있다가 곧 뒤를 돌아봤다. "아니, 배는? 이런 세상에, 배가 어디로 사라진 거지?" 이윽고 그들은 시야를 흐리는 아련한 물안개 사이로 비스듬히 기운 채 사라져가는 피쿼드호의 환영을 보았다. 마치 공허한 '파타 모르가나'[537]와도 같은 광경이었다. 오직 돛대에서 가장 높은 부분만이 수면 위로 솟아 있을 뿐이었다. 한때 우뚝 솟았던 망대에 심취했기 때문인지, 아니면 그에 대한 충성심이나 피할 수 없는 운명 때문인지, 이교도 작살잡이들은 바다에 가라앉고 있는 와중에도 여전히 망루를 떠나지 않고 있었다. 그리고 이번에는 바다가 동심원을 그리며 홀로 떠 있는 보트와 그 보트의 선원들, 물위에 뜬 노와 창 자루를 죄다 움켜쥐는가 싶더니, 생물 무생물 할 것 없이 거기 있는 모든 것을 그 소용돌이 속으로 빨아들여 빙글빙글 돌면서 피쿼드호의 가장 작은 파편 하나까지 남김없이 삼켜버렸다.

마지막으로 삼켜진 파도가 서로 뒤섞이면서 큰 돛대 쪽에 잠겨 있던 인디언의 머리 위를 덮치자, 이제 보이는 것이라고는 똑바로 선 활대 몇 인치와 몇 야드에 걸쳐 길게 펄럭이는 깃발뿐이었다. 깃발은 곧 닿을 듯한 파괴적인 파도를 빈정거리기라도 하듯 그 위에서 태연히 굽이치고 있었다. 그런데 바로 그 순간, 붉은 팔과 뒤로 치켜든 망치가 공중으로 솟아오르더니, 물속에 가라앉고 있는 활대에 깃발을 더욱 단단히 박아넣으려는 듯한 동작을 취했다. 하늘을 나는 한 마리의 매가 별들 사이에 있는 자신의 둥지에서 내려와 큰 돛대 장관을 조롱하듯 따라와서는 깃발을 쪼아대며 거기 있던 타시테고를 방해했다. 그러다가 우연히 이 새의 넓은 날개가 망치와 나무 사이에 끼어들었다. 그 순간 물속에서 하늘의 떨림을 느낀 야만인은 죽음이 숨을 틀어막는 와중에도 망치를 계속해서 굳건히 내리쳤다. 그리하여 그 천상의 새는 대천사처럼 비명을 지르며 장엄한 부리를 위로 높이 쳐들었지만, 완전히 사로잡힌 몸뚱이는 에이해브의 깃발에 둘둘 말린 채로 그의 배와 함께 아래로 가라앉고 말았다. 에이해브의 배는 사탄처럼 천상의 생명을 일부라도 끌고 와 투구처럼 쓰기 전까지는 지옥으로 가라앉지 않으려 했다.

이제 조그마한 새들이 여전히 아가리를 떡 벌리고 있는 소용돌이 위를 시끄럽게 울며 날아다녔고, 시무룩한 흰 파도는 소용돌이의 가파른 측면을 때렸다. 그러고는 모든 것이 무너져내렸고, 거대한 수의壽衣 같은 바다는 오천 년 전에 넘실거렸던 것과 마찬가지로 여전히 그 자리에서 넘실대고 있었다.

에필로그

"나만 홀로 피한 고로 당신께 고하러 왔나이다."

—「욥기」

연극은 끝났다. 그렇다면 여기서 누군가가 무대 위로 나서는 것은 무슨 이유에서인가?—난파선에서 한 사람이 살아남았기 때문이다.

파르시가 사라진 후, 에이해브가 지휘하는 보트의 뱃머리 노잡이 자리는 공석이 되었고, 우연히도 운명의 여신들은 그 자리를 나에게 넘겨주었다. 마지막 날에 흔들리는 보트에서 선원 세 명이 바다로 내던져졌을 때, 선미 쪽에 떨어졌던 것도 나였다. 그래서 나는 사건 현장의 가장자리에 떠서 이후에 일어난 일을 남김없이 목격했는데, 그때 가라앉은 배가 일으킨 소용돌이가 반쯤 힘이 빠진 상태로 내게 접근하는 바람에 나는 막바지에 접어든 소용돌이 속으로 천천히 끌려가게 되었다. 내가 거기 이르렀을 때 소용돌이는 물거품이 이는 웅덩이 수준으로 잦아들어 있었다. 이윽고 나는 익시온[538]이라도 된 양 빙글빙글 돌면서 천천히 회전하는 소용돌이의 중심축에 있는 단추처럼 까만 물거품 쪽으로 계속해서 이끌려갔다. 마침내 그 생명의 중심에 이르자 갑자기 검은 물거품이 위로 솟구쳐올랐다. 그러더니 그 교묘한 탄성 덕분에 배에서 벗어나고 그 거대한 부력 덕분에 물속에서 아주 힘차게 솟아오른 관으로 된 구명부표가 바다 위로 길게 솟구쳤다가 아래로 떨어져서는 내 곁을 둥둥 떠갔다. 나는 그 관을 붙든 채 꼬박 하루 낮과 밤 동안 부드러운 장송곡 같은 대양 위를 떠다녔다. 상어들은 아무 해도 끼치지 않고 마치 입에 맹꽁이자물쇠라도 채운 듯 바다를 유유히 미끄러져 갔다. 사나운 도둑갈매기들은 부리에 칼집이라도 씌운

듯 하늘을 유유히 미끄러져 갔다. 이틀째 되는 날, 어느 배 한 척이 점점 가까이 다가오더니, 마침내 나를 바다에서 건져주었다. 그것은 정도에서 벗어난 항해를 이어가던 레이철호였다. 잃어버린 아이들을 찾아 왔던 길을 되짚어가다가 엉뚱한 고아만 찾고 만 것이다.

주

1 '로열마스트'라고도 하는 맨 꼭대기 돛대 위에는 망을 볼 수 있는 망루가 설치되어 있다.

2 로마 제정기의 장군이자 정치가, 학자인 플리니우스의 『박물지』에서 인용한 것이다.

3 그의 저서 『수상록』에 수록된 작품.

4 프랑수아 라블레의 『가르강튀아와 팡타그뤼엘』에서 인용한 것이다.

5 셰익스피어의 『헨리 4세』 1부 1막 3장에 나오는 핫스퍼의 대사.

6 3막 2장에 나오는 폴로니어스의 대사.

7 에드먼드 스펜서의 장편 서사시.

8 여기서 'V. E.'란 'Vulgar Errors(통속적 오류들)'의 줄임말로, 토머스 브라운 경의 저서 『미신론*Pseudodoxia Epidemica*』을 달리 부르는 말이다. 「경뇌유와 향유고래에 관하여」는 『미신론』 3권 26장의 제목이다.

9 에드먼드 스펜서의 『요정 여왕』에 등장하는 철인(iron man)으로, 정의의 기사인 주인공 아테걸의 조력자.

10 존 버니언의 작품.

11 존 밀턴의 작품.

12 새뮤얼 퍼처스의 『퍼처스의 순례』를 가리킨다.

13 해리스 콜의 『항해기 전집』을 가리킨다.

14 알렉산더 포프의 서사시.

15 아일랜드 소설가이자 극작가, 시인인 올리버 골드스미스.

16 영국 시인이자 평론가인 새뮤얼 존슨.

17 정확한 제목은 『남대서양, 그리고 케이프혼을 돌아 태평양까지의 항해: 향유고래 포경업 및 다른 무역품들의 확장을 위해』.

18 시 「익사한 선원」을 가리킨다.

19 영국의 북극 탐험가이자 과학자, 성직자였던 윌리엄 스코스비의 저서 『북극 지방과 북부 포경업』을 가리킨다.

20 찰스 윌크스의 저서.

21 로버트 피어스 길리스의 저서.

22 제임스 앨런 로즈의 저서.

23 조지프 C. 하트의 저서.

24 W. A. G.의 저서.

25 『비글호 항해기』를 가리킨다.

26 해리 핼리어드의 저서.

885 →

27 looming. 항해 용어로, 특수한 기상 조건하에서 수평선 너머로 어렴풋이 드러나는 육지나 배 등을 의미한다.

28 성경에서 따온 이름. 「창세기」 16장에 등장하는 이스마엘은 아브라함과 이집트인 시녀 하갈 사이에서 태어났다. 아브라함의 부인 사라가 이삭을 잉태하자, 하갈과 함께 광막한 사막으로 내쳐져 그 이름은 관용적으로 '추방자' '사회에서 버려진 자'를 뜻한다. 전통적으로 이스마엘은 아랍인의 조상으로, 이삭은 유대인의 조상으로 여겨진다.

29 로마 정치인이자 군인으로, 그가 전투에서 패해 자살한 일은 스토아철학의 한 면모를 보여준다.

30 스토아학파는 기원전 3세기 제논이 창시한 그리스 철학의 한 학파로, 금욕과 극기를 통해 자연에 순종하는 것을 최고의 가치로 삼았다. 후에 로마의 철학자 세네카에 이르러 완성되었다.

31 에덴동산의 아담과 이브를 가리킨다.

32 그리스 철학자 피타고라스가 콩을 먹으면 위장에 가스가 차니 콩을 먹지 말라고 한 것을 가리킨다.

33 포경선의 옥외 화장실이 선수 쪽 뱃전에 있는 반면, 선장의 뒷갑판은 선미에 있다는 사실에 대한 멜빌의 언어유희다.

34 「창세기」 7장 9절("암컷과 수컷 두 쌍씩 노아한테로 와서 배에 들어갔다") 참조.

35 남아메리카 대륙 최남단의 곶으로, 태평양과 대서양을 잇는 중요 항로 중 하나였다.

36 매사추세츠주 동남부의 항구도시로, 당시 가장 큰 포경 기지로 번성했다.

37 매사추세츠주 코드곶의 남쪽 해안에 위치한 섬으로, 포경업이 시작된 곳이다.

38 「창세기」 19장에서 하느님은 주민들의 도덕적 문란에 대한 벌로 하늘에서 유황과 불을 내려 소돔과 고모라 두 도시를 멸망시킨다.

39 화신(火神) 몰록에게 사람을 제물로 바친 제단이 있던 곳으로, 지옥을 뜻하기도 한다.

40 「유다의 편지」 1장 13절, 「마태오의 복음서」 8장 12절 참조.

41 관(棺)이라는 뜻.

42 병아리콩을 빻아 만든 싸구려 커피로, 진짜 커피의 대용품.

43 지중해에 발생되는 강한 북동풍. 보통 태풍을 의미한다.

44 나사로와 부자 영감 이야기는 「루가의 복음서」 16장 19~31절에 나온다. 여기서 문둥병에 걸린 나사로는 사후에 천국의 아브라함 품에 안기며, 그를 외면했던 부자 영감은 지옥에 떨어진다.

45 인도네시아 동쪽 끝에 위치한 제도.

46 그리스신화에 나오는 상춘국(常春國).

47 마개가 있으며 목이 가는 식탁용 포도주병.

48 요나와 리바이어던의 이야기는 「요나」 1~2장에 나온다.

49 술잔을 가득 채워 마시면 혼곶처럼 몹시 추운 곳에서도 몸을 덥힐 수 있다고 믿었다.

50 옛 선원이 입던 길이가 짧고 꼭 맞는 상의.

51 보통 안에 과일이 든 디저트용 경단.

52 남서태평양의 피지제도.

53 북아메리카의 허드슨만과 대서양 사이에 있는 반도.

54 이는 명칭만 그러할 뿐, 실은 좁은 침대나 침상을 의미한다. 당시 전함에는 실제로 그물침대가 있었지만 포경선에는 그물침대가 없었다.

55 아이슬란드 남부에 위치한 활화산. '눈보라 속의 헤클라산'은 화가 났지만 겉으로는 침착한 태도를 의미한다.

56 북아메리카 인디언이 사용한 손도끼의 일종. 한쪽에는 도끼날, 한쪽에는 담배 파이프가 달려 있기도 했다.

57 1618~1648년 독일에서 벌어진 신교(프로테스탄트)와 구교(가톨릭) 간의 종교전쟁.

58 셋 모두 무거운 외투의 명칭이다.

59 버몬트주에 있는 산맥. 'green'에는 '순진한'이라는 뜻도 있어 언어유희로 쓰였다.

60 퀴퀘그와 마찬가지로 남태평양제도 출신들로, '브리기'만은 가공의 지명이다.

61 1840년대 미국에서 활동한 독일인 마술사.

62 유대인과 이슬람교도들이 생각하는 최고의 천국으로, 지복(至福)을 누리는 곳이다.

63 세일럼 여자들에 대한 이 과장된 말은 멜빌이 이 책을 헌정한 너새니얼 호손과 그의 부인 소피아 호손에게 던지는 개인적 농담이다. 호손 부부는 모두 세일럼 사람이다.

64 거친 털옷감.

65 인도 뭄바이 인근 엘레판타섬에 있는 석굴사원.

66 영국 잉글랜드 도버해협에 있는 얕은 바다.

67 독일 코블렌츠에 있는 12세기에 건축된 성채.

68 영국 제독. 트라팔가르해협에서 프랑스와 스페인의 연합 함대를 격파했으나 완승 직전에 적의 저격을 받아 당시 타고 있던 빅토리호에서 전사했다.

69 「고린토인들에게 보낸 첫째 편지」 9장 27절.

70 Keel of the Ages. "하느님은 영원한 반석이다(God is the rock of ages)"라는 표현의 패러디.

71 「잠언」 13장 24절. "자식이 미우면 회초리를 들지 않고 자식이 귀여우면 채찍을 찾는다."

72 당시 롱아일랜드의 주요 포경항이었다.

73 영국 왕세자에게 주어지는 작위.

74 러시아의 표트르대제는 1698년에 자신의 신분을 숨긴 채 런던 근교의 영국 해군 조선소에서 일하며 조선술을 익혔다.

75 뉴베드퍼드와 페어헤이븐 사이를 흐르는 강.

76 영국해협 서쪽 끝에 있는 등대.

77 북미에서 골칫거리로 여겨지는 잡초의 일종.

78 아시아와 북아메리카 알래스카 사이에 위치한 해협.

79 코끼리를 닮은 고대의 대형 포유동물.

80 Try Pots. '고래기름 정제용 솥'을 뜻한다.

81 조개 또는 생선에 감자와 양파를 넣고 끓인 걸쭉한 수프.

82 1포인트는 나침반의 전체 360도에서 11.25도에 해당한다.

83 1563년에 제정된 영국국교회의 신앙개조. '성공회 대강'이라고도 부른다.

84 원래 맛있고 가벼운 음식, 또는 (맛있는 음식의) 한입(tit-bit)을 뜻한다. 여기서는 '데블댐(악

마의 어머니)' 다음에 등장하는 까닭에 다소 상스러운 '젖통(tit)'의 뉘앙스도 풍기고 있다.

85 (멜빌 생존 당시에는 미완성이던) 쾰른대성당에는 세 동방박사의 유골함이 보관되어 있다.

86 캔터베리대성당의 대주교 토머스 베켓은 헨리 2세와 대립하다가 1170년 암살당했다.

87 11세기 아이슬란드의 영웅.

88 머리에 동물의 깃털을 매달던 알곤킨족 인디언.

89 17세기 중엽 영국의 조지 폭스가 창시한 기독교의 한 교파. 청교도와는 달리 칼뱅주의의 예정설과 원죄 개념을 모두 부인하며, 모든 인간이 내면에 하느님의 성품을 갖추고 있다고 주장한다. 인디언과의 우호, 전쟁 반대, 노예제도 반대 등을 외쳤다.

90 원문에는 'you' 대신 'thou'가 쓰였다. 이후 설명되듯 '장중하고 연극적인' 말투는 퀘이커교도들의 특징이다.

91 케이프코드는 매사추세츠주의 반도로, 낸터킷섬에서 북으로 30마일 떨어진 곳에 있으며, 마서스비니어드섬은 케이프코드 서남쪽 해안의 섬이다.

92 빌대드(Bildad)는 「욥기」에 나오는 욥의 세 친구 중 하나인 '빌닷'에서 따온 이름이다. 빌닷은 욥과의 세 차례 변론을 통해 욥의 고난이 욥 자신의 죄에 기인하는 것이라고 주장했다.

93 원문인 'with a vengeance'는 '극단적으로'라는 뜻으로, 멜빌은 예수께서 명하신 그대로 행해야 한다는 극단적 믿음을 지닌 퀘이커교도의 성격을 두고 언어유희를 선보인다.

94 marling-spike. 밧줄의 꼬인 가닥을 푸는 데 사용하는 바늘 모양의 연장.

95 「마태오의 복음서」 6장 19절의 일부로, '배당'에 해당하는 단어 'lay'가 '쌓아두다'라는 뜻으로 쓰였다.

96 「창세기」 5장 31절에 나오는 숫자. "라멕은 모두 칠백칠십칠 년을 살고 죽었다."

97 파딩은 영국의 옛 화폐로 1페니의 사분의 일에 해당하며, 도블론은 스페인 금화다.

98 에이해브(Ahab)는 불길한 이름이다. 「열왕기상」 16장 28절에서 22장 40절에는 우상을 숭배하며 폭정을 일삼았던 아합왕과 그의 방종한 왕비 이세벨 이야기가 나온다.

99 '플럼푸딩(plum-pudding)'은 건포도를 넣은 푸딩으로, 영국에서는 '크리스마스 푸딩'이라고도 한다. 여기서 포경 항해를 '플럼푸딩'이라고 부르는 까닭은 19세기에 포경선이 항해를 떠날 때 플럼푸딩을 잔뜩 싣고 떠났기 때문이다. 이러한 포경선이나 그 포경선 선원들을 '플럼푸딩어(plum-puddinger)'라고도 한다.

100 'quohog' 또는 'quahog'는 대합류(類)의 조개를 뜻한다.

101 'hedgehog'는 '고슴도치'를 뜻한다. 펠레그는 퀴퀘그의 이름을 자신에게 익숙한 단어들로 계속 바꿔 부르고 있다.

102 '주(主)'라는 뜻으로, 바빌론 최고신의 이름이다. 가나안의 '바알(Baal)'에 해당되며, '마르둑(므로닥)'이라고도 한다.

103 3장에 잠깐 등장했던 '네이선 스웨인'으로 추정된다. 네이선 스웨인은 18세기 말의 유명한 고래잡이였다.

104 '바다 귀신'을 뜻하는 데이비 존스(Davey Jones)는 원래 '요나 유령(Duppy Jonah)'에서 유래한 말이다. 뱃사람들 사이에 전해 내려오는 이야기에 따르면, 데이비 존스는 익사자들의 영혼과 이런저런 종류의 보물을 모아다가 바다 밑바닥에 있는 궤짝에 넣어둔다고 한다.

105 페루의 항구.

106 「열왕기상」 19~22장에서 아합왕의 파멸을 예언한 엘리야를 말한다.

107 'Charity'는 (성서에서 말하는) 사랑, 아가페를 뜻한다.

108 이 부분은 「이사야」 3장 15절("어찌하여 너희는 내 백성을 짓밟느냐? 어찌하여 가난한 자의 얼굴을 짓찧느냐? 주, 만군의 야훼가 묻는다")을 익살스럽게 패러디한 것이다.

109 수로안내인, 즉 도선사(pilot)는 현지 항구와 바다 사정에 정통한 이로, 배가 항구를 벗어날 때까지만 잠정적으로 키잡이 역할을 맡는다.

110 capstan. 배에서 닻 등의 무거운 물건을 감아올리는 장치. 양묘기, 닻감개라고도 한다. 이 책에서는 windlass로도 표현된다.

111 아이작 와츠. 영국의 신학자이자 찬송가 작자.

112 크고 검은 챙 없는 모자.

113 배의 속도를 늦추라는 명령이다.

114 '향유고래 사업'이라는 뜻.

115 얀 더빗. 17세기 중엽의 네덜란드 정치가.

116 고대 이집트신화에 등장하는 천공의 신 누트를 말한다. '임신한 자식들'이라는 멜빌의 표현은 엄밀히 말해 틀린 것이다. 누트의 자궁 안에 있던 오시리스가 역시 누트의 자궁 안에 있던 이시스를 임신시킨 것이므로, 임신한 것은 이시스 한 명뿐이다.

117 제임스 쿡과 조지 밴쿠버는 18세기 영국의 태평양 탐험가들이다.

118 러시아인 최초로 세계 일주 항해를 한 탐험가다.

119 일본은 실제로 『모비 딕』이 출간된 지 삼 년 후인 1854년에 가나가와조약을 통해 서구에 항구를 개방했다.

120 잉글랜드의 왕. 871~899년 재위하며 앵글로족과 색슨족을 하나로 통일했다.

121 아일랜드 출신의 영국 보수주의 정치가이자 정치이론가.

122 미국 정치가, 사상가, 과학자로 미국독립선언문의 초안을 작성하고 피뢰침을 발명하는 등 다양한 업적을 남겼다.

123 항해 때 사용하는 정밀한 경도(經度) 측정용 시계.

124 영국 작가. 비국교파(非國敎派)의 설교자로 명성을 얻다가 국교파의 박해로 체포되어 열두 해 동안 감옥살이를 했다. 대표작으로 『천로역정』이 있다.

125 스페인 작가. 스물네 살 때 레판토해전에서 총상을 입고 왼쪽 팔을 잃어 '레판토의 외팔이'라는 별명을 얻었으며, 쉰 살 때 세비야에서 감옥살이를 하며 대표작 『돈키호테』를 구상했다.

126 몹시 가난한 어린 시절을 보냈으나 훗날 전쟁영웅이 되어 미국 제7대 대통령에 올랐다.

127 red men. 아메리카 원주민을 가리키는 대단히 모욕적인 말이다.

128 「에페소인들에게 보낸 편지」 2장 2절에 나오는 구절.

129 기원전 5세기의 페르시아 왕인 크세르크세스를 가리킨다. 그가 세운 왕국은 인도에서 에티오피아에 이를 정도로 거대했다.

130 포르투갈 서쪽에 있는 제도.

131 영국 북동쪽 해안의 항구.

132 스코틀랜드 북동쪽에 있는 제도.

133 아나카르시스 클로츠라는 이름으로 더 잘 알려진 클로츠 남작은 프로이센의 귀족으로, 1790년

에 여러 나라의 대표들을 이끌고 프랑스 국회로 들어가 프랑스혁명을 지지해줄 것을 호소했다. 여기서 '아나카르시스 클로츠 대표단'이란 다양한 국적과 인종이 섞인 무리를 의미한다.

134 르네상스 시대 이탈리아 조각가이자 금세공가.

135 영국 잉글랜드와 북아일랜드 사이의 아이리시해 중앙에 위치한 섬.

136 에콰도르의 수도. 'Ecuador'는 스페인어로 '적도'를 의미한다.

137 afoul. 다른 배들과 충돌하거나 엉키는 상황을 가리키는 항해 용어.

138 아일랜드와 잉글랜드 민화에 등장하는 요정으로, 잠든 사람 각자에게 어울리는 꿈을 꾸게 해주는 꿈의 산파 역할을 한다.

139 여왕은 기사가 될 사람에게 가터훈장을 수여하면서 칼의 뭉툭한 부분으로 수훈자의 어깨를 내리쳤다.

140 스코틀랜드 박물학자이자 무역상이었다.

141 영국 런던의 중심가. 과거에는 이곳에서 새 군주의 선포식이 열렸다.

142 「욥기」 40장 24절과 26절에 각각 "누가 저 베헤못을 눈으로 홀리며 저 코에 낚시를 걸 수 있느냐?" "(레비아단의) 코에 줄을 꿰고"라는 구절이 등장한다.

143 「욥기」 40장 28절과 41장 1절을 합친 것.

144 2절판, 8절판, 12절판은 인쇄업자들과 서적상들이 책을 크기별로 분류할 때 사용하는 전문용어로, 숫자가 커질수록 책의 크기는 작아진다. 멜빌이 4절판을 생략한 이유에 대해서는 이후의 원주를 참고할 것.

145 여기서 편의상 '정어리고래'로 번역한 'Razor Back Whale'은 사실 '긴수염고래(Fin-Back Whale)'와 동일한 고래다. '정어리고래' 항목에서 이슈미얼은 자기가 이 고래에 대해 아는 게 별로 없다고 말한다.

146 지구상에서 가장 큰 동물은 향유고래가 아닌 대왕고래다. 멜빌이 이 사실을 알았는지 몰랐는지는 확실치 않다. 이슈미얼은 뒤에서 이 고래에 대해 "너무 멀리서 봤기 때문에 생김새를 자세히 관찰할 기회는 없었다"고 말한다.

147 긴수염고래의 영어 명칭은 'Fin-Back Whale(등지느러미고래)' 또는 'Fin Whale'이다.

148 고래가 계속 이리저리 움직이므로 해시계 바늘 역할을 하는 지느러미 역시 고정되어 있지 않다는 뜻이다. 이는 「이사야」 38장 8절("보시오. 내가 아하즈의 태양시계에 비친 그림자를 내려갔던 금에서 열 칸 올라오게 하겠소")을 인용한 것이다. 아하즈는 해시계를 만들었다는 기원전 8세기의 유대 왕이다.

149 「창세기」에 등장하는 아담과 하와의 맏아들로, 인류 최초의 인간으로 여겨진다. 야훼가 자신의 제물은 받지 않으면서 동생 아벨의 제물은 받은 것을 질투하여 아벨을 돌로 쳐 죽였고, 그 죄로 표시를 얻은 채 추방당한다. "야훼께서는 누가 카인을 만나더라도 그를 죽이지 못하도록 그에게 표를 찍어주셨다. 카인은 하느님 앞에서 물러나와 에덴 동쪽 놋이라는 곳에 자리를 잡았다."(「창세기」 4장 15~16절)

150 중세 그림에서 코끼리(elephant)는 종종 등에 이인용 이상의 좌석인 하우다(castle)를 얹고 거기에 병사들을 태운 모습으로 그려졌다.

151 대왕고래 혹은 흰긴수염고래는 '배가 유황색인 고래(Sulphur Bottom Whale)' '푸른고래(Blue Whale)' 등으로 불린다.

152 '속담'이라고 했지만, '코를 드르렁드르렁 골다'라는 뜻의 'blow(snore) like a grampus'를 가리키는 듯하다.

153 메피스토펠레스는 괴테의 『파우스트』에 나오는 악마다. 『파우스트』에 메피스토펠레스가 웃는 장면은 등장하지 않는다.

154 '고딕체 활자'를 뜻하기도 하는 '블랙 레터(Black Letter)'는 멜빌이 창조해낸 가상의 인물이다. 마틴 프로비셔 경의 항해 이야기는 리처드 해클루트의 『주요 항해』에 나오지만 여왕에게 뿔이 있었다는 이야기 말고는 모두 지어낸 것이다. 바로 다음에 나오는 '아일랜드의 어느 저자' 이야기도 멜빌이 지어낸 것이다.

155 레스터 백작은 영국 여왕 엘리자베스 1세와 연인 관계에 있었으므로, 그가 여왕에게 '외뿔을 지닌 육지 동물의 뿔'을 바쳤다는 것은 멜빌의 외설적인 농담이다.

156 범고래는 영어로 흔히 'Killer Whale'이라고 한다.

157 '밀가루주둥이'라고 번역한 'Mealy-mouthed'에는 '(자신의 생각을) 솔직히 말하지 않는'이라는 뜻도 있다.

158 '리바이어던에 대한 숭배로만 가득할 뿐 아무 의미도 없는(full of Leviathanism, but signifying nothing)'은 셰익스피어의 『맥베스』 5막 5장 27~28절에 나오는 유명한 대사인 '소리와 분노로 가득할 뿐 아무 의미도 없는(full of sound and fury, signifying nothing)'을 패러디한 것이다.

159 멜빌은 스코스비의 책에서 'speksnijder(스펙스네이더르)'의 오기인 'specksynder'를 그대로 가져왔다.

160 고대 바빌로니아제국의 마지막 왕. 「다니엘」 5장에 거대한 연회를 베푸는 벨사살왕의 모습이 등장한다.

161 신성로마제국에서 황제 선정권을 가지고 있던 이들.

162 쇼니족 추장 존 로건은 백인들에게 가족이 몰살당하자 복수심에 불타올라 그들이 제안한 평화 협상에도 불응했던 것으로 유명한데, 여기서는 회색곰에 비유되고 있다.

163 초기 기독교 시대 시리아의 성자인 성 시메온 스틸리테스를 말한다. 그의 사후에 그의 고행 방식을 따른 이들을 통칭해서 '주상행자(柱上行者, stylite)' 또는 '주행자(柱行者)'라고 부른다.

164 '기둥 위에서 목숨을 다했다(died at his post)'는 원래 '순직했다'는 뜻이다.

165 프랑스 파리의 제1구에 위치한 광장으로, 이곳에 있는 원기둥 꼭대기에는 나폴레옹의 동상이 세워져 있다. 나폴레옹 실각 후 앙리 4세의 동상으로 교체되었으나 나중에 루이 필리프가 다시 세우는 등, 정치 상황에 따라 철거와 건립이 수차례 반복되었다.

166 루이 필리프는 프랑스의 마지막 왕, 루이 블랑은 프랑스의 언론인이자 사회주의 사상가였다. '악마 루이'는 훗날 나폴레옹 3세가 된 루이 나폴레옹 보나파르트를 가리킨다.

167 지브롤터해협의 양옆(스페인과 아프리카)에 있는 두 바위산.

168 세계 7대 불가사의 중 하나인 태양신 헬리오스의 청동 거상을 말한다.

169 'Captain Sleet'는 '진눈깨비 선장'이라는 뜻으로 영국의 탐험가 윌리엄 스코스비 주니어를 멜빌이 익살스럽게 지칭한 것이다.

170 사실 '까마귀 둥지'는 슬리트 선장이 아니라 그의 아버지인 윌리엄 스코스비 시니어가 발명

한 것인데, 풍자적 효과를 위해 이렇게 쓴 것이다.

171 여기서 퍼치(perch)란 길이의 단위(1퍼치=5.5야드)를 의미하는 동시에, 새들이 여행중에 쉬어가는 횟수를 의미하기도 한다. 멜빌은 이 단어와 '새둥지'를 연달아 사용함으로써 언어유희를 하고 있다.

172 미국 수학자, 천문학자, 항해가였던 너새니얼 바우디치를 가리킨다. 그의 저서 『새 미국 실용항해술』은 당시 널리 통용되던 항해술 핸드북이었다.

173 플라톤의 저서로, 소크라테스가 죽임을 당하는 날 아테네 감옥에서 친구들과 마지막까지 나눈 대화를 담고 있다. 육체적 감각과 정신은 전혀 별개의 것임을 근거로 영혼의 불멸성을 주장하는 것이 핵심이다.

174 영국 시인 바이런의 장시 『차일드 해럴드의 순례』 제1권 179연에서 "fleets(함대)"를 "blubber-hunters(고래기름을 찾는 배들)"로 뒤바꿔 인용한 구절이다.

175 14세기 영국의 종교개혁가 존 위클리프의 시신은 발굴된 후 화장되어 강에 뿌려졌다. 『모비딕』 미국 초판에는 위클리프 대신 또다른 순교자인 크랜머의 이름이 적혀 있는데, 토머스 크랜머의 재는 강에 뿌려진 적이 없으므로 후에 위클리프로 정정되었다.

176 르네 데카르트는 『철학의 원리』에서 우주는 에테르로 가득차 있으며, 에테르가 소용돌이를 일으켜 여러 구획을 만들어내기 때문에 별들의 운행이 가능해진다는 이론을 펼친다.

177 '느림보'로 번역한 'lubber'에는 '풋내기 선원'이라는 뜻도 있다.

178 물 탄 럼주.

179 원문은 'bad pennies come not sooner'로 못 쓰는 돈을 내고 물건을 사면 머지않아 그 돈이 다시 자신에게 잔돈으로 돌아온다는 속담이다.

180 1746년 네덜란드 레이던대학의 실험실에서 탄생한 최초의 축전지.

181 신성로마제국 황제의 대관식 때 사용하던 왕관. 대부분 석류석과 금으로 되어 있지만 예수그리스도를 십자가에 매달 때 사용된 못이 포함되어 있다는 전설에 따라 '철 왕관'으로 불렸다.

182 젬 ('귀머거리') 버크와 벤디고(윌리엄 톰슨)는 1830년대와 1840년대의 영국 복싱 챔피언이다.

183 고대 신화에서 지하 세계를 다스리는 악신.

184 선상에서의 망보기 규정은 네 시간 단위로 운영되어, 30분마다 종을 울려 여덟번째인 팔점종이 울리면 네 시간이 흘렀음을 뜻한다. 그렇기 때문에 팔점종은 4시, 8시, 12시를 알리며, 이때는 12시를 알리는 종에 해당한다.

185 '블랭킷(blanket)'은 담요를 뜻하므로, '블랭킷만에 닻을 내린다'는 말은 잠자리에 든다는 뜻이다.

186 '브라흐마'와 '시바'는 힌두교에서 흔히 우주의 창조, 유지, 파괴를 담당한다고 일컬어지는 세 신 중 각각 창조와 파괴의 신에 속한다. "시바께서 시커먼 이마를 드러내시는구나"라는 표현은 기상이 악화됐음을 뜻한다.

187 발트해에 주둔해 있던 제정러시아의 대유럽 주력 함대.

188 '흰 간(white liver)'은 '겁 많다' '비겁하다'라는 뜻이다.

189 올라센과 포벨손은 『아이슬란드 기행』(1805)의 저자들이다. 올라센(Olassen)은 올라프손(Ólafsson)의 오기다.

190 대서양에서 북아메리카의 북극해 연안을 따라 태평양에 이르는 항로.

191 현 포르투갈 중부의 이스트렐라산맥.

192 그리스신화에 따르면, 아레투사는 그리스의 엘리스에서 강의 신 알페이오스의 구애를 피해 도망치는 와중에 지하수로 변해 시칠리아섬의 시라쿠사까지 흘러가 그곳의 샘이 된다. 엘리스의 알페이오스 강물에 던져진 것은 무엇이든 시라쿠사의 샘에서 다시 떠오른다는 말의 유래가 되었다.

193 36장.

194 「창세기」에 나오는 뱀이 그노시스, 즉 영지(靈知)를 상징한다고 여겨 뱀을 중요시했던 영지주의자들을 일컫는 말.

195 파리의 라틴구에 있는 중세 건물로, 이천 년 된 로마 유적지 위에 세워졌다.

196 여인상 모양의 기둥.

197 신전의 기둥이 떠받치는 수평 부분을 가리킨다.

198 13~18세기 미얀마 남부에서 번영한 몬족이 세운 왕국의 이름이자 그 왕국의 도읍.

199 인도차이나반도 중앙부에 있는 입헌군주국 '타이'의 옛 이름.

200 1714~1901년까지 영국을 지배한 왕조로, 독일 하노버가 출신인 조지 1세로부터 시작되었다.

201 제우스는 에우로페를 꼬드겨 납치하기 위해 흰 황소로 변신한다.

202 「요한의 묵시록」 4장 4절과 7장 9절.

203 새뮤얼 테일러 콜리지는 영국의 시인으로, 낭만주의의 선구자로 꼽힌다. 멜빌이 다음 각주에서 '콜리지의 열광적인 시'라고 부른 것은 콜리지의 대표작 「늙은 선원의 노래」를 가리키는 것으로, 이 작품에는 앨버트로스가 불운의 상징으로 등장한다.

204 고대 페르시아제국의 제4대 왕으로, 그리스 침공 실패 후 호사스러운 생활을 즐기다 궁중암투에 휘말려 암살당했다.

205 벨기에 서북부의 항구도시.

206 프랑스 연대기 작가이자 시인. 해당 서술은 『영국, 프랑스, 스페인 연대기』에 실려 있다.

207 「요한의 묵시록」(6장 8절)에 나오는 넷째 기사를 가리킨다. "그리고 보니 푸르스름한 말 한 필이 있고 그 위에 탄 사람은 죽음이라는 이름을 가진 사람이었습니다. 그리고 그 뒤에는 지옥이 따르고 있었습니다."

208 Whitsuntide. 부활절 후 오십 일 되는 제7주일에 성령이 강림한 일을 기념하는 날이다. 'Whitsun'은 'White Sunday'의 줄임말이며, 이러한 명칭은 이날 세례를 받았던 개종자들이 흰옷을 입은 데서 유래한다.

209 카르멜회에서는 수사와 수녀 모두 흰옷을 입는다.

210 영국 런던의 런던탑 중앙에 위치한 탑으로, '화이트탑'이라는 명칭은 헨리 3세가 이 탑을 흰색으로 칠한 데서 유래한 것이다.

211 독일 중부의 하르츠산지에서 가장 높은 산봉우리로, 마녀들이 이곳에 모여 마왕과 함께 술잔치를 벌이는 날을 '발푸르기스의 밤'이라고 부른다.

212 페루의 수도. 멜빌이 리마를 방문한 1844년에도 1746년에 겪은 지진의 여파가 남아 있었다.

213 스페인의 식민지 정복자로, 잉카제국의 정복자이자 페루 리마의 건설자다.

214 스페인계와 아메리카 원주민의 피가 섞인 라틴아메리카인 남성을 일컫는 말.

215 독일 소설가이자 극작가 아우구스트 불피우스의 소설 『해적 선장 리날도 리날디니』의 주인공.

216 기원전 6세기 아케메네스왕조의 페르시아 왕.

217 인도네시아 티모르섬 인근에 위치한 섬.

218 뉴질랜드를 가리킨다. 뉴질랜드 원주민인 마오리족은 문신으로 유명했다.

219 마리우스와 술라는 서로 경쟁 관계에 있던 로마 장군들로, 기원전 2세기에 로마 내전을 일으킨 장본인들이다.

220 벤저민 처치 대위는 아메리카 식민지 개척 시절에 유격대를 이끌던 군인으로, 1676년에 애너원을 생포했다.

221 하와이제도의 옛 명칭.

222 칠레에 있는 항구도시. 남아메리카 태평양 연안에서 가장 큰 항만이며, 고래잡이 기지로 유명하다.

223 사도바울. 다마스쿠스로 가던 중에 부활한 예수의 환영을 만나 눈이 멀었다 다시 뜨이는 경험을 하면서 박해자에서 신도로 전향했다.

224 게오르크 하인리히 폰 랑스도르프가 쓴 『세계 각지로의 항해와 여행』을 가리킨다.

225 오호츠크해에 접한 러시아 오호타강 하류에 위치한 작은 항구도시.

226 존 드울프는 멜빌 아버지의 누이인 메리의 남편, 즉 멜빌의 고모부다. 존 드울프와 메리 부부는 아들 중 한 명을 랭스도프 드울프라고 이름지었다.

227 『아메리카 지협으로의 새로운 항해와 그것에 대한 서술』(1699)을 가리킨다. 라이어널 웨이퍼는 해적 윌리엄 댐피어의 선의(船醫)였다.

228 태평양 동남부에 위치한 칠레령의 세 섬.

229 솔로몬왕이 썼다는 「전도서」 1장 9절에서 빌려온 구절이다.

230 6세기 비잔틴제국의 역사학자로, 벨리사리우스 장군의 비서 겸 법률 고문을 역임하기도 했다. 대표작으로 모두 여덟 권에 이르는 『전쟁사』가 있다.

231 터키 서북부에 있는 내해로, 마르마라해라고도 한다.

232 옛 바르바리제국의 지중해 연안 지방.

233 노잡이들은 뱃머리가 아닌 선미를 향한 채 노를 젓는다.

234 "우주 전체가 하나의 거대하고 짓궂은 농담처럼 느껴지는 어떤 기이한 순간들"을 악마의 웃음소리와도 같은 하이에나의 울부짖음에 대비시키고 있다.

235 티무르왕조의 제1대 황제로, 옛 몽골제국 영토의 대부분에 이르는 대제국을 건설했다.

236 히브리어로 '파리떼의 왕'이라는 뜻으로, 신약성경에서는 마귀들의 통치자, 곧 사탄을 가리킨다.

237 구약 외경인 「에녹서」와 「희년서」를 가리킨다.

238 베르데곶은 아프리카 서쪽 끝에 위치한 세네갈 중부의 곶이며, 라플라타강은 남아메리카의 아르헨티나와 우루과이 사이로 흐르는 강이다. 세인트헬레나섬은 남대서양, 아프리카대륙의 먼바다에 있는 영국령 화산섬으로, 나폴레옹의 유형지로 유명하다.

239 인도양에 있는 다섯 개의 섬으로, 희망봉에서 남동쪽으로 1500마일 떨어진 곳에 위치해

있다.

240 키클라데스제도는 그리스 에게해 남쪽에 있는 섬들을, 솔로몬제도는 남태평양 뉴기니섬의 동북쪽에 있는 섬들을 말한다.

241 패닝섬은 하와이제도 남쪽, 크리스마스섬 북쪽에 있는 산호초이며 킹스밀스는 중앙 태평양 적도 인근에 있는 섬들이다.

242 1755년에 『영어 사전』을 편찬한 영국 시인 겸 평론가인 새뮤얼 존슨을 가리킨다.

243 1806년에 『영어 사전』을 편찬한 미국의 노아 웹스터를 가리킨다. 여기서 '노아 웹스터의 방주'란 그가 집필한 사전을 의미하는 언어유희다.

244 페루 서부, 리마 부근의 항구도시.

245 영국군이 미시간호와 휴런호 사이에 있는 매키노해협의 전략적 이점을 누리기 위해 미국 미시간주 매키노섬에 지은 요새. 18세기 후반부터 19세기 초까지 군대가 주둔했다.

246 미국 개척시대의 칼집 달린 사냥칼.

247 중남미에서 발효시킨 옥수수로 만드는 맥주와 유사한 음료.

248 북미 원주민의 한 부족으로, 뉴욕주와 캐나다에 주로 거주했다.

249 아프리카 가나의 중앙부 일대에 사는 종족.

250 15세기 스페인 가톨릭교에서 행했던 잔혹한 종교재판을 가리킨다. 이사벨여왕은 1478년에 페르난도왕과 함께 스페인 종교재판소를 공동으로 설치한 인물이다.

251 1215년에 도미니크수도회를 창설한 인물로, 리마대성당의 수호성인이다.

252 옥타비아누스, 레피두스와 함께 제2차 삼두정치를 이끌었던 고대 로마의 정치가로, 동방 원정중에 이집트 여왕 클레오파트라를 부인으로 삼았다. 악티움해전에서 옥타비아누스에게 패한 후 자살했다.

253 오스트레일리아의 항구도시인 시드니는 원래 영국 죄수들의 유배지였다.

254 「마태오의 복음서」(27장 38절)에 나오는 두 강도를 일컫는다. "그때에 강도 두 사람도 예수와 함께 십자가형을 받았는데 그 하나는 예수의 오른편에, 다른 하나는 왼편에 달렸다."

255 스페인의 카나리아제도에서 가장 큰 섬.

256 태평양 남부 소시에테제도 동쪽에 위치한 섬.

257 이집트 및 시리아의 왕으로, 유럽에서는 십자군을 몹시 괴롭힌 것으로 유명하다.

258 영국의 수호성인으로, 제물이 된 공주를 구하기 위해 악룡과 싸워 물리쳤다는 전설이 있다. 성 조지라고도 한다.

259 '비슈누'는 힌두교에서 우주를 유지하고 보존하는 역할을 담당하는 신이다. 힌두교에는 세상에 불의가 만연하게 될 때마다 신들이 이 세상에 화신의 형태로 내려와 정의를 실현해준다고 하는 화신(avatāra) 사상이 있는데, 특히 비슈누는 열 가지 종류의 화신으로 유명하다. '마츠야(Matsya)'는 비슈누의 첫번째 화신으로, 인류의 시조인 마누에게 앞으로 닥쳐올 대홍수를 예언해준 물고기 신이다. 멜빌이 쓴 'Matse'는 'Matsya'의 오기다.

260 이탈리아 화가인 구이도 레니.

261 영국 화가이자 판화가인 윌리엄 호가스.

262 스코틀랜드 내과의사이자 골동품애호가였던 로버트 시볼드.

263 이탈리아 인쇄업자이자 고전학자이며 이탤릭체의 창안자인 알두스 마누티우스.

264 새러토가는 미국 뉴욕주 동부에 있는 온천 도시이며, 바덴바덴은 독일 서남부 슈바르츠발트의 북쪽 기슭에 있는 유명한 온천 휴양지다.

265 영국 철학자이자 정치가인 프랜시스 베이컨의 저서.

266 존 해리스의 『항해기와 여행기 전집』을 가리킨다.

267 당시 '해병(marine)'은 어수룩하고 남을 잘 믿는 선원들을 가리키는 말로 사용되었다. 이러한 뉘앙스는 'tell it to the marines(그런 소리는 해병한테나 가서 해라/거짓말하지 마라)'라는 표현에 그대로 남아 있다.

268 올리버 골드스미스의 『지구와 생물계의 역사』를 가리킨다.

269 히포그리프는 라틴어의 말(Hippo)과 그리핀(Gryphios)을 섞은 합성어로, 반은 말이고 반은 그리핀인 상상의 동물이다.

270 프랑스 지질학자인 니콜라 데마레.

271 요크왕조의 마지막 왕으로, 셰익스피어의 희곡 『리처드 3세』 속 인물로 더 잘 알려져 있다. 희곡 속에서 그는 잔인한 곱사등이로 묘사된다.

272 영국 철학자이자 법학자로, 인생의 목적은 최대 다수의 최대 행복의 실현에 있다는 공리주의를 주장했다. 그가 기증한 해골은 옷이 입혀지고 머리는 밀랍 처리가 된 채 런던대학에 전시되어 있지만, 촛대로 사용된 적은 없다.

273 스코틀랜드 외과의사이자 해부학자인 존 헌터를 가리킨다.

274 새뮤얼 퍼처스는 영국 저술가이자 여행기 편집자이고, 리처드 해클루트는 영국의 지리학과 여행 관련 서적 편집자.

275 영국 해양화가인 윌리엄 존 허긴스.

276 『향유고래의 역사』의 2장인 '향유고래의 습성'을 가리킨다.

277 아일랜드 태생의 미국 여행가이자 작가, 화가인 존 로스 브라운.

278 프랑스 해적이자 화가, 작가였던 앙브루아즈 루이 가르느레.

279 '풀을 먹이지 않아'라는 말은 바람이 불지 않음을 비유적으로 표현한 것이다.

280 바다에서 죽인 고래의 위치를 곧장 눈으로 파악할 수 있게 고래의 분수공에 꽂는 깃발 달린 막대기.

281 '전쟁의 방'을 의미한다. 프랑스의 승전을 상징하는 천장화가 특히 유명하다.

282 그리스신화에 나오는 난폭하고 음란한 괴물로, 상반신은 인간이고 하반신은 말의 형상을 하고 있다.

283 현미경을 발명한 네덜란드 과학자 안톤 판 레이우엔훅.

284 프랑스 해양 화가인 앙리 뒤랑 브라제.

285 런던 타워힐 근처의 부둣가와 슬럼가.

286 가두연설을 뜻하는 'stump speech'는 길거리에 있는 나무 그루터기(stump)에 올라가서 하는 짧은 연설에서 유래했다.

287 1568년에 솔로몬제도를 처음으로 발견한 알바로 데 멘다냐. 솔로몬제도는 그후 2세기 동안 다시 발견되지 않았다.

288 1613년에 멘다냐의 『항해』를 연대기로 묶은 크리스토발 수아레스 데 피게이라.

289 작은 갑각류들(다양한 동물성 플랑크톤)을 통칭하는 말. 원어인 'brit'은 고래의 먹이가 되는

물벼룩이나 보리새우 떼 외에도 작은 정어리나 청어를 포함하기도 한다.

290 모세와 아론에 대한 반란을 이끈 레위인. 이하의 내용은 「민수기」 16장 31~35절에 등장한다.

291 인도네시아 서부, 대순다열도의 동남부에 위치한 섬.

292 덴마크 작가이자 주교였던 에리크 폰토피단이 쓴 『노르웨이의 자연사』에 등장하는 전설적인 바다 괴물.

293 「민수기」 13장에 언급되는 거인족.

294 바다의 깊이를 재는 데 사용되는 깊이의 단위. 1패덤은 약 1.83미터에 해당한다.

295 백년전쟁 당시 프랑스 북부의 항구도시 칼레는 잉글랜드 왕 에드워드 3세가 이끄는 군대에 점령된다. 왕은 칼레의 지도자급 인사 여섯을 자신에게 넘긴다면 나머지 시민을 살려주기로 했고, 이에 시민 대표 여섯이 스스로 목에 밧줄을 감고 왕 앞으로 나아갔다.

296 바이런 경의 시 「마제파」(1819)에는 어느 폴란드인 남편의 질투를 산 코자크의 두목 마제파가, 야생마에 묶인 채로 광활한 스텝 지대를 통과하는 시련을 겪는 장면이 등장한다.

297 짧고 넓적한 노.

298 60장.

299 배의 요리사 자리는 주로 흑인들이 도맡았는데, '양털'이라는 별명은 흑인들의 머리가 양털같이 곱슬한 데서 유래한 것이다.

300 'knee-pans(슬개골)'와 'pans(냄비)'의 유사한 발음에 대한 언어유희.

301 앞서 요리사가 설교중에 말한 '사랑하는 동물 여러분(belubed fellow-critters)'이라는 표현이 '사랑하는 동포 여러분(beloved fellow-creatures)'을 흉내낸 것이 아니냐는 뜻이다.

302 「열왕기하」 2장 11절. 엘리야는 불말이 끄는 불수레에 실려 회오리바람을 타고 하늘로 올라갔다.

303 lubber's hole. 큰 돛대 꼭대기에 있는 발판에 오를 때 줄사다리를 타지 않고 기어서 올라갈 수 있게 해놓은 구멍으로, 오직 서투른 풋내기 선원들만 사용한다.

304 스코틀랜드 동부 파이프주 남서부의 옛 도시로, 이곳에는 역대 스코틀랜드 왕의 왕궁 유적이 있다.

305 Zogranda. 스코스비 선장을 가리키는 멜빌의 농담이다.

306 얇게 썬 과일이나 고기를 튀긴 것.

307 'calf(송아지)'에는 'brainless person(머리가 모자란 사람)'이라는 뜻도 있다.

308 인진(Injin) 또는 인준(Injun)은 백인들이 아메리칸인디언(원주민)을 경멸적으로 일컫는 말이다. 문명에 노출된 야만인이 백인들의 단어를 흉내내는 반어적 상황을 표현한 멜빌의 농담이다.

309 「출애굽기」 20장 10절에 따르면, 안식일에는 누구도 생업에 종사해서는 안 된다.

310 'boarding-knife'(또는 'boarding-sword')란 이 칼로 하는 작업을 통해 고래의 지방 조각이 처음으로 배 위에 오르기 때문에, 즉 '승선'하기 때문에 붙여진 명칭이다.

311 미국 일리노이주 올턴 근처에 있던 상형문자로, 커다란 새 모양을 하고 있었다. 1840년 즈음에 채석 작업으로 파괴되었다.

312 스위스 태생의 미국 박물학자이자 교육자인 장 루이 아가시.

313 런던 콕 레인(Cock lane)에 유령이 출몰한다는 소문이 퍼지자, 1762년 새뮤얼 존슨을 주축

으로 이 소동이 사기임을 밝혀내나 이후 찰스 디킨스의 소설과 윌리엄 호가스의 그림 등에 소재로 쓰였다.

314 유디트는 구약성경의 외전(外典)인 「유디트서」에 등장하는 인물로, 아시리아군의 진영에 뛰어들어 적장 홀로페르네스를 유혹한 후에 그의 목을 베어 돌아온 이스라엘의 여장부다. 「유디트서」 13장 9~10절에 따르면, 유디트는 "홀로페르네스의 머리를 자기 하녀에게 주었"고 "하녀는 그것을 곡식자루 속에 집어넣었"지, 머리를 허리띠에 매달지는 않았다. 멜빌이 떠올린 이미지는 「유디트서」의 내용이 아니라 그것을 그린 르네상스시대 화가들의 상상화에 기인한 것이다.

315 「사도행전」 27장 참조. 이 책 2장에서도 사도바울의 항해에 대해 언급한 바 있다.

316 '제로보암(Jeroboam)'이라는 배의 이름은 금송아지를 숭배했던 이스라엘의 사악한 왕 여로보암에서 따온 것이다.

317 유대교의 신비주의적 교파.

318 미국 뉴욕주의 주도인 올버니 북쪽에 처음 생겨났던 셰이커교도 공동체의 이름으로, 미국 기독교의 일파다. '셰이커(shaker)'라는 명칭은 이들이 예배를 드릴 때 몸을 흔들며 추던 춤에서 유래했고, '니스카유나'는 원주민들이 원래 그 지역을 부르던 명칭에서 따온 것이다.

319 「요한의 묵시록」 16장 17~21절에 따르면, 일곱번째 천사가 자기 대접에 든 것을 공중에 쏟자 천둥이 울리고 엄청나게 큰 지진이 일어나 모든 나라의 도시들이 무너졌다.

320 영국 스코틀랜드 북부의 고산지대.

321 둘 다 흔한 설사약이다.

322 '로드'는 길이의 단위로 '퍼치'와 값이 같다. 3로드는 대략 15미터에 해당한다.

323 「출애굽기」 17장 6절의 인용이다. "'내가 호렙의 바위 옆에서 네 앞에 나타나리라. 네가 그 바위를 치면, 물이 터져나와 이 백성이 마시게 되리라.' 모세는 이스라엘 장로들이 지켜보는 앞에서 그대로 하였다."

324 주로 누수를 막는 데 쓰는 타르칠한 삼줄.

325 이 이야기는 「욥기」를 희화화한 것이다. 「욥기」에서는 하느님이 악마가 욥을 괴롭히는 일을 허락한다.

326 영국 작가 조지 워커가 1800년에 발표한 멜로드라마풍의 소설.

327 당시 영국 철학자 존 로크의 경험론은 독일 철학자 이마누엘 칸트의 관념론을 따르는 이른바 '선험론자'들의 도전에 직면해 있었다. 이후에 이어지는 내용에서도 알 수 있듯이, 멜빌은 양쪽 어느 편도 들지 않으면서 양쪽 모두를 재치 있게 조롱한다.

328 '무거운 머리(들)'이라고 번역한 'thunderhead'는 원래 적란운을 가리킨다. 'thunderhead'의 발음이 'dunderhead(멍청이)'와 유사한 것에 착안한 멜빌의 언어유희다.

329 8세기에 페르시아에서 인도 뭄바이로 도피한 조로아스터교도의 자손을 일컫는 말.

330 자신이 만든 망원경으로 천왕성을 발견한 독일 출생의 영국 천문학자 윌리엄 허셜.

331 넓적하고 네모진 형태라는 뜻이다.

332 영국의 전승 동요집인 『마더 구스*Mother Goose*』에는 아이들이 너무 많아 어쩔 줄 모르는 할머니를 소재로 한 작품이 수록되어 있다.

333 옛 현악기로 첼로의 전신이다.

334 임신중에 어미가 충격적으로 목격한 것을 태아가 닮게 된다는 속설이 있다.
335 58장.
336 16~17세기에 스커트를 불룩하게 만드는 데 썼던 버팀살, 또는 그 버팀살로 만든 스커트를 뜻한다.
337 앤여왕의 재위 기간은 1702~1714년이다.
338 네덜란드 하를럼에는 오천 개의 파이프로 만들어진 세계에서 가장 큰 파이프오르간이 있었다.
339 이는 73장에서 참고래와 향유고래의 머리를 이야기하면서 각각을 로크의 경험론과 칸트의 선험론에 대비시킨 것과 같은 맥락이다. 참고래는 이성과 실천을 중요시했던 스토아학파로, 향유고래는 초월적 실재를 추구했던 플라톤주의자나 스피노자로 대변되고 있다.
340 적의 성문이나 성벽을 부수기 위해 고안된 공격용 무기.
341 다리엔지협은 남아메리카와 북아메리카 대륙을 잇는, 오늘날의 파나마지협을 가리킨다. 여기서 멜빌은 당시 건설에 어려움을 겪고 있던 파나마운하를 향유고래가 완성할 것이라는 상상을 하고 있다. 파나마운하는 이후 1914년에 이르러서야 완공되었다.
342 불속에 산다는 전설상의 불도마뱀.
343 사이스는 이집트 북부의 나일강 삼각주에 있었던 고대 도시이고, 여신은 이시스를 말한다. 프리드리히 실러의 시 「베일로 가려진 사이스 상」에는 이시스 여신상의 베일을 걷어냈다가 의식을 잃고 만 심약한 청년이 등장한다.
344 하이델베르크성 지하에 있던 포도주통으로, 대략 폭 8.5미터, 높이 7미터에 이르는 거대한 크기로 유명했다.
345 멜빌이 『모비 딕』을 집필중이던 1850년 6월에 나이아가라폭포 옆에서 무너져내린 바위 선반.
346 스위스 시인이자 신학자, 인상학자였던 요하나 카스퍼 라바터.
347 스페인 남부의 지브롤터 항구 근처에 있는 깎아지른 절벽.
348 독일 의학자이자 골상학자였던 프란츠 요제프 갈.
349 기원전 5세기 무렵 고대 그리스의 조각가.
350 독일 신학자이자 종교개혁자였던 필리프 멜란히톤.
351 장프랑수아 샹폴리옹은 프랑스 이집트학자로, 로제타석에 새겨진 이집트 상형문자를 처음으로 해독했다.
352 영국 동양학자이자 법률가.
353 옛 바빌론의 비문에 적혀 있는 언어.
354 독일 북부의 베저강 하류에 위치한 항구도시.
355 '쓸데없는 일을 하다'라는 뜻의 속담. 북해 연안에 위치한 영국의 도시 뉴캐슬은 탄광도시였기 때문이다.
356 '버터상자(butter-box)'는 네덜란드인을 비하하는 말이다.
357 인용문의 첫 문장은 「욥기」 40장 31절이며, 나머지는 41장 18~21절이다.
358 부셸은 곡식이나 과일 따위의 부피 단위로, 1부셸은 36리터에 해당한다.
359 요빠에 살았던 고대 시리아의 부족.

360 이스라엘 서부의 항구로, 현재는 텔아비브의 일부.

361 기원전 6세기경 유대의 예언자로, 「에제키엘」 32장 2절에는 "네가 만방의 사자 같더니 망하고 말았구나. 너는 강물에서 꿈틀꿈틀 네 발로 물을 차며 강물을 흐리던 물속의 악어 같았다"라는 구절이 등장한다.

362 고래잡이로 유명한 낸터킷의 코핀 가문 사람을 가리킨다.

363 사자의 몸통에 독수리의 머리와 날개를 지닌 신화적 존재.

364 필리스티아(블레셋) 사람들이 주신으로 숭배한 반인반어. 곧 이어지는 다곤의 이야기는 「사무엘상」 5장 2~4절을 변주한 것이다.

365 하느님과 이스라엘 민족이 맺은 계약의 표시로 지성소에 안치했던 궤. 그 안에는 제사장 아론의 지팡이와 만나 및 십계를 새긴 석판 두 장이 들어 있다.

366 데이비드 크로켓과 키트 카슨은 미국의 유명한 서부 개척자다.

367 '경전' '규범' 등을 의미하는 산스크리트어로, 주로 논서를 지칭하는 말로 사용된다.

368 전설에 따르면, 그리스 시인 아리온은 강도를 피해 바다로 뛰어들었다가 돌고래에게 구출되었다고 한다.

369 영향력 있는 성경 주석서의 저자였던 아일랜드 리머릭의 주교 존 제브.

370 「요나」 4장 3~4절에 따르면, 물고기 배 밖으로 나온 요나는 야훼의 명령에 따라 곧장 니느웨(니네베)로 향하는데, "니느웨는 굉장히 큰 도시로 돌아다니는 데 사흘이나 걸리는 곳이었다"라고 되어 있다. 즉 물고기 배 밖으로 나온 지점에서 니느웨까지 가는 데 걸린 거리가 사흘이라는 말은 없다.

371 포르투갈 항해가이자 모험가로, 1486년 희망봉을 처음 발견했다고 기록된 인물이다.

372 미국 펜실베이니아주 서부에서 생산된 호밀로 만든 위스키.

373 과일즙이나 향료를 넣은 물에 포도주 따위의 술을 섞어 만든 음료.

374 아주 가느다란 이탈리아식 국수.

375 물론 이러한 가설은 이후에 틀린 것으로 입증되었다. 고래 연구의 권위자인 로저 페인이 1995년에 출간한 『고래들 사이에서』에 따르면, 고래는 '노래하는' 동물이다.

376 고대 그리스의 철학자로 회의학파의 시조다. 극단적 회의론을 뜻하는 '피로니즘(Pyrrhonism)'은 그의 이름에서 유래한 것이다.

377 그리스신화에 등장하는 거인족으로, 우라노스와 가이아 사이에서 태어난 여섯 남신과 여섯 여신을 가리킨다.

378 요한 페터 에커만은 독일 문필가로, 괴테의 비서였다. 괴테의 시신에 관한 일화는 그의 저서 『괴테와의 대화』에 나온다.

379 시스티나성당의 천장화에 그려진 모습을 가리킨다.

380 향유고래의 분수공은 특이하게도 머리 앞 왼쪽에 있다.

381 기원전 8세기 무렵의 유대 선지자로, 메시아의 탄생을 예언했다. 이사야가 날개 여섯 달린 천사들을 만나는 모습은 「이사야」 6장 2~3절에 등장한다.

382 이집트 왕이었던 프톨레마이오스 13세로, 클레오파트라의 동생이었다.

383 마우레타니아 왕이었던 유바 2세. 누미디아 왕 유바 1세의 아들로, 부친 사후에 로마로 입양되어 클레오파트라와 안토니우스의 딸인 셀레네와 혼인했다.

384 마르마라해의 옛 이름.

385 기원전 327년 히다스페스 전투에서 알렉산드로스대왕에게 패했던 인도 파우라바왕국의 왕.

386 작살줄에 달린 부표를 '드러그(drugg)'라고 한다. '드로그(drogue)'라고도 한다.

387 포경선원들이 어미 고래와 새끼 고래를 일컬을 때 사용하는 표현.

388 미국독립전쟁 때 새러토가에서 벌어진 전투에서 '그린마운틴보이스'라는 민병대의 지휘를 맡아 영국군을 물리친 인물이다. 아널드는 이후에 미국 군사 정보를 영국에 팔아넘기려다 적발되어 영국으로 도피하는 등 반역의 대명사로 불리게 된다.

389 'school'에는 '물고기나 해양 생물의 떼나 무리'라는 뜻도 있다.

390 옛 터키에서 신분이 높은 사람에게 붙이던 존칭.

391 영국 극작가 니컬러스 로의 『아름다운 참회자』에 등장하는 색마.

392 파리의 형사였던 외젠 프랑수아 비도크의 저서 『비도크의 회고록』에는 그가 과거에 시골 학교에서 어린 여학생들을 유혹했다는 일화가 실려 있다. 그러나 이 저서는 가짜라는 주장도 있다.

393 미국의 개척자로, 켄터키 개발 등 미국 서부 발전의 기반을 마련했다.

394 동로마제국의 황제인 유스티니아누스 1세가 집대성한 로마의 법전으로, 공법(公法)과 사법(私法)을 분리시킴으로써 근대법 정신의 원류가 되었다.

395 토머스 리틀턴 경이 15세기에 저술한 부동산에 관한 저작에 대해 에드워드 쿡이 17세기에 단 주석서로, 권위 있는 법률 저서로 꼽힌다.

396 삼손이 눈이 먼 후에 쓰러뜨린 신전. 「사사기」 16장 29~30절 참조.

397 「에스델」에 등장하는 에스델의 사촌오빠로, 하만이 유대인 말살 정책을 폈을 때 에스더와 함께 유대인을 구한 인물이다. 유대인들은 고리대금업으로 유명했으므로, 유대인의 영웅인 모르드개를 고리대금업의 대표 인물로 거론한 듯하다.

398 '영혼을 구제한다'는 뜻의 'Savesoul'을 지명처럼 사용하고 있다.

399 'Dunder'는 '머저리'라는 뜻이다.

400 전형적인 영국인을 뜻하는 말이다.

401 전형적인 미국인을 뜻하는 말이다. 텍사스는 1845년 미국에 합병되었다.

402 13세기 영국 성직자, 법률가, 재판관이었던 헨리 더 브랙턴. 그의 주저 『영국의 법과 관습에 대하여』는 영국 중세의 관습법을 조직화한 것이다.

403 영국 잉글랜드 동남부에 있는 해안도시의 연합으로, 헤이스팅스, 롬니, 하이드, 도버, 샌드위치를 일컫는다. 이후에 윈첼시, 라이가 추가되었다.

404 Lord Warden. '오항 총감'을 가리키는 말이다. 'warden'은 원래 특정 장소의 관리인이나 총감을 뜻한다.

405 영국 법학자이자 왕좌(王座) 재판소와 민소 재판소의 재판관이었던 윌리엄 블랙스톤 경의 명저 『영법석의(英法釋義)』를 가리킨다.

406 제1대 웰링턴 공작인 아서 웰즐리. 1815년에 워털루전투에서 나폴레옹을 물리쳤으며, 1828년부터 1830년까지 영국의 총리를 지냈다.

407 잉글랜드, 스코틀랜드, 아일랜드.

408 영국 법학자인 에드먼드 플로든.

409 17세기 영국 청교도 팸플릿(소논문) 저술가.
410 '밀도 높고'라고 번역한 'dense'는 '머리 나쁜' '우둔한' 등의 의미도 지닌다.
411 '개구리 같은'으로 번역한 'Crappo'는 프랑스어 'crapaud(두꺼비)'에서 파생된 말로, '개구리' 또는 '프랑스 놈'을 뜻한다. 프랑스인이 개구리를 식용으로 하는 데서 생겨난 경멸적 표현이다. 'Crappo'는 아래에 등장하는 '쓰레기(leaving)'를 가리키는 또다른 단어인 'crap'을 연상시키기도 한다.
412 영국해협에 있는 작은 섬.
413 여기서 '버드(bud)'는 '꽃봉오리'와 '친구(buddy)'의 의미를 모두 담고 있다.
414 'cabinet'은 '약품 등을 넣는 진열대' '개인용 방' '독일산 고급 백포도주' 등 여러 의미를 지닌다.
415 대서양의 섬나라인 카보베르데의 섬 가운데 하나.
416 프랑스 보르도산 적포도주. 적포도주를 통칭하는 말이기도 하다.
417 19세기에 널리 사용된 설사약 상표명.
418 「고린토인들에게 보낸 첫째 편지」 15장 43절.
419 스위스 의사이자 연금술사. 파라셀수스는 '최고의 사향을 만드는 것'이 '배설물'이라고 말했다.
420 멜빌이 스코스비 선장을 조롱하듯 칭하는 이름. 스코스비에 대해서는 32장 등의 해당 각주를 참조할 것.
421 황소의 큰창자 피막으로, 여러 개의 금판을 두들겨 금박을 만들 때 금판들이 섞이지 않도록 하기 위해 썼다.
422 77장.
423 로마 황제 콘스탄티누스대제는 그리스 헬레노폴리스의 욕조에서 건강을 회복하려다 죽었다.
424 큰 레몬처럼 생긴 과일.
425 프랑스의 루이 6세.
426 'slobgollion'이라는 단어의 정확한 기원은 밝혀져 있지 않다. 'slob'은 '진흙' '점액' 등을 뜻하며, 'gollion'은 '무가치하고 불쌍한 사람'을 뜻하는 'gullion' 또는 물고기의 한 종류인 'gollin'에서 파생된 듯하다. 이와 비슷한 표현으로는 '묽은 음료' '고기 스튜' '고래 지방 찌꺼기' 등을 뜻하는 '슬럼걸리온(slumgullion)'이 있다.
427 67장의 마지막 문단.
428 비누처럼 부드러운 돌. 동석(凍石)이라고도 한다.
429 「마태오의 복음서」 25장 32~33절에 따르면, 최후의 심판 날에 "모든 민족들을 앞에 불러놓고 마치 목자가 양과 염소를 갈라놓듯이 그들을 갈라 양은 오른편에, 염소는 왼편에 자리잡게 할 것이다". 여기서 오른편의 양은 '천국에 갈 자들'을, 왼편의 염소는 '지옥에 떨어질 자들'을 의미한다.
430 673년 이후부터 비잔틴제국이 이슬람 함대를 격파하기 위해 사용하던 비밀 화기. 특수 제작한 액체를 항아리나 관에 넣어 목표물에 발사했는데, 이 불은 물에서도 잘 꺼지지 않았다고 한다.
431 그리스 해군 제독으로 1822년 터키와 독립전쟁을 치르던 가운데 화공선(火攻船) 전술을 처

음으로 고안해냈다.

432 「이사야」 53장 3절에 등장하는 구절로, 예수그리스도를 의미한다.

433 '지혜의 왕'으로 알려진 이스라엘 왕 솔로몬이 지은 「아가」「잠언」「전도서」를 가리킨다.

434 「전도서」 1장 2절의 한 구절.

435 「잠언」 21장 16절.

436 미국 뉴욕주 동부의 낮은 산맥.

437 「다니엘」 3장에 다니엘의 친구로 등장하는 세 유대인. 바빌론 왕 느부갓네살(네부카드네자르 2세)은 자신의 금신상을 숭배하라는 명령을 거부한 이 셋을 화덕 속에 집어넣지만, 이들은 기적처럼 살아남았고 대신 그들을 거기 집어넣은 자들이 불타 죽었다.

438 표백하지 않은 일종의 삼베 또는 삼과 무명의 혼직(混織).

439 피타고라스는 사람이 죽으면 그 영혼이 새로운 육신을 얻어 부활한다고 했다.

440 '암호'의 원어인 'cipher'에는 '영(零, 0)'이라는 뜻도 있다. 숫자 '0'은 둥근 지구와 닮아 있다.

441 그리스신화에서 만지는 모든 것을 황금으로 변하게 하는 능력을 얻은 미다스왕이 그 능력을 씻어내기 위해 몸을 담근 강. 그후 강의 모래가 황금으로 바뀌었다고 한다.

442 태양이 적도를 통과하는 점. 천구(天球) 위의 황도와 적도의 교차점으로, 춘분점과 추분점이 있다.

443 벨사살왕의 연회 도중에 갑자기 사람의 손가락 하나가 나타나 왕궁 벽에 쓴 글자(므네, 므네, 드켈, 브라신)를 가리킨다. 그것은 벨사살왕의 죽음과 바빌로니아왕국의 멸망을 예언한 글이었다. 「다니엘」 5장 25~28절.

444 둘 다 뉴욕시의 맨해튼에 있는 지명.

445 인도 남부의 고대 도시로, 16세기경에 다이아몬드 가공으로 엄청난 부를 누렸다.

446 '기호와 기적'이라고 옮긴 'signs and wonders'는 원래 「사도행전」 2장 43절과 5장 12절에 등장하는 구절('놀라운 일과 기적')로, 사도들이 행한 기적을 가리키는 말이다.

447 네이선 다볼의 『완전한 교사 지침서』는 당시 널리 사용되던 산수 교과서였다.

448 '젠장'의 원어는 놀라움을 표하는 속어 'Jimini'로, 이는 곧이어 등장하는 'Gemini(쌍자궁)'와 운이 맞는다.

449 사자자리(사자궁)는 말굽의 편자처럼 생겼다.

450 시골뜨기 할멈이 'anatomy(해부학)'와 'astronomy(천문학)'를 제대로 구분하지 못한다고 비아냥거리는 것이다.

451 린들리 머리의 『영문법』은 당시 미국에서 널리 사용되던 초등학교 교과서였다.

452 배에서 배꼽을 떼면 그 구멍으로 직장이 빠져나온다는 민간 전승이 있다.

453 '바다 귀신'인 데이비 존스를 가리킨다. 자세한 내용은 18장의 해당 각주 참조.

454 흑인 민요 〈늙은 까마귀 왕〉에는 "까악! 까악! 까악! 제니야, 옥수수 빵을 구워주렴"이라는 가사가 나온다.

455 독한 술에 설탕과 뜨거운 물, 때로는 향신료를 넣어 만든 술.

456 'bunger'는 '술통의 마개(bung)'를 막거나 따는 사람을 의미한다. 따라서 이 이름은 자신이 엄격한 금주가라는 벙거의 주장이 그다지 신뢰할 만하지 않음을 암시한다.

457 튜더왕가는 15세기 후반부터 17세기 초반까지 영국을 지배한 왕가이며, 부르봉왕가는 16세

기 후반부터 19세기 초반까지 프랑스를 지배한 왕가다.

458 'rattler'는 속어로 '난봉꾼'을 뜻하기도 하므로, 이 배의 이름은 새뮤얼 엔더비에게 아들이 매우 많았다는 사실을 암시한다고도 볼 수 있다.

459 원래 멜빌이 'tasting'이라고 쓴 것을 Northwestern-Newberry Edition에서는 'testing'으로 수정했다. 바로 다음 문장에 '시험 항해(experimental cruise)'가 나오기 때문에 오기로 본 것이다. 하지만 멜빌의 언어유희로 봐서 'tasting'을 채택할 경우, '시험 항해'는 '시식 항해'라 할 수도 있다.

460 '밧줄을 풀다(slip one's cable)'라는 표현은 '죽다'를 뜻한다.

461 맥주나 브랜디에 달걀, 향료, 설탕 등을 넣고 따뜻하게 데운 음료.

462 살아 있는 바구미로 추측해볼 수 있다.

463 덴마크 동부에 있는 섬. 영어 이름은 질랜드.

464 'Swackhammer'는 '망치(hammer)'를 '휘두르다(swack)', 즉 '망치를 휘두르는 자'라는 뜻이다.

465 '저지독일어'는 네덜란드에 접한 북부 독일에서 사용되는 방언으로 지금의 네덜란드어이고, '고지독일어'는 현대 독일의 표준어다.

466 네덜란드 북단의 북해 연안 지방.

467 주류(酒類)의 양을 재는 단위로, 1앵커는 약 30 내지 40리터에 해당한다.

468 호주 북동쪽 멜라네시아에 속한 솔로몬제도 남쪽에 위치한 군도.

469 시칠리아 시라쿠사의 참주 디오니시우스 1세는 신하인 다모클레스가 지나치게 아첨하자 잔치에 그를 불러다가 한 올의 머리카락으로 매달아놓은 칼 아래 앉히고는 권력자의 운명이 그처럼 위태로운 것임을 몸소 실감하게 해주었다고 한다.

470 미국 매사추세츠주 스톡브리지 남동쪽에 있는 얼음 협곡. 원문에서 멜빌은 '아이스 글렌(Ice Glen)' 대신 '아이시 글렌(Icy Glen)'이라고 썼다.

471 '무늬 짜는 북'을 'fly shuttle'이라고 하는데, 멜빌은 태양이 하늘에 떠 있다는 사실에 착안해서 'fly'를 'flying'으로 바꾸며 언어유희를 하고 있다.

472 '물질세계의 직물 공장'이라고 옮긴 'material factories'에서 'material'은 '직물'과 '물질세계'를 모두 뜻한다. 번역문에서는 두 뜻을 모두 살렸다.

473 그리스신화에 등장하는 '아리아드네의 실타래'를 흉내낸 말이다. 그리스신화에서 테세우스는 크레타섬의 미궁에서 사람의 몸에 소의 머리를 가진 괴물 미노타우로스를 살해한 뒤 아리아드네가 준 실타래에 힘입어 미궁에서 탈출한다.

474 이집트 알렉산드리아에 있는 높이 20.46미터의 로마시대 석조 기둥.

475 '씨를 뿌리는 자'라는 뜻으로, 로마인들은 이 신을 그리스신화의 크로노스와 같은 신으로 보았다. 시간, 노년, 죽음과 결부되는 신이다.

476 노아의 홍수 이전 시대에 살았다는 유대의 족장으로, 「창세기」 5장 27절에는 "므두셀라는 모두 구백육십구 년을 살고 죽었다"고 쓰여 있다.

477 노아의 장남으로 셈족의 조상.

478 이집트신화에 등장하는 하토르 여신을 모시던 신전.

479 16세기 무어인인 요하네스 레오가 1600년에 출간한 『아프리카 지리학사』에 남긴 기록을 가

리킨다.

480 이슬람교의 창시자.

481 이탈리아 박물학자였던 울리세 알드로반디.

482 조지프 뱅크스는 영국 박물학자 겸 식물학자였고, 다니엘 솔란더는 스웨덴 박물학자였다. 둘 모두 1768년에 이루어진 제임스 쿡 선장의 첫번째 항해에 동행했다.

483 베르나르 제르맹 드 라세페드는 프랑스 박물학자 뷔퐁이 쓴 『박물지』(총 44권)에 파충류, 어류, 고래류에 관한 여덟 권을 더했는데, 그중 고래류에 대한 저서를 가리킨다.

484 런던의 가축 시장.

485 「창세기」 41장 1~3절에서 파라오는 나일강에서 "살이 찌고 잘생긴 암소 일곱 마리"를 보는 꿈을 꾼다.

486 87장.

487 고아의 역사를 연구했던 포르투갈 역사학자 '오르튠의 가르시아'. 고아는 인도의 남서 해안에 위치한 주로, 옛 포르투갈의 영토였다.

488 세미라미스는 아시리아의 전설적인 여왕으로, 바빌론의 창건자다. 코끼리를 잔뜩 몰고 온 인도 왕에게 자신에게도 코끼리가 많다는 걸 보여주기 위해 낙타에게 물소와 소의 가죽을 씌워서 코끼리로 보이게 했으나 간파되고 말았다는 일화가 있다. 한니발은 카르타고의 장군으로, 로마를 공격하기 위해 코끼리를 이끌고 알프스산맥을 넘었다. 포루스에 대해서는 87장의 해당 각주 참조.

489 티베트의 라마교 4대 종파의 하나인 게룩파의 종주로서, 티베트의 영적 지도자인 동시에 정치적 지도자.

490 '대홍수 이전의'라고 옮긴 'antediluvian'에는 '아주 구식인'이라는 뜻도 있다.

491 multum in parvo. 영어로 'much in little'의 뜻에 해당하는 라틴어.

492 대장장이 선원들은 직업의 성격상 온몸에 검댕을 묻히게 되기 때문에 이런 명칭으로 불렸다. 또한 'smut(검댕)' 또는 'smut brother(검댕 형제)'는 속어로 '마찬가지(ditto, the same to you)'를 의미한다. 멜빌은 의도적으로 에이해브와 목수, 목수와 대장장이를 동치관계에 놓고 있다.

493 무거운 비애라는 짐을 짊어진 에이해브 자신을 가리키는 말이다.

494 여기서 'dome'은 속어로 '머리'를 의미하는 말로, 자신의 말을 못 알아듣는 목수의 머리를 가리킨다.

495 「창세기」 2장 7절에 따르면, "야훼 하느님께서 진흙으로 사람을 빚으시고 코에 입김을 불어넣으시니, 사람이 되어 숨을 쉬었다"고 한다. 그런 까닭에 "진흙이야 도랑을 파는 사람들의 몫"이라고 한 목수의 말은 신성모독적인 발언이 된다.

496 'ledger(무덤의 받침돌)'에는 '회계장부'라는 뜻도 있다.

497 원문 'taking altitudes'에는 '(사분의를 사용해서) 고도를 잰다'라는 뜻과 '거들먹거리다'라는 뜻이 동시에 포함되어 있다.

498 타이완과 필리핀 사이의 바시해협에 있는 섬 무리.

499 깃대 따위의 높은 곳에 기나 물건을 달아 올리고 내리기 위한 줄을 걸치는 작은 바퀴나 고리.

500 '지지대'로 번역한 'holder'는 '화물창 담당자'의 의미도 지니고 있다.

501 조로아스터교(배화교)의 창시자인 기원전 6세기 무렵의 페르시아 예언자.

502 기원전 10세기 무렵 바빌로니아 남부에 살았던 셈계의 한 종족으로, 전성기였던 네부카드네자르 시대의 신관(神官)들에 의해 점성술이나 점복술이 크게 발달했다. 구약성서에서 칼데아는 흔히 바빌로니아와 동의어로 사용된다.

503 '래커데이(lackaday)'는 슬픔이나 유감을 나타내는 소리로 '아, 슬프도다!'라는 의미를 지닌다. 아라비아해에 있는 '래카다이브(Laccadive)제도'를 일부러 이렇게 쓴 것이다.

504 서인도제도 중에서 바하마제도를 제외한 섬들.

505 성 아우구스티누스에 따르면, 에페수스에 있는 사도요한의 무덤 위 잔디가 잠든 사람의 이부자리처럼 움직였다고 한다.

506 본래 '옹기장이의 밭'을 뜻하는 'potter's field'는 흔히 '무연고 묘지'를 뜻하는데, 이는 「마태오의 복음서」 27장 5~7절에서 대사제들이 유다가 예수를 배신한 대가로 받은 은전으로 '옹기장이의 밭'을 사서 그것을 '나그네의 묘지'로 사용한 데서 기인한 것이다.

507 기원전 8세기에서 기원전 6세기에 이란 서부 지역에서 생겨난 사제 계급으로, 예수 탄생 때의 세 동방박사도 여기에 속한다.

508 아이들이 어머니를 따라 한 번, 자신들이 죽을 때 또 한 번 묘지에 갔다는 뜻으로 볼 수 있다.

509 'Lucifer'는 악마를 뜻하고, 'lucifer'는 '황린성냥'을 뜻하므로 동음이의를 이용한 언어유희다.

510 'bachelor'는 '미혼남'을 뜻한다.

511 파리의 감옥으로, 당시 정치범들을 수용하던 절대주의의 상징이었다. 1789년에 파리 시민들이 이 감옥을 습격하고 점령한 사건은 프랑스혁명의 도화선이 되었다.

512 아프리카대륙 서부를 흐르는 강.

513 그리스인들이 '사해(死海)'를 부르던 이름. 「창세기」 19장 24~25절에서 야훼가 하늘에서 유황불을 퍼부어 멸망시켰다고 하는 소돔과 고모라가 있던 자리가 현재의 사해라고 주장하는 이들이 있다.

514 90도의 눈금이 새겨져 있는, 부채 모양의 천체 고도 측정기.

515 배의 속도를 재는 기구. 자세한 내용은 125장 참조.

516 로마가 알바와 전쟁을 했을 때, 승패를 결정하는 싸움에서 로마 대표로 나서 알바 대표로 나선 쿠리아티우스 삼형제와 싸워 승리했다는 형제들.

517 뱃머리의 제1사장을 좌우에서 고정시키는 직립주(直立柱) 중 하나로, 정박용 계선주(繫船柱)로 사용되곤 한다.

518 19장에 따르면 '벼락 영감'은 에이해브의 공식 별명이다.

519 폭풍우 때 돛대 꼭대기에 일어나는 방전 현상으로, 보통 푸른빛이나 붉은빛을 띤다. 옛 선원들이 이 현상을 성 엘모(뱃사람의 수호성인인 에라스무스가 와전된 것)가 나타난 것이라고 생각해 두렵게 여긴 데서 비롯된 표현이다.

520 99장의 해당 각주 참조.

521 이탈리아의 베수비오산 기슭에 있었던 고대 도시로, 79년에 일어난 베수비오산의 대분화로 폼페이와 함께 매몰되었다.

522 「창세기」 32장 24~32절에서 야곱이 천사와 동이 틀 때까지 씨름을 하는 장면을 변주한 것이다. 여기서 스타벅은 '사악한 생각'을 품게 하는 사악한 천사와 씨름을 하고 있다.

523 배의 속도를 재는 기구인 측정기(log)는 양쪽 끝에 손잡이가 달린 얼레, 얼레와 측정기를 잇는 밧줄인 측정선(line), 그리고 측정기, 이렇게 모두 세 부분으로 이루어져 있다. 여기서의 측정선(log line)을 수심 측정용 도구인 측심줄(lead line)과 혼동해서는 안 된다.

524 유대의 왕 헤롯은 아기 예수의 탄생을 두려워해 베들레헴의 두 살 이하 되는 유아를 모조리 죽였다고 전해진다.

525 미국 메인주에 있는 카운티로, 메인주와 미시시피강 동쪽에서 가장 큰 카운티다.

526 셰익스피어의 『햄릿』 5막 1장에 노래를 부르면서 무덤을 파는 일꾼이 등장한다.

527 갈라파고스제도에서 가장 큰 섬인 이사벨라섬의 원래 명칭으로, 앨버말 공작의 이름을 딴 것이다. 실제로 적도는 이사벨라섬의 한가운데가 아닌 최북단을 지난다.

528 '레이철'이라는 배의 이름은 「예레미야」에 등장하는 '라헬(Rachel)'에게서 따온 것이다. "라마에서 통곡소리가 들린다. 애절한 울음소리가 들린다. 라헬이 자식을 잃고 울고 있구나. 그 눈앞에 아이들이 없어 위로하는 말이 하나도 귀에 들어가지 않는구나"(「예레미야」 31장 15절). 「마태오의 복음서」 2장 18절에도 헤롯왕이 베들레헴과 그 일대에 사는 두 살 이하의 사내아이를 모두 죽인 것과 관련하여 "라마에서 들려오는 소리, 울부짖고 애통하는 소리, 자식 잃고 우는 라헬, 위로마저 마다는구나!"라는 관련 인용구가 등장한다.

529 고대 로마의 제7대 왕이자 마지막 왕. 그가 전설상의 인물인지 실제 인물인지는 아직 확실히 밝혀지지 않았다.

530 영국국교회의 일반 기도서에 등장하는 장례식 문구로, '부활과 생명'은 「요한의 복음서」 11장 25절에서 예수가 자신을 두고 "나는 부활이요 생명이니"라고 말한 데서 따온 것이다.

531 미국 버지니아주에 있는 천연의 바위 다리.

532 영국해협 서쪽 끝에 있는 암초.

533 구약성경 외경 가운데 하나. "그들은 코끼리를 잘 싸우게 하려고 포도즙과 오디의 붉은 즙을 눈앞에 보여 자극시켜가지고 네모꼴 진지 사이에 배치하였다."(「마카베오상」 6장 34절)

534 지칫과의 여러해살이풀로, 그 이름(heliotrope)이 말해주듯 향일성(向日性) 식물이다.

535 미국 뉴햄프셔주 서남부에 있는 산. '모내드녹'은 잔구(殘丘), 즉 준평원 위에 남아 있는 굳은 암석의 구릉을 뜻한다.

536 '아래에 서라'고 번역한 'stand under'는 원래 '~을 견디다'라는 뜻이다. 'stand by(옆에 서다)'와 'stand under'의 유사성을 이용한 언어유희다.

537 신기루, 특히 이탈리아 남단의 메시나해협에 나타나는 신기루를 의미한다. '파타 모르가나(Fata Morgana)', 즉 '요정 모르가나'라는 이탈리아어 명칭은 아서왕 전설에 등장하는 여자 마법사 '모건 르 페이(Morgan le Fay)'에서 유래한 것이다.

538 그리스신화에 나오는 인물로, 불경죄를 지은 대가로 영원히 돌고 도는 불꽃 수레에 묶이는 형벌에 처해졌다.

일러스트 모비 딕에 대하여

『모비 딕』에 담은 영원의 리듬

록웰 켄트의 일러스트를 처음 만났던 날을 지금도 생생히 기억한다. 2006년 여름 런던, 윔블던의 포일스에서 여느 때처럼 책을 구경하며 시간을 보내던 나는 우연히 가판대에 놓인 두꺼운 책 한 권을 집어들었다. 책의 표지, 즉 거대한 고래 사체 위에 조그마한 사람들이 일렬로 올라서서 찍은 단체사진이 흥미로워서였다.

하지만 책 안에는 사진보다 더 놀라운 이미지가 나를 기다리고 있었으니, 그것은 바로 고래 몸뚱이처럼 묵직한 책 여기저기에 따개비처럼 다닥다닥 붙어 있는 록웰 켄트의 일러스트였다. 나는 『모비 딕』의 텍스트가 아니라 순전히 책을 열자마자 펼쳐진 그 신비롭고도 힘찬 일러스트, 강렬한 흑백의 양감과 조각칼로 깎아낸 듯한 선들 때문에 판화로 오인했던 고풍스러운 일러스트에 이끌려 당장 책을 구입하고 말았다(종종 잘못 알고 있는 사람들이 있는데, 켄트의 『모비 딕』 일러스트는 판화가 아니라 펜과 붓으로 그린 그림이다). 그러고는 덜컹이는 이층 버스 안에서 일러스트를 처음부터 끝까지 훑어봤고, 그 강렬하고도 암시적인 힘에 완전히 감동했으며, 어딘지 모르게 풍겨나오는 겸손함에 또 한번 감동한 채 책을 덮었다. 그리고 다음번에는 이 일러스트를 반드시 『모비 딕』의 텍스트와 함께 봐야겠다고 결심했다. 일러스트가 이렇게 말하고 있었기 때문이다. 나는 어디까지나 이 책의 일부라고, 나를 그 이상으로 보면 곤란하다고.

1882년 미국 뉴욕 태생인 록웰 켄트는 헨리 데이비드 소로와 랠프 월도 에머슨 같은 초월주의자의 영향 아래 금욕적이고 황량한 야생의 아름다움 속에서 영감을 찾은 화가이자 판화가, 일러스트레이터다. 알래스카, 그린란드 등지를 떠돌며 그 기록을 직접 글로 남긴 작가이자 모험가, 항해가이기도 하다. 그래서일까, 켄트의 그림을 보면 대자연의 거대하고도 신비로운 힘이 종이 안에 고요히 잠들어 있다는 느낌이 들곤 한다. 켄트의 이런 성향은 "나는 하찮은 자기표현self-expression은 원치 않는다. 나는 근원적이고 무한한 것을 원한다, 영원의 리듬을 그려내길 원한다"는 그의 말에서도 잘 나타난다. 이처럼 편협한 자기애로부터 벗어난 영원성의 추구는 웅장함과 더불어 겸손함을 낳는데, 이는 『모비 딕』만 봐도 확연히 드러나는 특징이다. 그의 일러스트는 원 텍스트와의 미묘한 거리를 유지하면서 어디까지나 일러스트로서의 본분을 잃지 않는다. 놀라운 점은 그렇게 주역의 자리를 넘보지 않고 오로지 보조적인 자리에 만족하면서도 때가 되면 자신만의 존재감을 찬연히 드러낸다는 사실이다. 특히 향유고래의 전신으로 페이지를 꽉 채운 작품들, 고래가 뿜어내는 새하얀 물기둥과 포말의 빛을 하늘의 별빛과 한데 어우러지게 그린 작품들은 보는 이의 혼을 빼놓을 만큼 압도적이다.

『모비 딕』 일러스트는 그가 이룩한 예술적 성취 가운데서도 단연코 최고의 자리를 차지한다고 할 수 있다. 실제로 항해를 즐긴 모험가였던 켄트에게, 그리고 엄청난 애서가였던 켄트에게 『모비 딕』만큼 영감과 도전 의식을 불러일으킨 작품도 없었을 것이다. 결과적으로 그는 그 일을 누구보다도 훌륭히 해냈다. 1930년 출간 당시 반응도 좋아서, 그의 일러스트가 담긴 세 권짜리 한정판 『모비 딕』 천 부는 출간 즉시 매진되기도 했다. 대공황에 접어든 시기였음을 감안했을 때, 그리고 『모비 딕』이 당시 대중의 기억에서 거의 사라진 작품이었음을 감안했을 때, 실로 대단한 일이 아닐 수 없다. 『모비 딕』이 오늘날의 영광을 누리게 된 데 켄트의 일러스트가 주요한 역할을 했음은 누구도 부인할 수 없는 사실이다. 『모비 딕』을 열렬히 질투했던 윌리엄 포크너는 거실에 켄트가 그린 에이해브 선장 일러스트를 액자에 넣어 걸어두기도 했다고 하는데(박물관이 된 그의 생가에 지금도 그대로 걸려 있다), 평생 그림에 열광했던 멜빌이 저세상에서 이 사실을 알면 『모비 딕』을 헌정한 사람을 호손에서 켄트로 슬쩍 바꿀지도 모를 일이다.

록웰 켄트의 일러스트가 국내에 정식으로 소개되는 것은 이번이 거의 처음인 듯하다. 마침 그의 대표작이라고도 할 수 있을 『모비 딕』 일러스트가 소개되어 기쁘고 흥분된 마음을 감출 수가 없다. 십삼 년 전에 구입한 바로 그 모던라이브러리판 『모비 딕』을 다시 펼쳐본다. 이 일러스트들이 처음 봤을 때의 힘을 여전히 잃지 않고 있다는 사실이 그저 놀랍기만 하다.

이제는 여러분이 놀랄 차례다. 여러분이 예술을 사랑하는 사람이라면, 책을 펼쳐 일러스트를 보는 순간 『모비 딕』을 전부 읽지 않고는 못 배길 거라고 장담한다. 물론 쉽지 않은 여정이 될지도 모른다. 어쨌거나 상대는 여러모로 악명 높은 『모비 딕』이니까. 하지만 더는 걱정하지 않아도 될 것 같다. 다소 험난할지도 모를 여정의 곁에, 이제는 늘 록웰 켄트가 있어줄 테니까.

황유원

해설

거대한Moby 문학이 전하는 진실의 힘

『모비 딕』은 미국 소설가 허먼 멜빌이 1851년에 발표한 그의 여섯번째 장편소설이다. 멜빌이 세상을 뜨기 사 년 전부터는 아예 절판 상태였을 정도로 반응이 미미했지만 1920년대의 이른바 '멜빌 부흥Melville Revival'을 거쳐 현재는 19세기 미국문학의 걸작이자 세계문학의 걸작으로 당당히 평가받고 있다.

『모비 딕』은 다채로운 형식과 상징으로 이루어진 매우 복층적인 작품이지만 기본 플롯만 두고 본다면 그 어떤 작품보다도 단순하다. '모비 딕'이라는 이름의 흰 향유고래에게 한쪽 다리를 잃은 에이해브 선장이 복수를 위해 피쿼드 호의 선원들을 이끌고 대서양과 인도양을 지나 북태평양까지 간 다음 결국 적도 부근에서 모비 딕을 만나 장렬히 침몰한다는 이야기.

하지만 이 간단한 플롯 중간 중간에 달라붙은 무수한 인용과 고래잡이에 관한 매우 구체적이고도 은유적인 서술, 당시 미국 사회의 단면을 담은 역사적이고도 알레고리적인 의미, 성경에서 이름을 따온 백인 문명인과 이교도적인 야만인이 한 배에서 보여주는 극적이고도 상징적인 대비는 그동안 수많은 작가와 독자를 매혹해왔다. 『모비 딕』을 가장 먼저 재발견한 사람 가운데 한 명인 D. H. 로런스는 『모비 딕』이 "세상에서 가장 기이하고 놀라운 작품 가운데 하나"이며 "지금껏 쓰인 가장 위대한 해양소설"이라고 극찬했다. 윌리엄 포크너는 『모비 딕』이 "손에서 내려놓자마자 '내가 썼더라면 좋았을걸' 하고 생각한 책"이라고 말했으며, 밥 딜런은 2016년 노벨문학상 수상 강연에서 자신에게 가장 지속적인 영향을 끼친 세 작품 가운데 하나로 『모비 딕』을 꼽기도 했다.

멜빌 탄생 200주년을 얼마 앞둔 지금, 어디까지나 한 명의 독자로서 『모비 딕』을 여러 번 읽으며 새삼 든 생각은, 이 책이야말로 문학이 도달할 수 있는 무게와 깊이의 한 표본이라는 사실이다. 몸집이 거대하니 깊이 내려가는 것은 당연할지도 모르겠다. 하지만 책을 덮은 뒤에도 『모비 딕』의 문장들은 불현듯 그 어두운 심연 밖으로 스스로 도약하여 눈부신 위용을 자랑하곤 했다. 한 번 보면 잊기 힘든 기발하고 열광적인 비유들이 담긴, 그야말로 온갖 의미들로 꿈틀대는 문장들. 그리고 그때마다 그 문장들이 몸을 한 번 뒤틀면서 보여주는 것은 그것들이 적히기 전까지, 혹은 적히는 동안에도 작가가 인생과 벌여왔을 사투와 그로써 쟁취해낸 진실이다. 옛사람들이 향유고래의 몸에 무수히 남아 있는 거대한 빨판자국을 보며 심해의 바다 괴물인 크라켄을 상상했듯, 우리는 이 문장들을 통해 멜빌이 보낸 숱한 어두운 밤과 찬란한 낮을 상상한다.

지적인 차우더, 그 불경스러운 맛

『모비 딕』은 1851년 가을, 본격적으로 서부 개척시대가 열리면서 바다에 대한 전반적인 관심이 급속도로 줄어든 시기에 출간되었다. 소설의 화자인 이슈미얼이 "모험을 즐기는 고래잡이들이 출항하기에 가장 전도유망한 항구"라고 외친 낸터킷은 당시에도 이미 포경항 중심지로서의 지위를 뉴베드퍼드에 내준 후였다.

『모비 딕』은 해적판의 유통을 막고자 영국판과 미국판을 거의 동시에 출간했고, 첫 장에는 "허먼 멜빌, 『타이피』 『오무』 『레드번』 『마디』 『흰 재킷』의 작가"로, 앞서 출간한 작품들을 모두 소개했다. 실제 항해 경험과 섬에서 원주민들과 함께 보낸 경험을 토대로 쓴 첫번째와 두번째 장편소설 『타이피』와 『오무』로 멜빌은 대중적 인기와 작가로서의 명예를 동시에 얻었다. 하지만 사실적 이야기에서 벗어나 문명 비판과 철학적 탐구 등을 본격적으로 시도한 야심작 『마디』는 대중과 평단으로부터 모두 외면당하고 만다. 경제적으로 어려워진 멜빌은 떠나간 독자들을 다시 한번 끌어모으기 위해 스스로 "평범하고, 사실적이고, 재미있는" 작품이라고 평한 『레드번』과 『흰 재킷』을 연거푸 써서 출간하지만 이번에도 성공은 거두지 못한다. 『모비 딕』은 이처럼 멜빌이 작가로서 기로에 선 상황, 또한 한 아이의 아버지이자 곧 태어날 아이의 아버지로서 빚까지 떠안고 있던 상황에서 장장 십팔 개월 동안 써내려간 작품이다.

그러나 영국판 출간 다섯 달 전에 호손에게 썼다시피 "제가 가장 원하는 글을 쓰는 일은 금지되어 있습니다, 돈이 안 될 테니까요"라는 예감이 적중한 것일까. 멜빌이 정말 원해서 쓴 이 작품의 운명은 전혀 밝지 못했다. 편집상의 실수로 마지막 '에필로그'가 누락됨으로써 졸지에 바다에 빠져 죽은 화자가 들려주는 이야기가 되고 만 영국판은 평자들의 조롱을 받았으며, 가까운 친구이자 영향력 있는 출판인 에버트 다이킹크의 "모험소설, 철학, 자연사, 미문美文, 선의善意, 나쁜 경구로 이루어진 지적인 차우더intellectual chowder"라는 혹평은 그의 마음에 깊은 상처를 남겼다. 자연히 판매량도 시원찮아서, 1891년 멜빌이 세상을 뜰 때까지 3200부—『타이피』 판매량의 삼분의 일—정도가 팔렸을 뿐이다.

『모비 딕』이 당대에 저평가된 이유 중 하나는 우선 "지적인 차우더"라는 혹평에서 쉽게 짐작해볼 수 있다. 잘 알려져 있다시피 『모비 딕』은 다소 산만한 구성을 취하고 있다. 즉 이 작품은 단일하고 사실적인 이야기로만 진행되는 게 아니라, 이른바 '지식 조합형' 소설의 원조 가운데 하나로 봐도 좋을 만큼 무수한 정보와 인용으로 촘촘히 짜여 있다. 『모비 딕』이 어떤 면에서 '각주로

서의 소설' 방식을 취하고 있다는 사실은 도입부에서부터 잘 드러난다. 사실 『모비 딕』은 "나를 이슈미얼로 불러달라Call me Ishmael"라는 유명한 문장이 아닌, 어느 중등학교 보조 교사에 대한 우울한 회고로 시작된다. 소설은 이어서 고래의 '어원'에 대해 짧게 설명한 다음, 아마도 멜빌이 작품을 쓰면서 모은 자료의 파편일 온갖 '발췌문'으로 이어진다. 어떻게 생각해도 당시 대중이 좋아할 소설은 아니며, 오늘날의 독자에게도 그리 친절한 소설은 아닌 것이다.

이처럼 『모비 딕』은 철저히 '고안된' 작품이며, 멜빌은 이를 굳이 숨기려 들지 않는다. '이슈미얼'이라는 화자의 성격부터가 그러하다. "나를 이슈미얼로 불러달라"는 독자를 향한 친근한 요청은 어딘지 모르게 수상쩍은 냄새를 풍기는데, 그렇다고 그가 자신의 본명을 굳이 숨기는 것처럼 보이지도 않는다. 비평가 테리 이글턴에 따르면, "멜빌이 이슈미얼의 실명을 숨기는 것 같지는 않다. 존재하지 않는 것을 숨길 수는 없는 법이다." 책장을 열심히 넘기다보면 곧 알게 되겠지만, 머지않아 실제 등장인물로서의 이슈미얼은 거의 사라지고 융해되어버린다. 사라지는 동시에 모든 선원의 옆으로(심지어 영혼 속으로) 숨어들어 우리에게 그들의 이야기를 들려주고, 도서관의 온갖 책들을 펼쳐대며 그 방대하고 상세한 지식을 전해주는 전지적 유령과도 같은 존재가 되어버리는 것이다.

그 이유나 과정이야 어찌됐든, 결과적으로 오늘날 『모비 딕』을 흔해빠진 해양소설과 차별되는 걸작으로 만드는 데 결정적인 공헌을 한 것은 바로 이 특이한 구성임이 틀림없다. 멜빌은 1851년 6월 호손에게 보낸 편지에 "한 입 맛보시게 고래의 지느러미를 하나 보내드릴까요?"라고 썼다. 그 문장을 쓸 때만 해도 훗날 사람들이 이 '지느러미 하나'의 맛을 두고도 서로 다른 평가를 내리는 글들을 끊임없이 써댈 거라고는 감히 상상도 못했을 것이다.

『모비 딕』이 대중의 외면을 넘어 비난까지 받은 데에는 불경스럽다고 여겨진 내용도 한몫했다. 『모비 딕』에는 성경 인용문과 영혼에 대한 아름답고 힘찬 문장들이 심심찮게 등장하기에, 오늘날의 세속적인 시각에서 봤을 때 불경스럽다는 평가가 쉽게 납득되지 않을 수도 있다. 하지만 당시로서는 사정이 달랐다. 특히 멜빌의 집안에서 신성모독은 극히 민감한 주제였는데, 그의 장인이자 아버지 같은 존재인 매사추세츠주 대법원장 레뮤얼 쇼가 다름 아닌 『모비 딕』 출간 십 년 전 미국에서 누군가를 신성모독죄로 감옥에 보낸 마지막 판사였기 때문이다. 멜빌의 어머니가 남긴 기록에 따르면, 멜빌은 『모비 딕』을 불경하다며 헐뜯은 피츠필드 주민들과 불지옥에 떨어질 거라고 위협한 뉴욕의 〈인디펜던트〉에 대해 격분했다고 한다.

사실 이러한 '불경함' 논란은 데뷔작 『타이피』에서부터 줄곧 뒤따라왔다. 서구 제국주의와 기독교 문명을 신랄히 비판한 『타이피』 영국판의 내용들이, 미국판에서는 (멜빌의 동의하에) 상당 부분 삭제되었다. 하지만 『모비 딕』에서는 이런 비판이 가감 없이, 때로는 유머러스하게, 때로는 급진적이고도 형이상학적으로 이루어진다. 여기서 비판의 주된 계기를 제공해주는 인물은 바로 『모비 딕』의 '신 스틸러'라고도 할 수 있을 야만인 퀴퀘그다. 퀴퀘그와의 우정을 통해 점점 편견에서 벗어나는 이슈미얼은 기회가 날 때마다 "술 취한 기독교인이랑 자느니 정신 멀쩡한 식인종이랑 자는 게 낫지"라거나 "식인종? 식인종이 아닌 자, 그 누구란 말인가? (…) 최후의 심판일이 닥쳐오면, 거위를 땅에 못으로 박아놓고 간이 터질 정도로 배불리 먹여 만든 파테드푸아그라를 포식하는 문명화되고 개화된 그대 대식가들보다 그 검약한 피지 사람들이 더 가벼운 벌을 받을 것이다"라는 식의 과격한 비판을 거침없이 쏟아낸다.

그렇다면 멜빌이 생각하는 신성모독이란 무엇이었을까? 이는 일등항해사 스타벅의 목소리를 통해 꽤나 분명히 드러난다. 스타벅은 '신성모독'이라는 말을 두 번 사용하는데, 그중 한 번은 "말도 못 하는 멍청한 짐승에게 복수라뇨! (…) 멍청한 짐승 때문에 격분하는 건 말이죠, 에이해브 선장님, 제게는 신성모독으로 보입니다"라며 에이해브에게 반기를 들 때다. 즉 멜빌에게 신성모독이란 신에게서 부여받은 이성을 상실한 상태를 의미한다. 선입견을 가지고 야만인을 판단하는 것 자체가 신성모독이며, 따라서 신성모독을 하고 있는 쪽은 바로 독자들이었던 셈이다.

누구보다도 야만인을 편견 없이 대한 이슈미얼이 침몰한 피쿼드호의 유일한 생존자이며, 그가 홀로 수면에 떠오른 것도 퀴퀘그의 관 덕분이었다는 사실은 오늘날의 우리에게도 여전히 의미심장하게 다가온다.

한계 없는 진실의 힘

『모비 딕』의 가장 놀라운 점 가운데 하나는 이야기가 아무리 옆길로 새더라도 끊임없이 중심축으로서의 모선母船, 즉 흰 고래를 쫓는 에이해브의 피쿼드호 이야기로 돌아온다는 사실이다. 내가 지금 읽고 있는 이것은 혹시 소설이 아니라 시로 쓴 논문이 아닌가 하고 고개를 갸우뚱거릴 무렵, 우리는 이슈미얼 혹은 멜빌의 손에 이끌려 어느덧 다시 피쿼드호로 돌아와 있음을 깨닫는다.

그런데 놀랍게도 피쿼드호는 대서양과 인도양을 지나 북태평양까지 나아가는 동안 단 한 차례도 정박하지 않는다. 마치 중간 중간 '침로에서 벗어난' 장章들이 정박지를 대신하기라도 하는 듯, 모비 딕을 향한 에이해브의 무서운 집념을 표상하기라도 하는 듯, 쉼없는 항해만이 줄기차게 이어지는 것이다. 그리고 항해 내내 피쿼드호는 온갖 사상과 의미들의 격전지가 된다.

이야기의 '용골'을 이루는 가장 첨예한 싸움은 물론 모비 딕과 에이해브의 싸움이다. 에이해브에 따르면 모비 딕은 단순한 고래가 아니라 악의 상징이며, 따라서 기필코 물리쳐야 할 대상이다. "그 흰 고래가 대리인이건 본체건 간에, 나는 그 증오를 녀석에서 쏟아부을 거야." 그리고 이런 에이해브와 배에서 표면적으로 가장 첨예하게 대치하는 인물은 바로 일등항해사 스타벅이다. 스타벅은 에이해브의 비이성적인 행위를 공개적으로 비난하기도 하고, 낸터킷에 남겨진 가족을 상기시키며 그를 감정적으로 설득하기도 하는 등 에이해브의 맹목적인 의지를 막으려 드는 거의 유일한 인물이지만 끝내 그에게 반기를 들지는 못한다(마지막에는 우습게도 둘 사이에 거의 동반자에 가까운 신뢰 관계가 형성되어버린다). 마지막으로 소설이 진행되면서 점점 더 포용적이 되어가는 이슈미얼과 끝까지 편집광적인 성격을 버리지 못하는 에이해브도 어디까지나 잠재적으로 대치하는 두 힘이라고 할 수 있겠다.

이 세 싸움은 모두 관념적인 싸움이며, 전적으로 어느 쪽이 옳다고만은 할 수 없는, 답이 없는 싸움이다. 세 싸움 모두에서 에이해브가 명백히 폭군의 역할을 맡고 있지만, 흰 고래에게 모든 증오를 덧씌우고 죽을힘을 다해 녀석을 쫓는 에이해브를 마냥 어리석다고 하기도 어렵다. 우리는 때로 일말의 진실을 품고 있는 그의 궤변 아닌 궤변에 마음을 사로잡히기도 하기 때문이다. 스타벅과의 논쟁에서 그가 내뱉는 말들, 이를테면 "눈에 보이는 대상은 모두 두꺼운 종이로 만든 가면에 지나지 않아", "내게 신성모독이 어쩌고 하는 소린 꺼내지도 말게. 태양이 날 모욕한다면 그 태양도 찔러줄 테니까"라는 말에 귀가 솔깃해지지 않을 독자가 얼마나 있겠는가?

멜빌은 소설이 진행되는 내내 이 같은 진실의 추구를 극단까지 몰고 간다. 즉 모든 경계가 허물어져 통합되는 지점, 혹은 적어도 대극對極이 어떻게든 한자리에 놓이는 지점까지 계속 나아가보는 것이다. 『모비 딕』을 관통하는 큰 주제 중 하나는 바로 '대극의 포용'이다.

이러한 주제는 때로는 알레고리적이고도 우스꽝스럽게("자네 둘은 동전의 양면이로군. 스타벅은 뒤집힌 스터브이고, 스터브는 뒤집힌 스타벅이야. 그러니 자네 둘은 인류 전체인 셈이야"), 때로는 관능적이고도 음탕하게("자, 우리 모두 서로의 손을 쥐어짜자. 아니, 우리 모두 자신을 쥐어짜며 서로 한데 뒤섞이자"), 때로는 시니컬하고도 금언적으로("이처럼 살아 있는 것들 가운데 가장 커다란 생명체의 척추도 결국에는 순진한 동네 꼬맹이들의 장난감 신세가 되고 마는 것이다"), 때로는 처절하고도 찬란하게 그려진다. 특히 피쿼드호가 악의 상징이자 불가피한 운명의 상징인 흰 고래와 "서로 이마를 맞대고 부딪"친 후 침몰하는 마지막 장면이 그러하다. 멜빌은 피쿼드호의 마지막을 이렇게 그린다. "에이해브의 배는 사탄처럼 천상의 생명을 일부라도 끌고 와 투구처럼 쓰기 전까지는 지옥으로 가라앉지 않으려 했다."

『모비 딕』은 피쿼드호와 모비 딕의 싸움이지만, 동시에 천상과 심연의 싸움이기도 하다. 전자가 나침반과 측정기 등으로 대변되는 '수평의 세계'에서 이루어지는 싸움이라면, 후자는 사분의와 측심줄로 대변되는 '수직의 세계'에서 이루어지는 상징적 싸움이다. 날개가 없는 배는 위아래가 아닌 동서남북으로 이동할 뿐이지만, 뱃머리 제1사장이 북극성을 향하듯 배와 선원들이 지향하는 곳은 어디까지나 저 하늘 꼭대기다. 그렇기에 피쿼드호는 마침내 장렬히 패배해 심연으로 가라앉을 때조차도 천상의 작은 일부, 즉 한 마리 매를 산 채로 꼭대기에 박아넣은 채 침몰하는 것이다(그냥 매가 아니라 'sky-hawk'다. 『모비 딕』에는 'wild hawk' 'black hawk' 'sea-hawk' 등 여러 'hawk'가 서술되지만, 앞에 'sky'가 붙은 것은 오직 이 마지막 순간에만 등장한다).

이처럼 패배 와중의 승리라고밖에는 할 수 없는 막판의 이상한 '패배-승리'는 작품 내내 이어져온 시도, 즉 대극의 포용을 끝까지 실천한 것이라고 할 수 있다. 가장 낮은 곳에 떨어지는 순간에도 형이상학의 세계에 대한 욕망을 놓지 못하는, 그것의 파편을 때려죽여서라도 황천길의 동무로 삼아야겠다는 이 무섭고도 숭고한 경지! 그래서 『모비 딕』은 결국 비극이지만, 오로지 비극이기 때문에 찬란할 수 있는 비극이다.

물론 『모비 딕』에 숨겨진 진실은 지금껏 짧게 언급해본 것들 외에도 무수히 많다. 일례로 피쿼드호의 선원들을 '도망 노예 송환법' 등을 골자로 하는

'1850년 타협'을 두고 첨예하게 대립한 정계 인사들에 대입해본다거나, 피쿼드호의 맹목적인 항해를 팽창주의 정책의 상징으로 보는 철저히 미국적인 해석도 얼마든지 가능하다('피쿼드'라는 이름은 17세기 청교도들과의 전쟁에서 거의 말살된 인디언 부족에서 따온 것이다). 심지어 직공이나 베틀의 비유, 그리고 공장을 방불케 하는 피쿼드호의 철저한 분업체계는 당시 이미 산업사회에 접어든 지 한창인 미국의 모습을 암시하고 있기도 하다.

하지만 멜빌 전문가 앤드루 델반코의 말마따나 "『모비 딕』은 해독할 수 있는 도상학으로 이루어진 중세 교훈극이 아니다." 『모비 딕』의 주제와 의미는 바다를 노니는 고래들처럼 거대하고도 자유롭다. 어디서 무엇을 읽어내든 그것은 독자의 자유다. 아니, "바로 이것이야말로 거대하고 자유로운 주제가 지닌 미덕, 모든 것을 확대하는 엄청난 미덕이다! 우리는 그 주제의 크기만큼이나 확장된다"는 멜빌의 말이 사실이라면, 우리는 우리가 읽어낸 의미의 크기만큼이나 거대하고 자유로워질 수밖에 없다. 에이해브가 스타벅에게 외치듯 "진실에 한계는 없"기 때문이다.

한계가 없는 진실, 향유고래 이마에 새겨진 암호문(주름)과도 같은 진실은 애초에 누구도 온전히 읽어낼 수가 없는 것이다. 하지만 이 두꺼운 암호문을 우리에게 던져준 장본인인 멜빌은 오늘도 슬며시 우리를 도발하며 꼬드긴다. "나는 그저 그 이마를 여러분 앞에 내놓을 뿐이다. 읽을 수 있거든 한번 읽어보시라."

*

『모비 딕』에는 'three or four years' voyage'라는 말이 세 번 나온다. 포경항해를 한차례 다녀오는 데 보통 서너 해가 걸렸다는 뜻일 텐데, 2019년 한국 기준으로 치면 해군을 두 번 다녀올 수도 있을 실로 엄청난 기간이다. 거의 일

년 동안 이어진 번역의 고생은, 이 책에서 생생히 재현되는 고래잡이들의 땀과 근육 경련을 간접적으로나마 체험하는 순간, 정말이지 아무것도 아니게 느껴졌다. 그리고 이 책이 거의 무시당했을 때 멜빌이 느꼈을 좌절감을 생각하면, 정말이지 이런 고생은 고생 축에도 낄 수 없는 거라는, 나는 기껏해야 만년필 한 자루를 작살 삼아 참고래 한 마리 정도를 잡는 수고를 했을 뿐이라는 생각이 절로 들었다. 그렇지 않은가, 서너 해의 포경 항해를 평생 이어나갔던, 사십 년을 그렇게 살았던 에이해브에 비하면……

그럼에도 이제 와서 돌이켜보면, 번역은 결코 쉽지 않았다(다시 하라고 하면 차라리 몇 년간 원양어선을 타고 말겠다). 멜빌은 종종 한 문단에 가까운 한 문장을 구사한다. 세미콜론과 하이픈 등의 구두점과 관계대명사를 적극 사용하여 하나의 복잡한 유기체와도 같은 복문을 쌓아올리는 것이다. 역자는 이 구조적인 복문을 이리저리 분해하고 그 사이에 적절한 접속사나 어미들을 배치하며 고층건물 하나를 여러 개의 단층건물들로 부숴놓을 수밖에 없었다. 이는 마치 엄청난 속도로 쉴새없이 돌진해 오는 고래를 중간 중간 쉬어가며 돌진해 오게 만드는 것, 실제로 추격전을 벌이듯 '숨막히는' 문장들을 숨구멍이 잔뜩 뚫린 '숨쉴 수 있을 만한' 문장들로 바꾸어놓는 것이나 마찬가지여서 못내 아쉬웠으나 달리 방법이 없었다. 역자로서는 한국어 판본을 읽는 독자들이 원문의 문장 구조가 그렇게 복잡했다는 것을 눈치채지 못할 만큼 원문이 자연스럽게 분해되어 한국어로 재조합되었기만을 바랄 따름이다.

번역의 난점은 이것 말고도 또 있었다. 무척이나 생소하고 전문적인 항해 용어들과 포경선의 풍경, 그리고 정확한 의미 파악도 큰 문제였다. 물론 기존의 여러 한국어 판본들이 큰 도움이 되었으나, 때로는 혼란이 가중되거나 혼란을 재확인하는 데 그치는 경우도 적지 않았다. 이 점에서는, 번역대본으로 삼은 노턴 크리티컬 에디션 2판과 (마침 번역작업이 한창일 때 출간된) 3판의 상세한 각주가 결정적인 도움을 주었다. 그 외에도 원문의 이해를 돕는 데 필요한 자료라면 닥치는 대로 구해서 참고했다. 시중에서 구할 수 있는 거의 모든 『모비 딕』 판본의 각주를 참고했으며, 구할 수 있는 거의 모든 도판을 참고했다(그중 캘리포니아대학출판부에서 나온 아리온 프레스 에디션이 가장 실질적인 도움을 주었으며, 원작을 꽤나 충실히 재현한 크리스토프 샤부테의 그래픽노블판도 적지 않은 도움을 주었다). 『모비 딕』이나 고래, 포경업과 관련된 각종 영화와 다큐멘터리 등의 영상물을 참고한 것은 물론이다(그중 나를 가장 놀라게 한 작품은 뜻밖에도 제이크 헤기가 작곡하고 레너드 폴리아가 연출한 오페라 『모비 딕』이었다). 작품에 등장하는 무수한 이미지들(이를테면 실제 원작이 존재하는 고래 그림들, 스페인 금화, 측정기와 측정선, 추격전에 돌입한 포경 보트 내의 거미줄처럼 뒤얽힌 광경 등)을 정확히 파악하기 위해 구글링도 수시로 했다. 『모비 딕』의 문장을 빌리자면, 번역하는 내내 "도서관들을 헤엄쳐 다녔고 대양을 항해하고 다녔다"고나 할까.

그럼에도 문학동네 편집부의 지난한 노력이 없었더라면 번역 과정에서 부딪힌 무수한 암초(오역)와 폭풍우(비문)를 피하지 못하고 끝내 좌초하고 말았을 것이다. 선원식으로 말하자면, 이 자리를 빌려 낸터킷의 어느 훌륭한 키잡이 못지않은 문학동네 편집부에 측량할 수 없는 감사와 경의를 표하는 바이다. 물론 여전히 부정확하거나 다소 어색하게 옮긴 문장들이 있을 줄로 아는데, 이는 모두 하급선원 같은 역자의 부족함 탓이다. 그런 부분들은 기회가 있을 때마다 수정해나갈 것을 약속드린다.

어쨌거나 이로써, 때로 눈앞을 지나가는 흰긴수염고래의 몸뚱이만큼이나 한없이 길게 이어져 있으며, 밧줄처럼 마구 뒤엉켜 있기도 한, 고래힘줄만큼이나 질기고 힘센 문장들을 한국어로 옮기느라 한동안 망망대해에 혼자 내버려진 기분으로 낮이 밤이 되는 줄도 모르고 다시 밤이 낮이 되는 줄도 모르며 작업에 임한 나날들도 끝이 났다. 말도 잘 안 통하는 외국 고래를 한 마리 잡아다가 긴긴 밤을 지새우며 마지막 뼛조각 하나까지, 마지막 피 한 방울까지, 그리고 종내는 그 영혼까지 송두리째 한국 고래로 뒤바꿔놓은 기분이랄까.

끝으로 멜빌이 『모비 딕』을 존경해 마지않는 너새니얼 호손에게 바쳤듯, 나 역시 꼬박 일 년에 이르는 번역 기간 내내 작살촉처럼 날선 신경과 포경 밧줄처럼 길게 풀어놓았던 장광설을 바라봐준 아내 한은형에게, 이 책을 바치고 싶다. 저 높은 곳에서 낮은 것들의 애처로운 발버둥을 태연히 바라봐주는 모든 태양과 달 같은 존재들에게 무한한 영광과 존경과 사랑을!

황유원

허먼 멜빌 연보

1819년 8월 1일 뉴욕에서 부유한 무역상인 앨런 멜빌과 마리아 갠즈보트 멜빌의 여덟 남매 중 셋째로 태어남. 스코틀랜드계인 앨런과 네덜란드계인 마리아는 미국독립전쟁에서 공을 세운 명문가 출신으로, 허먼 멜빌은 자신이 모계와 부계로부터 '혁명'의 피를 물려받았다는 사실에 흡족해함. 본래 'Melvill'로 표기한 성을 훗날 아버지가 사망한 후 장남 갠즈보트의 요구에 따라 어머니가 'Melville'로 바꿈.

1830~1831년 아버지의 사업 실패로 가족이 올버니로 이주. 10월부터 이듬해 10월까지 올버니 아카데미에 다님.

1832년 사업차 떠났던 여행의 후유증에 시달리던 아버지가 1월 28일 정신착란 증상 끝에 사망. 삼촌이 중역으로 있던 뉴욕주립은행에서 은행원으로 일함.

1835년 형 갠즈보트의 모피 상점에서 일하면서 올버니 고전학교에 다니기 시작.

1836~1837년 다시 올버니 아카데미에 들어가 라틴어 수업 등을 듣다가 이듬해 3월에 그만둠. 불경기의 여파로 형의 모피 상점이 파산하자 농장 일을 하다가 레녹스 인근 사이크스 지구에서 교사로 일함.

1838년 가족이 올버니에서 12마일 정도 떨어진 랜싱버그로 이주. 랜싱버그 아카데미에서 측량술을 배움. 이듬해 이리운하 건설 엔지니어직에 지원하나 취업에는 실패.

1839년 5월 랜싱버그 지역 주간지에 'L.A.V'라는 이름으로 「책상에서의 단상들Fragments from a Writing Desk」을 발표. 6월 뉴욕과 리버풀을 오가는 상선 세인트로렌스호에 사환으로 취직. 10월에 뉴욕으로 돌아와 그린부시에서 교사 생활을 재개하지만 돈을 받지 못해 한 학기 만에 그만둠.

1840년 리처드 헨리 데이나 주니어의 자서전과 제레미아 N. 레이놀즈의 「모카 딕, 혹은 태평양의 흰 고래」에 영감을 받아 형과 함께 뉴베드퍼드로 여행을 떠남. 그곳에서 '175번 배당' 조건으로 어커시넷호의 선원으로 등록.

1841년 1월 3일 어커시넷호 출항. 7월 23일~8월 낸터킷 선적의 리마호와 '사교적 방문'을 하던 중 윌리엄 헨리 체이스로부터 그의 부친인 오언 체이스가 쓴 에식스호 난파기를 빌려 읽음. 책의 내용은 이후 『모비 딕*Moby Dick*』에 지대한 영향을 끼침.

1842년 7월 9일 선장의 폭압과 격무로 마르키즈제도에서 동료 리처드 토비아스 그린과 함께 탈주. 이후 산속으로 숨어들어 한동안 '타이피 골짜기'에서 생활. 8월 9일 호주 포경선 루시앤호에 올라 타히티섬으로 가지만 직무 수행을 거부한 죄로 짧게 구금됨. 10월 에이메오섬으로 가 부랑자(타히티 말로 '오무omoo') 생활을 함. 11월 낸터킷 포경선 찰스앤드헨리호와 6개월간 계약.

1843년 5월 하와이제도에서 4개월간 서기 등으로 일함. 8월 어커시넷호 선장의 추적을 피해 미 해군에 정규 수병으로 입대.

1844년 10월 보스턴항으로 돌아와 제대. 타이피 골짜기에서의 경험에 기반한 첫 장편소설 『타이피*Typee*』 집필 시작.

1846년 2월 형의 도움으로 런던의 존 머리에서 출간한 『타이피: 폴리네시아인들의 삶 엿보기*Typee: A Peep at Polynesian Life*』가 단숨에 베스트셀러가 되고, 3월 17일 뉴욕의 와일리앤드퍼트넘에서 미국판 출간. 멜빌은 이 책을 매사추세츠주 대법원장이자 아버지의 지인이던 레뮤얼 쇼에게 헌정함. 〈세일럼 애드버타이저〉에 너새니얼 호손이 익명으로 쓴 리뷰가 실림. 호손은 "우리는 야만인의 삶을 이보다 더 자유롭고 효과적으로 그려낸 작품을 알지 못한다"며 이 작품을 극찬함.

1847년 『타이피』의 속편 『오무: 남양 모험기*Omoo: A Narrative of Adventures in the South Seas*』 영국판이 3월 존 머리에서 출간되고, 미국판이 5월 뉴욕의 하퍼앤드브러더스에서 출간됨. 두 책을 통해 멜빌은 "식인종들과 함께 산" 모험 작가로서의 명성을 얻게 됨. 8월 4일 레뮤얼 쇼의 딸인 엘리자베스 냅 쇼와 결혼.

1849년 2월 16일 장남 맬컴 출생. 3월 런던의 리처드벤틀리에서 『마디: 그리고 그곳으로의 항해*Mardi: And a Voyage Thither*』 영국판이 출간되고, 4월 하퍼앤드브러더스에서 미국판이 출간됨. 『모비 딕』의 스타일을 예고하는 야심찬 작품이었으나 성공을 거두지 못함.

10월 세인트로렌스호 사환 생활을 바탕으로 쓴 『레드번: 그의 첫 항해*Redburn: His First Voyage*』 영국판이 리처드벤틀리에서 출간되고, 11월 하퍼앤드브러더스에서 미국판이 출간됨.

1850년 1월 해군 생활을 바탕으로 쓴 『흰 재킷, 혹은 군함을 타고 본 세계*White-Jacket; or, The World in a Man-of-War*』 영국판이 리처드벤틀리에서 출간되고, 3월 하퍼앤드브러더스에서 미국판이 출간됨. 『레드번』과 『흰 재킷』은 멜빌 스스로 "돈을 위해 어쩔 수 없이 썼다"고 밝힌 대중적인 작품들이지만 별 성공을 거두지는 못함. 8월 레녹스 근처의 작은 농가로 이사온 너새니얼 호손과 급격히 친해짐. 호손의 단편집 『낡은 목사관의 이끼』를 읽고 쓴 리뷰 「호손과 그의 이끼Hawthorne and His Mosses」를 8월 17일과 24일 두 차례에 걸쳐 〈리터러리 월드〉에 발표. 호손과의 만남은 『모비 딕』 초고를 대폭 개작하는 데 지대한 영향을 끼침.

1851년 10월 18일 『고래*The Whale*』가 리처드벤틀리에서 세 권으로 출간됨. 멜빌은 마지막에 제목을 『모비 딕』으로 바꾸나 제때 반영되지 못함. 11월 14일 미국판이 하퍼앤드브러더스에서 한 권으로 출간됨. 영국판에서 누락되었던 '에필로그'를 첨가하고 엉뚱하게 3권에 붙어 있던 '어원' '발췌문'을 다시 도입부로 옮겨 『모비 딕, 혹은 고래*Moby-Dick; or, The Whale*』로 발간함. 2주 만에 1535부가 팔리는 등 초기 반응은 좋았지만 형식이 생소하고 신성모독적이라는 비난이 이어져 판매량도 급격히 감소. 『모비 딕』의 영국판과 미국판의 출간 사이인 10월 22일 차남 스탠윅스 출생. 12월 〈리터러리 월드〉의 편집인 에버트 다이킹크의 비우호적인 리뷰를 본 호손은, 『모비 딕』에서는 멜빌의 전작들에서보다 훨씬 더 엄청난 힘이 느껴진다는 반론을 다이킹크에게 보냄. 멜빌은 그동안 후원하고 구독했던 〈리터러리 월드〉를 끊음.

1852년 『피에르, 혹은 모호함*Pierre: or, The Ambiguities*』이 하퍼앤드브러더스에서 출간됨. 대폭적인 개고 요구에 영국판은 출간을 거부함.

1853년 5월 22일 첫 딸인 엘리자베스 출생. 이즈음 선원이던 남편을 잃고 홀로 영웅적인 삶을 살아가는 여성을 그린 『십자가의 섬*Isle of the Cross*』 출간을 논의하지만 거절당하고, 이 원고는 유실됨. 11월 거듭되는 상업적 실패로 출판사를 찾기 어려워진 멜빌은 미국독립전쟁 용사의 이야기인 『이즈리얼 포터*Israel Potter*』를 〈월간 퍼트넘스〉에 연재. 멜빌은 이후 1856년까지 〈퍼트넘스〉와 〈하퍼스〉에 총 열네 편의 단편을 발표. 12월 10일 하퍼앤드브러더스의 화재 사고로 『모비딕』 초판의 재고 300부가 전소됨.

1855년 3월 2일 둘째 딸 프랜시스 출생. 4월 『이즈리얼 포터: 오십 년의 망명 생활*Israel Potter: His Fifty Years of Exile*』이 퍼트넘에서 출간됨.

1856년 5월 「필경사 바틀비Bartleby, the Scrivener」, 「베니토 세레노Benito Cereno」 등이 수록된 단편집 『피아차 이야기*The Piazza Tales*』 미국판이 딕스앤드에드워즈에서 출간되고 6월 영국판이 출간됨. 10월 11일부터 이듬해 5월 20일까지 유럽과 성지 등을 여행. 이때 리버풀 영사로 있던 호손과 재회함.

1857년 4월 마지막 장편소설 『사기꾼: 그의 가장무도회*The Confidence-Man: His Masquerade*』 미국판이 딕스앤드에드워즈에서 출간됨. 정체성과 가면의 문제를 복잡하고 심도 있게 탐구했다고 평가받는 이 작품은 당시에는 이해받지 못했고, 출판사가 도산하는 바람에 인세도 전혀 받지 못함. 이후 삼 년 동안 생계를 위한 대중 강연에 나서지만, 대중의 혹평을 받음.

1860년 시로 전향한 멜빌은 그동안 쓴 시집 원고를 출판사 두 곳에 투고하지만 거절당함. 5월 동생 토머스의 쾌속 범선을 타고 혼곶을 돌아 캘리포니아까지 갔다가 11월 파나마를 거쳐 혼자 뉴욕으로 돌아옴.

1862년 길에서 사고를 당해 심한 상처를 입음. 류머티즘에 시달림.

1866년 남북전쟁 기간 동안 쓴 시 72편을 모은 연작 시집이자 첫 시집 『전쟁시편과 전쟁의 양상*Battle-Pieces and Aspects of the War*』이 하퍼앤드브러더스에서 출간됨. 하지만 출간 이후 십 년 동안 초판 1200부 가운데 525부만이 팔리는 등 평단과 독자로부터 철저히 외면당함. 뉴욕항의 세관 검사원으로 일하기 시작.

1867년 장남 맬컴이 집에서 총상을 입고 사망함. 사고인지 자살인지는 밝혀지지 않음.

1876년 7월 1만 8천 행에 이르는 서사시 『클라렐: 성지순례 시편*Clarel: A Poem and Pilgrimage in the Holy Land*』을 퍼트넘스에서 두 권 분량으로 자비 출간함.

1885년 12월 31일 세관 검사원 일에서 물러남.

1886년 2월 22일 차남 스탠윅스가 폐결핵으로 사망함.

1888년 시집 『존 마와 다른 시들*John Marr and Other Poems*』을 드빈에서 25부 자비 출간해 지인들에게 나누어줌. 버뮤다로 짧은 여행을 다녀옴.

1891년 마지막 시집 『티몰레온*Timoleon*』을 캑스턴에서 25부 자비 출간해 지인들에게 나누어줌. 9월 28일 이른 아침 심장발작으로 영면. 당시 집필중이던 소설 「선원, 빌리 버드Billy Budd, Sailor」(1924년 출간)가 미완성 유작으로 남았고, 장례식에는 부인과 두 딸만 참석함. 살아생전 멜빌은 하이픈 등의 문장부호에 극도로 신경을 쓴 작가였으나, 정작 〈뉴욕 타임스〉 부고란에는 'Mobie Dick'의 작가로 잘못 소개됨.

지은이 허먼 멜빌
1819년 8월 1일 뉴욕에서 태어났다. 유복한 어린 시절을 보내지만 1832년 아버지가 사업 실패 후 사망해 은행원, 점원, 교사, 상선의 사환 등 여러 직업을 전전하게 된다. 1841년 포경선 선원으로 항해를 떠나 이듬해 탈주해 폴리네시아의 여러 섬들에서 생활하다 미 해군에 입대했다. 제대 후 『타이피』 『오무』를 출간해 모험 작가로서의 명성과 인기를 얻지만, 이후 작가적 야심을 발휘해 집필한 작품들은 외면당한다. 여섯번째 작품인 『모비 딕』 역시 생소한 형식과 신성모독적 서술 탓에 당대에는 혹평을 받았다. 미완성 유고가 된 「선원, 빌리 버드」를 집필하다 1891년 심장발작으로 사망했다.

그린이 록웰 켄트
1882년 뉴욕에서 태어났다. 어릴 때부터 그림에 재능을 보이나 경제적 여건 탓에 순수예술 대신 컬럼비아 대학 건축과를 택한다. 1900년 대학 진학을 앞두고 윌리엄 메릿 체이스의 예술학교에서 수학했는데, 그의 권유로 낮에는 건축학을 공부하고 밤에는 미술을 배우다 결국 예술로 전향하게 된다. 1907년 첫 개인전을 열었고, 1920년대 목판화를 배우기 시작해 당대 최고의 아티스트로 주목받게 된다. 그의 다양한 작품들 중에서도 『모비 딕』 일러스트는 대표작으로 꼽힌다. 1930년 랜덤하우스는 일러스트판 『모비 딕』을 출판하며 책의 표지와 광고에 허먼 멜빌의 이름은 빼고 록웰 켄트의 이름만을 담았다. 제2차세계대전 이후로는 반파시즘 및 노동운동에 투신했다. 1971년 심장마비로 사망했다.

옮긴이 황유원
서강대학교 종교학과와 철학과를 졸업했으며 동국대학교 대학원 인도철학과 박사과정을 수료했다. 2013년 『문학동네』 신인상으로 등단해 시인이자 번역가로 활동하고 있다. 시집으로 『세상의 모든 최대화』 『이 왕관이 나는 마음에 드네』, 옮긴 책으로 『밥 딜런: 시가 된 노래들 1961-2012』(공역) 『예언자』 『소설의 기술』이 있다. 제34회 김수영문학상을 수상했다.

문학동네 세계문학
일러스트 모비 딕

1판 1쇄 2019년 8월 12일
1판 6쇄 2024년 1월 25일

지은이 허먼 멜빌 | 그린이 록웰 켄트 | 옮긴이 황유원
책임편집 김경은 | 편집 이미영 박신양 오동규
디자인 김이정 최미영 | 저작권 박지영 형소진 최은진 서연주 오서영
마케팅 정민호 서지화 한민아 이민경 안남영 왕지경 황승현 김혜원 김하연 김예진
브랜딩 함유지 함근아 고보미 박민재 김희숙 박다솔 조다현 정승민 배진성
제작 강신은 김동욱 이순호 | 제작처 상지사

펴낸곳 (주)문학동네 | 펴낸이 김소영
출판등록 1993년 10월 22일 제2003-000045호
주소 10881 경기도 파주시 회동길 210
전자우편 editor@munhak.com | 대표전화 031)955-8888 | 팩스 031)955-8855
문의전화 031)955-1927(마케팅), 031)955-2686(편집)
문학동네카페 http://cafe.naver.com/mhdn
인스타그램 @munhakdongne | 트위터 @munhakdongne
북클럽문학동네 http://bookclubmunhak.com

ISBN 978-89-546-5725-9 03840

잘못된 책은 구입하신 서점에서 교환해드립니다.
기타 교환 문의 031) 955-2661, 3580

www.munhak.com